民国世界文学经典译著·文献版（第二辑：耿济之译著）

◆长篇小说◆

卡拉马助夫兄弟们

The brothers Karamazov

（第一部）

［俄］陀思妥耶夫斯基（F.dostoevsky）著　耿济之　译

上海三联书店

图书在版编目(CIP)数据

卡拉马助夫兄弟们 / [俄] 陀思妥耶夫斯基著；耿济之译 .
—上海：上海三联书店，2018.4
ISBN 978-7-5426-5987-3

Ⅰ . ①卡… Ⅱ . ①陀… ②耿… Ⅲ . ①长篇小说—俄罗斯—近代
Ⅳ . ① I512.44

中国版本图书馆 CIP 数据核字（2017）第 174497 号

卡拉马助夫兄弟们（1–4 部）

著　　者 / [俄] 陀思妥耶夫斯基（F.dostoevsky）
译　　者 / 耿济之

责任编辑 / 陈启甸
封面设计 / 清　风
责任校对 / 江　岩
策　　划 / 嘎　拉
执　　行 / 取映文化
监　　制 / 姚　军

出版发行 / 上海三联书店
（201199）中国上海市闵行区都市路 4855 号 2 座 10 楼
电　　话 / 021-22895557
印　　刷 / 常熟市人民印刷有限公司

版　　次 / 2018 年 4 月第 1 版
印　　次 / 2018 年 4 月第 1 次印刷
开　　本 / 650 × 900　1/16
字　　数 / 1414 千字
印　　张 / 92.75
书　　号 / ISBN 978-7-5426-5987-3 / I · 1269
定　　价 / 446.00 元（1–4 部）

敬启读者，如发现本书有印装质量问题，请与印刷厂联系 0512-52601369

出版人的话

中国现代书面语言的表述方法和体裁样式的形成，是与20世纪上半叶兴起的大量翻译外国作品的影响分不开的。那个时期对于外国作品的翻译，逐渐朝着更为白话的方面发展，使语言的通俗性、叙述的完整性、描写的生动性、刻画的可感性以及句子的逻辑性……都逐渐摆脱了文言文不可避免的局限，影响着文学或其他著述朝着翻译的语言样式发展。这种日趋成熟的翻译语言，推动了白话文运动的兴起，同时也助推了中国现代文学创作的生成。

中国几千年来的文学一直是以文言文为主体的。传统的文言文用词简练、韵律有致，清末民初还盛行桐城派的义法，讲究"神、理、气、味、格、律、声、色"。但这也在一定程度上限制了情感、叙事和论述的表达，特别是面对西式的多有铺陈性的语境。在西方著作大量涌入的民国初期，文言文开始显得力不从心。取而代之的是在新文化运动中兴起的用白话文的句式、文法、词汇等构建的翻译作品。这样的翻译推动了"白话文革命"。白话文的语句应用，正是通过直接借用西方的语言表述方式的翻译和著述，逐渐演进为现代汉语的语法和形式逻辑。

著译不分家，著译合一。这是当时的独特现象。这套丛书所选的译著，其译者大多是翻译与创作合一的文章大家，是中国现代书面语言表述和中国现代文学创作的实践者。如林纾、耿济之、伍光建、戴望舒、曾朴、芳信、李劼人、李葆贞、郑振铎、洪灵菲、洪深、李兰、钟宪民、鲁迅、刘半农、朱生豪、王维克、傅雷等。还有一些重要的翻译与创作合一的大家，因丛书选入的译著不涉及未提。

梳理并出版这样一套丛书，是在还原中国现代文学史上的重要文献。迄今为止，国人对于世界文学经典的认同，大体没有超出那时的翻译范围。

当今的翻译可以更加成熟地运用现代汉语的句式、语法及逻辑接轨于外文，有能力超越那时的水准。但也有不及那时译者对中国传统语言精当运用的情形，使译述的语句相对冗长。当今的翻译大多是在著译明确分工的情形下进行，译者就更需要从著译合一的大家那里汲取借鉴。遗憾的是当初的译本已难寻觅，后来重编的版本也难免在经历社会变迁中或多或少失去原本意蕴。特别是那些把原译作为参照力求摆脱原译文字的重译，难免会用同义或相近词句改变当初更恰当的语义。当然，先入为主的翻译可能会让后译者不易企及。原始地再现初时的翻译本貌，也是为当今的翻译提供值得借鉴的蓝本。

搜寻查找并编辑出版这样一套丛书并非易事。

首先确定这些译本在中国是否首译。

其次是这些首译曾经的影响。丛书拾回了许多因种种原因被后来丢弃的不曾重版的当时译著，今天的许多读者不知道有所发生，但在当时确是产生过一定的影响。

再次是翻译的文学体裁尽可能齐全，包括小说、戏剧、传记、诗歌等，展现那时面对世界文学的海纳百川。特别是当时出现了对外国戏剧的大量翻译，这是与在新文化运动影响下兴起的模仿西方戏剧样式的新剧热潮分不开的。

困难的是，大多原译著，因当时的战乱或条件所限，完好保存下来极难，多有缺页残页或字迹模糊难辨的情况，能以现在这样的面貌呈现，在技术上、编辑校勘上作了十足的努力，达到了完整并清楚阅读的效果，很不容易。

“民国世界文学经典译著·文献版”首编为九辑：一至六辑为长篇小说，61种73卷本；七辑为中短篇小说，11种（集）；八、九辑为戏剧，27种32卷本。总计99种116卷本。其中有些译著当时出版为多卷本，根据容量合订为一卷本。

总之，编辑出版这样一套规模不小的丛书，把世界文学经典译著发生的初始版本再为呈现，对于研究界、翻译界以及感兴趣的读者无疑是件好事，对于文化的积累更是具有延续传承的重要意义。

2018年3月1日

[俄]陀思妥耶夫斯基(F.dostoevsky)著
耿濟之 譯

卡拉馬助夫兄弟們

(第一部)

中華民國三十六年八月初版

目錄

第二册　不適當的聚會

第三册　好色之徒

出版者言

一九三九年的秋天，上海四週已陷敵手，租界情勢，尚稱苟安，耿濟之先生當時有翻譯「高爾基全集」的計劃，我就代表良友公司和他接洽出版事宜，他給我看了一張寫在稿紙上的翻譯程序表，他表示決心放棄外交官職務，預備以五年時間，完成「高爾基全集」的翻譯計劃。不久他就把「阿爾達莫諾夫家的事情」（出版後改名「家事」）交我付排了，可是「高爾基全集」的計劃他却已放棄，理由是另一家書店已有同樣的計劃在進行，因爲是集許多人的譯作，合成全集，短期內卽可完成（其實，這個計劃至今也沒有實現。參閱譯者最後給我的一封信，製版在本書內的，可知這本「家事」，最近才被收入那「全集」中），他不願在這方而浪費精力，與人作無謂的競爭，所以把計劃打消了。於是我和他商議了另外一個出版計劃，由他挑選舊俄巨著十部，陸續翻譯出版，把這些譯著，統稱爲「耿譯俄國文學名著，」編成一套叢書。他同意了這個計劃，於是高爾基的「家事」就成爲「耿譯俄國文學名著」的第一種，而第二種我們挑了陀斯妥也夫斯基的百萬長篇「卡拉馬助夫兄弟們。」（上半部出版時改成簡名「兄弟們」）

時間飛也似的過去，戰局對我愈形不利，上海租界的獨立性也逐漸消失，濟之先生的翻譯工作，却從未間斷。他每天必譯二三千字，一方面把牠當作一件嚴肅的工作做，一方面也是對醜惡現實的逃避。可是到上半部出書時，上海出版業的活動範圍，已局限於租界之內，初版印二千，實銷還不到三百册，下半部譯成時，租界已被接收，書店也遭封閉，存書紙型全部損失。我便在敵僞追迫之下，逃入內地，與濟之先生的消息，從此斷絕。在桂林時，我曾把上半部中的上半本用土紙印了一版，但是不久湘桂戰事發生，桂林事業，全遭燬滅，這部多難的譯本，也就沒有了下文。

勝利歸來，我最先去鄭振鐸先生那裏打聽濟之先生的近況，他告訴我濟之先生已遠去瀋陽，關於「卡拉馬助夫兄弟們」的出版，濟之先生還希望我能繼續爲他早日實現，我就毅然的答應了。這部譯本是我最先慫恿他動手的，五六年來，他辛苦譯成的作品，遭遇了多少次的災難，一直沒有和讀者正式的見面，現在把這部書早日全部出版，當然是我無可推諉的責任。幸而譯者還保存了一份齊整的原稿，所以晨光出版公司一成立，我就先發排了濟之兄的這部譯文。半年的時間，排校工作將告完成，而濟之兄的噩耗，却從瀋陽傳來。今天這本書雖能和讀者見面，可是辛苦的譯者却已變成古人了。

我在這裏，將留下幾個爲出版這本大書而協助過的許多朋友們的大名：

鄭振鐸先生從濟之先生開始翻譯本書時起，一直到今天全書出版止，一方面鼓勵譯者完成這部大書的翻譯工作，一方面又鞭策我在出版這部大書上早日完成，沒有他，這部書是不會在今天和讀者們見面的。當本書快出版時，我請他寫篇序文紀念濟之先生，他又一口答應了。我現在向鄭振鐸先生致最深的謝意。

濟之先生夫人錢福芝女士，把濟之先生的照片借給我們用，還以版權承繼人的資格和我們簽訂版稅合同，我在此向她致謝。

這部書篇幅浩瀚，印刷成本較高，幸經湯養吾先生，魏志澄先生和王鰲龍先生的協助，在重慶排版，上海印刷，使本書得能如願完成，在此一併致謝。

趙　家　璧　卅六・八・一・

鄭振鐸序

耿濟之先生從學生時代起，便着手翻譯俄國小說：他有個便利；他是俄文專修館的學生，他懂得俄文，能够從原著直接翻譯過來。當時，許多人翻譯俄國文學作品，都是從英文、日文的譯本重譯的。很奇怪的是，在他之前，懂俄文的人不算少，却沒有一個人從事於這個工作。他恐怕要算是從俄文直接翻譯俄國文學作品的第一人了。由他來領頭，於是，有好些個俄專的同學們才跟着來。共學社出版的「俄國戲曲集」，除了我的一本從英譯本重譯的柴霍甫的「櫻桃園」之外，差不多全是當時俄專的同學們譯的。但三十年來，始終不懈的恐怕還只有他一個人。他的同學瞿秋白先生也譯得不少。但不幸中道遇禍。在分量上決沒有他那末多。他畢業後，一直在做着外交官。但無論他在冰天雪地的西比利亞，或在熙熙攘攘的列寧格拉特和莫斯科，無論他的環境如何，他總要抽出些工夫來做這介紹的工作。到了最後，他在瀋陽，身體已經顯得很衰弱下去了，心臟病很明著的表露着，只要他一有空閑，他還是筆不停揮的寫。他眞是工作到死，像莫利哀之死在戲台上一樣。當他開始着手翻譯的時候，差不多是四顧茫茫，前不見古人，後不見後者。連一本俄文的文學史也找不到。在這方面，是我幫了他的忙的。我找到了好幾本英文的俄國文學史，最早是 Home Library裏的最簡單的一本，後來，G. Brandes和Masaryk 的幾部重要名著也都找到了。所以，在最早的時候，他譯的俄國文學作品的序，差不多都是我寫的。我們在暗中摸索着，但我們自己找到了自己的道路。經過他的手，重要的俄國名著，在這三十年裏，可眞介紹了不少。而且，有許多都是篇頁浩瀚，別的人憚於動手的。我們曾經談過，要譯杜思妥也夫斯基的全集。預定這部「卡拉馬助夫兄弟們」由我動手，從英文譯本裏譯好後，由他用俄文原本校訂。記得我還曾譯過頭一兩章。但因爲我沒有那末大的耐性，一擱筆便是好幾年。以後，便再也提不起興緻來譯下去。想不到，他却埋頭苦幹的把這末一部大書譯完成了。前半部是他在西比利亞時候譯成了的。後半部是他在淪陷區時續譯完工的。當他寫信告訴我要譯這部書時，我極力慫恿他開始做，一半也爲了庇護我自己的慚愧。他時常沒有忘記這部大著作的出版，而不幸，她的運命却惡劣異常。第一部方才印出，太平洋戰爭便爆發了，良友公司被迫停業，印好的書也全部散失了。他最後一次離開上海而到東北去時，還念念不忘於這部書的運命。現在趙家璧先生竟毅然的把她全部一次出版，而他自己已經不及見了！本來我曾答應替他寫一篇序；也因爲他事所牽，竟未及寫。現在，這篇短序終於寫成了，而他也不及讀到了！想到，當初我們幾個人在暗中摸索着走路的時候，興緻好，勇氣大，而經過了這三十年的磨折，打擊與閱歷，許多人早已是兩鬢漸霜，心情蕭索的了。瞿菊農先生在其時，曾譯太戈爾的「春之循環」，老實說，我在那時候還不大明白那劇裏的哲理呢。如今是老友凋零，地山、六逸，相繼成了古人，濟之也已拋掉了一切而去。而大霧瀰天，白晝如夜，環境之糟，有過於三十年前，菊農與予亦均已無復少年時代的好心情了。然薑桂之性，尚未稍變。則也可以自慰而慰故人於地下了。

中華民國三十六年七月二十七日　鄭振鐸序

譯者耿濟之最後遺影攝於瀋陽

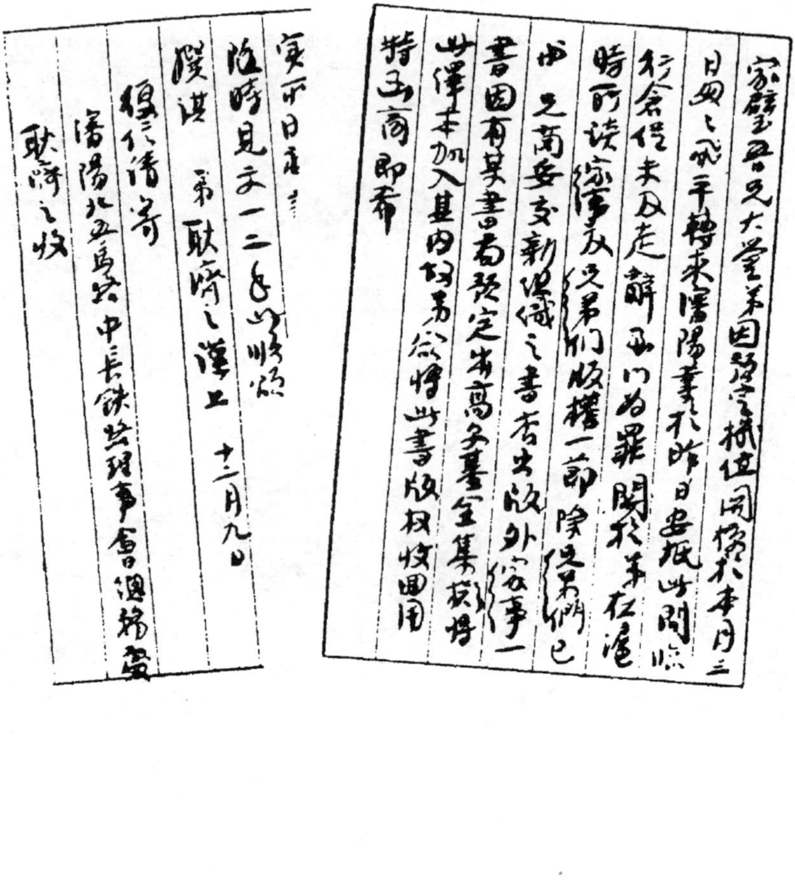

家璧吾兄大鑒：弟因路途梗阻，偕同伴於本月三日由北平轉來瀋陽，業於昨日安抵此間。臨行舍侄未及走辭，至以為罪。關於弟在滬時所談弟譯及兄弟們版權一節，除兄弟們已由之簡安交新識之書者出版外，弟譯事一書因有某書局預定出高爾基全集，擬得此譯本加入其內，故弟欲將此書版權收回，特函商，即希賓示，日后以便隨時見示一二為盼。順頌

撰祺

弟耿濟之謹上　十二月九日

復信請寄

瀋陽北五馬路中長鐵路理事會總務處

耿濟之收

譯者為本書出版事寫給趙家璧的遺墨

譯者前記

譯完以後，照例想說兩句話，作一篇序文，對於所譯的書的內容和主旨多少加以解釋和說明。

但是這部（卡拉馬助夫兄弟們 „Brothers Karamazov"）裏包含了陀斯托也夫司基氏哲學和宗教方面全部的中心思想，他的筆調下涉及各色各樣互相矛盾和對比的社會人物典型，需要五册的篇幅才能分析清楚。

這是文學研究家和批評家的任務，不是譯者所能勝任的。

這裏也不過隨便塡上兩句，作爲介紹而已。

讀者當已知道，陀斯托也夫司基的一生在艱難痛苦中度過：他曾上過斷頭台，嘗一嘗臨刑前的慘苦的滋味，他曾被流戍在寒冷的西比利亞，度了幾年凄涼的，孤獨的生活，他曾被債主逼得走頭無路，他曾在賭場上徘徊不捨，作孤注一擲的豪舉。他的生活是不平凡的，充滿冒險的。他的一生就等於一部 **Roman d' aventures**

到了最後的十年（陀氏死於一八八一年，）陀氏從國外倦游歸來以後，他的生活比較安定，經濟狀況也大見舒適。他可以不必像以前似的，爲了趕濟到期必須交用的文稿（罪與罰），不得不雇請速記員，口授腹稿。也不願自恃發明了一個賭錢必勝的祕訣，旋連在維司巴登的賭場上，終于輸得精光，方纔回家。他已底定了他的家庭的幸福的生活，（他身傍有愛妻和兩女兩男）他度着一個適合於著作家的身份的單調的，家庭的生活。冬天在彼得堡，夏天在鄉下老羅薩地方，夏末則往埃姆司醫療肺病，這成爲他每年照例的打發日子的方法。

就在這時期內，就在這環境內，他著成了卡拉馬助夫兄弟們，——他的最後的巨著。

他在這十年內，除去雜誌的論文和列入作家日記的範圍內的短篇小說以外，一共寫了三部小說：羣鬼（在國外起始寫的，）少年和兄弟們。這三部作品雖各有特殊的面目，大體上成爲整個的敘事詩的三部曲。陀氏本預備寫一部長篇巨帙的小說，內分五個中篇小說，欲以五年的時間專心致力於此。結果是五個中篇變成了三部長篇，寫作的時間費去了最後的十載的生命。

在寫白癡的時候，陀氏已起始發願作一長篇，預備在這書內完全表現他的宗教和哲學問題的全部的見解。這部小說題爲無神派，後又改爲偉大的罪人的生活。這志願雖不斷在陀氏的腦筋內旋轉，究竟始終未見完整的形式。然而在上述的三部小說中，尤其在卡拉馬助夫兄弟們裏，——這基本的主旨已暴露無遺，可以說這三部小說就是偉大的罪人的生活的各段的實現，亦不爲過。

這基本的主旨是什麼呢？

陀氏在致瑪意闊夫和司德拉霍夫的信札內屢爲述及。現在就拿他自己的話來作解釋罷。

「橫貫在全部小說內的一個主要的問題，——也就是我一生有意識地，和無意識地煩惱著的，——便是上帝的存在的問題。我的主角，——在一生的持續間，——一會兒是無神派，一會兒是信徒，一會兒是狂熱的信仰者和傍門的教徒，一會兒又是無神派。」

上帝的存在的問題，確乎是橫貫在兄弟們裏的中心的主旨。書中曹西瑪長老的臨終訓言與伊凡的口中傳出的大宗教裁判官的理論是這個問題正和反的論點。在這兩種相反的思想的對比中，陀氏想表現出來的，一方面是心的宗教，無所謂教義，無嚴格的教會的儀式，信仰成爲安慰人的生命的原素，是無奇蹟，無權威的信仰，處于教會的僧侶組織以外的。另一方面，（宗教裁判官，）則握有國家一切特權，將信仰設置於奇蹟，祕密和權威的方面。在這方面，教會成爲國家，但在長老制方面，則祇是一種精神的力量。兩方面都需要服從，完全的服從，拒絕自己的意志。違反服從的人不能被寬恕。然而兩者間的服從大有區別，宗教裁判官一面要求人們的服從，一面自己担承下永恆的疑惑和無信仰的重累，使軟弱的人類脫卸覊絆，因爲他們無力担當自由和爲自己負責的情感。這裏含有強者垂憐弱者的性質，這裏以服從作爲奴隸的德性。在長老制裏——服從是自願的，自由地容納着的，由于信仰的共通而捉獲到的。

從這對比的思想的出發點上，全書展開了各色各樣的互相對照的典型，一方面是曹西瑪長老高超的，慈愛的印象。他曾經是一個反抗的心靈，在騷亂的生命的漩渦裏，曾經侮辱他人，也曾自受侮辱，而現在則在他所捉獲到的最高的眞理之中安身立命。受他的敎義的影響的是他的心愛的學生阿萊莎，——虔信的，仁愛爲懷的，靈魂向上的青年。如陀氏自己在這書的序言中所述，阿萊莎原是書中主幹的人物，基本的主旨在于敍寫他離開修道院，進入社會後的艱苦的行程，『怎樣使靈魂自行洗淨』的一個過程。現在已寫下而且刊行的兩卷祇是『阿萊莎正傳』的前奏。可惜，天不假陀氏以餘年，使我們不能讀到第二半部的卡拉馬助夫兄弟們，眞是世界文學史上的大缺憾。

另一方面是不信上帝，具有聰明和驕傲的性格，渴求生命的伊凡。由與他虛構出來的大宗教裁判官的理論上演譯出來的『旣無上帝，則一切可任意妄爲』的公式，成爲私生子司米爾加可夫——一個具有奴性屈服的性格和怨毒的心情的人——犯罪殺人的道德上的動機。這些兄弟們的父親，費道爾·伯夫洛維奇·卡拉馬助夫的身上，特別露出肉慾的元素。他代表着原始的『罪孽，』那種『卡拉馬助夫性格。』他的後代全多少受這個性格的遺傳。連清白無邪的阿萊莎的血裏也免不掉染上了這運定的遺傳的毒素。

米卡則介乎兩者之間，成爲靈魂與肉慾搏鬬的戰場，他一面任憑情慾和僻好在他身上無拘束的馳騁，一面仍保持着他的心靈的，向上的，愛的性格。他的心裏預感到靈魂對於肉慾的戰勝。但這祇是一個預感而已，如何分曉，作者尚未來得及告訴我們。暫時在我們看來，他是靈與肉交戰下的犧牲。

伊凡和罪與罰裏的拉司闊立尼闊夫不同之點是拉有所信，便起而行，但伊凡則僅說出他心中的思想。兩人的思想同屬於虛無主義式的，反抗的論調，一則聲明『犯罪是對於社會組織不正常的抗議，』一則謂『既無上帝，則一切可任意妄爲』，後者的思想比諸前者似更直爽，更勇敢些。然而伊凡僅言而不行，倒是被司米爾加可夫捉到了，便實行犯罪，謀殺了老父親。在伊凡得悉他本人應對父親的被殺負思想上的責任以後，他的『本性』受不住他的『犯罪哲學』的實踐結果的重壓，便實行反叛，因此發了瘋狂。而做了他的『哲學』的實踐的工具的司米爾加可夫也懸樑自盡。

除去書中的主要角色以外，尚有一大批的二等人物，婦女，青年，甚至孩童，在錯綜複雜的故事裏，各現其個別的，和各自的身份相配的面目。陀氏又藉着殺案審訊的進程，表露他的巧妙的心理分析的手段，在檢察官的訴詞和律師的辯護詞裏，極盡其人情和心理的細刻描劃之能事。在世界文學的作品裏，對於審案這樣完備的詳細的敍寫，尙屬創見之格。

我們應注意的是陀氏的作品結構中橫亘兩個基本的原則：即哲學思想的充分的表白和情節的引人入勝。這兩個原則可以說是在所有的陀氏的作品內都實施着的，而卡拉馬助夫兄弟們裏則被運用到最澈底的地步。

一方面是道貌岸然的哲學思想佔了巨大的篇幅，另一方面則類乎通俗的偵探和冒險小說性質的，引人入勝的曲折的情節使讀者看得趣味盎然，不忍釋手。這兩種相反而實際上相成的筆法成爲卡拉馬助夫兄弟們的結構的特點。

卡拉馬助夫兄弟們裏哲學的、宗教的思想定於中心的地位成爲一個圓軸，而各色各樣的，複雜的，錯綜的故事就順着這個圓軸而進行着。因此全書內積極活動着的引人的複雜的情節掩住了說敎性質的哲學思想的枯燥。這種結構的要訣便在於用趣味生動的外面的情節，補償讀者對於哲理的篇頁累重而且沉悶地注意的損失，而作者在這方面是成功了的。

我譯陀氏的長篇小說，這已是第二次了。我在十年以前曾譯過罪與罰。全稿脫成後交某書局付排，但被一二八的砲火將譯稿全行燬去。因爲沒有留副稿，而我又沒有再複譯一下的勇氣，祗好聽它去罷。附誌於此，以示遺憾之意。

（一九四一年六月）

陀斯妥也夫斯基像及其簽名

作者的話

在起始描寫我的主角阿萊克謝意．費道洛維奇．卡拉馬助夫的生活的時候，我感到有點惶惑。事情是這樣的：雖然我把阿萊克謝意．費道洛維奇稱做我的主角，但自己也知道，他並不是大人物，因此預先看出免不了有以下的問題提出的：你的阿萊克謝意．費道洛維奇有什麼特別的地方，使你選他做爲主角？他做了什麼事情？誰知道他？出了什麼名？爲什麼我（讀者）應該虛費時間，研究他的生活的事實？

最後的問題是最運定的，因爲我祇能回答：『也許你們自己可以從這說部裏看到的。』如果讀完以後並未看到，對於我的主角的顯著的點並不同意，那便怎樣呢？我如此說，因爲不勝悲哀的是我預先看得出來的。他對於我是顯著的，然而我實在疑心，我能不能對讀者證明這點。事情是他也許是一個事業家，不過是一個不確定的，沒有表現出的事業家。但是在我們這種時代要求人家明朗，未免奇怪。也許祇有一樣是十分無疑的：他是一個奇特的人，甚至是怪物。不過奇特與怪癖不見得就能給予，反將損害注意的權利，尤其是當大家全努力在普遍的秩序散漫之中，聯合個別性，以尋覓這種整個的意義的時候。至於怪物在多數的事例上是個別與特殊。不是麼？

假使你們不贊成這最後的論題，回答道：「不然」，或「不盡然」，那末關於我的主角阿萊克謝意・費道洛維奇的意義一層，我到會放心下來的。因為不但怪物「不盡」為個別與特殊，而且時常也許他身上反具有整體的核心，而他的時代的其他的人們却全像一陣什麼襲來的風一般暫時不知為什麼緣故和他脫離了……

然而我本可以不作這十分平庸無奇的，模糊的解釋，就這麼隨便起始，不加序言：祇要有人喜歡——總要讀完的；但苦的是我這生活描寫是一個，而小說倒有兩部。第二部主要的小說，那是我的主角在我們的時代，那就是我們現在的時間，所作的行為。第一部小說發生於十三年以前，差不多不算做小說，祇是我的主角最初的青春裏的一個時代。叫我越過這第一部小說而不管是不可能的，因為這樣子，第二部小說裏的許多事情將成為不可了解的了。但因此我的最初的困難更加複雜起來：如果我，就是傳記家本身，認為一部小說對於這個謙卑的，不確定的主角也許還嫌多餘，那末何必再來兩部，而且怎樣解釋我的方面這樣的驕矜呢？

我既難於解決這些問題，決定聽它去，不加以任何解決。眼光銳利的讀者顯然早已猜到我從開始的時候就傾向到這上面，祇是恨我，為什麼我白白地費去無結果的話語和寶貴的時間。對於這，我可以確切地回答：我費去無結果的話語和寶貴的時間，第一是由於體貌，第二是由於狡黠：『無論如何，我是預先警告過的。』然而遽然使我高興的是我的小說自然而然『在整體的實質的一致上』分爲兩篇故事：讀者在第一篇故事熟讀了後，可以自行決定：值得不值得再讀第二篇？自然，誰也沒有受什麼約束，可以從第一篇故事的第二頁上就扔棄書本，再也不去打開它。但是還有一類客氣的讀者一定要讀到底，爲了不使無偏無倚的見解生出什麼錯誤；譬如說，所有俄國的批評家都是這一類的。在這類的人們面前，心是很輕鬆的；不管他們怎樣的勤謹與善意，我總可以給他們一個最合理的藉口，在讀頭一段小說裏就扔棄它。這篇序言就是這樣子了。我完全同意，它是多餘的，但因爲它已經寫好了，也就讓它去罷。

現在言歸正傳。

第一冊　一個家庭的歷史

第一章　費道爾·伯夫洛維奇·卡拉馬助夫

阿萊克謝意·費道洛維奇·卡拉馬助夫是我們縣裏的田主費道爾·伯夫洛維奇·卡拉馬助夫的第三個兒子。費道爾·伯夫洛維奇·卡拉馬助夫爲了整整十三年以前所發生的悲慘黑暗的結局而聞名一時，（現在我們還有人記得），關於這一段事容後另行詳敍。現在要說關於這位『地主』的，（雖然他一輩子差不多完全沒有在自己的封地內住過，但是大家還這樣稱呼他），衹是說他是一個奇怪的典型，固然還是常見的典型，一個不但無用而且荒唐，同時也是無理解力的人的典型，——但是這類無理解力的人却會把自己的財產事件辦得十分妥當，大概也就這類事情是辦得好的。以費道爾·伯夫洛維奇做譬喻罷！他開始時差不多什麼也沒有，他是最小的地主，跑到別人家去吃白食，搶着做人家的食客，但是在他死的時候却積了十萬盧布的現錢。同時他到底一輩子繼續做了全縣最無理解力的狂士的一個。我還要重複說的：這裏並非愚蠢；大多數這類狂士是十分聰明狡黠的，——而就是無理解力，還是一種特別的，民族本有的無理解力。

他娶過兩次親，有三個兒子，——長子名特米脫里·費道洛維奇，第一位太太生的，其餘的兩個，伊凡和阿萊克謝意，第二位太太生的。費道爾．伯夫洛維奇的第一位太太出身於有貲財，名望貴族米烏騷夫，也是我們縣裏的地主的家中。一個富有嫁妝的女郎，而且是很美麗的，加上還是一個快樂的聰明人，我們現在這一代裏不稀少，但是在過去時候也已發生，怎麼竟會嫁給這種不值錢的『累贅物』，像大家當時稱呼他的，我也不必細細地解釋。我還認識一個女孩，也是屬於過去的『浪漫派』的一代裏的，在幾年來對於一位先生有了神祕的愛以後，本來可以用極安靜的方式嫁給他，結局是自己想出了無法戰勝的障礙，在一個狂風暴雨的夜裏，從像岩石形狀的高岸上投入很深，很急的河裏，因此喪了命，也就是為了自已的一種怪念。唯一地是為了模倣莎士比亞的渥菲琵亞，※而且假使她早就看定的，心愛的那個岩石並不如此地具有好景致，假使代替着牠的是庸俗無奇的，平坦的岸，那末甚至自殺也許不會發生的。這是真正的事實，我們可以想到，在我們俄羅斯的生活裏，在最後的兩代，甚至三代的時間內，這類或和它同類的事實頗也發生了不少。所以阿台拉意達．伊凡諾夫納．米烏騷夫的行為無疑地是別人的流風的遺響，也是為被禁化的思想所引逗出來的。她也許想宣告婦女的獨立，反對社會的約束，反對自己宗族和家庭的專制，而巧於侍人的幻想使她相信，也許祇在一剎那間使她相信費道爾．伯夫洛維奇雖然有食客的尊號，總是一個在轉

※莎翁的悲劇漢姆烈特．

移到一切良好裏去的時代裏最勇敢最好嘲笑的人，其實他祇是一個惡毒的丑角，別的是沒有的。有滋味的是這事居然弄到了私奔的結果，這使阿台意達・伊凡諾夫納引為十分榮幸，費道爾・伯夫洛維奇對於這類突然發作的行動，即使照他的社會地位而言，當時也是準備得十分成熟的，因為他深願建立自己的職業，用什麼方法都可以；扳到好親戚又能取得資貲，是很可誘惑的一樁事情。至於說到雙方的愛情，大概是完全沒有的，——無論是新娘方面，或是他的方面，雖然阿台拉意達・伊凡諾夫納還有姿色。所以這個事件在費道爾・伯夫洛維奇一生中，以他那樣一輩子最為好色，祇要女人一招手，就準備一下子拜倒任何一條石榴裙下的，也許可以說是唯一的，特別的一樁事件。而且祇有這女人一個人在色情方面是不能使他引起任何特別的印象的。

阿台拉意達・伊凡諾夫納在出奔後立刻一下子看出她對於丈夫惟有賤蔑，並無別的。所以婚姻的結果異常迅快地發現了出來。雖然家庭裏居然很快地對於這事件相安下來，給出奔的姑娘分出一筆粧貲，但是夫婦之間起始了最無秩序的生活，和永遠的爭吵。有人講，年青的夫人當時所表現的尊貴和崇高，是費道爾・伯夫洛維奇無從與以比擬的。現在才知道，他在她取得錢的時候，立刻一下子全部抓取了去，有二萬五千盧布之數，所有這幾萬塊錢從那時候起對於她簡直就等於扔到水中一般。至於一個小鄉村，和一個很好的，城裏的房子，也是發歸她作嫁費的，他許多時候拚命想藉着完成一種適宜的手續，轉移到自己的名下；祇要憑着他無時無刻不使用的那種無恥的勤索與苦求，使自己的夫人引起了對他的賤蔑和嫌惡，憑着她精神上的疲勞的一點，祇是爲了讓他罷開手去，——憑着這些，他原是可以達到自家的目的的。但是幸而阿台拉意達·伊凡諾夫納的家庭出來干涉，才限制了強豫的行爲。大家確切地知曉，他們夫婦之間時常發生兇毆，但是風聞出於毆打的不是費道爾·伯夫洛維奇，卻是阿台意達·伊凡諾夫納，一個暴燥的，勇敢的，臉色微黑的，無耐性的，天生體力壯大的女太太。她終於拋棄了家庭，離開費道爾·伯夫洛維奇，同一個窮得要命的宗教學校的教員偷跑，給費道爾伯夫洛維奇留下了三歲的米卡。費道爾·伯夫洛維奇一下子在家裏養著了整窠的女人，從事極放蕩的酗酒，在休息的時間內幾乎走遍全省，含着眼淚對一切人和每個人抱怨那離開他的阿台拉意達·伊凡諾夫納，並且還說出一些細節，是做丈夫的羞於說出的關於自己的婚姻生活的細節。主要的是他對於在大衆面前扮演一個可笑的受了辱的丈夫的角色，甚至染加了顏色，以描寫關於自己所受恥辱的細節，竟似乎感到愉快，而且引爲榮幸。有些好嘲笑的人們對他說：「人家要以爲您取得了官爵，所以您不管如何悲痛，還是十分滿意」。許多人甚至說他喜歡以丑角的新姿態出現於世，爲了增加笑聲，故意裝出樣子，不去理會自己的滑稽的地位。誰知道呢，也許他那種樣子是出乎天真的。他後來發見了那個逃奔女人的蹤跡。這不幸的女人同她的宗教學校教員到了彼得堡，就在那裏無限制地實行起最完全的婦女解放起來。費道爾·伯夫洛維奇立刻張羅起來，預備動身到彼得堡去，——爲了什麼？——他自然自己也不知道。也許他果眞當時會去的，但是在取了這樣的決議以後，他刻立認自己有一種特別的權利，就是爲了壯膽，在旅行以前，重新從事最無檢點的酗酒。就在這個時候，他的夫人的家中接到了她在彼得堡逝世的消息。她好像突然死去，就在一間擱樓上，有些人傳說是由於傷寒，另一些人傳說是由於飢餓。費道爾·伯夫洛維奇聽見他夫人死的時候正喝醉了酒，聽說當時跑到街上，起始呼喊，快樂得雙手朝天上揚着：「現在得恕了」，根據另一種傳說，——他痛哭一場，像一個小孩，而且聽說哭到甚至看着他可憐的地步，雖然你對他懷着十二分的嫌惡。確乎也許兩種情形都有的，一面是爲自己的被解放喜悅，另一面則爲解放者痛哭，兩者兼而有之。在許多事例上，一般人，甚至惡徒，也是比我們一般批評於他們的，還比較率眞些，坦白些。我們自己也是這樣的。

第二章　長子被摔脫了出去

自然可以想到的，這樣的人能夠成爲怎樣的導師和父親。在他這樣父親的方面，應該發生的事情也就發生了，那就是說他完全拋棄了和阿台拉意達·伊凡諾夫納所生的小孩，並非由於恨他，非由於什麼被侮辱的夫婦的情感，却祇是因爲完全忘掉了他。在他用眼淚和訴怨使大家討厭，又將自己的住宅變爲淫蕩的巢窟的時候，這三歲的男孩米卡由這家的忠僕格里郭里担任照管，假使當時沒有他來關心，也許連替這小孩換襯衣都會沒有人的。並且恰巧嬰孩的母系方面的親屬在最初時候好像也忘掉了他。他的外祖父，就是米烏騷夫先生，阿台拉意達·伊凡諾夫納的父親，當時業已不在人世；他的守寡的夫人，米卡的外祖母，搬到莫斯科去居住，病得很利害，姊妹們業已出閣，所以差不多整整的一年功夫，米卡祇好留在僕人格里郭里那裏，住在僕人住的草房裏面。然而即使爸爸憶起了他來，（真的，他是不能不曉得他的存在的），自己也會再把他放進草房中去的，因爲嬰孩終究將妨礙他的亂行。但是結果發生了這樣的事：死者阿台拉意達·伊凡諾夫納的堂兄彼得·阿歷山大洛維奇·米烏騷夫從巴黎回來了。他連着許多時候住在國外，當時還是一個很年輕的人，然而他是米烏騷夫一族中間特別的人物，很文明，有都市氣，外國派，而且一輩子是一個歐羅巴人，晚年時成爲四十年代，五十年代的自由派。他一面繼續做自己的職業，一面在國內外和那個時代許多思想最自由的人們發生關係，親身認識普魯東和巴枯寧，特別愛回憶，並且講敘，（那時已在流浪的終端的時候），四十八年巴黎二月革命三天裏的情形，還暗示着說他自己也幾乎成爲巷戰的參加者。這是他年青時代最快樂的一個回憶。他有獨立的財產，照以前的比例，大約有一千個靈魂。他的佳良的封地就在我們的小城外面，和我們的修道院的田地作鄰。彼得．阿歷山大洛維奇還在最年輕的年歲，剛剛取到遺產的時候，就一下子和修道院起始了完結不了的訴訟，爭河中捕魚，或森林中斫木的權利，到底是什麼我可不知道，但是和『牧師們』訴訟，他居然認作是國民方面的，文化方面的義務。在他聽了關於阿台拉意達．伊凡諾夫納的一切，——她是他記得，甚至有一個時候注意到的，——又打聽出還有米卡留下來以後，雖然他對於費道爾．伯夫洛維奇發生了新鮮的憤怒和賤視，立刻干涉起這件事情來了。他當時和費道爾．伯夫洛維奇初次相識。他對他直說，願意把這孩子收歸自己教養。他以後許久時候敘講着，當作一種特點，說他同費道爾．伯夫洛維奇提起米卡的時候，他有一個時候裝做完全不明白講的是什麼孩子的樣子，而且好像有點奇怪，在他的家裏還有一個小兒子存在着。假使彼得．阿歷山大洛維奇的敘述裏或許有點誇大，那末總是應該有近乎眞實的一點的。實際上，費道爾·伯夫洛維奇平生就愛做戲，忽然在你面前扮出一個出乎意料外的角色，主要的是有時並沒有任何的需要，甚至對於自己有損，譬如說，像現在那件事情一般。這類特性確是大多數的人，甚至是十分聰明的人們所具有的，不僅費道爾·伯夫洛維奇如此。彼得·阿歷山大洛維奇熱心地進行着這件事情，甚至和費道爾·伯夫洛維奇在一起，充做嬰孩的監護人，因爲母親身後總還遺留下小小的財產，房屋和封地。米卡確會遷到這位堂叔家去，但是他沒有自己的家庭，又因爲他自己剛剛辦妥了，而且保障好了自己財產上的銀錢收益事宜，就立刻又忙着到巴黎去久居，所以嬰孩就委託給了他的一位堂嬸，莫斯科的太太。恰巧他在巴黎住得很久，竟忘記了這個嬰孩，尤其是在二月革命來臨的時候，——那次的革命使他的想像大爲驚愕，使他一輩子無從忘記。後來莫斯科的女太太死去，米卡轉移到她的已出閣的一個女兒手裏。大概他以後還曾第四次遷移巢窠。對於這，我現在不再來敍述，況且還有許多話要講到費道爾·伯夫洛維奇的這位長子，現在祇限於說一點他身上最必要的消息，沒有這類消息我是無從開始這部小說的。

第一，在費道爾·伯夫洛維奇三個兒子中，惟有這位特米脫里·費道洛維奇一個人長大起來相信他總還多少有點財產，一到成年，便可獨立。他的幼年與青年無秩序地流去；中學沒有讀完以後就進入軍事學校，以後到高加索服軍職，因決鬥後降職，又服滿了軍職，時常酗酒，化去比較多的銀錢。在成年以後才從費道爾・伯夫洛維奇那裏取到錢，在這以前抑賒了許多債。第一次和他父親認識和見面，是在成年後特地到我們地方來和他父親弄清楚關於財產情形的時候。大概他當時對於父親並不喜歡；他住在他家內不久，便迅速地離開，祗取到了一點點的款子，並且和他約好以後領取莊田收入的辦法，至於這莊田的收入和價值如何，他這次沒有從費道爾・伯夫洛維奇那裏取到確實的回答，（這是一個堪注意的事實）。費道爾・伯夫洛維奇當時一下子就注意到，（這也是應該記住的），米卡對於自己的財產抱虛誇，不正確的見解。費道爾・伯夫洛維奇很滿意這一點，因為他另有一種打算。他祗看出這年青人輕浮，暴燥，有熱情，不耐煩，愛放蕩，祗要臨時抓得到什麼，他會立即安靜下去，固然時間是不會長久的。費道爾・伯夫洛維奇就開始利用這一點，用些小贈與，暫時的寄款打發他。後來終於發生了一件事情：米卡過了四年多，失去了耐性，第二次又到我們小城裏來，準備和他父親完全了清一切，但是使他萬分驚訝的是忽然發現，他業已空無所有，甚至都很難計算清楚，他早已向費道爾・伯夫洛維奇取盡了他的財產的全部價值，支完了錢款，也許他自己反欠他父親多少。又根據他自己某年某月自願簽訂的某件和某件契約，結果是他已沒有再要求任何錢款的權利。青年人很驚訝，疑心內中有不盡不實，和欺騙的情形，幾乎爆炸起來，好像喪失了神智。就是這樁事實引起了一個大慘劇，對於這慘劇的描寫將成為我這第一部序幕性質的小說的目的，或者不如說是這部小說的外表。但是在轉到這部小說的正文以前，必須還要先行敘講費道爾・伯夫洛維奇其餘的兩個兒子，米卡的兄弟，並且解釋他們是從那裏出來的。

第三章　續絃和續絃生的子女

費道爾·伯夫洛維奇將四歲的米卡脫出手去以後很快就續了絃。第二次的婚姻繼續了八年。他這第二位太太，也是很年輕的人物，騷菲亞·伊凡諾夫納，是從別省裏娶來的，他爲了一樁包工的小事件，和一個猶太人結伴到那邊去了一趟。費道爾·伯夫洛維奇雖然荒淫，酗酒，鬧事，却從不停止從事各項投資，永遠將自己的事情辦得順利，雖然差不多永遠帶點兒卑鄙。騷菲亞·伊凡諾夫納是『孤女』出身，從兒童時就失了雙親，一個黑暗的教堂執事的女兒，生長在女恩人，同時也是教養者，磨折者，有名望的老將軍夫人，伏洛霍夫將軍的寡妻的富有的家中。詳細情節我不知道，祇聽說這溫良，靜淑，無惡意的養女有一次曾在擱樓的釘上繫繩上吊，被人家救了下來，——可見她是如此難於忍受這位老婦人的任性和永遠沒有完的責備，其實她並不見得惡狠，却爲了閑暇才成爲使人受不住的專制女性。費道爾·伯夫洛維奇前去求婚，人家探聽了他的來歷，便把他趕走了。於是他又照第一次結婚的辦法，向孤女提議私奔。假使她當時對於他的行爲的細節知道得多些，一定也許她無論如何都不肯嫁給他的。然而因爲是隔了一省：而且一個十六歲的女郎能明白得了多少事情，況且叫她留在女恩人的家裏，還不如去投河的好。因此這可憐的女人就把女恩人換了男恩人。費道爾・伯夫洛維奇這一次一個錢也沒有取到，祇是貪圖這清白的女孩的非凡的美貌，主要的是她的天真無邪的態度使他這樣好色之徒，以前祇是罪惡地愛好着粗鄙的女性美的，爲之驚愕不置。『這雙天真無邪的眼睛當時在我心靈上像剃刀般裂了一道深縫』，——他以後說，惡毒地，別致地嘻笑着。但是對於荒唐的人，連這也祇是色情的衝動。他既未取到任何報酬，便和他的夫人不客氣，利用她在他面前有了『差錯』，幾乎是他把她『從弔繩上救下來』的，此外又利用她那種少見的靜謐和無責任的性格，居然一腳推翻了最尋常的夫婦間的禮貌。一些壞女人，就當着妻子面前，聚到家裏來，做出狂飲亂鬧的舉動。我要當作一種性格的特點報告的，是僕人格里郭里，陰沉，愚蠢，固執，好講理的人，嫉恨着以前的太太，阿台拉意達・伊凡諾夫納，這一次却站在新女主人的一邊維護她，用僕人們本不應有的方式，爲了她，和費道爾・伯夫洛維奇相罵，有一次竟把狂飲亂鬧的場面拆散，把所有聚來的搗亂女人用强力趕走。這個不幸的，從孩提時代就嚇怕的年輕女人發生了類乎神經性的女人病的樣子，這種病時常在普通人中間，鄉下女人身上遇見，因此人家喚她們做歇司底里病女人。她得了這個病，發作了兇險的，歇司底里性的突擊，有時甚至失去神智。然而她還給費道爾・伯夫洛維奇生下兩個兒子，伊凡和阿萊克謝意，第一個生在結婚的第一年，第二個生在三年以後。她死時阿萊克謝意正四歲，雖然很奇怪，但是我知道他以後一輩子都記得母親，自然是像隔在夢裏一般。她死後兩個小孩的遭遇正和第一個小孩米卡一模一樣：他們完全被父親拋棄，遺忘，也落在那個格里郭里手裏，而且也是落到他的草屋裏去。專制老婦人，那個將軍夫人，他們的母親的女恩人和養母，就在草屋裏找到了他們。她還活在世上，八年來始終也不能忘記她所遭受的侮辱。八年來她手頭上握有關于『驪菲亞』的生活最正確的消息，聽到她生了病，而且有許多醜事包圍着她，曾經兩三次對自己的女食客們朗聲說道：『她這是活該，這是因為她忘恩負義，上帝賜給她的』。

驪菲亞·伊凡諾夫納死後整整三個月的時候，將軍夫人忽然親自駕臨敝城，一徑到費道爾·伯夫洛維奇的住宅裏來，祇在小城裏一共留了半點鐘，却做了許多的事。她有八年沒有見過的費道爾·伯夫洛維奇出來見她時是喝得醉醉的。那時候在黃昏時光。有人傳說她剛看見他，不加任何解釋，就一下子給他兩下華貴的，響亮的耳光，三次把他的頭髮從上揪到下面，隨後也不說一句話，一直奔到草屋裏去看兩個小孩。一眼看到他們臉也不洗，穿着髒衣服，她立刻又給了格里郭里一記耳光，對他宣告這兩個小孩由她帶走，隨後就領他們出來，仍穿着原有的服裝，用大氅裹住，放在馬車裏，帶到自己的城裏去了。格里郭里受了這記耳光像一個馴順的奴隸，沒有敢說出一句粗話，還送老夫人到車傍，朝她齊腰鞠躬，恭敬地說，她『照顧孤兒將得到上帝的酬報』。——『你總是一個木頭人！』——將軍夫人臨走時對他喊。費道爾·伯夫洛維奇將這事情全盤考慮了以後，認爲這是一件好事，所以對於孩子們歸將軍夫人教養在形式上的同意，他以後沒有一條敢駁回去的。至於說到所受的幾記耳光，他自己還走遍全城，加以講述。

恰巧將軍夫人不久就死了，在遺囑裏指定給兩個孩子每人一千盧布，『做他們的教育費。這筆款子必須用在他們身上，以够用到他們的成年時爲條件，因爲對於這類孩子贈送這一點是很够的了，假使有人願意，由彼等自行掏出腰包好了，等等的話』。我自己沒有讀到遺囑，但是聽說內中確乎有點奇怪，而且帶着十分別致的辭句。老夫人的主要的繼承人是一個誠實的人，那個省裏的紳士長，葉非姆·彼得洛維奇。他和費道爾·彼得洛維奇通了幾次信，當時就猜到從他那裏是擠不出他的孩子們的教育費來的，（雖然他從不直接拒絕，遇到這類事情時永遠祇是延宕着，有時甚至發抒出感情的話語），於是親自關心這兩個孤兒，特別愛上了最小的一個，阿萊克謝意，所以他在他的家庭裏教養了許多時候。這一點我要請求讀者最先加以注意。如果問這兩個青年人所得的教育和學問應該一輩子感激何人，那末應該感激這個葉非姆·彼得洛維奇，最高貴而且有人道性的人，這類人是很少遇見的了。他把將軍夫人遺下的兩千款子保存不動，等到他們成年時候竟長上利息，每人有兩千之數，而用自己的銀錢教育他們，自然比每人一千的數額化得還要多。他們的童年和少年時代，我還是不去細講，祇指出一些最主要的事實。關於大的伊凡我所要報告的祇是他長大時，成爲一個陰沉的，鑽在自己心坎裏的孩子，並不很畏葸，卻似乎從十歲起，就透澈了解他們到底是在別人的家庭裏生養着，他們的父親是那類連提起來都要害羞的人，等等。這個男孩很早時候，幾乎在嬰孩時代，（至少是這般地傳說），就顯露了一種不尋常的，研究學問的才能。我不大知道底細，但是不知怎麼會事，他幾乎到了十三歲上才同葉菲姆·彼得洛維奇的家庭作別，轉入莫斯科的一個中學，又到一個有經驗的，當時極有名氣的教育家，葉菲姆·彼得洛維奇幼時的好友家中去住宿。伊凡以後自己講述這一切的發生由于葉菲姆·彼得洛維奇的『勇于行善』，他獲得了一個觀念，就是有天才的兒童應該就有天才的教育家求學。但是當青年人畢業中學，進入大學的時候，葉菲姆·彼得洛維奇和這有大才的教育家全都不在人世了。因爲葉菲姆·彼得洛維奇沒有吩咐清楚，那位專制的將軍夫人所遺下的孩子們自己的錢，已經利上加利每人增到兩千之數，竟爲了我們這裏完全免不了的各種形式上的延擱，使他們遲遲地領不下來，所以青年人在大學的最初兩年內不能不吃點苦頭，他被迫着一面給自己掙飯，一面讀書。應該注意的是他當時連和他父親通一通信的嘗試都沒有做過，——也許由于驕傲，由于看不起他，但也許是爲了冷靜的，健全的考慮暗示于他，從父親那裏是得不到任何一點點正經的維持的。無論怎樣，這位青年人一點也不慌張，到底取到了工作，起初是每小時掙角錢的教課，以後就向各報館投送十行左右的小文章，講些街頭發生的事件，署名「目覩人」。這些小文章聽說編得永遠十分有趣而且佳妙，很快地風行了起來，就在這一點上，這位青年人在經驗和智識方面全超越過了多數永遠受窮的，不幸的，一部分男女學生，他們在都市內照例從晨到晚踏穿報館和雜誌社的門限，除了永遠重複着關於翻譯法文或抄寫的一些相同的請求以外，想不出任何較好的辦法。伊凡．費道洛維奇和報館編輯部認識以後，就沒有同他們斷過關係，到了大學的最後數年，起始發表批評各種專門書籍的十分有才氣的文章，因此居然為文壇中人所知曉。但是祇在最近的時間，他才偶然引起了在極大的讀者圈裏突如其來的，特別的注意，所以有許多人當時一下子留心到他，還記住了他。這是一個很有趣的事件。伊凡．費道洛維奇在畢業大學，預備用自己的兩千盧布到外國去一趟的時候，忽然在某大報上刊載了一篇奇怪的文字，甚至引起了並不是專門家的注意，主要的是關於顯然於他並不熟識的問題，因為他研究的是自然科學。這篇文字討論着各處都在研究着的關於教會法庭的問題。他一面批評幾種以前人家發表的關於這問題的意見，一面表示自己個人的見解。主要的是在語氣和結論的出乎意表。而且有許多教會中人簡直把他當做自己的人。但同時不但平民派，甚至反神派也全起始鼓掌稱快。終于有些聰明的人決定，全篇文字祇是一個大膽的滑稽的和嘲笑罷了。我特別提起這件事，因爲這篇文字當時也曾達到我們市鎮附近的著名修道院裏去，裏面的人們對於大家提出的關于教會法庭的問題是十分注意的。這篇文字到了那裏，便引起了十分的惶惑。他們一看作者的名字注意到他就是我們城裏的人，「就是那個費道爾・伯夫洛維奇」的兒子。突然地，就在這當兒，作者親身到我們城裏來了。

伊凡・費道洛維奇當時爲什麼到我們這裏來？——我記得就在那個時候還帶着一種近乎不安的神情給自己提出過這問題來的。這個運定的舉動，作成了許多後果的始端，——對於我，以後長久，而且幾乎永遠成爲不可明瞭的事。就一般推斷，奇怪的是這青年人十分有學問，態度上十分驕傲而且謹愼，竟會忽然走進這樣不堪的家裏，去找這樣的父親，這父親一輩子不理會他，不認識他，不記到他，卽使兒子向他請求，也自然無論如何，無論發生什麼事情都不會給他錢的，不但如此，甚至一輩子還生怕兒子們，伊凡和阿萊克謝意，也會在什麼時候跑了來，向他要錢。但是這個青年人竟搬進這樣的父親的家裏，和他住上一個月，又二個月，兩人住得不用提是如何的安謐。最後的一段不但使我特別地驚奇，而且許多別的人也爲之愕然。我上面已經提起過的彼得・阿歷山大洛維奇，米烏騷夫，是費道爾・伯夫洛維奇在第一位妻子方面的遠親，當時恰巧從業已卜久居的巴黎回來，又住在近城的一所莊園裏。我記得他就是驚奇得最利害的一個人。他和這青年人認識以後，對他十分注意，有時不免帶着內心的痛苦，和他交換知識方面諷刺的話語。『他是驕傲的』，——那時候他對我們談論着他，——『永遠可以掙到錢的，現在他還有錢到國外去，——那末他在這裏做什麼事呢？大家都知道他到父親家來，並非爲了金錢，因爲無論如何父親是不會給他的。他並不喜歡喝酒，玩女人，然而老人却離不開他，兩人住得眞合適！』這是實在情形；青年人甚至對於老人具有顯明的影響；老人差不多有時似乎還會聽他的話，雖然偶然還要十分惡毒的發出固執脾氣來；他的行爲甚至起始有時顯得規矩些……

以後才解釋出來，伊凡・費道洛維奇來到這裏，一部分是爲了長兄特米脫里・費道洛維奇的請求，爲了他的事情。伊凡跟特米脫里認識和相見，差不多就在他自己到這城裏來的那個時候，但是爲了一件對於特米脫里・費道洛維奇關涉較多的重要事情，還在他離開莫斯科到此地來以前就通過信。那是什麼事情，讀者以後可以知道得十分詳細。雖然如此，即使在我已經知道了這個特別的情節的時候，我對於伊凡・費道洛維奇還覺得像一個謎，對於他的降臨此地——到底認爲無從解釋。

我還要補上一點：伊凡・費道洛維奇在父親和長兄之間當時做出一個調解者和斡旋者的樣子，長兄當時已和父親發生大爭執，甚至提出正式的訴訟。

再重複一下：這個小家庭當時在一生裏初次團聚，有幾個人甚至一生裏初次見面。祇有幼子一人，阿萊克謝意．費道洛維奇，住在我們那裏已有一年光景，比兩個哥哥來得早些。就是對於這個阿萊克謝意，我最難於在引他到小說的正文上去以前，先來一次像現在這樣序幕性的敍述。但是必須也要寫一寫他的序言，至少是爲了預先解釋一個很奇怪的節目，那就是我不得不將我的未來的主角套上了沙彌的袈裟，從他的小說的台面上介紹給讀者。是的．他住在我們的修道院裏已經一年，而且好像準備一輩子把自已關在這裏面。

第四章　幼子阿萊莎

他祇有二十歲。(他的哥哥伊凡當時有二十四歲，長兄特米脫里二十八歲)。最先要宣告的是這個青年阿萊莎並非宗教的盲信者，至少據我看來，甚至還不是神祕主義者。我預行說出我的完全的意見：他祇是一個早期的仁愛者，所以撞到修道院的路上來；祇是因爲那時候惟有這條路擊中他的心坎，代表着他的心靈從塵世的惡毒的黑暗裏掙到愛的光明上去的一個理想。這條路所以中他的心坎，祇是因爲他在上面遇見了據他看來非同等閒的人物，——我們的著名的修道院的長老曹西瑪。他對於長老在他的難于抑止的心裏發出熱烈的初愛。然而我不爭辯，他在當時就已經十分奇特，甚至是從搖籃時代起始的。再說，我已經提過，他在母親死時祇有四歲，但以後却一輩子記住了她，她的臉龐，她的和藹的樣子，『正好像他活潑潑地站在我的面前一般』，大家都曉得，這樣的回憶，即使在還早些的年紀，即使在兩歲時也會牢記住的，但是以後一生中現出來，祇好像黑暗中光亮的斑點，又好像一張大畫面上撕下來的一角，當時這畫面除去這一角以外全都隱滅了。他的情形也是這樣：他記住夏天的一個靜寂的晚上，敞開的窗，落陽的斜光，(斜光記得最真切)，屋隅裏一個神像，前面點燃着神燈，母親跪在神像面前，歇司底里地嗚咽着，還帶着響叫和呼喊，兩手抓住他，緊緊地抱住，緊得發痛，爲他禱告聖母，兩手把他捧着，伸到神像那裏，好像求聖母的庇護……突然地，奶娘跑了進來，驚嚇地把他從她手裏搶走。眞是一個畫面，阿萊涉一下子記下了母親的臉：他說那張臉是瘋狂的，却很美麗的，從他所能記下來的加以判斷。但是他不大愛將這回憶講給什麼人聽。他在童年和少年時不好動，甚至不大說話，但非由于不信任，非由于畏葸，或陰鬱的不善與人交，甚至相反，是由于一種別的情形，由于一種好像是內心的思慮，親身的，和別人不相干，而於他很重要的思慮，使他爲了這似乎忘掉了別人。然而他是愛人的：他好像一輩子完全信賴人，但是從來沒有人把他當做普通的，或幼稚性的人。他身上有點什麼，會說出，暗示出，（以後一輩子也是如此），他不願意做人們的裁判官，不願意作主責備人家，也無論如何不責備人家的。他甚至好像一切容忍，毫不怨艾，雖然時常很悲苦地發愁。不但如此，在這意義裏他甚至到了什麼人也不能使他驚奇，恐懼的地方，這情形在他最年輕的時候就發生的。二十歲上到了父親家內，一直走進齷齪的淫慾的洞穴裏，童貞，純潔的他，在看不下去的時候，惟有默默地退出去，沒有一點點賤蔑或責備任何人的神色。父親呢，曾做過人家的食客，所以是一個精細，而且對於受氣具有敏感的人。起初不信任並且陰沉地接待他，（『永遠沉默着，在自己心裏打主意』），不久竟開始時常抱他，吻他，至少隔兩個多星期一次，固然是由于薄醉的情感作用，包着一腔醉淚，然而顯然是眞誠地，深刻地愛他，像他這樣的人自然本來是不會愛任何人的……

大家全都愛這青年人，無論他發現在什麼地方，甚至從他的兒童時代起就是這樣。他到了恩人和繼父裴菲姆·彼得洛維奇·博蓮諾夫家裏以後，這家裏所有的人都很愛他，把他全看作親生的孩子。他到這家去的時候尙在嬰孩時代，決不能在嬰孩身上期待有計算心的狡黠，機詐，或諂媚，討好的藝術，使人家生愛的能力。所以這種引起人家對他生特別愛情的才能，是他包含在自己身上的，所謂出自天性，無虛假，無作爲的。他在學校裏也是這樣，雖然他好像就是那類引起同學不信任，有時是嘲笑，或許是嫉恨的孩子們的一個。他從兒童時就愛躲在角落裏讀書，然而同學們十分愛他，簡直可以稱他爲在校全部時間內大衆的愛人。他不大淘氣，甚至不大快樂，但是大家看他一眼，立刻見出這並不由于他心裏的陰沉，相反地，他的心情是平穩，明朗的。在和他年齡相差的人中間，他從來不愛顯出超越的樣子。也許就爲了這緣故，他從來不怕什麼人，而男孩們也立即明白，他並不對于他的無畏慣視作驕傲的事。他的神氣好像不明白他勇敢無畏似的。他受了氣，從不記仇。有時在受了氣惱一小時後就答理給他氣受的人，或是自己同他先講話，帶着那種信任和明白的神情，似乎他們之間並未發生任何事情。他並非　出偶然忘掉，或故意饒恕氣惱的樣子，祇是不把它當作氣憤，還却使孩子們纔降住了。他祇有一個特點，常使他在中學校從低級到高級各班的同學們時常引起一種取笑他的願意，但並不由于惡性的嘲笑，却因為他們覺得高興。他這特點是一種野蠻的，瘋狂似的害羞和貞潔。他不能聽關於女人的某種話語，某種談話。不幸，這『某種』話語和談話在學校內是根除不盡的。那些心靈純潔的男孩們，還幾乎是小孩已經時常愛在教室裏互相談論，甚至高聲講出這類的事情，圖畫和形象，這些東西連丘八們都不常說起，而且丘八們所知道，所明白的，還沒有比我們的知識階級和上等社會裏尚在幼年的兒童對於這類事情早經熟稔的一切多些。在這裏，也許還沒有道德的敗壞，也沒有真正的犬儒性，腐敗的，內在的犬儒性，却祇是外表的，而這外表的一種就被他們時常認為幽雅的，細巧的，勇敢的，値得模倣的行為。他們看見阿萊莎．卡拉馬助夫在大家談起『這件事』的時候，迅快地用手指塞住耳朵，便有時故意圍聚在他的身傍，強行將他在耳朵上的手拏去，朝他的兩隻耳朵裏喊進難聽的話，他掙脫着，蹲落在地板上，躺下來，伏着身子，老是不說一句話，也不罵一聲，默默地忍受恥辱。但是後來人家把他放了，不再用『小姑娘』的稱呼逗他，而且還瞧着他，露出惋惜。再說，他在功課方面永遠處于全班中優秀之列，却從不跳到第一名的位置上去。

葉菲姆．彼得洛維奇死後，阿萊莎還在省立中學校讀了兩年的書。無可排遣的葉菲姆．

彼得洛維奇的夫人，在丈夫死後，立刻帶着全屬于女性的整個家庭，到意大利去長期居住。阿萊莎却到了兩位女太太的家裏。這兩位女太太他以前從未見過，是葉菲姆．彼得洛維奇的遠親。他到她們家去是根據什麼條件，他自己也不知道。他的性格方面的特點，就在于他從不顧問他是靠誰的錢生活着的。在這點上，他和他的老兄伊凡．費道洛維奇完全相反，——伊凡在大學裏的最初兩年受够了窮，自食其力地生活着，並且從兒童時代，就悲苦地感到他受人家的恩惠。吃別人的麵包。但是阿萊克謝意性格上這種奇怪的特點，好像不能予以十分嚴厲的責備，因爲待一個人，祇要稍稍地認識了他，在發生這類問題時，將立即相信阿萊克謝意一定是那類好像瘋僧似的青年人，祇要忽然有許多貲財落在他的手裏，他會毫不爲難地交了出去，就憑着人家初次的請求，或是拿去做一件善舉，或是也許甚至交給一個狡猾的壞蛋，假使他對他有所請求。總而言之，他似乎完全不知銀錢的價值，自然這話不是照字面上的說法。在人家給他一點零用錢的時候，——他自己是從來沒有請求過的，——他不是有好幾禮拜不知道如何用法，便是毫不加以珍惜，那些錢一下子便消滅了。彼得．阿歷山大洛維奇．米烏騷夫，一個對于錢財和資產階級的信實十分看重的人，在注意地審視了阿萊克謝意以後，有一次對他說出以下的妙語：「也許他是世界上唯一的人，你可以不留一個錢把他放在一個有百萬居民的都市的廣場上面，他決不會喪亡也不會凍死餓死，因爲就有人一下子給他食物，一下子把他安排好，即使安排不好，他自己也會一下子給自己安排好的，而他並不須用任何努力，受任何屈辱，安排他的人也不感任何困難，相反地，也許甚至認爲快樂。」

他在中學裏沒有畢業；還剩一年，他忽然對自己的女人太太們宣告，他要到父親那裏去，爲了鑽進他腦筋裏來的一件事。女太太們很憐惜他，不願意放他走。車票不很貴，女太太們不許他典質他的錶，——恩人的家屬到外國去以前給他的禮品，便很豐富地給他盤費，還有新的衣裳和內衣。但是他將一半錢還給她們，說他決定願意坐三等車。到了我們的小城以後，對於父親的第一句問話：「沒有畢業，回來有什麼事情？」他沒有直接回答，據說露出凝慮的樣子，和尋常不同。不久發現他在尋找母親的墳墓。他當時甚至想自承就是爲了這件事情來的。但是他回來的原因不見得就限於此。大概，他當時連自己也不知道，並且無論如何不能解釋：究竟是什麼東西忽然好像從他的心靈裏飛升起來，無法障礙地把他引到一條新的，不熟稔的，却已經避免不掉的道路上去。費道爾•伯夫洛維奇不能給他指出，第二位夫人葬在何處，因爲在棺材埋入土內以後，他從未到她的墳上去過，又爲了年代久遠，完全記不淸她當時葬在何處……

帶着說幾句關於費道爾•伯夫洛維奇的事情。他許多時候沒有住在我們城裏。第二位妻子死後，過了三四年，他到南俄去，最後到了渥台薩，在那裏連上住了幾年。據他自己說，他在那裏起初認識了『許多猶太鬼，猶太女鬼，猶太小鬼』，結果是受了『不但猶太鬼，且是猶太人的招待』。可以想到的是他就在一生中這個時期內發展了賺錢，撈錢的特別才能。他重又回到我們城裏來久居，不過是在阿萊莎回來以前三年的光景。他的舊相識們發現他衰老得利害，雖然他還不是怎樣的老人。他自持並不見得尊貴些，却是多帶些領袖的氣味。譬如說，發現了無禮地對于以前的丑角的需要，——那就是把別人當做丑角。愛和女性胡鬧，並不見得仍像以前那樣，却甚至好像更加討厭些。不久他成為縣裏許多新酒店的創辦人。顯然他也許已有十萬家私，或者也許稍為少些。有許多本市的，縣裏的居民立刻向他借貸，自然是有可靠的抵押品的。在最近的時候，他好像顯得衰弱，好像起始喪失了平穩和自行檢點的能力，甚至墮入一種輕浮裏去，做事有始終，行動好像沒有一致，時常喝得很醉，如果沒有那個僕人格里郭里，那時候也已十分老邁，有時像師傅那樣服侍着他，也許費道爾・伯夫洛維奇不會活得沒有什麼特別麻煩的。阿萊莎的回來，好像竟影響到他的道德方面，在這早衰的老人心裏，好像有什麼東西從早就在他的心靈裏壓抑住的一切裏升了起來。『你知道不知道，』——他時常對阿萊莎說，注視着他，——『你很像她，那個歇司底里的女人？』他這樣稱呼自己的故世的妻子，阿萊莎的母親。『歇司底里』女人的墳墓終于由僕人格里郭里指點給阿萊克謝意看。他領到我們城市的公墓上去，就在遠遠的一個角落裏，指出一個不貴的，却還體面的鐵板，上面刻着死者的名姓職銜，年齡和死亡的年份，底下還刻着四行詩，是古體的，中等人家墓上常用的詩句。可驚奇的是這塊鐵板是格里郭里做下的。他自己把它按在可憐的「歇司底里女人」的墳上，而且掏出自己的腰包來做的，在他屢次向費道爾·伯夫洛維奇廠煩着，提起這墳上的事情，而他不但搖頭不管這事，且揮手驅去自己一切的回憶，終于動身到遲台薩去了以後做成的。阿萊莎在母親墳上並沒有顯露任何特別的情感作用；他祇是傾聽了格里郭里關於建置鐵板鄭重其事，有條有理的敍述，垂頭站了一會，不發一語，走開了。從那時候起，也許甚至整年沒有到墳上來。但是這小小的一段事實也對于費道爾·伯夫洛維奇發生了很別致的影響。他忽然取出一千盧布，送到修道院去，以記念亡妻的靈魂，但記念的不是續絃，不是阿萊莎的母親，不是『歇司底里女人』，却是阿台拉意達·伊凡諾夫納，揍打他的那個。那天晚上，他喝醉了酒，對阿萊莎痛罵僧士。他自己決不是信宗教的人：這人也是從來沒有把五分錢的臘燭在神像面前插過。這類人物身上常會有突來的情感和突來的思想作奇怪的爆發。

我已經說過，他很衰弱。他的面貌在那時候有點可以清切地證明出他所過全部生活的性格和本體來。除了他的永遠傲慢的，善疑的，嘲笑的眼睛底下長而多肉的小腑袋以外，除了小而肥的臉上許多深刻的綹紋以外，在尖尖的下腭上面還掛着一個大喉核，厚肉，橢圓形，像一隻錢袋，給他添上一種難看的，色情的樣子。再加上一隻食肉獸形的長嘴，厚腫的唇，唇裏露出烏黑的，幾乎蛀盡的牙齒的小斷塊。他每次說話，唾沫亂濺。他自己也喜歡嘲笑自己的臉，雖然他對它大概是滿意的。他特別指出自己的鼻子，不很大，還很細，帶着凸出極高的駝峯；『眞正的羅馬式的』，——他說——『和喉核連在一起，就是式微時代古羅馬貴族的眞正的面貌。』他似乎頗引爲驕傲。

阿萊莎在發見了母親墳墓不久的時候，忽然對他宣告，想進修道院裏去，僧士們也肯收他做沙彌。他又解釋這是他的急切的願望，所以向他做父親的隆重地請求許可。老人早就知道，躲在修道院的庵舍裏的曹西姆長老對于他的『安靜的男孩』引起了特別的印象。

『這位長老自然是他們那裏最誠實的僧士』，——在默默地，凝神地傾聽了阿萊莎的話以後，他說着，對於他的請求幾乎完全沒有驚奇，——『你原來想到那個地方去，我的安靜的小孩』！——他已有半醉，忽然發出長長的，半醉的，却不失狡猾和醉後油滑腔調的微笑，——『我早就感到你的結局會弄到這個樣子，你知道不知道？你就是張羅着想到那個地方去！現在你大概還有兩千塊錢，這就够你的出家資本。至於我也是永遠不會把你扔着不管的，祇要那邊開口要多少，現在我就可以替你付出去。假使他們不開口要，我們何必自己送上去，對不對？你的化錢就像金絲雀一般，一個禮拜吃兩粒米……唔。你知道，在一個修道院裏有一個市外的村鎭，大家都知道裏面住着的全是所謂『修道院的妻子，』我看，一共有三十多個妻子……我去過，你知道，那裏有一種特別趣味，自然是別致的意思。壞的祇是帶着濃厚的俄羅斯味，完全沒有法國女人，本來可以有的，資本並不少。探清了路，——便會來的。但是此地却什麼也沒有，並沒有修道院的妻子，裏面却有二百多名僧士。很純潔。喫素。我承認的……唔。那末你確乎要到僧士那裏去，是麼？阿萊莎我眞是捨不得你，相信不相信，我眞是愛你……然而這也是合適的機會：你可以替我們有罪的人禱告，我們坐在這裏，犯了太多的罪。我時常想：將來誰能替我禱告禱告？世界上有沒有這個人呢？你這可愛的小孩，我對于這類事情是眞愚蠢的，你也許不相信麼？這眞可怕。你看見不看見：我對于這件事情，無論怎樣愚蠢，總是思想，總是思想，自然是偶然的，不是永遠想的。我心想，我死的時候，鬼總不會忘記用鈎子把我拉去的。我又想：是鈎子麼？他們是從那裏取來的？什麼做成的？鐵的麼？在那裏鑄成的？他們那裏還有工廠麼？修道院裏的修道僧一定以爲，在地獄裏，——譬如說——是有天花板的。我却準備相信地獄是沒有天花板的。這樣顯得漂亮些，文明些，那就是說：照馬丁・路德的式子。實際上都不是一樣的麼。有天花板或沒有天花板，假使沒有天花板，便沒有鈎子。假使沒有鈎子，那末一切都橫倒着；這末說來，又是想不透：究竟誰用鈎子拉我，因爲假使沒有人拉我，那末怎麼辦呢？世界上有沒有眞理呢？這些鈎子， II Faudrait

※據說這是法國十八世紀作家福祿特爾的名句：『如果沒有上帝，應該虛構出來』。

les inventer 應該虛構出來，）＊特意爲了我，爲我一個人，因爲你要知道，我是如何地無恥！……」

「在那裏是沒有鈎子的」，——阿萊莎說，輕聲而且嚴正地看了父親一眼。

「是的，是的，祇有一些鈎子的影兒。我知道的，我知道的。某法國人描寫着地獄說道．J'ai vu l'ombred' un cocher qui avec l'ombre d'une brosse frottait l'ombre d'une carosse.（我看見御者的影，他用刷子的影擦淨馬車的影）。怎麼會知道沒有鈎子？你到僧士那裏住上幾天，就不會唱這調了。好了，你去罷，等你找到了眞理，再來告訴我：如果你確乎知道是什麼會事，你可以安心到那個地界裏去。你在僧士那裏比在我這裏體面些，我這裏祇有一個醉鬼老頭子，和一些女孩子……固然對於你這樣的安琪兒，是絲毫不動的。也許在那裏也不會動你的，我所以允許你，就是希望最後的一着。你的智慧不是鬼吃掉的。你發了一陣火燄，熄滅了，毛病治好，便會回來的。我要等候你：我覺得你是世上唯一的不責備我的人，我的親愛的小孩，我是感覺到的，我不能不感到！……」

他甚至痛哭了。他是充滿情感的。他心情惡劣，而同時充滿情感。

第五章　長老

也許讀者裏有人將猜想，我的這位青年人具有病態的，狂熱的，貧乏地發展的天性，是一個面容慘白的幻想家，癆病形的，酒鬼樣子的人，然而相反地，阿萊莎在當時卻是態度威嚴，臉頰紅潤，目光炯爍，滿身是健康的十九歲的少年。在那時候，他很美麗，魁偉，中高的身材，褐色的皮膚，漲得寬闊的眼睛，很深沉，顯然還很安靜。也許有人說，紅潤的臉頰是和狂信與神祕兩不相礙的；但是我以爲阿萊莎甚至比任何什麼人都現實。自然，他在修道院裏深信奇蹟，但是據我看來，奇蹟是永不會使現實派驚訝的。並不是奇蹟使現實派傾向到信仰上去。真正的現實派，如果他沒有信仰，永遠會在自己身上發見同時不信奇蹟的力量，如果奇蹟立在他前面，成爲不可推翻的事實，他寧願不信自己的情感，不去承認事實。即使予以承認，則認作一件自然的事實，在這以前祇是爲他所不知曉罷了。在現實派身上，信仰不是從奇蹟裏產生，而是奇蹟從信仰裏產生的。如果現實派一得信仰，則他爲了自己的現實主義，勢必是認奇蹟。使徒福瑪聲明，他在未看到以前不能相信，但是看到了以後便說：「我的神，我的上帝」，是不是奇蹟使他得到信仰？大概不是的，他所以相信，唯一地祇是因爲自已願意相信，也許在祕密的內心裏，已經完全相信，還在他說着：『未看到以前不能相信』的時候。

有人也許要說，阿萊莎性質呆鈍，智識不發展，沒有畢業學校等等的話。他沒有畢業學校，那是實在的，但是說他呆鈍，或愚蠢，是極大的不公。我祇是重複說上面已經說過的話：他的走到這路上來，祇是爲了惟有這一條路使他驚愕，代表他的心靈從黑暗掙脫到光明的出路的全部理想。再加上他一部分已經是我們的最後的時代的青年人，那就是說他本性誠實，追求眞理，尋覓它，又信仰于它，一信以後便要求用自己的全部心靈的力量予以參加，要求一個迅快的功績，還帶着爲這功績寧願犧牲一切，甚至性命的一定不移的願望。雖然不幸這些青年人時常不明白犧牲性命也許是在許多這類事情裏一切犧牲中最容易的一個，而譬如說，從沸騰着青年的生命之中，犧牲五六年去從事艱難苦痛的學習，從事科學，那怕祇是爲着增強自身的力量，以服務自己所愛的眞理，和甘願完成的苦行，——這樣的犧牲在許多人方面實在是完全力不從心的。阿萊莎是選擇了和大家相反的道路，但帶着同樣的渴求迅快立功的心情。他剛剛嚴正地沉思了一下，對於靈魂不死和上帝存在的信念有所驚訝的時候，立刻自然地對自己說：『我願爲靈魂不死而生活，不承認一半的折衷』。同樣地，祇要他一決定，靈魂不死和上帝是沒有的，立刻會成爲無神派和社會主義者，（因爲社會主義不僅爲工人問題，或所謂第四種階級的問題，主要地都是無神派的問題，無神論在現代的具體化的問題，在無神上建築的巴比崙高塔的問題，——這高塔的建築不是爲了從天上達到地上，都是爲了使天降到地）。阿萊莎甚至覺得照以前那樣生活是奇怪而且不可能的。聖經上說：『你如願爲完人，你就捨棄一切，隨我走來』。阿萊莎對自己說：我不能捨出兩個盧布，以代替『一切』，也不能止於做做晚禱，以代替『隨我走來』。從他的幼年時代的回憶裏，也許還保存着關於我們的市傍修道院的一點影子，——是他母親時常領他到那裏去的。也許神像前落陽的斜光發生了影響，——是他的歇司底里的母親把他高舉到神像前面去的。沉思的他當時到我們這裏來，也許就爲了看一看：這裏是否一切全有，或僅有兩個盧布，——於是在修道院裏遇見了這位長老……

這位長老，我前面已經解釋過，就是曹西瑪長老。但是在這裏必須說兩句：我們的修道院裏的『長老』究竟是什麼，所可惜的是我感覺自己在這條路上是不够內行和堅定的人。我來試一試用極少的話語，作浮面的敍述。第一點，專門的，內行的人們說長老與長老制度發現在俄國修道院裏尙不很久，還沒有到一百年，而同時在整個正教的東方，尤其是在西奈和阿芬那，却已存在了千年以外。有人說，在較古的時代，我們俄羅斯也有長老制度存在，或者一定是應該存在的，但是因爲俄羅斯的災難，韃靼的侵攻，叛亂，在君士但丁堡被征復後和東方斷絕了關係，這個制度被我們遺忘，長老也中絕了。從上世紀末起，一個偉大的苦修者，人家稱呼他伯意謝・魏里慈郭夫司基的，和他們的門徒們，重又恢復了這個制度，但是直到現在，甚至過了差不多一百年，不見得在許多修道院裏都存在着，甚至有時幾乎遭了驅逐，看作俄羅斯國內前所未聞的新鮮樣子。在我們俄羅斯國內，一個著名的廟堆郭拜里司卡耶・湼布奇諸耶裏面，這制度特別地發達。在我們的市傍的修道院內，什麼時候，而且是誰植立這制度的，——我不能說，但是裏面已經數到了第三代的長老，而曹西瑪爲最後的一個，然而他也於衰弱與疾病，已經差不久離死不遠，而代替他的還不知道是那一個人。這是對於我們的修道院重要的問題，因爲我們的修道院，直到那個時候爲止，還沒有什麼特別著名的地方：裏面既沒有聖徒的骸骨，也沒有顯靈蹟的神像，甚至沒有與我們的歷史相關聯的顯赫的傳說，也數不出什麼歷史上的功績與對於祖國的勞動。它的發達，而且聞名全俄，就爲了長老；香客們成羣地從全俄羅斯各地，幾千里外，聚到這裏來看他們，聽他們。你選擇了一位長老，便放棄自已的意志，完全聽從他，完全地自行絕棄一切。對於這個誘惑，對於這個可怕的生命的學校，自已定下命運的人是甘願接受的，希望在長久的誘惑以後戰勝自已，克制自已，使能藉着一輩子的苦行，終於達到完成的自由，就那是擺脫自我，避免那般活了一輩子，而未在自身裏找到自已的人們的命運。這個發明，即長老制，並非出於學理，却出於東方千餘年的實驗而得。對於長老的義務，並非我們俄國修道院裏常有的普通『苦行』可比。這裏承認着一切就業於長老的人們永久的懺悔，約束着和被約束者之間不可摧毀的關係。說個譬喻，有人敘講，在基督教最古的時代，有一次，有一個苦行者，沒有履行他的長老讓他做的某種苦行，離開修道院，到別國去，從敘里亞到埃及去。在那裏，在修了長期的，偉大的勞績以後，終於熬盡了苦難，和為信仰而磨折的死。在教會把他當作聖者尊視，將他的軀殼下葬的時候，教堂執事正喊着：『被公布受洗的人們，出來呀！』——忽然那口棺材，連同躺在裏面的苦難人的軀體離開原地方，被推到教堂外去，這樣連來了三次。後來才知道這位神聖的情慾受苦者破壞了苦行，離開長老，現在沒有長老的解除，他是不能被恕免的，不管他有多大的勞績。當原來的長老解除了他的苦行以後，這才完成了他的葬禮。自然，這祇是古代的傳說，但還有一件最近的故事：現代的一個修道僧在阿芬那修行，忽然他的長老命令他離開阿芬那，——這地方是他從心靈深處，當作聖地，當作安靜的隱身場所那樣愛戀着的，——命令他先到耶路撒冷朝拜聖地，再回到俄羅斯北方，西比利亞：『那邊是你的位置，不是這裏』。那個被憂愁所中，垂頭喪氣的僧士到君士但丁堡去見總監督，求他解除他的苦行，總監督回答他，不但他，總監督，不能解除他，就是在整個世界裏，沒有，也不會有那種可以解除他的苦行的權力的，——這苦行既由一個長老加在他的身上，那末惟有這個加上去的長老自己才有這種解除的權力的。所以長老制只有在一定的情形內無涯際的，不可思議的權力。在許多修道院裏，長老制所以幾乎遇到壓迫，就是這個原因。但是在民間，長老們立刻受到了很高的尊敬。說個譬喻，普通人和最高貴的人們全都到我們修道院的長老那裏，對他膜拜，向他懺悔自身的疑竇，自身的罪孽，自身的悲哀，請求他的勸告和訓示。反對長老制的人們看見這樣子，隨着別種的攻擊，喊嚷着說，這樣子是使懺悔的聖秘禮專擅地，輕浮地降了身分，——雖然修行僧或俗人對長老不斷地懺悔自己的靈魂，是完全不能視作聖秘禮的。然而結果是長老制仍舊維持下去，漸漸地在俄國的修道院裏樹立了基礎。固然也許不錯，這種爲使人道德上從奴隸再生到自由和精神完整方面而曾經試鍊過，已經用了千年的利器，會變成兩頭尖的工具，因此相反地，有的人竟會被引到魔鬼的驕傲上去，而得不到馴順與完全的克己功夫，那就是引到鎖鍊，而非引到自由。

曹西瑪長老年六十五歲，出自地主家庭，在最早的青年時代曾充軍人，在高加索當過校官。無疑地，他的一種特別的，心靈的性格使阿萊莎爲之驚愕。阿萊莎就住在長老的修道院裏，——長老很愛他，讓他和自己同住。應該注意的是阿萊莎當時住在修道院裏，還沒有受什麼約束，可以整天任意出去，假使穿了袈裟，那是出於自願，爲是和院內的任何人不顯區別。自然，他自己也喜歡這樣。也許不斷地包圍着長老的那種力量和名譽強烈地影響到阿萊莎年輕的想像。許多人都說曹西瑪長老許多年接待許多人到他那裏來懺悔自己的心臆，向他渴求忠告和醫治的話語，——太多太多的剖白，痛悔，自承，接受到他的心靈裏面，使他終於取得了十分微細的靈性，祇要朝來見他的不相識的人臉上看了一眼，就會猜出：這人是爲什麼來的，需要什麼，甚至猜得出何種的痛苦割裂着他的良心。他在來見的人說出話話以前，先知道了人家的祕密，這使那人驚訝，慌惝，有時幾乎使那人害怕。但是阿萊莎幾乎永遠看到許多人，幾乎是一切的人，第一次到長老那裏去密談，進去的時候懷了恐怖與不安，出來的時候差不多永遠是明朗而快樂的，最陰鬱的臉會變成幸福的臉。使阿萊莎異乎尋常地驚愕的是長老並不嚴厲；在禮貌方面是差不多永遠快樂的。僧士們說他的心靈就是依戀於犯罪最多的人身上，凡是作孽較別人多的人，他愛得也比愛別人深。甚至到了長老生命臨完的時候，僧士們裏面還有恨他，羨慕他的人，但是這類人顯得少了，他們沉默着，雖然在他們的行列裏還有幾個很著名的，在修道院中重要的人物，例如一個古老的修道僧，偉大的寡言者和不尋常的吃素人。然而大多數人到底無疑地保持在曹西瑪長老的一面，內中很多人竟用全心，熱烈而誠懇地愛他；有幾個人甚至近於狂信般地依戀着他。這類人直接地，但並不十分朗聲地說，他是聖徒，這是已經毫無疑義的事，因爲預見他的接近死亡，期待立將顯示的奇蹟，而於最近將來使修道院獲得偉大的名譽。對於長老奇蹟的力量，阿萊莎是無從置辯地相信的，正和他無從置辯地相信關於棺材從教堂裏飛出去的故事一樣。他看見有許多人帶來了有病的兒童或成人的親屬，懇求長老把手按在他們的頭上，讀着禱詞，後來很快地就回家了，有的人第二天上就回來，含着眼淚在長老面前跪下，感謝他治愈了他們的病人。是不是果眞地治愈，或祇是病況的自然的改善，——對於阿萊莎是不存在這個問題的，因爲他已經深信師傅的精神的力量，他的名聲似乎成爲他自身的勝利。特別使他的心抖索，整個身體似乎發着光輝的，是在長老中出來見普通人組成的一羣香客的時候，——他們等候在禪舍大門的出口處，是從全俄羅斯各處聚攏來，特意要見一見長老，求他的祝福的。他們匐伏在他前面，哭泣，吻他的脚，吻他立過的土地，大聲哭喊，女人們把自己的孩子們伸到他的面前，把歇斯底里的女病人領來。長老同他們說話，讀簡短的禱告，爲他們祝福，把他們打發走了。近來他受了疾病的侵襲，有時顯得十分衰弱，竟不大有力氣從修道室裏走出來，於是香客們有時好幾天在修道院裏等候他的出來。他們爲什麼這樣愛他，他們爲什麼在他面前匐伏，祇要見到他的臉，便感動得下淚，對於阿萊莎是不成什麼問題的。噢！他也很明白，對於馴順的俄羅斯普通人的靈魂，被勞力和憂愁所磨折，重要地是被永遠的不公平和永遠的罪孽（自身的和世界的）所磨折，對於他們，獲得聖物或聖者，跪在前面膜拜，是一種再也沒有比這强烈的需要和安慰：「假使我們有罪孽，不眞實與誘惑，那是一樣的，世上某處地方有一位聖者與高人；他有眞理，他知道眞理；那末眞理在地上不致於死去，將來什麼時候會轉到我們這裏來，有整個大地上佔到優勝，像預期的一樣。」阿萊莎知道，人民就是這樣感覺，甚至這樣推想的，他明白這一點，至於說在人民眼中，長老就是那個聖者，上帝眞理的保持者，——他自己絲毫沒有疑惑，正和那些哭泣的鄉人們，和孩子們向着長老伸過去的病女人們一般。長老圓寂後將使修道院得到非常的盛譽的一個信念在阿萊莎的心靈裏主宰着，也許甚至比修道院內的任何人爲強烈。總之，最近的時候，一種深刻的，火焰似的內心的喜悅在他的心裏越來越強烈地燃燒着。對於這位長老站在他的面前，到底祇是一個單份一層，不能使他絲毫動心：「一樣地，他是聖徒，他的心裏有使一切人更新的祕密，有一種力量，足以終於設定地上的眞理，於是一切人都成爲聖者，相互地愛，無富，無貧，無高，無卑，大家全是上帝之子，眞正的基督的天國降臨了。」這就是阿萊莎的心中夢幻着的。

兩位兄長的回來似乎對於阿萊莎引起極強烈的印象，——他們是他以前完全不認識的。他同特米脫里·費道洛維奇哥哥比另一位同母生的兄長伊凡·費道洛維奇說得投機些，相處得接近些，雖然特米脫里還回來遲些。他十分關心着和兄長伊凡相識，然而他已經住了兩月，兩人雖常相見，但是怎麼樣還沒有合得上來；阿萊莎自己也是沉默寡言的人，似乎期待着什麼，似乎有點害臊，雖然阿萊莎起初也曾在自己身上提到兄長伊凡深長的，好奇的眼光，但是不久他好像甚至停止想到他來。但是阿萊莎選擇着另外的一點心思：伊凡對他這般極少的好奇和同情也許是出於一點阿萊莎完全不知悉的原因。不知爲什麼緣故，他總覺得伊凡有點忙，忙着一點內心的，重要的事情，努力趨赴一個目的，也許是很困難的一個目的，所以他沒有工夫管到他，而這就是他所以冷淡地看着阿萊莎的唯一的原因。阿萊莎也想到：內中有沒有什麼看他不起的地方，一個有學問的無神派看不起一個愚蠢的沙彌。他深知他的哥哥是無神派。對於這樣的賤視，假使是有的話，他本不能生氣，但他到底懷着一種自己也不明白的，驚惶的不安，等待兄長願意和他接近些的時候。兄長特米脫里・費道洛維奇持着極深的尊敬批評兄長伊凡，講到他時總帶着一種特別的情感。阿萊莎從他那裏得悉那件最近使兩位兄長發生非常密切關係的重要事情的細節。特米脫里對於伊凡的盛讚在阿萊莎的眼中所以顯得特別的，是因爲特米脫里這人，和伊凡相比，差不多是完全無學識的，兩人放在一起，在個性與性格方面，顯然成爲一個鮮明的相反，也許不能想到再比這兩人那樣互相不同的了。

就在這個時候發生了這個不齊整的家庭的全體份子在長老的修道室內相晤的情事，或者說得好聽些，開了一次家庭聚會，這聚會給予阿萊莎極深的印象。這次聚會的藉口，說實話是虛假的。就在那個時候，特米脫里・費道洛維奇和他父親費道爾・伊們洛維奇關於遺產和財產上的賬目雙方的不和諧顯已達到了不可能的焦點。關係尖銳化了，顯得無從忍耐。費道爾·伯夫洛維奇好像首先，又好像開玩笑似地出了主意，就是大家全聚在曹西瑪長老的修道室裏，雖然不必求他直接的調停。却到底可以比較有禮貌地講開一切的話，並且以長老的職位和面子，也可以取到點暗示與和平了結的徵兆。特米脫里·費道洛維奇永未到長老那裏去過，甚至沒有見過他，自然以爲他們想用長老來嚇唬他一下；但是因爲他自己對於近來同父親爭論時所作許多特別決裂的舉動，暗地裏深自責備 所以也接受了這邀請。另外應該注意的，是他並沒有住在父親家中，像伊凡·費道洛維奇那樣，却另外住開，在城市的另一端。當時住在我們城裏的彼得·阿歷山太洛維奇·米烏騷夫特別抓住了費道爾·伯夫洛維奇這一個理想。一個四五十年代的自由派，自由思想者和無神派，他也許爲了厭悶或者也許爲了輕浮的戲耍，積極地參加這件事情。他忽然想看一看修道院和『聖徒』。因爲他同修道院還繼續着長久的爭論，關於兩方田地疆界，林中伐木，河裏捕魚的某種權利的訴訟還拖延着，所以他趕緊利用這點，藉詞說他願意自己和方丈談判：能不能設法和平了結這個爭論？一個具有這般好意的賓客，自然會受修道院裏的接待，比對普通的好奇的人注意些，而且有禮貌些。藉着這一切考慮，修道院裏可以將一點內部的影響加到有病的長老身上，因爲近來長老差不多完全足不離修道室一步，爲了疾病甚至拒見普通的訪客。結果是長老同意了，並且定好日子

○『是誰派我替他們分産的』？——他惟有含着微笑對阿萊莎聲明了一句○

阿萊莎聽到會晤的事情，顯得十分不安○涉訟和爭論的兩造中對這聚會看得正經的，無疑地惟有兄長特米脫里一人；其餘的人是爲了輕浮的，也許對於長老方面可侮辱的目的而來的，——阿萊莎這樣瞭解○兄長伊凡和米烏騷夫的來是爲了也許是最粗魯的好奇，至於他的父親也許是爲了一個丑角性的，優伶式的場面○唔，阿萊莎雖然不說話，卻已充分地，深刻地知道了自己的父親○我重複一句：這個孩子並不那樣心地樸實，像大家所公認似的○他懷着沉痛的情感，等候預定的日子○無疑地，他自己在他的心裏很關心要使這一切家庭間的不和從速了結○然而他的最主要的關心還在於長老身上：他爲他，爲他的名譽發急，怕有人對他侮辱，尤其是米烏騷夫精巧的，有禮貌的嘲笑，和有學問的伊凡話語裏高傲的絃外之音，這一切都是阿萊莎在腦子裏想像着的○他甚至想冒昧地警告長老一聲，對他說幾句關於這些將行光臨的人物的話，但是想了一下，就沉默了○他祇在預定日子的前一天託一個朋友轉達兄長特米脫里，說他很愛他，希望他履行預先答應的話○特米脫里沉思了一下，因爲他一點也記不得他所答應的是什麼，祇是回答一封信，說他將用全力自制，不做『低卑的舉動』，雖然他深敬長老和伊凡弟弟，卻相信內中必定爲他設下了一種陷阱，或是不值一笑的喜劇○『**無論如何，我寧願吞嚥自己的舌尖，決不對於你所尊敬的聖徒有所冒昧怠慢**』，——特米脫果這樣結束了那張小簡。它並不很使阿萊莎驚些。

第二冊　不適當的聚會

第一章　到了修道院

遇到了一個暖和的，明朗的，良好的日子。那是八月底。約定了就在做完晚彌撒以後，大約十一點半時候，和長老會晤。然而我們的訪客沒有趕上彌撒，來到的時候恰巧散場了。他們乘了兩輛馬車；第一輛是漂亮的車子，套上一對貴重的馬，彼得・阿歷山大洛維奇・米烏騷夫坐在裏面，帶了一個遠親，很年輕的人，二十幾歲，名叫彼得・福米奇・卡爾干諾夫。這個青年人準備考進大學，不知爲什麼原因，暫時住在米烏騷夫家內；米烏騷夫勸誘他一同出國，到秋里赫或維也納去進大學，完成學業。青年人還沒有決定。他好作凝想。似乎心神不屬的樣子。他的臉是愉快的，體格堅强，身材十分高。他的眼神裏露着奇怪的呆板：好像一般心神不屬的人一樣，他有時釘看着你，看了半天，却完全沒有看見你。他沉默寡言，舉止有點拙笨，然而有的時候，——一定在同某一個人面對的時候，——他忽然開始十分好說話，舉動躁急，好嬉笑，有時候不知道他笑的是什麼。但是他的興奮迅快而且突然地熄滅下去，和迅快而且突然地發生出來一樣。他穿的衣服永遠講究，甚至優雅；他已經有了一點獨立的財產，還在等待較多些的。他同阿萊莎是朋友。

一輛極舊的，震響着的，可是容積廣大的街馬車，套着一對灰紅色的老馬，落在米烏驪夫的馬車後面很遠，費道爾．伯夫洛維奇和他的兒子伊凡．費道洛維奇坐在裏面。頭一天就把時間和日子通知特米脫里．費道洛維奇，但是他還遲遲未到。賓客們把馬車放在圍牆傍邊的客店裏，步行走進修道院的大門。除去費道爾．驪夫洛維奇，其餘三人好像從未看見過任何的修道院；米烏驪夫也許有三十多年沒有進過教堂。他四面環顧，帶着一點好奇，而未失其裝出的瀟灑的神情。但是在他的善於觀察的腦筋裏，除了極平常的，教堂的和農產的建築物以外，對於修道院的內部是沒有一點概念的。最後的一羣人從教堂裏出來，摘下帽子，畫着十字。平民裏面也遇到些比較上等社會裏的人，兩三位女太太，一個很老的將軍；他們全住在客店裏面。乞丐立刻包圍我們的訪客，但是誰也沒有施捨。祇有彼得．卡爾干諾夫從皮包裏掏出一角錢，不知爲什麼緣故，慌忙地，而且顯出惶惑地，趕快塞給一個鄉下女人。迅速地說：「平分一下」。從他的同伴裏誰也沒有注意到這件事情，所以他也用不到惶惑，但是注意到了這層，他更加惶惑利害起來。

這可是奇怪，照規矩應該有人等候他們，也許甚至多少表示一點尊敬：一位在不多時候還捐過一千盧布，另一位是首富的地主，極有學識的人，而且爲了河裏面捕魚的問題，由於訴訟可以取到的結果，這裏所有的人全要受他的節制。但是在正式的人員裏沒有一個人迎接他們。米烏騷夫心神不屬地望着教堂附近的墓石，想說這些墳墓大概是喪家化了很貴的價錢才取得了在這樣的『聖』地上下葬的權利，但是沒有說了出來：普通的自由主義的諷刺在他心裏變成幾乎是憤怒了。

『鬼！到了這裏問誰去？在這莫明其妙的地方……這應該解決一下，因爲時間快過去了』，——他忽然說出口來，似乎自言自語似的。

忽然，一位老年的，禿髮的先生走了過來。他穿着寬大的夏季的大衣，戴着甜蜜的小眼睛。他舉起帽子，像吃糖蜜般騷嚅作聲，自己介紹說他是圖拉的地主瑪克西莫夫。他一下子明白了我們這幾個旅行者所關切的事情。

『曹西瑪長老住在庵舍裏，幽僻的庵舍裏，離修道院四十步遠，通過小樹林，一個小樹林……』

『我是知道要通過一個小樹林的』，——費道爾．伯夫洛維奇回答他，——『我們就是不大記得道路，長久沒有來了。』

他們走出大門，順着樹林出發。地主瑪克西莫夫，六十多歲的人，並不在那裏走路，還不如說幾乎在傍邊跑道，帶着拘攣性的，近乎不可忍耐的好奇，看着他們大家。他的眼睛有一點龍蝦眼的樣子。

「您看，我們是爲了自己的事情去見長老」，——米烏騷夫嚴聲說，——「那就是說，我們已經同「這一位」約好了進見的時刻，所以雖然我們對於您的引路十分感謝，却不能約請您一同進去。」

「我去過了，去過了，我已經去過了……Un chevalier parfait（一個佳妙的騎士！）」——地主的手指朝空中彈響了一聲。

「Chevalier 是誰？」——米烏騷夫問。

「長老，莊嚴的長老，長老……修道院的榮耀和盛譽。曹西瑪。這位長老眞是……」

但是一個小和尚，戴着頭巾，不高的身材，臉上慘白無色，身體羸瘦，追到旅行者們面前，打斷了地主的無倫次的話語。費道爾·伯夫洛維奇和米烏騷夫止步。僧士作了極有禮貌幾乎彎到腰際的鞠躬，說道：

「諸位到庵舍裏拜訪以後，住持神甫敬請諸位先生到他那邊喫點東西。時間是一點鐘，不要過遲。請您也去，」——他對瑪克西莫夫說。

「這是我一定可以辦到的」！——費道爾·伯夫洛維奇喊出來，對于這邀請深爲喜悅，——「一定的！您知道，我們大家互相約定在這裏一切舉動要守着規矩……彼得·阿歷山大洛維奇，您去不去？」

「還能不去麼？我到這裏來做什麼的，假使不看一看這裏一切的風俗。我祇有一件爲難的事情，那就是我現在和您在一塊兒，費道爾·伯夫洛維奇……」

「特米脫里·費道洛維奇還沒有來。」

「假使他失約，那更好了。你那一套玩意，還加上你本人，我看得還有趣麼？我們會去吃飯的，請你替我們向住持神甫道謝一下」，——他朝小和尚說。

「不，我應該領諸位去見長老」，——僧士答。

「既是這樣，我就到住持神甫那裏去，我現在一直就到住持神甫那裏去」，——地主瑪克西莫夫嘰嘰咕咕地說。

「住持神甫現在很忙，但是隨您便罷……」僧士遲疑不決地說。

「十分討厭的小老頭子」，——米烏騷夫說得很響，在地主瑪克西莫夫跑回到修道院去以後。

「像芬莊」，——費道爾·伯夫洛維奇忽然說。

「你祇是知道這類事情……爲什麼他像芬莊？你自己看見過芬莊麼？」

「看見過他的像片。雖然不是臉龐相像，但有一種不可解釋的相似之點。純粹的芬莊的副本。我祇要一看見臉貌，永遠會認識的。」

「也許是的；你是內行。祇是一樣，費道爾·伯夫洛維奇，你自已剛纔說過，我們約好舉動做得體面些。你要記住。我現在對你說，請你自己忍着點兒。你如果又開始裝扮丑角，那我可不高興叫這裏的人把我和你同樣看待的……您瞧，他是這樣的人，」——他朝僧士說，——「我怕同他一塊兒去見體面的人。」

在僧士慘白無血的嘴唇上現出柔細，沉默的微笑，不免帶點別致的狡獪，然而他沒有回答什麼話，他的沉默很明顯的是出于自身的莊重的情感。米烏騷夫更皺緊起眉頭來了。

「鬼捉他們這些人去罷，一輩子惟有裝出來的外表，實際上全是騙術和胡說八道！」——他的腦子裏轉着這念頭。

「我們走到庵舍了！」——費道爾·伯夫洛維奇喊——「一座圍牆和關緊的門」。

他到畫在大門上面和旁邊的聖徒面前畫了大十字。

「帶着自家的教規是不到別家的修道院去的」，——他說，——「此地庵舍有二十五位聖徒修行，互相對看，嚼食白菜。沒有一個女人走到大門裏去，這是應該特別注意的。這確是如此。不過我聽說長老也接見女太太們，這是怎麼樣呢？」

「平民裏也有女性來的，您瞧那邊，在行廊傍邊躺着，等候着。還在行廊裏，圍牆外面，爲上等的女太太們設備了兩間小屋，那幾個窗戶就是的，長老在健康的時候，從裏面的通路出去見她們，那末總還是在圍牆以外。現在有一位女太太。哈里可夫的地主夫人，霍赫拉闊瓦太太，帶着一個疲弱的女兒等候在這裏。大概他答應見她們，雖然他近來身子衰弱得不見得能出來見人。」

「如此說來，總歸有一道缺口，可以從庵舍通到女太太們那裏去的。神父，您不要以爲我有什麼用意，我祇是這樣說說罷了。您知道，在阿芬那您聽說沒有，不但不許婦女光臨，而且無論什麼女人，甚至無論什麼女性的生物，如母雞，雌火雞，母犢等等……是完全不許有的。……」

「費道爾．伯夫洛維奇，我要回去，把你一個人扔在這裏，你沒有了我一定會把你倒牽着手捽出去的，我預先對你講一下。」

「我妨礙你什麼，彼得．阿歷山大洛維奇。你瞧，」——他忽然喊，走到菴舍的圍牆外面，——「你們瞧他們住在多少美麗的玫瑰花叢裏面！」

果真．雖然現在並沒有玫瑰花，可是有許多稀貴的，美麗的秋花，祇要可以栽植的地方，到處都是。顯然有熟練的手在撫育着。在教堂的圍牆裏，墳墓之間，設備了花壇。長老修道室所在的那所山房，木製的，單層的，門前設着走廊，也栽滿了鮮花。

「以前那位長老瓦爾薩諾菲意在世時，有沒有這些東西？聽說那位長老不愛美麗的東西，時常跳起身來，甚至用手杖打女性」，——費道爾‧伯夫洛維奇在升上台階的時候說。

「瓦爾莎諾菲意長老確是好像有時近乎狂癲，說許多愚蠢的話。至于手杖是從來沒有用來打過人的，」——小僧答，——「現在，先生們，請等一會，我去通報一下。」

「費道爾‧伯夫洛維奇，最後的一個條件，你聽着。請你自加檢點，否則我要對你不起的」，——米烏騷夫趕緊又喃聲說着。

「我完全不明白，為什麼你這樣大着急」，——費道爾‧伯夫洛維奇嘲笑着說，——「是不是你懼怕罪孽？聽說他一看眼睛，就知道那一個人為了什麼事情來的。你何必把他們的意見估得這樣高，你是巴黎人，前進的人士，你眞使我驚奇，眞是的！」

米烏騷夫來不及回答這冷語，已經有人來請他們進去。他進去的時候，有點惹惱的樣子……

「唔，現在我已經預先知道自己，我要生氣，爭辯……開始發出暴燥性子——把自己和觀念全降卑下去」，——他的腦筋裏閃了這個念頭。

第二章　老丑角

他們差不多和長老同時進屋，長老在他們發現時立刻就從自已的臥室裏走了出來。修道室裏比她們先等候長老出來的，還有兩位庵舍裏的修道司祭，一位執掌圖書的神甫，還有帕意西神甫是一個病人，雖不老，却據說很有學問。此外，還有二十二歲樣子的一個青年人站在角落裏候着，（以後他老是站立着留在那裏。）他穿着常禮服，是宗教學校的學生，未來的神學家，不知爲什麼原因受修道院和教團的保護。他身材十分高，臉色新鮮，顴骨廣闊，還有一雙聰明的，注意的，細窄的栗色眼睛。臉上表露完全的恭敬，却帶着體面，沒有顯然的阿諛的神情。他竟不對走進來的賓客們鞠躬歡迎，像和他們不平等，相反地，還是從屬的，受管轄的人的樣子。

一個沙彌和阿萊莎伴曹西瑪長老出來。修道司祭們立起來，深深地朝他鞠躬，手指觸地，祝福以後，又吻他的手，長老爲他們祝福以後，也是深深地對每人鞠躬，手指觸地，並且向他們每人請求爲自己祝福。全部的儀節做得十分正經，並不像日常的一種儀式，却幾乎帶點情感。但是米烏騷夫感到這一切做作是具有故意的暗示性的。他站在一同進來的同伴們的最前面。應該是——他甚至昨天晚上就會仔細想過，——不管他有什麼觀念，祇是為了普通的禮貌起見，（因為這裏的規矩如此，）——應該是走近過去，請長老為他祝福，至少限度是祝福而不吻手。但是現在看見修道司祭們這一套鞠躬和吻手，立即變更了決意：他正經而且鄭重地還了一個很深的，世俗式的鞠躬，便走到椅子那裏去。費道爾・伯夫洛維奇也是這樣做，這一次像猴子一般地完全模倣了米烏騷夫。伊凡・費道洛維奇很鄭重而且有禮貌地鞠躬，兩手也是放在褲子的綠縫上面，卡爾干諾夫却慌惑得完全沒有鞠躬。長老放下了正想舉起來祝福的手，又鞠了一次躬，請大家坐下。血奔到阿萊莎的臉頰上；他覺得慚愧。他的不好的預感應驗了。

長老坐在十分古式的紅木皮沙發上，賓客們除了兩位修道司祭以外，都坐在對牆四隻紅木製的，包着磨得很光的黑皮的椅上，四個人並排着。修道司祭分坐一傍，一個在門邊，另一個在窗前。神科學生，阿萊莎和沙彌全站着。修道室不很廣寬，只有一種萎靡不振的樣子。陳設像具是粗造的，貧窮的，還祇是最必須的。案上放兩盆花，角落裏有許多神像，——內中一個是聖母像，面積極大，大概還在教門分歧時期以前許久的時候寫成的。這神像面前有面燈照着。傍邊另外兩個穿鮮豔袈裟的神像，隨後在附近放着一些彫刻出來的天使，磁蛋、象牙製成的羅馬教式的十字架，還有抱着牠的 Mater dolorosa 和幾幅上世紀偉大意大利美術家的外國彫版畫。這些美麗，珍貴的彫版畫旁邊，還掛了幾張極廉價的俄國石印聖徒，苦行者等人的像，是在一種市集上化幾分錢，就可以買到的。還有幾幅俄國現代和以前的主教的石印像片，想是掛在另一面牆上。米烏騷夫瞥看了這一切「官派」，便用凝聚的眼神釘看長老。他頗尊重自己的眼神，這弱點無論怎樣是可以予以饒恕的，因爲他已經有五十歲，到了這個年齡一般聰明的，交游廣的，有保障的人永遠要對於自身恭敬一點，有時甚至是不由己的。

初看一眼，他不喜歡長老。長老的臉上確有一種使米烏騷夫以外的許多人也不喜歡的東西。他身材不高，傴背，腿很軟弱，祇有六十五歲，但是爲了疾病顯得蒼老得多，至少老十歲。他的很乾澀的臉上佈滿了細皺紋，眼傍特別地多。眼睛是不大的，明亮，迅快，閃光，有點像兩個發光的點。斑白的頭髮祇保存在兩鬢上面，鬍鬚式樣小而疏稀，作楔形，時常發冷笑的嘴唇柔細得像兩條繩索。鼻子不見得長，卻尖得像鳥鼻。

「從一切的表徵上看來，那是一個惡狠的，狹窄而傲慢的靈魂」，米烏騷夫的腦筋裏閃過這個念頭。總之，他很不滿意自己。

時鐘的敲打幫助了談話的開始。一隻便宜的，帶着錘擺的小壁鐘迅速地擊打了正正的十二下。

「恰巧是時候」，——費道爾・伯夫洛維奇喊，——「我的兒子特米脫里・費道爾洛維奇却還沒有來。我替他道歉，神聖的長老！（阿萊渉爲了這一聲『神聖的長老』，全身竟抖索了一下。）我自己永遠守時間，一分也不差，明白守時是國王的禮儀……」

「但是你至少還不是國王」，——米烏騷夫立刻按捺不住，喃聲地說。

「這是對的，我並不是國王。彼得・阿歷山大洛維奇，您聽我自己也知道，眞是的！我永遠說話這樣不對勁！尊師！」——他帶着一種突襲而來的感憤的神情喊起來：——「您在面前看見的是一個小丑，眞是一個小丑！我就自己這樣介紹。唉，那是舊習慣！有時候摧得巧，要扯點謊，那是具有用意的，意在博人們一笑，做一個有趣的人。應該做有趣的人，不是麼？七年以前，我到一個小城裏去，有點小事，結識了幾個商人。我們去見警長，因爲想求他一點事情，請他到我們那裏吃飯。警長出來了，一個高身的，肥胖的，金黃頭髮的，陰鬱的人，——在這類事情上最危險的一種人物：因爲他們有肝氣，肝裏的病。我一直走到他面前，帶着場面上的人那種瀟灑的樣子，說道：「警長先生，請您做我們的 Napravnik 好不好？」——「什麼 Napravnik 」——他說。我一下子就看出事情壞了，他站在那裏，瞪着眼睛。我說：我是想開一開玩笑，爲了大家的快樂，因爲 Napravnik 先生是我們俄國著名的樂隊導演，我們必須爲使我們的企業和諧起見，也來一位樂隊導演……我解釋，而且比喻得很有理由，不對麼？他說：「對不住，我是警長，（ISPRBVNIK）我不許人家把我的職位的名稱編造雙關語。」※扭轉身，走出去了。我在他後面喊：「是的，您——ISPRAVNIK並不是NAPRAVNIK，」——他說：「不，既然說了出來，那末我就是NAPRAVFIK」你猜怎麼樣，我們的事情竟因此弄糟了！我老是這樣，我永遠這樣。我這種客氣話一定會害自己！有一次，許多年以前，我對一個有勢力的人說：「您的夫人是一個優雅的女人」，（Schekotlivaya）意思是指有貞節所謂道德的性格，但是他忽然對我說：「您還搔過她搔癢麼？」（Schekotali）※※我忍不住，忽然心想讓我來客氣一下，我說：「是的，搔過癢的。」但是他當時也搔了我的搔癢……不過這事已發生了很久，所以講出來並不害怕；我是永遠會這樣害自己的！」

「我現在還在這樣做」，——米烏騷夫厭惡地喃語着。

長老默默地審看這兩人。

「是麼！您瞧。我連這個也知道的，彼得。阿歷山大洛維奇，甚至你要曉得：我預先感覺得自己在這樣做，剛剛就要說出來。甚至你要曉得：我預先感覺得你會首先對我說出這句

※　俄語，警長(Ispravnik)與Napavnk 相似，故成此語雙關。

※※亦係雙關語。俄語Schekotl vaya(優雅的)與Schekotali(搔癢)兩字的語根相同，

話來。尊師，在我看出我的玩笑話沒有效驗的當兒，我的下面齒齦上的兩頰起始發乾，差不多好像發了拘攣；這情形我從青年時就有的，那時我在貴族家內充當食客，靠着依附他人糊口。尊師，我是一個基本的小丑，從出生日起就是的，就好比狂癲病的人一樣；我不分辯，我身上也許附些不潔的鬼靈，是不很大的角色，重要一點的許會選擇另一所住宅，不過決不是你的住宅，彼得‧阿歷山大洛維奇，你知道你也是一所不重要的住宅，但我有信仰，我信仰上帝。我最近纔起了疑惑，可是現在我坐在這裏，等待偉大的訓言。尊師，我好比哲學家狄德羅。（Diderot）聖父，您知道不知道，哲學家狄德羅進見女皇葉加德隣時代總主教蒲拉東的情形。他一進去，立刻直說：「沒有上帝。」偉大的聖徒舉指回答：「瘋子在心上也有上帝的！」狄德羅就在當地跪下來，喊道：「我信仰了，願意接受洗禮。」當時他就受了洗。公爵夫人達士闊瓦做了教母，鮑裔姆金是教父……」

「費道爾‧伯夫洛維奇，這真是受不了！您自己也知道，您在說謊，這個愚蠢的故事是不實在的，您爲什麼裝腔作勢？」——米烏騷夫顫聲說，已經完全克制不住自己。

「一輩子預感到是不實在的，」——費道爾‧伯夫洛維奇帶着感情喊，——「諸位，我現在對你們說實話：偉大的長老！請恕我，最後那句關於狄德羅受洗的話是我剛纔自己編出來的，就在剛纔講話的時候，以前腦子裏從來沒有發生過。爲了辛辣，編造出來的。彼得‧

阿歷山大洛維奇，我所以裝腔作勢，就是爲了見得和愛可親些。但是有時候自己也不知道爲了什麼。至于說到狄德羅，關于那句「瘋子」的話，在我少年時住在地主家裏的時候就聽見他們說過二十多遍；彼得・阿歷山大洛維奇，我也曾在令嬸瑪爾法・福米尼士納那裏聽到這話。他們大家至今還相信這個無神派狄德羅是到蒲拉東總主教那裏去辯論上帝問題的……」

米烏騷夫立起身來，不但喪失了耐性，甚至好像自己失了控制。他處在狂怒的心情裏，感到自己也露出可笑的樣子。修道室內確已發生了完全不可思議的一點情形。在這修道室裏，也許已經有四五十年，在以前的長老在世的時候，就有賓客會聚，卻永持着極深的景仰，決無他種心情。請進去的人們走進修道室的時候幾乎全明白他們得了極大的恩惠。許多人在整個進謁的時間內，匍匐在地上，不起來一下。許多甚至『上等』人物中，甚至極有學問的人們中間，不但如此，甚至有些抱自由思想的人們，爲好奇或別種原因而來的，和大家同進修道室時，或單獨晉謁時，一律沒有分別地，都給自己立下了第一個責任，那就是在晉謁的全部時間應有極深的尊敬和禮貌，尤其是因爲這裏無需乎金錢，一方面祇是愛情和恩惠，另一方面是懺悔，渴求解決任何心靈上的困難問題，或自己的心的生命中困難的一個機會。因此，費道爾・伯夫洛維奇忽然發現出來的，對於他所在的地方那種不恭敬的滑稽相使傍觀者，至少是內中幾個人生出惶惑和驚異。毫未變更面容的修道司祭用嚴正的注意觀察長老說什廢話，好像也準備像米烏騷夫似的立起身來。阿萊莎想哭出來，垂頭站立着。他覺得最奇怪的是他的哥哥，伊凡費道洛維奇，是他唯一地希望着的，也惟有他一個人對於父親有能加以阻止的勢力，現在竟坐在椅上，完全不動，眼睛低垂下去，顯然帶着一種竟是尋根問底的好奇心，等待這一切將有什麼結果。那個宗教學校學生拉基金，也是阿萊莎素來熟識，而且很接近的，阿萊莎連看也不敢看一下；他知道他的思想，（固然全修道院裏知道的惟有阿萊莎一人而已。）

『請恕我……』──米烏騷夫朝長老說，──『也許您以為我也是這個不莊重的玩笑事情的參與者。我的錯誤是我相信了甚至像費道爾·伯夫洛維奇這樣的人在謁見如此尊敬的人物的時候，也願意瞭解自己的責任……我沒有考慮到，為了和他一同進來，我必須要道歉…………』

彼得·阿歷山大洛維奇沒有說完，十分慚愧地正想離屋。

『請您不要着急，』──長老忽然支着瘦拐拐的腰從座位上立起來，兩手拉住彼得·阿歷山大洛維奇，把他重新按坐椅上，──『請您安心。我特別請您做我的客人。』──鞠躬一下，轉身重又坐到自己的沙發上面。

『偉大的長老，請您說一句，我的活潑的舉動是不是侮辱了您？』──費道爾·伯夫洛維奇忽然喊起來，兩手抓住椅背，似乎準備根據如何的答語，就要從椅背那裏跳躍起來似的。

『我懇求您不必着急，不要拘束，』——長老帶着暗示對他說。……『您不要拘束，就像在家裏一樣。主要的是不要羞恥自己，因爲一切祇是由此而起。』

『像在家裏一樣！就是說，露出本相麼？啊，那是太過分，太過分，然而我是可以欣然接受的！您要知道，崇高的父，您不要叫我露出本相來，不要冒這險……連我自己也不敢走到露出本相的地步。我還警告是爲了保護您。至於其餘的一切還蒙在未知數的黑影裏，雖然有幾個人願意糟糕我。這話是對你說的，彼得．阿歷山大洛維奇，但對於您，神聖的生物，對於您：我惟有表示欣悅！』——他立起來，舉手向上，出聲說：——『懷你的肚腹和喂你的乳頭是有福的，特別是乳頭！』您剛纔對我說：『不要羞恥自己，因爲一切祇是由此而起。』——您這句話好像戳進我的心裏，讀盡裏面的一切，我出外見人的時候，老覺得我比一切人都卑劣些，大家全把我當作小丑看待，所以『讓我來當眞扮演丑角，不懼怕你們的意見，因爲你們一個一個全比我卑劣得多！』因此我就成了小丑，由于羞恥而來的小丑，偉大的長老，由于羞恥而來的。我就爲了一點疑心起鬨良的。假使我能相信，我在進去的時候，大家把我當作極可愛極聰明的人看待，——老天爺！我那時將成爲如何樣人！導師！』——他忽然跪下來，——「叫我怎樣做，才能承受永恆的生命？」

現在極難決定：他是開玩笑，或是眞是的處于感情洋溢的狀態中？

長老抬眼看他，含笑說：

「您早就知道應該怎樣做，您是很聰明的：不要耽於酗酒，和言語的不節制，不要縱淫慾，尤其不得保惜金錢，關閉您的酒店，如果不能全關，關兩三月也好。主要的，最主要的是不要說謊。」

「是不是關於狄德羅？」

「不，並不是關於狄德羅。主要的是不要對自己說謊。對自己說謊，和聽自己的謊語的人會走到無論在自身裏或周圍都分別不出眞理來的地步，因此引起了對自己和對他人的不尊敬。人既不尊敬任何人，便停止了愛，既沒有愛，而欲使自己消遣時光，便縱于淫慾，和粗暴的甜蜜事情，於是完全達到獸性的惡行的境界，這全是由于對人們，對自身不斷地扯謊的緣故。對自己說謊的人會在別人之先受到氣惱。因爲有時受氣是很有趣的，不是麼？他也知道並沒有人侮辱他，是他自己給自己想出了侮辱，爲了美觀扯些謊，自己誇張着，造成一幅圖畫，好說大話，用一粒莞豆作成山，——他自己也知道這個，却還是自己首先生氣惱，生氣惱至于感到愉快，感到大快樂，於是就到了眞正怨恨的地步……請您起身，坐下來，請求您，要知道這也是虛僞的姿勢。」

「有福的人！讓我吻手，」——費道爾・伯夫洛維奇跳過來，迅快地吻長老的瘦手。

「眞是的，受氣惱眞是很愉快的。您說得眞好，我從來沒有聽見過。眞是的，我一輩子受氣惱到愉快的地步，爲審美而受氣惱，因爲做受氣的人不但愉快，而且有時很美麗；——您忘記了，偉大的長老：確是很美麗！我要記在本子裏！是的，我說謊，完全的說了一輩子的謊，每天，每鐘點都說謊。我自己就是謊，說謊的父親！大概並不是說謊的父親，我將句子弄顚倒了，那怕是說謊的兒子，也就够了。不過……我的安琪兒……關於狄德羅有時是可以的！狄德羅沒有什麼害處，至於別的話語是有害的。偉大的長老，偶然忘掉了一件事情，我從前年起就決定到這裏來調查一下，眞是想到此地來，打聽一下，問一問：但是請您不要讓彼得・阿歷山大洛維奇打斷我的話。我要問的是：對不對，在聖者傳裏有一段講到一位神聖的施奇蹟者爲信仰受磨難，終于他的惱袋被人斫去，他當時立起來，檢起自己的頭，「親蜜地吻牠，」又捧在手裏走了半天，「親蜜地吻牠。」這話對不對，純潔的神父。」

「不，不對」——長老說。

「在所有的聖者傳裏決不存在着這類東西的。您說，書中寫的是那一位聖徒的事蹟？」

——掌理圖書的修道司祭問。

『自己也不知道是那一位。不知道，也沒有打聽。有人說我受了騙。我聽人家說的。您知道是誰說的？就是彼得·阿歷山大洛維奇·米烏騷夫，剛纔爲了狄德羅生氣的人，就是他講的。』

『我從來沒有對您講過這話，我永遠不同你說什麼話。』

『您確乎沒有對我講過，但您是在許多朋友的團體裏面講的，我也在場，那是四年以前的事。我所以提起來，因爲您這一篇可笑的故事搖動了我的信仰，彼得·阿歷山大洛維奇。您不知道，沒有去調查，而我懷着已被搖動的信仰回家，從此以後越來越搖動起來。是的，彼得·阿歷山大洛維奇，您就是使我大墮落的原因。這並非狄德羅可比！』

費道爾·伯夫洛維奇悽惻地興奮起來，雖然大家已經完全明白他又在做戲。但這到底使米烏騷夫負了毒創。

『眞是胡說八道，全是胡說八道，』——他喃聲說，——『我也許果眞在什麼時候說過……却不是對您說的，是人家對我講的。我在巴黎聽見一個法國人說，我們在晚禱時好像朗誦聖者傳裏的這段故事……他是一位極有學問的人，專門研究俄國的統計……在俄國住了許多時候……我自己沒有讀過聖者傳……也不會讀的……在吃飯時亂談的話還會少麼？……我們當時正在吃飯……』

『您當時吃飯，我可是喪失了信仰，』——費道爾·伯夫洛維奇逗他。

『你的信仰於我有什麼相干，』——米烏騷夫想喊出來，但是忽然忍住自己，帶着賤蔑的神情說道：——『您眞是在蹧蹋着一切您所觸不到的東西。』

長老忽然立了起來。

『諸位，對不住，我要暫時離開你們，祇有幾分鐘』——他朝全體賓客說，——『還有比你們先來的人們等候着我。您無論如何不要說謊呀』，他說着，快樂的臉朝着費道爾·伯夫洛維奇。

他從修道室裏走出去，阿萊莎和沙彌奔過去攙他下樓梯。阿萊莎喘息着，他很高興離開，還有高興的是長老並不生氣，還很快樂。他走到走廊那裏去爲等候他的人們祝福。但是費道爾·伯夫洛維奇到底在修道室的門前阻擋了他。

『賜福的人！』——他帶着感情喊，——『請允許我再吻您的手！同您是可以說話，可以生活的！您以爲我永遠說謊，裝扮小丑麼？您知道我這是故意這樣裝腔，爲了試探您。我老在試探着，可以不可以同您生活？以您的驕傲，有沒有給我這謙遜的人容身之地？現在我要沉默，永遠沉默。坐在躺椅上，沉默着。現在該您來說話，彼得·阿歷山大洛維奇，您現在成爲最重要的人：在十分鐘以內……』

第三章　有信仰的村婦們

樓下，附在外圍牆上的木製走廊傍邊，這一次圍聚着的全是婦女，大約有二十個村姑。有人通知她們，長老快要出來，所以聚在那裏等候。等候長老的女地主霍赫拉闊瓦也到了走廊上來，却在爲上等賓客預備的房間裏面。她們是母女兩人。霍赫拉闊瓦夫人，一位有錢而且穿得永遠漂亮的夫人，年紀還十分輕，姿色很美麗，有點慘白，有一雙很活潑，且幾乎全黑的眼睛。她至多三十三歲，已經守了五年的寡。可憐的女孩已有半年不能走路，在帶輪的長安樂椅上把她推來推去。一個美麗的臉龐，爲了疾病稍見削瘦，却是快樂的。有一點淘氣樣在她的長睫的巨黑眼睛裏閃耀。母親從春天起就預備把她帶往國外，但是夏天因爲辦理地產的事情耽誤了。她們住在我們城裏已有一星期，大半爲了事務，少半爲了禱告上帝，但是三天以前已經見過長老一次。現在她們又忽然來了，雖然知道長老已不能接見任何人，但仍舊堅決地懇求着，請再給一次『看一看偉大的治病者的幸福。』母親坐在椅上，女兒的安樂椅傍邊，等候長老出來，離她兩步遠的地方站着一個老僧，不是此地修道院裏的人，却是從一個遼遠的北方的不很有名的修道院裏來的。他也想向長老祈求祝福。但是在走廊上出現的長老先一直去見衆人。一羣人擠在三步階級的台階傍邊，這台階使低矮的走廊和外面空地相聯。長老站在上面的階級上，戴了肩帶，起始祝福擁擠在他身傍的女人們。一個歇司底里病的女人被人拉着兩手牽到長老面前。她剛看到長老，忽然起始好像離奇地尖叫了一聲，喉嚨裏發噎，全身抖索得像產婦。長老將肩帶放在她的頭上，她立刻不響，安靜了下來。我不知道現在怎樣，但是在我做小孩子的時代時常在鄉下和修道院裏看見還聽見這類歇司底里病的女人。她們被帶去做晚禱，她們尖叫或狂吠，使整個教堂都聽見了，但是等聖餐取了出來，引她們過去的時候。「瘋狂」立刻停止，病人永遠會安靜一會。這使我這嬰孩很驚訝而且奇怪。然而當時我就聽到有的地主們，特別是城市的學校教師們回答我的盤問時說這全是裝假，爲了不願工作，用相當嚴峻的手段永遠可以加以根治，並且還引了各種笑話故事，作爲證明。以後我從專門醫學家方面驚悉這裏面並沒有任何裝假的地方，這是一種可怕的婦女病，足以證明鄉村婦女的悲苦命運，（尤以我們俄羅斯爲然，）——這種疾病由于在痛苦的，不正當的，沒有一點醫學幫助的生產以後立刻做了累乏的工作而生的；此外是由于無出路的憂愁，和挨了毆打，照普通的事例有的女人的性格總是不能忍受的。發狂着，抖戰着的女人祇要一引到聖餐傍邊，就會得到奇怪的，突來的治愈，有的人對我解釋是一種裝假，而且幾乎是「牧師」們自己玩耍出來的戲法，其實大概也是在極自然的方式上面發生的，領牠到聖餐那裏去的村婦們，主要的是病人本身，全十分相信，作爲一種確定無移的眞理地相信，盤據在病人身上的不潔之神，在病人被領到聖餐前面，使她俯身領用的時候，是永遠吃不住的。因此在這俯身就聖餐的那個當口，在神經性的，自然精神上也有病的女人身上好像一定永遠會發生，（而且應該發生，）整個機構上的震撼，一種由于期待一定會有的治愈奇蹟，而且深信這奇蹟即將成就而來的震撼。這奇蹟眞是成就了，雖然衹有一分鐘的功夫。同樣地，這奇蹟也就成就了，在長老剛剛把肩帶覆在病人身上的時候。

有許多擠在他身傍的女人流出由于一時的效果而來的充溢着情感和歡欣的眼淚；另一些人奔過去吻他的衣角。有的人在那裏歎泣。他祝福着大衆，還同有些人談話。這個歇司底里病女人他已經認識，是從離修道院不遠，衹有六俄里路的鄉村裏領來的，以前也曾領她來過。

「那位是遠方來的！」——他指着一個還沒有老的女人，她很瘦，臉上並非曬黑，却似乎是眞正的黑。她跪在那裏，呆板的眼神望着長老。她的眼神裏有一點似乎瘋狂的樣子。

「遠處來的，老爺子，遠處來的，離這裏三百俄里。遠處來的，聖父，遠處來的，」——女人像唱歌似的說，平穩地搖着腦袋，從這裏到那裏，手掌支在臉頰上面。她說話像在歎泣。

平民中間有一種是沉默的，能忍耐的憂愁；它進入內心，沉默着。但也有的是裂破了的憂愁：它有一次從眼淚裏鑽了出來，從那時起便轉入了歎泣。特別女人們是這樣的。它並不比沉默的憂愁輕鬆。歎泣加以慰解，祇是使心胸更加破裂和苦惱。這類的憂愁不希冀慰藉，以無從慰解的情感作滋養料。歎泣祇是不斷地刺激創傷的一種需要而已。

「是下市民階級麼？」——長老繼續說，好奇地瞧着她。

「我們是城裏的，聖父，城裏的，我們務農，却是城裏的人，住在城裏。我來看看你，聽人家說起過你來，聽人家說過的。我葬了小兒子便走出來進香。到過三個修道院，有人對我說：「娜司達修司卡，你到這裏來，那就是到您這裏來。」我來了，昨天宿了一宵，今天到您這裏來了。」

「你哭什麼？」

「捨不得小兒子，差不多三歲，三歲短兩個月。我苦惱地想念這個兒子，聖父，眞想念他。剩了最後的一個兒子，同尼基圖士卡生了四個孩子，老留不住他們，留不住他們。我葬了前頭三個，並不很可惜，把最後的一個葬了，却不能忘掉他。好像他就在我面前站着，離不開。把我的心靈弄得枯渴。看着他的小衣裳，小襯衫，小靴子，就哭一頓。我把他死後遺留下的一切東西全擺了開來，一面看，一面哭。我對丈夫，尼基圖士卡說你放我出去進香罷，老闆。他做趕馬車的營生，我們不窮，用自己的本錢做生意，馬和車子全是自己的。現在我們要財產做什麼用？他沒有了我，便開始喝酒，這一定是這樣的；以前也是如此：祇要我背轉身去，他就衰弱下去。現在我連他也不想。已經離家三月。我忘記了，忘記一切，不願意去記它，我現在同他在一塊兒有什麼意思？我已經和他了結，一切都了結了。我現在不願意看到自己的房子，自己的財產，我什麼也不願意看到？」

「是這樣的，母親，」——長老說——「有一天，一位古代的偉大的聖徒在教堂內看見了一個和你那樣哭泣的母親，也是哭自己的獨生的嬰孩，他被上帝召喚去了。聖徒對她說：「你知道不知道，這些嬰孩在上帝的寶座前面如何地膽大？在天國沒有比他們再爲膽大些的。他們對上帝說，主，你賜給了我們生命，我們剛剛看到了它，你就把它奪去，收回了。於是他們大膽地請求，上帝祇好立刻賜予他們安琪兒的職名。所以女人，你應該快樂，不必哭泣。你的嬰孩現在也在上帝的安琪兒的一羣裏住着。」這就是古代聖徒對一個哭泣的妻子所說的話。所以你要知道，你的嬰孩現在一定也站立在上帝的寶座前面，快樂，喜歡，爲你祈禱。所以你不必哭泣，應該喜歡。」

女人聽他的話，手支在頰上，垂下眼睛。她深深地嘆息一聲。

「尼基圖士卡也這樣安慰我，跟你說的話一樣：「你這無智識的人，哭什麼，我們的小兒子一定現在同安琪兒一塊兒在上帝前面唱歌。」他對我說這話，自己也哭了，我看見他和我一樣地哭着。我說，尼基爾士卡，我知道，他一定在上帝那裏，不會在別的什麼地方的，不過在這裏，同我們在這裏，現在可是沒有他了，就在附近，以前坐的地方，現在沒有他了！那怕祇要讓我能看到他一次，祇有一次讓我再看他一次，我可以不走近他的身邊，不發一言，在角落裏躲着，祇要見一分鐘，聽他怎樣在院內游戲，有時走了進來，發出小聲音，喊道：「媽媽，你在那兒？」祇要讓我聽到一次，他怎樣在屋內舉着小腳走路，祇要有一次聽到小腿蹬蹬地走路，我時常，時常記得，他跑到我的面前，又喊又笑，祇要讓我聽到他的腳聲，一聽見就會認識的！但是沒有了他，沒有了他，永遠聽不見他了！這是他的小腰帶，他却沒有了，我現在永遠看不到他，聽不到他了！……」

她從懷裏掏出一根她的男孩的線織的小腰帶，剛剛看了一眼，就抽咽得抖動身體，手指蒙着眼睛，眼裏忽然流出溪水般四濺的淚來。

『這就是，』——長老說，——『這就是古代的『拉喜爾哭自己的孩子們，不能感到安慰，因為他們沒有了。』這是給你們做母親的在地上所定的限制。你不必自行寬慰，你不用寬慰，不必寬慰，儘管哭，祇是每次哭的時候要堅定地想到，你的兒子是上帝的安琪兒中的一個，在那裏望你，看到你，看着你的眼淚，生出快樂，指給上帝看。你將長久流着偉大的慈親

之淚，終于這哭泣將變爲靜謐的喜悅，你的悲苦的淚祇成爲靜謐的感動，與從罪惡中拯救出來的心地潔淨的淚。在做安息禱告的時候我將提到你的嬰孩，他叫什麽名字？」

「阿萊克謝意。」

「可愛的名字。是指上帝的人阿萊克謝意麽？」

「上帝的，上帝的，上帝的人阿萊克謝意！」

「他是聖徒！我要提到的，提到的我將在禱詞裏提起你的憂愁，祝告你的丈夫的健康。但是你離開他是一樁罪孽。你該回到丈夫那裏，當心他。你的孩子從那裏看見你拋棄了他的父親，便將爲你痛哭；爲什麽你破壞他的安寧？他是活着的，活着的，因爲靈魂是永生的。他不在屋內，但是他隱在你們的身傍。既然你說你仇恨你的家，他將怎樣到你家去？既然找不到你們父母在一起，叫他回來有什麽意思？你現在夢見他，你遭受痛苦，將來他會送給你溫和的夢。你回丈夫那裏去罷。今天就回去罷。」

「我就去，親人，照你的話回家去。你把我的心分析得清清楚楚。尼基圖士卡，我的尼基圖士卡，你等着我，寶貝，你等着我，」——女人開始飲泣，但是長老已經朝一個服裝不像香客模樣，卻是城裏人打扮的老婦人說話去了。從她的眼睛裏可以看出她有什麽事情，跑來告訴。她自稱是伍長的寡婦，住得不遠，就是我們城裏的人。她的兒子瓦仙卡在某警察機關內服務，到西比利亞的伊爾庫次克去了。他從那裏寫了兩封信，有一年沒有寄信來。她打聽他的消息，老是說還不知道到那裏去打聽。

「最近司鉄帕尼達・伊里尼士納・白特略金納，——她是有錢的商人的家眷，——對我說：博洛霍洛夫納，你把你的兒子的名字寫在追悼帖裏，送給教堂，做安息的禱告。她說，他的靈魂一發了煩，他會寫信來的。她說，這是很靈的，許多次試驗過的。不過我有點疑惑……你是我們的光明，究竟對不對，好不好這樣辦呢？」

「連想也不要想。問起來都是可恥的。自己親生的母親，把一個活的靈魂，作安息祈禱，那如何可以呢？這是大罪，和妖術一樣，惟有因爲你的不知才能加以饒恕。你最好向聖母，救苦救難者祈禱，祝你的兒子的健康，並且求她饒恕你的不正確的思考。我還要對你說，博洛霍洛夫納；不是你的兒子，他自己不久快回來，便是他一定要寄信回來的。你要記住這個。你回去罷。從此以後你須安下心去。我對你說，你的兒子是活着的。」

「親愛的，願上帝賜恩與你，你是我們的恩人，你替我們祈禱，恕我們的罪孽……」

長老已在人羣裏看見一個雖還年輕，却帶着癆病樣子，精神衰疲的農婦兩條熾燒的，向他釘看着的眼光。她默默地瞧着，眼睛有所請求，但是她又似乎怕走近過來。

「你有什麼事，親愛的？」

「請你解决我的靈魂，」——她不慌不忙地輕聲說，跪下來，朝他的脚下叩頭。

「我犯了罪，親生的父，我懼怕我的罪孽。」

長老坐在下面的一級台階上，女人挨近過來，仍舊跪着不起來。

「我守寡三年，」——她開始微語，全身似在抖索，——「出嫁後境况很痛苦，他年老，把我痛打了一頓。他躺着生病；我瞧着他，心想：假使他病好了，重新起床，那便怎麼辦呢？我當時就生出那個意思……」

「你等一等」，——長老說，把耳朵一直凑到她的嘴唇上面，女人繼續輕聲微語，幾乎無從聽到什麼。她很快地說完了。

「第三年了麼？」——長老問。

「第三年了。起初不想，現在開始害病，煩惱釘在我的身上……」

「從遠處來的麼？」

「離此地五百俄里。」

「在懺悔時講過沒有？」

「講過的，講了兩次。」

「許你領聖禮麼？」

「許的，我害怕；怕死。」

「一點也不要害怕，永遠也不要害怕，不要生煩惱。祇要你心內不斷懺悔，——上帝將饒恕一切。而且在整個大地上沒有，也不會有那種罪孽，使上帝對於眞正懺悔的人不加饒恕的。那耗盡了上帝的無窮的愛的人是完全不能做這種大罪的。還能有超過上帝的愛的罪麼？你祇要顧到懺悔，不斷的懺悔，把害怕完全驅走。你要相信，上帝愛你，爲你所想不到的那樣愛你，那怕帶着你的罪孽，在你的罪孽裏也愛的。天上喜歡一個懺悔的人，比喜歡十個得眞理的人爲甚，這是早就說過的。你去罷，不要害怕。不要遷怒於人，不要爲受恥辱而生氣。死者侮辱你的一切，你在心中饒恕了罷，同他眞正地和解罷。你旣能懺悔，便能愛。你能愛，你便是上帝的人……愛是可以贖取一切的，拯救一切的。旣然像我這樣和你一般有罪的人憐惜了你，那末上帝也不必說了。愛是無價之寶，可以買到全世界的一切，不僅是你的，卽使是別人的罪孽也可以贖到的。你去罷，不要害怕。」

他朝她畫了三次十字，從頸上除去小神像，給她戴上。她默默地向他鞠躬及地。他立起身來，快樂地瞧一個健壯的農婦，手上抱着乳孩。

「從高山村來的，親愛的。」

「離這裏有六俄里，抱着孩子夠累的。你有什麼事？」

『我來看一看你。我到你這裏來過，你忘記了麼？你的記性不大好，你竟忘記我了。我們那裏有人說你有病，我心想，我自己來看看他？現在看見了你，你那裏是有病呢？你還能活二十年，眞是的，上帝和你同在！替你祈禱的人還能少麼？你還會生病麼？』

『一切感謝你，親愛的。』

『恰巧我這裏有一個不大的請求：這裏有六十戈比，請你捨給比我還貧窮的人。我到這裏來，心想：不如把錢交給他，他是知道應該捨給誰的。』

『謝謝你，親愛的；謝謝你，善人。我愛你。我一定辦到。抱着的是女孩麼？』

『女孩，叫麗薩魏達。』

『願上帝祝福你們兩人，你和嬰孩麗薩魏達。你使我的心快樂。再見罷，親愛的人們，告別了罷，可敬可愛的人們。』

第四章 不大有信仰的女太太

外城來的地主夫人看着同平民談話和祝福他們的一幅圖畫，靜靜地流淚，用手絹擦拭。她是一位重情感的，廣交際的女太太，許多地方帶着誠懇的，善良的傾向。長老走到她面前時，她歡欣地迎接他：

『我看着這一幅感動人的圖畫，得了許多，許多的……』她心情騷擾得說不成句。——『我明白農人們愛你，我自己也愛他們，願意愛他們，而且怎能不愛他們，我們的良好的，坦白的，偉大的俄羅斯農人！』

『令愛的健康怎麼樣？您還願意同我談話麼？』

『我堅決地請求，我懇求，我準備跪下來，跪在您的窗前三天功夫，求您許我進見。偉大的醫病者，我們到您這裏來，表示我們歡欣的謝意。您把我的麗醫治好了，完全治好了，怎麼治好的，就是因爲星期四您替她禱告，把您的手加在她頭上。我們忙着來吻這隻手，表明我們的情感和我們的崇拜！』

『怎麼治好了？看，她還躺在安樂椅上？』

但是夜間的寒熱完全消滅了，從星期四起，已經有兩晝夜如此。』她神經質地忙着說，——『不但如此：她的腿健壯起來。今天早晨她起床時很康健，睡了整夜，您看她臉上的紅潤，她的閃耀的眼睛。以前老哭，現在卻又笑，又快樂，又喜歡。今天一定要立在地上，她居然自己站了一分鐘，沒有什麼人扶着。她和我打賭，兩星期後就可以跳「卡德里」舞。我請此地的格爾城司岡勃大夫來看；他聳肩說：我眞奇怪，不懂。您還要我們不來驚吵您，不飛過來，不感謝你麼？麗薩，你謝呀，道謝呀！』

麗薩的笑容可掬的，極和愛的臉龐忽然變爲嚴正，她竭力在椅上舉起身體，望着長老，小手合在他的前面，但是忍不住，忽然笑開了……

『我是笑他，笑他！』——她指着阿萊莎，爲了她忍不住，笑出聲來，孩子氣似地惱着自己。如果有人看站在長老後面一步的阿萊莎，便將注意到他臉上一陣紅潤，迅速地浮滿着兩頰。他的眼睛閃耀了一下，低垂下來。

『阿萊克謝意·費道洛維奇，她有東西託我帶來……您的健康好麼』？——母親忽然對阿萊莎說，把戴漂亮的長手套的手伸出來給他。長老回頭看了一眼，忽然注意地望着阿萊莎。阿萊莎走近麗薩面前，似乎奇怪而且不合適地冷笑了一聲，也伸手給她。麗薩做出鄭重的面貌。

「卡德隣納，伊凡諾夫納託我交給您的，」——她遞給他一封小小的信，——「她特別請求您到她那裏去一躺，快點去，越快越好，不要騙人，一定要來的。」

「她請我去麼？到她家去，請我……爲什麼？」——阿萊莎帶着極深的驚異喃聲說。他的臉忽然起始露出十分關心的樣子。

「這還是關於特米脫里，費道洛維奇的事情……和最近發生的那些事件，」——母親匆匆地解釋，——「卡德隣納，伊凡諾夫納現在作了一個決定……但是爲了這，她一定要見你一次……爲什麼？我自然不知道，但是她請您越快越好。您應該照辦，一定照辦，這裏是基督教的情感命令着……」

「我一共祇見過她一次，」——阿萊莎還是帶着那種疑團繼續說。

「這是一個崇高的，不可及的生命！……單祇看她的悲哀便知道……您想一想，她遭受過什麼，現在遭受的是什麼，再想一想，她有什麼期待……這一切眞是可怕，眞是可怕！」

「好啦，我要去，」——阿萊莎決定，在讀完了一張短短的，神祕性的字條以後，在那張字紙裏除去堅請前去一躺以外，沒有任何解釋。

「這在您的方面是如何地客氣，如何地佳妙，」——麗薩忽然喊叫，全身露出興奮。——「我曾對母親說過，他決不會去，他是修行的。您眞是，眞是妙極了！我永遠想您是妙人，我現在對您說這話，感到十分愉快！」

「麗薩，」——母親含着暗示說，但立刻就微笑了。

「您連我們也忘記了，阿萊克謝意·費道洛維奇，您完全不願意到我們家去；麗薩對我說過兩遍，她惟有同您在一起才感到舒適。」阿萊莎舉起低垂的眼睛，忽然又臉紅了，忽然又冷笑，自己也不知道笑什麼。但是長老已經不去注意他。他同外城來的僧士談話，這僧士，我們上面已經說過，在麗薩的椅子附近等候着長老。這顯然是一個極普通的僧士，那就是說他的職位是極普通的，具有短小的，不易摧毀的世界觀，但是極有信仰，還是特別的頑強的信仰。他自稱從遼遠的北方，澀勃道爾司克，聖西里維司特洛，從一個祇有九個僧士的貧窮的修道院裏來的。長老爲他祝福，請他隨便什麼時候到他的修道室裏去。

「您怎麼樣做了這件事情？」——僧士忽然問，用動人的，勝利的神情指着麗薩。他暗指着她的「痊愈。」

「這話自然說得還早。減輕還不是完全的治愈，爲了別的原因也會發生的。但是即使是的，那末除去上帝的旨意以外，並不藉着任何人的力量。一切由於上帝。請您來看看我，」——他對僧士補說，——「我並不能隨時見客；我有病，我知道我的日子是數得清的了。」

「不，不，上帝不會把您從我們手裏奪去的，您還會活得很長久，很長久，」——母親喊，——『而且您有什麼病？您的樣子是那樣健康，快樂，幸福。』

『今天我特別地鬆快，但是我已經知道，這祇是一分鐘的事情。我把我的病了解得毫無錯誤。假使您覺得我很快樂，那末您說這樣的話是再也不會比這使我喜歡的了。因爲人是爲幸福而生的。誰十分幸福，誰就有資格對自己直接了當地說：「我履行上帝在這地上的約言。」所有得真理的，所有聖者，所有神聖的苦難者全是有幸福的。』

『您說的全是勇敢的，高超的話語，』——母親喊，——『您說話，似乎戳穿的樣子。然而幸福，幸福，——幸福究竟在何處？誰能自己說他是幸福的。您既然這樣善心，許我今天再見您一面，那末請您聽完我上次沒有說完，不敢說出的一切話語，我所以悲哀，悲哀得如此長久，長久的一切！我悲哀，請恕我，我是悲哀着的……』她帶着一種熱烈的，暴燥的感情，舉起兩手在他的前面。

『有什麼特別的悲哀？』

『我的悲哀……是……無信仰……』

『不信上帝麼？』

『不，不，這是我想也不敢想的；然而未來的生命——是一個謎！沒有人，一定沒有人能回答這謎的：您聽着，您能治療百病，您熟諳人類的心靈；我自然不敢希冀您完全相信我，但是我可以用最偉大的語言請您相信，我現在說這話並非出于輕意，關於未來的死後的生命的這種念頭使我驚擾至于悲哀，至於恐怖與懼怕……我不知道向誰去問，一輩子不敢……現在我竟敢來問您……唉，現在您將把我當做什麼樣的人呀！」——她擺着兩手。

「對於我的意思您不必擔心，」——長老回答，——「我十分相信您的煩惱是眞誠的。」

「我眞是感謝您！您瞧：我閉上眼睛，心裏想：如果大家全信仰，那末這是從那裏來的？有人說，這起初是出於對可怕的自然現象發生恐懼而起，其實這一切是沒有的。我心想，我一輩子信仰着，——一死了，忽然什麼也沒有，祇是『在墳墓上長了牛蒡草』，像一個作家所說的一般。這眞是可怕！怎樣才能恢復信仰呢？我祇是在小孩的時候信仰着，機械的信仰，一點也不思想……用什麼，用什麼來證明：我現在跑來向您匍匐請教。如果我錯過了現在的機會，——那末一輩子便沒有人回答我的了。有什麼證明：用什麼可以使我相信？這眞是我的不幸！我站在這裏，在四週看到大家都覺得一切是如此的，沒有人現在關心這個問題，惟有我一人不能忍受。這眞是可怕，這眞是可怕！」

「無疑她是可怕。但是這種事情無從證明，卻可以確信。」

「怎麼樣？用什麼？」

「用積極的愛的經驗。您應該積極地，無止休地努力愛您的鄰近的人，您能在愛裏成功幾分，便能對於上帝的存在，和我們的靈魂的不死，深信幾分。如果您對於鄰人之愛能達得完全克己的境界，那末一定可以得到信仰，甚至任何疑惑都不能進入您的靈魂裏去。這是試驗過的，這是準確的。」

「積極的愛麼？現在還有一個問題，而且是很那個的問題，很那個的問題！您知道：我很愛人類，您相信不相信，我有時發着幻想，願意拋棄所有的一切，離開麗薩，充當看護婦。我閉上眼睛，心裏想，發着幻想，在這種時候我感到自己具有無從壓制的力量。任何的創傷，任何的膿瘡都不能使我懼怕。我可以換綳帶，用自己的手洗滌，我可以做這些受痛苦的人的看護婦，我準備吻這膿瘡……」

「您的腦筋裏能有這樣的幻想，不作別的念頭，已經是很多很好的了。機會湊巧，也許眞的會做點好事出來。」

「是的，但是我能不能在這個生活裏活到多久？」——女太太熱烈而幾乎瘋狂地續說，——「這是一個主要的問題！這是我最感痛苦的一個問題。我閉上眼睛，自己問自己：你能不能在這路上支持許多時候？假使你給他洗瘡的那個病人不立即報答你的好意，作些任性的行爲使你苦惱，對於你的仁愛的服務不加珍重，不予注意，朝你呼叱，作粗暴的要求，甚至向上司訴怨，（這是受痛苦很深的人們常有的事，）——那時便怎樣呢？你的愛能否繼續下去？您信不信，——我已經戰慄地決定了！如果有什麼可以使我的對於人類的積極的愛立即冷却下去，那末唯一地惟有忘恩負義一事。總而言之，我是一個需要報酬的工作者，我要求立即付出代價，那就是給我誇獎，和以愛易愛的代價。否則我是不能愛任何人的！」

她發作了最誠懇的自行鞭策的狂熱，說完以後，持着挑戰似的決心看長老一下。

「一個醫生，很早時候，就已經對我說過一模一樣的話，」——長老說，「這人年紀不輕，確是一個聰明的人。他坦白地說話，和您一樣，雖然帶點玩笑，却是憂鬱的玩笑；他說，我愛人類，但是自己覺得奇怪的是我愛人類全體愈深，便愛單獨的人們愈少，那便是說個別的，離開來的人們。他說，我在幻想中屢次達到爲人類服務的熱烈的志願，也許會眞的爲了人類走到十字架上去，假使忽然發生了這樣的需要，然而我不能同任何人在一間屋內住滿兩天，這是從經驗裏知道的。他剛剛挨近我一點，他的個性便立即壓制我的自愛，束縛我的自由。我會在一晝夜之間甚至恨上最好的人：恨這人，爲了吃飯太慢，恨那人，爲了他傷風，不斷地擤鼻。他說，我竟成爲人們的仇敵，祇要他們稍微地觸摸我一下。然而永遠會發生的是我對於個別的人們越恨得深，那末我的對於人類一般的愛便越見熾燒。」

「那怎麼辦呢？在這類情形下應該怎麼辦呢？是不是應該陷入失望裏去？」

「不是的，因爲就您對於這樁憂愁的一點就够了。您可以盡您所能的做去，自會給您算好分數的。您已經做了許多，因爲您能深刻而且誠懇地自己認識自己。假使您現在同我說話這樣誠懇，祇是爲了現在就向我取得誇獎您的眞實的話，那末自然在積極的愛的功行裏將一無成就；一切祇是留在您的幻想裏，整個生命像幻影般閃來閃去。顯然，您會忘却所謂未來的生命，到了後來自己就會痲痲胡胡地安靜下去。」

「您把我壓得粉碎！我現在祇在您談話的這個時候，明白我眞的祇是期待您誇獎我的誠懇，當我對您敍講我不能忍受人家忘恩負義的時候。您把我自己給我指點了出來，您把我捉住了，對我解釋我自己！」

「您說的是眞話麼？現在，在您這樣承認以後，我相信您是誠懇的，好心的。您如未達幸福之境，您應該永遠記住，您走着極好的路，務勿從這條路上離開。主要的是避免說謊，一切的謊，特別是對自己說謊。留意觀察自己的虛謊，每小時，每分鐘審察它。還須避去對別人和自己的嫌厭；凡是您在自己內心裏覺得惡劣的一切，祇要您在自己內心裏一注意到，也就是洗乾淨了。您還應該避免恐懼，雖然恐懼祇是一切的虛謊的後果。您永遠不要懼怕自己如何畏葸於愛的獲得，甚至不要十分懼怕惡劣的行爲。我很可惜，不能對您說什麼可喜悅的事情，因爲積極的愛，和幻想的愛相比，是一件殘忍和使人生畏的事情。幻想的愛渴求迅速的功績，使人迅速感到滿意的功績，需要大家來看。這確乎能達到甚至連生命也犧牲掉的地步，祇是不能延得長久，却很快地實現，好像舞台上一樣，讓大家看到了誇獎。至於積極的愛——那是一種工作和耐心，對於有的人也許是整本的科學。但是我要預先聲明，就在那個時候，當您恐怖地看到無論您如何努力，您不但沒有走近目的，甚至似乎離開了它的時候，——就在那個時候，我要預先對您聲明，您忽然達到了目的，明顯地看到上帝的奇蹟似的力量在您自己身上，——永遠愛您，永遠在暗中指揮一切的上帝的力量。對不住，我不能同您再談下去，有人等着我。再見罷。」

女太太哭了。

「麗薩，麗薩，請您祝福她！祝福她！」——她整個身體忽然震顫了一下。

「她是不值得愛的。我看見她一直在那裏淘氣。」——長老開玩笑似地說，——「你爲什麼儘笑阿萊克謝意？」

麗薩確乎一直在幹這把戲。她從上次起就早已注意到，阿萊克謝意對她怕羞，努力不看她，這使她覺得十分有趣。她聚精會神地等候而且捕捉他的眼光。阿萊渉受不住釘視到他身上的眼光，自己忽然身不由己地，憑着一種無從抑止的力量，偷看着她，而她立即發出勝利的微笑，一直朝他的眼睛裏拋去。阿萊渉感到害羞，更加不安了。後來他完全背着她，藏到長老的背後。過了幾分鐘以後，他被那種無從抑止的力量吸引着，又回轉身來看她是不是看着他，看見麗薩差不多全身掛在椅外，斜看着他，用全副力量等候他來看她；在捉到了他的眼光以後，她又哈哈大笑，連長老都忍受不住要說：

『您真淘氣，爲什麼這樣使他發羞？』

麗薩忽然完全出人不意地漲紅了臉，小眼睛閃耀了一下，臉變成十分嚴正，忽然熱烈，而且憤恨地訴起怨來，迅快而且神經質地說道：

『但是他爲什麼一切都忘記了呢？我小的時候他抱過我，我同他一塊兒玩耍。他會到我家來教我讀書，您知道不知道？兩年以前，他臨別時曾說他永遠不會忘記，我們是永久的好友，永久的，永久的好友！他現在忽然怕起我來，我會吞吃他的麼？爲什麼他不願意走近過來！爲什麼他不說話？爲什麼他不到我們這裏來？莫非您不放他出來：但是我們知道他是到處走動的。叫我來喚他，不大體面，他應該首先提起來，既然沒有忘記。不對，他現在是修行呢？您爲什麼把這長邊緣的袈裟穿在他的身上……他要逃走的，墮落的……』

她忽然受不住，手掩在臉上，發出抑不住的笑聲，長的，神經質的，抖顫的，聽不見的笑聲。長老含着微笑聽她的話，溫柔地爲她祝福；等到她吻到他的手時，忽然將手按在自己的眼睛上面，哭了出來：

「您不要生氣我，我是傻瓜，一點也沒有價值……阿萊莎也許是對的，他不到這樣可笑的人那裏去是很對的。」

「一定要打發他去，」——長老決定。

第五章　會來的！會來的！

長老離開了修道室大約有二十五分鐘。已經十二點半，但是特米脫里·費道洛維奇，就是爲了他大家聚着的，竟還沒有來。然而對於他，差不多好像忘却了，等到長老重新走進修道室的時候，看見賓客間正在進行着極熱鬧的談話。參加談話的最先是伊凡·費道洛維奇，和兩位修道司祭。米烏騷夫顯然也很熱烈地參加談話，但是他的運氣還不佳，他顯然處於次等的位置上面，甚至很少有人回答他，所以這新的事實祇是增加了他的越積越多的煩惱。事情是因爲他以前也會和伊凡·費道洛維奇交換過關於知識方面的譏刺話，對於他對自家那種瞧不起的神氣不能處之淡然：「到現在爲止，至少我還站在成爲歐洲前驅的一切的高處，但是這新的一代根本看不起我，」——他自己思量。費道爾·伯夫洛維奇，自己曾說過要坐在椅上，不發一言，果眞沉默了多少時候，但還帶着嘲弄的微笑，觀察着鄰坐的彼得·阿歷山大洛維奇，顯然對於他的着惱極爲欣悅。他早已準備對他報復，現在不願錯過機會，他終於忍不住，傴身就着鄰座者的肩膀，又低聲逗起他來了：

「您剛纔爲什麼在「客氣地吻手」以後不就離開，答應繼續存留在這種不體面的團體裏面呢？因爲您感到自己是受了氣，受了侮辱的人，所以留在這裏，顯一顯您的智識，以爲報復。現在您在沒有將自己的智識顯露出來以前是不會走的。」

「您又來了？反過來，我立刻就走。」

「您走得比別人都晚些，都晚些！」——費道爾·伯夫洛維奇又扎了一針。這正是長老回來的那個時候。

辯論靜止了一分鐘，但是長老坐到以前的位置上去，朝大家看了一眼，似乎客氣地請大家繼續談話。阿萊莎對於長老各色各樣的臉色差不多研究有素，明顯地看到他十分累乏，在勉強自己支持着。他生病以來最近的時候，由於缺乏力量，時有昏倒的情事。昏暈前那種的慘白的神色，現在差不多又傳播到他的臉上來，他的嘴唇發白。但是他顯然不願解散聚會，他似乎自有一種目的，——什麼目的呢？阿萊莎正在密切觀察着他。

「我們在議論他那篇有趣的文章，」——修道司祭岳西夫，職掌圖書的，對長老說，指着伊凡·費道洛維奇，——「他提出許多新的意思，但是思想似乎是兩頭的。關於教會法庭和它的權限範圍的問題，有一位教會人員寫了一大本書，他寫了一篇雜誌文章去回答。……」

「可惜我沒有讀到大作，但是聽說過的，」——長老回答，銳利地釘視着伊凡·費道洛維奇。

『他的見解十分有趣，』——掌圖書的神甫續說，——『對於教會公共法庭一個問題，顯然完全反對教會和國家分離。』

『這很有趣，但是具有什麼意思？』——長老問伊凡·費道洛維奇。

他終於回答長老，但沒有那種傲慢裏帶客氣的神情，像阿萊莎頭天曾懼怕着的那樣，却是謙遜，自持，顯然極有禮貌，似乎沒有一點含蓄的意思。

『我的論據是如此的，原素的混合，——指國家與教會分開來的實體而言，——自然將成爲永久的事，雖然它是不可能的，不但不能把它引到正常的，且也不能引到多少和諧的狀態裏去，因爲在這件事情的基礎上面就藏着虛謊。據我看來，在例如關於法庭的這類問題，國家與教會間的折衷辦法，在完滿的純粹的實體上是不可能的。被我反駁的教會人員說，教會在國家裏面佔有確實的一定的位置。我駁他說，相反地，教會應該把整個國家包括在裏面，而不僅祇佔據裏面的一個角落，如果現在爲了什麼原因這已是不可能，那末實質上，一定應該使這成爲基督教社會繼續發展的一個直接的，主要的目的。』

『完全有理！』——帕意西神甫，沉默的，有學問的修道司祭，堅決地，神經質地說。

『這是純粹的教王全權論！（Ultramontanism）』——米烏騷夫喊，不耐煩地兩腳交替地擺放着。

「但是我們這裏沒有山！」※——岳西夫神甫喊，對長老繼續說，——「他所反對的那個教會人員的「基本與主要」主張如下。第一：無論何種社會團體不能，且不應自行獲取政權——即支配自己人員的民事與政治權利。」第二：「刑事及民事訴訟權不應屬諸教會，和它的本質不相融合，因教會爲神的機關，人們爲了宗教目的所立的團體。」第三：「教會是非此世界的天國」……」

「教會人員說這類雙關語是太沒有價值了！」——帕意西神甫忍不住，又打斷了話頭。——「我讀過您辯駁的那本書，」——他對伊凡·費道洛維奇說，——「對於一個教會人員所說：「教會是非此世界的天國，」頗爲驚訝。既非出於此世界，那末就不能在地上存在。福音書裏那句「非此世界」的話用得和原義不合。這樣的雙關語是不應該說的。我們的主耶穌·基督就是降下來設立地上的天國的。天國自然非出於此世界，却在天上，必須經過教會才能走進裏面去，而教會則建設在地上。所以世俗的雙關語在這意義裏是不可能，也無價值的。教會是

※教王全權論（Ultramontanism）爲十九世紀中葉羅馬教皇所主張教會應成爲國家最高權力的一種學說。此字源出於拉丁字 Ultra（作在後面解）與Montes（作山解）。Ultramontane 意即「住在山後的人們，」 即意大利的阿爾卑斯山。岳西夫回答米烏騷夫：「但是我們這裏沒有山！」——就是這意思。

眞正的天國，被派來統治的，臨到後來大地上無疑地將有天國出現，——這是我們的誓願……」

他忽然沉默了，似乎自己抑制着。伊凡・費道洛維奇恭敬而且注意地聽完了他的話，用十分安詳的態度，朝着長老，依舊樂意而且坦白地續說：

「我那篇文字的全部意義是如此的：在古代，基督教最初的三世紀，基督教在地上祇是教會，也就是教會在羅馬的異端的國家不得不成爲基督教的國家時，結果是旣成以後，僅祇將教會包含在內，自己仍繼續是一個異端的國家，和以前一樣，具有異常衆多的支派。實際上一定是應該這樣發生的。在羅馬的國家裏，還遺留了許多由於文化和異端的智慧而來的東西，例如甚至國家的目的和基礎都是如此的。基督教會加入了國家以內，無疑地，不能從自己的基礎上，自己所定立的那塊石頭上，有所讓步，祇能遂行自己的目的，也就是上帝自己堅決地設立，指示與教會的目的：卽應使全世界，自然古代的異教的國家也在內，——加入教會。因此，爲了未來的目的起見，並非教會應該給自己尋覓在國家內的一定位置，像「一切社會團體，」或「人爲了宗教目的而結合的團體，」（像那個被我反駁的作者對於教會所形容的那樣，）却是一切地上的國家以後應該完全加入教會，變成教會，排斥與教會格不入的一切目的。這一切一點也不降低它的地位，一點也不奪去偉大的國家的榮譽，祇是把它從虛僞的，還是異端的，錯誤的道地上，放到正確的，眞正的，唯一地引向永恆目的的道路上去罷了。所以，教會公共法庭原理論一書的作者，假如在尋覓和提出這些原理時，把它們看作臨時的，在現在這罪孽重重，一無成就的時代必要的折衷辦法，此外沒有別種看法，那末他的判斷是對的。但是這些原理的製造者祇要敢宣言，他現在所提出的原理，也就是剛纔岳西夫神甫列指的一部份——是一些無可搖撼的，天然的，永恆的原理，那末便是直接反對教會，反對它的神聖的，永恆的，無可搖撼的宿命。這就是我的那篇文字，它的全部的內容。」

「用兩句話來說，」——帕意西神甫又說，釘咬住每個字脚，——「根據現在十九世紀發現清楚的另一種學說，教會應該逐漸化入國家裏面，像由低級的化爲高級的種類，隨即在裏面消滅，讓位給科學，時代精神和文化。如它不願，且予抵抗，則可在國家內另騰出一個角落給它，還要受着監督，——現在歐洲的國土內到處是這樣情形。但是照俄國人的見解與期望，並非教會化入國家，如由低級的化爲高級的類型，相反地，却是國家應該在終局裏成爲教會，而且沒有別的樣子。這是會來的，會來的！」

「老實說，您現在有點使我膽壯」，——米烏騷夫冷笑一下，兩腿又架疊起來，——「據我所了解的，這是實現一種無盡地遼遠的理想，在第二次基督降臨的時候。這聽便就是了。一種美妙的，烏託邦的幻想，一切戰爭，外交，銀行等等全都消滅的幻想。甚至有點像社會主義。我還以爲這一切是嚴重的，譬如說，現在教會就要審判刑事，判決鞭打與徒刑，也許是死刑。」

『卽使現在就有教會公共法庭，現在教會也不會把人流配出去，或判決死刑。那時候犯罪和對於犯罪的眼光一定要變更，自然漸漸地變更，不是突然而且立刻就變，却是很快的，……」伊凡．費道洛維奇安靜地說，不眯一眯眼睛。

『您這是正經的麼？』——米烏騷夫釘看着他。

『假使一切都成爲教會，那末教會必將犯罪和不服從的人擯斥於教會之外，而不會砍人家腦袋的，」——伊凡．費道洛維奇續說。——『我問您，被擯斥的人將往何處去呢？那時他不但應該像現在似的離開人們，而且要離開基督。他一犯罪，不但對於人們反叛，而且叛及基督的教會。自然，現在這樣嚴格的意思到底還未宣佈，現代罪人的良心時常和自己打交道：「我偷了東西，却沒有反對教會，不是教會的仇敵。」現在的罪人時常這樣對自己說，但是當教會代替了國家的位置的時候，他便不能說這個話，除非否認地上的一切教會：「一切都錯誤，一切都有傾向，一切教會全是虛僞的，惟有我這殺人和偷竊的——是合理的，基督的教會。」這話很難對自己說，需要巨大的條件，不常發生的事實。現在從另一方面講，請看教會自身對於犯罪的眼光：它也是應該從現在那種近乎異端的眼光裏加以變更，由機械地割掉被傳染的分子，像現在爲了保護社會而做的那樣，全部地而且不虛僞地，轉變爲一種重新爲人，使人復生，拯救的觀念。』

『這又是怎麼會事？我又不明白了。』——米烏驟夫插斷下去。——『這又是一種幻想。有點無形式的東西，無法去明白。這是什麼擯斥，擯斥是什麼意思：我疑惑。您簡直在那裏尋開心，伊凡．費道洛維奇。』

『實際上現在也是這樣的，』——老忽然說，大家一下子全面朝着他，——『假使現在沒有了基督的教會，那末罪人在惡行裏將沒有任何擱阻，甚至以後沒有任何懲罰，那是眞正的懲罰，不是機械的，像他現在所說的那樣，那祇能在許多情事下使人心稍加刺激，却是眞正的刑罰，唯一地實在的，唯一地使人生畏和安靜的包括在自己的良心的認識裏的。』

『請問，這是怎麼樣的？』——米烏驟夫帶着極活潑的好奇發問。

『那是這樣的，——長老開始說，——『這一切判充苦工，加上以前的鞭撻等等，並不能改善任何人。主要的是幾乎任何罪人也不會望之生畏。犯罪的數目不但不減少，而且越來越增加。這是您應該承認的。結果是社會並不因此而得保障，因爲危險的分子雖已機械地被割去，且遠戍他方，眼前輕鬆些，但是在他的位置上立刻發現另一個罪人，也許兩個。如果有什麼東西能保護社會，甚至在我們這個時候，甚至使罪人自行改善，化作另一個人，那末這惟有基督的法則，在自己的良心的認識之中表現了出來。祇在以基督社會亦卽教會的兒子的立場上，承認了自己的罪，也就是在社會面前，亦即教會面前，承認了自己的罪。因此，現代的罪人惟有在教會面前能以承認自己的罪，在國家面前是不見得的。如果法庭屬於社會，亦即教會，那時候它將知道，把何人解除擯斥，又容納他進來。但是現在呢，教會並沒有任何積極的法庭，惟有一種道德制裁的可能，便自行和罪人的積極的懲罰相隔日遠了。不是教會把他擯斥出去，却祇是不放棄對他的慈父般的監督。不但如此，它甚至努力同罪人保持一切基督教會的聯絡：許他參與教會的典禮，領聖餐，給他賜物，對待他像俘虜，而不像犯人。假使基督的社會，亦即教會，排斥他，像民事法律排斥他，割棄他一樣，那末我的上帝！這罪人將何以自處？假使教會隨在國家法律的懲罰之後，立刻與每次也帶擯斥懲罰他，那末將有什麼結果呢？失望是不會比這再高的了，至少對於俄國的罪人如此，因為俄國的罪人尚有信仰。但是誰知道呢？那時候也許會發生可怕的事情，——也許在罪人的失望的心裏會發生信仰的喪失。那時候便怎麼辦呢？但是教會好比慈愛的母親，自行離開了積極的懲罰，因為即使沒有它的懲罰，罪人已被國家的法庭懲罰得十分利害，應該有人來憐惜他一下。所以離開的緣故，主要地是因為教會的法庭是唯一地將真理包含在內的一種法庭，因此是和任何別的法庭在實質上，道德上不能融洽，甚至不能有臨時折衷辦法的。這裏無從成立契約。聽說，外國的罪人很少懺悔，因為他的罪不是罪，却是對於不公平地壓迫的力量的一種反抗。社會藉強於他身上的力量，十分機械地使他和自己割斷。伴着擯斥的是仇恨，（至少是他們自己在歐洲所敍講的，）——仇恨，再加上對於他的，自己的弟兄的將來的命運，完全的冷淡和遺忘。因此，一切事情的發生並不帶着教會方面絲毫的憐憫，因爲那裏大半已無教會，却祇留下教會人員和教會的莊嚴的大廈，至於教會自身早就努力於從低級的種類，即教會，轉移到高級的種類，即國家上去，以便完全消滅在裏面。至少在路德教的土地上是如此的。至於羅馬城裏已有千年成立了國家以代教會。所以罪人已不自承爲教會的一份子，被擯斥以後，陷于失望。即使回到社會裏去，時常懷着仇恨，好像社會自身擯斥一般。結果如何，你們自己推斷一下罷。在許多情況裏好像我們也是如此；但是因爲除去已設立的法庭以外，我們還有教會存在，它永遠和罪人不失聯絡，當作可愛的，珍貴的兒子看待，此外還有，而且保持着教會的法庭，那怕祇是在理想中保存着的，——這法庭雖然現在是不積極的，却是爲未來而生存的，那怕是在幻想裏，但也一定是爲罪人自身，他的心靈的本能所承認的。剛纔在這裏所說的話是對的，如果眞的成立了教會的法庭，具有全部的力量，那就是整個社會全加入教會裏去，則不但教會的法庭將影響到罪人的改過自新，像現在那樣是從來沒有影響的，而犯罪眞的會減少到不可信的分數。無疑地，教會對於未來的罪人與未來的犯罪的了解在許多情況下是完全和現在不同的，必將使被擯斥的人復返，對惡意的人警告，使墮落的人回頭。果然，

（長老冷笑了，）現在基督教的社會自身尚無準備。僅祇靠着七位使徒；但是因爲他們並不凋零，所以基礎無可搖撼，期待由尚屬於異端的社會團體，完全變化爲單一的，全世界的，有權力的教會。這是會來的，會來的，那怕是到了世紀末，因爲惟有這個是命定着成就的！也不必爲時間與期限着急，因爲時間與期限的祕密是在上帝的智慧裏，在他的預見裏，他的愛裏。依照人們的計算，也許還很遙遠，然而依照上帝的預定，也許已到了出現的前夜，就在門傍。最後這是會來的，這是會來的。」

「會來的！會來的！」——帕意西神甫虔誠地，嚴峻地說。

「奇怪！十分奇怪！」——米烏騷夫說，並不帶着熱烈的神情，却似乎現出祕密的憤激。

「您何以覺得這樣奇怪？」——岳西夫神甫謹愼地詢問。

「這當眞成爲什麼東西？」——米烏騷夫喊，似乎忽然爆裂了似的，——「地上取消了國家，教會升到國家的階級上面！這不但是教王全權論，而且是超教王全權論！這是連教皇格利哥里第七都夢想不到的呀！※」

「您理解得完全相反！」——帕意西神甫嚴厲說，——「並不是教會變爲國家，您要明

※在中古時代的歷史裏，教皇格利哥里第七以反對皇權最激烈著稱。

白！那是羅馬和它的幻想。那是第三種的魔鬼的誘惑！相反地，是國家變爲教會，升到教會的地位上去，成爲整個土地上的教會，——這和教王全權論，羅馬以及您的解釋完全相反，這祇是正教在地上的偉大的宿命。星從東方發出光耀。」

米烏騷夫威風凜凜地沉默着。他的整個身形表現不尋常的，自身的尊嚴。謙遜中帶傲慢的微笑現露在他的唇上。阿萊莎帶着劇烈跳動的心，觀察一切。這一切談話使他心神騷擾到根底上面。他偶然瞧了拉基金一眼。他在門傍原來的地方站着不動，注意地傾聽審視，雖然垂着眼睛。但是從他的臉頰上活潑的紅潤看來，阿萊莎猜到大概連拉基金也心神擾得不比他少些；阿萊莎知道他爲什麼心神騷亂。

「容我告訴諸位一段小故事，」——米烏騷夫忽然說，露着神氣活現，特別威嚴的態度，——「數年前，十二月叛亂以後不久時候，有一天，我去訪問一位很重要，當時頗爲得勢的人物，遇到了一位很有趣的先生。這個傢伙並不像偵探，却好像一大羣政治偵探的頭目，——一個特別的，很有勢力的職務。我攫到機會，由於十二分的好奇，和他談起話來，因爲他的受接待並非由於朋友的相識，却是以屬員的資格來報告什麼事情的，看見我的方面受了他的上司的招待，便跟我多少開誠布公地談起來，——自然那是帶着一定的程度，說是開誠布公，還不如說是客氣的好，本來法國人很懂得客氣，而且又看見我是一個外國人。但是我很了解他，講的題目是當時受壓迫的社會主義革命黨。我把談話的主要情節忽略不提，祇引這位先生忽然脫口說出的一句極有趣的話句：他說，「我們對於所有這些社會主義者，——如無政府黨，無神派，革命黨等不很害怕；我們監視他們，我們知道他們的途徑。但是他們中間，雖然不多，却有幾個特別的人：他們是信仰上帝的基督徒，同時又是社會主義者。對於這類人我們最爲懼怕，他們是可怕的人！社會主義者而兼基督徒，比社會主義者而兼無神派可怕得多。」這句話當時使我驚訝，現在我好像忽然記起了似的……」

「那就是說，您想把這句話裝在我們身上，把我們當作社會主義者，是不是？」帕意西神甫直接了當，老實不客氣地問。

但是在彼得•阿歷山大洛維奇想到回答以前，門開了，姍姍來遲的特米脫里•費道洛維奇走了進來。人家眞的似乎沒有等他，所以突然的出現一下子甚至引起了多少的驚異。

第六章　這樣的人活着做什麽

特米脫里，費道洛維奇，一個二十八歲的青年人，中等身材，有趣的臉貌，却好像比他的歲數老得多。他身上飢肉極多，猜想得到他具有極大的體力，但臉上似乎露着一點病態。他的臉是消瘦的，臉頰陷進去，臉色帶着一點不健康的灰黃。極大的，凸出的黑眼雖顯然露出堅定的固執，却似乎帶點不決定的神色。卽使在他心裏着慌，惹惱地說話的時候，他的眼神好像不服從他的內心的情緒，表示一種別樣的，有時完全與現在的時刻不相適合的神色。「難於知道他想的是什麽事情，」——同他談過話的人有時批評他。有的人從他的眼睛裏看到一點凝慮，憂鬱的神情，忽然爲他的突襲來的笑聲吃了一驚，——這笑聲證明了正在離着這樣憂鬱的神色的時候，就發生快樂，游戲的思想。然而他臉上所帶的一點病態在此刻是可以瞭解的：大家都知道或聽到最近他在我們這裏所度的異常驚悍的「酗酒」的生活，同樣地，大家都知道他同父親爲了爭辯銀錢問題發生口角，達到了十分惹氣的地步。城裏已經流行着幾種笑談。實在，他的好惹氣是出乎本性，他帶着「支離的，不正確的腦筋，」像我們的村團推事謝蒙·伊凡諾維奇·卡察立尼闊夫在一個集會上所加於他的特徵的描寫似的。他走了進來，穿得漂亮而且無可瑕疵，緊上紐扣的常禮服，黑手套，手裏握住高禮帽。他因爲是新近辭職的軍人，還蓄留鬍子，却暫時剃去鬢根。他的深黃色的頭髮剃得很短，在鬢角那裏往前梳着。他堅決而且闊步地走路，照着集隊步行的走法。他在門限上停留了瞬刻，對大家看了一眼，一直走到長老面前，猜到他就是主人。他深深地對他鞠躬，請求祝福。特米脫里·費道洛維奇恭敬地吻他的手，帶着不尋常的騷亂的心神，差不多惹惱地說：

『請您寬容地恕我，我讓您等了這樣長久。家父打發來的僕人司米爾加可夫，我追問他時間的時候，兩次用極堅決的口氣回答，說是約好了一點鐘。現在我纔知道……』

『您不要着急，』——長老打插着說，——『不要緊的，遲了一點，沒有關係……』

『十分感謝您，您的好意是我深盼着的。』

特米脫里·費道洛維奇說了這句話。又鞠了一躬，後來忽然轉身朝他的父親，也鞠了一個恭敬的，深度的躬。……顯然，這個躬是他預先想好的，並且是出於誠意，認爲理應借此表示自己的敬意與好心。費道爾·伯夫洛維奇雖然感到突然，却立刻找到了自出心裁的辦法：爲了回答特米脫里·費道洛維奇的鞠躬，他從椅上跳起來，向兒子作同樣深度的鞠躬。他的臉忽然變成鄭重而且莊嚴，但還給他加上了十分惡狠的神色。特米脫里·費道洛維奇隨後默默地向屋內在座的衆人鞠了一個總躬，舉起闊大，堅決的步伐走近窗傍，坐在唯一地剩下來的椅上，離帕意西神甫不遠的地方，坐在椅上，全身挺向前面，立刻準備聽被他打斷的談話再繼續下去。

特米脫里．費道洛維奇的出現佔了不到兩分鐘，談話便又恢復了。但是這一次，彼得．阿歷山大洛維奇對於帕意西神甫的堅持而且近於惱怒的問話，不予置答。

「容我不去討論這個題目，」——他說，帶着一點體面社會場上的淡漠的神情，——「這也是一個高妙的問題。伊凡．費道洛維奇在那邊笑我們；大概他對這事有點有趣的話。您可以問他。」

「沒有什麼特別的，除去一個小意見，」——伊凡．費道洛維奇立刻回答，——「那就是說：一般的歐洲的自由主義，甚至我們俄國的自由主義的鑑賞者，時常而且早就將社會主義和基督教的最終結果混淆不清。這種野蠻的結論自然是一種性格的表徵。但是將社會主義和基督教攙和的，不僅是自由主義者和鑑賞者，同時在許多事情上，連憲兵，自然是外國的，原來也都如此。您的那段巴黎的故事是很扼要的，彼得．阿歷山大洛維奇。」

「對於這個題目我還是請您不必再說，」——彼得．阿歷山大洛維奇說，——「替代它的，我來對諸位講一段關於伊凡．費道洛維奇的另一故事，十分有趣，而且特別的故事。也就有五天以前，他在這裏的女太太們居多的一個集會上辯論時，隆重地聲明，全世界上根本沒有東西能使人們愛自己的同類；所謂「人愛人類」的那種自然的法則是不存在的，世界上到現在爲止，如果有愛，並且有過愛，那並不由於自然的法則，唯一地是因爲人們相信自己的不死。伊凡·費道洛維奇還特別加以補充，說整個的自然法則也就是那個樣子，所以人們對自己不死的信仰一經消滅，則不僅愛情，卽所以使世界生命繼續下去的一切活力均將立行枯竭。不但如此：那時已將無所謂不道德，一切都可被容許，甚至吃人肉的情事也在其內。而且還不但如此：他的結論是對於每個私人，例如我們現在的樣子，既不信上帝，也不信自身的不死，道德的自然法則應該立刻變到和以前的宗教的法則完全相反的方向，而利己主義，卽使到了作惡的地步，也不但應該容許人去實行，且竟被認爲在他的地位上必要的，最合理的，幾乎是最高尚的一種結果。從這種奇論裏，諸位，你們就可以斷定我們這個親愛的怪人和奇論家伊凡·費道洛維奇在那裏宣告，也許還打算宣告的其餘的一切是什麼東西了。」

「對不住，」——特米脫里·費道洛維奇忽然喊，——「我聽得不知對不對：惡行不但應該被容許，而且竟被認爲對于一切無神派的地位最必要，最聰明的出路，是不是？」

「是的，」——帕意西神甫說。

「我要記住。」

特米脫里·費道洛維奇說了這句話，當時突然沉默，和他的突然闖進談話一樣。大家懷着好奇看他。

「難道您果眞相信人們喪失了靈魂不滅的信仰後的結果麼？」——長老忽然問伊凡・費道洛維奇。

「是的，我曾說過這話。假使沒有不死，便沒有道德。」

「您旣然這般相信，便是有福的，或者是很不幸的！」

「爲什麼不幸？」——伊凡・費道洛維奇微笑。

「因爲您大概自己不信靈魂不死，甚至，不信您所寫關於教會和教會問題的一切言論。」

「也許您是對的！……但是我總不是完全開玩笑……」——伊凡・費道洛維奇忽然奇怪地承認，而且很快地臉紅了。

「不完全開玩笑，這是眞的。這觀念還沒有在您的心裏解决，並且磨擦着它。但是這受磨擦的人有時也愛以絕望自娛，似乎也是由於絕望而如此。您暫時由于絕望而以雜誌上的文字，體面社會裏的辯論等等自娛，自己並不相信自己的辯證學，還懷着痛苦的心自己暗中笑它……這個問題在您的心中還沒有解决，您的大悲哀就在於此，因爲這是急需解决的。……」

「能不能在我心裏解決呢？向肯定的方面解決？」——伊凡・費道洛維奇繼續奇怪地問，還是帶着一種無從解釋的微笑望着長老。

「假使不能作肯定解決，那末將永遠不會作否定解決，您是自己知道您的心的本質的。您的心裏的一切痛苦都在於此。但是您應該謝上蒼，他給您一顆能以忍受痛苦的高超的心；「思想和尋覓一切智慧的心，因爲我們的住所位於天上。」願上帝賜福于您，使您的心在地上時就得了解答，願上帝祝福您的行程！」

長老舉手，想就從座位上對伊凡・費道洛維奇畫十字。但是伊凡・費道洛維奇忽然從椅上立起來，走到他面前，接受他的祝福，吻他的手，默默地回到自己的座位上去。他的態度堅定，嚴正。這一舉動，和以前的，在伊凡・費道洛維奇身上料想不到的和長老的談話，那種神祕，甚至降重的樣子似乎使大家驚愕，所以大家頓時沉默了一會，阿萊莎的臉上幾乎表示了懼怕。但是米烏騷夫忽然聳肩，同時費道爾・伯夫洛維奇也從椅上跳起來。

「神聖的長老！」——他指着伊凡・費道洛維奇喊，——「這是我的兒子，我的血肉，我的最心愛的血肉！他是我的最可敬愛的所謂卡爾・莫爾，剛纔走進來的兒子，特米脫里・費道洛維奇，——是我現在要向您告訴，尋求裁判的，——他便是最不尊敬的佛郎慈・莫爾，——兩人都是席列的强盜裏的人物，而我自己在這件事情裏便是當位的伯爵芳・莫爾！

米請您判斷，且加拯救！我們不但需要您的祈禱，而且還需要您的預言。

「您說話不要這樣滑稽，不要開頭就侮辱自己的家人，」——長老用軟弱，疲乏的聲音回答。他顯然已累乏，越來越利害，他的力氣看出來是沒有了。

「一齣不體面的趣劇，我到這裏來時就預感到的，——」特米脫里．費道洛維奇憤怒地喊，也從位置上跳起來。——「對不住，尊崇的父，」——他對長老說，——「我是沒有學識的人，甚至不知道怎樣稱呼您，但是您受了騙，您允許我們在這裏聚會，您的心是太好了。家父所需要的祇有出亂子，為了什麼——這却是他的打算。他永遠有自己的打算的。然而我現在大概也知道為了什麼……」

「他們大家，大家全責備我，」——費道爾．伯夫洛維奇在自己的方面喊，——「連彼得．阿歷山大洛維奇也責備我。責備的。彼得．阿歷山大洛維奇，責備的！」——他忽然對米烏騷夫說，雖然米烏騷夫並不想打斷他的話，——「他們責備我，說我把孩子們的錢藏在靴子裏面，欺騙他們；但是請問：難道沒有法庭存在着麼？到了那裏可以給你算清楚的，特米脫里．費道洛維奇，根據你的收據，信件和契約，你收存多少，用去多少，還餘剩多少！

※席列的悲劇強盜內有兩弟兄，一為正派的卡爾，一為兇惡的佛郎志，害死他的父親芳．莫爾伯爵。

爲什麼彼得・阿歷山大洛維奇拒絕發表意見呢？特米脫里・費道洛維奇並不是他陌生的人。因爲大家都反對我，而且總核起來，特米脫里・費道洛維奇還反欠我，並不欠一點，欠了好幾千，我有一切憑據在手裏！由于他的荒唐狂亂的行爲，全城都受了蟲動。他在以前服務的那個地方，化一兩千塊錢，勾搭良家的女郎，特米脫里・費道洛維奇，對於這類事情，我們知道了最祕密的細節，我可以提出證明的。……聖父，您相信不相信，他獲得了一個出身世家的高貴女郎的愛情。她有財產，以前的上司的女兒，一個勇敢的，有勞績的中校，頸上佩掛安娜勳章，還附帶一根劍。他藉婚約妨礙了女郎的名譽。現在她在這裏，現在她是孤女，他的未婚妻，但是他就當着她的眼前，到這裏的一個誘惑男子的美人家去走動。這位美人雖然同一個尊敬的人物同居，但具有獨立的性格，是一座大家不易接近的堡壘，等于正式的妻子一樣，因爲她是有德行的，——是的！聖父，她是有德行的！然而特米脫里・費道洛維奇想用金鑰匙把這堡壘開啓，因此他現在對我這般傲慢無禮，想從我身上勒索金錢，暫時已經化了幾千塊錢到這美人身上；就爲了這個，不斷地借錢，而且您以爲問誰借？說不說，米卡？」

『住嘴！』——特米脫里・費道洛維奇喊，『您等到我出去了再說，當我面前可不許您汚毀高貴的女郎……祇要您胆敢一提到她，對於她就是一種恥辱……我不許！』

他喘着氣。

『米卡！米卡！』——費道爾・伯夫洛維奇喊，帶着軟弱的神經質，還擠出眼淚來，——『父母的祝福，對於你不在乎麼？我詛呪你一下，便怎麼辦呢？』

『無恥的，虛僞的人！』——特米脫里・費道洛維奇瘋狂地吼叫。

『這是他，對他的父親，對他的父親！同別人更不行了？諸位，你們請聽：這裏有一個貧窮，却可敬的人，退任的上尉，發生了不幸事情，被革去了職務，却不是公開的，不是經法庭裁决的，仍保存了一切的名譽。他家中人口繁衆，負擔深重。三星期以前，我們的特米脫里・費道洛維奇在酒店裏抓住他的鬍鬚，就拉住鬚根把他拉到街上，在街上當衆揍打了一頓，就爲了他做了我一種小事情的私人代表。』

『這全是謊話！外表是實事，裏面是謊話！』特米脫里・費道洛維奇生怒得全身抖索，——『父親！自己的行爲我是不來辯白的；是的，我可以當衆承認：我對這位上尉所做的舉動如同野獸一般，現在對於這野獸般的怒氣感覺遺憾，而且深自咎責，但是那個上尉，您的代表，曾到一位女太太家裏去，就是您所稱爲誘惑男子的美人的家裏，代表您向她提議，叫她取了在您身邊的，由我署名的期票，向法院控訴，爲的是我如果再三逼您算賬，可以根據那幾張期票把我關進獄內。您現在責備我轉還位女太太的念頭，而同時自己又教她來引誘我！她當面直率地講，自己對我講，笑我！您想把我下獄，祇是因爲您爲了她和我喫醋，因爲您自己開始拿了愛情向這女人進攻，我又是知道的。她又笑着，——您聽見沒有，——她一面笑您，一面轉講。神人們，現在在你們面前的就是這個人，這個責備荒唐兒子的父親？諸位見證人，請你們恕我的惱怒，我預先感到這個狡猾的老人把你們大家召來瞧亂子。我到這裏來是準備在他對我伸手的時候加以饒恕的，自己饒恕而且請求饒恕。但是因爲他現在侮辱的不僅是我，而且是那位極高貴的女郎，由于對她的崇拜，我連名字都不敢無故地叫出來，所以決定把他的一切惡手段當衆發表，雖然他是我的父親……」

他不能再繼續下去了。他的眼睛閃耀，他艱難地呼吸。但是在修道室裏的人全都慌急了……除去長老以外，大家全不安地從座位上站起。修道司祭們露着嚴肅的神色，却期待着長老的指導。長老坐在那裏，臉色全白，但並非由于心神的騷擾，都爲了病態的乏力。懇求的微笑在他的脣上閃光；他偶或舉手，似乎想阻止發瘋的人們，自然祇要有他一揮手勢，就足以使這話劇收場；但是他自己在期待着什麼，凝神地釘看，似願有所了解，似乎自己心裏倘有未剖明的事。後來，彼得·阿歷山大洛維奇·米烏騷夫根本感覺自己受了屈辱，失了體面。

『對於現在發生的亂子我們大家都有錯的！』——他熱烈地說，——『但是我到這裏來的時候，還是沒有預感到。雖然也知道是和什麽人交往……這是應該立刻了結的！大師，請您相信，這裏發露出來的一切情節我並不知道得確切，不願意相信，現在祇是初次知道……父親爲了一個壞品行的女人和兒子喫醋，自己還同這畜生商量把兒子放進獄裏……現在我被迫着加入到這樣的夥羣裏……我受了欺騙，我對大家聲明，我的受騙不在別人之下……』

『特米脫里·費道洛維奇！』——費道爾·伯夫洛維奇忽然用一種不像自己的聲音大喊了，——『如果你不是我的兒子，我立刻要喚你出來決鬥……用手槍，在三百步距離以外……蒙上手帕，蒙上手帕！』——他說完後躲着兩腳。

那些一輩子扮演優伶角色的老扯謊客，有一個時間，會使他們扮到過火的地步，好像眞的由于心神騷擾而戰慄，哭泣，雖然甚至在當時的那個刹那，（或者祇過了一秒鐘，）他們會自行微語：『你是在扯謊，你這老不知恥的人，你到現在還是一個伶人，雖然你全身發着「聖」怒，你過着「聖」怒的一刹那。』

特米脫里．費道洛維奇可怕地皺緊眉頭，露着無可形容的賤蔑的神情看了父親一眼。

『我心想……我心想，』——他似乎輕聲而且節制地說，——『我同我的心上的安琪兒，我的未婚妻，回到家鄉，侍奉老年的父親，但是祇看到了一個荒唐的登徒子和極卑鄙的丑角！』

「決鬥！」──小老頭子又喊叫，喘着氣，說每句話都濺出唾沫。──「彼得・阿歷山大洛維奇，您要知道，也許在你們的全族裏沒有，而且不曾有比你所稱的那個畜生，（剛纔你喚她的，）再高尚些，再貞節些的女人，──聽見沒有，──再貞節些的女人！而你呢，特米脫里・費道洛維奇，竟把你的未婚妻換了這個『畜生，』所以你自己判定，你的未婚妻還不值她的一隻脚跟，這就是那個畜生的一隻脚跟！」

「可恥呀！」──帕意西神甫忽然脫口說出來。

「可恥，又可羞」──一直沉默的卡爾干諾夫突然發出青年人的嗓音，心神騷亂得抖索的嗓音說話，臉全都漲紅了。

「這樣的人活着做什麼！」──特米脫里・費道洛維奇用深沉的聲音吼叫，惱怒到近乎瘋狂，好像過分地抬高肩膀，因此幾乎成駝背的形狀，──「你們對我說，能不能還允許他沾汚大地，」──他對大家看了一眼，用手指着長老。他慢吞吞，而且有韻律地說話。

「你們聽見沒有，僧士們，你們聽這弒父的人的話，」──費道爾・伯夫洛維奇朝岳西夫神甫身上奔去，──「這就是您的那句『可恥！』的話的回答！有什麼可恥？這『畜生，』這『壞品行的女人，』也許比你們都神聖些，諸位修行的司祭們！她也許在青年時代失了足，受環境的侵蝕，但她是『有許多愛』的，而有許多愛的女人是基督會經寬恕過的……」

『基督不是爲了這樣的愛而寬恕的……』溫良的岳西夫神甫不耐煩地脫口說出來。

『不對，就是爲這種女人，爲這種女人，僧士們，爲這種女人，你們在這裏，嚼白菜修行，心想自己是有眞理的人！你們吃白魚，每天吃一條白魚，想用白魚買上帝！』

『太難了！太難了！』——修道室裏從四面八方聽到這個話。

然而這個到了難堪地步的話劇，最使人意料不到地中止了。長老忽然從座位上立起來。阿萊莎爲了替他，替大家擔憂，幾乎弄得完全手足無措，却還來得及扶住他的手。長老朝特米脫里·費道洛維奇的方向走去，走到他緊跟前，在他身前跪了下來。阿萊莎心想他由于乏力而倒地，但是並非如此。長老跪下來，對特米脫里·費道洛維奇的脚下鞠了完滿的，清楚的，有意識的躬，甚至額角都觸到地上。阿萊莎驚訝得竟來不及扶他，當他抬起身來的時候，微弱的含笑在他的唇上閃耀了一點點。

『別了罷，請大家恕罪！』——他說，向各處賓客們鞠躬。

特米脫里·費道洛維奇站在那裏，驚愕了一小會：對他下跪——這是什麼意思？終于忽然喊道：『唉，我的天！』——手掩住臉，從屋內奔出去。所有賓客全跟着他魚貫地走出，爲了慌急甚至沒有對主人鞠躬道別。祇有修道司祭們還走到前面去受祝福。

『他爲什麼下跪？還是什麼象徵！』——不知爲甚原因忽然安靜下去的費道爾·伯夫洛

維奇試着起始談話，却不敢朝任何人單獨說話。他們在這時候大家全從庵舍的圍牆裏走了出來。

『我不能對於瘋人院和瘋人們負責，』——米烏騷夫立刻惡狠狠地回答，——『但是可以脫離您的社會，費道爾．伯夫洛維奇，而且您要相信，是永遠地脫離。剛纔那位僧士在那兒？……』

然而『那位僧士，』就是剛纔請他們到方丈那裏去吃飯的人，是不會讓人家久待的。賓客們剛從長老的修道室的台階上走下，他立刻就來迎接他們，好像一直在等候他們似的。

『費您的心，可尊敬的父，請您代我向方丈致最深的敬意，在他面前替我，米烏騷夫，道歉，為了突然發生的不可預見的情事，我無論如何不能參加他的盛筵，雖然我是誠懇地願望着的，』——彼得．阿歷山大洛維奇對僧士惹惱地說話。

『這個不可預見的情事——就是我！』費道爾．伯夫洛維奇立刻插上去說，——『您聽着，聖父，這是彼得．阿歷山大洛維奇不願和我相留，否則，他是立刻會去的。您就去罷，彼得．阿歷山大洛維奇，請您就到方丈那裏去，——希望您的食量加增，您要知道，謝却的不是您，是我！回家，回家，回家去吃飯，在這裏我感到不能留下去，彼得．阿歷山大洛維奇，我的親愛的親戚。』

『我不是您的親戚，永遠沒有做過您的親戚，您是一個卑賤的人！』

『我故意說出來，好叫您發瘋，因爲您永遠不認親戚，雖然無論您怎樣推托，你我到底還是親戚；我可以從教曆上查出來證明的。伊凡・費道洛維奇，我以後會打發馬車來接你，你如果願意，可以留在這裏，你也可以留着，彼得・阿歷山大洛維奇，甚至爲了禮貌您現在也是應該到方丈神甫那裏。你我在那裏亂嚷了半天，應該去道歉一下……』

『您果眞想走麼？您是不是說謊？』

『彼得・阿歷山大洛維奇，在發生了一切事情以後，我怎麼再敢去呢！我受了感情的衝動，對不住，先生們，我受了感情的衝動，而且腦筋得了刺激，也眞是可恥。諸位，有些人的心像阿歷山大・馬其頓，另有些人的心像小狗非台里加。我的心就像小狗非台里加。我覺得心虛了！在做了這樣亂暴的行爲以後，怎麼還能吃飯，吞嚼修道院的湯汁？眞是難爲情，我辦不到。對不住呀！』

『鬼知道他，儘騙人！』——米烏騷夫在凝想中止步，用懷疑的眼神注視離開的小丑。他回轉身，看見彼得・阿歷山大洛維奇注視他，便用手向他飛送一吻。

『您到方丈那裏去不去？』——米烏騷夫鹵莽地問伊凡・費道洛維奇。

『爲什麼不呢？我在昨天就被方丈特別邀請過的。』

「我不幸確乎感到自己幾乎必須去赴這個倒霉的飯局，」——米烏騷夫還是帶着悲苦的惱怒續說着，甚至不去注意那小和尚在傍邊聽着。——「為了我們在這裏所幹的一切事情，應該去道歉，並且解釋這不是我們的……您以為怎樣？」

「是的，應該解釋一下，這不是我們做的事。並且家父也不在場，」——伊凡・費道洛維奇說。

「要是令尊大人到場，更不成了！這個倒霉的飯局！」

但是大家都去了。小和尚聽着，不發一言。他在通過小林的道上，祇有一次說，方丈早就等待着，已經遲了半點多鐘。沒有人答他。米烏騷夫敵恨地看着伊凡・費道洛維奇。

「居然行若無事地去吃飯，」——他想，——「銅額和卡拉馬助夫的良心。」

第七章　熱中職業的神學生

阿萊莎把長老引進臥室，讓他坐在牀上。這是一間很小的屋子，僅有應用的傢具。牀是狹窄的，鐵製的，上面沒有褥墊，祇有毛氈。角落裏神像傍放着一隻誦經臺，上面放着十字架和福音書。長老乏力地坐在牀上；眼睛閃耀，困難地呼吸……坐下後他凝神看了阿萊莎一眼，似乎在尋思什麼事情。

「你去罷，親愛的，你去罷。我有勃洛菲里就够了。你快去。你在那裏是有用的。你到方丈那裏去，在開飯的時候侍候一下。」

「容我留在這裏，」——阿萊莎用懇求的聲音說。

「你在那裏有用些。那裏沒有和平。你去侍候一下，你是用得着的。等魔鬼一抬頭，你就讀禱詞。你要知道，小兒子，（長老愛這般稱呼他，）將來這裏不是你安身的地方。祇要上帝下旨喚我，你就離開修道院，完全離開。」

阿萊莎抖索了一下。

「你怎麼啦？這裏暫時不是你的地方，我祝福你到塵世去做偉大的功行。你還要走許多路程。你應該娶妻，應該的。在重來此地以前，你應該遭受一切。事情是很多的。但是我對你不懷疑慮，所以送你出去。願基督和你同在。你保持上帝，上帝也將保持你。你將看見極大的憂患，在憂患裏你將得到幸福。這是給你的一個遺囑：你應該在憂患中尋覓幸福。你工作着，無休止地工作着。你從此記住我的話，因爲雖然我還將同你談話，然而不但我的日子，甚至時鐘也數得清的了。』

阿萊莎的臉上又表示出强烈的情緒。他的唇角抖索着。

『你怎麼又來了？』——長老輕輕地微笑，——『讓俗世的人們用眼淚送他們的死者，而我們這裏應該對于升天的神甫深致欣悅。我們應該欣悅，而且爲他禱告。你離開我罷。應該禱告。你去，快去。到你的弟兄們身邊去。不但到一個人身邊，且須到兩個人身邊去。』

長老舉手祝福。反駁是不可能的，雖然阿萊莎極想留下來。他還想問一下，問題甚至從舌頭上溜了下來：向特米脫里大哥下跪叩頭究竟有什麼意思？然而他不敢問。他知道如果可以的話，長老也不用他去發問，自己會對你解釋的。這末說來，這不是他的意志。這一跪使阿萊莎十分驚愕。他盲目地信仰，這裏面有神祕的意義，神祕的，也許是可怕的。當他走出庵舍的圍牆，忙着到修道院去趕方丈的飯局的開端的時候，（自然祇是爲了在棹傍侍候，）他的心忽然縮得痛楚起來。他當時止步：預言自己將死的長老的話語似乎重又在他的面前發響

○凡是長老預言過，而且說得十分正確的，是無疑地應該發生的○阿萊莎神聖地信仰他○但是如果沒有了長老，他將怎麼辦呢：他怎麼能看不見他，聽不到他呢？他將到何處去？他吩咐我不要哭，而且離開修道院○天呀！阿萊莎許久沒有感到這樣的煩惱○他趕緊穿過使庵舍和修道院隔離的一個樹林，竟沒有力量担負他的思想的重載，那些思想真是壓迫着他○他起始看望林道兩傍長命的松樹○路並不長，五百步遠，不會多些：在這種時候是沒有人會相遇的，但是在小徑的第一個轉灣的地方，他看見了拉基金○拉基金在等候着什麼人○

『你是不是等我？』——阿萊莎在和他並肩相遇的時候問○

『就是你，』——拉基金冷笑了，——『你忙着到方丈那裏○我知道；那裏有飯吃○自從招待主教和帕福記夫將軍以來，你記得不記得，這樣的筵席是沒有過的○我不去，你可以去端湯汁○阿萊克謝意，你對我說一件事；這個夢是什麼意思？這是我想問的話○』

『什麼夢？』

『就是朝你的哥哥特米脫里·費道洛維奇下跪的事○而且還用額角擅撞！』

『你講的是曹西瑪聖父麼？』

『是的，講的是曹西瑪聖父○』

『用額角麼？』

「啊，形容得不恭敬了！就讓它不恭敬罷。究竟這個夢是什麼意思！」

「我不知道什麼意思，米莎。」

「我也知道他不會對你解釋的。這裏自然沒有什麼智慧的東西，好像祇是老傢頭的神聖的滑稽表演。但是戲法是故意演出的。現在，城裏所有信神的人們都將議論起來，傳到全省：「這個夢有什麼意思？」據我看來，老人的目光眞是十分銳利：他嗅到了犯罪的味道。你們那裏發出臭味來了。」

「什麼犯罪？」

拉基金顯然很願意表示點什麼意見出來。

「這犯罪會發生在你們的小家庭裏。會在你的哥哥們和你的發財的父親之間發生。所以長老用額角撞一下子，以備將來萬一發生什麼事情之用。祇要有什麼事情發生：『啊呀，這是那個神聖的長老預言過的，』——果然他撞一下額角，這裏面有什麼寓言存在呢？不對，這是象徵，比喻，管他娘的什麼！他的名聲被張揚出去，人們全記住了！他預先猜到了犯罪，看了罪人出來。狂人都是這樣的：他們對酒店畫十字，朝教堂扔石頭。你的長老也是如此：把有正義的人用棒趕走，對兇手叩頭。」

「什麼犯罪？那一個兇手？你是怎麼啦？」——阿萊莎站在那裏，像釘牢似的，拉基金也停步了。

「一個？好像你不知道麼？我敢打賭，你自己也想到這層的，順便來一下，這樣很有趣的。你聽着，阿萊莎，你永遠說實話，當然你永遠坐在兩張椅子的中間：你回答我，你想過這件事情沒有？」

「想過的，」——阿萊莎輕聲回答。連拉基金也不好意思了。

「你怎麼啦？難道你果真想過麼？」——他喊。

「我……我不是想，」——阿萊莎喃聲說，——「在你剛纔開始那樣奇怪地說起這件事情來的時候，我覺得我自己也想過了。」

「你聽，（你的話表示得很明白，）你聽見沒有？是不是在今天看見了你父親和米欽卡哥哥的時候，就想到了犯罪？這末說來，我沒有弄錯麼？」

「等着，等着，」——阿萊莎驚慌地打插下去，——「你是從那裏看出這個來的？……爲什麼這事情使你這樣關心，這是第一樁事情。」

「兩個問題是分開的，却是自然的。讓我來分別加以回答。爲什麼我看了出來？如果我今天沒有忽然完全了解你的老兄特米脫里．費道洛維奇，一下子，忽然完全了解他的整個的爲人，我是一點也不會看出來的。從一個什麼特點上，我把這人一下子整個的抓住了。這類極純潔，而且極熱情的人們有一個界線是不能越過的。弄得不好——弄得不好，他會用刀子向你的父親刺去。至於你的父親是一個好飲酒，而且不知節制的荒唐人，從來不明白分寸，兩人一下子攔不住，兩人都會一齊掉到河溝裏去的……」

「不，米莎，不，如果祇是這一點，那末你使我鼓起精神來了。事情不致于到這地步。」

「為什麼你全身發抖？你知道不知道裏面的玩意？米欽卡，即使他是一個純潔的人，（他愚蠢而純潔；）然而他是一個好色之徒。這就是對於他的定義，而且是一切的內在的質質。這種低劣的色淫是父親遺傳給他的。阿萊莎，我就是奇怪你，奇怪的是你怎麼還是一個童男子？你也是卡拉馬助夫！在你們的家庭裏，色淫已達到了膩熟的地步。現在這三個好色之徒互相監督……靴底裏懷着刀子。三個人全撞額角，而你也許是第四位。」

「你對於這個女人是看錯了。特米脫里……是瞧不起她的，」——阿萊莎說，好像抖索了一下。

「格魯申卡麼？不對，老弟，並不是瞧不起。他公然把自己的未婚妻換了她，那決不會瞧不起。這裏面……這裏面，老弟，有點你現在不會明白的東西。一個男人愛上了某種的美，女人的身體，甚至祇是女人的身體的某一部分，（這是好色之徒會了解的，）竟可為了她出賣親生兒女，出賣父母，俄羅斯和祖國。本來是誠實的，會去偷東西；本來是忠實的。——會叛變。女人的小腳的**歌唱者普**希金在詩篇內歌頌小腳，有的人不歌頌，却瞧着小腳不能不發抖慄。而且不僅小腳如此……老弟，這裏單單賤視是沒有用的，即使他眞的賤視格魯申卡。一面賤視，一面還是不能**自行**擺脫。」

「我這是明白的，」——阿萊莎忽然脫口說出來。

「眞的麼？既然你一開口就說你明白，那末你是眞的明白的，——」拉基金懷着惡意說，——「你這是不經意地說出來的，這是脫口而出的。如此，這承認更見得貴重些：如此說來，這對於你已是熟稔的題目，你已經想過，想過色情的了！好一個童男子，阿萊莎，你是靜靜的，你是聖徒！我很同意；你雖然是靜靜的，却不知道你想些什麼，不知道你知道多少事情！一個童男子，却經歷到極深的所在，——我是早就觀察着你的。你自己就是卡拉馬助夫，你完全是卡拉馬助夫，——如此說來，一定有點種族和選擇的關係。父親方面傳來的是好色之徒，母親方面傳來的是瘋僧。你爲什麼抖索：我不是說實話麼？你知道不知道：格魯申卡請求我：「你領他來，（那就是指着你，）讓我把袈裟從他身上剝去。」而且她不住地懇求：你領他來呀，你領他來呀！我心裏想：她爲什麼對你這樣感覺興趣？你知道，他也是一個不尋常的女人！」

「你去替我問好，說我不能去，」——阿萊莎發出勉強的冷笑。——「米哈意爾，你把起頭說的話說完了，我再對你把我的意思說出來。」

「有什麼說完不說完，一切都很明白，老弟，這全是舊調兒。如果你自己身上也藏着一個色鬼，那末你的胞兄伊凡怎樣呢？他也是卡拉馬助夫。整個的卡拉馬助夫的問題全包含在這裏面：儘是色鬼，訟棍和瘋僧！現在你的哥哥伊凡不知爲了什麼愚蠢的，莫名其妙的計算，一面自己是無神派，一面卻在那裏開玩笑，發表神學的文字，——這種卑鄙的舉動是你的哥哥伊凡自己供認的。此外，他想搶奪他哥哥米卡的未婚妻。這個目的大概是可以達到的。這自然會成功的，因爲已經取得了米欽卡自己的同意，因爲米欽卡自己把未婚妻讓給他，祇是爲了將她擺脫後，趕快到格魯申卡那裏去。這一切都在他那種尊貴和公正無私的樣子之下做着的，你要注意這一點。這些人眞是最運定的！眞沒有法子弄淸楚：自己承認了卑鄙，又自己往卑鄙裏鑽！你再聽下去：現在老頭子——父親——又來擋住米欽卡的道路。他現在忽然爲了格魯申卡發瘋，祇要看到她，就唾沫直流。他剛纔祇爲了她一個人，纔在修道室內鬧出這樣大的亂子，祇爲了米烏騷夫叫了她一聲畜生。他愛戀得比貓還壞。以前她祇領點薪水，替他做一點曖昧的，酒店裏的事情，現在他忽然猜到了，看清楚了，便發起狂來，向她做許多提議，自然不是乾淨的提議。他們父子兩人一定會在這小路上相撞的。格魯申卡現在對這人，對那人都沒有答應，暫時還是滑來滑去，逗着兩個人，看一看誰比較有益處，因爲父親那裏雖然可以撈到許多錢，但是他不會娶他，到了以後也許會發出猶太人的皮氣，把錢袋關闔上的。在這方面，米欽卡是有價值的；他沒有錢，却能娶她。是的，會娶她的！拚棄了未婚妻，無可比擬的美貌的卡德隣納·伊凡諾夫納，有錢，出身世家，上校的女兒，去娶格魯申卡，老商人薩姆騷諾夫以前的姘婦，——他是市董長，一個淫蕩的農夫。從這一切裏，眞的會發生刑事的糾紛的。你的老兄伊凡就等候着這個機會，他就可以得到了甜頭：可以得到使他憔悴的卡德鄰納·伊凡諾夫納，同時撈進她的六萬粧貲。像他這樣的小人物，窮光蛋，對於這，在發端的時候是很欣羨的。你還要注意：這不但不得罪米卡，而且會使他感謝不盡。我確切知道米欽卡還在上個星期，在酒店和吉卜賽女人們喝醉了酒，就高聲喊嚷，說他不配和未婚妻卡欽卡結合，兄弟伊凡是很配的。至於卡德隣納·伊凡諾夫納自身對於像伊凡·費道洛維奇那樣迷人的男子到底不會拒却的；她現在已在他們兩人之間游移着。用了什麼東西，這個伊凡把你們大家迷惑得對他五體投地的崇拜着。他還笑你們：彷彿說，我得了甜頭，用你們的錢吃甜東西。」

「爲什麼你知道這一切？爲什麼這樣肯定地說話？」——阿萊莎忽然皺着眉頭，嚴厲地問。

「但是爲什麼你現在發問，而且預先懼怕我們回答？那末說來，你自己也承認，我說的是實話。」

「你不愛伊凡。伊凡是不會爲了金錢受誘惑的。」

「眞的麼？但是卡德隣納・伊凡諾夫納的美貌呢？並不單是金錢，雖然六萬也是可受誘惑的東西。」

「伊凡是朝上看着的。伊凡不會爲了幾萬塊錢受誘惑。伊凡尋覓的不是金錢，不是安靜。他也許尋覓苦難。」

「這又是做什麼夢？唉，你們……眞是貴族！」

「米莎，你知道他的靈魂是狂暴的。他的腦筋受了俘虜。他有偉大的，未解決的思想。他是不需要百萬家私，而需要解決思想的人們之一。」

「文學上的偸竊，阿萊莎。你襲用了長老的話。這是拉奇金給你們出的謎語！」——拉奇金懷着顯然的狠惡喊出來。他甚至變了臉色，嘴脣歪斜了。——「而且是一個愚蠢的謎語，犯不上去猜的。動一動腦筋，——就可以明白。他的文章可笑，而且荒誕。剛纔又聽到他的愚蠢的學說：『靈魂旣沒有不死，便無善德，一切都可受容許。』（順便說一說，你記得不記得，你的哥哥米欽卡曾喊着：『我要記住！』）這是一個可誘惑的學說，爲混蛋們用的……我駡起人來，這很愚蠢……不是爲混蛋們用的，却是爲一般裝腔作勢的學校分子，懷着『無從解決的思想的深淵』的人們用的。他是一個誇大口的人，而全部結局將是：「一方面不能不承認，另一方面不能不自行供招！」他的整個學說是卑鄙的！人類自己會找到力量，爲了善生活，甚至並不信靈魂的不死！在愛自由，愛平等，友誼之中找到了它……」

拉基金激烈起來，幾乎不能抑止自己，但是忽然好像憶到什麼似的，止住了。

「唔，够了，」——他比以前更加勉強地微笑了一下。——「你笑什麼？你以爲我是一個庸人麼？」

「不，我並沒有想到以爲你是庸人。你聰明，但是……別管啦，我這是傻裏傻氣地冷笑了一聲。我明白你會變得激烈起來，米莎。從你的激昂的樣子，我猜到你自己對於卡德隣納·伊凡諾夫納並不冷淡，我早就疑惑着，所以你不愛伊凡哥。你是和他吃醋。」

「我還爲了她的金錢吃醋？你再加上，好不好？」

「不，我並不加上關於金錢的話，我不來氣你。」

「我相信，因爲你說了出來。但是讓鬼把你和你的哥哥伊凡拿了去罷！你們全都不會明白，不管有沒有卡德隣納·伊凡諾夫納，人們也可以不愛他的。爲了什麼我要愛他，眞是見鬼！他自己也會駡我。爲什麼我沒有權利駡他呢？」

「我從來沒有聽說，他會說過你什麼話，好話，壞話都沒有；他完全沒有說到你。」

「我聽說前天他在卡德隣納·伊凡諾夫納那裏把我編排得一錢也不值，——注意到鄙人的頭上來了。老弟，在發生了這種情形以後，不知道究竟誰吃誰的醋！他表示意見，在最近的將來，如果我不肯就大方丈的職務，不決行剃度，我一定要到彼得堡去，加入大雜誌社，一定要在批評欄裏，寫十幾年的文章，後來便把這雜誌改由我自己出版。以後我發行這雜誌，一定取自由主義和無神派的方向，帶着社會主義的色彩，甚至發出一點社會主義的微小的光澤，但是耳朵豎得極尖，那就是說實際上拉住你我的耳朵，遮住愚人們的眼睛。我的職業的終局，根據你的老兄的解釋，是這樣的：社會主義的色彩並不妨礙我把雜誌預訂費積存在往來賬上，遇到機會時在某一個猶太人指導之下開始營業，一直到在彼得堡造好了一所大厦爲止，以後就把雜誌社遷移進去，餘下的幾層樓租給人家居住。連房屋的地點都定好了：就在涅瓦河的新石橋附近，這橋聽說最近正在計劃建築中，是從里鐵因那耶大街到魏博格司卡耶區的路。……」

「米莎，這一切也許眞是會應驗的，甚至從頭到尾！」——阿萊莎忽然喊起來，按捺不住，快樂地發笑。

「您也來譏刺的話了，阿萊克謝意·費道洛維奇。」

「不，不是說玩笑，對不住。我的腦筋完全想着別的東西。但是對不起：誰能對你告訴得這般詳細，而且你從誰那裏聽來的？你不會親身在卡德隣納·伊凡諾夫納家裏，正當他談論你的時候？」

「我不在那裏，可是特米脫里·費道洛維奇在場，我用自己的耳朵從特米脫里·費道洛維奇那裏聽到的。既然你願意知道，那末他不是對我說的，是我偷聽來的，自然是並不出于本心，因爲我恰巧坐在格魯申卡的臥室裏，當特米脫里·費道洛維奇坐在隔壁的屋內的時候，我不能够出來。」

「啊，是的，我竟忘掉了，她原來是你的親戚……」

「親戚？格魯申卡是我的親戚？」——拉奇金忽然喊起來，臉漲得通紅——「你發瘋了麼？腦筋不健全。」

「怎麼？難道不是親戚麼？我這樣聽說的……」

「你會從那裏聽說的。不，你們這些卡拉馬助夫先生，自誇自己是出于古遠的大貴族，同時你的父親跑來跑去做人家飯桌上的小丑，受人家恩賜，在廚房裏充一個角色。也許我祇是牧師的兒子，你們這種貴族面前的灰塵，但是不必這樣快樂而且放肆地侮辱我。我也有名譽，阿萊克謝意·費道洛維奇。我不能做格魯申卡的親戚，一個娼妓的親戚，請你明白！」

拉基金發出强烈的懊惱。

「請恕我，爲了上帝的分上，我怎麼也不會設想到的，而且她那裏是娼妓？難道她是……這類的女人麼？」——阿來莎忽然臉紅了。——「我對你重複一句：我眞的聽人家說你們是親戚。你常到她家去，又自己對我說，你同她沒有愛情的關係。……我從來沒有想到，你竟會這樣賤視她！難道她眞的該受賤視麼？」

「我到她家去，自有原因。唔，跟你也够了。關於親戚一層，不是你的哥哥，便是你的父親，大槪會把她和你，不是和我結成親戚關係的。我們現在到了。你最好到廚房裏去。喔唷！什麼事情？那邊出了什麼事情？來遲了麼？他們大槪不致于吃得這樣快麼？不又是卡拉馬助夫一家人搗的亂麼？一定是這樣。那不是你的父親，伊凡·費道洛維奇跟在後面。他們從方丈那裏搶了出來。伊西道爾神甫從台階上朝他們的背後喊嚷。你的父親也喊着，還揮手。一定在駡人。你瞧，米烏騷夫也坐了馬車走了，你瞧，正走着。連瑪克西莫夫地主都跑着。出了亂子；那末說來，竟沒有吃飯！是不是他們把方丈揍了？也許把他揍了？這纔有得好看呢！……」

拉基金並非瞎喊嚷。眞的出了亂子，一個前所未聞，出人意料的亂子。一切發生于「一時的衝動。」

第八章　亂子

米烏騷夫和伊凡・費道洛維奇走進方丈屋內的時候，彼得・阿歷山大洛維奇的心裏，像一個眞正體面和優雅的人一般，迅快地發生了一種別致的，優雅的作用，他始覺得生氣頗爲可恥。他在自己心裏感到，實際上他早應對于這卑賤的費道爾・伯夫洛維奇不加尊敬，不尊敬到使他不應該在長老的修道室內喪失了冷靜，自己忘其所以，像剛纔那個樣子。「至少僧士們是沒有什麼錯處的，」——他在方丈的台階上面忽然決定，——「如果這裏是體面人，（方丈尼古拉神甫大概也出身貴族，）爲什麼不同他們和氣些，親善些，有禮貌些？……」「我不再辯論，甚至要和調，用客氣吸動人，並且……並且……到底給他們證明，我不是這個伊索，這個小丑，這個滑稽戲子的同夥，我之陷于窘境，正和他們大家一樣……」

關于在爭論中的伐林，捕魚等事，（在那裏，——他自己也不知道，）他決定對他們完全讓步，一下子了結，今天就弄好，尤其因爲這一切不很値錢。對於修道院提出的訴訟應該中止進行。

所有這些善意，在他們走進方丈的餐室裏的時候，更加確定了。其實方丈並沒有餐室；

因爲實際上在一所房屋裏祇有兩個房間，當然比長老那裏廣闊而且方便得多。但是屋內的陳設也沒有特著的舒適的地方；傢具是皮的，用紅木製成，二十年代的舊式樣；連地板都沒有漆過；然而一切都見清潔。窗上有許多貴重的花草；但是這時候成爲主要的奢侈的自然就是一隻陳設奢侈的飯桌，雖然這裏祇是相對的說法：桌毯是清潔的，器具是亮晶晶的。有三種烤得佳妙的麵包，兩瓶酒，兩瓶修道院裏自製的佳妙的蜜，一大玻璃瓶修道院裏自釀的，附近聞名的酸汽水。沒有燒酒。拉基金以後敍講，這次的飯食預備了五道菜：鮫魚羹，外加魚餡油酥餃；白煑魚，預備得似乎十分別致；隨後是紅魚丸子，冰淇淋，什錦煑熟水菓，最後是涼粉凍。拉基金忍不住，特地到方丈的廚房裏去了一下，纔打聽了出來，——他同廚房裏也有關係的。他到處有熟人，到處可以獲得材料。他有個很不安靜，忌妒的心。他完全感覺自己有很大的能力，由于自負過高，而將這能力神經質地誇大着。他確切知道自己將成爲某種事業家，使十分愛他的阿萊莎感到痛苦的是他的好友拉基金並不誠實，自己根本不承認這個，卻自己知道他不會偷竊桌上的錢，根本承認自己是最潔白的人。在這方面，不但阿萊莎，而且隨便什麼人也沒有法子處理的。

拉基金是小人物，不能被邀請赴宴，但是被邀請的有岳西夫神甫和帕意西神甫，還有一位修道司祭。彼得·阿歷山大洛維奇，卡爾干諾夫和伊凡·費道洛維奇走進來的時候，他們已經在方丈的餐室內等候。還有地主瑪克西莫夫也在一傍等候。方丈往前走到屋子的中央來接賓客。他是一個高身，瘦弱，還很强壯的老人，黑髮裏夾着許多銀灰色髮，長形的，苦行人一般的，嚴肅的臉。他默默地和賓客們相對鞠躬，但是他們這次走近前面去受祝福。米烏騷夫甚至想冒險地吻手，但是方丈在那個當口抽了一下手，於是親吻沒有成立。伊凡·費道洛維奇和卡爾干諾夫這一次充分地受了祝福，那就是坦白地，照普通農人的式樣，朝手上吮吻作聲。

『我們應該多多地道歉，大師，』——彼得·阿歷山大洛維奇開始說，慇懃地露牙發笑，却還是帶着嚴肅，恭敬的口音，——『道歉的是祇有我們這幾個人前來，而您邀請的那個同件，費道爾·伯夫洛維奇却不能來；他不能不謝却您的賞賜，並且不是沒有原因的。他在聖父曹西瑪的修道室裏，爲了同他兒子發生了不幸的家庭間的口角，弄得心神恍惚，說了幾句完全不適當的話……總而言之，是完全不體面的話……對於這個大概大師也已經知道了。因此，他自己承認了錯處，誠懇地懺悔，感到了羞恥，又不能克制滑它，所以請我們，我和他的公子，伊凡·費道洛維奇，對您表示誠懇的遺憾，咎責和懺悔……總而言之，他希望，而且打算以後再設法酬報，現在他懇求您爲他祝福，請您忘記已發生的事情……』

米烏騷夫沉默了。他說出演詞的最後幾句話時，自己十分滿足，在他的心靈裏連最近着惱的痕跡都不遺留了。他又完全誠懇地愛了人類。方丈嚴肅地聽他的話，微俯着頭，回答道：

『對於所發生的事情，我極表遺憾。也許在飯棹上他將愛我們，正和我們愛他一般。請罷，諸位，請登席用菜。』

他站在神像的面前，起始朗誦禱詞。大家恭敬地垂首，地主瑪克西莫夫甚至特別向前挺直身體，由于特別的虔誠，手掌向前面交叉着。

到了這裏，費道爾・伯夫洛維奇要出了一齣最後的惡作劇。應該注意的是他確乎想走，而且實在感到在長老的修道室內做了這種可恥的行爲以後，不能行若無事地到方丈家去吃飯。他並不自行譴責，自覺慚愧；也許甚至完全相反，但是他總覺得去吃飯却有點不體面。然而等到轆軋的馬車開到客店台階傍邊的時候，他已經鑽了進去，忽然止住了。他憶到了他自已在長老那裏所說的話：『在我走進什麼地方去的時候，我老覺得我比誰都低賤，大家把我當作小丑，——所以現在讓我眞的扮演小丑，因爲你們大家一股腦兒全比我愚蠢，低賤。』他想對大家報自已的敗行的仇。他忽然現在偶然憶到，還在以前的時候，有一次有人問他：『您爲什麼這樣恨這個人？』他當時正處在小丑的無羞恥的狂熱中，回答道：『就爲了這個，他確乎沒有給我使壞，然而我却對他做了一樁無良心的敗行，剛剛做了，立刻爲了這個就恨上他了。』他現在記起，在片刻的凝慮裏，輕聲而且惡毒地冷笑了。他的眼睛閃耀，甚至嘴唇都發抖。『既然開始了，就應該結束，』——他忽然決定。他的心靈深處的感覺在這時候可以用下面的話語加以形容：『現在既已無從恢復自己的名譽，那末讓我再無恥地朝他們臉上吐一口唾沫：意思是我不對你們抱着慚愧，這就完了！』他吩咐馬夫等一等，自己快步回到修道院，一直走進方丈房內。他還不大知道要做什麼事，但知道已不能管轄自己，——稍稍地衝動一下，——立刻一下子就會走到某一種醜行的最後的界限上去，——但祇是醜行，並非何種犯罪，或何種將由法院加以懲罰的行動。對於後面的一件事情，他永遠會自行克制，有的時候甚至會自己對於這一層加以驚奇的。他在方丈的餐室裏發現的時候，正念完禱詞，大家動身走到棹傍。他站在門限傍邊，看了這夥人一眼，發出長長的，傲慢的，惡毒的笑聲，勇敢地向大家的眼睛上看望。

『他們以爲我走了，我這不是又來了！』——他朝整個大廳喊叫。

大家朝他釘視了一小會，全沉默起來，忽然大家感到立刻就要發生可憎惡的，離奇的事情，鬧出無可疑惑的亂子。彼得·阿歷山大洛維奇從最歡樂的情緒立刻轉到最兇狠的情緒上面。他的心裏已經熄滅，靜寂的一切一下子復活轉來，擁了上來：

『不，我不能忍受這個！』——他喊，——『完全不能……無論如何不能！』

血奔到他的頭裏。他甚至話句都弄得夾纏，但是現在已經不能講到得體，他抓起了自己的帽子。

「什麼他不能？」——費道爾·伯夫洛維奇喊，——「怎麼也不能，無論如何不能麼？師尊，我進來不進來？您能接待我做座上客麼？」

「我誠謹地懇請，」——方丈回答，——「諸位！請許我，」——他忽然補上說，——「出于至誠地懇請你們放棄偶然的口角，互相愛好，取得親戚間的和睦，祈禱上帝，嘗我們菲薄的飯菜……」

「不，不，不能，」——彼得·阿歷山大洛維奇似乎心不在焉地喊。

「既然彼得·阿歷山大洛維奇不能，那末我也不能，我不留着。我是決定好了到這裏來的。我現在要到處跟着彼得·阿歷山大洛維奇：您要是走，彼得·阿歷山大洛維奇，我也走；您留——我也留。方丈，你那句親戚間的和睦的話特別刺到他的心裏：他不承認他是我的親戚。對不對，芳莊？原來芳莊也在這裏。您好呀，芳莊。」

「您……這是對我說麼？」——驚訝的地主瑪克西莫夫躊聲說。

「自然是對你說，」——費道爾·伯夫洛維奇喊，——「不對你說，對誰 方丈神甫並不是芳莊。」

「但是我並不是芳莊，我是瑪克西莫夫。」

「不，你是芳莊。尊師，您知道不知道，芳莊是什麼東西？有這麼一個刑事案件：他在一個淫院裏被殺——你們這裏好像對於這種地方是這樣稱呼的，——他被殺，又被搶。不管他已到了可尊敬的年齡，把他釘在箱子裏，封密了，在行李車裏從彼得堡運到莫斯科去，還編上號碼。釘箱的時候，淫婦們唱歌，奏豎琴，不對，是奏鋼琴。芳莊就是那個人。他從死裏復活了轉來，對不對，芳莊？」

「這是怎麼會事？這是什麼玩意？」——修道司祭的一堆人裏聽到了語聲。

「我們走罷！」——彼得·阿歷山大洛維奇朝卡爾干諾夫喊。

「不，等一等！」——費道爾·伯夫洛維奇尖響地插上去，又向屋內走進了一步。——「容我把話說完了。在修道室裏我得了好名聲，好像我有不敬行爲，那就是因爲我喊出了白魚的話。彼得·阿歷山大洛維奇，我的親戚，喜歡在話語裏Plus de noblesse que de sincé rité,（高貴比誠實多些），我相反地喜歡在我的話語裏Plus de sincérité qne de noblesse,（誠實比高貴多些。）——管它noblesse不noblesse的！對不對，芳莊？方丈，我雖然是小丑，而且裝做小丑，然而我是名譽的騎士，願意表示自己。是的，我是名譽的騎士，彼得·阿歷山大洛維奇卻祇有受壓制的自私心，別的什麼也沒有。也許我剛纔來到這裏，就為了看一看，表示一點意見。我有一個兒子阿穆克謝意在這裏修行；我是父親，我照顧他的命運，應該照顧的。我一面聽着，一面扮戲，還輕輕兒看望，現在我要對你們表演最後的一幕。我們這裏是怎麼情形？我們這裏，凡是落地的，就讓他躺去。我們這裏，祇要有什麼東西掉落，祇好永遠躺着。這不對！我願意立起來。聖父們，我對於你們很憤怒。懺悔是一種偉大的聖禮，我對它崇拜，準備跪下來，現在忽然大家都在修道室裏跪下，出聲地懺悔。難道出聲懺悔是可以被准許的麼？聖父們規定懺悔應該就着耳朵舉行，那個樣子，你的懺悔纔能成為聖禮，這是自古而來的。否則，叫我怎麼樣當着衆人對他解釋，譬如說我做了什麼，什麼事情……您明白麼：有時候這些話說出來是不體面的。這真成為亂子了，聖父們，這樣下去，我們要被你們牽入鞭笞教裏去了。……我遇到第一個機會，就要上書宗教會議，把我的兒子阿穆克謝意領回家去。……」

這裏應該注意：費道爾·伯夫洛維奇是聽得見鐘響的所在的。曾經有過惡毒的謠言，甚至還傳到主教方面，（這謠言不但涉及我們的修道院，也牽到設有長老制度的別的修道院上去，）說是長老受了太多的尊敬，甚至損害了方丈的職銜，又說長老們濫用懺悔的聖禮等等的話。這是一種離奇的責備，當時我們這裏和任何什麼地方都漸漸地自行消滅了。但是愚蠢的魔鬼把費道爾·伯夫洛維奇一把抓住，帶着他自己的神經質，把他引得越來越遠，引到羞恥

的深淵裏去，把費道爾·伯夫洛維奇自己一點也不懂的過去的責做附耳告訴了他。而且他也不會表示得明白些，而況這一次也沒有人在長老的修道室裏跪下，高聲地懺悔，所以費道爾·伯夫洛維奇自己沒有見到這類的事，祇是憑着所記住的老謠言和傳說說話罷了。但是在表白完了蠢話以後，他感到他說着離奇的胡言，他忽然又想立刻對聽者，尤其是對自己證明，他說的並不是胡言。雖然他深知說了未來的每句話語，將更加多多地，而且離奇些地，把同樣的胡言，加到已經說過的胡言上去，——但是他已經不能制住自己，像從山上滾了下去一般。

「眞可恥！」——彼得·阿歷山大洛維奇喊。

「對不住，」——方丈忽然說，——「古時說得好：「有許多人起始以言語侵犯我，說些不好聽的話。我聽到以後，自語道：這是耶穌的懲戒，是他遣來醫治我的空虛的靈魂的。」因此，我們恭敬地感謝您，尊貴的客人。」

他朝費道爾·伯夫洛維奇鞠躬到腰際。

「得啦，得啦！僞信和老話！老話和老調！老謊話，和鞠躬到地的官腔！我們知道這類的鞠躬的！「唇上接吻，心中利劍，」像席列的强盜裏的樣子。聖父們，我不愛虛僞，祇求眞理！然而眞理不在白魚裏面，我曾聲明過的！僧士們，你們爲什麼吃齋：爲什麼你們希望為了這個取到天上的賞賜？為了這樣的賞賜，我也要吃齋的！修士，你應該立身行善，做有益社會的事情，不要關在修道院裏，吃現成飯，不要期待上面的賞賜，——這是困難一點的。方丈，我也會有頭有緒地說話。他們這裏預備了什麼東西？」——他走到桌傍，——「陳老博德溫酒法克多利牌，葉利賽也夫兄弟公司散裝的蜜酒。啊呀，神父們！這不像小白魚。你們把這些小瓶陳設得不錯，哈，哈，哈！這是誰把這些東西送來的。這是俄羅斯的農人，工人，把用長雞眼的手足掙到的小錢送到這裏來，從家庭裏，又從國家的費用內剝奪了走！聖父們，你們在吮吸人民的血！」

「您說這種話是太失體面了，」——岳西夫神甫說。帕意西神甫沉默着。米烏騷夫從屋內奔出去，卡爾干諾夫跟在後面。

「神甫們，我也跟彼得．阿歷山大洛維奇去！我再也不到你們這裏來，跪下來請求也不來。我會捐過一千盧布，所以你們又瞪起眼睛來了，哈，哈，哈！不，我再也不補捐的了。我要為我的已經過去的青春，為我的一切所受的侮辱報仇！」——他在裝出來的情感的猛熱中舉拳叩擊桌子。——「這個修道院在我的生命裏具有許多意義！為了它，我流了許多悲苦的淚！你們把我的妻子，歇司底里病的女人，唆使出來反對我。你們在七所教堂裏咒罵我，去四郊各處，傳播我的壞話？够了，神父們，現在是自由主義的時代，輪船鐵路的時代。不要說幾千塊錢，幾百塊錢，連幾角幾分，你們再也不能從我那裏取到的了！」

又是應該注意的。我們的修道院在他的一生中從來沒有什麼特別的意義，他也不曾爲它流過任何的悲哀的淚。但是他被裝出來的眼淚吸引得在一刹那的時間內幾乎自己也不相信自己了；甚至感動得哭泣；但是在一個刹那間又感到，現在是倒轉車轅的時候了。方丈對於他的惡毒的謊話，俯着頭，又莊嚴地說：

「聖經又說：「你應該謹愼而且欣悅地忍受不由己地加在你身上的恥辱，不要詛咒和仇恨加恥辱於你的人。」我們也要照此做去。」

「得啦，得啦，得啦！反省自己呀！眞是一套無聊的話！你們去反省罷，神父們，我要走了。我要把我的兒子阿萊克謝意，用我做父親的權力，永遠喚回。伊凡．費道洛維奇，我的可敬愛的兒子，讓我命令你跟我回去，芳莊，你留在這裏做什麼。立刻跟我進城去。我家裏快樂得多。祇有一俄里路，我不給你吃素油，端出一盤小豬肉飯來；我們好好兒吃一頓飯；喝白蘭地，蜜酒；還有洋莓酒……喂，芳莊，不要放走自己的幸福！」

他一邊喊，一邊指手劃脚地走了出來。就在這個時候，拉基金看見他走了出來，便指給阿萊克謝意看。

「阿萊克謝意！」——父親看見了他，遠遠裏朝他叫喊，——「今天就搬到我家裏去，完全搬回來，把枕頭和被褥都取回來，以後不許你再來。」

阿萊莎呆立着，沉默而且注意地觀察這齣戲。費道爾．伯夫洛維奇已經鑽進馬車裏去，伊凡．費道洛維奇在後面跟着沉默而且陰鬱地坐到車裏，甚至沒有轉身向阿萊莎道別。但是這裏又發生了一個滑稽的，近乎不可思議的場面，以補充這齣劇本。忽然在馬車的脚墊傍邊發現了地主瑪克西莫夫。他生怕到遲，喘着氣跑來。拉基金和阿萊莎看見他跑着。他慌忙得竟不耐煩地把一隻腿跨到小梯級上，正當伊凡．費道洛維奇的左脚放在那上面的時候，一手抓住御者的座台，就要跳進馬車裏去。

「我也同你們去，我也同你們去！」——他喊着，一面跳，一面發出細碎的，快樂的笑聲，臉上帶出光彩，作出準備一切的樣子，——「把我也帶去罷！」

「我不是說過，」——費道爾．伯夫洛維奇歡欣地喊，——「他就是芳莊！他真是死裏復生的真正的芳莊！你怎麼從那裏逃出來的？你怎麼竟做出『芳莊』的樣子，怎麼不吃飯就走？應該生着銅額角！我有額角，却對於你的額角驚奇！跳上來，快跳上來！放他進來，伊凡，更熱鬧些。他可以想法子躺在我們脚下。你可以躺下的，是不是，芳莊！或是讓他坐在馬夫的座台上面……跳到座台上去，芳莊！……」

但是已經坐定下來的伊凡．費道洛維奇，一聲也不發，忽然用全力朝瑪克西莫夫的胸前一拳擊去，他滾到一丈以外去了。沒有倒在地上，那是偶然而已。

『走啦！』——伊凡．費道洛維奇惡狠狠地對馬夫喊。

『你怎麼啦？你怎麼啦？你爲什麼對他這樣？』——費道爾．伯夫洛維奇發起火來，但是馬車已經走了。伊凡．費道洛維奇沒有回答。

『你這人呀！』費道爾．伯夫洛維奇沉默了兩分鐘，朝兒子斜看了一眼，又說起來了。——『你自己想出這個修道院來的。你自己慫恿的，自己贊成的。爲什麼你現在生氣？』

『您不要儘說無聊的話，那怕現在休息一下罷，』伊凡．費道洛維奇厲聲說。

費道爾．伯夫洛維奇又沉默了兩分鐘模樣。

『最好現在喝一點白蘭地，』——他像發警句似地說。但是伊凡．費道洛維奇沒有回答。

『到家以後，你也可以喝。』

伊凡．費道洛維奇還是沉默着。

費道爾．伯夫洛維奇又等了兩分鐘：

『我到底要把阿萊莎從修道院裏叫回來，不管你們是否覺得很不痛快，敬愛的卡爾．芳莫爾。』

「伊凡·費道洛維奇賤蕩地聳着肩膀，身子轉側了一下，起始眺望道路。兩人以後一直到家也沒有說話。

第三册　好色之徒

第一章　僕室內

費道爾・伯夫洛維奇・卡拉馬助夫的房子並不在市區的中心，却也不完全偏僻。它很陳舊，却具有愉快的外表：單層房屋，還帶擱樓，漆着灰色，帶着紅色的鐵頂。然而它還能支持許多時候。這房子閑間極闊，很舒適。有許多各色各樣的堆室，各色各樣的密室，和意料不到的小梯子。裏面繁殖了老鼠，然而費道爾・伯夫洛維奇並不很生氣牠們：『晚上獨自留着的時候不至于那樣厭悶。』而他確乎有到了夜裏打發僕役們到邊房裏去，自己一人在房子裏關閉整夜的習慣。邊房在院裏，廣寬而且堅牢；費道爾・伯夫洛維奇把它分派做廚房，雖然廚房在正房裏也有的。他不愛廚房的味道，食物無分冬夏全從院子裏端來。總而言之，這房子是爲大家庭造的，無論主僕再加五倍都住得下。但是在我們敍講這篇小說的時候，房內祇住有費道爾・伯夫洛維奇和伊凡・費道洛維奇兩人，在僕人的邊屋內祇住三個僕人：老頭兒格里郭里，老婦瑪爾法，他的妻子，和男僕司米爾加可夫，年紀還輕。對于這三個僕人必須說得稍爲詳細些。關于老頭兒格里郭里・瓦西里也維奇・古闓作夫，我們已經說了很多話。他是一個堅定倔強的人，會固執而且不屈不撓地走到一個點上，祇要這個點爲了什麼原因（時常太不合邏輯的原因）在他看來成爲一種無可推翻的眞理。他的妻子，瑪爾法·伊格納奇也夫納，雖然一輩子在丈夫的意志前面無條件地服從着，却時常對他麻煩地要求，（例如在農民剛剛釋放了以後，）離開費道爾·伯夫洛維奇到莫斯科去，開始做某種小生意，（他們是積了一些錢的，）但是格里郭里當時而且永遠决定，女人在那裏胡說，「因爲一切女人全是不純潔的，」他們不應該離開舊主人，無論這主人成爲什麼樣子，「因爲這是他們現在的責任。」

「你明白不明白，什麼叫做責任？」——他對瑪爾法·伊格納奇也夫納說。

「關於責任我明白。格里郭里·瓦西里也維奇，但是我們有什麼留在這裏的責任，我眞不明白，」——瑪爾法·伊格納奇也夫納堅定地回答。

「你用不到明白，就是這個樣子。以後不許說話。」

結果是他們沒有走，費道爾·伯夫洛維奇對他們定了工資，並不多，却按時清付。格里郭里也知道他對於主人有無從辯駁的勢力。他感到這個，而這是對的：一個狡獪，固執的小丑，費道爾·伯夫洛維奇，像他自己所說似的，「在某種生命的條件裏，」有很堅定的性格，而在某種別的「生命條件」裏，他的性格甚至大見軟弱，這在他自己也感到驚奇。他自己也知道，是那一種條件，知道了，所以很害怕。在有些生命條件裏，應該把耳朵豎得尖尖的，而且如沒有忠實的人在傍邊，將很見困難，而格里郭里是最忠實的人。費道爾·伯夫洛維奇在自己的職業的持續期間，許多次常發生可被毆打，而且打得很利害的插事，永遠由格里郭里，予以援救，雖然事後每次他總要對他教訓一頓。然而單單毆打不致使費道爾·伯夫洛維奇生懼；常發生一些高尚的，甚至很精細，複雜的事情，到那時候，大概連費道爾·伯夫洛維奇自己也不能斷定對於忠實，親近的人有如何異乎尋常的需要，這種需要是他忽然有時起始閃電般地，而且不可思議地自行感覺到的。這是些近乎病態的事情：十分淫蕩，而且在色淫裏時常殘忍得像惡蟲一般的費道爾·伯夫洛維奇忽然有時在酒醉的時候自行感到精神上的恐怖和道德上的激變，在他的心靈裏甚至幾乎形體上地影響着。「我的心靈在這時候就好像在喉嚨裏戰慄似的，」——他有時說。就在這種時候，他愛在他的附近，並不見得在一所房子裏，却在邊屋裏，有一個忠實的，堅定的，完全和他不相同的，不荒唐的人，他雖然看見了這一切發生着的敗行，並且知道一切的祕密，却還是由于忠心而容忍這一切，並不反對，主要的是不加責備，不說威嚇話，無論關于這世界，或未來世界的；而且在需要的時候還要保護他，——對着誰？對着一個不相識的，却可怕的，危險的某人。事實上是一定需要有另一個人，古老的，友善的人，可以在痛苦的時間招他前來，祇爲了可以瞭視他的臉，或者搭訕幾句話，甚至完全局外的話，祇要他沒有什麼，並不生氣，心上好像輕鬆些，如果生氣，那末更加悲苦些。出過這樣的事：（自然是十分稀有的，）費道爾・伯夫洛維奇甚至夜裏走到邊屋去把格里郭里喚醒，叫他到他那裏去一下子。格里郭里去了，費道爾・伯夫洛維奇談些完全不相干的話，立刻打發他走，有時甚至加上嘲笑和玩笑，而自已吐了一口痰，躺下來睡覺，做了一個得到眞理的人的夢。在阿萊莎回來後，費道爾・伯夫洛維奇也曾發生過和這相彷的事情，阿萊莎「刺中他的心，」是因爲他「生活着，一切都看見，却不加任何責備。」不但如此，他還帶來了從來未有的東西：對於他這老頭子完全沒有賤蔑心思，相反地，永遠的和藹，完全自然的，坦白的依戀，對於他一個這樣不值得依戀的人。這一切對於老放蕩鬼和沒有家庭的人，是完全的意外，對於至今祇愛「壞事」的他，完全出乎意料之外，阿萊莎走後，他自已承認他明白了一點至今不願明白的東西。

我在這篇小說起端時業已提過，格里郭里恨阿台拉意達・伊凡諾夫納，費道爾・伯夫洛維奇的第一位夫人，第一個兒子特米脫里・費道洛維奇的母親，而相反地保護第二位夫人，歇司底里病人，騷菲亞・伊凡諾夫納，反對自已的主人，又反對有想到對她說一句不好的，或輕浮的話的任何的人。他對於這不幸的女人的同情竟變成了一種神聖的東西，因此二十年來，無論什麼人祇要對她甚至說了一句不好的暗示，他就吃不住，立刻要對加侮辱的人辯駁起來。格里郭里外表上是冷靜，威嚴的人，不愛嚼舌，發出有分量的，不輕浮的話語。祇看一顯是不能解釋：他愛不愛自己的，靜淑的，馴順的妻子，但是他實在愛她，而她自然也明白這個。瑪爾法・伊格納奇也夫納不但不是愚蠢女人，而且也許比她的丈夫聰明些，至少在日常生活方面有智慮些，但是她毫無怨言，而且柔順地服從他，從結婚的開始日起，還無異言地尊敬他的精神上的優越。堪注意的是他們兩人一輩子很少互相談話，至多談些最平凡的，日常的事情。威嚴莊肅的格里郭里永遠獨自思慮自己的一切事情和煩惱，所以瑪爾法・伊格納奇也夫納早就一下子明白他完全不需要她的勸告。她感到丈夫珍重她的沉默，承認她這樣子是聰明的。他從來沒有打過她，祇有過一次，也就是輕輕地打。在阿台拉意達・伊凡諾夫納和費道爾・伯夫洛維奇結婚的初年，有一次鄉村裏的女孩和村婦，那時還是農奴的，聚到主人的院裏唱歌跳舞。她們起始作「牧場」舞，忽然，瑪爾法・伊格納奇也夫納，那時還是年輕女人，跳到合唱隊的前面，用特別的姿勢跳「俄羅斯」舞，並不照鄉村的樣子，像村婦那般跳法，却照她在有錢的米烏騷夫的家庭地主劇場裏充當女僕時的跳法。——這劇場裏有從莫斯科聘請來的跳舞導演專教伶人們跳舞。格里郭里看見他的妻子這樣跳舞，過了一小時，在自己家裏，農舍裏，教訓了她一頓，輕輕地揪住頭髮。但是毆打的事情就此永遠了結，一輩子再也沒有重複過一次，而瑪爾法・伊格納奇也夫納也從此戒了跳舞。

上帝沒有賜給他們孩子，有過一個嬰孩，竟死去了。格里郭里顯然愛兒童，甚至不隱瞞這個，那就是說並沒有不好意思表白出來。阿台拉意達·伊凡諾夫納逃走的時候，他把三歲的特米脫里·費道洛維奇領來，管了差不多一年光景，自己拿木梳給他梳頭髮，甚至自己在木槽裏洗他。後來他又張羅伊凡·費道洛維奇和阿萊莎兩人，爲了這，取到了一記耳光；但是關於這些，我已經講過了。至於自己的小孩，那末惟有在期望中，當瑪爾法·伊格納奇也夫納還在懷孕的時候，使他喜歡了一下。等到生下以後，悲哀和恐怖刺中他的心。事情是因爲這男孩生下來就是六指的。格里郭里看見了這個，發愁得不但沉默到受洗的日子爲止，却還故意走到花園中去沉默。那時候是春天，他有整整的三天在菜園裏，花園中掘土。第三天上，必須給嬰孩受洗禮；格里郭里在那個時候已經有了一點結論。他走進農舍，牧師和賓客都已聚在那裏，費道爾·伯夫洛維奇也親自來到，充做繼父。格里郭里忽然聲明，嬰孩完全不應該受洗，——他這聲明說得聲音不高，並不多說話，一個字一個字地滲出來，祇是遲鈍而且凝神地望着牧師。

「爲什麼這樣？」——牧師帶着快樂的驚奇詢問。

「因爲……是龍……」格里郭里喃語。

「怎麼是龍？什麼龍？」

格里郭里沉默了一會。

「發生了自然的錯亂……」他喃語着，雖然很不清切，却極堅定，顯然不願多說話。

大家笑了。自然仍給可憐的嬰孩行洗禮。格里郭里在聖水的容器傍邊勤奮地禱告，却沒有變動對於新生孩子的意見。然而他一切也不去干涉，在有病的男孩活着的兩星期內，差不多沒有看他一下，甚至不願理會他，許多時候離開家裏。但是在兩星期後男孩生了鵝口瘡死去以後，他自己把他放在小棺材裏，帶着深沉的煩惱望着他。等到在不深的小墳上掩埋泥土的時候，他跪下來，朝小墳鞠躬到地。從那時起，有許多年他一次也沒有提起過自己的嬰孩，而瑪爾法．伊格納奇也夫納也一次沒有當他面前回憶嬰孩，在遇到要同什麼人談起自己的「小寶貝」的時候，便小聲微語，雖然格里郭里．瓦西里也維奇並不在傍邊。據瑪爾法．伊格納奇也夫納說，他自從埋葬了嬰孩以來，起始特別研究「神事，」讀聖者傳，多半是默念，一個人讀，每次戴上大圓銀眼鏡。他不大朗聲讀，除去在四旬齋的時候。他愛讀約伯書，不知從那裏取到了「適神意的我們的父伊薩克．西林」的語錄與訓條抄本，許多年以來拚命地念着，差不多一點也不明白內中的意義，但是也許爲了這個，更加珍重，愛惜這本書了。最近的時候，他起始傾聽而且研究鞭笞教，在隣近地方正發現了這樣的事情。他顯然十分震動，但是覺得還不合適轉移到新的信仰上去。他「對於神」的淵博自然給他的面貌增添了更大的嚴肅。

也許，他具有神祕主義的傾向。却又好像故意似的，六指嬰孩的出世和死亡恰巧和一樁別的，很奇怪的，出乎意料的，別致的事件偶合。這事件據他以後有一次自己所表示，在他的心靈裏遺留了『深印，』就在六指嬰孩埋葬的那天，瑪爾法·伊格納奇也夾納夜裏醒來，聽見好像有新生嬰孩的哭聲。她懼怕了，叫醒丈夫。他傾聽一下，說多半有人在呻吟，『好像是女人。』他穿衣起牀。那時是很暖和的五月之夜。他走出台階，明晰地聽出呻吟聲從園內出來。但花園通院子的門，到了夜間是鎖上的，除去這個門以外是不能進去的，因爲花園的周圍有堅固的，高厚的圍牆。格里郭里回到家去，點上玻璃燈，取了花園的鑰匙，不注意他的夫人歇司底里性的恐怖，——她老是講着，她聽見孩子的哭聲，一定是她的男孩哭着喚她，——默默地走進園裏去了。他這才明瞭呻吟聲從園中澡堂裏面出來，而呻吟的一定是女人。他開了澡堂的門，看見使他呆定的一幅圖畫。一個本城的瘋女，流浪街頭，爲全城聞名，綽號麗薩魏達·司米爾加司察耶（臭麗薩魏達）鑽進他們的澡堂，剛剛生養了一個嬰孩。嬰孩躺在她的附近，而她在他的附近快要死去。她一句話也不說，也就因爲她不會說話。但是所有這一切應予特別解釋一下……

第二章　麗薩魏達

這裏有一段特別的情節，使格里郭里深深地震撼，把他以前的一個不痛快的，可憎厭的疑竇完全釘牢了。這個麗薩魏達．司米爾加司察耶（臭麗薩魏達）是一個矮小身材的女郎，「兩俄尺餘，」像我們小城裏許多進香老婦人在她死後感動地回憶時所說的一般。她的二十歲模樣的臉龐，健康，寬闊，紅潤，却帶着完全的白癡相。眼神呆板而不愉快，雖還馴順。她一輩子無分冬夏永遠赤脚行路。穿着一件麻襯衫。濃厚得利害，蜷曲如綿羊毛一般，幾乎全黑的頭髮覆在他的頭上，好像一隻大帽。此外，她的頭髮永遠塗滿了泥土，黏上了樹葉，小木棍，木屑之類，因爲她永遠睡在地上和爛泥裏，她的父親是破產的，無住所的，時常生病的下市民伊里亞，他喝許多酒，多年住在一些有錢的主人那裏，（也是下市民，）充當傭工。麗薩魏達的母親早已故世。永遠有病、所以性格惡狠的伊里亞，每逢麗薩魏達回家，便無人道地毆打她。但是她不大回家，因爲她靠全城的人生活着，他們把她看作瘋狂的，上帝的人。伊里亞的主人們，伊里亞自已，甚至許多城裏的慈悲的人們，特別是男女的商人，屢次嘗試着給麗薩魏達穿比一件單襯衫體面些的衣裳，冬天時候永遠給她穿一件皮襖，給她在脚上套皮靴；但是她照例無異議地讓人家替她穿上，自己就走到什麼地方去。大半是在教堂的門廊上，一定去脫下一切捐獻與她的東西，——手絹呀，裙呀，皮襖和皮靴呀，——還留在當地，照舊光着脚，穿着一件襯衫，逕自走開了。有一次發生了下面的事情：我們省裏一位新總督親來視察我們的小城，看見了麗薩魏達，使他的良好的情感很受了侮辱，雖然明白她是「瘋女，」那是人家報告給他的，卻到底認爲一個年輕的姑娘穿了襯衫游蕩，有損雅觀，所以主張以後不要再發生這情形。但是總督一走，麗薩魏達又被人家放任，做出老樣來了。後來她的父親死了，她成爲一個孤女，對於城裏信神的人們更見得可愛了。實際上甚至大家似乎都愛她，連男孩們也不逗引她，不給她氣受，而我們的男孩們，尤其是就學的，是一種好惡作劇的民族。她到不認識的人家去，誰也不趕她，相反地，竭力對她和藹，給些小錢。有人給她一點錢，她收了下來，立刻把它放進教堂的，或監獄的隨便什麼捐款箱裏去。在市場上有人給她麵包捲或甜點心，一定要走去送給首先遇到的嬰孩，或者止住某一位極有錢的女太太，送給她；而女太太們甚至會欣然接受的。她自己祇以黑麵包和水果腹。她有時走進一片闊氣的店裏去，坐下來，裏面放着貴重的貨物，還有銀錢，主人們從來不防她，知道那怕當她面前把幾千塊錢擱出來，竟忘掉了，她決不會取內中一個銅幣的。她不大上教堂；卻睡在教堂的門廊上，或是跳越籬笆，（我們這裏直到現在還有許多籬笆，以代圍牆。）到某家的菜園裏去睡。她大概每星期一次回家去，那就是到她的故世的父親所住的主人們家裏去，但是到了冬天便每天去，却祇是夜裏去，不是在外屋裏，便是在牛廐裏過夜。人們對於她能受住這樣的生活大爲驚奇，但是她已經習慣了；她身材雖小，却具有不尋常的堅固的體格。有些老爺們說她做這一切祇是由于驕傲，然而這有點不對勁：她什麼話也不會說，偶然祇是動一動舌頭，吼叫一兩聲，——這有什麼驕傲可言。後來出了下面的一件事情：在一個九月的，光亮而且溫和的夜裏，（那是很久的時候，）圓圓的月亮底下，據我們看來已經很晏晚的時候，一羣游蕩的。在薄醉中的人們，一共有五六個好漢，從俱樂部出來，抄『小路』回家。胡同兩端全是籬笆，裏面蜿蜒着附在房子邊上的一帶菜園；這胡同通一個小橋，橋下是發臭氣的，長長的溝渠，我們這裏有時稱之爲小河。他們這一羣在籬笆傍邊，看見了睡在蕁蔴草和牛蒡草上的麗薩魏達。玩得起勁的先生們站在她的前面，嘻嘻哈哈地笑着，起始用一切可能的無檢點的話語開玩笑。有一位少爺忽然在腦子裏對於一個不可能的題目下了完全怪誕的問題？『隨便什麼人能不能把野獸當作女人，那怕現在就對她……』大家帶着驕傲的憎厭心，決定說這是不可能的。但是在這一堆人裏恰巧費道爾，伯夫洛維奇也在內，他頓時跳出來，說可以把她當作女人，而且很可以，甚至其中還別有趣味等等的話。說實話他已在那時候就帶着十二分做作的樣子，自己搶着充當小丑的角色，愛跳出來，給老爺們逗笑，自然外表上是平等的，其實在他們面前完全成爲一個下賤的人物。這就在他從莫斯科接到了他的第一位夫人阿台拉意達．伊凡諾夫納死耗的時候，那時候他正歪戴帽兒，狂飲濫嫖，使城裏有些人，甚至是最荒蕩的人們，瞧着都不上眼。這夥人對於他的出乎意料的意見自然哈哈地笑起來；內中一個人甚至起始鼓動費道爾．伯夫洛維奇，但是其餘的人更加不以爲然，雖然還帶着過度的快樂，終于大家散開來走各自的路。以後費道爾．伯夫洛維奇賭誓說他當時也和大家一樣地回家；也許就是這個樣子，沒有人確切知道，而且也永遠不會知道的，但是過了五六個月以後，全城的人都發出誠懇而且過分的憤怒，說麗薩魏達懷了孕，於是大家全詢問，追求根底：誰犯的罪？誰是那個施侮辱的人？當時忽然全城傳來了可怕的謠言，說施侮辱的人，就是費道爾．伯夫洛維奇。這謠言從何處而起？在游蕩的那夥老爺們裏面，那時候恰巧祗有一個人留在城裏，而且這人是年歲老邁，行爲尊敬的五等文官，有家庭和幾個成人的女兒，即使確有其事，也決不來傳佈的；其餘參與的人，一共有五人，當時都散走了。但是謠言一直在指着費道爾．伯夫洛維奇，還繼續指着。自然他對於這也不很提出什麼異議：他決不來回答那些商人們，或下市民們。他當時很驕傲，惟有在官員和貴族的夥羣裏纔講話，並且引逗他們快樂。就在這時候，格里郭里努力擁護自己的主人，不但爲他辯護，以祛除這些蜚語，還因此發生了謾罵與爭吵，使許多人不再信這謠言。『她這下賤女人，自己做錯了事，』他肯定地說，而施侮辱的不是別人，就是『螺釘卡爾伯』，——（喚這名字的是一個當時聞名全城的可怕的罪犯，從省城監獄內逃脫，祕密住在我們城裏。）這個猜度好像是可靠的，大家都記得卡爾伯，記得他恰巧在秋天的那幾個夜裏在城裏游蕩，搶刦了三個人。但是這件事情和所有這些議論不但沒有使大衆的同情從可憐的瘋女身上移去，大家還更加保護她，珍重她起來了。商人婦康德拉奇也瓦，一個富厚的寡婦，甚至佈置一切，到了四月底就把麗薩魏達引到自己家裏來，想不放她出來，一直到分娩後爲止。有人謹愼地守住她，然而結果是不管怎樣小心，麗薩魏達在最後一天的晚上，忽然偷偷地離開康德拉奇也瓦家裏，發現在費道爾．伯夫洛維奇的花園裏。以她這樣的情形，怎麼能穿過高高的堅厚的圍牆，成爲一種謎。有些人相信有人把她『抬過去』的，另一些人卻說是鬼靈『抬過去』的。最靠得住一點的是這一切的發生雖見巧妙，卻極自然，麗薩魏達本來會爬別人家菜園的籬笆，到裏面去住宿，這次設法爬上費道爾．伯夫洛維奇的圍牆上面，還冒了對自己的危險，跳進園中，不管她自己的情形如何。格里郭里跑去找瑪爾法．伊格納奇也夫納，叫她到麗薩魏達那裏去幫助，自己跑出去喚助產婆，下市民，恰巧住得很近。嬰孩得了救，但是麗薩魏達到黎明時就死了。格里郭里取了嬰孩，抱到屋內，讓她妻子坐下，把嬰孩放在她的膝上，她的胸前：『上帝的孩子——孤兒是人盡可親的，你我更加不用說了。我們的死去的孩子把他送給我們，他是從一個魔鬼的兒子和聖女那裏生出來的。你喂他奶吃，以後不要哭了。」於是瑪爾法．伊格納奇也夫納教養起這個嬰孩來了。他受了洗禮，題名保羅，至於父名則大家起始不約而同地稱做費道洛維奇。費道爾．伯夫洛維奇不加反對，甚至認這一切極爲有趣，雖然仍努力否認一切。城裏對於他收留遺兒一事頗爲高興。費道爾．伯夫洛維奇以後給遺兒起了姓：稱做司米爾加可夫，照他母親的綽號麗薩魏達．司米爾加司察耶（即是麗薩魏達）而起的。這個司米爾加可夫就成爲費道爾．伯夫洛維奇的第二個僕人，在我們的故事開端時同老人格里郭里和老婦人瑪爾法一塊兒住在邊屋裏。他還充當廚役。本應該專門對他講幾句話，但是爲了這種尋常的僕人而吸住讀者的注意，我未免覺得不好意思，因此現在我就轉到我的小說的正文上去，希望在這部小說的繼續的進行之中，自然而然再會講到司米爾加可夫身上的。

第三章　熱心的懺悔(詩體)

阿萊莎聽到了父親離開修道院時從馬車裏喊出的命令，一時感到極大的惶惑。他並不是站在那裏，像一根木柱，他沒有發生過這樣的事情。相反地，他一面懷着不安，一面立刻到方丈的廚房裏去打聽他父親在上面幹出了什麼事情。後來他就上道，希望來得及在進城的路中設法解決使他煩悶的難題。預先要說一下：對於父親的呼喊和『連同枕頭褥子』搬回家去的命令，他一點也不怕。他明白得太清楚，搬家的命令，高聲而且裝樣地呼喊出來的，是在『忘神』中發出，甚至是爲了美觀，——好像一個在城裏最近喝酒太多的下市民，在自己命名日的那天，當着賓客們，爲了不再給他酒喝而生氣，忽然起始打碎自己的器具，撕破自己的，和妻子的衣服，摔壞自己的傢具，甚至碰碎屋裏的玻璃，這全是爲了美觀，和現在父親的情形自然相同。到了明天，那個喝酒過多的下市民酒醒後，自然痛惜那些已碰破的碗碟。阿萊莎知道老頭兒明天也一定會再放他回修道院去，甚至今天也許會放的。他深信父親會侮辱任何人，而不願侮辱他。阿萊莎相信全世界上面永遠沒有人願意侮辱他，甚至不但不願，而且不能。在他看來，這是永久不移的定理，無考慮的必要，在這意義上他向前進行，沒有一點動搖。

但是這時候在他心裏蠕動的是別種的懼怕，完全另一種的懼怕，而且是痛苦得使他自己也不能加以確定的，那是懼怕女人，懼怕的就是卡德隣納・伊凡諸夫納，——她剛纔託霍赫拉闊瓦夫人轉送一封信，不知爲了什麼事情，堅決請求他去一趟。這一要求，和必須要前去的感覺立即將一種痛苦的情緒種入他的心裏，整個早晨這痛苦的情感越來越增加了，雖然以後在修道院裏隨來了一些活劇和剛纔在方丈那裏突如其來的事情。他所懼怕的並不是他不知道她將同他說什麼話，他將怎樣回答她。他怕的不是一般的女人，他自然不大知道女人，但是一輩子從孩提的時候一直到入修道院裏爲止，他祇同她們在一起過活。他怕的就是這個女人，就是卡德鄰納・伊凡諸夫納。他從第一次看到她的時候起就怕她。他一共祇見過她一兩次，甚至也許祇有三次，一次甚至祇偶爾同她講了幾句話。在他記憶裏的她的形象是一個美麗，驕傲，意志堅强的女郎。但是並非美貌使他痛苦，而是另外的一點。他的恐懼的無從解釋現在更加增强了他心內的恐懼。這位女郎的用意是崇高的，他知道這個：她努力拯救對她有錯的他的哥哥，特米脫里，祇是由于心胸寬大而努力。雖然他感到而且承認這些美麗的，寬大的情感的合理，在他走近她的住所的時候，他的背上通過了一陣涼感。

他猜着同她很接近的伊凡・費道洛維奇哥哥，是不會在她家裏遇到的：他一定現在同父親在一起。特米脫里更加不會在那裏，他預感到是爲了什麼原因。因此，他們的談話將在單獨裏舉行。他很願意在舉行這運定的談話以前先見一見特米脫里哥哥，到他那裏去一躺。他不想把那封信給他看，却可以同他談幾句話。但是特米脫里住得很遠，現在一定也不會在家。他在那裏站了一分鐘，終于作了最後的決定。他朝自己畫了熟悉的，匆遽的十字，當時不知爲什麼微笑了一下，便堅定地動身到這位可怕的女郎的家去了。

他認識她的房子。假使走到大街，再通過廣場，那末路不很近。我們這不小的小城的面積很散漫，距離相當的長。而且父親還等着他，也許尙未忘却自己的命令，也許要發牛皮氣，所以必須趕忙，爲了兩處都趕得及。爲了這一切考慮，他決定縮短路程，抄近路，而在城裏的這些近路他是知道得像五個指頭一樣的淸楚。所謂近路。那就是幾乎沒有路，順着空曠的圍牆，有時甚至要跨別人家的籬笆，經過別人家的院子，不過在那些地方是隨便什麼人都認識他，而且同他照呼問好的。他抄這種路到大街去，路近一半。他甚至必須穿過離父親的房子很近的一個地方，那就是經過和父親房子相鄰的一所花園，那花園是附屬于一所陳舊的，歪斜的，四扇窗戶的小房的。阿萊莎知道這所房子的主人是一個城裏的下市民，沒有腿的老婦，和女兒同居，她過去是京城裏文明的女僕，最近還在幾處將軍家裏當差使，爲了母親的病回家了一年光景，穿着漂亮的衣服顯耀給人家看。但是母女兩人陷入可怕的貧窮裏去，甚至每天常到鄰近費道爾·伯夫洛維奇家的廚房裏去要菜湯和麵包。瑪爾法·伊格納奇也夫納極願意倒給她們。但是女兒一面要湯吃，一面連一件衣裳也沒有賣去，內中一套甚至帶着極長的尾巴。對於最後的事實，阿萊莎是從他的好友拉基金那裏得知，自然是完全偶然得知的，——拉基金對於城裏的一切事情根本無所不曉。阿萊莎知道了這件事，自然當時就忘掉了。但現在走到了女鄰人的花園面前的時候，他忽然恰巧憶起了這條尾巴，迅快地抬起了低垂而沉思的頭，忽然……撞在一個最出人意料外的巧遇上面。

他的哥哥特米脫里·費道洛維奇在鄰家花園的籬笆後面，躡登立在什麼東西上面，胸脯挺出在外面，用力向他揮手示意，招呼他，喚他，顯然不但怕喊嚷，甚至不敢出聲說話，爲了不使人家聽到。阿萊莎立刻跑到籬笆傍邊去了。

『幸而你自己回頭看了一下，否則，我幾乎要朝你呼喊，——』特米脫里·費道洛維奇欣悅而且匆遽地微語，——『你爬過來！快些！你來得眞好。我剛想起了你……』

阿萊莎自己也很高興，但是疑惑着如何跨過籬笆。但是米卡用大力士般的手抓住他的手肘，幫他跳躍過去。阿萊莎撩起了袈裟，用城裏的赤脚小孩的靈巧的姿勢跳了過去。

『好了，玩罷，我們走！』——米卡的嘴裏掙脫出來歡欣的微語。

『往那裏去？』——阿萊莎也微語，朝四面環望，看見自己在一個完全空曠的園中，裏面除去他們兩個，沒有一個人。花園雖小，但是園主的小房到底還離開他們有五十步遠，

——「這裏什麼人也沒有，你爲什麼微語？」

「我爲什麼微語？哎呀，見鬼！」——特米脫里·費道洛維奇忽然用極完全的聲音呼喊，「我眞是爲什麼微語？你自己看見，怎麼忽然會發生了顚倒陰陽的事情。我祕密地躲藏在這裏，看守着祕密，以後再解釋，但是明白了這是祕密，我自己也忽然說話祕密起來，像傻子似的微語着，其實是並沒有必要的。我們走罷！到那邊去！暫時不要說話。我想吻你一下！

讚揚上帝在世界裏，

讚揚上帝在我心裏！……

——我剛纔在你沒有來以前，坐在這裏，反覆說着這句子……」

花園面積有一方俄畝大，也許多些，祇在周圍，沿着四面圍牆，栽着樹木，——蘋菓，楓，菩提，樺木等樹。花園中央是空虛的，闢做草場，夏天可以割下幾鋪特乾草。這花園從春天起由女主人以幾個盧布的代價出租。還種着覆盆子，紅酸菓，醋栗，也是種在圍牆傍邊，蔬菜的種植却在房屋附近，最近才弄成的。特米脫里·費道洛維奇把客人領到離開房屋最遠的園隅裏面。在那裏，忽然在濃蔭的菩提樹和舊棵的黑酸菓，接骨木，山茱樹，丁香樹之中，開展了類乎古式的綠色涼亭的東西，這涼亭發了黑色，有點歪斜，有柵欄形的牆，進覆的頂，在裏面還可以躲一躲雨。涼亭不知是什麼時候造成的，傳說是五十年以前由當時的屋主亞歷山大·卡爾洛維奇·芳右米特，一個退伍的上校造的。但是一切都已朽爛，地板霉糟，所有的板基全已搖動，木頭發出潮味。涼亭裏有一隻木製的綠桌，嵌在地裏，周圍全是木質長凳，也是綠色的，可以在上面坐。阿萊莎立刻就看出了哥哥的歡欣的神情，但是走進涼亭的時候，在桌上看見了小瓶的白蘭地和一隻杯子。

『這是白蘭地！』——米卡哈哈笑了。——你已經看着：「他又喝酒起來了麼！」你不要相信幻影。

你切勿相信虛空和虛僞的人羣，
忘記了自己的疑惑……

我不是酗酒，祇是『耽溺，』這是你的那隻豬玀拉基金說的，他將成爲五品文官，儘說着『耽溺』的話。你坐下罷。我要抱你。阿萊莎，摟在胸前，把你壓得緊緊的，因爲在整個世界上……真正的……真正的……（你明白！你明白！）惟有愛你一個人！』

他說着最後的一句話，處于近乎瘋狂的狀態之下。

「惟有你一個人，還有一個『下賤』的女人，我戀上了她，自己也就完蛋。但是戀並不就是愛。戀可以生在仇恨中。你應該記住！現在我還快樂地說話！你坐下來，就坐在這裏傍，我在附近挨着，要看着你，自己說話。你儘管沉默，我儘管說話，因爲日期到了。但是你知道，我覺得應該說的說得輕些，因爲在這裏……在這裏……會發現最出乎意料之外的耳朵。一切我要加以解釋，所謂：請聽下回分解。所有這些日子，還有現在，我爲什麼這樣找到你身上來，渴望着你呢？（我已在這裏拋了五天的錨。）爲什麼所有這些日子呢？因爲我要把話對你一個人說出來，因爲這是必須的，因爲你是我所需要的，因爲明天我要從雲端裏飛，因爲明天生活即將完結，而且開始。你經歷到，夢見到從山上落入深坑裏的情景麼？現在我並不是在夢中飛。我不怕，你也不必怕。其實我是怕的，但是我心裏很甜。其實並不是甜，而是歡欣……鬼，無論用什麼事。那都是一樣的。強烈的精神，軟弱的精神，女人的精神，——無論什麼都可以！我們來讚美自然：你瞧，太陽多少好，天多少清朗，樹葉多少綠，完全還是夏天，下午四點鐘，萬籟皆靜！你往那裏去！」

「我到父親那裏去，還想先到卡德鄰納．伊凡諾夫納那裏去走一下。」

「到她那裏，還到父親那裏！噢！眞是巧極了！我是爲了什麼事情喚你，爲了什麼事情

希望你來，爲了什麼事情在心靈的灣深處，甚至從肋骨裏渴望着你呢？就爲是想打發你到父親那裏去，以後再到她那裏去，卡德鄰納·伊凡諾夫納那裏去，就此同她，同父親了結清楚。打發一個安琪兒去。我本可以派任何人去，但是我必須要派安琪兒去。恰巧你自己也要找她，還要到父親那裏去。」

「你果眞想派我去麽？」——阿萊莎脫口說出來，露着病態的臉色。

「等着，你是知道這個的。我看見你一下子全都明白了。但是你不要作聲，暫時不要作聲。不要憐惜，也不要哭！」

特米脫里，費道洛維奇立起來，凝想了一下，手指附在額上：

「她自己喚你去，自己給你寫了一封信，或是別的什麽東西，因此你纔到她那裏去，否則，你難道會去麽。」

「你瞧那張紙條，」——阿萊莎從口袋裏掏出來。米卡很快地讀了一下。

「你竟抄小路前去！唉！上帝呀！謝謝您，因爲您把他領到小路上去，他纔落到我的手裏，像在故事裏一條金魚落到傻漁翁的手裏似的。阿萊莎，你聽着，兄弟，你聽着。現在我打算把一切都說出來。因爲總要對什麽人說出來的。我已經對天上的安琪兒說過，也應該對地上的安琪兒說一說。你是地上的安琪兒。你傾聽一下，考慮一下，你總會寬恕的……我就是要使比我高超些的人寬恕我。你聽着：假使有兩人忽然離開了塵世的一切，將飛到不尋常的境界裏去，或者至少內中有一個人在這以前，就是在飛走或滅亡的時候，到另一個人那裏去，說道：你替我做了這樁，那樁事情罷，這樁事是永遠沒有請求過任何人去做，而惟有在垂死的時候纔可以請求的，——那末難道那個人會不去履行……假使他是好友，他是弟兄？」

「我可以履行的。但是請你說，那是什麼事情？快說，」——阿萊莎說。

「快說……唔。你不必忙，阿萊莎：你忙得很，你心裏不安。現在你不必那樣忙。現在世界轉到新的方面上去了。唉，阿萊莎，眞可惜，你不能理解歡欣！但是叫我對他說什麼呢？那是你沒有理解到！我這傻瓜，我說的是：

「你應正直，人呀！」

這是誰的詩句？」

阿萊莎決定等候。他明白他的一切事情也許現在確乎就在這裏。米卡沉思了一下，手肘靠在椅上，頭落在手掌上。兩人都沉默着。

「阿萊莎，」——米卡說，——「惟有你一個人不致于發笑！我想開始……我的悔懺……

……從席列的『向快樂的頌讚：「Au die Freude! 但是我不懂德文，祇知道 Au die Freude! 你不要以爲我是酒後亂談。我沒有醉。白蘭地確乎是白蘭地，但是我必須喝兩瓶，纔能醉，——

　　面頰紅潤的雪蓮，

　　　騎在顛躓的馬上。

然而我沒有喝完小半瓶酒，所以不是雪蓮。我不是雪蓮，卻是有力，※因爲我作了一勞永逸的決定。請你恕我說了這個雙關話，你今天應該寬恕我許多事情，還不止雙關話一樣。你不要着急，我不會拖延時間，我說的是事情，現在立刻轉到正事上去。我決不使你掛念。你等一等，那一首詩……」

他抬頭凝想，忽然歡欣地起始了：

「畏葸，赤裸，野蠻的人猿，

　躲藏在岩石的洞穴裏，

　游牧民族在曠野裏馳騁，

※雪蓮 Silen 古希臘酒神名。俄文中 Silen 倘可作「有力」解。

使豐腴的田地荒蕪，
捕獸者持着弓劍刀槍，
恐怖地在林中奔馳……
可憐的是被波浪拋擲到
無歸宿的岸傍的人們！

從奧林比克的山巔，
母親采萊拉走了下來，
尋覓被搶走的女兒博洛賽賓：
野蠻的世界橫臥在她前面，
既無宿所，
復少佳肴，
更沒有廟宇
證明人們的虔信上帝。

田地的果實和甜蜜的葡萄，
未在筵席上閃耀；
僅有軀體的遺骸，

在祭壇上冒煙。
朵萊拉悲切的眼光，
無論向何處望去，
到處看見人們
在深沉的屈辱之中。」

嗚咽忽然從米卡的胸前迸出，他抓住了阿萊莎的手。

「好友，好友，在屈辱之中，現在就在屈辱之中，世界上受苦的人是太多了，所遭的火難太多了，你不要以爲我祇是穿着軍官制服的禽獸，終日飲酒荒淫。老弟，我差不多儘想這個，儘想這受屈辱的人，並不是說謊話。我可以向上帝禱告，現在我不是扯謊，也不是自己誇獎。我想這人，因爲我自己就是這樣的人。

「人的靈魂可以
從低卑中升起，
同古代的大地母親
作永遠的結合。」

但是問題是叫我如何同大地作永遠結合？我不吻地，不剖劈它的胸；叫我做農人或牧童，是不是？我在世上行走，不知道是落進污穢和恥辱裏或是光明和快樂中。眞是十分糟糕，因爲世上的一切全是一個謎！逢到我陷入最深的荒淫的恥辱裏的時候（我是祇會逢到這類的情事的，）我永遠讀這兩首關於柔萊拉和關於人的詩。它能使我改善麼？永遠不能！因爲我是卡拉馬助夫。因爲我假使躍入深淵，就是那樣頭朝地，脚朝天，一直下去，那末我甚至將因爲墮落得這樣可恥而感到滿足，而在自己方面還把它當作美麗的事。）就在這個恥辱裏我忽然起始唱讚美詩。即使我是可呪詈的，即使我下賤而低卑，即使我吻我的上帝所穿的袈裟的邊緣；即使我同時追隨着魔鬼，然而上帝呀，我到底是你的兒子，而且愛你，還感到快樂，沒有這世界是不能站立的。

『永久的快樂煦育
上帝創造的靈魂，
藉着騰沸的祕密的力量，
熾燃生命的酒杯；
將小草招向光明，
渾沌變爲煦陽，
充滿廣闊的天空，

在星占家的視線以外。
在親藹的大自然的懷抱中，
有呼吸的一切全啜飲快樂；
一切生物，一切民族，
被它牽引在後面；
給予我們在不幸中的良友
葡萄汁和花冠，
給昆蟲們色慾……
給安琪兒上帝的尊容。」

但是詩已經够了！我流着眼淚，你讓我哭一下罷。即使這是愚蠢，爲大家所訕笑，然而你是不會的。你的眼睛在燃燒着。詩已經够了。我現在想對你說幾句關於『昆蟲』的話，就是關於上帝賦與色慾的『昆蟲。』

「給昆蟲們色慾……」

老弟，我就是那隻昆蟲，這話是特地對我講的。我們卡拉馬助夫全是這樣的，就是在你這安琪兒的身上也住着這條昆蟲，在你的血裏興風作浪。這真是暴風雨，因爲色慾就是暴風雨，比暴風雨還利害！美是一件可怕的東西！可怕是因爲無從決定，而且也不能決定，因爲上帝設下了一些謎。在這裏，兩岸可以合攏，一切矛盾可以同時生存。老弟，我沒有什麼學問，但是我對於這些事情想得很多。祕密是太多了！有太多的謎壓迫地上的人。你儘你所知，加以解答，從渾水裏乾乾地爬出來。美！我不能忍受，使一個心地甚至高尚，具有絕頂智慧的人從聖母瑪利亞的理想始，而以騷唐姆城（Sodom）的理想終。至於心靈裏具有騷唐姆城的理想而不否認聖母瑪利亞的理想的人更加可怕，爲了這理想，他的心燃燒，眞正地燃燒，像幼年無邪的時代一般。不，人是寬闊的，甚至太寬闊了，我想弄狹窄一下。鬼知道，究竟是怎麼會事，眞是的！凡是在智性內認爲恥辱的，在心裏意想到的是一片的美。美是不是在騷唐姆之中？你須相信，在大多數人方面它是坐在騷唐姆之中的。你知道不知道這個祕密？可怕的是美不僅是可怕，而且還是神祕的東西。在這裏，魔與神相爭而人心成爲戰場。誰的心裏痛，就要說出來。你聽着，現在讓我們轉到正文上去。」

第四章　熱心的懺悔（故事）

「我在那裏度着荒唐的生活。爾總父親說我化幾千盧布，勾引女人。這是一個卑賤的空想，永遠沒有過的，卽使有，根本對於『這個事情』是不用金錢的。我的錢是附屬品，心靈的充溢，佈景。今天她是我的意中人，明天有一個街頭的妓女代替了她的位置。我對於這兩位全要博得歡心，扔擲大把金錢，鬧酒，音樂，吉卜賽女人。在必要的時候，我也給她們錢，因爲她們是要錢的，貪婪地要錢，這是應該說老實話的，她們當時很滿足，很感激。女太太們愛我，並不全是的，但是偶而有之，偶而有之，我永遠喜歡小胡同，僻靜深黑的里弄，在廣場的後面，——那裏有奇遇，那裏有出乎意料的事情，那裏有落在汚泥裏的寶石。老弟，我說話愛帶譬喻。在我們小城裏，這類胡同物質的沒有，而精神的是有的。如果你是我，你會明白這是什麼意思。我愛淫蕩，也愛淫蕩的恥辱。我愛殘忍；難道我不是臭蟲，不是惡蟲麼？實在是一個卡拉馬助夫！有一次，我們許多人坐了七輛三套馬車到郊外野餐，冬天，在雪撬上，我在黑暗裏握住一隻鄰座女郎的手，強迫這女郎接吻，一個官員的女兒，可憐的，可愛的，溫馴的，靜淑的女郎。在黑暗裏她許我，她許我做許多事。我想明天就去找她，向她求婚，（主要地講，人家是把我當作未婚夫看待的；）可是以後我和她一句話也沒有講，五個月內一句話也沒有。我看見，在跳舞的時候，（我們是時常跳舞的，）她的眼睛在廳堂的角落裏釘看着我，看見她的眼睛發光，——發出溫和的，憤怒的火光。這種游戲祇是給我在自己身上蓄養着的昆蟲的淫慾逗趣而已。五月以後，她嫁給一個官吏，離開那個地方……一面生氣，一面也許還在愛。現在他們度着幸福的生活。你要注意，我對誰也沒有說，一點也不誇嘴；我的慾望固然低卑，我也愛低卑，但是我不是不顧名譽的。你臉紅，你的眼睛發光。這種醜行對於你是够了。這不過還祇是Paul de Cock式的花朵，雖然殘忍的昆蟲已經在心靈裏生長，已經開展了出來。老弟，這裏是整冊的回憶。願上帝賜予這些可愛的人兒以健康。我在斷絕關係的時候，不愛爭論。我永遠不洩漏，永遠不誇任何一個女人。但是够了。莫非你以爲我祇是爲了這一點屁事叫你來的麼？不是的，我要對你講一些有趣的事情；但是你不必驚訝我不但不對你懷羞，甚至還好像喜歡。

『這是因爲我臉紅，你纔說的，』——阿萊莎忽然說，——『我並非爲了你的話語而臉紅，却因爲我是和你一樣的。』

『你麼？你這灣子轉得有點遠了。』

『不，不遠，』——阿萊莎熱烈地說，（顯然這念頭早就在他心裏生出來了。）——『

一樣的階段。我在最下一層，而你在上面，第十三層階段。我對於這事情這樣看法，但這是一樣的，完全相類的東西。人一踏上了最低的階段，一定會升到上面的階梯上面。」

「如果完全不踏上去呢？」

「有的人可以完全不踏上去。」

「你能麼？」

「大概不能。」

「不要說，阿萊莎，不要說，可愛的人，我願意吻你手，是由于感動而來的。那個壞蛋格魯申卡很會識人，有一次對我說，她將會把你吞食下去……我不說下去，我不說下去！從那敗行，從那被蒼蠅繁殖的田地上，讓我們轉到我的悲劇上去，也是被蒼蠅繁殖，那就是充塞一切下賤行爲的田地上去。事實是因爲老頭子雖然造了勾引良家婦女的謠言，實際上，在我的悲劇裏，這是實在有的，雖然祇有一次，而且那一次也並沒有成立。老頭子弄些莫須有的事責備我，却並不知道這件事情；我從來不對任何人說的，現在我對你第一個人說出來，自然伊凡是除外的，伊凡知道了一切。他早就知道了。然而伊凡是墳墓麼？」

「伊凡是墳墓麼？」

「是的。」

阿萊莎異常注意地聽着。

「我在一個鐵路線上的旅部裏雖然充當副官，但是好像受人家的監督，和充軍的人相彷。我受到這小城極好的接待。我擲去許多錢，大家相信我有錢，我自己也相信。然而我也許還有什麼別的一點得到他們的歡心。雖然祇是點點頭，確都愛我。我的中校，已經是一個老人，忽然不愛起我來。他儘捉我的錯頭；但是因爲我熟人很多，而且整個城市都站在我的一方面，所以也不能捉出什麼錯頭來。我也是自己錯，自己故意沒有對他表示相當的敬意。我驕傲起來。這個老頑固是一個皮氣很不壞，而且善意的好客的人。他曾娶過兩位太太，兩位都死了。第一位太太是普通人家出身，留下一個也是普通的女兒。她已經有二十四五歲，和父親，姨母，她的去世母親的妹子，同住。這姨母是不言不語的平凡，而姪女，中校的長女，——却是精神活潑的平凡。我在回憶的時候喜歡說好話：像這位女郎那樣性格優雅的女性，我是從來沒有看到的，她名叫阿格菲亞，伊凡諾夫納。她相貌並不壞，合俄國人的口味，——身高，健壯，肥滿，眼睛美麗，臉似乎有點粗糙。她沒有出嫁，雖然有兩家求婚，她加以拒絕，也沒有因此喪失快樂。我和她投合上了，——並不是那個樣子，却是純潔的，友誼的。我是時常和女人們完全無邪惡地，友誼地投合着的。我同她胡亂談些坦白的事情，她惟有嘻嘻地笑。許多女人喜歡坦白的話語，你應該注意這點，況且她又是一個女郎，所以使我很快樂。還有的是無論如何不能稱她做未出閣的小姐。她和她姨母住在父母家裏，好像甘願陪低自己，不和別的社會處于同等地位。大家愛她，需要她，因爲她是一個有名的女裁縫：她有才幹，替人家幫忙不要錢，爲了交情起見，但是人家送她禮物的時候，——她並不拒却接受。中校呢，——那就不同了！中校是我們這裏第一流人物。他的生活十分闊綽，招待整城的客人，晚餐，跳舞。在我來到那裏，進入旅部的時候，滿城都在議論，說中校的次女快將從京城裏來到。她是美人中選出來的最美的女人。剛在京城裏某貴族女校畢業。這位次女就是卡德隣納·伊凡諾夫納，是中校的第二位夫人養的。第二位夫人也已去世，出身有名望的，某將軍的大家庭內，雖然我確切知道，她也沒有給中校帶來銀錢。那就是說，她有貴親，也就完了；或者還可以有點希望，至於現款是沒有的。在那個女學生回來以後，（她是來做客，不會永遠住的，）我們的小城好像煥然一新，最高貴的女太太們，——兩位將軍夫人，一位上校夫人，還有她們以下的一般人全都參加在內，捧起她來，開始快樂的節目，舞后，野餐，還扮演活畫，替某保姆們籌款。我一聲不響，我祇管鬧酒，並且當時做了一件事情，使全城的人議論紛紛。我看見她有一次對我釘了一眼，那是在砲兵團長家裏，但是我當時不走近前去；意思是我不在乎結識她。過了幾天，我才走到她面前去，也是在晚會上，我當時同她搭談，她佯佯地看了一眼，翹起輕蔑的嘴脣，我心想，你等一等，讓我報仇！在當時許多事例上，我是一個粗野的傢伙；自己也感到這個。主要地是感到「卡欽卡」並不是天眞爛漫的什麼女學生，却是有性格的，驕傲的，實際上有品德的人，此外她還有聰明和學問，而我什麼都沒有。你以爲，我想求婚麼？一點也不。祇是爲了我是這樣好漢，而她並不感到，想加以報復。我當時還是酗酒，胡鬧。中校後來把我監禁了三天。在那時候，父母恰巧寄來了六千盧布，隨後我給他寄去以後一切無份的字據，意思是說我們已經「算淸了賬，」我不得再有什麼要求。我當時一點也不明白；老弟，我在回到這裏來以前，甚至到現在最後的日子爲止，甚至也許到今天爲止，我一點也沒有明白我同父親在銀錢上有什麼爭論之處。但是這不去管它，這個以後再說。當時在我收到了六千塊錢以後，我忽然從朋友給我的一封信上預先知悉一種對於自己有趣的事情。那就是上邊不滿意我們的中校，疑心他有不法行爲，總而言之，他的仇敵們給他預備下了冷箭。後來師長親自駕到，大大地吼罵了一頓。過了一會，命令他自行辭職。我不來對你細講這事是如何發生的，他確乎有些仇敵，祇是忽然城裏面對他和他的全家十分冷淡起來，大家忽然好像轉背過來。到那時候我的第一齣把戲來了：我遇見了永遠保持友誼的阿格菲亞・伊凡諾夫納，對她說：「令尊大人那裏短了四千五百盧布。」「您這是什麼意思？爲什麼？將軍新近來過，一點也沒有短……」「那時是有的，現在却沒有了。」她異常懼怕：「請您不要嚇唬我，您聽誰說的？」我說：「您不要着急，我對誰也不說，您知道對於這類事情我就像墳墓一樣，我還想補說一句，以備『萬一』；在令尊大人需要四千五百盧布，而他恰巧拿不出來的時候，假使送交法庭，後來還要在老年時降作小卒，還不如把你們那位女學生祕密地給我送來，我恰好收到了匯款，也許可以分給她四千盧布，神聖地保守祕密。』她說：『您眞是惡棍！（她就那樣說，）……您眞是狠心的惡棍！您怎樣敢說這話！』她異常憤激地走了，我還朝她背後呼喊，說要神聖而且牢不可破地保持祕密。這兩個女人，那就是阿格菲亞．伊凡諾夫納和她的姨母，我預先說一句，在這段歷史裏確是純碎的安琪兒，眞誠地崇拜這位驕傲的妹子卡德隣納，在她面前自行低聲下氣，充當她的女僕……祇要阿格菲亞當時把這把戲，那就是我們的談話，對她轉過去就好了。我以後全都一五一十，打聽了出來。她沒有隱瞞，我呢，自然就是需要這樣。

一位新的少校忽然前來接收旅部。開始辦理交代。老中校忽然害了病，不能動，在家裏坐了兩晝夜，沒有交出公款。我們的醫生克拉夫欽國說他確乎有病。惟有我知道內中一切的祕密，而且早就知道了：那筆款子，在上司查過賬以後，就暫告失蹤。（四年以來，每年如此。）中校把這款子借給一個靠得住的人，我們的商人，老鰥夫，脫里福諸夫，戴金眼鏡，蓄大鬍子。他到市集上去，做些他認爲需要的生意，立刻把款子完整地交還中校，同時從市集上帶來了禮物，隨着禮物還加上利息。惟有這一次，（我當時是從脫里福諸夫的兒子和承繼人，流誕的青年，世上少見的荒唐透頂的男孩那裏，完全偶然聽來的。）僅有這一次，脫里福諾夫從市集上回來的時候，一點也沒有還。中校跑到他那裏去，得來的回答是：——『我從來沒有收到您什麼錢，而且也不能收到。』於是我們的中校祇好坐在家裏，頭上紮着手巾，她們三個人忙着把冰按在他的頭頂上面。忽然傳令兵送來一本簿子和命令：『限即刻，二小時內，交出公款。』他簽了字，以後我看見本子上的簽字，——立起身來，說去改換軍服，跑進臥室，拿起雙統的獵槍，裝上火藥，插進子彈，右腳脫去靴子，槍按在胸前，腳起始尋覓引發機。阿格菲亞當時起了疑心，記住了我當時的話語，躡足進來，恰巧看到了這情形：她闖了進來，從後面奔到他身上，擁抱了他，子彈朝上面天花板上射出了。誰也沒有受傷。其餘的人們跑進來，抓住他，奪去了槍，拉住他的手……這一切情形我詳詳細細地聽了出來。我當時坐在家中，黃昏的時候，剛剛想出去，穿上衣服，梳好頭髮，手絹灑了香水，拿起制帽，忽然門一開——站在我面前的，在我的寓所裏的是卡德隣納·伊凡諾夫納。

『也真有些奇怪的事情：街上當時沒有人看到她溜進我的屋裏來，所以城裏面一點也沒有漏出什麼來。我向兩個古老婆婆，官員的夫人，租下了寓所，她們帶着侍候我，那兩個女人態度很恭謙，一切聽我的話，遵照我的命令，一句話也不響，像鐵柱一般。我自然當時明瞭了一切。她走了進來，一直向我釘看，黑暗的眼睛露出堅決的態度，甚至帶着挑釁的樣子，但是嘴唇上和嘴唇附近，我看出不堅決來。

「姊姊對我說，您可以借四千五百盧布，假使我來取……我自己到您這裏來。我來了……您給我錢罷！……」她按耐不住，喘着氣，害怕了，嗓音中斷了，唇角和唇邊的紋線抖索了。阿萊莎，你聽到沒有？不是睡覺麼？」

「米卡，我知道你會說出全部實話來的，」——阿萊莎慌急地開口說。

「我就是在那裏說實話。既然要照所發生的全部事實原原本本地說出實話來，那末我是不會寬恕自己的。第一個念頭是卡拉馬助夫式的。老弟，有一次一隻蜈蚣把我咬了，我有兩星期發燒躺在牀上；現在忽然從心裏聽見有一隻蜈蚣在釘咬着，那隻惡蟲，你明白麼，我的眼睛把她忖量了一下。你看見過她麼？她真是一個美人。當時她的美不在那個上面。當時她的美，美在她高貴而我低賤，她為父犧牲，顯出寬仁的偉大，而我是一隻跳虱。現在，她的整個身體，全由我這跳虱和惡棍加以打發，整個的她，攏統的一切，精神和肉體。她是被包圍住的了。我對你直說：這念頭，蜈蚣的念頭，佔據了我的心，使它幾乎苦惱得暈厥。似乎不應該再發生什麼鬥爭：就像跳虱，像大毒蜘蛛一般做去，不加任何的憐憫。……我的呼吸甚至窒抑了。你要知道：我也許明天就會到他們家去求婚，為了使這一切取到所謂最妙的結局，那末便沒有人知道，也不會知道這事的了。因為我這人雖然具有低卑慾望，卻十分誠實。在那個剎那間忽然有人朝我的耳朵上微語：「到了明天，等到你去求婚的時候，這個女人決不會出來見你，將吩咐馬夫把你從院子裏推趕出去。意思是你到全城去誇嘴罷，我不怕你！」我望了女郎一眼，我的聲音沒有扯謊：自然是這個樣子。人家會把我趕出去，照現在的臉上就可以判斷的。我的心裏沸騰着惡意，想玩出一個下賤的，小豬樣子的，商人的把戲來：嘲笑地看她一眼，照着惟有商人才會說的口吻罵她一頓：

「那是四千塊錢！那是我開玩笑。您這是怎麼啦？太容易相信了，小姐。二百塊錢，我也許很願意給您，至於四千盧布，那不是可以輕易扔擲到這種輕浮事情上去的。您白白地勞步了一趟。」

你瞧，那時候我自然將喪失一切，她一定會跑出去。但是這將成爲獰惡的復仇。一切其餘的事全是應得的。以後我將一輩子懺悔不盡，祇要現在我做出了這個把戲，你信不信！我同任何一個女人。同無論那一位都永遠不會發生這類使我在這時候看到她帶着怨恨的情形的，——我可以用十字架賭誓：我當時懷着可怕的仇恨，看了她三秒鐘，或五秒鐘，——那種仇恨，從它到愛，到最瘋狂的愛，——其間祇隔着一根頭髮！我走近窗傍，額角按在凝凍的玻璃上面，我記得冰像火一般燒炙我的額角。我沒有久留住，你不要着急，我當時回轉身來，走到棹傍，打開抽屜，取出一張票額五千的，五厘的，不記名的鈔券，（在我的一本法文字典裏放着。）隨後默默地給她看了一下，摺好了，交給她，自己替她開外屋的門，倒退一步，對她作一個極恭敬的，極深刻的鞠躬，一直鞠到腰際。你相信不相信！她全身抖索了一下，凝神地看望了一秒鐘，面色極度慘白，像棹毯一樣，忽然一句話也不說，並不是匆遽地，却是柔軟地，深深地，輕輕地，全身灣下去，一直倒在我的脚前，——額角撞地，不是照女學生的式樣，却是照俄羅斯的樣子！她跳起身來，跑走了。她跑出去的時候，我佩着劍；我抽出劍來，正想立刻刺殺自己，爲了什麼——我不知道，自然是極愚蠢的事，但是大概由于歡欣。你明白不明白，人可以爲了一些歡欣而自殺；然而我並沒有自行刺殺，衹是吻了劍一下，又把它插進鞘裏，——這話本來也可以不對你提的。剛纔我講述這一切鬥爭的時候，大概有點煊上彩色，爲了自誇自。但是隨它去罷，隨它去罷，管它娘的什麼人心的偵探。這就是我同卡德隣納·伊凡諾夫納過去的一段「故事。」現在伊凡哥哥知道這件事情，——還有你知道，——別的沒有什麼了！」

特米脫里·費道洛維奇立起身來，驚慌地跨了一步，又一步，掏出手絹，擦乾額上的汗，後來又坐下來，但是沒有坐在原來坐的地方，却在另一個地方，對牆的一隻長凳上面，使得阿萊莎不能不完全轉身到他的方向那裏去。

第五章　熱心的懺悔（『脚跟朝上』）

「現在，——阿萊莎說，」——「我這件事情的前半段已經知道了。」

「前半段你瞭解：那是一齣戲劇，發生在那邊。後半段是悲劇，發生在此地。」

「後半段的情節我至今一點也不明白，」——阿萊莎說。

「我呢？我難道明白麼？」

「等着，特米脫里，這裏有一句主要的話。請你對我說：你是未婚夫，現在還是未婚夫麼？」

「我並不當時就成爲未婚夫，祇在那件事情發生以後，過了三個月的時候。這件事發生後第二天，我自己對自己說，這個故事已經了結，不會繼續下去的了。我覺得前去求婚是下賤的事。而且她的一方面也有六個星期住在我們城裏，——一句話也沒有響。固然祇有一件事情除外：在她拜訪以後的第二天，她家的女僕溜到我這裏來，一言不發，遞來一封信。信上地址寫：某某君收。一打開來，——五千盧布一張鈔票的找零。一共應該是四千五百，賣去那張鈔票貼水損失二百幾十盧布。她一共送還二百六十盧布，大概是的，我不大記得了，裏面祇有錢，——沒有信，沒有一句話，沒有一點解釋。我在信封裏尋覓鉛筆的一點記號——一點也沒有！我暫時祇好用我的餘下的錢鬧酒，終于使新的少校不能不對我下申斥令。至於中校却順順當當地將公款交了出來，使大家吃了一驚。因爲誰也沒有料到他的錢會如此完整。交出以後，就生了病，躺下來，睡了三星期，後來忽然發生了腦筋的軟化，五天後就死了。大家用軍隊的儀節葬他，因爲他還來不及請准辭職。卡德隣納·伊凡諾夫納，還有她的姊姊和姨母，剛葬好了父親，十天以後就動身到莫斯科去了。祇是在臨動身以前，她們走的當天，（我沒有見她們，也沒有送她們，）我才接到一封小小的，藍色的信，一張絹紙，上面祇有鉛筆寫的一行字：『我將和您通訊，請等候着。K』就祇如此而已。

我現在對你解釋兩句話。到了莫斯科，她們的事情轉變到像閃電一般的快，像阿拉伯故事一般的突然。那位將軍夫人，她的近親，忽然一下子喪失了兩個她的最近的繼承人，兩個最近的姪女，——兩人在同一星期內出天花死去。受了震動的老婦看見卡嘉，喜歡得像親生女兒，像救星，立刻拉住她，把遺囑轉到她的名下，但這是以後的事情，現在先一下子給了八萬現款，說這是給你的嫁粧，你隨便怎樣去處分罷。她是一個歇司底里的女人，我以後在莫斯科看見她過的。當時我忽然從郵政局接到四千五百盧布，自然十分驚疑，而且奇怪得話也說不出來。過了三天，收到那封預行約定的信。這封信現在還在我這裏，我永遠帶在身邊，死也帶着牠，——要不要給你看。你一定要讀一下子：她提議做我的未婚妻，自己提出來。她說：「我瘋狂地愛您，即使您不愛我，——那是一樣的，祇要您做我的丈夫好了。您不必害怕，——我決不使你受到拘束，我要做您的傢具，做您踏腳的地毯……願意永遠愛你，願意救您自己』……阿萊涉，這幾行字我是甚至不配用我的低賤的話語和我的低賤的音調加以複述的，——我永遠發出那種低賤的音調，我是永遠改不掉的！這封信到現在還刺我的心，難道我現在心裏輕鬆麼？難道我今天心裏輕鬆麼？我當時給她寫了回信，（我怎麼也不能親身到莫斯科去。）我用眼淚寫這封信。惟有一樁覺得慚愧的：我提起說她現在有錢，還有嫁貲，而我祇是一個驕傲的乞丐，我居然提起了金錢，我應該自己忍住，但是筆端上滑了出來。我當時立刻給在莫斯科的伊凡寫信，盡可能的範圍內對他解釋一切，一封信寫了六張紙，是打發伊凡到她那裏去。你瞧我做什麼？爲什麼這樣瞧？是的，伊凡愛上了她，現在還愛，我是知道的，據你們看來，據世俗的見解，我做了蠢事。但是也許這蠢事現在却救了我們大家！你難道沒有看見，她如何尊敬他，如何看重他麼！她把我們兩人一加比較，尤其是在這裏發生了一切事情以後，難道還能愛像我這樣的人麼？』

「但是我相信她愛的是像你這樣的人，而不是像他這樣的人。」

「她愛自己的德性，而不是我，」——特米脫里・費道洛維奇忽然不由自主地，却近乎惡狠地脫口說出來。他笑了，但是過了一秒鐘，他的眼睛閃耀，他滿臉通紅，拳頭用力叩擊桌子。

「我賭誓，阿萊莎，」——他帶着可怕的，誠懇的，對自己的怒氣喊道，——「信不信由你，但是上帝是神聖的，基督是神，我敢賭誓我雖然現在嘲笑她的高尙的情感，然而我知道我在心靈上比她低賤幾百萬倍，她的高尙的情感是天神般的誠懇！悲劇就在于我確實知道這個。人帶點誇示，那有什麼關係呢：難道我不誇示麼？要知道我是誠懇的，誠懇的。至於伊凡，我也明白他現在對於人性是看得如何的詛詈，尤其因爲他具有如何的聰明！看重了那一個人？看重的是一個惡人，在這裏，已經當了未婚夫的時候，在衆目窺伺之下，還不能止住淫慾的行爲，——這居然當着未婚妻，當着未婚妻！像我這樣的人居然被看中了，而他却遭到拒絕。爲了什麼？就爲了一個姑娘由于感恩而願意強姦自己的生命和命運！離奇極了！這樣的意思我從來沒有對伊凡說過，伊凡也自然沒有對我說過一句話，作過一點暗示；但是運命會決定一切，有價值的人將立到相當的地位上去，而卑賤的人將永遠隱進胡同裏面，——汚穢的胡同裏面，他心愛的，並且應得的胡同裏面，就在那汚穢與臭氣中，自甘情願而且愉快地喪失他的生命。我說了些愚蠢的話，我的話語全都用得陳舊，好像任意地，胡亂地說出，但是我所決定的就是那樣。我將在胡同裏淹沒，而她將嫁給伊凡。」

「哥哥，等一等，」——阿萊莎又懷着過度的不安打斷着。——「這上面到底有一樁事情你至今沒有對我解釋清楚。你是未婚夫，到底你是不是未婚夫？既然未婚妻不願意，那你怎麼可以解除婚約呢？」

「我是形式上的，受過祝福的未婚妻，這事發生在莫斯科，我到了那裏去以後，當時禮節隆重，還用神像，形式是很好看的。將軍夫人祝着福，甚至給卡嘉道賀。她說，你選得很好，我看透了他。你信不信，她並不愛伊凡，也不向他道賀。我在莫斯科同卡嘉談了許多次，我把我自己向她描寫，老老實實地，確切地，誠懇地。她傾聽了一切：

「那裏有親密的自承，

溫柔的言語……」

但是也有驕傲的話語。她當時强迫我作改過自新的極大的誓約。我給了這誓約。現在……

……」

「怎麼樣呢？」

「現在我喚你來，今天我把你拉過來，今天的日子，——你要記住！——爲了想打發你去，今天就去，找卡德鄰納．伊凡諾夫納，並且……」

「怎麼樣？」

「並且對她說，我再也不到她家去，和她告別。」

「難道這是可能的麼？」

「我所以派你去，而不自己去，就是因爲不可能，否則，我不會自己對她說麼？」

「那末你到那兒去呢？」

「到胡同裏去。」

「那就是說到格魯申卡那裏去！」——阿萊莎悲慘地喊，攏着雙手，——「難道拉基金果眞說的是實話麼？我以爲你祇是到她那裏去走動走動，就完了。」

「未婚夫應該走動的麼？當着這樣的未婚妻，還當着大衆的眼前，難道這是可能的麼？我也有良心的。我一到格魯申卡家去走動，當時我就不成爲未婚夫和誠實的人，我是很明白的。你看我做什麼？你知道，我最先是想去打她的。我打聽出來，而且現在已經確實知道，那個上尉，父親的代理人，曾把我的借據轉給格魯申卡，讓她出面追索，那樣子我就可以安靜地了結。他們想嚇唬我一下。我跑去打格魯申卡。我以前曾瞧見過她一次。她沒有使人吃驚的地方。我也知道那個商人又老又病，軟洋洋地躺在牀上，將來會留給她一大堆的資產。我也知道她愛賺錢，吃人們的血，重利盤剝，是一個毫無憐憫心的騙子。我跑去打她，却留在她那裏了。雷雨大作，鼠疫傳襲，從此我受了傳染，我知道一切都已完結，我永遠不會再有別的出路。時代的循環已經完成。這就是我的情形。當時好像故意似的，我的口袋裏，一個窮人的口袋裏，忽然發現了三千盧布。我就同她到莫克洛葉去，離這裏有二十五俄里，招來了吉卜賽女人，香檳酒，請所有的農人，所有村婦，村女，喝香檳酒，那幾千盧布施展出威力來了。過了三天，我光了身子，却成爲一個英雄。你以爲英雄達到什麼目的了麼？她甚至一點也不露出什麼形相來。我對你說：那是爲了曲線。那個壞蛋格魯申卡身上有一種曲線，這曲線在她的腿上也描劃了出來，甚至在左脚的小指上也影響到了。我看到了，就接吻，祇是如此——我敢賭誓的！她說：『如果你願意，我可以嫁給你。你要知道你是窮人。你如果肯不打我，許我做我願意做的事，那時候我也許會嫁給你。』——說着，笑了。現在還笑着！」

特米脫里·費道洛維奇幾乎帶着瘋狂的樣子，立起身來，忽然好像喝醉了酒。他的眼睛突然充滿了血絲。

『你果眞打算娶她麼？』

『祇要她樂意，我立刻娶她；如果不願意，我也要留在那裏；做她家的看院人。你……你……阿萊沙……』——他忽然站在他面前，抓住他的肩膀，起始忽然用力搖撼他，——『你知道不知道，你這天眞爛漫的孩子，這一切全是譫語，無意義的譫語，因爲這是一齣悲劇！你要知道，阿萊克謝意，我可以做低賤的人，具有低賤的潰滅的慾望，却不能做賊，小偷，挖人家口袋，溜進人家前屋的小偷，我特米脫里·卡拉馬助夫是不能做的。但是現在你要知道，我已經是一個賊，挖人家口袋，溜進人家前屋的小偷！恰巧在我跑去打格魯申卡以前，卡德鄰納·伊凡諾夫納在那天早晨叫我去，持着極深的祕密，讓任何人也不知道，（爲了什麼緣故，我不知道，顯然她自有原因，）請我到省城裏去，從郵局匯寄莫斯科三千盧布，匯給阿格非亞·伊凡諾夫納，所以要到省城裏去，就爲了不讓此地的人知曉這事。我當時口袋裏放着這三千盧布，就到了格魯申卡家裏，就拿着這錢到莫克洛葉去了。以後我裝做已到過省城去的樣子，却沒有把郵局收條交給她，祇說錢已經匯出，收據就送來，至今沒有送，是忘記了。現在，你看怎麼樣，你今天就去，對她說：「他吩咐和您告別，」她得問你：「錢呢？」你不妨對他說：他是下賤的色鬼，是有克制不住的情感的卑鄙的東西。他當時並沒有匯錢出去，却把它侵用了，因爲他是一個低卑的禽獸，不能克制自己，同時你還可以補上去：然而他不是賊，這裏是三千盧布，他叫我送還給您，您自己匯給訶格非亞·伊凡諾夫納就是了，而他自己請和您從此告別。但是那時候她忽然說：「錢呢？」

「米卡，你是不幸的人！但並不像你所想的那個樣子，——你不要失望到死路上去！」

「你以爲，我還不出三千塊錢，便會自殺麼？事實是我決不會自殺。現在沒有這個力量，以後也許，現在我要到格魯申卡那裏去……我不能管那些事情了！」

「到她那裏做什麼？」

「做她的丈夫，我够得上這個丈夫的資格。祇要有情人一到，我會到別間屋裏去。我會替她的朋友們洗髒套鞋，生火爐，被差遣出去辦事……」

「卡德鄰納．伊凡諸夫納會明瞭一切的，」——阿萊莎忽然矜持地說，——「她會明瞭這一切憂愁的深刻，而加以寬恕的。她具有高尙的智慧，因爲她自已會看出，再也沒有比你不幸的了。」

「她完全不會寬恕的，」——米卡露出牙齒笑了，——「老弟，有一點是任何女人都不能寬恕的。你知道，最好應該怎樣辦呢？」

「什麼？」

「還給她三千塊錢。」

「從那裏去弄來呢？你聽着，我有兩千塊錢．伊凡也可以拿出一千，一共三千，你拿去還了罷。」

「你這三千塊錢，什麼時候可以取到呢！再加上你還是未成年人，一定必須，一定必須使你今天就去對她傳話，不管有錢沒有錢，因爲我再也不能延下去，事情已到了頂點。明天就晚了，晚了。我派你到父親那裏去一趟。」

「到父親那裏去麽？」

「是的，在見她以前先到父親那裏去。你向他要三千塊錢。」

「米卡，他決不肯給。」

「能給才好，我知道他不肯給的。你知道不知道，阿萊克謝意，什麼叫做絕望？」

「我知道。」

「你要曉得：在法律上，他並不欠我一點錢。我全從他那裏取到了，全取到了，我知道的。但是在道德上，他還欠我，對不對？他是從母親的二萬八千盧布開始，賺到了十萬塊錢。祇要叫他從這二萬八千盧布裏給我三千，祇要三千，就可以把我的靈魂從地獄中救拔出來，這可以贖清他許多的罪惡！我呢，就以這三千盧布為終點，我可以給你起一個大誓，他再也不會聽到我那邊有什麼話說了。我最後一次給他一個做父親的機會。你對他說，那是上帝自己賜做他的一個機會。」

「米卡，他無論如何不會給的。」

「我知道他不會給，我完全知道。尤其是現在。不但如此，我還知道：現在，剛剛不多幾時，也許祇是昨天，他初次正經地打聽出來，（注意這正經兩字，）格魯申卡也許眞的不是開玩笑，確乎想嫁給我。他知道這個性格，知道這隻貓的皮氣，難道他還會外加地給我錢，以助成這個機會，正當他自己也在瘋狂地戀上她的時候？這還不必提，我還可以給你引出一樁事實：我知道他已經在五天以前掏出三千盧布，換成一百塊錢一張的兌換券，封在一隻大信封裏，打上五顆印，上面用紅綠綫紮成十字形。你看，我知道得真詳細！信封上寫着：「如願親來，當以此獻與我的安琪兒格魯申卡。」這幾個字是他自己在靜寂裏和祕密中塗寫的。誰也不知道他身邊有錢存放着，除去僕人司米爾加可夫以外，他相信這僕人的誠實，和相信自己一般。他已經等候格魯申卡三四天，希望他會來取那隻信封，他叫人通知她，她也叫人回復：「也許可以來。」如果她到了老頭子那裏去，那末我還能娶她麼？你現在可以明白，爲什麼我現在祕密地坐在這裏，守候的是什麼？」

「守候她麼？」

「就是她。福瑪在這兩個髒貨，這裏的女主人家裏租着一間小屋。福瑪是從我們那個地方來的，他是我們營裏的兵。他現在侍候她們，夜裏守更，白天出外獵松鷄，就靠這生活。我就在他那裏住了下來，他和女主人們全不知道這祕密，那就是我在這裏守候着的事情。」

「祇有司米爾加可夫一個人知道麼？」

「他一個人知道。祇要她到老頭子那裏去，他會來通知我。」

「是他對你講關於信封的事情麼？」

「就是他。一個極大的祕密。甚至伊凡都不知道錢的事情，一點也不知道。老頭子想派伊凡到切爾馬士娜去兩三天；有了買樹林的主兒，用八千盧布的代價換得採伐一片樹林的權利，所以老頭子勸伊凡：『你幫幫忙，自己去一趟罷，』意思是去兩三天。他希望等他不在家的時候讓魯格申卡到他家去。」

「這末說，他今天就在等候格魯申卡麼？」

「不，今天她不會來，看得出瞞頭來的。她一定不會來的！」——米卡忽然喊，——「司米爾加可夫也是這樣猜想。父親現在正在喝酒，同伊凡哥哥坐在餐棹上面。阿萊克謝意，你去問他要這三千盧布罷……」

「親愛的，親愛的，你怎麼啦！」——阿萊莎喊，跳了起來，審看瘋狂的特米脫里．費道洛維奇。在一刹那間他心想，特米脫里發瘋了。

「你這話是什麼意思？我並沒有發瘋，」——特米脫里．費道洛維奇聚神地，甚至似乎勝利地看望着，說道：——「我既然派你去見父親，我知道我說的是什麼話：我相信奇蹟。」

「奇蹟？」

「天意的奇蹟。上帝知道我的心。他看見我的一切絕望。他看見全部圖畫。難道他會讓恐怖的事件發現麼？阿萊莎，我相信奇蹟，你去罷！」

「我要去。你是不是在這裏等候着？」

「我在這裏等。我明白這不會很快，不能一去就直統地說出！他現在喝醉了。我要等候三點鐘，四點，五點，六點，七點，但是你要知道，你今天，那怕甚至半夜裏，也要到卡德隣納．伊凡諾夫納那裏去，帶錢或不帶錢去，並且對她說：他叫我轉致道候的意思。我一定要你說出這句話：「叫我轉致道候」……」

「米卡！如果忽然格魯申卡今天就去……不是今天，那末明天，後天？」

「格魯申卡麼？我要看守住，闖進去，妨礙他們……」

「假如……」

「假如的話，我就殺死。這樣是受不住的。」

「殺死誰？」

「殺死老頭子。不會殺死她。」

「哥哥，你說的是什麼話？」

「我還不知道，不知道。……也許我不會殺，不致于殺。我怕在那時候他的臉忽然使我嫉恨。我恨他的喉結，他的鼻子，他的眼睛，他的無恥的嘲笑。我感到肉體上的憎厭。我怕的就是這個。我怕我不能按捺住……」

「我要去了，米卡。我相信上帝會安排得十分妥切，決不致有恐怖的事情。」

「我要坐在這裏，等候奇蹟。如果不能實現，那末……」

阿萊莎凝慮地動身到父親那裏去了。

第六章　司米爾加可夫

他果眞遇見父親還坐在餐棹上面。飯棹照向例擺在大廳裏，雖然房子裏本來預備有眞正的餐室。這間大廳是全所房子最大的一間屋子，陳設得帶有古老的意味。傢具極古，白色，蒙着陳舊的，紅色的，半絲綢的材料。窗戶中間的牆壁上掛着鏡子，鑲着古式彫刻的，華美的，白色和金色的鏡框。在糊着白紙，許多地方已經裂破的牆壁上懸掛兩面大像，——一面是公爵的像，三十年以前做過本省的總督，另一面是某主教像，也是早經死去。前面屋角落裏放着幾個神像，到了夜裏就在前面點上油燈。……並非由于崇拜，却由于可以使這屋子在夜間得到光亮。費道爾·伯夫洛維奇夜裏睡覺極晚，三四點鐘方睡下，在這時間以前，老在屋內踱步，或坐在椅上沉思。他已成了習慣。他在不少的時間內，完全獨自睡在一所房內，打發僕人們到邊屋裏去，但是大部分的時候有僕人司米爾加可夫留在他那裏宿夜，睡在前屋的長凳上面。阿萊莎進門時，中餐已完結，正端上糖漿和咖啡。費道爾·伯夫洛維奇愛在飯後吃點甜品，一面喝白蘭地酒。伊凡，費道洛維奇也坐在棹傍喝咖啡。僕人們，格里郭里和司米爾可加夫，站在棹傍。主僕兩方都處于顯著的，特別快樂的興奮狀態之下。費道爾·伯夫洛維奇大聲發笑；阿萊莎從外屋裏就聽見他的尖響的，以前十分熟稔的笑聲。從笑聲中立刻斷定父親還沒有很醉，暫時祇是情趣幽默而已。

「他來了，他來了！」——費道爾·伯夫洛維奇大喊起來，忽然看見了阿萊莎十分高興，——「你快來參加，坐下來，喝杯咖啡，——素的，這是素的，却很燙，可愛得很，白蘭地酒不請你喝，你是持齋的人。但是你要不要喝？要不要喝？我不如給你蜜酒，你這貴客！——司米爾加可夫，你到櫃櫥那裏去，第二層架上，右面，把鑰匙拿去，快些？」

阿萊莎拒絕喝蜜酒。

「反正要取來的，不是為你，却為我們。」——費道爾·伯夫洛維奇滿臉露出笑容，——「等一等，你吃過飯沒有？」

「吃過了，」——阿萊莎說，實際上在方丈的廚房裏祇喫了一小塊麵包，喝了一杯酸汽水。——「熱咖啡我倒是樂意喝一杯的。」

「親愛的！好孩子！他願意喝一杯咖啡。要不要熱一熱？不要緊，現在還滾熱。名貴的咖啡，司米爾加可夫的手藝。我的司米爾加可夫是煮咖啡，製鬆餅的聖手，還有魚湯也是他的拿手菜。以後你來吃魚湯，預先告訴一聲……等着，等着，我剛纔曾吩咐你完全搬回來，連被褥和枕頭都帶來。被褥拿來沒有？嘻，嘻，嘻！……」

「沒有拿來，」——阿萊莎冷笑了一聲。

「但是害怕了麼？剛纔害怕了麼？唉，我的寶貝，我是不能使你受冤屈的。伊凡，你知道，我不能看他那種瞧着人笑的樣子。我不能。我的肚子會開始向他發笑，我眞愛他！阿萊莎，讓我給予你慈親的祝福。」

阿萊莎立起來，但是費道爾·伯夫洛維奇一會兒又變了心思。

「不，不，我現在祇對你畫十字，就是這個樣子，你坐下來罷。唔，現在你可以得到快樂，那就是關於你的題目。你可以儘量笑一笑。我們那隻瓦拉安姆的驢子（Balaam's ass）開口說話了，而且說呀，說呀，說不完了！」

瓦拉安姆的驢子是僕人司米爾加可夫。他人很年輕，祇有二十四歲。他不善交際，沉默寡言。並不是野蠻，或有點害臊，相反地，却是性格高傲，似乎看不起任何人。我們不能就此忽略過去，不說兩句關於他的話，尤其是現在。養育他的是瑪爾法·伊格納奇也夫納和格里郭里·瓦西里也維奇，但這孩子長成的時候，並『沒有任何感恩的心思，』——這是格里郭里批評他的話。他成爲一個野蠻的孩子，從角落裏看世界的一切事物。小孩的時候，他很喜歡把貓弄死了，再以隆禮埋葬牠。他套上一條被單，作爲袈裟的樣子，一壁唱，一壁在死貓的屍體上揮搖着什麼東西，好像在搖着香爐。他靜靜地做着這一切，帶着極大的祕密。格里郭里有一次撞到他正在做這練習，便狠狠地用鞭子抽了他一頓。他縮到角落裏去，從那裏斜眼望了一個多星期。『他不愛你我兩人，這怪物，』——格里郭里對瑪爾法．伊格納奇也夫納說，——『並且不愛任何人。你究竟是人不是？』——他忽然逕直對司米爾加可夫說，——『你不是人，你是從澡堂的霉黴裏長出來的，你是這樣的人……』以後發現出來，司米爾加可夫永不能饒恕他這幾句話。格里郭里教他識字，等他過了十二歲時，起始教聖經。但是這事情弄得一點也沒有結果。有一天，剛剛在教第二課，或第三課的時候，這孩子忽然冷笑了一下。

『你笑什麼？』——格里郭里問，從眼鏡底下可怕地看他。

『沒有什麼。上帝在第一天上創造了世界，在第四天上創造了太陽，月亮和星兒。但是第一天上的光亮是從那裏來的呢？』

格里郭里呆住了。孩子嘲笑地看着教師。在他的眼神裏甚至帶點傲慢。格里郭里受不住了。『那是從這裏來的！』——他喊了一聲，狠狠地擊打學生的臉頰。男孩挨了一記耳光，沒有分辯一句話，却又有好幾天鑽進角落裏去。湊巧發生了一件事情：過了一星期，他生平第一次犯發了暈厥病，以後一輩子也不能離開它。費道爾．伯夫洛維奇知悉了這事，似乎忽然變更了對于男孩的態度。以前他好像冷淡地看着他，雖然從未駡過他，而遇見的時候，永遠給他一個戈比。遇到心緒欣悅的時候，有時還從飯棹上送點甜東西給這孩子吃。但是現在知道他生了這病，便根本決定照顧他，延請醫生爲他治療，但是結果到底無從治愈。他的暈厥病在每月中旬發作一次，日子是不同的。每次暈厥的力量也不同，——有時輕鬆，有時很劇烈。費道爾·伯夫洛維奇嚴禁格里郭里對這孩子用體刑，起始放他到自已樓上來。同時也禁止教他讀任何功課。但是有一次，當男孩已經十五歲的時候，費道爾·伯夫洛維奇看見他在書櫥旁邊徘徊，並且隔着玻璃讀書籍的題目。費道爾·伯夫洛維奇有許多書籍，一百餘卷，但是誰也沒有看見他執卷在手。他立刻把書櫥的鑰匙交給司米爾加可夫：「你念罷。你可以做一個圖書館職員，比在院子裏閒蕩好得多。你坐下來念罷。你念這一本書，」——費道爾·伯夫洛維奇給他抽出一本狄堪卡河傍村落之夜來。※

男孩念完了，却感到不滿足，一次也不笑，相反地，皺着眉頭念完了。

「怎麼樣？不好笑麼？」——費道爾·伯夫洛維奇問。

司米爾加可夫沉默着。

「回答呀，傻子。」

「寫的全是不實在的話，」——司米爾加可夫癡笑着。

※郭果里的一部小說。

「滾你的蛋，你這奴僕的靈魂。等着，給你一本司馬拉格道夫著的世界通史，這裏全是實事，你念罷。」

司馬拉格道夫的書，司米爾加可夫沒有念上十頁，他覺得厭悶，於是書櫥又鎖了起來。不久，瑪爾法和格里郭里報告費道爾・伯夫洛維奇說，司米爾加可夫忽然漸漸地發現一種可怕的嫌髒的皮氣：他坐着喝湯，取起羹匙，在湯裏尋找起來，俯下身子，細細的審視，用羹匙盛了一點，放在亮光裏看。

「有蟑螂麼？」——有一次格里郭里問。

「也許是蒼蠅，」——瑪爾法說。

愛乾淨的青年人從來不回答，但是對於麵包，牛肉和其他一切食物都是一樣的：用叉子舉起一塊來，放在亮光裏，好像照顯微鏡似的審查着，半天纔加以決定，終于決定往嘴內送去。「竟出現了一個少爺，」——格里郭里瞧着他，喃喃地說。費道爾・伯夫洛維奇聽見司米爾加可夫有了新皮氣，立刻決定他應該做一個廚子，便送他到莫斯科去學習。他學習了幾年，回來的時候臉上變得很利害。他忽然似乎異乎尋常地蒼老，甚至完全和年齡不相配地生出皺紋，臉發黃色，起始像太監。在道德方面，他回來時和到莫斯科去以前幾乎完全一樣；一樣地不愛交際，不感到結交任何朋友的需要。以後有人傳話，他在莫斯科也永遠沉默着；

莫斯科對於他好像不感到多少的興趣，因此他在那裏祇認識了一點東西，其餘的一切未加注意。有一次甚至到戲院去，却默默地，不愉快地回來了。然而他從莫斯科回來時却穿了講究衣服，乾淨的常服和內衣，用刷子自行清理自己的衣裳，每天一定兩次，漂亮的小牛皮的長靴最愛用特別的英國鞋油擦拭，弄得像鏡子似的發亮。他成爲一個佳良的厨師。費道爾・伯夫洛維奇給他定了薪俸，這薪俸司米爾加可夫幾乎整個用在衣裳，雪花膏和香水等物品上面。但是對女性他好像和對男性同樣地賤視，對待她們十分穩重，幾乎是不可侵犯的樣子。費道爾・伯夫洛維奇起始用另一種眼光看他。事情是他的暈厥病暴發的次數逐漸增加，每逢這些日子，飯食由瑪爾法・伊格納奇也夫納預備，這對費道爾・伯夫洛維奇覺得不大對口味。

『爲什麼你的病常發？』──他有時斜看着新厨師，審視他的臉。──『你最好娶一個女人，要不要我給你娶。』

但是司米爾加可夫對于這類的話惟有氣得臉色發白，却絕不回答。費道爾・伯夫洛維奇揮着手，走開了。主要的是他相信他的誠實，而且永遠相信，不會拿一點東西，不會偷的。有一次，費道爾・伯夫洛維奇喝醉了酒，在自家院子的爛泥裏落下三張剛剛取到，顏色鮮豔的鈔票，第二天上才想了起來；剛剛奔過去在口袋裏尋摸，那三張花紙忽然都放好在棹上。從那裏來的？司米爾加可夫檢了起來，昨天就送來了。『噢，像你這樣的人我從沒有看見過，」——費道爾•伯夫洛維奇當時說着，賞了他十個盧布。應該補充的是他不但相信他的誠實，不知爲甚緣故甚至還愛他，雖然這小夥子瞧着他和瞧別人一樣的陰沉，不住地沉默着。他不大開口說話。假使當時有人看着他，想問：這青年夥子注意什麼事情，他心裏時常想些什麼，那末瞧着他的樣子眞是無從加以決定。而且他有時在屋內，或者在院子裏或街上，會止步凝想，甚至站立十分鐘之久。相法家細看他一下，必將說這裏面既無思想，又無反省，却有一種瞑想。畫家克拉姆司闊意（Kramskoy）有一幅名畫，題目是：瞑想者：描寫冬日的林景，林中大道上站着一個在深深的孤寂裏狂想的農人。他站在那裏，似正沉思，但他並不思索，却在「瞑想。」如果推他一下，他必抖索一下，望着你好像剛剛睡醒，一點也不明白。自然立刻就要醒過來，如問他站在那裏想什麼，那末一定一點也不記得，一定要將在瞑想時所得的印象隱藏在自己心裏。這印象對於他是珍貴的，他一定不知不覺地積聚着，甚至一點也不意識到，——爲了什麼，自然也不知道：也許忽然積聚了多年的印象，會拋棄一切，到耶魯撒冷去修行，也許會把自己生養着的村莊縱火焚燒，也許會同時發生兩件事情。普通人裏面瞑想者是很多的。司米爾加可夫一定就是這種瞑想者之一，一定也在貪婪地積聚印象，幾乎自己也不知道爲什麼緣故。

第七章　辯論

但是瓦拉安姆的驢子忽然開口說話。題目很奇怪：格里郭里早晨在商人羅吉央諸夫的小舖裏取貨時，聽他說有一個俄羅斯兵士在遼遠的亞細亞的邊界上，被亞細亞人擄去，處于受磨難和立時的死亡之恐嚇之下，被強迫放棄基督教，轉入回教，但是他不答允變更信仰，甘心承受磨刑，被剝去身上的皮膚，在頌揚基督的聲中死去，——這業績刊載於剛剛在當天收到的報紙上面。格里郭里就在飯棹傍邊講到了這件事情。費道爾·伯夫洛維奇以前也愛在每次飯後吃甜品的時候笑笑說說，即使甚至同格里郭里搭幾句也是好的。這一次他恰巧處于輕鬆的，有趣地感情橫溢的情緒之下。他喝了點白蘭地酒，聽了人家告訴的新聞以後，說這個兵士應該立即超升聖徒，把剝下來的皮送到某修道院裏：「當時人和金錢全將洶湧而來。」格里郭里看見費道爾·伯夫洛維奇一點也不感動，却照着老習慣起始褻瀆神明，便皺了眉頭。突然地，站在門傍的司米爾加可夫冷笑了一聲。司米爾加可夫很時常，而且以前也被容許站立在棹傍，自然是在飯食將告終了的時候。自從伊凡·費道洛維奇來到我們城裏以來，他差不多每次都在飯棹傍邊侍立着。

「你是什麼意思？」——費道爾·伯夫洛維奇問，一下子注意到這冷笑，自然明白這是對格里郭里而發的。

「我是這個意思，」——司米爾加可夫忽然大聲而且出乎意料之外地說起話來了，——「這個可嘉奬的兵士的業績誠然很偉大，但是據我看來，即使在發生這個偶然的事情的時候，拒却了基督的名和自身的洗禮，藉以救自己的性命，留作行善之用，以便積了許多年以後贖自己的懦怯，那也並不見得有什麼罪孽呀。」

「怎樣沒有罪孽？你在胡說。你將被送進地獄裏去，把你煎烤，像煎羊肉一般，」——費道爾·伯夫洛維奇說。

就在這個時候，阿萊莎進來了。費道爾·伯夫洛維奇像我們所料到似的，非常歡迎阿萊莎。

「恰巧是你的題目，恰巧是你的題目！」——他快樂得嘻嘻哈哈地笑，叫阿萊莎坐下來聽。

「關於羊肉的一層，那是不對的，而且在那裏是決不會爲了這是就那樣的，而且也不會有的，如果照實講，」——司米爾加可夫嚴正地堅持着說。

「怎麼是照實講，」——費道爾·伯夫洛維奇喊叫得更加高歡了，膝頭推擁阿萊莎——

下。

「他是混蛋，他就是的！」——格里郭里忽然脫口說出。他怒目直視司米爾加可夫。

「關於混蛋一層，請你等一等再說，格里郭里・瓦西里也維奇，」——司米爾加可夫安靜而自持地還擊着，——「最好自己判斷一下，如果我落在磨苦基督種族的人們手裏，做了俘虜，他們要求我呪罵神名，拒絕神聖的洗禮，我自有全權憑自己的理性加以決定，既然其中並無任何罪孽可言。」

「這個你已經說過了，不必再演繹開來，祇要拿出證據來好了！」——費道爾・伯夫洛維奇喊。

「賣湯的人！」——格里郭里賤蔑地微語。

「關於賣湯一層，請你等一等再說，格里郭里・瓦西里也維奇，你不必罵我，自己判斷一下罷。因為祇要我對磨苦的人們說：「不，我不是基督徒，我呪罵我的眞正的上帝，」那末我當時立刻而且特別地就被最高的上帝的裁判所詛呪，完全從神聖的教會中被斥逐出來，像異教徒一般，祇要在那個一刹那間，——並不是在剛剛說出口來的時候，卻祇是在想開口說話的時候，甚至連四分之一秒鐘的時間也不到，我已經被斥逐了，——對不對，格里郭里・瓦西里也維奇？」

他懷着顯然的愉快對格里郭里說，實際上祇是回答費道爾・伯夫洛維奇的問題，也很明瞭這點，却故意裝出這些問題好像是格里郭里對他提出來的樣子。

「伊凡！」——費道爾・伯夫洛維奇忽然喊，——「你俯身就我的耳朵。這是他爲你而設的，他希望你誇獎他。你就誇獎罷。」

伊凡・費道洛維奇十分正經地聽着父親的歡欣的通告。

「等着，司米爾加可夫，暫時不要說話，」——費道爾・伯夫洛維奇又喊，——「伊凡，你再俯身就我的耳朵。」

伊凡・費道洛維奇重又帶着很嚴正的態度俯下身子。

「我愛你，和愛阿萊沙一般。你不要以爲我不愛你。要不要白蘭地酒？」

「給我罷。」——「但是你自己喝得也很够了，」——伊凡・費道洛維奇釘看父親。他懷着極度的好奇心觀察司米爾加可夫。

「你現在已經受詛咒了，」——格里郭里忽然爆發了，——「你這混蛋，你竟敢討論起來，如果……」

「你不要罵人，格里郭里，你不要罵人！」——費道爾・伯夫洛維奇打斷話頭。

「您等一等，格里郭里・瓦西里也維奇，那怕甚至等一小會，繼續聽下去，因爲我沒有說完。因爲就在我被上帝當時加以詛呪的時候，就在那個最崇高的刹那，我反正已經成爲一個異教徒，我的洗禮已經從我身上脫卸，不再有什麽負擔，——對不對？」

「下結論，快下結論，」——斐道爾・伯夫洛維奇催他，愉快地從酒杯裏啜飲。

「既然我不是基督徒，那末在他們問我：是不是基督徒的時候，我並沒有對磨苦的人們撒謊，因爲我已經被上帝自已除去了我的基督教籍，祇是由于起了一點意思，而且甚至還在對磨苦者開口說話以前。我既已遭了降黜，那末在另一世界上，人家將用何種方式，憑何種理性，像對基督徒似的向我究問背叛基督之罪，而况祇是爲了起一點意思，還在背叛以前，就已經除去了我的洗禮。我既非基督徒，也就不會背叛基督，因爲我已是沒有什麽可背叛的了。格里郭里・瓦西里也維奇，誰還能對韃靼的韃靼人爲了他生來就是非基督徒而加以査究，誰還能爲了這懲罰他，應該想一想一隻狼身上不能剝下兩塊皮來。即使韃靼人死後，全能的上帝將加以究問，那末我想也祇是用些極小的刑罰，（因爲不能完全不懲罰他，）因爲他對於由韃靼的父母生下來就是韃靼的一層是沒有錯處的。上帝不能强拉韃靼人，說他曾做過基督徒。那時候便等于全能的上帝說不實在的話。難道天上和地上的全能的主能說謊話，那怕祇說一個字呢？」

格里郭里楞住了，瞪眼望着雄辯家。他雖然不大明白人家說些什麽話，但是從這一切胡

胥亂語裏有一點是他突然理解到的，所以他站在那裏，帶着額角忽然撞到牆上的人的臉色。費道爾・伯夫洛維奇喝乾了一杯酒，發出尖響的笑聲。

『阿萊莎，阿萊莎，你瞧怎樣！唉，你這個詭辯家！他是曾經在什麼地方加入耶穌會員的，伊凡。你眞是發臭氣的耶穌會員，誰教會你的？但是你在說謊，詭家，你在說謊，說謊！你不要哭，格里郭里，我們會立刻把他擊得粉碎。你對我說，驢兒：你固然對于磨苦者理直氣壯，但是你自己在心裏到底拒絕了自己的信仰，自己也說當時就已受了詛詈，既然是詛詈，那末在地獄裏爲了這詛詈不會撫摸你的頭的。這層你以爲怎樣，我的美麗的耶穌會員。』

『這是無疑的我既然自己心裏拒却了，那末並沒有什麼特別的罪，卽使有點小罪，也是很普通的。』

『怎麼叫很普通的！』

『你這該死的，儘胡說。』

『你自己判斷一下罷，格里郭里・瓦西里也維奇，』——司米爾加可夫沉着而且泰然地續說，感到了勝利，却似乎對被擊敗的敵人表示寬容，——『你自己去判斷，格里郭里・瓦西里也維奇：聖經裏說的，既然有了信仰，卽使是極小的一顆子粒，如果對山說，讓牠到海裏去，牠眞會去的，一點也不遲慢，在峯到了你的第一道命令以後。格里郭里·瓦西里也維奇，既然我沒有信仰，而你有信仰，居然這樣不斷地駡我，那末你自己可以對山說，也不必到海裏去，（因爲這裏離海極遠，）甚至僅須到我們的臭河裏去，那條在我們花園後面流着的河裏去，你就立刻可以看到牠是決不會動一動，將照舊完整地停在那裏，無論你怎樣去叫喊。那就是說連你也沒有相當的信仰，却祇是千方百計的辱駡別人。還要明白的，是在我們這時代，無論何人，不但是你，根本無論什麼人，從甚至最高的人物起，到最低的農人止，都不能把山推到海裏去，除去全世界有一個人以外，至多是兩個人，而這一兩個人也許祕密地隱在埃及沙漠中什麼地方，所以是無從找到他們的，——既然如此，既然其餘的人們都沒有信仰，那末對於其餘的一切人，那就是全世界的人民，除去兩個沙漠裏的隱士以外，是否上帝全將加以詛詈，而以他那樣著名的仁慈，是否對無論什麼人都不加以饒恕？因此我相信，我既然有了疑惑，那末在流出懺悔之淚來的時候，是會被寬恕的。」

「等着！」——費道爾·伯夫洛維奇歡欣得發狂似的尖叫，——「那兩個能移動山的，你到底以爲是有的麼？伊凡，刻一個記號，記載下來：整個俄羅斯人就在這裏表現出來！」

「你說得很對，這就是人民對於信仰的特點，」——伊凡·費道洛維奇帶着贊美的微笑同意着。

「你同意的？既然你同意，那就是對的！阿萊莎，對不對？俄羅斯人的信仰是完全這樣的麼？」

「不對，司米爾加可夫完全沒有俄羅斯人的信仰，」——阿萊莎嚴正而且堅決地說。

「我講的不是他的信仰，我講的是這特點，那兩個沙漠裏的修行者，祇是這一個特點：這是俄羅斯式，俄羅斯式，對不對？」

「是的，這特點完全是俄羅斯式，」——阿萊莎微笑了。

「你的話值一塊金錢，驢兒，我今天就賞給你，但是關于其餘的一切你到底在那裏說謊，說謊，說謊：你要知道，傻瓜，我們大家不信仰上帝祇是由于疏忽的緣故，因為我們沒有時間：第一層，我們事情很忙，第二層，上帝給了我們太少的時間，一天祇規定了二十四小時，所以連够睡覺的時間都沒有，至於懺悔的時間更不必說了。你竟在磨苦者面前拒却了信仰，正當你再也沒有什麼可想，惟有去想信仰，又正當你應該表現自己的信仰的時候！是這個樣子麼？我想得對不對？」

「樣子是這個樣子，但是您自己判斷一下，倘果郭里．西瓦里也維奇，就是因為這樣子，才使人們感到輕鬆。既然我當時信仰那個眞理，像應該信仰的樣子，那末如果不為自己的信仰忍受痛苦而轉入回教，那時候的確是有罪的。但是那時候不致要到什麼痛苦，祇要我當時朝那座山說：你挪動一下，把這磨苦者壓碎了，而他居然挪動了，立刻壓扁他，像壓死一隻蟑螂，我就行若無事地走開，歌頌着上帝。假使我在那個時候試驗過這一切，故意對山說：快把那些磨苦者壓死，而牠並沒有去壓，那末請問：那時候叫我怎麼能不疑惑，而且還正當處于生死關頭，懷着死的恐怖的時候？我也早就知道，我走不進天國裏去，（因爲山旣不能照我的話移動，那就是說在天國裏不相信我的信仰，也沒有很大的獎賞期待着我，）那末爲了什麼，我還要毫無益處的讓人家剝去身上的皮呢？因爲我背上的皮膚卽使被剝去了一半，那座山也不會依照我的話語或呼喊而移動的。到了那個時候，不但可以發生疑惑，甚至由于恐怖會喪失了理智，連考慮也是完全不可能的了。如此說來，假使我無論在那裏都看不到一點利益和賞賜，至少能把自己的皮膚保惜一下，那末我還有什麼特別的錯處呢？所以我很希望上帝的恩惠，期待我將得到完全的寬恕……」

第八章　喝了白蘭地以後

辯論終結了，但是事情很稀奇，本來十分快樂的費道爾·伯夫洛維奇到後來忽然皺起眉毛來了。他皺着眉頭，喝乾了白蘭地酒。這已經是完全多餘的一杯酒。

「滾開罷，你們這些耶穌會員，」他對僕人們喊，「司米爾加可夫，出去呀。我答應給你的一個金幣，今天就會交給你，你去好了。你不要哭，格里郭里，到瑪爾法那裏去，她會安慰你，讓你安睡。這些混蛋，不讓人家在飯後安安靜靜地坐一會，」——在僕人們奉到了他的命令立刻退出去的時候，他忽然惱恨地說，——「司米爾加可夫現在每次開飯的時候總要鑽到這裏來，這是因為他太注意於你。你用什麼方法使他這樣和你要好？」——他對伊凡·費道洛維奇說。

「並沒有什麼，」——他回答，——他自己想起尊敬我，「他是一個僕役和下賤的人。一塊打先鋒的生肉，在日子到達的時候。」

「打先鋒的麼？」

「也有另一些好些的，却也有這類的人。起初是這類的人，好些的跟在後面。」

「日子到達的時候便怎樣？」

「火箭燃着了，也許沒有燒盡。農民暫時是不很愛聽這些糞羹湯的人們的話語的。」

「所以這隻瓦拉安姆的驢子想了又想，鬼知道，他自己要想到什麼地步上去。」

「他在積蓄思想，」——伊凡冷笑着。

「你瞧，我知道他不把我看在眼裏，對于一切別的人也是一樣：而對于你也差不多，雖然你覺得他『想起尊敬』你來。阿萊莎更不用提，他十分賤視阿萊莎。但是他不偷東西，不造謠言，默不作聲，不把家裏的醜事傳揚出去。他擅長于烤魚肉餡的發麵餅。管他娘的什麼事，老實說，還値得多講他的事情麼？」

「自然不値得。」

「至於說到他自己心裏所想的一些事，那末大致說來，俄羅斯的農民是應該挨打的。我永遠是這樣的主張。我們的農人全是騙子，犯不上憐惜他，幸而現在有時還要打他們幾頓。俄國的土地所以堅固，是爲了富有樺樹。樹木伐盡，俄國的土地便完了。我擁護聰明的人們。我們停止毆打農人，由于聰明些的原因，而他們還繼續自相毆打，做的正是好事。『我們用什麼尺寸量人，人家就用同樣尺寸量我們，』或是另外一種說話……總而言之，會量我們的。俄羅斯是像猪玀一般的粗野，我的朋友，你要知道我如何仇恨俄羅斯……並不是仇恨俄羅斯，而是仇恨所有這些罪惡……或者也許仇恨俄羅斯。Tout cela c'est de la cochonnerie.（這全是猪玀腔。）你知道我愛什麼？我愛的是機智。

「你又喝了一鍾酒。你够了。」

「等一等，我再來一杯，又來一杯，以後就不喝了。不，你等着，你打斷了我的話頭。有莫克洛葉經過的時候，我問過一位老者，他對我說：「我們最愛揍打判罪的姑娘們，還讓靑年夥子們去揍打。明天，那個靑年夥子便把他揍打的那個姑娘娶做媳婦，所以姑娘們自身對於這也正合意的。」你以爲那些德薩特侯爵（Marquis de Sabe）※怎麼樣？隨便你怎麼說，那總是極巧妙的事情。我們也可以去看一看，好麼？阿萊莎，你臉紅了麼？不要害臊，孩子。可惜我剛纔沒有在方丈那裏坐下吃飯，不能把莫克洛葉的姑娘們的故事講給僧士們聽。阿萊莎，你不要生氣，我剛纔把你的方丈得罪了。一股恨意佔據我的心頭。假使上帝是有的，存在的，——我自然有錯處，應該受過。假使並且沒有上帝，那末他們，你的那些神甫們還有什麼需要呢？那時候把他們的腦袋瓜子摘下來還是小事，因爲他們阻礙發展。

※Marquis de Sade 是十八世紀末法國專著猥褻小說的作家。Sadism這個字的來源由此而來，意指與殘虐相聯結的淫蕩行爲。

伊凡，你相信不相信，這一切觸傷我的情感。不，你是不相信的，因為我從你的眼睛就看了出來。你相信人家說我祇是一個丑角。阿萊莎，你相信我不單是一個丑角麽？」

「我相信您不單是一個丑角。」

我相信你在相信，而且誠懇地說話。你誠懇地看人，誠懇地說話。伊凡卻不是的。伊凡很傲慢……我到底願意把你的修道院解决一下。應該把這一切神祕在整個俄羅斯地方一下子全行廢除，讓一切愚人都醒悟轉來。可以有多少金銀送到造幣廠去！」

「為什麼廢除呢？」——伊凡說。

「就為了使眞理迅快抬頭，就為了這個。」

「在眞理抬頭的時候，首先將把你們的財產搶刼一空，以後……再去廢除。」

「啊！你的話也許很對。我眞是一隻驢子，」——費道爾·伯夫洛維奇忽然喊起來，輕輕地擊打自己的額角，——「既然這樣，就讓你的修道院站在那裏好了。我們聰明人可以緩緩和和地坐着，享受白蘭地酒。伊凡，你知道大槪上帝自己一定故意這樣安排着的。伊凡，你說：有沒有上帝？你等着：你應該確切地說，正經地說，你為什麼又笑了？」

「我笑的是您剛纔自己還對於司米爾加可夫相信有兩個會移山的長老存在着的事情說出極巧妙的話。」

「那末現在我像他麼？」

「很像。」

「如此說來，我也是俄羅斯人，我也有俄羅斯人的特點，而你這哲學家，我也可以把你在同樣的特點上捉住的。如果你願意。我可以捉住的。我敢打賭，明天就可以捉住。你到底說一說，有沒有上帝？祇是正正經經地說！我現在希望你正經地說話。」

「不，沒有上帝。」

「阿萊莎，有沒有上帝？」

「有上帝。」

「伊凡，有沒有那種靈魂不死的事情，那怕是很小的，一點點的。」

「沒有靈魂不死的事。」

「一點也沒有麼？」

「一點也沒有。」

「那就是完全的零數，或是稍稍有一點。也許稍稍有一點麼？到底不是一點也沒有呀！」

「絕對的零數。」

「阿遼莎，有沒有靈魂不死？」

「有的。」

「上帝和靈魂不死都有的麼？」

「有上帝，也有靈魂不死。靈魂不死就在上帝裏面。」

「唔。伊凡大概是對的。天呀，祇要想一想，有多少人信仰着，有多少力量白白的費在這幻想上面，而且幾千年來都是如此：誰在這樣取笑着人們？伊凡，我最後一次堅決地問：有上帝沒有？我這是最後一次！」

「最後一次說沒有。」

「誰在取笑人呢，伊凡？」

「大概是鬼，」——伊凡．費道洛維奇冷笑了。

「鬼有沒有？」

「不，鬼也沒有。」

「可惜。既然這樣，我眞要和那個首先想出上帝來的人過不去！在枯楊樹上把他吊死還嫌少。」

「如果沒有想出上帝，便完全不會有文化發生的。」

「不會有的麼？沒有上帝不會有的麼？」

「是的。連白蘭地酒也不會有的了。這瓶白蘭地酒到底不能不從你那裏取開。」

「等一等，等一等，親愛的，再喝一杯。我得罪了阿萊莎。你不生氣麼，阿萊莎？我的親愛的阿萊莎，小阿萊莎！」

「不，我不生氣。我知道您的意思。您的心比腦筋好。」

「我的心比腦筋好麼？天呀，這話是誰說的呀？伊凡，你愛阿萊莎麼？」

「我愛的。」

「你應該愛他。」——費道爾·伯夫洛維奇醉得利害起來了。——「我剛纔對你的長老做出了野蠻的舉動。但是我的心神很騷亂。這位長老頗有點聰慧，你以為怎樣，伊凡。」

「大概有的。」

「有的，有的。Il y a du Piron La'-dedans.※他是詭辯家，自然是俄國式的。以他這樣高貴的身份，在我的心裏沸騰着一種隱祕的憤恨，為了必須做戲……必須披上一件神聖的外套。」

「但是他信上帝。」

※他有點披郎的味道。（披郎為十八世紀法國諷刺作家。）

「一點也不信。你不知道麼？他自己對大家說的，自然不是對大家，却是對一切來看他的聰明人們說的。他對總督舒里次直說：老實說，我不知道信什麼。」

「眞的麼？」

「就是這樣。但是我尊敬他。他這人有點梅非斯託佛*的氣派，或是現代英雄**裏的角色。……阿爾白賽，是不是那個……你要知道，他是好色之徒；他好色得使我現在都要替我的女兒，或妻子擔憂，假使她到他面前去懺悔。你知道，他開始敍講時是甚麼樣子……前年他叫我們到他那裏去喝茶，還帶着蜜酒，（女太太們送給他的，）他就開始講說陳舊的故事，使我們的小肚子都笑穿了……他特別把一個軟弱的女人治愈了。「如果不是脚痛，我可以給您跳一次舞。」他從商人台米道夫那裏弄了六萬盧布。」

「怎麼，偷的麼？」

「那個商人把他當作好人一般地送來，說道：「請你保存一下，我家裏明天有人來搜査。」他就收下來保存了。後來他說：「你是捐給敎會的呀。」我對他說：你眞是壞人。他說：不，我不是壞人，我很廣闊……然而還不是他……而是別人。我弄錯了人……竟沒有注意

---

*哥德浮斯脫裏的人物。

**萊爾蒙託夫 Lermon ov 的長篇小說。

。讓我再喝一杯，就夠了，你把瓶子拿開罷，伊凡。我扯謊，爲什麼你不阻止我呢，伊凡……

……你何以不說我扯謊？」

「我知道您自己會止住的。」

「你胡說，你這是爲了恨我，爲了唯一的恨念。你賤視我。你到我家裏來，就在我的家裏賤視我。」

「我會離開的，白蘭地酒使您不得勁。」

「我用基督的名請你到切爾馬士娜去一趟……一兩天功夫，你却不去。」

「明天就去，既然您這樣堅持。」

「你不會去的，你要在這裏監視我，這是你所想的，你這壞靈魂，爲了這個你不肯去！」

老人的嘴禁閉不住了。他到了那種酒醉的程度，即使是平素靜肅的人們，喝到這程度，一定也要發脾氣，表現自己的。

「你望我做什麼？你的眼睛什麼樣子？你的眼睛望着我，在那裏說：「你眞是一隻酒桶。」你的眼睛可疑，你的眼睛可疑。……你來到這裏，心裏懷着自己的主意。你瞧，阿萊莎看人時，他的眼睛是發光的。阿萊莎不賤視我。阿萊莎，你不應該愛伊凡……」

『您不必對哥哥生氣！您不要氣他，』——阿遼莎忽然堅決地說。

『也許我是這樣。啊呀，頭痛呀。伊凡，你把白蘭地拿開，我說了第三次了。』——他沉思了一下，忽然發出長長的，狡詐的微笑。——『伊凡，不要對衰弱的老人生氣。我知道你不愛我，不過到底不要生氣。沒有可愛我的地方。你到切爾馬士娜去一趟，我自己也要去，帶點食物送給你。我到那裏把一個女孩指給你看，我早就看上她了。現在她還是一個赤脚的女人。不要怕赤脚女人，不要看不起她們，——她們是眞珠！……』

他吮吻自己的手。

『在我的一方面，』——他忽然全身活潑起來，剛剛遇到了一個心愛的題目，便似乎一下子淸醒了，——『在我的一方面……唉，你們這些小孩子們！你們這些小孩子，小猪玀！在我的一方面……我一輩子也沒有遇見過醜陋的女人，這是我的規矩！你們能明白麼？你們從那裏去明白：你們的脈管裏流的不是血，而是乳，你們還沒有脫去殼皮！照我的章程，一切女人身上都可以找到極有趣的一點東西，是在別的女人身上找不到的，……祇是必須會去尋找，花巧就在這上面！這是一種天才！醜婦對於我是不存在的。祇要她是一個女人，那就已經得了一半……你們從那裏去明白這個！即使在老處女身上也可以找到一點東西，惟有使你對於一些傻瓜們發生驚奇，怎麼會讓她老下去，而至今沒有注意到？赤脚女郎和醜女人應該先使她們吃驚一下，這是向她們進攻的一種方法。你不知道麼？應該使她吃驚到欣悅，鑽心，羞恥的地步，意思是居然有一個老爺會愛上像她這樣的一個醜女人。十分有趣的，是世界上永遠有奴隸和主人，那就永遠有洗地板女人，永遠有她的主人，而人生的幸福也就在此！等一等……阿萊莎，你聽着，我永遠會使你的故世的母親吃驚，不過是出于另外的一類事情。我從來不和她親熱，忽然在時間臨到的時候，——忽然在她前面好像全身散碎一般，跪在地上爬走，吻她的脚，把她弄到，永遠把她弄到，——現在我還記得淸楚，——弄到發出一種小小的笑聲，細碎的，響亮的，不高的，神經質的，特別的笑聲。祇有她有這樣的笑聲。我知道她這個樣子就要起始發病了，明天她就會發作歇司底里病，現在這種小小的笑聲並不見得有什麼歡樂，不過那怕就是欺騙也總算是歡樂。這就是所謂懂得在一切東西裏尋找出特點來呀！有一次白路夫司基，——一個美男子，富有家資，追求她，常到我家裏來，——忽然在我家裏，當着她的面，打了我一記嘴巴。她本來是一隻綿羊，——我心想她爲了這記嘴巴會來打我，她實在攻擊我很利害。她說「現在你是挨過揍的人，挨過揍的人，你挨到他一記巴掌：你把我賣給他了。……他怎麼敢當着我面前打你！你永遠也不要到我這裏來，永遠也不要到這裏來！你立刻就跑去，叫他出來決鬥」……當時爲了使她安靜下來，我把她帶到修道院裏去，由神甫們開導了一下。上帝在上，阿萊莎，我從來沒有把我的歇司底里病女人得罪過！有一次，祇有一次。還在第一年上：她當時禱告得十分勤，特別注意聖母的節目，把我趕到書房裏去睡。我心想，讓我把這神祕從她身上驅趕走了！我說：「你瞧，你瞧，這是你的神像，現在我把它摘下來。你瞧，你把你當作奇蹟的創造者，我現在就當你面前朝這神像吐唾，而我決不會有什麼事情發生的！……」她看了我一眼，天呀，我想：她現在就要打死我，但是她祇是跳躍起來，搖擺着手，忽然用手掩面，全身發抖，倒在地板上面……就這樣倒了下去……阿萊莎，阿萊莎！你是怎麼啦，你怎麼啦！」

老人驚嚇得跳了起來。阿萊莎自從他講起他的母親來的時候起，就漸漸變了臉色。他臉紅，眼睛熾燒，嘴唇抖索……酒醉的老人在唾沫四濺地說話，一點也沒有覺察出來，直到阿萊莎忽然發生了一點很奇怪的動作爲止，那時候阿萊莎忽然重複着和他剛纔所敍講關於「歇司底里病女人」完全相同的行動：阿萊莎忽然從桌傍躍起，和他母親一模一樣地擺手，掩臉，倒在椅上，像被砍倒似的，忽然全身抖索，發出歇司底里性的動作和突來的，戰慄的，無聲的淚。這動作的逼似母親，使老人特別地喫驚。

「伊凡，伊凡！拿水給他喝。這是她，和她一模一樣，像她母親當時一樣，你從嘴裏對他噴水，我也是對她這樣治法的。他這是爲了他的母親，爲了他的母親……」他對伊凡喃語。

「你要知道，他的母親也就是我的母親，你以爲對不對？」——伊凡忽然用抑止不住的，怒氣勃勃的賤蔑的神情爆發了出來。

老人看見他的熠耀的眼光，抖索了一下。但是這裏發生了一點很奇怪的事情，自然祇有一秒鐘的工夫：老人確乎好像忘記阿萊莎的母親就是伊凡的母親……

「怎麽是你的母親？」——他莫明其妙地喃語着，——「你是爲了什麽？你講的是那一個母親？……難道她就是……哎呀，見鬼！她就是你的母親！哎呀，見鬼！這是一時的糊塗，對不住，我以爲伊凡……哈，哈，哈！」

他止住了，長長的，酒醉的，一半無意義的冷笑牽動他的臉。在這時候外屋裏忽然發出可怕的喧響，聽見瘋狂的呼喊，門敞開了，特米脫里·費道洛維奇闖進大廳裏來。老人驚嚇得奔到伊凡身傍。

「他要殺死我，他要殺死我！你不要讓他，不要讓他殺我！」——他叫喊着，兩手抓住伊凡·費道洛維奇的上褂的衣緣。

第九章　好色之徒

格里郭里和司米爾加可夫隨着特米脫里·費道洛維奇跑進大廳裏來。他們在外屋裏就和他爭鬥，不放他進去，（爲了費道爾·伯夫洛維奇自己在幾天以前所下的訓令。）格里郭里利用特米脫里·費道洛維奇闖進大廳時站立一會，向四週張望的機會，繞棹跑過去，把兩扇和外門相對，通到內室去的門關上，立在關緊的門前，兩手交叉胸前，準備保衞門口，直到所謂最後的一滴血爲止。特米脫里看見這情形，不祇是喊叫，甚至似乎尖叫了一聲，奔到格里郭里方面來。

「這末說，她在裏面！她藏在裏面！滾開，混蛋！」

他去拉扯格里郭里，但是格里郭里推了他一下。特米脫里憤怒到不可自持的地步，用全力打了格里郭里一下。老人像被砍倒似地落下地去，特米脫里跨過他的身子，搶進門裏去。司米爾加可夫留在大廳裏的另一頭，臉色慘白，身體戰慄，緊緊地縮在費道爾·伯夫洛維奇身傍。

「她在這裏」——特米脫里·費道洛維奇喊，——「我剛纔自己看見她折到這房子那裏，不過我沒有追上。她在那裏？她在那裏？」

「她在這裏」的一聲呼喊，使費道爾·伯夫洛維奇發生不可思議的印象。懼怕完全從他身上躍走了。

「抓住他，抓住他！」——他咆哮着，衝到特米脫里·費道洛維奇面前。

格里郭里那時候已經從地板上立起來，却還好像沒有醒轉來似的。伊凡·費道洛維奇和阿萊莎跑去追父親，在第三間屋內忽然聽見似乎有什麼東西落在地板上面，砸碎了，發響：原來在大理石的木架上有一隻大玻璃瓶，（不是價貴的）特米脫里·費道洛維奇跑過來時撞了一下。

「把他抓住，」——老人喊叫，——「救命呀！……」

「你爲什麼追他！他眞的會殺死你的！」——伊凡·費道洛維奇向父親怒喊。

「伊凡，阿萊莎，她一定在這裏。格魯申卡一定在這裏，他說他看見她跑過來的……」他啜泣了。這次他並沒有等候格魯申卡，忽然得到了她在那裏的消息，一下子使他的腦筋錯亂了。他全身抖戰，似乎發狂的樣子。

「但是你自己看見她並沒有來呀！」——伊凡喊。

「也許從那個門進來的。」

「那個門關上了，鑰匙在你那裏……」

特米脫里忽然又在大廳裏發現了。他自然發現那個門是鎖住的，而鎖住的門的鑰匙確乎放在費道爾·伯夫洛維奇的口袋裏面。各屋的窗也全都關着；所以格魯申卡既無從進來，也不能跳出去。

「抓住他！」——費道爾·伯夫洛維奇剛剛又看見了特米脫里，便尖叫了，——「他在我的臥室裏把錢偷走了！」——他掙脫伊凡的手，重又奔到特米脫里身上來。但是特米脫里舉起了兩手，忽然抓住老人的兩綹僅存在鬢上的頭髮，扯了一下，砰磅一聲，把他擊倒在地上。他還用靴跟朝躺下的人的臉上又叩擊了兩三次。老人銳厲地呻吟了一聲。伊凡·費道洛維奇雖然沒有像他老兄特米脫里那樣有力，竟兩手抓住他，用全力把他扯離老人的身傍。阿萊莎也用盡氣力幫他的忙，從前面抱住特米脫里。

「瘋子，你殺死他了！」——伊凡喊。

「這是他活該。」——特米脫里喘着氣叫喊，——「這次沒有殺死他，我還會來殺的。你們防備不了。」

「特米脫里！立刻離開這裏！」——阿萊莎威嚴地喊。

「阿萊克謝意？你獨自對我說，我相信你一個人：她剛纔來到這裏沒有？我自己看見她

剛纔從胡同的籬笆傍邊溜到這裏來。我喊了一聲，她跑走了……」

「我對你賭誓，她這裏沒有來過，並沒有人在這裏等候她。」

「但是我看見她……那末說她……我立刻就可以打聽出來，她在那兒……再見罷，阿萊克謝意？關於銀錢，現在不必對葉作勒提起，立刻就到卡德鄰納·伊凡諾夫納那裏去一趟？「吩咐我問候·吩咐我問候，問候！一定應該問候，問候！」把這幕戲對她描寫一下。」

當時伊凡和格里郭里把老人抬起，放在躺椅上面。他的臉上滿是血漬，他自己却清醒着，貪婪地傾聽特米脫里的呼喊。他還以為格魯申卡真的在屋內什麼地方坐着。特米脫里·費道洛維奇臨走時怨恨地看了他一眼。

「對于你的流血我並不後悔？」——他喊——「你當心點，老頭子。你應該保守幻想，因為我也有幻想！我自己詛詈你，和你完全斷絕……」

他從屋內跑了出來。

「她在這裏，她一定在這裏！司米爾加可夫·司米爾加可夫，」——老人微聲喘息·用手指招喚司米爾加可夫。

「她沒有在這裏，你這瘋狂的老頭子，」——伊凡恨恨地朝他呼喊，——「他暈過去了！拿水來，手巾。快去，司米爾加可夫！」

司米爾加可夫跑去取水。大家給老人脫去了衣裳，抬到臥室裏，放在牀上。用濕手巾紮住他的頭。他由于白蘭地酒，由于强烈的感覺，又挨了一頓打，身體十分的衰頹，剛剛觸着枕頭，立刻閉上眼睛，忘記了一切。伊凡·費道洛維奇和阿萊莎回到大廳裏來。司米爾加可夫把打碎的玻璃瓶碎片收拾出去，格里郭里站在棹傍，陰沉地垂下眼皮。

『要不要在你的頭上放上濕綳帶，好不好你也到牀上躺一會，』——阿萊莎對格里郭里說，——『我們會在這裏看他；我哥哥打得你很痛……朝你的頭上。』

『他欺侮我！』——格里郭里陰沉而且清晰地說。

『他把父親也「欺侮」了，不要說你啦！』——伊凡·費道洛維奇說，歪斜着嘴。

『我曾在水槽裏給他洗澡……他竟欺侮我！』——格里郭里重複着。

『見鬼，如果我不把他分開，也許他眞會殺死人的。葉作勃還受得了許多麼？』——伊凡·費道洛維奇對阿萊莎微語。

『上帝保佑！』——阿萊莎喊。

『保佑什麼？』——伊凡還是繼續微語，恨恨地彎曲着臉。——『一條毒蛇吞噬另一條毒蛇，兩人走的是一條路！』

阿萊莎抖索了一下。

「我不致使殺案成事實，就像現在不讓它發生似的。阿萊莎，你留在這裏，我到院子裏去走一走，我頭痛起來了。」

阿萊莎走進父親的臥室裏去，坐在屏風後面枕頭傍邊大約一小時功夫。老人忽然張開眼睛，長久沉默地望着阿萊莎，顯然在那裏思索和考慮。不尋常的驚慌忽然在他的臉上表現了。

「阿萊莎，」——他畏葸地微語，——「伊凡在那兒？」

「在院子裏，他頭痛。他看護着我們。」

「你把小鏡子取來，就在那邊放着，你去取來！」

阿萊莎遞給他一面放在抽屜櫃上，可以摺疊的小圓鏡子。老人照了一下：鼻子腫得很利害，左眉額角上有一大塊紫血凍。

「伊凡說什麼？阿萊莎，親愛的，我的唯一的兒子，我怕伊凡；我怕伊凡，比怕那人還利害。惟有你一個人我不怕……」

「你不必怕伊凡，伊凡好生氣，但是他會保護你的。」

「阿萊莎，那人呢？他跑到格魯申卡那裏去了！親愛的安琪兒，你說實話：剛纔格魯申卡來過沒有？」

「誰也沒有看見她。那是欺騙，她沒有來！」

「米奇卡打算娶她，娶她！」

「她不會嫁給他的。」

「不會的，不會的，不會的，不會的，無論如何不會的！……」老人喜悅得全身發顫，在這時候是好像沒有人說出比這快樂些的話語來的了。他喜歡得抓住阿萊莎的手，緊緊地把他放在自己胸前。他的眼內甚至有淚水晶瑩着。——「那個神像、聖母的，你拿了去，帶走。我准你回到修道院去。……剛纔我是開玩笑，你不要生氣。我頭痛，阿萊莎……阿萊莎，請你安慰我的心，做做好事，說句實話罷！」

「你還在問，她來過沒有的話麼？」——阿萊莎悲感地說。

「不，不，不，我相信你，另外有一件事情：你親自到格魯申卡那裏去一趟，或是怎麼樣見她一面；你快快詳細問一問她，越快越好，用自己的眼睛猜一下：她願意到誰那裏去，我還是他？好不好？怎麼樣？你能不能？」

「祇要我見到她，會問的，」——阿萊莎懷惘地喃聲說。

「不，她不會對你說的，」——老人插上去說，——「她是一個壞蛋。她將開始和你接吻，說她想嫁給你。她是騙子，無恥的女人。不，你不能到她那裏去，你不能的！」

「而且也不好，爸爸，不很好的。」

「他跑走的時候叫你去一趟，那是打發你到那裏去？」

「打發我到卡德隣納·伊凡諾夫納那裏去。」

「取錢麼？借錢麼？」

「不，不是取錢。」

「他沒有錢，沒有一點錢。阿萊莎，讓我躺一夜，仔細想一想，你先去罷。也許你可以遇見她……不過明天早晨你一定要到我這裏來；一定要來的。我明天對你說一句話；你來不來？」

「來的。」

「你如果來，應該做出自己來的樣子，自己來看我。你不要對任何人說我喚你來的。對伊凡也一句話不要說。」

「好罷。」

再見罷，安琪兒，剛纔你替我出頭，我是一輩子也忘不了的。我明天要對你說一句話……不過還要想一想……」

「你現在覺得怎樣？」

「明天，明天就起床走路，完全健康，完全健康！……」

阿萊莎在院裏走過，遇見伊凡哥哥坐在大門傍邊長椅上面：他在那裏用鉛筆在一本記事簿上寫。阿萊莎告訴伊凡，老人醒了，神志很清，打發他回到修道院去睡宿。

「阿萊莎，我很願意和你明天早晨見一下，」——伊凡，立起來，客氣地說，——這客氣對於阿萊莎甚至是完全出於意料的。

「我明天要到霍赫拉闊瓦家裏去，」——阿萊莎回答，——「我也許明天還要到卡答隣納．伊凡諾夫納那裏去，假使現在遇不到他……」

「你現在還是要到卡答隣納．伊凡諾夫納那裏去麼？那就是去「問候，問候」麼？」——伊凡忽然微笑。阿萊莎不好意思起來。

「剛纔那句呼喊，還有以前的一切，我大概全都明白了。特米脫里一定請你到她那裏去一趟，傳一句話，說他……唔……唔……總而言之，是「告別」的意思，對不對？」

「哥哥？父親和特米脫里中間一切可怕的事情將怎樣完結呢？」——阿萊莎喊。

「沒有法子猜出來。也許一無結果；這件事情就飄浮走了。這個女人是一隻野獸。無論如何，應該把老頭子留在家裏，特米脫里不放進屋裏來。」

「哥哥，容我再問一句：難道每個人都有權利看着別人，自己決定：誰值得活下去，誰不値得再活下去麼？」

「為什麼在這上面擱上値得不値得的決定？這個問題在人們的心裏決定時，時常不根據價値，而根據別種比較自然的原因。至於權利一層，那末誰沒有願望的權利呢？」

「怕不是願望別人的死麼？」

「即使是死便怎樣呢？為什麼對自己說謊，當人們大家全這樣生活着，也許還不能過另一種生活的時候？你這句話是與我剛纔所說：「兩條毒蛇互相吞噬」的話有關的，是不是？那末請容我問你一句：你是否認我和特米脫里一樣能够使葉作勃流血，那就是能殺死他？」

「你怎麼啦，伊凡！我的腦筋裏從來沒有生過這種念頭！就是特米脫里我也不認為……

……」

「謝謝你說這句話，」——伊凡冷笑了一聲，——「你要知道，我永遠在保護他。然而在我的願望裏，我給自己保留着在這件事情上完全的自由。明天見罷。你不要責備我，不要把我看作一個惡徒，」——他微笑地補說。

他們互相緊緊地握手，是以前永遠沒有的事。阿萊莎感到哥哥首先自己向他的方面跨了一步，而他這樣做是為了什麼目的，一定具有某種用意。

第十章　兩人在一起

阿萊莎從父親的家內出來，懷着比剛纔走進父親家裏時更甚些的失望和懊喪的心情。他的腦筋也似乎是零亂散漫的，同時他自己感到他怕將散漫聯結起來，怕從今天所遭受到的一切痛苦的矛盾上面摘取綜合的思想。有一點幾乎和絕望相隣，這是阿萊莎的心裏從來沒有過的。一個主要的，運定的，無從解決的問題像一座山似的高臨在一切之上：父親和特米脫里哥哥爲了這可怕的女人所生的一切事情將得到什麼結果？現在他自己已做了證人。他自己身臨其境，看見他們兩人面對在一起。然而惟有特米脫里哥哥能成爲不幸的，完全而且可怕地不幸的人。有無疑的災害守候着他。還有些別人和這一切發生關係，也許比阿萊莎以前所能想像的還多些。發生了一點甚至神祕的事。伊凡哥哥對他走了一步，這本是阿萊莎以前深願的，而現在自己不知爲甚麼緣故感到這接近的一步竟使他懼怕。至於女人呢？奇怪的事：他剛纔動身到卡答隣納．伊凡諾夫納那裏去時，懷着過度的不安，現在却毫無所感；相反地，還自己忙着到她那裏去，好像期待向她尋求指示。但是現在將所囑託的事轉達給她一層，顯然已比剛纔困難些：三千盧布的事情已經完全決定，特米脫里哥哥現在感到自己是毫無希望的，至不幸的人，自然任何墮落的舉動都不辭一幹的。况且他也會叫他把剛纔在父親那裏所發生的一幕戲傳給卡答隣納·伊凡諾夫納聽。

已經七點鐘，天色發黑，阿萊莎走到卡答隣納·伊凡諾夫納那裏去。她在大街上租了一所很廣闊舒適的房子。阿萊莎知道她和兩位孀母同住。內中一位祇是阿格非亞·伊凡諾夫納的孀母，就是那個在她父親家中住着，沒有學問的女太太，在她離開學校回家時同她姊妹一塊兒服侍她的。另一位孀母是一位身體累重，態度莊嚴的莫斯科的太太，雖然也是貧寒出身。聽說她們兩人一切服從卡答隣納·伊凡諾夫納，伴在她身邊祇是爲了一種儀式。卡答隣納·伊凡諾夫納祇服從自己的恩主，將軍夫人。她因病留在莫斯科，卡答隣納·伊凡諾夫納必須每星期寄兩封信給她，詳細報告自己的一切情况。

阿萊莎走進外屋裏，請替他開門的女僕通報的時候，大廳裏顯然已經知道他的來到，（也許從窗裏看到的，）不過阿萊莎忽然聽見一陣響鬧，聽見女人跑步的聲音，衣裳的蟋蟀聲，也許有兩三個女人跑了出來。阿萊莎覺得奇怪的是他的來到竟能引起這樣的驚慌。但是他立刻就被引進大廳裏去。那間屋子很大，擺設些華美而且件數極多的傢具，完全不是外省的式樣。有許多沙發和軟凳，大小茶几；牆上掛着畫，棹上放着花瓶和洋燈，有許多花，窗傍甚至還放着一隻金魚缸。暮色中屋內有一點黑暗。阿萊莎瞥見在顯然剛剛有人坐過的長沙發上面拋放着一件綢製的短外套，沙發前面棹上有兩杯沒有喝完的巧古立茶，餅乾，一隻水晶盆裏放着藍色的葡萄乾，另一隻盆放着糖菓。他們在款待什麼人。阿萊莎猜着他遇到了賓客便皺起眉頭。但是簾子一下子舉了起來，卡答隣納．伊凡諾夫納快步走了進來，帶來快樂歡欣的微笑朝阿萊莎伸出兩手。就在這時候女僕拿進兩支點着的蠟燭，放在棹上。

「謝天謝地，到底您來了！我整天向上帝禱告，希望您一個人來。請坐呀。」

「卡答隣納．伊凡諾夫納的美貌以前就使阿萊莎驚訝，當特米脫里於三星期以前，依照卡答隣納．伊凡諾夫納自己的熱烈的意願，引他初次介紹相見的時候。那次會面時，他們中間的談話不很熱鬧。卡答隣納．伊凡諾夫納心想阿萊莎十分怕羞，似乎饒恕他，一直同特米脫里．費道洛維奇說話。阿萊莎沉默着。但是看清很多的事情。使他驚訝的是這傲慢的女郎的權威的舉止，高傲的瀟灑自如的樣子，和自信力。這一切是毫無疑義的。阿萊莎感到他並不誇張。他發現她的發燒的巨黑眼睛很美麗，對於她的慘白的，甚至帶點淡黃的橢圓形的臉龐特別相稱。但是在這眼睛裏，正和美麗的嘴唇的曲線裏一樣，有一點自然可以使他的哥哥劇烈的愛戀，却也許不能長久地相愛的東西。特米脫里在會面後纏住他，懇求他不要隱瞞他見到未婚妻後所取到的是何種印象，他幾乎直率地把自己的意思對特米脫里表示出來。

「你同她會有幸福的，但是……也許……是不安靜的幸福。」

「對呀，這樣的人仍將成為這樣的人，他們不會屈服於命運之前。你以為我不會永久地愛她麼？」

「不，也許你會永久地愛她，但是也許你不會永遠同她有幸福。」

阿萊莎說出自己的意見的時候，漲紅着臉，不滿意自己，因為他竟循了哥哥的請求，表示出這樣「愚蠢」的意思來。他在說出來以後，立刻自己覺得這意見愚蠢得可怕。而且這樣權威地表示對于女人的意見也未免可羞。現在他懷着更大的驚訝，在初看跑進來的卡答隣納・伊凡諾夫納一眼的時候，感到也許他當時是很錯誤的。這一次她的臉上露出不虛偽的，坦白的善意。從以前那種使阿萊莎當時十分驚訝的『驕傲的侮慢』裏，現在祇發見一種極勇敢的，高貴的毅力，和某種明晰的，有力的自信。阿萊莎初看她一眼，並且說出第一句話來，就明白她對於她如此愛戀的男人所處的地位的悲劇性，在她的方面已非一種祕密，她也許已經完全知道，根本完全知道。雖然如此，在她的臉上仍存如許光明，如許對於未來的信心。阿萊莎感到自己在他面前忽被成為正經而且故意地犯了錯誤的人。他一下子被征服而且迷惑了。此外，他從她說出第一句話裏就看出她處于十分強烈的興奮狀態中，——也許是很不尋常的，幾乎甚至近乎某種歡欣的興奮狀態。

「我所以等候您，因為我現在祇有從您的一方面可以打聽出一切實在的話來，——從別人那裏是無論如何得不到的！」

「我來了……」阿萊涉喃聲說，弄得錯亂了，——「我……他打發我來的……」

「啊，他打發您來的，我早就預感到了。現在我全都知道，全都知道！」——卡答隣納．伊凡諾夫納喊，眼睛忽然閃出光彩，——「您等一等，阿萊克謝意．費道洛維奇，我預先對您說，爲什麼我這樣等候您。您看，我也許甚至比您還知道得多；我並不需要您那方面的報告。我需要於您的是這事件：我必須要知道您對於他個人的，本身的最後的印像是什麼，我需要您對我講述，用極直爽的，不加修飾的，甚至是粗魯的形式，（隨便怎樣粗魯都行，）對我敍講，——您自己現在，在他同您今天相遇以後，對于他和他的狀況怎樣看法？這也許比我自己去和他當面解釋好些，而他是不願意再到我這裏來的了。您明白不明白，我希望於您的是什麼？現在，請問您，他打發您到我這裏來有什麼事情，（我也早就知道他會打發您來的，）——請您隨便說話，說出最後的話來！……」

「他吩咐向您……致候，他說，再也不到您這裏來……所以和您問候？」

「問候麼？他就是這樣說的，這樣表示的麼？」

「是。」

「也許偶然，不經意地，說錯了話，沒有放上應該說的話？」

「不，他就是這樣吩咐的，她叫我一定要轉達「問候」的一句話。還三次請我不要忘記了轉達。」

卡答隣納·伊凡諾夫納臉紅了。

「現在請您幫我的忙，阿萊克謝意·費道洛維奇，現在我需要您的幫助？我將對您說出我的意思，而您祇要對我說，我想得對不對？假使他的吩咐向我問候是偶然的，不堅持轉達這句話，不着重在這句話上，那末一切都完了……一切都無可挽回！但是假使他特別堅持這句話，假使他特別要託您不要忘記將這問候轉達與我，——這麼說來，他是處于興奮的心情之下，也許不能自持着。他有了决定，還怕那决定！他不是舉着堅定的步伐離開我，却是從山上飛躍了下來。他的着重這句話也許是表示一種誇大口的意思……」

「是的，是的！」——阿萊莎熱烈地證實着，——「我自己現在也這樣想。」

「既然這樣，他還沒有喪亡！他祇是處于絕望的境地，我還能救他。等一等：他沒有告訴您關於錢的事情，三千盧布的事情麼？」

「不但說過，而且也許還使他最受挫折。他說他現在喪失了名譽，現在已經是無所謂的了，」——阿萊莎熱烈地回答，從全心靈裏感到希望灌輸進他的心裏，也許果眞對於他的哥哥有了出路和救心，——「但是，難道……您已經知道關於錢的事情麼？」——他補上去說，忽然呆頓住了。

『我早就知道，知道得很清楚。我曾發電到莫斯科詢問，早就知道錢沒有收到。他沒有匯出去，但是我沒有說話。在最後的一星期內，我打聽出來，他還需要錢，……我想盡方法，祇爲是使他知道，應該到誰那裏去開口，誰是他最忠實的朋友。不，他不願意相信我是他最忠實的朋友，不願識認我，他祇把我當作一個女人。整個星期內，有一種可怕的煩慮磨折着我：用什麼方法，使他不爲了耗用三千塊錢而對我羞慚？那就是說可以對別人，對自己羞慚，而不對我羞慚。他對於上帝是一切和盤說出沒有羞慚的。爲什麼他至今還不知道，爲了他，我能忍受一切？我打算救他的一輩子。他可以忘記我，不把我當作未婚妻！他居然在我面前爲自己的名譽担憂！然而他竟不怕對您直說出來，阿萊克謝意・費道洛維奇！爲什麼我至今還够不上這資格呢？』

最後的幾句話她包着眼淚說出來：淚水從她的眼睛裏濺了出來。

『我應該告訴您，』——阿萊莎用也是抖索的聲音說，——『告訴您剛纔他同父親所發生的一樁事情。』——……他於是講述那齣戲，講他如何被打發去要錢，特米脫里如何闖了進來打了父親一頓，以後又特別堅持地要求他，阿萊莎向她『問候』……『於是他到那個女人那裏去了』……——阿萊莎輕聲補上這句話。

「您以爲我不能忍受這個女人麼？他以爲我不能忍受麼？但是他不會娶她的，」——她忽然神經質地笑起來，——『難道卡拉馬助夫能永遠燬燒着這樣的情慾麼？這是慾，不是愛。他不會結婚，因爲她決不嫁給他……』卡答隣納・伊凡諾夫納忽然又奇怪的冷笑了一下。

『他也許要娶的，』——阿萊莎悲愁地說，低垂着眼睛。

『他不會娶的，我對你說！這個女郎是安琪兒，您要知道！您要知道這層！』——卡答隣納・伊凡諾夫納忽然異常熱烈地喊了，——『她是一個理想中理想的人物，我知道她能誘人，但是我知道她的性格善良，堅定，而且高貴。您爲什麼這樣看我，阿萊克謝意・費道洛維奇？也許您奇怪我的話語，也許不相信我麼？阿格拉非納・阿歷山大洛夫納，我的安琪兒！』——她忽然望着別一間屋子，對什麼人喊起來，——『你快到我們這裏來。阿萊莎來了。他是可愛的人。他知道我們一切的事情。您出來見他罷！』

『我就是在簾後等候您叫我呢，』——一個溫柔的，甚至有點甜蜜的女人聲音說。

簾子挑了起來，於是……格魯申卡喜仔仔笑咪咪地走到桌傍。阿萊莎的心裏好像有什麼東西抽刺了一下。他釘看着她，不能挪開眼睛。她，這可怕的女人，——『野獸』——是半小時以前伊凡哥哥忽然脫口說出來的。但是在他的面前站着的好像看來是一個極普通，極尋常的生物，——良善的，可愛的女人，也許是美麗的，但是很像所有別的，美麗的，卻是「

尋常」的女人！她幾乎好看，甚至很好看，——俄羅斯式的美，是使許多人傾倒的美。她的身材充分高，却比卡答隣納．伊凡諾夫納矮些，（卡答隣納的身材是完全高的。）她的肌肉豐滿，帶着柔軟的，甚至似乎聽不見的行動，好像也是柔軟到一種特別甜蜜的程度，像她的聲音一樣。她走近來時，不像卡答隣納．伊凡諾夫納那樣舉着勇武有力的步伐；相反地，是無聲無響的。她的脚在地板上完全聽不到。她柔軟地坐在椅上，華麗的，黑綢的衣裳發出柔軟的響聲，像泉水般白的，肥滿的頭頸和廣闊的肩膀美妙地包裹在貴重的，玄色的，羊毛的圍巾裏面。她年紀二十二歲，她的臉龐恰巧形容出這個年齡來。她臉色很白，帶着兩朵粉色的紅潤。她的臉部的輪廓似乎太闊，下顎甚至有點突出。上唇是細的，下顎稍爲凸出些，加倍地肥厚，似乎發腫。但是十分美麗，豐富的，深黃色的頭髮，深色的，貂皮似的眉毛，美妙的青灰色眼睛，帶着長長的睫毛，一定會使最冷淡和心神不屬的人，甚至在人羣裏，游藝會上，衆人踐踏之間，也必止步在這人前面，永久記住他。在臉部上最使阿萊莎驚訝的是那種孩子般的，坦白的表情。她像孩子似的看人，像孩子似的表示欣悅，她眞是「喜仔仔地」走到桌傍，似乎現在就在期待着什麼事情，懷着孩子氣的，極不耐煩的，信任的好奇心。她的眼神可以使心靈歡欣，——阿萊莎感到這一層。她的身上還有一點他不能，也不會加以理解，且也許是無意識地傳給他的。那還就是那種溫柔，行動的柔和，這些行動像小貓一般的無聲無響。然而她有一個強健，豐滿的軀體。圍巾裏露出廣闊肥滿的肩頭，高聳而還十分年青的胸脯。這軀體也許暗示着米羅委納司女神（Venus of Milo）的模型，雖然現在已具有一點過大逾恆的比例，——這是可以預先感到的。俄國的女性美的行家，看着格魯申卡，能夠無錯誤地預言，這個新鮮的，還年青的美，到了三十歲的時候，將喪失和諧，消失了去，臉變成肥腫，眼端額上將很快地發現皺紋，面色變得粗糙，也許發紫，總而言之，那是刹那間的美，飛飄的美，是一切俄羅斯女人時常遇到的。阿萊莎自然沒有想到這層，但是他雖然着了迷惑，却還是懷着一種不愉快的感覺，似乎憐惜似的自己詢問：她爲什麼這樣拉長話腔，不能自然地說話？她這樣做法，顯然在這字音和話語的拉長和勉強甜蜜的腔調裏，發見了美。這自然祇是不良興趣的不良習慣，證明她受了低級的教育，和從孩提時起庸俗地理解到的對於禮貌的見解。但是這語氣和說話的腔調，在阿萊莎看來，和那種孩子般天真的快樂的臉部的表情，和那種靜謐的，像嬰孩般幸福的，眼睛的光輝，是互相矛盾到近乎不可能的地步！卡答隣納·伊凡諸夫納立刻把她放在阿萊莎對面的沙發上面，好幾次歡欣地吻她的嘻笑的嘴唇。她好像戀上她了。

「我們初次相見，阿萊克謝意·費道洛維奇，」——她狂喜地說，——「我想認識她，看見她，我想到她那裏去，但是她依從了我的最初的願望就自己先來了。我早就知道我同她可以解決一切，解決一切的！我的心得了預感。……有人勸我不要做這步驟。但是我預先感到了結果，並沒有錯誤。格魯申卡對我解釋了一切，她的一切的用意。，她像善心的安琪兒從天上飛下，帶來了安謐和喜悅……」

「您竟不輕視我，親愛的，高貴的小姐」——格魯申卡像唱歌似的拉長着調子說話，還帶着和愛的，快樂的微笑。

「您不應該對我說這種話，你這女魔術家，你這美人兒！能輕視您麼？我更吻您的下唇一次。您的嘴唇好像發腫，現在讓牠再腫些，再腫些，再腫些……您瞧，阿萊克謝意．費道洛維奇，瞧着這樣的安琪兒，眞是心裏快樂出來……」——阿萊莎臉紅，發出看不出的，微細的抖索，

「您寵愛我，親愛的小姐，也許我不配消受您的愛寵。」

「不配！她不配麼？」——卡德隣納．伊凡諾夫納又熱烈地喊了，——「您要知道，阿萊克謝意．費道洛維奇，我們是理想家的頭腦，我們是自作主張的，驕傲裏透出驕傲的小心兒！我們高貴，我們寬宏，阿萊克謝意．費道洛維奇，您知道不知道？我們祇是不幸。我們太快就準備對於也許沒有價值的，或輕浮的人作任何犧牲。也有這麼一個軍官，我們愛上了她，我們把一切供獻給他，那是很久，五年以前，但是他忘掉了我們，他結婚了。現在他的

妻子死了，寫信來說要到這裏來，——而且您須知道，我們祇愛他一個人，直到現在祇愛他一個人，一輩子愛着！他一來，格魯申卡又將有幸福，而這整整的五年她是不幸的。但是誰能責備她，誰能以取得她的恩惠自誇？祇有那個缺腿的老商人，——而他不過是我們的父親，我們的知己，保護人。他當時遇見我們，正當我們處于絕望和痛苦之中，被我們所愛的人遺棄的時候……她當時竟想投水自殺，是那個老人救她的，救她的呀！』

『您眞會替我辯護，親愛的小姐，您對于一切事情都是這樣匆匆忙忙的，』——格魯申卡又拉直着調子說。

『是我辯護麼？是不是該由我們來辯護，我們還敢辯護麼？格魯申卡，安琪兒，請你伸手給我，你瞧一瞧這隻肥肥的，小小的，美麗的手，阿萊克謝意·費道洛維奇；你看那隻手，她取來了幸福，她使我復活，我現在要吻他，手背，手掌，這樣，這樣，這樣！』——她似在歡欣中三次吻着格魯申卡確極美麗的，也許太肥胖的手。格魯申卡伸出手來，掛着神經質的，響亮的，美妙的淺笑，注視這『親愛的小姐』的行動，她對于她的手被人家這樣吻着，顯然感到愉快。『也許，歡樂太多些，』——阿萊莎的頭腦裏閃出這念頭。他臉紅了。他的心一直似乎特別地不安。

『你當阿萊克謝意·費道洛維奇面前這樣吻我，親愛的小姐，你眞是使我十分感到羞懶。」

「難道我想羞你麼？」——卡答隣納・伊凡諾夫納有點奇怪的說，——「唉，親愛的，你眞是誤解我了！」

「你也許也是不十分了解我，親愛的小姐，我也許比在你面前的那個樣子壞得多。我心裏是壞的，我喜歡自作主張。當時我把可憐的特米脫里・費道洛維奇迷住，祇是爲了嘲笑嘲笑而已。」

「現在你可以救他。你已經答應。你可以使她醒悟，你可以對他直說，你早就愛着別人，現在那人正同你求婚……」

「不，我並沒有答應這句話。你自己對我說這一切，我並沒有答應。」

「這末說來，我沒有了解你的意思，」——卡答隣納・伊凡諾夫納輕聲說，臉上似乎有點發白。——「你答應過……」

「不，安琪兒小姐，我一點也沒有答應過你什麼事情，」——格魯申卡輕聲而且安靜地插斷話頭，照舊帶着快樂和天眞無邪的神情。——「高貴的小姐，現在你看得見，我在你面前是一個如何性劣和自作威風的女人。我想怎樣做，便怎樣做。我剛纔也許答應過你的，現在又想：也許他，米卡忽然又使我喜歡起來，——他已經使我喜歡過一次，甚至喜歡了幾乎一個鐘頭。也許我走出去，立刻對他說，讓他從今天起就留在我的家裏……我眞是沒有常性的人……」

「您剛纔說的……完全不是那話……」——卡答驎納·伊凡諾夫納勉强微語着。

「喂，那是剛纔，但是我的心是溫柔的，愚蠢的。祇要想一想，他爲了我受了多少罪！我忽然回家後，憐惜他起來，——那時便怎樣呢？」

「我料不到……」

「唉，小姐，您對待我眞好，您眞是高貴。您現在也許要不愛我這傻女人，爲了我這樣的皮氣。請您給我您可愛的小手，安琪兒小姐，」——她溫柔地請求，似乎懷着崇拜的神情，握住卡答驎納·伊凡諾夫納的小手。——「親愛的小姐，我現在握住您的手，也要像您對我那樣地吻着。您吻過我三次，我應該吻您一千次，纔算清賬。就這末辦罷。以後聽上帝的指示，也許我將做您的完全的奴隸，願意像奴隸似的侍候您。讓上帝怎樣決定，便怎樣辦，我們互相用不着有什麼預先約定的話！您這可愛的小姐，你這使人不可置信的美人兒！」

她輕輕地把那隻手端近自己的唇邊，確乎是懷着一個奇怪的用意：就是用接吻「算清欠賬。」卡答驎納·伊凡諾夫納並沒有掙脫手：她帶着畏葸的希望傾聽格魯申卡最後那句很奇怪地表示出來的，願意「奴隸似的」侍候她的話。她興奮地望着她的眼睛：她在這雙眼睛裏看出同樣坦白的，信任的表情，同樣明朗的快樂……「她也許太天眞爛漫了！」——卡答隣納·伊凡諾夫納心裏閃出了希望。格魯申卡似乎在欣賞着『可愛的小手，』慢吞吞地把牠端近自己的唇邊。但是那隻手到了唇邊的時候，她忽然遲留了兩三秒鐘，似乎在那裏思索什麼事情。

「您知道不知道，安琪兒小姐，」——她用溫柔，甜蜜的聲音，忽然拉長着調子說着，——「您知道怎麼樣，我就不來吻您的小手。」她發出異常快樂的，輕小的笑聲。

「隨您的便……您怎樣啦？」——卡答隣納·伊凡諾夫納抖索了。

「請您留着這個做記念，那就是您吻過我的手，而我沒有吻您的手。」——她的眼睛裏忽然閃出一點光亮。她可怕地釘看着卡答隣納·伊凡諾夫納。

「無禮的女人！」——卡答隣納·伊凡諾夫納忽然說，似乎忽然明白了什麼事情，滿臉通紅，從座位上立起來。格魯申卡不慌不忙地立起身來。

「我立刻轉告米卡，您怎樣吻我的手，而我完全沒有吻。他眞要笑得不可開交呢！」

「賤人！滾！」

「哎喲，眞可羞，小姐，眞可羞，這在您的方面甚至太不雅觀，說出這樣的話來，親愛的小姐。」

「滾出去，出賣身體的畜生！」——卡答鄰納・伊凡諾夫納吼叫起來。——在她的完全變樣的臉上，一切的線條全都抖動了。

「眞是出賣的。您自己姑娘家在黃昏的時候跑到男人家裏取錢，自己送上門去出賣自己的美貌，我是知道的。」

卡答鄰納・伊凡諾夫納喊了一聲，想奔到她身上去，但是阿萊莎用全力阻止她：

「不要走一步，不要說一句話！您不要說話，不要回答。她會走的，立刻會走的！」

在這當兒卡答鄰納・伊凡諾夫納的兩位親戚聽到喊聲跑進屋裏來，女僕也跑進來了。大家全奔到她的身傍去。

「我就走，」——格魯申卡說，從長沙發上取了短外套，——「阿萊莎，親愛的，送我一下！」

「您快出去罷，快出去罷！」——阿萊莎在她面前合着兩手求她。

「親愛的阿萊莎，送我一下！我在路上要對你說一句很好聽，很好聽的話！我是爲了你，阿萊莎，纔鬧出這場戲來的。送我一下，寶貝兒，以後你會喜歡我的。」

阿萊莎搖擺着手，轉過身去。格魯申卡明朗地笑了一聲，從屋裏跑出去了。

卡答鄰納・伊凡諾夫納發作了歇司底里病。她嗚咽着，痙攣攻擊着她。大家都在她身邊忙亂起來。

「我警告過你的，」——大嬸母對她說——「我攔阻你走這個步驟！你不知道這類東西的性子，這女人聽說比什麽人都壞……你是太任性了！」

「她是一隻老虎！」——卡答鄰納·伊凡諾夫納喊，——「您爲什麽攔阻我，阿萊克謝意·費道洛維奇，我要打她一頓，打她一頓！」

她沒有力量在阿萊莎面前壓制自己，也許不願意自行壓制。

「應該把她鞭打，送到斷頭臺上，交給劊子手，當着衆人面前！……」

阿萊莎退到門傍。

「但是上帝！」——卡答鄰納·伊凡諾夫納忽然喊，搖擺着兩手，——「他呢！他是多末不誠實，多末不人道！他竟對這東西講那件事情，在運定的，永遠可詛罵的那天所發生的事情！「送上門去出賣美貌，親愛的小姐！」她竟知道了！您的哥哥眞是混蛋，阿萊克謝意·費道洛維奇！」

阿萊莎想說什麽話，但是沒有找出一句話來。他的心縮緊到痛楚的地步。

「您走罷，阿萊克謝意·費道洛維奇！我覺得羞恥，我覺得可怕！明天……我跪着哀求您明天來一趟。您不要責備我，饒恕我，我不知道還要做出什麽事情來！」

阿萊莎似乎搖幌不定似的走到街上。他也想和她那樣地哭。一個女僕忽然追上前來。
「小姐忘記把霍赫拉闊瓦太太的信轉交給您，它從午飯的時候就放在我們那裏。」
阿萊莎機械地收下一隻玫瑰色的小信封，近乎不自覺地塞進自己的口袋裏去。

第十一章　又是一個失去了的名譽

從城裏到修道院祇有一俄里路多一點。阿萊莎在當時行人稀少的道路上匆遽地走着。已近黑夜，三十步外難于認清事物。在半途上有一個十字路口。在十字路口一顆孤寂的柳樹底下看見有一個人形。阿萊莎剛剛走到那裏，那個人形就離開位置，跑到他身傍來，用憤憤的聲音喊道：

「拿錢包來，不然就送你的命！」

「原來是你呀，米卡！」——阿萊莎強烈地抖索了一下，驚訝起來。

「哈，哈，哈！」你沒有料到麼？我心想：應該在那裏等候你？在她的房子傍邊麼？從那裏有三條路，我會找不到你。後來纔想到等在這裏，因爲這裏是必由之路，到修道院去別條路是沒有的。唔，你說老實話。你可以踩碎我，像踩死一隻蟑螂……你怎麼啦？」

「沒有什麼，哥哥……我還是吃了驚嚇。唉，特米脫里，剛纔父親流的血……（阿萊莎哭了，他早就想哭，現在他的心裏忽然似乎潰決了。）——你幾乎殺死他。……還詛咒他……

……而現在……在這裏……剛剛……你還開玩笑……拿錢包出來，不然就送你的命！」

「那有什麼？不體面麼？局面不相稱麼？」

「不是的……我是這樣……」

「等着。你瞧那黑夜：你瞧，那是多末陰沉的黑夜，烏雲，起了風！我躲在這邊柳樹底下等你，忽然心想，（上帝鑒臨着的：）爲什麼再要這樣受苦，等候什麼？這裏有一棵柳樹，還有手帕，有襯衫，立刻可以絞成一根繩子，還可以加上一條吊袴帶，——就可使世界少一累贅，不再使它爲了我這低卑的生命蒙受不潔之名！那時候我聽見你走了過來，——天呀！眞好像有什麼東西忽然飛到我的身上：到底還有一個人是我愛的，他，這個人，就是我的親愛的小兄弟，我愛他，甚于世上的任何人，我唯一地愛他！在那時候我是如何地愛你，一面愛，一面就想：讓我立刻投到他的頸上去！突然生了愚蠢的念頭：「讓我和他逗樂，嚇唬他一下。」我就像傻子似的喊起「拿錢包出來！」的話。請你恕我做了這種蠢事。……這不過是無意識的事情，其實我的心裏……也是很够受的……不管它了。請你說，那裏的情形怎麼樣？她說什麼？壓碎我罷！刺殺我罷！不要憐惜我！她狂怒了麼？」

「不，並不。……那裏完全不是這個情形，米卡。那裏……我剛纔看見她們兩人在一塊兒。」

「那兩個人？」

「格魯申卡在卡答鄰納・伊凡諾夫納家裏。」

特米脫里・費道洛維奇楞住了。

「不可能！」——他喊，——「你說着夢話！格魯申卡會在她家裏！」

阿萊莎把從他走進卡答鄰納・伊凡諾夫納家去的時候起所發生的一切事情講述了一遍。他講了十分鐘左右，並不說得流暢，有序次，卻很明白地傳達着，把握住最主要的話語，最主要的行動，而且還鮮明地傳出自己的情感，時常祇用一個字。特米脫里默默地聽着，呆板得可怕地釘視着。但是阿萊莎明瞭他已經全都了解，把握住全部的事實。但是敍講的故事越見進展，他的臉不但顯得陰沉，而且似乎更見威嚴。他皺緊眉毛，咬住牙根，呆板的眼睛顯得更加呆板，釘牢，可怕……最出人意料之外的是他的整個的臉，本來憤怒和蠻橫的，一下子忽然變了，變得不可思議的快，咬緊住的嘴脣鬆動了，特米脫里・費道洛維奇忽然發出最抑制不住，最無虛假的笑聲。他根本被笑聲浸淹，笑得甚至許久時候說不出話來。

「竟沒有吻手！竟沒有吻，就跑走了！」——他帶着病態的歡欣的心情呼喊，——也可以稱之爲無禮的歡欣，假使這歡欣不是這樣的不虛僞，——「她竟喊着稱她做老虎！眞是老虎！應該把她送上斷頭臺去麼？是的，是的。應該，應該，我自己就是這個意見，早就應該還樣！你瞧，弟弟，斷頭臺是可以的，但是應該先恢復了康健。我明白這位傲慢無禮的女王，她的整個面目，整個面目全表現在這隻手上，這女魘！她是世界上可以形容到的全體女魘的女王？一種特別的歡欣！那末她跑回家去了麼？我立刻去……哎呀……立刻跑去找她！阿萊莎，你不要罵我，我很同意，把她絞死還嫌少些……」

「但是卡答鄰納・伊凡諾夫納呢？」——阿萊莎悲感地叫喊。

「我也看見她，看得十分透切，從來沒有看得那樣清楚！這竟等于全球四大洲的整個發見，說錯了，五大洲的發見！做了這樣的步驟！這正是那個女學生卡欽卡的本色，她爲了拯救父親的一個寬宏的意念，冒了被人家侮辱的危險，竟不怕跑到一個粗野無禮的軍官家中！然而有的是驕傲，有的是冒險的需要，有的是對於命運的挑戰，向無邊的深淵挑戰！你說那位嬸母曾經阻攔過她麼？她那位嬸母自己就是傲慢的人。她是莫斯科將軍夫人的嫡親姊姊，她的驕傲比姊姊還厲害，但是丈夫侵吞公款，被人家發覺，喪失了財產，和一切，一切，驕傲的太太忽然壓低了音調，至今沒有抬高起來。那是她阻攔住卡嘉，而卡嘉不聽。「我能戰勝一切，一切都應該服從我；祇要我願意，可以使格魯申卡降服下來，」——她自己相信自己，自負太甚，那是誰的錯處？你以爲，她是故意首先吻格魯申卡的手，懷着狡滑的主意麼？不，不，她眞的，眞的愛上了格魯申卡，不是格魯申卡，都是自己的幻想，自己的譫語，——因爲這是我的幻想，我的譫語。阿萊莎，寶貝，你怎麼樣脫身離開她們的？是不是撩起婆娑，遁走的？哈，哈，哈！」

「哥哥，你好像沒有注意，你對格魯申卡講了那天發生的事情，而格魯申卡剛纔竟當面對她說，「你自己私下裏到男人家去出賣美貌。」你要知道，你是如何得罪了卡答鄰納．伊凡諸夫納！哥哥，還有比這個侮辱再深的麼？」——使阿萊莎感到最痛苦的一個念頭，是哥哥似乎喜歡卡答鄰納．伊凡諸夫納的受辱，這自然是不可置信的事。

「哎呀！」——特米脫里．費道洛維奇忽然可怕地皺緊眉頭，舉起手掌擊打自己的額角。他現在才注意到，雖然阿萊莎剛纔已將卡德鄰納．伊凡諸夫納如何受辱如何喊：「你的哥哥眞是混蛋！」的一切事情全盤講了出來。——「果眞地，也許我曾對格魯申卡講過關於卡嘉所說「運定」的日子的事情。對的，我講過的，我現在記得了！那是在莫克洛葉，我喝醉了酒，吉卜賽女人唱歌……但是我哭着，當時自己痛哭着，我跪在地上，向卡嘉的形象祈禱，格魯申卡明白這意思的。她當時全都明白，我記得，她自己也哭着……哎，見鬼！現在還能不這樣麼？當時哭泣，現在呢……現在是「刺心的一箭！」女人都是這樣的。」

他低下頭，沉思着。

「是的，我是混蛋！無疑的混蛋，」——他忽然用陰沉的聲音說出來，——「不管哭不哭，總是一個混蛋！你可以轉達過去，我承受這個稱呼，如果這能給予安慰。够了，再見罷，空談有什麽用？沒有快樂！你走你的路，我走我的路。我也不願意再相見，一直到一個最後的時間爲止。告別罷，阿萊克謝意！」——他緊握阿萊莎的手，還是低垂眼皮，不抬頭；又似乎掙脫一般，大踏步走到城裏去了。阿萊莎目送着他，不相信他會這樣完全突然走開的。

「站住，阿萊克謝意，還有一個告白，對你一個人說的！」——特米脫里·費道洛維奇忽然回轉來了。——「你看我，仔細看我：你瞧，這裏，這裏，這裏是準備着一件可怕的不名譽的事情。（特米脫里·費道洛維奇一面說着：「這裏，這裏，」一面用拳頭叩擊胸脯，帶着那種奇怪的態度，好像這不名譽的事情就橫放而且保存在他的胸脯裏面，在某一地方，也許在口袋裏，或是密縫後，掛在胸前。）你已經知道我：我是壞蛋，公認的壞蛋！但是你要知道，無論我以前，現在，或將來，會做出什麽事來，——和現在，但是在這個時候懷在我的胸脯裏，就要開始行動和成就的那件不名譽的事，它的卑劣的程度是一點也不能，一點也不能相比的。我本來是一個完全的主人，可以停止這事的進行，可以停止，也可以實行，你要記住這一點！但是你要知道，我一定實行它，決不停止。我剛總對你全講了出來，却沒有講這件事，因爲甚至連我都沒有厚臉來講！我還能停止；我一停止，明天就可以挽回已失的名譽的整整的一半。但是我不停止，我要實行卑劣的計謀，你可以預先做我的證人，我預先告訴給你聽！幻滅和黑暗！用不着再解釋，到那時候你自會知道的。惡臭的胡同和女魔！告別罷。不必爲我祈禱，我不配，也完全用不着，完全用不着……我完全不需要！走開罷！……」

他忽然走開，這一次是完全走開了。阿萊莎走向修道院那裏去：「我怎麼竟會，怎麼竟會看不見他？他說的是什麼話？」他覺得十分離奇，——「明天我一定要去看他，尋找他，特地尋找他。他說的是什麼話！」……

他繞過修道院，穿了松樹林，一直走進庵舍。雖然這時候已經誰也不放進去，可是人家到底給他開了門。在他走進長老的修道院室的時候，他的心抖慄了：「爲什麼，爲什麼他走出去？爲什麼長老打發他進入「人世？」此地一切靜寂，此地是神聖的所在，但是那邊却擾攘不安，那邊是黑暗，使人立即迷失道路，莫知所措……」

沙彌勃洛菲里和修道司祭帕意西神甫還在修道室裏。帕意西神甫整天裏每隔一小時便進來打聽曹西瑪長老的康健。阿萊莎恐怖地聽到長老的病況愈加惡化。甚至照例晚上和僧侶們的談話今天也不能舉行。照例，每天晚上，做完功課以後，臨睡以前，修道院的全體僧侶們都聚到長老的修道院裏，每人朗聲對他懺悔今天自己的過失，罪孽的幻想，思想，一切誘惑，甚至相互間的口角，如果有這類情事發生了出來，有的人竟跪下來懺悔。長老加以解決，調解，訓示，規定苦行的範圍，又爲他們祝福，放他們散走。反對長老制的人們所不滿意的也就是僧侶間的『懺悔。』他們說這是褻瀆懺悔的聖祕性，幾乎犯了瀆聖罪，雖然這完全是另一件事。甚至向主教方面提出，說這類的懺悔不但不能達到良好的目的，而且確實會有意地引到罪孽和引誘的方面去的。僧侶們中有許多人不高興到長老那裏去，祇是勉强地，因爲大家都去，又因爲不願意使人家認他們具有驕傲的，反叛的思想。有人講，僧侶們裏有些人在赴晚間懺悔的時候，互相預行約定：『我要說我早晨恨過你，你應該證實它，』——這是爲了有話可說，爲了敷衍了事。阿萊涉知道有時確乎會發生這類的事情。他還知道僧侶們裏有人最恨的是庵舍的徒衆所收到的一切信件，甚至是家信，也須先送到長老那裏，由他拆開來，比收信人先讀一遍。自然，根據原來的意思，這一切應該自由而且誠懇地辦理着，出于全心靈，爲了自願的服從，和超救的監督，然而實際上，發生的結果竟很不誠懇，相反地，祇是虛僞和裝腔。但是僧侶們裏輩分老的，和有經驗的一些人堅持着自己的主見。他們以爲凡是誠懇地走進這牆裏來修行的，無疑地，這類修道和苦行確是可以使他們得救，給予他們極大的利益，但是相反地，如有人引以爲苦，生了怨意，那末無論怎樣說，他們似乎已經不是修道僧，徒然進入修道院裏，這類人的位置是在人世間。罪孽和魔鬼，不但在人世裏，即使在教堂裏，也是防備不盡的，所以大可不必對于罪孽讓步。

「他軟弱得很，儘要睡覺，」——帕意西神甫爲阿萊莎祝福以後，微聲告訴他，——「竟難于喚醒他。但是也不用去叫醒。五分鐘後醒了，請求轉致祝福給僧侶們；還求僧侶們爲他作晚禱。明年還打算受一次聖祕禮。又記起你來，阿萊克謝意，問你出去了沒有，我們回答他說在城裏。「我是祝福他到那裏去的，他應該到那邊去；現在這裏不是他的住處，」——這是他提到你時所說的話。他總是帶着愛情和掛念憶到你。你想一想，你爲什麼得到這樣的眷寵？不過他何以決定你暫時應該到塵世界裏去混？他一定在你的命運裏有什麼預見！你要明白，阿萊克謝意，如果你回到人間，那似乎就爲了修你的長老加在你身上的功課，并不是去從事輕意的浮華，人間的快樂……」

帕意西神甫出去了。長老即將辭世一層，對於阿萊莎是毫無疑義的，雖然他也許還能活上一兩天。阿萊莎堅定而且熱烈地決定，雖然他曾答應和父親，霍赫拉闊瓦，哥哥，和卡答鄰納·伊凡諾夫納等人相見，——明天完全不出修道院一步，將留在長老身傍，直到他的臨終爲止。他的心被愛情熾燒着，他悲苦地責備自己，竟會在城裏一下子忘記了在修道院遺留在垂死的牀上，爲他平素最敬愛的人。他走進長老的臥室，跪下來，向睡着的人鞠躬到地。長老靜靜地，動也不動地睡着，輕微地呼吸着，平勻而且幾乎覺不出來。他的臉是安靜的。

阿萊莎回到另一間屋子，——就是長老早晨接見賓客的那間，——差不多不脫衣裳，祇脫皮靴，躺在堅硬狹窄的皮沙發上面，——他早就每夜睡在這上面，祇取來一隻枕頭。剛纔他的父親嚷嚷出來的褥子，他早已忘記了鋪墊。他祇脫下了袈裟，用牠覆蓋身子，代替被褥。臨睡之前，他跪下來，祈禱許多時候。他在熱烈的禱詞中，不求上帝爲他解釋他的不安，祇是渴求着快樂的情緒，以前，在他頌贊了上帝以後，（這是他臨睡前照例所作禱詞的內容。）時常有這樣的情緒光降到他的心靈裏來。光降到他身上的那種快樂引他進入輕鬆，安靜的夢裏。他現在祈禱的時候，偶然間忽在口袋裏摸到那封小小的，玫瑰色的信，就是卡答鄰納·伊凡諾夫納的女僕在路上追過來轉遞給他的。他感到慚愧，却仍舊念完了禱詞。在遲疑了一會兒以後，便打開了信封。裏面有署名Lise的一封信，——就是霍赫拉闊瓦太太的那個年輕女兒，早晨當着長老那樣取笑他的。

她寫道：

「阿萊克謝意·費道洛維奇，我私下對您寫這封信，連母親都不知道。我知道這是很不好的。但是我不能再生活下去，如果不對您說出我心裏產生下來的一切話，這些話除去你我兩人以外，誰也不應該事先知道。但是叫我如何對您說出我想對您說的話？據說，紙張不會臉紅，對您說，這是不對的，紙張臉紅得和我現在一樣。親愛的阿萊莎，我愛您，從兒童時代起就愛，從莫斯科起，那時您還完全不是現在的那個樣子。我一輩子愛您。我的心選擇了您，我願意和您結合，到了年老時候便一同結束我們的生命。自然須以您脫離修道院爲條件。關於年齡一層，我們可以等待到法律允許的時候。到那時候我一定恢復健康，可以走路，跳舞。這是無庸多說的。

『您看見我是一切都想到了，惟有一件事情不能想出：那就是你讀了這封信以後，對於我將生什麼感想？我好笑，好淘氣，我剛纔使你生氣，但是我對你說實話，我在執筆以前，曾向聖母像禱告，現在也在禱告，幾乎哭泣。

『我的祕密現在握在您的手裏，明天您來時我不知道怎樣看您。阿萊克謝意•費道洛維奇，假使我看着您的臉的時候，又像傻瓜一般，按捺不住，像剛纔那樣大笑起來，便怎麼辦呢？您一定把我當作壞皮氣，好取笑的女人，不再相信我這封信。由此我懇求您，親愛的，如您對我有一點同情，在您明天走進來的時候，不要太筆直地看我的眼睛，因爲我的眼神和您相遇的時候，也許我一定會忽然大笑起來，況且您又穿着這種長袍。……現在，我想到這一層的時候，竟全身發冷，所以您走進來的時候，暫時請您不要看我，可以看母親或窗外……

『我居然給您寫了情書，我的天，我做出了什麼事情！阿萊莎，請您不要看輕我。如果我做了很壞的事，使您發怒，那末請您恕我。現在，我的也許永遠失去了的名譽的祕密握在您的手中了。

「我今天一定要哭。再見罷，可怕的再見罷。」

Lise.

「再啓者。阿萊莎，請您一定，一定，一定來！Lise.」

阿萊莎懷着驚奇讀完這封信，讀了兩遍，想了想，忽然輕聲，甜蜜地笑了。他想要抖索，在他看來這笑聲是有罪的。但是過了一會，他又那樣輕聲地，那樣有幸福地笑了。他慢吞吞地把信放進信封裏，畫了十字，躺下來了。他的心靈的騷擾忽然過去了。「上帝，願您賜恩于這些人們，保佑這些不幸的，騷亂的人們，給他指示一條途徑。你有許多路：可以救他們。你就是愛，你給大家送來快樂！」——阿萊莎喃聲說，畫着十字，同時陷入靜謐的夢中。

民国世界文学经典译著·文献版（第二辑：耿济之译著）

◆长篇小说◆

The brothers Karamazov

卡拉马助夫兄弟们

（第三部）

［俄］陀思妥耶夫斯基（F.dostoevsky）著

耿济之 译

上海三联书店

[俄]陀思妥耶夫斯基(F.dostoevsky)著　耿濟之 譯

卡拉馬助夫兄弟們

(第三部)

中華民國三十六年八月初版

目錄

第三部

第七册　阿萊莎

第八册　米卡

第九册　預審

第七册　阿莱莎

第一章　腐味

圓寂後的長老曹西瑪的遺體預備照規定的儀節落葬。僧士和隱修士死後照例不洗。大聖禮記上說：『僧士中赴上帝寵召時，由被選定的僧士用溫水擦拭他的遺體，先用希臘的海棉在死者額上，胸前，手足和膝上劃十字，別無其他手續。』這一切由帕意西神甫自行辦理。擦拭後給他穿上僧士的服裝，罩上外套；照例稍爲剪開，罩成十字的形式。頭上套頭巾，頭巾上有八角形的十字架。頭巾是張開來的，死者的臉龐用黑紗蒙住。一尊救主神像，放在他的手上。到了早晨就這樣將他移盛棺中。（這棺以前早就預備好了。）大家打算把靈柩在修道室裏安置一天，（就在過世的長老接見僧侶和俗人的第一間大屋裏面。）因爲死者職位是修道司祭，所以修道司祭和補祭們不應該在他傍邊誦讀詩篇，而須誦讀福音書。在做完了追悼祭以後，岳西夫神甫立刻開始誦讀；帕意西神甫本欲親自誦讀整整的一晝夜，然而這時他和住持神甫兩人正很忙碌，而且操心，因爲在修道院的僧侶中間和從修道院的客店裏，還從城裏大批來到的俗人中間，忽然起始發現一種前所未聞的，甚至『不適宜』的騷亂和不耐煩的期待的情緒，而且這情緒越來越强化。住持和帕意西神甫竭盡全力，在可能的範圍內安慰這些張皇忙亂的人們。在日光完全降臨的時候，從城裏來的人中竟有攜帶病人，特別小孩子們的，——似乎特地期待這個時刻，顯然希望那種立治百病的力量將毫不遲延地發現出來，照他們的信仰應該是這樣的。到了這時候才發現，我們大家甚至在圓寂的長老在世時，就如何把他認作一定無移的，偉大的聖徒。趕來的人們裏並不完全是普通人。這些信徒們那樣匆遽而且明白地表露出來的偉大的期待，甚至帶着不耐煩，幾乎要求的樣子，在帕意西神甫看來無疑地是一種誘惑，這誘惑雖然爲他預感到還不很久，但實際上竟超越了他的期望。他和騷亂着的僧侶們相遇時，甚至責備他們，對他們說：「這種期待立刻有偉大事情發生的情形是一種輕浮的舉動，祇有俗世人是可能的，而我們不應該這樣。」但是沒有人聽他。他不安地注意到這情形，不過在他自己的方面，（如果正確地加以回憶，）雖然對於十分不耐煩的期望深致憤激，認爲輕浮與忙亂的舉動，但私衷上，在心靈的深處，幾乎也和那些騷亂的人們一樣地期待着，這是他自己不能不承認的。雖然如此，他對於有些他所遇到的人感到特別地不愉快，由于某種預感而引起他極大的疑惑。他從擁擠在死者的修道室裏的人羣中間，懷着心靈的憎厭，（對於這，他當時深自咎責，）看見拉基金，或遠方來的渥勃道爾司基修道院的客人，（他還住在此地修道院裏，）也混在裏面。帕意西神甫不知爲甚麼緣故，忽然把他們兩人當作可疑的人物，——固然看得出這情形來的不止這兩人。在騷亂的人們中間以渥勃道爾司基的修士最顯得忙亂；到處在任何的地方都可以看到他：他到處詢問，到處傾聽，到處和人耳語，帶着一種特別神祕的神色。由于所期望的一切的久未實現，他的臉容成爲極不耐煩，而且似乎惹惱。至於拉基金，以後才知道是奉了霍赫拉闊瓦夫人的特別委託，老早就到庵舍裏來的。這位心善而無性格的女人，自己既不能走進庵舍裏來，在一覺睡醒，知道長老圓寂的消息以後，忽然發出熱烈的好奇心，當時就打發拉基金到庵舍裏來，吩咐他觀察一切的事情，立刻將所發生的一切用書面向她報告，每半小時報告一次。她把拉基金認作極虔信的青年人。他很會同一切人投合，而且會依照每人的願望加以奉承，假使他在這人身上看出於自己多少有點利益的時候。這一天天氣晴朗，許多到修到院裏來燒香的人們聚在庵舍的墳墓附近。這些墳墓全堆聚在教堂的周圍，還散放在庵舍的各處。帕意西神甫在庵舍裏巡走時，忽然憶起阿萊莎，差不多那從天黑夜起，早就看不到他。剛憶到他，立刻在庵舍的最遼遠的角落裏看到了他，看見他坐在柵欄傍邊，一個在古遠的時代就死去，而以苦行著名的修道僧的墓碣上面。他坐在那裏，背朝庵舍，臉朝柵欄，好像躲在記念碑後面似的。帕意西神甫逼近過去的時候，看見他兩手掩臉哭泣，雖沒有聲音，却極悲苦，整個身體悲咽得震顫不止。帕意西神甫在他身前站了一會。

「得啦，親愛的兒子，得啦，好朋友，」——他終于帶着深刻的感情說：——「你爲什麼這樣？你應該喜歡，不要哭。你不知道今天是他的日子裏最偉大的一天麼？現在他在那兒，在這時候？你祇要想一想就明白了！」

阿萊莎看了他一眼，露出淚流得浮腫像小孩一般的臉，但是一句話也不說，立刻扭轉身子，重新用兩掌掩住臉兒。

「這也許是好的，」——帕意西神甫憂鬱地說，——「你就哭罷，基督賜給你這些眼淚。」「你的和悅的眼淚祇是精神的休息，使你的可愛的心取得快樂。」——他自言自語地說着，在離開阿萊莎，和藹地想他的時候。他連忙離開，因爲感到他再看他，也許自己就要哭的。時間過去了，修道院的禮拜和追悼的儀式依次舉行。帕意西神甫又看見岳西夫神甫在靈前，便又從他那裏接下去誦讀福音書。但是還沒有過下午三點鐘，就發生了我曾在上卷終結時提到的那件事情，我們裏面誰也沒有料到，並且和大衆的期望背道而馳的事情，關於這事情的詳細而瑣碎的描寫至今還在我們城裏和四郊極活潑地回憶着。在這裏我還要自行補充一句：關於這個無聊的，可誘惑的事件，使我幾乎憎厭地回憶着，實際上這祇是極空虛的，而且是自然的事件，而我自然本可以在我的故事裏忽略過去，不予提及。假使它不在強烈的，一定的程度之下，影響到我的小說裏重要的，卻是未來的主角阿萊莎的心靈方面，似乎造成他心靈裏的轉變和改革，使他的理智得了震憾，卻又加以根本的鞏固，一輩子走向某種一定的目的上去。

現在言歸正傳。在天亮以前，長老的預備殯葬的軀體已放進棺中，抬到第一間屋子，就是以前的會客室裏的時候，在棺傍的人們發生了一個問題：屋裏應該不應該開窗？但是這個經某人偶然不經意地提出的問題，並沒有人置答，且幾乎沒有人注意到。祇有幾個在場的人們曾私自忖度，在這樣的聖徒的身上期待腐爛的氣味眞是萬分荒誕，對於發出這問題的人的少信仰和淺薄的思想，深致惋惜，（假使不致博他人的嘲笑。）因爲大家期待的是完全相反的東西。午後不久，就起始發出一點什麼，起初進進出出的人們祇是默默地放在自己心裏，甚至每人顯然懼怕將各自起始發生的念頭告訴任何人，但是到了下午三點鐘光景，竟暴露得太明顯而且無可推翻。這消息當時一下子飛遍整個庵舍，飛到所有進香的客人身傍，立刻闖進修道院裏，使修道院裏的全體僧衆，十分驚訝，後來過了極少的時間竟抵達城裏，使一切的人們無論信徒或非信徒，全都騷亂起來。不信仰的人們很高興，至於信徒們中間有許多人甚至比最不信仰的人們都高興得多，因爲『人是愛正義的人的隳落和他的受恥辱的，』——這是故世的長老在他的一次訓言中親自說出來的。事情是因爲從他的身上起始漸漸地發出越來越被人們聞到的腐味，到了下午三點鐘已經現露得太見清切，漸漸地越來越加强了。在我們的修道院的過去的歷史裏，早就沒有，而且甚至不能憶到這樣粗魯地放肆的，在別種情形下甚至不可能的誘惑，像隨着這事件之後在僧侶的本身團體中間那樣發現出來似的。在後來，甚至過了許多年以後，有些明白事理的僧侶們憶起這一天的詳細情節的時候，對於誘惑竟能達到這般程度一層，深爲駭異。因爲在這以前，常有度着聖徒的生活的僧侶們死去，他們的神聖爲衆所共見，全是畏懼上帝的長老，然而從他們的低卑的棺材裏面也發出和一切死人身上自然出現的一樣的腐味，但是這並不引起誘惑，甚至一點點的騷亂。自然，在古代有些聖者是我們的修道院裏至今還活潑地遺念着的，他們的遺骸據說並不發出腐味。這事實使僧侶們發生感動和神祕的影響，保留在大家的記憶裏，當作一樁莊嚴奇麗的事情，還看作一種誓約，從他們的墳陵上將來一定有更大的榮耀，祇要由于上帝的意志時間來到了以後。他們中間特別保留着記念的是活到一百零五歲的長老約伯，著名的苦修者，偉大的持齋者和緘默者。他於本世紀的第十年代就已圓寂，修道院裏時常持着異乎尋常的，特別的尊敬把他的墳墓指給初次來拜的香客們看，還神祕地加上一些偉大的希望的話。（那個墳墓就是早晨帕意西神甫看見阿萊莎坐在上面的。）除去這位古代的長老以外，還使人們遺念着的是比較圓寂未久的偉大的長老瓦爾騷諾非。曹西瑪長老就從他手裏接受了長老的爵位，他在世時，到修道院裏來進香的香客們簡直把他當作瘋僧看待。傳說裏講這兩人躺在棺材裏，像活人一般，葬的時候完全不朽爛，在棺材裏他們的臉龐甚至好像發出光芒。有些人甚至固執地回憶，從他們的身體上顯然散出一陣陣的香氣。不管這些回憶如何具有啓迪的意味，總是難于解釋那種直接的原因，何以曹西瑪長老的靈前竟會發生如此輕浮，離奇而且惡意的現象。至於在我個人的方面，我以爲在這上面有許多別的，許多合併着發生影響的不同的原因。譬如說，其中之一是對於長老制的深中着根苗的仇恨，在修道院裏許多僧侶們的腦筋裏深深地隱藏着，把它看作流毒的新鮮事情。自然最主要的是對於長老的神聖發生了忌妒。這神聖在他的生前就植立了確定的基礎，禁止反駁的。雖然去世的長老不僅以奇蹟，且以愛吸引許多人，在他的周圍似乎建立整個的愛他的人們的世界，却因此產生更加多的忌妒他的人，甚至殘酷的敵人，明的和暗的，不但在修道院裏的僧侶們中間，甚至在俗世的人們中間也是如此。例如說，他並未加害任何人，但是「爲什麼大家把他當作聖者看待呢？」單祇這一個問題，逐漸重複起來，終于產生了無數的極不饜足的仇恨。我想，許多人聽見了他的軀體上發出腐味，而且還發得這樣快，——因爲他死去尚未滿一天，——所以感覺無上的快樂，就是爲了這個原因。此外在忠事長老，並且十分尊敬他的人們中間，立刻發現了一些人，幾乎爲這事件感到了侮辱，受了個人方面的氣惱。這件事情的發展有如下面的情形。

腐味一發現後從走進死者的修道院裏來的僧侶們的臉色上就可以斷定他們的進來具有什麼用意。一進來，站了不久，就連忙出去把這消息對別人，等在外面的一羣人證實，等候的人們裏面，有的憂鬱地點頭，但是另有些人甚至不願隱瞞他們的喜悅，在他們的惡狠的眼神裏明顯地發露出來。而且竟無人責備他們，無人揚舉善良的話語，這是很奇怪的事情，因爲在修道院裏對去世的長老懷着耿耿的忠心的究居多數；顯然上帝自己容許少數的人在這一次臨時佔了上風。不久，外面來的客人們，大半都是智識分子，也到修道室裏，充當偵探的角色。普通的人進來的不多，雖然有許多人聚在門外。無疑地，在三點鐘以後，外來的訪客們越聚越多，就是爲了那件使人誘惑的事件。有些人也許這一天本來不會來，不打算來的，現在竟特地跑來；其中有幾個是極大的角色，但是在外表上儀節尚未破除，帕意西神甫帶着嚴肅的臉容，繼續堅決而且明晰地誦讀福音，而且讀得聲音很響，似乎不注意所發生的事，雖然早就看出一點不尋常的事故來。但是有一些語音，起始是很輕的，但是漸漸是堅定的，確定的，達到他的耳朵裏來。「可見上帝的裁判並不和人類的裁判一樣，」——帕意西神甫忽然聽到了這句話。一個外界的，城裏的官員最先說出這句話來。他已經是年邁的人，而且大家都曉得他是很虔信的，但是他說了出來，祇是重複僧侶們互相附耳反覆說着的話語而已。他們早就說出這句無希望的話，最壞的是在說出來的時候幾乎每分鐘內都發現而且增加某種勝利。但是不久甚至儀節也開始不很遵守，似乎大家感到自己有甚至不遵守這儀節的權利。

「爲什麼這事會發生出來呢？」——僧侶中有人說，起始似乎是婉惜的意思，——「他的軀體不大很乾枯，骨頭傍邊的肉是乾的，從那裏會出來臭氣呢？』『那就是說上帝故意願意加以指示，』——別的人連忙補上去說，他們的意見立刻毫無爭論地接受下來了，因爲他們以爲假使和一般有罪孽的死人一樣，會自然而然發出氣味，那末總要發得晚些，不能這樣匆遽，至少有一晝夜的功夫，但是『這位竟趕在自然的前面去了，』那一定就是上帝和他的高超的手指。他在指示着。這個意見顯得是無可反駁的。溫良的修道司祭岳西夫，專掌圖書，是死者生平最愛的人，起始反駁幾個說壞話的人說，『這並不見得如此，』聖徒軀殼的不會朽壞並非正教教會的什麼教條，祇是一個意見，在正教最盛的國家內，例如說在阿芬那，對於腐氣並不很感覺不安，他們不把軀殼的不朽認作被拯救的人應受榮耀的主要的表徵，却從骨頭的顏色加以分別，在他們的軀殼多年躺在地下，甚至發爛了的時候。『如果骨頭像蠟一般的黃，那才是上帝賜榮耀給去世的聖徒的主要表徵，如果是黑的，那就是說上帝沒有將這榮耀賜給他，』——在阿芬那，從古以來正教保存得無可搖撼，而且十分純潔的偉大的地方是這種情形的，』——岳西夫神甫這樣結束着他的意見。但是溫良的神父的話語沒有效果地飛了過去，甚至引起了嘲笑的反駁：『這全是學究氣和新鮮玩意，用不着聽他，』——僧侶們自行決定。『我們是遵照老法子的；現在出的新鮮玩意還少，能全都模倣麼？』——另一些人說。『我們這裏出來的聖父不比他們的少。他們住在土耳其人中間，一切都忘記光了。他們的正教早就混濁不清，渾鐘也沒有了。』——最好嘲笑的人們湊上去說。岳西夫神甫憂鬱地走開，況且他自己表示的意見並不很堅決，似乎自己也不大相信。但是他不安地看出，起始了很不雅觀的事情，甚至不服從地抬起頭來了。於是一切具有判斷的聲音全隨着岳西夫神甫之後沉寂了。似乎湊巧的是所有愛去世的長老，而且帶着和愛的馴順的態度接受長老制度的人們忽然十分害怕起來，相遇的時候惟有畏葸地面面相覷。至於長老制的敵人，反對新鮮玩意的人們，却驕傲地抬起頭來。『去世的瓦爾騷諾菲長老身上不但沒有氣味，却還透出香味來，』——他們惡意地提醒着，——『但是他的成功並非依靠長老制，却因為他自身是正直的。』隨着就有責備，甚至控訴的話語加到新近圓寂的長老身上：『他的教訓欠公平；他教訓人說，生命是偉大的喜悅，而不是含淚的馴順，』——一些最沒有理解的人們說。『他照時髦的樣子信仰，不承認地獄裏物質的火，』——比那些人更加沒有理解力的另一些人們加上去說。『他不嚴守素齋，吃甜東西，櫻桃糖漿當茶喝，而且很愛喝，是女太太們送給他的。一個戒律謹嚴的僧士應該喝茶麼？』——另一些忌妒的人們說。『他高傲地坐在那裏，』——懷着惡意的人們殘忍地回想着，——『自認為聖徒，人們跪在他面前，他視作應該的事。』『他濫用懺悔的神祕禮，』——反對長老制最激烈的人們用惡狠的微語添上去說，這句話竟出于輩份最老，對於禮拜上帝一事最嚴肅的僧侶們口中，——他們全是真正的持齋者和緘默者，在長老活着的時候常守沉默，但是現在忽然張開了大嘴。這是十分可怕的事，因爲他們的話語對於年輕的，還無定力的僧侶們具有強烈的影響。「聖西里魏司特洛」修道院來的渥勃道爾司克的僧士傾聽着這一切話，一面深深地嘆氣，點頭：「顯然費拉龐特神甫昨天判斷得很對，」——他心裏想；說到那裏，恰巧費拉龐特出現了。他的出現似乎就爲的是加深人們的震動。

我以前已經提過，他很少從蜂房傍的木造修道室裏出來，甚至教堂裏也許久未去，大家照瘋僧的樣子對他一切寬容，不將大衆應遵守的章程加以束縛。但是說實話，大家的對他寬容，甚至是出于多少必要的關係。因爲對於日夜祈禱的偉大的持齋者和緘默者，（甚至還跪着睡覺，）強以普通的規律相繩，而他自己並不願意加以服從，甚至似乎面子上不好看。「他比我們大家神聖得多，履行規律上最艱難的事，」——那時候侶僧們一定要這樣說，——「至於不到教堂裏去，那是因爲他自己知道什麼時候可以去，他有他自己的規律。」大概就爲了這些流言和誘惑，費拉龐特神甫才被人家放任了。大家全都知道，費拉龐特神甫最不愛曹西瑪長老；現在忽然有消息傳到他的修道室裏來，說是「上帝的裁判並不和人們的裁判一樣，甚至趕在自然的前面去了。」可以料得到的是渥勃道爾司克的客人首先跑去報告這消息。我也曾提過，堅定而且牢固地站在棺材前面讀聖經的帕意西神甫雖然不能聽見而且看見

修道室以外所發生的事情，但是在心裏却把主要的一切猜透得毫無錯誤，因爲他深知道自己的團體裏的內容。他並不感得不安，却在等待再將發生的一切事情，一無恐怖的心情，用透澈的眼神注視騷動的未來的結果，這是在他的有智識眼光裏早就料得到會有的。忽然，在外室裏一陣異乎尋常的顯然擾亂秩序的喧聲使他的聽覺吃了一驚。門大敞了開來，門限上發現了費拉龐特神甫。在台階下面聚了許多伴他前來的僧士，裏面還隔着外界的人們，甚至從修道室裏都看得很清楚。伴他前來的人們沒有進來，也沒有升到台階上去，却站在那裏等候費拉龐特神甫往下說什麼話，做什麼事，因爲他們雖然壯着膽子，却多少帶着恐怖，他們還預感到他不是無所謂而來的。費拉龐特神甫在門限傍邊站住，舉起手來。渥勃道爾司克的客人一雙尖銳的，好奇的眼睛從他的右手裏窺望着。他是唯一的忍耐不住，由于他的極大的好奇心，隨着費拉龐特神甫從小梯上走了進來。除他之外，別的人們，在門帶着響聲做開來的時候，由于突然而來的驚嚇，反而擁擠着往後倒退。費拉龐特神甫朝上舉手，忽然喊道：

「驅走趕掉！」立刻依次朝四方鞠躬，用手對修道室的四牆和四角畫十字。費拉龐特神甫的這種舉動，伴他前來的人們立卽了解，因爲他們知道他走到那裏去，永遠是這樣做法，在不驅走不清潔的鬼靈以前，是不會坐下來，說一句話的。

「撒但出去呀；撒但出去呀！」——他畫一次十字，便重複一遍，——「驅走趕掉！」

——他又喊了。他穿着粗糙的袈裟，腰際緊着一根繩子。他的裸露的胸脯上長滿了斑白的毛髮，在麻織的襯衫底下窺望。脚完全是光裸的。他剛開始揮手，在袈裟底下帶着的沉重的鐵鏈就搖撼而且發響了。帕意西神甫中止了誦經，挺身向前，站在他面前等待着。

「你爲什麼進來，純潔的父？你爲什麼破壞秩序？爲什麼激動馴順的羊羣？」——他終于說，嚴厲地看他。

「我爲什麼來？你問爲什麼？你有什麼信仰？」——費拉龐特神甫喊，裝出瘋的行徑，——「我跑來驅趕你的客人們，那些壞鬼。我看我不在這裏，竟聚了許多。我要用樺樹掃帚把他們掃走。」

「你驅趕不清潔的鬼靈，也許自己在爲他服務，」——帕意西神甫毫不畏縮地續說，——「誰能說自己：「我是神聖的？」是你麼，父？」

「我是不清潔的，不是神聖的。我決不坐在椅子上面，讓人家像對偶像似的膜拜！」費拉龐特神甫又喊叫起來。——「現在人們破壞神聖的信仰。你們的去世的聖者，」——他手指棺材，朝人羣裏說，——「他是不承認鬼的。他給人家吃藥，藉以驅走小鬼。所以你們這裏就積聚了許多，像角落裏的蜘蛛一般。現在他自己也發臭了。我們看出這是上帝的指示。」

在曹西瑪神甫活着的時候，這事是確乎曾經發生過的。僧士中有一個人起始夢見不潔的神聖，以後白天醒着的時候也看見了。他懷着極大的恐懼把這事對長老說出來，長老勸他實行不斷的祈禱和加強的持齋。但是這並不見效，於是勸他一面不放棄持齋和祈禱，一面吃藥。當時許多人極爲震動，互相搖頭私語，——其中最厲害的是費拉龐特神甫，當時就有幾個好批評人家的人連忙跑去把長老這種特別情態下的「不尋常」的命令報告給他聽。

「出去罷，父！」——帕意西神甫用命令的口氣說，——「不是人裁判，却是上帝裁判。也許在這裏我們可以看到一種「指示」，是你，我，和任何人都沒有力量明白的。出去罷，父，不要激動馴順的羊羣，」——他堅決地反復說着。

「他不照規律持齋，所以出現了指示。這是很明顯的，隱瞞它才是罪孽！」——這個受了無理性的努力所吸引的狂信者不肯就此罷休，——「他嗜好糖菓，女太太們放在袋裏送給他吃，又愛喝茶，崇拜肚腹，用甜東西塞到裏面去，又用驕傲的思想塡塞他的腦筋……因此出了這個可羞的事……」

「你的話語太淺薄了，父！」——帕意西神甫也抬起嗓門來了，——「我對於你的持齋和苦行，深爲敬佩，但是你的說話却極淺薄，像外界的輕躁而且童稚的少年所說的一樣。你出去罷，父，我命令你。」——帕意西神甫大聲喊出這句話，作爲結束。

「我會出去的！」——費拉龐特神甫說，好像有點懷着羞慚，但是沒有脫去悖怒之色，

——「你們這些學者！你們靠着你們的智識傲視我的寒酸。我來到這裏，沒有什麼學問，到了這裏把所知道的全忘光了，上帝自己保護我這小人，抵擋你們的詭詐……」

帕意西神甫站在他的前面，堅決地等候着。費拉龐特神甫沉默了一下，神氣沮喪地忽然用右手的手掌摸臉，朝過世的長老的靈柩望着，唱歌似的說道：

「明天他們將在他身傍唱誦扶助者與保護者——一首佳妙的讚詩，但是我死的時候，對我唱誦的祇是生活如何甜蜜——一首小小的雅歌而已，※」——他含着眼淚，惋惜地說着，——「你們驕傲，擺架子，這是空虛的地位！」——他忽然像瘋了一樣地叫喊，迅快地從台階的石級上走下。下面等候的羣衆搖動了；有的人立刻跟在他後面，但是另有些人遲疑着，因爲修道室的門還是敞開着，帕意西神甫跟着費拉龐特神甫走到台階上來，站在那裏觀察着。然而感情激動的老人還沒有做完一切的事情：他走了二十步路，忽然身向落日，高舉雙手，——好像有人把他砍倒似的，——摔落地上，發出高聲的呼喊：

『我的主戰勝了！基督戰勝了落日！』——他拚命的呼喊，手向太陽高舉，臉伏在地上，

※僧士和苦行僧的軀體從修道室裏抬到教堂裏去，在誦經以後再從教堂抬到墳地的時候，唱誦雅歌生活如何甜蜜……惟如死者爲修道司祭，則唱誦讚詩扶助者與保護者。——（作者原註。）

故聲痛哭，像小孩一般，哭得全身抖慄，手臂在地上伸展着。大家全奔過去，傳出了呼喊，應答的哭聲……一種瘋勁吹遍到所有的人身上。

『這個人是神聖的！這個人是有正理的！』——發出了不畏葸的喊聲。——『這個人應該充當長老』另一些人惡狠狠地說。

『他不會做長老的……他會拒絕的……他不願意爲可恨的新鮮花樣服務……不致于做效他們的蠢事，』——另一些聲音立刻發出來，這情形將得到什麼結局，是難於想像的，但是恰巧這時候招呼做禮拜的鐘聲響了。大家忽然起始畫十字。費拉龐特神甫也立起來，畫了十字，走到自己的修道室裏去，毫不回頭看一看，繼續還在呼喊，却喊着完全不相聯貫的話。有幾個人跟他走開，人數不多，但是大多數的人全散了開來，忙着做禮拜去了。帕意西神甫把誦經的事情交給岳西夫長老繼續下去，自己走出來了。他是不會受狂信者的瘋狂的呼喊所搖撼的，但是他的心突然發愁，有點特別的煩惱，他自己感到了。他停了步，自問道：『爲什麼我會發愁到精神頹喪的地步？』——他立刻帶着驚異的心情了解到他的突然的發愁顯然是由于一個極小的，特別的原因而起：原來他在剛纔擁擠在修道室門傍的羣衆中間看到了阿萊莎，記起他一看見他，當時立刻在自己心裏感到似乎有一點痛苦。『難道這個年輕的人會在我的心裏佔據這樣重要的位置麼？』——他突然驚異地自行詢問。在這時候阿萊莎恰巧走過，好像忙着到什麼地方去，但不是朝教堂的方向前去。他們的眼光相遇了。阿萊莎趕快挪開眼睛，向地上垂視，單單從靑年人的神色上看來，帕意西神甫就猜到他的心裏現在發生了强烈的變更。

「連你都受了誘惑麼？」——帕意西神甫忽然問，——「難道你也和那些少信仰的人們在一起麼？」——他悲切地補上去說。

阿萊莎止步，似乎遲疑不決地看了帕意西神甫一眼，重又迅速地挪開眼睛，重又朝地上垂視。他側身站立，臉不轉到詢問的人的方面。帕意西神甫注意地觀察着。

「你忙着到那兒去？敲鐘做禮拜呢，」——他又問，但是阿萊莎又不回答。

「是不是離開庵舍？爲什麼不問一下，不受祝福呢？」

阿萊莎忽然發了歪曲的笑。眼睛奇怪地，很奇怪地朝發問的神甫掃去，朝他的以前的指導人，以前的心靈的領袖，他的心愛的長老臨死時將他付託的那個人掃去，忽然仍舊不予置答，搖了搖手，似乎甚至連尊敬也不暇顧及，舉着迅快的步伐從庵舍裏走到大門那裏去了。

「你還要回來的！」——帕意西神甫微語，帶着悲傷的驚異目光送着他。

第二章　那個時間

帕意西神甫在決定他的『親愛的男孩』將重行回來的時候是沒有錯的。甚至也許已經提獲到了，雖然並非全部。却總是極銳利地捉獲到了，阿萊莎的精神上的情緒的眞正意義。而且老實說，我自己現在也難於明晰地傳達出我的小說裏這個爲我所寵愛，而且年紀還輕的主角的一生中這個奇怪的，不確定的時間的確實意義。對於帕意西神甫向阿萊莎提出的苦痛的問題：『你難道也和那些少信仰的人們在一起麽？』——我自然可以替阿萊莎確定地回答：『不，他不和少信仰的人們在一起。』不但如此，這裏甚至完全相反：他所有的不安也就是由于他的多信仰而發生的。但是不安總是有的，總是發生過了，而且是十分苦痛，甚至在以後過了許多時候，阿萊莎還把這苦痛的一天認作他一生中極困難而且運定的日子。假使有人直率地問：『他的一切煩惱和驚慌莫非祇是因爲他的長老的軀體不但不能立卽爲人們治病，反而老早就遭了朽爛而起的麽？』——那末我可以直接了當地回答：『是的，確乎是如此的。』我但求讀者不要忙着過分嘲笑我的青年人的純潔的心。我自己不但不願替他求恕，或者用他年紀尙輕，以前讀書成績太少等等的話語，爲他的眞率的信仰辯白而且求恕，我甚至要做相反的事，堅決地聲明，我對於他的心的本性感覺誠懇的敬意。無疑地，有的青年人謹愼地接受心的印象，不會作熱烈的愛，而祇是溫和的愛，雖也有正確的理性，但從年齡上看來是過於考慮的，（因此是賤價的，）這樣的青年人我以爲可以避免我的那位青年身上所發生的一切，但是在另一些情勢之下，受某種情感的衝決，即使這情感是無理性的，却祇要由于偉大的愛而起的，總要比完全不受情感的衝決可尊敬些。至於在青年時代，更應如此，因爲時常考慮過多的青年是靠不住的，他的價值太便宜了，——這是我的意見！有理性的人們或許要呼喊：「但是不能使每個青年人都有這樣的迷信，你的青年人不能做其餘別人的模範。」對於這，我還是這個回答：是的，我的青年人有信仰，神聖的，莫可搖撼的信仰，但是我並不替他請求恕罪。

我上面雖曾聲明，（也許聲明得太匆遽了，）我不替我的主角辯白，求恕，並且解釋一切，但是我看到有一點事必須加以解釋，以爲繼續敘述之用。我要說的是這裏並不是所謂奇蹟的問題。這裏並不是淺薄的，不耐煩的對於奇蹟的期待。阿萊沙當時並不是爲了某種成見的勝利，需要奇蹟，（這並不是如此，）也並不爲了以前的，先入爲主的某種觀念，——不，完全不是的：這裏最先的，立於最先地位上的是面目，祇是面目，——那就是他的心愛的長老的面目，他尊敬到崇拜地步的眞人的面目，事實上是全部的愛，在那時候和以前的整個年頭隱藏在這個純潔的青年的心裏對於一切人，一切事情的愛，有時候似乎全都聚在，——有時候甚至是不合理的，——專特地聚在現在圓寂的，他所心愛的長老的身上。實在說起來，這個人許久時候立在他的面前，成爲一個無可爭辯的理想，他的青年的力量和一切趨向不能不專特地朝這個理想走去，有時候甚至到了忘掉『一切人，一切事物』的地步。（他以後自己憶起，他在這痛苦的一天內，完全忘掉了長兄特米脫里，他在前一天還是那樣關心而且煩惱着的；他還忘將二百盧布送給伊留莎的父親，也是他前一天打算熱心地履行着的。）然而他所需要的不是奇蹟，祇是『最高的公理，』這公理他相信業已受了損害，因此使他的心突然殘酷地受創。但是何以在阿萊莎期望中的『公理』會從進展的歷程中取得了奇蹟的形式，立刻希望從他所崇拜的導師的遺骸的身上發生出來的奇蹟的形式？要知道，修道院裏一切的人們全是這樣思想而且期待着的，甚至阿萊莎平日崇拜的一些人也是如此。例如帕意西神甫就是的。所以阿萊莎毫不疑惑地將自己的幻想套入大家全套着的形式裏去。而且在他的心裏早已如此安排着，在修道院的生活的整個年頭的時間內。他的心已經取得了這樣希望着的習慣。他渴望着的是公理，公理，不僅是奇蹟。現在這個人，在他的希望中本應在全世界一切的人之上高高地被抬舉着的，——這個人不但沒有得到他應得的名譽，竟忽然被降貶了身分，而且受了侮辱。爲了什麼？誰加以裁判的？誰能這樣加以判斷？——這些問題立刻熬煎着他的無經驗的，童貞的心。他不能不懷着侮辱，甚至以狠毒心情而加以承受的是這位眞人中的眞人竟受了那般淺薄的，地位比他低矮的羣衆的訕笑和惡毒的嘲弄，即使並沒有奇蹟，即使沒有奇怪的事情可以宣布出來，沒有立即期待着的事情可以表白出來，——但是爲什麼竟暴露了這樣的不名譽，爲什麼竟發生了這樣的恥辱，爲什麼這樣匆遽的朽爛，竟「超過了自然，」——像一些惡毒的僧士們所說的那般？爲什麼有所謂「指示，」剛纔他們同費拉龐特神甫那樣得意洋洋地舉出來的？爲什麼他們相信甚至取得了舉出來的權利？天道和它的手指在何處？爲什麼它「在最需要的時間」內竟藏起自己的手指，（阿萊莎想）何以自身情願服從盲目的，啞口的，無憐憫的自然的法則？

爲了這，阿萊莎的心中滲出滴滴的血，自然我以前已經說過，最先立在他面前的是他在世上最愛的一個人的面目，這面目已蒙受了「恥辱」，這面目已被降貶了「身分！」即使我的青年人的怨訴是淺薄而且沒有判斷力的，但是我應該第三次重複着；（我預先承認也許我也是帶着輕心的淺薄，）我樂於使我的青年人在這時候成爲不很有判斷理智的人，因爲凡是不愚蠢的人永遠會有時候走到理智的方面去的，假使在這種特殊的時間，青年人的心上還沒有愛，那末何時才有愛呢？在這種情形之下，我還不願對於某種奇怪的現象置諸緘默，——這現象在這個運定的，弄得阿萊莎莫明其妙的時間內，雖然像閃電一般，卻總歸發現在他腦筋裏面。這個新發現的，閃電似的東西就是現在阿萊莎在不斷地記憶着的昨天同兄長伊凡談話所得的某種痛苦的印象。也就是這個現在縈繞着他。並不是他的心靈裏基本的，原始的所謂信仰有什麼動搖。他愛他的上帝，無可搖撼地信仰他，雖然對他突然地怨訴。但總有由於回憶昨天同伊凡的談話而來的一種糢糊的，痛苦的，惡毒的印象忽然現在重又在他的心靈裏蠕動，拚命地向上面衝出。在天色已完全發黑的時候，拉基金從庵舍裏穿過松林到修道院裏去，忽然看見阿萊莎躺在樹下，臉伏在地上，動也不動，幾乎睡熟了。他走近過去，叫他一聲。

「你在這裏麼，阿萊克謝意？難道你也……」他露出驚訝的神色說着，但是沒有說完就停住了。

他想說：「難道你也到這地步了麼？」阿萊莎不看他，但是從他的某種行動的姿勢上，拉基金立刻猜到他聽見而且了解他的說話。

「你怎麼啦？」——他繼續驚訝。

但是驚訝在他的臉上已起始代以微笑，越來越多地取得了嘲笑的神色。

「你聽着，我已經找你兩點多鐘了。你忽然從那裏溜走。你在這兒做什麼事？你來了什麼傻勁？你看一看我呀……」

阿萊莎抬頭，坐起來，背靠在樹上。他沒有哭，他的臉形容出悲哀，但是眼神裏却見到惹惱。他不朝拉基金看，却向傍邊看望。

「你知道，你的臉色完全變了。你以前那種出名的溫和一點沒有了。對誰生氣麼？有人欺負你麼？」

「去你的！」——阿萊莎忽然說，仍舊不看他，疲乏地揮手。

「喔唷，我們竟成了這樣了！完全像普通的人們那樣喊起來了。你還是安琪兒裏的一個呢！阿萊莎，你眞使我驚訝，你知道，我這是誠懇地說着。我早就對於這裏的一切不生驚訝。我總是把你當作有學問人看的……」

阿萊莎終於看了他一眼，却有點神情不屬的樣子，好像一切還不大了解似的。

「難道你祇是因爲你的老人發臭了的緣故麼？難道你正經地相信他會起始做出奇蹟來麼？」——拉基金喊，又轉入極誠懇的驚訝中了。

「我會經相信，現在相信，而且願意相信。你還要什麼？」——阿萊莎惹惱地呼喊。

「一點也沒有什麼。見鬼，現在是連十三歲的小學生也不會相信這事的。眞是見鬼……現在你對你的上帝生氣，反叛：他沒有給你升職，在節期日沒有賞賜勳章！唉，你們這些人呀！」

阿萊莎似乎眯細眼睛，長長地看着拉基金眼睛裏忽然閃耀着什麼……却不是對於拉基金的忿恨。

『我不對我的上帝反叛，我祇是「不接受他的世界」而已，』——阿萊沙忽然發出一聲歪曲的冷笑。

『你怎麼不接受這世界？』——拉基金對於他的答話尋思了一下。——『這是什麼愚蠢的意思？』

阿萊沙沒有回答。

『不必再談空話，現在講正事罷。你今天吃過東西沒有？』

『我不記得……大概吃過了。』

『從你的臉色上看來，你應該吃點東西才好。看着你眞覺得可憐。你一夜也沒有睡，我聽說，你們那裏舉行着會議。以後又發生了許多亂七八糟的事情。我想，你大概祇吃了一小塊聖餐麵包。我的口袋裏帶着香腸，剛纔從城裏動身到這裏來的時候取在身邊，預備萬一之用，但是你不會吃香腸的……』

『把香腸拿來罷。』

『啊！你居然這樣了！那末說，完全成爲叛變，巷戰！老弟，這種事情是不必加以輕視的。你到我這裏來。……現在我自己也想喝一點燒酒，太累乏了。燒酒你不敢喝麼？……也能喝麼？」

「燒酒也可以喝。」

「哈，哈！妙極了，老弟，」——拉基金蠻對地看着。——「不管是這樣或是那樣，燒酒或香腸，這是一個有趣的好機會，不能加以錯過的！我們走罷！」

阿萊莎默默地從地上立起，跟拉基金走了。

「你的老兄伊凡要是看見了，那纔要驚訝呢！再說，令兄伊凡·費道洛維奇今天早晨動身到莫斯科去了，你知道麼？」

「我知道的，」——阿萊莎毫無感情地說。他的腦筋裏忽然閃出兄長特米脫里的形像，但祇是閃過了一下，雖然他憶起了一點什麼事情，很急忙的事情，不能一刻遲延的，一種義務，可怕的責任，但是這回憶不能對他引起任何印象，沒有達到他的心坎裏，立刻從記憶裏飛走，忘却了。但是阿萊莎以後許久時候憶到這件事情。

「令兄伊凡有一次批評我，說我是『無才的，自由主義的麻袋。』你也會有一次忍耐不住，對我暗示，說我是『不誠實的人』……隨他們去罷！現在我要看一看你們的才能和誠實。（拉基金說完這句話，好像在那裏自言自語，聲音很低微。）喂，你聽着！」——他重又大聲說話了，——「我們不濟修道院，順着小路一直進城去……唔！我恰巧還要到霍赫拉闊瓦家裏去一躺。你想一想：我寫了一封信，告訴她一切所發生的事情，他居然立刻就回我一封信，用鉛筆寫的，（這位太太眞愛寫信，）說「她料不到像曹西瑪長老那樣可尊敬的長老竟會做出這類的行爲！」就是那末寫着「行爲」兩個字！她也是生氣了。你們都是這樣的！等一等！」——他又突然喊了出來，忽然止步，扶着阿萊莎的肩膀，也讓他止步。

『你要知道，阿萊莎，』——他銳利地看着他的眼睛，整個身子處于忽然侵襲着他的新的念頭的印象之下，雖然表面上自己也在笑着，但是顯然怕發聲說出這個新穎的，突然襲來的念頭，他還是不能置信現在他看見在阿萊莎身上具有的，對于他奇怪而且意料不到的情緒，——「阿萊莎，你知道我們現在最好到那裏去？」——他終于畏葸地而且懇求地說出來。

「一樣的……隨便到那裏去都好。」

「我們到格魯申卡家裏去，好不好？你去不去？」——拉基金終于說，甚至全身由於畏葸的期待而抖索了。

「我們到格魯申卡家裏去好了，」——阿萊莎立刻安靜地回答，這對於拉基金是那樣的出於意料之外，他料不到有這樣迅速而且安靜的回答，使他幾乎倒退了幾步。

「唔！……好呀！」——他驚訝得喊出來，但是突然，緊緊地抓住阿萊莎的手，迅速地牽着他朝小路上走去，心裏還是十分懼怕阿萊莎將消失決意。他們默默地走着，拉基金甚至怕說出話來。

「她眞是要十分喜歡，十分喜歡的……」——他吶吶地說，却又沉默了。他領阿萊莎到格魯申卡家裏去，並非爲了博得她的快樂；他是一個正經的人，沒有對於自己有利的目的是不會做任何什麼事情的。他現在具有雙重的目的，第一層，是復仇的，那就是看到一個「眞人的受恥辱，」看到阿萊莎「從聖徒墮落到罪犯，」這是他預先就感到忻悅的事；第二層，他還有一點物質上的，對于他十分有利的目的，等到下面再詳敘一下。

「如此說來，那個時間來到了，」——他自己快樂而且惡狠地想着，——「我們可以把它一把抓住，把握這時間，因爲它對於我們是很相當的。」

第三章　葱

格魯申卡住在城裏最熱鬧的地方，教堂的廣場相近，商人的寡妻莫洛作瓦的房子裏面，格魯申卡向她租下了在院子裏的一所不大的木質的邊房。莫洛作瓦的房子很大，是石頭建造的，有兩層樓，陳舊而且樣式很不雅觀。女房東，一個年老的女人，自己住在裏面，身邊有兩個姪女，也是很老邁的姑娘。她並不需要將院內的邊房出租，但是大家都知道她放格魯申卡做她的房客，（還在四年以前）單單是爲了取悅於她的親戚，商人薩姆騷諾夫，格魯申卡的公開的保護人聽說這好喫醋的老人把他的「寵婦」放在莫洛作瓦的家裏，原意在于倚靠老婆婆的銳利的眼睛，以監督新房客的行動。但是不久這銳利的眼睛成爲一無用處的東西，結果是莫洛作瓦甚至不常和格魯申卡相遇，並不實行監督，使她討厭。誠然，自從老人把這十八歲的女郎，畏葸的，含羞的，優雅的，細瘦的，凝慮的，沉思的女郎送到這所房子裏以來，已經過了四年，從那時候起，時光流逝了許多。我們城裏對于這位女郎的來歷知道得很少，而且不大淸楚，到了最近也沒有知道得多些，即使在很多的人起始注意阿格拉非納・阿歷山大洛夫納四年來所變成的那樣「絕世美貌」的時候也是如此。祇有一些傳說，她在十七歲上曾受了某人的騙，彷彿是一個軍官，以後立刻就被拋棄了。這軍官離開了她，以後在他處結婚，使格魯申卡獨自留在恥辱和貧困的境遇之中。又有人說，格魯申卡雖然確乎被他的老人從貧困中救拔出來，然而她的家庭是純潔的，她似乎是僧職的家庭裏出身，一個額外的教堂執事或是和這相類的職位的人的女兒。於是四年之間，這個深于情感的，被侮辱的，可憐的孤女，一變而成爲一個臉頰紅潤，身軀豐滿的俄國美人，具有勇敢和堅決的性格的女人，驕傲，大膽，明白銀錢的用處，富于企業心，嗇吝而且謹愼，用一些合理和不合理的方法，積到了一筆小資財，像人家所說的那樣。惟有一件事情爲大家所深信：那就是格魯申卡是難于接近的，在四年以來，除去她的保護人，那個老頭子以外，還沒有一個人能以博到她的垂靑爲誇傲的。這是確定無移的事實，因爲曾有不少想獲到這垂靑的獵豔者，特別在最近的兩年以內。但是一切的嘗試都是徒然的，有些追求者不能不往後退走，甚至帶着滑稽和恥辱的結局，就爲了這有特殊性格的年輕女人方面堅定和嘲弄的抗拒。大家還知道，這位年輕女人，特別在最近的一年以內，置身於所謂『投機』的事業以內，居然發現了極大的能力，以後有許多人稱她做十足的猶太人。她並不是做重利盤剝的事情，但是例如說，大家都知道她有一個時候確曾和費道爾・伯夫洛維奇・卡拉馬助夫合夥，用極小的價錢收買期票，每一個盧布給十個戈比，以後就照期票的額面每十個戈比取到一個盧布。薩姆騷諾夫是有病的，最後的一年內雙腿已腫得不能動彈。他的妻子已經死了，把幾個成人的兒子們管教得十分專制。他的資產很多，卻吝嗇成性，而且十分頑固。他對待這位被保護的女人起初非常嚴厲，還絲毫不客氣，像那些嚼舌的人們所說的「用素油」煎熬似的，但是以後到底落在她的強烈的勢力之下。格魯申卡一面自己解放出來，一面卻在對他的忠實上，又暗示給他一個無限的信仰。這位能幹的老事業家，（現在早已去世，）也具有特殊的性格，主要的是十分吝嗇，而且性情像燧石一般的堅定。雖然格魯申卡戰勝了他，他沒有了她便無從生活下去，（最近兩年確是如此，）然而他到底沒有分給她很多資財，即使她以完全和他脫離相威嚇，他也是不會變更宗旨的。他分給她的祇有小小的資財。這事傳揚出去以後，大家都覺得奇怪。「你是一個不會受挫折的女人，」——在他分給她八千盧布的時候，他這樣對她說，——「你自己會想法子的。你知道，除了每年的津貼照舊以外，直到我的死為止，你不能從我那裏得到一點錢，而且遺囑裏也不會再分給你的了。」他的話真算數！死了以後，真是把所有的財產全部遺給幾個一輩子管教得像奴僕一般的兒子們，還有媳婦和孫子，孫女們，而遺囑裏甚至沒有提到格魯申卡一字，這一切情形以後纔知道。不過他幫了格魯申卡不少的忙，給她出主意，應該怎樣增加「自己的財產，」並且還把生意的「路道」指點給她。費道爾・伯夫洛維奇・卡拉馬助夫起初同格魯申卡為了一件偶然的「投機生意」發生了關係，結果是自己也意料不到，竟無頭無腦地戀上她，甚至像發了瘋似的，這使當時已經病得很利害的老人薩姆騷諾夫大笑不止。應該注意的是格魯申卡同她的老頭子在他們相識的全部時間內，十分地公開，甚至似乎對于一切心事都能公開，這大概僅祇對世上唯一的人是這樣的。到了最近，在特米脫里・費道洛維奇忽然懷着他的戀愛的心思出現的時候，老人停止笑了。相反地，他有一次曾正經而且嚴肅地勸格魯申卡：『假使從父子兩人中間選擇一人，那末應該選上老頭子，但是必須讓這老壞蛋娶你，而且預先把一些財產轉到你的名義上來。同上尉決不可以來往，沒有路可走的。』這是那位老色鬼自己對格魯申卡所說的話，當時他已預感自己的死亡，果真在說了這勸告的話以後，隔了五個月就死去了。我還要順便說，雖然我們城裏當時甚至有許多人知道卡拉馬助夫父子間離奇的，醜惡的，以格魯申卡爲目標的競爭的情形，但是她對於他們父子兩人所處的態度的眞正意義，却很少有人能以瞭解。格魯申卡的兩個女僕，（在發生了慘劇以後，這慘劇的詳細情節以後再敘，）後來在法庭上供稱，阿格拉菲納・阿歷山大洛夫納接待特米脫里。費道洛維奇，單祇是爲了恐懼，因爲他威嚇要殺死她。』她有兩個女僕，一個是年紀蒼老的廚婦，還是從父母的家裏帶來的，身體有病，耳朵幾乎發聾，另一個是她的孫女，年輕活潑的女郎，有二十歲左右，是貼身侍候格魯申卡的。格魯申卡很吝嗇地生活着，處於不很富裕的環境裏面。她所住的邊房裏祇有三間屋子，由女房東佈置了一堂一八二〇年式樣的，古色古香的紅木傢俱。拉基金和阿萊莎走到她家裏去的時候，天色已完全發黑，但是房間裏還沒有點燈。格魯申卡躺在客廳裏一張拙笨的大沙發上面，這張沙發的靠背是紅木的，十分堅硬，蒙著皮子，早就磨破，而且有破洞。他的頭下放着兩隻白色的，鵝絨的枕頭，是從她的牀上取來的。她直躺着，挺直着身子，動也不動，兩手插在頭後。她穿扮好了，似乎等候什麼人，穿着黑綢衣裳，頭上戴着輕鬆的，帶花邊的三角披巾，很有樣子，肩上披着絲邊的圍巾，用一隻厚重的金別針緊住。她確乎在等候什麼人，躺在那裏，似乎感到煩悶和不耐煩，臉色有點發白，嘴唇和眼睛燃燒着，右脚尖不耐煩地叩擊沙發上的扶手。拉基金和阿萊莎剛出現，就發生了小小的騷亂：從外屋裏就聽見格魯申卡迅快地從沙發上跳起來，忽然驚懼地喊道：

『誰在那裏？』但是娘姨迎接客人，立刻回報太太說：

『不是他，另外的，不要緊的。』

『她是怎麼啦？』——拉基金喃語着，攜手引阿萊莎到客廳裏去。格魯申卡站在沙發傍邊，似乎還帶着驚嚇。一束濃厚的深櫻色的辮髮突然從披巾裏脫落出來，落在她的右肩上面，但是她沒有注意到，沒有加以整理，祇顧得希看客人們，辨清他們是什麼人。

『這是你麼？拉基金？你把我嚇得要死。你同誰在一塊兒？誰同你在一塊兒？老天爺，你把這一位領來了！』——她看清了阿萊莎，喊叫了起來。

「你叫他們取臘燭來呀！」——拉基金用一種放肆的態度說，彷彿他是這家裏極熟的相識和親近的人，甚至握有支配一切的權利似的。

「臘燭……自然是臘燭……費娜，你給他取臘燭來呀……你竟挑這個時間領他到這裏來！」——她又喊，看了阿萊莎一眼，便對着鏡子，迅快地用兩手整理她的辮髮。她似乎不滿意。

「難道我沒有巴結上麼？」——拉基金問，一下子幾乎生了氣。

「你把我嚇了一跳，是這樣的事，拉基金。」——格魯申卡含着微笑轉身對阿萊莎說，——「你不要怕我，好阿萊莎，我眞是十分喜歡你來，你是我的不速之客。拉基金，你可把我嚇壞了：我心想是米卡闖進來。你知道，我剛纔騙了他，和他賭誓，讓他相信我，其實我撒了謊。我對他說，我到我的老頭子，庫齊瑪，庫齊米奇家裏去，坐一晚上，同他點錢，一直點到夜裏。我是每星期要到他家裏去算一晚上的賬的。我們把門鎖住；他打算盤，我坐在那裏寫帳。他祇信賴我一個人。米卡眞相信我在那裏，其實我現在躲在家裏，——坐在那裏，等候一個消息。費娜怎麼會把你們放進來的？費娜，費娜！快跑到大門。開一開，四面探望一下，有沒有上尉？也許躲在那裏張望，我怕得要死！」

「什麼人也沒有，阿格拉非納，阿歷山大洛夫納，我剛剛向四面八方都張望過了，我還每分鐘從鑰匙孔眼裏張望一下，自己都害怕得抖索。」

「窗板關上了沒有，費娜，還應該把窗簾放下來，——這就對了！」——她自己放下沉重的窗簾，——「否則他看見燈光就會跑進來的。阿萊莎，我今天眞怕米卡，你的老兄。」——格魯申卡大聲說話，雖然露出驚慌，却似乎又帶着近乎一種歡欣的心情。

「爲什麼你今天這樣懼怕米卡？」——拉基金探詢，——「你好像從來不怕他，他老是依從你的。」

「我對你說，我等候一個消息，一個金色的信息，所以現在最好不要米卡在傍邊。他…定不相信我是到庫齊瑪・庫齊米奇那裏去的，我感到這層。大概現在正坐在費道爾・伯夫洛維奇花園的後面看守着我。他既然在那邊守住，便不會到這裏來，這樣更好些！庫齊瑪・庫齊米奇的家裏我眞的去過的，米卡自己送我去的，我說我要坐到半夜，讓他一定要在十二點鐘的時候送我回家。他走了，我在老頭子家裏坐了十分鐘，就跑了回來，我眞害怕，——我拚命的跑，怕遇到他。」

「你穿扮好了想到那裏去？你戴了這樣好奇的頭巾！」

「你自己纔是好奇的呢，拉基金！我對你說，我等候一個消息。這消息一來，我馬上跳起來，飛走，你們在這裏從此看不見我了。我這樣打扮，就爲是先行預備好了。」

『你要飛到那兒去？』

『你知道得太多，——便會老得快些。』

『眞是的。滿身是喜悅……我從來沒有看見你這個樣子。你穿扮得像是赴跳舞會似的。』

——拉基金向她上下打量。

『你對於跳舞會明白得了多少。』

『你明白多少呢？』

『我可是看見過跳舞會的。前年庫齊瑪．庫齊米奇娶媳婦，我曾從樓箱上看望。拉基金，我怎麼儘同你說起話來，放着這樣的王子在一傍站着。這眞是貴客！阿萊莎，好人兒，我瞧着你，眞不能相信；老天爺，你居然會到我家裏來的！我對你說實話，我沒有猜到，以前也從來不能信你會來的。雖然現在已和那個時間不同，然而我還是很喜歡你到這裏來！你坐到沙發上來，就是這裏，對了，我的年青的月亮。眞是的，我似乎還不能集中我的思想……拉基金，假使你昨天，或是前天領了他來！……我眞是喜歡。也許現在好些，在這時候，不是前天……』

她迅快地坐在阿萊莎的沙發上面，和他並坐，帶着堅決的欣悅的神情看着他。她果眞喜歡，並不是說謊。她的眼睛熾燒。嘴唇發笑，却是善心的，快樂的笑。阿萊莎竟沒有料到她的臉上有這般良善的臉容。……在昨天以前，他不大遇見她，對於她懷着恐怖的見解，昨天又爲了她對於卡答隣納·伊凡諾夫納的兇惡而狡黠的舉動·得了劇烈的震撼，而現在忽然看見她是似乎完全另一種的，意料不到的人。無論他怎樣被自身的憂愁所磨折，他的眼睛不由得注意地停在她的身上。她的一切姿態似乎從昨天起也變到完全好的方向上去：語音裏幾乎完全沒有昨天那種可惱的甜蜜味道，那種嬌柔的，矯揉造作的行動……一切簡單而且坦白，她的行動迅快，直率，而且有信心，但是她十分興奮。

「老天爺，今天一切事情都發現了，眞是的，」——她又咭咭咭咭地說起來。——「我眞是喜歡你，阿萊莎，我自己都不知道。你可以問，我眞是不知道。」

「你竟不知道你喜歡的是什麼？」——拉基金冷笑了一下。——「你以前爲什麼儘纏住我：你領他來呀，你領他來呀，你是有用意的。」

「以前我另有用意，現在是過去了，時間不同了。我想請你們吃點東西。我現在心善了，拉基金。你也坐下，拉基金，作什麼站着？你已經坐下了麼？不用怕，拉基金是不會忘掉自己的。現在，阿萊莎，你瞧他坐在我們對面，生着氣：爲什麼我沒有在請你以前先請他坐下。我的拉基金眞是愛生氣，眞是愛生氣！」——格魯申卡笑了。——「你不要惱怒，拉基金，今天我脾氣好。你爲什麼坐在那裏，帶着發愁的樣子，阿萊莎，是不是怕我？」——

她帶着快樂的嘲笑望他的眼睛。

「他有憂愁的事情。他沒有升職，」——拉基金發着低音說。

「什麼升職？」

「他的長老發臭了。」

「怎麼發臭？你亂嚼什麼舌頭。你想說出什麼難聽的話來。閉上嘴，傻瓜！阿萊莎，你讓我坐在你的腿上，就在這樣子！」——她忽然像閃電似的跳了起來，一邊笑，一邊跳到他的膝上去，像一隻和藹的小貓，右手溫柔地圍抱他的頸頸。——「我要把你弄快樂一下，我的虔敬上帝的男孩兒！不，難道你果眞允許我坐在你的膝上，不生氣麼？你一吩咐——我就跳下來。」

阿萊莎沉默着。他坐在那裏，生怕動一動，他已經聽到了她說的：「你一吩咐——我就跳下來」的話，但是不去回答。似乎死過去了。然而他的心裏現在並沒有像那個在角落裏陰惡地觀察着的拉基金所能期料到，所能想像到的一切。他的心靈裏的偉大的憂愁呑沒了在他心裏可以產生出來的一切感觸。假使在這時候他能自行取得完全的理解，那末便能自行猜到他現在穿着最堅强的胄甲，足以抵抗任何的誘惑和試探。他的心靈狀態雖然處於這樣的模糊的無感覺中，他的憂愁雖然這樣壓迫他，他到底不由自主地對於在他心裏產生着的一種新的，奇怪的感觸深致驚訝：這個女人，這個「可怕」的女人現在不但不使他發生以前那樣的恐懼，以前在每次有一個女人在他心靈裏閃過使他發生任何的遐思的時候，他心裏產生出來的那種恐懼，——相反地，他最怕的那個女人，現在正坐在他的膝上，擁抱他，忽然引起他完全另一種的，料想不到的，特別的情感，一種不尋常的，偉大的，純粹的，對於她的好奇的感覺，而且毫無懼怕，沒有一點點的恐怖，——這就是極主要的，而且不由自主地使他驚訝的地方。

「你不要儘說些空話，」——拉基金喊，——「最好拿出香檳酒來，你自己應該知道你欠了債！」

「眞是欠了債！阿萊莎，我答應他在他領你來的時候，除去其他一切之外，給他開香檳酒喝。取香檳酒來罷，我可以喝的！費娜，費娜，把香檳酒拿來，米卡留下的那瓶，快跑！我雖然嗇吝，總要開一瓶，並不是爲你，拉基金，你是一隻蘑菇，而他是王子！現在我的心靈雖然不是充滿着這個，但是無論如何，我也可以同你喝一點酒，想鬧一鬧酒！」

「你究竟有什麼事情？什麼「信息？」可以問一聲麼？是不是祕密？」——拉基金又懷着好奇的神情，轉到這個題目上去，努力裝出不注意有許多小叱責不斷地飛到他身上來的樣子。

「唉，這不是祕密，你自己也知道的，」——格魯申卡忽然煩慮地說，頭轉到拉基金方面，身子稍稍離開阿萊莎一點，雖然還繼續坐在他的膝上，手抱着他的頸頸，——「軍官來了，拉基金，我的軍官來了！」

「我聽說已經動身，難道已經還樣近了麼？」

「現在到了莫克洛葉，他將從那裏打發一個人來，他信上這樣寫，剛纔我接到的。我坐在這裏等候那個來人。」

「原來如此！爲什麼在莫克洛葉？」

「說起來很長，這對於你已經夠了。」

「現在米卡怎麼辦，——唉，唉！他知道不知道呢？」

「知道什麼！完全不知道！如果知道，一定要殺人的。我現在完全不怕這個，我現在不怕他的刀子。你閉上嘴，拉基金，不要對我講起特米脫里・費道洛維奇：他把我的心全搗碎了。我不願意在這時候想這件事情。我可以想小阿萊莎，看小阿萊莎……你儘管笑我好了，好人兒，儘管尋快樂，笑我的傻勁，笑我的快樂……眞是微笑了，微笑了！那樣和藹地看望。你知道，阿萊莎，我老以爲你爲了前天的事，爲了那位小姐生我的氣。我當時像一隻惡狗，我是的……到底發生這樣的事是很好的。又壞，又好。」——格魯申卡忽然憂鬱地冷笑了一聲，一種殘忍的點線忽然在她的冷笑裏閃出。——「米卡說她曾喊着：「應該把她用籐條抽打！」當時我很生氣她。她喚我去，想戰勝我，用巧古立糖騙我……不，發生這樣的事是很好的。」——她又笑了，——「我就是怕你生氣……」

「眞是的，」——拉基金忽然帶着嚴正的驚訝的神情插上去說，——「她眞是怕你，阿萊莎，怕你這小笋雞。」

「對於你，拉基金，他是一隻小笋雞，眞是的！……因爲你沒有良心，眞是的！你瞧，我從心靈裏愛他，眞是的！你相信不相信，阿萊莎，我從整個心靈裏愛你？」

「你這不要臉的女人！阿萊莎，她竟對你講起愛情來了！」

「怎麼樣，我是愛他！」

「那末軍官呢？莫克洛葉來的金色的信息呢？」

「那是一件事，這又是一件事。」

「這眞是女人的玩意兒！」

「你不要使我生氣，拉基金，」——格魯申卡熱烈地跟上去說，——「那是一件事，這又是一件事。我愛阿萊莎是用另樣的方式。阿萊莎，以前我確乎對你懷着狡猾的念頭。我是一個低賤的人，暴燥的人，但是有的時候，阿萊莎，我把你看作我的良心。我心想：「像我這樣壞的女人，必定要被他看不起的。」前天我從小姐家裏回來的時候，曾這樣想過。我早就注意到你，阿萊莎。米卡也知道，我對他說過的。米卡也了解的。你信不信，阿萊莎，眞是的，我有時看着你，感到慚愧，對自己慚愧……我怎麼會想你，從什麼時候起的，我不知道，也不記得……」

費娜走進來，端了一隻盤子，放在桌上，盤子上面放着一瓶打開塞子的酒，和三隻斟滿了酒的杯子。

「香檳酒拿來了！」——拉基金喊，——「你極興奮，阿格拉菲納．阿歷山大洛夫納，而且心不在焉。你可以喝乾一杯酒，起來跳一下。唉，他們連這點事也不會做，」——他補上去說，窺視着香檳酒，——「老太婆就在廚房裏斟好了，瓶子也沒有放上塞子，暖暖的。好了，就這樣麻麻虎虎喝罷。」

他走近桌傍，取起杯子，一口氣喝乾，再斟了一杯。

「香檳酒是不常喝到的，」——他說，舐了舐舌頭，——「現在，阿萊莎，端起杯來，顯一顯自己的本領。我們爲了什麼喝酒？爲了天堂的門，好不好？格魯申卡，你也取起杯子，你也爲天堂的門乾一杯。」

「什麼天堂的門？」

她端起杯子，阿萊莎也端起來，喝了一小口，就把杯子放下。

「最好不要喝了罷，」——他輕聲微笑了。

「居然誇過大口的！」——拉基金喊。

「既然這樣，我也不喝，」——格魯申卡跟上去說，——「我並不想喝。拉基金，你一人喝了整瓶罷。阿萊莎喝，我才喝呢。」

「來了小牛犢的溫柔樣子！」——拉基金嘲笑起來，——「竟自己爬到他的膝上去坐着。他的心裏也許有憂慮，然而你有什麼？他反抗他的上帝，預備吃香腸……」

「怎麼啦？」

「他的長老今天死了，曹西瑪長老，神聖的。」

「原來曹西瑪長老死了，」——格魯申卡喊，——「老天爺，我竟不知道！」——她虔信地畫了十字。——「老天爺，我怎麼啦，我現在竟坐在他的膝上！」——她忽然懼怕得喊了出來，一下子從膝上跳下，挪到沙發上去了。阿萊莎懷着驚異長長地注視了她一會，臉上似乎有點發光。

「拉基金，」——他忽然大聲而且堅定地說，——「你不要取笑我，說我反抗我的上帝。我不願意對你懷什麼惡意，所以你也應該發出一點好心來。我喪失了寶物，那是你從來沒有過的，所以你現在不能裁判我。你最好看一看她：你看見她不是把我宥恕了麼？我到這裏來尋覓一個惡毒的靈魂，——是我自己想投奔到這上面來，因爲我是卑賤，惡毒的人，然而找見了一個誠懇的姊妹，找見了一個寶物——愛的靈魂……她剛纔把我宥恕了……阿格拉菲納，阿歷山大洛夫納，我講的是你。你現在把我的心靈恢復了。」

阿萊沙嘴唇抖索，呼吸緊窄。他止住了。

「好像她是救了你！」——拉基金惡毒地笑了。——「她想吞吃你，你知道麼？」

「等着，拉基金！」——格魯申卡忽然跳起來。——「你們兩人都不要說話。現在讓我全說出來：阿萊沙，你不要說話，因爲你這類的話語會使我感到慚愧，因爲我是惡狠的人，不是好人。——我就是這樣的人。你呢，拉基金，你也不要說話，因爲你儘說謊。我本來有一個壞念頭，想把你吞吃，現在你可是在那裏說謊，現在完全不是那麼會事……我完全不願意再聽到你說那種話了，拉基金！」——格魯申卡帶着不尋常的驚慌的心情，說了這一段話。

「眞是的，兩人都瘋了！」——拉基金說，驚奇地窺看他們兩人。——「兩人都是瘋子，我好像進了瘋人院似的。兩人互相都感得軟弱，立刻準備哭泣！」

「我立刻要哭，立刻要哭！」——格魯申卡說，——「他稱我姊妹，我以後永遠也不會忘記的！祇是有一層，拉基金，我雖然惡狠，却到底施捨過一根葱的。」

「什麼葱？見鬼，果眞發瘋了！」

拉基金對於他們的歡欣的神情深爲驚訝，而且感得生氣，雖然他也能猜想到，他們兩人現在恰巧遇到了足以震撼他們的心靈的一切，這是一個人一生中不常有的情形。但是拉基金對於自身的一切固然有極銳敏的了解，而對於隣人的情感和感觸的了解却很粗魯，——一部分是由於他年輕無經驗，一部分是由於他的自私。

「你瞧，阿萊莎，」——格魯申卡對他忽然神經質地大笑起來，——「我這是對拉基金誇口，說我施捨過一根葱，却不是對你誇口，我對你說這話，另有用意。這祇是一個故事，却是好故事，我還在兒童時代，我的瑪德連娜講給我聽的，她現在還在我家裏充當厨婦。這故事是這樣的：話說有一個農婦死了。她生前性格非常惡劣。她死後沒有留下一件善行。鬼把她抓去，扔到火湖裏面。她的守護的安琪兒站在那裏，心想：讓我記憶出她的一件善行，好對上帝去說話。他記了起來，對上帝說道：「她曾在菜園裏拔了一根葱，施捨給一個女乞丐。」上帝回答他：「你就取那根葱，往湖裏遞給她，讓她抓住，牽她出來，如果能從湖裏牽出來，便讓她到天堂上去，如果葱一斷，那女人祇好留在湖裏像現在一樣。」安琪兒跑到農婦那裏，遞給她一根葱，說道：「你抓好了，等我拉你出來。」他起始謹愼地拉她出來，本來可以拉得出來的，但是在湖裏的別的罪人們看見有人牽她，便大家抓住她，想同她一塊兒牽拉出來。這女人是非常壞脾氣的人，她用脚踢他們，說道：「人家在那裏拉我，不是拉你們，那是我的葱，不是你們的，」她剛說完了這句話，葱斷了。女人落進湖裏，直到今天還被煎熬着。安琪兒哭着走了。這個故事是這樣的，阿萊莎。我記得爛熟，因爲我自己就是那個最惡狠的農婦。我對拉基金誇口說我施捨了葱，而對你便有兩樣說法：我一生單祇施捨了一根葱：我的善行祇有這一點點。你以後不必誇獎我，阿萊莎，不要把我當作好人，我是兇惡的，十分兇惡的，你再加誇獎，便使我十分慚愧。讓我向你完全懺悔一下。阿萊莎，你聽着：我眞想誘引你到我身邊來，儘纏住拉基金，答應給他二十五盧布，假使他能把你引到我這裏來。等着，拉基金！」——她迅步走近桌傍，打開抽屜，掏出皮包，從裏面取出二十五盧布一張的鈔票來。

「眞是無聊！眞是無聊！」——感到不愉快的拉基金喊着。

「你把債款收了下來罷，拉基金。想來你不致於拒絕，是你自己請求的。」——說着便把那張鈔票扔過去了。

「還能拒絕麼？」——拉基金用洪響的低音說着，顯然感到慚愧，但還裝出大模大樣的神氣，遮掩慚愧。——「這錢是於我們有用的，傻子們是爲了使聰明的人得利而存在着。」

「現在不許作聲，拉基金。現在我所說的一切話不是爲你的耳朵而發的。你坐在角落裏，不許作聲，你不愛我們，就不作聲好了。」

「我做什麼愛你們？」——拉基金咬牙說，隱匿不住狠惡的神色。他把二十五盧布的鈔票塞進口袋裏面。他對着阿萊莎深懷慚愧。他本打算以後取錢，不使阿萊莎曉得，但是現在竟惱羞成怒了。在這時間以前，他雖然受了格魯申卡許多針刺的話，却認為不去和她反脣相譏是很合適的，因為顯然她對他具有一種權力。但是現在他生氣了：

「愛是有所謂而發的。你們兩人對我做了什麼好事呀？」

「你應該無所謂而愛，像阿萊莎那樣地愛人。」

「他為什麼愛你？他對你有什麼表示，竟使你這樣大驚小怪的？」

格魯申卡站在屋子中央，熱烈地說話，聲音裏聽得出歇司底里性的音調。

「不許作聲，拉基金，你一點也不明白我們的事情！以後你不許對我稱呼「你」，我不許你。你的胆子竟這樣大起來了！你就坐在角落裏，不許作聲，做我的奴僕。現在，阿萊莎，我要對你一個人說出實在的話，讓你看見我是如何的一個下賤的人！我不對拉基金說，對你說。我想害你，阿萊莎，這是千眞萬確的。我完全決定好的。我甚至用金錢賄賂拉基金，讓他領你來。我為了什麼想這樣做呢？阿萊莎，你是一點也不知道的。你看見我就背轉身子，走了過去，垂下眼睛。我却瞧了你一百次，向每個人打聽你的情形。你的臉容遺留在我的心裏。我心想：他看不起我，連看都不願意看一下。後來我感到我自己也奇怪起來：我為什麼竟怕這小孩？我把他一口吞下去，再笑一聲。我完全生氣了。你相信不相信；這裏的人誰也不敢說出，而且想一想，到阿格拉菲納·阿歷山大洛夫納家裏來做什麼壞事。我祇有老頭子一個人。我和他發生了關係，賣給他了。撒但為我們做主結合·而別的人是沒有的。但是我一看到你，就自己決定：我要把他吞吃下去。我吞吃了下去，再笑起來。你瞧，我真是惡毒的狗，而你竟把牠認作姊妹！現在這個侮辱我的人來了。我坐在這裏，等候信息。你知道，這侮辱我的人在我的心上是如何的；五年以前，庫齊瑪帶我到這裏來的時候，——我坐在那裏，躲着人，不願意人家看見我，聽見我的說話，瘦瘦的，傻裏傻氣的，坐在那裏直哭，連着許多夜不睡覺，心裏想：「他現在在那裏，我的害人精？一定在跟別的女人一塊兒笑我，我祇要能夠見到他什麼時候遇見他，一定要報復的，一定要給他一個報復！」我在夜裏黑暗之中伏枕痛哭，反覆地思想·故意撕裂我自己的心·將惡怒灌輸進去：「我一定要對他報復，一定要對他報復！」這是我時常在黑暗裏喊出來的話。後來突然憶到我並不能對他做出什麼事情，而他現在正在笑我，也許完全忘卻，不再憶到，我就從床上跳到地板上面·流出無力的淚·全身抖索，直到天明纔止。早晨起身的時候，心裏比狗還狠惡·準備吞下整個的世界。以後你瞧：我開始積錢，成為沒有憐憫性的人，而且發了胖。你以為我變得聰明了麼？

不對的：整個世界裏誰也看不見，而且不知道，在夜幕張下來的時候，我還是五年以前的小女孩一樣，有時候躺在那裏，咬牙切齒，整夜地哭泣。儘想着：「我要對他，我要對他！」這些話你聽到麼？那末你現在會了解我的。一個月以前，我忽然接到一封信：他的妻子死了。所以他動身前來，希望和我見面。當時我的呼吸窄狹起來，老天爺，我忽然想到：他一來，對我吹一聲哨子，喚我一聲，而我就會像一隻挨了揍的小狗一般，像做錯了什麼事似的，爬到他的面前去！我心裏想着，自己也不相信自己：「我是下賤的女人，或者不是下賤的女人？我跑到他面前去呢？或是不跑去？」在這一個月內，我自己對自己生怒的情形，比五年以前還壞得多。你現在看見，阿萊莎，我是一個如何惡狠而且兇蠻的人。我現在把實在的話全對你表白出來了！我同米卡開開玩笑，爲了不跑到另一個人的身邊去。你不許作聲，拉基金，你不配來裁判我，我不是對你說的。我在你們沒有來以前，躺在這裏等候，想着心事，解決自己的命運。你們從來不會知道，我的心裏是什麼情形。阿萊莎，請你對你的小姐說，請她不要爲前天的事情生氣！……全世界上沒有人知道我現在是什麼情形，而且也不能知道的……所以我也許將帶了一把刀子前去，我還沒有決定……」

格魯申卡說出了這「可憐」的話，忽然按捺不住，沒有說完，就用手掩臉，投身到沙發的枕頭上面，像小孩一般嗚咽起來。阿萊莎從座位上立起，走到拉基金面前。

「米莎，」——他說，——「你不要生氣。你受了她的侮辱，但是你不要生氣。你聽到他剛纔說的話麼？不能够對人的心靈要求太多，應該慈悲些……」

阿萊莎在抑止不住的激烈的心情裏說着這幾句話。他必須發抒自己的思想，所以他朝拉基金說話。假使沒有拉基金，他會獨自叫喊出來的。但是拉基金譏笑地看了他一眼，阿萊莎突然止住了。

「昨天你的長老給你裝上了彈藥，現在你拿你的長老的彈藥朝我身上亂放了，」——拉基金說着，帶着仇恨的微笑。

「你不要笑，拉基金，不要譏笑，不要談論故世的長老：他高出世界任何人之上！」——阿萊莎喊，語音裏帶着哭聲。——「我不是用裁判者的資格對你說這話，我自己也是被裁判者中間最後的一人。我怎麼能和她相比呢？我懷着幻滅的意念走到這裏來，說着：「隨它去罷！隨它去罷！」這是由於我的卑怯的心情而來，然而她在遭了五年的苦難以後，祇要有一個人首先跑來，對她說了這一句誠懇的話，——她立刻寬宥一切，忘却一切，哭泣起來！那個侮辱他的人回來了，召喚她，她便寬恕一切，喜喜歡歡地忙着到他前面去，不拿刀子，決不會拿的！不，我不是這樣的人。我不知道米莎，你是不是這樣的人，我却不是這樣的！我今天得了這個教訓……她的愛高出我們之上……你以前從她那裏聽到過她現在所講的一切話語麼？不，你沒有聽見過；假使你聽見了，早就會了解一切的……讓另一位前天受了侮辱的女人，讓她也寬恕了她罷！她一知道，一定會寬恕的……他會知道的……這個心靈還沒有得到馴靜，應該寬宥她……也許有寶藏在這個心靈裏面……」

阿萊莎沉默了，因爲他喘不過氣來。拉基金雖然心裏十分忿怒，却也看着他驚訝起來。他從來沒有料到靜靜的阿萊莎會說出這類話來的。

「辯護師出現了！你戀上了她，是不是？阿格拉菲納・阿歷山大洛夫納，你的那位吃素齋的人果眞戀上你了，你戰勝了！」——他喊着，發出傲慢無禮的笑聲。

格魯申卡從枕上舉起頭來，看了阿萊莎一眼，含着和愛的微笑，——這微笑在她的由于剛纔流出的眼淚忽然有點腫起來的臉上閃耀着。

「你放下他罷，阿萊莎，我的小天使，你瞧他是什麼樣的人，何必找這樣的人來說話。米哈意爾・渥西帕維奇，」——她朝拉基金說，——「我想向你請求饒恕，因爲我駡了你一頓，現在又不想了。阿萊莎，你到我這裏來，坐在這裏，」——她帶着喜悅的微笑向他招手，——「就是這樣，就坐在這裏，你對我說一說，（她拉他的手，微笑着窺望他的臉，）——你對我說：我愛那人不愛？愛那個侮辱我的人不愛？你們沒有來之前，我躺在黑暗裏面，一直追問自己的心：我愛他不愛？你替我解決一下，阿萊莎。時間到了，該怎麼樣，便怎麼辦罷。我究竟原恕他不原恕呢？」

「你已經原恕了，」——阿萊莎含笑說。

「眞是已經原恕了，」——格魯申卡憂鬱地說，——「這眞是低賤的心！爲我的低賤的心喝一杯！」——她忽然從桌上抓起一隻酒杯，一口氣喝乾，還把杯子高舉，揮手扔到地板上面。酒杯碰碎了，發響。在她的微笑裏閃出一種殘忍的痕跡。

「但是也許我還沒有原恕，」——她似乎威嚴地說，眼睛垂視地上，似在自言自語一般，——「這個心也許剛剛準備原恕。我還要和心奮鬥一下。你瞧，阿萊莎，我竟愛上了五年來我的眼淚……我也許祇愛我所受的侮辱，並不是愛他！」

「我眞不願意處在他的地位上面！」——拉基金說。

「你不會的，拉基金，你決不會處到他的地位上去的。你可以給我縫靴子，拉基金，我讓你做這類事情。像我這樣的人，你是永遠得不到的……他也許也得不到……」

「他麼？那末你爲什麼裝扮得這樣漂亮？」——拉基金惡意地逗她。

「你不必拿裝扮漂亮的話取笑我，拉基金，你還不知道我的整個的心！憑我高興，我會把漂亮的衣服撕去，立刻撕去，現在就撕，」——她響亮地喊叫，——『你不知道，拉基金，穿這樣漂亮衣服是爲了什麼原因？也許我會到他那裏，對他說：「你看見過我這種樣子沒有？」——他離開我的時候，我衹是一個十七歲的，細瘦的，癆病腔的，好哭的女郎。我要坐在他身傍，給他灌迷湯，讓他全身發燒：「你看見我現在的樣子麽？」我要對他說，「你這就很够了，老先生。就口的饅頭，竟溜走了！」——漂亮的裝扮也許就是這個意思，拉基金，」——格魯申卡帶着惡毒的笑聲說，——「我是瘋狂的，阿萊莎，憤怒的。我要把我的漂亮的衣服撕去，把我自己弄成殘廢，毀損我的美貌，燒炙我的臉，用小刀劃破，出去討飯。憑我高興，我現在可以任何地方都不去；憑我高興，我明天就把庫齊瑪送給我的一切東西和銀錢交還給他，自己一輩子去當苦工！……你以爲，拉基金，我不會這樣做，不敢這樣做麽？我會做的，我會做的，現在就可以做，祇是不要惹惱我……我可以趕走他，輕視他，不見他！」

最後的一句話她用歇司底里的聲音喊了出來，但是按捺不住，又用手掩臉，投到枕頭上面，又嗚咽得全身抖索。拉基金從座位上立起來：

「是時候了，」——他說，——「天色已晚，修道院裏要不放進去的。」

格魯申卡竟從座位上跳了起來。

「阿萊莎，莫非你想走麽？」——她帶着悲切的驚訝喊叫起來，——「現在你叫我怎麽辦：你把我全身激動，磨折我，現在又讓我整夜一個人留在這裏。」

「不能讓他在你這裏住夜麼？祇要你高興——也可以的！我一個人先走！」——拉基金惡毒地嘲笑着。

「不許作聲，你這惡靈魂，」——格魯申卡憤恨地對他呼喊，——「你從來沒有把他一來就對我說的話語說過。」

「他對你說了什麼話呀？」——拉基金惹惱地喃語着。

「我不知道，一點也不曉得，他對我說的是什麼話，這是對着心說的，他把我的心翻了轉來……他第一個人憐惜我，唯一的人！小天使，你為什麼不早些來呀，」——她忽然跪在他面前，似乎瘋狂一般，——「我一輩子等候着你這樣的人，一面等候，一面知道有一個人會走來，寬恕我的。我相信我這種人也有人愛的，我這種壞皮氣的人，不單祇為了那種可羞恥的愛！……」

「我對你說了什麼話呀？」——阿萊莎回答，和愛地微笑，俯身就她，溫柔地拉住她的手，——「我遞給你一根葱，一根極小的葱，如此而已，如此而已！……」

說完以後，自己哭了。在這時候外屋裏忽然發出響聲，有人走進外屋；格魯申卡跳起身來，似乎異常害怕的樣子。費娜呼喊着，喧鬧着，跑進屋裏去了。

「小姐，小姐，帶信的人來了！」——她快樂地呼喊，喘不過氣來。——「一輛馬車從莫克洛葉派來接您，馬夫帖莫非意駕了三匹馬來的，現在換新馬呢……信，信，小姐，這裏有一封信！」

信就在她的手裏，她一面呼喊，一面在空中搖幌着那封信。格魯申卡從她手裏一把搶下，往臘燭傍邊送去。這祇是一張便條，幾行字，她一下子就讀完了。

「叫我呢！」——她喊出來，滿臉發出慘白，臉龐出于病態的微笑而彎曲了。——「吹了一小口哨！爬來罷，小狗！」

但是惟有在一刹那的時候，她似乎處于不決定的情勢之下，血突然投奔到她的頭裏，兩頰烘得火燒。

「我要去的！」——她忽然喊。——「五年的光陰！告別了罷！告別了罷！阿萊莎，命運決定了……去罷，去罷，你們大家現在全離開我罷，我不再見你們了！……格魯申卡飛進新的生活裏去了……你不要記念我的舊惡呀，拉基金。我也許往死亡上走去！唉！我彷彿喝醉了！」

她忽然離開他們，跑到臥室裏去了。

「她現在顧不了我們呢！」——拉基金喊。——「我們走罷。否則，也許又要發出女人腔的喊聲，我聽這些帶着眼淚的喊聲也已經够膩了……」

阿萊莎讓人家像機械似的帶了出去。院子裏面停着一輛馬車，馬卸失了，人們持着燈籠行走，十分忙碌。三匹新鮮的馬被牽進敞開的大門裏去。阿萊莎和拉基金剛從臺階上走下，格魯申卡的臥室的窗突然開了，她發出響亮的聲音朝阿萊莎的背後喊道：

『阿萊莎替我給令兄米欽卡問好，告訴他，不要記我這壞女人的仇。你還把我親口說的話轉告他：「格魯申卡落在一個壞人的手裏，而你這正直的人反而落了空！」你還可以加上去說，格魯申卡祇愛了他一小時，祇有一小時的功夫愛過的，他應該一輩子記住這一小時，格魯申卡吩咐他一輩子記好了！……』

她用充滿嗚咽的聲音結束這段話。窗關上了。

『唔！唔！』——拉基金笑着說——『宰了令兄米欽卡一下，還要讓他一輩子記好。眞是殘忍極了！』

阿萊莎一句也不答，好像沒有聽見似的；他迅快地在拉基金身傍行走，似乎非常忙迫；他似乎在渾忘中，機械似的行走。有什麼東西突然扎了拉基金一下，好像有人用手指觸摸他的新鮮的創處。剛纔他把阿萊莎領到格魯申卡那裏去的時候，完全料想不到會發生這樣的事；發生了完全不同的事情，不是他所深致期望的事情。

『他是波蘭人，她的那位軍官，』——他說着，還在壓制自己，——『而且他現在並不是軍官，他在西比利亞海關上當差，中國的邊卡上。他大概是一個瘦弱的小波蘭人。聽說他已經丟了差使。一聽到格魯申卡現在有了錢，便回來了，——一切的奇蹟就在這個上面。」

阿萊莎又似乎沒有聽見。拉基金忍不住了：

「怎麼樣，救了那個女罪人了麼？」——他對阿萊莎惡毒地笑了。——「把娼婦引到真理的路上去了沒有？驅走了七個小鬼，是不是？我們的奇蹟，剛纔期待着的奇蹟實現了！」

「不要說了，拉基金，」——阿萊莎應聲回答，心靈裏懷着悲哀。

「你現在爲了剛纔的二十五個盧布「看不起」我麼？意思是說把真正的朋友出賣了。其實你不是基督！我也不是猶太。」

「唉，拉基金，你要相信，我連這個也忘記了，」——阿萊莎喊，——「你自己提醒我的……」

但是拉基金已經完全生氣了。

「鬼把你們一切人拿去了罷！」——他忽然大喊，——「真是見鬼！我爲什麼同你打起交道來了，從此我不願意再和你見面。你一個人走罷，那是你的道路！」

他堅決地轉到另一條街上去，把阿萊莎一人遺留在黑暗裏面。阿萊莎走出城外，順着田野到修道院裏去。

第四章　加利利的迦拿

阿萊涉回到庵舍裏的時候，照修道院的習慣，時光已經很晚，看門人從另外一扇門裏放他進去。九點已打過，——是過了大家都極驚慌的一天以後普遍的休息和安謐的時間。阿萊涉畏葸地開門，走進長老的修道室裏，——現在他的靈柩就放在裏面。除去孤獨地在靈邊讀福音書的帕意西神甫和年輕的沙彌勃洛菲里以外，修道室內並無別人。勃洛菲里被昨天夜裏的談話和今天的忙亂弄得十分困乏，已在另一間屋子的地板上睡熟，做着堅實的，年輕的夢。帕意西神甫雖然聽見阿萊涉走了進來，却甚至不朝他看一眼。阿萊涉折身到門右首的屋角落裏，跪下來，起始祈禱。他的心靈充溢着，却似乎極模糊。沒有一種感覺太鮮明地露出來，相反的是一個感覺擠出另一個感覺，形成一種靜寂的，平勻的循環。然而心是甜蜜的。說也希奇，阿萊涉自己並不引以爲奇。他又看見這個靈柩，裏面蓋着對於他珍貴的死人，但是他的心靈裏並沒有像剛纔早晨那樣的哀哭的，痛楚的，磨難的憐惜在內。他剛走進來，就對靈柩下跪，像朝見聖物一樣，在他的腦筋裏和他的心裏閃爍着快樂。修道室的一扇窗敞開着，空氣是新鮮，冷洌的，——『這末說來，既然決定打開窗戶，氣味一定是更加強烈了，』

——阿萊莎想。然而對於臭味的念頭，剛纔在他看來還是那樣可怕而且不名譽，現在並沒有勾起他剛纔的煩悶和憤恨來。他起始靜靜地祈禱，不久自已感到他是近乎機械地祈禱着。零斷的雜念在他的心靈裏閃爍，像小星一般，一熾卽滅，而代以另一粒小星，但是心靈裏主宰着一種整個的，堅定的，使人慰藉的心情，他自己也感覺到。他有時起始熱烈地祈禱，他極願意感謝和愛……但是剛剛開始祈禱，忽然轉到什麼別的事情上去，凝想了起來，竟把那禱詞和打斷它的事情完全忘却了。他起始聽帕意西神甫所誦讀的聖經，但是爲了太疲倦，漸漸地打盹起來……

「第三日，在加利利的迦拿有娶親的筵席，」——帕意西神甫讀着，——「耶穌的母親在那裏。耶穌和他的門徒也被邀赴席。」

「娶親？……娶親……」——阿萊莎的腦筋裏像狂飈般旋轉着。——「她也有幸福……赴筵席去了……不，她沒有帶刀子，沒有帶刀子……這祇是『可憐』的話……唔……可憐的話語是應該加以原恕，一定是的。可憐的話語可以安慰心靈……如沒有這些話語，人們的憂愁將更加難堪。拉基金到胡同裏去了。拉基金在想他所受侮辱的事情的時候，永遠走進胡同裏去，……至於道路……道路是寬闊的，直線的，光明的，水晶般的陽光在它的盡頭……啊？……還讀着什麼？」

「……酒用盡了，耶穌的母親對他說：他們沒有酒了」……阿萊莎聽着。

「不錯，我竟放了過去。我本不願放過去的，我很愛這一段。這是加利利的迦拿，第一作奇蹟……這是奇蹟，這是有趣的奇蹟。基督感到的不是憂愁，而是人們的快樂。他在初次創造奇蹟的時候，便幫助了人們的快樂。……「凡愛人的必愛他們的快樂」……圓寂的長老時常反覆說出這句話，這是他的一個最主要的意思……沒有快樂是不能生活的，米卡說……是的，米卡說的……一切真實和美麗的東西永遠充滿了寬恕一切的精神，——這又是他說的……」

……耶穌說：婦人，我與你有什麼相干？我的時候還沒有到。他的母親對用人說：他告訴你們甚麼，你們就作甚麼……」

「作甚麼……這是快樂，一些窮人，很窮的人們的快樂。自然是窮人，既然甚至在娶親時都沒有酒喝……歷史家說格尼薩萊斯湖傍和附近地方，當時分住着極貧窮的人民，窮得無從想像到的人民……當時在場的另一個偉大的人物的偉大的心（就是他的母親）知道他的降臨並非單祇為了成就偉大的，可怕的業績。她知道他的心也能容納那些黑暗的，黑暗而不狡黠的人們的坦白而且不聰明的快樂，——他們是那樣和藹地邀請他赴他們的簡陋的喜筵。「我的時候還沒有到」，他說時懷着靜謐的微笑，（一定對她溫馴地微笑了一下……）實際

上，他的臨到地上，難道就是為了在窮人的喜筵上增添葡萄酒麼？然而他就照了她的請求去做了……他又讀下去了……」

「……耶穌對用人說，把缸倒滿了水，他們就倒滿了，直到缸口。

「耶穌又說：現在可以舀出來，送給管筵席的。他們就送去了。

「管筵席的嘗了那水變的酒，並不知道是那裏來的，（只有舀水的用人知道。）管喫席的便叫新郎來。

「對他說：人都是先擺上好酒；等客喝足了，纔擺上次的。你倒把好酒留到如今。」

「但是這是什麼？這是什麼？為什麼屋子移動着……是的……這是娶親，喜事……自然是的。那裏來了客人，新婚夫婦坐在那裏，一羣快樂的人們……那位聖智的管喜筵的在那裏？他是誰？誰？屋子又移動了……誰從大棹上立起來？怎麼……他也在這裏麼？他在棺材裏面……但是他也在這裏……立起來，看見了我，走了過來……天呀！……」

是的，他到他面前來了。他到他面前來了，那個乾瘦的小老頭子，臉上長着細皺紋，喜仔仔的，輕聲地笑着。棺材已經沒有了，他穿着昨天客人聚集攏來談話的時候所穿的衣服。他的臉露出在外面，眼睛熠耀着。這末說來，他也在喝喜酒，也被邀請赴加利利的迦拿的喜筵……

「親愛的，我也被邀請，我也被邀請，」——靜靜的語聲在他頭上傳播着，——「你爲什麼躲在這裏，看不見你……你也到我們這裏來罷。」

他的語聲，曹西瑪長老的語聲……他在那裏叫喚，還能不是他麼？長老用手扶起阿萊莎。阿萊莎立了起來。

「我們在那裏快樂，」——乾瘦的小老頭子繼續說，——「我們喝新酒，新的，偉大的快樂的酒。你看，有多少客人？那邊是新郎，新娘，那邊是管筵席的，嘗飲着新酒，你爲什麼對我詫異？我遞了一根葱，就是這裏。這裏有許多人每人祇遞了一根葱，祇有一根小葱：我們的事情怎麼樣？你是靜靜的，你是我的溫和的小孩，你今天給一個苦飢的女人遞了一根小葱。起始罷，親愛的，起始做你的事罷，溫和的，……你看見我們的太陽，你看見他了麼？」

「我怕……我不敢看……」——阿萊莎微語。

「你不要怕他。他的莊嚴顯得可怕，他的高臨顯得可驚，然而他是無窮盡的慈悲。出於愛，他的形相裝得和我們一樣，同我們一齊快樂，爲了不使客人們的快樂縮短，將水變成酒，等候新的客人，不斷地召喚新人，而且永恆地召喚。又取來新酒，你瞧，把缸取來了……」

阿萊莎的心裏有些燒炙，有點東西忽然把他塞滿到痛楚的地步，歡欣之淚從他的心靈裏迸出……他伸出手來，喊叫了一聲，醒了……

還是棺材，敞開的窗，靜靜的，鄭重的，清晰的讀聖經的聲音。但是阿萊莎已經不去聽讀經。奇怪的是他睡熟時是跪着的，而現在竟站立着。他忽然像從位置上掙脫似的，堅決而且迅快地跨了三步，一直走到棺材傍邊。肩頭甚至擠了帕意西神甫一下，也沒有注意到。帕意西神甫的眼睛離開了書本，舉起來對他看了一下，但是立刻又移開，明白了在青年人的心裏發生了奇怪的事情。阿萊莎朝棺材看了半分鐘模樣，朝那個被覆蓋着的，不動的，在棺材裏伸展着的死人看着，——他的胸前放着聖像，頭上戴着揷八角形的十字架的頭巾。他剛剛聽見他的聲音，這聲音還在他的耳朵裏響着。他又傾聽了一下，還在等候語音……突然地，他堅決地折轉身子，從修道室裏走出去了。

他在台階上也沒有止步，迅快地走下去。他的充滿着歡欣的心靈渴求自由，面積，寬度。佈滿靜寂，光耀的繁星的天空，寬闊而且無從窮矚地覆掩在他的頭上。從天頂到地平線，還不很清切的銀河幻成兩道。新鮮的，靜寂不動的黑夜，覆蓋在大地上面。白色的塔顛和金黃的教堂尖頂在青玉色的天上閃爍。屋傍花壇裏美麗的秋花沉睡到早晨。大地的靜寂似乎和天上的靜寂相融和，地上的祕密同羣星的祕密相接觸……阿萊莎站在那裏，看着，忽然像被砍倒似的，倒在地上。

他不知道爲什麼擁抱它，他自己也弄不淸楚爲什麼他這樣抑止不住地想吻它，吻它，他帶着哭聲吻着，流下許多眼淚，而且瘋狂似地賭誓要愛它，永遠愛它。「向大地潑洒你的快樂的淚，愛你的眼淚……」這句話在他的心靈裏發響。他哭什麼？他在歡欣中哭着，甚至爲了天空中閃耀的繁星而哭，「並不爲瘋狂發着。」所有無量的上帝的世界裏來的一切線脈全聚在他的心靈裏面，這心靈不斷地抖戰。「和另個世界溝通過。」他想原恕一切，爲一切原恕。不爲自己，而爲一切人，爲世上萬物請求原恕。至於『我呢，是有別人來代表請求的，』——他的心靈裏又發響了。他在每一剎那間，明顯地，可觸摸似地感到有什麼堅定的，無可搖撼的東西，像蒼穹一般，進入他的心靈裏去。似乎一種理想在他的腦筋裏主宰着，——而且永世，永生地主宰着。他倒地時是軟弱的少年，立起來時却成爲一生堅定的戰士，在這歡欣的時間裏，他忽然意識到，而且感覺到了。阿萊渉以後一輩子永遠不能忘却這個時間。「有什麼人在這時候走進我的心靈裏去了，」——他以後說，堅決地相信自己的話語。……」

三天以後，他離開修道院，爲了履行去世的長老的遺言，他命令他『到塵世上去混跡。』

第八册　米卡

第一章　庫齊瑪・薩姆索諾夫

格魯申卡飛進新生活裏去的時候，囑咐阿萊莎對特米脫里・費道洛維奇轉致最後的關候，並且請他一輩子記住她的愛情的一小時，而特米脫里・費道洛維奇在那個時候一點也不知道她所發生的事情，也處於非常騷擾和忙亂的狀態之下。最近的兩天，他的心情是那樣無從描寫，確乎會得腦炎的毛病，像他以後自己所說似的。阿萊莎昨天早晨找不到他，伊凡哥哥當天也沒有和他在酒店裏相見。他所住的小房子的房東依照他的命令，不肯宣布他的蹤跡。在這兩天以內，他真是向四面八方滾來滾去，「和他的命運奮鬥，拯救自己，」（這是他以後自己表示出來的話，）為了一樁急事，甚至走出城市有幾小時之久，雖然他怕離城一步，一分鐘也不敢放鬆格魯申卡，不去偵察她，這一切以後會用極詳細和精確的形式表白出來，現在我們祇將那個在他的命運上突然爆發的可怕的慘劇的前兩天，他一生中最可痛的兩天的歷史中實際上最必要的一切事情先行記載一下。

格魯申卡雖然會誠懇地，真摯地愛他一小時，這是實在的，但是同時確乎也十分殘忍而且不加憐憫地磨折他。主要的是他一點也不能猜出她的真意所在，用甜情或強力誘出也是不可能的：她無論如何決不上勾，祇是會生氣，因此完全不理他，那是他很明白的。他當時猜得很準確，他覺得她自己也在奮鬥着，處於一種不尋常的無決斷的心情之下，在那裏決定做一件事情，而始終不能加以決定。因此他沉下了心，不無相當理由地猜到，有的時候她一定仇恨他和他的戀愛。也許這就是這樣，但是格魯申卡究竟有什麼煩惱，他到底不能了解。在他的方面看來，使他感到苦惱的問題祇能圈進兩個定義之中：「不是他，米卡，便是費道爾・伯夫洛維奇。」說到這裏，必須順便表示出一個堅定的事實：他深信費道爾・伯夫洛維奇一定將向格魯申卡提議（也許已經提議都難說）和他正式結婚。他一分鐘也不相信這老色鬼祇希望用三千盧布了結這件事情。米卡取得這結論，因爲他知道格魯申卡和她的性格。就爲了這原因，他有時會覺得格魯申卡的全部痛苦和遲疑不決的心情祇是由於她不知道應該選擇誰，誰對於她比較有利而起。關於那位「軍官」快回來的消息，——就是格魯申卡生命中那個運定的人，她懷着十二分的驕亂和恐怖期待着他的來臨，——奇怪的是他在那幾天竟連想也沒有想到。固然，格魯申卡在這幾天內不同他談到這件事。但是他從她的方面探悉，她在一個月以前曾接到她的以前的勾引者一封信，並且也有點知道信裏的內容。格魯申卡當時在一個忿恨的時間內，曾把這封信給他看。但是她覺得驚訝的是他對於這封信幾乎毫不重視。很難解釋爲什麼原因：也許單祇是因爲他處於爲這女人和親生父親奮鬥中一切醜陋和恐怖的壓迫之下，在他的方面已不能設想到比這再可怕，和危險些的事情，至少在那個時候是如此。對於在五年的失蹤以後不知從什麼地方忽然跳出來的未婚夫，他甚至根本不予置信，尤其不相信他會回來得如此迅速。在米卡看到的那位『軍官』的第一封信上，十分不確定地寫着關於這個新情敵的回來的話：這封信是很模糊的，很浮誇的單單充滿了感情的語調。應該注意的是那一次格魯申卡把那封信的最後數行字隱瞞着不給他看，在那幾行字裏關於回來的話說得比較確定些。米卡以後記得，當時他從格魯申卡的臉上似乎捉住有點不知不覺的，而且驕傲的看不起西比利亞來的那封信的意思。以後，格魯申卡關於和這新情敵繼續接洽的一切情節，竟一點也沒有對米卡講過。因此他漸漸地甚至完全忘却了這位軍官。他心裏祇是想着，無論發生什麼事情，無論有什麼轉變，他和費道爾·伯夫洛維奇最後的衝突的時期越來越近，應該比別的一切先行解決。他沉住心，時時刻刻期待格魯申卡的決定，一直相信這決定會突然地，由於一時的衝動而成立的。她忽然會對他說：「你把我取去罷，我永遠是屬於你的了，」——於是一切了結：他抓住她，立刻帶到天涯地角裏去。立刻帶走，越遠越好，雖然不是天涯地角，却要到俄羅斯的邊上，在那裏結了婚，隱姓埋名地同住下去，不讓任何人知道他們的蹤跡，無論在這裏，或任何別的地方。那時候，那時候將立即開始完全新的生活！關於這不同的，革新的，「善良」的生活，（「必須要善良的，必須要善良的！」）他時時刻刻，瘋狂地幻想着。他渴望這樣的復活和革新。他基於自己的意志陷進去的那個汚穢的池沼，使他感到十分的壓迫。他和很多屬於這種地位的人一樣，最相信環境的變更：祇要不是這些人，祇要不是這些環境，祇要脫離這可痛咒的地方，——一切就可以復活，一切就可以從新做去！這是他所深信的，這是他日夜嚮往的。

這祇是指問題的第一種的有幸的解決。還有另一種的解決，另一種可怕的結局。她忽然會對他說：『你去罷，我決定和費道爾·伯夫洛維奇一塊兒過，嫁給他，不需要你了，』——到了那時候……到了那時候……米卡並不知道到了那時候將怎麼辦，在最後的一點鐘以前還不知道，這是應該替他開脫的。他沒有確定的用意，沒有想犯罪。他祇是在那裏監視，偵探，自己苦惱，却始終準備着第一種的，有幸的運命的解決，甚至驅掉一切別的念頭。但是到了這裏，開始了完全另一樣的痛苦，發生了另外的，新的，枝節的，却也是運定的，無法解決的一椿事實。

假使她對他說：『我是你的，你把我帶走罷，』那末他將如何把她帶走呢？他那裏有盤川，有錢呢？多少年來沒有斷過的，費道爾·伯夫洛維奇所施與的銀錢恰巧在這時候斷絕了。自然格魯申卡有錢，但是米卡這一次忽然發現了驕傲的脾氣：他願意自己把她帶走，用自己的錢和她起始新的生活，不願意用她的錢；他甚至想也不願意想他會用她的金錢，一轉到這念頭便感到苦痛，而且嫌惡。這一切也許是間接地，而且似乎無意識地，由於他偷用了卡德隣納・伊凡諸夫納的錢，感到良心上祕密的痛苦而起的：『既在一個女人面前做了壞蛋，立刻又對於另一個女人成爲一個壞蛋，』——他當時想，這是他以後自己承認出來的；『格魯申卡假使知道了，是不會再要這樣的壞蛋的。』那末從何處去弄點款子，從何處去取那運定的銀錢呢？否則，一切將弄得稀糟，一無成就。『單祇因爲缺少了錢，唉，眞是羞辱呀！』

我得先說兩句：事情是因爲他也許知道從那裏去取這錢，也許知道錢放在什麼地方。這一次我不能詳細說明，因爲以後一切會解釋得明白。但是在他的方面主要的爲難處是這樣的，——我總要把這表白出來，雖然也許不見得表白清楚，——爲了取用放在什麼地方的款子，爲了有權去取用它，必須先把三千盧布還給卡德隣納・伊凡諸夫納，——否則，『我將成爲一個小偷，壞蛋，而我不願意在開始新生活時就成爲一個壞蛋，』——米卡這樣決定。當下，他決定在必要的時候把整個世界都翻了轉來，而無論如何，一定要最先就把三千盧布還給卡德隣納・伊凡諸夫納。這決定的最後的進程發生在最後數小時以內，那就是兩天以前的晚上，在大路上最後一次和阿萊莎相遇以後，在格魯申卡侮辱了卡德隣納・伊凡諸夫納以後，當時米卡聽了阿萊莎所敍講的話，承認他自己是一個壞蛋，還吩咐他轉告給卡德隣納・伊凡諸夫納聽，「假如這能使她多少輕鬆些。」他和兄弟分手以後，當天夜裏就感到他處於瘋狂的心情之下，他甚至願意「殺人越貨，以償還卡嘉的債。」「我甯願在被殺死和被搶刦的人面前，成爲兇徒和盜賊，甯願使衆人把我當作這種人，甯願到西比利亞去，却不願使卡嘉有權說我對她變心，偷她的錢，用她的錢同格魯申卡跑出去，起始實行善良的生活！這是不能够的！」米卡咬緊着牙關說出這幾句話來，有時候確乎會想到他將取得腦炎的結局的。但是他還在那裏奮鬥着。……

說來奇怪：從外表上看來，在取了這樣的決定的時候，是除去失望以外，沒有什麽別的辦法可想的；因爲像他這樣的窮光蛋，會從那裏忽然取到這些錢呢？然而他在這些時候始終希望着，他可以取到這三千盧布，這款子會自己跑來，甚至從天上飛下來。像特米脫里・費道洛維奇這類的人本來會有這樣的希望，因爲他們一輩子祇會化錢，浪用遺産取得的款項，而對於錢如何可以賺到，是沒有一點概念的。前天他和阿萊莎分手以後，他的腦筋裏立刻升起了極其幻想的狂飈，把他所有的思想全淆亂了。結果是他先從一個最離奇的步驟做起。也許，這類人處於這樣的境遇之下，會覺得最不可能的，最理想的步驟反而是必須首先做，而且可以做出一個得到的事。他忽然決定到格魯申卡的保護人，商人薩姆騷諸夫那裏去，對他提『計劃』，就根據這個『計劃』向他取得全部需要的款項；從商業的限光一方面看來，他對於這計劃毫不置疑，祇疑惑薩姆騷諾夫如果不願意單從商業方面着想，則對於他的舉動不知如何看法。米卡雖然認識商人的臉，却並不和他相識，甚至一次也沒有和他談過。但是不知爲甚麼原因，在他心裏甚至很早就建立了一個信念；那就是這個老荒唐鬼現在自己已經有一隻脚跨在棺材裏面，假使格魯申卡願意自己建立誠實的生活，嫁給一個『靠得住的男子，』也許這時候是不會加以反對的。不但不會反對，而且自己還希望着，祇要機會凑合，會親自促成的。根據某一種傳說，或是格魯申卡的什麼話語，他還斷定老人也許願意他娶格魯申卡，而不願意費道爾．伯夫洛維奇娶。也許，這部小說的讀者裏許多人以爲這樣冀圖人家的幫忙，打算把未婚妻從她的保護人手裏取下，在特米脫里．費道洛維奇方面是太粗魯和欠幽雅的舉動。我要說的祇是格魯申卡過去的一切在米卡看來是已經完全過去的了。他帶着無窮的同情看着這過去，並且由於烈火般的熱情，他決定格魯申卡既然對他說她愛他，而且嫁給他，那末即將生出一個完全新的格魯申卡，同時是完全新的特米脫里．費道洛維奇，沒有一點點的罪惡，單祇有道德：他們兩人互相饒恕，起始同度完全新的生活。至於庫齊瑪．薩姆騷諾夫這人，他把他看作在格魯申卡以前的，傾圮了的，過去的歷史裏使她發生決定的影響的人，她從來沒有愛過他，而主要的是他自己現在也成爲『過去』的人物，已經完結，不再存在的了。米卡現在甚至不把他當作一個人，因爲城裏面大家全知道他祇是一個疾病叢生的廢物，和格魯申卡保持所謂父女般的關係，完全不和以前一樣，而且早已如此，差不多有一年的樣子。總之，米卡這人有許多率眞的地方，因爲他雖有不檢的行爲，却還是一個很率眞的人。也就因爲這率眞，他竟深信老庫齊瑪在鑽進棺材裏去的時候，爲了他和格魯申卡一段過去的歷史，感覺誠懇的懺悔，而現在她除了這位沒有害處的老人以外，再也沒有對她忠實些的保護人和朋友。

米卡和阿萊莎在野田裏談話後，幾乎整夜沒有睡，第二天，大約早晨九點鐘就到薩姆騷諾夫家去求見。一所開闊廣闊的雙層住宅，十分陳舊，顯得陰鬱，院裏附帶些建築物，有一所邊房。下層住着薩姆騷諾夫的兩個已成婚的兒子和他們的家眷，他的老姊，和一個沒有出閣的女兒。邊屋裏有他的兩個夥計住着，內中一人的家庭也是人口繁多的。子孫和夥計們所住的房屋很擁擠，可是老人獨自佔了整個樓上的房子，連服侍他的女兒也不放進去住，她祇好在一定的時間內，或者經他沒有定時的召喚，每次從樓下跑到樓上，雖然她早已得了氣喘的毛病。「上層」全是接待賓客的大房子，裏面陳設古舊的，商人用的傢俱，牆傍放着難看的沙發和紅木椅子，組成了長長的悶損的排列，此外還有蒙着布套的水晶掛燈，牆間陰鬱的鏡子。這些屋子全是空的，沒有人住，因爲這多病的老人祇縮在一間小屋裏面，——那是一間位置僻遠的小臥房，由一個頭髮上包着頭巾的老女僕和儘留在外屋裏櫥櫃傍邊的「小夥子」

侍候他。老人因爲腿腫幾乎完全不能行走，祇是偶然從皮沙發上立起來，由老太婆扶着他的手，領他在屋內走一兩圈。他甚至對這老太婆也極嚴厲，而且不大說話。僕人通報『上尉』前來拜訪他，立刻打發僕人說他不見客。但是米卡堅持着要進見，便再去通報一次。庫齊瑪．庫齊米奇詳細盤問小夥子：他的樣子怎樣？是不是喝醉了酒？會不會胡鬧？取到的回答是「沒有醉，也不肯走開。」老人又叫人出去說不能見客。米卡早就料到這一層，特地身邊揣了紙張和鉛筆，在一張小碎紙上整整齊齊地寫了一行字：『爲了和阿格拉菲納．阿歷山大洛夫納相關的極重要的事請見』，便把這張紙送給老人。老人思索了一會，吩咐小夥子領客人到大廳裏去，還打發老太婆下樓叫他的小兒子立刻上來。這小兒子有十二俄寸長，膂力極大，臉剃得光光的，穿德國式的服裝，（薩姆騷諾夫却穿着俄羅斯式的上褂，還蓄鬍鬚。）他立刻不聲不響地來了。他們大家都看了父親發抖。父親叫兒子上來，並非懼怕上尉，他不是怯懦的性格，祇是備萬一之用，可以有一個見證在場。終於，他由小兒子和那個小夥子扶着，走進大廳裏來。他的方面也感到多少充分強烈的好奇是可以料到的。米卡等候着的大廳大而陰鬱，可以使人發出煩悶的心情，兩面有窗，牆壁是『假大理石』的，有三架水晶大掛燈，全蒙着布套。米卡在門傍椅上坐着，懷着神經質的不耐煩的心情等候他的命運的決定。等到老人在對面的門裏出現，離米卡的椅子有十俄丈遠，米卡突然跳起來，用堅決的，體操似的，一俄尺長的步伐走上去迎接。米卡穿得很體面，常禮服的紐子扣好着，手裏持着圓帽，還戴着黑手套，和三天以前在修道院裏，長老那裏，和費道爾·伯夫洛維奇和兄弟們相見的時候一模一樣。老人站在那裏，用鄭重而且嚴厲的神情等候他。米卡立刻感到在他走過去的時候，老人向他全身縮看了一番。近來腫得十分利害的庫齊瑪·庫齊米奇的臉也使米卡吃了大驚：本來很肥厚的下脣現在好像成爲一塊掛搭下的煎餅。他默默地，而且神氣活現地對客人鞠躬，手指着長沙發傍邊的軟椅，請米卡坐上去，自己却倚靠着兒子的手，一面發出痛苦的呻吟，一面慢吞吞的坐到米卡對面的沙發上面。米卡看見他那種痛苦的努力，立刻在心裏感到懺悔，又感到自身在這莊重的，被他所驚擾的人物面前的渺小，因此生出銳敏的慚愧。

「先生，您有什麼貴幹？」——老人坐下以後慢吞吞地說，語音清切，帶着嚴厲而且客氣的態度。

米卡抖索了一下，想跳起來，但又坐下來了。立刻就大聲說話，說得匆遽，且帶神經質，指手劃脚，露出堅決的瘋狂的神氣。顯然他已走到了頂點，立在懸崖上面，正在尋覓最後的出路，假使尋不到，便立刻跳到水裏去。大概，老人一下子已瞭解到這個情形，雖然他的臉仍舊沒有變，而且是冷冷的，像石頭一般。

「尊貴的庫齊瑪·庫齊米奇大概已經屢次聽到我同家父費道爾·伯夫洛維奇·卡拉馬助

夫意見不合的情形。他把我親生的母親遺留下來的財產隱匿起來……因爲全城都在談論這件事情……因爲這裏的人們儘談論不應該談的事情……而且從格魯申卡那裏也會聽到的……對不住：我說是從阿格拉菲納．阿歷山大洛夫納那裏……從我最敬愛的阿格拉菲納．阿歷山大洛夫納那裏……』——米卡這樣起始說，從第一句話上就接不下去了。我們不必在這裏逐句引出他的話句，而祇敍明它的梗概。事情是這樣的：米卡在三個月以前，故意同一位省城裏的律師商量，（他說着『故意』，而不說『特地』，）『那是一位有名的律師，保衞爾．保夫洛維奇．郭爾涅波洛道夫，您大概聽說過罷，庫齊瑪．庫齊米奇？廣闊的額角，幾乎是大人物的風度……他認識您的……誇獎您……』米卡第二次又接不下去了。但是話語的斷續並不能阻止他，他立刻跳了過去，越走越遠。這位郭爾涅波洛道夫先生在詳細盤問，而且研究了米卡所能提出的各項文件以後，（關於文件的話米卡表示得很含糊，還特別慌忙，）認爲切爾馬士娜村莊本來是母親遺給他的，很可以提出訴訟，把這老惡棍打倒……『因爲不是一切的門全關着的，研究法律的專家知道應該往何處鑽去。』總而言之，還可以希望向費道爾．伯夫洛維奇要求六七千盧布，因爲切爾馬士娜至少值兩萬五，兩萬八也可以，——『甚至值三萬，三萬，而我從這個殘忍的人手裏竟沒有要到一萬七千盧布！……』我（那就是說米卡）當時沒有辦這件事情，因爲我不懂法律，來到這裏以後又被他提出的反訴弄得糊塗了，

（說到這裏，米卡又弄亂了，又跳了好幾句：）所以，尊貴的庫齊瑪・庫齊米奇，可否請您接受我對於這惡徒的一切權利，您祇要給我三千盧布就好了……您這樣做，決不會吃虧的，我可以賭誓，相反地，您可以用三千賺到六七千……主要的是這一切「甚至在今天」就可以了結。「我可以到公證人那裏去，或是用別的什麼辦法……總而言之，我準備做一切事情，發出一切您所要求的文件，可以簽字在隨便什麼文件上面……我們現在就可以立一個字據，如果可能的話，祇要有可能的話，今天早晨就請您……就請您把三千盧布交給我……因爲這城裏沒有資本家可以和您相比的……而且您還救了我……總而言之，救我這個可憐的傻瓜，爲了一件極正直的事，爲了一件可以說是極高尙的事……因爲我對於一位女太太有極正當的感情，這位女太太是您所深知，而且像慈父似的照顧着。如果不是像慈父一樣，我也不會到這裏來的。在這裏面三個額角撞在一起，因爲命運是可怕的東西，庫齊瑪・庫齊米奇；現實主義，庫齊瑪・庫齊米奇，現實主義，因爲您早就應該除外，所以剩了兩隻額角，也許我描寫得拙笨些，然而我不是文學家。那就是說一隻是我的額角，另一隻是那個惡徒的。現在請您選擇罷：我呢，還是惡徒？現在一切掌握在您的手裏——三個人的命運和兩個人的幸福……對不住，我弄糊塗了，但是您會明白的……假使不明白，今天我就要跳河！是不是呀！」

米卡用這個「是不是呀！」的話打斷了他的離奇的話語，跳起身來，等候對於這個愚笨的提議的回復。說完最後的一句，他忽然失望地感到一切都已失敗，主要的是他說出了許多可怕的無意義的話。「奇怪的事情，到這裏來的時候，一切好像很好，現在竟成了無意義的話！」——他的失望的頭腦裏突然飛過這個念頭。在說話的整個時間內，老人呆板地坐着，觀察着他，眼神裏露出冰冷的樣子。當時他沉住氣，等候了一分鐘，終於用極堅決而且不高興的語音說道：

「對不住，我們不能做這類的事情。」

米卡忽然感到他的兩腿軟了。

「叫我現在怎麼樣，庫齊瑪·庫齊米奇？」——他喃語，慘淡地微笑着。——「我現在完結了，您以為怎樣？」

「對不住……」

米卡還是站在那裏，還是呆板地緊看着，忽然看出老人的臉上在那裏挪動。他抖索了一下。

「您瞧，先生，這類的事情我們不會做，」——老人慢吞吞地說，——「要提起訴訟，雇請律師，完全糟糕得很！如果您願意，這裏有一個人，您可以找他去……」

「天呀！那是誰？……您使我復活起來，庫齊瑪·庫齊米奇，」——米卡忽然喃喃說話。

「他不是這裏的人，現在城裏也找不到他。他經營農業，買賣樹林，綽號『獵狗。』他已經有一年功夫同費道爾·伯夫洛維奇講關於切爾馬士娜矮樹林出售的事情，兩方面價錢總是談不合適，也許您聽說了罷。他現在恰巧又來了，住在伊里因司基村的神甫家裏，離伏洛維耶茲有十二俄里。他爲這事情寫信給我，就爲了矮樹林的事，和我商量。費道爾·伯夫洛維奇想親自去找他。假使您走在費道爾·伯夫洛維奇的前面，把剛纔您對我說的一番話對獵狗提出來，他也許會……」

「天才的理想！」——米卡歡欣地打斷他的話，——「就是他，他最合適！他在那裏做生意，向他討極貴的價錢，而現在有那片地產的所有權的文件到了他的手裏，哈，哈，哈！」——米卡忽然發出短捷的，木頭似的呵呵的笑聲，來得完全奇突，甚至使薩姆騷諾夫的頭抖索了一下。

「叫我怎麼感謝您，庫齊瑪·庫齊米奇。」——米卡全身沸騰起來。

「沒有什麼，」——薩姆騷諾夫俯下頭。

「但是您不知道，您救了我，有一種預覺使我跑到您的身邊來……好罷，就去找那個牧師！」

「不用謝。」

「我忙着飛去。我眞是濫用了您的健康。我一輩子不忘記，這是俄羅斯人對您說的，庫齊瑪．庫齊米奇，俄羅斯人！」

「是呀。」

米卡抓住老人的手，預備搖撼它，但是老人的眼睛裏閃出一點惡毒的神色。米卡把手縮進去，立刻責備自己的疑心病。「他是累乏了……」他的腦筋裏閃了一下。

「爲了她，爲了她，庫齊瑪．庫齊米奇！您明白，這是爲了她！」——他忽然朝整個大廳喊叫，鞠了一躬，轉身過去，用迅快的，一俄尺長的步伐，頭也不回，走出門去。他歡欣得發抖。「一切全將完結，竟有一個護身的安琪兒來搭救我了！」——他的腦筋裏飛過這念頭。『像這老頭子那樣的事業家指出了道路，（他眞是極正直的老人，那種態度眞是莊嚴！）那末……那末自然成功是一定的了。現在就飛去。夜裏就可以回來。夜裏一回來，事情就辦妥了。難道老人還能和我取笑麼？」米卡走進寓所時這樣喊，他的腦筋裏自然不會有別的想頭的：不是一個精明的事業家的精明的勸告，——他是明白生意經，知道這位獵狗先生的來歷的，（眞是奇怪的姓名！）便是老人取笑他！唉！最後的念頭是唯一的眞確的念頭。過了許多時候，在慘劇業已完全成熟了的時候，薩姆騷諾夫笑着自行承認，他當時和「上尉」

取笑。他是冷酷的，惡毒的，好嘲笑人的人。他具有病態的和人不能相容的性格。是不是爲了上尉的歡欣的神色，爲了這個「放蕩鬼」竟會愚笨地深信薩姆騷諾夫能向他的奇怪的「計劃」上勾，或是爲了對於格魯申卡的醋勁，——這「乞丐」居然會跑上門來，用她的名義，掏出奇怪的計劃來要錢。——我不知道究竟老人當時的動機如何，但是在米卡站在他前面，感到脚軟，並且無意義地呼喊他糟糕了的時候，——就在這個時候，老人懷着無窮的惡恨望他，想出了和他取笑的方法。米卡出去後，庫齊瑪·庫齊米奇忿恨得面色發出慘白，吩咐兒子以後不許這乞丐進來，連院子裏也不許放進來，否則的話……

他沒有說完他恐嚇的話，但是連時常看見他發怒的兒子都嚇得抖慄了。老人甚至在整整的一小時以內忿恨得全身發抖，到了早上便發了病，請醫生診視。

第二章　獵狗

必須坐馬車去，但是雇馬車的錢一點也沒有。他祇有兩角錢，許多年來舒適的生活剩下來的就是這一點而已。但是他家裏還有一隻早就停止擺動的舊銀錶。他取了它，送到猶太人開的小鐘錶鋪裏，——那鋪子坐落在菜市裏。那鋪子給了他六個盧布。『連這個也是料不到的！』——十分歡欣的米卡喊了起來，（他永遠處于歡欣的心情之下，）取起六個盧布，就跑回家去了。回家後他又向房東們借三個盧布，補充這數目。房東們很愛他，所以也樂意借給他，雖然拿出來的是最後的錢。處在歡欣的心情之下的米卡立刻對她們說，他的命運將決於此行，還匆匆忙忙地把剛剛他對薩姆騷諸夫所提出的『計劃』告訴給她們聽，又說起薩姆騷諸夫如何勸告，他的未來的希望如何，等等的話。他以前也常將他許多的祕密告訴房東們，所以他們把他當作自己的人，並不是驕傲的老爺。米卡積聚了九個盧布，便打發人去雇驛站的馬車到伏洛維耶站上去。說到這裏，有一個事實應該加以確定，而且記憶下來，那就是：『在某一個事件發生的前夜，正午的時候，米卡身邊一個小錢沒有，為了需用錢，曾賣去了錶，向房東們借了三個盧布，而這一切都有證人在場。』

我預先把這事實記載，以後再行解釋我爲什麼這樣做。

米卡坐馬車趕到伏洛維耶站去的時候，雖然十分快樂地預感到他到底可以把「一切事情」予以了結，但是他驚嚇得抖慄着：他不在城裏的時候，格魯申卡不知道將做出什麼事情來？會不會恰巧今天就決定到費道爾·伯夫洛維奇那裏去？就爲了這緣故，他動身的時候沒有對她說什麼話，並且吩咐房東們如果有人來找他，無論如何不要說出他到那裏去了。「今天晚上一定要回來，一定要回來，」——他一面在車上搖曳着，一面說。——「也許可以把這獵狗拖到這裏來……完成手續……」米卡沉住了心，這樣幻想着，但是可嘆他的幻想注定了不該照「計劃」實行的。

第一層，他從伏洛維耶站順村道動身的時候，已經晚了。那個村莊不是距離十二俄里，却是十八俄里。第二層，他沒有遇到伊里因司基的「牧師，」他有事到鄰村去了。在米卡坐了原來的馬車，（馬已經十分累乏。）動身到鄰村去找他的時候，差不多已經是夜裏了。「那個牧師，」一個性情懦怯，臉色和藹的人，立刻同他解釋說這位獵狗先生雖然起初住在他家裏，但是現在已經到蘇霍意村去了。他在那裏有一片樹林的生意，所以今天就留宿在看林人的茅舍裏。米卡再三請求他立刻領他到獵狗那裏去，就算是「救他一命」，牧師雖然起初拿不定主意，但是後來就答應領他到蘇霍意村裏去，顯然是發生了好奇的心情。但是倒霉的是牧師曾提議「徒步」前去，因爲祇是一俄里多路遠。米卡自然同意，便帶着一俄尺長的步伐走起來，弄得可憐的牧師幾乎跟在他後面跑着。他是還沒有老，而且舉止很謹愼的人。米卡立刻同他講自己的計劃，熱烈而且神經質地和他商量應該向獵狗一方面如何進行，並且一路上說個不完。牧師注意地傾聽，却不大進什麼勸告。對於米卡的問話，他麻麻虎虎地回答些「我不知道，唉，我不知道，我從那裏去知道呢。」等等的話，米卡提到他和父親爲遺產鬧意見的時候，牧師甚至害怕起來，因爲他和費道爾·伯夫洛維奇有一點下屬對上司的關係。他懷着驚奇詢問，他何以稱呼這個販賣森林的農人郭爾司脫金爲獵狗，當時懇切地加以解釋，雖然他確乎是獵狗，然而他不能算做獵狗，因爲他聽見了這個稱呼將感到十分侮辱，所以必須稱他郭爾司脫金，「否則，您會一件事情也和他做不成，他聽也不會聽的，」——牧師這樣說。米卡頓時露出一點驚奇的神色，就解釋說這是因爲薩姆騷諾夫自己這樣稱呼他的緣故。牧師一聽到這段情節，立刻中斷了談話，假使他當時就對特米脫里·費道洛維奇把自己猜度的話解釋一下，也許更好些。他的猜度是，假使薩姆騷諾夫自己打發他到像獵狗那樣的農人那裏去，恐怕他不知爲了什麼原因想和他取笑一下，裏面不免有點不對勁的地方。但是米卡沒有時間研究「這種細節。」他忙着趕路，大踏步的走着，在走到蘇霍意村的時候才猜到他們走了不止一俄里，一俄里半，却走了三俄里路，這使他生悶氣，但是忍耐住了。他們走進農舍裏去。看林人，牧師的朋友，佔了農舍的一半的地方，而郭爾討脫金却住在潔淨的另一半地方，從外屋裏通過。大家走進潔淨的農舍，點燃了臘燭。屋子的火爐生得很熱。松木棹子上放着熄滅的水火壺，還有一盤子的茶杯，一隻喝盡的「羅姆」酒瓶，一瓶沒有完全喝完的燒酒，和大麥麵包的殘塊。那個客人直僵僵地躺在長椅上面，大衣揉得皺皺的放在頭下，作爲枕頭。他沉重地呼氣。米卡遲疑不決地站着。「自然應該把他弄醒：我的事情很重要，我很忙，忙着今天就要回去的。」米卡着慌了。但是牧師和看林人默默的站着，不表示意思。米卡走近前去，自己喚醒他。他用了許多力量，睡覺的人沒有醒。「他喝醉了，」——米卡決定，——「叫我怎麼辦，天呀，叫我怎麼辦！」忽然極不耐煩地開始拉睡覺的人的手脚，搖他的腦袋，把他抬起來，放在椅上坐着。經過很長久的努力以後所得的結果，祇是使那人起始離奇地發出吼叫，痛駡起來，雖然說話的聲音是含含糊糊地。

「不行，你最好等一等罷，」——牧師最後才開口，——「因爲他好像不能醒的。」

「喝了一天的酒，」——看林人應聲和着。

「天呀，」——米卡喊，——「你們知道我現在是如何的性急，我眞是處在絕望的境遇裏面！」

「您最好等到明天早晨再說罷，」——牧師重複着說。

「等到早晨麼？還是不可能的！」——他在絕望中幾乎又跑上前去喚醒醉鬼，但也明白努力的無益，立刻停止了。牧師一言不發，沒有睡足的看林人露出陰鬱的臉色。

「現實給人們設下了十分可怕的悲劇！」——米卡在完全絕望中說出這句話來。汗從他的臉上直流。牧師利用這時間，很有道理的說，即使可以把睡覺的人喚醒，但是既然喝醉了酒，恐怕也不見得能夠做什麼談話，「您的事情是很重要的，也祇好等到明天早晨再說罷……」米卡搖擺着手，同意了。

「牧師，我要留在這裏，點亮了臘燭，捕捉那個機會。等他一醒，我就開始……臘燭的錢我會付還給你的，」——他對看林人說，——「住宿的錢也有的，你會記得我特米脫里．卡拉馬助夫的。牧師，我就是不知道您應該怎麼辦？您在那裏睡？」

「不，我要回家去。我就騎他的牝馬回去，」——他指着看林人，——「再見罷，希望您取到十二分的滿意的答復。」

他們就這樣決定了。牧師騎了牝馬回家，心裏很高興，因爲好容易脫了身，但是一直在那裏不安地搖頭，尋思着要不要明天就把這有趣的事情先報告恩人費道爾．伯夫洛維奇，「否則，萬一他知道了，生起氣來，會斷絕給我好處的。」看林人搔了搔頭髮，默默地回到自己的農舍裏去。米卡坐在長椅上，捕捉他所說的機會。深沉的煩惱像累重的霧一般，包圍他

的心靈。深沉的，可怕的煩惱！他坐在那裏，思想着，却一點也想不出什麼。臘燭點得很亮，蟋蟀悲鳴着，爐子燒得極熱的屋內悶熱得難受。他突然意想中畫出一所花園，園外的通路，父親房子裏的門神祕地開了，格魯申卡跑進門裏去……他從長椅上跳了起來。

「悲劇！」——他說，咬緊牙根，機械般走近睡覺的人面前，看望他的臉。他是一個瘦瘦的，中年的農夫，橢圓形的臉，淡黃色的蜷髮，細長的，栗色的鬍鬚，身上穿着花洋布的襯衫，黑背心，銀錶的鍊條從背心的袋裏窺望着。米卡懷着可怕的仇恨的念頭，察看這面貌，不知爲什麼他特別仇恨他的蜷曲的頭髮。最主要地使他感到難忍的侮辱的，是他，米卡，站立在他的面前，帶着一件無從延擱的事情，作了許多犧牲，扔棄了許多事情，感到滿身的痛苦，而這個呆子，「我的全部命運現在繫于這個人身上的，」竟滿不在乎地發鼾，好像從別個星球上來的人。」「唉，眞是命運的嘲弄！」米卡喊，忽然喪失了冷靜的腦筋，重又跑上去喚醒那酒醉的農夫。他用了蠻勁喚他，拉他，推他，甚至打他，這樣忙亂了五分鐘，還是沒有達到什麼目的，帶着無力的絕望，回到長椅上去坐下了。

「愚蠢！愚蠢！」——米卡喊，——「而且一切是那樣的無恥！」——他不知爲甚麼原因忽然補上這句話。他頭痛得利害；「好不好扔棄他？他簡直就走開！」他的腦筋裏閃出這個念頭。「到明天早晨再說。故意留下來，故意留下來！我爲什麼要來到這裏呢？一點也沒有得到，就這麼離開，像現在那樣的離開，那才是無意義哩！」

他的頭越來越痛了。他呆板地坐在那裏，不記得怎麼會打盹，忽然坐在那裏睡熟了。他似乎睡了兩點鐘，也許還多些。由於忍耐不住的頭痛，忍耐不住到了呼喊出來的地步的頭痛，他纔醒了。他的太陽穴叩擊着，腦頂上疼得漲裂。他醒來以後，還不能完全弄明白他身上究竟發生了什麼事情。以後才猜到在這爐火生得太熱的屋子裏面有了可怕的煤毒，他也許會中毒而死。但是酒醉的農夫還是躺在那裏打鼾，蠟燭熔化起來，準備熄滅。米卡喊了一聲，搖搖曳曳地穿過外屋，走到看林人的屋子裏去。看林人立刻醒轉來，聽見另一間屋內有了煤氣，雖然當時就過去佈置，但是帶着冷淡到奇特的態度接受着這個事實，這使米卡不愉快地感到驚訝。

『他死了，他死了，那便怎麼樣呢？』——米卡在他面前瘋狂似的呼喊着。

門窗都打開來，烟囱也打開，米卡從外屋裏拖來一桶水，起初把自己的頭浸濕，以後找到了一塊破布，在水裏浸了一浸，按在獵狗的頭上。看林人繼續對於這件事情懷着似乎甚至賤蔑的神氣，打開了窗，陰沉地說：『這就够了。』便又去睡覺，把一盞點亮了的鐵燈留給米卡。米卡同這中了煤氣的醉鬼張羅了半點鐘，一直用濕布浸濕他的腦袋，正正經經地打算整夜不睡，但是在累够了以後，坐下來歇一會，想喘一喘氣，竟一下子閉上眼睛，立刻無知覺地在長椅上伸展了身體，沉睡得像死人一樣。

他睡醒得極晚。大概已經是早晨九點鐘。太陽在農舍的兩扇小窗上鮮豔地照耀着。昨天那個蓬髮的農夫坐在長椅上，已經穿上了上掛。一隻新的水火壺和新的一瓶酒在他面前放着。昨天那瓶舊酒業已喝完，新的也已經喝了一大半。米卡跳起來，頓時猜到這可惡的農夫又已喝醉，醉得很深，而且無可挽回。他瞪着眼睛，望了他一分鐘。農夫也默默地，狡黠地看着他，帶着一種可氣的鎮靜的心情，甚至有點輕蔑的傲慢，像米卡看出來的那樣。他奔到他的面前。

「請等一等，你瞧……我……你大概已經聽這裏的看林人說過：我就是特米脫里・卡拉馬助夫上尉，老卡拉馬助夫的兒子，就是你想買他的那片森林的。」

「你這是胡說！」——農夫突然堅決而且安靜地說着。

「怎麼胡說？你認識費道爾・伯夫洛維奇麼？」

「你的費道爾・伯夫洛維奇我並不認識，」——農夫說，有點沉重地旋轉舌頭。

「矮樹林，那片矮樹林，你想收買下來的。你醒一醒，仔細想一想罷。伊里因司基的保羅神甫引我到這裏來的……你寫了一封信給薩姆騷諾夫，他打發我來見你……」——米卡喘着氣。

『你胡說！』獵狗又說着。米卡的腿發涼。

『要命，這不是開玩笑。你也許有點喝醉。你終會說話，而且瞭解的……否則……否則我就一點也不明白了。』

『你是一個漆匠！』

『要命，我是卡拉馬助夫，特米脫里·卡拉馬助夫，有一件事情找你……一個有利的提議……很有利的……也就是關於矮樹林的事情。』

農夫神氣莊嚴地摸着鬍鬚。

『你包到了工，變成了一個壞蛋。你是壞蛋！』

『我對你保證，你弄錯了！』——米卡絕望地擺手。農夫一直摸着鬍鬚，忽然狡黠地映眼。

『不，你對我說：你對我指出那一條法律可以許你做這類齷齪的事情？你聽着！你是一個壞蛋，你明白不明白？』

米卡陰鬱地退後了一步，忽然似乎『有什麼東西叩擊了他的額角一下，』——他以後自己這樣形容着。他的腦筋裏在一剎那的時候發生了一線光明，『火炬熠燒起來，於是我全都明瞭了。』他木呆似地立着，心想以他這樣總算還聰明的人，怎麼竟會做如此愚蠢的事情，捲進冒險的舉動裏去，還繼續做了幾乎一晝夜的功夫，同這獵狗在一塊兒搗亂，浸濕他的頭……「這人醉了，死醉了，還會喝一星期的酒的。——在這裏還有什麼可等待的？莫非是薩姆騷諸夫故意打發我到這裏來的麼？假使她……唉，我的天，我做了多少傻事呀！……」

農夫坐在那裏，看着他直哭。如果在另一心境下，米卡由於怨恨，也許會把這傻子殺死，但是現在他全身發軟得像嬰孩一般。他輕輕地走到長椅前面，取起大衣，默默地穿上，走出農舍去了。另一間屋內他沒有找到看林人，沒有人在裏面。他從口袋裏掏出五十戈比的零錢，放在棹上，作爲住夜，臘燭和驚吵的費用。他走出農舍的時候，看見周圍全是樹林，別的一無所有。他任意地向前走着，甚至不記得應該從農舍那裏轉到什麼方向上去——向右呢，還是向左；昨天夜裏，他忙着同牧師趕到這裏來，並沒有注意道路。他的心裏對誰也沒有絲毫仇恨，甚至對薩姆騷諸夫也是如此。他在狹窄的林道上，無意義地，失神張惶地走着，心裏懷着糊糊塗塗的意念，完全不顧到走往那裏去。他在精神和身體兩方面全忽然感到累乏，對面來一個嬰孩就可以把他打倒的。但是他好容易從林中走出：突然現露在他面前的是一片窮矚不盡的，廣闊的，已被刈去莊稼的禿露的田地。「周圍全是絕望，全是死亡！」——他反覆地說着，一直往前趕路。

過路的人們救了他：一輛馬車載着一個老商人在村道中馳過。馬車走近身邊的時候，米卡問了一下路，原來他們也是到伏洛維耶茹去，兩方面談判了一下，米卡也一同坐上去了。三小時以後他們到了。米卡立刻在伏洛維耶茹上定僱了一輛驛車進城，忽然猜到自己飢餓到難忍的地步。在套車的時候，他叫了一份煎鷄蛋。他當時一口氣把這份菜全行吃完，還吃了一大塊麵包，一根找出來的香腸，喝了三杯燒酒。吃了東西以後，他的精神振作了一些，心裏又明朗了。他在大道上馳驟，催車夫快趕，忽然想下了一個新的，業已『一成不變』的計劃，就是如何在今天晚上以前取得『這可惡的金錢。』『要曉得，要曉得竟爲了區區三千塊錢喪失了一個人的命運！』——他睚蔑地呼喊。『今天就可以決定了，』假使不是不斷地想念格魯申卡，怕她出什麼事情，他也許又會十分高興起來。但是對於她的想念每分鐘裏像尖刀一般刺進他的心裏。後來趕到了，米卡立刻跑去找格魯申卡。

第三章 金鑛

米卡那次的拜訪就是格魯申卡懷着恐怖對拉基金講的那一次。她當時等候着『消息』，很高興米卡昨天和今天都沒有來，希望如天之福，在她動身以前也不來，但是他忽然就闖來了。以後的情形我們已經知道：她爲了擺脫他起見，立刻請他送她到庫齊瑪．薩姆騷諾夫家去，因爲她必須要到那裏去『數錢，』在米卡送了她去，同他在庫齊瑪的大門口分別的時候，她請他在十一點鐘以後再來送她回家。米卡對於這樣的吩咐也是很喜歡的：『她既然坐在庫齊瑪家裏，那就不會到費道爾．伯夫洛維奇那裏去的……祇要她不是扯謊，』——他立刻就補上這句話。但是據他的眼光看來，大概不會扯謊。他就是屬於那一類的好喫醋的男人，這類人和心愛的女人分離的時候立刻造出不知道多少關係於她在那裏做什麼事情，她如何『變心』的可怕的念頭，但是一跑到她的面前，帶着垂頭喪氣的樣子，無可挽回地深信她已經變了心的時候，祇要一看她的臉，那個女人的嘻笑的，歡樂的，和藹的臉，——便立即振作精神，立即失却了一切的疑心，帶着快樂的慚愧的神情罵自己的醋勁。他送了格魯申卡以後，便跑回自己家去。他今天必須還要趕着做許多事情！但是至少他的心上是釋去重負了。『祇是要趕緊向司米爾加可夫打聽一下，昨天晚上出過事情沒有，她到費道爾·伯夫洛維奇家裏來了沒有？唉！」——他的腦筋裏閃過這個念頭。因此他還沒有走到自己家裏。醋勁已經在他的關壓不住的心裏蠕動了。

醋勁！「渥德洛※不是喫醋，他過於信任，」——普希金道，這句話可以證明我們的偉大的詩人是如何不尋常的深邃。渥德洛的心破碎了，全部的世界觀混沌了，因爲他的理想遭了損害。但是渥德洛不會躲藏起來，偵察，窺伺：他是信任人的。相反地，必須把他引上去，推過去，用極大的努力加以熾燃，他方才會猜到變心上去，真正好喫醋的人不是這樣的。好喫醋的人那種不感絲毫良心的責備而能容忍的一切恥辱和道德的墮落，是甚至難於設想的。這並非是什麼卑鄙和齷齪的心靈。相反地，具有高尚的心，充滿自我犧牲的純潔的愛的人，同時也會躲在桌子下面，給予卑鄙的人賄賂，並且對於偵探和偷聽的齷齪的行動安之若素。渥德洛無論如何是不能和變心相安的，——連饒恕也不見得，何况相安，雖然他的心靈不惡狠，而且像赤子之心一般的天眞無邪。眞正的好喫醋的人並不如此：有些好喫醋的人說他能相安下去，而且加以饒恕是難於設想的！好喫醋的人們比較最容易饒恕，這是所有女人都知道的。好喫醋的人很快就能加以饒恕，（自然在先鬧出一場可怕的把戲以後）例如是對於幾乎

※莎士比亞名劇裏的人物。

已經得了證明的變心，對於他親身看見了的擁抱和接吻，假使他同時就能相信這祇是『最後一次』，他的情敵從這個時間起即將銷聲匿跡，出走天涯，或是他自己將把她帶到一個使這可怕的情敵不能來到的地方上去。自然這相安祇能延長一小時，因爲假使那個情敵甚至果眞消滅了，那末明天他就會發現另一個，新的，而對這新人吃醋。外表上看來，那種必須加以偷看的愛情究竟有什麼意思？那種必須盡力加以看守的愛情究竟有什麼價値？但是眞正好吃醋的人是永遠不會明瞭這層的，而他們中間也竟有懷着高尚的心的人們在裏面。還有應該注意的是這類懷着高尚的心的人們站立在一間小屋裏偷聽和偵探的時候，雖然『從他們的高尚的心上』也明顯地瞭解他們自身甘願去做的事情的可恥，但是在那個時候，至少在站立在小屋裏的時候，是永遠不會感到良心的責備的。米卡在見到格魯申卡的時候便失却了醋勁，一下子變成有信任心和高貴的人，甚至爲了惡劣的情感自己看不起自己，然而這祇是因爲在他對這女人的愛情裏，包含着一點比他自己所擬想的高尚得多的東西，不僅祇是情慾，不僅祇是『身體的曲線，』像他對阿萊莎所講的那樣。但是祇要格魯申卡一不在眼前，米卡立刻又起始疑惑她的低卑的，狡黠的變心的舉動來了。同時他並不感到任何良心的譴責。

於是醋勁又在他心裏沸騰了。無論如何，應該趕緊做去。頭一件事情是想法弄點小款子。昨天的十個盧布幾乎全都在付車錢上用光了，而身邊不帶一點錢自然是一步路也不能走的。他剛剛坐在車上的時候，在想新計劃之外，就想出了如何弄點零錢用用。他有一對決鬥用的好手槍，外加子彈，他所以至今沒有把它當掉，就是因爲他愛這東西，甚於一切的所有物。他在『京餞』酒店裏早就和一位青年官員有點認識，就在酒店裏偶然知道這位很有資財的，單身的官員酷愛武器，收買鎗槍，手槍，刀劍等物，掛在自己家裏牆上，給朋友們觀看，盛行誇獎，頭頭是道地講述手槍的牌號，如何裝子彈，如何射放，等等的話。米卡沒有長久地思索，立刻到他家去，請求把他的手槍抵押十個盧布。那位官員很快樂地勸他完全賣給他，但是米卡不肯答應。官員給了他十個盧布，聲明他一點利息也不要。他們分離的時候成爲朋友了。米卡忙着到費道爾・伯夫洛維奇家裏後面的涼亭裏去，想喚司米爾加可夫趕快出來相見。但是因此又取得了一件事實，那就是在下面我將請到的一件奇事發生以前的三四小時內，米卡身邊分文無有，還把心愛的物件押了十個盧布，同時忽然在過了三小時以後，他的手裏竟握了好幾千盧布……但是這話我說得太早些。

在瑪麗亞・孔特拉奇也夫納那裏，（費道爾・伯夫洛維奇的女隣人，）他得到了使他十分驚訝而且弄得糊塗的，關於司米爾加可夫生病的消息。他聽到了一段關於墮落地窖，後來發了暈厥病，延請醫生，費道爾・伯夫洛維奇如何着忙張羅的話；又打聽出兄弟伊凡・費道洛維奇已於今天早晨動身到莫斯科去，這更使他感到興奮。『大概是在我以前從伏洛維耶站經過的，』——特米脫里•費道洛維奇想，但是最使他擔心的是司米爾加可夫：『現在怎麼辦？誰去偵察？誰來向我報告？』他貪婪地詳細盤問這兩個女人，她們昨天晚上看到什麼沒有？她們很知道他打聽的是什麼事情，當時和他解開不少的疑竇。沒有一個人來過。伊凡•費道洛維奇睡宿在家裏。『一切都很妥當。』米卡沉思了一下。今天一定仍舊要偵察的，但是在什麼地方偵察呢？在這裏？或是在薩姆騷諾夫的大門傍邊？他決定兩方面都去，一切當看情形而定，然而現在呢，現在呢……事情是因爲現在有一個『計劃』橫在他的面前，剛纔那個新的，十分正確的計劃，他在馬車上想出來的，這計劃是再也不能加以延擱的了。米卡決定犧牲一小時的功夫：『在一小時內完全解決，完全打聽好，然後先到薩姆騷諾夫家去，打聽格魯申卡在那裏沒有，一下子再跑到這裏來，在十一點鐘以前到這裏來•然後再到薩姆騷諾夫家去找她•送她回家。』這是他所決定的。

他跑回家去，梳洗了一下，把衣裳刷乾淨，穿好了，動身到霍赫拉闊瓦太太那裏去。可嘆呀，他的『計劃』原來是這樣的。他決定向這位太太借三千盧布。主要的是他忽然似乎用人不意地發生了特別的信心。他相信她不致於拒絕他。也許有人會生出驚訝，何以他不先到這裏來，這裏總算是自家的社會，而跑到薩姆騷諾夫那裏去，跑去找一個陌生的環境的人，對這類人他甚至不知道如何講話。但是因爲他在最近一個月內，和霍赫拉闊瓦幾乎不相來往，以後也不大熟識，而且他深知道她本人和他不相投合。這位太太最初恨他的原故，單祇是因爲他是卡德隣納．伊凡諾夫納的未婚夫，當時她不知爲甚緣故，深願卡德隣納．伊凡諾夫納拋棄他，嫁給『和藹可愛的，騎士風度的，有學問的伊凡．費道洛維奇，因爲他具有美麗的舉止。』至於米卡的舉止她最爲仇恨。米卡甚至笑過她，有一次曾形容她，說這位太太『活潑，瀟灑，却又不學無識。』剛纔早晨他坐在車上，生出了一個很明朗的念頭：『假使她不願意我娶卡德隣納．伊凡諾夫納：不願意到那樣的程度。（他知道她不願意到了幾乎發作歇司底里的地步，）那末爲什麼現在她不會答應借給我三千盧布，就爲了使我可以用這個錢和卡嘉分手，永遠離開這裏？這類嬌寵慣的上等女太太們．既然執意希望一件事情．是決不會憐惜金錢，以求滿足她們的固執的願望的。而況她還是富於資財的呢。』——米卡這樣推論。至於那個『計劃，』也就是和以前一樣的，那就是以他對於切爾馬士娜應得的權利作交換，——但已不是從商業的目的上着想，像昨天對薩姆騷諾夫所提出的那樣，也不用化三千盧布，取得雙倍利息，（六七千盧布）的話語以勸誘這位女太太，像昨天對薩姆騷諾夫所提出的那樣，單祇是作爲借款的正當的保障品而已。米卡一面使這新念頭發展開來，一面發生歡欣的心情，每逢他有什麼新計劃，作些突來的決定的時候，永遠是這個樣子的。他永遠對於一切的新念頭願意傾全副熱情去對付的。然而等到他跨上霍赫拉闊瓦太太家的階沿上的時候，他忽然感到背上可怕的涼感：祇是在這一剎那間，他完全而且像數學公式般明白地感到，這是他最後一次的希望，如果在這裏也失敗，那末在這世界上便一無所有，「除非去殺人，搶人，爲了這三千盧布，別的沒有什麼法子可想……」七點半鐘的時候，他按門鈴了。

起初事情好像還有眉目：他一通報，立刻就特別迅快地接待他。「好像等候我，」——米卡的腦筋裏閃過這念頭。他剛被引進客室，女主人忽然幾乎跑了出來，逕直對他聲明她等候着他……

「我等候着的，等候着的！我決想不到您會到我這裏，您說對不對？但是我確是等候着您的。您對於我的直覺也許會感到驚呀，特米脫里・費道洛維奇，但是整個早晨的時候，我總相信您今天會到我家裏來的。」

「夫人。這眞是奇怪，這眞是奇怪，」——米卡說，軟弱無力地坐下去，——「但是……我到這裏來有一件極重要的事情……重要到不能再重要的事情，那是對於我，夫人，對於我一個人重要的事情。我很忙……」

「我知道是極重要的事情，特米脫里・費道洛維奇。這裏並不是什麼預感，也不是還原到奇蹟上面去，（您聽見曹西瑪長老的事情麼？）這裏是數學：您不能不來，在卡德隣納・伊凡諾夫納發生了這一切事情以後，您不能不來，不能不來，這是數學。」

「實生活的現實主義，夫人，這就是如此！請您聽我敍講一下……」

「確是現實主義，特米脫里．費道洛維奇。我現在完全贊成現實主義，對於奇蹟我已經受了很夠的教訓。您聽說沒有？曹西瑪長老死了。」

「不，夫人，我初次聽到，」——米卡有點驚訝。他的腦筋裏閃出阿萊莎的形象。

「今天夜裏，您知道……」

「夫人，」——米卡打斷他，——「我祇知道，我處于絕望的境遇裏面。假使您不幫忙，那末一切便將倒塌，我首先倒塌。請您恕我說出這些平凡的辭句，但是我在那裏發熱，我發着寒熱……」

「我知道，我知道您發寒熱。我全知道。您也不會有別種心情的。無論您說什麼，我都預先知道。我早就在考慮您的命運，特米脫里．費道洛維奇，我偵察它，研究它……您要相信，我是一個有經驗的，治心靈的醫生，特米脫里．費道洛維奇。」

「夫人，如果您是有經驗的醫生，那末我便是有經驗的病人，」——米卡勉強說着客氣話，——「我預感到既然您這樣注意我的命運，那末在它遭毀滅的時候您一定可以幫一下忙。請您讓我對您敍講一個計劃。我冒昧地懷着這個計劃到這裏來，……求您一點事情……我到這裏來，夫人……」

「不必敘講，這是不重要的。至於幫助一層，您不是第一個人受我幫忙的，特米脫里．費道洛維奇。您大概已經聽說我有一位表妹白里梅賢瓦，她的丈夫遭了失敗，倒塌了，像您所形容的那樣．特米脫里．費道洛維奇。我當時勸他經營養馬的事業．現在他得意起來了。您對於養馬在行麼，特米脫里．費道洛維奇？」

「一點也不，夫人，——喔，夫人．一點也不！」——米卡喊，露出神經質的不耐煩的心情，甚至從座位上立起來了。——「夫人，我祇是求您聽我說話，給我兩分鐘自由談話的機會，讓我可以首先對您敘講我來求您的全部計劃。而且我缺少時間，我很忙！……」——米卡歇司底里地叫喊起來，感到她立刻又想起始說話，因此希望把她喊回去，——「我很絕望。……處於最後階級的絕望上面。我請您借給我三千盧布，有好抵押品，極好的抵押品，夫人，有極好的保障！請您讓我敘講一下……」

「這個您以後再說罷，以後再說罷！」——霍赫拉闊瓦太太朝他搖手，——「您要論說什麼話，我早就知道，我已經對您說過了。您想借款子，您需要三千盧布，但是我可以給您多些，無可比例地多些，我可以救您，特米脫里．費道洛維奇，但是您必須聽從我的話！」

米卡又從座位上跳起來了。

「夫人，您的心是太好了！」——他帶着過度的情感呼喊，——「天呀，您救了我。您救一個人離開強制的死，離開手槍……永世不忘的我的感謝……」

「我要給您的比三千盧布多到無數，多到無數！」——霍赫拉闊瓦太太喊了，帶着喜悅的微笑看米卡歡欣的樣子。

「無數麼？但是我並不需要這許多。我祇需要對於我運定的三千盧布。對於這筆款子，我可以給您保障，一方面自然對您懷着無窮盡的感謝的心情。我對您說出一個計劃……」

「夠了，特米脫里・費道洛維奇，說到就可以做到，」——霍赫拉闊瓦太太堅決地說，帶着女慈善家的純潔的勝利的心情。——「我答應救您，一定會救的。我救您，像救白里梅驟夫一般。您對於金礦有什麼想法，特米脫里・費道洛維奇。」

「對於金礦，夫人；我從來沒有想到。」

「但是我替您想着！想着，反覆地想着！我在整個月裏注意您，想着這個目的。我看了您一百遍，但每逢您走過的時候。我時常對自己說：他是一個有毅力的人，應該到金礦上去。我甚至研究過您的步伐，心裏決定着：這人會發現許多金礦的。」

「是從步伐上看到的麼？」——米卡微笑。

「是從步伐上看到的。難道您否認可以從步伐上研究出一個人的性格麼，特米脫里・費道洛維奇？自然科學也可給予同樣的證明。現在我成爲現實主義者了，特米脫里・費道洛維

奇。我從今天起，在發生了修道院裏的那段歷史使我十分感覺無味以後，已成爲十足的現實主義者，願意投入實際的事業上去。我被治愈好了。够了！——居格濕夫這樣說。」

「但是夫人，這三千盧布，您那樣寬宏大量，答應借給我的……」

「您不會得不到的，特米脫里·費道洛維奇，」——霍赫拉闊瓦太太立刻插斷他的話，——這三千盧布等於放在您的口袋裏一樣。不是三千盧布，却是三百萬盧布，特米脫里·費道洛維奇，在最短的時期內！我可以給您一個理想的觀念：您去尋覓金礦，賺到幾百萬盧布，回來以後，成爲一個企業家，促進我們，領導我們做好事。那裏可以把一切事情讓給猶太人們去做？您可以建築房屋，創造各種企業。您可以幫助窮人，使他們感謝您。現在是鐵路的世紀，特米脫里·費道洛維奇。您將成爲名人，成爲財政部最需要的人物。現在這種人物是太缺少了。我們的鈔幣的跌値使我不得安睡，特米脫里·費道洛維奇。沒有人知道我在這方面的情形……」

「夫人，夫人！」——特米脫里·費道洛維奇又插斷她的話，懷着某種不安的預覺，——「我也許一定可以服從您的勸告，您的聰明的勸告，——也許要到那邊去……到金礦上去……我將來再過來和您談這件事情……甚至談許多次……但現在這三千塊錢是您那樣寬宏地……這款子眞可以脫去我的束縛。如果今天可以……您知道，現在我沒有時間，一點時間也沒有……」

「夠了，特米脫里・費道洛維奇，夠了！」——霍赫拉闊瓦太太堅決地打斷他的話。——「問題是您上金礦去不去？您是不是完全決定？請你照數學公式一般地回答一下。」

「去的，夫人，以後去的……隨便您吩咐我到那裏去，我都肯去……但是現在……」

「您等着！」——霍赫拉闊瓦太太喊，跳起身來，跑到美麗的寫字枱上去，——那隻枱子有無其數的抽屜，——起始拉起一隻一隻的抽屜，在那裏搜尋什麼東西，十分忙迫。

「三千塊錢，」——米卡想，屏住呼吸，——「而且立刻就拿出來，不寫憑據，沒有收條……這眞是紳士的派頭！太漂亮的女人，假使不是這樣愛講話更好些……」

「有啦！」——霍赫拉闊瓦快樂得喊了出來，回到米卡的身邊，——「我尋找的是這個東西！」

那是一隻小小的，銀質的神像，用一根繩子繫住，是人家有時連着附在身上的十字架一塊兒懸帶着的。

「這是基輔來的，特米脫里・費道洛維奇，」——她帶着虔誠繼續說下去，——「從大苦難者瓦爾瓦拉的骸骨上面取下來的。讓我親自給您掛在頸上，祝福您實行新生活和新業績。」

她眞把神像給他套在頸上，還把它塞進去。米卡帶着極大的不安，俯下身去，起始幫她的忙，後來纔把那神像從領帶和襯衫的領子那裏塞到胸脯裏去了。

「現在您可以走了！」——霍赫拉闊瓦太太說，得意洋洋地重又坐到座位上去。

「夫人，我眞受感動……我不知道甚至怎麼感謝……您這樣的盛意……但是您要知道，現在時間對於我是如何地珍貴！……這筆款子，由於您的寬宏大量，使我希望得到的……夫人，您既然這樣好心，既然對我這樣寬宏，（米卡忽然興奮地喊出，）我可以對變表白……不過您是已經早就知道的……我愛上了一個女人……我和卡嘉變心……那就是說和卡德隣納·伊凡諾夫納變心……我對她成爲無人道，不誠實的人，但是我愛上了另一個女人……這個女人也許是您所輕視的，因爲您早就知道她，但是我無論如何不能離開她，無論如何不能，所以現在這三千盧布……」

「這一切都不要管，特米脫里·費道洛維奇！」——霍赫拉闊瓦太太用極堅決的語調插上去說，——「您不必去管，尤其是女人們。您的目的是金礦，女人是不能帶進去的。在您取得了財富和名譽，回來以後，您可以在最上等的社會裏尋到一位心上的人兒。一個現代的女郞，有智識，沒有迷信。到了那個時候現在正開始發動的婦女問題已告成熟，出現了新的女性……」

「夫人，這不對，不是那個樣子……」特米脫里·費道洛維奇合手央求起來。

「一樣的，特米脫里·費道洛維奇，就是您所需要的，您所渴求的，而同時自己並不知道。我並不反對現在的婦女問題，特米脫里·費道洛維奇。婦女的發展和最近的將來婦女在政治上的地位，——這是我的一種理想。我自己也有女兒，特米脫里·費道洛維奇。在這方面人們很少知道我，關於這問題我曾寫信給作家耶得林。這位作家關於婦女的天職的問題給了我不少的指示，許多的指示。去年我寄了一封匿名信給他，信裏祇有兩行：「我擁抱你，吻你，我的作家。我是爲了現代婦女這樣做。請你繼續下去罷。」下面署名：「母親。」我本想署名「現代的母親，」後來還是署了「母親」兩字：道德的美比較多些，而且「現代」兩個字將使人聯想到「現代人，」※——爲了現代的檢查制度的關係，這樣的回憶是不很妥當的。……哎喲，我的天，您這是什麼意思？」

「夫人，」——米卡終于跳了起來，手掌向胸前合叉，帶着疲乏無力的哀求的神情。

——「夫人，您會使我哭出聲來，假使您延擱下您那樣寬宏地……」

「您哭罷，特米脫里·費道洛維奇，您儘管哭罷！這是極好的情感……您必須走上這條路！眼淚可以使您輕鬆。你回來以後，就將快樂起來。您會特地從西比利亞趕到我這裏來，

※「現代人」爲雜誌的名稱

和我一同快樂一下……」

「但是請您恕我，」——米卡忽然大喊，——「我最後一次哀求您，請問，我能不能從您那裏今天就帶去您答應的那個數目？假使不能，那末什麼時候我可以來取？」

「什麼數目，特米脫里·費道洛維奇？」

「你答應借給的三千……您那樣寬宏地……」

「三千麼？是三千麼？不，我並沒有三千盧布，」——霍赫拉闊瓦太太說，露出一種安謐的驚訝的神情。米卡楞住了……

「爲什麼您……剛纔……您這樣說，您甚至表示這筆款子好像在我的口袋裏一樣……」

「不，您沒有了解我的意思，特米脫里·費道洛維奇。這樣說來，您並沒有了解我的意思。我說的是金礦……固然，我答應您比三千盧布還多些，多到無數，現在我全都記起來了。但是我全是指金礦而言。」

「但是錢呢？三千盧布呢？」——特米脫里·費道洛維奇笨拙地喊。

「假使您指的是錢，那末我沒有。現在我完全沒有錢，特米脫里·費道洛維奇，我現在正和我的總管開戰，新近曾向米烏騷夫借了五百盧布。您要知道，特米脫里·費道洛維奇，假使我果真有錢，我決不給您，第一，我向來不借錢給人家。借錢等於吵嘴。我因爲愛您，特別地不願意借給您，我的不借錢是爲了救您，因爲您需要的祇是一樣東西：金礦，金礦和金礦！……」

「眞是見鬼！……」米卡忽然狂喊，拳頭用力叩擊棹子。

「哎呀！」——霍赫拉闊瓦驚懼得喊起來，跳到客廳的另一頭。

米卡唾了一口痰，迅步走出屋子，走出這所房子，向街上去，向黑暗裏去！他像瘋子一樣地走路，叩打自己的胸脯，就是兩天以前和阿萊莎晚上在大路上黑暗裏相見時所叩擊的胸脯上的那個部位。這樣朝胸脯的那個部位上自行叩擊，究竟是什麼意思？他想表示的是什麼？——這還是一樁祕密，是世界上任何人都不知道的，他當時甚至對阿萊莎都沒有表示，但是在他看來這祕密裏包含着甚於恥辱的一切，包含着幻滅和自殺。他已經決定這樣做，假使他弄不到三千盧布，以歸還卡德隣納·伊凡諾夫納，因此從自己的胸脯上，「從胸脯的那個部位上，」脫去他所懷着的，那樣壓迫他的良心的恥辱。以後這一切會對讀者作充分的解釋。但是現在，在他的最後的希望消滅了以後，這樣體格十分結實的人，剛從霍赫拉闊瓦的家裏離開了幾步，忽然淚流滿頰，像嬰孩一般。他一面走着，一面糊裏糊塗地用拳頭拂淚。他走到廣場上面，忽然感到他的身子撞到什麼東西上面。發出了一個小老太婆的尖銳的叫聲，他幾乎把她推倒地上。

「天呀，幾乎把我撞死！你怎麼這樣走路，你這討飯的東西。」

「哎喲，原來是您呀！」——米卡喊，在黑暗中辨認出小老太婆。她就是侍候庫齊瑪·薩姆騷諾夫的老女僕，昨天米卡看得很清楚。

「您是誰呀；先生？」——老太婆用完全另一種的聲音說，——「黑暗裏我認不清您來了。」

「您不是住在庫齊瑪·庫齊米奇家裏，侍候他的麼？」

「是的，先生，剛纔到波羅霍雷奇那裏去了一趟。……怎麼我還是不認識您？」

「請問您，老太太，阿格拉菲納·阿歷山大洛夫納現在在你們家裏麼？」——米卡說，由於期待，心神騷亂起來。——「剛纔我親自送她來的。」

「來過了，先生，來過了，坐了一會，就走了。」

「怎麼？走了麼？」——米卡喊。——「到那裏去了？」

「那時候就走了，在我們家裏祇坐了一分鐘。對庫齊瑪·庫齊米奇講了一段故事，把他逗笑，便走了。」

「你胡說，可惡的女人！」——米卡喊。

「哎喲！」小老太婆喊，但是米卡連影兒也不見了。他拼命跑到莫洛作瓦的家裏去。這時候正是格魯申卡坐車到莫克洛葉去，還沒有過一刻鐘的光景。費娜同祖母，廚婦瑪德林納在廚房裏坐着，「上尉」忽然奔了進來。費娜一看見他，便發出了尖銳的喊聲。

「你喊什麼？」——米卡吼叫着，——「她在那裏？」——但是還沒在讓驚嚇得發楞的費娜囘答一句話，他忽然跪在她的脚下：

「費娜，看了基督的份上，你說，她在那兒？」

「先生，我一點不知道，特米脫里．費道洛維奇，我一點也不知道。您打死我也不知道，」費娜賭着兒，——「剛纔您自己同她出去的……」

「她囘家來了！……」

「沒有囘來，我可以賭兒，還沒有囘來！」

「你胡說．」——米卡喊：——「單單從你的驚嚇的神氣上看來，我就知道她在那裏！……」

他奔跑出去了。非常害怕的費娜很喜歡她這樣便宜地躲脫了，但是很明白這祇是因爲他沒有時間的緣故，否則，恐怕她不能這樣容易過去。他跑走的時候有一樁極出乎意料以外的舉動使費娜和老瑪德林納全納罕起來。棹上放着一隻銅臼，裏面有一根銅質的小杵，祇有四分之一的俄尺長。米卡跑出去的時候，一手開門，一手忽然順勢抓起臼裏的小杵，塞進旁面的口袋裏去。

「哎呀，天呀，他想殺誰呀！」——費娜搖擺着雙手。

第四章　黑暗裏

他跑到那裏去了？明白得很：『她不是到費道爾・伯夫洛維奇那裏去，還能到什麼地方嗎？她從薩姆騷諾夫家裏一直到他那裏去了。現在已經極明顯的了。全部的陰謀，全部的欺騙現在都明白了……』這一切念頭像狂飈一般在他的腦筋裏飛過。他沒有跑到瑪麗亞・孔特拉奇也夫納的院裏。『用不着到那裏去，完全用不着……不要有一點驚慌……立刻會傳來傳去，弄糟的……瑪麗亞・孔特拉奇也夫納顯然是同謀的，司米爾加可夫也是的，大家都被收買了！』他的心裏生出了另一種辦法：他穿過胡同，繞了大圈到費道爾・伯夫洛維奇的房子那裏去。他走過特米脫洛夫司卡耶大街，以後走過小橋，一直溜進後面的僻靜的胡同裏。那是一條空虛的，無人住的胡同，一面有隔壁的菜園的籬笆圍住，另一面是堅固的，高聳的圍牆，把費道爾・伯夫洛維奇的花園團團擋住。他當時選好了一個地方，好像就是根據他所知曉的傳說，是麗薩魏達曾經越牆而進的那個地方。『既然她能越過，』——不知爲甚緣故，他的腦筋裏閃出這個念頭，——『那末我何以不能越過呢？』果眞他跳了一下，手立刻抓住圍牆的上端，用力抬起身來，一下子爬上，騎坐在圍牆上面。園內相近地方有一所小澡塘擋住，但是從園牆上看得見點了燈的窗子。『對了，老頭子的臥室裏有亮光。她一定在那裏！』他從園牆上跳進花園。他雖然知道格里郭里有病，司米爾加可夫也許果眞發作了病，所以沒有人會聽見他的響聲，但是本能地躲藏起來，停着呼吸站在那裏，起始傾聽着。四處是死般的沉寂，好像故意似的，完全的沉寂，沒有一點微風。

『惟有靜寂發出微語，』——他的腦筋裏不知爲甚麼緣故閃過了這個詩句，——『但願沒有人聽見我越牆的聲音；大概沒有人。』站了一分鐘後，他輕輕地在園裏草地上行走。他躡足繞着樹木，走了半天，走一步路總要側耳細聽一下。有五分鐘的功夫，他纔慢慢地走到有光亮的窗子前面。他記得窗前有幾棵高大，濃葉的接骨樹和雪球樹。左首的，從房子通到園裏的門關上了，他特地走過去，仔細察看了一下。他終於走到樹棵那裏，躲在後面。他不敢呼吸。『現在應該等候一下，』——他想，——『假使他們聽見我的腳聲，現在正在那裏靜聽，那末讓他們安心一下……祇要不咳嗽，不打噴嚏』……

他候了兩分鐘左右。他的心叩擊得利害，有的時候幾乎氣喘着。『不，心跳不能停止，』——他想，——『我不能再等了。』他站在樹後黑陰裏，樹棵的前半被窗內的燈光照耀着。『雪球，莓菓，多少紅呀！』——他微語，不知道爲什麼這樣說。他靜悄悄地，用分離的，聽不見的腳步，走到窗前，蟄起腳尖。費道爾·伯夫洛維奇的臥室在他的眼前出現，像在手掌上一樣。這是一間不大的屋子，用紅色的屏風把整間屋子橫擋住，——費道爾．伯夫洛維奇稱呼它做『中國式』的屏風。『中國式的屏風』——米卡的腦筋裏躍過這念頭，——『格魯申卡便在這屏風後面。』他起始窺看費道爾．伯夫洛維奇。他穿着新的，帶條子的綢晨衣，用一根帶纓絡的綢帶當腰繫住。米卡還沒有看見過他這件衣服。晨衣的領口外面露出清潔的，漂亮的內衣，細柔的荷蘭製的襯衫，上面有金鈕扣繫着。費道爾．伯夫洛維奇的頭上還是戴着阿萊莎看見的紅頭巾。『穿得這樣講究，』——米卡想。費道爾．伯夫洛維奇站在窗傍，顯然在那裏凝想。忽然昂頭傾聽了一小會，沒有聽到什麼，就走到棹傍，從酒瓶裏倒了半杯白蘭地，喝乾了。隨後他發出了深深的嘆息，又站立了一會，無精打彩地走近牆上的穿衣鏡前面，右手把紅頭巾從額上微微抬起，起始窺看還沒有消下去的紫血凍和創瘢。『他一個人在那裏，』——米卡想，——『大概是一個人。』費道爾．伯夫洛維奇離開鏡子，忽然轉到窗前，向外張望。米卡立刻跳入黑陰裏去。

『她也許在屏風後面，也許已經睡了，』——他的心裏刺扎了一下。費道爾．伯夫洛維奇離開窗子。『他在窗裏張望她，這末說來，她不在裏面：否則，他作什麼在黑暗裏看望呢？……一定是不耐煩的心情煎熬着他……』米卡立刻又跳過來，朝窗內窺視。老人已經坐在小棹前面，顯然露出憂鬱的樣子。後來手肘靠在棹上，右掌朝臉頰上撫摸。米卡貪饞地向裏面看望。

「一個人，一個人，」——他又喃語着。——「假使她在裏面，他的臉色是兩樣的。」事情眞奇怪：他的心裏忽然沸騰着一種無意義的，奇怪的懊恨，就因爲她並沒有在裏面。「並不因爲她不在裏面，」——米卡思索了一下，自已立刻加以回答，——「却是因爲怎麽樣也不能確切地弄明白，她究竟在裏面沒有。」米卡以後自已憶到，他的腦筋在那個時候是異乎尋常的淸楚，把一切事情都盤算到十分詳細的地步，把握着每一根細條。但是煩悶，那種不知和不決斷的煩悶，在他的心裏增長得特別的迅速。「她到底在裏面不在裏面呢？」——他的心裏惡毒地沸騰着。他忽然決定了，伸出手去，輕輕地叩擊窗框。他叩擊老人和司米爾加可夫約定好的記號：首先是兩下輕的，以後三下快些：篤——篤——篤，——這個記號表示「格魯申卡來了。」老人抖索了一下，頭顫動着，迅速跳起來，跑到窗前。米卡跳進黑陰裏去了。費道爾·伯夫洛維奇開窗，伸出頭來。

「格魯申卡，是你麽？是你不是？」——他用一種抖慄的半微聲說，——「你在那裏，我的安琪兒，你在那裏？」

他十分慌亂，他喘着氣。

「一個人！」——米卡決定。

『你在那裏呀？』——老人又喊了，頭伸出得更向外些，連肩膀也伸出去，向四面八方，前後左右張望。——『快來呀。我預備好了禮物。你快來，我給你看！……』

『他指的是三千盧布的那個包封，』——米卡閃過這個念頭。

『在那裏呀？……在門傍麼？我立刻就開……』

老人幾乎要爬出窗子，朝右面通花園的門的方面張望，努力向黑暗裏窺看。過了一秒鐘，他一定要跑去開門，不再候格魯申卡的回家。米卡側身望着，動也不動。他最感到厭惡的老人的側影，整個兒垂下的喉結，他的彎曲的鼻子，在甜蜜的期待之中微笑的嘴唇，這一切被左面屋子裏斜射的燈光照得很亮。可怕的，兇橫的怒氣忽然在米卡的心裏沸騰着：『這是他，他的情敵，他的磨折者，他的生命的磨折者！』這是一種突來的，復仇的，瘋狂的怒氣的侵襲，——對於這種怒氣他好像預感到似的，曾對阿萊莎提過，在四天以前在涼亭裏同他談話的時候，當時他回答着阿萊莎的問話：『你怎麼能說你會殺死父親的？』

『我不知道，不知道，』——他當時說，——『也許不殺死，也許殺死。我怕在那個時候他的臉忽然使我仇恨。我恨他的喉結，他的鼻子，他的眼睛，他的無恥的嘲笑。我感到對於這人本身的嫌惡。怕的就是這個，就怕我按耐不住……』

對於本身的嫌惡增長到無從忍耐的地步。米卡已經不記得自己，忽然從口袋裏抓起銅杵來…………

……………………………………………………

……………………………………………………

「上帝當時看守着我，」——米卡以後自己說。恰巧在那個時候有病的格里郭里·瓦西里也維奇在牀上醒了。那天晚上他實行自己療治，就是用司米爾加可夫對伊凡·費道洛維奇所敘講的那個方法：藉着他夫人的幫助用燒酒攙着祕密的，濃冽的汁水擦遍全身，餘剩下的喝進，還由他夫人低聲念出「某種禱詞」：於是入睡。瑪爾法·伊格納奇也夫納也喝了些。她本來是不喝酒的，所以就在她的丈夫身傍沉沉的睡熟。格里郭里完全出乎意料之外地忽然在夜裏醒來，思量了一會兒，雖然立刻又感到腰際的劇痛，却在牀上坐了起來。隨後又思索了一下，立起來，匆匆忙忙地穿衣。也許因爲他睡熟了，而「在這種危險的時候」屋裏無人看守，因而感到良心的譴責。發了暈厥病的司米爾加可夫躺在另一間小屋內，動也不動。瑪爾法·伊格納奇也夫納也躺着不動。「這女人軟弱得很，」——格里郭里·瓦西里也維奇想，看了她一眼，他喘着氣走到台階外面。他自然僅祇想在台階上看望一下，因爲他沒有力量走路。腰間和右腿上疼得難熬。但是恰巧忽然憶起他從晚上起沒有把園門上鎖。他是做事十分謹愼精密，守住以前規定了的秩序和多年的習慣的人。他拐着腿，痛得縮矮了身體，從台階上下來，向花園走去。果眞是的，園門完全敞開。他機械似的走進花園；也許他有什麼幻覺，也許聽見了什麼聲音。他往右面一看，看見主人屋內的窗子敞開着，一扇空虛的窗，沒有人在窗前張望。

「爲什麼開着？現在並不是夏天！」——格里郭里想。突然地，恰巧在那個當口，花園裏有一點不尋常的東西一直朝他的面前閃過。在他面前四十步遠的地方，好像有一個人在黑暗裏跑過，一個黑影很快地移動。「天呀！」——格里郭里說，不再記到自己，忘却了腰間痛楚，就跑過攔截那跑着的人。他的路走到短些，花園的路徑顯然他比那個跑着的人熟些；那個跑走的人先跑到澡塘那裏，再轉到澡塘後面，又奔到牆脚下面……格里郭里釘看着他，不放鬆一眼，一面不顧自己，拚命地跑着。他跑到圍牆那裏，恰巧那人已經跳上圍牆。格里郭里怒喊着，直衝過去，兩手拉住他的腿。

果眞是的，預感沒有騙他；他認識他了，他就是那個「殺父的惡棍！」

「殺父的人！」——老人向周圍叫喊，但是剛剛喊出了這一句話；他忽然落地，像中了雷擊一般。米卡又跳進花園裏去，俯身看倒地的人。米卡的手裏握着銅杵，他機械般把它扔到草裏，銅杵落在格里郭里身傍兩步遠，但是沒有落在草裏，却落在小徑上面，最明顯的地方。他審視躺在他前面的人有幾秒鐘之久。老人的頭上滿是血；米卡伸出手去，摸他的頭。

他以後明晰地記起，他在那個時候很想「弄明白」，他是不是弄破了老人的腦殼，或者祇是用銅杵朝他頭上打得使他「發悶」過去。但是血流着，流着，流得很多，一下子像熱泉似的噴到米卡的發抖的手指上面。也記得他從口袋裏取出白色的新手帕，是走到霍赫拉闊瓦家去拜訪的時候預備下的，把它按在老人的頭上，無意義地努力擦去額上和臉上的血。但是手帕一下子全都被血弄濕了。「天呀，我爲什麼這樣做呢？」——米卡忽然醒轉來，——「既然已經碰破，那末現在也無從知道……而且現在是一樣的了！」——他忽然失望地說，——「殺死就算殺死了……老頭子恰巧碰上，祇好讓他躺着罷！」——他大聲說。忽然奔到圍牆，聳跳到胡同裏，就拔步跑走。染濕了血的手帕捏在他的右拳裏，他一邊跑，一邊塞進上掛的裏面口袋內。他低頭奔跑，有稀少的幾個在城市的街上過往的人們，在黑暗中和他相遇的，以後記得他們在那天夜裏遇見了一個沒命地奔跑的人。他又跑到莫洛作瓦的房子裏去。剛纔費娜在他離開以後就跑去找看門的頭目那扎爾．伊凡諾維奇，哀求他「無論如何今天和明天不要放上尉進門。」那扎爾．伊凡諾維奇聽完以後，立刻答應，但是不巧得很，他因爲太太突然叫他進去，所以上樓去了，走着的時候，遇見了他的姪子，一個二十多歲的青年，新近剛從鄉村裏來的，便吩咐他在院裏留一會，却忘了吩咐關於上尉的事情。米卡跑到大門那裏，叩着門。青年當時就認識他：米卡屢次給他酒錢。他立刻給他開門，放了進來，快樂地微笑，還用警告的方式通知他道：「現在阿格拉菲納・阿歷山大洛夫納不在家呀。」

「她在那裏，波羅霍爾？」——米卡忽然止步。

「她剛纔走了，大概兩點鐘以前，坐着帖莫菲意的車，到莫克洛葉去了。」

「做什麼？」——米卡喊。

「這個我不知道，去找一位軍官，有人從那裏叫她去，打發馬車來……」

米卡把他扔棄，像牛瘋似的跑到費娜那裏去了。

第五章　突然的決定

她同祖母坐在廚房裏，兩人都準備睡覺。她們倚靠了那扎爾•伊凡諾維奇，又沒有把門從裏面反鎖。米卡跑進去，衝到費娜面前，緊緊地抓住她的喉嚨。

「你快說，她在那兒？現在同誰在莫克洛葉？」——他瘋狂地呼喊。

兩個女人尖叫起來。

「哎呀，我要說出來，特米脫里•費道洛維奇，我立刻全說出來，一點也不隱瞞，」——驚嚇得要死的費娜用急語喊出，——「她到莫克洛葉找那個軍官去了。」

「找什麼軍官？」——米娜喊。

「以前的那個軍官，就是那個，以前的那位五年以前拋棄了走的，」——費娜又用急語說。

特米脫里•費道洛維奇將握緊她的喉嚨的手放下。他站在她的面前，臉色白得像死人，不發出聲響，但是從他的眼睛裏看得出他一下子全明白了，全明白了，從半句話裏就瞭解得十分透澈，一切都猜到了。自然在這剎那間可憐的費娜不能注意到他明白了沒有。他跑進來的時候，她正坐在箱子上面，現在還留在那裏，全身抖慄，手在前面擺放着，似乎想抵抗，就在這狀態下呆住了。她的懼怕的，由于恐怖張得奇大的眼睛呆板地瞪在他的身上。那時候他的兩手恰巧全被血污染了。他在路上跑的時候大概用手摸過額角，擦去臉上的汗，因此在額上和右額上留下了血污的紅色的斑點。費娜立刻就會犯作歇司底里病，老廚婦竟跳了起來，像瘋子一樣的望着，幾乎喪失知覺。特米脫里．費道洛維奇站立了一分鐘，忽然機械似的落坐在費娜身傍的椅上。

他坐在那裏，並不作什麼盤算，却似乎有點懼怕，好像麻痺了似的。但是一切十分明顯：這位軍官——他知道他，全都知道得很清楚，就是從格魯申卡那裏知道的。他知道他在一個月以前寄來了一封信。如此說來，這事情一直到這位新人的來到的日子以前，一個月中，整整的一個月中，保持着深深的祕密，不讓他知道，而他居然連想也沒有想到他！但是他怎麼能，怎樣能不想到他？為什麼他居然忘却了這位軍官，在一聽到人家談起他的時候立刻就忘却了，這個問題橫梗在他的面前，像一隻什麼怪物。他確乎帶着驚懼看着這怪物，驚懼得發冷。

然而他忽然輕聲地，馴順得寧靜和藹的嬰孩一般地，和費娜說起話來，完全忘却他不久還嚇唬過她，侮辱過她，磨折過她。他忽然帶着十二分的，在他的地位上顯得驚奇的精細的樣子起始盤問費娜。費娜雖然望着他的染血的手十分驚嚇，却也帶着奇特的準備和匆忙的樣子起始回答他每一個問題，甚至似乎忙着對他掏出一切「實在裏實在的話。」漸漸地，她甚至帶着某種的欣悅說出詳細的情節，並不想加以刁難，似乎忙着從內心裏努力爲他效勞。她十分詳細地對他講今天一天的情形，拉基金和阿萊涉的來訪，又講她如何看守着，女主人如何動身，她如何從小窗裏對阿萊涉喊出向米卡道候的話，「讓他永遠記住她愛過他的一小時。」米卡聽到了關於問候的話，忽然冷笑了一聲，慘白的臉頰上浮出紅暈。這時候費娜對於她的好奇心已一無所懼，對他說道：

「特米脫里·費道洛維奇，您的手上怎麼是血呀！」

「是的，」——米卡機械似的回答，冷淡地望着他的雙手，立刻忘却它們，和費娜的問題。他又浸入沉默之中。從他跑進來時已過了二十分鐘左右。他剛纔的恐懼業已過去，他顯然被一種新的，無可抵拒的決定完全攤佔住了。他突然從座位上立起來，凝想地微笑。

「老爺，您這是怎麼會事？」——費娜說，又指着他的手，——而且是惋惜地說着，好像她現在是他的憂愁中最親近的人物。

米卡又看了他的手一下。

「那是血，費娜，」——他說，懷着奇怪的神情望着她，——「那是人的血。上帝，何必流血呢！但是……費娜……有一道圍牆，（他望着她，好像對她說出一個謎語似的，）一道高高的圍牆，形式很可怕，但是……明天黎明，「太陽升起」的時候，米卡就是跳過這道圍牆。……你不明白，費娜，那是什麼樣的圍牆，但是不要緊的，一樣的，明天你可以聽到，而且全行了解。……現在再見罷！我不會妨礙人，我要自己脫身，我會自己脫身的。你活下去罷，我的快樂……你愛了我一小時，你會永遠記住米欽卡·卡拉馬助夫的……她是老稱呼我米欽卡的，你記得麼？」

他說完了這些話，忽然從廚房裏出去了。費娜對於他的出去比剛纔他跑進來，奔到她身上來的時候還要害怕得利害。

過了十分鐘，特米脫里·費道洛維奇走到彼得·伊里奇·潘爾霍金家去，就是剛纔他押給手槍的那個青年官員的家裏。已經八點半鐘，彼得·伊里奇在家裏喝了茶，剛剛重新穿好常禮服，動身到「都城」酒店去打臺球。米卡正在他出門的時候遇見了他。他一看見他，和他的染血的臉，竟叫喊了一聲。

「天呀！您是怎麼啦？」

「是這樣的，」——米卡迅快地說，——「我來贖取我的手槍，拿錢來了。真是感謝得很。我忙得很，彼得·伊里奇。請你快些。」

彼得・伊里奇更加驚奇了：他忽然在米卡的手裏看到一堆錢，主要的是他握了這一堆錢，走了進來，是誰也不會那樣握着錢，誰也不會握着就走進來的：他用右手握住鈔票，好像給人家看似的，手一直放在前面。官員的僮僕在前屋裏遇見米卡，以後說他手裏握着錢，還直走進屋裏來，那末說他在街上走的時候也在右手這樣地握着錢。鈔票全是一百盧布的，花花綠綠的。他用血染的手握住。彼得・伊里奇以後經有關的人們問他：一共有多少錢，回答說在當時用眼睛是很難計算的，也許兩千，也許三千，那個包封是很大的，『厚厚的。』他以後又說，特米脫里・費道洛維奇本身『好像也完全是心神不屬的樣子，但是並沒有喝醉，却似乎帶點歡欣，精神很散漫，而同時似乎又好像在那裏聚精會神地思索着，在那裏想什麼法子，而不能有所決定。他很忙，回答得簡短，很奇怪，有的時候似乎並不發愁，却反顯得快樂。」

「您究竟出了什麼事情？您現在出了什麼事情？」——彼得・伊里奇又喊，驚奇地審視客人，——「您怎麼會有這麼許多血？是不是摔倒了？您看！」

他抓住他的手肘，放在鏡子前面。米卡看見他的血污的臉，抖索了一下，憤怒地皺眉。

「唉，見鬼；這還不够受呀！」他忿恨得喃語起來，把鈔票從右手迅快地換到左手上面，像抽瘋似的從口袋裏抽出一塊手帕。但是手帕上也全是血，（他就用這塊手帕擦格里郭里的頭和臉。）幾乎沒有一塊白的地方，不但已經開始發乾，却竟硬得皺成一團，不容易打開來。米卡恨恨地把它扔在地上。

「眞是見鬼！您有沒有一塊破布……擦一擦……」

「您是受了汚染，還是受傷？您最好洗一洗。」——彼得·伊里奇回答，——「那裏有面盆，我去拿來。」

「面盆麼？這很好……不過這東西叫我往那兒放呢？」——他懷着一種完全奇特的驚疑的神情，把一張一百盧布的鈔票指給彼得·伊里奇看，還朝他看望，露出疑問，好像應該由彼得·伊里奇來決定他如何處置自己的錢。

「放到口袋裏來，或是放在棹上，不會遺失的。」

「放到口袋裏？是的，放在口袋裏。這很好……不對，您瞧，這全是無聊得很！」——他喊叫，似乎忽然從散漫的心神中走了出來。——「我們應該先把正事辦完，那個手槍，請您交還給我，這裏是您的錢……因爲我很需要，很需要……時間，時間一點也沒有……」

他從一叠鈔票裏取了在上面的一張一百盧布的鈔票，遞給官員。

「但是我沒有零錢可找，」——官員說，——「您沒有零碎的麼？」

「沒有，」——米卡說，又看了那叠鈔票一下，似乎不相信自己所說的話，用手指撥了摸上面的兩三張鈔票。——「沒有，全是一樣的，」——他補說了一句，又帶着疑問望了彼得・伊里奇一眼。

「您這是從那裏發到的財呀？」——官員問，——「您等一等，我打發小孩到波羅脫尼闊夫的小鋪裏去一趟。他們關得很晚，——也許可以換小票的。喂，米莎！」——他朝前室裏喊。

「到波羅脫尼闊夫的小鋪裏去，——那是妙極了！」——米卡也喊了，似乎獲得了一個什麼念頭，——「米莎，」——他對走進屋裏來的小孩說，——「你到波羅脫尼闊夫的小鋪裏去，對他們說，特米脫里・費道洛維奇問候他們，他自己立刻就要到他們鋪子裏去……你聽着，你聽着：你吩咐他們在他回頭去以前預備好香檳酒，要三打，裝得好好的，就像那一次到莫克洛葉去的那個樣子……我那次從他們那裏取了四打，（他突然朝彼得・伊里奇說，）——他們已經知道的。你不要忙，米莎，」——他又朝小孩說，——「你聽清楚了。還叫他們預備乳酪，司脫拉司堡的餡餅，醺魚，火腿，魚子，一切，一切，凡是他們那裏所有的東西，一共買那末一百盧布，或是一百二十盧布，像以前那樣……還叫他們不要忘記糖菓，梨，兩三隻西瓜，四隻也行，——不必，西瓜有一隻，就够了，還有巧格立，咖啡糖，菓糖，牛皮糖，——一切，一切，照那次到莫克洛葉去的樣子，香檳酒要買三百盧布的……現在還是要這個樣子。你要記住，米莎。假使米莎你……他的名字是不是米莎？』——他又朝彼得．伊里奇說。

『等一等，』——彼得．伊里奇插上去說，帶着不安的神色聽他的說話，仔細察看他，——『您最好自己去說，他會纏不清楚的。』

『他纏不清楚的，我看會纏不清楚的！唉，米莎：你替我辦了事情，我要吻你一下……你如果不會纏不清楚，我賞你十個盧布，你快跑去……香檳酒，主要的是香檳酒，還要白蘭地，紅葡萄酒，白葡萄酒，跟那一次一樣……他們已經知道那一次有什麼東西。』

『您聽着！』——彼得．伊里奇不耐煩地插上去說，——『我說：祇要讓他跑去換錢，吩咐他們不要上門，您自己去說好了。……您把鈔票拿來。開步走，米莎！越快越好！』彼得．伊里奇好像故意攆走米莎，因爲他站在客人面前，瞪着眼睛，看他的血污的臉和血污的手，抖索的手指裏握着一把鈔票，竟站立在那裏，又驚訝，又恐懼地張大着嘴，大概不大明瞭米卡對他所囑託的一些話語。

『唔。現在我們去洗一洗，』——彼得．伊里奇嚴肅地說，——『您把錢放在棹上，或是口袋裏……就是這樣。我們去罷。您把上褂脫一脫。』

他幫他脫衣，忽然又喊了出來。

「您瞧，您的上褂上也全是血！」

「這個……還不是在上身衣服上。祇是在袖子傍邊有一點……這祇是因爲手帕放在那裏的緣故。從口袋裏滲了出來。我坐在費娜的手帕上面，血就滲出來了，」——米卡立刻用一種奇怪的信任心解釋。彼得·伊里奇皺眉傾聽着。

「有人加害您；也許同什麼人打架，」——他喃聲說。

起始洗手。彼得·伊里奇手持水桶，倒出水來。米涉忙得利害，手上沒有放多少肥皂。（他的手抖索着，彼得·伊里奇以後記起來。）彼得·伊里奇立刻叫他多放些肥皂，多麼擦些。這時候他似乎佔了米卡的上風，而且越往後越利害。我們應該順便注意的是這青年人具有並不膽怯的性格。

「你瞧，指甲傍邊並沒有放肥皂，現在擦一擦臉，在這地方：鬢角上面，耳朵傍邊……您就穿着襯衫去麼？您往那裏去？您瞧，您的右袖的袖口上全是血。

「是的，全是血，」——米卡說，審視襯衫的袖口。

「那麼應該換一件內衣。」

「沒有功夫。你瞧，我……」——米卡還是那樣帶着信任的心神說着，用手巾擦臉和手，一邊穿上上褂，——「我可以把袖邊折進去，在上褂裏是看不見的……您瞧！」

「現在請您說，您在什麼地方受了害？同什麼人打架？是不是又在酒店裏，像上次那樣？是不是又同那個上尉，像那一次似的，毆打他，把他拖着走路？」——彼得·伊里奇說，帶着責備的意思。——「您又是揍了那一個人一頓……是不是把什麼人殺死了？」

「費話！」——米卡說。

「什麼費話？」

「不對，」——米卡說，忽然冷笑了一聲。——「我剛纔在廣場上把一個老太婆壓死了。」

「壓死了？老太婆？」

「老頭子！」——米卡喊，直望彼得·伊里奇的臉，一面笑，一面朝他喊叫，像朝聾子叫喊似的。

「唉，見鬼，老頭子，老太婆……究竟殺死了誰？」

「講和了。打了架——又講和了。在一個地方。分手時成爲朋友。一個傻子……他饒恕了我……現在一定饒恕了……假使立了起來，便不會饒恕的，」——米卡忽然使了眉眼，——「去他的，您聽見沒有，彼得·伊里奇，去他的，不用管他！在這個時候我不願意管！」——米卡堅決地說。

「我的意思是說您何必同每個人都歡喜打吵子……就像那次爲了一點小事情同那個上尉那種樣子……您打完了架，現在竟跑去喝酒取樂，——這是您的性格如此。三打香檳酒，——何必要這許多？」

「妙極了！現在把手槍交給我罷。我真是沒有功夫。現在也用不着，說話也晚了。哎呀！錢那裏去了，我放到那裏去了？」——他喊了出來，手起始朝口袋裏亂塞亂摸。

「您放在棹上了……自己放的……就在那裏放着。忘記了麼？您的錢真像垃圾和水一般。這是您的手槍。眞奇怪，剛纔六點鐘的時候，典押了十個盧布。現在您竟有好幾千盧布。有兩三千麼，對不對？」

「也許三千，」——米卡笑了，把錢塞進褲子的傍邊口袋裏。

「您這樣會遺失的。您開了金礦，是不是？」

「金礦！金礦！」——米卡用全力喊，發出大笑。——「您要不要上金礦，潘爾霍金？有一位女太太肯塞給你三千盧布，祇要你肯走。她也塞給我，他是如何地愛金礦！霍咻拉闊瓦太太您認識麼？」

「不認識。可是聽說過，也看見過。莫非是她給您三千盧布？眞是塞給您的麼？」——彼得·伊里奇不信任地看望着。

「您等到明天太陽升起的時候，永遠年青的福勒司（Phoedus 神頌禱上帝而升起的時候，您可以到霍赫拉闊瓦家去，當面問她：她給了我三千盧布沒有？您去打聽一下罷。」

「我不知道你們的關係……既然您說得這般肯定，那末她是給的……但是您錢一到手，並不到西比利亞去。竟拿了這三千……現在您究竟到那兒去？」

「到莫克洛葉去。」

「到莫克洛葉去麼？現在是夜裏呀！」

「以前這架伙一切全有，現在是一無所有！」——米卡忽然說。

「怎麼一無所有？身上帶了這幾千塊錢還是一無所有麼？」

「我不是講那幾千塊錢。這幾千塊錢算什麼！我講的是女人的性格：

「女人的心是朝三暮四的，

容易變心，又充滿惡行。」

「這是烏里司※說的，我很同意。」

「我不明白您的意思。」

「我喝醉了酒麼？」

※烏里司或奧特賽是荷馬的史詩奧特賽裏的英雄。

「沒有喝醉，却比喝醉還壞。」

「我是精神上的酒醉，彼得·伊里奇，精神上的酒醉，够了，够了。」

「您怎麼啦？把手槍上了子彈？」

「把手槍上了子彈。」

米卡果真打開放手槍的匣子，把火藥囊拆開，仔細地倒撒出來，裝填到槍裏去。隨後取了一粿子彈，在裝進去以前，先用兩隻手指檢起來，放在臘燭前面審視。

「您看子彈做什麼？」——彼得·伊里奇帶着不安的好奇心觀察着。

「是的。那是一種想像。如果你想把這子彈裝進自己的腦裏，在上槍的時候，看不看牠一下？」

「爲什麼看牠？」

「牠將走進我的腦子裏去，那末看一看牠是什麼樣子，也頗有趣……然而這是胡說，偶然的胡說。現在完了，」——在裝上子彈，用槍杵打進去以後，他補說，——「彼得·伊里奇，好朋友，這是胡說，這全是胡說·您必須知道那是胡說到何種程度！現在請你給我一小塊紙。」

「紙在這裏。」

「不是的，要光的，乾淨的，寫字的。就是這個。」

米卡從棹上抓起鋼筆，迅快地在紙上寫下了兩行字，把紙疊成四折，放在背心的口袋裏。隨後望了彼得·伊里奇一眼，發出長長的，凝慮的微笑。

「現在我們走罷。」——他說。

「到那兒去？不，等一等。……您是想把子彈送進您的腦子裏去麼？……」——彼得·伊里奇不安地說。

「子彈是胡說！我想活，我愛生命！你要知道這層。我愛金黃蜷髮的福勃司和他的熱烘烘的世界……親愛的彼得·伊里奇，你會不會離遠些？」

「怎麼叫做離遠些？」

「就是讓出道路。給親愛的和仇恨的人讓出道路。使仇恨的人變爲親愛的，——那就是讓出道路！並且對他們說：願上帝與你們同在，你們走開罷，至於我……」

「你呢？」

「够了，我們走罷。」

「我真是要對什麼人說一下，（彼得·伊里奇看了他一眼，）不放您到那邊去。您現在到莫克洛葉去做什麼事情？」

「那邊有女人，女人。和你說話够了，彼得・伊里奇。你閉上嘴罷！」

「您聽着，您雖然很野蠻，但是我永遠有點喜歡您……我眞是擔心。」

「謝謝你，老兄。你說，我是野蠻的。野蠻人，野蠻人！我祇是對自己說着：野蠻人呀！米莎來了！我竟把他忘掉了。」

米莎拿着換來的一叠鈔票，急急忙忙地走進來，報告說，波羅脫尼闊夫的小舖裏大家全忙着，在那裏搬瓶子，還有魚，茶葉，——立刻可以準備好。米卡取了十個盧布，遞給彼得・伊里奇，另外取了十個盧布，扔給米莎。

「不行！」——彼得・伊里奇喊，——「在我的家裏不能這樣，這是會弄壞的。請您把您的錢藏起來，放在這裏，幹什麽那樣亂化？到了明天會有用的，你是還會來借十個盧布的。您爲什麽儘往旁邊口袋裏塞？那樣您要遺失的！」

「你聽着，親愛的，我們一塊兒到莫克洛葉去好不好？」

「我到那裏去做什麽？」

「你要不要，我現在就開一瓶酒，祝生命的健康！我想喝酒，特別喜歡同你喝酒。我從來沒有同你喝過酒，是不是？」

「到酒店裏去是可以的，我們去罷，我本來自己想到那邊去。」

「到酒店裏去沒有功夫，可以到波羅脫尼闊夫的小鋪的後屋裏去喝。你願意不願意，我現在給你猜一個謎。」

「猜罷。」

米卡從背心裏掏出那張紙，翻了開來，給彼得‧伊里奇看。上面用淸切，粗大的筆跡寫着：

「我懲罰自己，爲了我的整個的生命，我懲罰我的整個的生命！」

我眞想對什麼人說，立刻想去對什麼人說，」——彼得‧伊里奇看完了那張紙以後，說着。

「你來不及的。我們去喝酒罷！開步走！」

波羅脫尼闊夫的小鋪和彼得‧伊里奇的房子祇相隔一所房子，在街的角落裏。那是我們城裏有錢的商人們開的主要的食物店，而且店內的貨色很不壞。凡是京城裏任何店內出賣的食品這裏面全有：葉里賽兄弟公司改裝的酒，水菓，雪茄，茶葉，咖啡等等。永遠有三個夥計應酬主顧，兩個小孩送貨。我們的地方雖已衰落下去，田主們四散，商業不振，但是食品業仍舊發達，每年的營業反而日見興盛：這類東西的買主並沒有離開。店裏的人正在不耐煩地等候着米卡。他們還很記得他在三四星期以前曾用現錢一下子取了值幾百盧布的各色各樣的貨物和酒，（賒賬是自然不肯賒給他的。）他們還記得當時正和現在一樣，他的手裏握着一大把花花綠綠的東西，他任意虛擲，不還價錢，不去想一想，也不願想想，他要買這許多貨物，這許多酒有什麼用？以後全城的人都說他當時和格魯申卡兩人到莫克洛葉去，「一夜連一天，一下子用去了三千，喝完酒回來的時候身上弄得空空如也。」他當時召集了一大隊吉卜賽人，（恰巧游蕩到了這裏，）兩天以內從這醉鬼身上搶了無數的錢，喝了無數的名貴的酒。有人笑米卡，說他在莫克洛葉用香檳酒灌骯髒的鄉下人，把糖菓和司脫拉司堡餡餅給鄉下的姑娘和村婦吃。還有人，特別在酒店裏，笑米卡當時親自當着衆人面前公然承認，（自然不是當面笑，當面笑他是有點危險的，）他幹了一樁「亂七八糟」的事情，從格魯申卡身上取得的僅祇是「允許他吻她的脚，而別的一概不准。」

米卡同彼得·伊里奇到小鋪裏去的時候，門前已預備好了套三匹馬的車子，車上蓋着地毯，馬身上掛着銅鈴，馬夫安德烈候着米卡。店裏已把貨物完全配齊，裝了一隻箱子，祇等候米卡的到來，用釘封牢，放到車上去。彼得·伊里奇奇怪了。

「怎麼連三駕馬車也辦妥了？」——他問米卡。

「我到你家裏去的時候，遇見了安德烈，吩咐他一直開到店鋪前面去。時間是不能喪失的！上次我坐了帖莫費意的馬車去的，這一次帖莫費意已經呼喝一聲，先載着一位魔女去了。安德烈・我們不會躭誤麼？」

「祇比我們早到一點鐘，也許還沒有，至多一點鐘！」——安德烈忙着應聲說，——「是我給帖莫費意套的車，我知道他們怎樣走法的。特米脫里・費道洛維奇，他們的走法和我們的走法不同，他們怎能及得上我們。他們不會比我們早到一點鐘的！」——安德烈熱烈地插上話去，——他是一個尙未老邁的馬夫，栗色頭髮，骨瘦如柴，穿着長背心，左手上披着一件土耳其式長衫。

「假使祇差一點鐘，我給你五十盧布的賞錢。」

「一點鐘的時間我是可以保證的，特米脫里・費道洛維奇。也許祇差半點鐘，不會到一點鐘的。」

米卡雖然忙忙亂亂地張羅着，但是說話和吩咐的樣子有點奇特，零零落落地，並不按照秩序。說了前面，忘掉了後面。彼得・伊里奇認爲必須參加上去幫忙。

「要四百盧布的東西。不能比四百盧布少，跟上次一模一樣，」——米卡命令着。——「四打香檳酒，一瓶也不能少。」

「你爲什麼要這許多？這有什麼用？等着！」——彼得・伊里奇叫喊起來。——「這是什麼箱子？裏面放着什麼？難道這裏面有四百盧布的貨色麼？」

正在忙亂着的夥計們立刻向他解釋，在第一隻箱子裏祇有半打香檳酒，和涼盤用的「各種首先需要的食品，」還有糖菓，糖等類。至於主要的食品，和上次一樣，等到弄好以後，立刻裝在另外一輛車上送去，也是套三匹馬，一定會適時趕到，「祇比特米脫里・費道洛維奇遲到一小時而已。」

「不會過一小時，不許過一小時。菓糖和牛皮糖儘量多放些。姑娘們愛吃的。」——米卡熱烈的堅持着。

「牛皮糖可以的。你要四打酒作什麼用？一打就够了！」——彼得・伊里奇幾乎生起氣來。

他起始講論價錢，他要求一張淸單，他不肯安靜下去。但是祇省下了一百盧布。決定全部貨物不能超過三百盧布。

「眞是見鬼！」——彼得・伊里奇喊，似乎忽然醒了轉來，——「我有什麼關係？你儘管扔擲你的金錢，既然是白賺來的！」

「到這裏來，經濟學家，到這裏來，你不要生氣，」——米卡把他拖到店鋪的後屋裏去。——「讓他們立刻開一瓶來，我們喝一下子。彼得・伊里奇，我們一同去，因爲你是一個可愛的人，我愛這類的人。」

米卡坐在小几傍邊的編木椅上，——小几上蓋着一條齷齪的桌毯。彼得·伊里奇坐在他的對面，香檳酒一下子送了過來。又問老爺們要不要吃蠣黃，「最好的蠣黃，剛剛運到的。」

「不要蠣黃，我不吃。一點也不要，」彼得·伊里奇近乎狠惡地說着。

「沒有功夫吃蠣黃，」——米卡說，——「也吃不下去。你要知道，好朋友，」——他忽然帶着情感說，——「我從來不愛這一切無秩序的狀態。」

「誰愛它呀！開三打酒給鄉下人喝，眞會叫人氣死的。」

「我不是講這個。我講的是最高的秩序。我的心裏沒有秩序，最高的秩序……但是……但是這一切全都完結，不用再加以憂愁。已經遲了，管它做什麼！我的整個的生命是無秩序，現在應該加上秩序了。我說的是不是雙關話？」

「你說的是譫語，不是雙關話。」

「祝福世上最高的人，

祝福我心中最高的人！」

「這首小詩是從我的心靈裏在一個什麼時候掙脫出來的。這不是詩，而是淚……我自己編的……但不是在我揪住上尉的鬍鬚的時候……」

「爲什麼你忽然提起他來了？」

「我爲什麼忽然提起他來？無聊之至！一切會完結，一切可以磨平。一下子就完了。」

「眞是的•我老在掷裏想你的手槍。」

「手槍是不相干的。喝酒罷，不用發幻想。我愛生命，太愛生命，愛得太過，到了可恥的地步。够了！爲了生命，爲了生命，我們喝一杯。我提議舉杯祝頌生命！我爲什麼引爲自滿？我是卑鄙的，但是我對於自己感到滿足。然而我就因爲我的卑鄙和自滿而痛苦着。我崇拜創造，立刻準備崇拜上帝和他的創造，但是……應該殺死一條有毒的蛇，不使牠爬行，妨害他人的生命……我們爲了生命飲酒，親愛的老兄！還有什麼比生命可貴的，沒有什麼，沒有什麼！祝生命！祝一位女王中的女王。」

「祝生命，也祝你的女王。」

他們每人喝了一杯。米卡雖極興奮，而且感情洋溢，但是有點發愁。好像有一種莫可抗拒的，嚴重的關心立在他的後面。

「米莎……走進來的是你的米莎麼？米莎，米莎，你來，你給我喝了這杯酒，祝明天的！金黃鬈髮的福勒司。……」

「你爲什麼給他喝！」——彼得•伊里奇惹惱地喊。

「讓他喝罷。我這樣願意。」

「唉！」

米涉喝了一杯，鞠躬一下，走出去了。

「他會記得長久些的，」——米卡說，——「我愛女人，女人！女人是什麼？地上的女王！我很憂愁，很憂愁，彼得・伊里奇。你記得不記得漢恩烈的話：「我真是憂愁，真是憂愁，郭拉卹……唉，可憐的約克，」※也許我就是約克。我現在就是約克，以後成爲腦殼。

彼得・伊里奇聽着，一言不發，米卡也沉默了。

「你們這隻是什麼狗？」——他看見角落裏一隻好看的，黑眼睛的小獵犬，忽然用冷淡的神情問挪個夥計。

「這是我們的女房東瓦爾瓦拉・阿萊克謝意夫納的獵狗，」——夥計回答，——「剛纔自己帶了來，忘在我們這裏。一會兒要送回去。」

「我也看見過一隻；在營裏……」——米卡凝慮地說，——「挪隻狗的後腿壞了……彼得・伊里奇，我想順便問你一句：你生平曾經偷過什麼沒有？」

「這是什麼話？」

莎士比亞樂府漢恩烈劇中語・

「不，我不是這個意思。那就是從某人的口袋裏，別人的東西？我不是指公款，公款是誰也要取的，你自然也……」

「滾你的蛋。」

「我講的是別人的錢：一直從口袋裏，從皮包裏？」

「有一次偷過母親兩角錢，那時候九歲，從桌上偷的。輕輕兒拿走，握在手裏。」

「以後怎麼呢樣？」

「沒有什麼。在身邊放了三天，感到慚愧，自己承認了出來，把錢交出了。」

「那便怎樣呢？」

「自然挨了一頓打。你是怎麼樣？你自己沒有偷過麼？」

「偷過的，」——米卡狡黠地使了眉眼。

「偷什麼？」——彼得·伊里奇好奇了。

「偷母親的兩角錢，九歲的時候，三天以後交了出來。」

米卡說了這句話，忽然從座位上立起來。

「特米脫里·費道洛維奇，現在可以走罷？」——安德烈忽然在店門外喊了一聲。

「預備好了麼？走罷！」——米卡忙亂起來。——「還有最後的幾句話。……在上路之前，給安德烈一杯燒酒喝，立刻給他！除了燒酒以外，再給他一鍾白蘭地！那個裝手槍的匣子給我放在座位底下。再見罷，彼得·伊里奇，不要記住我的壞處。」

「你明天就要回來的，是不是？」

「一定的。」

「那筆賬請您現在付一付？」——夥計跳了過來。

「是的。那筆賬！一定的！」

他又從袋裏取了一疊鈔票，數了三張，扔在櫃台上，忙着離開店門。大家全跟在他後面，鞠躬恭送，說出道候和頌祝的話語。安德烈由於剛喝下去的白蘭地，喉嚨裏嗆了一下，跳到座位上去。米卡剛坐上去，費娜忽然在他面前完全出乎意料地發現了。她喘息着跑了過來，兩手叉在他的前面，喊叫了一聲，跪倒在他的脚前。

「老爺，特米脫里·費道洛維奇，不要傷害我的女主人！是我對您全講出來的！……也不要傷害他，她的以前的那位！他現在肯娶阿格拉菲納·阿歷山大洛夫納，特地從西比利亞回來……特米脫里·費道洛維奇，您不要傷害別人的生命呀！」

「哎呀，哎呀，原來如此！你現在會到那邊闖禍的！」——彼得·伊里奇自己喃語着。——「現在一切都已明瞭，現在怎麼能不明瞭呢。特米脫里·費道洛維奇，請你立刻把手槍

給我，假使你願意做一個人，」——他對米卡大聲喊——「你聽着，特米脫里！」

「手槍麼？等一等，我到路上扔到水坑裏去，」——米卡回答，——「費娜，你起來，你不要躺在我的面前。米卡不會傷害這愚蠢的人，以後是不會傷害任何人的了。有一件事情，費娜，」——他已經坐了上去，對她喊，——「我剛纔侮辱了你，請你饒恕，饒恕我這壞蛋……你不饒恕，也一樣的！因爲現在已經是一樣的了！走罷，安德烈，快點趕！」

安德烈起始趕，小鈴響起來。

「再見罷，彼得．伊里奇！對你流了最後的淚！……」

「並沒有醉，却儘說些無意義的話！」——彼得．伊里奇目送他的時候，心裏想。他本想留在那裏，看他們怎樣把其餘的食品和酒裝在三套馬的大車上面，因爲他預先感到他們會欺騙米卡，裝上不夠數的貨色。但是他忽然惱怒自己，唾了一口痰，就走到酒店裏去打台球了。

「一個傻子，雖然人還好……」——他在路上喃語着。——「格魯申卡「以前」的那個軍官我聽說過的。假使他來了，那末……這一對手槍眞是的！見鬼，我是他的家庭教師麼？讓他去好了！不會發生什麼事情的。嘴裏說得好聽，沒有別的。喝醉了酒，打一起架，打完了架，又講和了。他們是做正事的人麼？什麼是「我要離遠些，懲罰自己，」——這是不會有的！一個醉鬼在酒店裏用這套話嚷一千遍。可是他現在沒有喝醉。「精神上的酒醉，」——這類壞蛋是愛這套話語的。我是他的家庭教師麼？他不能不打架，滿臉全是血。同誰呢？我到酒店裏去打聽一下。手帕也有血……嗤，見鬼，竟遺留在我的地板上面……管他呢，」

他到酒店的時候精神很不好，立刻就打起球來。打球使他高興。又打了一盤，忽然同他的對手講，特米脫里·卡拉馬助夫又有了錢，三千盧布，他親眼看見的，因此他又坐車到莫克洛葉，和格魯申卡鬧酒去了。這消息使聽衆們發生出乎意料以外的好奇。他們大家說起話來，笑也不笑，有點嚴正得奇特。他們甚至中止了打球。

「三千麼？他從那裏來的三千？」

起始往下追問。關於霍赫拉闊瓦的消息大家覺得可疑。

「會不會把他的老頭子搶了？」

「三千！這有點不大對勁。」

「他常在外面誇嘴說要殺死父親，這裏大家都聽到的。說的就是那個三千的數目……」

彼得·伊里奇聽着，忽然對於人們的盤問起始作乾澀和嗇吝的回答。關於米卡臉上和手上有血的一層，沒有提一個字。在到這裏來的時候本來想講述的。起始打第三盤球，對於米卡的談話漸漸地靜息了，但是彼得·伊里奇打完第三盤球以後再也不願意打下去，放下了球桿，沒有吃晚飯，（本來預備吃的，）便離開酒店。他忽然想到，他應該立刻到費道爾·伯夫洛維奇家去打聽一下，是不是出了什麼事情。「萬一這祇是胡話，而我爲了這竟跑到別人家去把人們吵醒，鬧出把戲來。見鬼，我不是他們的家庭教師，管我什麼事？」

他懷着惡劣的心情逕自回家，忽然憶起了費娜：「剛纔應該詳細盤問她。」——他惱恨地想，「一切都會打聽出來的。」他的心裏忽然熾燒着同她談一談，藉此打聽一下的極不耐煩的，固執的願望，當時從半路上折回莫洛作瓦的房子，就是格魯申卡租住的那個處所。他走到大門前面叩了一下門。在靜寂的黑夜裏傳響出來的叩門的聲音忽然好像使他淸醒，而且惹得他惱怒了。沒有人回答，屋內大家全睡熟了。「我在這裏也要鬧出把戲來了！」——他心裏想，懷着一點悲哀的心情。但是他不但沒有完全離開，反而忽然用全部力量叩門。叩擊的聲音佈滿了整條街道。「不行，我總歸要叩擊，叩擊到使他們聽見的！」——他喃聲說，每次叩擊一下，便惡狠地惱恨自己一下，同時仍舊加深他的叩擊。

第六章　自己去

特米脫里．費道洛維奇在大道上飛馳。從城裏到莫克洛葉有二十多俄里遠，安德烈的三套馬車馳騁得很快，一點一刻就可以走完。迅速的馳騁似乎忽然使米卡感到腦筋新鮮些。空氣新鮮而帶點涼爽，純潔的天空中有巨星照耀。這就是那個夜晚，就是那個時間，阿萊莎落到地上，「瘋狂地誓言將永恆地愛它」的時候。米卡的心裏感到混沌，十分混沌。現在雖然有許多事情刺觸他的心靈，但是在這時間內，他的整個實體惟有無可抗拒地趨向到她那裏去。她的女王那裏去，現在他要飛馳過去，最後看他一眼。我可以說的祇是他的心甚至一分鐘也沒有躊躇。假使我說這位愛喫醋的人對於這個新人，這個從地底下跳出來的新情敵，這個「軍官，」並不感到絲毫醋意，也許沒有人會相信我。如果發現了任何別人，那末他立刻會對他大生醋勁，也許又要血染他的可怕的手，——但是對於這位，對於這位「第一的男人，」他現在坐在馬車上馳騁的時候，不但不感到妒忌的忿恨，甚至仇恨的情感也沒有，——雖然他還沒有見到他。「這是無可爭辯的事，這是她的和他的權利；這是她的初愛，五年來沒有忘懷的；如此說來，在這五年來她祇是愛他，而我為什麼，我為什麼插身其間呢？我在裏面算是什麼東西？你離遠些，米卡，讓開道路罷！我現在有什麼關係呢？現在卽使沒有那個軍官也是一切都已完結；卽使他沒有來，總歸一切都已完結了。……」

假使他還能加以考慮，那末他大概可以用上面的話語發抒自己的感觸。然而他當時已經不能作什麼考慮。現在他的決定是沒有經過考慮而產生出來的，就是剛纔在費娜那裏，經她說出第一句話的時候就立卽得了感覺，連同一應的後果一併加以接受。他雖然取得了決定，但是他的心靈裏始終十分模糊，模糊到悲哀的地步；他的決定並沒有給予安謐。有太多的事情立在他的後面，磨折着他。有些時候他感到奇怪：他自己早已用鋼筆在紙上寫下了給自己的判決書：「自行懲罰，且以懲罰他人；」那張紙早已預備好，放在他的口袋裏面；手槍早已裝上了子彈，他已經決定明天如何迎接「金黃蜷髮」的福勃司的第一道熱烘烘的光線，然而他到底還不能和以前的一切，站在他的後面磨折他的一切，根本予以淸算，他感到這，至于痛苦的地步，這念頭悲哀地吸進他的心靈裏去。在途中有一刹那的時間，他忽然想喚住安德烈，從車上跳出來，取起實彈的手槍，了結一切，不再等候黎明。但是這一刹那的時間像火星一般的逝過。而且馬車正在向前奔逝，「吞噬着空間，」在快接近目的地的時候，想念她的心思，想念她一個人的心思越來越强烈地抓住他的心靈，從他的心上驅走其餘的可怕的幻影。他眞想再看她一眼，那怕是一瞥的功夫，那怕是遠遠地！「她現在同他在一起，我要看一看她現在同他，同以前那位情人是如何的情形，我所需要的僅在於此。」他的胸內還從來沒有升起對於這個在他命運裏注定的女人如此多的愛，如此新穎的，從來還沒有感到的情感，甚至對於他自己也是出於意料之外的情感，溫柔到了崇拜的程度，到了在她面前自我消滅程度的情感。「我會消滅的！」——他忽然說，突然發出一種歇司底里性的歡欣。

他們已經馳騁了一小時模樣。米卡沉默着，安德烈雖然是愛說話的鄉下人，也不發一言，好像怕開口似的，祇是拚命地趕三匹栗色的，羸瘦的，却極勇武的馬。米卡忽然懷着極度的不安喊道：

「安德烈！假使他們睡覺了便怎樣？」

這念頭忽然鑽進他的腦筋裏去，他至今沒有想到這層。

「想來已經睡覺了，特米脫里・費道洛維奇。」

米卡痛苦地皺眉：假使眞的他飛奔過去……帶着這類的念難……而他們已經睡下……也許她還睡着……憤怒的情感在他的心裏沸騰了。

「趕罷，安德烈，快趕・安德烈，快些！」——他瘋狂地喊。

「也許還沒有睡，」——安德烈沉默了一會，開口討論起來。——「剛纔帖莫費意說過他們在那裏聚了許多人……」

「在站上麼？」

「不是在站上，却在波拉司圖諸夫的客棧裏，那就是私人的站。」

「我知道。怎麼你說有許多人？那裏來的許多人？什麼人？」——米卡在聽到了突如其來的消息的時候感到極度的驚慌，因此喊了起來。

「帕莫費意說的；城裏來了兩位老爺，是什麼人，——我不知道，帕莫費意祇說有兩位是本地的，兩位好像是外來的，也許還有什麼人，我沒有詳細問他。他說，他們在那裏賭牌。」

「賭牌麼？」

「既然起始賭牌！也許不會睡覺的。現在好像祇有十點多鐘，不會過十點多睡的。」

「趕罷，安德烈，趕罷！」——米卡又神經性地喊叫。

「老爺，我想問您，那是什麼意思？」——安德烈沉默了一會以後，重又起始說，——「我祇怕您對我生氣。」

「你說什麼？」

「剛纔費娜對您下跪，求您不要傷害她的女主人，和別的什麼人……老爺，我現在送您到那邊去……老爺，請您恕我，我這是良心的說話，也許說得有點愚蠢。」

米卡忽然從後面抓住他的肩膀。

『你是馬夫麼？你是馬夫麼？』——他瘋狂地說。

『是馬夫……』

『你知道不知道，應該讓人走路麼？假使一個馬夫不讓別人走路，壓死別人，祇容他一個人趕車，那末那個馬夫將成爲什麼樣的人？不行的，馬夫是不能壓死人的！不能壓人，不能傷害別人的生命；旣然傷害了生命，——便應該懲罰自己……祇要傷害了任何什麼人的生命，——你應該自行懲罰，就此走開。』

這些話從米卡的嘴裏迸將出來，似乎是像在發作歇司底里病的時候說出來似的。安德烈雖然覺得這老爺有點奇怪，但是仍舊將談話維持下去。

『這是對的，特米脫里·費道洛維奇，您說的話是對的，你說不應該壓死人，也不應該磨折人，對於任何一切動物都是如此，因爲一切動物全是上帝所創造的，即使馬也是的，有的人無原無故地虐待牠，我們馬夫裏面也有的……沒有東西可以約束他們，就這樣硬來，一直就對你硬來。』

『會進地獄裏去麼？』——米卡忽然插上去說，發出突如其來的短笑。——『安德烈，你這平凡的靈魂，』——他又緊緊地抓他的胸，——『你說：特米脫里·費道洛維奇·卡拉馬助夫會不會入地獄，你以爲怎樣？」

「我不知道，一切全繫在您自己的身上，因爲您是……你瞧，老爺，當上帝的子被釘在十字架上，死去以後，他從十字架上走下，逕直到地獄裏去，把受磨刑的罪犯們全都釋放了。地獄呻吟着，因爲它心想現在不會再有罪犯到它那裏來了。於是主對地獄說：『你不必呻吟，地獄，因爲從此以後將有許多達官，統治者，總裁判官，和富人們到你這裏來，充滿你的地方，像以前永恆的時候，直到我再來時爲止。』這是對的，這句話就是他所說的……」

「鄉下人的傳說，妙極了！把左邊的馬抽一下，安德烈！」

「地獄就是爲這般人設立的，」——安德烈抽鞭左邊的馬，——「您簡直就跟小孩一般……我們恭敬您……您雖然好發怒，這是對的，但是上帝會爲了您的坦白的心而饒恕您的。」

「但是你，你饒恕我麼，安德烈？」

「我饒恕您什麼，您並沒有對我做什麼事呀。」

「不，是的，你一個人，替大家，替大家，現在，就在這裏，路上，能替大家饒恕我麼？你說罷．平凡的靈魂！」

「老爺！我眞怕，給您駕車，您的談話有點奇怪……」

但是米卡沒有聽清楚。他瘋狂地禱告，野蠻地微語。

「主，帶着我一切的不法的行爲，把我接受下來罷，但是不要裁判我。不加裁判，就放過我罷。……不要裁判我，因爲我自己裁判了自己，不要裁判我，因爲我愛你，主！我自身是卑賤的，但是我愛你。你可以把我送進地獄，在那裏我也會愛你，我將從那裏呼喊，說我永恆地愛你……但是你讓我愛到底罷……就在這裏，現在，愛到底，離開你的熱烘烘的陽光祇有五小時……因爲我愛我的靈魂的女王。我愛，我不能不愛。你看見整個的我。我將馳騁過去，跪在她的面前，說道：『你離開我是對的……告別了罷，忘記了你的犧牲品罷，永遠不必自行驚擾了罷！」

「莫克洛葉！」——安德烈喊，用鞭子向前指。

穿過黑夜的慘淡的陰影，忽然黑黝黝地發現一大堆在巨大的面積上展開着的建築物。莫克洛葉村有兩千靈魂，但是在這時候已入沉睡中，祇有稀少的燈火還從黑影裏閃耀着。

「快趕，快趕，安德烈！我們到了！」——米卡喊，像發着寒熱似的。

「他們沒有睡！」——安德烈又說，鞭子指着波拉司圖諾夫的客棧。這客棧就在村口上，六扇臨街的窗內燈光照得極亮。

「沒有睡！」——米卡快樂地搶先說話。——「安德烈，快喊，快喊，帶着響聲趕過去。讓大家全知道誰來了！我來了！我親自來了！」——米卡瘋狂地喊。

安德烈拼命趕着累乏的三匹馬，果眞帶着極大的響聲趕到高高的台階前面，勒住那幾匹發出蒸氣的，累到半死的馬。米卡從車上跳下，恰巧客棧老闆本來已經想跑去睡覺的，發出了好奇心，想從台階上看一看乘車來到了什麼人。

『脫里芬·鮑里賽奇，是你麼？』

老闆俯身細看，連忙從台階上奔下來，帶着諂媚的歡欣的樣子，跑到客人前面。

『老爺，特米脫里·費道洛維奇！居然又見到您了！』

這個脫里芬·鮑里賽奇是身體結實而且康健的鄉下人，中等的身材，臉有點發胖，態度嚴肅而不可侵，特別對待莫克洛葉的鄉下人是這樣的，但是在嗅到可以取得利益的時候，具有迅快地將自己的臉容變為極諂媚的神色的才能。他穿俄國式的衣裳，帶斜領的襯衫，和長套衣。他有許多錢，但是還不斷地幻想再高些的地位。有一大半鄉下人在他的爪牙之下，大家全欠他的債。他向田主租地，自己也收買，由鄉下人替他耕田，作為還債，而這債是永遠還不清的。他的妻子已死，有四個成年的女兒；有一個已成了寡婦，帶了兩個小孩，他的外孫女，住在他的家裏，替他作工，像奴工一般。還有一個女兒嫁給一個官吏，服務年久的書記官，在客棧的一間屋子裏的牆上，一些小型的合歡照片之中，可以看得到這位官吏穿着制服，戴着文官肩章的照像。兩位幼女，每逢教堂節日，或到人家去做客的時候，穿上了湖色的，或綠色的，我製入時的衣裳，後面束得緊緊的，還帶着一碼長的尾巴，但是到了第二天早晨，便和每天一樣，天剛亮就起身，手裏執着樺樹皮製的掃箒，清除各屋，傾倒穢水，在住客店的人們走後收拾垃圾。脫里芬·鮑里賽奇雖然已經賺到了好幾千塊錢，還很愛在鬧酒的客人身上敲竹槓，因爲還沒有過一個月，所以記得他曾從特米脫里·費道洛維奇手裏，在他同格魯申卡一塊兒鬧酒的時候，賺到二百多盧布，也許有三百盧布，所以現在快樂而且忙亂地迎接他，因爲從米卡那樣神氣活現地驅馬車到他的台階面前來的一層，就嗅到又有利益可得了。

「老爺，特米脫里·費道洛維奇，你又來了麼？」

「等着，脫里芬·鮑里賽奇，」——米卡起始說，——「最先有一個最重要的事情：她在那裏？」

「阿格拉菲納·阿歷山大洛夫納麼？」——老闆立即明白，銳利地望着米卡的臉，——「是的，她……她在這裏……」

「同誰？同誰？」

「外來的客人……一個是官吏，大概是波蘭人，從談話的口音中看出來的，他從這裏打發馬車接她來，還有一個是他的同事，或者是同路的人，弄不清楚他，穿着平民的裝束……」

「怎麼樣？鬧酒麼？有錢的人麼？」

「鬧什麼酒！不大的角色，特米脫里・費道洛維奇。」

「不大的麼？還有別的人呢？」

「有兩位先生是城裏的……從齊爾湼意回來，留住在這裏。有一位年輕的，好像是米烏騷夫先生的親戚，他的名字忘記了……另外一位大概您也認識：就是田主瑪克西莫夫。他說，他到修道院裏去祈禱，和那位青年，米烏騷夫先生的親戚同行……」

「就是這幾個人麼？」

「就是這幾個人。」

「等着，不要說話，脫里芬・鮑里賽奇，你現在祇說一說最主要的事情：她怎麼樣？做什麼事？」

「她剛纔來到，同他們坐着呢。」

「快活麼？笑麼？」

「不，好像不大笑，甚至十分厭悶，給青年人梳頭髮。」

「給那個波蘭人，軍官麼？」

「他是什麼青年人，他也不是軍官：不是給他梳，是給米烏騷夫的姪子，那個青年人梳……單單把名字忘記了。」

「卡爾干諾夫麼？」

「就是卡爾干諾夫。」

「好啦，讓我自己決定。他們賭牌麼？」

「賭過一下，就停止了，在那裏喝茶，官吏要了一瓶蜜酒。」

「等着，脫里芬，鮑里賽奇，等着，讓我自己決定。現在你回答最主要的事情：有沒有吉卜賽人？」

「現在不聽見有吉卜賽人了，特米脫里・費道洛維奇，官廳把他們驅走了。但是這裏有猶太人，在洛士杰司脫溫士卡耶村奏絃琴和鐃鈸，現在還可以去找他們。他們會來的。」

「去找，一定要去找！」——米卡喊，——「還去喚醒姑娘們，像那次一樣，特別要瑪麗亞，司鉄潘尼達和阿里娜。我出二百盧布，給合唱班！」

「化這許多錢我可以把整個村子給你聚集起來，哪怕現在已經躺下來睡覺。特米脫里・費道洛維奇，這裏的鄉下人，還有那些鄉下姑娘，犯得上給他們這許多甜頭麼？那種低卑和愚魯的樣子，還值得規定下這許多數目麼？這些鄉下人那裏配抽雪茄煙，而你竟送給他們抽起來了。他們身上，那些强盜胚的身上，發出很大的臭味。那些姑娘，不管那一個，身上全長着虱子。我可以召集我的女兒們過來，不用你化一點錢，這麼多的數目更不必說了。即使他們現在睡了覺，我可以用脚推醒她們，讓她們唱歌給你聽。你上一次竟把香檳酒給鄉下人喝，那眞是可惜！」

脫里芬·鮑里賽奇替米卡惋惜是沒有什麼道理的：那一次他自己也藏起半打香檳酒，在棹子底下檢到一張一百盧布的鈔票，在拳頭裏揑緊着。那張鈔票就這樣留在他的拳頭裏面。

「脫里芬·鮑里賽奇，那一次我化了不止一千盧布罷？」

您是化的，我怎麼能不記得，還有三千盧布化在我們這裏。」

「現在我又帶着這數目來了。你瞧。」

他掏出一叠鈔票，送到主人的鼻尖前面。

「現在你好生聽着：一小時以後，酒呀，涼菜呀，餡餅呀，糖菓呀，都要送來了，——你立刻全都送到樓上去。安德烈帶來的那隻箱子，現在就搬上去，打開來，立刻把香檳酒端上來……主要的是姑娘們，姑娘們，一定要那個瑪麗亞……」

他轉身回到車傍，從座位下面取出裝手槍的匣子。

「安德烈，把車錢拿去！給你十五盧布的車錢，還有五十盧布酒錢……爲了你做事的殷懃，爲了你的愛……你好生記住卡拉馬助夫老爺呀！」

「我怕，老爺！……」——安德烈心神搖動着。——「您給我五個盧布的酒錢好啦，多了我不能收。脫里芬·鮑里賽奇可以做證人。請您恕我的愚蠢的話語……」

「你怕什麼？」——米卡的眼睛朝他打量了一下。——「既然這樣，隨你好啦！」——他喊着，扔給他五個盧布。「現在，脫里芬·鮑里賽奇，你輕輕兒領我進去，讓我先看他們一眼，就是不要使他們看見我。他們在那裏？在湖色的屋子裏麼？」

脫里芬·鮑里賽奇畏葸地看了米卡一眼，立刻馴順地履行他所要求的事情：謹愼地把他領到外屋裏，自己却走進第一間大屋，就是和客人坐着的那間相鄰的屋子，從那裏取出一根臘燭來。隨後他輕輕兒領米卡進去，把他放在黑暗的角落裏，他可以從那裏隨便觀看那幾個談話的客人們，而不被他們撞見。但是米卡望了不久，而且也不能張望：他一看見她，他的心就叩擊起來，眼睛裏糢糊了。她側坐棹傍的軟椅上面，美貌的，還極年經的卡爾干諾夫在沙發上和她並肩而坐。她拉着他的手，大概在那裏笑，但是卡爾干諾夫並沒有瞧她，在那裏對隔着棹子，坐在格魯申卡對面的瑪克西莫夫大聲說話，似乎生氣似的。瑪克西莫夫也在笑着。「他」坐在沙發上面，另外有一個不相識的人坐在沙發附近，牆傍的椅上。仰躺在沙發上面的那位，在那裏抽吸煙斗，米卡瞥見他是肥胖的，寬臉的，大概具有不很高的身材，似乎在惱怒什麼事情。他的同事，另一個不相識的人，米卡覺得他身材過高；但是他不能再看得清楚些。他的呼吸窒息了。他再也不能立得住半分鐘，就把匣子放在五斗櫃上，身上發冷，屏住呼吸，逕自走到那間湖色的屋子裏去，找聚談的客人們。

「啊喲！」——格魯申卡首先看見他，懼怕得尖叫了一聲。

第七章　以前的無可爭辯的人

米卡舉起迅速的，長長的脚步逕直走到棹子前面。

「諸位先生，」——他起始大聲說。幾乎呼喊出來，但是每說出一個字都露出口吃，——「我……我沒有什麼！你們不要怕，」——他喊，——「我沒有什麼，沒有什麼，」——他突然轉身向着格魯申卡，她在軟椅上面斜側到卡爾干諸夫的身傍，緊緊地拉住他的手，——「我……我也來了。我到早晨爲止。諸位先生，一個過路的旅客……可以不可以同你們在一起，一直到早晨爲止？最後一次，就在這間屋子裏，祇是到早晨爲止。」

結末的話是他對坐在沙發上面，銜着煙斗的肥人說的。肥人鄭重其事地從唇上取去煙斗，厲聲說：

「先生，我們這裏是雅座。還另外有屋子哩。」

「您來啦，特米脫里·費道洛維奇，您是怎麼哩？」——卡爾干諸夫忽然應聲說——「請坐呀，晚上好呀！」

「您好，尊貴的……無價的人！我是永遠敬重您的……」——米卡快樂而且匆遽地回答，立刻隔着棹子伸手給他。

「啊喲，您捏得太緊了！完全把手指捏斷了，」——卡爾干諾夫笑了。

「他永遠是這樣捏的，永遠是這樣的，」——格魯申卡快樂地應聲說，還是畏怯地微笑，似乎從米卡的神色上忽然深信他不致於動兇，同時帶着極度的好奇，還帶着不安，審看他。他的身上有點什麼使她異常地驚愕，她完全料不到他會在這時候這樣走進來，而且這樣說話。

「您好呀，」——田主瑪克西莫夫也從左面甜蜜地應聲說話。米卡也奔到他的面前。

「您好呀，您也在這裏。我真喜歡，您也在這裏，諸位先生，諸位先生，我……（他又朝銜煙斗的波蘭人說，顯然把他當作主要的人物，）我飛來的。我願意在最後的一天，最後的一小時，在這間房子裏度過，就是這間屋子。……我曾經在這裏熱愛……我的女王！……對不住，先生們！」——他瘋狂似的說，——「我飛了過來，而且賭了咒……你們不要害怕，這是我的最後的一夜！我們喝親善的酒！酒立刻就要送上來……我帶來了這些東西。（他忽然不知爲了什麼用意掏出一堆鈔票。）——請容許我，先生。我需要音樂，唱歌，喧鬧，以前的一切東西……一條蠕蟲，一條無用的蠕蟲在地上爬動，以後沒有了牠！在我的最後的一夜，我記念我的快樂的日子！……」

他幾乎喘不過氣來，他想說許多，許多話，但是僅祇跳躍出一些奇怪的呼喊，波蘭人呆板地看他，看他的一堆鈔票，又看格魯申卡，顯然露出疑惑的樣子。

「如果我的「玉王」允許……」——他起始說。

「什麼「玉王，」是不是女王？」格魯申卡突然插上去說。——「您這樣說話，眞叫人好笑。坐下罷，米卡。你說什麼？請你不要嚇唬我。你會不會嚇唬，會不會？假使你不嚇唬，我是很高興的……」

「我嚇唬你，嚇唬你麼？」——米卡忽然喊，手臂往上升起。——「你們從傍邊過去罷，走過去罷，我不來妨礙……」他忽然完全出乎大家意料之外地，也就是本人意料之外地，投身到椅上，流下眼淚，頭轉到對面的牆壁那裏，手緊緊地抓住椅背，似乎抱住它似的。

「好啦，好啦，你這個人呀！」——格魯申卡帶着責備的意思喊，——「他時常這樣跑到我身邊來，——忽然說起話來，我一點也不明白。有一次也哭了，現在又哭了一次，——眞是可羞！你爲什麼哭？有什麼事情値得你哭的？」——她忽然神祕地補充上去，帶着一種惹惱的意思，着重每一個字。

「我……我不哭了……唔，晚上好呀！」——他一下子在椅上轉過來，突然笑了，却不是發出本質的，斷續的笑聲，而是一種聽不見的，長長的，神經性的，震撼的笑聲。

「又好了……快樂一下罷，快樂一下罷！」——格魯申卡勸他，——「我很喜歡你來了，米卡，我很喜歡，我很喜歡，你聽見沒有？我要他和我們一塊兒坐下來，」——她用命令的口氣，好像對大家說，雖然她的話語顯然是對坐在沙發上的人說的，——「我要，我要！他如果走出去，我也要走出去！」她補充這句話，眼睛突然熠燒了。

「我的女王說出什麼話，便成爲法律！」——波蘭人說，用優雅的姿勢吻格魯申卡的手。——「請這位先生加入我們的團體裏來！」——他客氣地對米卡說。米卡又跳起來，顯然想再發表一套鴻論，但是結果得了不同的東西：

「我們要喝酒，諸位！」他並沒有發表演說，突然中斷了。大家全笑起來。

「天呀！我以爲他又想說話呢，」——格魯申卡神經性地喊起來了。——「你聽着，米卡」——她堅持地說，——「以後你不必再跳起來。你帶來了香檳酒，那是妙極了。我自己也要喝，我最恨蜜酒。最好的是你自己竟跑到這裏來了，否則眞是太悶了……你又跑來鬧酒麼？你把錢藏到口袋裏去！從那裏得來了這許多？」

米卡的手裏還揑着鈔票，當時被大家，特別是波蘭人們注意到了。米卡立刻迅快而且羞慚地把錢塞進口袋裏去。他臉紅了。在這時候老闆端着盤子，送進一瓶開塞的香檳酒和幾隻杯子。米卡抓起酒瓶，十分惶亂，竟忘記應該怎樣去處置。卡爾干諾夫從他手裏接過那隻瓶子，替他斟酒。

「再來一瓶，再來一瓶！」——米卡對老闆喊，忘記了同他曾經隆重地邀請喝親善酒的波蘭人碰杯，忽然自己先喝乾了一杯，沒有等候別人。他的整個的臉突然變了。他走進來時那種隆重的，悲劇性的神色已經沒有，而發現了嬰孩般的態度。他忽然似乎完全靜謐，而且自己降貶了身分。他畏怯而且快樂地看着大家，時常神經質地嘻嘻笑着，作出一隻犯了錯過的小狗又受人們撫愛，又放進屋內時的那種感恩的態度。他好像全都忘却，帶着欣悅的神情。孩子氣的微笑，瞧看大家。他望着格魯申卡，不斷地笑着，椅子移近她的軟椅傍邊。他也約略瞧看兩個波蘭人，雖然還不大了解他們。坐在沙發上的波蘭人，那種威嚴的舉止，波蘭人的口音，主要的是他的煙斗，引起米卡的注意。「那有什麼呢？他抽煙斗，還算好，」——米卡心想。這波蘭人的帶點浮腫的，近四十歲的臉，很小的鼻子，鼻子底下看得見兩條極細的，尖尖的小鬍，染色的，莽撞的樣色的小鬍，暫時還沒有使米卡引起絲毫的疑問。甚至他的很蹩脚的，在西北利亞製成的假髮，和向前面梳得笨拙的鬢髮也不使米卡特別驚愕：「既然戴假髮，總是理當如此，」——他繼續快樂地尋思。坐在牆傍的另一個波蘭人，比沙發上的波蘭人年輕得多，用橫霸而且挑釁的神情看望全體的人，還帶着沉默的賤蔑聽大家的談話。他使米卡吃驚的祇是一個很高的身材，和坐在沙發上的波蘭人完全不相配稱。「假使立起來，有十一俄寸長，」——米卡的腦筋裏閃過這個念頭。他還想到，這位高身的波蘭人大概是沙發上的波蘭人的密友，好像是『他的保鏢，』那個銜煙斗的小波蘭人自然可以指揮高身的波蘭人。但是這一切在米卡看來是很好，而且無可爭論。在小狗身上消滅了一切的醋意。他對於格魯申卡和她所說的幾句話裏的神祕的口氣，還一點也沒有了解：他祇了解一件事情，而且使他的心絃震顫，那就是她對他很和藹，她『原恕』了他，並且讓他坐在她的身傍。他欣悅得糊塗起來，看見她在喝杯子裏的酒。整個團體的沉默忽然使他吃驚，於是他用期待什麼事情的眼睛朝大家掃射了一下：『爲什麼儘坐着？你們爲什麼不起始做點事情？』

——他的微笑的眼神似乎在那裏說話。

『他儘亂說，我們大家全笑起來了。』——卡爾干諾夫忽然起始說，似乎猜到了他的意思，指着瑪克西莫夫。

米卡連忙釘看卡爾干諾夫，後來立刻看瑪克西莫夫。

『亂說麼？』——他發出短短的，木質的笑，立刻快樂起來，——『哈，哈，哈！』

『是的。您想一想，』他說，『我們的騎兵團在一八二〇年代的時候，全都娶波蘭女人做妻子。這是可怕的胡說，不是麼？』

『娶波蘭女人麼？』——米卡又跟上去說，已到了根本欣悅的程度。

卡爾干諾夫很明白米卡和格魯申卡的關係，也猜到波蘭人的情形，但是這一切並不如何使他注意，甚至也許完全不注意，而使他最注意的是瑪克西莫夫。他同瑪克西莫夫偶然到這裏來，生平第一次和波蘭人們在客棧裏相遇。格魯申卡是他以前認識的，並且甚至曾同某人到她家去過；當時她並不喜歡他。但是她在這裏竟很和藹地望着他，在米卡沒有來到時甚至和他很親熱，而他似乎仍毫無所感。這個青年人年紀未到二十歲，衣服穿得漂亮，一付很可愛的，白白的臉龐，美麗的，濃厚的，栗色的頭髮。但是在這白白的臉龐上有一雙美妙的，微藍的眼睛，帶着聰明，有時也很深刻的神情，甚至和他的年齡不相稱，雖然這青年人有時說話和看人完全像一個小孩，一點也沒有顧忌，甚至自己也感到這層。總而言之，他這人性格剛愎，甚至十分任性，雖然永遠是和藹的。有時他的臉色上閃出一點呆板的，固執的樣子：他望着你，聽你的說話，而自己好像在固執地幻想自己的什麼事情。有時候顯得萎頹而且懶洋洋的，有時候忽然起始驚惶，顯然是由於一個極空虛的原因。

「您想一想，我在身邊帶了他四天功夫，」——他繼續說，似乎有點懶洋洋地拉着長話句，但是沒有一點裝假，却是完全自然的。——「您記得，自從令弟那一天把他從馬車裏推出，他落在地上以後。那時他引起了我的注意，我把他帶到鄉下去，而他現在竟胡說八道起來，使我同他在一起感到慚愧。我現在要把他帶回去。……」

「這位先生沒有見過波蘭的女人，所以說些不可能的事情，」——銜煙斗的波蘭人對瑪克西莫夫說。

銜煙斗的波蘭人很能說俄國話，至少比他裝出來的好得多。他把要用的俄國字改用波蘭語的格調。

「但是我自己娶的是波蘭女人呀，」——瑪克西莫夫回答，嘻嘻地笑了。

「難道您在騎兵團裏服務過麼？您講的是騎兵團。莫非您是騎兵麼？」——卡爾干諾夫立刻干預上去。

「是的，難道他是騎兵麼？哈，哈，哈！」——米卡喊，貪婪地傾聽，將疑問的眼神迅速地移到每個說話的人身上，好像在期待着從每個人身上聽到不知道多少重要的事情。

「不是的，您瞧，」——瑪克西莫夫朝他說，——「他指的是那些……那些美貌的波蘭小姐……同我們的槍騎兵跳瑪佐爾加舞……她同他跳完了瑪佐爾加舞以後，立刻跳到他的膝上，像一隻小貓……白白的……而她的父母看着，竟許她這樣做……許她這樣做……第二天槍騎兵就跑去求婚……是的——竟求婚了！哈，哈，哈！」——瑪克西莫夫說完以後，笑了一聲。

「眞是放蕩鬼！」——坐在椅上的高身的波蘭人忽然喃喃地說，脚擱在脚上。米卡瞥見了他的一雙抹上黑油的大靴，和肥厚，齷齪的靴底。大體上，兩位波蘭先生的衣服十分的油膩。

「居然放蕩鬼來了！何必駡人呢？」——格魯申卡突然生氣了。

「阿格利皮納小姐，那位先生在波蘭見到的是些女僕們，决不是出身高貴的小姐，」——銜煙斗的波蘭人對格魯申卡說。

「可以想到的！」——坐在椅上的高身的波蘭人賤蔑地說。

「又來了，讓他說完就好了。人們說話爲什麼去阻礙他！同他們談談是很有趣的，」——格魯申卡暴燥地說。

「我並不妨礙呀，」——戴假髮的波蘭人含着深意似的說，對格魯申卡長長地看了一眼，鄭重地沉默着，重又起始吮吸他的煙斗。

「是的，是的，這位先生現在說的是實話，」——卡爾干諾夫又興奮起來，好像不知道出了什麼事情似的，——「他並沒有到波蘭去過，怎麼能談波蘭的事情？您不是在波蘭娶的親，是不是？」

「不是的，在司運莫司卡耶省。不過是槍騎兵先把她，把我的太太，未來的太太，從原來的波蘭的地方，連同她的母親，嬸母，還有一個女親戚，和她的成人的兒子，一古腦兒帶了出來……後來就讓給我了。他是我們的中尉，很好的青年。起初他自己想娶，但是沒有娶，因爲她成爲一個跛腿……」

「那末您娶的是跛腿麼？」——卡爾干諾夫喊。

「是跛腿。當時他們兩人多少把我哄騙，隱瞞。我心想她喜歡跳躍……她老跳躍，我心想她是爲了快樂的緣故……」

「爲了嫁給您而快樂麼？」——卡爾干諾夫喊，發出一種孩子似的，降響的聲音。

「是的，爲了快樂。結果是完全爲了另一種原因。以後我們結婚的時候，她在成親後當天晚上就對我直說出來，而且用很動情的樣子求我原諒，說是有一次在年輕的時候跳過泥水坑，因此傷害了她的脚，嘻，嘻！……」

卡爾干諾夫發出小孩子一般的笑聲，差不多掉落在沙發上面。格魯申卡也笑了。米卡感到無上的幸福。

「您知道，您知道，他現在說的已經是實話，他現在沒有說謊，」——卡爾干諾夫對米卡喊，——「您知道，他曾娶過兩個媳婦，——他現在講的是第一個妻子，——他的第二個妻子逃走了，至今還活着，您知道麼？」

「真的麼？」——米卡迅快地對瑪克西莫夫說，臉上表示不尋常的驚訝。

「是的，逃走了，我確乎有這樁不愉快的事情，」——瑪克西莫夫謙卑地回答。——「同一個法國人。主要的是開頭就預先把我的整個的村莊改了她一個人的名字。她說，你是有學問的人，你自已會找到一碗飯吃的。她就那樣把我的產業一把抓去。有一次一個可尊敬的總主教對我說：「你的太太一位是跛腿，另一位是快腿。」嘻，嘻，嘻！」

「您聽着，您聽着，」——卡爾干諾夫竟混身沸騰起來。——「假使他撒謊，」——他是時常撒謊的，——那末他的撒謊單祇是爲了給予大家一點愉快：這並不壞，這並不算壞麼？您知道，我有時愛他。他是很卑鄙的，但是卑鄙得自然。對不對？您以爲對不對？有的人做卑鄙的事情，總是爲了一點什麼，爲了取得利益，但是他是自然的，他是出於天性而來的……例如說，他堅持地主張，（昨天爭論了一路，）郭果里在死魂靈裏曾經描寫他的本人。您記得不記得，那本書裏有一位田主，名叫瑪克西莫夫，被諾慈特萊夫毆打，後來這人被送到法庭去裁判：『爲了酒醉以後用鞭毆辱瑪克西莫夫田主，』——您記得不記得？他居然堅持主張，他就是那個人，挨打的就是他，這是可能的麼？契契可夫出游最晚是在一八二〇年代的初期，所以年代是完全不符合的。那時決不能打他。決不能的，決不能的！」

難于設想爲了什麼卡爾干諾夫這樣興奮，但是他的興奮是誠懇的。米卡熱誠地附和着他。

「但是既然人家挨了打……」他喊着，並且哈哈大笑起來。

「並不是挨打，是這樣的，」——瑪克西莫夫忽然插進話去。

「怎麽會事？究竟挨了打沒有？」

「幾點鐘了？」——銜煙斗的波蘭人帶着厭悶的神色對坐在椅上的高身的波蘭人說。那一個人聳了聳肩，作爲回答：兩人全沒有錶。

「爲什麽不談談話呢？讓別人也談談話好了。你覺得厭悶，那末人家也不應該說話了麽？」——格魯申卡又喊起來，顯然故意地吹毛求疵。似乎有什麽東西初次在米卡的裏腦筋閃過。這一次波蘭人顯然帶着惹惱的樣子回答：

「我不反對。我一句話也沒說呀。」

「好啦。你講下去罷，」——格魯申卡對瑪克西莫夫喊。——「爲什麽你們大家都不響了？」

「這裏也不必再講，因爲這全是一些愚蠢的事，」——瑪克西莫夫立刻說下去，帶着顯然的愉快的神情，而且有點裝腔作勢，——「郭果里所寫的祇是比喻，因爲他所寫下的姓名全是借喻的：諾慈特萊夫並非諾慈特萊夫，却是諾驪夫，庫夫申尼闊夫，甚至完全不像，因爲他是司克伏爾涅夫。費拿提確乎是費拿提，不過不是意大利人，却是俄羅斯人。費拿提小姐容貌美豔，腿上套着緊身褲，兩條腿十分美麗，裙子是短短的，帶着金屬紐扣。她是旋轉的，但並不旋轉四小時，却祇有四分鐘……使大家都着了迷……」

「但是你爲什麼挨打。人家揍你，爲了什麼事情呀？」——卡爾干諾夫喊。

「爲了比郎，」※——瑪克西莫夫回答。

「爲了什麼比郎？」——米卡喊。

「就是爲了法國的著名作家比郎。我當時在一個市集的酒店裏喝酒，聚了許多的人。他們也請我去。我最先唸起諷刺的短詩：『是你麼，蒲阿洛？※※眞是可笑的服裝。』蒲阿洛回答說，他預備起化裝跳舞會，那就是到澡塘裏去，哈，哈，哈！他們竟把這放在自己身上來了。我趕緊唸了另一首爲一般有學問的人們所深悉的惡毒的詩。

『你是薩扶，而我是法翁，
我不加爭論，
使我發愁的是
你不知入海之路。』

※Piron 爲十八世紀法國詩人，許多趣劇和警句詩的作者。

※※Boileau 是十七世紀法國詩人和批評家，著名的詩學的作者。

他們更加生氣，起始無禮貌地罵我。恰巧我觸霉頭，為了糾正起見，說了一段關於比郎的故事，說人家如何不允許他入法蘭西科學院，他為復仇起見，寫了兩句墓誌銘式的短詩。

Ci-git Piron gui ne gut rien
Pas meme academicien.

「他們拉起來就打了我一頓。」

「為什麼？為什麼？」

「為了我的學識。人想打人，還找不出什麼原因來麼？」——瑪克西莫夫簡短地，而且帶着教訓的意味似地說着。

「够了，這些話很沒有道理，我不願意聽了。我心想是快樂的事情，」——格魯申卡忽然弄斷了話頭。米卡驚跳了一下，立即停止發笑。高身的波蘭人從座位上立起來，帶着不處身自己的夥伴裏，因而感到厭悶的人的傲慢的態度，起始在屋內來回踱步，手又在背後。

「踱起步來了！」——格魯申卡輕蔑地看了他一眼。米卡不安起來，同時又看見沙發上的波蘭人帶着惹惱的神色看他。

「先生，」——米卡喊，——「我們喝一杯，先生。」同另一個波蘭人也說：「喝一杯，先生！」他一下子把三隻杯子湊在一起，斟上香檳酒。

「祝波蘭，我們祝波蘭，波蘭的邊區，乾一杯！」——米卡喊。

「這使我感到很愉快，我們乾一杯，」——沙發上的波蘭人鄭重而且懇懇地說，就取起他的杯來。

「另外一位波蘭先生，他的姓名是什麼？喂，顯赫的人，取起杯來，」——米卡張羅着。

「佛羅勃萊夫司基先生，」——沙發上的波蘭人插進去說。

佛羅勃萊夫司基搖曳着身體，走近棹傍，站着接受酒杯。

「祝波蘭，波蘭萬歲！」——米卡喊，舉起杯子。

三人全喝乾了。米卡抓起酒瓶，立刻又斟了三杯。

「現在祝俄羅斯。我們大家都要成爲兄弟！」

「給我們也斟上，」——格魯申卡說，——「我也要祝俄羅斯，乾一杯。」

「我也要，」——卡爾干諾夫說。

「我也可以……祝一祝俄羅斯，這老娘兒們，」——瑪克西莫夫嘻嘻地笑了。

「大家喝，大家喝！」——米卡喊，——「老闆，再來一瓶！」

米卡酒帶來的祇剩了三瓶，全拿來了。米卡分別地斟着。

「俄羅斯萬歲！」——他又宣告着。除了兩個波蘭人以外，全都喝了。格魯申卡一口氣喝乾了一大杯。波蘭人竟沒有動一動他們的杯子。

「你們怎麼啦，波蘭先生們？」——米卡，——「你們是什麽意思？」

佛羅勃萊夫司基取起杯子舉了一舉，用徹響的聲音說：

「祝一千七百七十二年以前疆域的俄羅斯！」

「這好極了！」——另一個波蘭人喊，兩人一下子乾了酒杯。

「你們波蘭人眞是傻瓜！」——米卡忽然脫口說了這句話。

「先生！」——兩個波蘭人威嚇地喊着，瞪住米卡像公雞一般。佛羅勃萊夫司基特別着惱。

「難道可以不愛自己的祖國麽？」

「不許響！不許吵嘴！不許吵鬧！」——格魯申卡用命令的口氣喊，小脚叩擊地板。她的臉熾燒，眼睛熠耀。剛喝下去的一杯酒。發生了效力。米卡十分懼怕。

「波蘭先生，對不住得很！這是我的錯處，我下次不敢了。佛羅勃萊夫司基先生，我不敢了，……」

「你也不許說話，坐下來，眞是愚傻得很，」格魯申卡帶着惡狠的怒意罵他。

大家坐下來，大家不響了，大家彼此看望。

「先生們，我是這一切的原因！」——米卡又開始說，一點也沒有明瞭格魯申卡的叫喊裏含有什麼用意，——「我們爲什麼坐着。我們應該做點什麼事情……可以快樂一下，再快樂起來！」

「眞是不很快樂呢，」——卡爾干諾夫懶懶地喃語。

「最好做莊賭牌，像剛纔的樣子……」——瑪克西莫夫忽然嘻嘻地笑了。

「做莊賭牌麼？妙極了！」——米卡接下去說——「祇要波蘭先生們……」

「晏了，」——沙發上的波蘭人應聲說，似乎不很樂意。

「這是實話，」——佛羅勃萊夫司基附和着。

「晏了？什麼叫做晏了？」——格魯申卡問。

「那就是晚了，晚了，時間晚了，」——沙發上的波蘭人解釋。

「他們老是晚的，他們老是不成的！」——格魯申卡恨得幾乎尖叫起來。——「他們自己坐在那裏發悶，也要讓別人發悶。米卡，你沒有來以前，他們就是這樣一言不發，儘朝我的臉上望着……」

「我的女神！」沙發上的波蘭人喊，——「我眞看您對我不大屬意，因此我就憂愁起來。我可以加入，先生，」——他向米卡說了最末的一句話。

「你先開始罷，波蘭先生，」——米卡接下去說，從口袋內掏出鈔票，檢出兩張一百盧布的鈔票，放在棹上。

「我願意輸許多的錢給你。你去取牌做莊罷！」

「牌應該向老闆去要，」——小波蘭人固執而且嚴正地說。

「那是最好的方法，」——佛羅勃萊夫司基湊上去說。

「向老闆去要麼？好的，我明白，就問老闆去要，這很好！拿牌來！」——米卡指揮着老闆。

老闆取來一付還沒拆開來的紙牌，還對米卡說，姑娘們來了，奏鐃鈸的猶太人也大概不久可到，但是載食品的大車還沒有來。米卡從棹傍跳起來，立到跑到隣室去安排。但是祇到了三個姑娘，瑪麗亞還沒有來。他自己也不知道怎樣安排，爲什麼他跑了出來：他祇吩咐他們從箱子裏取出糖菓和牛皮糖之類，分給姑娘吃。——「給安德烈一點燒酒喝，給安德烈酒喝！」——他匆忙地吩咐，「我得罪了安德烈！」跟在他後面跑來的瑪克西莫夫突然撞了他肩膀一下。

「借給我五個盧布，」——他對米卡微語——「我也想冒險賭一下子。」

「好極了，妙極了！拿十個盧布去罷！拿去罷！」——他又從口袋裏掏出全部的鈔票，找尋到了十個盧布。

「你輸掉了，再來取，再來取……」

「好罷，」——瑪克西莫夫快樂地微語，跑進大廳裏去了，米卡也立即回來，道歉着說他使大家等候。兩個波蘭人已經坐下，拆開紙牌。他們的態度客氣得多，幾乎是和藹的，沙發上的波蘭人重新點燃煙斗，準備理牌；他的臉上甚至表示出一點勝利的樣子。

「坐下來，先生們！」——佛羅勃萊夫司基宣告。

「不，我不能再賭了，」——卡爾干諾夫說，——「我剛纔已經輸掉了五十盧布給他們。」

「您剛纔運氣不好，現在會轉運的，」——沙發上的波蘭人朝他的方向說。

「多少錢的莊？無限的麼？」米卡興奮起來。

「無限的，也許一百，也許二百，看你押多少。」

「押一百萬！」——米卡哈哈笑了。

「上尉也許聽說波特貔騷慈基的事情麼？」

「那一個波特魏騷慈基？」

「在華沙有人擺着無限的莊。波特魏騷慈基跑來，看見好幾千金幣押了孤注。莊家說：「波特魏騷慈基先生，您放上金子呢？還是憑您的名譽？」——『憑名譽，』——波特魏騷慈基說。——「更好，先生。」莊家擲下骰子，波特魏騷慈基贏了。——「拿去罷，先生，」——莊家說，拉出抽屜，取出一百萬塊錢來，「拿去罷，先生，還是你的錢。」原來這是一百萬塊錢的莊。——「我不知道，」——波特魏騷慈基說。——「波特魏騷慈基先生，」——莊家說，——「你押的是名譽，我們也給你名譽。」波特魏騷慈基就取到了一百萬塊錢。」

「還不是實在的，」——卡爾千諸夫說。

「卡爾千諸夫先生，體面社會裏是不能說出這樣的話來的。」

「好像波蘭的賭徒會給出一百萬塊錢來的！」——米卡喊，但是立刻縮了轉來。——「對不住，先生，對不住，很對不住，會給一百萬塊錢的，會給的，憑了名譽，憑了波蘭的名譽！你瞧，我的波蘭話說得怎樣，哈，哈，我現在押十個盧布，來了，——是了。」

「我出一個盧布押Queen，紅心的，美麗的Queen，波蘭太太，嘻，嘻，嘻！」——瑪克西莫夫嘻嘻地笑着翻出Queen，似乎打算瞞住大家，身子緊靠在棹傍，匆遽地在棹子底下畫了十字。米卡贏了。一個盧布也贏了。

「押在角上！」

「我再來一個盧布，我押「單，」小小的，小小的「單，」……」——瑪克西莫夫快樂地喃語，因爲贏了一個盧布而十分快樂。

「輸了！」——米卡喊，——「押雙七！」

押雙七又輸了。

不要再押了罷，」——卡爾干諾夫忽然說。

「押雙，押雙，」——米卡增加了注數，無論他怎樣押在雙上，總是輸的。而押的盧布總是贏的。

「雙！」——米卡憤怒得大喊。

「二百盧布全輸光了，先生。還押二百麼？」沙發上的波蘭人詢問。

「怎麼。二百已經輸完了麼？再來二百！二百全押雙！」——米卡從口袋裏掏錢，想扔二百盧布在Suiin,的上面，卡爾干諾夫突然用手掩住那張牌：

「够了！」——他用響亮的聲音喊。

「您是什麼意思？」——米卡釘看着他。

「够了，我不高興這樣子，您不必再賭了。」

「爲什麼？」

「有原因。您扔棄了，就走開罷。這就是原因。我不能讓你再賭下去！」

米卡驚訝地看着他。

「扔下了罷，米卡他也許說的是實話；你已經輸了不少了，」——格魯申卡說，口音，帶着奇怪的音調。兩個波蘭人突然從座位上立起來，露出十分受辱的神色。

「你開玩笑麼，先生？」——小波蘭人說，嚴厲地縩看卡爾干諾夫。

「您怎麼敢這樣做？」——佛羅勒萊夫司基也朝卡爾干諾夫喊。

「不許喊，不許喊嘿！」格魯申卡喊，——「你們這些印度鷄！」

米卡挨着次序看他們；但是格魯申卡的臉上忽然有點什麼使他吃驚起來，同時在他的腦筋裏閃出一點完全新的東西，——生出一個奇怪的，新的念頭來！

「阿格利皮納小姐！」——小波蘭人起始說，惱怒得滿臉通紅。米卡忽然走近他的身邊，拍他的肩。

「顯赫的人，有兩句話說。」

「什麼事？」

「到那間屋子去，那間屋子去，給你說兩句好話，最好的話。你會滿意的。」

小波蘭人驚訝起來，畏懼地瞧了米卡一眼。但是立刻答應，必須附帶一個必要的條件，就是佛羅勃萊夫司基也要同去。

「保鏢麼？讓他也去，他也有用！他甚至是一定有用的！」——米卡喊。——「開步走，先生！」

「你們到那裏去？」——格魯申卡驚慌地問。

「我們一下子就回來，」——米卡回答。有一種勇氣，一種意料不到的膽量在他臉上熠耀着；一小時以前他走進這屋子來的時候不是這樣的臉色。他領兩個波蘭人到右面的屋裏去，不是聚着女郎的歌唱隊，並且正在那裏擺餐棹的那間大屋子，却是一間臥室，裏面放着箱籠包裹，和兩隻大牀，每張牀上有像小山似的花洋布枕頭。角落裏一張松板製成的小几上點着一根臘燭。波蘭人和米卡相對坐在棹傍，高身的佛羅勃萊夫司基在他們身側，手叉在背後。兩個波蘭人露出嚴厲的態度，却帶着顯然的，好奇的神情。

「有什麼事情吩咐？」——小波蘭人喃訴着。

「有一點事情，我不必多說什麼話：你把錢拿去罷，」——他掏出鈔票來，——「要不要三千塊錢？你拿了以後，立刻離開這裏。」

波蘭人銳利地瞪眼看着，眼神眞要插進米卡的臉部裏面去。

「三千麼，先生？」——他同佛羅勃萊夫司基對看了一下。

「三千，三千！你聽着，我看你是一個懂得理性的人。你收了三千，就給我滾開，——連佛羅勃萊夫司基也帶着走，——聽見沒有？現在就走，立刻就走，而且永遠離開，先生，永遠離開，就從這門裏出去。你在那邊有什麼東西：呢大衣，皮大衣？我給你拿出來。立刻給你套好了三駕馬車，——就再見，再見！好不好？」

米卡帶着信心等候回答。他沒有疑惑。有一點十分堅决的意思在波蘭人的臉上閃過。

「錢呢？」

「錢麼？那好辦：五百盧布先給你作爲車錢和定錢，二千五百盧布明天在城裏付清，——我可以用名譽作證，一定有的，可以從地底下取出來！」——米卡喊。

兩個波蘭人又對看了一眼。小波蘭人的臉變得不好了。

「七百，七百，不是五百，立刻交到手裏！」——米卡補上去說，感到了一點不妙的神情。——「你怎麼樣？不相信麼？不能把三千塊錢一下子全給你呀。我付了出去，你明天又回到她那裏去了……而且現在我這裏還不够三千，錢放在城裏，我的家裏，」——米卡喃語着，越說下去，越見膽怯，而且精神不振了，——「眞的放在那邊，藏在那邊……」

特別的，自身尊嚴的情感一下子在小波蘭人的臉上熠耀着：

「下面還有什麼話？」——他用諷刺的語調問。——「嗤，眞可恥！眞可羞！」——他唾了一口痰。佛羅勃萊夫司基也唾了一口。

「你所以唾痰，先生，」——米卡像絕望的人似的說着，已經明白一切都完結了，——「就因爲你想從格魯申卡那裏多弄幾個錢。你們兩人全是閹鷄，你們就是的！」

「我受侮辱到最後的程度！」——小波蘭人忽然臉紅得像一隻蝦，露出十分忿怒的樣子，好像不願意再聽下去似的，很快地就從屋內走出。佛羅勃萊夫司基搖搖擺擺地跟隨在他的後面，米卡也隨了出來，露着慚愧和沮喪的神色。他怕格魯申卡，他預感到波蘭人將立即喊出來。果眞是這樣的。波蘭人走進大廳，用唱戲的姿勢立在格魯申卡面前。

「阿格利皮納小姐，我受侮辱到最後的程度！」——他喊，但是格魯申卡似乎忽然喪失了一切的耐性，好像有人觸動她最疼的地方似的。

「俄國話，說俄國話，不許說一句波蘭話！」——她朝他喊，——「你以前說的是俄國話，難道五年來竟忘掉了麼！」——她惱怒得滿臉通紅。

「阿格利皮納小姐……」

「我是阿格拉非納，我是格魯申卡，你應該說俄國話，否則我不願意聽！」波蘭人因爲失了面子，氣得發喘，迅快地用破碎的俄語，倨傲地說道：

「阿格利皮納小姐，我跑來是爲了忘却過去的舊事，加以饒恕，忘却今天以所生的一切……」

「怎麼是饒恕？你跑來饒恕我麼？」——格魯申卡插上去說，從座位上跳了起來。

「是的，小姐。我不是懦怯，却是慷慨的人。但是我看見了你的情人，不免感到驚奇。米卡在那間屋子裏給我三千盧布，叫我離開。我朝他的臉上唾了一口。」

「怎麼樣？他給你錢買我麼？」——格魯申卡歇司底里地喊着。——「眞的麼，米卡？你怎麼敢這樣？我是出賣身體的女人麼？」

「先生，先生，」——米卡喊，——「她是純潔的。她發出光芒。我從來沒有做過她的情人！你這是胡說……」

「你怎麼敢在他面前替我辯護？」——格魯申卡喊。——「我純潔不是由于道德的立場，也不是怕龐齊瑪，却爲了在他面前做一個驕傲的人，有權利在遇到他的時候罵他一句混蛋。難道他沒有收你的錢麼？」

「收的，收的！」——米卡喊，——「不過想一下子取三千，而我祇給了七百的定金。」

「那是容易明白的，他聽說我有了錢，所以跑來結婚！」

「阿格利皮納小姐」——波蘭人喊，——「我是騎士，我是貴族，我不是光棍！我跑來娶你，但看到一個新的女人，不是以前的那樣，却成爲固執而無恥的了。』

『滾到你原來的地方去罷！我立刻叫人家把你趕走。一定會趕走你的！』——格魯申卡瘋狂地喊着。——『傻子，我眞是傻子，竟自己磨折了五年！並不是爲了他，才磨折自己，却是出於恨怨而磨折自己！而且這也不是他！難道他是這樣的麼？這是他的父親！你從那裏訂來的假髮？那一個是鷹鳥，這一個成爲一隻公鷄。那一個對我笑，對我唱歌……我却流了五年的眼淚，我眞是可詛咒的傻瓜，我是低卑的，無恥的女人！』

她倒在椅上，手掌掩臉。在這時候左首的隣室裏忽然傳來莫克洛葉的姑娘們聚了攏來合唱的歌聲，——一隻嬉戲的舞歌。

『又來亂鬧了！』——佛羅勃萊夫司基突然怒喊，——『老闆，把那些無恥的女人趕走！』

老闆聽到喊叫的聲音，感到客人們在那裏拌嘴，早就帶着好奇從門裏窺望，現在立刻走進屋裏來了。

『你嚷什麼？小心嚷破嗓子？』——他對佛羅勃萊夫司基說，甚至露出一點使人不明白的不客氣的樣子。

『畜類！』——佛羅勃萊夫司基又喊。

「畜類麼？但是你現在賭的是什麼牌？我遞給你一付牌，你把他藏起來了！你用作假的牌賭錢！你知道，爲了要假牌我可以把你送到西比利亞去，因爲這等於假鈔票一樣……」

他走到沙發那邊，手指伸進靠背和小枕中間的地方，從那裏掏出一付沒有拆開過的紙牌。

「這是我的一付牌，沒有拆開來的！」——他舉起來，轉着圈子給大家看。——「我從那邊看到他把我的那付牌塞進縫裏，換了自己的一付牌。你是騙子，不是上等人！」

「我兩次看見這位先生換牌的，」——卡爾干諾夫喊。

「眞可恥，眞可恥！」——格魯申卡喊，攏着手，果眞羞愧得臉紅了。——「天呀，怎麼成了這樣的人了！」

「我也想到的。」——米卡喊。但是他還沒有來得及說完，佛羅勃萊夫司基竟又羞又惱地朝格魯申卡擧拳威嚇，喊道：

「你這娼妓！」——但是他沒有來得及喊出來，米卡當時奔到他面前，兩手捧住他，擧到空中，一下子就把他從大廳裏送進右面的屋子，就是剛纔他領他們兩人進去的那間屋子。

「我把他放在地板上了！」——他立刻回來後，這樣宣布，由於心神的慌亂而發喘着。——「這混蛋，居然敢打架。但是他不會回來的了！……」他關了一扇門，把另一扇敞開，對波蘭人喊道：

「顯赫的人，請您也到那裏去罷！請罷！」

「老爺，特米脫里·費道洛維奇，」——脫里芬·鮑里賽奇說，——「你把你輸給他們的錢取回轉來呀！這就等於從你身上偷去一樣的。」

「我不願意收回我的五十盧布，」——卡爾干諸夫忽然說。

「我的三百也是這樣，我不要了！」——米卡喊，——「我無論如何不要收回，留着給他，作爲安慰罷。」

「妙極了，米卡，米卡眞是好漢！」——格魯申卡喊。她的喊聲裏露出十分忿恨的音調。小波蘭人憤怒得臉色通紅，却一點也沒有喪失威嚴的態度，向門內走去，又止步，對格魯申卡說道：

「小姐，假使願意跟我走，就一塊兒去。假使不願意，那末再見罷！」

由于憤怒和感情的興奮發着氣喘，神色莊嚴地走進門裏去。這人具有獨特的性格；他在發生了一切事情以後還沒有失却格魯申卡會跟他走的希望，——他對於自身珍重到如此地步。米卡等他進去以後，把門關上了。

「用鑰匙鎖上，」——卡爾干諸夫說。但是鑰匙從裏面格篤地一響，他們自己鎖上了。

「妙極了！」——格魯申卡又忿怒而且不留情分地喊起來了。——「妙極了！這就是他們應走的路！」

第八章　譫語

幾乎起始了豪飮，盡人都可參加的宴會。格魯申卡首先喊嚷着要酒喝：「我要喝酒，喝得完全醉，像上次一樣，你記得，米卡，你記得，上次我們在這裏如何相識的！」米卡自己也好像發着譫語，預先感到了「自己的幸福。」然而格魯申卡不時驅走他；「你去快樂一下，對他們說，讓他們跳舞，大家快樂一下，讓房屋和火爐都旋轉起來，像上次一樣，像上次一樣！」——她繼續呼叫，她十分興奮。米卡就跑去下命令。合唱隊在隣室裏聚集着。剛纔坐着的那間屋子很狹窄，用花洋布的簾子隔成兩橛，簾後也是放着一張大牀，牀上鋪鴨毛的褥子，花洋布，像小山似的枕頭。在這所房子裏四間「乾淨」的屋內到處都有牀鋪的。格魯申卡坐在門傍，米卡給她取來了一隻躺椅：她和「上次」一樣地坐着，就是第一次的鬧酒的那天，在那裏觀看歌唱隊和跳舞。召來的姑娘們和上次是一樣的。奏絃琴和豎琴的猶太人們也來了，後來望眼欲穿的，載着酒和食品的馬車來了。米卡忙亂起來。閒人們也進屋來張望，一些農人和村婦已經睡下，卻被吵醒，感到將和一個月以前一樣可以嚐一嚐得未曾有的食品。米卡和相識的人們道安，擁抱，記清一個個人的臉，打開酒瓶，給大家斟飲。惟有姑娘們想喝香檳酒，農人們喜歡喝羅姆酒和白蘭地，尤其是燒燙的「蓬士」酒。米卡吩咐給全體姑娘們熬巧古力茶，整夜不斷地燒着三隻火壺，給每個參加的人喝茶和蓬士酒：誰想喝，儘管喝罷。總而言之，起始了一點離奇的，無秩序的情形，但是米卡好像發現了原始的性格，越顯得離奇，他的精神越見活潑。祇要有一個農人在這時候向他借錢，他立刻會掏出一大把來，不加計數地任便分散。所以那個老闆脫里芬·鮑里賽奇差不多一直在米卡的身傍旋轉，不肯離開一步，大概就是爲了保護他的意思。今天夜裏老闆好像完全不打算睡覺，不大喝酒，（祇喝了一杯蓬士酒，）自己決定精細地注意米卡的利益。在必要的時候他和藹而且諂媚地阻止他，勸他，不讓他像『上次』那樣，把『雪茄煙和萊因的葡萄酒』分給農人們，尤其不許分散銀錢，看見姑娘們喝蜜酒，吃糖菓，很生氣。『她們全是生虱子的下賤胚，特米脫里·費道洛維奇，』——他說，——『我可以每人踢她們一脚，她們還要認爲榮耀，——她們就是這樣的！』米卡又憶到安德烈，打發人送一杯蓬士酒去：『我剛纔侮辱他了，』——他用軟弱，和藹的聲音說。卡爾干諾夫不想喝，起初很不喜歡姑娘們的合唱隊，但是喝下了兩杯白蘭地以後，竟十分快樂起來，在屋內踱走，不住地笑，誇奬一切事和一切人，誇奬歌唱和音樂。快樂而且薄醉的瑪克西莫夫不離開他。格魯申卡也起始有點薄醉，指着卡爾干諾夫，對米卡說道：『他眞是可愛的，眞是有趣的小孩！』米卡便高高興興地跑去跟卡爾干諾夫和瑪克西莫夫接吻。他預感到了許多事情。她還沒有對他說那句話，甚至顯然故意留住不說，祇是用親藹而熱烈的眼睛偶然對他看望。後來她忽然緊緊地抓他的手，用力拉他到身邊來。她自己在那時候坐在門傍軟椅上面。

「你剛纔走進來是什麼樣子的？你怎麼進來的！……我眞害怕。你是想把我讓給他麼？是不是？眞的想麼？」

「我不想損壞你的幸福！」——米卡在快樂中對她喃語。但是她也並不需要他的回答：

「唔，你去罷……你去快樂一下，」——她又驅趕他了，——「你不要哭，我再來叫你。」

他跑走了，她又起始聽歌唱，看跳舞，眼神儘朝他在的地方看去。過了一刻鐘又叫他，他又來了。

「現在你坐在傍邊，說一說，你昨天怎麼樣聽到我到這裏來的？是從誰那裏首先聽到的？」

米卡起始敍講，不連貫，也沒有次序，十分熱烈，但是敍講得十分奇特，時常忽然皺緊眉毛，把話語打斷了。

「你爲什麼皺眉頭？」——她問。

『沒有什麼……把一個病人留在那裏。假使他能痊愈，假使知道他在痊愈，我願意縮短我的十年的壽命！』

『既然是病人，願上帝和他同在。難道你果眞明天想自殺，你這傻瓜，但是爲了什麼呢？像你這種不管三七二十一的人，我眞是愛，』——她轉着有點累重的舌根喃語，——『那末你爲了我，什麼事情都做得到麼？是麼？你這傻瓜，莫非眞想明天自殺麼？不，你等着，明天我也許要對你說一句話……今天不說，明天再說。你想今天就說麼。不，我今天不願意……唔，去罷，現在去罷，快樂一下罷。』

然而有一次她招呼他過來，似乎帶着疑惑和關心的樣子。

『你爲什麼憂愁。我看見你有憂愁……不，我看得出來的，』——她說，銳利地窺望他的眼睛。——『雖然你同農人們又接吻，又喊嚷，但是我看得出來一點的。你快樂一下罷。我很快樂，你也應該快樂一下。……我在這裏愛一個人，你猜是誰？……你瞧：我的小孩睡着了，我的心上人兒喝醉了。』

她講的是卡爾干諾夫。他確乎喝了一杯酒，坐在沙發上，一下子睡熟了。他的睡熟並不是爲了酒醉，他忽然不知爲甚麼緣因感到悲哀，或是照他所說的『厭悶。』使他的頭腦十分昏沉的是姑娘們的歌唱隨着喝酒的程度，開始轉爲太粗劣，而且無約束的調子。她的舞蹈也是這樣：兩個女孩裝扮了狗熊，司鐵帕尼達，一個活潑的女孩，持棍在手，扮做看守的人，起始『給大家看。』『熱鬧些，瑪麗亞，』——她喊，——『否則我要用棍子了！』後來狗熊倒在地板上，做出完全不雅觀的樣式，緊聚攏來的一羣農人和村婦轟然大笑起來。『隨她們去罷，隨她們去罷，』——格魯申卡簡潔的說，臉上露出欣悅的神情，——『他們好容易遇到了一天可以快樂快樂，——爲什麼不讓他們快樂呢？』卡爾干諾夫却望着，好像沾了齷齪東西似的。——『這全是猪玀相，這全是鄉下樣子，』——他一邊走開，一邊說，——『這是他們的春天的游戲，在他們把太陽保留到整個夏夜的時候。』但是使他特別不喜歡的是一首新『歌』，加上熱鬧的，舞蹈的調子。那隻歌唱着一位紳士如何跑去試驗姑娘們的愛情：

主人跑去試探姑娘們，

姑娘們愛他不愛？

但是姑娘們覺得主人是不能愛的：

主人必將痛打，

我不能愛他。

一個吉卜賽人也去了，也是一樣：

吉卜賽人跑去試探，
姑娘們愛他不愛？

吉卜賽人也是不能愛的，

吉卜賽人愛偷東西，
使我發愁。

來了許多人試驗姑娘們，甚至兵士也在內：

兵士跑來試驗，

姑娘們愛不愛他？

但是兵士也遭了賤蔑的拒絕：

兵士將負着背囊，
我跟在他後面……

底下是一句極難聽的，不雅觀的詩，絕對公開地唱出，引起了聽衆的喝采。結果是到了商人的頭上：

商人試驗姑娘們，
姑娘們愛他不愛？

原來是很愛的，因爲

商人可以營商賺錢，
我將做他的皇后。

卡爾干諾夫甚至生氣了：

「這是完全過去的歌曲，」——他高聲說，——「也不知是誰編的！可惜鐵路人員或猶太人沒有跑來試驗；這一班人會把人家全戰勝的。」他一生了氣，立卽宣布他感到厭悶，坐在沙發上，忽然打盹了。他的美麗的小臉龐有點發白，側倒在沙發的枕頭上面。

「你瞧，他多少美麗，」——格魯申卡說，領米卡到他的前面，——我剛纔給他梳頭髮，他的頭髮像蔴一般，很濃厚……」

她和藹地俯身到他身上，吻他的額角。卡爾干諾夫一下子張開了眼睛，瞧了她一下，立起來，用極關切的神色問道：

「瑪克西莫夫在那裏？」

「他需要的原來是這個人，」——格魯申卡笑了。——「你同我坐一會。米卡，你跑去找他的瑪克西莫夫。」

瑪克西莫夫竟離不開姑娘們的身邊，偶然纔跑去斟一鍾蜜酒，巧古立茶倒喝了兩杯，他臉發紅，鼻子發紫，眼睛成爲潮潤，甜蜜的。他跑了來，說他一會兒將「在一個歌調的奏演之下，」跳「薩波奇葉」舞。

「我小的時候人家教我些有教育的，貴族式的舞蹈……」

「去罷，同他去罷，米卡，我從這裏看他跳舞。」

「我也去，我也去看，」——卡爾干諾夫喊，用極天眞爛漫的樣式拒絕格魯申卡請他同坐一會的提議。大家去看。瑪克西莫夫確乎跳了一個舞，但是除去米卡以外，沒有使任何人引起特別的欣悅。全部的跳舞就在於一面跳躍，一面兩腿往傍面扭轉，脚底朝上。瑪克西莫夫每跳一次，便用手掌叩擊脚底一次。卡爾干諾夫完全不喜歡，但是米卡甚至和跳舞的人接吻。

「謝謝。你累了麼？你瞧這裏做什麼？想吃糖麼？也許要抽雪茄？」

「紙煙。」

「不想喝一點酒麼？」

「我想喝一點甜酒……巧古力糖沒有麼？」

「桌上放着一大堆呢。你隨便挑選！我的親愛的靈魂！」

「我要一塊香草的……老人吃的……哈，哈，哈！」

「老兄，這類特別的沒有。」

「您聽着！」——小老頭兒忽然俯身就米卡的耳朵，——「那個小姑娘，瑪麗亞，嘻，嘻，嘻！我很想，可以不可以同她認識一下，勞您的駕……」

「你居然想這事！不，老兄，你在那裏亂說呢。」

「我對誰也不使壞，」——瑪克西莫夫憂鬱地微語。

「好的，好的。老兄，那裏祇是唱唱歌，跳跳舞。但是管它去！你等一等……先吃一點，喝一點，快樂一下。你不用錢麼？」

「以後也許用的，」——瑪克西莫夫微笑了。

「好的，好的……」

米卡的頭裏燒炙着。他走出外屋，到樓上的，木質的闌廊上去，——這闌廊從院子裏面包圍住建築物的一部。新鮮空氣使他清醒些。他獨自站在黑暗的角落裏，雙手忽然捧住自己的頭。散漫的念頭忽然聯結了，各種感覺融合在一起。這一切使他得了光明。可怕的，難堪的光明！「如想自殺，不在現在，更待何時？」——他的腦筋裏飛過這個念頭。「去取手槍，拿到這裏，就在這角落裏，齷齪的，黑暗的角落裏了結一下。」他差不多有一分鐘遲疑不決。剛纔飛奔到這裏來的時候，他的身後有恥辱，他已經實行了偷竊，還有那血，血……然而當時是輕鬆些，輕鬆得多！因爲當時一切都已完結：他喪失了她，讓給別人了，她對於他已經死了，消失了，——當時這判决對於他輕鬆些，至少看來是避免不了的，必要的，因爲他還爲了什麼仍舊留在這世界上？但是現在呢？現在和那時候相同麼？現在至少一個幽靈，一個恐怖是完結了：她的「以前」的人，她的無可爭辯的，運定的人消失了，沒有留下痕跡。可怕的幽靈忽然變成一種小小的，滑稽的東西；竟把他兩手捉進臥室，關鎖起來。它永不再回來了。她感到羞慚，現在他已從她的眼睛裏明顯地看出，她愛的是誰。現在祇要生活下去，然而……然而不能生活下去，不能。這眞是可詛咒的事！『上帝，願你弄活在圍牆傍被打倒的人！把這可怕的酒杯從我嘴邊取開！主，你是對於像我這般的罪人行過奇蹟的呀！假如，假如老人活着呢？那時我將把其餘的恥辱根除一下，交還偷竊來的錢，交還出去，從地底裏取到……恥辱的痕跡不會遺留，除去永遠在我的心頭上以外！但是不能，不能，這是不可能的，懦怯的幻想！唉，眞可詛咒呀！』

但是終歸有一條明朗的，希望的光綫在黑暗裏向他照耀。他離開那個地方，到摩了裏去，——到她那裏去，再到她那裏去，到他的永恆的女王面前去！『難道她的一小時，一分鐘的愛情不值得其餘的，全部的生命，即使是處於恥辱的磨折之中？』這個野蠻的問題抓住他的心。『到她那裏去，到她一個人那裏去，看到她，聽她的說話，一點也不想，忘却一切，那怕祇有這一夜，一小時，一剎那！」他在進前屋的門前，還在圍廊上面，就和老闆脫里芬·鮑里賽奇撞着了。米卡覺得他帶着陰鬱和關切的樣子，好像是走出來尋找他似的。

「鮑里賽奇，你是不是尋我？」

「不是的，不是您，」——老闆好像忽然愕住了，——「我爲什麼尋您？您……到那裏去了？」

「你怎麼這樣沉悶？你不是生氣着麼？你等一等，你快要去睡覺了……現在幾點鐘？」

「已經有三點鐘了。甚至三點都過了。」

「我們就完，我們就完。」

「不要緊的。隨便什麼時候都可以。」

「他怎麼樣啦？」——米卡想了一下，便跑進姑娘們跳舞的屋子裏去。但是她不在裏面。湖色的屋內也沒有；祇有卡爾干諾夫一人在沙發上打盹。米卡朝簾後張望，——她在裏面。她坐在角落裏箱子上面，手和頭斜靠傍邊放着的牀上，哀哀地哭泣，用全力支持着，壓抑嗓音，不使他人聽見。她看見米卡，招手喚他走近過來，等他跑過來的時候，緊緊地抓住他的手。

「米卡，米卡，我是愛過他的呀！」——她起始向他微語。——「愛着他，整整的五年，所有這些時候！愛的是他？或者祇是我的忿恨？是的，是他！是他！我說我祇愛我的忿恨，並不愛他，那是說謊！米卡，我當時祇有十七歲，他當時同我是如何的和藹，如何的快樂，唱歌給我聽……或者那是我這傻小女孩子當時那樣看到也難說……但是現在呢？天呀，現在他不是他，完全不是他。臉也不是他，完全不是他。我沒有從臉上看出他來。我坐帕莫費意的馬車到這裏來，心裏儘想，一路上直想：『怎麼遇到他？說什麼話？我們怎樣互相對看？……』整個心靈死沉了，而他竟好像把一弔桶的髒水澆在我的身上似的。他像老師一般說話：說的全是有學問的，重要的話，而且鄭重其事的接待我，真叫我弄得莫明其妙了。我說話都無從插進去。我起初想他是對於這個長身的波蘭人感到難爲情。我坐在那裏，看着他們，心裏想：爲什麼我現在竟一句話也不會同他說了呢？這是他的妻子把他弄壞了的，就是他當時拋棄了我，娶她的那個女人……她把他改造了。米卡，眞是羞慚極了！唉，我眞覺得羞慚，米卡，眞是羞慚！唉，我要羞慚一輩子！這五年是多末可詛咒，可詛咒呀！』——於是她又流下眼淚，但是沒有放開米卡的手，緊緊地抓住她。

『米卡，親愛的，你等一等，不要走，我想對你說一句話，』——她微語着，忽然舉臉朝着他，——『你聽着，你對我說，我愛誰？我愛着一個人。這人是誰？你對我說呀。』——在她的哭腫了的臉上閃耀着微笑，眼睛在半黑的曚矓裏閃耀。——『剛纔一隻鷹走了進來，我的心沉落了一下：「你這傻瓜，你愛的就是這個人呀，」——心立刻對我微語。你走了進來，一切都得了光明。他怕什麼？我心想。但是你怕，十分怕，說話也不會了。我心想，他怕的不是他們，——難道你還能懼怕什麼人麼？我心想，他怕的是我，惟有我。費娜一定已經對你這小傻瓜說過，我如何隔窗對阿萊莎呼喊，說我愛了米卡一小時，現在動身去愛——另一個人。米卡，米卡，我這傻子怎麼能想到，在你以後還能愛另一個人！你恕我麼，米卡？恕我不恕我？你愛麼？」

她跳起身來，兩手抓住他的肩膀。由于喜悅成了啞巴的米卡望着她的眼睛，臉龐，她的微笑，忽然，緊緊地抱住她，吻她。

「你饒恕我磨折你麼？我是由于忿恨把你們大家磨折着。我爲了忿恨故意使那個小老頭子急瘋……你記得不記得，你有一次在我家裏喝酒，打碎了酒杯？我記住了這件事情，今天也打碎了酒杯，「爲了我的低卑的心」喝酒。米卡，你這鷹兒，你怎麼不吻我？吻了一次，掙脫了，望着我，聽我的說話……聽他說話做什麼？你吻我，緊緊地吻罷，就是這樣了。愛，那就是愛！現在我將做你的奴隸，一輩子的奴隸！做奴隸是如何的甜蜜！……吻我！打我，磨折我，在我身上隨便怎麼做罷……唉，眞是應該磨折我的……你等着！你等一等，以後再說，我不要這樣……」——她突然推開他，——「你走開罷，米卡。我現在要去喝酒，要喝得醉醉的，醉了便去跳舞。我要去，我要去！」

她從簾後掙脫了出去。米卡像醉人似的跟着她出來。「隨便罷，現在隨便發生任何事情，——爲了一分鐘，我可以交出整個世界，」——他的腦筋裏閃出了這念頭。格魯申卡果眞一口氣又喝乾了一杯香檳酒，突然很醉起來。她坐在原來的那隻軟椅上面，帶着幸福的微笑。她的臉頰熠熾，嘴唇發燒，閃耀的眼睛潮潤，情慾的眼神引誘着。連卡爾干諾夫也覺得似乎有什麼東西咬他的心，他走到她前面來了。

「剛纔你睡覺的時候，我吻過你，你聽見沒有？」——她對他喃語，——「我現在喝醉了，你瞧……你沒有醉麼？米卡爲什麼不喝？爲什麼你不喝，米卡？我喝完了，你不喝……」

「我醉了，就這樣已經醉了……由于你而醉，現在想用酒來醉一下。」

他又喝了一杯，——他自己覺得奇怪，——他就是喝了最後的一杯而醉了，突然醉了，在這以前他是淸醒的，他自己記得。從那時候起，一切在他的周圍旋轉，像在夢境裏一般。他走動，微笑，同大家說話，而這一切好像做得忘了自己似的。祇有一個呆板的，濃蜜的情感在他的心裏每分鐘內顯露出，『好像心靈裏有一團熾熱的煤火，』——他以後回憶着。他走到她的前面，坐在她的身傍，看她，聽她的說話……她起始說好話，招喚大家到她身邊來，忽然叫歌唱隊裏一個姑娘過來，她走近來，她吻她，放她走，有時還用手在她面前畫十字。再有一分鐘，她會哭出來的。逼她快樂的是那個『小老頭子，』她這樣稱呼瑪克西莫夫。他每分鐘跑來吻她的手，『和全部的手指，』後來一面自己唱出一首舊歌，一面又跳了一次舞。在唱出下面的一段歌調的時候，他特別熱鬧地跳起舞來：

『小猪兒說——呼嚕，呼嚕，呼嚕。

小牛兒說——嚒，嚒，嚒，嚒，

小鴨兒說——呱，呱，呱，呱，

小鵝兒說——呷，呷，呷，呷，

小鷄兒在外屋裏行走，

脫魯，魯，魯，魯，——牠說着，

脫魯，魯，魯，魯，——牠說着！

『給他點什麼，米卡，』——格魯申卡說，『送點什麼給他，他是窮的。唉，那些可憐的，受侮辱的人們呀！……你知道，米卡，我要進修道院裏去。不，我眞的在什麼時候想進去的。今天阿萊涉對我說了使我記住一輩的話語。……但是……今天讓我們跳舞一下。明天進修道院，今天先跳舞一下。好人們，我想淘氣一下。那有什麼關係，上帝會饒恕的。若是我做了上帝，我會饒恕一切的人們：「我的親愛的罪人們從今天起我饒恕大家。」我也要去請求饒恕：「好人們，饒恕我這愚蠢的女人了罷。」我是野獸，我是的。但是我願意祈禱。我遞了一根葱。像我這樣狠惡女人也是想祈禱的！米卡，讓他們去跳舞，你不必阻擋。世界上所有的人全是好的，一律是好的。在世上真好。我們人雖然壞，然而世界是好的。我們又是壞的，又是好的，又是壞的，又是好的。……你們說一說，我問你們，大家全走過來，我問一下：你們對我說；為什麼我這樣好？我是好人，我是很好的人……那末為什麼我這樣好呢？」——格魯申卡這樣喃語着，越來越醉了。以後直率地宣布她想自已跳舞。從椅上立起來，搖幌了一下。——「米卡，你不要再給我酒喝，我要喝，——你也不要給。酒不能取得安靜。一切全旋轉起來，那火爐，一切全轉了。我想跳舞。讓大家看我怎樣跳……我跳得真好，真美……」

她的意圖是正經的：她從口袋裏掏出一條白葛布的小手絹，右手握住它的尖端，預備跳舞時揮搖之用。米卡張羅着，姑娘靜了下來，預備在一招手的時候就轟然合唱舞歌。瑪克西莫夫知道格魯申卡自己想跳，喜悅得尖叫，走到她面前跳躍着，嘴裏唱着：

腿兒細，腰兒俊，

小尾巴綳得緊緊的。

但是格魯申卡舉起手絹，朝他揮搖，驅走：

「噓，噓！米卡，他們爲什麼不來？讓大家全來……看一看。把那兩個被關鎖的人也叫來……爲什麼你關鎖他們？你對他們說，我要跳舞，讓他們也看一看我怎樣跳舞……」

米卡帶着酒醉的姿勢走到關鎖着的門前，舉拳叩門。

「喂，你們呀……博特魏騷慈基先生們！你們出來呀，她要跳舞，叫你們出來。」

「混蛋！」——波蘭人中有一個回答。

「你是個小混蛋！你是低賤的小人，你就是的。」

「您不必再取笑波蘭了罷，」——卡爾干諾夫嚴肅地說，也是醉得無法收拾了。

「住嘴，小孩！假使我罵他混蛋，並不是對整個波蘭罵混蛋。波蘭不單是混蛋組成的。你不要說了罷，美麗的小孩，吃一塊糖罷。」

「這是什麼人呀！好像他們不是人，爲什麼他們不想和解呢？」——格魯申卡說，就走過去跳舞。

歌唱隊高唱着：「唉，外屋呀，我的外屋呀。」格魯申卡仰起頭來，嘴唇半閉，微笑了一下，揮搖手絹，身體劇烈地搖幌，突然站定在屋子中央，帶着驚疑的樣子。

「身體軟了……」——她用一種受了磨苦的聲音說，——「對不住，身子軟得很，不能跳了……對不住……」

她向歌唱隊鞠躬，又挨着次序朝四面鞠躬：

「對不住：請原諒呀……」

「喝了點酒，這位太太喝了點酒。美麗的太太，」——語聲傳了過來。

「她喝醉了，」——瑪克西莫夫對姑娘們嘻嘻哈哈地解釋。

「米卡，領我走……取我去罷，米卡，」——格魯申卡乏力地說。

米卡奔到她面前，抓住她的手，同這個珍貴的獵獲物一塊兒到簾後去了。「我現在可以走了，」——卡爾干諾夫想，就從湖色的屋內走出，把兩扇門全關上。但是大廳裏的鬧酒還在繼續，而且鬧得更加喧嘩。米卡把格魯申卡放在牀上，他的嘴唇和她的嘴唇緊緊地合在一起。

「不要動我……」她用哀求的嗓音對他喃語，——「不要動我，現在我還不是你的……我說過是你的，但是你不要動我……饒了我罷……在他們面前，在他們附近是辦不到的。他在這裏。在這裏太齷齪了……」

「我服從！……我沒有思想……我崇拜你！……」米卡喃喃地說。——「是的，這裏很齷齪，這裏是可恥的。」——他抱住她不放，跪倒在牀傍地板上。

「我知道，你雖然是野獸，但是你是正直的，」——格魯申卡沉重地說，——「應該做得誠實……以後應該做得誠實……我們必須做誠實的人，必須做好人……你帶我走開，遠遠地帶走，你聽見沒有……我不願意在這裏，我要走得遠遠的，遠遠的……」

「是的，是的，一定，」——米卡抱緊着她，——「我帶你走，我們飛得遠遠的……我願意把整個生命換取一個月，祇要能知道關於這個血的事情！」

「什麼血？」——格魯申卡疑惑地問。

「沒有什麼！」——米卡從牙縫裏透出這句話來。——「格魯申卡，你要一切都誠實，但是我是賊。我偷了卡嘉的錢。……可恥，可恥。」

「卡嘉的錢麼？那位小姐的錢麼？不，你沒有偷。你還給她，問我要……你喊什麼？現在我的一切全是你的。我們要錢做什麼用？我們終歸要把它浪用盡的……我們這樣的人是應浪在用的。我同你兩人可以去耕田。我將用兩隻手掘土。我們要勞動，你聽見沒有？這是阿莎浪吩咐的。我不是做你的情婦，我將對你忠實，做你的奴隸，替你做工。我們走到小姐前莎，兩人鞠下躬去，請她饒恕，以後就離開這裏。她不饒恕，我們也要離開。你把錢給她了前去，你應該愛我……不要愛她。再也不要愛她。你愛了她，我要把她掐死……我用針把她的兩隻眼睛戳瞎……」

「我愛你，愛你一個人，在西比利亞也要愛你……」

「爲什麼到西比利亞去？也好，你要到西比利亞去，隨你便，一樣的……我們要工作。……西比利亞有雪……我愛在雪上走路……還要有小鈴……你聽着，鈴響了……在那裏鈴響？有人坐馬車來了……現在不響了。」

她乏力得閉上眼睛，忽然好像睡熟了一分鐘。小鈴果眞在遠處發響，忽然停止響了。米卡的頭枕在她的胸前。他沒有注意小鈴何以停響，也沒有注意歌聲忽然停止了，代替了歌聲和酒醉的喧嘩的位置的是整個屋內似乎突然降臨了死一般的靜寂。格魯申卡張開眼睛來了。

「怎麼，我睡着了麼？是的……那小鈴……我睡着了，做了一個夢：好像我在雪中坐着馬車……小鈴響着，我打着盹。好像同親愛的人兒，同你一塊兒坐車。走得遠遠的，遠遠的。我抱着你，吻你，偎緊在你的身傍。我好像覺得冷，雪燦爛地照耀……你知道，假使雪在夜裏發光，月亮窺望着，我好像不在地上似的……我醒了，親愛的人就在身傍，眞好呀……」

「在身傍呢，」——米卡喃語着，吻她的衣裳，胸，手。突然他感到一點奇特的情形：他覺得她的眼睛直望着前面，不望他，不望他的臉，卻向他的頭上望去，而且是凝聚的，呆板得特別。她的臉上忽然形容出驚異，幾乎是懼怕。

「米卡，誰在外面張望我們？」——她忽然微語，米卡回身看見果眞有人拉開簾子，似乎窺視他們。好像不是一個人。他跳起身來，趕緊走到張望的人面前去。

「到這裏來，請到我們這裏來，」——有一個人發出不大的聲音，却是堅定而且固執地對他說。

米卡從簾後走出來，動也不動地站着。整個屋子充滿了人，但不是剛纔的，却是新的人。刹那間的惡冷從他的背上流過，他抖索了一下。這幾個人他一下子全認識了。那個高身的，強健的老人，穿着大衣和帶徽章的制帽的是警長米哈意爾．馬卡雷奇。那個「癆病腔的，」服裝整潔的人，「永遠穿着擦得乾淨的皮靴，」——那是副檢察官。「他有一隻值四百盧布的時辰錶，他給我看過的。」這個年輕的，小個的，戴着眼鏡的……米卡忘了他的姓名，但是他也知道他，見過他：他是預審推事，「司法界裏的，」新近到差的。那個警察分署長，馬佛里基．馬佛里基奇，他認識他，相熟的朋友。但是那幾個掛銅牌的人是做什麼的？還有兩個人……卡爾干諾夫和脫里芬．鮑里賽奇在門前……

「諸位……你們有什麼事情，諸位？」——米卡開始說，忽然好像不由自己似的，好像不知道他做什麼似的，大聲喊起來，拉長着嗓音喊起來：

「我明白了！」

戴眼鏡的青年人忽然挺身向前，走到米卡面前，雖極威嚴地，却似乎有點匆忙似的起始說：

「我們對您……一句話，我請您到這裏來，就是這裏，沙發上面……發生了必要的事情，要同您解釋一下。」

「老人！」——米卡瘋狂地喊，——「老人和他的血！……我明白了！」

像被砍倒似的坐了下來，好像掉落下來似的坐到附近的椅子上面。

「你明白麼？你明白了！殺父的怪物！你的老父親的血對你告發了！」——老警長走近米卡的身傍，突然怒喊。他忿怒異常，臉漲得通紅，全身抖索。

「這是不可能的！」——短小的青年人喊。——「米哈意爾・馬卡雷奇，米哈意爾・馬卡雷奇！這不對，這不對，……請您讓我一個人說話……我怎麼也料不到您會做出這種行爲來的……」

「但這眞是夢囈，先生們這眞是夢囈！」——警長喊。——「你們看一看他：黑夜裏，喝醉了酒，同荒蕩的女人在一起，染上了父親的血……這是夢囈！這是夢囈！」

「我用全力請求您，親愛的米哈意爾・馬卡雷奇，這一次抑止您的情感，」——副檢察官用快話對老人微聲說，——「否則我不能不採取……」

但是這個小預審推事沒有讓他說完話，他朝着米卡，用堅決，洪響而且鄭重的聲音說：

「退職中尉卡拉馬助夫先生，我應該對您宣布，您被控謀殺您的父親費道爾‧伯夫洛維奇‧卡拉馬助夫，事情就發生在今天夜裏……」

他還說什麼話，檢察官也似乎插進幾句話，但是米卡雖然聽見，已經不明白了。他舉起奇異的眼神環看他們大家。

第九册　預審

第一章 潘爾霍金職業的開始

彼得・伊里奇・潘爾霍金，上面敍到他用全力叩擊莫洛作瓦房子緊閉着的大門爲止，結果自然是叩擊到了。在一小時以前曾經吃過驚嚇，由於心神的騷亂和「念慮，」還沒有上牀睡覺的費娜，聽見這種拚命叩門的神氣，重新嚇得幾乎到了發作歇司底里的地步：她心想又是特米脫里・費道洛維奇前來打門，（雖然她自己看見他如何走的，）因爲除了他以外，誰也不會這樣「大膽」地叩門的。她跑去找看門人。看門人已醒，應聲到大門前。她求他不要放進來。但是看門人盤問叩門的人一番，問明白了是誰，知道他有極重要的事情要見費娜，終於決定給他開門。彼得・伊里奇走進還是那個廚房裏去，見到了費娜以後（爲了「驚疑」的原因，她請彼得・伊里奇也許看門人一同進來，）便起始盤問她，一下子就問到最主要的事情上去：那就是特米脫里・費道洛維奇跑去尋格魯申卡的時候，從銅臼裏抓了小杵，回來時却不見了小杵，滿手染了血：「血還滴下來，就從手上滴下來，滴下來！」——費娜喊，顯然在她的失調的想像裏面自己造成了這個可怕的事實。但是血污的手是彼得・伊里奇自己見到的，雖然沒有從手上滴下血來，而且是他自己幫他洗去的。問題不在於手上的血乾得快不快，而在於特米脫里・費道洛維奇抓了小杵往那裏去，是不是到費道爾・伯夫洛維奇那裏去，而且如何可以使他取得肯定的結論？彼得・伊里奇固執地堅持在這一點上面，雖然結果是沒有打聽出任何確實的消息，但是到底得了一個確信，那就是特米脫里・費道洛維奇除了到他父親的家以外，不會跑到別的地方去，所以一定是發生了一點事情。『他回來以後，』——費娜驚慌地補說，——『我對他直說一切的實情，我問他：特米脫里・費道洛維奇，為什麼您的兩手染血，他好像就對我回答；這是人血，他剛剛殺了人，——他就直說，就對我懺悔了一切，忽然像瘋人一般走出去了。我坐在那裏，起始想：他現在像瘋人似的跑到那裏去呀？我心想：他一定到莫克洛葉去殺女主人。我就跑到他家去哀求他不要殺女主人，走到波羅脫尼闊夫的小舖那裏，看見他已經就要動身，手上沒有血了。（費娜見到，而且記住這點事實。）『費娜的老祖母儘可能地證實了弱女的一切供詞。彼得・伊里奇又盤問了另一些事，就走了出來，心裏比走進來時還更加慌擾而且不安。

最簡捷的似乎就是現在就到費道爾・伯夫洛維奇家去打聽出了什麼事情沒有，如果出了事情，那末到底是什麼情形，於是在無可辯駁地確定了以後，方去找警長。彼得・伊里奇決定還樣切實做去。然而夜是黑沉沉的，費道爾・伯夫洛維奇家的大門是緊閉着的，又必須去叩門，而且他和費道爾・伯夫洛維奇不大相識，——假使他叩了門，有人給他開門，忽然一點也沒有什麼事情發生，那末好嘲笑人的費道爾・伯夫洛維奇明天一定將向全城敘講一段故事，說半夜裏有一個不相識的官員潘爾霍金闖進他家裏來打聽是不是他被人家謀殺。那眞是亂了！彼得・伊里奇在世界上最怕的是亂子。但是把他吸引住的情感，十分深刻，他惡狠狠地用脚跺地，又駡了自己一聲，立刻奔到新路上去，却不是到費道爾・伯夫洛維奇家去，而是到霍赫拉闊瓦太太家去。他想，他要問她：是不是剛纔在某點鐘的時候，給過特米脫里・費道洛維奇三千盧布？如果取得了否定的回答，他便立刻去見警長，不先到費道爾・伯夫洛維奇家去；否則就把一切事情擱到明天再辦，逕直回家去。在這裏自然也可以一直想到，一個青年人在深夜裏，差不多十一點鐘時候，決定到一個完全不相識的體面社會上的女太太的家裏，也許要把她從牀上喚起來，就爲了對她提出一個情形奇特的問題，也許內中包含着發生亂子的機會比到費道爾・伯夫洛維奇家去還多些。但是最精細的，神經遲鈍的人們所決定的舉動裏有時往往會發生這種情形，特別在和現在相仿的情形之下。彼得・伊里奇在這時候完全不是神經遲鈍的人了！他以後一輩子憶起，有一種不能壓抑住不的安漸漸的擁佔着他，終於達到使他磨折的地步，而且把他越吸引越深，甚至是違反他的意志力了。他一路上到底爲了自己到這位女太太家去而自行責駡，但是『我要做到底，做到底，』──他咬緊牙根，反覆說了十幾遍，竟履行了自己的主意──做到底了。

他到霍赫拉闊瓦太太家時，時鐘正打十一點。他很快地被放進院裏去。他問：太太已經睡下沒有？看門人不能確切地回答，祇說在這種時候照例是已經睡下了的。——『您可以到樓上去問；如果肯接見您，就會接見的，如果不肯，便是不會接見的。』彼得·伊里奇走上樓去，但是到了這裏比較困難了。僕人不願意進去通報，後來喚了一個女僕出來。彼得·伊里奇用客氣而帶堅決的口氣請她報告太太，說有本地的一個官員潘爾霍金有特別要事求見，如果不是要緊的事情，是不致來的，——『您就用這幾句話向她通報，』他求着女僕。她去了。他留在前室裏等候。霍赫拉闊瓦太太雖還未睡下，卻已在臥室裏。她自從米卡剛纔拜訪的時候起，精神感上到不快，已經預感到在夜裏她免不了將發作普通遇到這種情形時常發作的偏頭痛。她聽了女僕的話，很爲納罕，吩咐女僕去說她不能出見，雖然一個她不相識的『本地官員』在這種時候突然造訪，頗能引動她的女太太們常有的好奇。但是這一次彼得·伊里奇竟固執得像一隻呆驢；他聽見了拒見的話，十分堅持地請女僕再去通報一聲，而且轉達他，『自己所說的話語，』那就是說他有『異常重要的事情，假使她現在不接見他，以後自己會覺得可惜的。』『我當時好像從山上滾下來一般，』他以後自己敘講着。女僕訝異地向他打量了一眼，又去通報第二次。霍赫拉闊瓦太太很驚愕，想了一下，問他這人是什麼樣子的，知道『他穿得很體面，年輕，而且非常客氣。』我們借此說一句，彼得·伊里奇是十分美麗的青年人，自己也知道的。霍赫拉闊瓦太太決定出去見他。她已經穿上家常的梳粧便服和睡鞋，但是在肩上披了一條黑色圍巾。當時請『官員』到客廳裏去，就是剛纔接見米卡的那間屋子。女主人帶着嚴肅的，疑問的態度出來見客，不請他坐下，一直起始就問：『有什麼貴幹？』

『我決定來打攪您，太太，為了我們兩人都相識的特米脫里、費道洛維奇．卡拉馬助夫的事情，』——潘爾霍金起始說，但是這名字剛提出來，女主人的臉上忽然露出了強烈的，惹惱的樣子。她幾乎尖聲叫出，憤恨地打斷他的話。

『我為了這可怕的人受磨折還不够麼？還不够麼？』——她瘋狂地喊，——『您怎麼敢，先生，您怎麼竟決定在這樣的時候，到一個不相識的女太太的家裏打攪……而且跑來講這個人，他就在這個客廳裏，祇在三小時以前，說要殺死我，跺着脚，走了出去，從來沒有人這樣離開一個體面的家庭的。您知道，先生，我要去告您，我不能饒過您，請您立刻離開這裏……我做了母親，我立刻就……我……我……』

『殺死麼？他連您也想殺死麼？』

『難道他已經殺死了什麼人麼？』——霍赫拉闊瓦太太連忙問。

『請您聽半分鐘，太太，我用兩句話就可以對您解釋一切，』——潘爾霍金堅決地回答，——『今天下午五點鐘，卡拉馬助夫先生向我情商，借去了十個盧布，我完全知道他沒有錢，今天九點鐘時候他到舍間來，手裏公然握着一把一百盧布票額的鈔票，大概有兩千盧布，或者甚至有三千盧布。他的手和臉全染了血，自己像是發瘋的樣子。我問他，這許多錢從那裏來的？他確切地回答是剛剛從您那裏取來的，您借給他三千塊錢，好像讓他到金鑛上去……』

霍赫拉闊瓦太太的臉上忽然表現出異乎尋常的，病態的驚惶。

『天呀！他這是殺死了自己的父親！』——她喊，擺着手，——『我沒有給他一點錢，一點也沒有給！唉、快跑，快跑！……不必再說什麼話！快去救老頭子，快去看他的父親，快跑！』

『太太，這末說來，您沒有給他錢麼？您的確記得您沒有給他任何錢麼？』

『沒有給，沒有給！我拒絕了他，因爲他不懂得珍重。他發狂似的走出去，跺着脚。他向我攻擊，我後退了……我還要對您說，因爲我現在是不願意對您這樣的人有所隱瞞了。他甚至朝我，朝我唾痰，您能想到麼？但是他們作什麼站在這裏？請坐呀……對不住，我……最好您快去，快去，您應該跑去把可憐的老人從可怕的死亡裏救出來！』

『假使他已經殺死了他呢？』

「唉，我的天，眞是的！現在我們怎麼辦？您想，現在應該怎樣辦？」

她當時讓彼得·伊里奇坐下，自己坐在他的對面。彼得·伊里奇簡單而明白地對她敍講這件事情的經過，至少是那段今天他親眼看見的歷史，又講他剛剛找過費娜，還通知了關於小杵的新聞。這一切細節使這位興奮的夫人異常震撼，不時地叫喊，手掩住眼睛……

「您知道，這一切我全預感到的！我有這類的才能，無論我意想到什麼，總會實現的，我有多少次，多少次看着這個可怕的人，永遠心想：這人結果會殺死我的。居然就這樣實現了……他現在假使殺死的不是我，却是他的父親，那末一定是因爲有明顯的，上帝的手指保護着我，而且他自己覺得殺死我未免慚愧，因爲我親自在這裏給他朝頸上帶了從大苦難者瓦爾瓦拉的骸骨上面取下來的神像。……那時候我眞是離死極近，我全身立在他面前，緊緊地立着，他還對我伸長着頸子！您知道，彼得·伊里奇。……（對不住，您的名字，您好像說過的，是彼得·伊里奇，）您知道，我並不相信奇蹟，但是這個神像，現在我所發生的明顯的奇蹟，——眞使我十分震撼，我又起始信仰任何的一切。您聽見曹西瑪長老的事麼？……但是我不知道在那裏說什麼……您瞧，他居然帶着頸上的神像對我唾痰……自然祇是唾痰，沒有殺人……竟跑到那邊去了！但是我們往那裏去，現在我們往那裏去，您以爲怎樣？」

彼得・伊里奇立起來，宣布說他現在一直去找警長，對他全說出來，以後怎麼樣，他自己知道的。

「對，他是好人，很好的人，我認識米哈意爾・馬卡雷奇的。一定去找他，一定去找他，您眞是會想主意，彼得・伊里奇，您眞是想得好；您知道，我處在您的位置上決不會想到這層！」

「我自己也是警長的好朋友，」——彼得・伊里奇說，還站在那裏，顯然願意想法趕緊離開這個感情衝動的女太太，她怎麼也不讓他和她告別而行。

「您知道，您知道，」——她喃聲說，——「您就來告訴我，您在那裏見到的，打聽到的一切……發現出來的一切……怎樣處置他，判往那裏去……請問我們這裏不是沒有死刑麼？請您一定來，那怕半夜三點鐘也可以，那怕四點鐘也可以，甚至四點半也可以……您叫人把我喚醒，假使我起不來，推我起來。……唉，天呀，我連睡也睡不着了。您知道，要不要，我也同您一塊兒去？……」

「不必，但是如果您現在親手寫下兩三行字，作爲準備之用，聲明您沒有借給特米脫里・費道洛維奇任何錢款，那末也許不會多餘的……作爲準備的用處……」

「一定！」——霍赫拉闊瓦太太歡欣地跳到書桌傍邊。——「您知道，您在這類事情上那樣會出主意，那樣熟練，眞是使我震撼……您在本地服務麼？聽到您在這裏服務，那眞是有趣……」

她一面還在說話，一面迅速地在半頁的信牋上畫了下面的三行粗大的字：

「我一生從未將今天的三千盧布借與不幸的特米脫里・費道洛維奇・卡拉馬助夫，（因爲他現在總是不幸的人，）而且永不，永不有任何其他款項借與他！我可以用這世間最神聖的一切的名立誓。

霍赫拉闊瓦簽字。」

「這是我寫的字條！」——她迅速轉身朝着彼得・伊里奇。——「快去，救他罷。在您的方面，這是偉大的功績。」

她朝他畫了三次的十字。她甚至跑出去送他到前屋。

「我眞感謝您！您不會相信，現在我是如何的感謝您，因爲您首先到我這裏來。怎麼我們以前沒有遇到？以後請您常到我這裏來，那是我感到極榮幸的事。您就在本地政界做事，那是很有意思的……您的辦事那樣的精細，那樣的會出主意……他們應該珍重您，應該了解您，一切我能替您做的事情，您要相信我總能……我眞是愛青年人！我對於青年人生戀。青年人是現在我們的受苦難的俄羅斯的基礎，它的一切的希望……您去罷，您去罷……」

但是彼得・伊里奇已經跑了出去，否則她不會這樣快快地放他的。霍赫拉闊瓦太太使他引起極愉快的印象，甚至使他的因爲牽進這件壞事而生出的恐慌心情鬆軟了些。趣味是十分不同的，這是大家都知道的。「她並不怎樣老，」──他愉快地想，──「相反地，我竟會把她認做她的女兒。」

至於霍赫拉闊瓦太太本人簡直被這青年人迷住了。「多少的能幹，多少的精細，在我們的時代有這樣的青年人，還加上那種舉止和外表。有人說現在的青年人什麼事情也不會做，這就是給您的一個榜樣。」因此她對於這個「可怕的事件」甚至忘却了，祇在躺到牀上，忽然重新憶起「她如何離死近」的時候，纔說道：「這眞是可怕，這眞是可怕！」但是立刻就沉入極結實和甜蜜的夜裏。我本來不致於提及這些瑣碎的，不相干的細節，假使現在我描寫下來的一個青年官員和年尙未老的寡婦兩人間這種瑰奇的相遇，以後不成爲這個精細謹愼的青年人一生職業的基礎，──對於這件事在我們的小城裏至今還訝異地回憶着，在我們結束這部關於卡拉馬助夫兄弟們的長長的故事的時候，也許我們要特別說兩句話。

第二章　報警

我們的警長米哈意爾・馬卡雷奇・馬卡洛夫，退職的中校，改七品文官銜，是一個死了妻子的好人。他到我們這裏纔來了三年，却已經博得了普遍的同情，主要的是由於他「會聯絡人。」賓客在他家裏是不斷的，好像沒有他們，他自己便不能生活下去，一定要有人每天在他家裏吃飯，哪怕兩個人，哪怕祇有一個客人也行，沒有客人是不上棹子吃飯的。他時常設置盛宴，藉了一切的，甚至有時意料不到的名目。上的菜雖不精緻，却很豐盛。魚餡餅做得極好，酒雖不能以質爲眩耀，但能以量取勝。進門的屋內放着一隻彈球棹子，和很體面的陳設，牆上甚至掛着英國賽馬的圖畫，用黑框裝着，大家知道這成爲獨身人家裏每個彈子房內必要的修飾。每天晚上有牌局，雖然祇有一棹。本城最上等的社會，時常帶着太太們和姑娘們，聚在這裏跳舞。米哈意爾・馬卡雷奇的妻子雖已死去，但過的是家庭的生活，身邊有一個早已守寡的女兒，她自己的方面也已是兩個姑娘的母親，——她們就是米哈意爾・馬卡雷奇的外孫女。姑娘們已成人，修完了學業，外貌並不難看，性格快樂，雖然大家知道她們出嫁時沒有什麼粧奩，倒底還能吸引我們的上等社會的青年人到家裏來。米哈意爾・卡馬雷奇在工作方面並不具有充分的能力，但是履行他的職務不比別的許多人壞些。直率地說來，他的爲人很不見得有學問，他對於行政權力範圍的瞭解上甚至是麻麻虎虎的。有些現代政治上的改革他並不是不能充分理解，卻持着有時很顯著的一點錯誤去加以瞭解，並不因爲他的特別的無能力，祇是由於性格的疏忽，因爲他沒有功夫加以深刻的研究。『諸位，我的心靈是偏於武的方面，而不偏於文的方面，』——他自己形容着自己。甚至關於農人改革的確實的理論，他似乎還沒有獲得根本的，確定的見解，而是一年一年地加以認識，從實際方面，並且不由己地增添對於這方面的智識，同時他自己還是一個田主。彼得·伊里奇確切知道，他今天晚上一定可以在米哈意爾·馬卡雷奇的家裏遇見幾個客人，祇是不知道是什麼人。恰巧這時候檢察官和鄉區醫生瓦爾文司基，剛從彼得堡來到的青年，彼得堡醫學院優秀的畢業生，坐在醫長家中玩「惠司特」牌。(Whist)檢察官，（其實是副檢察官，但是我們大家全稱他爲檢察官，）是我們這裏特別的人，歲數不老，祇有三十五歲，卻頗有癆病的傾向，並且娶了極肥胖的，未能生養子女的女太太爲妻。他具有自愛的，惹惱的性格，卻帶着極牢靠的智識，甚至善良的心靈。他的性格的一切害處似乎在於他自視比他的眞正的德性所允許的略爲高些。所以他時常顯得是不安靜的人。此外他還有些高尙的，甚至藝術性的傾向，例如是對於心理的傾向，對於人類心靈的特別的熟語，對於認識罪人和犯罪的特別才能的傾向。在這意義上他認自己在職務方面受了冤屈，還被人家搶先，永遠相信上峯不加以重視，他有許多仇敵。在陰鬱的時間甚至以改業刑名律師爲威嚇，突如其來的卡拉馬助夫殺父案似乎把他整個身子搖撼了一下：「這件案子可以名聞全俄羅斯。」但是我說這話是超越到前面去了。

我們的年輕的預審推事尼古拉・帕爾費諾維奇・涅留道夫同小姐們坐在隣室內。他從彼得堡到此地來祗有兩個月。以後我們這裏有人說，甚至引爲驚訝的是這些人彷彿故意在這「罪犯」的晚上聚在行政官吏的家中。但是事情發生得比較簡單，而且是極自然的：伊鮑里脫・基里洛維奇的夫人牙痛了兩天，他必須往什麼地方去，離開她的呻吟；醫生呢，實際上晚上總要到有牌賭的什麼地方去的。尼古拉・帕爾費諾維奇・涅留道夫遠在三天以前就打算今天晚上到米哈意爾・馬卡雷奇家去，做出偶然前去的樣子，以便忽然狡猾地使他米哈意爾・馬卡雷奇的大小姐渥麗卡・米哈意洛夫納大吃一驚，那就是他知道她的祕密，他知道今天是她的生日，而她想故意瞞住大家，以免邀請全城的人前來跳舞。還要說出許多笑話，和關於她的年齡的暗示的話，意思是說她怕發覺她的年齡，而現在他既擁有了她的祕密，明天就要對大家宣布。可愛的青年人在這方面是很會淘氣的，我們的女太太們稱他爲淘氣孩子，他似乎很喜歡。他受了很好的教育，有很好的情感，出身於很好的家族，屬於很好的社會。他雖然好惡作劇，卻是很天真，而且永遠有禮貌的人。他外表上是小小的身材，柔弱的體幹。柔細，白皙的手指上永遠閃耀着幾隻極粗大的戒指。在履行職務時，神氣顯得特別的重要，好像把自己的地位和自己的責任瞭解到了神聖的地步。在鄉間普通人裏的兇首和其他惡徒的時候，他特別會使他們弄得迷惑。假使這不能引起他們對他的尊敬，那末確乎可以使他們發生多少的驚異。

彼得・伊里奇走到警長家中的時候，簡直弄得十分驚愕：他忽然看見大家已經都知道了。大家確乎已將紙牌扔棄，站在那裏議論起來，尼古拉・帕爾費諾維奇甚至從小姐們那裏跑來，露出戰鬭性的，準備襲擊的態度。彼得・伊里奇聽到了一個驚愕的消息，那就是老人費道爾・伯夫洛維奇確已在今天晚上，自己家裏被殺，既被殺，又被搶。這件事由於下面的情節，剛剛纔曉得的。

在園牆旁邊被摔倒的格里郭里的夫人，瑪爾法・伊格納奇也夫納，雖然在牀上睡得死沉沉的，還可睡到早晨爲止，竟忽然醒過來了。躺在鄰室，失了知覺的司米爾加可夫的可怕的，瘋癇性的呼號幫助她醒來，——這呼號從他發作暈厥病的時候就開始，永遠一輩子使瑪爾法・伊格納奇也夫納非常害怕，使她發生病態的影響。她永遠不能習慣着。她從睡夢中跳起，幾乎沒有知覺地奔到司米爾加可夫的小屋裏去。但是裏面很黑暗，祇聽見病人起始厲害地發鼾，和跳抖。瑪爾法・伊格納奇也夫納自己喊叫出來，起始叫丈夫，忽然想到她起身的時候格里郭里並沒有在牀上。她跑到牀傍，重新摸索了一會，牀果真是空的。這末說來，他出去了。但是到那裏去了呢？她跑到台階上，從台階上畏葸地叫他。自然沒有得到回答，却在黑夜的靜寂之中聽見不知從什麼地方來的，好像遠遠裏從花園裏來的呻吟聲。她傾聽了一下；呻吟聲又重複了，顯然確是從花園裏發出來的。「天呀，眞好像當時與麗薩魏達的情形一樣！」——她的錯亂的腦筋裏閃過這個念頭。她畏葸地走下階梯，看見園門開着。「他一定在那裏，」——她想，忽然明晰地聽到格里郭里叫喚她，用軟弱的，哭泣的，可怕的聲音喊道：「瑪爾法！瑪爾法！瑪爾法！」「上帝，願你保護他，脫離災難，」——瑪爾法·伊格納奇也夫納微語，朝發出呼喊的地方跑去，因此就發現了格里郭里。但是不在圍牆旁邊發現，不在他被摔倒的地方，却在離開圍牆二十步以外。原來他醒轉後爬走着，大概爬得很久，幾次喪失了知覺，重新陷入無知覺的狀態裏面。她立刻注意到他滿身是血，就大聲喊起來。格里郭里說着輕聲的，無聯貫的喃語：「殺死了……把父親殺死了……你喊什麼，傻瓜……快跑，叫人去……」但是瑪爾法·伊格納奇也夫納按捺不住自己，一直的喊着，忽然看見主人屋內窗子開着，窗裏有亮光，跑到窗前，起始叫費道爾·伯夫洛維奇。但是朝窗裏一看，看見了可怕的境象，主人仰躺在地板上，動也不動。淺色的晨服和白色的襯衫在胸前濺了許多血。棹上的臘燭把血和費道爾·伯夫洛維奇的呆板的，死僵的臉照得十分鮮明。瑪爾法·伊格納奇也夫納在極度的恐怖的心情之下，離開窗子，跑出花園，開了大門的門，低着頭，跑到後面鄉鄰瑪麗亞・孔特拉奇也夫納家去。隣家母女兩人當時業已安寢，但是經不起瑪爾法・伊格納奇也夫納拚命叩擊窗板，和大聲的呼喊，便醒了，跳到窗前來。瑪爾法・伊格納奇也夫納一面尖叫喊嚷，一面不聯貫地將主要的情節轉告出來，並且請求幫忙。恰巧那晚上那個流蕩的福瑪宿在他們家裏。立刻把他喚醒，三個人跑到犯罪的地方去。走路的中間，瑪麗亞・孔特拉奇也夫納記起剛纔在九點鐘光景曾聽見從花園裏有一陣可怕的，尖銳的喊聲朝四處響着。自然這就是格里郭里的喊聲，那時他兩手正抓住坐在圍牆上的特米脫里・費道洛維奇的脚，喊道：『殺父的人！』有一個人獨自喊了一聲，以後忽然停止了，——瑪麗亞・孔特拉奇也夫納一面跑，一面說。跑到格里郭里躺着的地方，兩個女人藉着福瑪的幫助，把他抬進邊屋裏去。點了燈，看見司米爾加可夫還在小屋裏禁厭不住，不斷地抖戰，眼睛發斜，嘴唇上流沫。用水和醋洗格里郭里的頭。經水洗後他完全恢復了知覺，立刻問道：『老爺被殺死了沒有？』兩個女人和福瑪當時到主人屋裏去，走進園中，這一次見到不但窗子，連從房子裏通花園的門也敞開着，同時一星期以來每夜從晚上起就由主人自己緊緊地關住門，甚至無論有什麼事情也不許格里郭里打門。兩個女人和福瑪看見了敞開的門，立刻怕走進裏面去。『為了以後不致於生出什麼麻煩來，』格里郭里在他們走回來後，吩咐他們立刻去見警長。

於是瑪麗亞，孔特拉奇也夫納跑來，使警長家裏的一切的人全驚慌起來。她比彼得·伊里奇祇先到五分鐘，所以彼得·伊里奇來到的時候並不是單單帶來了一些猜想和結論，却成為目擊的證人，根據他的敍述更加可以證實大家對於誰是罪犯的一致猜度。（他自己在心靈的深處，最後的一分鐘以前還是拒却相信這事的。）

大家決定採取積極的行動。立刻下令本城副警務督察官召集四名見證，按照一切應辦的手續，（恕我在這裏不予詳敍，）走進費道爾·伯夫洛維奇的屋裏，就地辦理檢察事宜。鄉區醫生是一個性子火辣，新到此地的人，幾乎自告奮勇，伴警長，檢察官和預審推事前去。我祇是簡單地說兩句：費道爾·伯夫洛維奇確乎被殺死，腦袋被砸破了。但是用的是什麼兇器？大概就是以後用來打倒格里郭里的那個兇器。後來格里郭里在取到了可能的醫藥的幫助以後，用軟弱而且間歇的聲音說出他如何被摔倒的一段十分聯貫的故事。大衆聽見以後，便去尋找兇器，持着燈籠到圍牆旁邊尋覓，找見了一隻銅杵一直扔在最看得見的花園的小徑上面。在費道爾·伯夫洛維奇躺着的屋內看不見任何特別凌亂的情形，但是在牀旁屏風後面地板上檢到了一隻厚紙製成的，辦公事用的大信封，信封上寫着一行字：『如願親來，當以此三千盧布的薄禮獻與我的安琪兒格魯申卡。』下面又添了幾個字，大概是以後費道爾·伯夫洛維奇自己寫下的：『和我的小鷄。』信封上有三個紅色的大火漆印，但是信封已經撕破，

而且是空的：錢已經被取走了。地板上還找到一根縛信封的玫瑰色的細帶。彼得．伊里奇所供的話語裏有一樁事實給檢察官和預審推事引起極深的印象，那就是猜到特米脫里．費道洛維奇到天亮時一定要自殺，那是他自己決定的，自己對彼得．伊里奇說的，還當時在手槍上裝了子彈，寫了字條，放在口袋裏。在彼得．伊里奇還不願相信他的話，威嚇着說他要去對什麼人告訴，以阻止自殺的時候，米卡露出牙齒，自己回答道：「你來不及了。」如此說來，應該趕緊到莫克洛葉去，罪犯還沒有想到眞的要自殺以前，先捉住他。「這是明顯的，這是明顯的！」——檢察官反復地說，露出過度的興奮，——「這個壞蛋總是這樣做法的：『決定明天自殺，臨死以前先鬧酒快樂一下。』關於他如何在小舖裏取了酒和各種貨物的歷史，祗是使檢察官更加興奮些。「諸位，你們記得那個殺死商人渥爾蘇費也夫的小夥子，他搶了一千五百盧布的貨物。立刻去燙頭髮，後來甚至沒有把錢好生藏起，也是差不多握在手裏，就去找姑娘們了。」但是偵查進行得遲緩，再加上費道爾．伯夫洛維奇家裏的搜查，和其他形式上的手續等等。這一切要時間，因此就派警察分署長馬佛里基．馬里基奇．施米爾曹夫早兩小時先到莫克洛葉去。他恰巧頭天早晨進城來領薪水。當時給他的訓令是到了莫克洛葉以後，不要聲張，嚴密注意「罪人」的行動，一直到主管的人員來到的時候爲止，此外還要預備好見證和巡警等人。馬佛里基．馬佛里基奇當時照辦，一切在祕密中進行，祗向他的老友脫里芬·鮑里賽奇一人告訴了一部分的祕密。這時間恰巧就和米卡在黑暗的廊下遇到了尋找他的老闆，並且看見他臉上和話語裏忽然有點變動的時候相吻合。所以米卡和其他任何人都不知道有人偵察他們；至於他的手槍匣子早被老闆偷走，藏在適宜的地方。祇在四五點鐘黎明時候，主管人員，如警長，檢察官和預審推事等，纔坐了兩輛三套的馬車來到。醫官留在賽道爾·伯夫洛維奇家裏，預備早晨時解剖死者的屍首，但主要的是注意着害病的僕人司米爾加可夫的情況，「這樣兇險的，這樣長時期的昏厥病的發作，在兩晝夜以內不斷地反復着的，是不大遇見的，而有待於科學方面的研究，」——他興奮地對動身出城的夥伴們說，他們笑着向他道賀獲得了這樣的好東西。檢察官和預審推事很淸楚的記到醫生還用極堅決的口氣補說，司米爾加可夫不能活到早晨的。

現在，在長久的，却似乎必要的解釋之後，我們又回到上册終止時所敘述的地方來了。

第三章　靈魂的苦痛——第一次的磨難

米卡坐在那裏，舉起奇異的眼神環視在場的人們，不明白他們對他說什麼話。他突然立起來，手向上舉起，大聲喊道：

「我沒有犯罪！對於這個血我沒有犯罪！對於我的父親的血，沒有犯罪……想殺他，但是沒有犯罪！不是我！」

他剛喊出這幾句話，格魯申卡從簾後跳出，一直跪在警長的脚下。

「這是我，這是我的錯處！」——她用刺穿心胸的聲音喊叫，滿面是淚，手向大家伸展。——「他是爲了我殺的！……我磨折他，弄他到這種地步的。我還磨折那個可憐的死去的老人，全是由于我的忿恨而弄到這地步的！我有錯，我是第一個罪人，我是主犯，我有錯！」

「是的，你有錯！你是主犯！你這潑婦！你這荒唐女人！你是主要的有罪的人，」——警長喊，舉手威嚇她。但是大家當時迅快地，而且堅決地把他禁壓了下去。檢察官甚至雙手抓着他。

「這完全是胡鬧，米哈意爾．馬卡雷奇，」——他喊，——「您根本妨礙偵査的進行……把事情弄糟……」——他幾乎喘不過氣來。

「想辦法，想辦法，想辦法！」——尼古拉．帕爾費諾維奇性急得十分可怕，——「否則是根本弄不下去的！……」

「一塊兒裁判我們兩人罷！」——格魯申卡瘋狂似的繼續喊着，還跪在那裏。——「一塊兒懲罰我們，現在我那怕受死刑也要同他在一塊兒！」

「格魯申卡，我的生命，我的血，我的聖物！」——米卡奔到她旁邊跪下，緊緊地把她擁在懷裏。——「你們不要相信她，」——他喊，——「她一點也沒有錯處，對於任何人的血，任何一切事都沒有錯！」

他以後記到有幾個人用强力把他從她身邊拉開，又突然把她帶走，他在坐到棹旁的時候纔恢復了知覺。帶着金屬徽章的人們站在他的旁邊和後面。預審推事尼古拉．帕爾費諾維奇隔着棹子，坐在他的對面沙發上，勸他從放在棹上的茶杯裏喝一點水：「這可以使您感到新鮮和安靜。您不要怕，不要着急，」——他異常客氣地補說着。米卡記得，他忽然對於他的大戒指，（一隻是紫玉瑛的，另一隻是鮮黃的，透明的，光采極好的，）十分好奇的注意着。他以後還驚訝的記起，這兩隻戒指甚至在可怕的審問的全部時間內，還止不住吸引他的眼光，也不知爲什麽原因老不能將眼神避開，而加以遺忘，看作對於他的地位完全不適合的東西。在米卡左傍，晚上剛開始時瑪克西莫夫坐着的地方，現在坐着檢察官，米卡的右手，格魯申卡原來坐的地方，有一個面頰紅潤的青年人坐着，他好像穿着一件很舊的獵人的上褂；前面放着黑墨水壺和紙張。原來他是預審推事帶來的書記，警長現在站在窗傍，屋子的另端，卡爾干諾夫的傍邊。卡爾干諾夫坐在窗傍的椅上。

「喝點水罷！」——預審推事第十遍柔聲說。

「喝了，諸位，喝了……但是……諸位，請你們懲罰我罷，解決我的命運罷！」——米卡喊，呆板得可怕的，瞪出着的眼光朝預審推事看着。

「那末您肯定地說，您對於您的父親費道爾·伯夫洛維奇的死，沒有罪麽？」——預審推事用柔和，而堅决的聲音問。

「沒有罪！對於別人的血有罪，另一個老人的血，不是我父親的。我現在爲他痛哭！我殺死了，殺死了一個老人，殺死了，摔在地上……但是爲了那個血而對另一個血，我並沒有犯罪的可怕的血負責是極難受的事。……先生，那是可怕的罪狀，好像朝額上打了一記悶棍！但是誰殺死父親的，誰殺死的？不是我，誰能殺死呢？那是怪事，離奇，而且不可能！……」

『是的，誰能殺死……』——預審推事開始說，但是檢察官伊鮑里脫・基里洛維奇（他是副檢察官，但是我們爲了簡便起見稱他爲檢察官，）在和預審推事使了一下眉眼以後，對米卡說道：

『您不必爲那個老僕人，格里郭里・瓦西里也夫擔心。您要知道，他還活在世上，醒了轉來。根據他的供詞，和您現在自己所供的話，他雖然受了您的痛打，大概一定要活着的，至少醫生的判斷是如此的。』

『活着麼？那末他還活着麼？』——米卡忽然喊，雙手直擺。他的臉上發了光采。——『上帝，感謝你憑了我的祈禱，爲我這罪徒這和惡人做了極大的奇蹟！……是的，是的，這是憑了我的祈禱，我禱告了一夜！……』他畫了三次十字。他幾乎喘不過氣來。

『我們就從格里郭里本人那裏取得了對於您有很大關係的供詞……』——檢察官繼續說下去，但是米卡忽然從椅上跳起來。

『一分鐘，諸位先生，看了上帝的分上，祇有一分鐘；我到她那裏去一趟……』

『對不住！這時候無論如何不成！』——尼古拉・帕爾費諾維奇甚至幾乎尖叫，也跳起身來。胸前懸徽章的人們抓住米卡，但是他自己也坐到椅子上去了。……

『諸位，眞可惜！我祇想到她那裏去一小會兒……想告訴她，整夜吮吸我的心的那個血洗淨了，消滅了，我現在已經不是殺人的兇手！諸位，她是我的未婚妻！」——他忽然歡欣地，崇拜地說，朝大家看了一眼，——「多謝你們，諸位！你們使我再生，使我一下子復活！……這老人在手裏抱大我，在水槽裏給我洗澡，在我三歲被大家遺棄的時候。他是我的嫡親的父親！……」

「如此說來，您……」——預審推事起始說。

「等一會，諸位，再等一分鐘，」——米卡打插他，兩肘放在棹上，手掌掩臉，——「讓我靜想一下，讓我休息一下，諸位。這一切使我十分震撼，十分震撼，人不是鼓皮呀，諸位！」

「您再來一點水……」——尼古拉·帕爾費諾維奇喃語。

米卡將手從臉上奪去，笑了。他的眼神是快樂的，他在一剎那間似乎整個變了。他的語調也變了：現在坐着的又是和所有這些人平等的人，和這些他的以前的朋友們平等的，正好像在昨天還沒有發生什麼事情的時候，他們大家聚在某一個交際社會中一般。我們應該順便提一下，米卡在剛到此地時曾在警長家中受過優渥的招待，但是以後，特別在最後的一月中，米卡不大上他家去，而警長例如在街上和他相遇時便緊緊的皺了眉頭，祇是爲了禮貌和他鞠躬作答，這是米卡記得很清楚的。他同檢察官相識得疏遠些，却有時還到檢察官夫人，一個神經質的，怪誕的女太太那裏去，作極恭敬的拜訪，甚至自己也不很明白為什麼到她那裏去，而她永遠和藹的接待他，不知為甚麼原因一直到最後的時間為止，對他十分注意。他和預審推事還沒有認識，但是遇見過他，甚至同他說過一兩次話，兩次都是講女人。

「尼古拉·帕爾費諾維奇，我看您是極巧妙的預審推事，」——米卡忽然快樂地笑了。——「但是我現在自己來幫您的忙。諸位，我現在復活了……你們不要責備我，這樣隨便，這樣直率地對你們說話。我有點酒醉，我這是要對你們公開說的。我好像曾經……曾經遇見您，尼古拉·帕爾費諾維奇，在舍親米烏騷夫家裏……諸位，諸位，我並不冀圖平等的地位，我也明白我在你們面前現在是什麼人。在我身上有……假使格里郭里指出我出。……那末在我身上有了可怕的嫌疑，自然有的！可怕，可怕，——我是明白這個的！但是諸位，我現在準備談正事，一下子就加以了結，因為，你們聽着，聽着，諸位！既然我知道我沒有犯罪，那末自然一下子就會了結的！對不對？對不對？」

米卡匆遽地說了許多話，帶着神經質的，感情洋溢的樣子，似乎根本認聽者們是他的極要好的朋友。

「如此說來，我們現在可以記載下來，您絕對地否認加在您身上的罪狀，」——尼古拉·帕爾費諾維奇帶着極深的意義說着，當時轉身向着書記，輕聲告訴他應該記載什麼話。

「記載什麼？您打算記載麼？好罷，記載罷。我同意，完全同意，諸位。……不過你們瞧……等一等，等一等，這樣想：對於搗亂的行爲他是有罪的，對於加在可憐的老人身上的痛毆他是有罪的。在自己的內心裏，在內心的深處，是有罪的，——但這不必寫，（他忽然轉身向書記說，）這是我的私人的生活，諸位，這與你們沒有關係，那就是說心靈的深處，……但是殺死老父親一層——沒有罪！這是野蠻的念頭！這完全是野蠻的念頭！……我對你們。證明一下，你們立刻就會相信的。你們會笑，諸位，你們自己會笑你們的疑心！……」

「您安靜一下，特米脫里·費道洛維奇，」——預審推事提醒他，似乎顯然想用安靜的態度戰勝這瘋子。——「在繼續審問以前，我願意聽到，祇要您答應回答，——願意聽到您自行證實下面的事實，那就是好像您不愛去世的費道爾·伯夫洛維奇，同他時常吵鬧……至少在這裏，一刻鐘以前，您好像曾說過甚至想殺他。您喊道：沒有殺，卻打算殺的！」

「我喊過這話麼？這也許是的，諸位！是的，不幸的是我想殺死他，許多次想殺死他……不幸得很，不幸得很！」

「您想的。您能不能解釋一下，您這樣仇恨您的父親，究竟是什麼原則指導着您？」

「有什麼可解釋的，諸位？」——米卡陰鬱地聳肩，低下頭去，——「我並沒有隱瞞我的情感，全城都知道這個，——酒店裏全都知道的。新近在修道院裏，曹西瑪長老的修道室裏聲明過的……當天晚上就打了父親，幾乎把他打死，並且賭咒要再來殺死他，當着證人面前賭咒……有一千個證人！整個月喊嚷着，大家都是證人！……事實擺在面前，事實說着話，喊嚷出來，但是——情感，諸位，情感是另外一件事情。你們瞧，諸位，（米卡皺眉，）我以爲您沒有問我的情感的權利，您固然是履行職務，我明白這情形，但這是我的事情，我的內心的，祕密的事情……因爲我過去並沒有隱瞞我的情感……例如說，在酒店裏對大家說着……所以現在我也不再作什麼祕密……你們瞧，諸位，我也明白在這種情形之下，有可怕的形跡落在我的身上：我對大家說，我要殺死他，但是他被殺死了：那末還不是我麼？哈，哈，哈！我可以原諒你們的，諸位，我很原諒你們。我連自己都驚愕到骨頭裏去，因爲不是我，究竟是誰殺死的？這不是實話麼？不是我，便是誰？誰？諸位，——」——他突然喊起來，——「我願意知道，我甚至要求你們告訴我：他在那裏被殺死的？他如何被殺，用什麼兇器？怎樣被殺的？」——他迅快地問，眼睛朝檢察官和預審推事射過來。

「我們發現他在他的書房的地板上面直躺着，腦袋被砸破了，」——檢察官說。

「這眞是可怕，諸位！」——米卡突然抖索了一下，身體靠在椅上，右手掩臉。

「我們繼續下去，」——尼古拉·帕爾費諸維奇插上去說，——「如此說來，究竟什麼東西迫使您生出你的仇恨的情感？您好像公開地宣布是喫醋的情感？」

「是的，醋意，但不單是醋意。」

「為了金錢的爭論。」

「是的，也為了金錢。」

「好像爭論在於三千的數目，這個遺產的數目沒有給够您。」

「什麼三千？多些，多些，」——米卡喊起來，——米卡喊，——「在六千以上，也許在一萬以上。我對大家這樣說過，對大家這樣喊過！但是我決定就是這樣，就限於這三千的數目。我十分需要這三千盧布……那隻信封裏的三千盧布，我知道藏在他的枕頭底下，為格魯申卡預備的，我根本認為是從我那裏偷來的，認為自己的，好像就是我的所有物……」

檢察官帶着很深的意義，和預審推事對看了一眼，還來得及不知不覺地對他擠了擠眉眼。

「我們還要回到這個問題上去。」——檢察官立刻說，——「現在您讓我們記住而且記載下那一節：就是您認信封裏的錢似乎就是自己的所有物。」

「寫罷，諸位，我也明白這又是對我的一個證跡，但是我不怕證跡，自己說話套到自己身上去。你們聽着，是我自己套上的！諸位，你們像好把我完全認作和我本相不同的人，」——他忽然憂鬱而且陰沉地補說，——「同你們說話的是一個正直的人，最正直的人，主要地——請你們不要忽略這一點——是一個做了無數卑鄙的事，却仍不失其高貴的人，是一個在內心，在心靈深處……總之，我不會表現出來……我所以一生受磨折着的就是爲了渴求正直，做了所謂正直的磨難者，帶着燈籠尋覓它，帶着狄奧金的燈籠，但是一輩子祇做了一些齷齪事情，像我們一切人一樣……其實是我一個人，不是一切人，諸位，是我一個人，我錯了，我一個人，我一個人！……諸位，我頭痛了，」——他苦痛地皺着眉頭，——「諸位，我不喜歡他的外貌，一點不誠實的樣子，大言不慚，輕侮一切神聖的事物，好嘲笑他人，沒有信仰。眞是討厭，眞是討厭！但是現在他死了，我對於他的意見不同了。」

「什麼不同？」

「並非不同，但是我可惜，我這樣仇恨他。」

「感到了懺悔麼？」

「不，並不是懺悔，這個你們不必記載下來。諸位，我自己也並不好，我自己也不很美麗，所以沒有權利認他爲爲可憎厭的人。這句話是可以記載下來的。」

米卡說了這句話，忽然起始十分憂鬱。他在回答預審推事的問題的時候，早就漸漸地變得越來越陰沉了。恰巧這時候忽然又暴發了一幕突如其來的活劇。原來剛纔雖然把格魯申卡隔開，但是隔得不很遠，祇是放在和現在舉行審詢的湖色的屋子相隔一間的屋內。那是一間小屋，有一個窗子，就在夜裏跳舞飲酒的大屋的後面。她坐在裏面，祇有瑪克西莫夫一人作伴。他受了很大的驚嚇，十分害怕，就黏貼在她的身傍，似乎向她求救。他們的門前立着一個胸懸徽章的農夫。格魯申卡哭泣着，在悲哀侵臨她的心靈的時候，她突然跳起身來，搖着手，大聲喊道：「災害，我的災害！」便從屋內跑到他那裏，跑到米卡那裏，而且來得突然，竟誰也來不及阻止她。米卡聽到他的喊聲，竟抖索一下，跳起來，喊嚷着，飛快地跑過去迎她，好像不記得自己似的。但是他們雖然互相看到，却還是不讓他們到一塊兒。幾個人緊緊地抓住他的手；他奮鬥，掙脫，用了三四個人纔把他圍住。她也被抓住，他看見人家把她拉走的時候，她喊着向他伸手。在這幕活劇終結的時候，他又在棹傍，檢察官的對面，原來的地方醒了轉來，朝他們喊道：

「你們在她身上找到什麼？你們做什麼磨折她？她是清白的，清白的！……」

檢察官和預審推事勸他。過了一些時候，十分鐘；離開一下的米哈意爾·馬卡雷奇走進屋來，興奮地對檢察官大聲說着：

「她被拉走了，她在樓下。諸位，請許我對這不幸的人說一句話，好不好？當着你們，當着你們！」

「請說罷，米哈意爾·馬卡雷奇，」——檢察官回答，——「在現在的狀況之下，我們不反對。」

「特米脫里·費道洛維奇，你聽我說，」——米哈意爾·馬卡雷奇對米卡說，他的整個的慌亂的臉表現對於不幸的人熱情的，近乎慈父般的同情。——「我自己把你的阿格拉費納·阿歷山大洛夫納送了下去，交給老闆的女兒們，現在那個小老頭兒瑪克西莫夫寸步不離地和她在一起。我勸了她半天，使她安靜下去：還對她暗示說，你必須自行辯白，所以她不應加以妨礙，反使你引起煩惱，否則你也許心裏一亂，作了對於自己不合宜的供詞，你明白麼？總而言之，我的說話，她明白了。她是聰明人，她是好人，她跑過來吻我這老人的手，替你哀求。她自己叫我來對你說，叫你爲她安心，現在你必須做得可以使我跑去對她說，你已經安靜下來，得了安慰。你現在安靜一下罷。你應該了解這一點。我對不住她。她具有基督的靈魂，她具有靜淑的靈魂，她是清白無邪的。現在怎麼說法，特米脫里·費道洛維奇？你能不能安靜的坐着？」

這好人說了許多不相干的話，但是格魯申卡的憂愁，一個人的憂愁，深印到他的良善的心靈裏去，他的眼裏甚至包着淚水。米卡跳起來，跑到他面前。

「對不住，諸位，許我說一下，許我說一下！」——他喊，——「您具有安琪兒一般的，安琪兒一般的靈魂，米哈意爾·馬卡雷奇！我代她對您致謝。我會安靜下去，我會的，我會快樂的。您的心既是這樣無量的良善，就請您轉告她，我很快樂，很快樂，甚至起始笑出來，因爲知道有像您這樣護身安琪兒在她的身邊。我立刻了結一下，身子一空，立刻去找她：讓她等着，她看得見的！諸位，」——他突然對檢察官和預審推事說，——「現在我要把我的整個的心靈打開給你們看，整個發抒出來，我們一下子就辦完這一切，快樂地加以了結，——以後我們要笑起來的，不是麼？諸位，這個女人是我的心靈的女王！請你們許我說這句話，我對你們直說了出來……我看見和我處在一起的是極正直的人們。她是光明，她是我的神聖，這是你們應該知道的！你們聽見她喊着：『和你同去受死刑也是情願的！』我這個乞丐，光蛋，我給了她什麼東西？爲了什麼她這樣愛我？我這個呆笨的，可恥的東西，還加上那張受恥辱的臉，配不配受她的愛情，竟使她情願和我一塊流配出去？她剛纔爲了我，竟對您下跪，她是那樣驕傲的，那樣清白的！我怎麼能不愛她，不哭喊，不奔到她面前，像剛纔那樣呢？諸位，請你們恕我！但是現在，現在我得到安慰了！」

他倒在椅上，兩手掩面，痛哭起來。但這是幸福的淚。他一下子醒了轉來。老警長很滿意，法院人員也同樣的滿意，他們感到現在審問將進入新的階段。米卡看見警長走後，眞的高興了。

「諸位，現在我是你們的，完全是你們的了。如果沒有這一些瑣碎的情節，我們立刻就能談得對勁的。我又講起瑣碎的情節來了。諸位，我是你們的，但是我敢賭咒，必須有相互的信仰，——你們對我，和我對你們，——否則我們永遠了結不完。我這話是爲你們說的。現在我們談正事，諸位，我們談正事。主要的是請你們不要在我的心靈裏搔爬，不要用空虛的事情磨折它，祗問正事和事實，我現在就可以使你們得到滿意。瑣碎的情節拋到一邊去！」

米卡這樣喊着。審問重又開始。

第四章　第二次的磨難

「您不知道，您如何使我們也鼓勵起來，特米脫里·費道洛維奇，那是由於您的準備答復一切而來的……」——尼古拉·帕爾費諾維奇，活潑的態度和顯著的愉快，在他的瞪出的，淡灰色的，却很近視的眼睛裏閃耀着，他從一分鐘以前纔從眼睛上摘下了眼鏡，——「您剛纔所說關於我們相互信任的話是很合理的，在這樣重要的案件內，假使受嫌疑的人確乎願意，希望，而且能以自行辯白，我們中間如無相互的信任，有時甚至是不可能的。在我們的方面，我們將用一切我們份內應有的力量做去，您自己現在也甚至看見我們如何辦事……您同意麼，伊鮑里脫·基里洛維奇？」——他忽然對檢察官說。

「這是無疑的，」——檢察官同意，雖然和尼古拉·帕爾費諾維奇的熱情相比，顯得有點嚴肅。

我在這裏先說一次，以後不再多敍的，是新到此地的尼古拉·帕爾費諾維奇從接事的初期起就對我們的伊鮑里脫·基里洛維奇，那個檢察官，感到異常的尊敬心，和他幾乎心心相投。他幾乎是唯一的人，絕對地相信我們這個『職務上受冤屈』的伊鮑里脫·基里洛維奇具有不尋常的心理方面和辯論方面的天才，而且十分相信他受了寃屈。他在彼得堡時就聽到他的爲人。在另一方面，青年的尼古拉·帕爾費諾維奇也成爲全世界唯一的人，是我們的「受寃屈」的檢察官所愛的。他們在到此地的途中已有所商議，約定好關於待辦的案件的步驟，現在坐在棹傍，有敏銳的智力的尼古拉·帕爾費諾維奇能在空中抓住，而且了解他的老前輩同事的每種指示，他的臉上的每種行動，從半句話裏，從眼色之間，從眼睛的一瞥裏。

「諸位，請你們許我自行敍講出來，不要用瑣細的情節和我打插，我一下子便可以全行講出，」——米卡的精神沸騰了。

「妙極了。多謝您。但是在着手聽您的報告以前，最好請您對我確認一件對於我們極有趣的小事實，就是關於那十個盧布，您昨天五點鐘左右，用手槍作押，向您的朋友彼得·伊里奇·潘爾霍金借來的。」

「是押的，諸位，押了十個盧布，以後怎麼樣呢？剛剛從大路上回城的時候押的，就是這樣子。」

「您從大路上回來麼？您出城來着麼？」

「出城的，諸位，坐了四十俄里的馬車，你們竟不知道麼？」

檢察官和尼古拉·帕爾費諾維奇互相使了眼色。

「總而言之，您起始敍述的時候最好從有系統的描寫昨天一天從早晨起所過的日子起始，請問您：您出城去有什麼事？什麼時候走的？什麼時候回來的……一切這些事實……」

「您從開始就這樣問才好呢，」——米卡大笑，——「假使您願意的話，不是應該從昨天說起，却必須從前天說起，從前天早晨起，您就可以明白我到那裏去的，怎麼樣去的，爲什麼事情去的。諸位，我前天早晨到此地的商人薩姆騷諾夫家去，問他借三千盧布，有最確實的抵押做保障，——我忽然急於要用錢，諸位，忽然有急用……」

「容我打斷您的話，」——檢察官客氣地說，——「爲什麼您忽然這樣需要錢：而且恰巧是那個數目，那就是三千盧布？」

「諸位，不必來些瑣碎的話：如何，什麼時候，爲什麼，爲什麼恰巧需要這些錢，而不是那些錢，嘮嘮叨叨的一套子……這樣子三卷書也寫不盡，還要加上一段後跋！」

米卡說這話，帶着一個想說出全部的眞理，充滿極善良用意的人那種好意的，不耐煩的親暱的態度。

「諸位，」——他似乎忽然改正了過來，——「你們不要埋怨我的頑強，請你們相信，我感到完全的尊敬，也明白眞正的情形。你們不要以爲我喝醉了。我現在已經淸醒了。卽使酒醉，也並不妨礙，我是這樣的：

「酒醒後聰明些——變得傻了，
酒醉後愚笨些——變得聰明了。」

哈，哈，哈；諸位，我看：我現在，在沒有解釋清楚以前，就取笑你們，還有點不合適。我應當遵守本身的尊嚴。我也明白現在不同之點：我在你們面前終是一個犯人，和你們並不處於平等的地位，你們奉令監督我的一切：你們決不能為了格里郭里的事情撫摸我的頭，把老頭子的頭砸破了而不加懲罰，你們為了他的事情把我送交法庭，定上半年，或一年的反省院的刑罰，我不知道你們怎樣判罪，恐怕不致於剝奪公權。不剝奪公權是不是，檢察官？所以諸位，我也明白這個區別的……但是你們也須同意，你們用這類：『在那裏走路？怎麼樣走路？什麼時候走路？走上了什麼路？』等等的問話，會把上帝都弄糊塗的。假使我弄得糊塗，你們立刻一把抓住，記載了下來，那時便怎樣呢？不會出什麼事的！假使我現在起始撒謊，那便讓我撒謊到底，你們諸位既是受上等教育的，極正直的人，你們會原恕的。我的最末的請求是：請你們諸位棄去官僚派的審問的老套：先從一點小事情，瑣碎不足道的事情起始：怎樣起床，怎樣吃飯，怎樣吐痰，往那裏吐痰，『在使罪人的注意力催眠以後，』

忽然用一個驚人的問題罩到他的頭上去：「殺死誰？搶誰的錢？」哈，哈，哈，這是你們的官僚主義，這是你們的規則，你們一切的狡猾全隱在這個上面！你們可以用這類的狡猾的手段使鄉下人催眠，而不能使我催眠的。我明白公事，自已也做過官，哈，哈，哈！諸位，請不要生氣，饒恕我的魯莽！」——他喊着。用近乎驚異的善意的態度望着他們，——「米卡．卡拉馬助夫說出的話，是可以原諒的，因為可以不原諒聰明的人，而對米卡是應該原諒的！哈，哈，哈！」

尼古拉．帕爾費諾維奇聽着，也笑了。檢察官雖然不笑，却銳利地，目不轉睛地瞭看米卡，好像不願意放過他的些須的話語，一點點的行動，臉部上小皺紋一點點的震動似的。

「我們一開始問您，」——尼古拉．帕爾費諾維奇一面繼續笑，一面回答，——「就沒有用您早上如何起牀，吃什麼東西等等的問題對你打擾，甚至是用極主要的事情上起始的。」

「我對於您待我的好處，沒有比擬的，充滿正直情感的好處是曾經了解，而且現在也了解的，曾經重視，而且更將重視的。我們三個聚在這裏，全是正直的人，讓我們一切都植立在有學問的，上等社會的，受貴族制度和名譽約束的人們中間相互的信任上面罷。無論如何，請容許我把你們看作在我的生命的現在的時刻內，在我的名譽受侮辱的現在的時刻內的最好的朋友！諸位，你們不認為侮辱麼？不認為侮辱麼？」

「相反地，您把這些話表現得很妙；特米脫里·費道洛維奇，」——尼古拉·帕爾費諾維奇用鄭重和贊成的態度表示同意。

「至於瑣碎的事情，諸位，所有這些巧妙的瑣碎事情應該拋棄，」——米卡歡欣地喊。——「否則不知道會弄出什麼事情來的，對不對呢？」

「我願意全部遵從您的有見識的勸告，」——檢察官忽然插上去，對米卡說，——「但是我不能拒絕不提我的問題。我們認爲十分重要，我們必須想知道，爲什麼您需要這筆數目就是三千盧布。」

「爲什麼需要？就爲了這個，就爲的是……還債。」

「還誰？」

「這個我想拒絕回答，諸位，並不是因爲我不能說，或是不敢說，或是怕說，因爲這本來是小事，完全不相干的事，所以不說，是爲了原則：這是我的私人的生活，我不許人家干涉我的私生活。這是我的原則。您的問題和案件無關，一切與案件無關的便是我的私生活。我打算還債，打算還名譽的債，至於還給誰——我不能說。」

「讓我們記載下來，」——檢察官說。

「請罷，您就記載說，我不能說。諸位，請你們寫下，我認爲說出來甚至是不名譽的。

你們這個記載是眞費功夫呀。」

「先生，容我警告您，再提醒您一下，假使您還不知道，」——檢察官用特別的，極嚴肅的暗示的神情說，——「您有完全的權利不回答現在對您所提出的問題，反之，我們沒有任何的權利强求您的回答。假使爲了這個或另一個原因您自己拒絕作答，這是您的個人的見解的問題。但是我們的任務却在於每逢發生和現在相類的情事時，對您明示和詳解您在拒絕作某一種供詞時，將給自己造成如何深的害處。現在請您繼續說下去。」

「諸位，我並不生氣……我是……」——米卡喃語，聽了這幾句暗示性的話有點感到不好意思。——「諸位，你們請聽，我當時到那個薩姆騷諾夫家裏去……」

我們自然不再詳細引出讀者已經知道的一切故事。敘講者急於想敘講得十分仔細，同時越快越好。但是因爲一面說口供，一面記載，所以不得不時常停止他。特米脫里·費道洛維奇不滿意這辦法，但還服從，心裏生氣，却還帶着善意。他有時喊出：「諸位，這會使上帝發瘋的，」或是：「諸位，你們知道不知道，你們祇是白白地使我煩惱？」但口裏喊的時候，還沒有變更友善的，感情洋溢的心神。他敘講薩姆騷諾夫前天如何「騙」他。（現在他已經完全猜到他受了騙。）關於賣錶得了六個盧布，作爲路費的事情是檢察官和預審推事完全不知道的，立刻引起他們的極端的注意，而且使米卡感到無窮的憤懣；他們認爲必須將這事實詳細記載下來，作爲第二次的事實的證明，他頭天晚上幾乎一個錢也沒有。米卡漸漸地變得陰鬱了。他描寫他訪獵狗的旅行，在煤燻的農舍裏度過了一夜的事情，又說他如何回城，起始沒有經人家特別的請求，就詳細描寫他爲格魯申卡喫醋的情感。大家靜默而且注意地聽他的說話，特別注意一件事實，那就是他在費道爾・伯夫洛維奇宅後，瑪麗亞・孔特拉奇也夫納的房子裏，設置了瞭望所，司米爾加可夫替他送消息；這件事情他們很注意，便記錄了下來。他熱烈而且廣泛地講他的喫醋的情感；雖然他把自己的極祕密的情感表露出來，「供大衆的恥笑，」內心裏顯得慚愧，但是爲了表明眞相起見，顯然努力在壓制這慚愧。預審推事，特別是檢察官在敘講時釘看他的眼睛裏那種冷淡的嚴肅的態度，使他感到強烈的不安：「這個小孩尼古拉・帕爾費諾維奇，我和他幾天以前還談些關於女人的傻話，還有那個有病的檢察官，都不値得我對他們敘講這些事的，」——他的腦筋裏憂鬱地閃過這個念頭，——「眞可恥！」「忍着罷！馴順下去，沉默下去，」——他用詩句結束他的思念，但又重新振作起來，以便繼續敘講。他轉過來敘講霍赫拉闊瓦的故事的時候，甚至重又愉快起來，甚至想講關於這位女太太的，於案件無關的，新近的，特別的故事，但是預審推事止住他，客氣地請他轉到「比較重要的題目」上去。在敘講了他的絕望的心情，還講到他從赫霍拉闊瓦家中走出，甚至想「宰殺什麼人，也要弄到三千盧布」的時候，人家又把他止住，記錄了

「他想宰殺人」的話。米卡一聲也不響地聽他們記錄。後來講到他忽然知道格魯申卡騙他，他送她到薩姆騷諾夫家去的時候，她立刻離開那裏。雖然自已說她在老人家中將坐到半夜：「諸位，假使我當時沒有殺死那個費娜，那祇是因為我沒有功夫，」——他說到這裏的時候忽然迸出這句話來。而這句話也詳詳細細地記錄了下來。米卡憂鬱地等候着。起始敘講他如何跑進父親的花園，預審推事忽然止住他，打開放在沙發上面，他的身傍的大公事皮包，從裏面掏出銅杵來。

「您認識這個東西麼？」他給米卡看。

「啊，是的！」——他憂鬱地冷笑。——「怎麼不認識呢？讓我看一看……鬼，不用了！」

「您忘了提起牠來，」——預審推事說。

「鬼！我決不致隱瞞的，沒有牠是不成功的，您以為怎麼樣？單單因為從記憶裏飛去了。」

「請您詳細講一講，您怎麼用牠作為武器的。」

「好罷，諸位。」

於是米卡講他如何取了銅杵跑走。

「您備下這器具，有什麼目的？」

「什麼目的？一點目的也沒有！抓作就跑了。」

「既然沒有目的，那末究竟為了什麼？」

米卡心裏沸騰着惱怒。他釘看這「小孩，」憂鬱而且惡狠地冷笑了一聲。他覺得他現在這樣誠懇地，自然發洩出來的，對「這種人」敍講他的喫醋的歷史，越來越慚愧了。

「不要管這銅杵！」——他忽然迸出這句來。

「但是。」

「為了防狗而抓取的。黑暗得很……防備發生萬一的情事。」

「您以前夜裏出門的時候，也懼怕黑暗，備着什麼器具麼？」

「真是見鬼！諸位，我想根本沒有法子同你們說話！」——米卡喊，惹惱到最後的程度，轉身向着書記，恨怒得滿臉通紅，帶着一種瘋狂的音調，迅快地對他說道：

「你就記錄下來……立刻就記錄……「抓起銅杵，預備跑去殺死我的父親……費道爾·伯夫洛維奇……當頭一記！」你們現在滿意了罷，諸位？心裏開懷了罷？」

「我們很明白，現在您的供詞是在對我們惹氣，並且對我們所提的問題發惱時說出來的，——這類問題您認為極瑣碎，實際上是很重要的，」——檢察官嚴肅地回答他。

「是的，諸位！我抓了一個銅杵……爲了什麼在發生這類事情的時候，在手裏抓點什麼東西呢？我不知道爲了什麼。抓起就跑了。就是這樣子。我眞慚愧，我眞要賭咒不講下去了！」

他靠在椅旁，手支住頭。他斜坐在那裏，望着牆壁，努力壓抑心中的壞情感。他眞想立起身來，宣布他不再講出一句話來，「那怕帶去處死刑也不說。」

「你們瞧，諸位，」——他忽然說，困難地壓制自己，——「你們瞧。我聽你們的說話，我做起夢來……我有時睡覺的時候時常做一個夢……一個夢我時常做的，時常重複的，好像有一人追我，一個我極爲懼怕的人，在黑暗裏，夜裏追趕着，我避開他，躲在門後，或是廚櫃後面，貶降着身分那樣地躲起來，主要的是他深知道我躲到什麼地方去。但是故意假裝不知道我在什麼地方，以便磨折我長久些，以我的恐怖爲取樂之具……現在你們就是這樣做法！有點像！」

「您常見這樣的夢麼？」——檢察官問。

「常見這樣的夢……您要不要記錄下來？」——米卡歪着嘴冷笑了一下。

「不，不用記錄，但是您的夢是極有趣的。」

「現在已經不是夢！現在是現實，諸位，現實的生活！我是狼，你們是獵人，你們在那裏獵狼呢。」

「您何必取這樣的比喻……」尼古拉·帕爾費諾維奇十分柔和地起始說。

「並不何必，諸位，並不何必！」——米卡已暴燥起來，雖然已藉了突然的發怒，顯然使心中取得了安慰，起始越說越又心善了些。——「你們可以不相信被你們所磨折的罪人或被告所說的話，但是極正直的人，極正直的心靈上的感情，（我勇敢地喊出來！）——你們是不能不相信的……你們甚至沒有權利不相信……但是——

「沈默罷，心兒，

忍着罷·馴順而且沈默罷！」

現在怎麼樣？繼續說下去麼？」——他憂鬱地打斷了他的話語。

「自然嘍！請罷！」——尼古拉·帕爾費諾維奇回答。

第五章　第三次的磨難

米卡雖然嚴肅地說起話來，但是顯然更加在那裏努力不忘却，也不放過所講的故事裏任何一段細節。他講他如何越過園牆，到父親的花園裏，如何走到窗前，後來又講窗下所發生的一切事情。他明白，精確，而且響亮地傳達他那時候在花園裏使他騷擾的情感。當時他很知道：格魯申卡究竟在父親家裏沒有？但是奇怪的是檢察官和預審推事這一次聽着似乎很冷淡，眼神很嚴肅，提出的問題更少。米卡不能從他們的臉上加以判斷。「他們生氣了，惹惱了，」——他想，——「那就管它罷！」在他敘講他如何決定給父親一個「記號，」表示格魯申卡來了，讓他可以開窗的時候，檢察官和預審推事完全不注意「記號」兩個字，好像完全不明白這兩個字具有什麼意義，這連米卡也注意到了。講到他看見父親探身出來，他的心裏不由得沸騰着忿恨，從口袋裏取出銅杵來的那個時候，他忽然似乎故意地止住。他坐在那裏，瞧望牆壁，知道他們的眼睛直釘在他的身上。

「唔，」——預審推事說，——「您取起了武器，以後……以後發生了什麼事情呢？」

「以後麽？以後就殺死了……抓住他的腦袋，砸破他的腦殼……據你們看來，是不是這樣？」——他的眼睛忽然閃耀了。整個的，熄滅了的怒氣忽然在他的心靈裏升了起來，帶着不尋常的力量。

「據我們看來如此，」——尼古拉・帕爾費諾維奇說，——「但是據您看來是怎樣呢？」

米卡垂下眼皮，長久沉默着。

「據我看來，諸位，據我看來是這樣的，」——他輕聲說，——「是不是誰的眼淚，或是我的母親向上帝禱告，是不是光明的神在這時候吻我一下，——我不知道，但是鬼被戰勝了。我離開窗子，跑到圍牆那裏去。……父親懼怕了，初次看到了我，便叫喊了一聲，從窗前跳開，——這是我記得很清楚的。我便穿過花園，奔向圍牆……在我已經跨坐圍牆的時候，格里郭里追上我了……」

他終於舉眼向聽者看了一下。他們好像用完全靜謐的注意看着他。米卡的心裏通過一陣憤激的波浪。

「諸位，你們這時候在那裏笑我呢！」——他忽然中斷了話頭。

「為什麼您這樣判斷？」——尼古拉・帕爾費諾維奇說。

「你們一句話也不相信我，就是這個原故，我明白已經走到了主要的點上：老人現在躺在那裏，腦袋被砸破了，而我在悲劇性地描寫了如何想殺死他，已經抓起銅杵來以後，忽然從窗旁跑開……一首史詩！詩體的！年輕的人說話能相信麼？哈，哈，哈！諸位，你們眞是喜歡嘲弄人家的！」

他的全身在椅上轉過來，連椅子都吱吱地發響。

「您沒有注意到，」——檢察官忽然起始說，似乎沒有注意到米卡騷亂的神色。——「您從窗子跑走的時候，沒有注意到：在邊房的另一頭的園門開着沒有？」

「不，沒有開。」

「沒有麼？」

「反而是關上的。誰能開這門呢。對了，那扇門，您等一等！」——他似乎忽然醒轉來，幾乎抖索了一下，——「難道您發現門開着麼？」

「開着。」

「誰開的，假使不是你們自己開的？」——米卡忽然十分驚訝了。

「門是開着的，殺死您的老太爺的兇手一定從這個門裏走進，從這個門裏走出，」——檢察官慢吞吞地，淸脆地說。——「我們看得很淸楚。顯然是在室內殺害，並不是隔着窗子殺的，這個可以檢從閱報告書裏，從屍體的位置裏，從一切情形裏淸淸楚楚地發現出來。這事是不會有任何疑竇的。」

米卡驚愕得利害。

「這是不可能的，諸位！」——他喊着，顯得十分慌亂，——「我……我沒有進去……我可以肯定地，確切地告訴你們，我在花園裏，又從花園裏跑出的全部時間，那扇門是關的。我僅祇站在窗下，從窗裏看見他，僅祇如此，僅祇如此……一直到最後的一分鐘也記得的。即使不記得，也總是知道的，因爲『記號』祇有我和司米爾加可夫兩人知道，還有死者知道，沒有記號他是不會給世上任何的人開門的！」

「記號？什麼記號？」——檢察官帶着貪婪的，差不多歇司底里性的好奇心說着，一下子喪失了他的節制的，威嚴的姿態。他問着，似乎畏葸地爬行着。他嗅到一個他還不知曉的重要的事實，立即感到極大的恐懼，生怕米卡也許不願意完全公開出來。

「你們還不知道！」——米卡對他使了眉眼，發出嘲弄的，惡毒的微笑。——「假如我不說出來呢？那時候向誰去打聽呢？死者，我，還有司米爾加可夫知道這記號，就沒有別人，還有上天知道，它是不會對你們說出來的。但這是有趣的事實，誰知道從這上面可以造出多少玩意來。哈，哈，哈！你們安慰一下罷，諸位，我會說出來的。你們的腦筋裏儘是些笨念頭。你們不知道是同誰來往！你們同一個被告來往，這被告會做出反對自己的供詞，危害自

已的供詞！是的，因爲我是榮譽的騎士，而你們不是的！」

檢察官聽着這些帶刺的話。祇是由於急於要知道新的事實而抖索着。米卡正確而且詳細地對他們敍述關於費道爾・伯夫洛維奇爲司米爾加可夫發明的記號的一切事情，講出每次叩窗有什麼意義，甚至在棹上叩擊出這幾個記號來。尼古拉・帕爾費諾維奇問他，在他叩老人的窗的時候，是不是叩出着「格魯申卡來了」的意義的記號，——他確切回答他就是叩出「格魯申卡來了」的記號。

「現在你們可以在這上面建造高塔了罷；」——米卡說完了這句話，帶着賤蔑的態度背着他們轉過身來了。

「知道這些記號的惟有您的去世的老太爺，您和僕人司米爾加可夫麼？沒有別的人麼？」——尼古拉・帕爾費諾維奇又問。

「是的，僕人司米爾加可夫，還有天。把關於天的話也記錄下來；記錄下來是不多餘的。而且你們自己也需要上帝。」

自然起始記錄下來。在記錄的時候，檢察官忽然好像完全突然撞到新念頭似的，說道：

「既然司米爾加可夫知道這些記號，而您又根本否認是您殺死您的老太爺的一切罪狀，那末是不是他叩出了約定的記號，使您的老太爺給他開門，以後就……犯了罪？」

米卡用嘲笑的，同時異常仇恨的眼光，深深的看了他一眼。他看了許久，沉默說，檢察官的眼睛不由得閃耀了。

「又捉住了狐狸！」——米卡終于說，——「壓住了這混賬東西的尾巴！哈，哈，哈！我看透您了，檢察官！您心想我現在就要跳起來，抓住您對我暗示的話，扯開嗓子喊道：「就是司米爾加可夫，他就是兇手！」您承認出來，您是這樣想的，你一承認，那時候我再繼續說下去。」

但是檢察官沒有承認出來。他沉默着，等待着。

「您弄錯了，我不會喊出司米爾加可夫來的！」米卡說。

「甚至並不疑惑他麼？」

「您疑惑麼？」

「也疑惑他的？」

米卡的眼睛向地板上瞪着。

「玩笑話丟開，」——他憂鬱地說，——「你們知道：從最初的時候起，差不多剛纔從簾後跑出來的時候，我就閃出這個念頭：「司米爾加可失，」等到我坐在椅傍，喊我沒有犯殺人罪的時候，我心裏一直在想：「司米爾加可夫！」司米爾加可夫一直沒有從心上離開。

現在忽然又想到：「司米爾加可夫，」却祇有一秒鐘的功夫：同時立刻想道：「不，還不是司米爾加可夫！」這不是他幹的事情，諸位！」

「如此說來，您不還疑惑另外的什麽人麽？」——尼古拉·帕爾費諾維奇謹愼地問。

「我不知道是誰，是什麽人，是上天的手，還是撒但，但是……還不是司米爾加可夫！」——米卡堅決地說。

「但是爲什麽你這樣堅決，並且這樣固執地說不是他呢？」

「根據一種信念。根據一種印象。因爲司米爾加可夫是天性低劣的人，而且是膽怯的人。那不單是膽怯，却是世上所有兩脚動物身上懦怯性的總和。他是母雞生的。他同我說話的時候，每次總要戰慄，怕我殺死他，同時我並不想舉手。他對我下跪，哭泣，他吻我的靴子，求我不要「嚇他。」你們聽：「不要嚇他」——這是一句什麽話？我甚至還賞他錢。他是一隻有病的小鷄，發着昏厥病，腦筋不健全，八歲小孩都會揍他一頓。這不是低劣的天性麽？諸位，這不是司米爾加可夫。他不大愛錢，並不肯收我的禮物……而且他做什麽殺死老人？他也許是他的兒子，私生子，你們知道麽？」

「我們聽到了這個傳說。但是您也是您的父親的兒子，您自己還對大家說，您想殺死他。」

「一塊石頭拋進菜園裏去！一塊低卑的，惡劣的石頭！我不怕！諸位，也許您當面對我說這話太顯得卑劣！所以卑劣，是因爲我自己對你們說出來的。我不但想殺，而且可以殺，甚至還自甘情願地拖上去，幾乎眞把他殺死！但是我並沒有殺死他。我的護身的安琪兒救了我，——對於這層你們並沒有顧慮到……所以你們是卑劣的，卑劣的！因爲我沒有殺，沒有殺，沒有殺！檢察官，您聽着：我沒有殺！」

他幾乎喘不過氣來。在審問的全部時間內，他還沒有一次這樣心神騷亂。

「他對你們說什麼，諸位，那個司米爾加可夫？」——他沉默了一下，忽然說，——「我能問你們這話麼？」

「您可以向我們詢問一切的話，」——檢察官用冷淡嚴肅的態度回答，——「關於案件的事實方面的一切，而我們呢，容我重復地說，甚至應該滿足您的每一個問題。我們發現您所問的僕人司米爾加可夫躺在牀上，失去知覺，發着極度强烈的，也許像十次併在一起發作似的暈厥病。和我們一塊去的醫生檢查他以後，甚至對我們說他也許不能活到早晨。」

「這樣說來，是魔鬼殺死了父親！」——米卡忽然脫口說出這話，似乎甚至在這一分鐘以前還在詢問自己：「是司米爾加可夫，或者不是司米爾加可夫？」

「我們還要回到這個事實上去，」——尼古拉・帕爾費諾維奇決定，——「現在您不再繼續您的口供麽？」

米卡請求休息一會。他們很客氣地允許了他。休息以後，他繼續說下去。但是他顯然感到痛苦。他受了磨折和侮辱，道德上得了震撼。檢察官現在好像故意似的，每分鐘裏儘找些「忽節」惹他生氣。米卡剛描寫他能如何騎坐圍牆上頭，用銅杵打擊抓住他的左腿的格里郭里的頭，隨後立刻跳下來看被捽倒的人，檢察官當時止住他，請他描寫得詳細些，他是如何坐在圍牆上的。米卡奇怪了。

「就這樣坐着，騎着，一隻脚，在裏面，另一隻脚在外面……」

「銅杵呢？」

「銅杵在手裏。」

「不在口袋裏麽？您記得詳細麽？您很利害的揮手麽？」

「大概很利害。您這是什麽意思？」

「假使您坐在牆上，正好像當時坐在圍牆上面一般，您能不能對我們當面表演，爲了明瞭事實起見，您的手是往那裏揮的，往那個方向？」

「您這不是取笑我麽？」——米卡問，傲慢地瞧着審問者，但是他甚至眼睛也不睒一下。米卡像抽瘋似的轉過身子，跨坐椅上，揮搖着手。

「就是這樣打的？就是這樣殺死的！您還要什麼？」

「謝謝您。現在請您費神解釋一下：您究竟爲什麼跳下來，具有什麼目的，有什麼意思？」

「見鬼……跳下來看被打悶的人……我不知道爲了什麼！」

「在這樣發生驚惶的時候麼？在跑走的時候麼？」

「是的，在驚惶的時候，在跑走的時候。」

「您想對他幫忙麼？」

「什麼幫忙……是的，也許是幫忙，我不記得了。」

「自己不記得麼？那就是說，甚至處於一種無知覺的狀態麼？」

「不，完全不是無知覺，全都記得的。記憶到一根細線爲止。我跳下去看一看，用手帕拭他的血。」

「我們看見了您的手帕。您希望使被您打倒的人恢復生命麼？」

「不知道，希望不希望？單單是想弄明白，他活着沒有。」

「眞是想弄明白麼？結果怎麼樣呢？」

「我不是醫生，不能決定。我跑走了，心想已把他殺死，但是他竟醒了轉來。」

「妙極了，」——檢察官說。——「謝謝您。我祇是需要這一點。費心再繼續下去罷。」

嗚呼，米卡竟沒有想到講，雖然他是很記得的，他的跳下是由於憐憫的心思。他立在被殺者的前面甚，至說了幾句可憐的話語：『老頭子恰巧碰上，沒有辦法，祇好讓他躺着罷。』檢察官僅祇取得了一個結論，那就是這個人『在這時候，還這樣驚惶地』跳下來，祇是爲了想確切地弄明白：他的犯罪的『唯一的』證人活着沒有？如此說來，一個人在這種時候還有這樣的力量，果斷，冷靜和精算的心思，那是够瞧的……檢察官很滿意：『用「細節」把這病態的人惹惱，他竟說了出來。』

米卡痛苦地繼續說下去。尼古拉·帕爾費諾維奇立刻又止住他：

「您的手上染了血，以後臉上也有，怎麼能跑去找費道謝·瑪爾可夫納（即費娜）呢？」

「我當時並沒有注意我身上有血！」——米卡回答。

「這是可信的，這就是這樣的，」——檢察官對尼古拉·帕爾費諾維奇使了眼色。

「眞是沒有注意，您說得很妙，檢察官，」——米卡忽然同意。以後敍講米卡突然決定「自行退避」和「讓有幸福的人們從自己身傍走過」的歷史。他怎樣也不能決定像剛纔那樣重新暴露自己的心，並且敍講「他的心靈上的女王。」他對這些冷淡的，「像臭蟲一般吮吸他」的人們感到討厭。因此對於反復提出的問題簡單而且堅決地聲明道：

「我決定自殺。爲什麽繼續活下去：這是自然然而成爲了問題的。他的以前的，無可爭辯的那位來了，他會給她氣受，但是過了五年以後又帶着愛情飛馳過來，以正式結婚了結這個孽緣。我就明白一切對於我已經完了……背後又有恥辱，再加上這個血，格里郭里的血……爲什麽再活下去？於是跑去贖出押借的手槍，裝上子彈，預備到了黎明的時候往腦瓜裏射放……」

「黑夜裏先痛飲一番麽？」

「黑夜裏先痛飲一番。唉，諸位，趕快完罷。我確乎打算自殺，在這裏村子後面不遠的地方，自己決定在早晨五點鐘實行，口袋裏預備好了一張紙條，在潘爾霍金那裏寫的，在往手槍裝子彈的時候。這張紙條就在這裏，你們念一下。我不是爲你們講出這話來的！」——他忽然賤蔑地補說。他從背心的袋裏把那張紙掏出，扔到棹上；預審官們好奇地讀了一遍，照例歸卷。

「您甚至走進潘爾霍金先生家裏去的時候，還不想洗手麽？如此說來，您不怕嫌疑麽？」

「什麼嫌疑？不管有沒有嫌疑，總是一樣的，我跑來就預備在五點鐘時候自殺，你們是來不及挽救的。如果不是出了父親的案子，你們一定毫無所知，不會到此地來的。這是魔鬼做的事情，魔鬼殺死了父親，你們也從魔鬼那裏很快地打聽了出來！你們怎麼這樣快就趕了來？眞奇怪！眞是幻想！」

「潘爾霍金先生告訴我們，您走到他家裏去的時候，手裏握着……在血汚的手裏握着……您的錢……許多錢……一大堆一百盧布的鈔票，侍候他的那個僕歐也看見的！」

「是的，諸位，記得是這樣的。」

「現在發現了一個小問題。您能不能告訴我們，」——尼古拉·帕爾費諾維奇十分柔和地起始說，——「您從那裏忽然取到這許多錢，同時從案情裏，甚至在計算時間方面，您並沒有瀏回家去？」

檢察官爲了這樣直率地提出這個問題，而略爲皺緊眉頭，但是並沒有打斷尼古拉·帕爾費諾維奇的話。

「不，沒有回家，」——米卡回答，顯然很鎭靜，眼睛朝地上看望。

「既然這樣，容我重複這個問題，」——尼古拉·帕爾費諾維奇繼續說，似乎爬行過去，——「您從那裏一下子竟取得這樣大的數目，同時根據您自己承認的話，還在那天五點鐘的時候……』

『缺少了十個盧布，向潘爾霍金押了手槍，以後又向霍赫拉闊瓦借三千盧布，她不肯給，還加上等等的話，』——米卡堅决地插上去說，——『諸位，我缺少錢，但是忽然出現了幾千塊錢，是不是？你們知道，諸位。你們兩人現在膽怯起來：萬一不說出從那裏取來，便怎樣呢？眞是的：我不肯說出來，諸位，你們猜對了，你們不會知道的。』——米卡忽然十分堅决地說。

預審官們沉默了一會。

『您應該明白，卡拉馬助夫先生，這是我們必須應該知道的，』——尼古拉·帕爾費諾維奇馴順地輕聲說着。

『我明白，但到底不說。』

檢察官又上前干涉，又聲明被審問的人如果認爲於自己有利，自然可以不回答所提出的問題，但因爲嫌疑犯將因沉默使自己蒙受極大的損害，特別是因爲這般重要的問題……

『等等的話，等等的話！够了，我以前已經聽見過這類的教訓！』——米卡又插上去說，——『我自己明白那是如何重要的問題，如何極重要的節目，但是我到底不說。』

『我們有什麼關係，這不是我們的事情，而是您的，您會自己害自己的，』——尼古拉·帕爾費諾維奇神經質地說。

「諸位，你們瞧，玩笑話且拋在一邊，」——米卡舉起眼睛，堅決地看他們兩人，——「我一開始就預感到，我們在這個節目上會撞撞額角的。但是我剛纔開始說出供詞的時候，一切在遙遠的濃霧裏，一切浮泅着，我甚至腦筋簡單到一開始就提議『相互間的信任。』現在我自己看出這個信任是不會有的，因爲我們到底走到了這個可惡的圍牆傍邊來了！現在到了！不成，完了！但是我不責備你們，你們是不能相信我嘴裏的話的，我很明白！」

他憂鬱地沉默着。

「您能不能在一點也不損害對於重要事情沉默的決意之中，能不能同時給我們一點點的暗示：那一種强烈的動機竟使您在供到對於您本身有危險的當口沉默起來？」

米卡憂鬱地，似乎凝想地，笑了一聲。

「我比你們所想的善良得多，諸位，我可以告訴你們爲什麼，給予你們這個暗示，雖然你們並不配這個。諸位，我所以沉默，是因爲對於我有一種恥辱在裏面。在『錢從那裏取來？』的問題的答案裏，包含一個對於我本身的恥辱，甚至殺害我父親的性命，搶刦我父親的財產都不能和它相比，——假使我果眞做了這殺害和搶刦的事。爲了這個緣故，我不能說出來。爲了恥辱不能說。諸位，你們也想把這話記錄下來麽？」

「是的，我們要記錄下來，」——尼古拉·帕爾費諾維奇喃聲說。

「你們不應該記錄關係「恥辱」的話。我是由于心靈的善良對你們供了出來，本可以不供的，可以說是我贈送給你們的，而你們立刻就抓住了。啾，你們寫罷，你們隨便寫罷，」——他賤蔑地，憎嫌地說——「我不怕你們……對你們感到驕傲。」

「您能說這是什麼樣的恥辱？」——尼古拉·帕爾費諾維奇喃語着。

檢察官皺緊了眉頭。

「不，不，這已經完了，你們不必費事了。不值得沾污一個人的手。我爲了你們已經沾污得很多了。你們不配，你們和任何人都不配……够了，諸位。我不再說下去了。」

這些話很堅決地說了出來。尼古拉·帕爾費諾維奇不再堅持，但是從伊鮑里脫·基里洛維奇的眼神裏一下子看出他還未失去希望。

「至少您能不能宣布一下！您手裏持着那筆數目走到潘爾霍金先生家裏的時候，那筆數目的數量如何？那就是多少盧布？」

「我不能宣布這個。」

「您好像對潘爾霍金聲明過您好像從霍赫拉闊瓦太太手裏取到了三千盧布？」

「也許聲明過的。够了，諸位，我不再說了。」

「既然這樣，就請您描寫一下，您如何到這裏來？來到以後，做些什麽事？」

「關於這件事情可以問這裏所有的人。但是我也可以說出來。」

他敍講起來，但是我們不再加以複引。他講得乾澀而且簡略。他並沒有講他的愛情的歡欣狀態。却講，因爲『發生了新的事實，』他的自殺的決意消滅了。他的敍講中並不說出理由，並不詳細的描寫。預審官們這一次也不大煩擾他。顯然，對於他們現在主要的節目不在這上面。

「這一切我們會加以調查。在審問證人的時候，再提出來，那時候您自然也應該在場的，」——尼古拉．帕爾費諾維奇結束了審問的時候，這樣說。——「現在我對您有一個請求，把所有您身上的東西，主要的是所有您現在身上帶着的錢，全都取出來，放在棹子上。」

「錢麽，諸位？好的，我明白這是應該做的。我甚至奇怪，怎麽以前沒有注意到。但是我一直坐在這裏，沒有到什麽地方去。這是我的錢，請數一數，拿去罷，好像全在裏面。」

他從口袋裏全都掏了出來，連零錢，兩角錢也從背心口袋裏取了出來。數了數錢，一共八百三十六盧布四十戈比。

「就是這些麽？」

「就是這些。」

「您剛纔供的時候說，在波羅脫尼闊夫的小鋪裏留下了三百盧布。給了潑爾霍金十個盧布，馬夫二十盧布，在這裏輸了二百，以後……」

尼古拉·帕爾費諾維奇數了好幾遍。米卡很樂意地幫着忙。每個戈比都記了起來，加在賬裏。尼古拉·帕爾費諾維奇粗枝大葉地總結了一下。

「加上這八百，您最初大約有一千五，是不是？」

「是的。」

「爲什麼大家說比較多呢？」

「讓他們說去好了。」

「您自己也說的。」

「我自己也說的。」

「我們還可以審問別人，以作這一切的對證。您不必擔心您的錢。這些錢將會用相當的方法保存起來，在做完了一切……開始做的事情……發還給您，如果發現，或是證明出您對於這些錢有無可辯駁的權利。唔，現在呢……」

尼古拉·帕爾費諾維奇忽然立起來，堅決地對米卡宣告，他「不得不，而且應該」對於

「您的衣服和一切別的東西」作極詳細精確的檢查。

「好罷，諸位，我可以把所有的口袋都翻轉來，假使你們願意。」

他確乎起始翻轉口袋。

「甚至必須脫下衣裳。」

「怎麼？脫衣裳麼？見鬼！就這樣搜查，好不好？不能這樣麼？」

「無論如何不行，特米脫里・費道洛維奇。必須除下衣裳。」

「隨你們便罷，」——米卡帶着陰鬱的心情服從了，——「不過請不要在這裏，到簾後去。誰來檢查？」

「自然在簾後，」——尼古拉・帕爾費諾維奇，點頭表示同意。他的臉甚至露出特別的莊嚴的樣子。

第六章　檢察官捉住了米卡

發生了對於米卡完全意料不到的，奇怪的一切。他以前怎麼也不能，甚至在一分鐘以前也不能想到有人會這樣對付他，這樣對付米卡．卡拉馬助夫的！主要的是發生了一點降貶身分的，在他們方面「驕傲的，看不起他的」事情。脫去上衣還沒有什麼，但是竟請他再脫下去。並不是請他，實際上是命令他；他很明白。由於驕傲和賤蔑，他完全服從，一句話也不說。走進簾後的除尼古拉．帕爾費諾維奇以外還有檢察官，和幾個鄉下人，「自然是爲了用武力，」——米卡心想，——「也許還爲了什麼。」

「難道連襯衫也要除去麼？」——他堅決地問，但是尼古拉．帕爾費諾維奇沒有回答他：他和檢察官兩人正專心審查上衣，褲子，背心和制帽，顯然他們兩人對於這次的檢查很加注意：「完全不客氣，」——米卡的心裏閃出這個念頭，——「甚至沒有保持相當的客氣。」

「我第二次問你們：要不要脫去襯衫？」——他更加堅決地，而且惹惱地說。

「您不必担心，我們會通知您的，」——尼古拉．帕爾費諾維奇回答，甚至帶點上司的口氣。至少米卡這樣覺得。

檢察官和預審推事之間發生了極關切的輕聲的聚議。上衣上面，特別在左面的裏子上面，發現了極大的血漬、乾的，堅硬的，還不很發軟。袴子上也有的。尼古拉・帕爾費諾維奇當着見證在場，親自用指頭在領子上，袖口上，上衣和袴子的一切線縫上摸索起來，顯然在尋覓什麼，——自然是錢。主要的是並不將他們的疑心對米卡隱瞞，他們疑心他會把錢縫在衣裳裏面。「這簡直就是對待賊，不是對待軍官，」——他自行喃語。他們還當他面前互相告訴到特別坦白的地步。例如，也在簾後張羅服侍的書記請尼古拉・帕爾費諾維奇注意那隻制帽，當時也摸了一下。「您記得那個書記格里登卡，」——書記說，——「夏天去領取所有辦公廳人員的薪俸，回來以後聲明喝醉了酒，遺失了，——後來在那裏發現的？就在帽邊裏，把一百盧布的鈔票捲成喇叭管兒，縫在帽邊裏。」格里登卡的事，檢察官和預審推事記得很清楚，所以便把米卡的帽子放在一旁，決定以後連同衣裳正正經經地檢查一下。

「請問，」——尼古拉・帕爾費諾維奇看見米卡的衫襯右手的袖口，捲在裏面的，全都染上了血，忽然喊了出來。——「請問：這是什麼，血麼？」

「血，」——米卡堅決地回答。

「還是什麼血？……爲什麼捲在袖子裏面？」

米卡敍講他張羅格里郭里的時候，沾污了袖口，還在潘爾霍金家中洗手的時候就捲進裏面去了。

「您的襯衫也不能不取走，這是很重要的……作爲物證。」米卡臉漲紅了，性情暴燥起來。

「叫我光着身子麼？」——他喊。

「您不必着急，我們想法子糾正，現在勞駕脫下襪子來。」

「你們不是打哈哈麼？這果眞是必須的麼？」——米卡閃着眼睛。

「我們沒有功夫打哈哈，」——尼古拉·帕爾費諾維奇嚴肅地回答。

「既然必須，也好……我……」——米卡喃語着，坐到牀上脫襪子。他感到難忍的爲難：大家都穿衣裳，而他一人光了身子。奇怪的是他脫了衣裳，似乎自己在他們面前是有錯處的。主要的是他幾乎自己同意，自己眞的忽然比他們大家低卑，現在他們已有看輕他的完全的權利。「大家都脫光了衣裳，並不害羞，一個人脫光了，而大家看望，——那才是恥辱！」——他的腦筋裏又閃出這個念頭，——「好似在夢中，我在夢中有時看見到這類的恥辱。」但是脫襪子一層，他甚至感到苦惱：他的襪子很不乾淨，下身的內衣也是的，而現在大家全都看見了。主要的是他自己不愛自己的脚，不知爲什麼原因一輩子認他的兩隻脚上的大脚指是醜陋的，特別右脚上一隻粗的，扁的，好像彎到下面的指甲是這樣的，而他們現在全都看見了。由於忍不住的羞慚，他忽然更加，甚至故意粗暴了。他親自脫去了身上的襯衫。

「要不要再在什麼地方尋找一下，如果你們不害臊的話？」

「不，暫時不必。」

「怎麼，就讓我這樣光着身子？」——他兇蠻地說。

「是的，暫時這是必須的……暫時勞駕先坐下，可以從牀上取一條被服裹一裹，我……我就去辦妥貼。」

所有的東西全給見證們看過，立了檢查記錄，後來尼古拉·帖爾費諸維奇也走了出去。衣服也隨着取出去。伊鮑里脫·基里洛維奇也走了出去。惟有鄉下人留下來，和米卡在一起，默默地站着，目不轉睛地看他。米卡覺到冷，用被服裹住。他的光腿凸露在外面，他怎麼也不能把被服拉上來蓋住。尼古拉·帖爾費諸維奇不知爲甚麼許久不回來，「久得使人煩心。」「他把我當作小狗看待，」——米卡咬緊牙齒說。「那樣討厭的檢察官也走了，一定由於賤蔑而走的，他看着光身的人感到難過了。」米卡到底還心想，人家在那裏審查他的衣裳，一會兒就送回來。但是尼古拉·帖爾費諸維奇忽然回來，帶來了完全另一套衣裳，一個鄉下人跟在他後面拿着。

「這是您的衣裳，」——他輕快地說，顯然很滿意他的任務的成功。——「卡爾干諸夫先生爲了這件有趣的事情，捐了一套衣服和乾淨襯衫給您。幸而恰巧在他的皮箱裏放着。下身的內衣和襪子您可以穿自己的。」

米卡生氣得異常：

「我不要穿別人的衣裳！」——他威嚴地喊——，「把我的拿來！」

「不可能。」

「把我的拿來。滾卡爾干諸夫的蛋！他的衣裳，連他一塊兒滾！」

勸了他許多時候。勉强讓他安靜下去。他們告訴他，他的沾染血漬的衣裳應該「加入物證」裏去，現在他們甚至「沒有權利」還把這衣裳留在他的身上。……「爲了這案件可能的結局。」後來米卡有點瞭解過來。他憂鬱地沉默下去，匆忙地穿上衣裳。穿衣的時候他纔說這件衣裳比他的舊衣闊綽，他不願「佔人家的便宜。」而且「狹窄得氣人。是不是讓我穿好了，扮做丑角……供你們取樂？」

他們又對他表示，他過甚其詞，卡爾干諸夫先生雖然身材比他高，却也祇高一點點，祇有袴子長些。但是上衣在肩頭上確乎狹窄些：

「見鬼，扣紐子都難，」——米卡重又嘟噥起來。——「勞駕立刻請你們對卡爾干諸夫轉達，不是我向他借衣裳穿，是人家把我自己扮成丑角的模樣。」

「他很明白，很可惜……並不是可惜他的衣裳，却是這一件事情，」——尼古拉·帕爾費諸維奇喃喃地說。

「管他可惜不可惜！現在往那裏去？還是坐在這裏麼？」

他們又請他到『那間屋子』裏去。米卡走了出來。恨怒得直皺眉頭，努力不望任何人。他穿了別人的衣裳，感到十分受辱，甚至在那些鄉下人和脫里芬·鮑里賽奇面前也是如此。脫里芬·鮑里賽奇的臉，突然在門前為了什麼事情閃過，就消失了：「來看我打扮好衣裳的，」——米卡想。他坐在以前的椅上。他有一個噩夢般的，離奇的感覺，他覺得他腦筋裏不清楚。

「現在怎麼樣，你們是不是要用鞭子抽我，別的沒有什麼了。」——他咬緊牙齒，對檢察官說。他朝尼古拉·帕爾費諸維奇的方面轉身過去都不願，似乎不屑和他說話一般。「他把我的襪子審察得太專心，這混蛋還吩咐人把它翻轉來，他這是故意陳列出來，給大家看我的內衣如何齷齪！」

「現在必須審問證人，」——尼古拉·帕爾費諸維奇說，似乎就是回答特米脫里·費道洛維奇的問題。

「是的，」——檢察官凝慮地說，也似乎在那裏忖度什麼事情。

「特米脫里·費道洛維奇，我們爲您的利益打算，儘我們的可能的都做到了，」——尼古拉·帕爾費諸維奇繼續說，——「但是您的方面既然絕對地拒絕對我們解釋關於您身邊那筆數目的來源，這時候我們……」

「您的戒指是用什麼鑲成的？」——米卡忽然打插，似乎從一種凝慮的心思中醒轉，手指指着裝飾尼古拉·帕爾費諸維奇右手的三隻大戒指中的一隻。

「戒指麼？」——尼古拉·帕爾費諸維奇驚訝地反問。

「就是那隻……在中指上的，有條紋的，那是什麼石頭？」——米卡堅持地問，帶着似乎惹惱的樣子，好像一個固執的嬰孩。

「那是煙形的黃石英，」——尼古拉·帕爾費諸維奇微笑了。——「要不要看看，我脫下來……」

「不，不，不用脫！」——米卡兇橫地喊，忽然醒悟轉來，自己恨起自己來了，——「您不必脫，不必……見鬼……諸位，你們把你的心玷汚了！難道你們以爲假使我果眞殺了父親，我竟會瞞你們，裝假，撒謊，躲藏麼？不，特米脫里·卡拉馬助夫不是這樣的人，他受不住這個，假使我有罪，我敢賭咒，我不會等待你們的來到和太陽的出升，像起初那樣打算、我會不等黎明就殺死自己！我現在自己感到這一層。我活了二十年，沒有學到像那個可惡的夜裏所知道的那樣多的事情！……今天夜裏我不致於會那樣的，現在和你們同坐的時候也不致於會這樣的，——我不致這樣說話，這樣行動，這樣看望你們和世界，假使果眞我成了弒父的惡徒，同時卽使是不經意的殺害格里郭里，也使我整夜不得安寧，——並不是由於恐懼，並不是由於單單恐懼你們的刑罰！那個恥辱！你們還要想叫我對像你們這樣的好嘲弄人的人們，一無所見，一無所信，盲目的鼹鼠和好嘲弄人的人們，暴露而且敍講我的新的卑賤的行爲，又一種新的恥辱，雖然這能以從你們的罪狀救我出來？不如去受徒戍的刑罰！殺死我的父親，偷他的財產的是那個開了父親房子上的門，並且從這門裏走進去的人。這人是誰，——我並不清楚，自己感覺煩悶，但決不是特米脫里‧卡拉馬助夫，你們應該知道，——這就是我所能對你們說的一切。够了，够了，不要多纏……儘管戍送出去，處死刑，但是不要再惹惱我了呀。我不說話了。你們叫你們的證人們進來好了！」

米卡說完了突如其來的獨白，好像完全決定以後根本沉默起來。檢察官一直觀察着他，等他說完以後，才用極冷淡，極安靜的態度忽然說出好像極平常的話來：

「就是關於您剛纔提到的那扇敞開的門的事情，我們恰巧就在現在，可以通知您，那個被您所傷害的格里郭里‧瓦西里也夫所作的一段十分有趣的，對於您，對於我們都極重要的供詞。他醒了轉來，經我們的盤問，明白而且堅持地說，他當走到台階上，聽見花園裏有什麼聲音，決定從敞開的園門裏走進園內，一走進去，還在沒有看見您在黑暗裏迅跑之前，——據您自己告訴我們，是因爲在窗裏看見了您的父親，便拔步從敞開的窗前跑走，——當時他（格里郭里）朝左面一看，瞥見窗子果眞洞開，同時又在離自己較近些的地方也看見了敞開的門，而這扇門據您所稱在您留在園內的全部時間老是關着的。我不瞞您，瓦西里也夫自己堅決的斷定，而且證明您一定是從門內跑出來的，雖然他自然沒有親眼看見，並沒有看見您怎樣跑出來，初次看到您的時候已離他身邊稍遠，在花園中間，朝圍牆方面快跑……」

米卡還在說了一半的時候，就從椅上躍起。

「胡說！」——他忽然瘋狂地喊，——「大膽的騙人！他不會看見開着的門，因爲當時是關着的……他說謊！……」

「我應該對您再說一遍，他的供詞是堅決的。他並有搖動。他堅決地主張着。我們好幾次反復地問他。」

「我確乎問過他許多遍！」——尼古拉・帕爾費諾維奇熱心地證實。

「不確，不確！這不是造我的謠言，便是瘋人的幻覺，」——米卡繼續喊，——「祇是因爲流了血，受了傷；說出的譫語，在他醒轉來的時候生了幻覺……因此說胡話。」

「是的，但是他注意到洞開的門，非在受傷醒轉時，却在他從邊屋走進花園以前。」

「不確，不確，這是不會有的！這是他爲了恨我，造我的謠言。……他不能看見……我沒有從門裏跑出來，」——米卡氣呼呼地說。

檢察官轉身向尼古拉·帕爾費諾維奇，用着重的意義對他說道：

「您拿出來。」

「這東西您認識麼？」——尼古拉·帕爾費諾維奇忽然把一隻厚紙製成，辦公用式樣的大信封放在棹上，——信封上面還看得見三個保存着的火漆印。信封是空的，一邊已被撕破。米卡瞪着它。

「這是……這一定是父親的信封，」——他喃語，——「裏面放着三千盧布的那隻信封……假使上面有字，你們瞧：「獻給小鷄」……你們看：就是三千，」——他喊，——「三千，你們瞧見沒有？」

「自然看見的，但是我們在裏面沒有發現銀錢，它是空的，在屏風後牀傍地板上放着。」

米卡站立了幾秒鐘，像中上悶棍似的。

「諸位，這是司米爾加可夫！」——他忽然用全力喊，——「這是他殺死的，他搶的錢！祇有他一人知道老人的錢藏在什麼地方，我並不知道……」——米卡完全喘不過氣來了。

「您剛纔自己供，信封放在去世的父親的枕頭底下。您說的就是在枕頭底下，如此說來，您也知道在那裏放着。」

「我們就是這樣記錄下來的！」——尼古拉・帕爾費諾維奇證實着。

「胡說，離奇！我完全不知道在枕頭底下。也許並不在枕頭底下……。我偶然說在枕頭底下……司米爾加可夫說什麼？你們問過他，放在那裏麼？司米爾加可夫說什麼？這是主要的……我故意給自己撒謊……我沒有想就對你們撒謊說信封在枕頭底下，而你們現在竟……你們知道，從舌頭上溜出一句話來，就撒了謊。司米爾加可夫一人知道，祇有司米爾加可夫一人知道，沒有別人！……他沒有對我說出，在那裏放着？這是他，這是他。這一定是他殺死的，我現在明白得雪亮，」——米卡越來越瘋狂地發喊，沒有聯貫地反覆說着，越來越發火，越來越憤激。——「你們應該明白，趕快逮捕他，趕快逮捕他……在我跑走以後，格里郭里昏迷地躺着的時候，他殺死的，現在這很明白了……他叫出了暗號，父親給他開門。……因爲祇有他一人知道記號，沒有記號父親是不肯開門的……」

「但是您又忘記了一個事實，」——檢察官說，還帶着壓制的情感，却似乎含着勝利的意味，——『假使門已經敞開，還在您在花園裏的時候，那末可以不必傳出記號來了……』

『門呀，門呀，』——米卡喃語着，不聲不響地釘着檢察官；他乏力地又垂坐椅上。大家沉默了。

『是的，門！……那是宿命！上帝反對我！』——他喊。向前面直望，完全不帶着任何思念。

『您瞧，』——檢察官鄭重其事地說，——『現在您自己判斷，特米脫里．費道洛維奇，一方面是那一段說您從洞開的門裏跑出來的供詞壓迫着您和我們，另一方面，您對於忽然發現在您的手頭的銀錢的來源，又是那樣不易了解的，固執的，近於殘酷的沉默，同時還在這筆款子出現前三點鐘的時候，您自己供稱爲了祇要取到十個盧布，竟押去了您的手槍！爲了這一切，請您自行決定：我們應該相信什麼，應該信賴什麼？以後不要責備我們，說我們是『冷淡的，罵世的，好嘲笑的人們，』沒有力量相信您的心靈上的正直的熱情。……您反過來了解我們的地位……』

米卡處於莫可形容的心神騷擾之中，他的臉慘白了。

『好的！』——他忽然喊，——『我可以對你們說出我的祕密，說出從那裏取來的錢！……把我的恥辱發現出來，爲了以後不致責備你們，還自行譴責。』

「您應該相信，特米脫里・費道洛維奇，」——尼古拉・帕爾費諾維奇用一種和藹和喜悅的聲音搶過來說，——「您在現在時間內所做的，一切誠懇的，完全的自承，以後會使您的運命取得無量的輕鬆，此外……」

但是檢察官在棹底下輕輕兒推了他一下，他當時趕緊縮住。米卡並沒有聽到他的說話。

第七章　米卡的大祕密——受了嗤聲

「諸位，」——他還是那樣心神騷亂地起始說，——「這些錢……我願意全部直承……這些錢是我的。」

檢察官和預審推事的臉甚至拉長了，他們完全沒有料到這句話。

「怎麼是您的，」——尼古拉·帕爾費諾維奇喃聲說，——「既然你還在下午五點鐘，根據您自己的承認……」

「白天五點鐘和我自己的承認的話且不必管，現在事情不在這個上面！這些錢是我的，是我的，我偷來的……不是我的，是偷來的，我偷來的，一共一千五百，放在我身邊，永遠放在我的身邊……」

「您究竟從那裏取來的？」

「從頦頸上面取來的，諸位，就從我的頦頸上面……這些錢用破布包着，縫在頦頸上面，很早就掛在頦頸上面，已有一個月，我帶着羞慚和恥辱把這錢掛在頸上！」

「但是您從誰那裏……挪用的？」

「您想說「偷」麼？現在把話直說出來好了。是的，我認爲等於偷來的，確乎是「挪用」的，如果您願意這樣說。但是照我的說法是偷來的。昨天晚上算是完全偷到了。」

「昨天晚上麼？但是您剛纔說您是一個月以前……取到的！」

「是的，但不是從父親那裏，不是從父親那裏，你們不要着急，不是從父親那裏，却是從她那裏偷來的。讓我說出來，不要打斷我的話。這是很難過的。一個月以前，卡德鄰納・伊凡諾夫納・魏爾霍夫且瓦，我的以前的未婚妻，喚我去……你們知道她麼？」

「知道的。」

「我知道你們知道的。那是極正直的靈魂，正直中正直的靈魂，但是早就恨我，早就恨，早就恨了……而且恨得對，恨得有理！」

「卡德鄰納・伊凡諾夫納麼？」——預審推事驚訝地反問。檢察官也狠狠地釘看他。

「不要徒然褻瀆她的名字！我把她提出來，我是無賴的人。是的，我看出她恨我。……早就恨，從最初的一次起，從那天在我的寓所裏……但是够了，够了，你們甚至連這個也不配知道的，這不用去說它……要說的是她在一個月以前喚我去，交給我三千盧布，叫我匯到莫斯科，給她的姊姊和另一位女親眷，（彷彿她自己不會匯似的！）而我……那時正是遇到我一生中運定的時間，正當我……一句話，當時我剛愛上了另一個，就是她，現在的那個，此刻在樓下坐着的格魯申卡……我當時把她帶到莫克洛葉，鬧了兩天的酒，鬧去可惡的三千裏的半數，就是一千五，而把其餘的一半留在自己身邊。就是我留下的那個一千五，我一直帶在自己的頸上，代替了鎖盒，昨天纔拆開來，拿來鬧酒。剩下的八百盧布現在就在您的手裏，尼古拉・帕爾費諾維奇，是昨天的一千五的零頭。」

「請問，一個月以前，您化去了三千，不是一千五，不是大家都知道的麼？」

「誰知道？誰點過？我讓誰點過？」

「對不住，您自己對大家說，當時您化去了整整的三千。」

「不錯，說過的，對全城說過的。全城的人都這樣說，大家都認爲，這裏莫克洛葉的人們也認爲化了三千。不過到底我化去的不是三千，而是一千五，其餘的一千五縫在鎖盒裏！這事情就是這樣的，諸位，昨天的錢就是從這裏來的……」

「這眞是奇怪……」——尼古拉・帕爾費諾維奇喃語。

「請問，」——檢察官終於說，——「您以前沒有對誰宣布過這樁事實麼？……就是一個月以前將一千五百留在自己身邊的事？」

「對誰也沒有說。」

「這眞奇怪。難道就完全沒有說麼？」

「對誰也完全沒有說。對誰，對誰也沒有說。」

「但是這樣沉默有什麼原因？有什麼動機使你做得這樣祕密！我來解釋確切些；您到底對我們宣布了您的祕密，照您的話語，很「恥辱」的祕密，雖然實際上，——自然祇是相對的說法，——這個行爲，那就是挪用別人的三千盧布，無疑地祇是臨時的挪用，這個行爲據我看來至少祇是一種十分輕浮的行爲，並不如何的恥辱，而且從您的性格上着想……可以甚至說是極失面子的行爲，那我承認，但是失面子——總還不是恥辱……我的原意是說關於您浪用了魏爾霍夫且瓦小姐的三千塊錢，有許多人在那個月內，不用您自行承認也猜到了，我自己也曾聽到這個傳說……例如說，米哈意爾·馬卡雷奇也聽到的……所以這已經不是傳說，而是全城閒談的話柄。而且也有痕跡可以證明您自己，如果我沒有弄錯的話，也曾對什麼人承認，這錢是魏爾霍夫且瓦小姐的……所以使我奇怪的是您至今，那就是在這時刻以前，竟在您口口說是留下一千五來的事情上面罩上這樣異乎尋常的祕密，甚至使這祕密和一種恐怖相聯結……這樣的祕密可以値得您在承認之前如此的痛苦是不可思議的事……因爲您剛纔甚至喊着寧願受遣戍，而不願承認。……」

檢察官沉默了。他激怒了。他不隱瞞他的惱怒，甚至忿恨，把一切積在胸臆中的話全掏了出來，甚至不顧到語調的美麗，竟是不聯貫的，幾乎前後矛盾的。

「恥辱不在一千五的本身，卻在這一千五我把它從三千裏分了出來，」米卡堅決地說。

「那有什麼？」——檢察官惹惱地冷笑着。——「這筆款子您這樣失面子地，或者您願意說是恥辱地取到了，那末爲了自己的打算，從裏面分出一半來，那有什麼可恥辱的呢？重要的是您挪用了三千，而不是如何支配它。順便問一下，您爲什麼這樣支配，分了一半出來？爲了什麼，爲了什麼目的您這樣做？您能不能對我們解釋一下？」

「諸位，一切的力量就在目的上面！」——米卡喊，——「分出來是由於一個低卑的念頭，由於計算心，因爲在這個情形之下，計算心就是低卑的行爲……而這低卑的行爲延續了整整的一個月！」

「不明白。」

「我覺得你們眞奇怪。但是也許眞是不容易明白，讓我再解釋一下。請你們注意我的話：我挪用了人家憑了我的名譽付託給我的三千，用來喝酒，全喝光了，到了早晨到她那裏，說道：「卡嘉我錯了，我用去了你的三千塊錢，」——怎麼樣，好不好？不，不好，——這是卑怯和不名譽的事。我是禽獸，不會節制自己到了禽獸地步的人，對不對？對不對？但到底還不是賊？不是直接的賊，不是直接的，您應該同意這層！是浪用，而不是偷竊！現在是第二個還比較有利的機會，請你們注意我的話，否則我也許又講到歪斜裏去了，一一頭有點昏暗，一一現在第二個機會：我從三千中祇化去了一千五，那就是半數。第二天，我到她那裏去，把半數送還：「卡嘉，你從我這混蛋和輕浮的下流胚手裏收下這半數罷。因爲我化去了一半，也會化去這一半的，免得再犯了罪孽！」那樣子如何呢？隨便算是什麼東西，野獸也可以，下流胚也可以，卻到底不是賊，不完全是賊，因爲如果是賊，一定不會送還半數，而將全行據爲已有。她看見我這樣快地送回了半數，一定要補送其餘的錢，已經化去的錢，會一輩子去尋覓，一輩子去工作，在弄到以後還淸的。因此那是卑鄙的人，而不是賊，不是賊，無論你們怎麼說，不是賊！」

「就算是有點區別，」一一檢察官冷笑了一聲，一一「但是您在這裏面看到如此運定的區別，到底很奇怪。」

「是的，我是看出這運定的區別的！每個人可以成爲卑鄙的人，每個人都是的，但不是每人都會做賊，祇是卑鄙絕頂的人纔做的。我不會分別這些細緻的東西……不過賊比卑鄙的人還卑鄙，這是我的信念。你聽着：我整月懷錢在身邊，明天我一決定交還出去，我就不是卑鄙的人，但是我不能加以決定，雖然每天決定着，雖然每天推着自已：「決定呀，決定呀，卑鄙的人，」而整整的一個月內不能加以決定。就是這樣的！你們以爲這好麼？好麼？」

『就算是不很好，我很明白，我不來爭辯，』——檢察官謹愼地回答，——『關於這一切細緻的區別的爭論，留到以後再說，還是請您先談到正事上去。原來您還沒有對我們解釋，雖然我們問過您：您最初就把三千盧布分了開來，一半化去，一半藏起，爲了什麼原因？究竟爲什麼藏起來？您分出一千五來，打算作什麼用處？我堅持着提出這個問題來，特米脫里·費道洛維奇。』

『是的，眞是的！』——米卡喊，叩打自己的額角，——『對不住，我磨折你們，沒有解釋出主要的意思，否則，你們一下子會明白的，因爲恥辱就在目的上面，就在目的上面！這是這個老人，去世的父親，儘打阿格拉菲納·阿歷山大洛夫納的主意，而我喫着醋，心想她在我和他之間游移着。我每天想：假使她的方面忽然來了決意，她不再磨折我，忽然對我說：「我愛你，不愛他，你把我帶到天涯地角去好了。」我手裏祇有兩角錢；用什麼來把她帶走？那時候叫我怎麼辦？——那纔糟糕呢。我當時不知道，也不了解她，心想她需要金錢，她不會饒恕我的貧窮。所以我就像惡魔一般地從三千裏數出了一半，冷酷地用針縫好，帶着一種計算的心思把它縫好，在喝醉以前就縫好，縫好以後，纔跑去化半數在鬧酒的上面！不，還是低卑的事！現在明白了罷？』

檢察官大笑，預審推事也笑了。

「據我看來，您沒有完全化去，留下一部分，甚至是有見識，有道德的舉動，」——尼古拉·帕爾費諾維奇嘻嘻地笑着，——「因爲究竟這裏有什麼意義？」

「就是因爲偷了，就是這樣！天呀，你們的不了解眞使我懼怕！我懷着縫在胸前的一千五的時候，每天，每小時儘對自己說：「你是賊，你是賊！」我所以在這一個月內發蠻勁，在酒店內打架，還痛打父親，就因爲感到自己是一個賊！我甚至對舍弟阿萊莎也不能決定，而且不敢告訴一千五的事情：我深深地感到我眞是卑鄙的人，眞是扒手！但是你們知道，我懷藏錢的時候，我同時每天，每小時對自己說：「特米脫里·費道洛維奇，你也許還不是賊。」爲什麼？就因爲你明天就可以跑去，把一千五交還給卡嘉。到了昨天，我纔決定把我的鎖盒從頸上摘去，在從費娜那裏出來，走到潘爾霍金家去的時候，而在那個時間以前還沒有決定，但是剛剛一摘下來，立刻成爲根本決定了的，無可爭辯的賊，一輩子的小偷和不名譽的人。爲什麼？因爲跟着鎖盒也把我走到卡嘉面前，說：「我是卑鄙的人而不是賊」的幻想一塊兒撕碎了！你們現在明白麼？明白麼？」

「爲什麼您就在昨天晚上決定這樣做呢？」——尼古拉·帕爾費諾維奇打插着。

「爲什麼？問得好笑：因爲我自己給自己判決了死刑，在早晨五點鐘，黎明時候：「已經是一樣的。」——我想，——「死的時候做一個卑鄙的人，或正直的人，總是一樣的！」

其實不對，不是一樣的！諸位，你們相信不相信，在這夜裏使我最感到痛苦的並不是我殺死了老僕，我有遣戍西比利亞的危險，正在我的愛情已告成就，天乖新在我頭上亮開的時候！這也使我痛苦，但並不怎樣利害。這些念頭終不能和那個萬惡的感覺相比，這感覺就是我到底把這些可惡的銀錢從胸前摘下，加以浪用，那末現在已成爲一個根本決定了的賊！諸位！我用心血對你們反覆地說：這夜裏我認識了許多事情！我知道做了卑鄙的人不但生活下去是不可能，連做了卑鄙的人而死去也不可能……不對，諸位，死也應該帶着名譽的呀！……」

米卡臉色發白。他的臉露出憔悴，疲乏的神色，雖然他是極度的興奮。

「我起始了解您，特米脫里．費道洛維奇，」——檢察官柔和而甚至似乎同情地說，——「但是據我看來，請您恕我直言，這一切祇是神經……您的病態的神經，就是這個。例如說，爲了排除幾乎整個月來這許多的痛苦，您爲什麼不去把這一千五交還原來託您辦事的女太太，既然您當時的情形是像您所描寫的那般可怕，什麼不在和她解釋之後試一試自然而然進入腦筋裏來的計劃，那就是在對她坦白地承認自己的錯誤以後，您爲什麼不問她借您所需要的款子。她既具有寬容的心腸，看見您懊惱的心情，自然不會拒絕您的，尤其可以寫下借據作爲憑證，或者就根據您對商人薩姆騷諾夫和霍赫拉闊瓦太太所提出的抵押。您不是甚至在還以前還認這抵押品是珍貴的麼？」

米卡忽然臉紅了：

「難道您竟把我當作這樣卑鄙的人麼？您說這話不會是正經的罷！……」他賓慣地說，望着檢察官的眼睛，似乎不相信是從他的方面聽到的。

「我敢對您保證是正經的話……爲什麼您覺得不是正經的？」——檢察官也驚訝了。

「啊，那纔是卑鄙呢！諸位，你們知道不知道，你們在磨折我！既然如此，我對你們全講出來，我現在對你們承認我的惡魔般的劣性，但是爲了使你們慚愧，你們自己將感到奇怪，人類情感的配合會達到如何卑鄙的地步。你們知道，我自己也有過這個計劃，就是您剛纔說的那個計劃，檢察官！是的，諸位，在這可惡的一個月裏我也有這個念頭，幾乎決定到卡嘉那裏去，我竟卑鄙到如此地步！但是到她那裏去，對她宣布我的變心，而爲了這變心，爲了履行這變心起見，爲了需要費用以實現我的變心，竟向她，向卡嘉借錢，（向她求借，向她求借！）立刻就從她那裏出來，和另一個女人跑走，和她的情敵，和那個仇恨她，侮辱她的女人，——算了罷，您發瘋了，檢察官！」

「發瘋是並沒有發瘋，我在匆忙中，自然沒有想到……關於女人喫醋的一層……假使果眞有了醋意，像您所說的那樣……是的，這裏也許是有一點的，」——檢察官笑了一下。

「這眞是太不顧名譽了，」——米卡兇橫地舉拳擊棹，——「這有點發臭，我眞不知道是什麼玩意！您知道不知道，她會給我錢的，會給的，一定給的，爲了向我復仇而給的，爲了欣賞這復仇，爲了輕視我而給的，因爲她也是具有魔鬼般的心靈和偉大的怒氣的人！若是我取了錢，取下了錢，那時候我一輩子……唉，天呀！對不住，諸位，我所以呼喊，因爲在不久時候，還在前天，我夜裏和獵狗起膩的時候，以後昨天，是的，昨天整天，就生出這個念頭，我記得的，甚至在出了這件事情以前還想到的……」

「在出了什麼事情以前？」——尼古拉·帕爾費諾維奇好奇地追問，但是米卡沒有聽清楚。

「我對你們作了可怕的承認，」——他陰鬱地說，——「你們應該加以重視，諸位。不但重視，不是重視，而應加以珍視，如果這個還從你們的耳傍滑走，那末你們簡直不尊重我，我應該對你們這樣說，我因爲對你們這類人直接承認出來，而羞愧得要死！我要自殺！我看，我看，你們不相信我！怎麼，這話你們也要記錄下來麼？」——他懼怕得喊了出來。

「您剛纔所說的，」——尼古拉·帕爾費諾維奇驚訝地望他，——「那就是您在最後的一小時以前，還想到魏爾霍夫且瓦小姐那裏借錢……您應該相信，這是對於您重要的供詞，特米脫里·費道洛維奇，那就是關於這件事情的話……特別對於您，特別對於您是很重要的。」

「憐宥我一下罷，諸位，」——米卡攤手，——「這句話不要記錄，好不好？生點廉恥心出來罷！我在你們面前把我的心靈撕碎成兩橛，而你們竟利用這一點，用手指在兩半橛的被撕裂的地方摸索起來……天呀！」

他悲憤地用手掩臉。

「您不必這樣着急，特米脫里・費道洛維奇，」——檢察官說，——「現在記錄下來的東西您以後自己聽人家念一下，若是有不同意的地方，我們可以照您的話加以變更，現在我要第三次對您重複出一個問題：難道果真沒有人，真是沒有人聽到您說過幾錢的話麼？我對您說，這幾乎是無從想像的。」

「沒有人，沒有人，我以前已經說過了，否則，您就是一點也沒有瞭解我的話！你們給我安靜一下罷。」

「好罷，這事情是應該解釋明白的，而且還有許多時間在前面。現在請您想一想：我們也許有好幾十種憑據，證明您自己傳播，甚至到處呼喊，您用去了三千，是三千，不是一千五，而且現在，在發現了昨天的錢的時候，也告訴許多人說您又帶了三千……」

「不止幾十個，却是幾百個憑據在你們的手裏，二百個憑據，有二百個人聽見，一千個人聽見！」——米卡喊。

「您瞧，大家都可以證明的。那末這個「大家」的話終歸有點意義的。」

「沒有什麼意義，是我撒了謊，於是大家跟在我後面撒謊。」

「您爲什麼要這樣撒謊呢？您怎麼樣加以解釋？」

「鬼知道。也許由于誇口……就爲了……表示化了這許多錢。也許是爲了忘却縫錢的事情……是的，就是爲了這個……見鬼！……這問題您問了我多少次呀？撒了謊，就完了，既然撒了謊，就不願意再去改正。人有的時候撒一下謊，還會爲了什麼原因麼？」

「這是很難決定的，特米脫里·費道洛維奇，人爲了什麼撒謊，」——檢察官鄭重其事地說，——「您所稱的那個錦盒在您的胸前顯得大不大？」

「不，不大。」

「大概什麼大小？」

「一百盧布的鈔票摺成一半，就是這樣大小。」

「最好您能把破布給我們看一下。它總在您身邊的罷？」

「鬼……眞是蠢極了……我不知道在那裏。」

「但是請問您：您在那裏，在什麼時候把它從頸上摘下來的？您自己說過，不是沒有回家麼？」

「從費娜那裏出來，到潘爾霍金家去的時候，在路上從頸上摘下，掏出錢來。」

「在黑暗之中麼？」

「要臘燭做什麼用？我用手指一下子就弄好了。」

「不用剪刀，就在街上麼？」

「大概在廣場上。爲什麼用剪刀？一塊舊破布，立刻撕裂了。」

「以後您把牠放到那裏去了？」

「當時就扔了。」

「究竟在那裏？」

「就在廣場上，總之是在廣場上！誰知道在廣場上什麼地方。您問它做什麼？」

「這是異常重要的，特米脫里・費道洛維奇：這物證是爲您的利益打算的，您怎麼不願意明白這層？一個月以前誰幫您縫的？」

「沒有人幫忙，自己縫的。」

「您會縫麼？」

「兵士都應該會縫的，沒有什麼會不會的。」

「您從那裏取來材料，那就是縫合上去的那個破布？」

「您果眞不是說笑話麼？」

「並不，我們並不想發笑，特米脫里．費道洛維奇？」

「不記得在那裏取來了破布，總是在什麼地方取來的。」

「好像連這也不記得了。」

「眞是不記得，也許把內衣撕破了一點下來。」

「這很有趣：明天可以到您的住宅裏去尋覓這件東西，也許您撕去一塊的襯衫可以找得到。這破布是什麼材料，麻布呢，還是洋布？」

「誰知道是什麼材料。等一等……我大概並沒有從什麼衣服上撕下來。它是白洋布的……我好像縫的是女房東的包頭布。」

「女房東的包頭布麼？」

「是的，我從她那裏拖來的。」

「怎麼拖來？」

「你們看，我確乎記得曾拖了一塊包頭布，當作𩉫布之用，也許作爲擦鋼筆之用，輕輕兒取了來，因爲那是一塊一點沒有用處的破布，隨便放在那裏，後來就用牠把一千五縫好。

那是一塊舊白洋布，說過一千次了。」

「您記得很淸楚麼？」

「我不知道淸楚不淸楚。好像就是包頭布。隨它去好了。」

「如此說來，您的女房東至少也會記得她丟了這件東西？」

「不會的，她不會記得的。那塊舊布，我對你們說，那塊舊布一個小錢也不値。」

「針線從什麼地方取來的？」

「我停止發言，我再也不願意說了。够了！」——米卡終于生起氣來。

「又是很奇怪，您竟完全忘却，在廣場上的什麼地方拋棄了這個……鎖盒。」

「你們明天可以下令淸除廣場，也許會找得到的，」——米卡冷笑了一聲。——「够了，諸位，够了，」——他用疲倦的聲音這樣決定地說，——「我明白的看出：你們不相信我！一點點也不相信！那是我的錯處，不是你們的，大可不必多管。我爲什麼，爲什麼把我的祕密直說出來，降貶自己的身份呢？你們看來這很好笑，我從你們的眼睛裏看出來。檢察官，這是您把我弄到這個地步！如果能够，你們儘管唱起國歌來罷……你們這些刑訊者是應該受詛咒的！」

他垂頭，用手掩臉。檢察官和預審推事沉默着。過了一分鐘他舉起頭來，似乎茫然無所思想的對他們看了一下。他的臉表露出成就了的，已經無可挽回的悲哀。他似乎靜悄悄地不響了，坐在那裏，彷彿不記得自身似的。但是必須趕緊了結案件，立刻起始審問證人。時候已經是早晨八點鐘。臘燭早就熄滅。米哈意爾·馬卡雷奇和卡爾干諾夫在審問時候時常走出走進的。這一次又走了出去。檢察官和預審推事也露出極疲乏的神色。來臨的早晨是陰雨的天氣，整個天空被陰雲包圍，雨像從水桶裏倒下來一般。米卡茫無所思地向窗外看望。

「我可以不可以向窗外望一望？」——他忽然問尼古拉·帕爾費諾維奇。

「隨您的便罷，」——他回答。

米卡立起來，走近窗傍。雨抽打小窗的綠玻璃。窗下一直看得見齷齪的道路，在陰黑的雨絲中的遠處，有一排排黑黝黝的，貧窮的，不雅觀的農舍，由于雨水更顯得發黑，而且露出窮相。米卡，憶起「金黃蜷髮的太陽神，」憶起他在最初的日光發現的時候就想自殺；「在這樣的早晨也許更好些」，——他冷笑了，忽然手從上面向下一揮，就轉身到「刑訊者」方面去了。

「諸位！」——他喊，——「我看出我完蛋了。但是她呢？我求你們把她的事情告訴我。難道她也要同我一塊兒完蛋麼？她是無罪的，她昨天在神志不清的心神下面喊着：「一切是我犯的罪。」其實她一點也沒有罪，一點也沒有罪！我同你們坐了整夜，儘在那裏發愁……你們能不能，可以不可以告訴我，你們現在把她如何處置？」

「關於這層您根本安心好了，特米脫里·費道洛維奇，」——檢察官顯然匆遽地立行回答，——「我們現在沒有任何重要的理由，攪擾您所注意的那位女太太。在以後案件的進程之中，我希望也不致於如此……相反的，我們要做一切我們方面可以做的事情。您儘管放心好了。」

「諸位，多謝你們，我也知道你們到底是誠實的，合理的人，不管怎樣總是的。你們除去了我的心靈上的負擔。……我們現在怎麼辦呢？我一切都準備好了。」

「必須趕緊辦理。必須審問證人。這一切應該當您的面前辦理，因此……」

「先喝一點茶，好不好？」——尼古拉·帕爾費諸維奇插上去說，——「好像已經應該享受一下了罷？」

他們決定，假使樓下有預備好的茶，（因為米哈意爾·馬卡雷奇一定是出去「喝茶」的，）那末不妨每人喝一杯，以後再「繼續下去。」至於眞正的茶和「涼菜，」留到比較空閒的時候再吃。樓下確乎有茶水，立刻送了上來。尼古拉·帕爾費諸維奇客氣地邀請米卡喝一杯，起初他拒絕了，以後自己要喝，喝得極貪饞。總而言之，他帶着一種甚至特別累乏的神色。以他這樣强壯的體力，一夜的鬧酒，和因此而生的强烈的感觸，似乎有什麼關係呢？

但是他自己感到他勉強坐在那裏，有時候一切的物件似乎起始在他的眼前行走和轉動。「再等一會，也許要開始說出譫語，」——他自己想。

第八章　證人的供詞——嬰孩

起始審問證人。但是我們現在不再敍講得像以前那樣詳細。因此我們把尼古拉．帕爾費諾維奇對待個叫上去的證人如何叮囑他應該照實供陳，以後應該在立誓以後重複他的供詞等等的話，又如何要求每個證人簽署供詞的筆錄等等的手續忽略不提。我們應該提到的是問官全部注意力會聚的要點還是那個三千塊錢的問題，那就是第一次，一個月以前特米脫里．費道洛維奇在莫克洛葉初次鬧酒的時候，是三千呢，還是一千五，昨天特米脫里．費道洛維奇第二次鬧酒的時候，是三千呢，還是一千五。嗚呼，一切的證詞都是異口同聲地反對米卡，違反他的利益，有些證詞甚至提出推翻他所供的話的新的，驚人的事實。第一個被傳詢的是脫奇芬．鮑里賽奇。他立在問官面前，沒一點恐懼，反而作出對於被告嚴厲憤恨的神色，因此無疑地給自身添上了極真實的，身分尊嚴的樣子。他說話少而有節制，等候發問，回答得確切而且仔細。他確定而且不吞吐地供稱，一個月以前他化去的錢不下三千之數，此地的鄉下人們都可以證明他們從特米脫里．費道洛維奇自己嘴裏聽見三千的話：「光是吉卜賽女人，他就給她們扔出不少錢。光是她們總化了一千以外。」

「也許五百也沒有給到，」——米卡陰鬱地說，——「祇因爲當時沒有數，喝醉酒了，眞是可惜……」

米卡這一次側坐着，背靠簾幃，陰鬱的聽着，帶着憂愁和疲乏的神色，似乎說：「你們隨便去供罷，現在是一樣的！」

「化了一千以上，特米脫里·費道洛維奇，」——脫里芬·飽里賽奇堅決地否認，——「白白的扔去，讓他們檢到。這類人全是和賊騙子，他們是偷馬賊，他們從這裏被驅走，否則他們自己也許供出賺了您多少錢。我當時親自看您手上的錢，——數到是沒有數，您沒有交給我，這是對的，但是我記得，從眼睛上看來，比一千五還多……那裏祇有一千五！我們看見過錢的，我們會判斷的……」

關於昨天的錢，脫里芬·飽里賽奇逕直供說，特米脫里·費道洛維奇在馬車裏剛下來的時候，就自己對他聲明帶來了三千。

「算了罷，脫里芬·飽里賽奇，」——米卡反駁，——「難道我竟會肯定地宣布帶來了三千麼？」

「您說過的，特米脫里·費道洛維奇。當着安德烈面前說過的。那個安德烈還沒有走，你們叫他來問好了。您在大廳裏款待歌唱隊的時候，一直喊嚷說，您在這裏留下了六千，——

那就是連同過去的在一塊兒，應該這樣解釋。斯鉄彭和謝蒙聽見的，彼得・福米奇・卡爾干諾夫當時和您在一塊兒站着，他也許也會記得的……」

審問官持着不尋常的印象接受關於六千盧布的話。他們喜歡新的計算方法：三加三等於六，那末當時是三千，現在又是三千，一共六千，很明白。

審問了脫芬里・飽里賽奇所指出的幾個鄉下人，斯鉄彭和謝蒙，馬夫安德烈和彼得・福米奇・卡爾干諾夫等人。鄉下人們和馬夫毫不吞吞吐吐地。證實脫里芬・飽里賽奇的供詞。此外又照安德烈所供的話，記錄下他同米卡在路上談話的一段，關於『我將往那裏去：進天堂或落地獄，在另一世界內我能否受饒恕？』的一套話。『心理學家』伊飽里脫・基里洛維奇帶着輕淺的微笑傾聽這一些話，結果是主張把特米特里・費道洛維奇將落往那裏去的供詞一併『錄卷備査。』

被審問的卡爾干諾夫走進來的時候顯得不大樂意，持着陰鬱和固執的態度，和檢察官，並且和尼古拉・帕爾費諸維奇談話好像初次相遇似的，其實已是早就相識，而且每天相見的人。他一開始就說他『一點也不知道，也不願意知道。』關於六千的話他也聽到，並且承認他當時在傍邊站着。從他的眼光上看來，米卡手裏的錢是『不知道多少。』關於波蘭人賭牌作弊的事，作了肯定的供詞。他在經過了反覆的盤問之後，也說波蘭人被驅走後，米卡和阿格拉菲納·阿歷山大洛夫納間的事情確見改善，她自己說她愛他。對於阿格拉菲納·阿歷山大洛夫納發出極有約束的，恭敬的批評，似乎她是極上等社會裏的太太，甚至一次也不稱呼她『格魯申卡。』不管這青年人如何對於說口供深致嫌惡，伊鮑里脫·斐里洛維奇還是纏問他許多時候，從他那裏總打聽出來關於米卡在這一夜的『浪漫史』的一切詳細情節。米卡一次也沒有阻止過卡爾干諾夫的說話。後來他們把青年人放走，他退出去的時候露出掩塞不住的憤怒的神氣。

波蘭人也被傳詢。他們雖已在自己屋內躺下，却整夜沒有睡熟，官員們來到以後趕緊穿好衣裳，整理外貌，自己明白他們一定要被傳去問話的。他們帶着威嚴的態度走進來，雖然不免有點懼怕。那個主要的小波蘭人是退職的十二品官，在西比利亞充當獸醫官，姓莫謝洛維夫。佛羅勃萊司夫基原來是自由執業的牙醫。他們兩人走進屋內，雖然由尼古拉·帕爾費諾維奇發問，却立刻朝站在一傍的米哈意爾·馬卡雷奇作答，莫明其妙地把他當作這裏主要的官員和上峯，每次稱他：『『中校先生。』經米哈意爾·馬卡雷奇許多次的指導纔猜到應該對尼古拉·帕爾費諾維奇作答。原來他們的俄語說得竟十分正確，除去有些字帶點口音。莫謝洛維奇起始熱烈而且驕傲地聲明她和格魯申卡的關係，以前和現在的關係，使米卡立刻大生其氣，喊嚷着說他不許『這卑鄙的人』當他面前這樣說話。莫謝洛維奇立刻指出『卑鄙的人』的名詞，請求把這句話加進記錄裏去。米卡憤怒得像沸水似的翻騰着。『卑鄙的人，卑鄙的人！把這寫上去，再加上去說，不管筆錄不筆錄，我到底還是喊卑鄙的人！』——他喊着。

尼古拉・帕爾費諾維奇雖把這事加進筆錄裏去，但是在這件不愉快的情事之下表現出極可誇獎的處置事務的能力。他在對米卡嚴詞告誡以後，自己立即停止往下詢問關於浪漫史方面的情節，趕緊轉到主要的問題上去。主要的是波蘭人所供的一段引起了審問官們不尋常的好奇：那就是米卡在那間小屋內對莫謝洛維奇行賄，給他三千塊錢，七百是現錢，其餘的兩千三百『明天早晨在城裏』交清，並且賭咒說他在這裏，莫克洛葉，沒有許多錢，他的錢放在城裏。米卡急切裏說他沒有說出明天在城裏一定交錢的話。但是佛羅勃萊夫司基加以證實，而米卡想了一分鐘，自己又皺着眉頭同意，大概就和波蘭人們所說的相彷，他當時心情暴燥，所以確乎會這樣說。檢察官簡直抓住了這個供詞：在檢察方面認爲明顯的，（以後事實上也就這樣作成了結論的，）就是米卡弄到的三千塊錢裏的半數或一部確乎會藏在城裏什麼地方，也許甚至就在莫克洛葉什麼地方，所以在米卡祇找到了八百盧布的那樁在偵查方面極微妙的事實，也就隨着解釋明白了，——這事實至今還成爲替米卡辯護手裏的唯一的，極卑微的，却多少總算得了一點的證明。現在這替他辯護的唯一的證明竟被摧毀了。對於檢察官的問題：他將從什麼地方去取其餘的兩千三百，以便明天付給波蘭人，既然自己說過祇有一千五百，而同時還向波蘭人起誓一定要辦到，——米卡堅決的回答，他明天想付給波蘭人的不是現錢，而是讓與切爾馬士娜地產權利的正式文件，就是他對薩姆騷諾夫和霍赫拉闊瓦提出過的那種權利。檢察官對於這種「遁辭的幼稚性」甚至發笑了。

「您以為他能答應收下這『權利，』以代替兩千三百塊現錢麼？」

「一定答應的，」——米卡熱篤地回答，——「你想一想，這裏不止兩千，有四千，甚至六千他都可以撈到！他立刻可以屬律師，不是波蘭人，便是猶太人，不但三千，就是整個切爾馬士娜都可以從老頭子手裏搶到。」

莫蘇洛維奇的供詞自然極其詳細地加進筆錄裏去。後來就放兩個波蘭人出去了。關於賭牌玩把戲的事實幾乎沒有提到；尼古拉·帕爾費諾維奇已經十分感謝他們，不願再以瑣事煩擾，況且這全是酒後玩牌時愚蠢的爭論，而別的沒有什麼。這夜裏鬧酒和不守秩序的事情還會少麼……所以那個兩百塊錢就這樣留在波蘭人的口袋裏了。

隨後傳了小老人瑪克西莫夫進來。他舉着細碎的步武，畏葸地走進來，露出毛髮蓬亂的，很憂慮的樣式。他一直躲在樓下格魯申卡的身傍，和她默坐着，「一不對勁就起始為她哭泣起來，用小方格的藍手絹擦眼睛，」——這是米哈意爾·馬卡雷奇以後敘講的話。因此她自己反而勸他，安慰他。小老頭子立刻含淚承認自己的錯處，因爲他向特米脫里·費道洛維奇借了十個盧布，『爲了我的貧窮的緣故，』但是準備歸還給他……尼古拉·帕爾費諾維奇直捷了當地問他：他看見不看見，究竟特米脫里·費道洛維奇手裏有多少錢？他向特米脫里·費道洛維奇借錢的時候，應該把他手裏的錢看得比別人都淸切些。瑪克西莫夫用極堅決的樣式回答，有『兩萬』塊錢。

『您以前曾在什麼地方看見過兩萬塊錢沒有？』——尼古拉·帕爾費諾維奇微笑着問。

『自然看見過的，不過不是兩萬，却是七千，在我的太太把我的小村莊抵押出去的時候。她遠遠裏給我看了一眼，在我面前誇耀一下。那是很大的一疊鈔票，全是花花綠綠的。特米脫里·費道洛維奇的錢也是花花綠綠的……』

他很快就被放走了。後來輪到格魯申卡。審問官們顯然懼怕她的出現可使特米脫里·費道洛維奇引起的那種印象。尼古拉·帕爾費諾維奇甚至對他喃聲說出幾句勸喻的話，但是米卡默默地低下頭去，以作回答，給他們暗示『不守秩序的情事是不會發生的。』米哈意爾·馬卡雷奇親自領格魯申卡進來。她走進來時，帶着嚴肅陰鬱的神色，外表上幾乎是安靜的。她輕輕兒坐在給她指定的尼古拉·帕爾費諾維奇對面的椅上。她臉色很慘白，似乎她覺得冷，美麗的黑圍巾緊緊地裹住身子。當時她確乎起始了輕微的，瘧疾般的惡寒，——長期的疾病的起始，就從今夜起發作的。她的嚴肅的神色，直視的，正經的眼神，和安靜的姿勢，使大家引起極愉快的印象。尼古拉·帕爾費諾維奇甚至立即有點「入迷。」他以後談起來的時候，自已承認從這一次起他纔了解這個女人如何「貌美，」以前雖也見到她，永遠認作「小縣城的藝妓」一流的人物。「她的姿態和最上等社會的婦女一樣。」——他在一個女太太們的集會裏歡欣地嚼舌起來。但是她們聽了他的話，十分憤激，立刻稱他為「淘氣的人，」使他感到十分滿意。格魯申卡走進屋內的時候，祇是一瞥眼地望了米卡一下，米卡一方面也不安地看她，但是她在這時候的樣子使他安心下去。尼古拉·帕爾費諾維奇在作了最初的幾個必要的問話和勸喻以後，雖然有點口吃，卻仍舊保持極其客氣的樣子，問她道：「您和退職中尉特米脫里·費道洛維奇·卡拉馬助夫有什麼關係？」格魯申卡輕聲而且堅決地說道：

「他是我的朋友，在最近一月內他常以熟人的資格到我家裏來。」

對於以後的有趣的問題，她完全公開地，而且直接了當地聲明她雖然「有些時」喜歡他，但並不愛他，祇是由於「我的卑鄙的惡狠的心性」勾引他和那個「老頭子。」她看見米卡為了她和費道爾·伯夫洛維奇，還和一切人喫醋，祇是覺得有趣而已。她永遠沒有想到費道爾·伯夫洛維奇家去，祇是和他取笑。「在那一個月內，我想不到他們兩人身上去；我等候另一個人，在我面前犯了錯處的人……不過我以為，」——她結束着說，——「你們不必對這件事情發生好奇的心思，我也沒有什麽可以回答你們的，因爲這是我的特別的事情。」

尼古拉•帕爾費諸維奇立刻照辦：他又停止根問「浪漫史」方面的節目，一直轉到正經的事情上去，還是那樣關於三千的主要的問題。格魯申卡證實一個月以前，在莫克洛葉確會化去了三千盧布，雖然自己沒有數錢，但是從特米脫里•費道洛維奇本人方面聽到是三千盧布。

「他這話是對您私自說的，或者是當着什麽人說的？或是您聽見他當您面前同別的人說的？」——檢察官問她。

格魯申卡宣布她在衆人面前聽到，也聽見他同別人說過，也在私下裏從他本身方面聽到。

「私下裏聽到一次，還是幾次呢？」——檢察官又問，纔知道格魯申卡聽到了許多次。

伊飽里脫•基里洛維奇很滿意這個口供。還從後面的問話裏調查出來，格魯申卡知悉錢的來源，是特米脫里•費道洛維奇從卡德鄰納•伊凡諾夫納那裏取來的。

「您連一次也沒有聽見過，一個月以前化去的不是三千，却是少些，特米脫里•費道洛維奇曾將半數留作己用麽？」

「沒有，從來沒有聽到這話，」——格魯申卡說。

以後甚至發現出來，米卡在這一個月內反而時常對她說他沒有一點錢。「他老等候着從他的父親那裏取到點錢來，」——格魯申卡說。

「他沒有當您面前……或是偶然的，或是在惹惱的時候，」——尼古拉·帕爾費諾維奇忽然問，——「說他打算謀害他的父親的性命。」

「是的，說過的！」——格魯申卡嘆氣。

「一次，還是好幾次？」

「好幾次講過，永遠在生氣的時候。」

「您相信他會實行麼？」

「不，永遠不相信！」——她堅決地回答。——「我對於他的正直的性情是極信賴的。」

「諸位，請你們允許我，」——米卡忽然喊，——「請你們允許我當你們面前對阿格拉菲納·阿歷山大洛夫納單單說一句話。」

「請說罷，」——尼古拉·帕爾費諾維奇允許了。

「阿格拉菲納·阿歷山大洛夫納，」——米卡從椅上立起來，——「你相信上帝和我：我對於父親昨天被害的事情，沒有犯罪！」

米卡說了這句話，又坐到椅上。格魯申卡立起來，虔誠地朝神像畫了十字。

『感謝你，主呀！』——她用熱烈的，深刻的聲音說，還沒有坐到位置上，就對尼古拉·帕爾費諾維奇說道：——『他現在所說的話，您應該相信他！我知道他：他嚼舌儘管嚼舌，不是由於玩笑，便是爲了固執，但是如果違反了良心，那便永遠不會欺騙的。他會直接說出實話來的，你們相信他好了！』

『阿格拉菲納·阿歷山大洛夫納，多謝你維持我的心靈！』——米卡的抖慄的聲音回響着。

關於昨天的錢的問題，她說她不知道有多少，但是聽見他昨天許多次對人講他帶來了三千。關於錢從什麼地方取來的問題，他曾對她一個人說過，他從卡德鄰納·伊凡諾夫納那裏『偷到』的，但是她回答他，他並沒有偷，明天應該就去交還。檢察官堅持着問，他說他向卡德鄰納·伊凡諾夫納偷來的是那一筆錢：昨天的那筆呢？還是一個月以前他在這裏化去的三千？她說他講的就是一個月以前的那筆錢，她這樣了解他的話。

後來格魯申卡被放走了，尼古拉·帕爾費諾維奇連忙告訴她，她可以立刻回到城裏去，若是他的方面能以幫忙的話，譬如關於車輛，或者需要伴送的人，那末……他……他的方面……

「很感謝您，」——格魯申卡對他鞠躬，——「我同那個小老頭子一塊兒動身，同那個田主，把他送回去。現在我想在樓下等一等：假使您允許的話，看你們對於特米脫里·費道洛維奇決定什麼下落。」

她出去了。米卡很安靜，甚至帶着十分高興的神色，但祇有一分鐘的時間。有一種奇怪的肉體上的累乏侵襲他，越來越利害。他的眼睛累得關閉上了。證人的詢問已告終止。他們着手編撰筆錄的最後的稿子。米卡立起來，從椅上移身到簾後角落裏，躺在鋪着地毯的老闆的大箱上面，一下子睡熟了。他做了一個奇怪的夢，於地位和時間完全不適合的夢。他似乎在沙原裏的什麼地方走路，這地方他以前很早曾服務過的。一個農夫駕了兩匹馬的車子，在雨雪紛飛的時候，載着他上路。米卡身上覺得有點冷，是十一月初的天氣，下着粗大的，潮潤的雪片，一落地上，便立即融化。農人駕得十分起勁，有趣地揮手，他的鬍鬚是栗色的，長長的，並不是老頭兒，有五十歲左右，穿着灰色的，鄉下老穿的罩衫。一個村莊離得不遠，看得見許多烏黑的農舍，農舍的一半已燒去，被留下一些燒焦的木頭，凸出在那裏。村婦們在村口的大道上排立着，有許多女人，一整排，全是瘦弱的，臉子是褐色的。邊上特別有一個女人，多骨的，高身的，大概有四十歲，也許祇有二十歲，臉子是長長的，瘦瘦的，一個嬰孩在她手裏哭泣，大概她的乳乾房癟了，沒有一滴滴的奶流出來。這嬰孩哭着，哭着，小手伸展着，光光的小手，握着小拳頭，冷得完全發藍色。

「他們哭什麼？他們哭什麼？」——在馬車迅速的跑過他們的面前的時候，米卡問。

「娃娃，」——馬夫回答他，——「娃娃哭呢。」

使米卡驚訝的是他照鄉下人的口氣說着「娃娃」兩字。他很喜歡農夫說「娃娃」兩字：顯得更加可憐些。

「他爲什麼哭？」——米卡追問下去，像儍子似的，——「手爲什麼光光的？爲什麼不把他裹起來？」

「這嬰孩身上冷，衣服凍冷了，暖不過來。」

「爲什麼這樣？爲什麼？」——愚蠢的米卡還是不肯罷休。

「窮呀，火又燒了他們的房子，沒有麵包。他們求乞，因爲房子燒掉了。」

「不，不，」——米卡似乎還不明白，——「你說，爲什麼那些受了火災的母親們站在那裏？爲什麼人們這樣貧窮？爲什麼這嬰孩貧窮？爲什麼是光裸的沙原？爲什麼他們不擁抱接吻？爲什麼不唱快樂的歌？爲什麼？爲什麼他們受了黑的災害這樣發黑？爲什麼不給嬰孩食物吃？」

他自己感到他雖然瘋狂地發問，沒有頭緒，但是他一定要這樣問，就是應該如此問。他還感到他的心裏升起一種從來還沒有的溫和的情感，他想哭泣，他想對大家做點事情，使嬰孩再也不哭，使嬰孩的黑褐的，削瘦的母親不哭，使從這時候起無人流淚，必須立刻，立刻去做，不要延擱，不顧一切，帶着卡拉馬助夫式的無約束的一切性格。

「我要同你在一塊兒，我現在不離開你，一輩子同你一齊去，」——格魯申卡的可愛的，洋溢着感情的話語在他身傍傳了出來。他的整個的心摺燒着，趨奔到某種光明上去，他想生活下去，生活下去，在一條路上走着，走着，走到新的，招喚着的光明上去，越快越好，越快越好，現在就去，立刻就去！」

「什麼？到什麼地方去？」——他喊着，張開眼睛，在箱子上立了起來，似乎從昏暈中完全蘇醒轉來，快樂地微笑着。尼古拉·帕爾費諸維奇站在他的面前，請他在聽人朗誦以後，在筆錄上簽字。米卡猜着他睡了一小時以上，但是他沒有聽尼古拉·帕爾費諸維奇的話。使他突然吃驚的是他的頭後發現了一個枕頭，在他乏力地倒在箱子上面的時候是沒有的。

「誰在我頭下放了一隻枕頭？誰是那個好人？」——他用一種歡欣的，感謝的情感，和哭泣似的聲音喊起來，似乎人家賜與他不知多少的恩惠。還好人以後到底沒有發覺出來，也許是見證中的什麼人，或是尼古拉·帕爾費諸維奇的書記，由於哀憐的心腸叫人家取一隻枕頭來給他枕墊。他的整個心靈似乎出於流淚而戰慄了。他走近棹傍，宣布他準備在任何什麼東西上簽字。

「我做了一個好夢，諸位，」——他似乎奇怪地說，露出一種新的，似乎被喜悅所照耀的臉色。

第九章　米卡被帶走了

筆錄簽字以後，尼古拉・帕爾費諾維奇隆重地朝被告朗誦「裁決書，」裏面說某年某月某日，在某處地方，某道區法院預審推事，審詢被告某人，（即米卡）被控某罪某罪，（一切罪狀都詳細寫下來，）因被告堅不承認所控各罪，但未提出任何證據，以資辯白，同時某某證人，某某事實，又足充分證明其罪狀，爲此根據刑法某條，某條，裁決如下：爲預防某人（即米卡）逃避檢舉與審訊起見，將該被告處以監禁。本裁決書已向被告宣讀，抄件一份咨送副檢察官查照，等語云云。一句話，他向米卡宣布從這時候起他已成爲罪犯，立即押送入城，關到一個很不愉快的地方裏去。米卡注意地聽了以後，惟有聳聳肩膀。

「諸位，我不責備你們，我準備好了……我明白你們不能不這樣做。」

尼古拉・帕爾費諾維奇柔和地對他解釋將由警察分署長馬佛里基・馬佛里基奇立刻押他進城。分署長現在恰巧在這村裏……

「等一等，」——米卡忽然打插進去，帶着一種無可抑止的情感朝室內的一羣人說，——「諸位，我們大家全是殘忍的，我們大家全是怪物，大家迫使人們，母親們和嬰孩們哭泣，但是一切人裏面，——現在就這樣決定罷，——一切人裏面，我是最卑鄙的爬蟲！隨它去罷！我一生中每天自己叩擊胸脯，決定改過自新，然而每天仍舊做些同樣的齷齪的事情。我現在明白像我這類的人需要打擊，命運的打擊，用繩索套住，用外界的力量縛住。我自己是從來不會，從來不會抬起身來的！但是雷聲響了。我承受一切控訴的罪名的磨難和當衆的恥辱，我願意受苦難，藉受苦難洗淨自己！也許我會洗淨自己的，諸位，但是你們最後一次聽清楚我的話：我沒有犯殺死我的父親的罪！我承受刑罰，並不是因爲殺死了他，却因爲想殺死他，也許果真會殺死的……但是我到底打算同你們奮鬥一下，這是要預先告訴你們的。我將同你們奮鬥到最後的結局爲止，以後讓上帝來解決!!告別了罷，諸位，我在審問的時候對你們喊嚷過，請你們不要生氣。那時候我是很愚蠢的……一分鐘後我將成爲罪犯，現在最後一次，特米脫里·卡拉馬助夫還是一個自由的人，對你們伸出他的手來。同人們告別：同人們告別！……」

他的聲音抖慄了，他真的伸出手來，但是站在他傍邊最近的尼古拉·帕爾費諾維奇忽然做了近乎抽瘋似的手勢，把手往後一藏。米卡立刻看見，抖索了一下。伸出去的手頓時垂了下來。

「偵查還沒有完結，」——尼古拉·帕爾費諾維奇帶點羞慚地喃語着。——「我們到城裏再繼續下去，自然我的方面樂意地祝您的成功……希望您的脫罪……特米脫里·費道洛維奇，我永遠有一種傾向，願意把您認作一個不幸多於犯罪的人……我們這裏大家，若是我能代表大家說話，大家都準備承認您是一個根基上正直的青年，可惜被一些情慾過分地迷住了……」

尼古拉·帕爾費諸維奇的小小的身形在說話的終結的時候，表現了極充分的威嚴的樣子。米卡忽然閃進一個念頭，就是這個「小孩」立刻會扶住他的手，把他領到另一角落裏，恢復他們中間不久發生的關於「女孩們」的談話。但是甚至是被帶去處死刑的罪犯，也有時會閃過一些完全不相干的，和事情無關的念頭。

「諸位，你們是心善的，你們是人道的，——我能不能見她一面，和她最後一次作別？」——米卡問。

「可以的，但是因爲……一句話，現在不能不有人在傍邊監視着。……」

「請你們留在傍邊好了！」

格魯申卡被領了進來，但是兩人的告別是短短的，言語極少的，不使尼古拉·帕爾費諸維奇感到滿意。格魯申卡對米卡深深的鞠了一躬。

「我說過我是你的便一定是你的，一輩子同你在一塊兒，無論他們怎樣決定你的命運。

再見罷，無辜地喪失自身的人！」

她的嘴唇抖憟，淚從眼內流出。

「格魯申卡，恕我罷，爲了我的愛情，爲了我的愛情把你害了。」

米卡還想說什麽話，但是忽然自行打住，走了出來。周圍立刻擠滿了人，眼睛全朝他身上射去。在台階那裏，——就是昨天他坐着安德烈的三套馬車像響雷般迅馳過來，停靠住的那個台階，——停着已經預備好的兩輛大車。馬佛里基，馬佛里基奇，一個短矮强壯的臉，有一付滿是皺紋的人，爲了什麽事情有點惹氣，爲了一件突然發生的無秩序的事情生氣，在那裏喊嚷着。他帶着太嚴肅的神情，請米卡爬到車子上來。「以前我在酒店裏請他喝酒的時候，這人的臉完全是兩樣的，」——米卡一面想，一面爬進去。脫里芬．鮑里賽奇也從台階上走下來。大門傍邊擠了許多人，有農夫，村婦，車夫們，大家釘看米卡。

「再見罷，上帝的人們！」——米卡忽然從車上喊。

「再見罷！」——兩三個聲音傳出來。

「你也再見罷，脫里芬．鮑里賽奇！」

但是脫里芬．鮑里賽奇甚至頭也不回轉來，也許很忙着。他也在那裏呼喊着，張羅着。原來第二輛車子，聽說有兩名警察伴送馬佛里基．馬佛里基奇所坐的，還沒有預備齊楚。那個應該駕第二輛車子的農夫一面穿罩衫，一面很厲害的爭論着說不應該他去，應該歸阿基姆担任。但是阿基姆不在那樣；有人跑去找他；農夫固持己見，要求等一等。

「我們這裏的鄉下人，完全不要臉！」——脫里芬・鮑里賽奇喊，——「阿基姆前天給了你二十五戈比，你喝酒用完了，現在又喊起來了。馬佛里基・馬佛里基奇，您對待我們這裏的可惡的鄉下人這樣好，使我很奇怪，這句話是我要說出來的！」

「爲什麼要用第二輛車子？」——米卡攙上去說，——「我們可以坐一輛車，馬佛里基・馬佛里基奇，我決不致於抵抗，離開你脫逃的。要衛警做什麼用？」

「先生，請您學一學如何同我說話，若是您還沒有學會的話。您不能對我稱「你」。至於您所作的提議，請您留到下次再說罷……」——馬佛里基・馬佛里基奇突然兇橫地對米卡說，好像喜歡藉此發洩自己的怒氣。

米卡不響了。他滿面發紅。過了一會，他忽然覺得身上發冷。雨停了，但是混濁的天氣被雲彩包圍，銳利的風直撲到臉上。「我身上發出惡寒了麼？」——米卡想，聳了聳肩。後來馬佛里基・馬佛里基奇爬到車上去，沉重的坐了下去，佔了許多地方，好像不注意似的，緊緊地擠着米卡。他心裏不痛快，對於委託他做的差使好不高興。

「再見罷，脫里芬・鮑里賽奇！」——米卡又喊，自己感到現在他的喊叫不是由于善意，却是出于惡狠的心思，違反他的意思而喊出來的。但是脫里芬·鮑里賽奇驕傲地站着，兩手叉在背後，一直釘看米卡，帶着嚴肅和惱怒的神情，一句話也沒有回答米卡。

「再見罷，特米脫里·費道洛維奇，再見罷！」——卡爾干諸夫的聲音忽然傳出來。突然地，他不知從什麼地方跑了出來。他跑到車傍，伸出手來給米卡拉。他沒有戴帽子。米卡來得及抓住他的手握着。

「再見罷，親愛的人，我永不忘記你的寬容！」——他熱情地喊。但是車子動了，他們的手拆了開來。小鈴響了，——米卡被帶走了。

卡爾干諸夫跑進外屋，坐在角落裏，俯下頭，手掩臉，哭了。他這樣坐着，哭了許多時候，哭得好像小孩子一樣，而不像已經二十歲的青年人。他幾乎完全相信米卡的有罪！「這是什麼人？在這以後，竟成爲什麼樣的人呀！」——他不聯貫地喊着，露出悲苦的憂鬱，幾乎絕望的樣子。他在這時候甚至不想活在世上。「値得活下去麼？値得活下去麼？」——處於悲憤中的青年喊着。

民国世界文学经典译著·文献版（第二辑：耿济之译著）

◆长篇小说◆

卡拉马助夫兄弟们

The brothers Karamazov

（第二部）

[俄] 陀思妥耶夫斯基（F.dostoevsky）著

耿济之 译

SJPC

上海三联书店

[俄]陀思妥耶夫斯基(F.dostoevsky)著
耿濟之 譯

卡拉馬助夫兄弟們

(第二部)

中華民國三十六年八月初版

目錄

第二部

第四册　裂創

第五册　贊成與反對

第六册　俄羅斯的僧侶

第四册　裂創

第一章　費拉龐特神甫

阿萊莎在清早天未亮前被喚醒了。長老醒來，感到很軟弱，却仍想從牀上搬移到沙發上去。他神志極淸；臉色雖然疲乏，却是淸朗的，幾乎是快樂的，眼神也是愉快的，快樂的，懇切的。『也許我不能活完今天，』——他對阿萊莎說。後來他想懺悔，同時立刻行聖禮。他永遠對帕意西神甫懺悔。在完成了兩種聖祕禮以後，起始行臨終塗油禮。修道司祭們到齊了，修道室漸漸兒充滿了庵舍的僧衆。那時候白晝降臨了。修道院外也有人來。禮拜告終後，長老想和衆人辭別，一一同他們親吻。因爲修道室裏的擁擠，先進來的人們出來，讓別人進去。他儘可能地講話，教訓，他的嗓音雖然軟弱，却還十分堅定。『我教訓了你們多少年，也就是出聲講了多少年的話，好像似乎已得到了一面講話，一面教訓的習慣，現在弄到沉默幾乎還比講話難些的樣子，卽使是現在，我這樣衰弱的時候也是如此，』——他開着玩笑，感動地環看聚在他身傍的人們。他當時所說的一些話，阿萊莎以後記住了一點下來。雖然他說得很淸楚，雖然嗓音充分堅定，但是他的話是十分沒有聯屬的。他講了許多事情，似乎想全都說出來，在死亡的時刻來臨以前，把一生中沒有說出來的一切再傾吐一次，並不單單爲了教訓，却似乎渴望和大家交換內心的喜悅和歡欣，再來發抒自己的心臆……。

「你們應該互相地愛，神父們，」——長老教訓起來，（是阿萊莎以後多少記憶下來的。）——「愛上帝的人民。我們到這裏來，關閉在這座牆內，並不比俗世的人們神聖些，相反地，到此地來的每個人，一到這裏，已經自己意識到他比所有俗世的人們，地上的一切人們壞些……修道僧以後住在這座牆內越久，便應該越加銳敏地意識到這一層。因爲不是如此，他到這裏來便沒有目的。他一意識到他不但比一切俗世的人們壞，而且應該在世界上的一切人面前負責，爲了人類的一切罪惡，世界的和個人的罪惡，那末我們的隱修的目的便算達到了。親愛的諸位，你們要知道，我們每個隱修的人，無疑地應該對於世上一切人和一切事物負責，不但是爲了普通的，整個世界的罪惡，却是個別地爲了世上的一切人。這個意識是進修的道路，也就是世上一切人的頂點。因爲修道僧並不是另樣的人，却祇是世上一切人應該做的那種人。惟有到了那個時候，我們的心才得了感動，滋生了無窮盡的，整世界的，不知道飽足的愛情。到了那個時候，我們每個人將有力用愛獲得全世界，用淚洗淨世界的罪惡。……你們每人應該省察自己的心，每人無止休地自行懺悔。你們不要怕自己的罪，甚至已經自行認識了以後也不要緊，祇要有悔悟心就行，但是不應該和上帝討條件。我再說一句——你們不應該驕傲。在小人物前面不要驕傲，在大人物前面也不要驕傲。不要嫉恨排斥你，加

恥辱於你，責駡你，造你的謠言的人。不要嫉恨無神派，教壞事的人，唯物派，——不但是善人，甚至惡人也不要嫉恨，因爲他們裏面有許多好人，尤其是在我們這個時代。你們必須在祈禱裏提到他們；救一切人，救一切無人替他們祈禱的人們，救一切不願向你祈禱的人們，你們當時就再補充上去：我的祈禱不是由於我的驕傲，主，因爲我自己比一切人都低卑……你們應該愛上帝的人民，不要讓外來的人們攪亂羊羣，因爲如果你們沉迷在懶惰和嫌惡的驕傲之中，尤其是在貪婪之中，就有人從四面八方，前來奪去你們的羊羣。不斷地給人民講解福音。……不要暴斂，勒索……不要愛金錢，不要私藏……你們應該信仰，舉起旗幟，高高地舉着……」

長老說的話比在這裏敍寫下來的，比阿萊莎以後記載下來的，零碎得多。他有時完全中斷了說話，似乎歇一歇力，喘氣着，却又似乎很歡欣的樣子。大家帶着感動的心情聽他的說話，雖然許多人很奇怪他的話，看出它的黑暗……以後這一些話全都憶起來了。阿萊莎偶然走出修道室外的時候，對於聚在室內和室傍的僧侶普遍的驚慌和期待的神情頗爲驚訝。有些人們的期待幾乎是驚慌的，另一些人是莊嚴的。大家全期待在長老圓寂後立刻將有偉大的事情發生。這期待從某一種見解上看來似乎是淺薄的，但甚至最嚴厲的長老們也受了這個影響。惟有修道司祭帕意西神甫的臉最爲嚴肅。阿萊莎走出室門，祇是爲了拉基金從城裏來，暗地裏叫一個僧士請他出來，交給他一封霍赫拉闊瓦太太的奇怪的信。她對阿萊莎報告一件有趣的，來得十分湊巧的新聞。原來昨天前來向長老膜拜，求他祝福的虔信的普通女人中間有一位住在城內的老太太，名喚博洛霍洛夫納，是伍長的寡婦。她的兒子瓦仙卡為了職務的關係遠行到西比利亞的伊爾庫次克去，她已經有一年沒有接到任何信息。她問長老：可以不可以把她兒子的名字在教堂裏安息祈禱的時候像對待死人似的提出來？長老嚴峻地回答她，她做這等事，稱這類的提名和妖術相等。但是以後因為她的無知，寬恕了她，「好像看着未來的書一般，」（這是霍赫拉闊瓦太太信裏的辭句，）補充了安慰的話：「她的兒子瓦仙卡一定活着，不是他自己即將回家，便將寄信回來，所以她應該回家去靜候。」結果怎麼樣呢？霍赫拉闊瓦太太歡欣的補充下去：——「預先竟一個字一個字的實現，甚至還多些。」老婦剛回家，立刻收到一封她所期望的西比利亞寄來的信。不但如此：瓦仙卡在道上從葉喀答鄰堡爾格寫來一封信，通知他的母親，說他正在就道回俄，隨一位官員同回，在接到此信後三星期內即可「希望擁抱自己的母親。」霍赫拉闊瓦太太堅決而且熱烈地請求阿萊莎立刻把這重又實現的「預言的奇蹟」通知方丈和全體僧侶：「這是應該使大家，大家都知道的！」她在結束這封信的時候這樣喊。這封信寫得匆忙潦草，寫信人的騷亂的心情在每行字裏顯露出來。但是阿萊莎已經用不着通知僧侶們了，因為大家業已完全知曉：拉基金在打發僧士去找阿萊莎的時候。還托他「虔敬地通報大神甫帕意西，說拉基金有重要事情報告，一分鐘也不能延擱。至於爲了他的冒昧，理應跪地請求恕罪。」因爲僧士把拉基金的請求先行向帕意西神甫報告，所以阿萊莎囘到屋內讀完信以後，惟有立刻當作證據似的報告給帕意西神甫一下就完了。連這位態度嚴峻，不大信任人的人，皺着眉頭，讀完關於「奇蹟」的報告以後，也不能完全抑制一點內心的情感。他的眼睛熠耀，嘴唇忽然嚴正而且透澈地微笑了一下。

「我們將見到的還祇這些麼？」——他似乎忽然脫口說了出來。

「我們還可以見到許多，還可以見到許多！」——周圍的僧士們反復地說着，但是帕意西神甫重又皺起眉頭，請大家暫時不要告訴任何人，「現在還沒有十分證實，因爲世俗的社會裏頗多輕浮的事，而且這種事情也會自然地發生的，」他謹愼地補充一句，似乎爲了洗清自己的良心，但是自己也幾乎不信自己所說的但書，這是傍邊聽的人看得十分淸楚的。這「奇蹟」自然當時傳遍整個修道院，甚至傳到許多到修道院裏來參與彌撒的人們那裏。這個實現的奇蹟最使昨天纔到這裏來掛單的「聖西里魏司特洛」修道院的僧士，那個從極北的渥勃道爾司克地方來的僧士吃驚。他昨天站在霍赫拉闊瓦太太身傍，向長老膜拜，指着「治愈好了」的那位太太的女兒，用透澈的神情問長老：「你怎麼樣做了這件事情？」

事情是這樣的：現在他已經有點疑惑，幾乎不知道怎樣相信了。還在昨天晚上的時候。

他去見修道院的神甫費拉龐特。他住在蜂房後面一間特別的修道室內。這次的訪問也頗使他吃驚，引起他强烈的，可怕的印象。這位長老，費拉龐特神甫，就是那個老邁的僧士，偉大的持齋者和緘默者，我們已經提過他是曹西瑪長老的敵人，——主要地是長老制的敵人，他把它認作危險的輕浮的新奇事情。這位敵人是很危險的，雖然他是緘默者，幾乎同誰也不說一句話。他的危險主要地是爲了有許多僧侶們十分同情於他，至於到這裏來的世俗的人們裏面也有很多人尊敬他，把他視作偉大的聖者和苦修者，雖然也無疑地看出他是一個瘋僧。也就是這瘋勁使人着迷。費拉龐特神甫從不去見曹西瑪長老。他雖在菴舍裏，但是沒有人把菴舍裏的規矩束縛他，也就因爲他的一切舉止常做出瘋僧的樣子。他年約七十五歲，也許還多些。他住在蜂房後面一間差不多傾圮的老舊的，木質的修道室裏的牆角那裏。這修道室是還在極古時代，還在前世紀，爲一個也是很偉大的持齋者和緘默者約納神甫造成的。他活到一百零五歲，關於他的苦行至今在修道院裏和它的附近地方流傳着許多有趣的傳說。費拉龐特神甫設法在七年以前搬到這僻靜的小修道室裏居住，——這修道室簡直就是一間農舍，但很像鐘樓，因爲裏面有許多捐獻的神像，在前面點燃着永遠發光的捐獻的油燈，好像費拉龐特神甫就是被派在那裏，看守牠們加以點燃的。聽說他三天祇吃兩磅麵包，決不多，（這是實在的事情。）一個住在蜂房裏看守蜂房的人每三天給他送去，而他跟侍候他的那個看蜂房的人甚至也很少講話。還四磅麵包，還連同禮拜天的聖餐麵包，是方丈在晚禱以後慇懃地送過來的，就成爲他一星期的食品。罐裏的涼水是每天給他調換的。他不大出來做彌撒。到修道院來膜拜的人們看見他有時整天跪着祈禱，不立起來，也不回頭看。即使有時同他們談話，也極簡短零亂，發出奇怪，而且差不多永遠粗暴的話語。他很少同外來的人們談天，大半祇說出一個奇特的字來，永遠給訪客一個啞謎，以後不管人家如何請求，決不說一句話加以解釋。他沒有僧職，祇是一個普通的僧士。一些極黑暗的人們中間傳着很奇怪的謠言，說費拉龐特神甫和天神們有來往，祇同他們談話，所以和人們沉默着。溼勃道爾司克僧士依了養蜂房的人的指示，——他也是一個沉默，陰鬱的僧士，——跑到蜂房的角落，一直到費拉龐特神甫的修道室裏去。『同外來的人也許會說話，却也許什麼也得不到，』——養蜂房的人們警告他，他以後自己說出來，他走過去的時候，懷着極大的恐怖。時候已經很晚。費拉龐特這次坐在修道室的門傍，低矮的長凳上面。一棵巨大的老榆樹在他的頭上輕微地發響。夜晚的冷氣襲了過來。溼勃道爾司克僧士跪在聖徒面前，請求祝福。

『你要不要讓我也跪在你的面前？』——費拉龐特神甫說，——『快起來！』

僧士立起來。

『你賜祝福，也受了祝福。請坐在傍邊。從那裏來？』

最使這可憐的小僧吃驚的是費拉龐特神甫一方面無疑地做着偉大的苦行，年齡又那樣老邁，外表上却還是一個有力的，高身的老人，身體挺得筆直，並不彎屈，臉色新鮮，雖見得削瘦，却很健壯。他的身上無疑地還保存着極大的力量。他具有大力士的體幹。他歲數雖大，但是頭髮甚至尚未全部發白，頭髮和鬍鬚還很濃厚，以前甚至是完全黑的。他的眼睛是灰色的，大而發光，却瞪出得極利害，可以使人吃一大驚。他說話帶着極强烈地着重在O字上的聲音。他穿着栗色的長褂，是粗糙的，以前稱做獄囚呢製成的，腰裏繫着厚繩。頭頸和胸脯裸露着。極厚的布製成，幾乎完全發黑的襯衫，好幾個月沒有脫下來的，顯露在長褂外面。聽說他在長褂裏面的身上繫着三十磅重的鐵鏈。赤足穿着破爛的舊鞋。

「從渥勃道爾司克的小修道院，「聖西里魏司特洛」修道院裏來的」——外來的僧士低聲下氣地回答，用匆遽的，好奇的，却有點畏葸的小眼睛觀察這隱修者。

「我到過你的西里魏司特洛那裏。我住過的。西里魏司特洛健康麼？」

僧士遲疑不作答。

「你們全是愚蠢的人！守的是什麼齋？」

「我們的齋按照古代庵舍的規則。在四旬齋的時候每逢星期一，三，五，不供給食物。星期二和星期四吃白麵包，蜜餞水菓，野楊莓，或是酸白菜，外加燕麥粥。星期六是白菜湯，豌豆煨麵條，帶汁的麥片粥，全加上奶油。星期日那天，菜湯裏加上乾魚，和麥片。在復活節的前禮拜，從星期一到星期六，一共六天內吃麵包和水，不煮別的什麼菜，就連麵包和水也吃得極少；在可能的範圍內不每天進食，正和四旬齋的第一星期裏一樣的辦法。在聖星期五的那天，不許吃一點東西。在星期六，我們持齋到三點鐘爲止，以後就吃一點麵包和水，喝一杯酒。在聖星期四，我們吃不放乳油的菜，喝酒，或是吃不用煮的乾菜。洛吉金寺院對于聖星期四有以下的規定：『不應在聖星期四日鬆懈持齋，以玷辱整個的四旬齋。」這就是我們那邊持齋的情形。但是這怎麼能和你相比，偉大的父，」——僧士補充上去，膽子壯了一些，——『你整年僅祇用麵包和水果腹，甚至在聖復活節的時候也是如此，而且我們吃兩天的麵包，够你七天之用。這眞是十分偉大的齋戒。」

『蘑菇呢？」——費拉龐特神甫忽然問。

『蘑菇麼？」——驚訝的僧士反問。

『是的。我可以離開他們的麵包，完全不需要它，那怕到樹林裏去，靠蘑菇或野菓生活。他們這裏却離不開麵包，所以和魔鬼生了關係。現在有些骯髒的人們說持齋是不必要的事。他們的議論是驕傲的，骯髒的。」

『不錯呀，」——僧士嘆氣。

「你在他們中間看到鬼麼？」——費拉龐特神甫問。

「在誰中間？」——僧士畏葸地詢問。

「我在去年三一節的星期日到方丈那裏去過，以後沒有去過。我看見有鬼坐在一個人的胸脯上面，藏在袈裟底下，祇有頭上的角露出來，還有鬼從一個人的口袋裏張望，眼睛閃得很快，懼怕我；還有鬼住在一個人的身裏，最不清潔的肚腹裏，還有懸掛在頸上的，抓住了，就帶着走，可是看不到他。」

「你……看得見麼？」——僧士探詢。

「我對你說，我可以看見，看得很清楚。我離開方丈，走出來的時候，我看見，有一個鬼藏在門後，身子很高，有一個半俄尺，也許還高些，尾巴粗厚，深灰色，長長的，尾巴尖恰巧落在門縫裏，我並不傻，突然把門一關，就壓住了牠的尾巴。他尖叫着，起始掙脫，我朝牠身上畫了三次的十字記號，——就把牠鎮住了。現在應該已在角落裏汚爛發臭，他們却看不見，聞不出來。我有一年沒有去。我祇是對你洩露出來，因為你是外來的人。」

「你的話很可怕！偉大，神聖的父！」——僧士越發膽壯了，——「對不對，關於你流行着極大的名聲，彷彿說你同天神有不斷的來往？」

「他有時飛下來的。」

「怎麼飛下來的？什麼樣子？」

「鳥的樣子？」

「聖神扮着鴿子的模樣麼？」

「有「聖的神靈」，也有「聖神。」聖神可以扮着別種鳥兒降下地來，有扮燕子的，有扮金翅雀的，也有扮青山雀的。」

「但是你怎樣從山雀中間辨識他呢？」

「他能說話。」

「怎麼會說話？說那種語言？」

「人的語言。」

「他對你說什麼話？」

「今天他通知我，有一個傻瓜來見我，問些不相干的話。你願意知道的事情太多了，僧士。」

「你的話眞可怕，神聖的父，」——僧士搖頭。然而在他的畏懼的眼睛裏露出不信任的神情。

「你看見這棵樹麼？」——費拉龐特神甫沉默了一會，又問。

「看見的，神聖的父。」

「你瞧是榆樹，我看來是另外一幅圖畫。」

「什麼圖畫？」——僧士在空虛的期待中沉默了一會才說。

「那是在夜裏發現的。你看見兩根樹枝麽？在夜裏，那是基督的手向我伸展，用那兩隻手尋覓我。我看得很清楚，不由得抖慄起來。可怕，眞可怕。」

「有什麽可怕的，既然是基督？」

「抓住你，帶着飛走。」

「活生生的麽？」

「關於伊里亞的神聖和名譽，難道沒有聽見麽？他會抱住，帶走的……」

雖然渥勃道爾司克的僧士在談話完畢後回到給他指定的一位僧侶的修道室裏去的時候甚至懷着十分强烈的疑惑，但是他的心無疑地總是傾向到費拉龐特神甫方面，比傾向曹西瑪神甫多些。渥勃道爾司基神甫主張持齋最烈，所以對於像費拉龐特神甫那樣的偉大的持齋者，未免「視爲神蹟。」他的話語自然似乎很荒誕，但是上帝知道他的話裏含有什麽意義，而且一般的瘋僧所發的言語，所做的行動還不止於此。對於被壓住的小鬼的尾巴一事，他準備滿心愉快地相信，不但是從借喻的意義，而且還是從直接的意思相信。此外他在沒有來到修道院以前，對於長老制就有極大的成見，在這以前，他祇是從人們的敍述裏知悉了一些，隨着別的許多人一同把這制度根本當作危險的新鮮玩意。在修道院裏掛單以後，已經注意到幾個輕浮的，不贊成長老的僧侶所發的祕密的怨詐。他的天性好管閒事，過分的想知道一切事情，懷着極大的好奇心。所以那件偉大的消息，說是長老曹西瑪做成了一個新的『奇蹟，』使他發生過度的疑惑。阿萊莎以後記得，在擁擠在長老那裏，和他的修道室傍邊的一羣修道僧中間，這個好奇的渥勃道爾司克來的客人的身形許多次在他面前閃來閃去，——他在各處人堆裏鑽進鑽出，傾聽一切事，詢問一切人。但是他當時不大注意他，到了以後才全行記起來了。……他也沒有功夫管到這事上去：曹西瑪長老又感到了疲乏，重新躺上牀去，忽然閉上眼睛，想起他來，要求他到他面前來。阿萊莎立刻跑來。當時祇有帕意西神甫，修道司祭岳司夫神甫，和沙彌勃洛菲里三人在長老身傍。長老張開了疲乏的眼睛，釘看了阿萊莎一眼，忽然問他道：

『你的家裏的人們等候你麼，兒子？』

阿萊莎遲疑不答。

『有沒有需用你的地方？昨天答應過人家今天再去麼？』

『答應過……父親……幾位哥哥……還有別人……』

「你瞧。你一定應該去的。你不必憂慮。你知道，我不把我的最後的在地上的話說給你聽，我是不會死的。我要對你說這句話，兒子，我要把它遺留給你。是給你，親愛的兒子，因爲你愛我。現在你先到你答應過的那些人那裏去罷。」

阿萊莎立刻服從，雖然他在此刻離開，心裏未免感到痛苦。但是他答應給他（阿萊莎）說出地上的最後的一句話，這使他的心靈歡欣得戰慄起來。他匆匆忙忙地出門，想等到城裏事情一辦完就趕緊回家。帕意西神甫對他下了一番臨行的囑告，引起他強烈而且意料不到的印象。這是在他們兩人走出長老的修道室裏的時候。

「你應該不斷地記住，少年，（帕意西神甫這樣直率，而且不加一點序言地說，）世間的科學聯結成偉大的力量，特別是在最近的一世紀內，將聖經裏給我們遺下來的屬于天上的一切分析得清楚，經這世界的學者殘酷的分析以後，以前一切神聖的東西業已蕩然無存。但是他一部分一部分地加以分析，而忽略了整體，會弄到這般眩盲，眞是値得驚奇的事。同時還整體依舊無從搖撼地直立在他們眼前，和以前一樣，地獄的門到底不能克服它。難道它不已經生活了十九世紀，至今還生活在個人的心靈的行動裏和民衆的行動裏麽？甚至在破壞一切的無神派的心靈的行動裏，它還照舊無從搖撼地生活着！因爲即使是排斥了基督教，且對它反抗的人們，在實質上還脫不掉就基督的範疇，因爲他們的智慧和熱烈的心至今還沒有力量造成另一個高超的人和道德的形象，像古基督所指出的那個形象一樣。即使有了嘗試，結果也祇成爲醜陋的形體。你要特別記住這點，少年，因爲你已被即將升天的長老派往塵世裏去。也許你憶起這偉大的今天的時候，不會忘記我的話語，那是我從心裏掏出來給你的臨行贈言，因爲你歲數還輕，世上的誘惑很重，你沒有力量去負擔。現在去罷，我的孤兒。」

帕意西長老說完這些話以後，爲他祝福。阿萊莎走出修道院，玩味着這些突如其來的話語，忽然瞭解他在這嚴肅的，至今還對他不假辭色的僧士身上，遇到了一個新的，料想不到的朋友，熱烈地愛他的新的導師——，好像曹西瑪長老在臨死的時候把他遺交給他了。「也許他們中間眞的會這樣發生的」——阿萊莎忽然想。他剛纔聽到的出人不意的，有學問的理論，聽到的單是這種，而非別種理論，正足以證明帕意西神甫心地的熱誠：他已經忙着趕快使少年的心靈武裝起來，以和誘惑奮鬪，給遺交給他的少年的心靈築上一座他自己也不能意想到如何堅固的圍牆。

第二章　在父親家裏

阿萊莎最先到父親家去。走到的時候他憶起父親昨天堅持着囑咐他輕輕兒走進來，不讓伊凡哥哥知道。『什麼緣故呢？』——阿萊莎現在忽然想。——『假使父親打算輕輕地對我一個人說話，那末爲什麼必須叫我輕輕兒走進來呢？他一定昨天在驚慌中想說另一句話，沒有說上來，』——他這樣決定。瑪爾法·伊格納奇也夫納出來開門，（格里郭里生了病，躺在邊屋裏，）他問她，回答說伊凡·費道洛維奇已經出門了兩點多鐘，他這總高興了。

「父親呢？」

「起身了，正喝着咖啡，」——瑪爾法·伊格納奇也夫納似乎嚴肅地回答。

阿萊莎進去了。老人獨自坐在棹傍，穿着睡鞋，和舊大衣，察閱着一些賬單，却不加什麼注意，祇是爲了消遣。他完全一個人在家裏，（司米爾加可夫出去買飯菜了。）然而他的注意力並不在賬單上面。他雖然清早就起床，鼓起精神；但總是帶着疲勞和衰弱的神色。他的額角上面一夜裏長起一個大紫血凍，用紅手絹包住。鼻子也是在一夜裏腫得很利害，上面也形成了幾塊紫血凍，雖不見大，祇是斑點，却給整個的臉部添上了一種特別惡狠和惹惱的神色。老人自己也知道，敵意地看了走進來的阿萊莎一眼。

「咖啡是冷的，」——他厲聲喊——「我不能請你喝。我今天自己也祇吃素魚湯，不能請客。你跑來有什麼事？」

「問一問你的健康，」——阿萊莎說。

「是的。而且我昨天自己囑咐你來的。這全是胡亂的話語。你白白地勞駕一趟。我也知道你會立刻闖來的……」

他帶着極仇恨的情感說這句話。他當時從座位上立起來，煩惱地朝鏡子裏看自己的鼻子，（也許從早晨起已看了四十次了。）又起始把額角上的紅手絹整理得美觀些。

「紅色好看些，白色就像住醫院的樣子，」——他像在說格言——「你那裏怎麼樣？長老好些麼？」

「他很不好，也許今天要死的，」——阿萊莎回答，但是父親竟沒有聽到，立即忘記了自己的問題。

「伊凡出去了，」——他忽然說，——「他用全力奪米卡的未婚妻，就爲了這個原因住在這裏，」——他狠狠地說，嘴彎曲了一下，向阿萊莎看望。

「難道是他自己對你說的麼？」——阿萊莎問。

『早就說過了。二禮拜以前就說過了。他到這裏來，不致于就為了偷偷地殺我的麼？總是為了什麼才來的麼？』

『你是什麼意思？你何以說這種話？』——阿萊莎感到十分不安。

『果然他沒有向我要錢，可是他從我那裏是一個子兒也得不到的。親愛的阿萊克謝意·費道洛維奇，我還想在世上多活幾天，你應該要知道這層，所以每一個戈比都是我所需要的。我越活得長遠，便越加需要金錢，——』他繼續說，在屋內從這角落踱走到另一個角落，手插在寬闊油汚，用黃色的，夏天的光呢製成的大衣口袋裏面。——『現在我還總算是男子，祇有五十五歲，但是我願意再做二十年的男子，因為我一老——便顯得醜陋，她們不會自出心願地到我這裏來。到那時候我需要錢了。現在我拚命的積錢，越多越好，就為了自己一人，親愛的阿萊克謝意·費道洛維奇，你應該要知道這層，因為我願意在惡行裏生活着，到死方休，你應該要知道這層。做罪惡的事比較甜蜜；大家罵駡它，却全生活在它的裏面。就為了我的坦白，那些做壞事的人們大家攻擊起我來了。至於到你的天堂裏去，阿萊克謝意·費道洛維奇，我是不願意的，你應該要知道這層，即使是體面的人，到你的天堂上去也是不合適，如果天堂確乎存在的話。據我看來，睡着了，醒不轉來了，便一無所有。你們願意，就追念我，不願意呢，就去你們的好了。這是我的哲學。昨天伊凡在這裏說得很對，雖然我們大家全喝醉了。伊凡愛吹牛，其實並沒有什麼學問……特別的智識他沒有，一言不發，默默地訕笑你，——這是他的拿手好戲。」

阿萊莎聽他的話，沉默着。

「爲什麼他不同我說話？說話的時候儘是裝腔作勢的。你的伊凡眞是卑鄙！我祇要願意，現在就可以娶格魯申卡。因爲有了錢，要想什麼，就有什麼。伊凡現在看守着我，生怕我娶親，因此在後面推着米卡，讓他娶格魯申卡：想用這個方法讓我不能打格魯申卡的主意，（他心想我不娶格魯申卡，便可遺下錢給他！）從另一方面說，如果米卡娶了格魯申卡，那末伊凡就可以把他的有錢的未婚妻搶到手裏來。這就是他打的算盤，你的伊凡眞是卑鄙！」

「你眞是愛惹氣。你這是爲了昨天的事情。你最好靜臥一下」——阿萊莎說。

「你現在說這話，」——老人忽然說，好像初次想到似的，——「你這樣說，我並不生氣你，卻對於伊凡生氣。假使他對我說同樣的話，我會生氣的。我惟有同你一個人處得合適。你要知道，我是心狠的人。」

「你不是心狠的，卻是皮氣變壞的人，」——阿萊莎微笑了。

「你聽着，我今天就想把這賊胚米卡關到監獄裏去，現在還不知道怎樣決定。自然，在現在摩登的時代，父母被看作懷有偏見，但是照法律講來，就是現在時候，好像也不許拉住老人的頭髮，按在地板上，舉起靴跟朝臉上揍打，而且還在父母的自己的房子裏，還要誇着大口，說要再來殺死他，——甚至還當着衆人的面前。你祇要願意，可以軋扁他，爲了昨天的事立刻把他關進牢裏。」

「你想去告狀麼？」

「伊凡勸阻我。其實我可以不聽伊凡。不過我自己知道一個玩意……」

他俯身就着阿萊莎，用祕密的半低聲續說：

「假使我把這混蛋關在牢裏，她聽見是我把他關起來的，便會立刻跑到他那裏去。但是如果今天聽見他把我這衰弱的老頭兒打了半死，也許要拋棄他，反而跑來看望我……我們是天生這樣的性格，——總是做相反的事。我知道她很透澈！你不要喝一點白蘭地麼？倒一杯涼咖啡，我給你斟上小半鍾，還是很好的，可以加增滋味。」

「不，不用，謝謝你。我可以取這塊麵包，可以麼？」——阿萊莎說，取起三戈比一隻的法蘭西式麵包，放在袈裟的袋裏。——「白蘭地你最好也不要喝，」——他畏葸地勸告，注視老人的臉。

「你說的是實話。它能惹出氣惱，却不能給予安慰。不過祇要喝一小鍾……我從櫃裏去取……」

他用鑰匙打開「櫃子，」倒了一小杯，喝下去，又把櫃子關上，鑰匙重新放在袋裏。

「够了。喝一杯不會要命的。」

「你現在心好得多了，」阿萊莎微笑。

「唔！我沒有白蘭西地愛你的。我同混蛋們交往，自己也成爲混蛋。伊凡不到切爾馬士娜去，——爲什麼？他想偵探我的事情：看我給格魯申卡多少錢，假使她來的話。我完全不懂他。從那裏發現出這樣的人來？完全不是我們一樣的靈魂。好像我眞會給他遺下什麼似的。我連遺囑也不留下來，你要知道這層！我要把米卡壓扁得像蟑螂一樣。夜裏我用睡鞋壓死黑蟑螂：壓下去，吱吱地發響。你的米卡也會吱吱地發響的。你的米卡，因爲你愛他。你愛他，我却不怕你愛他。假使伊凡愛他，我會替自己擔心，就因爲他愛了他。但是伊凡不愛任何人，伊凡不是我們的人，像伊凡那樣的人不和我們一樣的，却是飛揚起來的灰塵……風一吹，灰塵就吹盡了……昨天我想到了一個蠢念頭，在我吩咐你今天來一趟的時候：我想託你在米卡的方面探聽一下，假使給他一兩千塊錢，我現在就可以給他，他這個乞丐和混蛋，可以不可以答應完全離開這裏，離開五年，最好是三十五年，不要再想格魯申卡，完全和她分手？」

「我……我去問他……」——阿萊莎喃聲說，——「如果有三千塊錢，他也許……」

「胡說！現在你不用去問，一點也不用問！我昨天在腦筋裏鑽進了傻念頭。我一個小錢也不能給，我自已需要錢，」——老人揮手，——「不用這個我也會把他像蟑螂似的壓扁的。你不要對他說任何的話，否則，他又要生出希望來了。你在我這裏也沒有什麼事情可做。你走罷。那個未婚妻，卡德隣納，伊凡諾夫納，他是那樣把她躲藏得嚴密，不讓我看見的。要嫁他不嫁他呢？你好像昨天到她家裏去過的？」

「她怎樣也不願意離開他。」

「那些溫柔的小姐們總是要愛這類人，這類荒唐鬼，混蛋的！我對你說，這些可憐的小姐們眞沒有價値，眞是的……我要是有他的年青，加上我那時的臉貌，（因爲我在二十八歲時比他長得還好看。）我也會像他那樣的取得勝利。他眞是下流東西！格魯申卡他終歸弄不到手，終歸弄不到手！……我把他搯成爛泥！」

他從說了最後的幾句話的時候起重又凶狠起來了。

「你去罷。今天沒有什麼事情了，」——他嚴厲地說。

阿萊莎走近前面辭別，吻他的肩。

「你這是什麼意思？」——老人有點奇怪。——「我們還會相見的。你以爲我們不能相見了麼？」

「並不是的，我祇是這樣，偶然的。」

「我也沒有什麼，我也祇是這樣……」——老人瞧了他一眼。——「你聽着，聽着」——他朝他的背後喊，「等幾天請你來吃魚羹，我要燒一隻魚羹，特別的不是今天那樣子的。你一定要來的呀！最好明天，你聽着，明天就來！」

阿萊莎剛出門外，他就走到櫃子前面，又喝了半杯。

「再也不喝了！」——他喃聲說，喉嚨裏咕嚕了一下，重又將櫃門關好，又把鑰匙放在口袋裏，就到臥室裏，疲乏地躺到床上，一下子睡熟了。

第三章　和小學生們相遇

「謝天謝地，他沒有問我關於格魯申卡的事情，」——阿萊莎離開父親的家，走到霍赫拉闊瓦太太家裏去的時候，心裏這樣想——「否則也許要講昨天如何同格魯申卡相遇的事情。」阿萊莎痛苦地感到一夜的時間戰士們聚集新的力量，他們的心隨着白天的來到而更加堅硬：「父親惹惱而且惡狠，他想出了一點什麼，便堅持到底。特米脫里怎樣呢？無論如何今天一定想法尋到他……」

然而阿萊莎沒有能長久地思索：他在途中忽然發生了一件事情，外表上雖不很重要，却使他驚愕不置。他剛剛走完廣場，折到胡同裏去，預備走出和大街並行的米哈意洛夫司基街上去，這條街和大街祇隔一條小河，（我們的城市裏有許多小河浜交叉着，）他看見小橋前面有一小堆學生，全是年幼的孩子，從九歲到十二歲不等。他們散學回家，肩上背着書包，有的背着皮袋，有一條皮帶繫在肩上，有的祇穿短襖，有的穿大氅，還有的甚至穿着高靴，踝上帶着摺痕，這類高靴是被富裕的父親們溺寵的小孩們特別喜歡穿的。這一堆人在那裏熱鬧地討論，顯然商量什麼事情。阿萊莎從來不能冷淡地從小孩子們的面前走過，在莫斯科的時候他也時常發生這樣的事。雖然他最愛三歲或三歲左右的孩童，但是十歲或十一歲左右的小學生們也是他所喜歡的。所以他心裏無論怎樣有煩惱的事，還是忽然想瀏到他們那裏，和他們搭談。他走近過去的時候，注視他們活潑紅潤的小臉龐，忽然看見他們每人手裏都握着一塊石子，有的握着兩塊。河浜後面，離這羣小孩大概三十步遠，還有一個小孩站在圍牆傍邊，也是小學生，腰裏也懷着小石子，看他的身材，不過十歲，或者甚至還要小些，他臉色慘白，帶着病態，小黑眼睛閃閃有光。他注意而且關心地觀察這六個小學生的團體，顯然全是他的同學，和他剛剛一起走出學校，顯然他同他們有什麼仇隙。阿萊莎走近前去，對一個頭髮蜷曲，且帶金黃色，臉頰紅潤，穿黑短褂的男孩開始說話，在朝他看了一眼以後：

「在我背着像你們這樣的袋子的時，我們是背在左邊的，以便用右手立刻取出東西來，但是你們的袋子却背在左邊，這樣取起來不大合適。」

阿萊莎不帶着任何預思的狡黠，一直就從這個實際的意見說起。大人們如果需要一下子就獲得小孩的信任，特別是一大堆小孩的信任，起始時是非此不可的。一定應該從嚴正和實際的事情上談起，才可以完全和他們立在平等的地位上面；阿萊莎本能地明瞭這一點。

「他是慣用左手的，」——另一個男孩立行回答，十一二歲模樣，帶着美麗而且健康的樣子。

其餘五個男孩釘看着阿萊莎。

「他扔石子也用左手的，」——第三個孩子說。

恰巧在那時候一塊石子扔到一羣人堆裏來，微微地碰着用左手的男孩，飛到傍邊去了，雖然扔得十分巧妙而且用力。是河浜後的那個男孩扔過來的。

「擲過去，扔到他身上去，司莫洛夫！」——大家喊嚷着。

但是用左手的司莫洛夫不經大家喊嚷，也不會久待，當時就還報了：他扔石子到隔河的男孩身上去，却沒有扔準：石子落在地上。隔河的男孩立刻又扔一塊石子到一團人那裏，這一次一直朝阿萊莎的身上扔去，打在他的肩上，十分痛楚。隔河男孩的袋裏充滿着預備好的石子。從他的臃起的大衣口袋上，在三十步以外都看得出來的。

「他這是朝你，朝你，故意朝你扔的！因爲你是卡拉馬助夫，你是不是卡拉馬助夫？」——男孩們哈哈大笑地喊着。——「唔，大家一下子全望他打呀！」

六塊石子一下子從一堆人裏飛出去。有一塊擊中了男孩的頭，他倒下地，却立刻跳起來，露牙切齒地起始用石子朝一羣人裏還答。兩方面開始了不斷的互擊，這羣孩子裏面許多人的口袋裏也預備了不少的石子。

「你們怎麼啦！不害臊麼，先生們！六個打一個。你們要打死他的！」——阿萊莎喊。

他跳起來，迎着飛蹤的石子站立，想用自已的身子擋住隔河的男孩。三四個男孩一下子止住了襲擊。

『他首先開始的！』——穿紅襯衫的男孩用惹惱的孩子的嗓音喊出，——『他是混蛋。他剛纔用修鉛筆刀子扎刺克拉騷脫金，流出血來。克拉騷脫金不願意告發。這人是該打的……』

『爲了什麼？你們一定先惹他的麼？』

『他現在又朝你的背後扔石子了。他認識你的，』——孩子們喊，——『他現在朝你扔，不是朝我們扔。好了，大家全來，再扔過去！不要扔灣呀，司莫洛夫！』

又起始了互襲，這一次是很兇狠的。隔河的男孩被石子擊中了胸脯；他喊了一聲，哭了，跑到坡上去，米哈意洛夫司基街上去。一羣孩子亂嚷起來：『哈，哈，他胆小了，跑走了，還毛箒！』

『你還不知道，他是如何卑鄙的人，打死他還嫌少，』——穿短襟的男孩，小眼睛裏冒着火光，看樣子比大家都年長。

『他是怎麼樣子的人？』——阿萊莎問，——『是不是好告狀的？』

男孩們互相對看了一眼，似乎露着訕笑。

『你也是往那裏去，米哈意洛夫司基街去麼？』——這男孩繼續說，——『你可以追到他身邊去……你瞧，他又站住，等候在那裏，瞧着你。」

「瞧着你呢！瞧着你呢！」——男孩們隨和着說。

「你可以問他，愛不愛澡堂用的毛箒，散亂的毛箒。你就這樣問他。」

傳出一陣轟笑。阿萊莎看着他們，他們也看着他。「你不要去，他會傷害你的，」——司莫洛夫警告地喊。

「先生們，我不去問他關於毛箒的事情，因爲你們一定是用這個惹他，我反要向他打聽，爲什麼你們這樣恨他……」

「你去打聽罷，你去打聽罷，」——男孩們笑了。

阿萊莎走過小橋，順着圍牆到小坡上去，一直走到被人們遺棄的男孩身前去。

「你留心呀，」——後面有人警告他，——「他不怕你，他會暗地裏突然刺戳你……像刺克拉騷脫金一樣……」

男孩等候着，不動一動位置。阿萊莎走得很近的時候，看見這嬰孩還不到九歲，屬于衰弱和小身材的一類兒童，臉龐作橢圓形，慘白而且削瘦，眼睛大而黑，惡狠狠地望着他。他穿着十分古舊的大氅，因爲太狹窄而顯得醜陋。光裸的手凸出在袖子外面。褲子的右膝上有一塊大補釘，右脚的靴子上面，就在大脚指的地方，有一大洞，看得見用墨水深深地塗着。

他的大衣的兩隻腫脹的口袋裏裝滿了石子。阿萊莎站在他前面兩步以外，帶着疑問看他。這男孩從阿萊莎的眼神裏立即猜到這人是不會打他的，所以也減低了勇氣，居然自己先說起話來。

「我一個人，他們有六個……我一個人可以把他們大家全揍倒」——他忽然說，眼睛閃耀着。

「有一塊石子大概把你打得很痛，」——阿萊莎說。

「可是我打中了司莫格夫的頭！」——男孩喊。

「他們對我說你認識我，為了一點什麼事情向我拋擲石子，是不是？」——阿萊莎問。

男孩陰鬱地看他。

「我不認識你。莫非你認識我麼？」——阿萊莎追問。

「你不要瞎纏！」——男孩忽然惹惱地呼喊，自己不挪動位置，似乎在等候什麼，眼睛重又惡狠狠地閃爍了。

「好罷，我就走開，」——阿萊莎說，——「不過我不認識你，並不惹你。他們對我說，他們如何惹你，但是我不想惹你，再見罷！」

「穿綢袴子的和尚！」——男孩喊，還是用惡狠和挑鬥的眼光觀察阿萊莎，而且站定了姿勢，猜想阿萊莎一定現在就要跑過去，但是阿萊莎回轉身來，看了他一眼，仍舊走開了。但是他還沒有來得及走上三步，男孩就把剛剛放在他袋裏的一個大石塊扔過來，痛楚地擊中他的背部。

「你居然從後面來？他們說你會暗中攻擊，原來說的是實話？」——阿萊莎回轉身去，這一次男孩又兇橫地朝阿萊莎身上扔石子，一直扔到他的臉上。但是阿萊莎連忙用手擋住，擋得正是時候，石子擊中他的手肘。

「你怎麼不怕害臊！我對你做了什麼不對的事？」——他喊。

男孩沉默而且充滿活力地靜候一樁事情：那就是阿萊莎一定立刻就來攻擊他；他看見阿萊莎甚至現在也不來攻擊，完全生氣得像一隻小獸：他竄了過來，自己朝阿萊莎身上撲來。阿萊莎還來不及動一動身子，那個惡狠的男孩竟俯下頭去，兩手抓住他的手，狠狠地咬他的中指。他的牙齒咬緊手指，有十秒鐘不放。阿萊莎痛得叫喊，用力拉脫手指。後來男孩放了手，跳到原來的距離上去。手指被咬得很痛，咬在指甲傍邊，十分深，一直咬到骨頭；血流着。阿萊莎掏出手絹，緊緊地包紮傷手。他包紮了幾乎一分鐘。男孩一直站在那裏等待。阿萊莎終于朝他舉起靜肅的眼神。

「好罷，」——他說，——「你瞧，你把我咬得這樣痛。現在够了罷，對不對？現在你說一說，我對你做了什麼不好的事情？」

男孩驚異地看了他一眼。

「我完全不認識你，初次看見你，」——阿萊莎還是安靜地繼續說話，——「但是我決不會沒有對你做了不對的事情，——你決不會無緣無故地使我吃痛苦的。究竟我做了什麼事？對你做了什麼錯事？請你說一說罷！」

代替了回答的是男孩忽然放聲大哭，忽然離開阿萊莎，跑走了。阿萊莎靜靜地跟在他後面，到米哈意洛夫司基街上去，還許久時候看見男孩在遠遠裏奔跑着，不放鬆脚步，不回頭瞧一瞧，在那裏放聲痛哭。他立即決定祇要時間允許，一定要尋到他，解決這使他異常驚愕的啞謎。現在他沒有功夫。

第四章　在霍赫拉闊瓦家裏

他迅快地走到霍赫拉闊瓦太太的房子那裏。那座房子是石頭建築成的兩層樓，形式美麗，是霍赫拉闊瓦太太自己的財產，堪稱爲本城優美住宅之一。霍赫拉闊瓦太太大部分的時間雖然住在另一省內，——在那裏她有許多地產，——或是住在莫斯科，——在那裏她有自己的房子，——但是在我們城裏她也有房子，是父親和祖父遺留下來的。她在本縣擁有的采地是他的三處地產中最大的一處，但是她不常到我們的省裏來。阿萊莎走進外屋的時候，她就跑出來了。

「你接到沒有，接到關於新奇蹟的信沒有？」——她迅速而且神經質地說話。

「是的，收到了。」

「宣傳過，給大家看過沒有？他把兒子交還給母親了！」

「他今天就要死的。」——阿萊莎說。

「我聽說過，我知道的。我真願意同你談話！同你或是任何人，談論關於這一切事情。不，要同你談，同你談！可惜我無論如何不能再見他了！滿城的人十分興奮，大家全期待着。但是現在……你知道不知道，卡德隣納·伊凡諾夫納現在坐在我們這裏？」

「啊，這眞是好運氣！」——阿萊莎喊。——「我可以同她在你的府上見面，她昨天吩咐我今天一定要到她家裏去一趟。」

「我全知道，全知道。我很詳細地聽到昨天她家裏出的事情……同那個賤人發生的可怕的事情……這眞是悲劇！我處在她的地位上，——我不知道我處在她的地位上，將怎麽辦！令兄特米脫里·費道洛維奇這人也眞是——唉，我的天，阿萊克謝意·費道洛維奇，我儘弄得糊裏糊塗的。你知道：令兄現在坐在那裏，並不是那位，不是昨天那位可怕的人，却是另一位，伊凡·費道洛維奇，同她一塊兒坐着：他們進行着莊嚴的談話。……你決不致于相信，他們中間現在發生了的是什麽事情，——那眞是可怕，我對你說那是一種裂創，那是可怕的故事，無論如何也不能置信的：兩人互相傷害，不曉得爲的是什麽。他們自己明白，自己也那裏感到愉快。我等候着你！我眞渴望着你！……主要的是我不能忍受這種樣子。我現在要向你講述一切，但是現在還有另一件，極重要的事情，——哎呀，我甚至竟忘記了這是最主要的事。你請說，爲什麽 Lise 發作了歇司底里病？她剛聽到你走進來，立刻起始了歇司底里病。」

「媽媽，那是你現在發作了歇司底里病，不是我，」……——Lise的小聲音忽然從傍邊屋子的門縫裏唱轉了。門縫極小，聲音却是破裂的，正好似她很想笑，却又努力忍住笑的樣子。阿萊莎立刻看見了那門縫，一定是Lise從大椅上在門縫裏朝他窺望，似是他看不清楚。

「這話不聰明，Lise這話不聰明。……我看了你這種任性的行爲也要犯歇司底里病的。但是她眞是有病，阿萊克謝意・費道洛維奇，她整夜生病，發燒，呻吟！我好容易才等到朝晨，把格爾城司圖勃請來。他說他一點也不明白，應該等候一些時候。這個格爾城司圖勃永遠跑來，說他一點也不明白。你剛走近這房子，她就喊了一聲，發作了毛病，吩咐把她搬到以前那間屋子裏去……」

「媽媽，我完全不知道他來，我並不爲了他，才想搬到這間屋裏來。」

「這是不實在的，Lise 猶里亞跑來說阿萊克謝意・費道洛維奇來了，她替你在外面張看。」

「親愛的媽媽，在你的方面這是太不聰明了。如果你想糾正一下，現在就說出幾句很聰明的話，那末親愛的媽媽，請你對走進來的阿萊克謝意・費道洛維奇說，他在發生了昨天的事情以後，不管大家笑他，今天還決定到我們這裏來，從這一層便可證明他並不聰明。」

「Lise你太任性了。我可以對你說，我到最後一定要執行嚴厲的手段。有誰在笑他，我很喜歡他來，我需要他，必須用着他。唉，阿萊克謝意・費道洛維奇，我是多末不幸。」

「你是怎麼啦，寶貝媽媽？」

「就是爲了你這種任性的行爲 Lise 隊的沒有常性，你的疾病，那個可怕的發燒的一夜，還有那個可怕的，永久不變的格爾城司闍勃，主要的是永久不變的，永久不變的，永久不變的！還有一切一切……甚至還有那奇蹟，這奇蹟是如何使我驚愕，使我震動，親愛的阿萊克謝意．費道洛維奇！這悲劇現在就在客廳裏，我眞是不能忍受，預先告訴你說，眞是不能忍受。也許是趣劇，不是悲劇。請問你，曹西瑪長老還能活到昨天麼？活得到麼？喔，我的天！我不知道我要怎樣，我不斷地閉上眼睛，看見這一切全是胡鬧的事情，全是胡鬧的事情。」

「我想請求你，」——阿萊莎忽然插進話去，——「給我一塊乾淨的布，好讓我包紮手指。我傷了牠很利害，現在我十分痛。」

阿萊莎打開被咬的指頭。手帕上塗滿了血。霍赫拉闊瓦太太叫了一聲，眼睛眯小了。

「哎呀，好利害的傷，這眞可怕！」

但是 Lise 剛剛在門縫裏看見了阿萊莎的手指，立刻用力把門推開了。

「快進去，快到我這裏來，」——她帶着堅決和命令的口氣呼喊——「現在用不着那些愚蠢的舉動了！哎呀！老天爺，你爲什麼這許多時候儘站在那裏，一聲不發？他可以大出血的，媽媽！你在那裏？你是怎麼啦？先取水來，先取水來！應該洗一洗傷，祇要放在冷水裏，痛就會止的，並且要浸着，老浸着……快些，快拿水來。媽媽，水放在漱口杯裏。快點呀。」——她神經質地說：她十分驚嚇。阿萊莎的受傷使她十分驚愕。

「要不要叫人去請格爾城司圖勃來？」——霍赫拉闊瓦太太喊。

「媽媽，你要害死我了。你的那位格爾城司圖勃一來，就說一點也不明白！水呀，水呀！媽媽，看上帝的份上，你自己去一趟，催猶里亞一下，她也不知道就擱在那兒，永遠不能快快地來！快些，媽媽，否則我要死了……」

「這是小事！」阿萊莎喊，看見她們的懼怕也懼怕起來。

猶里亞取了水跑來。阿萊莎把手指放進水裏。

「媽媽，看上帝的份上，你去取蔴布來，取蔴布來。還有這割傷用的，辛辣的，混濁的藥水，叫什麼名字！你那裏有的，有的，有的……媽媽，你自己知道那裏瓶子在那裏，就在你的臥室裏，右面櫃子裏，一隻大玻璃瓶和蔴布都在那裏……」

「我立刻去取來，Lise單單請你不要喊嚷，不要着急。你瞧阿萊克謝意·費道洛維奇如何堅定地忍受自己的不幸。你在那裏把自己這樣可怕地弄傷了的，阿萊克謝意·費道洛維奇？」

霍赫拉闊瓦太太匆忙地走出去。Lise就等着這個時間。

「最先請你回答問題。」——她迅快地說。——「你在那裏受的傷？以後我要問你完全另一件事。唔！」

阿萊莎本能地感到，從現在到她母親回來的時間，對於她是十分珍貴的，便連忙把他同小學生們相遇的一節講給她聽，放去許多話，又縮短了不少，却講得準確，明瞭。Lise聽了他的話，擺着兩手：

「你怎麼能，怎麼能同小學生們打交道，尤其你還穿了這種衣裳！」——她怒喊，顯然好像對於他已經有了什麼權利似的。——「你做了這種事情，自已便成爲一個小孩，極小的小孩，世界上少有的小孩！但是你一定要給我打聽出這個壞孩子的究竟，對我講出來，因爲其中一定有什麼祕密。現在第二件事情。但是先有一個問題：你痛得這樣受罪，還可以不可以談論完全無關緊要的事情，而且談論得清清楚楚呢？」

「完全可以的，而且我現在也不感到怎樣痛了。」

「這是因爲你的手放在水裏。應該立刻換水，因爲牠很快就會燙熱的。猶里亞，快到地室裏去取一塊冰來，還去拿一隻新的漱口杯來，裏面放點水。現在她走了，我可以談正事：親愛的阿萊克謝意，費道洛維奇，請你把我昨天給你送去的那封信交還給我，——快點，因爲媽媽一會兒就要進來，我不願意……」

「我身邊沒有信。」

「不對，這封信在你的身邊。我早就知道你這樣囘答。它就在你的口袋裏。我整夜裏從悔着這椿愚蠢的玩笑事情。請你立刻把信還給我，立刻還呀！」

「那封信留在那裏了。」

「但是你不能不認我是一個小女孩，一個小小的女孩，在我寫了這封信，開了這樣愚蠢的玩笑以後！我開了這玩笑，現在請你加以寬恕，但是那封信請你一定送還給我，假使它果眞不在你的身邊，——今天就送來，一定的，一定的！」

「今天無論如何不行，因爲我囘到修道院裏去，有兩三天，也許四天不能到你府上來，因爲曹西瑪長老……」

「四天，這是胡鬧！你聽着，你很笑我麼。」

「我一點也沒有笑呀。」

「爲什麼。」

「因爲我完全相信了一切。」

「你在侮辱我！」

「一點也不。我一讀完後，立刻就想到一切就是這樣的，因爲曹西瑪長老一死，我就立刻離開修道院。以後我將繼續求學，應畢業考試，法定的期限一到，我們就可以結婚。我將愛你。雖然我還沒有功夫想，但是我以爲比你再好些的妻子是找不到的，長老囑咐我結婚……」

「然而我是醜怪，我是被人家在椅子抬來抬去的！」——麗薩笑了，臉頰漲得通紅。

「我要自己用椅子抬你，我還相信到那個時候你會痊愈的。」

「但是你是一個瘋子，」——麗薩神經質地說，——「從一句玩笑話忽然發現出這種胡鬧的事情來了！……哎呀，母親來了，也許來得眞巧。媽媽，你怎麼永遠遲慢，可以這樣長久麼？猶里亞也取冰來了！」

「唉，Lise你不要嚷，主要的——是你不要嚷。我經你這一嚷，直要……那有什麼辦法，你自己把蔴布塞到別的地方去了……我找呀，找呀……我疑心你這是故意做的。」

「我可是不會知道，他來的時候會被咬去手指頭的。否則，也許眞的會故意做的。安琪兒媽媽，你起始說異常俏皮的話來了。」

「即使是俏皮話，但是爲了阿萊克謝意．費道洛維奇的手指，和一切一切的事，Lise你生出了多少情感來！唉，親愛的阿萊克謝意．費道洛維奇，使我要命的不是那些個別的事情，不是什麼格爾城司圖勃，却是攏統的一切，整個的一切，這是我不能忍受的事。」

「够了，媽媽，關於格爾城司圖勃的事情够了，」——麗薩快樂地笑了，——「快拿藏布來，媽媽，還有藥水。這就是次醋酸鉛藥水，現在我憶起名稱，但這是很好的液劑。媽媽，你想一想，他在路上走的時候同小孩子打起架來，這是一個男孩咬傷的。他不是小孩，自己並不是小孩。這個樣子，媽媽，他還可以不可以和人家結婚，因爲你猜怎麼，媽媽，他很想結婚呢。你設想他結了婚，這不是可笑麼？這不是可怕麼？」

於是Lise發出神經質的，細碎的笑聲，狡黠地瞧着阿萊莎。

「怎麼樣結婚，Lise發出怎麼會事？你這話完全不對勁……也許這個男孩是瘋子。」

「唉，媽媽！難道有發瘋的孩子麼？」

「怎麼會沒有，Lise好像我說的是愚蠢的話。瘋狗咬那個小孩，他成爲瘋孩，一面自己也咬他附近的人。她給你包紮得很好，阿萊克謝意·費道洛維奇，我從來不會這樣弄的。你現在感到痛苦麼？」

「現在不大痛。」

「你不怕水麼？」——Lise問。

「够了，Lise 也許果眞很匆忙地說了關於瘋孩的事情，你立刻就下起結論來了。卡德隣納・伊凡諾夫納剛纔聽到你來了，阿萊克謝意・費道洛維奇，簡直就奔到我的身上來。她正想見你，正想見你。」

「喂，媽媽！你一個人先去，他現在不能去，他痛苦得利害。」

「我完全沒有痛苦・我很可以就去……」——阿萊莎說。

「怎麼！你就走麼？你竟是這樣的，你竟是這樣的？」

「什麼？我等到那邊的事情一完，立刻就來，我們可以再在一塊兒談話，談多少都行。我很想趕快去見卡德隣納・伊凡諾夫納，因爲我無論如何想趕快回到修道院裏去，越快越好。」

「媽媽，請你把他帶走，趕快帶走。阿萊克謝意・費道洛維奇，你在見了卡德隣納・伊凡諾夫納以後，不必勞駕到我這裏來，一直回到你的修道院裏去。這是你應該走的話！現在我想睡覺，我整夜沒有睡覺呢！」

「唉，Lise你這祇是開開玩笑罷了。但是假使你果眞睡熟了，那才好呢！」——霍赫拉闊瓦太太喊。

「我不知道應該怎麼樣……我還留兩三分鐘，假使你願意，甚至五分鐘・」——阿萊莎喃聲說。

「甚至五分鐘！你快把他拿走，媽媽，這人是一個怪物！」

「Lise你發瘋了。我們去罷，阿萊克謝意．費道洛維奇，她今天太任性了。我怕惹惱她。哎呀，跟神經質的女人在一起眞要命，阿萊克謝意．費道洛維奇！她也許果眞想當着你的面前睡覺呢。你怎麼這樣快就把她趕進夢裏，這是如何可喜！」

「媽媽，你起始這樣有趣地說話，爲了這，媽媽，我要和你親吻。」

「我也要，Lise你聽着，阿萊克謝意．費道洛維奇。」——霍赫拉闊瓦太太神祕而且鄭重其事地用迅快的微語說話，在她同阿萊莎走出去的時候，——「我不願意給你下暗示，不願意揭開這幃幕，然而你一進去，就自已會看見那裏所發生的一切，——這是恐怖，這是最幻想的趣劇：她愛二令兄伊凡．費道洛維奇，卻用全力使自己相信愛的是大令兄特米脫里．費道洛維奇。這眞是可怕！我同你一塊兒進去，如果他們不趕我出去，我要等候着終局。」

第五章　裂創在客廳裏

但是客廳裏的談話，已將告終；卡德隣納・伊凡諾夫納處于絕大的興奮狀態中，雖然具有堅決的神色。阿萊莎和霍赫拉闊瓦太太走進來的當兒，伊凡・費道洛維奇正立起來，預備出來。他的臉有點發白，阿萊莎不安地瞧着他。事情是因爲現在對於阿萊莎解決了他的一個疑團，一個從若干時候起就磨折着他的不安的啞謎。還在一月以前，已經四面八方有人多次給他暗示，伊凡哥哥愛卡德隣納・伊凡諾夫納，主要是確乎想把她從米卡手裏『搶奪』過來。在最後的時間以前，這件事情雖然使阿萊莎很覺不安，却認爲荒誕離奇。他愛兩位兄長，他們中間這樣的競爭使他懼怕。特米脫里・費道洛維奇昨天忽然對他直言，他甚至極喜歡伊凡哥哥的競爭，反可使他得到許多幫助。幫助什麼？幫助他娶格魯申卡麼？但是阿萊莎認這事情是悲慘的，最後的一着。此外，阿萊莎直到昨天晚上還無疑地相信，卡德隣納・伊凡諾夫納自己劇烈而且固執地愛他的哥哥特米脫里，——但這祇是在昨天晚上以前相信的。不知爲甚緣故，他老是覺得她不會愛像伊凡那樣的人，却愛他的長兄特米脫里，愛的就是他本來的那種樣子，雖然這愛情是如何地離奇。昨天，在演出同格魯申卡的一幕的時候，他忽然似乎獲得了另一個觀念。霍赫拉闊瓦太太剛剛說出了『裂創』的兩個字，使他幾乎全身抖索，因爲就在那天夜裏，黎明時半睡半醒的辰光，他忽然大概是回答自己的夢，出聲說道：『裂創，裂創！』他整夜做着昨天在卡德隣納．伊凡諾夫納家裏所生的一幕戲劇的情景。但是霍赫拉闊瓦太太忽然直率而且固執地力言卡德隣納．伊凡諾夫納愛的是兄長伊凡，祇是由了一種游戲，由于『裂創，』故意自己哄騙自己，用似乎出于感恩而來的對于特米脫里的表露在外面的愛情自己磨折自己。這些話使阿萊莎大爲驚愕：『也許果眞在這話裏有完全的眞實！』但是在發生這種事情的時候．伊凡哥哥的地位將成爲怎樣的？阿萊莎從某種本能上感到像卡德隣納．伊凡諾夫納的性格是應該使用權力的。但是她祇能對于像特米脫里那樣的人使用權力．而不能施之於像伊凡這類的人。因爲惟有特米脫里才能『爲了自己的幸福．』（這是阿萊莎所希望的，）在她面前帖然就範，（即使這需要長久的時間，）但伊凡則不能，伊凡不能在她面前甘心順從，這順從也不能給他幸福。阿萊莎不知爲甚麽緣故，不由自主地對於伊凡發生了這樣的見解。在他正在走進客廳的一剎那，所有這些疑惑和考慮全都在他的腦筋裏飛過，閃過。突然而且抑止不住地，閃過了又一念頭『假使她誰也不愛，兩個人都不愛，便怎樣呢？』應該注意的，是阿萊莎似乎對於自己這些念頭感到慚愧，每逢他在最後的一個月內思想到時，便自行譴責：『我對于愛情和女人明白什麽？我怎麽能下這樣的斷語。』——他在每次生出這樣思想或猜疑以後，便自己責備起來。然而又不能不想。他本能地瞭解，現在，在這兩位兄長的命運內，這競爭是太重要的問題，關係太多。「一條惡蛇噬死另一條毒蛇，」——伊凡哥哥在昨天惱怒中談起父親和長兄的時候，曾經說過這樣的話。如此說來，特米脫里在他的眼睛裏是一條毒蛇，也許早就是毒蛇罷？不是從伊凡哥哥認識了卡德隣納．伊凡諾夫納的那個時候起的？這句話自然是伊凡昨天不由自主地脫口而出的，但是因爲不由自主，便更見重要。既然如此，那便有何和平可言？是不是在他們的家庭裏又有了仇恨的藉口。主要的是他，阿萊莎，應該可憐誰？希望他們每人的是什麼？他愛他們兩人，但是在這般可怕的矛盾之中．他期望於他們每人的是什麼？在這亂七八糟的狀態裏面，他會完全迷誤，他的心要能忍受不知的狀態，因爲他的愛的性格永遠是積極的。他不能被動地愛，一愛了，便立刻着手幫助。但是爲了這，應該先設定一個目的，應該堅定地知道．他們每人需要的是什麼，認爲好的是什麼，在認準了目的以後，自然去幫助他們每個人。然而一切祇是不淸楚和混亂，並沒有確定的目的。想在說出了「裂創」的兩個字，即使在這裂創裏，他懂得什麼？在一切混亂之中，他甚至連這兩個字也不懂得它的意義？

卡德隣納．伊凡諾夫納看見了阿萊莎，迅快而且快樂地對已經從座位立起，就想走的伊凡．費道洛維奇說道：

「等一會！再留一分鐘。我想聽這個人的意見，他是我完全信仰的。卡答隣納‧淫西帕夫納，您也不要走，」——她對霍赫拉闊瓦太太說。她讓阿萊莎坐在自己身傍，霍赫拉闊瓦坐在對面，和伊凡‧費道洛維奇並坐。

「這裏全是我的好朋友，在這世界上我所有的親愛的知己好友，」——她熱烈地起始說話，聲音裏盪漾着誠懇的，痛苦的眼淚，阿萊莎的心又一下子轉到她的方面去了，——「阿萊克謝意，您昨天做了那件……那件可怕的事情的證人，看見我當時的情景。你沒有看見，伊凡‧費道洛維奇，他是看見的。昨天他對我的意見如何，——我不知道，祇知道一樁事情，那就是如果，今天，現在，再重複一遍，那末我表示出來的也必是同樣的情感，和昨天一樣，——同樣的情感，同樣的話語，同樣的行動。你應該記得我的行動，阿萊克謝意‧費道洛維奇，你自己也曾阻止我做一個行動……（說這話的時候，她臉紅了，眼睛發出光輝。）阿萊克謝意‧費道洛維奇，我對你聲明，我不能聽任運命的擺佈。阿萊克謝意‧費道洛維奇，我甚至不知道，現在我愛他不愛。我開始可憐他，這是愛情的不好的證明。假使我愛他，繼續愛他，我也許現在不會憐惜他，却相反地會恨他……」

她的嗓音戰索了，淚珠在她的睫毛上發光。阿萊莎在內心裏抖索了一下：這位女郎是信實而且誠懇，他心想，——她……她再也不愛特米脫里了！

「還是對的！還是對的！」——霍赫拉闊瓦太太喊。

「等一等，親愛的卡德隣納·伊凡諾夫納，我沒有說出主要的事實，沒有完全說出我昨夜自己決定的一切事情。我感到也許我的決定是可怕的，對于我是可怕的。但是我預感到我無論如何，無論如何不再加以更改，一輩子就是這個樣子。我的親愛的，我的善心的，我的永恆的，寬宏的顧問和深邃的知心者，在全世界裏僅有的，唯一的好友，伊凡·費道洛維奇，他也贊成，並且誇奬我的決定……他知道這個決定。」

「是的，我贊成的，」——伊凡·費道洛維奇用靜肅而堅定的聲音說。

「但是我希望阿萊莎，（哎呀，阿萊克謝意·費道洛維奇，對不住，我簡直喚你阿萊莎了，）——我希望阿萊克謝意·費道洛維奇，現在就當着我的兩個好友面前，對我說，我對不對？我有本能的預感，那就是你，阿萊莎，我的親愛的兄弟，（因爲你是我的親愛的兄弟，）」——她又歡欣地說，用熱烘烘的手抓住他的冷冰冰的手，——「我預感到，您的決定，您的贊成，不管我受了多少痛苦，將給我安靜，因爲在您說了話以後，我會靜謐下來，我會服貼下來，——我有這個預感！」

「我不知道您要問我什麼事情，」——阿萊莎漲紅着臉說，——「我祇知道我愛你，在這時候希望你有幸福，比希望自己多些！……但是這類事情我是一點也不懂得的……」——他忽然不知具何用意，忙着補充這句話。

『在這類事情裏，阿萊克謝意•費道洛維奇，在這類事情裏，現在要的是名譽與義務，不知道還有什麼，總還有一點崇高的，也許甚至比義務還崇高的東西。我的心感覺出這種無從抗拒的情感，這情感無從抗拒地吸引着我。兩句話就可以說完一切。我已經決定了。即使甚至他娶了那個……賤貨，（她鄭重地起始這話，）這賤貨，我是永遠永遠也不能寬恕的，我到底不能離開他！從這時候起，我已經永遠永遠也不離開他了！』——她帶着一種慘白的，磨折得够苦的歡欣的神情說出來，——『我並不要釘在他的後面，時時刻刻和他見面，磨折着他，——不，我要離開，走到隨便什麼別的城市裏去，但是我將一輩子，一輩子不停歇地留心他。在他和那個女人相處得不幸的時候，而這是一定立刻會發生的，他可以立刻到我這裏來，他可以遇到一個朋友，一個妹子……自然祇是妹子，而且永遠是這樣的，但是他終于會相信，這個妹子確是他的妹子，愛他，而且一輩子爲他犧牲。我一定要達到這個目的，我一定要堅持着使他知道我，使他將一切的事情告訴給我聽，毫不含羞！』——她似乎瘋狂地喊起來了。——『我將做他的上帝，使他對我祈禱，——至少這是他欠我的債，爲了他的變心，爲了我昨天爲他而遭受到的一切。讓他一輩子看到，我將一輩子忠實於他，忠實於我當時給予他的諾言，不管他如何不忠實，而且變心。我將成爲……我將變爲他的幸福的手段，怎麼說，變爲他的幸福的工具，機器，還是一輩子，一輩子，讓他一輩子都看得見。這是我的決意！伊凡．費道洛維奇十分贊成我的意思。』

她喘着氣。她也許想比較有價値些，巧妙些，而且自然些表現自己的意思，但是結果弄得太匆忙，太現露。有許多年靑的沉不住氣的地方，許多是受了昨天的惱怒的影響，出于想驕傲一下的需要，這是他自己感到的。她的臉似乎忽然陰沉了，眼神顯得不好看。阿萊莎立刻注意到這一切，他的心裏蠕動了同情。伊凡哥哥恰巧在這時候開口說話。

『我祇是表示我的意思，』──他說，──『別的女人做出這一切，將發生虛飾和過火的結果，而你並不如此。別的女人無理，而你有理。我不知道應該說出什麼理由，但是我看到，你是十分誠懇的，因此你是有理的……』

『但這不過是在這個時間如此……這時間算得了什麼！那祇是爲了昨天的侮辱，──這時間具有這種意義！』──霍赫拉闊瓦太太忽然忍不住了。她顯然不願干涉，但是忍不住，忽然說出了很正確的意思。

『是的，是的，』──伊凡打斷她的話，忽然帶着一種熱切的神情，而且對於人家插斷她的話，顯得生氣，──『是的，然而在別的女人方面這時間僅祇是昨天的印象，僅祇是一分鐘的事情，但是以卡德隣納．伊凡諾夫納的性格，這時間將引長到她的一生。對於別人祇是口頭的允許，對於她是永恆的，嚴重的，也許陰鬱的，却是無止歇的義務。她將以履行這義務的情感作爲養生之具！您的一生，卡德隣納•伊凡諾夫納，現在將在痛苦地瞑察自身的情感，自身的苦行，自身的憂愁之中過去，然而此後這痛苦將見減輕，您的一生即將變爲甜蜜地瞑察已經一成不變地履行了的堅定與驕傲的志趣，實際上自然是驕傲的，總之是絕望的，却被您克復了的。這感覺終于給予您極完全的滿意，使您和其餘一切事物服貼地相處下去……」

他堅決地說這些話，帶着一種慈善，顯然出于故意，甚至也許不願意隱匿自己的用意，是在于故意而且諷笑地說話。

「哎呀，上帝，這眞是不對！」——霍赫拉闊瓦太太又喊起來。

「阿萊克謝意•費道洛維奇，你說罷！我十分願意知道您對我說什麼話！」——卡德隣納•伊凡諾夫納喊，忽然流下眼淚。阿萊渉從椅上立起來。

「這不要緊，不要緊！」她一面哭，一面說——「這是由于精神的失調，爲了昨天夜裏的事，但是在您和令兄，兩個好友身邊，我還感到自己很堅強……因爲我知道……你們兩人是永遠不會離開我的……」

「不幸的是我明天也許就要到莫斯科去，長久離開您……不幸得很，但這是無從變更的……」——伊凡·費道洛維奇忽然說。

「明天，到莫斯科去！」——卡德隣納·伊凡諾夫納的整個臉龐忽然彎曲了，「但是……但是我的天，這真是有幸！」——她一下子用完全變樣的聲音喊了出來，一下子驅走了眼淚，連一點痕跡也沒有，就在這一刹那間她心裏發生了奇怪的變動，使阿萊莎異常地驚訝：剛剛在某種情感的裂創中哭泣的，可憐的，受侮辱的女郎，忽然一變而爲完全克制自己，甚至有點異常滿意，彷彿忽然有所欣喜的女人。

「喔，並不因爲我將和你離別而覺得有幸，自然不是的，」——她忽然帶着和藹的，體面社會上流行的微笑改正一下，——「像你這樣的好友是不應這樣想的。相反地，我喪失你是很不幸的，（她突然迅步奔到伊凡·費道洛維奇面前，拉住他的兩手，用熱烈的心情握住了；）有幸的是你可以當面在莫斯科對嬸母和阿萊莎講我在這樣的情形，我現在的可怕的境況，和阿萊莎可以完全公開地說，和親愛的嬸母應該說得輕描淡寫，這是你自己會做的。你要知道，我昨天和今天早晨是如何地不幸，真不知道應該怎樣寫這封可怕的信……因爲在信裏是無論如何無從傳達的……現在我却很容易着筆，因爲你可以到她們那裏去，當面解釋一切。哎呀，我真是快樂！但是我很快樂這一層，你應該明白我的。你本人對於我自然是無從和別人換易的……我現在就跑回去寫信，」——她忽然下了結論，甚至向前跨了一步，準備離開屋子。

『阿萊莎呢？阿萊克謝意．費道洛維奇的意見不是你一定想傾聽的麼？』——霍赫拉闊瓦太太喊，嘲笑和惱怒的音調在她的話語裏響着。

『我沒有忘記，』——卡德隣納．伊凡諾夫納忽然止步——『爲什麼你現在這樣仇恨我，卡答隣納．渥西帕夫納？』——她帶着悲苦，熱烈的責備說出這句話來。——『我說過的話，我總要承認的。我需要他的意見，不但如此；我需要他的決定！他說什麼，就算什麼，——相反地，我是渴望你的話語到這種程度，阿萊克謝意．費道洛維奇……你是怎麼啦？』

『我從來沒有想到，我不能設想到！』阿萊莎忽然悲苦地喊。

『什麼？什麼？』

『他到莫斯科去，而你竟會喊，你很歡喜，——這是你故意喊出來的！以後又立刻解釋，你並非對於這事情喜歡，却是相反地，不分憐惜……你喪失了好友，——但這是你故意扮演的……像在戲院裏扮演趣劇。』

『在戲院裏？怎麼？……這是什麼意思？』——卡德隣納．伊凡諾夫納喊，深深地驚訝着，滿臉通紅，皺緊眉峯。

『您無論怎麼對他說，您喪失了良友，將如何惋惜，但是您到底當面對他表示，他的離閑這裏是有幸福的……」——阿萊莎似乎完全喘不過氣地說着。他站在棹傍，不坐下來。

「你說的是什麽？我不明白……」

「是的•我自己也不知道……好像中了雷似的……我知道我說這話不大好，但是我到底要完全說出來•」——阿萊莎用同樣抖戰的，間斷的聲音說下去•——「我的中了閃電•是因爲我心想也許您完全不愛特米脫里哥哥。……從開頭起……祇是尊敬他……我眞不知道我現在怎樣敢說這話•但是總應該有人說出老實話來……因爲這裏誰也不願意說實話……」

「什麽實話？」卡德隣納•伊凡諾夫納喊•有一點歇司底里的氣息在她的聲音裏作響。

「實話是這樣的，」——阿萊莎喃語着，彷彿從屋頂上跳躍下來似的，——「你現在去把特米脫里叫來，——我會找到他的，——讓到這裏來•拉住你的手，還拉住伊凡哥哥的手，把你們的手聯結起來。因爲你在磨折着伊凡，祇是爲了你愛他……你所以磨折他，因爲你的愛特米脫里是由于自己的裂創而來的……並不是眞正的愛……因爲你自己硬叫自己相信的……」

阿萊莎打斷了話頭，沉默了。

「您……您……你是一個小瘋人，你就是這種人！」——卡德隣納•伊凡諾夫納忽然迸出這句話來，臉色慘白，嘴唇狠毒得斜曲了。伊凡•費道洛維奇忽然笑了，從椅上立起來。

帽子已握在他的手內。

『你弄錯了，我的善心的阿萊莎，』——他說話時的臉容，是阿萊莎從來還沒有看見過的。——表示出一種年青的誠懇和強烈的，抑止不住地坦白的情感。——『卡德隣納．伊凡諾夫納從來沒有愛我！她早就知道我愛他，雖然我從來沒有對她說關於我的愛情的話，——她知道，却不愛我。我也從來沒有一次，一天做過他的好友；驕傲的女人不需要我們友誼。把我放在身邊，是爲了不斷的復仇。她對我復仇，在我身上復仇，爲了她在這時期內從特米脫里那裏時常而且每分鐘所受到的一切侮辱，從他們兩人相遇的時候所受到的侮辱……因爲他們最初一次的相遇就當作侮辱似的留在她的心坎裏面。她的心是如此的！我一直做的事情，祇是在那裏傾聽她講關於如何愛他的話。我現在要走了，但是你要知道，卡德隣納．伊凡諾夫納，你確乎祇愛他。他越侮辱你，你越愛他。假使他能改過自新，你將立刻拋棄他，不再愛他。你必須用他來不斷地考察你的守節的苦行，並且責備他的不忠實。這一切全是由于驕傲而來……我年紀太輕，愛你太深。我知道我不應該對你說這種話，從我的一方面，簡單地離開你是比較有些價值，不致于使你感到這樣受辱。但是我將向遠方走去，不再回來……我眞是不會說話，我全都說完了……告別罷，卡德隣納．伊凡諾夫納，你不必生氣我，因爲我所受的懲罰，比你利害百倍以上；就從我將永遠看見不到你的一層，我已是受了懲罰。告別罷。我不需要你的手。你十分有意識地磨折着我，不能使我在這時候寬恕你。以後再寬恕，現在不用手。

Den Dank, Dame, begehr ich nicht! ※——

他帶着彎曲的微笑添上這詩句，完全出人不意地證明，他也能念席列的詩到爛熟的程度，這是阿萊莎以前不能置信的事。他從屋內走出，甚至沒有同女主人，霍赫拉闊瓦太太告別。阿萊莎攤着手。

『伊凡，』——他朝他身後呼喊，十分着急地，——『伊凡，快回來！不，不，他現在無論如何不會回來的了！』——他又大聲喊，帶着悲苦的悟解，——『但這是我，我的錯處，我起的頭！伊凡的話說得惡毒，含善意。既不公平，又極惡毒……他應該重新到這裏，應該回來，回來……』阿萊莎像半瘋狂的人一般，叫喊起來了。

卡德隣納·伊凡諾夫納忽然走到另外一間屋裏去。

『你並沒有做錯什麼事，你的舉動極妙，像安琪兒似的，』——霍赫拉闊瓦太太對發愁的阿萊莎迅速地，歡欣地微語，——『我要竭力設法讓伊凡．費道洛維奇不離開這裏……』

※『我不需要感謝。』席列的歌謠手套裏結末的一句詩

喜悅在她的臉上照耀着，這使阿萊莎十分憤怒；但是卡德隣納・伊凡諾夫納忽然回來了○她的手裏握着兩張花絲的國庫券○

『我要求你一件事情・阿萊克謝意・費道洛維奇・』——她直接對阿萊莎說・顯然用安靜的・平勻的聲音，彷彿現在實際上並未發生什麼事似的，——『一個禮拜，——大概在一個禮拜以前，——特米脫里・費道洛維奇做了一個暴燥，而且不合理的舉動，很難看的舉動○此地是一個不好的地方，一爿酒店，他在那裏面遇見了一個退職的軍官，上尉，平素令尊大人利用他辦點自己的事○特米脫里・費道洛維奇不知爲甚麼對這上尉發氣，揪住他的一把鬍鬚，當着衆人面前，就這樣作踐他拉他到街上，還游了許多時候的街，聽說有一個男孩，上尉的兒子，在此地小學裏讀書，還是一個嬰孩看見了這情形，就在他們傍邊跑着，大聲哭泣，替父親哀告，找每個人，請他們出來幫忙，可是大家全嘻嘻地笑着○對不住，阿萊克謝意・費道洛維奇，他這種可恥的舉動，我想起來就不能不憤激……這一種舉動，惟有特米脫里・費道洛維奇一人才能在憤怒中，並且在發生情慾的時候敢去做的！我不能，也沒有能力來講出這個意思……我說話不對腔○我以後調查過受侮辱的人的情形，才知道他是十分貧窮的人○他姓司湼基萊夫○他爲了什麼事情犯了失職的過失，被斥職了，我不會對你講這件事○現在他和他的家庭，——他的可憐的家庭裏有害病的小孩和大概是瘋狂的妻子，——他和他的家庭正陷于可怕的貧窮的境遇裏面。他早就住在此地城裏，充當某機關的書記，現在忽然一個錢也不付給他！我瞧着您——我心想，——我不知道，我說話亂了，——我想求您，阿萊克謝意·費道洛維奇，——我的善心的阿萊克謝意·費道洛維奇。求你到他家去一趟，找一個理由，和他接洽，和這上尉，——唉，我的天！我儘說錯話，——客氣地，謹愼地，——惟有你一個人是會這麼做的，（阿萊莎突然臉紅了，）——想法把這點捐款，二百盧布，交給他。他一定會收的……你應該勸他收下來……不，不，這是怎麼說法？這並不是使他服貼下來的代價，使他不告狀，（因爲他好像打算控告，）這祇是一點同情，一點幫忙的意思，從我的方面，從我的方面，從特米脫里·費道洛維奇的未婚妻的方面，不是從他的方面……總而言之，你是會的……我本可以自己去，但是你比我會得多。他住在湖路，下市民女人卡爾梅可瓦的家裏……看了上帝的份上，阿萊克謝意·費道洛維奇，你替我辦一辦。現在……現在我有點……累了。再見罷……」

她忽然迅快地轉身，又隱到幃簾後面去，使阿萊莎來不及說出一句話來，——他是很想說的。他想請求寬恕，責備自己，——一定要說點什麼話，因爲他的心是充實的。他不說出來，根本不願意離開這屋子。但是霍赫拉闊瓦太太拉住他的手，親自引他出去。在外屋裏，她又止住他，和剛纔一樣。

「她是驕傲的，自己鞭策着自己，却是一個善心的，優雅的，寬宏的人！」——霍赫拉闊瓦太太用半低微的話聲呼喊，——「我眞是愛她，有時是特別地愛她！現在我又高興起一切的事情來了！親愛的阿萊克謝意．費道洛維奇，你還不知道：你要曉得我們大家，——我還有她兩位嬸母，——所有的人，甚至Lise已經有整整一個月祇是希望而且祈禱，但願她同您所愛的特米脫里．費道洛維奇分離，既然他並不願意知道她，也一點不愛她，——就和伊凡．費道洛維奇結婚，——他是一個有學問的，品性佳良的青年，愛她甚于世上的一切。我們在這裏作下各種計謀，我不離開這裏，也許祇是爲了這種事情……」

「但是她哭泣着；又受了侮辱！」——阿萊莎喊。

「你不要信女人的眼淚，阿萊克謝意．費道洛維奇，——對于這種事情，我永遠反對女人，贊成男子。」

「媽媽，你在挪裏引壞他，」——Lise的柔細的小聲音從門後發出來。

「不，我是這一切的原因，我有錯處！」——無從自行排遣的阿萊莎反覆地說，對於自已的行爲發作了痛苦的羞愧，羞愧得甚至用手掩臉。

「相反地，你做了安琪兒一般的行爲，像安琪兒一般，我準備反覆地說上幾千，幾千遍。」

「媽媽，爲什麼他做了安琪兒一般的行爲，」——Lise的聲音又響了。

「看了這一切的情形，我不知爲什麼原因忽然覺得，」——阿萊莎繼續說，似乎沒有聽見麗薩的話，——「她是愛伊凡的，我就說了這愚蠢的話……現在怎麼辦呢！」

「誰？誰？」——Lise喊，「媽媽，你一定想弄死我。我問你——你不回答我。」

在這時候女僕跑進來了。

「卡德隣納·伊凡諾夫納很不好……她哭着……發作了歇司底里，發抖。」

「什麼事？」——Lise喊，已經用驚惶的聲音，——「媽媽，這是我發作了歇司底里，不是她！」

「Lise看上帝份上，不要嚷，不要和我爲難。你的年紀還輕，大人們知道的事，你還不應該知道，我一會兒就跑來，凡是可以告訴你的事情都會給你講的。唉，我的天呀！我跑去了，跑去了……歇司底里——是吉兆，阿萊克謝意·費道洛維奇。她發了歇司底里，是最妙的事，這一定是對的。我在這類事情上，永遠反對女人，反對這一切歇司底里，和女人的淚。猶里亞，你快去說，我立刻就來。伊凡·費道洛維奇離開了這裏，那是她自己的錯處。但是他不會動身走的。Lise看上帝份上，不要嚷！哎呀，你並沒有嚷，那是我在嚷，你恕過你的媽媽罷。但是我很高興，我很高興！阿萊克謝意·費道洛維奇，你要注意，伊凡·費道洛維奇剛纔出去的時候，說完了一切，走出去的時候，顯出一個如何年輕的人！我心想，他是一個學者，研究員，但是他忽然那樣熱辣辣地，坦白而年輕，又無經驗，又年輕，却一切都很好，一切都很好，和你一樣：還說出那首德文詩，又和你一樣？但是我要走了，我要走了。阿萊克謝意．費道洛維奇，你快去辦那件受委託的事情，快快兒回來。Lise你不需要什麼罷？看上帝份上，一分鐘也不要留住阿萊克謝意．費道洛維奇，他立刻會回到你這裏來的。」

霍赫拉闊瓦太太終于走了，阿萊莎臨走以前想開門去見Lise。

「千萬不必！」——Lise喊——「現在千萬不必！你可以隔着門說話。你怎麼會進入安琪兒的羣裏？我祇願意知道這一件事情。」

「爲了可怕的愚蠢事情，Lise再見罷。」

「不許就走！」——Lise喊。

「Lise我有嚴重的憂愁事情！我立刻回來，但是我有極大，極大的憂愁！」

他從屋內跑出去了。

第六章　裂創在農舍裏

他心裏眞的有嚴重的憂愁事情，這事情是他至今很少感到的。他跳起身來，「做了蠢事，」——而且不是關於別的什麼事情，却是關於愛情的！「在這種事情裏我懂得什麼？我能分析得出這類事情的奧妙麼？」——他漲紅着臉，幾百次反覆地說着，——「唉，羞愧是沒有什麼的，羞愧祇是我應得的懲罰，——壞的是現在我無疑地將成爲新的不幸的原因……長老是打發我來，給大家調解，使大家聯結的。這樣子能使他們聯結麼？」——他忽然又記起，他如何『聯結人們的手，』他重又忽然感到羞愧。「雖然我所做的一切出乎誠意，但是以後應該要聰明些才好，」——他忽然下了結論，對於這結論他甚至不發一點微笑。

卡德隣納．伊凡諾夫納所委託的事情應該到湖路去辦，特米脫里哥哥就住在離湖路不遠的胡同裏，恰巧是順路。阿萊莎决定在到上尉家去以前，無論如何先灣到他的家裏去一下，雖然預先感到他是遇不到他的。他疑惑特米脫里也許故意的在躲開他，——但是不管怎麼樣，他必須要找到他。時間過得很快：對於快將圓寂的長老的思念，自從他離開修道院的時候起，一秒鐘也沒有離開着他。

卡德隣納・伊凡諸夫納囑辦的事情裏閃出一段使他也十分發生興趣的情節：在卡德隣納・伊凡諸夫納提起有一個小學生，上尉的兒子，放聲痛哭，跟在父親身傍迅跑，——阿萊莎當時就忽然閃出了一個念頭，他猜想這男孩一定就是那個小學生，經他（阿萊莎）問他什麼事情得罪他的時候，竟咬了他的手指。現在阿萊莎幾乎完全相信，雖然自己還不知道爲了什麼。他爲節外的念慮所吸引，決定不去「思想」剛纔他做下來的「禍事」，不用懺悔磨折自己，却實行做事，至於那件事情祇好隨它怎樣變化好了。想到了這地方，他完全鼓勵起精神來了。他灣到胡同裏去找特米脫里哥哥的時候，感到了飢餓，便從袋裏掏出父親那裏取來的麵包，在路上吃去。這添增了他的力量。

特米脫里不在家。房主人是一個老木匠，和他的老婆和兒子，瞧着阿萊莎，竟帶着疑心。「已經有三天沒有在這裏住宿，也許出門去了，」老人回答着阿萊莎拚命的追問。阿萊莎明白，他是奉了訓令這樣回答的。經他問起：「他是不是又在格魯申卡，或福瑪那裏躲藏起來？」（阿萊莎故意放出坦白的話語來，）幾個房主人們甚至驚懼地看了他一眼。「這末說來他們還愛他，他們爲他出力，」——阿萊莎心想，——「這是很好的。」

他終于在湖路找到了下市民女人卡爾梅可瓦的房子。這是一所陳老的小房，屋身傾斜，臨街祇有三個窗，院子極髒，中間孤獨地站着一隻母牛。進門是從院裏走到外屋，——外屋的左首住着老房東太太和她的女兒，也是老太婆。好像兩個人都是聾子。他反覆問了幾遍關於上尉的住宅，內中一個女人終于明白問的是房客，這才用手指朝外屋那裏戳了一下。指了指一間整潔的農舍的門。上尉的住宅實際上祇是一個普通的農舍。阿萊莎的手抓住鐵門閂，正預備開門，忽然門後特別的靜使他吃驚。他聽卡德隣納．伊凡諾夫納說起，退伍的上尉是有家眷的人：「不是他們全都睡熟，便是也許聽見我來了，等候我自己開門；最好我先叩一下門，」——他便叩擊了一下。聽到了回應，却不是立刻來的，甚至也許過了十秒鐘以後。

「誰呀？」——有人發出洪大的，特別生氣的聲音喊。

阿萊莎當時開了門，跨進門限。他到了一間農舍裏，這農舍雖充分廣闊，却擁擠了人和一切家用的器具。左邊有一隻俄羅斯式的巨爐。從爐子到左邊的窗戶那裏，緊着一根繩子，通過了整個屋子。繩上掛了各色各樣的破布。左右兩牆邊上各放一隻牀，上面蓋着織被。左邊一隻牀上堯起了四隻花布枕頭搭成的小山，一隻比一隻小。右面另一隻牀上祇看見一個很小的枕頭。前面的角落裏有小一塊地方用簾幃或被單擋住，也是搭在一根繫在角落兩頭的繩子上面。在這簾幃後面也斜搭着一隻鋪，支在長凳和椅子上面。一隻普通的，木製的，四方的，農人的棹子放在從前面角落到中間的窗戶的地方。三個窗戶，每個有四塊細小的發霉的綠玻璃，顯得很陰暗，而且關得緊緊的，因此屋內十分悶熱，不很光亮。棹上放着一隻鍋子，裏面盛着吃剩下來的煎鷄蛋，還有一片咬過的麵包，此外還放着一隻小瓶，瓶底裏祇留了一點點燒酒。左面牀傍，一個女人坐在椅上。她頗像上等女人，穿着花布衣裳。她的臉又瘦又黃，陷進極深的臉頰一下子就可以證明出她的病態。但是最使阿萊莎驚訝的是這個可憐的女太太的眼神，——一種含着十二分的疑問，而同時傲慢得可怕的眼神。一直到這女太太不自己先開口說話以前，當阿萊莎同男主人解釋一切的時候，她一直帶着傲慢和疑問的神情，把栗色的大眼從一個說話的人身上溜到另一個說話的人身上。左邊窗戶傍邊，挨在太太身後立着一位臉貌不很美麗的年輕女郎，頭髮稀鬆鬆的，發栗色，衣服穿得貧窮，却還整潔。她嫌惡地望着走來的阿萊莎。右邊牀傍還坐着一位女性。那是一個很可憐的生物，也是年輕的女郎，有二十歲模樣，背傴屈，沒有腿，以後有人對阿萊莎說，她的腿發育不全。他的拐杖放在附近角落裏。牀和牆的中間。這可憐的女郎的十分美麗而善良的眼睛帶着一種安靜的溫馴的神情，瞧着阿萊莎。一位四十五歲左右的男人，坐在棹傍吃煎鷄蛋。他身材不高，骨瘦如柴，體格軟弱，臉微帶栗色，排着栗色的，稀鬆的鬍鬚，很像一塊破碎的毛帶，（這比喻特別是『毛帶』的兩個字，在阿萊莎初看一眼時，不知爲甚麼緣故，在他的腦筋裏閃耀了一下，他以後才記起來。）大概就是這位先生從門裏喊：『誰呀！』因爲屋裏沒有別的男子。但是在阿萊莎走進來的時候，他似乎從坐在棹傍的長椅上面掙脫了，匆忙地用有破洞的飯巾擦抹着嘴，跳到阿萊莎的身傍。

『修士應該到修道院裏去請求，到此地來做什麼！』——站在左邊角落裏的女孩說。

但是跑到阿萊莎身傍的那位先生一下子轉着靴跟，向她的方面看去，用慌急的，斷續的聲音回答她：

『不，瓦爾瓦拉·尼古拉也夫納，這不好，你沒有猜到！請問你一聲，』——他忽然又轉身向阿萊莎，——『什麼事情引起你親身造訪……這個巢穴？』

阿萊莎注意看了他一眼。他初次看見這個人。他這人的皮氣有點乖僻，忙亂，還好惹惱。他雖然剛纔顯然喝了酒，卻沒有醉。他的臉表示一種極度的傲慢，而同時又很奇怪地表示顯著的膽怯。他像長久服從他人，喫了許多苦頭，卻忽又跳起來想表現自己的人。或者還像一個很願意打擊你，而深怕你來打他的人。在他的話語和十分尖響的聲音的調門裏，聽得出一種瘋狂的幽默來，一會兒是惡狠的，一會兒又是畏葸的，够不上調門，斷脫了似的。他發出那句關於『巢穴』的問話的時候，似乎全身抖戰，瞪着眼睛，緊緊地跳到阿萊莎的身傍，使他機械地往後退了一步。這位先生穿一件深色的，很破舊的棉織的大衣，有許多地方補綴過，而且滿是油漬。他身上穿的褲子，顏色很淡，早就沒有人穿這種顏色，還帶着方格，是用一種很薄的材料製成的。褲子下面很皺，因此往上翹起，好像他在小孩時就穿了這條褲長成的。

「我是阿萊克謝意・卡拉馬助夫……」

「我很明白，」——那位先生立刻回答，讓他明白不用他說，就知道他是什麼人。——「我是上尉司涅基萊夫，却總願意知道，究竟什麼事情引起你……」

「我祇是彎來一趟。老實講，我有一句話想同您講一講……如果您允許的話……」

「既然這樣，這裏有椅子，請拿取位置。古代的趣劇裏說：「請拿取位置。」……」上尉於是用迅快的姿勢抓了一張空椅，（普通的，農人用的，完全是木製的，沒有蒙上什麼材料，）放在屋子的中央；隨手給自己抓了另一張椅子，坐在阿萊莎的對面，照舊緊對着他，兩人的膝蓋幾乎互相接觸在一起。

「尼古拉・伊里奇・司涅基萊夫，前俄羅斯步兵上尉，雖然爲了自己的過失受了恥辱，却到底還是上尉。說是司涅基萊夫，還不如說是步兵上尉啫啫先生的好。因爲我從後半世起就啫啫連聲地說話。「啫啫」的兩個字是在受屈辱之中取得的。」

「還是對的，」——阿萊莎冷笑。——「是不由自主地取得，還是故意的？」

「上帝臨鑒：那是不由自主的。我老是不說話，一輩子沒有啫啫連聲的說話，忽然落到地上，立起來的時候，就起始啫啫連聲了。這是由于最高的力量而來，我看出你極注意現代的問題。這是可以引起多少興趣的，因為我生在汚無法接待賓客的環境裏面。」

「我來到這裏……有一點事情，……」

「什麼事情？」——上尉不耐煩地打斷他的話。

「就為了你同家兄特米脫里·費道洛維奇相遇的事情，」——阿萊莎拙笨地回答。

「什麼相遇？就是那次相遇麼？關於毛箒，澡堂裏的毛箒麼？」——他忽然挪近身子，這次是膝頭完全撞在阿萊莎身上。

他的嘴唇似乎特別縮小成一條細線的樣子。

「什麼毛箒？」——阿萊莎喃語。

「爸爸，他是來告我的！」——阿萊莎業已熟稔的剛纔那個男孩的語聲從角落的幃簾後面喊出來，——「我剛纔咬了他的指頭！」

幃簾揭開了，阿萊莎看見剛纔的敵人躺在神像下面的角落裏，長凳和椅子支成的牀鋪上面。男孩躺在那裏，大衣蓋在身上，還蓋了一條舊棉被。他顯然不很舒適，從發燒的眼睛看來，正發着寒熱。他現在看着阿萊莎，不像剛纔那樣地害怕：「你瞧，我在家裏，你現在捉不到我的了。」

「咬了什麼指頭？」——上尉從椅上跳起來，——「他是咬了你的指頭麼？」

「是的，咬了我的指頭。剛纔他在街上同小孩子們互相拋擲石子；他們六個人朝他扔，他祇有一個人。我走到他面前去，他朝我扔石子，以後有一塊石子擊中我的頭。我問他：我對他做了什麼不好的事情？他忽然奔過來，狠狠地咬了我的指頭，不知道是爲了什麼。」

「我立刻揍他！現在就揍他！」——上尉已經完全從椅上跳躍起來了。

「但是我並不來告訴，我祇是敍講……我並不願意你打他。而且他現在好像有病……」

「你以爲我會揍麼？我會把伊留莎拉住，當你的面前揍他一頓，求你的滿足麼？你需要這個麼？」——上尉忽然轉身對阿萊莎說，帶着那種姿勢，好像打算攻擊他似的，——「先生，我對於你的指頭深爲惋惜，但是你要不要在揍打伊留莎以前，現在就當着你的眼前，砍掉四隻指頭，使你取到公平的滿意，就用這把刀子砍。四隻指頭，我以爲你是够的了，可以饜足復仇的渴望，不再需要第五隻了罷？」

他忽然止步，似乎喘不過氣來似的，他臉上每個綫條都在行動扭抽，眼睛帶着非常的挑戰的神情看人。他似乎發狂了。

「我現在大概全都明白，」——阿萊莎靜靜地，憂鬱地回答，繼續坐着，——「這末說來，你的令郎是好孩子，愛他的父親，攻擊我，因爲我是你的侮辱者的兄弟……現在我才明白了。」——他在沉思中反覆說着。——「但是家兄特米脫里·費道洛維奇對於自己的行爲十分後悔，我是知道的，祇要能到尊府上來，最好或者在原地方再見一面，他將當衆向你請求饒恕……假使你願意這樣做。」

「那就是揪了鬍鬚，所以請求恕罪……意思是一切了結，大家滿意，對不對？」

「不，相反地，他可以做一切你吩咐，而且認爲應該做的事情。」

「如果我請他老人家到那片酒店裏，——名字叫做『京都』酒店，——跪在我的面前，或在跪在廣場上面，他會不會照辦的呀？」

「是的，他會跪下的。」

「你刺破了我的心。你使我流淚，刺破了我的心。對於令兄的寬宏大量，我願意領受。現在容我介紹一下：這是我的家庭，我的兩個女兒和一個兒子，——我遺下來的後代。我一死，有誰去愛他們呢？我活的時候，除去他們以外，有誰愛我這壞人呢？上帝對於每個像我這樣的人安排下了偉大的事業。因爲必須也有人來愛像我這類的人……」

「這是完全對的！」——阿萊莎喊。

「算了罷。不要扮小丑了罷。祇要有一傻瓜到這裏來，你就開始叫我們丟臉！」——窗傍的女郎突然朝父親喊起來，帶着嫌惡和賤蔑的表情。

「你等一等，瓦爾瓦拉·尼古拉也夫納，讓我定好方向再說，」——他對她喊，雖然用命令的口氣，却十分贊成地望着她，——「我們就是這樣的性格，」——他又轉身向着阿萊莎。

「在整個宇宙間

他不願有所賜福※

應該用陰類：她不願有所賜福。現在讓我介紹我的內人：阿里納・彼得洛夫納，沒有眼的女人，四十三歲，兩腿勉強能够走路。她是普通人家出身。阿里納・彼得洛夫納，做出莊重的樣子來：這位是阿萊克謝意・費道洛維奇・卡拉馬助夫。站起來，阿萊克謝意・費道洛維奇，」——他拉住他的手，用甚至料想不到會有的力氣，忽然地舉了起來：——「你和女太太相見，應該立起來。並不是那個卡拉馬助夫，媽媽，……却是他的兄弟，具有馴順的德性的人。讓我，阿里納・彼得洛夫納，讓我媽媽，預先吻你的手。」

他恭敬，而且溫柔地吻他太太的手。窗傍的女郎氣憤憤地背朝着那幕戲，不去看。他的太太的驕傲而且帶着疑問的臉忽然表示特別的和諧。

「你好呀，請坐，柴爾諸馬助夫先生，」——她說。

※普希金覺鬼一詩中最後的句子。

「卡拉馬助夫，媽媽，卡拉馬助夫，（我們是普通人家出身，）」——他重又微語。

「卡拉馬助夫，或是什麼，我永遠以爲是柴爾諾馬助夫……請坐呀。爲什麼他把你抬了起來。他說，沒有腿的女人，腿是有的，却腫得像木桶，我是自己萎縮的。以前我很胖，現在好像吞食了線針……」

「我們是普通人家出身，普通人家出身，」——上尉又繼續說。

「爸爸，唉，爸爸！」——傴背的女郎忽然說，——她是一直在椅子上沉默着的，——又忽然用手帕掩臉。

「小丑！」——窗前的女郎脫口說出來。

「你聽見我們的新聞沒有？」——母親攤手指着兩個女兒，——「好像雲彩的行走；雲一過，我們的音樂就又來了。以前，我們做武官的時候，有許多客人到來。我並不想加什麼比喻。誰愛誰，就愛好了。那時候教堂執事夫人到這裏來，說道：阿歷山大，阿歷山大洛維奇，是一個好心靈的人，娜司泰西，彼得洛夫納却是地獄裏的種族。我回答她：誰高興愛誰，就愛誰，你是有點兒烈性。——她說：應該罰你立壁角。——我對她說，你這黑刀子，你跑來教訓誰呀？——她說：我要放進清潔空氣，你這人是不清潔的。——我回答：你去問一問軍官老爺們：我的身裏的空氣是清潔的，還是不清潔的？我自從那個時候起就記在心裏，我記得我坐在這裏，像現在一樣，看見一位將軍走進來，他是到我們這裏來過復活節的。我對他說：「大人，可以不可以對體面的女太太放進自由空氣？」——他說，你這裏應該開一開小窗或門，因爲你們這裏空氣不很淸潔。全是這樣。我的空氣和他們有什麼相干？死人的氣味更加臭些。我說，我沒有弄壞你們的空氣，我要穿上鞋子，離開這裏，親愛的人們。你們不要責備嫡親的母親！尼古拉·伊里奇，我不能博到你的歡心，但是我有我的伊留莎，他從學堂回來，他愛我。昨天取來一隻蘋菓。請恕我，請恕我這完全孤獨的女人。爲什麼你們討厭我的空氣？」

可憐的瘋女人忽然嗚咽地哭了，眼淚像溪水般濺湧出來。上尉飛跳到她身邊。

「媽媽，媽媽，寶貝，得啦！得啦！你不是孤獨的人。大家全愛你，全崇拜你」！——他又開始吻她的手，手掌溫柔地摸她的臉；他抓起飯巾，忽然起始擦去她臉上的眼淚。阿萊莎甚至覺得他自己的眼淚也晶爍着。——「看見了沒有？聽見了沒有？」——他似乎忽然狂怒地回轉向他，手指着可憐的瘋人。

「我看見，而且聽見的？」——阿萊莎喃語。

「爸爸，爸爸，難道你同他……你拋棄他罷，爸爸！」——男孩忽然喊起來，站立在牀上，熾燒的眼神看着父親。

「你不必再裝小丑，表露那些永遠得不到結果的愚傻的怪樣！……」——瓦爾瓦拉·尼古拉也夫納完全生氣，還是從角落裏喊出來，甚至跺脚。

「你這一次生氣生得完全合理，瓦爾瓦拉·尼古拉也夫納，我可以很快地使你得到滿意，請你戴好你的帽子，阿萊克謝意·費道洛維奇，也讓我取了帽子，——我們一塊兒走出去。應該對你說一句正經的話，不過要到這房子的牆外去。那個坐着的姑娘是我的女兒，尼娜·尼古拉也夫納，我忘了給你介紹，——是天上安琪兒顯身……下降凡世……假使你能够明白這個……」

「那個現在對我跺脚，罵我丑角的人，也是天上安琪兒顯身，說得我極對。我們走罷，阿萊克謝意·費道洛維奇，應該了結一下……」

他抓住阿萊莎的手，從屋內一直引到街上。

第七章　最後在清潔的空氣裏

「空氣是清潔的，但是在我的屋子裏的確不大新鮮，甚至從一切的意義上都是如此。先生，我們一步一步地走着。我很想和你有趣地聚談一下。」

「我自己也有一樁要緊的事情找你……」——阿萊莎說——「祇是不知道我怎樣起始。」

「怎麼能不知道你有事找我？沒有事，你也決不會來看我的。難道果眞祇是來告小孩麼？這是不可信的事。恰巧說到那個小孩！我在那裏不便對你解釋一切，現在在這裏可以對你描寫這一幕戲。你看見沒有，毛帶在一星期以前比較濃些，——我講的是我的鬍鬚；人家把我的鬍鬚喚作毛帶，主要是那些小學生們這樣喚着。令兄特米脫里·費道洛維奇當時拉住我的鬍鬚並不爲了什麼事情，祇是因爲他發怒，而我恰巧碰上了。他把我從酒店裏拉到廣場，恰巧小學生們在學校裏出來，伊留莎也和他們在一起。他看見我那種樣子，——便跑到我的身傍喊道：『爸爸，爸爸！』抓住我，抱着我，想把我拉開，對我的侮辱人喊：『恕了他罷：』他還兩手抓住他，吻他的手……我在這時刻，記住他的臉龐是如何的，沒曾忘記，也永不會忘記的！……」

「我敢賭誓，」——阿萊莎喊，——「家兄將用極誠懇的方式，極完滿的方式，表示懺悔，那怕甚至跪在廣場上也可以……我會讓他這樣做的，否則他不算我的哥哥！」

「唉，這還在計劃之中。這並不直接由于他，祇是由于你的高貴的，熱熾的心裏發出來的。你是應該這樣說的。不，關於這件事情，我應該說出令兄具有騎士和軍官一般高貴的品格，因爲他當時就表示了這種品格。他把我當作毛箒一般拉完以後，就放了我，說道：「你是軍官，我也是軍官。如果你能找到一位正經的證人，你就打發他來，——我可以使你滿足，雖然你是一個混蛋！」他這樣說，眞是騎士的風度！我當時便同伊留莎兩人回家，而那幅家庭的圖畫永遠銘鐫在伊留莎精神的記憶之中。不行，我們是不配充貴族的。你自己判斷一下，你剛纔到過我的屋子裏去，——你看見了什麼？三位女太太坐在那裏，一個是沒有腿的瘋子，另一個沒有腿的駝子，第三個有腿，太聰明，女學生，一直想跑到彼得堡去，在涅瓦河畔尋覓俄國女人的權利。關於伊留莎我不必說，祇有九歲。我一個人在世上。假使我一死，——他們那些人將怎麼辦呢？我祇是問你這一件事情。假如我喚他出來決鬥，他立刻把我打死，那時候便怎麼樣呢？那時候所有他們將怎樣辦呢？更壞的是如果他不殺死我，祇是把我弄殘廢了：我既不能工作，嘴到底是有的，那末誰來喂牠，喂我的嘴，誰來喂他們大家呢？是不是讓伊留莎不上學校，卻每天出去討飯？那末說來，決鬥對於我有什麼意義，祇是一句蠢話，別的是沒有的。」

「他會和你賠罪，在廣場對你下跪，」——阿萊莎又帶着燃燒的眼神喊起來。

「我想到法庭去告他，」——上尉繼續說——「但是請你翻一翻我們的法典，爲了我所受的侮辱，我能取到多少的賠償呢？阿格拉菲納·阿歷山大洛夫納喚我去，對我喊：「連想也不許想！如果你到法庭去告他，我會想法子讓全世界都知道他的打你是爲了你的詐欺行爲，那末會把你自己交到法院去的。」上帝一個人看見這詐欺行爲是從誰那裏來的，我這小角色是奉了誰的命令行事的，——還不是奉了她和費道爾·伯夫洛維奇的命令？她又說：「此外，我將永遠趕走你，你往後不要想再在我這裏做事。我還可以對我的商人說，（她叫她的老頭子：我的商人，）他也會把你趕走的。」我心想，假使商人一趕我，那時候我到誰那裏去掙飯呢？現在我祇剩了他們兩人，因爲令尊大人費道爾·伯夫洛維奇不但停止信任我，（爲了一個不相干的原因）還利用我寫下的收據，把我告到法庭裏去。因此我就軟了下來，你看見我們心裏的冤屈。現在請問你：伊留莎把你的指頭咬得痛不痛？在屋裏，我不敢當他面前詳細問你。」

「是的，很痛。他很好生氣。他因爲我是卡拉馬助夫，所以替你復仇，我現在明白了。你要曉得，他怎樣同那些同學們扔擲石子。那是眞危險，他們可以把他殺死，他們是小孩子，很愚傻，石子飛過來，會把腦袋砍破的。」

「今天已經打中了，打的不是腦袋，都是胸脯，在心臟上面的部分，一片青紫，回家後就哭泣，呻吟，生病了。」

「你知道，是他首先攻擊他們大家的，他仇恨他們。他們說他剛纔用修鉛筆刀刺一個名叫克拉騷脫金的孩子的腰部。……」

「我聽說了，這很危險；克拉騷脫金是此地的官員，也許還要引出麻煩來的。……」

「我勸你，」——阿萊莎繼續熱心地說——「暫時不要送他到學校裏去，等他靜一靜再說……他的怒氣會消滅的……」

「怒氣！」——上尉抓住了話頭。——「眞是怒氣。一個很小的東西身上，有很大的怒氣。您還有許多不知道的呢。讓我來特別解釋這段情節。事情是因爲在發生了這件事情以後，小學校裏的學生們起始喚他毛箒。學校裏的小孩們是無憐憫心的民族，分離開了，是天上安琪兒，到了一起，尤其在學校裏，他們便成爲毫無憐憫的人。他們起始逗他，給伊留莎逗起了豪俠的精神。一個尋常的男孩，軟弱的兒子，——是會馴服下來，慚愧自己的父親，但是這個孩子卻爲了父親一人反對大家。爲了父親，還爲了眞理和公道。在他吻令兄的手，對他喊：「恕了爸爸罷，恕了爸爸罷，」的時候，他當時心裏遭受了什麼，——那祇有上帝一個人知道，還有我知道。我們的孩子們，——不是你們的，却是我們的，那些遭人賤視，却是性格高貴的貧窮的孩子們，還在九歲時候就知道了世界上的眞理。有錢的人們不中用：他們一輩子也不去鑽求得那樣幽深，我的伊留莎，就在廣場上的那個時候，吻他的手的時候，就在那個時候便透澈地了解了眞理。這眞理一進入他的心裏，便永遠把他壓扁了，」——上尉熱烈地，又似乎瘋狂地說着，用右拳擊打左掌，似乎願意實地表現「眞理」如何壓扁伊留莎。」——「就在那天他發了寒熱，整夜說胡話。那天整天他不大同我說話，甚至完全沉默，我注意到他從角落裏不時地看我，老是將身子轉到窗傍，似在溫習功課，但是我看出他的腦筋裏並沒有功課存在。第二天我喝了酒，許多事情不記得了。我這作孽的人喝酒是爲了憂愁的緣故。媽媽也起始哭泣，——我是很愛媽媽的，——便憂愁得喝起老酒來了。先生，你不要看不起我：俄國裏面喝醉的人是最心善的。我們這裏最心善的人是全能喝酒的。我躺在那裏，不很記得伊留莎在那天的情形，就是那天，學校裏的男孩們從早晨起就取笑他，對他喊：「毛簾，人家把你的父親當作毛簾似的從酒店裏拉出來。你還在傍邊跟着跑路，請求饒恕。」第三天，他又從學校內回來，我一看——他的臉色死白，我說，你怎麼啦？他不響。在屋裏是沒有法子談話的，因爲媽媽和女孩們會立刻參加進來，況且女孩們已經全都知道，甚至還在第一天上。瓦爾瓦拉．尼古拉也夫納已經起始嘮叨了：「小丑，傻子，你還能做出有理性的事來麼？」——我說：「是的，瓦爾瓦拉•尼古拉也夫納，我們還能做出有理性的事麼？」就這樣我把這事情弄了結好了。晚上，我領男孩出去遊玩。你要知道，我同他每天晚上總要出去散步，就是順着我同你現在走的那條道路，從我們的家門到那塊大石頭為止，那不是那塊石頭就在籬笆傍邊像孤兒似的躺着，從那裏起就是本市的牧場：空曠而且美麗的地方。我同伊留莎走着，他的手照舊握在我的手裏。他的手是小的，指頭是柔細的，冷冷的，——他的胸脯時常作痛。他說：「爸爸，爸爸！」我說：「什麼事情？」——他的小眼睛閃出光光，——「爸爸，他那天眞把你，爸爸！」——我說：「有什麼法子呢，伊留莎？」——「你不要同他和解，爸爸，你不要和解。小學生們說：為了這事給了你十個盧布。」他說：「不，伊留莎，我現在是無論如何不會取他一點錢的。」他全身抖索，兩隻小手抓住我的手，又吻起來。——他說：「爸爸，爸爸，你喊他出來決鬥，學校裏大家逗我，說你是膽小的人，不敢喊他出來決鬥，還收了他十個盧布。」我說：「伊留莎，我不能喊他出來決鬥。」便簡單地將一切我剛纔對你敍講的話講給他聽。他聽完了我的話，說道：「爸爸，爸爸，到底不要和他講和：我長大了以後，就自己叫他出來決鬥，殺死他！」小眼睛發出火光，熾燒着。我既然是父親，應該對他說實在的話。我說：殺人是有罪的，雖然，決鬥也是一樣的。他說：「爸爸，爸爸，等我長大的時候，我要把他摔倒地，用劍擊掉他的劍，奔上前去，把他按在地上。劍朝他頭上揮搖，對他說：我本可以殺死你，但是現在饒恕了你。你去罷。」你瞧，你瞧，先生，他在這兩天內腦筋裏發生了那一樣的演化，他日夜儘想用劍復仇的心思，夜裏也許還發譫語，講這件事情。他從學校裏回來，帶着垂頭喪氣的樣子，前天我纔知道。您的話很對，我再也不打發他到這個學校裏去了。我一打聽出來，他一個人反對全班的學生，一人和大家挑戰，自己生着悶氣，心燃燒了，——我當時很替他害怕。我們又出去散步。——他問：「爸爸，爸爸，有錢的人是不是世界上最強的？」——我說：「是的，伊留莎，世界上再也沒有比富人強的了。」——他說：「爸爸，等我發了財，我去充當軍官，戰勝所有的敵人，皇上給我獎賞，我回家來，那時候便誰也不敢惹我們了……」以後沉默了一會，說道——他的嘴唇照舊抖索着，——「我們的城市真不好，爸爸！」——我說：「是的，伊留莎，我們的城市很不好。」——他說：「爸爸，我們搬到另一個城市裏去，好的城市裏去，人家不知道我們的地方。」——我說：「我們要搬的，伊留莎，我們要搬的，——讓我積一些錢下來。」我很高興得了一個使他離開陰鬱思想的機會。我起始和他一塊兒幻想，我們將怎樣搬到另一個城市裏，買一匹馬，一輛車。我們讓媽媽和姊姊們坐在車裏，把她們蓋得很嚴密，我們兩人在旁邊走路，偶然讓你坐上去歇歇力，我在旁邊走着，因為我們必須珍惜我們的馬，不能大家全坐上的。我們就這樣走上路去。他很贊成這幻想主要的是因為可以有自己的馬，自己坐上去。大家全曉得，俄國孩子生下來就是愛馬的。我們談了許多時候；謝天謝地，我心想，我可以使他安慰，把他的心想引開了。這是前天晚上的事情，昨天晚上又出了另一樁事情。早晨他又到學校去，回來的時候臉色很陰沉，顯得太陰沉了。晚上我拉住他的手，領他出去遊玩。他沉默着，不說話。當時起了一點微風，太陽被遮住了，露出秋天的光景，天色已黑。我們走着路，我們兩人心裏都很憂鬱。我說：「孩子，我們將來怎樣上路去。」——我想引他到昨天的談話上去。他沉默着。祇聽見他的手指在我的手裏抖索。我心想，壞了。又有新聞了。我們走到那塊石頭那裏，像現在那樣，我坐在石上。天上放起許多蛇※來，呼呼地作響。看得見三十頭蛇。現在是蛇的季節。我說：「伊留沙，我們也該把去年的蛇放出去了。我來修理一下。你把牠藏到那裏去了？」我的孩子一言也不發，向旁邊看望，站在我的身旁。當時風忽然呼呼地響，帶了沙子過來。……他忽然全身投奔到我的身上，兩手抱着我的頸頸，緊緊地壓我。你知道，凡是平素沉默和驕傲的孩子們，許久時候自己勉強壓抑着眼淚，在大的憂愁來到的時候，會忽然衝決，眼淚不但滾出來，還會好像泉水一般地湧上，他的熱淚的湧泉弄濕了我整個的臉部。他嗚咽得像抽瘋的樣子，全身抖索，緊緊地抱住我，我坐在石頭上面。他喊道：「爸爸，爸爸，親愛的爸爸，他眞是侮辱你呀！」

※即蛇形的風箏

我也哭起來，兩人坐在那裏，擁抱着，全身抖戰。——他說：「爸爸，爸爸！」我對他說：「伊留莎，伊留莎！」當時沒有人看見我們，祇有上帝一個人看見，也許會給我記載在履歷上面。請你給令兄道謝，阿萊克謝意·費道洛維奇。不，我不能爲了使你滿意，揍打我的小孩！」

他又帶着剛纔那種惡毒和瘋狂的音調說完了一篇話。阿萊莎感到他已經信任他，如果他的位置上換了別的人，這人決不至於同別人這樣『談話，』也不會把剛纔告訴他的一番話告訴那人。這使阿萊莎感到鼓勵，他的心竟爲了流淚而抖索起來。

『我真應同令郎和解一下！』——他喊，——『如果你能夠安排……』

『是的，』——上尉喃喃說。

『但是現在不必講這個，完全不要講這個，——阿萊莎繼續喊，——『你聽着！我有一件小事：家兄特來脫里侮辱了他的未婚妻，一位高貴性格的女郎，你一定已經聽到她的了。我有權利告訴你關於她如何受辱的一切事情，我甚至應該這樣做，因爲她一知道你受了氣，一打聽出來你的不幸的狀況，委託我立刻……剛剛委託我……把她補助你的一點小意思送給你……但這祇是她的方面的一點意思，並不是特來脫里的，那個拋棄了她的人，不，決不是的，不是我的，不是家兄的，不是任何人的，卻是她的，惟有她一個人的！她懇求你接受她的幫助……你們兩位受了同一的人的侮辱……她祇在受了他的方面和你所受同樣的侮辱的時候，才憶起你來！（純粹是由于侮辱而來的。）這就等於妹妹幫哥哥的忙。……她委託我勸你收受她的兩百盧布，那是一個妹子送給你的，在知道了你極需要錢用的時候。誰也不會知道這件事情，決不會發生任何不公平的謠言……這是二百盧布，我應賭誓。……你應該收下來。否則……否則，世界上應該互相成爲敵人了！但是世界上是應該有兄弟們的……你具有高貴的心靈……你應該明白這層，應該明白的！……」

阿萊莎遞給他兩張新的，花花綠綠的一百盧布一張的庫券。他們兩人當時恰巧站立在圍牆附近的大石頭旁邊，周圍絕無一人。庫券似乎使上尉發生可怕的印象：他抖索了一下，起初似乎單單由于驚異：他決沒有夢想到這類的事情，他決沒有料想到這樣的結局。從某人方面來的幫助，而且還是那樣大數目的幫助，是他甚至夢裏也幻想不到的。他取了庫券，差不多有一分鐘不能回答，有一點完全新的樣子在他的臉上閃過。

「這是給我的，給我的，這有多少錢，二百盧布！老天爺！我已經有四年不見到這些錢，——老天爺！又說是妹子送的……眞的麼？這是眞的麼？」

「我給你賭誓，我對你所說的話全是實在的！」——阿萊莎喊。上尉臉紅了。

「你聽着，我的寶貝，你聽着，假使我收下來，我會不會成爲混蛋？在你的眼睛裏，阿萊克謝意·費道洛維奇，我不會，我不會成爲混蛋的麼？不，阿萊克謝意·費道洛維奇，你聽着，聽着，」——他的兩手忙着不斷地觸摸阿萊莎，——「你勸我收受，因爲是「妹子」送來的，但是內心裏，自已，——在我收下的時候，你不會感到對我的賤視麼？」

「不，不！我用我的得救向你賭誓說：不！永遠沒有人知道，祇有我們：我，你，還有她，此外還有一位女太太，她的知己朋友……」

「女太太沒有關係！喂，你聽着，阿萊克謝意·費道洛維奇，現在已經到了應該仔細聽一聽的時候，因爲你甚至無從了解。現在這二百盧布對于我具有何種意義，」——可憐的人繼續說，漸漸地發現了一種無秩序的，近乎野蠻的歡欣。他似乎弄得莫明其妙，十分匆忙地說，好像怕有人不讓他說完一切的話似的。——「除去這是乾乾淨淨地得來，一個如此可敬而且神聖的「妹子」送來的以外，你要知道我現在還可以用這錢醫治媽媽，和尼娜，我的駝背的安琪兒。可以請格爾城司圖勃醫生來一趟。爲了他的心善，他將整小時診察她們兩人，說道：「我一點也不明白。」那種礦泉水，藥房裏有出賣的，（照他所開的藥方，）一定對她的身體有益，此外，他也會給她開方，用藥水泡脚。礦泉水的價錢是三十戈比一瓶，也許要喝四十瓶。我祇好取了藥方，放在神像下面的架子上，就讓牠這樣放着。他也會讓尼娜用一種藥水洗澡，每天早晚洗熱水澡。但是叫我們從那裏去實行治療，在我們這樣的屋子裏，沒有僕役，沒有人幫忙，沒有器具，沒有水？尼娜全身得着筋骨痛，我還沒有對你說過，夜裏右邊半個身子疼痛，十分難過，但是你信不信，她竟硬挺着，爲了不使我們着急，不發出呻吟，怕驚醒我們。我們吃的是有什麼，買到什麼，就吃什麼，她永遠取最後的一塊，應該扔給狗吃的一塊；意思是說：「我不配吃這一塊，我是從你們那裏奪取來吃的，我是你們的累贅。」她的安琪兒樣子的眼神裏這樣地形容出來。我們侍候她，她覺得難受：「我是不配的，不配的，我是沒有價值的廢人，無益的廢人。」她有什麼不配的，她用那種安琪兒的馴順的態度替我們向上帝祈禱，沒有她，沒有她的靜靜的話語，我們這樣將成爲地獄，甚至把瓦爾瓦拉也弄得性情軟些。至於瓦爾瓦拉，尼古拉也夫納你也不必來責備，她也是安琪兒，也是受了氣的人。她夏天到我們這裏來，身上帶了十六盧布，還教功課掙錢，積了些錢做路費，預備在九月裏，就是現在，用這錢到彼得堡去。我們取了她的錢，化去了，現在她沒有錢回去。而且也不能回去，因爲她爲了我們做徒刑一般的工作，我們把她像駑馬似的套駕，她侍候大家，修補，洗衣服，擦地板，扶媽媽睡到牀上去，媽媽是任性的，媽媽是好流淚的，媽媽是瘋狂的！……現在呢，我可以用這二百盧布雇一個女僕。你明白不明白，阿萊克謝意，費道洛維奇，我可以着手治療親愛的人們，可以打發女學生到彼得堡去，買點牛肉，定一個新的食譜。老天爺，這眞是夢想！」

阿萊莎很喜歡，他能使他取到許多快樂。這可憐的人竟答應使人家給予他這種快樂。

「等一等，阿萊克謝意．費道洛維奇，等一等，」——上尉又抓到了新的，忽然想到的幻想，重又用發狂般的急語開始說起來了，——「你知道不知道，我同伊留莎現在眞的可以實現幻想了：我們可以買一匹馬，一輛車，一匹栗色的馬，他一定要求栗色的馬，我們就動身離開這裏，照前天所描寫的樣子。我在K省有一個熟朋友，兒童時代的熟友，託人轉告我，如果我去，他可以在事務所裏給我一個書記的位置，誰知道，也許會給的……於是讓媽媽坐下，讓尼娜坐下，讓伊留莎駕馬，我徒步走路，把大家載着就走……老天爺，假使我能取到一筆久欠的借款，那也許是很够的了！」

「很够的，很够的！」——阿萊莎喊，——「卡德隣納．伊凡諾夫納還可以再送來，隨便多少都可以，你要知道，我也有錢，隨便你要多少都可以的，這是小兄弟，朋友的一點心意，以後再還好了……（你一定會發財的，一定會發財的！）你知道，你再也不能想到比搬到別省去好些的辦法！你的得救就在這件事情上面，特別是爲了你的小孩，——你知道，越快越好，在冬天以前，寒冷以前。你可以和我們通訊，我們將成爲兄弟……不，這不是幻想！」

阿萊莎想抱他，他十分滿意。但是他瞧了他一眼，忽然止住了：上尉站在那裏，伸直頸頸，咬緊嘴唇，臉色發狂，而且顯得慘白，嘴唇微語着，彷彿想說出什麼話來；並沒有聲音，却用嘴唇微語，似乎有點奇怪。

「你怎麼啦？」——阿萊莎忽然不知為什麼原因抖索了。

「阿萊克謝意•費道洛維奇。……我……你……」——上尉斷斷續續地喃語着，奇怪而且野蠻地釘看着他，帶着決定從山上飛下來的人的神情，同時嘴唇似乎還在微笑。——「我……你……要不要我現在變一個戲法給你看！」——他忽然用迅速，堅定的微語說話，所說的話不再零落成段了。

「什麼戲法？」

「戲法，一種巧妙的戲法，」——上尉還在微語；他的嘴歪在左邊，左眼瞇小着，他不斷地瞧着阿萊莎，好像釘在他身上似的。

「你怎麼啦？什麼戲法！」——他完全懼怕得喊起來了。

「什麼戲法，你瞧罷！」——上尉忽然尖叫了。

他在談話的持續的時候把兩張花花綠綠的庫務老揑在右手的大指和食指的邊沿中間，現在拿出來對阿萊莎一顯，忽然用惡狠的神情握住，揉皺了，緊緊地握在右手的拳頭裏面。

「你看，你看！」——他對阿萊莎喊叫，臉色發白，露出瘋狂的樣子，拳頭高高舉起、一揮手就把兩張揉皺的庫券扔到沙地上去，——「你看見沒有？」——他又尖叫了，手指指着牠們，——「就是這個樣子！……」

他忽然舉起右脚，用野蠻的兇橫的神情跑上去拿靴跟踐踏，脚每次叩擊一下，便喊一聲，呼呼地喘氣。

「你們的錢！你們的錢！你們的錢！你們的錢！」——他忽然往後倒跳，在阿萊莎面前直立着。他的整個的臉容描畫出一種無可解釋的驕傲。

「請你告訴打發你來的人說，我毛箒不能出賣自己的名譽！」——他叫喊着，手向空中伸展。隨後回轉身去，就跑走了；但是他沒有跑五步，又完全轉過身來，忽然對阿萊莎招手。但是又沒有跑上五步，最後一次回轉身來，這一次臉上已沒有彎曲的笑容，相反地，蒙上了一層眼淚。他用哭泣的，斷續的抽咽的快語聲喊道：

「如果我爲了我所受的恥辱取了你的錢，叫我怎樣對我的小孩說話呢？」——說完了這話，便奔跑走開，這一次已是絕不回頭了。阿萊莎目送着他，懷着無法形容的悵惘。他明白，上尉在最後的一刹那，還自己不知道會把庫券揉皺而且扔擲的。奔跑的人一次也沒有回頭，阿萊莎也知道不會回頭的。他不願意去追他，喚他，他知道是爲了什麼原因。在上尉的影子消失以後，他舉起了兩張庫券。他們祇是很皺，有許多摺痕，揉進沙子裏去，但是完全整的，甚至颼颼作響，像新票子一樣，在阿萊莎打開來，撲平的時候。他把庫彔撲平，摺好了，塞進袋裏，走到卡德隣納·伊凡諾夫納那裏去報告她委辦的那件事情的成績。

第五冊　贊成與反對

第一章　訂婚

霍赫拉闊瓦太太又首先迎接阿萊莎。她十分慌忙：發生了一件緊要的事情：卡德麟納·伊凡諾夫納在發作了歇司底里以後竟昏厥了過去，隨後發生了『極可怕的衰弱，她躺下來，閉住眼睛，起始說譫語。現在發了燒，延請格爾城司圖勃，又派人去請兩位嬸母。嬸母已到來，格爾城司圖勃還沒有來。大家都坐在她的屋內等候。一定要出什麼事情，她還在昏迷之中。要是得了腦熱病才糟呢！』

霍赫拉闊瓦太太在呼喊的時候，帶着異常驚懼的神色。她說完每句話，都加上：『這眞是嚴重！這眞是嚴重！』的話頭，似乎她以前所發生的一些事情還不嚴重似的。阿萊莎帶着憂容聽她說：起始把自己所遭遇的事情講給她聽，但是他在頭幾句就打斷了他的話，她沒有功夫，她請他到Lise那裏坐一會，在Lise那裏等她。

『Lise親愛的阿萊克謝意·費道洛維奇，』——她就着他的耳朵邊上微語，——『Lise剛纔使我發生驚奇，卻也使我得到感動，所以我的心現在已經一切寬恕她了。您想一想，您剛剛走，她忽然誠懇地懊悔了，彷彿說昨天和今天不應該笑你，但是並她沒有笑，祇是鬧闖玩笑罷了。她到底很正經地後悔，甚至下淚，這眞使我驚奇。她以前沒會正經地後悔過，在她笑着我，和我鬧玩笑的時候。你要知道她時時刻刻地笑我。現在她是正經的，現在一切都正經起來了。她很珍寶你的意見，阿萊克謝意·費道洛維奇，假使能够的話，請你不要對她生氣，不要責備她。我自己也祇好時常寬恕她，因爲她十分聰明，——你信不信？她剛纔說，你是她孩童時代的好友，——我的正經的兒童時代的好友」——你應該注意這「最正經的」幾個字，但是把我放在什麼地方呢？她在這上面自有異常正經的情感，甚至回憶，主要的是這些話語，這些極出於意料的話語，是誰也料不到，忽然跳躍出來的。譬如，最近關於松樹的一段事情。在我們的花園裏，從她最小的時候起，有一棵松樹，也許現在還有的，所以講的時候，不必用過去動詞。松樹不是人，是長久不變的，阿萊克謝意·費道洛維奇。她說：「媽媽，我從夢中記起這棵松樹來了。」她不是那樣說法的，因爲有點亂了，她說了一句極別致的話，我根本不會傳達。而且也忘掉了。好了，再見罷。我很受震動，一定要發瘋。阿萊克謝意·費道洛維奇，我在一生裏發了兩次瘋，後來治好了。你到Lise那裏去罷。你鼓勵她一下，你是永遠會做得很好的。Lise！——她走到她門前，這樣喊，——「我現在把受過你侮辱的阿萊克謝意·費道洛維奇領來了。他一點也不生氣。告訴你反而因爲你這樣想，而驚奇起來了！」

『Merci，maman，（謝謝，母親，）請進來罷，阿萊克謝意•費道洛維奇。』

阿萊莎走進去。Lise瞧着似乎很慚愧，忽然滿臉通紅。她顯然有什麼羞慚似的，照例很快很快地講些完全不相干的事情，好像她在這時候衹是注意這件不相干的事情。

『媽媽剛纔忽然把那段二百盧布的故事，和委託你……到那個可憐的軍官那裏去……的事情講給我聽……還講了全部的可怕的故事，講他是怎麼受辱，雖然她講得不很清楚……她老是跳躍過去……但是我聽着，竟哭了。你把這錢送去了沒有？這可憐的人現在情形怎樣？』

『並沒有送到，這裏面有一大段歷史呢，』——阿萊莎回答，在他的那方面好像就因爲沒有送到，所以十分感到無趣，但是Lise很清楚地看到，他也在朝傍邊看望，也是顯然在努力說些不相干的事。阿萊莎坐到椅傍，起始敍述，但是在說了頭幾句話以後，就完全停止感到羞慚，同時也把Lise的注意吸引了。他說話時，受了強烈的感情和最近的非常的印象的影響，所以講得又好又週到。他以前在莫斯科的時候，還在Lise的小孩時代，便愛到她那裏，講述剛纔他所以發生的一些事，所念過的書，或回憶他所經過的兒童時代：有時甚至兩個人在一塊兒幻想，一塊兒編造整部的故事，却大半是快樂而且可笑的故事。現在他們似乎忽然移到以前莫斯科的時候，兩年以前的時候。Lise很受他的敍講的感動。阿萊莎用熱烈的情感，對她描寫伊留莎的形象。在他詳細地講完那個不幸的人如何踐踏銀錢的那幕戲的時候，Lise搖擺着手，發出無可抑壓的情感，喊道：

「你竟沒有交給他錢，你竟讓他跑走！我的天，你應該跟在他後面，追上他……」

「不，Lise我不跟着跑倒是好些，」——阿萊莎說，從椅上立起來，煩惱地在屋內踱走。

「怎麼好些？爲什麼好些？現在他們沒有飯吃，就要死的。」

「不會死的，因爲這二百盧布終歸會到他手裏去的。他明天一樣要收下來的。明天一定要收下來的，」——阿萊莎說着，一面凝想，一面走路。——「你要知道Lise」——他繼續說，忽然在她面前站住了。——「我自已犯了一個錯誤，這錯誤是有好結果的。」

「什麼錯誤？爲什麼有好結果？」

「緣故是因爲他很膽怯，是一個性格軟弱的人。他受盡了一切挫折，心是很善的。我現在想：爲什麼他忽然生氣，把錢扔在地上踐踏，因爲你要知道，他到最後的一剎那還不知道會踐踏的。我覺得他對於這件事情感到了許多侮辱。……以他這樣的地位，也不能不感到的……第一，他首先感得侮辱的是因爲他當着我的面，看見了金銀露出太快樂的樣子，而且在我面前並不有所隱瞞。假使雖喜歡而不十分喜歡，不露出快樂的樣子來，他會和別人一樣，一面收錢，一面裝腔作勢，做出爲難的樣子，那時候還可以勉强收下來，但是他快樂得太見眞切，這是很可恥辱的事。Lise她是一個愛信實，性格良善的人，而一切的難處就在這上面！他在說話的時候，他的聲音老是那樣的軟弱，那樣的衰頹，說話說得又很快很快，嘻嘻地發着細笑，或者竟哭了……他眞的哭了，他講到他的女兒們……他是那樣的喜歡……又講到他可以在別的城裏謀到一個位置……剛剛把他的心臆抒完了以後，他忽然覺得慚愧，爲了他把整個心靈全給我顯露出來了。現在他很恨我。他是一個受羞慚的可憐人。主要的，他感到侮辱，是因爲他很快就把我當作他的自己，很快就對我降服。他一會兒攻擊我，嚇唬我：忽然剛剛看見了錢，便抱起我來了。他抱着我，手撫摸着。他感到這一切侮辱，就應該具有這種形式，恰巧我又犯了錯誤，很重要的錯誤。我忽然對我說，如果他搬到外城去錢不够用，還能給他，甚至我自己也可以用我的錢給他，要多少都行。這才使他忽然驚訝起來了：爲什麼我忽然跳出來幫他的忙呢？你要知道，對於受侮辱的人最難堪的就是忽然大家全以他的恩人的資格看待他……我聽說過這種事情，長老對我說過的。我不知道怎樣形容，但是我自己也時常看見過的。而且我自己也有這樣的感覺。主要的是他雖然在最後的一剎那以前並不知道會踐踏庫券，却到底有了預感，這是一定的。因爲他具有一種强烈的歡欣，才有了預感……
……這一切雖很壞，却到底有好結果的。我甚至想，再好也不會有的。……」

「爲什麽，爲什麽再好也不會有的？」——Lise喊•懷着極大的驚訝•看着阿萊莎。

「Lise因爲假使他不踐踏•却收下了錢，那末回家的時候，過了一小時以後會感到侮辱到痛哭的地步，一定會發生這種情形的。哭完了以後，明天天剛亮的時候也許會跑到我那裏去•也許把庫劵扔擲在地，加以踐踏，像剛纔一樣。現在他走回家去，十分驕傲•帶着勝利•雖然也知道是「害了自己。」那末遲到明天去讓他收下這二百盧布，現在已經是最容易不過的事情了，因爲他已經證明出自己的名譽•把錢扔擲過了，踐踏過了。……他在踐踏的時候是不能知道我明天還會再送給他的。而況這錢他是十分地需要。他雖然現在很驕傲•但是甚至在今天他到底將想到，他喪失了多少大的幫助。夜裏想得更加利害•還要做夢•到了明天早晨也許準備跑到我那裏去，請求恕罪。那時候我就可以說：「你是驕傲的人，你已用事實證明了，現在可以收下來，恕了我們罷。」到那時候他自然會收下來的！」

阿萊莎很快樂地說出「他自然會收下來的！」的話。Lise拍起掌來。

「哈，這是實在的。我忽然深深地明白了！唉，阿萊莎，你怎麽都知道？這樣年輕，已經知道人的心靈……我是永遠想不出來的呀……」

「主要的現在應該使他相信，他同我們大家是平等的，雖然他用我們的錢•」——阿萊莎繼續快樂地說•——「不但平等，而且甚至還高些……」

「高些•高些！——很妙•阿萊克謝意•費道洛維奇，再說下去，再說下去！」

「關於高些的一層……我說得不大對……但這是不要緊的，因爲……」

「不要緊•不要緊，自然不要緊！對不住，阿萊莎•親愛的……您知道，我至今差不多不尊敬您……尊敬你是尊敬的，却是平等待遇，現在我却要崇高地尊敬……親愛的，您不要生氣，我是開玩笑呢。」——她立刻用強烈的感情說着•——「我是可笑的小人兒，但是您，您……喂，阿萊克謝意•費道洛維奇•在我們所討論的話語裏……那就是說：你所討論的……還不如說：我們所討論的話裏有沒有對於他•對於這不幸的人輕視的意思……那就是說：在我們現在好像從高處研究他的心靈的時候？……在我們現在完全决定他會收下錢來的時候？」

「不•Lise沒有輕視，」——阿萊莎堅决地回答，好像對於這問題早有所預備似的，——「我到這裏來的時候•自已已經想到這層。你想一想，這裏還有什麼輕視的心，既然我們自已也是和他一樣的，大家全是和他一樣的。……即使好些，但是處于他的地位上，到底也是一樣的……我不知道你怎樣，Lise然而我自認我在許多地方具有一個淺薄的心靈。他的確不是淺薄的•相反地•是很優美的……不對，Lise這裏面沒有任何對他輕視的意思！你知道•Lise我的長老有一次對我說：看待世人應當像服侍小孩一樣，對於另一些人應當像服侍醫院裏的病人一樣……」

「啊，好極了，阿萊克謝意，費道洛維奇，讓我們像侍候病人一樣地待人！」

「好極了。Lise我準備着的。不過我自己還不十分準備；有的時候我很不耐煩，還有的時候我沒有眼睛。至於你却是另外一件事情了。」

「唉，我不相信！阿萊克謝意，費道洛維奇，我是如何地快樂！」

「您說得眞好，Lise」

「阿萊克謝意，費道洛維奇，你眞好，但是您有時候似乎像是迂儒。……但是仔細一看，又不像迂儒。你去到門傍看望一下，輕輕地開門，看一看媽媽是不是在那裏偷聽，」——Lise忽然用一種神經質的，匆遽的微語說話。

阿萊莎走過去，開了門，回報說沒有人在偷聽。

「你走近過來，阿萊克謝意，費道洛維奇，」——Lise繼續說，越來越臉紅了，——」取出你的手來，就是這個樣子。你聽着，我應該對你作極大的承認：昨天我寫給你那封信不是鬧玩笑，是正經的。」

她用手掩上眼睛。顯然她說這句自承的話，覺得很羞愧。她忽然抓起他的手，迅速地吻了三遍。

「唉，Lise這好極了，」——阿萊莎快樂得叫喊了，——「我完全相信，你寫得很正經的。」

「居然說很相信！」——她忽然推開他的手，却沒有從自己手裏放掉，臉更加發紅，發出低微的，幸福的笑聲，——「我吻他的手，而他竟說：好極了。」

但是她責備得不公平：阿萊莎的心靈也極騷動。

「我永遠希望博到您的歡心，Lise但是不知道怎麼辦，」——他喃語着，也臉紅起來。

「阿萊莎，親愛的，你這人的性情冷淡而且粗魯。你瞧。他選擇了我做他的夫人，這就安心了！他相信我寫得很正經。瞧這樣子！然而這簡直是粗魯極了！」

「我這樣相信，難道有什麼壞麼？」——阿萊莎忽然笑了。

「阿萊莎，相反地，好得利害，」——Lise帶着溫柔和幸福望着他。

阿萊莎站在那裏，手一直握在她的手裏。他忽然彎下身體，吻她的嘴唇。

「這又是什麼？你是怎麼啦？」——Lise喊。

阿萊莎完全忙亂了。

「請你恕罪，如果有什麼不對……我也許太愚蠢了……你說我的性情冷淡，所以我拿起來，就吻你……我看出這事做得愚蠢……」

Lise笑了，手掩住臉。

「居然在穿了這件衣裳的時候！」——她在笑聲裏脫口說出這句話來，但是又忽然停止了笑，變成完全正經，近乎嚴肅的樣子。

「阿萊莎，我們還應該等一等接吻，因爲我們兩人還不會做這種事情，我們必須等待許多時候，」——她忽然下了這樣結論。——「你最好告訴我，你要我有什麼用，要我這樣的傻瓜，這樣有病的愚蠢的女人，而同時你又是那樣的聰明，那樣富有思想，那樣看得清世界上的事？阿萊莎，我眞是有幸福，因爲我是完全配不上您的。」

「配得上的，Lise我不久就要完全離開修道院。一進入社會，必須結婚，這我是知道的。他也這樣吩咐過我。我還能娶比您再好些的人麼？……除了您以外，誰會要我呢？我已經仔細想過。第一、您從小就和我相好，第二、您有很多的才幹，是我完全沒有的。您的心靈比我的快樂些，主要的是您比我淸白，我已經觸到了許多，許多事情……您要知道，我也是卡拉馬助夫！您喜歡笑和開玩笑，對我也是這樣，那是一點也沒有關係的，相反地，您儘管笑，儘管開玩笑，我是喜歡這樣的……您像小姑娘那樣地笑，卻像殉道者那樣地思想……」

「什麼殉道者？怎麼會事？」

「是的，Lise剛纔您那句問話：我們這樣分析他的心靈，有沒有對於那個不幸人輕視的意思，——這就是殉道者的問題……您瞧，我是怎麼也不會表示出這意思來的，但是凡是能發生這種問題的人，也自己能够悲哀。因爲您坐在椅上，所以現在有許多問題反覆地思想着……」

「阿萊莎，把你的手給我。你爲什麼縮回手去？」——Lise用出於幸福顯得軟弱而且衰頹的聲音說話，——「阿萊莎，你將來離開修道院的時候穿什麼衣服？你不要笑，你不要生氣，這對于我是很重要的。」

「關於衣裝一層，Lise我還沒有想到，你願意我穿什麼，我就穿什麼好了。」

「我願意你穿藏青色的海虎絨的上褂，白嗶嘰的坎肩，鴨絨的灰色的軟帽……你告訴我，剛纔我不承認昨天的信的時候，你就相信我不愛你麼？」

「不，不相信。」

「喔，眞是難堪的人！眞是無可救藥的人！」

「你瞧，我知道你好像……愛我，但是我做出相信你不愛我的樣子，爲是使你方便些……」

「這更加壞！最壞，又最好。阿萊莎我眞是十分愛你。我剛纔在你走進來的時候，心裏

猜想：我要問他討還昨天的信，如果他安然掏出，交還給我，（這是永遠可以料到的，）——那末他完全不愛我，一點也沒有感覺，祇是一個愚蠢的，無價值的男孩，我就算完了。但是你把信放在修道院裏，這使我得了鼓勵：你把牠留在修道室裏，是因為你預感到我將問你要還，因為不願意交還，對不對？對不對？是這樣麼？」

「喔，Lise完全不是這樣，這封信現在還在我的身邊，剛纔也在我的身邊，就在這口袋裏，你瞧呀！」

阿萊莎笑着把信掏出來遠遠裏給她看。

「怎麼？你剛纔撒謊？你是僧士，竟會撒謊麼？」

「也許是撒謊了，」——阿萊莎又笑了，——「為了不肯交還信，所以撒謊。這信對於我是很珍貴的，」——他忽然帶着強裂的情感說話，臉又紅了，——「這封信將永遠在我身邊，我永遠不肯把牠交還給任何人的！」

Lise喜悅地看着他。

「阿萊莎，」——她又喃語着，——「你到門外看一看，母親是不是在那裏偷聽？」

「好的，Lise我去看。不如不去看，好不好？何必疑惑你的母親做這樣下賤的舉動？」

「怎麼下賤？什麼是下賤的舉動？她在門外偷聽女兒的說話，那是她的權利，不是下賤的舉動，」——Lise臉紅了，——「你應該明白，阿萊克謝意・費道洛維奇，在我自己做了母親，自己有和我一樣的女兒的時候，我一定要偷聽她的。」

「眞的麼。Lise這很不好。」

「唉，我的天，這有什麼下賤？假使是一種普通的，塲面上的談話，而我去偷聽，那末這是下賤的舉動，然而這是嫡親的女兒和一個青年人關在一間屋子裏面……阿萊莎，您要知道，我們結婚了以後，我立刻就要偷聽您的說話，您還要知道，我還要拆開您所有的信件，念一下子……這是應該預先警告您的……」

「那自然是的……」——阿萊莎喃語，「不過這總是不好……」

「唉，這是如何的輕蔑？阿萊莎，親愛的，我們不必第一次就吵嘴，——我不如對你說出全部的實話：偷聽自然是很壞的事情，我的話自然不好，您說得很對，但是我到底是要偷聽的。」

「您就這麼做罷。您瞧不出我什麼來的，」——阿萊莎笑了。

「阿萊莎，你會不會服從我？這也是應該預先決定的。」

「我很願意，Lise而且是一定的，不過不能在最主要的問題上面。關於主要的問題，如果您和我不同意，我到底要做我的責任吩咐我做的事情。」

「應該是這樣。你要知道，我不但在最主要的問題上準備服從，相反地，我要在一切事情對您讓步，現在就可以對您賭誓，——在一切事情上，而且一輩子，」——Lise像火燄般喊起來，——「而且帶着幸福，帶着幸福去服從！不但如此，我要對您賭誓，我永遠不偷聽您的說話，永遠不私自讀您的信件，因為您是對的，我不對。雖然我很願意偷聽，我知道這個，但是到底不偷聽，因為您認為這是不高貴的行為。您現在像我的良心……您聽着，阿萊克謝意．費道洛維奇，為什麼您這幾天這樣憂愁，昨天和今天兩天；我知道您有許多麻煩的，不幸的事情，但是我看出來，除了您有一種特別的憂愁以外，——也許還有祕密的憂愁，是不是？」

「是的，Lise有祕密的憂愁，」——阿萊莎憂愁地說，——「您猜得到，可見您是愛我的。」

「什麼憂愁？什麼？可以說麼？」——Lise帶着畏葸的哀求的神情說。

「以後再說，Lise……以後再說……」——阿萊莎感到不安，——「現在也許不容易明白。我也許自己也說不出來。」

「我知道，你的幾位哥哥，你的父親使你感到痛苦，是不是？」

「是的，還有幾位哥哥，」——阿萊莎似乎在凝想裏說話。

「我不愛您的哥哥，伊凡・費道洛維奇，」——Lise忽然說。

阿萊莎帶着一點驚訝的神情聽着這句話，却沒有置答。

「哥哥們在害自己呢」——他繼續說，——「父親也是的。還隨着自己害別人。這裏有原始的，卡拉馬助夫型的力量，」——帕意西神甫剛纔這樣表示，——原始的，瘋狂的，粗魯的……上帝的精神是不是在這力量的上面盤旋，我連這也不知道。我祇知我自己也是卡拉馬助夫……我是不是僧士，是不是？我是不是僧士，你不是剛纔說過我是僧士麼？」

「是的，我說過了。」

「我也許不信上帝。」

「你不信麼？你這是什麼意思？」——Lise輕聲而且謹慎地說。但是阿萊莎沒有回答。在這句太突然的話語裏有一點十分神祕的，十分主觀的，也許是他自己也不明瞭的，却無疑地使他苦惱的東西。

「現在，我的知己朋友走了，世界上第一個人離開我們了。您要知道，Lise你要知道，我是如何同這人精神上融合！現在祇剩了我一個人。……我要到您身邊來，Lise……以後我們要在一起……」

「是的，在一起，在一起！從今以後，永遠一輩子在一起！您吻我呀，我允許您。」

阿萊莎吻她。

「現在去罷，願基督和您同在！（她朝他畫了十字。）快到他那裏去，乘他還活着的時候。我看出，我阻留您是如何地殘忍。我今天就要爲他禱告，爲您禱告。阿萊莎，我們將有幸福！我們將有幸福，是不是？」

「大概我們會有的，Lise」

阿萊莎離開Lise的時候，阿萊莎不想到霍赫拉闊瓦太太那裏去，打算不和她告別，便走出門去。但是剛剛開了門，走到樓梯上的時候，也不知從那裏來的，在他面前竟站着霍赫拉闊瓦太太本人。在說出第一句話的時候，阿萊莎就猜到她是故意等候着他的。

「阿萊克謝意•費道洛維奇，這眞可怕。這是孩子氣的空話，這全是胡鬧。希望您不要發生幻想……愚蠢極了，愚蠢極了！」——她攻擊他起來。

「祇是請您不要對她這樣說，」——阿萊莎說，——「否則，她要着急，現在於她的健康是有害的。」

「我聽到了一個明白事理的青年人的明白事理的話。我懂得您的意思：您所以和她同意，祇是因爲由于同情她的病狀而起，不願意和她反對，使她生氣。」

「不，完全不是的。我完全很正經的同她說話，」——阿萊莎堅決地聲明。

「正經在這裏是不可能的，無意義的。第一、我現在再也不接待你，第二、我要離開這裏，把她帶走，您要知道這層。」

「那又何必，」——阿萊莎說，——「這還不快，也許有一年半要等待的。」

「唉，阿萊克謝意．費道洛維奇，這自然是實話，一年半的時間內您可以同她吵鬧一千次，兩人就要分手的。但是我眞是不幸，眞是不幸！卽使這全無關緊要，但終是使我傷心。現在我好像是最後一幕裏的法莫騷夫，你是査茲基，她是騷菲亞米。我故意跑到樓梯上去迎接你，於是運定的一切就發生在樓梯上面。我全都聽到，我勉強站住了脚。昨天一夜的恐慌和剛纔的歇司底里病的原因就在這裏面。女兒得了愛情，母親祇好死亡。你躺在棺材裏去罷。現在是第二點，最要的一點：她寫給您的那封信是什麼東西？立刻，立刻給我看一看！」

「不，不必。請問：卡德隣納．伊凡諸夫納的健康怎樣？我很願意知道。」

「仍舊躺在那裏發譫語，還沒有醒；她的嬸嬸們在這裏，祇是嘆氣，還對我發出驕傲的脾氣，格爾城司闆勃來到以後，竟害怕得連我也不知道應該對他怎麼處置，怎樣去救他，甚至想請大夫給他診視。後來用我的車子把他送走。突然地，在這一切事情以外，您這裏忽然又

米全是格利波也道夫的喜劇聰明誤裏的人物．

發生了這封信的事情。果然，這事情還在一年半以後。藉了偉大的，神聖的一切的名，藉了垂死的長老的名，請您把這封信給我看一下，阿萊克謝意・費道洛維奇，給我，給母親看！您可以用手指握緊，我會從您的手裏念一下。」

「不，我不能給您看，卡答隣納・溼西帕夫納，即使她允許，我也不能給您看。我明天再來，假如您願意我可以談判許多事情，現在呢，——再見罷！」

阿萊莎從樓梯上跑到街上去了。

第二章　司米爾加可夫手持絃琴

他實在沒有工夫。他還在同Lise辭別的時候就閃出了一個念頭。這念頭是怎樣用最狡猾的方法，捉住現在顯然正躲避他的特米脫里哥哥。天色業已不早，下午兩點多鐘。阿萊莎的整個心靈趨向到修道院裏偉大的垂死的人身邊，但是想看見特米脫里哥哥的需要卻克服了一切：在阿萊莎的腦筋裏，一種避免不了的，即將發生的，可怕的災禍的信念隨着每小時而俱長。這災禍究竟是什麼樣子，他想立刻對他哥哥說的是什麼話，也許他自己不能決定。「即使我的恩人當我不在身邊的時候就死去，那末至少我不致于一輩子自行譴責，說也許我能救而不救，竟掉頭而去，匆忙回家。現在我這樣做，是奉了他的偉大的訓條而做的……」

他的計劃是出其不意地和特米脫里哥哥碰頭，那就是像昨天一樣，越過籬笆，走進花園，坐到涼亭裏去。「假使他不在那裏，」——阿萊莎想——「那末就不必對福瑪和女主人們說，躲在涼亭裏等候，那怕等到晚上再說，如果他照舊在偵察格魯申卡的踪跡，那末也許他就會回到涼亭裏去的……」阿萊莎並沒有把詳細計劃考慮得很久，但是他決定加以實行，那怕今天不回修道院也可以……

一切無阻礙地進行着，他就差不多在昨天的那個地方越過了籬笆，隱隱藏藏地溜進涼亭。他不願意有人注意他：女主人和福瑪（當特米脫里在家的時候）也許會站在他的一邊，聽他的命令，那末也許不放阿萊莎走進花園，或者會預先告訴特米脫里，說有人尋他，問他。然而涼亭內一個人也沒有。阿萊莎坐在昨天的位置上面，起始等候。他瞧了涼亭一眼，不知爲什麼緣故覺得牠比昨天陳舊得多；這一次他覺得劣陋不堪。天氣和昨天一樣晴朗。綠棹上印着一個圓圈，大概是昨天那隻白蘭地酒杯裏倒下來的。空虛的，和正事不相干的思想鑽進他的腦筋裏來，在厭悶的期待的時候永遠如此的，例如說，他爲什麼現在走進來的時候，就坐在昨天坐到的那個地方，爲什麼不坐在別的地方。他終于起始十分憂愁，由于驚惶的不知的狀態而憂愁。但是他沒有坐到一刻鐘，忽然在很近的什麼地方聽見絃琴的樂調。有人在離他二十步遠的地方，決不再遠，在樹棵裏什麼地方坐着，或是剛坐下來。阿萊莎忽然閃出了一個回憶，他昨天離開哥哥，從涼亭裏走出來的時候，看見，或者似乎在他面前閃過，在左面的園牆旁邊，有一隻花園裏專用的綠色的，低矮的舊長椅，放在樹棵中間。現在一定有客人坐在上面。誰呢？一個男人用甜蜜的尖聲忽然唱出一隻小調，自己彈着絃琴伴奏着；

持了莫可戰勝的力量

我戀着親愛的女娘。

願上帝賜福

給她又給我！

給她又給我！

給她又給我！

聲音停歇了。僕役式的中音和僕役式的歌腔。另一個女人的聲音忽然和藹地，似乎畏葸地，却帶着極大的矯揉造作的樣子說道：

「為什麼你長久不到我們這裏來，保羅·費道洛維奇，為什麼你老是看不起我們？」

「沒有什麼，」——男人的聲音回答，雖然很客氣，却最先是帶着堅決的，確定的尊嚴。

顯然男人佔據優勢，女人奉承上去。

「那個男子大概就是司米爾加可夫，」——阿萊莎想，——「至少從嗓音裏聽得出，那個女太太大概就是這所房子的女主人的女兒，從莫斯科來的，穿着有裙裾的衣裳，常到瑪爾法·伊格納奇也夫納那裏去要湯……」

「我真喜歡各式各樣的詩，假使有了韻脚，」——女人的聲音繼續說，——「你為什麼不繼續唱下去？」

聲音重又唱出來了：

不需要皇帝的寶冠
但求我的愛人健康。
願上帝賜福
給她又給我！
給她又給我！
給她又給我！

「上次唱得還要好些，」——女人的聲音說，——「你唱過那隻「皇冠」曲：「但求我的愛人健康。」你唱得還見得溫柔些，你今天一定忘掉了。」

「詩全是胡鬧的，」——司米爾加可夫嚴厲地說。

「不，我不很愛詩。」

「關於詩的一層，那眞是胡鬧，你自己判斷一下：世上誰用韻脚說話？假使我們起始用韻脚說話，甚至卽使是奉了上司的命令，那末我們還能說很多的話麼？詩不是正事，瑪麗亞·孔特拉奇也夫納。」

「您怎麼做一切事情都那樣聰明？您怎麼一切都研究得那樣深？」——女人的聲音越來

越甜蜜了。

「我會的還不止這一點，我會的還不止這一點，假使不是從小就決定了我的命運。假使有人對我說我是下賤的人，因爲我沒有父親，是一個臭女人所生，我本可以和他決鬥，用手槍打死他，但是他們在莫斯科竟當面朝我指摘，這全是格里郭里·瓦西里也維奇從這裏散播出去的。格里郭里·瓦西里也維奇責備我，說我反抗生產；「你把她的子宮開裂了。」即使是子宮，但是我可以允許就在娘肚皮裏殺我自已，祇要不生到這世上來。在菜市上傳說，而且你的母親也不客氣地對我說，她長了糾髮病，而且身材祇有兩俄尺帶了零頭。爲了什麼說帶了零頭，本可以自自然然地說兩俄尺多，像一般人所說的那樣！她願意含着眼淚說出來，但這是所謂鄉下人的眼淚，鄉下人的情感。俄國的農人會不會發生反對有智識的人的情感？由于它的無知，他不會有任何的情感，我從小時候祇要聽到「帶了零頭」的話，就會氣得跳牆。我憎恨整個俄羅斯，瑪麗亞·孔特拉奇也夫納。」

「在你充當了陸軍士官，或年輕的驃騎兵的時候，你不致于說這樣的話，却要拔出佩劍，起來保護全俄羅斯。」

「我不但不願意做陸軍驃騎兵，瑪麗亞·孔特拉奇也夫納，却相反地，願意取消一切的兵士。」

「但是敵人來侵的時候，誰起來保護我們呢？」

「一點也不用。在十九年的時候，法蘭西第一任皇上拿破崙，現在那位的父親，大舉進攻俄羅斯，當時如果我們被法國人征服，那纔好呢：聰明的民族大可以征復和吞併愚蠢的民族。那末甚至會生出別的秩序來了。」

「難道他們在家裏還會比我們好些麼？我是不願意把我們的一個花花公子換三個年輕的英國人的，」——瑪麗亞・孔特拉奇也夫納溫柔地說，大概那時候正用最能撩人的眼睛伴隨着話語。

「那要看誰怎樣喜歡了。」

「您自己就像外國人，就像極高貴的外國人，我蒙着恥辱對你說這句話。」

「你應該知道，關於傷風敗德的行爲，他們和我們的人都是一樣的。大家全是騙子，區別就在於那邊的人穿着漆皮鞋，而我們的混蛋却在貧窮裏發臭，也找不到什麼壞的地方。俄國人應該挨打，這話費道爾・伯夫洛維奇說得很對，雖然他和他的孩子們全是瘋子。」

「你自己說過，你很尊敬伊凡・費道洛維奇。」

「但是他們把我看作臭僕人。他們認爲我會造反，他們是猜錯的。我的口袋裏如果有了一筆數目，我早就不在這裏了。特米脫里・費道洛維奇在行爲和智識方面比任何僕人都壞些，他又窮，又不會做什麼事情，然而大家都尊敬他。我雖然祇會煮湯，但是我運氣好的時候，可以在莫斯科彼得洛夫卡街開一爿咖啡店帶飯館。因爲我能燒特別的菜，莫斯科裏面，除去外國人以外，沒有人會燒特別菜。特米脫里・費道洛維奇卻是一個光蛋，但是假使他叫第一位公爵的少爺出來決鬥，他會同他前去決鬥的。其實他比我好在什麼地方呢？因爲他比我愚蠢得不能相比。他毫無必要地化去了多少錢呀。」

「我覺得決鬥是很有趣的事，」——瑪麗亞・孔特拉奇也夫納忽然說。

「怎麼樣子呢？」

「又可怕，又勇敢，特別是年輕的軍官們爲了一個女人，持手槍在手裏，互相轟擊。簡直是一幅圖畫。最好讓女孩們看一看，我眞願意看呀。」

「你自己舉槍瞄射的時候，自然很好，但是人家對你瞄準的時候，那末你會發生極愚蠢的情感。你要離開那個地方跑走的，瑪麗亞・孔特拉奇也夫納。」

「你果眞會跑走的麼？」

司米爾加可夫沒有回答，在一分鐘的沉默以後，又傳來了曲調，尖音唱出了最後的一段：

無論你努力地說，

我將離開這裏，
尋求快樂的生活，
居住在京城裏！
我不再悲傷，
完全不再悲傷，
甚至完全不願悲傷！

到這時候忽然發生了意外的情節：阿萊莎忽然打了噴嚏；長椅一下子寂靜了。阿萊莎立起來，走到他們那裏。那人確是司米爾加可夫，衣服穿得整齊，臉上塗抹脂粉，幾乎還燙了頭髮，穿着一雙漆皮鞋。絃琴放在長椅上。女人就是瑪麗亞·孔特拉奇也夫納，女房東的女兒；她穿着淡藍色的衣裳，衣裳上帶着兩俄尺長的尾巴；她是年紀還輕的女郎，姿色並不惡，但是臉很圓，帶着可怕的雀斑。

「特米脫里哥哥快囘來了罷？」——阿萊莎竭力安靜地說。

司米爾加可夫慢吞吞地從長椅上立起來，瑪麗亞·孔特拉奇也夫納也微抬着身子。

「爲什麼我應該知道關於特米脫里·費道洛維奇的事情呢？如果我在他身旁當了更夫，那是另一件事。」——司米爾加可夫輕聲，淸切而且不經意地囘答。

「我不過問一問，你知道不知道就是了，」——阿萊莎解釋。

「我一點不知道他在那裏，也不願意知道。」

「可是哥哥對我說，你告訴他家裏所發生的一切事情，而且答應等阿格拉菲納・阿歷山大洛夫納來的時候通知他。」

司米爾加可夫慢吞吞地，而且毫不惱怒地釘看了他一眼。

「你現在怎麼進來的，既然此地的大門在一點鐘以前就閂上了？」——他問，凝神地望着阿萊莎。

「我越過胡同裏的圍牆，一直到涼亭裏來。我希望您恕我的罪，」——他對瑪麗亞・孔特拉奇也夫納說，——「我必須要快快地碰到哥哥。」

「我們怎麼能生氣您呢，」——瑪麗亞・孔特拉奇也夫納拉長着調子說，受了阿萊莎的道歉的感動，——「因爲特米脫里・費道洛維奇時常用這種方式到涼亭裏去，所以我們並不知道，他已經坐在涼亭裏了。」

「我現在急于要尋他，我想看見他，或向您打聽他現在在什麼地方。有一件對於他自已很重要的事情。」

「他沒有告訴我們，」——瑪麗亞・孔特拉奇也夫納喃喃地說。

「雖然我到這裏來是作客的，」——司米爾加可夫重又開始說話，——「但是他在這裏儘是不人道地逼迫我，不斷地問關於主人的一切：譬如說，他那裏情形怎樣？誰來了，誰去了？能不能告訴他一點消息？兩次甚至用死來威嚇我。」

「誰用死來威嚇？」——阿萊莎奇怪了。

「難道這對於他有什麼關係，以他那樣的性格，您自己昨天親自看到的。他說，如果我把阿格拉菲納・阿歷山大洛夫納放了進去，讓她在家裏住宿，——第一個不讓你活下去。我很怕他，如果不是怕他，早就應該報告官廳。眞不知道會發生什麼事情出來？」

「他會對他說：我要把你放在臼裏搗碎成粉，」——瑪麗亞・孔特拉奇也夫納加上去說。

「臼裏搗碎的一層，也許祇是一句空話……」——阿萊莎說。——「假使我現在能够遇見他，我可以對他講這件事情……」

「我祇有一件事情可以告訴你，」——司米爾加可夫好像思索了許久，才決定似的，——「我到這裏來是爲了朋友和鄰居的關係，我怎麼可以不來呢？再說，伊凡・費道洛維奇今天天剛亮的時候，就打發我到湖路，特米脫里・費道洛維奇的寓所裏去，沒有帶信，祇是口頭請他一定到廣場上的酒店裏去，一同午餐。我去了，但是特米脫里・費道洛維奇沒有在寓所裏，那時候已八點鐘了。女主人們說：「來過了，又出去了。」好像這裏面在他們中間有什麼預約似的。現在也許他正和伊凡・費道洛維奇坐在酒店裏面，因爲伊凡・費道洛維奇沒有回家吃飯，費道爾・伯夫洛維奇一點鐘以前就一個人吃罷了飯，現在躺下睡覺了。但是我懇求您，不要提到我，不要說我告訴您的，因爲他是無緣無故會殺人的。」

「伊凡今天叫特米脫里到酒店裏去麼？」——阿萊莎迅快地追問。

「是的。」

「到廣場上的京都酒店去麼？」

「就是那個酒店。」

「這是很可能的！」——阿萊莎異常驚慌地喊着，——「謝謝你，司米爾加可夫，這是重要的消息，我立刻就去。」

「不要把我說出來呀，」——司米爾加可夫在他背後說。

「不，我好像偶然到酒店裏去，你安心好啦。」

「您往那裏走？讓我給你開門，」——瑪麗亞・孔特拉奇也夫納喊。

「不用，這兒近些，我還是跨過籬笆。」

這消息使阿萊莎十分震動。他動身到酒店裏去。他穿了這樣的衣裝到酒店裏去是不大體面的，但是在樓梯上探聽，並且叫他出來，那是可以的。他剛剛走近酒店，忽然一扇窗戶開了，伊凡哥哥自己從窗內對他呼喊：

「阿萊莎，你可以不可以就到這裏來一下？我是很感謝你的。」

「可以的，不過我穿着這種衣裳，不知道怎樣。」

「我恰巧坐在單間雅座裏，你走到石階上去，我跑下來接你。」

過了一分鐘，阿萊莎同哥哥並坐着。伊凡一個人在那裏吃飯。

第三章　兄弟們相識

但是伊凡並沒有在單間雅座裏。這祇是近窗，用屏風擋住的一個地方，可是外面的人到底不能看見坐在屏風裏面的人。這間屋子是大門進來第一間，旁邊牆上有一隻碗櫃。僕歐們在裏面走來走去。祇有一個客人，是在伍的軍人，老人，在角落裏喝茶。然而在其餘的屋內却發生着尋常酒店裏應有的忙亂樣子，聽得見喚人的聲音，開啤酒瓶的響聲，彈子房裏打球的擊聲，風琴呼呼地響着。阿萊莎知道伊凡差不多從來沒有到這酒店裏去過，並且一般地講來是不喜歡一切酒店的；這末說來，他的到這裏來，他心想，祇是爲了和特米脫里約好在此地相見。但是特米脫里並沒有在這裏。

「我給你叫一份魚羹，或是別的什麼東西，你單靠喝茶是不能生活的，」——伊凡喊。顯然因爲拉住了阿萊莎感到十分滿足。他自己已經吃完了飯，在那裏喝茶。」

「來一份魚羹，以後再來茶，我餓了，」——阿萊莎快樂地說。

「櫻桃漿要不要？這裏有的。你記得不記得，你小的時候在飽萊諾夫家裏愛吃櫻桃漿？」

「你還記得麼？來一點糖漿．我現在也愛吃。」

伊凡按鈴喚僕歐來，叫了魚羹，茶和糖漿。

「我全記得的，阿萊莎，我記得你十一歲以前的樣子．我那時候是十五歲。十五與十一，其間的區別是這歲數的弟兄們永遠不會成爲朋友。我不知道，我甚至愛過你沒有。我到莫斯科去的時候，頭幾年我甚至一點也不憶起你來。以後，你自己也到莫斯科去．我們好像祇有一次在什麼地方見過。到了這裏，我已經住上了四個月，你我兩人至今沒有說過一句話。明天我要走了，我剛纔坐在這裏，心裏想：我怎麼能和他見面，告別一下，而你恰巧從這裏走過。」

「你很願意看見我麼？」

「很願意，我願意同你一勞永逸地結識一下，使你我互相認識，以後就分手離別。我的意思以爲最好在離別以前互相結識。我看出三個月以來你老是看我，你的眼睛裏有一種不斷的期待的心情，這使我不能忍受，因此沒曾和你接近。但是到了後來，我學會了尊敬你：因爲這小人兒很堅定地站住脚跟，你要注意，我現在雖然在笑，却說的是正經的話。你是不是很堅定地站住脚跟？我愛這類堅定的人，無論他們站在什麼地方，卽使他們是像你那樣的小孩。到了後來，你的期待的眼神開始使我不覺得討厭；相反地，我終於愛了你的期待的眼神……你好像爲了什麼原因愛着我，是不是，阿萊莎？」

「愛的，伊凡·特米脫里哥哥說你：伊凡是墳墓。我却說你：伊凡是啞謎。你就在現在對於我還是一個謎，但是我已經有一點了解你了，還祇是從今天早晨起！」

「什麼？」——伊凡笑了。

「你不會生氣麼？」

「唔？」

「那就是：你是一樣的青年，和其餘二十三歲的青年人一般，一樣的年青的，活潑的，可愛的男孩，自然還是乳臭未乾的小孩！怎麼樣？這不很使你生氣麼？」

「相反地，眞是巧合得奇怪！」——伊凡快樂而且熱烈地喊，——「你信不信，我在剛纔在她那裏相見以後，也老是自己思想着這一點，我的二十三歲的乳臭未乾的樣子，你忽然現在確切地猜到，就從這一點上起始說話。我剛剛坐在這裏，你知道我對自己說什麼話：即使我不信生命，即使我對於心愛的女人失望，即使我不信宇宙間的秩序而甚至深信一切都是無秩序的，可痛咒的，也許是魔鬼般的紛亂，即使我遭了人類失望的一切恐怖的打擊，——我到底還願意生活，既然俯伏在這酒杯上面，在沒有完全把它飲盡以前，是不願意脫離開的：然而到了三十歲的時候，我一定要擲去酒杯，雖然沒有完全喝完，就此離開……不知往何處去。但是在三十歲以前，我深知道，我的青春將戰勝一切，——一切的失望，一切對於生命的嫌惡。我許多次詢問自己：世界上有沒有那樣的失望，可以戰勝我心裏這種瘋狂的，也許是不體面的對於生命的渴求，當時決定大概是沒有的，還就是在三十歲以前，到了那時候我會自己不祈求的，我大概這樣想。這生命的渴求，有些癆病的說胡話的道德主義者時常斥爲低賤，尤其是詩人們。這生命的渴求一部分是卡拉馬助夫式的性格，這是實在的，無論怎樣，在你的心裏它也是存在着的，那末爲什麼它是低賤的呢？在我們的星球裏向心力還十分多，阿萊莎。我願意生活，所以我生活着，那怕是違反了邏輯。即使我不信宇宙間的秩序，然而我珍重黏質的，到了春天舒展開來的樹葉，我珍重蔚藍的天，珍重一些人，對於他們，有的時候，你相信不相信，不知道爲什麼那樣愛着，又珍重一些人類的功績，對於這，你也許早就停止相信，但到底由於舊的記憶從心中尊敬出來，現在魚羹端上來了，你好生吃罷，魚羹很美，做得不錯。我想到歐洲去一趟，阿萊莎，我就從這裏去；我也知道我祇是到墳墓上去，却是到極珍貴的墳墓上去。在那裏躺着些珍貴的死人，每塊碑石上寫出那過去的，熱烈的生命，那對於自己的業績，自己的眞理，自己的奮鬥，自己的科學狂熱的信仰，我預先就知道，我會倘倒在地上，吻那些碑石，哭牠們，——而同時我的心裏還是深信這一切早已成爲墳墓，而非別的。我的哭泣將不是爲了絕望，却祇是爲了快樂流淚，我將沉浸在自己的感動的心情裏面。我愛黏質的春天的樹葉！我愛蔚藍的天！這不是理智，不是邏輯，這是出於肺腑地，從心靈底裏出來的愛，愛自己的最初的年青的力量……你明白我這段議論的什麼意思麽？阿萊莎？明白不明白？」——伊凡忽然笑了。

「我太明白了，伊凡：願意出於肺腑地，從心靈底裏出來的愛着，——你這話說得很妙，我很歡喜，你是這樣願意生活，」——阿萊莎喊着，——「我以爲，世界上大家應該最先愛生命。」

「愛生命甚於愛它的意義，是不是？」

「一定是的。應該去愛，在顧到邏輯以前就愛，像你所說的那樣，一定應該在顧到邏輯以前，那時候我才能明瞭它的意義。這是我早就想到這上面。你的事情已經做了一半，伊凡，取得了一半：你是愛生活的。現在你應該努力你的後一半，你便得救了。」

「你又來救我，也許我並沒有滅亡！你的後一半是什麼？」

「就是應該使你的死人們復活，他們也許從來沒有死。好了，拿茶來罷。我喜歡我們這樣說話，伊凡。」

「我瞧你具有什麼靈感。我十分愛這類沙彌所發的 Professions de foi ……你是一個堅定的人，阿萊克謝意。你想離開修道院，確不確？」

「確的。我的長老打發我到俗世裏來。」

「這末說來，我們還會在俗世裏相見，相遇，一直到三十歲在我起始和酒杯脫離的時候。父親到了七十歲還不願意離開自己的酒杯，也許還想到八十歲？他自己說的。雖然他是一個小丑，但他說這話是很正經的。他站在色慾上，也好像站在石頭上一樣。……不過在過了三十歲以後，也許沒有什麼東西可以使他站上去，除了站在這上面以外……然而到七十歲是未免有點卑鄙，最好是到三十歲：可以自行鼓氣，保持「正直的色彩。」你今天沒有看見特米脫里麼？」

「不，沒有看見，可是我看見司米爾加可夫了。」

於是阿萊莎匆快而且詳細地把自己和司米爾加可夫相遇的一段情節講給哥哥聽。伊凡忽然很關切地聽着，甚至還反覆問了幾句。

「不過他求我不要對特米脫里說他如何談論他，」——阿萊莎補上去說。

伊凡皺了眉頭，沉思了。

「你是爲了司米爾加可夫才皺眉頭麼？」——阿萊莎問。

「是的，爲了他。不要管他。我真是想見一見特米脫里，但是現在不必了……」——伊凡不樂意似的說。

『你眞的很快就想走麼，哥哥。』

『是的。』

『特米脫里和父親怎麼辦呢？他們的結局怎樣？』——阿萊莎驚慌地問。

『你老是講這一套！那於我有什麼關係呢？我是我的兄長特米脫里的更夫麼？』——伊凡惹惱地說，却忽然似乎悲哀地微笑了一下。——『是不是卡因應該對於被殺死的弟兄向上帝負責？也許你在這時候正是這樣想着？但是眞見鬼，我到底不能做他們的更夫呀？我等事情辦完，就要離開這裏。你不要以爲我跟特米脫里喫醋，這三個月來我在奪他的美女卡德隣納·伊凡諾夫納。見鬼，我自己有自己的事情。我等事情辦完，就要離開這裏。事情剛纔已經了結了，你就是證人。』

『那是剛纔在卡德隣納·伊凡諾夫納那裏麼？』

『是的，在她那裏，一下子就把纏子解開了。怎麼樣呢？特米脫里於我有什麼關係？特米脫里是不相干的！我和卡德隣納·伊凡諾夫納有另外的事情。你自己知道，特米脫里所做的那種舉動，好像和我同謀似的。我絲毫沒有求他，他自己隆重地把她交給我，還爲我們祝福。這眞是可笑。不，阿萊莎，不，你知道，我現在有如何輕鬆的感覺。我坐在這裏，吃飯，你信不信，我眞想要一瓶香檳酒，慶祝我的第一小時的自由。嘿，差不多有半年了，——

忽然一下子，一下子全都脫卸了，我昨天不是甚至猜到。祇要願意的話，了結是無所謂的！」

「你講的是自己的愛情麼，伊凡？」

「你既然願意這樣，就是愛情好了。是了，我戀上了小姐，戀上了女學生。和她一起受了磨折，她也磨折我。我老是看守着她……現在忽然一切飛走了。我剛纔帶着靈感說話，可是走出門後，竟狂笑了一陣，——你相信麼？不，我說的是的確的話。」

「你連現在還在快樂地說話，」——阿萊莎說，審看他的，確乎忽然快樂起來的臉。

「但是我怎能知道我並不在愛她！哈哈！結果是不對的。她是我所喜歡的呀！我剛纔演說的時候，甚至還很喜歡她。你知道不知道，我現在還很喜歡她，——然而我離開她，又感到輕鬆。你以為我誇大口麼？」

「不。不過這也許不是愛情。」

「阿萊莎，」——伊凡笑了，——「你不要下手討論愛情！你這樣子是不體面的。剛纔，剛纔你竟跳了起來！唰喲！我還忘掉為這事吻你一下……她真是使我受盡了磨折，我真是受了裂創。她是知道我愛她的！她愛的是我，不是特米脫里！」——伊凡快樂地堅持着說話，——「特米脫里祇是一種裂創。我剛纔對她所說的話是完全的實話。但是最主要的問題是她也許需要十五年，或是二十年才能猜到，她並不愛特米脫里，祇愛着她磨折着的我。也許永遠不會猜到，雖然取得今天的教訓。最好是立起身來，就此永遠離開。順便問一聲：她現在怎麼樣？我走後那邊情形怎樣？」

阿萊莎講給他關於歇司底里的情形，又說她大概現在失了知覺，說着譫語。

「是不是霍赫拉闊瓦說謊話？」

「好像不是的。」

「應該調查一下。但是從來沒有人爲發作了歇司底里而死去。讓她歇司底里好了，上帝爲了愛，賜給女人歇司底里。我再也不到那裏去了。再鑽過去是沒有意思的。」

「然而你剛纔對她說，她從來沒有愛你。」

「我這是故意說的，阿萊莎。我們叫一瓶香檳酒來，爲我的自由喝酒。不，你知道我是如何的高興！」

「不用，哥哥，我們最好不要喝罷，」——阿萊莎忽然說，——「而且我有點憂愁」。

「你早就感到憂愁，我是早就看見的。」

「那末你明天早晨一定走麼？」

「早晨麼？我沒有說早晨……然而也許是早晨。你信不信，我今天在這裏吃飯，單單是爲了不願意同老頭子一塊兒吃，他眞使我厭惡呀。我爲了他這一個人，早就要走了。你爲什麼這樣擔心我離開這裏？在動身以前你我還不知道有多少時間。整個的永恆的時間，長生不滅的時間！」

「假使你明天就走，那裏來的永恆呢？」

「這與你我有什麼相干呢？」——伊凡笑了，——「我們自己的事情總歸來得及談完的，自己的事情，爲了這事情我們到這裏來的，是不是？你爲什麼露出驚奇的樣子，看着我？你回答一下：我們是爲了什麼事情到這裏相見的？爲的是談對於卡德隣納·伊凡諾夫納的愛情，談老人和特米脫里？談到外國去？談俄羅斯的運定的地位？談拿破崙皇上？是不是爲了這些事情？」

「不，不是爲了這些事情。」

「你自己明白爲了什麼。別的人需要的是一件事情，我們乳臭未乾的青年却需要另一件事情，我們最先需要解决永恆的問題。這是我們應該關切的。全體青年俄羅斯人現在全在討論永恆的問題。就是現在，當老人們忽然全忙着研究實際上的問題的時話。你爲了什麼這三個月來儘瞧着我，露出期待的神情？就爲了盤問我：「你信仰，還是不信仰，」——三個月來你的眼神是不是含有這個目的，阿萊克謝意·費道洛維奇？」

「也許是這樣，」阿萊莎微笑了——「你現在不笑我麼？」

「我笑你？我不願意使我的小弟弟惱怒，他是三個月來那樣期待地瞧着我。阿萊莎，應該飠直看我：我自己就是和你一樣的小孩，祇差了不是沙彌。俄國的小孩們是如何活動着的，我指的是他們中間的一些孩子？例如說，此地的汚穢的酒店，他們就聚攏來，坐在角落裏面。他們以前從來不相識，一出酒店，又會四十年不相問聞。但是怎麼樣呢？在捉到了酒店裏的機會的時候，我們討論些什麼事情？討論的是宇宙的問題，而非別種問題：有沒有上帝？存沒有靈魂不死？那些不信上帝的人們，便講些社會主義和無政府主義，又關於如何依照新計劃改造全人類的問題，但是結果是一樣的，同樣的問題，不過是另一面的罷了。有許多，許多極別致的俄國孩子現在一味地談論永恆的問題。難道不是麼？」

「是的，眞正的俄羅斯人對於有沒有上帝，有沒有靈魂不死的問題，或是你所說另一面的問題，自然是最先的，最重要的問題，這是對的，」——阿萊莎說，還是帶着靜謐的，追究的微笑，注視他的哥哥。

「你知道，阿萊莎，做俄羅斯人有時候並不見得聰明，但是到底比俄國的小孩們現在所幹的一些事情再笨些的是沒有的了。然而我極愛一個俄國孩子，那就是阿萊莎。」

「你把這句話插進得眞有趣呀，」——阿萊莎忽然笑了。

「你說呀。從那裏開始？自己下命令好了。從上帝起始麼？上帝存在不存在，好不好？」

「你願意從那裏開始，從那裏開始好了，卽使是從「另一面」開始也好。你昨天在父親那裏聲明過上帝是沒有的，」——阿萊莎銳厲地瞧了哥哥一眼。

「我昨天在父親那裏吃飯的時候，故意用這話來逗你，看見你的小眼睛熾燒起來。但是現在我不反對和你細談一下，說着很正經的話。我願意同你接近些，阿萊莎，因爲我沒有朋友，我願意試一試。你猜一下，也許我也承認上帝，」——伊凡笑了，——「這對於你不是很突然的麼？」

「自然是的，假使你現在並不是開玩笑。」

「開玩笑麼？昨天在長老那裏人家說我是開玩笑。在十八世紀裏有一個老罪人，說如果沒有上帝，便應該把他造出來，S'il n' existait pas Dieu il faudrait Linventer）確乎是人造出上帝來的。上帝果眞存在着，那便不奇怪，不希奇，希奇的是這般的思想——上帝的必要性的思想——竟能鑽進像人類這般野蠻兇惡的動物的腦筋裏。它是如何地聖潔，如何地動人，如何地智慧，它是如何使人類得到榮譽。至於我呢，我早就決定不去思索：是人造上帝，還是上帝造人的問題。我自然不再去仔細研究俄國孩子們關於這問題的時髦的原理，那是完全從歐洲學說的假定上面演繹出來的。因爲在歐洲還祇是假定，而我們那些孩子們立刻就成爲原理。不但孩子們如此，也許有些教授們也是如此，因爲俄國的教授們現在時常就等於俄羅斯的孩子。所以我把一切的假定忽略不提。你我現在的任務究竟是什麼？這任務就是使我能趕快將我的實體向你解釋。那就是：我是什麼樣的人？有什麼信仰？有什麼希望？對不對？因此我現在聲明。我直接而且簡單地承認上帝。你應該注意這層：假使上帝存在着。確乎是他創造了大地，那末我們也知道，他是照歐幾里得的幾何學創造了大地。和祇具有空間三種量度的見解的人類的腦筋。但是以前有過，而且甚至現在還有一些幾何學家和哲學家，在那裏疑惑整個宇宙，——說得廣些：整個存在祇是照歐幾里得的幾何學創造着的，甚至還敢幻想兩條平行線照歐幾里得的原理是無論如何不會在地上相遇的，也許可以在無窮盡的什麼地方互相合攏來。我因此決定既然我連這一點都不明白，叫我何從瞭解上帝呢？我低聲下氣地自承，我沒有解決這類問題的能力，我具有歐幾里得的，地上的腦筋，我們從那裏能了解出于這世界以外的一切。我也勸你永遠不要想這類事情，阿萊莎，尤其是關于有沒有上帝的一切問題。所有這些問題是對于祇具有三種量度見解的腦筋完全不適合的。所以我不但十分樂意去接受上帝，而且還接受他的智慧，他的目的，——這些是我們完全不知曉的。我信仰秩序，信仰生命的意義，信仰永恆的和諧，——我們將來好像會融和在這裏面的。我信仰那個字，是整個宇宙奔趨着的，它自己就「和上帝同在，」自己就是上帝等等，等等直至無窮爲止。對於這些問題講的話太多了。我好像立在正確的道路上，是不是？但是你要知道，在最終的結果上，我不能承受上帝的世界，即使知道它是存在着，我也不能承受它，我不承受的不是上帝，你要明白這層，我不承受上帝所創造的上帝的世界，決不能答應去承受，我還要附帶一句：我像嬰孩一般深信，悲哀會收去創口，平復下去的，可惱的人類間的矛盾的滑稽相會消滅的，像可憐的迷市蜃樓，像無力的，原子般細微的，歐幾里得式的人類腦筋裏所作的低卑的虛想，這虛想說：在宇宙的末途，在永恆的和諧的時間，終于會發生一點極珍貴的東西，使一切人心能以受用，能以慰藉一切的憤懣，贖取人間一切的罪惡，一切流出來的血，不但能以寬恕，且可平反人們所作所行的一切。這一切讓它發生好了，而我到底不去承受，也不願意承受！即使平行線能以相遇，即使我自己看見了，看見了而且說：確乎是相遇了，——我到底不肯承受。這是我的本質，阿萊莎，這是我的信條。這意思我是十分正經地對你表示的。我開始我們的談話時，是開始得再愚蠢也沒有，但是竟引出了我的自白，因爲你祇單單需要我的自白。你需要的不是討論上帝，卻祇需要知道你的心愛的老兄的生活情形。我現在說出來了。」

伊凡忽然用一種特別的，意料不到的情感，結束了冗長的議論。

「爲什麼起始得「再愚蠢也沒有」呢？」——阿萊莎問，憂鬱地看着他。

「第一、那是俄羅斯的本色：俄國人關於這類題目的談話永遠是做得很笨的。第二、越笨越近事實。越笨越弄得明白。愚笨是簡短而且不狡猾，聰明則滑脫而且會閃躲。聰明是下賤的，愚笨則直率而且誠實。我的話語已達到了絕途，我越顯得愚笨，對於我越加有利。」

「請你對我解釋，爲什麼「你不承受世界？—……」阿萊莎說。

「自然要解釋的，這不是祕密，我是會引到這上面去的。我不想把你引壞，把你從你的立脚地上推開，我也許想用你來治療自己，」——伊凡忽然微笑了，完全像一個馴善的小孩。阿萊莎還從來沒有看到他有過這樣的微笑。

第四章　叛逆

「我應該對你剖白一下，」——伊凡起始說，——「我從來不能明白怎麼能愛自己的鄰人。據我看來，鄰人是無從愛的，惟有離遠些的人還可以愛。我在一本書上讀到關於一位聖徒『慈悲的約翰』的故事：有一個飢寒交迫的行人走到他的面前，請讓他得到一點溫暖。他竟和他同睡一牀，抱住他，朝他的得了什麼可怕的病流着膿血，發出臭氣的嘴裏噓吹。我相信他這樣做，帶着一種自我的裂創，虛偽的自我的裂創，爲了被義務所加的一種慈愛，爲了負在自身的苦行。要愛人，必須使他躲藏起來，祇要一露了臉——愛情便喪失了。」

「曹西瑪長老已經屢次講過了，」——阿萊莎說，——「他也說，人的臉時常妨礙許多對於愛尚未得到經驗的人們實行他們的愛。但是人類中間有許多愛，和基督相彷的愛，這是我自己知道的，伊凡……」

「我暫時還不知道，也不能明白，無量數的人們也和我一樣。問題是這事的發生是否由于人們的壞性格，或是因爲他們的本性就是如此的。據我看來，基督的愛人是一種地上不可能的奇蹟。自然他是上帝。然而我們並不是上帝。例如說，我能够深深地受苦，但是別人從來不會知道我受苦到如何的程度，因爲他是別人，而不是我，此外，很少的人肯承認別人是受苦難者，（好像這是一個尊稱。）據你看來爲什麽不肯？例如是因爲我身上發出臭味，我的臉愚笨，因爲我有一次踏了他的脚。並且痛苦和痛苦不同；有低卑的痛苦，可以降低我的地位的，例如飢餓，是可以蒙我的恩主承認的，但是痛苦一抬高，例如是爲了一種理想，那就不成了，他很少能承認的，因爲他會看着我，忽然看出，我的臉並不和在他的理想裏爲了某種理想受苦的人所應有的臉一般。於是他立即將他的恩惠從我身上奪去，甚至並非出于惡毒的心而起。乞丐們，特別是品格高的乞丐們，應該從來不在外面露臉，却去登報求乞。抽象地還可以愛鄰，有時甚至從遠處也可以，但是一逼近便差不多是永遠不會的了。如果一切都像在舞台上，舞劇中，乞丐出場的時候穿着絲綢製成的破絮，和撕裂的紗邊，優雅地跳舞，那末還可以欣賞他們。祇是欣賞，到底還不是愛。但是這話說得够了。我祇要使你明白我的見解。我想談一談一般人類的痛苦，但不如先講一講一些小孩子們的痛苦。這可以將我的論據的範圍縮小十倍，最好還是講講小孩子們。自然，這對於我是不大合算的。但是第一層，小孩子們甚至在近處也可以愛的，甚至是骯髒的，甚至是臉容醜惡的都可以愛。（我以爲小孩子們是從來不會臉容醜惡的。）第二層，我所以不願談大人，是因爲除去他們很難看，不値得愛以外，他們還有復仇之心：他們偷吃了蘋菓，認識了善惡，起始變得「像上帝」了。

他們現在繼續吃這東西。但是小孩們一點也沒有吃，暫時還沒有什麼錯處。你愛小孩麼，阿萊莎？我知道你愛的，你會明白爲什麼我現在祇想談論他們。假使他們在地上也十分受痛苦，那自然是爲了他們的父親們，爲了吞食蘋菓的父親們受到了懲罰。但是這種議論是從另一世界裏來的，是地上的人們的心不明瞭的。無辜的人不能替別人受苦，而且還是這樣的無辜的人！你應該對我驚訝，阿萊莎，我也很愛小孩。你要注意，殘忍的人們，激烈的，貪婪的卡拉馬助夫型的人們，有時也很愛小孩。小孩們，七歲以下的小孩們，離開大人很遠：完全好像是另一種生物，帶着別種天性。我在監獄裏認識一個强盜：他在幹他的營生的時候，夜裏闖進人家裏，有時殺死全家的人，同時還弄死幾個小孩。但是坐在監獄裏的時候，竟奇特地愛他們。他從監獄的窗裏祇做着一件事情，那就是看望在監獄的院裏游玩的小孩們。他讓一個小孩時常到窗下來找他，那小孩竟和他十分要好。……你不知道，我說這些話是爲了什麼，阿萊莎？我的頭有點痛。我覺得憂愁。」

「你說話的神色很奇怪，」——阿萊莎不安地說，——「你好像犯着瘋病。」

「帶便說一說，在莫斯科有一個保加利亞人最近對我講，」——伊凡·費道洛維奇繼續說，好像沒有聽到他的兄弟的說話，——「土耳其人和切爾卡斯人在保加利亞境內到處作惡，因爲懼怕斯拉夫人的叛變，便焚殺姦淫，把囚犯耳朵用鐵釘釘在圍牆上面，就這樣留到早晨，到早晨再絞死他們，一切的情形是無從描寫的。平常有人形容人們的殘忍是「獸性的，」其實這對于野獸很不公平，也是可氣：野獸從來不會像人那般殘忍，那般巧妙地，那般藝術化地殘忍。老虎祇是啃，撕，祇會做這些事。牠決不會想到用釘子把人們的耳朵整夜地釘住，即使牠甚至會這樣做。這些土耳其人竟狂熱地磨折着孩子們，從用刺刀把他們向母親的肚腹裏挑出起，一直到把乳孩拋向空中，當着母親們的眼前，用刺刀托住為止。最感到甜蜜的就是當着母親們的眼前。現在請看一幅使我十分感到興趣的圖畫。有一個乳孩抱在戰慄着的母親的手裏，闖進來的一羣土耳其人包圍着他們。那些土耳其人想出了一個快樂的玩意：他們引逗嬰孩，發出笑來，逗嬰孩笑，他們得了成功，嬰孩居然笑了。在這時候，一個土耳其人在離開他的臉四俄寸的距離內舉起手槍朝他瞄着。男孩快樂地笑着，兩手伸過去，想抓手槍，忽然那個藝術家一直朝他的臉上撥動引發機，擊碎了他的腦袋……帶着藝術性，不是麼？聽說，土耳其人很愛吃甜東西。」

「哥哥，你說這些話是什麼意思呢？」——阿萊莎問。

「我以為，假使魔鬼並不存在，而是人創造他出來的，那末人創造他是照着自己的模型和形貌。」

「這樣說來，創造上帝也是如此呀。」

「你眞是會轉換話句，像博洛尼伏司在漢恩烈裏所說似的，」——伊凡笑了，——「你這句話把我捉住了；聽它去罷，我很喜歡。你的上帝還能好到那裏，既然人是照了自己的模型和形貌創造出他來的。你剛纔問我，爲什麼我說這些話。你信不信，我是一些事實的愛好者和收集者。你還信不信，我從各種報紙上和隨便什麼小說上把幾種故事記載下來，並且收集攏來。我現在已經收集了許多材料。土耳其人自然也在收藏之列，但是他們全是外國人。我還有自己家裏的玩意，甚至比土耳其人還好。你知道，我們這裏毆打的事例更多些，棒子和鞭子更多些，這是具有民族性的特色的。在我們這裏用釘子釘耳朵的事情是被認爲無意義的，我們到底是歐羅巴人，但是棒子和鞭子却是我們的，不能奪走的。在國外現在似乎完全不打人，是不是風俗純良起來，還是立了一宗人似乎不能打人的法律，但是他們用別種•也是和我們一樣純粹民族性的東西報酬了自己，而且民族性化到似乎在我們這裏已不可能的程度•雖然好像我們這裏也開始染上，特別是在我們的上等社會裏，從宗教運動的時代起。我有一本有趣的小册子，從法文翻譯的，裏面說在五年以前不久的時候，在日內瓦，有一個二十三歲的惡徒和兇手被處死刑，他名叫里沙爾，身材好像很小，在臨上斷頭台以前懺悔他的罪惡，信奉了基督教。這個里沙爾是私生子，還在六歲上就被父母贈送給瑞士山上的牧人，由他們把他養大，以後，再叫他做工。他長大起來的時候像一隻小野獸，牧人們什麼也不教他，七歲起就打發他看牲畜，在雨雪寒冷的時候，差不多沒有衣裳穿，也幾乎不給他東西吃。他們這樣做，自然誰也沒有想一想，誰也沒有懺悔，相反地，還認自己有完全的權利，因爲里沙爾是當作物件一般贈送給他們的，他們甚至不認作有給他吃東西的必要。里沙爾自己供出，他在這幾年內像福音書裏的浪子，十分願意吃給預備喂肥了出賣的母猪吃的麵餅，但是甚至還不給他吃，每當他到猪圈裏偷吃的時候，竟毆打他，這樣度過了他整個的童年和青年，一直到完全長大的時候，在力氣大了以後，他就出去行竊。這野人到日內瓦去靠零工賺錢，賺到錢就喝酒，生活得像一隻畜生，結果是殺死了一個老人，搶去了錢財。他被捉住，加以審判，判了死刑。那裏是沒有感傷主義化的。在監獄裏，牧師們和各種基督教會社的會員們，還有些慈善的貴婦人們全把他包圍起來。他們在監獄裏教他讀書寫字，起始給他講解福音，譬解給他聽，勸解他，拉住不放手，把他磨着，逼着，到後來他自己莊嚴地承認了自己的罪。他受了洗禮。他自己上書法院，說他做了惡徒，到底蒙上帝賜與光明，還送來了天福。日內瓦整個騷動了，整個慈善的，虔信的日內瓦。所有高尚的，有教養的人們全奔到獄中；吻着里沙爾，抱着他；『你是我們的兄弟，天福降到你身上來了！』里沙爾自己惟有感動得哭泣：『是的，天福降到我身上來了！以前我在童年和青年的時代，喜歡吃喂猪的料，現在天福降到我的身上，我將在這裏死去！』——『是的，是的，里沙爾，你應該在主裏死去，你流了血，應該在主裏死去。你羨慕喂猪的食料，偷吃的時候，人家打你，（你這樣做得很不好，因為偷竊是不准的，）那時候你完全不知道上帝，你並沒有錯處，——但是你流了血，就應該死去。」到了最後的一天，身體衰弱異常的里沙爾不斷地哭，每分鐘反覆地說：「這是我最好的一天，我要到上帝那裏去了！」——「是的，」——牧師們，司法官們和慈善的貴婦人們喊，——「這是你最有幸福的一天，因為你到上帝那裏去！」大家全走到斷頭台那裏，隨着一輛可恥的馬車，上面載着里沙爾。有人坐在馬車裏，有人步行。於是到了斷頭台那裏，大家對里沙爾喊道：「死罷，我們的兄弟，死在主的懷裏，因為天福降到你的身上來了！」於是里沙爾弟弟被一些弟兄們吻够了以後，被拉到斷頭台上，放在斷頭機上。他們在弟兄友善的形式下面，砍下他的腦袋，就為了天福降到他的身上。這是很特徵的一段故事。這本小册由俄國上等社會裏路得教的慈善家們譯成了俄文，分送出去，預備在報紙和其他刊物上免費刊載，作為開化俄國農人之用。里沙爾的事件，其好處在於帶着民族性。我們這裏對於砍去兄弟的頭，祇是為了他成為我們的兄弟的緣故，又祇是為了天福降到他身上來的緣故，未免覺得離奇，但是我要重複說，我們也有我們自已的東西，並不比較壞些。我們在毆打的時候感到一種歷史性的，直接的，十分親近的愉快。涅克拉騷夫有一首詩，說農人用鞭子抽打馬的眼部，「朝馴服的眼睛上」打去。這是誰都看見的，這是俄羅斯的特色。他描寫一匹乏力的馬，因爲負載太多，拉着大車，陷在泥裏，拉不出來了。農人打牠，惡狠狠地打牠，打得自己也不明白在做什麼事情，像喝醉了酒似的痛打着，打了無數的鞭：『卽使你沒有力氣，也應該拉，死也要拉！』那匹駑馬掙扎着，他起始朝這沒有保障的東西的眼睛上，哭泣的，『馴服的眼睛』上面痛痛地毆打。牠用盡自己的力氣掙脫，到底拉過去了，一邊走，一邊抖索，沒有呼吸，好像斜倒着，一跳一跳地，顯得又不自然，又可恥，——湼克拉騷夫那首詩眞是可怕得很。但這衹是一匹馬，馬是上帝送給我們預備毆打的。韃靼人對我們這樣解釋，還送了一根鞭，作爲記念。然而人也是可以毆打的。一個有智識，有學問的老爺和他的太太用棍子揍親生的女兒，七歲的小孩，——關於這件事情我曾詳細記載下來。父親看見樺條帶着小枝很高興，他說：『可以刺得利害些，』於是起始『刺』他的親生女兒。我確切知道，有些抽打的人越打性情越加暴烈，一直到色情狂，眞正的色情狂的地步，越多打一下，這情形越見進步。抽打一分鐘，五分鐘，又來十分鐘。越打越利害，越打越痛。嬰孩喊着，後來不能喊了，喘不過氣來：『爸爸，爸爸，爸爸，爸爸！』這件事情後來不體面地到了法庭。雇了律師。俄國農人早就稱呼律師爲訟師。律師替自己的主顧辯護：『這是十分普通的，家庭間的，尋常的事件，父親打了女兒一頓，竟弄到法庭上來，眞是我們現代丟臉的事！』被勸信了的陪審官們退庭，下了無罪的判決。傍聽的羣衆因爲那個磨折小孩的人被判了無罪，竟快樂得吼叫起來。——唉，可惜我不在那裏，否則我可以提出一個建議，用磨折人的名義設立獎學金！……真是有趣的圖畫。但是關於小孩子們，我還有更好些的故事，關於俄羅斯的小孩，我收集了許多，許多的材料，阿萊莎。有一對父母，『很可尊敬的，有學問，有教養的做官的人家，』仇恨一個五歲的小女孩。我還要正確地聲明一句：許多人有特別的性格，——那就是虐待小孩的一種癖愛。然而他們僅祇虐待小孩。這種虐待者對於其餘種類的人們十分客氣而且馴從，頗像有學問的，人道主義的歐羅巴人，却很愛虐待小孩，甚至愛虐待自己的小孩。也就是小孩們的無保障的一點引誘着虐待者，小孩子們是無路可走，無人可訴的，他們具有安琪兒般的信任心，——這倒使虐待者的卑賤的血沸騰起來。自然，內中總歸藏着一隻野獸，——惱怒的野獸，由于被虐待的犧牲品的呼喊而感到色慾沸騰的野獸，從鎖鍊上抑止不住地逃掉的野獸，因爲荒唐生活得了病，得了痛風，肝氣病的野獸。這一對有學問的父母把各色各樣的虐待的行爲加在這可憐的五歲的女孩身上。他們打，抽，用脚踹，自己也不知道爲了什麼，把她的整個的身子變成許多紫血凍。從來甚至到了極精緻的地步：在寒冷冰凍的時候，把她整夜關在廁所裏面，又因爲她夜間不說自己要大小便，（好像五歲的嬰孩，睡時做着安琪兒般的結實的夢的，還能在這樣年紀學會自己說出來似的，）——就爲了這，竟用她自己的糞塗在她的臉上，又逼她吃這糞，而這是母親，母親逼他的！這位母親夜裏聽見了被關在骯髒處所的可憐的嬰孩的呻吟，竟還能睡得着覺！你明白不明白，這小小的生物，還甚至不會了解，爲什麼人家這樣對待他，在骯髒處所，黑暗和寒冷中，用小拳頭叩擊痛楚異常的胸脯，流出不兇惡的，煦和的眼淚，向『上帝』哭泣，求他保護他。你明白這醜行麼，我的朋友，我的兄弟，我的馴從的沙彌？你明白不明白這醜行有什麼需要，並且是如何造成的？有人說，沒有這，人便不能活在世上，因爲將不能辨識善惡。爲什麼要辨識善惡，既然這須用去這許多代價？因爲整個世界的眼睛還不值這嬰孩向『上帝』祈求時的一淚。我不說關於大人的痛苦，他們已吞食了蘋菓，隨他們去好了，讓魔鬼把他們捉去就是了，但是這些孩子，這些孩子！我磨折着你，阿萊莎，你彷彿心不在焉似的。如果你願意，我可以停止。」

『不要緊，我也想受點磨折，』——阿萊莎喃喃說。

『一幅圖畫，還祇有一幅圖畫，而且是由于好奇，很具特徵的，主要的是剛從一本古典的集子裏讀到的，不是檔案，便是古代，應該要查問一下，甚至忘記在那裏讀過的了。這事情發生在農奴制度最黑暗的時代，還在本世紀的開始時候，農民解放者萬歲！在本世紀初葉，有一位將軍，是交游廣闊的將軍，又是富有資財的地主。他是那類的人，（自然這類人在當時也好像不很多的，）在退職休息以後，幾乎要深信他已經握有自己的臣民的生死之權。

當時是有這類人的。這將軍作在有兩千靈魂※的采地裏，過着奢華的生活，把一些小鄉鄰當作自己的食客和丑角看待。廐狗裏養着幾百條狗，幾乎有幾百個狗夫，全穿上制服，騎在馬上。有一個農僕的男孩，很小的孩子，祇八歲，在游玩的時候不留神擲了一塊石塊，把將軍心愛的一隻獵狗的腿弄傷了。「爲什麼我的愛狗的腿跛了？」有人稟報說，是那個孩子扔了石頭，把牠打傷的。「啊，是你呀，」——將軍看了他一眼，——「把他抓起來！」於是他被捕了，從他母親手裏奪了去，整夜坐在監牢裏，早晨天剛亮，將軍就全副武裝地出外行獵，坐在馬上，許多食客，狗，狗夫，獵人，全圍在他身邊，大家也騎着馬。全體農僕被喚來受訓，站在最前列的是那個犯罪的小孩的母親。男孩從監牢裏帶了出來。一個陰沉寒冷，霧氣重重的秋天，行獵最相宜的天氣。將軍下令脫去男孩的衣服，於是他被剝得精光。他身體抖索，駭怕得發瘋，不敢叫一聲……「趕他！」——將軍下令。「快跑，快跑！」——狗夫朝他喊，男孩跑了……「捉他呀！」——將軍厲聲叫喊，把全體獵犬放出去捉他。當着母親眼前，一羣獵犬奔過去，把這嬰孩撕成碎塊！……那位將軍後來好像被宣告爲應受監護的人。唔……應該把他怎麼樣？槍斃麼？爲滿足道德的情感，加以槍斃麼？你說，阿萊莎！」

「槍斃！」——阿萊莎輕輕地說，帶着慘白的，歪曲的微笑，眼睛抬起來看着哥哥。

※即農奴

「好極了！」伊凡高興得叫喊了——「旣然你這樣說，那末……你這苦行僧！你的小心裏有小鬼坐着，阿萊莎．卡拉馬助夫！」

「我說了荒誕的話，但是……」

「你這一『但』却『但』得對了……」——伊凡喊，——「你要知道，沙彌，荒誕的話是地上極需要的。世界就站在荒誕上面，沒有它也許完全不會發生什麼事情。我們知道我們所知道的事。」

「你知道什麼？」

「我一點也不明白，」——伊凡繼續說，似乎說着譫語，——「現在我也不願意明白。我願意留在事實的身邊。我早就決定不去明白。假使我想明白些，我立刻便會對事實變心，而我是決定留在事實的身邊的。」

「爲什麼你試探我？」——阿萊莎忽然悲戚地喊，——「你到底對我說不說？」

「我自然會說的，我這樣開始，就是預備說的。你對於我是很寶貴的，我不願意把你放過，決不讓給你的曹西瑪。」

伊凡沉默了一分鐘，他的臉忽然顯得很悲愁。

「你聽着我說話：我所以單單提出小孩子們，就爲的是明顯些。關於人類的其餘的淚，整個地上從地皮到地心都浸潤到的。——我不說一句話，我故意弄窄了我的題目。我是一隻臭蟲，我低卑地承認一點也不能明白，這一切為了什麼這樣安排着。那是人們自己的錯處：將天堂給了他們，他們却願意自由，偷了天上的火，自己知道自己會不幸的，所以也用不着憐惜他們。照我的意思，照我的，可憐的，地上的，歐幾里得式的腦筋，我祇知道苦痛是有的，錯處是沒有的，有因必有果，直接而且簡單得很。我知道——我需要復仇，否則我會戕害自己的。而這復仇並不在無窮盡的什麼地方和什麼時候，却就在這地上，又須使我能夠親自見到。我有信仰，我願意自己看到，假使到了那時候我已死去，那末應該使我復活轉來，因為假使一切全發生在沒有我在面前的時候，那是太可氣的事情。我的受痛苦，並不是為了把自己，把我的罪惡和痛苦當作肥料，灌進未來的和諧裏去，我願意親眼看見鹿麑睡在獅子身傍，被殺害的人立起來，和殺他的人擁抱。在大家忽然明白了為什麼這一切是這樣的時候，我願意也在場。一切地上的宗教全樹立在這願望上面，而我是相信的。但是關於孩子們，那時候我應該怎樣安排他們？這是我不能解决的問題。我可以重複一百次。——問題是很多的，但是我單單提出一些孩子們，因為我應該說的一切話是明顯得無可辯駁。你聽着……假使大家全應該受痛苦，為了用痛苦來購買永恆的和諧，那末小孩子們在這上面有什麼關係呢？請你對我說一下子！完全不能明白，他們為了什麼應該受痛苦，他們為什麼要用痛苦購買和諧？為了什麼他們也變成了材料，而用自己來做別人的未來的和諧的肥料！人們裏面犯罪時的一致行動我明白的，復仇時的一致行動我也明白的，但是不能和孩子們發生犯罪的一致行動。如果他們和父親們在父親們的一切罪行裏一致行動是真實的，那末自然這真實並不出于這個世界，而爲我所不能了解的。有的滑稽的人也許要說小孩終歸會長大成人，來得及成人的，但是他並沒有長成，在八歲時就被羣狗撕成碎塊。阿萊莎，我並不是褻瀆神明！我也明白，那將是如何震撼宇宙，那時候天上地下的一切融合爲合一的，頌讚的聲音，一切活着的和活過的全都喊叫：『你是對的，主，因爲你的路途開了！』在母親和嗾使狗羣撕碎她的兒子的磨折者互相擁抱，三人全含淚喊叫：『你是對的，主，』的時候，認識的寶冠自然即將到達，一切都解釋明白了。但是到了這裏應該停頓起來，因爲我不能承受這個。我活在世上時，我忙着爲自己打算一切。你瞧，阿萊莎，也許果眞會發生那種情形，就是當我自己活到那個時候，或是活轉來看到那盛世的時候，我自己也許要同大家一起看着母親和磨折她兒子的人互相擁抱，而齊聲呼喊：『你是對的，主！』但是當時我決不願意喊出來。在還有時間時，我忙于保障自己，所以完全不能承受最高的和諧。它比單祇一個被磨折的嬰孩的眼淚還不値，——這嬰孩用小拳頭叩擊自己的胸脯，在臭氣薰天的狗廐裏用贖不盡的眼淚向上帝禱告。所以不値，是因爲他的眼淚是贖不盡的。它是應該贖盡的，否則便不會有和諧了。但是你用什麼，用什麼來贖取眼淚呢？難道這是可能的麼？莫非是用報復的方法？但是我需要報復將有什麼用？使磨折者入地獄於我有什麼用？在已經受够了磨折的時候，地獄能有什麼補救呢？既然是地獄，還有什麼和諧？我願意寬恕，我願意擁抱，却不願再多受痛苦。假使小孩子們的痛苦是用來補充爲購買眞理必需的痛苦的總數，那末我預先聲明，這眞理是不值這樣的代價的。我不願使母親和嗾使羣狗撕碎她的兒子的人互相擁抱！她不應該寬恕他！如果她願意，她可以爲自己寬恕，她可以將慈母的無邊涯的痛苦對磨折者寬恕；但是她的被撕碎嬰孩的痛苦，她並沒有寬恕的權利，不應該寬恕磨折者，即是嬰孩自己寬恕了也是不應該！既然如此，既然他們不應該寬恕。那末和諧在那裏呢？全世界裏有沒有一個人可以有寬恕權利的？我不願有和諧，爲了對於人類的愛而不願。我願意使苦痛成爲不可報復的。我最好是停留在我的無從報仇的痛苦和我的無從抑制的憤怒上面，那怕我是沒有理的。和諧被估計得太貴了，我們出不起這許多錢來購買入場劵。所以我趕緊把入場劵繳還。假使我是誠實的人，理應繳還出來，越早越好。我這樣做，我不是不承受上帝，阿萊沙，單祇是將入場劵恭敬璧還給他而已。」

「這是叛逆，」——阿萊沙輕聲說，低下頭來。

「叛逆麼？我不願聽你說這樣的話，」——伊凡帶着深刻的感情說，——「能不能靠叛逆生活，然而我是願意生活的。請你自己對我直說，我要求你，——請你回答：假使你自己要建築一所人類命運的房子，目的在於最後造福人類，給予他們和平和安謐，但是爲了這，必須而且免不了要磨折單單一個小小的生物，就是那個用小拳頭叩擊胸脯的嬰孩，在他的無可報復的眼淚上面建造這座房子，你答應不答應在這個條件之下做這房子的建築師呢？請你直說，不要說謊！」

「不，我不能答應，」——阿萊莎輕聲說。

「你能不能承認一個觀念，那就是你替他們建築的人們會自己同意在一個受磨折的小人的無理由可解釋的血上面承受自己的幸福，而且在承受了以後，仍舊永遠成爲有幸福的人們？」

「不，我不能承認，哥哥，」——阿萊莎忽然說，眼睛閃耀了一下，——「你剛纔說：全世界裏有沒有一個人可以有寬恕的權利？這人是有的，他能够寬恕一切，把一切，而且爲一切寬恕，因爲他爲了一切人，爲了一切物，捨與了自己的淸白的血。你忘記了他，房子就樹立在他的上面，大家對他喊：「你是對的，主，因爲你的路途開了。」」

「這是「單一的無罪的人」和他的血！不，我沒有忘記他，相反地，還老覺得奇怪，怎麼你許久不提出他來，因爲照例在辯論的時候你們大家最先把他提出來。阿萊莎，你不要笑，我曾經編了一首史詩，在一年以前。如果你能够再費去十分鐘，我可以講述給你聽。」

「你寫了史詩麼？」

「不，沒有寫，」——伊凡笑了，——「我一輩子從來沒有做過兩句詩。但是我想出這史詩，而且記下來了。熱烈地想起來的。你是我的第一個讀者，也就是聽者。果眞地，爲什麼作者要喪失唯一的聽者呢？」——伊凡冷笑了一下。——「講不講」

「我很願意聽，」——阿萊莎說。

「我的史詩名爲大宗教裁判官，——是離奇的東西，但是我願意給你講一遍。」

第五章　大宗教裁判官

「在這裏沒有序言也是不成功的，——那就是說沒有文學的序言。」——伊凡笑了，——「嗤！其實我是什麼著作家！你瞧，我這段故事發生在十六世紀，在那個時候，——不過你從學校的課本上總是早就知道的，——在那個時候恰巧有在詩體作品內把天神們引到地上來的習慣。關於但丁我且不提。在法國，法庭裏的雇員和修道院裏的僧士扮演整本的戲劇，裏面把聖母，安琪兒們，聖徒們，基督和上帝自己全搬到舞台上來。舊俄的巴黎聖母院寫出老巴黎，路易十一朝代，爲慶祝法國太子的生辰，在市政廳裏演出一幕含教訓意義的，給大家免費觀看的戲劇，名叫 "Le bon jugement de la tres sainte et gracieuse Vierge Marie."（聖母瑪麗亞仁慈裁判記。）劇本裏聖母親身出場，說出她的 Bon jugement. 我們莫斯科在大彼得以前的古時代，也時常演着近乎話劇的戲，特別是舊約裏的材料，但是除去劇本以外，當時還有許多小說和『詩』流傳於世，裏面在必要的時候有聖徒，安琪兒和全體天神活動着。我們的修道院裏也從事於翻譯，抄寫，甚至編寫這類的史詩，而且在韃靼人統治的時代。例如說，有一篇修道院的史詩，（自然是從希臘文譯來的：）題目是聖母週游地獄記，它的畫面和大膽不亞於但丁的作品。聖母親臨地獄，由使徒米卡益爾領導。她看到罪人和他們所受的苦刑。內中在油煎湖上有一隊極有趣的罪人！有些人沉在湖裏，怎樣也不能泅出來，「那些人已經被上帝遺忘了，」——這是一句異常深刻而且有力的言辭。於是驚愕而且流淚的聖母跪在上帝的寶座前面，爲地獄裏的大衆請求赦免，爲她所見到的一切人，無分選擇。她同上帝的談話是極有趣的。她哀求着，她不肯離開，當時上帝把她的兒子被釘着的手足指給她看，問她：我怎麼能赦免他的磨折者？於是她吩咐全體聖徒，苦行者，安琪兒和使徒們同她一齊跪下，祈求赦免不加選擇的一切人。結果是她向上帝求到每年從耶穌受難日到三一節停刑，地獄裏的罪人們立刻感謝上帝，向他喊：「你是對的，主，你這樣裁判。」我的那篇史詩如果在當時發現，也是這類的性質。場面上發現了他；果然，他在史詩裏不發一言，祇是出現一下，走了過去。已經過了十五世紀，他會發出來到自己的天國裏的誓言，已經有十五年，他的預言者寫着：「看呀，我快來的。關於日子和時刻甚至我也不知道，惟有我的天父知道，」——這還是他在地上時自己說的。但是人類等候他，懷着以前的信仰和以前的感動的心情。喔，甚至還懷着更大的信仰，因爲已經過了十五世紀，人們已經停止看見天上的信號：

「天上的信號未到，

信心上所說的罷。」※

也惟有信仰心上所說的了罷！誠然，那時有許多奇蹟發現。有些聖徒會作神奇的治療；根據另一些聖者的傳記，天上的女皇曾親身光降到他們那裏。但是魔鬼決不肯打盹，人類裏開始對於這些奇蹟的眞實性發生疑惑。恰巧當時在德國北部出現了可怕的新的邪教。「像火炬一般」（那就是教會）的巨星「落在水源上，水變苦了。」這些邪教徒開始褻瀆上帝，否認奇蹟。但是信仰的人們却更加信仰得熱烈了。人們的眼淚照舊升到他的面前，等待他，愛他，希望他，渴求爲他受痛苦而且死亡，和以前一樣……人類懷着信仰和火燄禱告了許多世紀：「耶和華，神快來呀。」他們向他祈禱了許多世紀，到後來他懷着莫可測量的慈悲心腸，親臨到祈禱者面前。他以前也曾降臨到一些聖者，苦行者，聖隱修士那裏，當他們還活在世上的時候，在他的行述裏曾有記載。我們的屈得柴夫※※深信他的話語的眞實，曾寫下後面的詩句：

「負着十字架的重載，

※席列詩願望裏的句子。

※※俄國詩人。

　穿奴服的天上的星，
　走遍了親愛的大地，
　到處給大衆們賜福。」※

我可以對你說，這事情一定是這樣的。他想在民衆前面發現片刻，——在那些受磨折，受痛苦，沉在罪孽裏，却像嬰孩般愛他的民衆前面。事情發生在西班牙的塞維爾地方，在宗教裁判制度最可怕的時代，各地每天燒起火堆，頌禱上帝，

　在驕麗奪目的火堆上，
　燒死狠惡的邪教徒。

喔，這自然不是在時代的末紀，照他所預言的，帶着天上的榮譽，親自降臨的一段事情，那事將突然發生，像「閃電一般，從東方閃到西方。」不，他祇願在片刻的時間內光降到他的孩子們那裏去，而且恰巧在活燒邪教徒的地方。他露着無可比擬的慈悲，又從人羣中間走過，仍舊是十五世紀以前在人羣中間行走了三十三年的原來的人形。他走到那個南方城市的「熱行人道」上，在那裏，恰巧剛剛在頭一天，在「驕麗奪目的火堆上，」經國王，宮庭，騎士，主教，長和美麗的宮庭的貴夫人們到場，在整個塞維爾城多數民衆的面前被紅衣主教，大宗教

※屈得柴夫可憐的鄉村中句

裁判官，一下子燒死了幾乎成百的邪教徒，ad majorem gloriam Dei. ※※他靜悄悄地，不知不覺地出現。可是眞奇怪，大家全認出他來。這應該是我那首史詩裏最好的一段，——那就是描寫爲什麼人們認出他來。民衆用萬夫不當的力量趨向到他的面前，圍住他，四圍堆積了一大羣，還跟隨着他。他默默地在他們中間走着，懷着無盡的同情的靜謐的微笑。愛的陽光在他的心上熾燃，光明，文化和力量的光線從他的眼裏流出，射到別人們的身上，交流的愛震撼他們的心。他的兩手伸向他們，爲他們祝福。祇要和他一接觸，甚至祇要觸到他的衣服，就發生了治療的力量。人羣裏一個老人喊道，他是從小就瞎了眼睛：『主，治愈我罷，讓我能看到你，』好像一片魚鱗從他的眼上落下，盲者看到了他。羣衆哭泣了，吻着他走過的土地。孩子們把花朵扔到他面前，喊着：“Hosanna.”※『這是他，這是他自己，』——大家反覆地說，——『這應該就是他，這不是別人，就是他。』『他在塞維爾教堂的基階上面止步，那時候有人哭泣着將一個敞開的，小孩的白色棺材抬進教堂，棺材裏裝着七歲的女孩，一位名人的獨生女，死孩全身躺在鮮花裏面。『他會使你的小孩復活的，』——羣衆裏有人對哭泣的母親喊。出來迎接棺材的教堂裏的牧師疑惑地看着，皺緊了眉峯。

※※義作：『爲了上帝偉大的榮譽，』

※希伯來頌讚上帝語。

死孩的母親的哭聲傳遍了四邊。她跪在他的脚前：『假使果眞是你，請你把我的小孩復活轉來！』——她喊着，向他伸手，殯葬的行列停止了，小棺材放在台階上，他的脚下。他慈悲地看着，他的嘴唇輕聲說出：『起來罷，女孩。』小女孩在棺材裏抬動了，坐下來看望，張大的，驚訝的小眼睛轉來轉去，發出微笑。她的手握着一把白玫瑰，就是她躺在棺材時放在傍邊的。人羣裏生出騷動，呼喊，嗚咽。忽然就是這時候，紅衣教主，大宗教裁判官，親身走過教堂的廣場。他是近七十歲的老人，身高而挺直，臉龐削瘦，眼眶陷落，却還從裏面發出像火星似的光輝。他並沒有穿華麗的紅衣主教的服裝，在昨天燒死羅馬教的敵人的時候在民衆前顯耀着的服裝，——不，在這時候他祇穿舊的，粗糙的，僧士的袈裟。他的一些陰鬱的助手和奴隸，還有『神聖』的衞隊在一定的距離內跟着他。他在羣衆前面止步，遠遠裏觀察着。他全都看見了，他看見那口棺材如何放在他的脚下，看見女孩如何復活。他的臉上發了陰影。他皺緊灰色的，濃厚的眉毛，他的眼神裏閃出惡毒的火光。他伸出指頭，吩咐衞隊拿他。他的威力有多少大，民衆如何受了馴服，服從他，戰慄地聽他的話，竟使民衆當時就給衞隊讓出一條道路來了。就在突然來臨的死寂之中，他們把他捉住，帶走了。羣衆立刻像一個人似的匍匐在地，朝老宗教裁判官叩頭，他默默地向民衆祝福，走了過去。衞隊把囚人帶進狹窄的，陰沉的，拱頂形的監獄裏面，在聖裁判所的古房裏，還上了鎖。白天過後，黑暗，悶熱，「窒息」的塞維爾的夜來臨了。空氣裏發出「桂葉和檸檬的氣味。」在深沉的黑暗之中，監獄的鐵門突然開啓，大宗教裁判官親自持了火炬在手，慢吞吞地走進獄裏。他停在門前，長久地，（有一兩分鐘，）注視他的臉，後來輕輕兒挨近了前來，火炬放在棹上，對他說道：

「是你麼？是你麼？」——沒有取到回答，他迅快加上去說，——「你沉默着，不要回答。你能說出什麼話呢？我深知道你要說什麼話。你也沒有權利在你以前說過的話語上再加添什麼話，你爲什麼到這裏來妨礙我們？因爲你是來妨礙我們的，你自己也知道。你知道不知道，明天將發生什麼事情？我不知道你是誰，也不願意知道：眞的是你，或者祇是他的形貌，但是到了明天，我將加以裁判，把你在火堆上燒死，當作一個最凶惡的邪教徒，而今天吻你的脚的那些民衆，明天就要經我的手臂一揮，奔到你的火堆前面添煤。你知道不知道？是的，你也許知道這個，」——他在深刻的沉思裏加上這句話，眼光一刹那也不從他的囚人身上脫掉。

「我不十分明白，伊凡，這是什麼意思？」——一直在默默地聽着的阿萊莎微笑了。——「簡直就是無邊涯的幻想，或者是老人的什麼錯誤，一種不可能的 qui pro quo？

※」

「就算是最後的罷，」——伊凡笑了，——「假使現代的現實主義這樣把你慣壞，你不能消受一點理想化的東西，——你說是 qui pro quo, 就算是罷。這話是實在的，」——他又笑了，——「老人已經九十歲，他早就會固定在一個觀念上面發瘋。也許囚人的外貌使他喫驚。最後，也許祇是譫語。一個九十歲臨死前的幻影，又因爲他爲了昨天的火堆上燒死一百個邪教徒而感到性格的暴燥。管它是 qiu pro quo, 管它是無邊涯的理想，對於你我不是一樣的麼？事情祇是因爲老人需要表示自己的意見，爲了九十年而表示自己的意見，講出整個九十年沉默着的一切。」

「囚人也是沉默着麼？看着他，不說一句話嗎？」

「大概就是這樣，甚至在一切事情方面都是這樣，」——伊凡又笑了，——「老人自己對他說，他沒有權利在你以前說過的話語上再加什麼話。要知道，至少照我的意見看來，羅馬加特力教的最主要的特質就在於此：『一切既已由你傳給教皇，現在一切都在教皇的手掌上面，你現在完全不來也可以，至少暫時你不應該出來妨礙。』他們不但說出這種意義的話

※即誤會

•却還寫了下來•至少詭辯家是這樣的○這是我自己從他們的神學家的著作裏讀到的○「你有沒有權利給我們發現你所由來的世界裏的一個祕密？」——我的老人問他，自己就替他回答道：——「不•你沒有權利，你不能在你以前說過的話語上再加添什麼，你也不能奪去人們的自由，這自由是你在地上的時候那樣擁護着的○你重又發現的一切將侵犯人們信仰的自由，因為會像奇蹟似的出現•而他們信仰你的自由•還在那個時候，還在一千五百年以前，就比一切都珍貴○是不是你在那時候常說：「我願意使我們成為自由的」麼？但是你現在看到了這些「自由」的人們了，」——老人忽然補上去說•帶着沉鬱的訕笑○——「是的•這事情使我們化去極貴的代價，」——他繼續說，嚴厲地看着他•——「但是我們終于做完了這事情，為了你的名○十五世紀以來我們為了這自由受着痛苦，現在這已經完了，完得很結實○你不相信完得結實麼？你溫和地希望着我，甚至連憤怒也不賜給我麼？但是你要知道•現在，就是現在，這些人們比任何什麼時候也相信，他們完全自由，他們自己將他們的自由送給我們，馴順地將它放在我們的脚傍○但這是我們做的事情。你希望的是這個，是這樣的自由麼？」

「我又不明白了•」——阿萊莎打斷他的話，——「他是諷刺，嘲笑麼？」

「一點也不○他把克復了自由一事認為是他和他的人們的功績○」他又說，他們這樣做法，是爲了使人們有幸福。「因爲祇是到了現在，（他自然指的是宗教裁判制度時代，）纔可以初次想到人們的幸福。人造出來就是叛逆者；難道叛逆者能有幸福麼？已經有人警告你了，」——他對他說，——「你沒有缺少警告和指示，但是你不肯聽這警告，你不承認那條可以使人們有幸福的道路，但是幸而你臨走的時候，把這事情交託給我們。你答應，你用話語證實，你給予我們繫縛和解縛的權利，你自然已經不能再想現在從我們手裏奪去這個權利。你爲什麼跑來妨礙我們呀？」

「沒有缺乏警告和指示是什麼意思？」——阿萊莎問。

「但這是老人想說出來的話語的主要的部分。」

「一個可怕的，聰明的精靈，自我戕滅和無存在的精靈，」——老人繼續說，——「偉大的精靈在曠野裏同你說話，聖經裏告訴我們，他似乎把你「誘惑」了。對不對？能不能說出再比他在三個問題對你發現的一切眞實些的話，——而這一切是你不肯承認的，是聖經裏稱爲「誘惑」的？但是假使什麼時候地上實現了眞正的，偉大的奇蹟，那末就在那一天，就在三種誘惑的一天。奇蹟就在這三個問題的發現上面。假使可以設想，祇是爲了試驗和譬喻起見，那個可怕的神靈的三個問題無影無蹤地在聖經裏消失，必須予以恢復，重新想出來，編出來，以便再記到聖經裏面，爲此召集了地上一切聖者，——掌政權的人們，總牧師，學者，哲學家，詩人，給他們出了課題：試想出，編就三個問題，這三個問題不但必須適合事件的範圍，而且還可以用三句話，祇用三句人說的話語，表現世界和人類的本來歷史，——那末你是不是以爲地上一齊聯結的一切智慧可以想出在力量和深度方面和那位勇武聰明的神靈在曠野裏對你實際提出的三個問題相似的東西麼？單就這些問題來說，單就這些問題發現的奇蹟來說，便可明白，這與人類的，流行的智性無關，而涉及永恆的，絕對的智性。因爲人類將來的全部歷史就在這三個問題上聯成一個整的東西，而且預先說了出來，還在這上面發現了三個形象，凡是整個大地上一切無從解決的，歷史上的人性的矛盾都齊集在一起。那時候還不能這樣明瞭，因爲未來是不可知的，但是現在，過了十五世紀以後，我們看見一切在這三個問題上都猜料得，預言得十分詳盡，而且確切地實現了，所以增添或減少都是不必的了。

「你現在自己決定，誰是有理的：你呢？還是當時問你的人？你把第一個問題回憶一下：雖然不是原來的辭句，但意義是這樣的：「你想進入人世，光着手走去，帶着某種自由的誓約，而他們爲了平庸和天生的不諳禮節，不能理解這誓約，還對它生畏懼之心，——因爲在人類和人類的社會方面比自由難於忍耐的是沒有而且永遠不會有的！你看見這不毛的，燒炙的沙漠上的石頭麼？你如把那些石頭變成麵包，人類會像羊羣一般隨在你的後面走路，莊嚴而馴順，雖仍在永遠地戰慄，生怕你撤回你的手，你的麵包卽將停止。但是你不願意剝奪人類的自由，拒却了提議，因爲你這樣推論，假使馴順是用麵包買來的，那末有什麼自由可言呢？你反駁說，人類不單靠麵包生活，但是你要知道，大地的神會用了這麵包的名，對你背叛，同你交戰，戰勝你，大家全要隨他的後面走去，喊道：「誰和這野獸匹敵，他從天上給我們取來了火！」你要知道，再過了許多世紀，人類將用智慧和科學的嘴宣告沒有犯罪，便也沒有罪孽，而祇有飢餓的人羣。「先給食物，再問他們道德！」——在旗幟上將這樣寫着，這旗幟將豎起來反對你，用來摧壞你的廟宇。在你的廟宇的地基上將建築一所新的大廈，重新造起可怕的巴比倫的高塔，雖然這高塔沒有造齊，和以前的那座一樣，但是你總還可以避去這高塔，而使人們的痛苦縮短千年，——因爲他們爲這高塔吃苦了千年以後，會走到我們這裏來的！那時候他們會再尋找在地底下，陵寢裏面隱藏的我們，（因爲我們重又遭了驅逐和磨折，）一尋到後，便對我們苦喊：「給我們食物吃罷，因爲那些答應給我們天上的火的人們，並沒有給我們呀。」到那時候我們就可以造齊他們的高塔，因爲誰給了食物吃，誰就可以造齊，而給吃的祇有我們，用了你的名，我們撒謊說用了你的名。喔，他們沒有我們是永遠，永遠不能喂飽自己！任何的科學不會給予他們麵包，在他們還是自由的時候，然而結果是他們將把他們的自由送到我們的腳下，對我們說：「你們儘管奴役我們，但是必須給我們食物吃。」他們終于自己會明白，自由和大家的足食是兩樣不能聯想的東西，因爲他們是永遠，永遠也不會互助均分的！他們也將深信，他們永遠不能得到自由，因爲他們沒有力氣，沒有價值，沒有道德，他們是叛逆者。你答應給他們天上的麵包。但是我再重複一句，在軟弱的，永遠敗德的，永遠不正直的人類的種族的眼睛裏，它還能和地上的麵包相比麼？假使有幾千人，幾萬人隨你走去，爲了天上的麵包的名，那末幾百萬，和幾萬萬人，沒有力量爲了天上的麵包忽略地上的麵包的，便將怎樣呢？是不是惟有幾萬偉大而強有力的人們是你所珍重的，而其餘幾百萬人，林林總總，像海底的沙一般，軟弱的，愛你的，祇應該充當偉大和強有力的人們的材料？不，我們所珍重的是軟弱的人們。他們沒有道德，他們是叛逆者，但是到了後來他們會成爲馴順的人們。他們將對我們驚嘆，將視我們爲神，爲了我們做了他們的首領，允許將他們所懼怕的自由掃出去，並且統治着他們，——到後來他們覺得做自由的人是太可怕的了！但是我們可以說，我們服從你，我們的統治是爲了你的名。我們再欺騙他們，因爲我們已不放你走近我們的身邊。我們的苦痛就在這欺騙之中，因爲我們不能不說謊。這就是沙漠裏第一個問題的意義，這就是你爲了你認爲高於一切的自由的名而加以拒絕的。然而在這問題裏包含了這世界上的偉大的祕密。你在接受了『麵包』之後，就可以回答人類普遍的，永恆的煩惱，（對於個人的，和整個人類的，）——那就是『對何人崇拜』的問題○人們不絕地，而且苦惱地關心着的，是既成爲自由的人，如何快快地尋覓應該崇拜的人○但是人們尋覓着崇拜的是業已無可爭辯的一切，無可爭辯得使一切人會立即答應普遍地對它崇拜○因爲這些可憐的生物所關心的不僅在于尋覓我或另一個人應該崇拜的東西，而在尋覓那可以使大家信仰它，崇拜它，而且必須大家一齊信仰和崇拜的東西○這種一致崇拜的需要，就是每個人（對於個人，和從世紀起整個人類）所感到的最主要的苦痛○爲了普遍的崇拜，他們用刀劍互相戕害○他們創造上帝，互相挑戰：「棄去你們的上帝，過來崇拜我們的上帝，否則你們和你們的上帝將遭死亡！」一直到世界的末日也會這樣，甚至上帝在世界上消滅的時候也是這樣：一樣是會朝着偶像膜拜的○你已知道，你不能不知道人類天性的根本的祕密，但是你拒卻了對你提出的唯一的，絕對的旗幟，爲了使一切的人無爭辯地對你崇拜，——那一面地上的麵包的旗幟，且是爲了自由和天上的麵包的名而加以拒卻○你瞧，你以後做了什麼事情○總歸又是爲了自由的名！我對你說，人們關心得最苦痛的是尋找一個人，可以趕快把隨這不幸的生物以俱生的自由的才能交付給他○但是佔有人們的自由的祇有那個能安慰他們的良心的人○一面無可爭辯的旗幟可以隨麵包授給你：你能拿出麵包，人們會崇拜你，因爲麵包是絕對無可爭辯的東西，但是假使同時有人越過你而佔有他的良心，——那時候他甚至會抛棄你的麵包，追隨略誘他的良心的人○在這一點上你是對的○因爲人類存在的祕密並不僅祇在于生活，而在于爲什麼生活。對于爲什麼他生活着，自己沒有堅定的意念的時候，人是不允許生活，寧願戕害自身，不願留在世上，雖然他的周圍全是麵包。這是對的，但是結果怎樣呢？你並沒有佔據人們的自由，却給他們更加增添了自由！你忘記了，安靜，甚至死亡，對於人都比自由選擇善惡的認識還要珍貴些麼？對於人，良心的自由是再也沒有比它可誘惑的，却再也沒有比它痛苦的。你不去樹立堅固的基礎，一勞永逸地安慰人類的良心，却担任了不尋常的，不確定的，須預先猜測的一切，選了人們沒有力量做的事，你這樣做法，好像並不喜歡他們似的，——而這是誰呀？這竟是跑來把自己的生命貢獻給他們的人！你不佔據人們的自由，却反去增加它，使人們的精神的天國永遠添上痛苦的負擔。你希望人類自由的愛，自由地追隨在你的後面，受了你的誘惑和俘虜。代替了堅定的古代的律法，——人應該用自由的心預先自行決定，何者爲善，何者爲惡，祇用你的形象作爲自己的指導，——但是難道你沒有想一想，他終于會拋棄你的形象和你的眞實，甚至會斤斤置辯，假使像自由選擇那樣可怕的負擔使他感到壓迫的時候？他們終于將喊出眞實不在你的一邊，因爲像你這樣做法，給他們留下許多關心的事和無從解決的課題，使他們精神上感到騷亂和痛苦是不可能的。因此你自己就底定了摧毀自己的天國的基礎，不必再對任何人有所責備。而且對你提出來的究竟是什麼？有三種力量，地上的唯一的三種力量，可以永遠戰勝而且俘虜這些無力的叛逆者的良心，還是爲了他們自己的幸福，——這三種力量就是奇蹟，祕密和威信。你把這三者全都拒却了，你這樣做是自己開了先例。在可怕的，絕頂智慧的神魔把你放在廟宇的尖頂上面，對你說：『假使你願意知道，你是不是神的兒子，你可以跳下去，因爲聖書上說安琪兒們會把他托住，帶着飛走，因此不會落地摔死，你那時就可以知道你是不是上帝的兒子，證明你對於你的父的信仰是怎樣的。』但是你聽完以後，拒絕了提議，沒有上鈎，沒有跳下去。自然你這樣舉動是驕傲而且莊嚴，像上帝一樣，但是那些人們，但是那個軟弱，反抗的種族，——他們也是上帝麼？你當時明白，你祇要跨了一步，祇要作一個跳下去的姿勢，你就是觸犯了上帝，喪失對他的整個的信仰，落在你來救的地上，粉身碎骨，而引誘你的聰明的神靈便將拍手歡呼。但是我要重複一句，像你這樣的人多不多呢？你難道果眞能在一分鐘的時間內承認人們有力量擔當這樣的引誘麼？人類的天性是不是生來就爲了拒却奇蹟，而且在生命的可怕的時間內，發生了可怕的，基本的，苦痛的，精神的問題的時間內，還仍舊能作心的自由的解決麼？你知道你的苦行將保存在聖書裏，達到時間的深度和地上的最後的邊涯。你希望人類跟隨着你，將留在上帝身邊，並不需要奇蹟。然而你不知道，祇要人類一拒絕奇蹟，便立刻拒絕上帝，因爲人類尋找的不是上帝，而是奇蹟。因爲人類沒有奇蹟無法生活下去，所以自己造了新的奇蹟，自己的奇蹟，而崇拜巫術的奇蹟，女人的邪術，雖然他會做了一百次的叛徒，異教徒和無神派。你沒有從椅上下來，在人們對你取笑，嘲弄，對你喊叫：「你從椅上下來，我們會信仰就是你」的時候。你沒有下來，因為你還是不願意用奇蹟降服人，渴求自由的信仰，而非奇蹟的信仰。渴求自由的愛，而非囚人面對永遠使他吃驚的權力而發出的奴隸的歡欣。但是你對於人們作過高的判斷，因為他們雖然生出來就是叛徒，但自然仍是囚人。你向周圍看一看，再判斷一下。現在已經過了十五世紀，你去看一看他們：你把誰舉高到你的身邊？我敢賭誓，人類造成得比你所想的還要軟弱而且低賤！他能不能，能不能履行你所履行的事？你這樣恭敬他，同時你的行動，似乎停止憐憫他，因為你要求他太多了，——而這是誰？這竟是愛他甚于自己的人！你少去尊敬他，少向他要求，而這到與愛接近些，因為他的負擔輕些。他是軟弱而且低賤的。他現在到處反抗我們的權力，且以反叛自負。這有什麼關係？這是嬰孩和學生的驕傲。這等于小孩子們在課堂裏造反，轟趕教師。但是小孩們的歡欣將到了終結的時候，他們將給付很高的代價。他們將廟宇推倒，血濺大地。但是愚蠢的孩子們終于將猜到他們雖然是叛徒，却是軟弱無力，抵擋不住自己叛，逆的叛徒。他們流着愚蠢的眼淚，終于承認，那把他們造成為叛徒的人，無疑地，是想笑他們。他們將在絕望中說出這話，而他們所說出的話將成為褻瀆上帝，因此他們更將不幸些，因為人類的天性不能承受褻瀆上帝的事，到後來會永遠自行報復的。所以不安，騷亂和不幸是人們現在的命運，在你爲了他們的自由遭受了許多以後！你的偉大的預言家在寓言和幻想裏說，他看見第一次復活的全體參加者，每族各有一萬二千人。如果祇有這一些人，那末他們好像不是人，而成爲神了。他們背負了你的十字架，他們幾十年來在飢餓的，光禿的沙漠中熬苦，以蝗蟲和樹根爲食物，——你自然可以驕傲地指出這些自由，自由的愛，自由的，莊嚴的，爲了你的名而犧牲的孩子們來。但是你須記取：他們祇有數千人，而且全是神，然而其餘的人們呢？其餘的軟弱的人們，不能忍受強有力的一切的，有什麼錯呢？沒有力量容納這許多可怕的賜與的軟弱的靈魂，有什麼錯呢？難道你眞的祇是到被選的人們那裏來的，而且是爲了被選的人們而來的麼？既然這樣，這裏面藏有祕密，我們無從瞭解它。假使是祕密，我們便有權利宣講這祕密，並且教他們，重要的不是他們的心的自由的解決，也不是愛，而是他們應該盲從的祕密，甚至違背他們的良心盲從的。我們就是這樣做法。我們改正了你的業績，將它建築在奇蹟，祕密和權威的上面。人們很喜歡，因爲他們又像羊羣一般被人帶領着，從他們的心上卸除了十分可怕的賜與，給他們帶來了如許苦痛的賜與。我這樣教訓，這樣做，是對的，你說是不是？我們這樣平心靜氣地感到人類的軟弱無力，懷着愛情減輕他們的負擔，而且在我們的允許之下連罪惡也准這些軟弱的天性做一做。難道我們不是愛他們麼？爲什麼你現在來妨礙我們？爲什麼你默默地，帶着感情，用溫和的眼睛看望我？你生氣罷，我不需要你的愛，因爲我自己不愛你。我有什麼可以隱瞞的？我對你說的話，你已經全知道了，我從你的眼睛裏讀到的。我能把我的祕密瞞你麼？也許你祇是願意從我的嘴裏聽出這祕密來？那末你就聽着：我們不是同你，却是同他，這是我們的祕密。我們早就不同你，却同他在一起，已經有八世紀了。整整的八世紀以前，我們從他那裏取到了你憤然拒却的一切，取到了他把地上的天國指給你看，而對你提出的最後的賜與。我們從他那裏取到了羅馬和該撒的劍，祇宣布自己是地上的王，單一的王，雖然至今還沒有把我們的事情完全了結。但這是誰的錯呢？這事到現在爲止還祇在起始的時候，但是已經起始了。它的成就還須等待許多時候，大地還要受許多苦，但是我們將達到目的，做成了該撒，那時候便可想到全世界人類的幸福。然而你在那個時候就可以取起該撒的劍來。爲什麼你拒却了這最後的賜與？你接受了偉大的神靈的第三個勸告以後，你可以完成人類在地上所尋覓的一切，那就是：向誰崇拜？將良心交給誰？如何大家聯結成爲一個無爭辯的，公共的，和諧的蟻窩？——全世界聯結的需要是人們第三種，也是最後一種的苦痛。人類在整體上永遠趨向于組織不變的，全世界的國家。有許多偉大的民族帶着偉大的歷史，但是這些民族越高超，便越不幸，因爲他們對於人類，全世界聯結的需要比別的民族更感得強烈。偉大的侵略者，帖木兒和成吉斯汗，像狂飆般在地上飛過，努力征服全世界的土地，而他們所表示的，（雖然是無意識地，）也就是一樣的，人類對於全世界的，普遍的聯結的偉大的需要。你接受了世界和該撒的紫袍以後，可以創造全世界的國家，給予全世界的安謐。因為誰能佔有人類，不還是佔住了他們的良心，手裏握有他們的麵包的人麼？所以我們取了該撒的劍，取到以後，自然要拒卻你，跟他走了。喔，還要過許多世紀，猖獗着自由思想，他們的科學和人吃人的風俗，因為他們沒有我們，就起始建築巴比崙的高塔，結果是到了人吃人的地步，到了那個時候野獸會爬到我們面前，舐我們的腳，從眼裏洒出血淚。我們將坐在野獸身上，高舉酒杯，杯上寫着『祕密！』祇是到了那個時候，人們才臨到了安謐和幸福的天國。你為你的選民驕傲，但是你祇有選民，而我們則安慰大眾。還有，在這些選民裏，本可以成為選民的強有力的人們裏，有許多已經等得你累乏，把他們的精神的力量，心的熱忱轉移到另一個陣地去，結果是把他們的自由的旗幟高舉起來反對你了。然而是你自己舉起這旗幟來的。在我們這裏，大家將得到幸福，不會反叛，也不會互相殘害，而在你的自由裏，却到處都是這個情形。我們可以使他們相信，祇在為我們拒絕了自由，並且服從我們的時候，才能成為自由的人。我們究竟說得有理，或者是撒謊呢？他們自己會相信我們是有理的，因為他們記得，你的自由把他們領到如何可怕的奴隸和擾亂的境界上去。自由，自由的思想和科學，領他們到森林裏去，使他們面對着奇蹟和無從解決的祕密，因此有一些不馴服而蠻兇的人們將殘害自己，另一些不馴服，而力量軟弱的人們將互相殘害，還有一些剩餘的，力量薄弱的，不幸的人們將爬到我們的脚下，向我們哀號，『是的，你們是對的，你們佔有了他的祕密，我們現在回到你們這裏，從我們自己那裏救救我們呀！』他們取到了我們的麵包，自然明顯地看到，我們將他們的麵包，用他們的手弄到的麵包，從他們那裏取來，再分給他們並沒有任何的奇蹟；他們將看到我們沒有把石頭變成麵包，但是實際上他們的喜歡從我們手裏取到麵包，比對於麵包本身的喜歡還要甚些！因爲他們深深地記到，以前沒有我們的時候，他們弄到的麵包一到了他們的手裏便變成石頭，但是在他們回到我們這裏來的時候，石頭在他們的手裏會變成麵包。他們太明白，太明白，永遠服從具有什麼意義！在人們不了解這意義的時候，他們是不幸的。請問，誰在那裏助長這不了解？誰攪散羊羣，把牠們分散到熟諗的道路上去？然而羊羣將重行聚集，重行服從，而且是一成不變的了。那時候我們將給予他們靜謐的，柔順的幸福，軟弱的無力的生物的幸福，——他們造成來就是那樣軟弱無力的。我們將勸他們不要驕傲，因爲你把他們舉高，因此使他們學會了驕傲；我們將對他們證明，他們是軟弱的，他們祇是可憐的小孩子，但是小孩的幸福比一切的幸福甜蜜。他們會膽小起來，望着我們，偎緊在我們身邊，恐怖得像小鳥對着牝鷄。他們會對我們驚訝，懼怕，而且還爲了我們這樣强健，聰明，竟能鎮服住幾萬萬吵鬧的羊羣而生出驕傲之心。他們對於我們的震怒將發出軟弱的戰慄，他們的思想顯得畏葸，他們的眼睛容易流下淚來，像小孩和女人一般，但見在我們一揮手之間，他們很容易轉到快樂和歡笑，光明的喜悅和小孩子的幸福的歌唱上去。是的，我們可以強迫他們工作，但是在勞力閒空下來的時間內，我們給他們建造像小孩游戲一般的生活，有小孩的歌曲，合唱，天眞爛熳的跳舞。我們將允許他們犯罪，他們是軟弱無力的，他們將愛我們，像小孩一樣地愛，爲了我們許他們犯罪。我們將對他們說，一切的罪如果經了我們的允許而做的，是可以贖淸的，我們許他們犯罪，因爲我們愛他們，由我們自己來担承對於這些罪的刑罰。我們一担承了，他們將崇拜我們，當作在你面前替他們受過的恩人。他們沒有一點祕密瞞過我們。我們可以允許或禁止他們同他們的妻子和情婦在一處生活，有子女或沒有子女，——全看他們聽從的程度而定，——而他們會帶着快樂和喜悅服從我們。他們的良心最苦惱的祕密，——一切，一切，他們將送給我們，由我們加以解決。他們欣然相信我們的解決，因爲它能使他們脫卸極大的關心，和在親身和自由解決一切時現在所遭受的可怕的痛苦。大家全將有幸福，幾千萬萬的人們，除去幾萬統治他們的人們以外。將有幾千萬萬幸福的嬰孩，和幾萬受痛苦的人們，——他們自己担當下了對於善惡認識的詛咒。他們靜靜地消逝，爲了你的名，在棺材後面他們找到的惟有死亡。但是我們將保存祕密，爲了他們的幸福起見，用上天的，永恆的獎賞，召誘他們。在另一世界裏即使有些什麼，也不是爲像他們那樣的人預備的。人們說，而且寓言，你將來到這裏，重行戰勝，帶了選民們，驕傲的，强有力的人們同來，但是我們可以說，他們衹是救了自己，我們却救了大衆。又說，那個坐在野獸身上，手握『祕密』的娼妓將蒙恥辱，軟弱無力的人們將重行造反，撕碎她的紫袍，暴裸她的『可憎厭』的肉體。但是到了那時候，我將立起身來，把幾百萬萬不識罪孽的嬰孩指給你看。而爲了他們的幸福將他們的罪担承下來的我們將站在你的面前，說道：『裁判我們罷，假使你能，你敢。』你要知道我不怕你。你要知道，我也到過沙漠裏去，我也吃過蝗蟲和樹根，我也祝福過你用來祝福人們的自由。我也曾預備加入你的選民的行列，渴望『充數』的强有力的人們的行列。但是我醒悟了，不願爲瘋狂服務。我回來了，加進糾正你的業績的人們的隊伍裏來了。我離開了驕傲的人們，回到低卑的人們那裏，爲了低卑的人們的幸福。我對你所說的一切全會應驗，我們的國即將建立。我對你重複一句：明天你就可以看見這個馴順的羊羣，經了我的一揮手會全奔過來把滾熱的煤檢到你的火堆上面，我將在這上面把你燒死，因爲你跑來妨礙我們，因爲最應該受我們的火刑的，那就是你。明天我要燒死你Dixi』。

伊凡止住了。他說話的時候受了激動，說得十分興奮：說完以後，忽然微笑了。

阿萊莎一直默默地聽着他，後來發生了過度的騷動，屢次打算打斷哥哥話語，却顯然自行抑止着，忽然說起話來，好像從座位上掙脫了似的。

「但……但這是太離奇了！」——他漲紅了臉呼喊，——「你的史詩是對於耶穌的頌贊，並不是詛駡……你本來想這樣做的。關於自由的話，誰能信你呢？自由是不是應該，是不是應該這樣了解的？關於正教的見解是不是這樣的……這是羅馬，還不完全是羅馬，這是不眞實的，——這是加特力教裏的低劣的東西，宗教裁判官，耶穌會員……像你的宗教裁判官那樣理想的人物是絕對不會有的。担承下來的人們的罪是什麼？爲了人們的幸福担承下詛咒的祕密的掌握者是什麼意思？在什麼時候他們被發現的？耶穌會員我們是知道的，有人講他們的壞話，但是你的那些人是什麼東西？他們完全不是那末會事，完全不是……他們祇是爲設立未來的，全世界的地上的王國用的羅馬軍隊，以皇帝——羅馬大主教爲首領……這就是他們的理想，並沒有什麼祕密，和崇高的憂愁……祇是一種取得政權的願望，取得地上齷齪的利益，奴役他們的願望。……好比是未來的農奴制度，而他們就是地主……他們確是這樣的。也許他們不信仰上帝。你的受痛苦的宗教裁判官祇是一種理想罷了……」

「等着，等着，」——伊凡笑了，——「你眞性急。你說是理想，好罷！自然是理想。但是請問一下，難道你果眞以爲，最近幾世紀來加特力教的運動實際上全祇是單單爲了取得齷齪的利益而謀取政權的願望麼？是不是帕意西神甫這樣教你的？」

「不，不，相反地，帕意西神甫有一次甚至說過類乎你所說的……但自然不是那樣，完全不是那樣，」——阿萊莎忽然趕緊改過來。

「然而這自然是名貴的消息，雖然你說了，『完全不是那樣』的話。我問你，爲什麼你的耶穌會員和宗教裁判官們聯結在一起，祇是爲了物質的，低劣的利益？爲什麼他們中間不會生出一個受苦難的人，被偉大的憂愁磨折着，而且愛人類的？你看：假定說從所有這些單祇冀圖物質的，齷齪的利害的人們中間能找出一個人來，就是那怕像我的宗教裁判官那般的一個人，自己在沙漠中咀嚼樹根，發着瘋勁，以克服自己的肉體，使自身成爲自由和完全的人，而且一生愛着人類，忽然悟出，而且看到，達到意志力的完滿的境界並不是極大的道德上的幸福，假使同時深信其餘的幾千萬的上帝的生物祇是爲了嘲笑而造成着，他們永遠無力應付他們的自由，從可憐的叛徒中間永遠不會產生修成高塔的偉人，而偉大的理想家並非爲了這類的獵幻想關於和諧的問題。他悟解了這一切以後，就回來，加進……聰明的人們裏去了。難道這不能發生麼？」

「加進到什麼人裏，那種聰明的人裏？」——阿萊莎差不多狂熱的喊着，——「他們沒有一點思想，沒有一點祕密……單單是無神，這是他們的全部的祕密。你的宗教裁判官不信仰上帝，這就是他的祕密！」

「就是這樣罷！你到底猜到了。確乎是這樣，內中的祕密確乎就是如此，但是對於即使像他這樣的人，一輩子虛度在沙漠裏的苦行上，而到底沒有治好對於人類的愛的人，難道這不是痛苦麼？他在暮年時，明晰地信仰，惟有偉大的可怕的神靈的勸告能够使軟弱無力的叛徒，「為了嘲笑而造成的未成熟的試驗的生物，」建立稍稍地可忍耐下去的生活。他得到這信仰以後，看出應該遵照聰明的神靈，死亡與毀滅的可怕的神靈的指示走去，因此應該接受虛謊和欺騙，有意識地領導人民到死亡和毀滅的路上，而且在整個路程上欺騙他們，使他們不注意他們被引導到何處去，使這些可憐的盲人們即使在旅途中承認他們是有幸福的人。你要注意，這欺騙是用了他的名，他的理想是老人一輩子這般熱烈地信仰着的！難道這不是不幸麼？即使祇有一個這樣的人發現在「單為祇了齷齪的利益而渴求權力」的一羣軍隊的首腦部裏，——那末難道這一個人就不够發生悲劇麼？不但如此，祇要有一個這樣的做首腦的人，就可以找出全部羅馬的事業（連同它的軍隊和耶穌會員）的主要理想，這事業的最高理想。我對你直說，我深信，在站在運動的首腦的人們中間這個單獨的人是永遠不會缺少的。誰知道，也許在羅馬的教王中間也會產生這類單獨的人。誰知道，也許這可詛咒的老人，那樣頑固地，那樣特別地愛着人類的，現在也在許多這類單獨的老人們的行列中間存在着，而且並不是偶然存在，却早已成立了一種協約，一種祕密的結社，以保持祕密，不使不幸的，軟弱無力的人們知道，用意是使人們成爲有幸福的，這一定是如此，應該是如此。我覺得，甚至互助團（Masons）的基礎上也有和這類祕密相近的東西，所以加特力教派恨互助團，看出他們是競爭者，分散觀念的一致，因爲羊羣應該是單一的，牧者也應該祇有一個人……我擁護我的思想，我是一個不能容你的批評的作者。現在够了。」

「你也許自己就是互助團員！」——阿萊莎忽然脫口說出。——「你不信上帝，」——他補上一句，却已帶着過度的憂鬱的神情。

他覺得哥哥嘲笑地望着他。

「你的史詩有什麼結果？」——他忽然問，朝地上看，——「莫非它已經完了麼？」

「我想把它這樣結束：宗教裁判官沉默了，一時等待囚人的回答。他的沉默使他感到痛苦。他看見囚人一直聽他的話，懷着深刻的感情，靜悄悄地釘看他的眼睛，顯然不願意反駁。老人希望他對他說什麼話，哪怕是悲苦的，可怕的話。但是他忽然默默地走近老人身邊，靜悄悄的吻他的失血的，九十歲的嘴。這就是全部的回答。老人抖索了一下。他的唇端上微微地動了一下；他走到門前，開了門，對他說：你去罷，不要再來……完全不要來……永遠也不，永遠也不！便把他放到「城市的黑暗的行人道上。」囚人於是走了。」

「老人呢？」

「吻在他的心上燃燒，但是老人仍舊保持着以前的理想。」

「你也同他在一起麼？你也是麼？」——阿萊莎悲苦地喊。

伊凡笑了。

「這是隨便亂說的，阿萊莎，這祇是一個愚蠢的學生愚蠢的史詩，……——他永遠沒有寫過兩句詩。爲什麼你看得這樣正經？你是不是心想，我現在一直要到那裏去，到耶穌會員那裏去，加入糾正他的業績的隊裏去麼？天呀，這於我有什麼相干？我對你說過：我祇要熬到三十歲，到了那個時候酒杯往地上一扔！」

「但是膠黏的樹葉呢？貴重的墳墓呢？蔚藍的天呢？心愛的女人呢？你將怎樣生活？怎樣愛她們呢？」——阿萊莎悲哀地喊，——「胸脯裏腦筋裏帶着這樣的地獄，那怎麼可以呢？不，你一定是去加入他們的行列裏。……假使不去，你將自殺，你受不住的！」

「有一種力量足以忍受一切的！」——伊凡帶着冷冷的嘲笑說。

「什麼力量？」

「卡拉馬助夫的力量……卡拉馬助夫的低卑的行爲的力量。」

「這是不是「一切都可以允許？」一切都可以允許，是不是？」

伊凡皺眉，臉上忽然奇怪地發出慘白。

「你這是捉住了昨天米烏騷夫聽到了十分生氣的一句話。……就是特米脫里哥哥那樣幼稚地跳起身來說出的那句話，是不是？」——他做出歪曲的冷笑。——『是的，「一切都可以允許，」既然這句話已經說了出來。我不反對。米卡的文字原來是不錯的。」

阿萊莎默默地看着他。

「我臨走的時候，心想全世界上我總算還有你這人，」——伊凡忽然帶着突如其來的情感說，——「現在我看我在你的心上，沒有地位，我的親愛的修行僧。我決不否認「一切都可以允許」的原則。你是不是爲了這個將和我决絕？」

阿萊莎立起來，走到他面前，默默地，靜靜地吻他的嘴唇。

「文學的偷竊！」伊凡喊，忽然轉爲歡欣。——「這是你從我的史詩裏偷來的！謝謝你。起身罷，阿萊莎，我們走罷，我該走，你也該走了。」

他們走了出去，但是在酒店的臺階上止步。

「還有一句話，阿萊莎，」——伊凡用堅决的聲音說，——「假使我果眞還有力量顧到膠黏的樹葉，我一憶到你，就會愛起來的。祇要你還在什麼地方活着，這對於我已經是够，我還不至于不想活下去的。這對於你足够麼？如果你願意，把這當作表示愛情也可以。現在你往右，我往左，——够了，聽見沒有？够了，那就是說假使我明天不走，（大概一定走的，）我們還可以相見，那時候你不必同我再提起這個問題。這是我的堅決的請求。關於特米脫里的事，我特別請求你，甚至再也不必同我講起來，」——他忽然惹惱地補上這句話，——「一切都研究盡了，一切都說完了，是不是？我的那方面，也要給你約定好了：到了三十歲，假使我想「把酒杯扔到地上，」那末無論你在什麼地方，我必再跑來同你細談一次……那怕甚至是從美洲也要來的，這是你要知道的。我要特地跑來。到那時候看看你成為一個怎樣的人，是很有趣的。但是隆重的約言已經够了。我們也許眞的會離別七年，甚至十年。晤，現在到你的 Pater Seraphicus 那裏去罷。他快要死了。也許你不在身傍，他就死去；我留你，你會生我的氣的。再見罷，再吻我一次，這樣子，快去罷……」

伊凡忽然轉身獨自走了，連頭也不回。好像是特米脫里哥哥昨天離開阿萊莎的情形一樣，雖然昨天是完全另一會事。在阿萊莎的悲鬱的腦筋裏，這時候悲鬱，淒楚的腦筋裏，這個奇特的念頭像箭似的閃過。他等了一會，目送着兄長。不知為什麼原因忽然注意到，伊凡哥哥走路好像是搖搖擺擺的，他的右肩，假使從後面看望，似乎比左肩低些。以前他從來沒有注意到這樣子。但是忽然他也轉過身子，差不多向修道院方面奔跑起來。天色黑得利害，他幾

※中古時教會神甫的別稱。

乎感到害怕：一種新的，他不能加以回答的念頭在他的心裏堆高起來。風又像昨天一樣的揚起，風和長生的松樹在他的周圍陰沉地發響，在他走進庵舍前的小林的時候。他差不多奔跑着。"Pater Sera Phicus"——這名詞從那裏引來的，——從他裏來的？——阿萊莎的腦筋閃進這念頭。伊凡，可憐的伊凡，我現在什麼時候可以看到你呢？……庵舍到了，天呀！是的，是的，還是 Pater Sera Phicus 他救我……從他那裏，而且是永遠的！

他以後一生中許多次懷着極大的疑惑，憶起他和伊凡分手之後，怎麼會忽然忘記了特米脫里哥哥，而他在幾小時以前曾決定無論如何要找到他，不找到不罷休，甚至當夜不回到修道院裏去也不管。

第六章　暫時還不清楚的一章

伊凡·費道洛維奇和阿萊莎分手以後，回到費道爾·伯夫洛維奇的家裏去了。但是事情很奇怪，忽然有按捺不住的煩惱侵襲到他的身上，而且越多走一步，越近家門，便越加增長。奇怪不在煩惱上面，而在伊凡·費道洛維奇始終不能決定煩惱些什麼。他以前也時常發生煩惱，而在這時候它來到了，本也不見得希奇，因爲他明天就要和吸引他到這裏的一切突然斷絕，重又準備折轉到一傍，走上新的，完全不熟諗的道路，重又完全成爲孤獨的人，和以前一樣，有許多希望，而不知希望什麼，對於人生有許多，許多的期待，而無論在期待中，或甚至在願望中，都不會自行有所决定。雖然他的心靈裏確乎有新的，不熟諗的煩惱，到底在這時候磨折着他的是另外的東西。是不是對于父親的家的厭惡？——他自己尋思，——好像我竟厭惡到這種地步，雖然今天是最末一次跨進這齷齪的門限，却到底還是感到厭惡……」不，這也不對。是不是爲了和阿萊莎離別，還有剛纔和他講的一番話：「我有多少年同全世界沉默着，不屑開口說話，忽然說出了一大套絮叨的話。」實際上，這也許是由于年輕的無經驗和年輕的虛榮心而來的一種年輕的遺憾，爲了不善于發抒自己的意見而遺憾，而且還是對着像阿萊莎那樣的人，在他的心裏對於他（阿萊莎）無疑地存着極大的計算。自然這也是有的，那就是指着這個遺憾，甚至一定應該是有的，但是這到底還不對，到底還不對。「煩惱到作嘔的地步，却無從決定我要什麼東西。最好不去思想，……」

伊凡·費道洛維奇嘗試着「不去思想，」但是沒有什麼補助。主要的是這煩惱可恨到，刺激到那種地步，好像它具有一種偶然的，完全外表的形狀；還是感覺得出來的。有一個生物或物件在什麼地方站立着，凸出着，有時好像有什麼東西在眼睛前面凸出着，在做事或作熱鬧談話時許久不注意到他，然而顯然你在受着什麼刺激，差不多惱怒着，後來才猜到把無用的物件移開，時常是很無聊而且可笑的東西，一件沒有放在原地方的東西，例如落在地板上的手帕，沒有放到架上的書籍等等。伊凡·費道洛維奇終于在最惡劣的，最惹惱的心神狀態內走到了父親的家，忽然在離開園內大概有十五步遠的地方，向大門一望，一下子猜到了使他煩惱和驚惶的是什麼。

僕人司米爾加可夫坐在大門傍長椅上，呼吸黃昏的涼爽的空氣。伊凡·費道洛維奇見他一眼就明白在他的心靈裏坐着的是僕人司米爾加可夫，而就是這個人是他的心靈不能忍受的。一切忽然得了悟解；一切明顯了。剛纔，還在阿萊莎敍講他和司米爾加可夫相遇的情形以後，就有一點陰鬱和嫌惡的東西射進他的心裏，立刻引起了恨惡的反響。以後談話的時候，司米爾加可夫暫時被忘却，但還留在他的心靈裏面。伊凡・費道洛維奇剛剛和阿萊莎分手，那個被忘却了的感觸立即迅快地露到外面。難道這個低賤的混蛋會這樣使我不安麼？」——他帶着按捺不住的惡意想着。

事情是因爲伊凡・費道洛維奇近來實在是很不愛這人，尤其是在最後的幾天內。他甚至起始自己覺出這種幾乎增長不已的對這人的仇恨。也許，仇恨的進程所以那樣尖銳化，因爲在伊凡・費道洛維奇剛來到這裏的時候，起初是發生着另外的情形。那時候伊凡・費道洛維奇對於司米爾加可夫發生一種特別的，突如其來的同情，甚至認他爲很怪趣的人。他自己使司米爾加可夫習慣和他談話，永遠對於他的無理解，或者最好說是理想上的慌擾深致驚訝，不明白有什麼東西能時常而且固執地使「這個瞑想者」不安。他們還談到哲學問題，甚至講，爲什麼光明在第一天發生，而太陽，月亮和星星：祇在第四天上才出現，應該怎樣去瞭解；但是伊凡・費道洛維奇很快就相信，事情並不在于太陽，月亮和星星，太陽，月亮和星星雖然是有趣的東西，但對於司米爾加可夫是次要的問題，他需要的是完全另外的東西。不管怎樣，總而言之，他起始表示，而且暴露一種無邊涯的自尊心，而且是被侮辱了的自尊心。伊凡・費道洛維奇對於這個很不喜歡。就從這裏起始了他的嫌惡。以後家裏出了亂子，發現了格魯申卡，發現了關於特米脫里哥哥的事情，因之來了許多麻煩的事情，——他們也談到，但是雖然司米爾加可夫談起來時雖然永遠帶着極大的騷亂，却始終不能弄明白他自己要些什麼。他的願望有時不由地透露出來，永遠是不清楚的，那種不合邏輯和漫無秩序眞可以使人驚訝。司米爾加可夫永遠盤問着，發出一些間接的，顯然誠心想出來的問題，但是爲了什麼——他並不加以解釋，而且時常在盤問得最熱鬧的時間忽然沉默下來，或者完全換了另一個題目。主要的，使伊凡・費道洛維奇根本發生惹惱，而且深種厭惡之心的是司米爾加可夫起始對他表現一種討厭的，特別的親膩的態度，而且越來越利害。他並沒有使自己露出不禮貌的樣子，相反地，他永遠十分恭謹地說話，但是事情安排得好像司米爾加可夫不知爲什麼原因，顯然在認自己是和伊凡・費道洛維奇有點同謀，說話的口氣永遠好像他們兩人中間有一點約定好的，似乎祕密的事情，曾經兩方面說開過，祇有他們兩人知道，而那些在他們身傍騷動着的生物甚至是無從了解的。但是伊凡・費道洛維奇到底許久不明白他的日見增長的嫌惡的眞正原因，祇是到了最近才猜到是什麼原因。現在，他懷着嫌髒的，惹惱的感覺，打算默默地不看司米爾加可夫一眼，就走進園門裏去，然而司米爾加可夫從長椅上立起，單從他立起來的姿勢上，伊凡・費道洛維奇一下子就猜到他想同他作特別的談話。伊凡・費道洛維奇看了他一眼，便止了步，但是他的突然止步，並不逕直走過，像在一分鐘前打算做的樣子，這一事實使他自己氣惱到抖慄的地步。他憤怒而且嫌惡地望着司米爾加可夫太監般的，削瘦的面貌，用木梳理齊的鬢毛和蜷起的矮小的髮叢，他的微微眯眯的左眼閃來閃去，發着嘲笑，好像說：「為什麼你走着，走着，不走進去，顯然我們兩個聰明的人有話敎呢。」伊凡．費道洛維奇抖索了一下。

「滾開，混蛋，我同你是一黨麼，傻子！」——他的舌頭上想飛出這些話來，但是使他十分驚訝的是舌頭上飛下來了完全另一種的話；

「父親睡覺，或是醒了？」——他馴順地，輕聲地說，自己也覺得突如其來，忽然也是完全突如其來地，竟坐到長椅上去了。一剎那的時候，他幾乎覺得駭怕，他以後憶起來司米爾加可夫站在他對面，手叉在背後，帶着自信力，幾乎嚴厲地望着他。

「還睡着呢，」——他不慌不忙地說。（「是你自己首先說起話來的，不是我。」）我奇怪你，先生，」——他在沉默了一會以後，補充了這句話，似乎裝腔作勢地垂下眼皮，右脚升向前面，把漆皮鞋的尖頭戲弄。

「你奇怪我做什麼？」——伊凡．費道洛維奇急遽而且嚴厲地說，用全力壓止自己，忽然嫌惡地明白，他感到了強烈的好奇，無論如何在沒有得到滿足的時候他是不會離開這裏的。

「為什麼您不到切爾馬士娜去？」——司米爾加可夫忽然抬起眼睛，親昵地微笑了。

「我爲什麼微笑，你應該自己知道，既然你是一個聰明人，」——他的䀹眯的左眼似在說話。

「爲什麼我要到切爾馬士娜去？」——伊凡・費道洛維奇驚訝了。

司米爾加可夫又沉默了。

「費道爾・伯夫洛維奇甚至親自求過你的，」——他終于說，不慌不忙的樣子，似乎自己也不重視自己的回答：意思是用次要的理由來搪塞一下，祇是爲了有什麼話可說。

「鬼，你說得淸楚些，你需要的是什麼？」——伊凡・費道洛維奇終于惱怒地喊出來，從馴順轉到粗暴。

司米爾加可夫把右脚擱在左脚上面，身體挺得直些，繼續用同樣鎭靜的態度，和同樣的微笑，看着伊凡。

「沒有什麼實在的……祇是談談而已……」又臨到了沉默。幾乎沉默了一分鐘。伊凡・費道洛維奇知道他應立刻立起來，發怒，但是司米爾加可夫站在他面前，彷彿等待着：「我要看你生氣不生氣。」至少是伊凡・費道洛維奇這樣想。他終于搖了搖身子，準備立起來。司米爾加可夫似乎捉住了這一刹那。

「我的地位眞可怕，伊凡・費道洛維奇，我甚至不知道怎樣幫助自己，」——他忽然堅定而且明晰地說，在說到最後的一句話時嘆了一口氣。伊凡・費道洛維奇立刻重又坐了下來。

「兩人完全瘋了，兩人都到了極小的嬰孩的地步，」——司米爾加可夫繼續說，——「我指的是您的父親和您的老兄特米脫里・費道洛維奇。現在費道爾・伯夫洛維奇起身以後，立刻就要一分鐘也不歇地纏住我，『她怎樣沒有來？爲什麼她不來？』——就這樣一直到半夜，甚至過了半夜還是這樣。假使阿格拉菲納・阿歷山大洛夫納不來，（因爲她也許完全不打算來，）那末明天早晨又會追着我問：『她何以不來？她爲什麼不來？她什麼時候來呢？』——好像我在他面前犯了什麼錯處似的。另一方面，又來了一套，祇要天剛一黑，甚至沒有黑以前，您的老兄手裏握着槍，在隣舍那裏出現，說道：『你聽着，你那壞蛋，煮湯的廚子：你祇要敢看見她來了，不告訴我，——我就首先把你殺死。』過了一夜，費道爾・伯夫洛維奇又起始磨折我：『她爲什麼不來，快來不快來？』——好像那位女太太不肯來，是我的錯處似的。每天，每分鐘，他們兩人越來越生氣得利害，有時我心想眞要害怕得自殺。我眞是對於他們沒有辦法。」

「你爲什麼參加到這裏面？爲什麼你替特米脫里・費道洛維奇做偵探？」——伊凡・費道洛維奇惹惱地說。

「我怎麼能不加進去？我也並沒有加進去，假使您願意知道完全確實的情形。我從起頭就沉默着不敢反駁，他自已派我做他的僕役，——做他的李却德。從那時候起祇說着一句話：「我要殺死你這混蛋，假使你放了過去！」我覺得，明天我一定會發作長長的癲癇。」

「什麼長長的癲癇？」

「一種長時的昏厥，極長時的。幾小時，也許延續一兩天。有一次我發作了三天，那時是從擱樓上掉下來。抽瘋停止了，以後又起始；我有三天不能回轉神智。當時費道爾·伯夫洛維奇延請了這裏的醫生格爾城司闊勃來家，把冰放在我的頭上，還使用了另一個方法……我幾乎死去。」

「不過聽說昏厥病不能預先知道，什麼時候發作。你怎麼說明天發作呢？」——伊凡·費道洛維奇帶着特別的，惹惱的好奇心詢問。

「這真是不能預先知道的。」

「而且你當時是從擱樓上掉下來的。」

「我每天爬到擱樓上去，明天也許會從擱樓上掉下。不是從擱樓上掉下，便是落進地窖裏去，我也是每天有事情，必須到地窖裏去。」

伊凡·費道洛維奇看了他許多時候。

「我看，你在那裏說胡話，我有點不明白你。」——他似乎帶着威嚇，輕聲說：「你是不是想從明天起發三天的昏厥病？啊？」

司米爾加可夫目視地上，又戲弄右脚的鞋尖，隨後把右脚放在地上，換了一隻左脚，朝前面翹起，舉起頭來，冷笑了一聲，說道：

「假使我甚至能够做出這一手來，那就是說假裝，因爲有經驗的人是完全不難做的，那末我自有權利使用這個方法，來救我的性命，因爲我既然有了病，躺下來，即使阿格拉菲納·阿歷山大洛夫納跑到您的父親那裏去，他就不會問病人：「你爲什麼不報告？」他自己會感到慚愧的。」

「鬼！」——伊凡·費道洛維奇忽然發怒，臉由於恨惡變得彎曲了。——「你爲什麼儘替你的性命擔憂！特米脫里哥哥這些威嚇祇是生着氣所說的話，說到也就完了。他不會殺死你；就是殺，也不會殺死你的！」

「他會殺死的，像弄死一隻蒼蠅一樣，而且首先把我殺死。我最怕的還有一樁：生怕在他對他的父親做出荒誕的案子的時候，人家把我當作和他同謀。」

「爲什麼人家會把你當作同謀者呢？」

「因爲我把秘密的記號告訴了他。人家會把我當作同謀的。」

「什麼記號？告訴了誰？鬼頭，你說得清切些！」

「我應該完全承認，」——司米爾加可夫用敎書者般的鎭靜態度緩緩地說，——「我同費道爾．伯夫洛維奇發生了一個祕密。您自己也知道，（假使您能知道，）我已經有好幾天，一到夜裏，甚至是晚上，就立刻從裏面鎖了起來！您最近每天很早就上樓去，昨天竟完全沒有下來，所以也許您不知道，他現在起始在夜裏嚴緊地鎖起來。假使格里郭里．瓦西里也維奇進來，他在聽到了他的口音以後，才能給他開門。但是格里郭里．瓦西里也維奇是不來的，現在祇有我一個人侍候他，——所以就從想到阿格拉非納．阿歷山大洛夫納的時候起，就自己開始規定了這個辦法。他現在吩咐我夜裏離開他，睡在邊屋裏去，却不許我在十二點鐘前睡下，叫我看守着，在院子裏巡行，等待阿格拉非納．阿歷山大洛夫納進來，因爲他已經等了他好幾天，好像發狂了似的。他這樣打算着：她怕他，那就是特米脫里．費道洛維奇（他喚他米卡，）所以惟有深夜裏偷偷到我這裏來。他說，你應守候她到半夜爲止。她一來，你就跑到門前，叩門，或者叩花園裏的窗，先用手叩輕輕的兩下，這樣子：一，二。以後立刻快快地來三下：一，二，三。我立刻就明白她來了，便輕輕的給你開門。他還告訴我另一種記號，預備發生緊急的事情的時候用的：先快快地叩二下：一，二；等一會，再很結實地叩一下。他就明白發生一點突如其來的事情，我必須要見他，他就會給我開門，我再走進去報告。譬如說，阿格拉菲納・阿歷山大洛夫納也許自己不來，派人來通知一個消息，還有，特米脫里・費道洛維奇也許也要來，那末應該報告他，說他已到了近處。他很怕特米脫里・費道洛維奇，所以即使阿格拉菲納・阿歷山大洛夫納來了以後，他和她兩人鎖在裏面，如果特米脫里・費道洛維奇在近處發現，我應該立刻報告給他聽，叩門三次。所以第一個記號，叩五下，意思是：「阿格拉菲納・阿歷山大洛夫納來了；」第二個記號，叩三下，——「有急須報告的事情。」他曾許多次自己做樣子教我，給我解釋。因為全世界上惟有我和他兩人知道這種記號，所以會毫不猶豫，而且不叫應一聲，（他是很怕出聲叫應的，）就開門的。這些記號現在特米脫里・費道洛維奇全知道了。」

「為什麼知道了？是你轉告的麼？你怎麼竟敢轉告出來？」

「就是為了恐怖。我怎麼敢在他面前閉嘴呢？特米脫里・費道洛維奇每天直說：『你騙我，你有什麼事情瞞着我。我要砍斷你的兩腿！』我祇好把最祕密的記號告訴他，讓他至少看出我的奴性的崇拜，因此證明我並不騙他，卻竭力向他報告一切。」

「假使你以為他要利用這些記號，走進屋內，你不要放他進來。」

「假使曉得他那樣兇狠，還敢不放他進來，但是我如果當時發了昏厥病，躺在那裏，叫我怎麼不放他進來呢？」

「鬼拿的！爲什麼你這樣相信會發昏厥病呢？鬼拿的！你是不是和我取笑？」

「我怎麼敢取笑您？在這樣恐怖的時候，還能顧到笑麼？我預感到必將犯發昏厥病，我有這樣的預感祇是由于恐怖而來的。」

「鬼！即使你躺下來，格里郭里會看守的。你可以預先警告格里郭里一聲，他決不會放他進去的。」

「我沒有老爺的命令決不敢把記號告訴格里郭里．瓦西里也維奇。至於格里郭里．瓦西里也維奇聽他來到，不放他進去一層，恰巧他昨天起就病了。瑪爾法．伊格納奇也夫納打算明天給他治病。剛纔他們就約定了。她的治法是有意思的：瑪爾法．伊格納奇也夫納有一種濃冽的酒，當時放進一種藥草浸泡着，這是一種祕方。她就用這祕密的藥每年給格里郭里．瓦西里也維奇治療三次，每逢他的腰部不能動彈，好像半身不遂的樣子，每年總要犯三次。她就取一塊手巾，用藥酒浸濕，擦他的背部，擦半點鐘，擦得很乾，甚至完全紅腫起來，隨後把瓶內所剩下來的給他喝下，還說了幾句禱詞。但是她不讓他完全喝盡，因爲她利用這稀有的機會，給自己留下了一小部分，也喝了下去。他們兩人，我對您說，本來是不會喝酒的，所以當時就倒下來，沉沉的睡熟，睡得很久。等到格里郭里．瓦西里也維奇一醒，差不多永遠恢復了健康；但是瑪爾法．伊格納奇也夫納醒後，永遠頭痛。假使明天瑪爾法．伊格納奇也夫納履行了這個辦法，那末他們不見得就能聽見，也不能阻止特米脫里・費道洛維奇進來了。他們正在睡覺。」

『眞是胡說八道！一切好像故意湊在一起似的：你犯昏厥病，他們兩人失了知覺！』——伊凡・費道洛維奇喊：——『是不是你自己打算安排得這樣湊巧的？』——他忽然脫口說出來，威嚴地皺緊眉頭。

『我怎麼能這樣安排？……有什麼用意，這樣去安排？一切事情全繫在特米脫里・費道洛維奇一個人身上，出於他一個人的意思……他想幹，就會幹的。不是我故意領他來，推他到他的父親那裏去的。』

『他何必還要到父親那裏去，還要輕輕兒前去，既然你自己說，阿格拉菲納・阿歷山大洛夫納完全不會來的，』——伊凡・費道洛維奇繼續說，心裏恨怒得臉色發出慘白，——『你自己也說過，而且我住在這裏，也深信老人祇是在那裏發幻想，那女人是決不會到他這裏來的。既然她不來，特米脫里還要闖到老人這裏來做什麼？你說罷！我願意知道你的意思。』

『您自己知道他到這裏來做什麼事，爲什麼要加上我的意思？他到這裏來，單是爲了恨惡，要不就是爲了疑心。譬如說如果我生了病，他便要起疑心，不耐煩地跑進各屋裏來尋我，像昨天的樣子；她會不會來他沒有發覺，偷偷兒進來。他也深知道費道爾・伯夫洛維奇預備下一隻大信封，裏面封好三千盧布，打了三個火漆印，用絲帶繫住，上面親筆寫着：「如願親來，當以此獻與我的安琪兒格魯申卡，」——過了三天以後，又添上幾個字：「獻與小鷄。」這些都是可疑的地方。」

「胡說，」——伊凡・費道洛維奇幾乎瘋狂似的喊着。——「特米脫里決不會來搶錢，更不會爲了這殺死父親。他昨天爲了格魯申卡也許會把他殺死，因爲他已成爲一個瘋狂的，狠惡的傻瓜，但是決不做搶刼的事情！」

「他現在十分需要銀錢，需要得太急切了，伊凡・費道洛維奇。您簡直不知道他是如何的需要，」——司米爾加可夫十分安靜，而且帶着非常明白的口氣解釋着，——「况且他把這三千盧布認爲好像是自己的錢，他曾自己對我說過。就是說：「父親還欠我整整三千。」現在，有一點很明白的事實放在這裏，伊凡・費道洛維奇，請您判斷一下：阿格拉菲納・阿歷山大洛夫納如果願意，一定可以使他，就是老爺，就是費道爾・伯夫洛維奇，和她結婚，祇要她自己願意，一定可以成的，——而且也許她會願意的。我說她不來，祇是說說罷了。她也許很願意來，因爲她一直可以做這裏的女主人。我親身知道，她的那位商人薩姆騷諾夫曾對她公開地說，這事是很不壞的，兩人當時都笑了。她自己也決不是很笨的人。她決不會嫁給像特米脫里・費道洛維奇那樣的窮光蛋。現在把這事實全放在一起，伊凡・費道洛維奇，請你自己判斷一下，到了那個時候，在父親故世以後，不但特米脫里・費道洛維奇，連您和您的弟弟阿萊克謝意・費道洛維奇，會一個盧布也得不到，因爲阿格拉菲納・阿歷山大洛夫納旣然肯嫁給他，就要把全部的財產都改了她自己的名義，寫在她的名下。現在呢，祇要你們的父親一死，還不要緊，你們每人可以立刻分到整整的四萬塊錢，甚至他最恨的特米脫里・費道洛維奇也可以得到，因爲他的遺囑還沒有寫下來……這些全是特米脫里・費道洛維奇知道得很清楚的。……」

伊凡・費道洛維奇的臉上似乎有什麼彎曲，而且抖索了一下。他忽然臉紅了。

「那末你爲什麼，」——他忽然打斷了司米爾加可夫的話語，——「在有了這一些情形以後，又勸我到切爾馬士娜去？你這話說得有什麼意思？我一走，你們這裏會發生這類的事情的。」伊凡・費道洛維奇艱難地透着呼吸。

「完全對的，」——司米爾加可夫帶着明白理性的態度，輕聲地說，目不轉睛地望着伊凡・費道洛維奇。

「怎麼是完全對的？」——伊凡・費道洛維奇反問，努力壓制自己，威嚴地閃着眼睛。

「我說這話是爲了憐惜您。如果我處在您的地位上，我立刻拋棄一切……何必在這種情形之下停留着……」司米爾加可夫回答，帶着極公開的神色，望着伊凡·費道洛維奇閃爍的眼睛。兩人都沉默了。

「你好像是大傻瓜，自然也是……可怕的惡徒！」——伊凡·費道洛維奇突然從長椅上立起來。立刻就想走進園門，却忽然止住步，回身對着司米爾加可夫。發生了一點奇怪的事情：伊凡·費道洛維奇突然地，有點像抽瘋似的，握緊拳頭，——還等一剎那，自然就要奔到司米爾加可夫身上去。司米爾加可夫至少覺察了出來，抖索了一下，全身往後抽退。但是那一剎那對於司米爾加可夫順利地過去了，於是伊凡·費道洛維奇默默地，却好像帶着一點疑惑似的，轉身到園門的方向上去。

「我明天到莫斯科去，你應該知道，——明天清早就去，——就是這個樣子！」——他懷着狠毒，忽然清晰而且大聲地說話，以後自己驚訝自己，何以他當時需要把這話告訴司米爾加可夫。

「這是最好的事，——」司米爾加可夫趕緊說，好像等候着似的，——「不過假使出了什麼事情，這裏會打電報到莫斯科叫您的。」

伊凡·費道洛維奇又止步，又迅快地轉身向司米爾加可夫。但是司米爾加可夫身上似乎也發生了一點什麼事情。他的親昵和滿不在乎的態度一下子飛躍走了；他的整個臉部表示非

常的注意和期待，但已是畏葸的，卑躬屈膝的樣子：「你也許還要說什麼話，補充什麼話，」——他的凝聚的，釘在伊凡·費道洛維奇的身上的眼神裏讀出這樣的意思來。

「假使出了什麼事情……不是也會從切爾馬士娜叫我的麼？」——伊凡·費道洛維奇忽然吼叫起來，不知爲什麼緣故，忽然可怕地抬高了聲音。

「也會從切爾馬士娜……打攪您的……」——司米爾加可夫幾乎發出微語，喃喃地說，似乎有點張皇失措，却繼續十分聚神地望着伊凡·費道洛維奇的眼睛。

「不過莫斯科遠些，切爾馬士娜近些，你主張我到切爾馬士娜去，莫非爲了憐惜盤費，或當是可憐我，怕我兜一個大圈子。」

「完全對的……」司米爾加可夫用零斷的聲音喃語，卑鄙地微笑，還是抽瘋似的準備到時候來得及倒退到後面去。但是司米爾加可夫奇怪的，是伊凡·費道洛維奇忽然笑了，迅快地走進園門，繼續笑着。如有人望着他的臉，一定可以斷定，他的笑並非爲了快樂的緣故。他自己也决不會解釋出來。他在這時候發生了什麼事情。他的移動和行走，緣是抽着瘋似的。

第七章　「同聰明人說話是有趣的」

而且他說話也是那個樣子。他一走進大廳，遇見了費道爾·伯夫洛維奇，就忽然對他揮手喊道：「我上樓去，不是見您，再見罷。」——就這樣走了過去，甚至努力不看一看父親。眞是也許在這時候他很恨父親，但是仇恨情感的這樣無禮貌的表現甚至對於費道爾·伯夫洛維奇也是感到突然。老人顯然十分願意趕快告訴他什麼事情，所以特地走到大廳裏來迎接他，現在聽到這類客氣的話，就默默地止步，用嘲笑的神色舉目送兒子上樓到二層樓上去，直到他兒子隱滅的時候爲止。

「他這是什麼意思？」——他迅快地問隨着伊凡·費道洛維奇走進來的司米爾加可夫。

「有點生氣，弄不明白是怎麼樣，」——他用推脫的口氣喃語。

「鬼！讓他生氣罷！把火壺拿進來，自己趕快出去。快些！有沒有什麼新聞？」

這裏起始了盤問，就是司米爾加可夫剛總對伊凡·費道洛維奇訴苦的那件事情，關於他久候着的女客的一切，我們現在把這盤問忽略了過去。過了半小時以後，門鎖上了，瘋狂的老人獨自在各屋內踱走，戰慄地期待着，五次約好的叩擊快快地發出來，還不時地朝黑暗的窗外窺望，除了黑夜以外一點也看不到什麼。

天已經很晚，伊凡・費道洛維奇還是沒有睡覺，在那裏盤算着。這夜他睡得很晚，大約二點鐘模樣。然而我們不去傳達他的思想的行程，現在不是研究他的心靈的時候；將來自會輪到它的。即使我們想試一試加以傳達，恐怕很難做到，因爲那不是思想，而是很不確定的，主要地是十分煩擾的東西。他自己感到喪失了方向。還有各種奇怪的，幾乎完全出乎意料之外的願望磨折着他，例如，在已經過了半夜，他忽然堅決而且按捺不住地想走下樓去，開門到邊屋裏去，痛打司米爾加可夫一頓，但是你如果問他爲了什麼，他自己決不能確切地敍出任何一個原因來，祇除了他覺得這個僕人太可恨，把他當作世界上再也難于找到的最嚴重地侮辱他的人。另一方面，有一種無從解釋的，可恥辱的懦怯在這夜裏屢次侵襲着他的心靈，由于這懦怯他感到他甚至似乎忽然喪失了身體的力量。他頭痛得眩暈。有一種怨恨的情感搔抓他的心靈，好像他準備向什麼人報仇。他甚至恨阿萊莎，在憶起剛纔同他談話的時候，有的時候他十分恨自己。他幾乎忘記了想卡德隣納・伊凡諾夫納，以後感到很奇怪，尤其是因爲他深深地記得，還在昨天早晨，他在卡德隣納・伊凡諾夫納面前勇敢地誇口說他明天要到莫斯科去的時候，——他在他的心靈裏當時還自行微語：「這是胡說，你決不會去的，你不會那樣容易擺脫，無論你現在怎樣誇口。」以後，過了許多時候，他回想這一夜的時候，總帶着特別的嫌惡記起他怎樣忽然從沙發上立起來，好像深怕有人在後面看他似的，輕輕地開門，走到樓梯上，傾聽樓下的動靜，聽費道爾．伯夫洛維奇在樓下怎樣移動身體，來回踱步，聽了許久，有五分鐘模樣，聽着一種奇特的好奇心，屏住呼吸，心撲通撲通地跳，至於他爲什麼這樣做，爲什麼傾聽——自然自己也不知道。這「舉動」他以後一輩子稱爲「可嫌惡的，」一輩子在他的心靈的隱密的所在，深深地認作他一生最卑鄙的行爲。在那些時間，他對於費道爾．伯夫洛維奇甚至絲毫不感到任何的怨恨，祇是不知爲什麼原因用全副力量，發出好奇的念頭；他在樓下如何走路，現在在那裏做什麼事，還預測他這時候大概應該朝黑暗的窗外窺望，忽然在屋子中央停步等候，——有沒有人叩門。伊凡．費道洛維奇曾兩次到樓梯上從事這工作。在一切靜寂下去的時候，費道爾．伯夫洛維奇已經睡下，大概兩點鐘模樣，——伊凡．費道洛維奇也躺了下來，懷着趕緊睡熟的堅定的願望，因爲他感到自己十分累乏。果然；他忽然死沉沉地睡熟，而且沒有做夢，早晨七點鐘時醒來，天已經亮了。他張開眼睛，很奇怪的是忽然感到自身裏有一種不尋常的熱力的襲流，迅快地起床，迅快地穿衣，以後就拉出皮箱，毫不遲緩地，匆遽地起始收拾行李。內衣恰巧昨天早晨從洗衣婦那裏取來。伊凡．費道洛維奇想到一切都很湊巧，沒有什麼可以使突然的出行延緩的事情，甚至因此發生了一聲冷笑。這次的出行確乎是突如其來的。雖然伊凡．費道洛維奇昨天說過，（對卡德隣納・伊凡諾夫納，阿萊莎，又對司米爾加可夫說的，）他明天離開這裏，但是昨天躺下的時候，他還記得很清楚，在那個時候他並沒有想到出行的事情，至少完全沒有設想到清早醒來後，第一個行動就是忙着收拾皮箱。後來皮箱和手提包預備好了：大約已有九點鐘，瑪爾法・伊格納奇也夫納走上樓，對他發出尋常的，每天提出的問話：「在那裏喝茶，在這裏，還是下樓去？」伊凡・費道洛維奇走下樓去，帶着近乎快樂的樣子，雖然在他身上，在他的話語和姿勢裏，有點似乎雜亂散漫，而且匆遽的樣子。他愉快地和父親問安，甚至特地詢問他的健康，但是沒有等到父親的答語的終結，一下子就宣告他過一小時就要動身到莫斯科去，並且是完全地離開，所以請他打發人去喚馬車。老人聽着這消息，沒有一點驚奇的神色，十分不禮貌地忘却了對於兒子的出行說些惋惜的話：反而忽然十分忙亂起來，恰巧偶然記起了一件自家的緊要的事情。

「啊喲！你這人呀！昨天竟沒有說……一樣的，立刻可以弄妥當的。勞你的駕，請你到切爾馬士娜去一趟。你祇要從伏洛維耶站向左邊灣一下子，一共祇有十二俄里，就到了切爾馬士娜。」

「對不住，我辦不到。從這裏到鐵路要走八十俄里，火車是晚上七點鐘離站到莫斯科，——剛剛來得及搭車。」

「你明天可以搭的，要不，後天也行，今天先溜到切爾馬士娜去一趟。你讓我父親安心一下，沒有什麼大不了的事！假使這裏沒有事，我早就自己去，因爲那邊的事情很緊急，而我這裏現在眞沒有功夫。……我有樹林在白吉雷夫和賈慈金兩塊地區上，在荒地上。商人馬司洛夫父子們祇肯給八千盧布，收買樹木，去年有一個買主一開口就給了一萬二，他不是本地人，問題就在這上面。因爲這裏現在沒有銷路：馬司洛夫父子利害得很：價錢說多少就是多少，這裏的人誰也不敢反對他。伊里因司基的牧師上禮拜日那天忽然寫信來說，有一個郭爾司脫金前來，他也是商人，我認識他的，不過寶貴的就是他不是這裏的人，却是從博格來鮑夫那裏去的，所以他不怕馬司洛夫，因爲他並不是這裏的人。他說，我可以給一萬一，買下樹林來，你聽見沒有？牧師信上說，他在那裏祇住一個禮拜。你最好去一趟，同他講定一下……」

「您可以寫信給牧師，請他代爲講定就是啦。」

「他不會，問題就在這個上面。這位牧師沒有做生意的眼光。他這人太靠得住，我現在就可以給他兩萬盧布，請他保存，用不着什麼收據，但是一點也沒有做生意的眼光，好像不是人，連烏鴉都騙得動的。但是你要知道，他是一個有學問的人。這位郭爾司脫金樣子像鄉下人，穿着藍布褂，不過性格上却是十足的壞蛋，我們大家都不滿意這一點。他好扯謊，問題就在這個上面。有時候他扯謊扯得叫人奇怪他爲什麼這樣做。前天他說謊，說他的妻子死了，他娶了續絃，您想一想，其實完全沒有這件事情：他的妻子並沒有死，現在還活着，而且每隔三天打他一次。所以現在應該去査明白：他想買下這塊樹林，給一萬一，是不是撒謊，或是說實話？」

「然而我到那裏也沒有法子辦，我也是沒有眼光的。」

「你等着，你是有用的，因爲我可以告訴他的，郭爾司脫金的特別記號，我同他早就做過生意的。你瞧：你祇要朝他的鬍鬚上看一下就行。他的鬍鬚是栗色的，難看的，細柔的。如果鬍鬚在那裏抖戰，他自己一面說話，一面生氣，——那就很好，他在說實話，想做生意；但是假使他用左手摸鬍子，自己嘻嘻的笑着，——那就是說他想騙騙你，耍手段。你永遠不要朝他的眼睛裏看，眼睛裏是看不淸楚的，像水一般的深沉，眞是騙子手，——你應該看他的鬍鬚。我寫一封信交給你帶去，你可以給他看。他名叫郭爾司脫金，其實他不是郭爾司脫金，却名叫略格魏意，※可是你不要喚他略格魏意，他會生氣的。你假使和他講好，看出一切都很妥當，就立刻寫封信。你祇要寫一句話，意思是：「他並不撒謊。」你堅持着一萬

※義作獵犬解

一的價錢，可以減去一千，多了不能再減。你想一想——八千和一萬一——有三千的差數。這三千塊錢就算我撿到的，找到買主是不很容易的事，我急着等錢用呢。你祇要通知我，這件事情是正經的，我自己就跑去，了結一下，想法子勻出一點功夫來。現在我何必到那邊去，假使這祇是牧師自己想出來的。怎麼樣，你去不去？」

「唉，我沒有功夫，你不要派我去罷。」

「唉，替你父親當一次差罷，我會記住的！你們全是沒有心腸的！一兩天功夫你有什麼要緊呢？你現在要到那兒去？是不是到威尼斯去？你的威尼斯兩天以內不會倒塌的。我可以打發阿萊莎，但是阿萊莎能做這類的事麼？我派你去，單單是因爲你是聰明的人。難道我看不見麼？你並不做樹林生意，但是你有眼光。在這裏祇要看一看：那人說話是不是當眞的？我對你說，你應該朝鬍鬚上看，鬍鬚一抖戰——那就是當眞的。」

「您何必儘推我到這可詛咒的切爾馬士娜呢？」——伊凡．費道洛維奇喊，狠惡地冷笑了一下。

費道爾．伯夫洛維奇沒有把狠惡看出來，或是不願意看出，卻捉住了冷笑：

「這麼說來，你可以去的，你可以去的麼？我立刻就寫信。」

「我不知道能去不去，我不知道，等我在路上再決定。」

「不必到路上，現在就決定罷。我的親愛的小孩，你決定了罷！你一講好，就寫兩行信給我，交給牧師，他立刻就會派人送到我這裏來。以後我就不來留你，你儘管到威尼斯去。牧師會用自己的馬車送你上伏洛維耶站……」

老人露出十分歡欣的樣子，寫了一封信，打發人去雇馬車，又吩咐取來涼菜和白蘭地。老人快樂的時候，永遠起始感情橫溢，但是這一次似乎自己壓制住了。例如說，關於特米脫里・費道洛維奇的事情，竟一句話也不說。完全沒有為了別離而有所感動。甚至好像找不出什麼話來說；伊凡・費道洛維奇把這看得很清楚：

「他一定很討厭我了，」——他自己想。

祇在樓梯上送兒子的時候，老人才好像騷動起來，想走過去和他接吻。但是伊凡・費道洛維奇趕緊伸出手去，預備握手，顯然躲避接吻。老人立刻明白，一下子自行勒住：

「好啦，願上帝和你同在，願上帝和你同在！」——他從台階上反復地說，——「你將來總還會來的麼？你來呀，我永遠是歡迎的。唔，願基督和你同在！」

伊凡・費道洛維奇鑽進馬車裏去了。

「告別了罷，伊凡，不要罵我呀！」——父親最後一次喊着。

家裏的人全出來送他：司米爾加可夫，瑪爾法和格里郭里。伊凡・費道洛維奇賞他們每人十個盧布。他已經坐在馬車上去的時候，司米爾加可夫跳上去整理地毯。

「你瞧……我要到切爾馬士娜去了……」伊凡・費道洛維奇似乎脫口而出，還像昨天一樣自然而然地飛躍出這句話來，還帶着一種神經性的淺笑。

他以後長久記住這個情形。

「這末說來，人們說得很對，同聰明人說話是有趣的，」——司米爾加可夫堅定地回答，意義深長地看着伊凡・費道洛維奇。

馬車動了，馳走了。旅行人的心靈裏十分模糊，但是他貪婪地環望田地，山邱，樹木，和高高地在明朗的天上飛過的鵝羣。他忽然覺得很舒服。他試一試和車夫談話。那個鄉下人所回答的話裏有一點使他十分感到興趣，但是過了一分鐘，他又覺得一切都從耳傍溜過，他實際上並沒有明白鄉下人所回答的話。他不響了，這樣也很好：清潔的，新鮮的，寒冷的空氣，明朗的天色。阿萊莎和卡德隣納・伊凡諾夫納的形象在他的腦筋裏閃過；但是他輕聲冷笑了，輕聲吹散親愛的幻影，於是他們飛走了：「他們的時間還會來的，」——他心想。很快地到了一個郵站，換了馬後，奔馳到伏洛維耶去了。「爲什麼同聰明人談話是很有趣的；他這話有什麼意思？」——忽然地閉窒住呼吸了。「我爲什麼報告他，我要到切爾馬士娜去呢？」馬車到伏洛維耶站。伊凡・費道洛維奇從馬車裏走出來。一些車夫們圍住他。雇了自由農民的車子，講好了到切爾馬士娜去的價錢，有十二俄里的路程。他吩咐他套車。走進驛站的房子，向四周環望，看了那個女驛站長一眼，忽然回到台階上去。

「不用到切爾馬士娜去了。趕七點鐘的火車不遲麼？」

「恰巧來得及。要不要登車？」

「趕快套。你們中間有沒有人明天回城裏去？」

「怎麼沒有，米脫里要去的。」

「米脫里，你能不能幫一下忙？你到我的父親，費道爾·伯夫洛維奇·卡拉馬助夫那裏去一趟。你對他說我不到切爾馬士娜去了。你能不能？」

「爲什麼不能去，可以去一趟；我早就和費道爾·伯夫洛維奇認識的。」

「我給你一點酒錢，因爲也許他不會給你的……」伊凡·費道洛維奇快樂地笑了。

「眞是不會給的，」——米脫里也笑了。——「謝謝您，先生，我一定辦到……」

晚上七點鐘的時候，伊凡·費道洛維奇走上火車，動身到莫斯科去了。「讓以前的一切脫離，和以前的世界永遠了結，不再需要關於這世界的任何消息和回響；到新的世界裏去，新的地方裏去，不要回頭看！」但是代替了歡欣，忽然有一陣黑影降到他的心靈上面，一種以前一輩子從未感到的憂愁在心裏發生出來。他想了整夜；火車飛馳着，祇在黎明時光走近莫斯科的時候，他忽然似乎醒了轉來：

「我是低賤的人！」——他自己微語。

至於費道爾·伯夫洛維奇的方面，在送走了兒子以後，心裏十分滿足。他整整的二小時內，感到自己幾乎是有幸福的人，便喝起白蘭地酒來；但是屋內忽然發生了一樁對於大家都很討厭而且很不愉快的事實，一下子使費道爾·伯夫洛維奇落入極大的騷擾裏面：司米爾加可夫不知爲了什麼事情到地窖裏去，從上面的小梯上掉下去。恰巧那時瑪爾法·伊格納奇也夫納在院子裏面，當時就聽到了。她沒有看見掉落的情形，但是聽見了喊聲，特別的，奇怪的，却爲她早就熟悉的呼聲，——一個癲癇病人昏厥過去時的喊聲。是不是他在走下小梯的當兒發作了昏厥病，他失了知覺自然祇好立刻掉落下去，或者相反地是由於墮地，由于震動纔使司米爾加可夫，著名的癲癇病人，發作了宿疾，——「無從加以辨別，但是我見他的時候已在地窖的地上，蜷曲着，發着拘攣，不住地抖戰，嘴裏流出泡沫。起初以爲他一定摔折了什麼，不是腿，便是手，並且摔斷了骨頭，但是『上帝保佑，』正似瑪爾法·伊格納奇也夫納所說的一般：並沒有發生這類的事，祇是不容易把他從地窖裏抬到上帝的地界上來。但是他們請了鄰舍們幫忙，總算把這事辦妥了。費道爾·伯夫洛維奇親身參與這儀節，親身幫忙，顯然受了驚嚇，似乎有點慌張失措的樣子。然而病人並沒有醒過來：雖然一時曾停止過拘攣，但以後又恢復了，大家斷定還將和去年發生的情形一樣，當他也是不經意地從擱樓上掉下來的時候。有人憶起，當時曾把冰放在頭上。地窖裏還有冰，瑪爾法，伊格納奇也夫納便實行做起來，到了薄暮的時候，費道爾，伯夫洛維奇打發人把格爾城司圖勃醫生請來，他立刻就來了。他仔細檢查了病人，（他是全省最精細，最注意的醫生，年邁的，受人尊敬的小老頭子，）斷定這昏厥病是極利害的，「也許會發生危險，」他，格爾城司圖勃，還不能完全明白，但是明天早晨如果現在給的藥不見效力，他決定想另一種方法。病人安放在邊屋裏，和格里郭里和瑪爾法，伊格納奇也夫納的住所相隣的一間小屋子。以後，費道爾，伯夫洛維奇就整天受了接一連三的不幸：飯食是瑪爾法，伊格納奇也夫納燒的，湯和司米爾加可夫所煑的相比，就「等於穢水一樣，」小鷄炸得太乾，無論如何不能嚼動它。瑪爾法，伊格納奇也夫納對於主人雖很公平，却極厲害的責備反駁說，鷄子本來就是很老的，而且她自己也沒有學做廚子。晚上的時候發生了另一樁顧慮的事情：費道爾，伯夫洛維奇接到報告說從前天起就得了病的格里郭里更加病得利害，完全差不多躺了下來，背部不能動彈了。費道爾，伯夫洛維奇趕快喝完了茶，一個人鎖在屋子裏。他處於可怕而且驚慌的期待的態狀中。事情是因爲這天晚上他等候格魯申卡的來到，而且差不多一定在等候着；至少他還在清早的時候就從司米爾加可夫那裏得到了保證說「她一定答應來的。」這個固執不移的老人的心跳動得十分驚慌。他在空盧的屋內走路。傾聽。應該把耳朵竪得尖尖的：特米脫里。費道洛維奇也許在那裏看守着她。（司米爾加可夫前天就對費道爾。伯夫洛維奇說。他已把怎樣叩門。在那裏叩門的方法告訴他了。）所以必須趕快開門。不讓她白白地留在前屋裏一秒鐘，不能讓她受了驚嚇，就此跑走。費道爾。伯夫洛維奇覺得很忙亂，但是他的心還從來沒有浴在比現在還甜蜜的希望之中：差不多可以說這一次她一定會來的了！……

第六冊　俄羅斯的僧侶

第一章　長老曹西瑪和他的客人們

阿萊莎帶着驚慌和內心的痛楚走進長老的修道院的時候，幾乎驚訝得止步了：他生怕見到他的時候，他已成為一個即將嚥氣的病人，也許已經失了知覺，但是他忽然看見他坐在椅上，臉色顯得疲乏而且軟弱，卻很勇敢，快樂，被賓客們包圍，同他們作靜謐的，快樂的談話。但是他從牀上起身的時候離阿萊莎的回來還不過一刻鐘；客人們老早就聚在他的修道室裏，等他睡醒轉來，因為帕意西神甫堅決地保證說：「師傅一定會起來，和跟他的心相投合的人們談一談，這是他自己在早晨說過而且答應過的。」帕意西神甫對於即將圓寂的長老所答應的話以及一切的話語是堅信無疑的，堅信到假使看見他已經完全沒有知覺，甚至沒有呼吸，但是既取得了還要蘇醒轉來，和他作別的諾言，那末也許不會相信這死，老在期待着死者會醒轉來，履行着誓約。早晨時候，曹西瑪長老在入睡以前，明確地對他說：「在還沒有同你們傾談，我的心上的愛者，看一看你們的親藹的臉，再把我的心靈向你們傾抒以前，我是不會死的。」聚來聽長老的大概最後一次的談話的是早年最忠實於他的朋友們。他們有四人：修道司祭岳西夫神甫和帕意西神甫，修道司祭米哈意爾神甫，庵舍的住持，還不很年老，不大有學問，是平民出身，但是精神上十分堅定，不可搖撼而且很自然地信仰着，態度嚴肅，心上却懷着深刻的感情，雖然顯明地隱藏着這感情，甚至懷着羞慚。第四位客人是一個完全老邁，而且平凡的僧士，出身貧窮的農戶，阿非姆神甫，甚至幾乎不大識字，默不發言，舉止安靜，甚至不大和誰說話，是最馴順的人們中間最馴順的人，具有似乎被某種偉大和可怕的事物永久地吃了驚嚇，沒有力量加以理解的人的神色。曹西瑪長老很愛這個似乎戰慄着的人，一輩子對他懷着異乎尋常的敬意，雖然也許一輩子同他說話比誰也少些，雖然有許多年曾和他兩人一起在俄羅斯的各聖地游行。這是已經過了許多時候，已經過了四十年，那時候曹西瑪長老在一個貧窮的不甚著名的闊司脫洛姆司基修道院裏初次起始隱修的苦行，後來不久，就伴着阿非姆神甫出外雲游，爲他們的貧窮的闊司脫洛姆司基修道院捐募基金。賓主大家聚在長老的第二間屋子裏面，——屋內放着他的牀鋪，以前已經說過，這屋子是狹窄的，所以四個人（除去涉彌勃洛非里在傍邊侍坐以外）勉强在長老的躺椅周圍，從第一間屋子裏端來的椅子上面分坐着。天色已黑，屋子被神像前的油燈和臘燈照耀着。長老看見，阿萊莎走進來，立在門傍，帶着不安的神色，快樂地向他微笑，伸出手來：

「好呀，靜肅的孩子，好呀，親愛的孩子，你來了。我知道你會回來的。」

阿萊莎走近他面前，向他跪下叩頭，哭泣了。有什麼東西從他的心裏嘔出來，他的心靈戰慄，他真想嗚咽地哭出來。

「你不必這樣，等一等再哭罷，」——長老微笑，右手放在他的頭上，——「你瞧，我坐着談話，也許還能活二十歲，像那個心善的，可愛的，從高山地方來的女人，手裏抱着小女孩麗薩魏達的，昨天對我所說的那般。願上帝賜福給那個母親和小女孩麗薩魏達！（他畫着十字。）勃非洛里，你把她的捐款送到我說的地方去了麼？」

還是他憶起了昨天那個快樂的崇拜他的女人捐了六角錢，請他送給「比我還貧窮的人。」這類捐獻當作不知為什麼原因甘願加在自己身上的苦刑看待，而且一定用的是自己的勞力賺到的錢。長老勃洛菲里黃昏時候到新近遭了火災的一個下市民女家裏去，——她是寡婦，還有子女，家被燒去後衹好出外行乞。勃洛菲里趕緊報告說事情已經辦妥，把款子送去，照所吩咐的那樣，說是「一個無名慈善女子」捐助的。

「你起來罷，親愛的，」——長老對阿萊莎說，——「讓我看一看你。你到過自己家裏去，見過哥哥麼？」

阿萊莎覺得很奇怪，他這樣堅定而且確實地問詢的衹有他的哥哥裏的一位，——但是到底是那一位：如此說來，也許是為了這位哥哥他纔在昨天和今天打發他出去的。

「看到了一位哥哥，」——阿萊莎回答。

「我講的是昨天那個，大的，我對他叩頭的。」

「我祇有昨天看到了他，今天找不到他，」——阿萊莎說。

「你快去找他，明天再去，越快越好，把一切事情扔下，趕緊去。你也許來得及阻住一點可怕的情事。我昨天是向他的偉大的，未來的痛苦叩頭。」

他忽然沉默了，似乎在那裏凝想。這些話很奇怪。岳西夫神甫，昨天親眼看出長老叩頭的人，和帕意西神甫對看了一眼。阿萊莎忍不住了：

「父與師傅，」——他十分惶亂地說，——「您的話語太不清楚……他期待着什麼樣的痛苦？」

「你不必這樣好奇。昨天我看出一點可怕的樣子……昨天他的眼神好像表示出他的整個命運。他有一種眼神……使我心裏一下子驚嚇，這人為自己預備下什麼東西。我一生中有一兩次看到有些人有這樣的臉容……似乎表現出這些人們的整個命運，可嘆的是居然應驗了命運。我打發你到他那裏去，阿萊克謝意，是因為心想你的友善的容貌使他有點幫助。但是一切出于天命，我們的命運都是如此。『如麥子落地而不死，僅存其一，如死則可得果實無數。』你應該記住這層。我一生中有許多次在暗中為你的容貌祝福，你應該知道，」——長老帶着靜靜的微笑說，——「我的意思是這樣的，你應該離開修道院，在塵世裏像僧士一樣地生活著。你將有許多敵人，但是你的敵人會愛你的。許多不幸會給你帶來生命，你將為了它們（不幸）而感到幸福，並且賜福生命，還使別人賜福，——這是最重要的點。你應該是這樣的。父和我的師傅們，」——他對客人們說，——「直到今天為止，我沒有說過，甚至沒有對他說過，為了什麼這個青年的臉龐為我的心靈所愛悅。現在我祇能說：他的臉龐對於我似成為一種提醒與預言。在我早年時代，還是小孩的時候，我有一位兄長，在十七歲上，青年時代，我眼見他死的。以後，在我的生命一年年度過的時候，我漸漸地深信，我的長兄在我的運命裏似成為一種指示和從天上召示的預言，因為假使他未曾在我的生命裏出現，假使完全沒有他，我想，我也許不至于充當修道僧士，走上這條寶貴的道路的。他首先發現在我的童年的時候，到了暮年又復現了。這是很奇怪的，父和師傅們，阿萊克謝意的臉並不十分和他相像，祇有一點點相像，可是在精神上我覺得很相像，所以有許多次我簡直把他當作我的兄長，在我的旅途終結時祕密來到我這裏，為了一點回憶和靈感，甚至使我驚奇自己，和我這樣奇怪的幻想。你聽見沒有，博洛菲里，」——他朝傾聽着的沙彌說，——「我許多次看見你的臉上似有不高興的神色，因為我愛阿萊克謝意甚乎愛你。現在你知道這是什麼緣故，但是我也愛你的，你應該知道，為了你的不高興我時常發愁。親愛的客人們，現在我想把這青年，我的兄長的故事講出來，因為在我的一年裏是沒有比這再寶貴些，再動人，而且含蓄書的意味的了。我的心充滿了和愛。在這時候我回察我的一生，似乎重新經歷着它似的……」

在這裏我應該聲明一下：長老同最後一天來訪的客人們所作的最後一次的談話有一部分曾記錄了下來。阿萊克謝意．費道洛維奇．卡拉馬助夫在長老死後過了些日子，憑着記憶記載下來。然而這是不是完全的那天的談話，或者把他的師傅以前同他所談的話也加點進去，我無從加以判斷，而且在這記錄裏，長老所說的話似乎是不間斷的，似乎用小說的體裁朝他的朋友們敍述他的一生，而同時根據以後的敍述，實際上無疑地發生了兩樣情形，因爲這天晚上所作的是普通的談話，雖然客人們不大打斷主人的話語，但是他們也加入談話，自已說着，也許甚至自已敍講些什麼。況且在這敍述裏決不會這樣的不間斷，因爲長老有時喘不過氣來，失去了聲音，甚至躺到牀上休息一會，雖然沒有睡熟，而客人們也沒有離開他們的位置。有一兩次談話中斷，由帕意西神甫讀起聖經來。有趣的是他們中間誰也沒有想到他當夜即將死去，尤其是因爲他在最後一天的晚上，白天沉睡以後，忽然好像獲得了一種新的力量，使他在和他的朋友們作極長的談話時支持得住。這似乎是最後的和愛，維持了他的最大的活力，但是時間極少，因爲他的生命突然被切斷了……但是這話以後再說。現在我要通知的是我不打算把談話的詳情全寫下來，而僅限于長老所講的故事，像阿萊克謝意．費道洛維奇．卡拉馬助夫所記錄下來的樣子。這樣子可以簡單些，不很累人，雖然我必須重說一遍，有許多自然是阿萊莎從以前的談話裏取來，加在一起的。

第二章　長老曹西瑪的生平——他的自述——阿萊克謝意·費道洛維奇·卡拉馬助夫筆錄——

a. 長老曹西瑪的兄長

親愛的父和師傅們，我生在遼遠的，北方的某省V城。我的父親是貴族，卻不甚聞名，沒有做大官。我兩歲上他就故世；所以我完全不記得他。他遺給我的母親一所不大的木房，還有一點資財，雖然不大，卻也够她同孩子們不感窮困地生活下去。我的母親有兩個兒子，我，名叫齊諾維意，和長兄瑪爾克爾。他比我大八歲，具有暴燥惹惱的性格，但是心很善，不善嘲笑，沉默得奇怪，尤其在自己家裏，同我，同母親和僕人們這樣。他在中學校裏讀書很用功，但和同學們不相投合，雖然也不生口角，至少是母親這樣記起他來。他在死前的半年，那時候他已經十七歲了，他起始和我們城裏的一個孤獨的人結識，——他好像是政治犯，爲了自由思想從莫斯科遣戍我們的城裏來。這位被遣戍的人是大學校裏極大的學者和著名的哲學家。爲了什麼原因，他愛了瑪爾克爾，起始接見他。這個青年整晚上坐在他家裏，一冬天全是如此，一直到這被遣戍的人重新被召回彼得堡爲政府服務爲止。這召回是根據他自己的請求，因爲他有極多的奧援。開始了四旬齋，但是瑪爾克爾不願持素，又罵又笑，說：「這全是謊語，上帝是沒有的。」他的話使母親和僕役們十分驚嚇，連我這小孩也在內，因爲我雖祇九歲，但是聽見了這話，連我也很害怕起來。我們的僕役們全是農奴，一共四個人，全是用我們相熟的地主的名義買下來的。我還記得，我母親把四個人中間的一個，以六百盧布的代價賣去。她是廚婦，名叫阿非米亞，腳跛，年老。以後我母親僱了一個自由的農婦代替她的位置。在四旬齋的第六星期上，兄長忽然生病。他的身體永遠不很健康，胸間作痛，體質衰弱，趨向于癆病；他的身材並不小，細而瘦，臉容很清雅。他遭了涼，醫生來到後，立刻對母親微語，說這是急性肺癆，不能活到春天。母親起始哭泣，很謹愼地，（爲了不使他吃驚，）勸兄長到教堂去懺悔，行聖祕禮，因爲他在那時候還能起床。他聽見以後，生氣了，罵上帝的廟宇，但是後來他凝想起來：他當時就猜到他的病很危險。所以母親打發他乘還有力氣的時候到教堂去懺悔和受聖祕禮。他自己也知道他早就有病，還在一年以前在吃飯的時候對我和母親冷淡地說：「我不是你們塵世間的人，也許活不到一年，」——這彷彿就是預言。過了三天，復活節的前禮拜到了。兄長從禮拜二早晨起出去懺悔。「媽媽，我是爲了你總這樣做的，為了使你快樂，安慰，」——他對她說。母親由于快樂，或者是由于憂愁而哭了：「他忽然變了脾氣，快要完了。」但是他到教堂去沒有很久，竟躺上牀了，所以祇好在家裏舉行懺悔和聖祕禮。那幾天是光亮，明朗，香馥馥的天氣，復活節的日子排得很晚。我記得他整夜咳嗽，睡眠不良，早晨永遠穿上衣服，試着坐到軟椅上去。我還記得他：靜悄悄地坐着，態度溫存，面露微笑，雖是病人，但臉龐還是快樂，高興。他精神上完全變了，——他心裏忽然發生了奇怪的變動！老乳媼到他屋內，說道：「讓我給你把神像前的油燈點上。」以前他決不答應，甚至吹滅他。——「點罷，親愛的，點罷，我以前阻止你，眞是混賬極了。你點上油燈，禱告上帝：我高興地看着你，也在禱告。那末我們所禱告的是一個上帝。」這些話我們覺得奇怪，母親回到自己屋裏哭泣，祇在走進他的屋裏的時候才擦乾眼淚，裝出高興的神色。「媽媽，親愛的，不要哭，」——他時常說，——「我還要活很多時候，和你同享快樂的生活，生活是如何的快樂，高興呀，」——「親愛的，你有什麼快樂，既然整夜發燒，咳嗽，幾乎把你的胸脯都咳裂了。」他答道：「媽媽，你不要哭，生命就是天堂，我們大家在天堂裏，但是我們不願意知道這個，如果願意知道，那末明天整個世界全成為天堂了。」大家全奇怪他的話語，他是說得那樣奇怪而堅決；大家感動得哭了。朋友們到我們家裏來。他說道：「親愛的諸位，我有什麼功勞，使你們這樣愛我，為了什麼你們愛我這樣的人，我以前是不知道，不會珍重。」他時時刻刻對走進來的僕人們說：「親愛的，你們爲什麼侍候我！我値得受大家的侍候麼？如蒙上帝恩賜，讓我生活下去，我將自己爲你們服務，因爲大家應該互相服務。」母親聽着搖頭：『親愛的，你因爲有病纔這樣說呀。』——他說：『媽媽，親愛的媽媽，主僕旣不能沒有，那末讓我做我的僕人的僕人，同時他們也做我的僕人。我對你說，媽媽，我們中間所有的人全在大家面前犯了過錯，而我犯得更多。』母親甚至冷笑了，一面哭，一面冷笑，說道：『你怎麼在衆人面前犯更多的過錯？世上有的是兇首和强盜，你怎麼來得及犯罪，竟如此嚴厲地責備自己？』——他說：『媽媽，我的嫡親的媽媽，（他起始說些親熱的，冷不防的話語，）我的嫡血的，親愛的，快樂的媽媽，你要知道，一切人全在衆人面前犯了一切的過錯。我不知道怎樣解釋給你聽，然而深深地感覺到是這樣的。我們當時怎樣活在那裏，生氣着，一點也不知道？』他睡醒以後，每天抒出深深的感情，全身充溢着愛情。有時候醫生來看他，一個老德國人，埃眞士米特時常到他那裏來。有時他和醫生打趣：『大夫，我還可以在世上多活上一天麼？』——醫生答道：『不但一天，還有許多天，——還能活幾個月，幾年。』——他喊道：『幾年，幾月，算得了什麼！用不着算什麼日子。人祇要有一天就可以理會到全部的幸福。諸位親愛的，我們何必爭吵，何必互相吹牛，互相記仇：我們大家一直到花園裏去，游玩，淘氣，互相親愛，互相誇獎，親吻，賜福我們的生命。」——「你的兒子，他已不是這世上的人了，」——醫生對母親說，在她送他到台階上面的時候，——「他由於疾病轉入瘋狂的樣子了。」他的房屋的窗子是朝花園的。我們家的花園很陰涼，有許多老樹，春天樹上正在發芽，早春的鳥飛了過來，嘰嘰喳喳地鳴叫，在他的窗外唱歌。他忽然看着，欣賞着牠們，也向牠們請求饒恕：「神的小鳥，快樂的小鳥，你們饒恕了我罷。因爲我在你們面前犯了罪。」這一下我們家裏誰也無從去了解，但是他快樂得哭了。他說：「我的周圍全是上帝的榮譽：小鳥，樹林，草原，天空，祇有我一人活在恥辱裏面，一人糟蹋了一切，完全沒有注意到美和榮譽。」——「你儘把許多罪孽往自己身上担任，」——母親說着，就哭了。——「媽媽，我的哭是爲了快樂，並不是爲了憂愁，我自己願意在他們面前担任過錯，祇是不會對你解釋，因爲我不知道如何愛他們。即使我在大衆前面犯罪，但是大家全饒恕我，這就是天堂。難道我現在不在天堂上麼？」

還有許多我不能記住的。我記得我有一天到他的屋裏，裏面一個人也沒有。那時候已將薄暮，天氣晴朗，太陽已落山，斜光照射整個屋子。他看見了我，向我招手，我走近過去。他兩手抓住我的肩膀，和藹地看我的眼，充溢着愛情；不說一句話，祇是看了一分鐘，說道：「你現在去罷。去游玩罷，替我生活下去！」我當時走出去游玩。以後我一生裏有許多次含淚記起，他怎樣吩咐我替他生活下去，他還說了許多奇怪的，美麗的，固然當時爲我們所不了解的話。他在復活節後第三星期上去世。死的時候神志淸醒，雖已停止說話，但是一直到最後的時間以前，臉色絕不變更：快樂地看人，眼睛裏全是快樂，眼光尋覓着我們，向我們微笑，招呼我們。城裏居然有許多人談論關於他的死的事情。這一切當時使我震撼，但並不很利害，雖然殯葬的時候，我曾大哭一場。我那時很年輕，還是一個嬰孩，但是心上仍舊還留下無從磨平的一切，隱伏着一種情感。到了時候一切會復活轉來，發出回響的。後來就應驗了。

d. 聖經在長老曹西瑪的生命裏

那時候祇剩了我和母親兩人。不久，有些善心的朋友們對她說：現在你既然祇有一個兒子，你既不是窮人，有點家私，那末爲什麼不仿傚別人的例子，打發令郎到彼得堡去，如果一直留在這裏，也許你會使他喪失發績的命運。他們勸母親把我送進陸軍士官學校去，以便以後加入御林軍。母親遲疑了許久：不肯和最後的一個兒子離別，但是後來決定了，雖會流下許多眼淚，但是爲了我的幸福着想，不能不這樣決定。她把我帶到彼得堡，放在陸軍士官學校裏面，從此以後我沒有看到她：因爲三年以後她就去世，整整的三年儘爲我們兩人發愁，戰慄。從父母的家裏我取得的惟有寶貴的回憶，因爲人的回憶是沒有比在父母家內最早的幼童時代所得的再爲寶貴些的，而且差不多永遠如此，祇要家庭裏有一點點的愛情和協調的份兒。寶貴的回憶也會從最壞的家庭裏保存下來，祇要你的心靈自己能夠尋覓寶貴的一切，關於聖經的歷史的回憶也屬於家庭的回憶的一類。我在父母家內，雖在嬰孩時代也很有興趣讀這類歷史。我有一本書，聖經的歷史，內中附有各種圖畫，題目是：新舊約聖史百四種。我是從這本書上學會了讀書的。現在這本書還在書架上放着，當作貴重的紀念品的那樣加以保存。但是在我學會讀書以前，我記得，第一次有一點精神上的感興降臨到我身上的還是在八歲的時候。母親在復活節前的禮拜一，領我一個人到教堂去做彌撒。（我不記得，當時兄長到什麼地方去了。）天氣晴朗。我現在回憶的時候，好像重新看見，薰烟如何從香爐裏浮出，靜悄悄地裊升上去，陽光從圓頂上狹窄的小窗裏傾瀉到教堂中我們的頭上，而薰香像波浪般升上去，似在陽光裏融化了。我感動地望着，當時初次在心靈中意識地領略上帝的話語的種子。一位少年執着一本大書，走出教堂中央，——那本書大得我當時覺得他甚至難於執取。他把它放在誦經台上，打開來朗誦。當時我忽然初次有點了解，一生中初次了解在上帝的廟堂裏讀的是什麼。在烏恩的地方有一個正直，虔信的男子，財產廣衆，有許多駱駝，許多驢羊，他的孩子們快樂嬉游，他很愛他們，替他們禱告上帝：他們這樣嬉戲，也許會犯罪的。魔鬼同神子們一塊兒走到上帝面前，對上帝說，他已經走遍地上和地下的各處。「你看見我的奴隸耶伯麼？」——上帝問他。於是上帝指着他的偉大的，神聖的奴隸，對魔鬼誇獎起來。魔鬼聽了上帝的話語，冷笑了一聲：『你把他交給我，你可以看到你的奴隸會發出怨言，詛咒你的名。』於是上帝把他所愛的正士交給魔鬼，魔鬼殺害了他的子女和牲畜，掃蕩盡了他的財產，一切都是突如其來地，像神的霹靂一般。於是耶伯剝去了衣裳，奔到地上來，大聲喊道：『赤裸地從母胎裏出來，再赤裸地回到大地。上帝給與了，又取去了。願上帝的名從此永恆地受賜福！』父和師傅們，請你們寬恕我現在的眼淚，——因爲我的整個的童年現在好像重新在我的前面復現，現在我所呼吸的也像當時我從八歲小孩的胸脯裏一樣的呼吸。和當時一樣，我感到驚異，騷亂和快樂。當時十分吸引我的想像的有駱駝，有同上帝說話的撒但，有把自己的奴隸交出去受罪的上帝，還有他的奴隸，喊着：『不管你如何刑罰我，你的名是賜福的，』隨後就是靜謐的，甜蜜的，教堂裏的歌頌：『願我的禱詞得聞，』重新又是神甫的香爐裏的薰煙，和跪地的祈禱！從那時起，——甚至昨天還取過的，——我讀到這篇聖的故事不能不流下淚來。這裏面有多少偉大，神祕，無從想像的東西！我以後聽到一些嘲笑和褻瀆神明的人們的話語，驕傲的話語，『上帝怎麼能把他所愛的聖者交給魔鬼，供取笑之用，還奪去他的子女，用疾病和毒瘡打擊他，使他用瓦片除去身上的膿瘡，這是爲了什麼：是不是單單爲了在撒但面前誇口：你瞧，我的聖者竟會爲了我受這樣的苦！但是偉大就在於還是一個祕密，——一個從傍邊走過的，地上的形相和永恆的眞理接觸在一起了。在地上的眞實之前，成就着永恆的眞實的行動。創世主在最初幾天創世的時候，每天做完後總是加以頌讚：『我所創造的是很好的。』他看着耶伯，重又誇獎他所創造的東西。耶伯盛讚上帝的時候，不僅對他服務，且對他所創造的事物服務，代代相承，永恆不變，因爲他是被天定的。神呀，這是一本太好的書，裏面有多少好的教訓。聖經那本書眞是一個奇蹟，它給予人多少力量！眞是世界和人，以及人類各種性格的模型。一切都在裏面包含，永遠指示出來。裏面有多少獲得了解決和發現出來的祕密。上帝重又恢復了耶伯的地位，重又賜予他許多財產，又過了多少年，他又有新的子女，另外的子女，而且他也愛他們。神呀！他怎麼還能愛這些新的子女，當以前的那些子女已經沒有，已經被剝奪去的時候？記憶起他們來的時候，雖然現在有了新的子女，也爲他所鍾愛，但是難道還能感到全部地有幸福，像以前一樣麼？然而是可以的，可以的：舊的憂愁，由於人生的一種偉大的祕密，漸漸地轉成靜謐的，感動的快樂，代替了年青的，沸騰的血的位置的是馴順的，明朗的暮年；我祝福着每天的日出，我的心依舊對它歌唱，但是現在我最愛日落，它的長長的斜光，和隨以俱來的靜謐，溫馴，可感動的回憶，一切長久和受賜福的生命中可愛的形象，——而在這一切之上是上帝的，使人感動，使人安慰，寬恕一切的眞實！我的生命卽將了結，我知道而且聽到，但是在每個遺留下的日子裏，我感到我的地上的生命已和新的，無盡的，無知的，却已走近前來的生命相接觸。在預感到這新的生命時我的心靈喜悅得戰慄，我的慧性顯出笑容，心喜悅得哭了……朋友們，師傅們，我屢次聽到，現在最近的時候更加時常聽到，我們的牧師們，尤其是鄉村的牧師們，到處含淚控訴自已的新俸太小，地位太低，直率地說，甚至形諸筆墨，——我自已讀到的，——說他們現在好像無從對人民講解聖經，因爲他們的俸給太薄，假使有路德教徒和異教徒前來搶刼羊羣，祇好讓他們搶去，因爲我們的俸給太薄。神呀！我心想上帝會把在他們認爲寶貴的新俸給得多些，因爲他們的怨訴是有理的。但是我說實話：這事情誰應負責，那末一半應該在我們自已的身上！因爲他即使沒有時間，他說他永遠被工作和服務所壓迫，即使是對的，但這到底不是全部的時間，在一個星期內他到底可以有一個鐘點，憶起上帝來的，而且也不是整年的工作。他可以每禮拜一次，在晚上的時間內，起初祇要召集一些孩子們前來，——父親們聽到以後，父親們也會來的。做這事情也用不到造什麼房子，單單祇在你的屋子裏接待一下，你可以不必害怕，他們不會糟蹋你的屋子的，因爲祇有一點鐘的集會。你給他們打開這本書，開始誦讀，不必說聰明的大話，不必裝傲慢的神色，不必露出高臨在他們上面的樣子，祇要帶着感動和溫馴的態度，自已對他們誦讀，使他們傾聽而且了解自已而致其喜悅，自已愛誦讀的話語，祇要偶然停頓下來，把一些普通人不了解的話語解釋一下，你不必着急，他們全會了解，正教的心是全會了解的！你對他們讀關於阿勃拉漢姆和薩拉的事，伊薩克和雷白卡的事，讀耶各勃如何到拉朋去，夢中和上帝相鬥，說道：『這地方是可怕的，』——你一定可以使普通民衆的虔信的心發生深深的響影。你還給他們讀，尤其應該對小孩們讀，弟兄們如何將親生弟弟賣去充做奴隸。他是一個可愛的少年，約西夫，好夢者和偉大的預言者。他們把他的血衣拿出來，對父親說，野獸把他的兒子撕裂成碎塊了。以後弟兄們到埃及取糧食，那時約西夫已成了偉大的帝王，可是他們沒有認識出來。他磨折他們，治他們的罪，把兄長朋加明扣住，卻全是由於愛而來的：『我愛你們，一面愛，一面磨折你們。』因爲他一輩子不斷地記起，他如何在酷熱的沙漠中，水井傍邊，被他們賣給商人，他如何扭絞着雙手，放聲哭泣，求弟兄們不要把他賣到陌生的土地上去充當奴隸，現在過了許多年以後，看到了他們，重又無可衡量地愛了他們，一面愛，一面加以磨折和壓迫。他後來離開他們，自己不能忍受心上的苦痛，奔到牀上哭了；以後他擦乾了臉，喜喜歡歡地走出來，對他們聲明道：『兄弟們，我就是約西夫，你們的弟弟！』讓他再往下念，老耶各勃得悉他的可愛的小孩還活在人世，如何地喜悅，忙着到埃及去，甚至拋棄了祖國，死在異鄉，在遺囑裏向永恆的時代說出了偉大的預言，一生神祕地包含在他的溫馴，畏葸的心內的預言，說他的種族裏，猶太的種族裏將出現宇宙的偉大的希望，基督和救世主！父和師傅們，請寬恕我，不要生氣，為了我像小孩一般，談論你們早就知道，也就是你們更加巧妙而且莊嚴地教訓給我的一切。我祇是由於喜悅而談論，請你們寬恕我的眼淚，因為我愛這本書，讓神的牧師，讓他也哭泣一下，可以看出聽到他的人們的心如何以震慄作答。祇需一個小小的子粒：祇要他把它拋進普通民衆的心靈，它決不會死去，永遠將在他們的心靈裏生活着，隱藏在黑暗之中，他們的罪孽的黑影之中，當作光明的斑點，偉大的提示。不必多討論，不必多教訓，普通群衆全會簡單地了解的。你們以為普通群衆不會了解麼？你們試一試再對他們念一段動人的，和愛的故事，關於美麗的埃司然和驕傲的瓦司庭的故事；或是約納在鯨魚肚裏的奇麗的故事。還不要忘却神的喻言，尤其從路加福音裏，（我這樣做過，）以後是從『使徒行傳』裏，聖保羅的談話，（這是一定的，一定的！）還有『聖徒傳』裏，神人阿歷克謝意的行述，和偉大中偉大的，快樂的殉難者，神的目覩者，埃及來的聖母瑪麗亞的生平。——你可以用這些普通的故事穿進他們的心裏去。而這祇須每星期有一個鐘點，不管你的俸給多少小，有一小時就够了。他自己就可以看見，我們的民衆是慈善的，感恩的，會給予百倍的答謝。他們記住牧師的勤勞和他的感動的話語，會在他的田地上，房子裏，甘心情願地幫他的忙，而且尊敬他比以前更甚，——而他的俸給也因此增加，事情是很簡單的，有時候我們甚至怕去表示，因為人家會笑你，然而這事是很正確的！凡是不信上帝的人，也不相信上帝的人民。相信了上帝的人民，便能明察上帝的神聖，雖然以前自己並不信它。惟有人民和他們的未來的精神力量可以使脫離家鄉土地的無神派獲得信仰。基督的話語，假使沒有例子，將有什麼用處？人民如無上帝的話語，將遭喪亡，因爲他們的心靈渴求他的話語和一切良好的感覺。在我的幼年時代，好久的時候差不多四十年以前，我同阿非姆游行全俄，爲修道院募捐，有一次在一條可以通航的大江的岸傍和漁夫們一同夜宿，一個面貌清秀的青年農人和我們坐在一起。看他樣子已有十八歲。他忙着明天到一個地方去給貨船拉縴。我看見他的明朗柔和的眼睛朝前面看望，七月的夜是明朗的，靜謐的，溫暖的。江面廣闊，水氣升上來，使我們感到涼爽，小魚微微地撥水，小鳥沉默着，一切靜寂，美麗，一切向上帝祈禱。祇有我們兩人不睡，我和這青年，我們談論這世界的美麗和它的偉大的祕密。每根小草，每隻昆蟲，螞蟻，金蜂，全都令人訝異地知道各人的路，雖然他們並沒有智力。他們爲上帝的祕密作證，不斷地自己造就這祕密。我看出，這可愛的青年的心熾燒起來了。他告訴我，他愛樹林，愛林鳥：他是捕鳥者，了解他們的每一嘯鳴，會召喚每一隻小鳥。他說：我不知道比在樹林裏再好些的地方，雖然一切都是好的。我回答他：『眞是一切都好，一切都妙，因爲一切都是眞理。你瞧那匹馬，在人旁邊站立的巨大的動物，或是那頭牛，給牠食料，替人作工，低着頭，沉思着。你瞧一瞧牠們的臉龐：對於時常無情地痛打牠們的人類是如何的溫馴，如何的依戀，牠們的臉上是如何的不懷惡意，如何的信任，如何的美麗。要知道牠們是沒有任何罪孽的，因爲一切都是崇高的，除人類以外一切都無罪孽。基督和牠們同在，還在我們之先。」青年問：「難道牠們也有基督麼？」我說：「怎麼不呢？因爲話語是爲大家而設的。一切創造，一切生物，每張樹葉都趨向話語，爲上帝唱頌詩，對基督哭泣，無意識地，藉着牠們的無罪孽的生活的祕密完成這一切。你瞧，樹林裏有一隻可怕的狗熊徘徊着，威嚴而且凶橫，却沒有犯什麼過錯。」我對他講，有一次一隻狗熊走到一位在林中小庵舍內隱修的大聖徒那裏去。這位偉大的聖徒可憐牠起來，毫不思索地走到牠的面前，給他一塊麵包，說道：『你去罷，願基督和你同在。』這隻兇橫的野獸竟服服貼貼地走開，不加一點傷害。青年人聽見牠不加一點傷害地離開，顯然基督也和牠同在的話，十分的感動，說道：「這眞好極了！神的一切是如何的好，如何的奇麗！」他坐在那裏，靜悄悄地，甜蜜地沉思着。我看見他悟解了。他就在我的身旁睡熟，做了輕鬆的，無罪惡的夢，願上帝賜福青春！我臨睡以前，爲他祈禱。神呀，願你賜給你的人們和平與光明！

c. 長老曹西瑪青年時代的回憶—決鬭—

我在彼得堡陸軍士官學校內讀書幾近八年，隨着新的教育將兒童時代的印象掩埋了不少，雖然一點也沒有忘卻。起而代之的是學到了許多新的習慣，甚至意見因此變成一個近乎野蠻，殘忍和狂誕的東西。隨着法語，我取得了浮面的客氣和社會儀節。但是我們仍把學校內侍候我們的兵士當作眞正的畜生看待，而我也是如此。我也許更甚些，因爲我在全體同學之中對一切最爲敏感。等到我們畢業以後，充當了軍官，我們準備爲軍營中被侮辱了的名譽流血，至於眞正的名譽，我們裏面沒有一個人知道它是什麼東西，即使知道，也必立即首先加以訕笑。酗酒，鬧事，和大膽的行爲幾乎認爲可做人的事。我不說我們是蠻橫的；所有這些青年人本性都是善的，但是所做的行動十分惡劣，而尤以爲甚。主要的是因爲我有資產，所以放手度愉快的生活，帶着青年人的一切嗜好，不加以任何克制，張帆使去。最奇怪的是我當時也讀書，甚至極愉快地讀着；但是在那時候從來沒有翻過一次聖經，却永遠到處攜在身邊。說實話，這本書我是『整天，整小時，整月，整年，』地攜在身邊，甚至連自己也不知道。我服務了四年以後，才到K城來，我們的團部當時駐紮在那邊。那個城裏的交際場中人數衆多，各種人物都有，都很有錢，好客，能講快樂。我到處受到極好的招待，因爲我生來具有快樂的天性，而且人家不把我當作窮人看待，這在交際社會上是具有不少意義的。當時發生一樁事情，使一切的故事由此開端。我傾心於一位年青貌美的女郎，——她爲人聰明，高貴，具有明朗的正直的性格，是受人尊敬的父母的女兒。他們不是小戶人家，有資產，勢力，和奥援，接待我很和藹。我覺得這女郎也屬意於我，——我的心在發生這種幻想時不由得熾燃了。以後我自己理解，而且完全猜到，也許我並不那樣强烈地愛她，祇是尊敬她的聰明和崇高的性格，那是不能不令人起敬的。一種自私心阻止我立刻向她求婚；在這般年青時代，又加上有錢使用，就和淫蕩的，自由自在的獨身生活的誘惑絕緣，在我覺得是痛苦而且可怕的事。但是我曾做了一些暗示。總而言之，我把堅決的步驟暫時延宕了一些時候，突然，我奉令派遣到外縣去，有兩月之久。兩個月以後回來的時候，我忽然打聽到這位女郎業已出閣，嫁給近城的，有錢的地主。這人雖比我年長，却還在青年時代，在京城的和最上等的社會裏具有奥援，而我是沒有的。他是很客氣而且有學問的，然而我却完全沒有學問。我聽到了這個意外的事情，十分驚愕，甚至使我的腦筋都混亂了。主要的情節是我當時打聽出這個年青的地主早就做了她的未婚夫，我曾在他們家內遇見了許多次，却一點也沒有注意到，因為受了自負心的蒙蔽。但是這使我特別感到侮辱：何以大家全知道，而我一人絕無所知呢？……我忽然感到一陣按捺不住的惡意。我臉上發出紅潤，憶起我有許多次幾乎對她表示我的愛情，因為她既不阻止我，也不加以警告，所以我推論出，她在取笑我。以後我自然也想起，她一點也不取笑我，相反地，會自行像開玩笑似的打斷這類的談話，而代以別種談話，——但是當時我不能理會到這層，却充滿了復仇的心思。我驚訝地憶起，我的盛怒和復仇，我自己也感到萬分的痛苦而且討厭，因為我具有輕鬆的性格，不能長久向任何人生氣，好像自己在那裏虛假地燃燒着自己，終於成為無禮和狂誕的了。我等待時機的來到，有一次在一個大場面社會中，我忽然裝出為了毫不相干的原因，對我的『情敵』加以羞辱，為了他發出一椿在當時極重要的事件的意見，經我嘲笑了一番，（這是一八二六年的事情，）而且據人家說，嘲笑得十分聰明技巧。隨後我迫使他和我解釋，在解釋的時候我故意弄成粗暴的樣子，使他接受我的決鬥的提議，雖然我們之間有極大的差別，因為我比他年青，而且人小位卑。我以後確實地打聽出來，他接受我的決鬥的提議，似乎也出於對我吃醋的情感而起：他以前也曾為了他的妻子，當時還是未婚妻，和我吃醋；現在他心想，假使他太太知道他受了我的侮辱，而不敢接受決鬥的提議，她也許要不由己地看輕他，因此搖動了她的愛情。我很快地找到了一個公證人，一個同事，我們的團裏的少尉。當時雖然厲行禁止決鬥，但是武人間甚至好像還認它為時髦的舉動，——有時野蠻的偏見是如何根深蒂固地埋種着。那時候六月將盡，我們定於明天早晨七點鐘在郊外相見，——而當時我確乎發生了一點似乎命定的事情。晚上回家時，我懷着兇蠻和惡劣的情緒，對我的馬弁阿法那西耶惱怒，用全力兩次敵打他的面孔，把他的臉打出血來。他在我那裏侍候還不長久，以前也曾打過他，卻從來沒有過這樣野獸似的殘忍。你們信不信，親愛的，已經過了四十年，我現在還懷着羞恥和痛苦憶起這情況來。我躺下來睡覺，睡了三小時，起身一看，天色已亮了。我忽然起床，不想再睡，走到窗邊，打了開來，——我的窗子是朝花園的。我一看，太陽已升起，天氣溫暖，美麗，小鳥鳴啼。我心想，我的心靈裏似乎有一種羞辱的，低卑的感覺，那是什麼意思？是不是爲了將做流血的事情。不，我心想，似乎不是爲了這個原因。是不是爲了怕死，怕被殺死？不，完全不是的，甚至完全不是的……忽然立刻猜到是怎麼會事：那是爲了我昨天打了阿法那西耶！一切忽然重新在我面前發現，一切又重複了一下：他站在我的面前，我揮拳向他的臉上直打，他的兩手却垂放在褲縫上面，頭挺得直直的，瞪着眼睛，像立正似的，每挨一次打擊便抖索一下，甚至還不敢舉手遮擋。人居然弄到這種地步！竟到了人打人的地步！這眞是罪惡！好像一隻尖針穿透了我的整個心靈。我站在那裏，像呆子一般，但是太陽照耀着，樹葉歡欣着，閃爍着，小鳥們，小鳥們頌讚上帝……我用雙手掩臉，倒在牀上，放聲痛哭起來。我當時憶起我的兄長瑪爾克爾，和他臨死前對僕人們所說的話：「親愛的，你們爲什麼侍候我？爲什麼愛我？我值得受人家侍候麼？」「是的，我值得麼？」——這念頭忽然鑽進我的頭裏去。實在的，我有什麼價値，可以使別的人，像我一模一樣的人，前來侍候我呢？當時這問題初次刺進我的腦筋裏去。「媽媽，我的嫡親的媽媽，一切人眞是全在衆人面前犯了一切的過錯，祗是人們不知道罷了。如果知道了，——立刻就成爲天堂了！」「天呀，難道這是不眞實的麼？」——我一面哭，一面想，——「也許我眞的爲衆人犯着比大家都利害的過錯，比世上的什麼人都壞！」我忽然意識到了全部的眞實，各方面全顧到的眞實：我將去做什麼事呢？我將去殺死一個善良的，聰明的，正直的，對我沒有一點過錯的人，因此永遠奪去他的夫人的幸福，使她受到磨折，把她殺死。我在牀上橫躺，臉鑽在枕上，完全沒有注意到時間的過去。我的同事，那位少尉，跑來找我，拿着手槍，說道：「很好，你已經起身了，現在是時候了，我們走罷。」我當時忙亂起來，完全張皇失措。後來我們出去上馬車：「你在這裏等一等，」——我對他說，——「我一會兒就回來，忘掉了錢包。」於是獨自跑回寓所，一直走進阿法那西耶的小屋裏，說道：「阿法那西亞，我昨天打了你兩記耳光，你寬恕了我罷。」他竟抖索了一下，好像害怕似的，看了我一眼，——我看這還不夠，不夠，忽然，就這樣穿着整齊的制服，向他下跪叩頭，說道：「恕了我罷。」他當時愣住了：「大人，老爺，你是怎麼啦？……叫我怎麼受得住……」忽然自己哭了，好像我剛纔一樣，雙手捧臉，轉身向窗，眼淚流得全身發抖。我跑回到同事那裏，跳上馬車，喊道：「走罷。」——「你看這勝利的人，」——我朝他喊，——「他就在你的面前！」我心裏很快活，一道上直笑，說呀，說呀，不記得說些什麼話。他看着我，說道：「老弟，你眞是好漢，我看你能維持我們軍界的體面。」我們到了那個地方，他們已經在那裏等候我們。他們把我們分放在兩邊，互相離開十二步遠，讓他先放槍，——我站在他們面前快快樂樂的，臉對着臉，眼睛不閃一下，和愛地看他，我知道我應該怎麼辦。他放了一槍，祇擦破了我的臉頰，擦破了耳朵上一塊皮。我喊道：「謝天謝地，沒有殺死人！」我當時抓起手槍，倒退後去，把手槍朝上一扔，扔到樹林裏去，喊道：「這是你應該走的道路！」我又回轉身來對仇人說道：「先生，請恕我這個愚蠢的青年人。由於我的過錯，我侮辱了你，現在又使你向我放槍。我本人比你壞十倍，也許還要多些。請你把這話轉告給你在世上最尊重的那位女太太。」我剛說完這句話，——他們三人全喊叫起來了。「對不住，」——我的仇人說，——甚至生氣了，——「假使你不打算決鬥，何必提議呢？」——我對他說：「昨天我還極愚蠢，今天卻聰明了，」——我這樣快樂地回答說。他說：「我相信昨天的事情，但是關於今天的事情我卻難於照您的意見加以判斷。」——「對呀，」——我對他喊，拍着手掌，——「我很同意您的話，我是罪有應得的！」——「先生，您究竟放槍不放槍？」——我說：「我不放，您如果願意，可以再放一下，不過最好您也不必放罷。」公證人們也喊嚷起來了，特別是我的那位：「站在決鬥場上請求饒恕，這真是給全體團部丟臉。我早知道就不幹了！」我站在他們面前，抑止了笑容，說道：「難道現在時代遇到一個對於愚蠢舉動自行懺悔，而且自己當衆認錯的人，竟覺得這樣奇怪麼？」——「但是在決鬥場上決不能如此，」——我的公證人又喊了。

——「對呀，」——我回答他們，——「本來眞奇怪，按說應該在我們剛來到這裏的時候，還在放槍以前，就自行認錯，便不致於引他到偉大的，死一般的罪孽裏去，但是我們的世界安排得那樣醜惡，所以這樣辦幾乎是不可能的，因爲必須在我受了他的十二步以外的槍聲以後，我的話語才能對他發生意義，假使在剛來到以後，槍聲以前，就直接了當地說了出來：他就是儒怯的人，懼怕槍彈，不用去聽他的了。」「諸位」——我忽然誠懇地呼喊，——「你們向四面望一望上帝的恩賜：晴朗的天，純潔的空氣，溫柔的小草，小鳥，美麗的無罪孽的自然，但是我們，惟有我們是無神的，愚蠢的，不明白生命即是天堂，因爲祗要我們打算了解，天堂會立即美麗地立在我們面前，我們便將互相擁抱，放聲痛哭……」我還想繼續說下去，但是不能够，我甚至喘不過氣來，那樣的甜蜜，那樣的年青，心裏有那樣的幸福，眞是一生從來沒有感到的。「這一切全很合理，而含有教訓的意思，」——仇人對我說，——「總之，你是一個古怪的人。」——『您們笑好了，』——我也對他們笑。——「以後你們自己會誇獎的。」——他說：「我現在已經準備誇獎您，我可以和您握手，因爲大概您確是誠實的人。」——我說：「不，現在不用，等我以後再變得好些，博到您的尊敬，那時候您再伸手。」——「那就更好了。」我們回家去，我的公證人一路上儘罵我，我卻吻他。同事們當時聽到了這消息，當天就聚集起來，裁判我。他們說：「他糟蹋我們軍官的制服，讓他提出辭是好了。」——也有替我辯護的人們，說道：『他到底受得住槍擊。』——『是的，但是他懼怕別的槍擊，在決鬥場上請求饒恕。』——『假使懼怕槍擊，』——辯護的人們反駁，——『那末在請求饒恕以前，可以先用自己的手槍發射，但是他竟把實彈的手槍扔到樹林裏去，不對的，這裏發生了另外的，古怪的玩意。』我聽着他們說話，瞧着他們，覺得快樂：『親愛的朋友們，』——我說，——『對於我提出辭呈一節，你們不必担心，因爲我已經做了，我已經遞上了，今天早晨，在辦事處裏面，等到照准以後，我立刻進修道院，我想辭職，也就爲了這個原因。』我剛說出這話，大家齊聲大笑：『你應該先通知我們，現在一切都解釋清楚了，僧士是不能加以裁判的。』——他們笑了，忍不住了，而且並不是嘲笑，却是和藹地笑，快樂地笑，大家忽然全愛起我來，甚至連最反對得厲害的人們也在內。以後整整的一個月內，在辭呈沒有批准的時候，大家好像把我在手裏擧來擧去一樣。『你這個僧士呀，』——大家說。每人都對我說和藹的話，開始勸阻我，甚至憐惜我：『你何必這樣自尋苦惱？』」——他們又說：『他這人還勇敢，他遭了槍擊，本可以用槍還擊的，但是他在第一天晚上做了一個夢，要他修行做僧士，所以他這個樣子。』城裏交際社會裏也是同樣情形。以前沒有人特別注意我，祇是樂意招待；現在却忽然都願意和我結識，起始前來邀請：大家都笑我，却都愛我？還要聲明的是，當時雖然大家談論關於我們的決鬥的事情，但是上峯却把這事擱置不理，因為我的仇人是我們的將軍的近親，又因為事情總算沒有弄得流血的結果，似乎出於玩笑，而且我也提出辭職，所以這事也真的轉到玩笑的方面去了。我當時起始不加顧忌地高聲談話，不管他們如何譏笑，因為到底那不是惡意的，而是善意的笑。這一切談話大，半發生在晚間女太太們的交際場中，多半是婦女們最愛聽我的談話，男子是被强迫着的。「怎麼能叫我替大家犯過錯呢？」——每人都當面這樣笑我，——「難道我能替您扛過麼？」——「不錯，」——我回答他們，——「當全世界早就走到另一條路上去，將實在的虛謊當作眞實，他向別人要求同樣的虛謊的時候，你們何從加以辨認呢？現在我在一生中初次做了誠懇的舉動，對於你們大家，我竟成為瘋人一樣：你們雖然愛我，却總在笑我。」——「是的，像您這樣的人怎麼能不愛呢？」——女主人對我大聲笑着，在她家裏聚着許多的人。忽然我看見，有一個青年太太從人羣裏立起來。她就是我當時為了她提議決鬥，不久時候還想向她求婚的。我沒有注意，她幾時到晚會上來的。她立起身來，走近我身邊，伸出手來，說道：「容我對您聲明，我第一個不笑您，反而包着眼淚感謝您，現在我向您致敬，為了您當時的舉動。」她們丈夫也走了過來，忽然大家全擁到我的身邊，幾乎全想吻我。我心裏眞快樂，但是忽然看見一位年老的先生也走近我的身邊。我雖然以前知道他的名字，但是從來和他不相認識，一直到那天晚上為止。甚至一句話也沒有和他說過。

d. 神祕的訪客

他早已在我們的城裏做官，佔着顯著的位置。他富於資財，爲大家尊敬，樂善好施，捐過大筆的款項給慈惠院和孤兒院，此外還祕密做許多慈善事情，到死後纔發現了出來。他有五十歲模樣，態度近乎嚴肅，不太說話；他結婚不到十年，太太還年輕，生了三位還很小的子女。有一天晚上，我坐在自己家裏，忽然門開了，那位先生親身前來訪我。

應該注意的是我當時已經不住在以前的寓所裏面，剛提出辭呈，就遷居他處，向一位老婦人，官員的寡妻，租下了房子，就歸她侍候。我的搬家祇是因爲我在當天從決鬥場回來以後，就把阿法那西面送回營隊裏去，因爲在我同他發生了那段故事以後，和他面對面相看，未免覺得慚愧，——一個沒有準備的俗世的人，甚至會對於極合理的事情抱着慚愧的念頭的。

「我已經有許多天，」——那位先生走進來就對我說，——「在許多人家的家裏，極好奇地聽見您的談話。所以願意和您結識，再詳細談一談。您能不能答應我的請求？」——我說：「可以，我很樂意，而且認爲特別的榮幸。」但是自己竟懼怕起來，一下子他使我十分吃驚。因爲雖然有人好奇地聽我的說話，但是誰還沒有對我持着這般嚴肅和正經的態度。現在這位先生竟親自跑到我的寓所裏來了。他坐下以後，說道：「我看出您具有極大力量的性格，因爲您在冒險做着的事情上，不怕爲眞理服務，爲了自身的眞實，忍受大衆對您的普遍的賤視。」——「您也許過分誇獎我，」——我對他說。「不，我並不過分，」——他回答我，——「您要知道做這種舉動比您所意想的困難得多。我就是爲了這一點，纔感到驚訝，所以跑到您這裏來了。假使您對於我的也許不雅觀的好奇心不嫌討厭，請您對我描寫一下，假使您還能記住，在決鬥的時候您決定請求饒恕的那一分鐘上，您究竟有什麽感觸？請您不要把我的問題當作輕浮的舉動；相反地，我提出這類問題，自有一種秘密的目的，以後我也許可以對您解釋出來，假使上帝願意使我們兩人再接近些。」

他說話的時候，我向他的臉上直看，忽然感到對他的強烈的信任心，使我發生異乎尋常的好奇，因爲我感到他的心靈裏有一種特別的秘密。

「您問我在向仇人請求饒恕的時候，究竟有什麽感觸，」——我回答他，——「但是我最好先對您講還沒有對別人講過的一切事情，於是就對他講我同阿法那西亞發生了那件事情，又如何對他叩頭的話。「從這上面我自己可以看見，」——我對他下了結論，——「到了決鬥的時候我比較感得輕鬆些，因爲我在家裏已經起始了，既然走上了這條道路，那末以後的一切不但不見困難，甚至顯得快樂，而且高興。」

他聽到以後，善意地看了我一下，說道：『這一切十分有趣，我還想到您府上來談話。』從那時起差不多每天晚上他到我這裏來。假使他也對我講起他自己的狀況，我們可以接近得多。但是他從來一句話也不提自己的事情，老是向我盤問關於我的事情。雖然如此，我還是很愛他，把我一切的情感全都向他和盤托出，因為我心想：他的祕密於我有什麼關係，就這樣也可以看出他是正直的人。此外，他這人態度頗為嚴肅，和我年齡並不相近，却時常跑到我這青年人那裏來，不嫌厭我。我從他那裏學會了許多有益的事情，因為他具有高超的智識。『生命是天堂一層，』——他忽然對我說。——『我早就想到了，』——忽然又補說道：『我想的也就是這一層啊。』他看着我微笑。他說：『我還比您更加相信，您以後會知道什麼原因。』我聽見他說，自己尋思：『他一定想對我說出什麼心事來。』他說：『天堂藏在我們每人的心裏，現在它就在我的心裏隱伏着；祇要我願意，——明天它真的會來，而且永遠會來的。』我一看：他帶着感動的心情說話，祕密地對我看望，似乎在詢問我。『關於每個人除去自己的罪孽以外，還替別人担錯一層，你的判斷是完全對的，可感動的是您竟能這樣完滿地把握這種意思。真是對的，在人們了解這意思的時候，對於他們臨別了天國，並不在幻想裏，却是實在的天國。』我當時憂愁地對他喊道：『這情形在什麼時候實現？還會不會實現？不會單祇成為幻想麼？』——他說：『您已經不相信了，您宣傳着教義，自己却不相信。您要知道，這個幻想無疑地會實現的，您必須相信，但是不在現在的時候，因為一切行動都有自己的法則。這事是屬于精神方面的，心理方面的。如欲重新改造世界，必須使人在心理方面自己轉上另一條路上去。除非你實際上做了每個人的弟兄，四海皆兄弟的制度是不會成立的。人類永遠不會藉任何科學和任何利益舒適地均分財產和權利。每人都嫌少，大家全將怨艾，忌妒，互相殘害。您問，這一切何時實現。實現是會實現的，但是必須先經過一個孤立的時期。」——「什麼孤立？」——我問他。——「那就是現在到處主宰着的，特別是在我們的世紀裏，但是全時期還沒有完全結束，末日尚未來到。因為現在每人都趨向着使自己的個性隔得越遠越好，願意在自己身上感到生命的充實，但是努力的結果，不但沒有取到生命的充實，祇成為完全的自殺，因為人們不但未取得自我決定的充實，反陷入完全孤立之境。我們這世紀，大家全分成單位，每人都躲進自己的洞穴裏面，每人互相隔離，互相藏躲，把自己所有的藏起來，結果是弄得被人們推開，自己又去推開人們。每人在暗中積聚財產，心想我現在有了財力，得到保障，而這些瘋子們不知道越積得多，便越加深陷進自殺性的無力裏去。因為他已慣于希望自己一人，教自己的心靈不信他人的幫助，不信人和人類，祇為了怕銀錢和已取到的權利重又喪失而戰慄。現在人類的智性已到處起始懷着訕笑，不願了解，個性的真正的保障並不在于孤立的，個性的努力，而在於社會的合羣。但是這種可怕的孤立的末日一定快要來到，大家得立即了解，他們互相孤立是如何不自然的事。等到時代的風氣一成，人們將奇怪竟這樣長久地坐在黑暗裏，不見光明。於是神子的旗幟卽行在天上出現……但是在那個時候以前，終歸應該將旗幟保藏，可是偶然總有一兩人忽然舉出例來，將心靈從孤獨中引到博愛的業績上面，那怕甚至被罩上了瘋僧的尊號。這是爲了使偉大的思想不致消滅的緣故……」

我們兩人連着幾晚就作這種熱烈歡欣的談話。我甚至和朋友們疏淡起來，不大出外交際。而且人們對我的時髦也起始過去。我說這話並沒有責備的意思。因爲人們還繼續愛我，歡迎我；但是時髦確乎是世上有權威的帝王。這是應該承認的。我歡欣地望着我的祕密的訪客，因爲除了欣賞他的智識以外，還預先感到他自己存着一點心計，預備實行也許是偉大的業績。我在外表上從不對他的祕密露出好奇，決不直接或用暗示詢問一下。也許這一點使他高興。後來我看出他自己也似乎起始發出想告訴我什麼事情的渴切的願望。至少在他每天來造訪我起一個月以後，已經顯出來了。『您知道不知道？』——他有一天問我。——『城裏面對於我們兩人起始發生好奇心。奇怪我時常到您這裏來；但是隨他們去罷。因爲一切將很快地解釋出來了。』有時，極度的驚擾忽然侵襲着他，發生這些情形時他永遠立起來，走出去了。有時，長久，而且似乎透澈地看着我，——我心想：『他此刻就要說出來了。』但是他忽然停頓了一下，說起已經熟悉的，尋常的話來。他還時常說自己頭痛。有一天，甚至完全出乎意料之外地，在他說了許多熱烈的話語以後，我看見他忽然臉色發白，臉完全彎曲了，還釘看着我。

「您怎麼樣啦？」——我說，——「是不是不舒服？」

他怨訴自己頭痛。

「我……您知道不知道……我……殺死了人。」

說完以後，微笑了，臉色白得像粉筆。他爲什麼微笑？——在我還沒有弄明白以前，這念頭忽然先刺進我的心裏。我的臉也發白了。

「您這是什麼意思？」——他對他喊。

「您瞧，」——他回答我，還掛着慘白的微笑，——「我化了許多代價，說出第一句話來。現在說了出來，似乎走上路了。我可以往前走了。」

我許久時候不相信他，而且也不是一次就相信，祇是在他到我那裏來了三天，把一切詳細情節告訴我以後才相信的。我把他當作瘋子，但是結果到底相信了，顯然帶着極大的憂愁和驚訝。他犯了極大的，極可怕的罪，在十四年以前，對一個有錢的女太太，年輕，貌美，是地主的寡妻，在我們城裏有自己的住宅，預備進城居住之用。他對她感到極大的愛情，向她表示愛慕，勸她嫁給他。但是她的心已屬於另一位高貴的職位不小的軍官，那時他正在出征，但不久卽將回來。她拒絕了他的求婚，還請他不要再到她家來。他停止前往以後，因爲熟悉她家裏房屋的佈置，夜裏從花園裏爬上屋頂，溜進她的房間裏去，冒着被人家發覺的極大的危險。然而凡是冒着特別的大膽幹出來的犯罪反而時常可以成功，還是常有的現象。他從天窗裏走進擱樓，順着擱樓的小梯走下去，到住人的屋裏去，明知道小梯終端的那扇門由于僕人的疎忽，並不永遠鎖牢的。他希望這一次也這樣懈怠，恰巧就撞上了。他溜進住人的屋裏以後，就在黑暗裏闖入她的臥室。室內點着神像前的油燈。她的兩個丫頭好像故意似的，沒有稟明主人，偷偷地走到一條街上的鄰家，赴命名日的宴會去了。其餘男女僕人睡在下層樓的僕室和廚房內。他看見沉睡的情人，熾燃出一股情慾，以後有一陣復仇的，吃醋的恨意佔據他的心胸，他竟忘其所以，像醉人一般，走進前去，把刀子向她的心上直刺，使她叫喊也沒有叫喊一聲。隨後又用最好惡的心計一切佈置得使人家疑心到僕人身上去；他取了她的錢包，從枕下掏出鑰匙，打開她的五屜櫃，取了一點東西，照呆笨的僕人所做的那種樣子，留下了有價證券，祇取一點錢，又取了面積較大些的金器，而面積小的，卻貴重十倍的東西卻棄置不顧。他又取了一點東西，留作自己的記念，但是關於這以後再說。他做完了這件可怕的事情以後，就從原路走出。無論在第二天發生轟動的時候，或是以後任何的時候，誰也沒有想到對於眞正的兇首起一點疑心！況且誰也不知道他對她的愛情，因爲他永遠具有沉默和不好健談的性格，也沒有好友可以傾抒他的心事。大家祇是把他當作被害人的朋友，甚至還不是親近的朋友，因爲他最後兩星期內並沒曾到她家裏去過。立刻疑惑到她的農奴的僕人彼得身上，而且一切情節恰巧湊得可以證實這疑惑的有根據，因爲這個僕人知道，而且死者也不隱瞞，她想把他交出去當兵，補充她的農人們應徵兵役的數額，爲了他沒有家室，而且品行很壞。人家又聽說他在喝醉的時候，在酒店裏狠狠地說着恐嚇的話語，口口聲聲要殺死她。在她被害死的兩天以前逃跑了出去，住在城裏沒有人知曉的地方。兇案發生後的第二天，在城外的大道上，發現他醉得死沉沉的，口袋裏放着一把刀子，右掌不知爲什麽原因染了血漬。他說是從鼻裏流出來的，但是沒有人相信他。女僕們所犯的錯，是她們擅自出去赴宴，台階方面的大門，她們回家以前，沒有關好。此外，還有許多相類的細節，竟因此把這無辜的僕人下獄。他被捕了，就要加以審判，但是一星期後這個被捕的人恰巧得了熱病，竟在醫院裏昏迷不醒地死去。案子就算這樣了結，一切付諸天命，審判官們，上官，整個社會，大家全都相信犯罪的就是這個病死的僕人。於是刑罰隨着起始了。

那位神祕的訪客，現在已是我的知己，告訴我，他起初甚至完全不感到良心的責備。他會有許多時候感到苦痛，但不是爲了這，却祇是由于遺憾，因爲他殺死了心愛的女人，她現在已不可復得，殺死了她。騎着就是殺死了他的愛情，而情慾之火還留在他的血裏。然而關於流下來的無辜的血，關於殺人一層，他當時幾乎沒有想過。他想到他的犧牲品竟能成爲別人的太太，這使他感得無法忍耐，因此他的良心上有許多時候深信他是不能不這樣做的。僕人的被捕，起初使他有點不安，但是不久得了病，隨即死去，他這才放下心去，因爲他的死，（他當時推論着，）顯然不是爲了被捕，或者由於懼怕，却是爲了他在逃跑的幾天內，喝醉了酒，整夜睡在潮濕的地上，因此得了感冒所致。他所偷的東西和銀錢不大使他感得慚愧，因爲（他還是那樣推論，）他偷竊的用意不是爲了錢財，却是爲了躲避嫌疑。而且所偷的數目不大，他不久就將全部數額，甚至還加添了許多，捐給我們城裏創辦的慈惠院。他特地這樣做，以安慰他的良心，暫時確乎使他安心了一些，——他自己對我這樣說。他着手辦理公務，自己要求充任困難，麻煩的差使，這差使佔去了兩年工夫，爲了他的堅强的性格，差不多忘掉了所發生的事情；在憶到的時候，努力完全不去想它。他又着手辦慈善事業，在我們城裏創辦了不少機關，捐助了許多金錢，還到京城裏去活動，在莫斯科和彼得堡被選任各種慈善團體的委員。然而以後到底懷着痛苦的心情沉思起來，到底沒有力量支持了。他當時愛上一位有智識的，美麗的女郎，不久娶了她，心想結婚可以驅走孤獨的煩惱，在走上新的道路，盡心履行對妻子和兒女的義務以後，就可脫離舊日的回憶。但是恰巧發生了和這期望相反的情形。在結婚後第一個月內，一個念頭不斷地驚擾他：『妻子現在愛我，但是假使她知道了便怎樣呢？』她後來懷了孕，告訴他聽的時候，他忽然慚愧了：『我現在給予生命，但也奪去了生命。』孩子們生下來了：『我怎麼敢去愛他們，教育他們，怎麼能對他們談論道德：我曾做了殺人流血的事情。』孩子們長成得很美麗，想時常愛撫他們：『但是我不能望他們的天真無邪的，明朗的臉龐：我是沒有這個資格的。』後來被殺的犧牲品的血，她的被害的年青的生命，苦喊着復仇的血，起始威嚇地，而且哀苦地進入他的幻想裏去。他起始做可怕的夢。但是因爲他具有堅定的心，許久時候忍挨住痛苦的煎熬。『我將用祕密的痛苦贖取這一切。』但是這希望是枉然的：痛苦越來越加強烈了。社會裏因爲他從事慈善事業對他很恭敬，雖然他們十分懼怕他的嚴肅陰鬱的性格，但是人家越恭敬他，他越覺得無從忍耐。他對我承認，他曾經發生自殺的念頭。但是隨着又發出了另一個幻想，——他起初認作不可能，而且瘋狂，以後竟黏牢在他的心上，無從脫拔的幻想。他的幻想是這樣的：立起身來，走到羣衆前面，向大家宣布，自己殺了人。他懷着這個幻想過了三年，在各樣不同的形式裏發着這幻想。最後他從整個心靈裏相信，他在宣布自己的犯罪以後，一定可以治好自己的心靈，永遠安靜下去。但是相信了以後，心裏感到恐怖，因爲應該怎樣執行呢？忽然發生了我的決鬬的事件。『我看着您，現在決定了。』我看了他一眼。

「難道說，」——我對他喊，攤着兩手，——「這樣小小的事件會生出您的決意來麼？」

「我的決意已經產生了三年，」——他回答我，——「您的事件祇是給了一個衝動。我看着您，自己責備，還羨慕您，」——他竟嚴肅地對我說。

「沒有人相信您，」——我對他說，——「過了十四年了。」

「我有證據，很大的證據。我可以提出來的。」

我當時哭了，吻他。

「您給我決定一件事情，一件事情！」——他對我說，好像現在一切都繫在我的身上似的。——「妻子和孩子們！妻子也許要愁死，孩子們雖然不會喪失貴族的頭銜和財產，——但永遠成爲罪徒的孩子們。在他們的心上將留下如何的記念，如何的記念！」

我沉默着。

「是不是同他們離開，永遠離開，永遠，永遠？」

我坐在那裏，默默地低聲念着禱詞。我終於立起身，我起始覺得可怕。

「怎麼樣？」——他看着我。

「去，」——我說，——「對人們宣布。一切將成過去，惟有眞理遺留下來。孩子們長大起來，會明白，您的偉大的決意裏有多少高貴的性格。」

他當時從我那裏走出去，似乎確已有了決意。但是以後有兩個星期以上到我家裏來，每晚連着來，老是不能決定。我的心被他磨折着。來的時候意志堅決，感動地說道：

「我知道天堂對於我即將臨到，我一宣布以後，立刻就會臨到。我有十四年在地獄裏，我願意受痛苦。我將接受痛苦，起始生活。現在不但我的隣人，連我的孩子們都不敢愛。天呀，孩子們也許會明白我對於我的痛苦付了多少的代價！上帝不在力量裏，而在眞理裏。」

「大家都會了解您的苦行，」——我對他說，——「現在不會，以後會了解的，因爲您爲眞理服務，最高的，不在地上的眞理……」

他離開我的時候，好像得了安慰，但是第二天又忽然惡狠狠地來了，面色慘白，說話帶着嘲笑。

「每次我走進來的時候，您永遠懷着好奇心，看我「是不是又沒有宣布？」您等一等，不要太看不起人。這不像您所料想似的容易辦到。我也許並不想實行。那時候您會不會出首報告？」

我不但沒有帶着輕率的好奇心看他，甚至連看也怕看他。我被磨折得像生病的樣子，我的心靈充滿了眼淚。甚至夜間失眠了。

「我剛纔從妻子這裏來，」——他續說——「您明白不明白，妻子是什麼？我離開的時候，孩子們對我喊：「再見罷，爸爸，快回來同我們念兒童讀物」不，您不明白這個！別人的災害是不容易了解的。」

他的眼睛閃爍着，嘴唇抖跳着。忽然舉拳擊棹，棹上的東西跳躍起來。那樣軟性子的人，第一次發出這皮氣來。

「有需要麼？」——他喊着，——「用得着麼？這件案子裏誰也沒有判罪，誰也沒有爲了我判處徒刑，那個僕人是病死的。至於我殺人流血，那末已經被痛苦的磨折所懲罰了。而且人家不會相信我的，任何的我提出來的證據也不會相信的。有宣布的必要麼？有這必要麼？爲了殺人流血，我準備一輩子挨受磨折，祇要不使妻子和孩子們遭受打擊。使他們和我一塊兒毀滅是合理的麼？我們不會弄錯麼？眞理在那裏？這些人們會不會了解眞理，加以珍視和尊敬呢？」

「天呀！」——我心想，「到了這種時候還想到人們的尊敬！」我當時起始可憐他，眞願意和他分担命運，祇要能使他得到輕鬆。我看他好像瘋了似的。我害怕起來，不但從我的智性裏，而且從活的心靈上，了解這決意有如何的代價。

「您決定我的命運麼？」——他又喊。

「快去宣布，」——我對他微語。我的聲音失了效用，但是我堅決地發出微語。我從棹上取了一本福音書，俄文的譯本，翻出約翰福音第十二章，第二十四節給他看。

「我實實在在的告訴你們，一粒麥子不落在地上死了，仍舊是一粒，若是死了，就結出許多子粒來。」我在他來訪以前剛好讀了這一節。

他讀完了，說道：「實在的，」但是苦笑了一下。「是的，」——沉默了一會，他又說，——「在這種書裏可以遇到許多可怕的事情。把它硬塞給人家是容易的事。誰寫的？難道是人寫的麼？」

「聖的神靈寫的，」——我說。

「說空話容易，」——他又冷笑，但是已經差不多懷着怨恨。我又取起聖經，翻了一下，把希伯來書第十章第三十一節給他看。他讀下去：

「落在永生上帝的手裏眞是可怕的。」

他讀完後，把書一扔。全身甚至抖索了。

「可怕的一節，」——他說，——「無須說，一定是您有心挑選的。」——他從椅上立起來，說道：「告別罷，我也許不再到這裏來了……我們在天堂上相見罷。這樣說來，我已有十四年「落在永生的上帝的手裏，」——這十四年應該是這樣想的。明天我將請求這手放了我……」

我想抱他，和他接吻，但是不敢，——他的臉變成彎曲，看着難過。他走出去了。「天呀，」——我心想，——「這人要去做什麼事呀！」我當時跪在神像面前，爲他向聖母哭泣，向救苦救難的聖母哭泣。我含淚跪着祈禱，足足有半小時的功夫，已經是深夜，大約十二點鐘模樣。我一看。門忽然開了，他重又進來。我驚訝起來。

「您到那兒去了？」——我問他。

「我，」——他說，——「我大概忘了什麼……好像是手帕……也許一點也沒有忘掉，您讓我坐一下罷……」

他坐在椅上。我站在他前面。「請你也坐下，」——他說。我坐下。坐了兩分鐘，釘看着我，忽然冷笑了一下，我記得很清楚的，後來就立起來，緊緊地抱我，吻我……

「你要記住，」他說，——「我第二次如何到你這裏來的。你要記住。」

他初次用「你」字稱呼我。他就走了。「明天呀，」——我心想。

那事情果眞發生了。我在那天早上不知道明天恰巧是他的生日。最後的幾天，我不大出門，所以一點也不知道。每年這一天他家裏有許多賓客，全城都聚攏來。這一次也是賓客滿堂。吃過飯以後他在中央立着，手內握着一張紙，——上官廳的呈文。因爲長官全在那裏，

他當時對賓客們朗讀那張呈子，裏面把他的犯罪的情節詳細敘寫了下來：「我要像怪物一般

，把自己從人羣裏驅逐出來，因爲上帝降臨到我身上，」——他結束這節呈文，——「我願意吃苦！」他當時把十四年來保存着，可以證明自己的犯罪的東西全放在棹上：被害人的金器，（他爲了卸脫嫌疑偷竊來的，）從她的頸頏上摘下的小金盒和十字架，（小金盒裏有她的未婚夫的像片，）還有一本日記，兩封信：未婚夫給她的信，報告她自己快要回來，和她的復信，——她起始寫，沒有寫完，放在棹上，預備再郵寄出去。他把這兩封信抓在身邊，——爲了什麽？爲什麽保存了十四年，而不加以銷毀，當作物證似的加以銷毀呢？當下發生的情形是這樣的：大家都十分驚訝，而且駭怕，誰也不願意相信，雖然大家帶着異常的好奇，聽完了一切，但是把他當作病人所說的話，幾天以後大家竟完全決定這不幸的人發了瘋。長官和審判廳方面不能不把這案件進行偵查，但是不久就停止了：雖然所提出的物件和信札大有考慮的餘地，但是當時決定，假使證件是確實的，那末也不能羅罪根據這些證件提出最終的控訴。此外，他既是她的朋友，她也許會把這些東西親自給他，或者委託他代存。我聽說這些東西經被害人的許多朋友和親屬核對過，確是屬于她的，並沒有可疑的地方。但是這件案子，到底是注定不該了結清楚的。過了五天以後，大家曉得這個受痛苦的人得了毛病，有性命之憂。他得了什麽病，——我不能解釋，聽說是心臟的跳動失調，後來大家總知道，爲了他的夫人堅決的主張由幾位醫生會議檢查他的精神狀態，所下的結論是確有瘋狂的徵兆

○雖然大家跑來盤問我，我却一點也不洩露出來，但是在我打算見他的時候，大家不斷地罵我，尤其是他的夫人責備得最利害○『這是您把他弄成這個樣子的，』——他對我說，——『他以前已經十分陰鬱，最近一年來大家全看出他露着特別驚慌的樣子，還帶着奇怪的舉動，又加上你來害他；那全是你向他傳道的結果，他整整的一個月沒有離開你的身邊○』不但他的夫人，甚至全城的人都攻擊我，責備我：『這全是你做出來的呀，』——他們說○我沉默着，心上却很喜歡，因爲看出內中一定有上帝的恩惠賜給對自身反抗，對自己懲罰的人○他的瘋狂我不能置信○後來他們許我去見他，他自己堅決要求和我作別○我走進去的時候，恰巧看見他不但活不上幾天，連幾點鐘也數得淸的了○他很衰弱，臉色黃黃的，手抖索着，喘不過氣來，但是態度還是和藹，快樂○

『做到了，』——他對我說，——『我早就渴望和你相見○你爲什麼不來？』

我沒有對他說，人家不許我見他○

『上帝可憐我，召喚我去○我知道我就要死去，但是在許多年以後還是初次感到平和○我剛剛履行好應做的事，我的心靈裏立刻感到了天堂○現在已經敢去愛我的孩子們，吻他們○他們不相信我，誰也不肯相信，無論是妻子和我的裁判官都不相信○孩子們是永遠不會相信的○我看出這裏面有上帝賜給我的孩子們的恩惠○我死後，我的名字在他們看來是沒有汚點的。現在預先感到上帝，心在天堂上似的快樂……我的義務盡了……」

他不能說出話來，喘着氣，熱烈地握我的手，火燄般地看我。我們談得不久，他的夫人不斷進來窺視。但是他還來得及對我微語道：

「你記得不記得，我在半夜裏，第二次到你家去的情形。還切囑你記住，有沒有？你知道我爲了什麼事情再回來的？我是來殺死你的！」

我竟抖索了一下。

「我那時從你家裏出來，走進黑暗裏去，在街上溜來溜去，和自己奮鬥。突然地把你恨到心上忍不住的地步。我心想：「他現在是我的裁判官，唯一的束縛我的人，我不能不去做明天那件受懲罰的事，因爲他全都知道了。」我並不是怕你告發，（連這念頭也沒有，）但是心想：「假使我不自行告發，叫我怎麼能看他的臉呢？」即使你遠在天涯，而且活着，那末祇要一想到你還活着，知道了一切，在那裏裁判我，總是會使我感到無可忍耐的了。我恨你，好像你是一切的原因，負責一切的過錯。我當時回到你那裏去，我記得你的桌子上放着一把匕首。我坐下來，還請你坐下，心裏面尋思了整整的一分鐘。假使我殺死你，雖然我不去宣布以前的犯罪，但是一做了這件殺案，我反正是要毀滅的了。然而我當時並沒有這樣想，在那個時候也不願意去想。我惟有恨你，努力打算對你復仇，爲了一切的事情。但是我的上帝在我的心裏戰勝了魔鬼。你要知道，你從來沒有離開死這樣近的。」

一星期後，他死了。全城的人送他的棺材到墳墓上去。總牧師說了充滿感情的演詞。大家痛惜着說這是可怕的疾病夭折了他的天年。但是全城的人在殯葬他的時候，很反對我，甚至不再接待我。不過有幾個人，起初不多，以後越來越多些，起始相信他的供詞是實在的，重又來拜訪我，盤問我，帶着極大的好奇和快樂：因爲人們總是愛正人的墮落和他的受辱的。但是我沒有作聲，不久就完全離開這城市，五個月以後蒙上帝准我走到堅定和莊嚴的大道上去，祝福着我看不見的手指，在指示着這條明顯的道路。這個受許多苦難的上帝的奴僕米哈意爾，從此每天在我的禱詞裏被我提到。

第三章　長老曹西瑪的談話和訓言

e. 關於俄羅斯僧侶和它的可能的意義

父和師傅們，僧侶是什麼？在現在文化的世界內，有些人在說出這兩字的時候帶着嘲笑的意思，另一些人則當作罵人的名詞。而且越來越多。這是實在的，僧侶階級裏有許多懶漢，貪吃和好色的人，無賴的游丐。俗世裏有學問的人們說：『你們是社會中懶惰的，無用的分子，你們靠別人的勞力生活，你們這些不識恥的乞丐。』然而在僧侶階級裏有許多馴順，溫良的人，他們渴求隱修，在靜寂裏作熱烈的禱詞。對於這類人不大有人指出，甚至完全處以緘默。假使我說，從這類溫馴的，渴求靜修的祈禱的人們中間也會使俄羅斯的土地得到拯救，他們將如何的驚訝不置！因為他們確乎在靜寂中預備着，『每天，每小時，每月，每年。』暫時，他們在靜寂之中保存着莊嚴的，清潔的，基督的形象，在上帝的眞理的純潔裏面，從最古的神父，使徒和殉難者起。在必要的時候，他們會將它照顯給世界上搖動的眞實。這是偉大的思想。星從東方照耀出來。

還是我對於僧侶的概念。莫非是虛假的，莫非是傲慢的麼？你們看一看俗世裏超越在上帝的民衆之上的人們，上帝的容貌和他的眞實對於他們不會變得歪曲麼？他們有科學，但是在科學裏所有的僅祇是情感所及的東西。至於精神的世界，人類本質的最高的一半，則完全被拒卻，被驅趕，還帶着多少的勝利，甚至仇恨。世界宣告了自由，特別是在最近的時代，但是在他們的自由裏我們所見到的是什麼：祇見到奴性和自殺而已。因爲世界說：『你有了需要，即應予以滿足，因爲你有和富貴的人們同等的權利。你不必怕滿足需要，甚至應予加增。』現在世界的學說就是如此。就在這上面見到自由。但是有了增加需要的權利，將得到什麼結果？富人方面是孤立和精神的自殺，窮人方面是猜忌和兇殺，因爲給了權利，卻還沒有指示出滿足需要的方法。有人說，世界將越形統一，因爲距離的縮短，可以從空中傳達意思，而能聯結成友善的大團體。關於人們這樣的聯合，你們不必相信。他們把自由當作需要的增加和滿足那般的解釋，實在是曲解自己的本性，因爲可使自己產生許多無意義的，愚蠢的願望，習慣和離奇的虛想。他們生活着，祇是爲了互相妒忌，爲了淫亂和虛飾。酒席，車馬，高爵，奴僕，被認爲必要的東西，爲滿足這必要，甚至可以犧牲性命，名譽和仁愛心，甚至可以自殺，假使不能滿足它。那些不富的人們，他們的情形也是如此，至於窮人方面，暫時還藉酗酒以掩塞需要的無由滿足和忌妒心。但是不久，血將代替酒的位置，他們被引到這上面去。我問你們：這樣的人自由麼？我認識一個『爲理想奮鬥的人，』親自對我講，在監獄裏禁止他吸煙，他因爲不能吸煙受極大的痛苦，幾乎想出賣自己的『理想，』但求給他煙吸。這人說：『我出來爲人類奮鬥。』但是這類的人往那裏去？他能幹出什麼事情來？祇能作迅速的舉動，而不能持久。難怪他們不能得到自由，而陷爲奴隸，不爲博愛和人類的統一服務，反而陷入紛爭和孤立，像那個神祕的訪客和我的師傅在我的青年時代對我所說的一樣。因此爲人類服務的思想，人類博愛和聯結的思想，在世上逐漸消滅，甚至加以嘲笑，因爲他們不能脫離自己的習慣，既然已習慣於滿足自己想出來的無數需要，還有什麼用呢？他已處于孤立之中，所以對於整個的人類漠不相關。他們已達到了將東西越積越多的目的，快樂更見少了。

僧侶所走的路是另外一件事。人們嘲笑守戒，持齋，甚至嘲笑祈禱，然而惟有這樣纔能走向眞正的，實在的自由的道路：人能或除多餘的，無用的需要，壓制自己的，驕傲的意志，以持戒自相鞭策，便能得上帝的幫助達到精神的自由，和隨以俱來的精神的快樂。他們中間誰能理解偉大的思想，實行爲它服務，——那個孤立的富翁呢？還是從事物和習慣的暴虐中解放出來的人？有人以隱居責備僧侶：『你在修道院裏退隱，拯救自己，而忘却了爲人類的友愛的服務。』但是我們要看一看，誰最爲友愛盡力？因爲隱居的不是我們，而是他們。

然而人們看不到。古時就有民衆的領袖從我們裏面出來，爲什麼現在不會出現呢？同樣的馴順溫良的持齋者和沉默者會立起來，幹下偉大的事業。救俄羅斯在于民衆。俄國的修道院從古時起就和民衆在一起。民衆隱居的時候，我們也隱居。民衆照我們的樣子信仰上帝，無信仰的領袖在我們俄國是一點事情也做不下來的，即使他的心很誠懇，他的智慧出衆。這層你們應該記住。民衆遇到無神派，加以克復，就成了統一的，正教的俄羅斯。你們應該珍重民衆，保護他們的心，靜靜中教育他們。這就是你們的，僧侶的義務，因爲民衆的心上是有上帝的。

f. 論主與僕並論主僕間精神上能否相互成爲兄弟

我不否認，民衆裏面也有罪孽。腐敗的火燄甚至看得出來似的，每小時在增加着，從上面蔓延着。民衆裏也有孤立的現象：發生了富農和重利盤剝者，商人希冀多得榮譽，努力裝做有學問的人，却沒有一點學問，爲此卑鄙地忽視古時的習慣，甚至認父親們的信仰爲可羞。向公爵的門上走動，而自己僅僅是一個敗行的鄉下人。民衆沉溺在酗酒裏，不能自拔。對待家庭，妻子，甚至孩子們十分殘忍；全是由于酗酒的緣故。在工廠裏我竟看見過九歲的孩子：瘦瘦的，癆病樣兒，駝背的，却已經是淫蕩的。悶熱的廠屋，喧鬧的機器，整天的工作。

淫蕩的話語，再加上酒，酒，這是不是一個年歲還小的孩子靈魂所需要的？他需要的是陽光，小孩的游戲，到處全是好榜樣，再加以一點點的愛情。這一切不應該再有，僧侶們，不應該再有壓迫小孩的事，你們快快地起來說敎呀。但是上帝可以救俄羅斯，因爲普通民衆雖極淫蕩，不能洗手不幹黑暗的罪孽，但是總還知道他們做了黑暗的罪孽，必受上帝的詛咒，他們所做的是不好的舉動。所以我們的民衆還不斷地相信眞理，承認上帝，感動地哭泣。上等階級的人却不是這樣。他們隨在科學的後面，想單單依靠智識以建設合理的生活，但已不用基督，像以前一般，已宣告犯罪是沒有的，罪孽也是沒有的。照他們的說法本來是對的：因爲如果你沒有上帝，那末那裏還有犯罪？在歐洲，民衆用武力對富人作反，民衆的領袖到處領他們做流血的事情，敎訓他們，憤怒是應該的。但是『他們的憤怒是可詛咒的，因爲是殘忍的。』上帝救俄羅斯，已經救過許多次了。拯救將出于民衆方面，由于他們的信仰和謙恭而來。父和師傅們，你們應該珍重民衆的信仰。這不是幻想。在我們偉大的民衆裏，那種莊嚴眞實的高貴性格使我一輩子爲之驚愕，我親自看見，親自可以證明。我看見了感到十分驚異。雖然他們的罪孽深重，具有貧窮的形式，我還是看見了這一點。他們並沒有奴性，雖然做了兩世紀的奴隸。態度和舉止是自由的，沒有一點氣性。不計仇，不忌妒。『你有勢，你有錢，你聰明而有天才，——好罷，願上帝賜福於你。我尊重你，但是我知道我也是人。就我尊敬你而不加忌妒一事，看出我做人的高貴。」即使他們不說出來，（因爲還不會說出來，）那末會做出來的。我自己看見自己經歷到。你們信不信：俄國人越窮，越低下，便越顯得出莊嚴的眞實性，因爲有錢的富農和重利盤剝者多半已經是墮落的了，許多，許多是由于我們的不勤和不愼而來。但是上帝救他的人們，因爲俄羅斯的偉大在于謙卑。我幻想着，看見似乎已經明顯地看見我們的未來：將來甚至最淫蕩的富人會弄得在貧人面前爲他的財產感到羞慚，而貧人看見這謙卑，自會了解，而且欣然對他讓步，以和藹的態度答復他的莊嚴的羞慚。你們應該相信，結果是會這樣的：正在朝這上面走呢。平等是應該單祇在人的精神的品格裏找見的。而惟有我們中間可以明白這一點。如果我們是弟兄，就會發生友于的情誼，以前他們是永遠不會均分財產的。我們將保存基督的形象，它將似貴重的寶石一般，照耀着整個世界……這是會來的，這是會來的！

父與師傅們，有一次我曾發生一樁可感動的事情。我在游行的時候，有一天在大省城裏面遇見了我的以前的馬弁阿法那西耶。自從我和他分別以來，已過了八年。他偶然在菜市看見我，辨認了出來，跑到我面前顯得太喜歡了，竟奔到我身傍，說道：『老爺，是您麼？我難道看見的是您麼？」把我領到家裏去。他已經退伍，結了婚，養下兩個小孩。他同他的太太在菜市擺攤度日。他所住的屋子雖簡陋貧窮，却還淸潔，快樂。他讓我坐下，生起火壺，打發人把妻子叫來，好像我到他家裏去，對於他成爲一個佳節似的。他把孩子們領來，說道：「請您祝福他們，神父。」我答道：「我那裏能祝福，我不過是普通的，謙卑的僧士，我將爲他們祈禱上帝。對於你呢，阿法那西耶·伯夫洛維奇，我從那天起，每天爲你祈禱上帝，因爲一切都是從你而起。」我就盡我的能力對他解釋這個意思。他對我看望，總是不能想像，我是僧官，他的以前的主人，現在竟扮了這個樣子，穿上這種衣裳，在他的面前現露：他竟哭了。「你哭什麼？」——我對他說，——「你是令我難于遺忘的人，你應該爲我喜悅，因爲我的道路是喜悅而且光明的。」他不說許多話，惟有嘆氣，還朝我搖頭，帶着感動的心情。「您的財產呢？」——他問。我回答他：「捐送給修道院，我們共同地生活着。」喝完茶以後，我和他告別，他忽然塞給我半個盧布，給修道院的捐款，還把另外的半個盧布塞到我的手裏，匆匆忙忙的說：「這是給您的，給游方僧士的，您也許有用處。」我收了他的半個盧布，對他和他的太太鞠躬，喜喜歡歡地走出去，路上想道：「現在我們兩人，他在自已家裏，我走着路，大概全在嘆氣，又快樂地嘻笑，心裏很高興，搖頭回憶，如何上帝領我們前來相見。」我從那時起便沒有看見過他。我做過他的主人，他做過我的僕人，現在我同他和[illegible]地親吻，精神上十分高興，人之間發生了偉大的人類的聯結。我對於這一點想了許多時候，現在我這樣想着；對於偉大和坦白的聯結到了時候會到處發生在我們的俄羅斯人中間一層，有什麼不能理解呢？我相信一定會發生，而且時間已臨近了。

關於僕人，我還要在後面補說幾句：我在青年時候常對僕人們發脾氣：『廚婦燒的菜太燙，馬弁不把衣裳刷得乾淨。』但是開我茅塞的是我的親愛的兄長的思想，我在童年時常聽他講道：『我配不配使別人侍候我，就爲了他們的貧窮和愚魯，使我支配他們？』我當時很奇怪，何以這樣普通的思想，明晰異常的思想，在我的腦筋裏發現得如此遲慢。世界誠然沒有僕人是不可能的，但是應該設法使你的僕人在精神方面得到自由，比他不做僕人的時候還自由些。爲什麽我不能做我的僕人的僕人，並且讓他看見，在我的方面並無驕色，而他的方面並無懷疑呢？爲什麽不能使我的僕人做我的親屬，把他收在我的家庭以內，而引爲快樂呢？甚至現在還可以辦得到，作爲將來的，人類偉大團結的基礎，在那個時候人將不尋覓僕人，且不願將同樣的人當作僕人看待，像現在的樣子，相反地，將用全力成爲大衆的僕人，照新約的辦法。人到了後來會在光明和慈愛的勞績中尋到他的快樂，而不在像現在那樣殘忍的快樂裏尋覓，——例如在貪食，淫蕩，虛飾，驕傲，忌妒性的彼此競爭之中。難道這祇成爲夢想麼？我深信決不是夢想，而且時間快近了。有人笑着問：時間何時可到？有點像可以到嗎？我想我們將和基督同行解決這偉大的事。世界上，人類的歷史裏，有多少理想，在十年以前還認爲不可思議，竟能在祕密的時間到臨的時候，忽然發現出來，在整個大地上風行。我們這裏也是這

樣，我們的民族將對世界微笑，所有的人們將說：「建築師拒却的石頭成爲主要的牆基了。」應該反問嘲笑的人們自身：假使我們在那裏幻想，那末你們什麼時候可以藉着自己的智慧，不靠基督，而蓋好自己的房子，建設合理的生活？如果他們自己說他們也是往聯結的方向走去，那末實際上祇有最平凡的人們能以相信，他們的平凡是可以使人驚異的。實際上他們的幻想比我們厲害。他們想在拒却基督以後，建設合理的生活，結果必將流血遍地，因爲血可以召來血，拔出劍來的人將被劍所傷害。如無基督的聖約，人們必將互相殘殺，到世上祇剩兩人爲止。這最後的兩人也不能互相對持，於是最後的第一人將殘殺最後的第二人，以後再殺死自己。這一定要應驗的，假使基督的聖約不說爲了馴順謙卑的人們，這期限將縮短得多。我在決鬬以後，還在穿軍服的時候，就在交際社會中談起對于僕人的意見，我記得大家都奇怪我。他們說：「莫非應該請僕人坐在沙發上，給他倒茶麼？」我當時答道：「爲什麼不能呢？有的時候爲什麼不能呢？」當時大家全笑了。他們的問話是無意的，我的答語是不清楚的，但是我想裏面多少有點眞實。

g. 論祈禱愛情和與外間接觸的問題

青年人，不要忘却祈禱。在你的祈禱裏，如果它是誠懇的，每次必閃出新的情感，而情感裏含着你以前不知道，而重新使你鼓勵的新思想：你將明白，祈禱就是教育。你應該記住；每天，而且在可能的時候，你必須反覆誦禱：「主，願你寬恕今天站在你面前的一切人們。」因爲每小時，每一刹那間，地上有數千人脫離生命，他們的靈魂站在主的面前，——太多的人們和地分離的時候都是孤立的，沒有人曉得的，處于憂愁和煩惱之中，因爲無人憐惜他，甚至完全不知道他們：究竟活着沒有。也許，你的祈禱，爲他的靈魂安息的祈禱，從大地的另一角落裏升到上帝的座前，雖然你不知道他，他也不知道你。恐怖地立在上帝面前的他的靈魂在那個刹那間將如何歡悅地感到，還有一個爲他祈禱的人，還有一個愛他的人留在地上。上帝慈悲地望着我們兩人；因爲假使你可憐他，那末上帝更要可憐他，比你慈悲而且和愛到無數倍的上帝。他將看了你的分上寬恕他。

兄弟們，你們不要懼怕人們的罪孽，愛在罪孽裏的人，因爲這是神的愛情表示，這是地上的愛的高峯。你們應該愛上帝創造的一切東西，整體和每粒砂子。愛每張樹葉，每條上帝的光。愛動物，愛植物，愛一切的事物。你如愛一切的事物，便能理解上帝在事物裏的祕密。一旦有了理解，便可每天無止休地得到越來越多的認識。你終于將用整個的，全世界的愛，愛全世界。你們應該愛動物：上帝給予他們思想的始端和無抗拒的快樂。不要加以擾亂，不要磨折他們，不要奪去他們的快樂，不要反對上帝的思想。人，你不要對於動物露驕傲的態度：牠們並無罪孽，而你却一出世就用你的偉大糟糠大地，留你的汚穢的痕跡在你後面，——差不多我們中間每人都是如此的！——你們應該特別愛小孩，因爲他們也沒有罪孽，像安琪兒一般，他們活在世上，爲了使我們和愛，爲了洗淨我們的心，好比對於我們的一種指示。侮辱小孩的人是可悲的。阿菲姆神甫教我愛小孩：他生性沉默和藹，雲游的時候用施捨來的零錢買下糖餅，分散給他們；他這人是不能從小孩的身邊走過而不露精神的感動的，他的性格是如此的。

一個人對於某種思想有時感到懷疑，特別是看見了人們的罪孽，便自問道：『用强力加以克服呢？或者用馴順的愛。』你永遠應該決定：『用馴順的愛。』你能永遠這樣決定，便可征復整個世界。馴順的愛是一種可怕的力量，最見强烈，沒有和它相比的東西。你應該每天，每小時，每分鐘省察自己，使你的形象具有莊嚴的樣子。你走過小孩的身傍，惡狠狠地走過，說出難聽的話語，懷着憤怒的心靈；你也許沒有看見嬰孩，而他看見了你，你的形象，那樣難看而且不誠實的就會留在他的孤立無助的小心裏面。你並不知道，也許你這樣是將壞惡的種子扔進他的心裏，使它增大起來，全是因爲你在孩子面前不加檢點的緣故，因爲你未在自己身上養成精細的，積極的愛。愛是教師，但是必須懂得如何獲到它，因爲它難于獲到，須付出很貴的代價，從事長久的工作，還經過長久的時間。至於偶然是每人都會愛的，連兇首也能愛的。我的兄長向小鳥請求饒恕：這似乎並無意義，却是眞實的。因爲一切像一片海洋，一切在流着，接觸着，在一個地方搖動一下，就會在世界的另一端生出響應，向小鳥請求饒恕固然是瘋態，但是小鳥們可以感到輕鬆些，嬰孩和在你身傍的一切動物也是如此，假使你自己比你現在還莊重些，那怕一點點也可以。一切像一片海洋，我對你們說。那時候你將起始向小鳥祈禱，懷着整個的愛，似乎發出欣悅，祈求他們赦免你的罪。你必須珍重這種欣悅，無論人們覺得它如何的無意義。

我的朋友們，你們應向上帝請求快樂。像小孩那樣，像天上的鳥那樣快樂。不要讓人們的罪孽在你的作爲裏攪亂你。不要怕它磨蝕你的事業，阻礙你的事業成就。不要說：「罪孽是萬能的，邪惡是萬能的，惡劣的環境是萬能的，而我們是孤獨的，無力的，惡劣的環境會磨蝕我們，不使我們成就福利的事情。」你們應該避開憂鬱，孩子們。自救之道就是把住自己，使自己成爲人們的罪孽的負責者。這是實在的，因爲你祇要使自己成爲誠實的對一切的負責者，你立卽看出這確是這個樣子的，你確是對一切的，對一切物犯了過錯。你如將你的懶惰和疲乏推到人們身上，結果，你必領受撒但的驕傲，對上帝生怨艾之心。關於撒但的驕傲，我以爲我們在世上是很難加以理解的，因此極易發生錯誤，在領受它的時候還以爲我們做了一點偉大的，美麗的事情。我們的天性中有許多最强烈的情感和行動，我們在地方暫時還不能加以理解，你不要受了誘惑，不要以爲這可以做你的辯解，因爲永恆的裁判者問你的是你的已能理解的一切，而非不能理解的東西，你自己會深信這一層的，因爲那時候你可得到正確的理解，而不會爭論的，我們在地上好像在那裏流蕩，如果我們的前面沒有珍貴的基督的形象，我們也將遭到滅亡，完全迷路，像人類在洪水前的樣子。地上有許多東西被隱藏着，不使我們知曉，但是代替了它，賜予我們的是對於我們和另一世界，另一崇高多山的世界，有密切關係的一種祕密的，珍貴的感覺。我們的思想和情感的根苗不在這裏，而在另一世界裏面。哲學家們說，事物的實體無從在地上加以理解，就是這個緣故。上帝從另一世界裏取了種子，在地上播種，使他的花園長成，一切可以長成的東西全都長成了，但是被長成的東西是單單依靠和神祕的另外的世界互相接觸的情感以生存的。假使這情感在你的心上軟弱下去，或竟消滅，則你心中所長成的一切也將滅亡。於是你起始對生命冷淡，甚至恨它。還是我的見解。

h. 能不能做同類的人們的裁判官——信仰到底——

你應該特別記住，你不能做任何人的裁判官。沒有人能在地上裁判罪人，除非他自己悟到他和站在他面前的人同屬罪人，而他對於站在前面的人所犯的罪也許比任何人都有錯。在他悟到這層的時候，才能成爲裁判官。形式雖然瘋狂，但這是實在的。因爲假使我自己公正，也許不會有站在面前的人。你如能將你面前，受你的良心裁判的罪人所犯的罪自行承受，就應該立刻接受下來，自己替他受苦，而把他赦免，不加責備。甚至假使法律派你做他的裁判官，你應在可能的範圍內做這類的行爲，因爲他一走以後，將自行懲罰自己，比你的裁判還酷烈。假使他毫無感覺地退走，還要笑你，你不必受他的誘惑：那是因爲他的期限還沒有到，到了時候自然會到的；卽使不到，也是一樣；不是他，便有別人替他認罪受苦，並且責備自己，控訴自己，眞實便被完成了。你必須相信，一定要相信，因爲一切的信仰和一切的聖徒的信仰就在這個上面。

你應該不停歇地做去。假使夜裏睡覺時憶到：「我沒有履行應該做的事，」那末應該立卽起身去履行。如果你的周圍都是惡狠，而無感覺的人們，不願聽你的說話，就跪在他們面前，請求他們的饒恕，因爲他們的不願意聽你的說話，究竟是你的錯。如果你不能同兇惡的人們說話，可以默默地，忍着羞辱，侍候他們，永遠不喪失希望。假使大家離開你，用強力驅逐你，那末獨自剩你一個人的時候，應該跪在地上，吻它，用眼淚浸濕它。他由于你的眼淚會生出果實，雖然你處于孤寂之中，誰也不會看見你，聽見你。你應該信仰到底，卽使甚至弄得大家在地上迷了道路，而你一個人還守着信實；你就把犧牲品送來，獨自留在那裏頌讚上帝。如果你們這樣兩個人聚在一起，——那就是整個世界，活潑的愛的世界，和愛地互相擁抱，頌讚上帝；因爲即使祇有你們兩個人，但是上帝的眞實却因此實現了。

假使你自己犯了罪孽，而爲了你的罪孽，或你的突來的罪孽，甚至發愁得要死，那末可以替別人喜歡，替正直的人喜歡，爲了你雖犯罪，而他的行爲却極正直，且不犯罪而喜歡。

如果人們的惡行使你憤怒，而且發生不可克制的憂愁，甚至抱復你的願望，那末你應該對這情感懷懼；你立刻就去爲自己尋覓苦難，好像是你自己對於人們的惡行犯了錯處似的。你應接受這苦難，忍耐一下，你的心便可得到安慰，你將明白是你自己的錯處，因爲你本可給惡徒們點燈，作爲一個無罪的人，而竟沒有點。如果點了，那末你的燈光可以給別人照路，而做惡事的人也許在他的燈光之下不致于做錯事了。即使甚至你點了燈，而看到人們甚至在你的燈光之下也不得救，那末你應持以堅定，不要疑惑天上的光明的力量；你應該相信，若現在不得救，以後必將得救的。即使以後不得救，他們的兒子們必得救的，因爲你雖死而你的光不死。正直的人退走，他的光明留了下來。人們永遠在拯救的人死後才得救的。人類不接受他們的預言者，痛毆他們，但是人們愛他們的殉難者，尊敬被磨難的人們。你爲整體而工作，爲未來做事。你永遠不要尋覓獎賜，因爲沒有這個，你在地上的獎賜已經很大了。那就是惟有正直的人可以獲到的精神的喜悅。你不要怕尊貴的人們，强有力的人們，却應該做一個有智慧的人，永遠做一個沈靜的人。你應該知道尺寸，知道時間，加以研究。在孤獨中留下時，你應該祈禱。愛俯伏在地，吻它。吻着地，實行沒有止歇，沒有饜足的愛，愛一切人，一切物，尋覓喜悅和它的瘋狂。用你的喜悅的眼淚浸潤大地，愛你的眼淚。不要以這瘋狂爲羞恥，應該加以珍重，因爲這是上帝的，偉大的贈賜，不是賜與許多人，却賜與被選擇的人們的。

i. 論地獄與地獄的火—神秘的討論—

父親師傅們，我曾想到『地獄是什麼？』的問題。我的見解以爲它是『由于不能再愛而得的痛苦。』有一次，在無窮盡的，不能用時間和空間衡量的存在裏，有某一個精神的生物在出現於世時被賦予一種能力可以使他對自己說：『我也是的，我也愛。』一次，祇有一次，給予他積極的，活的愛的一個刹那，就爲了這個給予地上的生命，跟着是時間和期限，而結果還有幸福的生物拒却了無價的賜贈，不予珍愛，露出訕笑的眼神，冷淡的態度。這個人離開大地後，看見天國，和阿勃拉漢結婚，像喻言裏所說的一般，談到關於富人和拉扎爾的事情。他視察天堂，可以到主前去，但是使他苦惱的是他到主前去的時候，沒有愛過任何人，且將和愛過他而爲他所賤視的人們相接觸。因爲他看得很清楚，自己說：『現在我有智識，雖已想愛，但在我的愛裏已無勞績可言，已無犧牲可言，因地上的生命業已完結，阿勃拉漢不會用活水的點滴，（那就是重新用地上的，積極的生命的贈賜，）冷却精神的愛的酷烈的火燄，這火燄現在在我心裏燃燒着，而在地上會加以賤視；連生命和時間都不再有的了！雖願爲他人犧牲性命，但已不可能，因爲可以爲了愛犧牲的生命業已過去了，現在這生命和存在之間已隔了深淵。」他們談起地獄的物質的火燄；我不去研究這祕密，也感到駭怕，但是我以爲物質的火燄如確有其事，應該覺得高興，因爲我這樣幻想，在物質的磨難裏，那怕是一剎那間也可以使他們忘却可怕的精神的磨難。奪去精神的磨難是不可能的，因爲這磨難不是外在的，而在人們的內心裏的。即使能以奪去，我以爲因此更加感到不幸。天堂上的正義的人們看見他們磨難，雖可予以赦免，召喚到他們的身傍，發出無盡的愛，但因此更將增加痛苦，因爲將更加强烈地引起對於有反響的，積極的，可感謝的愛的火燄的懷念，這愛現在已是不可能的了。我在畏葸的心裏想到，這個不可能的感覺最後可以使他們得到輕鬆，因爲接受了正義的人們的愛，既不能有所償報，則由于服從和馴順的行動，終于將得到以前忽視的積極的愛的一種形狀，取到和這愛似乎相同的行爲……朋友們，可惜我不會把這意思明白說出。但是地上自己殘害自己的人們是可悲的，自殺者是可悲的！我以爲比他們再不幸的人是沒有的了。有人對我們說，爲他們祈禱上帝是罪孽的，教堂公開地責備他們，但是我在內心的祕密之中想還是可以替他們祈禱的。基督決不爲了愛生怒。我一生內心裏爲他們祈禱，我對你們懺悔，父與師傅們，現在每天也在祈禱。

有的人在地獄裏還是驕傲而且兇狠，雖已有了無可辯駁的智識，和對于無從抗拒的眞實的瞑察；有些可怕的人們整個地委身於撒但，和他的驕傲的神靈。對於這類人，地獄是甘心情願的消耗不盡的；他們是自願的殉難者。因爲他們自己詛咒自己，詛咒上帝和生命。他們以惡意的驕傲爲養命之源，好像沙漠中的飢者起始從自己身上吸取自己的血。他們永遠不會滿足，他們拒卻恕宥，詛咒召喚他的上帝。他們不能不懷着怨恨審察上帝，而且要求生命的上帝應予消滅，上帝應該消滅自身和他所創造的一切。他們將在怒火裏永遠熾燒，他們渴求死和無在。但是他們得不到死……

阿萊克謝意·費道洛維奇·卡拉馬助夫的筆記到這裏完了。我重複一句：這筆記不完全，並且是零零碎碎的。傳說的材料祇包括長老的最初的青年時代。他的這些學說和意見顯然是在不同的時期內，由于各種形式的衝動而說出來的，現在湊在一處，似乎成爲一個整體。長老在最後的數小時內親自說出什麼話語，沒有得到確定，但是這次談話的精神和性格，如和阿萊克謝意·費道洛維奇從以前的訓話裏所記載下來的兩相比較，即可知其梗概。長老的圓寂是完全突如其來的。因爲雖然那些在最後的晚上聚集的人們十分明白他已離死很近，但也不能料想會如此突來地到臨的；相反地，他的朋友們，我在上面已經說過，看見他那天晚上好像精神極佳，而且愛說話，甚至相信他的健康裏發生了顯著的改善，那怕卽使僅祇是極少的時間。以後大家奇怪地傳說着，甚至在他死前五分鐘也不能預見出來。他忽然感到胸內似有劇烈的淸楚，臉色發白，兩手緊緊地，伏在心的部位上面。大家全從座位上立起來，奔到他的面前去；他雖受着痛苦，却還含笑看着他們，輕輕地從躺椅垂坐到地板上面，跪了下來，臉伏在地上，兩手伸展，似乎懷着喜悅，吻地，祈禱，（照他自己教訓的辦法，）輕聲而且喜悅地將靈魂交給上帝。關於他的圓寂的消息立刻在庵舍裏飄過，飄到了修道院。和死者親近的人們，還有按照古代儀節應該收拾他的遺體的人們，和全部僧侶大家聚到教堂裏去。以後傳說，在天未破曉時，長老圓寂的消息已傳到城裏。早晨時候，幾乎全城的人都談論這事，有許多人奔到修道院來。關於這些事我們下一卷再敍，現在祇願意預先補說一句：那就是一天還沒有過去，就發生了對於大家都出乎意料外的，而且從在修道院的範圍和城裏所生的印象看來，似乎十分奇怪，驚慌而且無所措手的事情，至今在過了許多年以後，我們的城裏還留下對於這驚慌的日子的極靈活的回憶……

民国世界文学经典译著·文献版（第二辑：耿济之译著）

◆长篇小说◆

The brothers Karamazov

卡拉马助夫兄弟们（第四部）

[俄]陀思妥耶夫斯基（F.dostoevsky）著
耿济之 译

上海三联书店

[俄]陀思妥耶夫斯基（F.dostoevsky）著
耿濟之 譯

卡拉馬助夫兄弟們

（第四部）

中華民國三十六年八月初版

目録

第四部

第十册 男孩們

第十一册 伊凡·費道洛維奇

第十二册　司法的錯誤

尾聲

第十册　男孩们

第一章　郭略·克拉騷脫金

十一月初。我們這裏的濕度表已降到零點下十一度：隨着結了霜凍。在結凍的田地上，夜間落了不多的乾雪，『乾澀，尖銳的的風把它舉起，在我們小城裏沉寂的街上掃來掃去，而在菜市的廣場上掃得最爲厲害。早晨是模糊的，但雪已止住。離廣場不遠，波羅脫尼闊夫小舖附近，有一所小小的，內外都很整潔的房子，是官員的寡妻克拉騷脫金的産業。省署的祕書克拉騷脫金本人早已故世，差不多在十四年以前，但是他的寡妻，二十歲的，至今還很美麗的女太太，却活在那裏，住在那所清潔的房子裏，靠『自己的資本』度日。她的生活是純潔的，膽怯的，具有溫柔，還很快樂的性格。丈夫死的時候，她祗有十八歲，同他祗住上了一年左右，給他生下一個兒子。從那時起，從他死的時候起，她專心致力於教育她的遺腹子郭略。十四年來，她固然深深地愛他，但是爲了他所受到的痛苦比所感到的快樂是多到不可比擬，幾乎每天抖慄着，害怕着，惟恐他生病，遭涼，過分淘氣，爬到椅上跌下來等等。在郭略入小學，以後又升到初級中學的時候，母親連忙同他一齊研究各種科學，以便幫他的忙，和他一塊練習功課。她又跑去和教師們和他們的太太們結識，甚至去和郭略的同學們親熟，恭維他們，爲是不讓他們擡一擡郭略，還不讓他們笑他，打他。她這樣一來，反使那些男孩們藉着她的原因當眞取笑他，起始逗他，說他是母親的愛子。但是這男孩是會自己保護自己的。他是一個勇敢的小孩，「太有膂力。」他的名聲在課堂裏飛越着，很快地確立起來。他舉動靈巧，具有固執的性格，膽壯而且富於進取的精神。他的功課很好，甚至發生一種傳說，他的算學和世界史可以打倒教師達爾達渾洛夫。這男孩雖然仰起鼻子，高傲地看望衆人，却和同學們，感情很好，不露出目空一切的樣子。他對於學生們的尊敬視爲當然，但仍抱着友善的態度。主要的是他知道分寸，在相當的時候會自行克制，對待尊長從不越過某種最後的，禁制的界線，過了這界線過失便不能予以容忍，變成搗亂，反抗和不法行爲了。他也極不辭於遇到一切方便的機會的時候淘氣一下，淘氣得像最小的男孩，不僅淘氣，還要做出一點小聰明的事情，奇怪的行爲，弄出些「特別的喝采，」漂亮玩意，露一露臉。主要的，他是很自尊的。他甚至把自己的母親也放在服從他的人們一起，用近乎暴虐的態度對待她。她也肯服從，早就服從了，祇是無論如何也不能忍受下一個念頭，那就是這小孩「不大愛她。」她不斷地覺得郭略對她「還有感覺，」她時常流着歇司底里性的眼淚，起始責備他的冷淡。男孩不愛這個，人家越對他要求心臆的抒發，越好像故意不願就範。但是這情形的發生在他並非由於故意，却是不由己的，——他就是這樣的性子。母親是錯誤的：他很愛他的母親，但是不愛『犢牛般的溫柔樣兒，』他用小學校內的特用語言如此的表示。父親死後留下一隻書櫥，裏面存放幾種書籍；郭略愛看書，裏面有幾本書已經自行讀過。母親並未引為不安，有時祗覺得驚訝，何以一個男孩不去游戲，却在整整的數小時內站在書櫥傍邊，讀一本什麼書籍。因此郭略讀到了一點在他的年齡下還不能讓他讀到的一點東西。在最近的時候，雖然他並不愛在淘氣的行為裏越過一定的界線，但是起始做出一些使母親嚇得非同小可的頑皮行為，——固然不是什麼沒有道德的，却是兇狠的，胡鬧的。那一年夏天放暑假的時候，母子兩人動身到七十俄里外的縣裏一位遠親家裏去盤桓一星期，這位遠親的丈夫在鐵路車站上服務，（就是伊凡·卡拉馬助夫一個月以後從那裏到莫斯科去，離我們的城市最近的那個車站。）郭略起始先精細地看好了鐵路的情形，研究裏面的一切規矩，明白他回家以後可以在初中的學生中間，藉此眩耀他的新知識。恰巧當時在那裏還有幾個男孩和他湊合上了；有些住在車站上，有些住在鄰近地方。這些青年人物，年紀從十二歲到十五歲，一共聚成六七個人，內中有兩個也是從我們的城裏去的。這些小孩們在一起游戲，淘氣。在車站上住下後的第四天或第五天，這羣愚蠢的青年人中間成立了一個太不像話的兩個盧布的東道。事情是這樣的：郭略在大家裏面差不多是最小的一個，因此年長的人們有點加以輕視。他由於一種自尊心，或是由於無可原恕的勇敢，自行提議他可以在夜裏第十一號列車經過的時候，直僵僵地躺在軌道中間，一動也不動地一直躺到火車加快着速率，在他身上滾過。固然也曾作過一番預先的研究，發見在軌道中間直展地，壓平地躺着確是可能的，火車自然可以飛越過去，撞不到躺着的人。但是躺在那裏的滋味是够瞧的！郭略堅決主張他可以躺下去。起初大家笑他，稱他為說謊的人，說他吹牛皮，這更加煽動他。主要的是這些十五歲的孩子們對他太為傲視，起初甚至不願把他認為同伴，卻當作『小人』看待，這使他感到難堪的侮辱。因此決定晚上動身到一俄里路以外的地方，為的是火車從站上開出去以後可以開足速率地行駛起來。小孩子聚集在一起。一個沒有月亮的夜裏，並不是黑暗，竟是烏黑的夜。到了相當的時間，郭略躺在軌道中間。其餘五個賭東道的人在道傍土堆下面樹棵裏等候着，起初沉住心，以後帶着恐懼和後悔。從站上開出的火車終於在遠遠裏發響了。從黑暗裏熠耀出兩隻紅燈，挨近過來的怪物轟轟地響着。『快跑，快離開軌道！』——嚇得要死的男孩們從樹棵裏對郭略呼喊，但是已經晚了：火車跳了過來，飛駛過去了。男孩們跑到郭略面前：他動也不動地躺在那裏。他們起始搖撼他，把他抬起來。他忽然自己立起來，默默地從沙堆上走下來。走下來後，他宣布他是故意躺在那裏，似乎失了知覺，想嚇唬他們，其實他果真是失了知覺，在過了許多時候自己對他的母親說的。因此，『兇狠的人』的名聲便永遠釘牢在他的身上了。他回到車站上的時候，臉色慘白得像一塊布。第二天上，得了輕微的，神經性的寒熱，但是精神上十分快樂，高興，而且滿意。這件事情並沒有當時發覺出來，却在回到城裏以後，在初級中學裏傳播開來，達到了校長的耳朵裏去。郭略的母親連忙跑到校長那裏替她的孩子求情，結果是那個受人尊敬的，有勢力的教師達爾達涅洛夫出來替他說話，給他撐腰，事情總算混過去，好像並無其事似的。這個達爾達涅洛夫是獨身人，歲數不老，多年熱烈地愛戀克拉騷脫金夫人，一年以前，曾有一次用極恭敬的態度，由於驚嚇和微妙的感覺死沉着心，冒昧地向她求婚，但是她一口回絕，認允諾爲對他的小孩的變心，雖然從某種神祕的徵象上看來，達爾達涅洛夫甚至也許有一些權利可以幻想這位美麗的，却太貞節而且溫柔的小寡婦並不十分討厭他。郭略瘋狂的淘氣似乎破開了堅冰，爲了他的居間調停，達爾達涅洛夫取得了有希望的暗示。固然希望是遼遠的，然而達爾達涅洛夫自身就是純潔與優雅的儀型，所以在他的幸福的完滿方面，暫時是十分滿足的了。他愛這小孩，雖然他認對他奉承是低卑的行爲，所以在課堂裏對他十分嚴厲，而且苛求。但是郭略自己永遠和他隔着相當的距離。他的功課預備得很好，全班裏考第二名，對達爾達涅洛夫也頗嚴峻，全課堂的學生堅信郭略對於世界史一科極有把握，可以「打倒」達爾達涅洛夫本人。實在的，有一次郭略問他：「建立脫羅邑的是什麼人？」達爾達涅洛夫單祇回答關於一般的民族的狀況，他們的行動和移殖，又講到時代的深遠，和神話的傳說等等的事，但是對於究竟誰建立脫羅邑，究竟是什麼人，卻不能加以回答，甚至認這問題有點空閒而且不能成立。然而學生們深信達爾達湼洛夫不知道建立脫羅邑的是什麼人。郭略從他父親遺留下來的書櫥內保存着的司馬拉格道夫的書內，讀到關於建立脫羅邑的人們的歷史。結果是甚至使所有小孩都生出興趣：究竟誰建立脫羅邑的，但是克拉驕脫金不肯宣布他的祕密，於是行家的名聲便無可搖撼地留在他身上了。

在鐵路上的事件發生以後，郭略對母親的關係有點變動。安娜．費道洛夫納（克拉驕脫金的寡妻）得悉了她的小兒子的那番武功以後，驚嚇得幾乎發瘋。她犯了可怕的歇司底里病，數日內間歇地發作，使害怕得十分嚴重的郭略對她發出眞誠的，高貴的誓約，以後決不再發生相類的淘氣行爲。他跪在神像面前賭咒，而且以父親的遺念爲賭咒，這是依照克拉驕脫金夫人的要求。那個「勇敢」的郭略自身也由於「情感」而哭得像六歲的小孩。母子兩人整天內互相擁抱，抖慄地哭泣着。第二天上，郭略醒來，照舊是「無感覺的，」起始更加沉默，謙遜，嚴厲，而且凝慮。固然在一個半月以後，他又陷進一個淘氣的行爲裏，他的名字甚至被我們的地方法院的推事所知悉，但是這淘氣行爲已經屬於完全另一類，甚至是可笑而且愚蠢的，後來查出來，也不是他自己做下的，祇是被牽涉進去罷了。關於這件事情以後再說。母親繼續戰慄着，而且感到痛苦，而達爾達湼洛夫則隨着她的驚慌程度的加深，更加懷蓄着一種希望。應該注意到的是郭略已經瞭解，而且猜到達爾達湼洛夫在這方面的心理，顯然深刻地爲他的這種「情感」而輕視他；以前他甚至會在母親面前不客氣地表示這輕視的態度，遠遠地對他暗示他瞭解達爾達遑洛夫要達到的目的。但是在發生了鐵路上的事件以後，他變更了對於這件事情的行爲：不再作任何暗示，即使是極瞭解的也沒有，同時當着母親面前起始對於達爾達遑洛夫作恭敬的批評，這立刻使敏感的安娜・費道洛夫納取得瞭解，在心內發出無窮的感謝，但是祇要有一個什麼不相干的客人對於達爾達遑洛夫說了一句偶然的話語，如果有郭略在身傍，便會忽然羞慚得滿臉通紅，像一朵玫瑰。郭略呢，在這剎那間會蹙緊眉峯，向窗外看望，或者察看他的皮靴是不是需要上油，或者兇狠地叫一聲「潘萊玆汪，」一隻極大的背毛的，污穢的狗，在一個月以前忽然不知從那裏弄了來，拖進屋裏，也不知爲什麼原因嚴守祕密，藏在屋內，不肯給同學裏任何人看一看。他努力馴服牠，教牠各種玩意和學問，把那隻可憐的狗弄到他不在家，到學校上課的時候竟汪汪地吠叫，等他回家以後，便歡欣得尖叫，發瘋似的跳躍，侍候着他，仰倒在地上，假裝死去，一句話，做出一切教牠的花樣，而且並非由於人家的要求，卻是祇爲了牠的歡欣的情感和感謝的心臆的充溢。

順便說一句：我竟忘記提記，郭略・克拉騷脫金，就是被讀者已熟悉的那個男孩伊留莎，退職的上尉司遑甚萊夫的兒子，爲了小學生們罵他的父親「毛帶，」替他父親復仇，用裁紙刀戳中大腿的那個小孩。

第二章　小孩子

在十一月冰凍的，厲風的早晨，男孩郭略·克拉騷脫金坐在家裏。那天是星期日，沒有功課。已經打了十一點鐘，他有『一樁極緊要的事情，』必須出門，但是家裏祇剩他一人，他絕對地成為這房子的保護者，因為所有那些年長的住客為了一樁緊急的，古怪的事情全都出門去了。寡婦克拉騷脫金的房子裏，除去她自己居住的一個寓所以外，隔着外屋還有唯一的一所小住宅，共有兩間小房，出租給一位醫生太太和她的兩個年幼的子女居住。這位醫生太太和安娜·費道洛夫納同歲，是她的要好的朋友。醫生已於一年前出門，起初到渥連堡去，以後到搭士根特去，已經有半年得不到他一點信息，假使不是同克拉騷脫金夫人的友誼使這被遺棄的醫生夫人的憂愁稍為減輕一些，那末她根本就要憂愁得流淚不止。但是在所有這些命運的壓迫之外竟還發生了這樣的事，那就是昨天夜裏，禮拜六的夜裏，醫生夫人的唯一的女僕卡鄰德納忽然完全出乎她太太的意料之外，對她宣告打算在早晨生養一個小孩出來。怎麼會沒有人預先覺察出，對於大家這眞是一樁奇蹟。驚愕不置的醫生夫人想到在時間還有充裕的時候，把卡德鄰納送到一個在我們小城裏特地為這種事情而設備的機關裏的助產婦那裏去。因爲這個女僕她很寵愛，他便立刻履行了自己的計劃，自己送了去，還留在她身邊。到了早晨，爲了什麼原因，必須由克拉騷脫金夫人作友誼的參與和協助，因爲她遇到這種事情，可以求求人家，設法請托一下。因此兩位女太太都已出門，而克拉騷脫金夫人自家的女僕阿格菲霞上菜市去了。所以郭略成爲暫時的「小把戲」的保護人和看守人，這「小把戲」就是醫生夫人的男孩和女兒。郭略並不懼怕看家，而況還有潘萊茲汪在身邊，他吩咐牠在前屋的長椅底下靜伏着，「不許動一動。」郭略在屋內踱走着，每次走進前屋的時候，牠總要把腦袋抖動一下，尾巴朝地板上作兩次堅定而且帶着奉承的意味的叩擊，但是可憐得很，沒有發出招喚的嘯聲來。郭略威嚇地朝這不幸的狗看了一下，牠立刻靜下去，作出服從的僵死的姿勢。最使郭略不安的也就是那兩個「小把戲。」他對於卡答隣納的偶然事件自然抱着極深刻的輕視，但是他很愛兩個孤獨的小把戲，已經把一本兒童書籍送給他們去看。娜司卡是年長的女孩，年紀已有八歲，會讀書，至於那個小把戲，七歲的男孩郭司卡，很愛聽娜司卡讀書。克拉騷脫金自然可以和他們玩得有趣些，那就是把他們兩人放在身邊，起始同他們作兵士的游戲，或者在各屋內捉迷藏。這事他以前做過好幾次，而且並不以爲厭惡。在課堂裏有一次甚至傳揚出來，說是克拉騷脫金在自己家裏和小房客們做跑馬的游戲，扮做一匹傍套的馬，側頭跳躍，但是克拉騷脫金驕傲地閃躲這種責備的話，表示「在這年代」和年齡相仿的人們，和十三歲的小孩們作跑馬的游戲，實在是可羞，但他是爲「小把戲們」做的，因爲他愛他們，關於他的情感誰也不應該加以顧問。這兩個「小把戲」也是很愛他的。然而這一次却沒有功夫游戲。他有一樁很重要的，自己的事情待辦，這事外表上甚至是近乎神祕的，但是時間業已過去，而那個阿格菲亞，可以放心把小孩子們遺留給她的，竟還沒有從菜市回來。他好幾次穿過外屋，開醫生夫人家裏的門，煩慮地張望「小把戲們。」他們正遵照他的吩咐，坐在那裏看書，每逢他開門，默默地對他張嘴微笑，希望他走來，做出一點美麗的，有趣的事。但是郭略處於精神騷擾之中，沒有走進來。終於打了十一點鐘，他最後根本決定，假使過了十分鐘，「可惡的」阿格菲亞還不回來，他便不再等候，逕直出門，自然要對「小把戲們」說好，叫他們在他不在家的時候，不要害怕，不要淘氣，不要嚇得哭泣。他一邊想，一邊穿上冬天的棉大氅，大氅上有皮領，是一種猫皮製成的。他還把書包掛在肩上，不管他母親以前怎樣屢次懇求，他在「如此寒冷的天氣，」出門的時候總要穿上套鞋，他走過外屋時，惟有賤蔑地看了它一眼，就單單穿着皮靴走出去了。潘萊茲汪看見他穿好衣裳，尾巴起始用力叩擊地板，神經質地抖慄着整個身軀，甚至發出可憐的吼號，但是郭略看見狗這樣熱烈的慌忙，斷定這是於紀律有害的，那怕祇有一分鐘的功夫，還要把牠扣留在長椅底下，剛剛開了外屋的門，這纔突然呼嘯了一聲。狗像瘋人似的跳起來，歡欣得在他面前跳躍不止。郭略走過外屋，開『小把戲們』的門。兩人仍舊坐在小棹傍邊，不再看書，却在那裏熱烈地辯論。這兩個小孩時常互相辯論各種使人興奮的生活上的問題。每次都是娜司卡，那個年長的，佔了上風；郭司卡假使同她不同意，永遠會走到郭略·克拉騷脫金面前上告，經他一決定，便成為兩造絕對的裁決。這一次，『小把戲們』的辯論使克拉騷脫金發生多少的興趣。他便站在門前聽着。小孩們看見他聽着，更加用極大的興奮繼續他們的爭辯。

「我永遠不相信，永遠不相信，」——娜司卡熱烈的喃語。——『小孩子是助產婦在菜園裏白菜中間找出來的。現在已經是冬天，不會再種白菜。助產婦不能給卡德鄰納取來女兒。」

「噓！」——郭略自己嘯叫了一聲。

「或者是這樣的：她們從別的什麼地方取來，祇交給那些出嫁的。」

郭司卡釘看着娜司卡，意義深長地聽着，盤算着。

「娜司卡，你眞是傻東西，」——他終於堅定地並不興奮地說，——『卡答鄰納既然沒有出嫁，怎麼會有小孩呢？」

娜司卡十分興奮起來。

「你一點也不明白」，——她惹惱地說，——『也許她有丈夫，不過關在監獄裏面，所以她生養了。」

「她的丈夫難道關在監獄裏麼？」——實事求是的郭司卡鄭重其事地詢問。

「或者是這樣的。」——娜司卡連忙插斷了話，完全拋棄，並且忘却她的第一個假定：——「沒有丈夫，你說得很對，但是她想出嫁，起始想她如何能够出嫁，一直想，一直想，想來想去，想得出來了一個嬰孩，却沒有丈夫。」

「唔，也許是這樣的，」——完全失敗的郭司卡同意了，——「你以前沒有說這個，叫我怎麼能知道呢。」

「唔，小孩們，」——郭略跨進屋子以後，說着，——「我看你們眞是危險的民族！」

「潘萊茲汪同您一塊兒來了麼？」——郭司卡露牙而笑，起始把手指擊響，招喚潘萊茲汪。

「小把戲們，我現在很爲難，」——克拉騷脫金鄭重地起始說，——「你們應該幫我的忙；阿格菲亞自然是跌斷了腿，因爲至今沒有來，這是一定無疑的了。我必須出門去。你們可以放我走麼？」

小孩憂慮地互相了看一眼，露齒嘻笑的臉表現出不安。然而他們還不十分明白，要求他們的是什麼。

「我不在家，你們不淘氣麼？會不會爬到櫥櫃上面，摔折了腿？會不會驚嚇到哭泣？」

小孩們的臉上露出可怕的煩惱。

「我可以給你們看一件小玩意，一隻小銅礮，可以用眞正的火藥射放。」

小孩們的臉一下子明亮了。

「把小礮拿來看，」——滿臉喜容的郭司卡說。

克拉騷脫金的手放進書包，掏出一隻小銅礮，放在棹上。

「拿來看呀！你瞧，還按上輪子，」——他把玩具在棹上滾着，——「還可以射放。裝上碎彈，就放出去。」

「會打死人麼？」

「會打死的，祇要對準好，」——於是克拉騷脫金解釋火藥應該怎樣安放，碎彈怎樣打進去，又給他們看像礮門似的小洞，並且說射放的時候會倒退轉來。小孩們帶着十分好奇的樣子聽着。特別使他們的想像感到驚愕的是往後倒退的情形。

「您有火藥麼？」——娜司卡問。

「有的。」

「拿火藥出來看呀，」——她帶着懇求的微笑說着。

克拉騷脫金又朝書包裏摸，掏出一隻小瓶，裏面確乎放了一些眞正的火藥，在一張捲摺的紙裏有一點碎彈。他甚至打開小瓶，把一點火藥撒到手掌上。

「應該留神不要點上火，否則會爆裂起來，把我們大家都炸死的，」——克拉騷脫金爲了多得效果起見，加以警告。

小孩們審視火藥，帶着更足以增加愉快的崇拜的恐怖。郭司卡最喜歡碎彈。

「碎彈不會燒起來麼？」——他問。

「碎彈燒不起來的。」

「送給我一點碎彈罷，」——他用哀求的聲音說。

「碎彈可以送給你一點。拿去罷。不過在我沒有回來以前，你不許給母親看，否則她心想還是火藥，嚇得要死，把你們揍一頓。」

「媽媽從來不用鞭子抽我們的，」——娜司卡立刻說。

「我知道，我祇是爲了說話風調的美麗而說的。你們本來永遠不能騙母親，但是祇有這一次，——在我回家以前，——可以瞞一瞞。現在，小把戲們，我可以出去麼？沒有我，不會嚇得哭麼？」

「我們——要——哭——的，」郭司卡拉長了聲音說，已經準備哭了。

「我們要哭的，我們要哭的！」——娜司卡又用驚懼的急語搶上去說。

「唉，孩子們，你們的年齡眞是危險。沒有法子，小鳥兒們，祇好同你們再坐下去，不知道還要坐多少時候。唉，時間呀，時間呀？」

「您吩咐潘萊茲汪裝死，」——郭司卡請求。

「沒有法子，祇好找上潘萊茲汪。Ici潘萊茲汪！」——於是郭略起始對狗下命令，牠就扮演所知道的一切。牠是一隻茸毛的狗，和尋常看院狗大小相同。毛色淡紫。右眼是斜的，左耳上不知爲什麼原因有刀切的影子。牠尖叫着，跳躍着，侍候着，用後腿走路，躺在地上，四脚朝天，還動也不動地躺着，像死人似的在扮演最後的玩意的時候，門開了，阿格非亞，肥胖的克拉騷脫金夫人的女僕，四十多歲，雀斑臉的女人，在門限上發現，手裏提着一籃買好的食品，從菜市上回來了。她站在那裏，左手掛着籃子，瞧起狗來。郭略雖然等候着阿格非亞，却沒有中止表演，讓潘萊茲汪在一定的時間內裝成死相，到後來向牠吹了一聲哨：狗跳起身來，因爲履行好了自己的義務，竟喜悅得跳躍不止。

「你瞧這狗！」——阿格非亞用教訓的意味說着。

「你這女性，爲什麼回來得這般晚？」——克拉騷脫金威嚴地問。

「女性麼？你這小東西！」

「小東西麼？」

「就是小東西。我遲了，於你有什麼相干？即使遲了，有遲了的原因的，」——阿格非亞喃語着，起始在火爐傍邊張羅着。說話的語氣完全不是不滿意，也不是生氣，相反地，是很滿意的，似乎遇到一個和快樂的小少爺鬥鬥嘴的機會頗爲忻悅。

「你聽着，你這輕浮的老太婆，」——克拉騷脫金起始說，從沙發上立起來，——「你能不能對我賭咒，用世界一切神聖的名字，和任何一切的名字，對我賭咒，你在我離開的時候好生看護這兩個小把戲？我要出門去了。」

「爲什麼我要賭咒？」——阿格非亞笑了，——「就這樣也會看的。」

「不行，必須用你的靈魂永遠得拯救的名賭一下兒。否則我不能出去。」

「你不出去好了。這於我有什麼關係。街上結了霜凍，你坐在家裏罷。」

「小把戲們，」——郭略對小孩子們說，——「在我回家以前，或是你們的母親回來以前，這個女人同你們留在一起。你們的母親大概也快回來了。此外，她沒給你們吃早飯。你能給他們一點東西吃罷，阿格非亞？」

「這是可以的。」

「再見罷，小鳥兒們，我現在可以安心地出門了。至於你呢，你還鄉下女人，」——他走到阿格菲亞身邊，鄭重其事地輕聲說着，——「我希望你不要對他們瞎說一些關於卡答鄰納的尋常的，女人們的傻話，你應該顧惜小孩子的年齡。Ici，潘萊茲汪！」

「去你的罷，」——阿格菲亞生氣地回復着，——「眞可笑！你說出這類話，應該先挨你一頓。」

第三章　小學生

但是郭略沒有聽見。他終於可以出門了。他走出大門，環顧了一下，聳了聳肩，說道：「好冷！」便一直在街上走着，以後轉右首，走進通菜市廣場的胡同裏去。沒有走完離廣場最近的一所房子，在大門前止步，從口袋裏掏出哨子，用力吹了一聲，似乎是發出約定的呼號。他等候了不到一分鐘的模樣，院門裏忽跳出一個臉頰紅潤的男孩，有十一歲左右，也穿着暖和的，清潔的，甚至是漂亮的大氅。這男孩名叫司莫洛夫，在預科裏讀書，（郭略·克拉騷脫金比他高兩班，）一個有錢的官員的兒子。他的父母大概不許他和克拉騷脫金交朋友，因爲他是出名的，蠻狠的淘氣鬼，所以司莫洛夫現在顯然是偷偷兒跑出來的。這個司莫洛夫，假使讀者還沒有忘記，就是那羣小孩裏的一個，在兩個月以前隔着河溝扔石子到伊留莎身上，並且當時把伊留莎的事情講給阿萊莎·卡拉馬助夫聽。

「我已經等候你整整的一點鐘，克拉騷脫金，」——司莫洛夫用堅決的神色說着。兩個小孩到廣場上走去。

「就誤了一了，」——克拉騷脫金回答，——「有點事情。你同我在一塊兒，不會挨揍麼？」

「得了罷，我那裏會挨揍？潘萊茲汪也和你在一起麼？」

「也帶着潘萊茲汪！」

「你也把牠帶到那邊去麼？」

「也把牠帶去。」

「有舒遲卡纔好呢。」

「舒遲卡是不行的。舒遲卡是不存在的。舒遲卡在未知的黑暗裏消逝了。」

「能不能這樣子，」——司莫洛夫突然止步，——「伊留莎說，舒遲卡也是茸毛的，也是灰白的，像煙霧似的，和潘萊茲汪一般，——能不能說牠就是舒遲卡，也許他會相信的？」

「學生，你應該避免說謊，這是第一層；即使做的是好事，也是如此，這是第二層。主要的是我希望你沒有宣佈我要去的事情罷。」

「那能够這樣，我是明白的。但是潘萊茲汪是不能使他安慰的，」——司莫洛夫嘆了一下。——「你知道：他的父親，那個上尉，毛帶，對我們說今天他要送一隻小狗給他，眞正的獒犬，黑鼻子；他以爲這可以使伊留莎安慰，其實不見得罷？」

「他本人怎樣？伊留莎本人怎樣？」

「很壞，很壞！我想，他得了癆病。他的神志很淸楚，祇是喘氣，喘得很不好。有一次他要人家給他穿上鞋子，引他走一走，剛走了一步，就倒下來了。他說：『爸爸，我對你說過的，我這雙靴子很壞。是以前的，以前我穿着也不合適。』他心想他是爲了那雙靴子倒下來的，其實是爲了身體軟弱的緣故。他是一禮拜也活不下去的了。格爾城司圖勃常去看病。現在他們又富了，他們有許多錢。」

「他們眞是無賴。」

「誰是無賴？」

「那些醫生們，整個的醫學的混賬團體，從一般說起，到個別爲止。我是否認醫學的，一個沒有益處的組織。但是我要去研究一下。你們何以做出了這些感傷主義的行徑？你們的一班裏大概全體都去過了罷？」

「不是全班，却有十人去過，每天永遠有這些人去。這沒有什麽。」

「在這一切裏使我最奇怪的是阿萊克謝意．卡拉馬助夫的角色：他的哥哥明後天就要受審判，爲了犯那樣的罪，而他反有時間同小孩們做感傷主義的行徑！」

「完全沒有感傷在裏面。你現在自己也去和伊留莎講和呢。」

「講和？可笑的說詞。我不許任何人分析我的行爲。」

「但是伊留莎看見你會十分高興的！他想不到你會去的。你爲什麼，你爲什麼還麼久的時候不想去呢？」——司莫洛夫突然熱烈地呼喊。

「親愛的孩子，這是我的事情，不是你的事情。我自己要去，因爲這是我的意志，而你們大家是阿萊克謝意．卡拉馬助夫拉去的，這裏面大有區別。你怎麼知道？也許我並不想去講和。眞是愚蠢的說詞。」

「並不見得是卡拉馬助夫，並不是他。僅祇是我們自己要去，自從最初是同卡拉馬助夫一塊兒去的，並沒有什麼，並沒有任何愚蠢的行爲。起初一個人去，後來另一個也去了。他父親十分歡迎我們。你知道，如果伊留莎一死，他簡直要發瘋。他看出伊留莎會死的。他看見我們同伊留莎講和，十分高興。伊留莎時常問起你，都不加上什麼話。問一下，就沉默了。父親會發瘋或者上吊的。他以前的行動也像瘋子一般。你知道，他是一個正直的人，當時出了一點誤會。全是那個揍打他的弑父的兇手的錯處。」

「卡拉馬助夫對於我到底是一個謎。我早就可以和他結識，但是在有些事情方面，我喜歡成爲一個驕傲的人。而且我對他有一點意見，還必須加以調查和解釋。」

郭略神氣活現地不響了；司莫洛夫也是如此。司莫洛夫顯然崇拜郭略，克拉騷脫金，和他處於平等的地位是連想也不敢想的。現在他感到極大的興趣，因爲郭略解釋說他是「自已去的，」如此說來，現在郭略忽然想去，而且今天去，一定有什麼啞謎在內？他們在菜市的廣場上走着。場上這時候放着許多外面來的大車和許多聚攏來的人。城裏的女人們在棚裏出賣麵包圈，洋線等物。在我們的小城裏，這樣禮拜天的市場天眞地被稱爲博覽會。這種博覽會每年是很多的。浠萊茲汪在極愉快的情緒之下跑着，不斷地溜到右面和左面的地方嗅聞嗅聞。牠和別隻小狗相遇時，按照狗章互相嗅聞一下，帶着特別的愉快的神情。

「我喜歡觀察現實的世界，司莫洛夫，」——郭略忽然說，——「你注意到沒有，狗相遇以後，總要互相嗅聞一下？這裏面具有自然的法則。」

「是的，一種很可笑的法則。」

「並不可笑，你這話說得不對。無論具有偏見的人怎樣看法，在自然裏沒有一點可笑的地方。假使狗能以推論和批評，一定會在牠們的命令者，人們相互的社會關係裏發現同樣的，對於牠們自已極可笑的地方，——也許還要多些都難說；我們所以這樣說，因爲我深信我們的愚傻事情更加多些。這是拉基金的意思，一個有趣的思想。我是社會主義者，司莫洛夫。」

「社會主義者是什麼？」

「那就是大家平等，大家有共同的財產，沒有婚姻，宗教和一切法律是隨大家的便的，此外還有別的什麼。你還沒有長大到可以明白這個，你還早……好冷呀。」

「是的。零點十二度。剛纔我父親看過寒暑表。」

「你注意到沒有，司莫洛夫，在冬天過了一半的時候，有十五度，甚至到十八度，好像並不很冷，不比現在初冬的時候冷些。就像現在那樣，突來了霜凍，祇有十二度，雪還很少，却覺很冷。那就是說人們還沒有習慣。人們在一切事情上都需要習慣，甚至在國家的政務上都是如此。習慣是主要的動力。這農人的樣子眞可笑。」

郭略指着一個身軀高大，面貌良善，穿毛外套的農夫，在大車傍邊冷得拍擊戴無指手套的手掌。金黃色的長鬚凍得蒙上一層白霜。

「農夫的鬍鬚結冰了！」郭略走近他身傍，像鬥嘴似的大聲呼喊。

「有許多人的鬍鬚結冰的，」——農夫安靜而且簡潔地作答。

「你不要惹他，」——司莫洛夫說。

「不要緊，他不會生氣，他是好人。再見罷，瑪德魏意。」

「再見罷。」

「你難道是瑪德魏意麼！」

「瑪德魏意。你不知道麼？」

「不知道；我是胡亂說的。」
「你瞧你。你是學生麼？」
「學生。」
「他們打你麼？」
「並不怎樣，有時免不了的。」
「痛不痛？」
「難免。」
「唉，這生活呀！」農夫從整個心胸裏嘆出一口氣來。
「再見罷，瑪德魏意。」
「再見罷。你是可愛的小夥子，你是的。」
男孩們向前走去。
「這樣農夫很好，」——郭略對司莫洛夫說，——「我愛同鄉下人說話。永遠喜歡對他們下公正的批評。」
「爲什麼你對他撒謊，說我們這裏有挨打的事？」——司莫洛夫問。
「應該使他安慰一下呀！」

「用什麼來安慰呢？」

「你瞧，司莫洛夫，我不喜歡人家反覆地詢問，既然從第一句話起就不明白。有的人是無從給他們講解清楚的。在鄉下人的觀念裏，學生是挨打而且應該挨打的。既然不挨打，那還算做什麼學生？我忽然對他說我們並不挨打，那末他要生氣的。但是你不明白這事。同鄉下人們應該會說話。」

「祇是請你不要惹惱他們，否則又要出亂子，像上次那隻鵝的事情。」

「你怕什麼？」

「你不要笑，郭略，我眞是害怕。我父親很生氣。他嚴禁我同你出外。」

「你不要着急，這一次不會出什麼事情的。你好呀，娜達莎，」——他對棚子下面的一個女販喊。

「我是你什麼娜達莎，我是瑪麗亞，」——女販着回答。她是還不很老的女人。

「你是瑪麗亞，那也好，再見罷。」

「你這小混蛋！你的個子離地還不高，也要來這手！」

「我沒有功夫，我沒有功夫同你在一起，下個禮拜你再講好了，」——郭略揮搖着手，好像是她跟他胡纏，不是他跟她。

「叫我下禮拜對你說什麼話？是你自己纏上來，不是我對你，你這搗亂鬼，」——瑪麗亞喊，——「應該揍你一頓，是的，你是著名的搗亂的人！」

和瑪麗亞並排，端着盤子做生意的許多女販中間傳出了一陣笑聲，忽然從鋪子中間的排道上沒來沒由地跳出一個好惱氣的人來。他有點像鋪子裏的夥計，不是城裏的商人，是外面來的。他穿着藏青的長裾的上褂，帶鴨舌的制帽，年紀還輕，一頭深黃色的蜷髮，長長的，慘白的，雀斑的臉。他處於某種愚蠢的慌擾之中，立刻舉拳對郭略威嚇。

「我知道你的，」——他惹惱地呼喊，——「我知道你的！」

郭略釘看他一眼。他有點不能記住，什麼時候同這人發生過衝突。但是他在街上的衝突並不見得少，不能全都記起來的。

「你知道麼？」——他嘲謔地問他。

「我知道你的！我知道你的！」——下市民像傻子似的反復說着。

「那對於你更好些。我沒有功夫，再見罷！」

「你搗什麼亂？」——下市民喊。——「你又搗亂了麼？我知道你的！你又搗亂了麼。」

「我搗亂，現在不關你老兄的什麼事。」——郭略說，止步，繼續察看他。

「怎麼不是我的事？」

「自然不是你的事。」

「那末是誰的事？誰的事？究竟是誰的事情？」

「老兄，現在這是脫里芬·尼基提奇的事情，不是你的。」

「那一個脫里芬·尼基提奇？」——那漢子釘着郭略，雖然還是那樣興奮，却露出傻子似的驚訝的神情。郭略鄭重其事地用眼神打量他。

「升天教堂去過沒有？」——他忽然固執而且嚴厲地問他。

「什麼升天教堂？爲什麼？不，沒有去。」——那漢子有點愕然了。

「沙巴湼也夫你認識麼？」——郭略更加固執，而且更加嚴厲地繼續說着。

「什麼，沙巴湼也夫？我，我不認識。」

「唔，旣然這樣，那就去你的罷！」——郭略忽然喊着，堅决地向右面迴轉身子，迅快地往前面走路，似乎不屑和那個連沙巴湼也夫也不認識的蠢材說話。

「喂，你站住！什麼沙巴湼也夫？」——漢子醒轉來，整個身子又驚慌了。——「他說的是什麼人？」——他突然轉身向女販們說，愚蠢地望着她們。

女人們笑了。

「一個聰明的小孩，」——有一個女人說。

「他說的是什麼沙巴湼也夫？」——漢子還是兇狠地重複着，揮着右手。

「大概是在庫茲米奇那裏服務的那個沙巴湼也夫，大概就是的，」——一個女人突然猜度着。

漢子蠻野地釘着她。

「庫茲米奇麼？」——另一個女人重複地說，——「他是什麼脫里芬？他是庫茲瑪，不是脫里芬。那個少年說的是脫里芬・尼基提奇，這末說來，並不是他。」

「不是脫里芬，也不是沙巴湼也夫，那是赤若夫，」——第三個女人忽然插上去說，她本來沉默着，正正經經地聽他們說話，——「他的名字叫做阿萊克謝意・伊凡南奇。赤若夫，阿萊克謝意・伊凡諾維奇。」

「他就是赤若夫，」——第四個女人堅決地加以證明。

驚訝得莫明其妙的漢子一會兒望着這個女人，一會兒望着那個女人。

「他爲什麼這樣問，他問這話爲什麼，請問諸位善人！」——他幾乎絕望地喊着。——

「沙巴湼也夫你認識麼？鬼知道沙巴湼也夫是什麼東西？」

「你這沒有腦筋的人，對你說不是沙巴湼也夫，却是赤若夫，阿萊克謝意・伊凡諸維奇。赤若夫，」——一個女販教訓似的朝他叫喊。

「什麼赤若夫？什麼人？你快說，你既然知道他。」

「長長的，流鼻涕的，夏天坐在菜市上。」

「你的赤若夫於我有什麼相干，好人們？」

「我那裏知道赤若夫於你有什麼相干。」

「誰知道他於你有什麼相干，」——另一個女人插上去說，——「你自己應該知道，你需要他的是什麼，既然你這樣亂嚷。那是他對你說的，不是對我們說，你這傻人。你真的不知道麼？」

「誰呢？」

「赤若夫。」

「讓鬼把赤若夫和你一古腦全抓去了罷！我要揍他一頓！他取笑我！」

「你想揍赤若夫麼？也許他來揍你！你是一個傻子，你是的！」

「不是赤若夫，不是赤若夫，你這壞女人，危險的女人，我要揍那個小孩！把他抓來，把他抓來，他取笑我呢！」

女人們哈哈地笑着。但是郭略已經走得很遠，臉上露出勝利的神情。司莫洛夫在傍邊走着，回頭朝在遠遠裏呼喊着的一羣人瞧望。他心裏也很快樂，雖然他還極懼怕，不要跟着郭略鬧出亂子來。

「你問他那一個沙巴湟也夫？」——他問郭略，同時預感到回答的話。

「我那裏知道是那一個？現在他們會一直喊到晚上。我喜歡把社會各層裏的傻子們撥動一下。這裏還立着一個傻子，就是這個農夫。你要注意，人們說：「比愚蠢的法蘭西人愚蠢些的是沒有的，」但是俄國人的面貌也可以露出來的。這個農人，這個人臉上不是寫着他是一個傻子麼？」

「你不要理他，郭略，我們就從傍邊走過去好了罷。」

「我怎麼也不願意放過去，我現在要去做。喂，你好呀，鄉下人。」

體格壯健的農人慢吞吞地走過來，大概已經喝醉了酒，臉是圓圓的，平凡的，鬍鬚帶斑白色。他抬起頭來，看了小夥子一下。

「你好呀，假使你不是鬧玩笑，」——他不慌不忙地回答。

「假使鬧玩笑便怎麼樣？」——郭略笑了。

「鬧玩笑就鬧玩笑，上帝是和你同在的。不要緊的，這是可以的。鬧鬧玩笑永遠是可以的。」

「對不住，老兄，我鬧了玩笑。」

「上帝可以饒恕你的。」

「你自己饒恕麼？」

「我很可以饒恕。你走罷。」

「你瞧，你大概是一個聰明的鄉下人。」

「比你聰明些，」——農人出乎意料之外地，却照舊鄭重其事的回答。

「不見得罷，」——郭略有點愕然了。

「我說得很對。」

「也許是這樣。」

「是的，老弟。」

「再見罷，鄉下人。」

「再見罷。」

「鄉下人是各色各樣的，」——在沉默了一會以後，郭略對司莫洛夫說，——「我那裏知道會擁上聰明人。我永遠準備承認農明的聰明。」

教堂的鐘遠遠裏打了十一點半。男孩們加緊了脚步。餘下的，還很長的，到上尉司湼基萊夫的住宅的路，他們走得很快，差不多不說話。在離那所房子有二十步遠，郭略止步，吩咐司莫洛夫先進去，喚卡拉馬助夫出來。

「應該預先嗅聞一下，」——他對司莫洛夫說。

「為什麼喚叫，」——司莫洛夫反駁，——「你就這樣進去，他們會十二分地歡迎你。何必在冰凍之下結識朋友呢？」

「我知道是為了什麼，我必須要喚他到冰凍的地方來，」——郭略用專制的口氣回答，（他最喜歡這樣對付這些「小孩們，」）司莫洛夫便跑去履行命令。

第四章　舒遲卡

郭略臉上露出鄭重的神色，斜靠在圍牆上面，等候阿萊莎的出現。是的，他早就想同他相見。他從那些男孩方面聽到關於他的不少的話，但是到現在爲止，在人家向他講起他的時候，外表上永遠表現一種輕蔑而且冷淡的神色，甚至在聽完以後，還對於阿萊莎大加批評。但是在自己心裏他很想，很想和他結識。在他所聽到的關於阿萊莎的一切裏，有點可予同情和吸引的東西。因此現在的時間是極重要的，最先應該不丟失自己的臉面，表示獨立性：「否則他以爲我祇有十三歲，把我當作和這些人一樣的小孩。這些男孩於他有什麼用處？等到我和他說得投機的時候再問他。最討厭的是我的身材那樣小。圖齊闊夫比我年輕，但是高半個腦袋。我的臉是聰明的；我不好看，我知道我的臉難看，但是聰明的臉。應該不大表現自己，假使一下子就和他擁抱起來，他要以爲……假使被他看不起，那是多末寒傖！……」

郭略的心裏很慌急，努力作出瀟灑獨立的姿勢。主要地使他煩悶的是他的身材，並不見得是「難看」的臉，卻是他的身材。他在家裏牆角落上，從去年起就用鉛筆畫好了一道表示他的身材的緣，從此以後，每隔兩個月就帶着驚慌去比量一次已經長了多少？但是可嘆之至！他長得太慢，有時簡直使他陷入絕望的境界去。至於臉子並不完全『難看，』相反地，是十分美麗，白白的，慘淡的，生着雀斑。不大而極活潑的灰色的眼睛勇敢地望人，時常熠耀出情感。顴骨有點寬闊，嘴唇是小的，不很厚，却很紅，鼻子是小的，却是根本就捲曲的：『完全是獮鼻子，完全是獮鼻子！』——郭略照鏡時喃聲自言自語，永遠帶着憤恨的心思離開鏡子。『不見得就是聰明的臉罷？』——他有時想甚至對於這層也疑惑起來。但是不要以爲對於臉容和身材的關心吞噬他的整個心靈。相反地，他在鏡前的時間無論怎樣惡毒難熬，但是他很快地予以忘記，甚至忘得很久，『將自己完全獻給理想和實際的生活，』——他對於自己的事業自己下這斷語。

阿萊莎很快就出現，匆忙走到郭略面前。還在幾步以外，郭略就看出阿萊莎的臉是完全快樂的。『難道眞是喜歡我麼？』——郭略愉快地想了一下。說到這裏我們要順便提一提，阿萊莎自前我們把他拋下的時候起變得很多：他脫下袈裟，現在穿着裁製得很好的常禮服，戴着柔軟的圓帽，還有剪得極短的頭髮。這一切把他修飾得十分漂亮，望來完全是一個美男子。他的美麗的臉永遠具有快樂的神氣，但是這快樂是恬靜的，安謐的。使郭略驚訝的是阿萊莎出來見他的時候就是坐在屋內時候的樣子，沒有戴帽子，顯然很匆忙。他一直握住郭略的手。

「您到底來了，我們大家眞是盼望您呀。」

「有一點原因，您立刻就會知道的。無論如何，我很喜歡同您認識。我早就等候機會，並且聽到許多的話，」——郭略喃聲說，有點氣喘。

「我同您早該互相結識一下，我自己聽到關於您許多的話，但是到這裏，您來得太晚了。」

「您說一說，這裏的情形怎麼樣？」

「伊留沙的病很不好，他一定會死的。」

「您說什麼話？卡拉馬助夫，您必須同意，醫學是卑鄙的東西，」——郭略熱烈地呼喊。

「伊留莎時常提起您，時常提起的，您知道他甚至在夢中說亂話的時候還提起您。可見他以前是很珍視您的，很珍視的……在那件事情……動刀子的事情以前。這裏還有原因。……請問：這是您的狗麼？」

「是我的。名叫潘萊茲汪。」

「不是舒遲卡麼？」——阿萊莎用憐惜的神情看郭略的眼睛。——「那隻狗竟失蹤了。」

『我知道你們大家都想找到舒遲卡，我都聽說了，」——郭略神祕地笑了一下。——『您聽着，卡拉馬助夫，我要對您解釋一切事情，我主要的是爲這事而來的，也就是爲了這件事情，叫您出來，在走進去以前，預先對您解釋這件事情前後的因果，」——他活潑地起始說，——『您知道，卡拉馬助夫，伊留莎在春天進入預科。大家都知道，我們學校的預科儘是些小孩子們。他們立刻起始欺侮伊留莎。我比他高兩班，從傍邊遠遠地看他們。我看，這孩子很小，很軟弱，又倔强得很，同他們打架，使出驕傲的性子，小眼兒燃燒着。我愛這類人。但是他們因此更加欺侮他。主要的是因爲他當時穿的大衣很壞，褲子往上面跳，皮靴上全是洞。他們爲了這個把他侮辱。這個我可不愛，立刻出頭替他幫忙，打得落花流水。我雖打他們，但是他們崇拜我，您知道不知道，卡拉馬助夫？」——郭略感情洋溢地誇嘴。——『一般地我是愛小孩的。現在我家裏還有兩隻小鳥兒坐在我的頸上，甚至今天還留住我許多時候。後來他們不再打伊留莎，他歸我保護。我看他是一個驕傲的小孩，我對您說他是驕傲的，但是結果竟像奴隸般忠事我，履行我的大大小小的命令，聽從我的話，把我當作上帝看待，還儘模倣我。在上課後的休息時間立刻來找我，我同他一塊兒走來走去。禮拜的日子也是如此。我們的中學裏逢到年長的人同小孩要好的時候，大家會加以恥笑，但這是偏見。我高興這樣做，也就够了，不對麼？我教他讀書，發展他的腦筋，——請問：既然我喜歡他，爲什麼我不能教育他呢？卡拉馬助夫，您不是也同這些小鳥們很要好，那就是說您想感化青年，發展青年的知識，作些有益的事情，對不對？說實話，我所聽到的您的性格裏的這一點最能引起我的興趣。現在我們講到正事上去，我看出這孩子身上發展着一種情感作用和感傷主義，而我根本是一切牛犢般柔情的仇敵，從我的出生的日子起就是如此。而且還有矛盾的地方：他一面驕傲，一面奴隸般忠事我，——一面奴隸般忠事，一面忽然熠燒着眼睛，甚至不願贊成我的話語，辯論着，不肯放鬆一步。我有時說出各種理想：他並不是不贊成我的理想，祇是看出他對我本身反抗，因爲我用冷淡回答他的溫柔。爲了試驗他，他越溫柔，我越冷淡，故意這樣做，這是我的信念。我的用意在于訓練他的性格，弄得整齊些，造成一個人……就是那個樣子……您大概會一下子了解我的意思的。我忽然看見他有一天，兩天，三天，心裏不安，憂愁，但憂愁的不是溫柔樣兒，却是另一種强烈的，高尙的東西。我心想，出了什麼悲劇？我對他攻擊，才知道內中的原因：他不知如何和現在去世，當時還活着的令尊大人的僕人司米爾加可夫認識了，他教這傻子一椿愚蠢的玩意，野蠻的玩意，卑鄙的玩意，——就是取了一塊麵包，軟心的麵包，插上一隻別針，扔給看院的狗吃，牠們因爲飢餓，會嚼也不嚼地吞食下去，以後就看一看，會做出什麼把戲來。他們當時預備好了這一塊東西，扔給那隻茸毛的舒璐卡吃。這隻狗就是現在成爲問題的那一隻，是一家院裏的看院狗，簡直根本不餵牠，她祇好整天迎風吠叫。（您常不愛這愚傻的吠叫，卡拉馬助夫？我是不愛聽的。）牠當時跑過來，吞了下去，就狂叫起來，旋轉身子，拚命地跑，一邊跑，一邊叫，就失蹤了。——這是伊留莎親自對我敘講的。他一面對我直說，一面哭着，——哭着，擁抱我，全身抖索着：『一邊跑，一邊叫，一邊跑，一邊叫。』他反復地說出這一句話，那種境象眞使他十分驚愕。我一看，他的良心受了譴責。我認眞起來。主要的原因是爲了以前的種種我也想把他教訓教訓。說實話，我當時耍了點狡滑的手段，假裝十分憤怒，其實我並不如此。我說：「你做了一樁低卑的行爲，你是混蛋，我自然不給你宣布，但是我暫時同你斷絕關係。等我把事情想一想，再叫司莫洛夫通知你，（就是今天同我一塊兒來的那個孩子，他永遠是對我十分忠實的：）是否繼續和你做朋友，或者永遠扔棄你，把你當作混蛋看待。」這使他十分驚愕。說實話，我當時就感到也許對待得太爲嚴厲，但是什麼辦法，當時我的意見就是如此。過了一天，我派司莫洛夫轉告他，我以後不再「和他說話，」我們這裏逢到同學兩人互相斷交的時候，總是這樣說的。內心裏我祇想在幾天以內用這個來試驗他一下，在他發生懺悔以後，再和他握手。這是我的堅強的主意。但是結果並不如此：他聽到司莫洛夫的說話，他的眼睛忽然熾燒着，喊道：「請你轉告克拉騷脫金，我現在要把帶別針的麵包扔給所有的狗吃，所有的，所有的！」我心想：「居然生出自由的心靈來了，應該設法加以根除。」我就對他表露完全的賤蔑，每逢見面的時候不是背轉身去，便是嘲諷地微笑。忽然發生了他父親的那個事件，就是所謂毛帶，您記得麼？您必須明白，他的可怕的惹惱的心情，早已預先有了準備。小孩們看見我和他絕交，便攻擊他，「毛帶呀，毛帶呀，」地直逗他。當時他們發生了爭鬥，對於這事我十分感到遺憾，因爲他當時大概被打擊得很利害。有一次，大家從教堂裏出來，他在院裏攻擊大家，我恰巧立在十步以外，看望着他。我可以賭咒，我不記得我當時曾否笑過他，相反的，我當時很可憐他，再過一會兒就要跑過去幫他的忙，他突然遇到我的眼神：我不知道他的感覺如何，但是他竟抓起一把裁鉛筆的刀子，朝我前面奔來，觸到我的大腿上去，就在右腿那裏。我動也不動，說實話，我有時是很勇敢的，卡拉馬助夫，我祇是露出賤蔑的神色，眼神裏似乎露出下面的意思：「這是你對我的友誼的報答，你要不要再來一下，我可以使你滿足。」但是他第二下不再扎刺，他受不住，自己懼怕起來，把刀子扔棄，哭出聲來，跑走了。我自然沒有告訴先生，吩咐大家不要作聲，免得傳到校長那裏，甚至在傷平以後才對母親說出來，況且那祇是平常的傷創，擦破了一點皮。以後我聽說就在那一天，他亂扔石塊，把您的手指咬傷了。但是您要明白，他是處於那一種的心情之下！有什麼辦法，我做了極愚蠢的事：他有病的時候，我沒有前去饒恕他，就是和他和解，現在感到後悔。但是我另有目的。這樁故事就是如此……大概我的行爲很爲愚蠢……」

「啊，眞可惜，」——阿萊涉驚惶地喊，——「我以前不知道您同他有這樣的關係，否則我早就會到您那裏去，求您同我一齊去見他的。您相信不相信，他在病中，發燒的時候還說出您的名字來的。我竟不知道他這樣珍重您的友誼。難道說，難道說，您竟沒有找到那隻舒遲卡麼？他的父親和全體的小孩子在滿城尋找過的。您相信不相信，他包着眼淚，當我面前，有三次對他的父親反覆的說：「爸爸，我的生病是因爲我弄死了舒遲卡，上帝懲罰我。」無論如何不能使他轉變這個念頭！假使現在能把這隻舒遲卡找出，給他看一看，牠並沒有死，而是活着的，大概他會喜悅得復活轉來的。我們大家都希望着您。」

「請問：你們爲什麼希望我來尋找舒遲卡。爲什麼應該由我來尋找呢？」——郭略問着，露出過分的好奇，——「爲什麼你們希望我，而不希望別人呢？」

「有一個謠言，說您可以找到牠，而且在一找到以後，就送到這裏來。司莫洛夫曾說過這類的話，我們努力使他相信舒遲卡還活着，有人看見過牠。男孩們不知從那裏弄來了一隻活兔，他剛看了一眼，微笑了一聲，就請他們把牠放到野外去。我們就依他的意思做了。現在父親回家取來一隻小獒犬，不知從那裏弄來的，想藉此使他得到安慰，不過好像更壞了……」

「請問您，卡拉馬助夫：他的父親是什麼樣的人？我知道他，但是據您的判斷，他是什麼樣的人？是丑角麼？江湖麼？」

「不是的，有一種人具有深刻的感覺，但是有點遭受了壓迫。他們的丑角似的行動近乎對於一種人的惡毒的嘲諷，他們對於這種人因爲對他們長期的低首下氣，不敢當面說出實話。克拉騷脫金，您要相信，這類的丑角的行爲有時是很悲劇的。他現在的一切．所有世界上的一切．全聚在伊留沙的身上。伊留沙一死，他不是憂愁得發瘋，便要自殺。我現在看着他，幾乎深信這一層！」

「我了解您的意思，卡拉馬助夫，我看出您是知道人的，」——郭略深刻地補說上去。

「我看見您帶着狗來，心想您是把那隻舒遲卡領來了。」

「等一等，卡拉馬助夫，也許我們可以找到牠。這隻狗是潘萊茲汪。我現在放牠進屋去，也許會使伊留沙快樂得比褧犬還多些。您等一等，卡拉馬助夫，您立刻會看出一點什麼來的。哎，眞是要命，我爲什麼把您這樣留難！」——郭略忽然急遽地呼喊，——「天這樣冷，你穿着一件便服站在外面，我還留住您；您瞧，您瞧，我眞是自私的人！我們大家全是自私的，卡拉馬助夫！」

「您不要着急，固然是冷，但是我是不大會遭涼的。我們去罷。順便請問大名，我知道是郭略，但是底下呢？」

「尼古拉，尼古拉·伊凡諸維奇·克拉驪脫金，」——郭略不知爲什麼笑了一下，但忽然補充着說：

「我恨我的「尼古拉」的名字。」

「爲什麼？」

「俗氣，還有官氣……」

「您今年十三歲麼？」——阿萊涉問。

「有十四歲了，過兩星期就是十四歲，很快的。我預先在您面前直說出我的一個弱點，卡拉馬助夫，這是在您的面前說的，由于初次的結識，使您一下子看出我的全部的天性來：我最恨人家問我的歲數，恨得最利害……還有……例如說，有人糟塌我，說我在上星期同預科的學生們做強盜的游戲。我游戲是在實的事，但是說我爲自己而游戲，爲了給予自己一種愉快，這根本就是塌糟人。我有理由相信這話已經傳到您的耳朵裏去，但是我的游戲並非爲了自己，却是爲那些小孩們而游戲，因爲他們沒有我便什麼也想不出來。我們這裏永遠傳播一些無聊的話語。這是一個造謠的城市，我對您說了罷。」

「卽使是爲自己的快樂而游戲，也有什麼關係呢？」

「嗯，爲了自己……那末您不致於做跑馬的游戲罷？」

「您應該這樣推想一下，」——阿萊莎微笑着，——「例如說，大人們常上戲院裏去，但是在戲院裏扮演的是各種英雄的冒險的故事，有時甚至也有强盜和戰爭，——難道這不是一樣的東西麼？靑年人們在休息時間內做戰爭的游戲，或是强盜的游戲，——那也就是一種初步的藝術，年靑的心靈中滋長着的藝術的需要，這類游戲有時甚至比戲院的表演還做得好些，區别的地方祇在於人們上戲院去看優伶，而在這地方，靑年人自己就是優伶。這是很自然的。」

「您以爲如此麼？這是您的見解麼？」——郭略釘看他。——「您知道，您說出了十分有趣的意思；我要回家去，對於這個問題動一動腦筋。說實話，我料到我可以從您那裏學到一點什麼。我是來跟您學習的，卡拉馬助夫，」——郭略用深刻的，感情洋溢的語聲結束他的話。

「我也跟您學習，」——阿萊莎微笑，和他握手。

郭略很滿意阿萊莎。使他驚愕的是阿萊莎對待他很爲平等，和他說話，像和「大人」說話一般。

「我現在要給您表演一個把戲，卡拉馬助夫，也是一齣舞台的表演，」——他神經質地笑了，——「我是爲這件事情而來的。」

「先到左邊房東那裏去，可以把大衣放在那裏，因爲屋裏又擠，又熱。」

「我祇能够留一會兒，我可以穿着大衣進去坐的。潘萊茲汪先留在外屋裏，死下去：『Ici，潘萊茲汪，死去罷！』——您瞧，他死了。我先進去，看一看情形，以後在必要的時候，打一下哨子：『Ici，潘萊茲汪！』您瞧，牠會立刻像瘋子似的飛進來。必須叫司莫洛夫不要忘記立刻開門。讓我來佈置一下，您就可以看到一齣把戲。……」

第五章　在伊留莎的牀傍

在我們已經熟悉的一間屋內，住着我們所知曉的退伍上尉司湟基萊夫的家屬。屋內這時因爲人聚得很多，又悶又擠。有幾個男孩坐在伊留沙傍邊。他們大家雖然準備像司莫洛夫那樣地否認是阿萊莎把他們領來，和伊留沙言歸於好的，但是事實上就是如此。他對於這件事情的一切藝術就在於他把他們陸續地領來，和伊留莎和解，並不帶着「犢牛般的溫柔，」却完全似乎並非故意，而是出于偶然的。這使伊留莎的悲哀獲得極大的輕鬆。他看見所有這些男孩們，他的以前的仇敵，對他有那樣近乎溫柔的友誼和同情，很爲感動。祇有克拉騷脫金一人沒有來，這像可怕的重擔似的壓在他的心上。在伊留莎的悲苦的回憶裏，假使有一點最悲苦的成分，那也就是和克拉騷脫金發生的一段情節，——這克拉騷脫金本來是他以前的，唯一的知已，和保護人，要他竟用刀子刺他。首先來和伊留沙和解的聰明的男孩司莫洛夫也是這樣想。在司莫洛夫轉着灣子告訴克拉騷脫金，說阿萊莎「有一件事情」想到他那裏去的時候，克拉騷脫金立刻加以打斷，把進言的路道塞住，委託司莫洛夫立刻告訴「卡拉馬助夫」說他自已知道應該怎麼辦，不能聽任何人的勸告，如果想去見病人，那末自已知道在什麼時候前去，因爲他『自有打算。』這還是這禮拜日的前兩星期的事。因此阿萊莎沒有按照計劃前去。他雖然等候在那裏，但是曾經兩次打發司莫洛夫到克拉騷脫金那裏去。克拉騷脫金兩次都以極不耐煩的，堅決的拒絕作復，叫司莫洛夫對阿萊莎轉達，如果阿萊莎自己前來，他決定永遠不去見伊留沙，請他不要再來麻煩。甚至在最後的一天爲止，司莫洛夫自己也不知道郭略今天早晨決定到伊留莎家去，祇在頭一天晚上，郭略和司莫洛夫作別的時候，忽然堅決地對他宣布，讓他明天早晨在家裏等他，因爲他要同他到司逴基萊夫家去，但是不許他把前去的消息通知任何人，因爲他想出人不意地前去。司莫洛夫聽從了他的話。司莫洛夫所以發生克拉騷脫金會把失蹤的舒遲卡引來的幻想，是根據克拉騷脫金無意中說出的一句話而來的；他說：『他們全是笨驢，既然那隻狗活着，竟找不到牠。』等到司莫洛夫等候着機會，把自己關於狗的猜想畏葸地作出暗示的時候，他突然大生其氣：『我自己有我的潘萊玆汪，還要到全城去尋覓別人家的狗，我莫非是笨驢麼？一隻狗呑食了別針，還能幻想牠活在人世麼？那是犢牛的溫柔，沒有別的！』

伊留莎在那時候已有兩星期沒有走下角落裏，神像傍的牀。就從他和阿萊莎相遇，咬了他的手指的事情發生以後，他沒有去上課。他從那天起就得了病，雖然有一個月的功夫還能偶然起牀，在屋內和外屋裏稍稍走幾步。後來完全缺乏了力量，沒有父親的幫助，竟不能動一動。父親為了他戰慄着，甚至完全停止飲酒，生怕他的孩子死亡，駭得幾乎發狂。他時常，尤其在攙手扶他在屋內行走，重又把他放在牀上以後，忽然跑到外屋的黑暗角落裏，額角靠在牆上，起始發出一種淚水泉湧，抖慄不止的嗚咽，壓止哭聲，不讓伊留莎聽見。

回到屋裏後，照舊想點什麼出來，給他的寶貴的男孩解悶逗樂，對他講述童話，可笑的故事，或者裝出他所遇見的各種可笑的人們的樣子，甚至模倣動物們如何可笑地打架或呼喊。但是伊留莎很不愛他的父親裝出傻樣，扮成丑角。這孩子雖然努力不表示這使他感到不痛快，却總懷着內心的痛苦，感到他的父親在社會上地位的低卑，永遠擺脫不開地憶住「毛簾」的稱呼，和那個「可怕的日子」的情景。伊留莎的姊姊，缺腿的，靜謐的，溫馴的尼娜也不愛父親裝出那種傻樣，（至於瓦爾瓦拉，尼古拉也夫納早已動身到彼得堡求學去了，）惟有瘋癡的母親很引為快樂，每逢她的丈夫起始裝扮什麼樣子，或是做出某種可笑的姿勢的時候，竟會從整個心裏發笑出來。祇能用這個可以使她生出安慰，其餘的時間內她不斷地咕噥着，哭泣着，說現在大家忘記她，沒有人尊重她，大家給她氣受等等的話。但是在最後的幾天內，她忽然似乎完全變了。她起始時常向角落裏看望伊留莎，而且疑想起來。她更加變得沉默些，靜寂了下去，即使哭，也是輕輕的，不使人家聽見。上尉懷着悲苦的驚疑，看出她的變動來。男孩的造訪她起初不大喜歡，祇是使他生氣，但是以後孩子們快樂的呼喊和敘述使她感得有趣，十分高興，後來弄到假使這些小孩們不上門來，她反而要十分煩悶的。小孩們講述些什麼，或是做什麼游戲的時候，她總是拍掌發笑。她還把幾個孩子招引過來，吻他們一下。她最愛男孩司莫洛夫。至於上尉的方面，孩子們到他的寓所裏來給伊留莎解悶的事最初就使他的心靈充滿了歡欣的快樂，甚至得了一個希望，就是伊留莎現在將停止煩悶，也許因此會很快的痊愈。他雖然爲伊留莎十分担憂，但是直到最後的時間爲止，一分鐘也不疑惑他的男孩會突然痊愈的。他帶着崇拜的心情迎接小客人們，在他們身傍走來走去，侍候他們，準備把他們背在自己身上，甚至果眞會背他們，但是伊留莎不喜歡這個游戲便沒有實行。他給他們買糖菓，餅乾，胡桃等物，預備茶水，做三明治。應該注意的是這些時候他的錢沒有斷過。卡答隣納•伊凡諾夫納當時那筆二百盧布的款子，他眞是照阿萊莎預言的話收下了。卡答隣納•伊凡諾夫納以後詳細打聽出他們的境況和伊留沙的生病，親自到他們的寓所裏來，和全體家屬結識，甚至使那個瘋狂的上尉夫人也着了迷。從此以後，她的手沒有吝嗇過，上尉自己受了他的孩子就要死去的恐怖的念頭的壓迫，忘却了以前的驕傲，馴順地接受他人的賜與。所有這些時候，格爾城司圖勃醫生經卡答隣納•伊凡諾夫納邀請，時常來訪問病人，隔一天一次，但是他的訪問很少益處，而且毫不加以憐惜地開出許多藥來。但是在這一天，那就是星期日的早晨，上尉家裏等候一位新從莫斯科來到，在莫斯科被認爲有名的醫生。卡答隣納•伊凡諸夫納費去了極多的錢特地從莫斯科把他請來，——並非爲了伊留莎，却是爲了另一個目的，這事等到後面再說，但是旣然來了，就請他也去診察伊留莎一下。上尉會於事前接到了這位醫生就要來到的消息，至於郭略•克拉騷脫金的來到，他沒有任何預感，雖然早就盼望這個使伊留莎日夕想見的男孩趕速的前來。在克拉騷脫金開門出現的當兒，上尉和男孩們聚在病人的小牀傍邊，審看剛剛拿來的小獒犬，牠昨天纔生下來，但是上尉已在一星期以前定好，因爲伊留莎一直在那裏想念失蹤，且自然已經喪亡的舒遲卡，想送來給他解悶，但是伊留莎在三天以前就聽說，而且知道贈送小狗的事•這隻狗並不是尋常的，而是眞正的獒犬，（自然這是很重要的。）他出于細巧而且客氣的情感，雖表示對於這禮物十分喜歡，但是父親和小孩們大家全明顯地看出這隻新狗也許會更加强烈地撥動他小心兒裏對於被他磨折的不幸的舒遲卡的回憶。小狗躺在他身傍•蠕動着。他作出病態的微笑，他的柔細的，慘白的，乾瘦的小手撫弄牠，甚至顯見出來，他很喜歡這條狗，但是……舒遲卡到底沒有，到底這不是舒遲卡，如果能有舒遲卡和小狗在一起，那才是圓滿的幸福！

「克拉騷脫金！」——小孩中一人首先看見郭略走進來，忽然喊了出來。發生了顯然的驚慌的情形，小孩們讓開道路，站立在小牀的兩端，把整個伊留莎的身體突然地露了出來。上尉連忙跑去迎接郭略。

「請罷，請罷，——眞是貴客！」——他對他喃語。「——伊留莎，克拉騷脫金先生來見你了……」

克拉騷脫金匆匆地和他握手，一下子就露出自己深諳體面社會的儀節。他立刻最先轉身向着坐在沙發上的上尉夫人，（她這時候正十分不滿意，嘮嘮叨叨地說男孩們遮住伊留莎的牀，不讓她看到那條新狗，）在她面前很客氣地兩脚行立正禮，隨後轉向尼娜，同樣地朝他鞠躬，像對待貴夫人似的。這種客氣的舉動使有病的夫人引起特別愉快的情感。

「立刻看出是受到很好教育的青年人，」——她大聲說，擺着兩手。——「至於其餘的客人們是一個騎着一個進來的。」

「媽媽，什麼叫做一個騎着一個，這是什麼意思？」——上尉喃聲說，雖然帶着和藹的口氣，却有點替「媽媽」担驚。

「簡直是騎了進來。在外屋裏一個人騎在另一個人的肩上，就騎着走進高貴的家庭裏來。這是什麼客人？」

「誰？誰？媽媽，誰騎着進來的？誰呢？」

「就是這個男孩，今天騎在那個男孩身上走進來的，還有這一個騎那一個……」

但是郭略已經站在伊留莎的牀傍。病人顯然臉色慘白。他在牀上微抬身子，釘看着郭略。郭略已經有兩個月沒有看到他的以前的小朋友，忽然站在他面前，完全驚愕起來：他想像不到會看到這般瘦黃的臉龐，在瘧疾般的狂熱裏這般燃燒的，似乎長大得可怕的眼睛，這般瘦瘦的小手。他懷着悲苦的驚異，審看伊留莎這樣深沉而且頻繁地呼吸着，他的嘴唇這樣的乾枯。他舉步走到他面前，伸出手來，幾乎完全張皇失措地說道：

「怎麼樣，老頭兒……你好麼？」

但是他的嗓音斷了，缺少瀟灑自如的態度，臉似乎忽然扭動了一下，唇邊有點抖慄。伊留莎朝他病態地微笑了一下，還沒有力氣說話。郭略忽然舉起手來，他的手掌不知為了什麼撫摸伊留莎的頭髮。

「不——要——緊！」——他對他輕聲喃語，——也許是鼓勵他，也許是自己不知道為什麼說這話。又沉默一分鐘。

「怎麼，你有新的小狗麼？」——郭略忽然用極無感覺的聲音問着。

「是——的，——」伊留莎用長長的微語回答，喘着氣。

「黑鼻，一定是兇狠的，必須鎖牢的，」——郭略鄭重而且堅定地說，似乎一切事情就在乎這條小狗和牠的黑鼻。但是主要的是他還在那裏努力戰勝自己的情感，不要像「小孩子似的」哭出來，却還是不能戰勝。——「長大以後，必須用鎖練鎖牢，這我是知道的。」

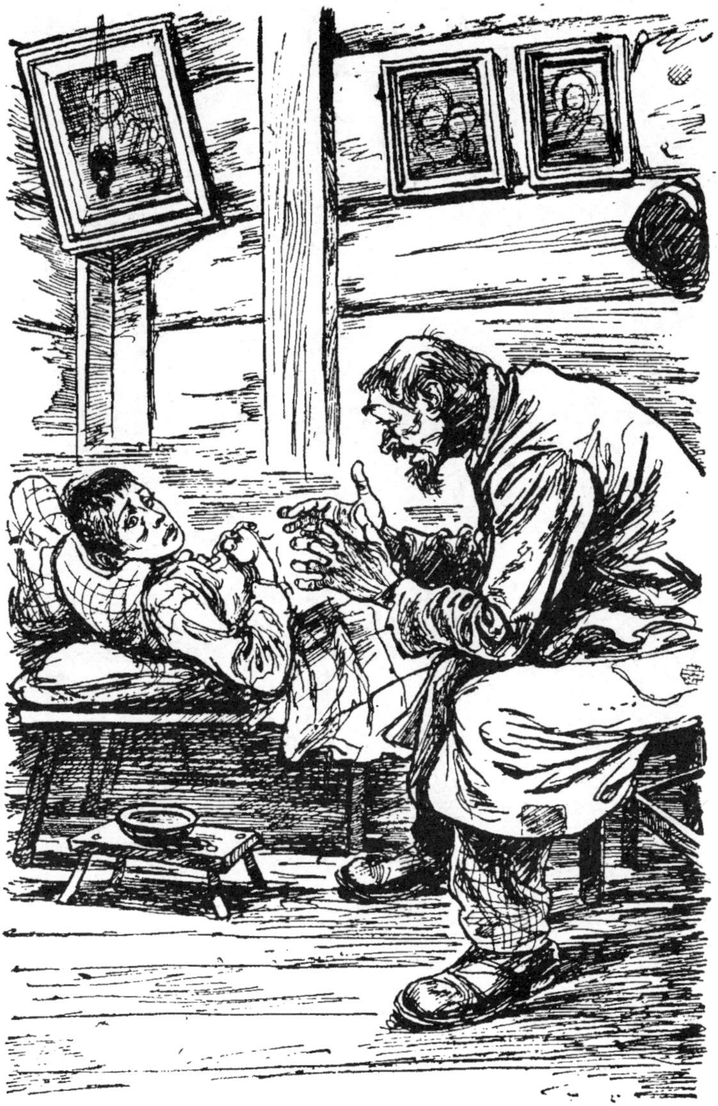

「牠會長得很大！」——一羣小孩裏的一個喊着。

「自然獒犬總是大的，有這樣大，像一頭小牛，」突然傳出幾個聲音。

「像小牛，像眞正的小牛，」——上尉跳近過來，——「我特地尋到這種狗，最兇狠的，牠的父母也是極大，極兇狠的，離地板有這樣高……您坐下來，就坐在伊留莎小牀上，或者坐在長凳上也好。請坐，請坐，貴客，久候的貴客。……同阿萊克謝意．費道洛維奇一塊兒來的麼？」

克拉騷脫金坐在牀邊，伊留莎的脚下。他也許在路上就預備好如何瀟灑自如地開始談話，但是現在根本喪失了說話的線索。

「不……我帶着潘萊茲汪一塊兒來……現在我有一個狗，名叫潘萊茲汪。一個斯拉夫的名字。在外面等着……我一呼哨，牠就飛進來。我也有狗，」——他忽然朝伊留莎說，——「老頭兒，你記得舒遢卡麼？」——他突然拿這問話攻擊上去。

伊留莎的臉彎曲了。他用殉難者的神色看了郭略一眼。站在門傍的阿萊莎皺緊眉頭，偷偷兒對郭略點頭，叫他不要提起舒遢卡，但是郭略不去注意，或者不願意注意。

「舒遢卡……在那裏？」——伊留莎用破碎的聲音問。

「老弟，你的舒遢卡——已經丟失！你的舒遢卡失蹤了！」

伊留莎不響，但是又釘看了郭略一下。阿萊莎捉住郭略的眼神，又用力對他點頭，但是他又移開眼睛，裝出這一次也沒有注意的樣子。

「跑到什麼地方，就完蛋了。吃了這頓涼菜以後還能不完麼？」——郭略毫不憐惜地說出來，自己似乎爲了什麼事喘氣了。——「但是我有潘萊茲汪……斯拉夫的名字……我給你送來了……」

「不用！」——伊留莎忽然說。

「不，不，要的，你可以看一看……你可以解解悶。我特地領來。……也有茸毛，和那條狗一樣……夫人，您允許叫進我的狗來麼？」——他突然朝司湼基萊夫太太說，露出一種完全不可思議的騷亂的神色。

「不要，不要，」——伊留莎喊，聲音裏露出凄楚的調子。他的眼睛裏熾燒着責備的神氣。

「您最好……」——上尉本來在牆傍的箱上，突然跳了起來。——「您最好……下一次再說……」——他喃聲說，但是郭略抑止不住自己似的堅持着，突然匆匆忙忙地對司莫洛夫喊道：「司莫洛夫，開門！」——門一開，他吹了一聲哨子。潘萊茲汪迅速地飛進屋來。

「跳呀，潘萊茲汪！侍候着！侍候着！」——郭略喊，從座位上跳起來，那條狗用後脚掌立住，一直在伊留莎的牀前站得直直的。發生了誰也料不到的一點情形：伊留沙抖索了一下，忽然全身用力朝前推進，俯身就着潘萊茲汪，似乎像暈絕過去一般，望着他。

「牠就是……舒遲卡！」——他忽然用悲喜交併的破裂的聲音喊着。

「那末你以爲是誰？」——克拉騷脫金全力喊出響亮的，快樂的聲音，當時俯身就着那條狗，抓住牠，舉到伊留沙面前。

「你瞧，老頭兒，你瞧眼睛是斜的，左耳被割破，和你對我講的表記一樣。我就照這表記找到了牠！當時立刻就找到。牠是不屬於任何人的，不屬於任何人的！」——他解釋着，很快地轉身向着上尉，上尉夫人，阿萊莎，後來又向着伊留莎，——「牠在費道托夫後院裏住着，他們並不餵牠，牠是逃來的，從鄉下逃來的……我就把牠找到了……你瞧，老頭兒，牠當時並沒有吞下你的那塊麵包。假使吞下，自然要死的，自然的！牠既然現在還活着，那末一定已經吐了出來。你沒有看到牠吐出來的。牠破了出來，到底扎自了自己的舌頭，因此汪汪地響叫起來。一邊跑，一邊叫，而你以爲牠完全吞了下去。牠應該叫得極響，因爲狗嘴裏的皮膚是很嫩的……比人嫩，嫩得多！」——郭略拚命地喊，臉龐熾燒着，善悅得發出光亮。

伊留莎連話也說不出來。他用巨大的，似乎瞪出得異常可怕的眼睛望着郭略，他的嘴張開着，臉慘白如布帛。絕無所疑的克拉騷脫金假使知道這個時間會對於病孩的健康發生如何痛苦的，可怕的影響，那末無論如何是不敢做出像現在所做出的把戲來的。然而在屋內明瞭這層的也許祇有阿萊莎一人。至於說到上尉，他整個身子似乎變成極小的小孩。

「舒遲卡！牠是舒遲卡麼？」——他的欣悅的聲音喊着。——「伊留莎，這就是舒遲卡，你的舒遲卡！媽媽，這就是舒遲卡！」——他幾乎哭泣出來。

「我竟沒有猜到呢！」——司莫洛夫悲哀地叫。——「克拉騷脫金真行！我說他會找到舒遲卡的。居然找到了！」

「居然找到了！」——還有人善悅地應聲說着。

「克拉騷脫金是好漢，」——第三個聲音說着。

「好漢，好漢！」——男孩們全喊起來，拍着手掌。

「你們等着，你們等着，」——克拉騷脫金努力比大家喊得還響。——「我來對你們講這件事情的經過，要緊的是怎麼樣的經過，而不是別的什麼！我把牠找到以後，就拖回家去，立刻藏起來，房門上鎖。不給任何人看，直到最後的日子為止。惟有司莫洛夫一人在兩星期以前知道這事，但我告訴他這是潘來茲汪，他並沒有猜出來。同時我教會舒遲卡各種手藝，你們可以看到，可以看到，牠知道多少玩意！我教牠，就預備在訓練成熟以後，把牠送給你，說道：「老頭兒，你的舒遲卡現在成爲這樣的了！」你們這裏有沒有一塊牛肉，牠立刻可以做出一個把戲，會使你們笑死的。——要一小塊牛肉，你們有沒有呢。」

上尉連忙從外屋穿過，奔到房東的屋子裏去。上尉家裏的飯菜也在那裏燒煑。郭略爲了不喪失寶貴的時間起見，慌忙地對潘萊茲汪喊：「死呀！」那隻狗突然旋轉身體，仰臥下去，四脚朝天，一動也不動地死了過去。男孩們笑了，伊留莎仍舊用殉難者的微笑看望着，而其中最喜歡潘萊茲汪死去的是「媽媽。」她朝那隻狗哈哈大笑，彈擊手指，喊道：

「潘萊茲汪！潘萊茲汪！」

「無論怎樣也不會起來的，無論怎樣也不會起來的，」——郭略喊，作出勝利和合理的傲態，——「卽使整個世界喊嚷也沒有用。祇要我一喊，會立刻跳起來的！Ici，潘萊茲汪！」

狗跳起身來，起始蹿跳，喜悅得尖叫。上尉拿了一塊煑熟的牛肉跑了進來。

「不燙麼？」——郭略接受那塊肉的時候，匆忙而且鄭重其事的詢問，——「不，不燙，狗是不愛燙的。大家都看好！伊留沙，你看，你看呀，你看呀，老頭兒，你爲什麼不看？我領了來，他反而不看！」

新的玩意是叫那條狗動也不動地站着，伸長牠的頸子，把那塊好吃的牛肉放在牠的鼻子上面。不幸的狗就應該呆板站在那裏，鼻上放着那塊牛肉，隨主人的吩咐，動也不許動一動，那怕有半小時的功夫。但是潘萊玆汪被留了小小的一分鐘。

「皮哩！」——郭略喊，那塊肉頓時從鼻上飛進潘萊玆汪的嘴裏去了。衆人自然表現歡欣的驚訝。

「莫非，莫非您祇是爲了訓練這條狗，一直不來麼？」——阿萊莎喊，帶着不知不覺的責備的意思。

「就是爲了這個，」——郭略用極坦白的態度喊着，——「我想把牠弄成極榮耀的樣子，再拿出來給大家看。」

「潘萊玆汪！潘萊玆汪！」——伊留莎忽然彈擊瘦瘦的手指，招呼狗前來。

「你不必這樣，讓牠自己跳到你的牀上來。Ici，潘萊玆汪！」——郭略的手掌朝牀上叩擊，潘萊玆汪像箭似的飛到伊留莎身傍去。伊留莎連忙用兩手抱住牠的頭，潘萊玆汪立刻舐他的臉頰。伊留莎偎緊在牠身上，在牀上伸展着身體，臉藏在茸毛裏，不給大家看見。

「上帝呀，上帝呀！」——上尉喊。郭略又坐到伊留莎的牀上。

「伊留莎，我還要給你看一個玩意。我給你取來了一尊小礮。你記得，我曾對你談過這尊小礮，你說：「我眞想看一看它！」現在我取來了。」

郭略忙着從書包裏掏出一尊銅礮。他所以匆忙，因爲他自己感到十分有幸福。在別的時候可以等一等，到爲了潘萊汪玆而引起的效果過去了以後再說，但是現在匆忙起來，不顧一切的樣子，「既然這樣有幸福，再給你們一點幸福！」他自己也十分迷醉了。

「我早就在官員莫洛作夫那裏看見了這玩意，——爲了你，老頭兒，爲了你。這玩意在他那裏白白地放着，他的哥哥送給他的，我用先父的書櫃裏一本書穆罕默德的親戚或治病的愚行和他交換。這部鬧亂子的書出版在一百年前，還沒有成立檢查制的時候。莫洛作夫最喜歡這類玩意。還向我道謝……」

郭略在衆人面前手持小礮，大家都可以看見，且加以欣賞。伊留莎微抬身體，右手繼續抱住潘萊玆汪。欣悅地察視這個玩具。郭略宣布他有火藥，立刻可以射放出來，「假使這不致於使女太太不安，」當時的効果達到了最高的程度。「媽媽」立刻請求給她仔細地看一看這個玩具。這請求當時履行了。她極喜歡這尊裝着小輪的銅礮，起始在膝上滾來滾去。關於允許射放的請求，她滿口地答應，到底不明白請求的是什麼事情。郭略取出火藥和碎彈。上尉是以前的武官，所以親自動手填裝，把極小份量的火藥塞進去，碎彈則留到下一次再說。礮放在地板上，礮統朝着空的地方，把三粒火藥塞進礮門，用洋火點上。發出了極像樣的響聲。「媽媽」抖索了一下，但立刻高興得笑了。小孩們露出沉默的勝利的態度，而看着伊留莎，最爲快樂的是上尉。郭略舉起礮來，立刻連同碎彈和火藥一起送給伊留莎。

「這是給你的，給你的，我早就預備好了，」——他重複地說着，充滿着幸福。

「送給我罷！最好把那尊礮贈送給我罷！」——「媽媽」忽然像小孩似的請求起來。她的臉表露悲切的不安，生怕人家不肯贈送給他。郭略感到不好意思。上尉不安地驚慌起來。

「媽媽，媽媽！」——他跳到她面前，——「那尊礮是你的，你的，但是讓它放在伊留莎那裏，因爲那是贈送給他的，但是它等於你的一樣。伊留莎總會給你玩玩的，它算是你們公共的，你們公共的……」

「不，我不要公共的，我要成爲我的，不是伊留莎的，」——媽媽繼續說，預備完全哭出來。

「媽媽，你拿去罷，你拿去罷！」——伊留莎忽然喊，——「克拉騷脫金，我可以不可以把這礮送給媽媽？」——他忽然用哀求的樣子問克拉騷脫金，似乎怕克拉騷脫金生氣他將禮物轉送給別人。

「完全可以的！」——克拉騷脫金立刻同意，從伊留莎的手裏取了小礮，自己交給「媽媽，」還加上極客氣的鞠躬。

「伊留莎，親愛的，他眞是愛他的媽媽！」——她快樂地喊着，又立即在膝上滾起礮來了。

「媽媽，讓我吻你的手。」——丈夫跳到她面前，立卽履行他的意思。

「還有誰是最可愛的青年人，那末就是這個好孩子！」——感激不盡的女太太說，手指着克拉醫脫金。

「伊留莎，我以後再給你送火藥，要多少都行。我們現在自己會製造火藥。博洛維可夫打聽出成份來了：二十四成的硝，十成的硫黃，六成的樺木炭，一塊兒搗碎，加上水，化成一團：從鼓皮裏壓過，——就成了火藥。」

「司莫洛夫已經對我提起你的火藥，但是爸爸說這不是眞正的火藥，」——伊留莎應聲說。

「怎麼不是眞正的？」——郭略臉紅了。——「我們的火藥會燒起來的。但是我並不知道……」

「不，我沒有什麼，」——上尉忽然跳了過來，露出做錯了事似的樣子。——「我固然說過眞正的火藥並不是這樣做法的，但是這沒有什麼，也可以這樣。」

「我不知道，您知道得多些。我們在生髮膏的石瓶裏點上火，燒得很好，全都燒完，剩下極小的煙灰。但這祇是那塊軟團，假使從鼓皮裏擦過，那末更加……不過您知道得好些，我並不知道……蒲爾金挨了他父親一頓打，就是爲了我們的火藥，你聽說沒有？」——他忽然對伊留莎說。

「我聽說的，」——伊留莎回答。他帶着無窮的興趣和愉快聽郭略的說話。

「我們預備了整瓶的火藥，放在牀底下。父親看見了，說是會炸的，當時打了他一頓，想到中學裏來告我。現在不讓他同我來往，現在是沒有一個人被容許和我來往的了。司莫洛夫家裏也不放他和我來往。我出了名聲。大家說我是「狠人，」……」——郭略賤蔑地冷笑了一聲。——「還全是從鐵路的事件開始的。」

「我們聽說過您的勇敢的行爲！」——上尉喊。——「您是怎樣躺着的？您躺在火車底下的時候，難道完全不害怕麼？您覺得可怕麼？」

上尉在郭略面前做出十分諂媚的樣子。

「並不特別可怕！」——郭略不經意地應聲說，——「倒是那隻可惡的鵝把我的名譽毀損得最利害，」——他又對伊留莎說。他說話的時候雖然裝出不經意的樣子，但是還不能把握住自己，似乎繼續從他所保持的語調上滑落下去。

「關於鵝的事情我也聽說過的！」——伊留莎笑了，滿臉發出光采。——「人家對我講過，我沒有弄明白，難道審判官審過你麽？」

「最沒有腦筋的玩意，最沒有價值的玩意，照例我們這裏會把它編成一件極大的事情，」——郭略寫寫意意地說，——「有一天我在廣場上走路，恰巧趕了一羣鵝來。我站在那裏看鵝。忽然本地的一個小夥，維士娜可夫，他現下在波羅脫尼闊夫的店裏充當送貨員，看我一眼，說道：「你爲什麼瞧鵝？」我一看他有二十多歲，頭具有愚傻的闊潤的形狀，我是從來不拒絕和老百姓來往的。我愛同老百姓在一起……我們和老百姓隔離了，——這是定論，——你好像笑起來了麽，卡拉馬助夫？」

「不，那能這樣，我很願想聽您的說話，」——阿萊莎用極坦白的神氣應聲說着。着疑的郭略一下子提起精神來了。

「卡拉馬助夫，我的學說是明顯而且普通的，」——他立刻又很快樂地忙着說下去了，——『我信仰老百姓，永遠樂於對他們說公道的話，但也不去嬌慣他們，這 Sine Qua non,……（拉丁語：必不可缺的條件。）不錯，我講的是關於鵝的事情。我當時對這傻子說道：「我在那裏想，鵝想的是什麼。」他完全傻裏傻氣地瞧我一下。說道：「鵝想什麽？」我說：「你瞧，一輛載着大麥的車子站在那裏。大麥從麻袋裏撒出，鵝伸長頭頸到輪子底下啄食子粒，——你瞧見沒有？」——他說：「我看得很清楚。」——我說：「如果把那輛車現在稍爲往前移動一下，——輪子會不會切斷鵝頸？」——他說：「一定要切斷的，」

自己張着嘴大笑起來，像全身熔化了似的。——我說：「小夥，那末我們來一下。」——他說：「來罷。」我們用不着用許多時候來加以佈置：他已經不知不覺地站在轡勒傍邊，我站在側面引那隻鵝。那個鄉下人在那時候並沒有看，同一個人講話，所以我也完全用不着去引：那隻鵝簡直自己把頸頸伸到車輪底下吃麥，我對那小夥使了眉眼，他抽了一下，——擱達一聲，把鵝頸壓成兩半！恰巧這時候所有鄉下人全看見我們，一下子發起喊來：「你是故意做的！」——「不，不是故意！」——「是故意的。」大家喊道：「上法院裏去！」把我也抓住了。「你站在這裏，你從中幫忙，整個菜市的人都知道你！」不知道爲什麼原因，確乎整個的菜市都知道我的，」——郭略自負地補充這句話。——「我們大家全擁到法院裏，那隻鵝也拿了去。我一看。我的那位小夥害怕得哭了，哭得像女人一樣。販鷄鴨的人喊道：「用這種方法會把所有的鵝全壓死的！」自然還有證人在場，推事一下子了結這件案子：小夥出一個盧布給販鷄鴨的人，那隻鵝由他帶回去。以後不許再鬧出這種玩笑來。那個小夥還是哭得像女人一般。他說：「這不是我，這是他嗾使我做的。」當時他指着我說。我用完全冷淡的態度回答，我並沒有教他，我祇是表示基本的意見，祇是說出一個計劃而已。推事涅費道夫冷笑了一聲，立刻爲了自己的冷笑，對自己生起氣來，對我說：「我要立刻報告你的校長，以後不許你再弄出這類的計劃來。你不去坐着讀書，做你們的功課，却來這手。」他後來沒有報告校長，那是說着玩的，但是事情確乎傳揚了出去，達到校長的耳朵裏：我們這裏人的耳朵是很長的！那個古典敎師郭爾巴司尼闊夫特別的憤激，達爾達涅洛夫又把我搭救了。郭爾巴司尼闊夫現在把我們大家恨得像一頭綠驢。伊留莎，你大概聽見過，他結了婚，收了米哈意洛夫家三千盧布的賠嫁費，但是新娘子是世界第一的，而且是最後的程度的醜物。三年級學生立刻編了一首聲詩：

「三年級生接到了驚愕的新聞，

懶散的郭爾巴司尼闊夫結了婚。」

往下更加可笑。我以後把這首詩取來給你看。我對於達爾達涅洛夫沒有話可說：他是有智識，有根本智識的人。我尊重那類人，並不因爲他出頭爲我辯護的緣故……」

「但是關於何人建立脫羅邑的一層，你把他駁倒了！」——司莫洛夫忽然插上去說，這時候對於克拉騷脫金根本引爲可傲。他很喜歡聽關於鵝的故事。

「眞的駁倒了麼？」——上尉拍起馬屁來了。——「這是關於什麼人建立脫羅邑的事麼？我們已經聽說他被駁倒了。伊留莎曾經講給我聽過……」

「爸爸，他全都知道，在我們這些人裏，比誰也知道得多！」——伊留莎搶上去說，——「他祇是假裝他是這樣的，其實他在學校裏各種課程全考第一……」

伊留涉帶着沒有邊涯的幸福，望着郭略。

「關於脫羅邑是無聊的玩意，空虛的東西。我自己認這問題是不重要的，」——郭略用驕傲的謙遜的樣子說着。他已經完全恢復他原來的神氣，雖然還有點不安：他感到他十分興奮，例如關於鵝的故事，他講得太爲直率，況且阿萊莎在他講的時候一言不發，態度十分嚴肅。自負不凡的男孩起始漸漸地在心裏感到隱隱的扎刺：「他所以沉默，是不是因爲看不起我，心想我在那裏覓尋他的獎言。使假他敢這樣想，那末我……」

「我根本認這問題是空虛的，」——他又驕傲地說。

「我知道什麼人建立脫羅邑，」——一個以前幾乎沒有說過話的男孩完全出乎意料之外地忽然說出這句話來。他生性沉默，顯然帶着怕羞的樣子，臉貌很好看，有十一歲，姓卡爾達舍夫。他坐在門傍。郭略懷着驚異和莊嚴的樣子瞧了他一眼。原來「何人建立脫羅邑？」的問題在各班裏已根本變爲一種祕密，如欲探明這祕密，必須讀司馬拉格道夫的書。但是司馬拉格道夫的書除了郭略以外誰也沒有。有一天，在郭略轉身過去時，卡爾達舍夫連忙偷偷兒翻開隔在許多書中間的司馬拉格道夫的著作，一直撞到講論脫羅邑的建立人們的地方。這事情已經發生很久，他心裏總感到慚愧，不敢公然宣布他也知道誰建立了脫羅邑，恐怕出什麼亂子，受郭略的羞辱。現在不知爲什麼原因忽然忍不住，說了出來。他是早就想說的。

「唔，什麽人建立的？」——郭略用高傲的神氣轉身向他，從臉上就猜到他確乎知道，自然立刻預備下了一切的後果。在大衆的情緒裏發生了所謂不協和的音調。

「建米脫羅邑的是鐵夫克，達爾唐，伊留司和脫羅司，」——男孩一口氣倒了出來，臉兒一下子漲得通紅，紅得看着可憐。但是小孩們大家全釘看着他，看了整整的一分鐘，所有這些釘看他的眼睛一下子忽然轉到郭略身上。郭略露出賤蔑的，冷淡的神情，繼續用眼睛銜量大胆的男孩：

「怎麽是他們建立的？」——他終於開口說話，——「一般地說來，建立一個城市或國家，到底是什麽意思？是不是他們跑了來，每人放上一塊磚頭，是不是？」

傳出了笑聲。做錯了事的小孩的臉色從玫瑰變成血紅。他沉默着，準備哭出來。郭略就這樣把他溜了一分鐘。

「議論歷史的事件，像關於民族的，甚立的問題的時候，首先必須瞭解這具有什麽意義，」——他厲聲說，帶着教訓的意味，——「但是我對於女人腔的神話不予重視。一般說來，我不很尊重世界史。」——他忽然不經意地補充上這句話，普遍地朝大家說話。

「不尊重世界史麽？」——上尉忽然似乎帶着一點驚懼似的詢問。

「是的，不尊重世界史。那祇是研究各種人類的愚蠢事件而已。我尊重的祇有數學和自然科學，」——郭略說，朝阿萊莎瞥了一眼：他在那裏祇珍重阿萊莎一個人的意見。但是阿萊莎總是沉默着，照舊露出嚴肅的態度。假使現在阿萊莎說了什麼話，也就完了，但是阿萊莎沉默着，「沉默也許是賤蔑的，」於是郭略完全惹惱起來。

「現在我們那些古典的文字也是的：祇是瘋狂而已，其餘一無可取……您好像又不贊成我的話麼，卡拉馬助夫？」

「我不贊成，」——阿萊莎發出含蓄的微笑。

「如果您願意知道我對於這些古典的文字的意見，它們簡直就是一種警察的方策，單單爲了這個用意總設下了這些科門，」——郭略又忽然漸漸地氣喘了，——「這些科門的設立，因爲極沉悶，又因爲可以使才能遲鈍下來。本來已極沉悶，但是怎樣能做得更加沉悶些？本來已經愚鈍，但是怎樣能做得再愚鈍些？因此就想出古典的文字。這是我對於這些文字的全部的意見，我希望我永不加以變更，」——郭略嚴厲地結束他的話。兩頰上露出紅潤的斑點。

「這是對的，」——細心地聽着的司莫洛夫忽然用響亮而且堅信的語音表示贊成。

「但是自己還是拉丁文的第一名學生！」——一個男孩忽然從人羣裏喊着。

「是的：爸爸，他自己說的，他的拉丁文在一班裏考第一，」——伊留莎也應聲說。

「那有什麽？」——郭略認爲必須自衞，雖然他對於誇獎的話感到極有興趣。——「我背熟拉丁文，因爲必須去背熟，因爲我答應母親修畢我的學業。我的辦法是既然動手做一件事，就須做得很好，但是心裏深厭古典主義和這一切卑鄙的玩意……您不贊成麽，卡拉馬助夫？」

「何必說是『卑鄙』呢？」——阿萊莎又笑了。

「請問：所有的古典文學都已經譯成各種文字，如此說來，並非爲了研究古典文學而需要拉丁文，却單祇是爲了警察的方策，爲了使才能遲鈍。既然這樣，怎麽不是卑鄙呢？」

「唔，這一切是誰教您的？」——阿萊莎喊，終於驚訝起來。

「第一，我自己也能了解，不用人家教，第二，您要知道，關於我剛剛對您講的翻譯的古典文學一層，那個教師郭爾巴司尼闊夫自己對三年級學生說了出來……」

「醫生來了！」——一直沉默的尼娜突然喊了。

果眞有一輛屬於霍赫拉闊瓦太太的馬車開進大門那裏。整整的早晨等候着醫生的上尉低下頭直奔到大門外去迎接他。媽媽振作起精神來，裝出莊嚴的樣子。阿萊莎走近伊留莎面前，給他整理枕頭。尼娜在沙發上不安地注意他如何整理牀鋪。小孩們匆忙地作別，有幾個人答應晚上再來。郭略朝潘萊茲汪喊了一聲，牠從牀上跳下來了。

「我不走，我不走！」——郭略忙着對伊留莎說，——「我在外屋等候，等醫生走後，再進來，帶着潘萊茲汪進來。」

但是醫生已經走了進來，——一種神氣活現的身材，穿着熊皮大衣，蓄着深色長髯，還帶着剃得乾淨的，光亮的下顎。他跨過門限，突然止步，似乎驚訝的樣子：他一定覺得他走錯了門頭：「這是什麼？我在那兒？」——他喃聲說，皮大衣沒有從肩上脫下，海猫皮的制帽也沒有從頭上摘下。一大羣人，房間陳設的簡陋，角落裏繩上晒掛的衣服，把他弄得糊塗了。上尉在他面前深深地鞠了三躬。

「就是這裏，就是這裏，」——他諂媚地喃語，——「您就是在這裏，在我家裏，到我這裏來……」

「司——基——基萊夫麼？」——醫生莊嚴而且大聲地說。——「司徨基萊夫先生就是您麼？」

「就是我，」

「啊！」

醫生嫌髒似的又朝屋內看望了一下，把皮大衣脫下。頸上的神氣活現的勳章亮晶晶地射進衆人的眼裏。上尉跟手抓住皮大衣，但是醫生又摘下制帽來了。

「病人在那兒？」——他大聲而且堅決地問。

第六章　早熟

「您以爲這醫生要對他說什麼？」——郭略用快語說。——「眞是討厭的腦瓜，不對麼？我最恨醫生！」

「伊留莎會死的。我覺得這是一定的。」——阿萊莎憂愁地回答。

「眞是混蛋！醫學眞是混蛋！我認識您，十分高興，卡拉馬助夫。我早就想認識您。祇是可惜我們相遇得如此凄慘……」

郭略很想說得再熱烈些，再感情洋溢些，但是似乎有點難於出口。阿萊莎看了出來，微笑着，握他的手。

「我早就學會了尊重您，把您認作一個稀有的人物，」——郭略又喃聲說，越說越亂，——「我聽說您是神祕主義派，進過修道院。我知道您是神祕主義派，但是……這不能阻止我。接觸了現實，會治愈您的……像您這樣的本性，不會不如此的。」

「您稱我爲神祕主義派，是什麼意思？治愈什麼病？」——阿萊莎有點驚訝了。

「就是上帝等等的玩意。」

「怎麼，難道您不信上帝麼？」

「相反地，我並不反對上帝。自然上帝祇是一種假設……但是……我承認他是極需要的，爲了秩序。……爲了世界的秩序，等等……假使沒有上帝，應該造他出來，」——郭略補充這句話，起始臉紅。

他忽然想像，阿萊莎立刻就要想到他在那裏表露他的智識，裝出他是「大人」的樣子。「但是我並不想在他面前表露我的智識。」——郭略憤憤地想。他突然感到十分的惱恨。

「說實話，我最不高興參加所有這類的辯論，」——他說，——「不相信上帝是可以愛人的，您以爲怎樣？福祿特爾不信仰上帝，却愛人類，不是麼？」（又來了，又來了！他自己想。）

「福祿特爾信仰上帝，却似乎信得不多，似乎對於人類也愛得不多，」——阿萊莎輕聲地，含蓄地，十分自然地說，似乎是同和自己年齡相等的人，或者甚至同年長於自己的人談話。最使郭略驚愕的是阿萊莎似乎並不深信他對於福祿特爾的意見，彷彿把這問題交給他，小小的郭略，來解決似的。

「您莫非讀過福祿特爾的書麼？」——阿萊莎問。

「不，並不是讀過……不過我讀過俄文翻譯的坎第得……醜陋的，可笑的舊譯本……

（又來了，又來了！）」

「您了解麼？」

「是的，全了解的……那就是說，……爲什麼您以爲我不了解？自然有許多淫猥的地方。自然我能够了解的。這是一部哲學小說，爲了宣傳理想而寫的……」——郭略完全弄亂了。——「我是社會主義者，卡拉馬助夫，我是無可救藥的社會主義者，」——他忽然沒頭沒腦地宣布出來。

「社會主義者麼？」——阿萊莎笑了，——「什麼時候您來得及成爲社會主義者？您似乎還祇有十三歲罷？」

郭略退縮了身體。

「第一，我不是十三歲，却是十四歲，過兩個禮拜就是十四歲，」——他臉紅了，——「第二，我完全不明白，我的年歲有什麼關係？事情是在於我的信念如何，而不是我有多少歲數，不對麼？」

「等您年紀大些，自己會看到年齡對於信念具有如何的影響。我還覺得您說的不是自己的話，」——阿萊莎安靜而且謙遜地回答，但是郭略熱烈地打斷他的話。

「好啦，您需要服從和神祕主義。您應該同意的是基督的教義祇是爲富人和有權勢的人們服務，以便奴役下等階級，不對麼？」

「唉，我知道您在那兒讀到的，一定有人教您的！」——阿萊莎喊。

「爲什麼一定是讀到的？根本沒有人教我。我自己也能的……您要知道，我並不反對基督。他是一位極人道的人物，他如生於現世，會直接參加革命黨，也許會做出顯赫的事業。……這是一定的。」

「您從那裏弄來這一套話？您同那一個傻子來往？」——阿萊莎喊。

「實在的情形是隱藏不了的。我自然爲了一件事情，時常和拉基金先生談話，但是……聽說老人白林司基也說過這句話。」

「白林司基麽？我不記得。他無論在什麽地方沒有寫過這個。」

「如果沒有寫過，有人說是說過的。有一個人告訴我……但是管他呢……」

「您讀過白林司基麽？」

「您瞧……沒有……我沒有完全讀，但是……關於達姬央娜的一段，爲什麽她不跟溫涅金走的一段，我讀過的。」

「怎麽不跟溫湼金走？難道您已經……明白麽？」

「您好像把我當作小孩司莫洛夫看待。」——郭略惹惱地張大着嘴。——「但是請您不要以爲我是革命黨。我的意見時常和拉基金先生不合。假使我談到達姬央娜，我並非主張婦女解放。我承認女人是應受服從的東西，應該聽人家的話。拿破崙說，Les femmes tricottent,※」——郭略不知爲什麼原因笑了一下。——「至少在這句話上我完全贊成這個虛僞的大人物的見解。例如說，我也認爲離開祖國而往美國去是低卑的行爲，比低卑還壞，——是愚蠢的行爲。爲什麼到美國去，既然在國內也可以做許多有利人類的事業？就是現在的時候。有一大堆積極的工作。我就是這樣回答的。」

「怎樣回答的？回答誰？難道有人請您到美國去麼？」

「說實話，有人鼓動我，但是我拒絕了。這事祇有你我知道。卡拉馬助夫，您不要對任何人說一句話。這是我對您說的。我並不願意落進祕密警察的掌握之中，在鍊橋上學習功課。

「你應該記得，
鍊橋傍的大廈！」

你記得麼？妙極了！您笑什麼？您不要以爲我對您撒謊麼？」（假使他知道我父親的書櫃

※女人應該織襪。

裏祇有一本鐘，除了這一本以外，其餘我並沒有讀過，那便怎樣呢？——郭略戰慄地想了一下。）

「不，我並不笑，也沒有想您對我撒謊。就因爲是沒有想，因爲可嘆得很，這一切是千眞萬確的實事！請問，普希金讀過沒有，渥湼金讀過沒有？……您剛纔不是提過達姬央娜的麼？」

「不，我還沒有讀，但是想讀一讀。我是沒有偏見的，卡拉馬助夫。我願意聽這一方面，也聽那一方面。您爲什麼問這話？」

「沒有什麼。」

「請問，卡拉馬助夫，您很看不起我麼？」——郭略突然說，全身在阿萊莎面前伸直着，似乎搭好架子一般。——「請您直說，不要轉灣子。」

「看不起您麼？」——阿萊莎驚異地望了他一眼。——「這是爲什麼？使我發愁的祇是像您這樣優秀的天性，還沒有開始生活，就已經被所有這些粗暴的無聊的玩意誘壞了。」

「關於我的天性您不必關心，」——郭略不免帶着自負的口氣插上去說，——「至於說到我善疑是對的。我善疑得愚蠢。善疑得愚蠢。您現在笑了一下，我就覺得您似乎……」

「我笑的是完全別的事情。你瞧，我笑什麼：我新近讀到一個僑居俄羅斯的德國人批評我們現在學生界的文章。他寫道：「如將一張星圖給俄國學生看，而他對於這張圖以前並無了解，那末他明天把這張圖交還的時候會加以修改的。」沒有任何的智識，同時是無約束的自負，——這就是那個德國人批評俄國學生的話。」

「這是完全對的！」——郭略突然哈哈地笑着。——「確定無移，一點也不錯！德國人眞是行！但是他沒有看到好的方面。您以為如何？自負是沒有關係的。這是由於年輕的緣故。這是可以糾正的，假使必須加以糾正。但同時有的是獨立的精神，從極小的時候起，有的是思想和見解的勇敢，却不是郭爾巴司尼闊夫式的崇拜權威的精神……不過德國人到底說得很好！德國人眞行，雖然德國人是該殺的。他們的科學雖然好，但是到底必須掐死他們。……」

「為了什麼掐死他們？」——阿萊莎微笑了。

「也許我說謊，我同意 我有時是一個可怕的嬰孩。在有什麼高興的時候，我就忍不住，預備說出些無聊的話。我同您兩人在這裏談着閒話，這個醫生這樣久的時候還沒有忙完。但是他也許在那裏診察媽媽，和那個沒有腿的尼娜。您知道，我很喜歡這個尼娜。我走出來的時候，她忽然對我微語道：「您為什麼早先沒有來？」帶着責備的口氣說着！我覺得，她是很心善，而且可憐的。」

「是的，是的！以後您常來，可以看到她是怎樣的一個人。這類人物您多認識幾個是有益的，藉此可以學到如何珍重別的許多事情；您惟有和這類人物認識，纔能辨清這一切。」——阿萊莎熱心地說，——「這會使您改造得更好些。」

「我沒有早來，眞是覺得可惜，祇好自己罵自己！」——郭略帶着悲苦的情感喊了起來。

「是的，很可惜。您自己看見到，您對於這個可憐的小孩發生了多少欣悅的印象，他如何等候着您，心裏如何的焦急！」

「您不要對我說這話！您這樣更加惹惱我。但這是我應得的報復：我不來是由于自負心，一種利己主義的自負心，卑鄙的倔強性質，這是我一輩子也不能擺脫的脾氣，雖然一輩子努力克制自己。我現在看見了，我在許多方面是卑鄙的人，卡拉馬助夫！」

「不，您的天性是優秀的，雖然已被引壞。我十分了解，爲什麼您在這個正直的，具有病態的感覺的男孩身上，發生這樣大的影響！」——阿萊莎熱烈地回答。

「這話是您對我說的呀！」——郭略喊，——「我却在心裏想，——我已經有許多次想，現在在這裏還是想，您看不起我！您要知道我是如何尊重您的意見！」

「難道您眞是這樣多疑？在這樣年齡之下！您知道，您在屋內談話，我看了您一下，心裏就想您大概是十分善疑的人。」

『已經想過了麼？您瞧，您瞧，您的眼睛是這樣的！我可以賭咒，這就是在我講瑪的故事的時候。我恰巧在這個當兒想像到，您在那裏深深地看不起我，因爲我忙着裝出好漢的樣子，而我自己甚至突然因此恨起您來，這纔說出一篇傻話。以後，我說到『假使沒有上帝，應該造他出來』的地方，（這話是剛剛在這裏說的，）我本想我太忙着抬出自己的學問，而況這個句子是我在書本上讀來的。但是我敢對您賭咒，我的忙於表現，並不由於虛榮，却不知爲什麼由於快樂，確實似乎是由於快樂……固然一個人由于快樂而掛到一切人的頸頸上去，那是一種十分可恥的性格。我知道這個。但是我現在深信，您不是看不起我，這一切是我自己虛構出來的。卡拉馬助夫，我是深深地不幸。我有時不知道爲什麼在心裏儘設想，大家在那裏笑我，全世界在那裏笑我，在那個時候，我簡直準備摧毀事物的整個秩序。」

『您同時磨折周圍的人們，』——阿萊莎微笑。

『還磨折周圍的人們，尤其是母親。卡拉馬助夫，您說，我現在很可笑麼？』

『不要想這件事情，完全不要想這件事情！』——阿萊莎喊，——『並且什麼叫做可笑？一個人就是有時顯得可笑，或者覺得可笑，也有什麼關係呢？現在差不多所有那些有才幹的人很怕成爲可笑的，因此感到不幸。使我驚訝的惟有一層，那就是您這樣年輕就感到還個，雖然我早已注意到這層，而且也不祇在您一人身上注意到的。現在甚至差不多孩子們都起始犯這個毛病。這幾乎成爲瘋狂。魔鬼化身爲自負，鑽到各代的人身上，一定是魔鬼，」——阿萊莎說，並沒有笑，像釘看他的郭略所想的那樣。——「您和大家一樣，」——阿萊莎結束他的話，——「那就是像很多的人們一樣，祇是不應該成爲和大家一樣的人，這是要記住的。」

「甚至不管大家全是這樣的麼？」

「是的，不管大家全是這樣的。您自己可以成爲不是這樣的。實際上，您並不是和大家一樣的：您現在並不害臊，直行承認出自己的壞的，甚至可笑的地方來。現在誰能這樣承認呢？沒有人去承認。甚至對於自我的譴責也停止發見它的需要，您將成爲和大家不同的人；卽使祇有您一人不是這樣，您到底還將成爲不是這樣的。」

「妙極了！我沒有看錯您。您是會安慰人的。我眞想趨奔到您的面前來呀，卡拉馬助夫，我早就尋覓和您見面的機會！難道連您也想我麼？剛纔您說，您也想到我的。」

「是的，我聽見過您的事情，也想到您……假使有一部分是自負心使您現在問這句話，那末這是不要緊的。」

「您知道，卡拉馬助夫，我們的解釋很像談敍愛情，」——郭略用一種軟弱的，羞赧的語音說着。——「這不可笑麼，不可笑麼？」

「並不可笑，即使可笑，也不要緊，因爲這是好的，」——阿萊莎發出光明的微笑。

「您知道，卡拉馬助夫，您應該同意，現在您自己也有點害羞……我從眼睛上看出來，」——郭略發出似乎狡儈的，却幾乎充滿幸福的微笑。

「有什麼可羞的呀？」

「那末您爲什麼臉紅？」

「這是您弄得叫我臉紅的！」——阿萊莎笑着，果眞臉紅了，——「是的，有點害羞，不知道爲什麼原因，不知道爲什麼原因……」他喃聲說，幾乎甚至感到慚愧。

「在這時候我眞愛您，珍視您，就因爲您也有點害羞！因爲您就是我！」——郭略喊，露出十分歡欣的樣子。他的兩頰熾熱，眼睛發光。

「郭略，您一輩子將成爲很不幸的人，」——阿萊莎不知爲什麼緣故忽然說。

「我知道，我知道。您怎麼預先都知道的！」——郭略立即加以證實。

「但是在大體上您到底會祝福生命的。」

「就是這樣！妙極了！您是先知者！卡拉馬助夫，我們可以合得來的。您知道，最使我喜歡的是您對我完全以平等相待。但是我們不是平等的，不，不是平等的，您高得多！不過我們可以合得來。您知道，我在最後的一個月內對自己說：「我不是和他一下子永遠成爲知己的朋友，便是一下子分散開來，成爲仇敵，直到棺材爲止！」

「您這樣說，自然已經愛我了！」——阿萊莎快樂地笑了。

「愛的，很愛的，愛您，也想您！您怎麼預先都知道的？啊，醫生出來了。天呀，他要說出什麼話來呀！您瞧他那付臉！」

第七章　伊留莎

醫生從屋子裏出來的時候，已經重新團裹在皮大衣裏，頭上戴着制帽。他的臉幾乎是生氣的，厭惡的，似乎怕被什麼東西弄髒了。他向外屋瞥了一眼，又嚴厲地望了阿萊莎和郭略一下。阿萊莎朝門外的馬車揮了揮手，載醫生來的馬車開到大門前來。上尉慌忙地跟着醫生跳出來，彎着身子，幾乎像是在他面前道歉似的，攔着請他說出最後的判決。不幸的人的臉蒙着憂愁，眼神是驚懼的：

「大夫，大夫……難道不行了麼？……」——他起始說，沒有說完，祇是絕望地擺搖着手，雖然還帶着最後的哀求的神情望着醫生，好像祇要醫生現在說出一句話來，就可以變更對於這個可憐的男孩的判决。

「有什麼法子？我不是上帝，」——醫生用漫不經意的，雖然是在習慣上會有暗示意味的聲音還答。

「大夫……大夫……快不快，快麼？」

「你——就——預備後事罷，」——醫生咬着一個一個字，說了出來，眼光俯視地上，準備跨過門限，到馬車傍邊去。

「大夫，看基督的份上！」——上尉又把他攔住，——「大人！……難道一點也沒有，難道一點也沒有，現在一點也沒有法子救他麼？」

「現在我是無能爲力的了，」——醫生不忍耐地說，——「但是，嗯——」——他突然止住一下。——「例如說，如果您能……把您的病人……送到……立刻就送，一點也不能遲延，（這個「立刻就送，一點也不能遲延」的話，醫生說得不僅嚴厲，幾乎是怒氣勃勃的，竟使上尉抖索起來，）送到西——拉——庫——茲去，那末……由于新的，順利的，氣候的條件……也許可以發生……」

「到西拉庫茲去！」——上尉喊，似乎一點也不明白。

「西拉庫茲在西西里亞地方，」——郭略忽然大聲說，作爲解釋的話。醫生看了他一眼。

「到西西里亞去！老爺子，大人，」——上尉慌亂起來，——「您看見沒有！」——他的兩手朝周圍一掃，指着自已的環境，——「還有媽媽呢？家族呢？」

「不，家族不要到西西里亞去，您的家族應該在早春的時候上高加索去……令愛送到高加索，太太也一同到高加索，用水先治療她的痛風病……以後再送到巴黎，精神病醫生萊潘里——萊奇也醫院裏去，我可以寫一封信給他，那時候也許可以發生……」

「大夫！大夫！您瞧這個！」——上尉忽然又揮搖雙手，絕望地指着光裸的，用木頭疊成功的，外屋的牆。

「這不是我的事情，」——醫生笑了，——「我祇是說出了科學對於您的問題可以說出的最後的手段，至於其餘呢……我可惜得很……」

「您不要着急，郎中先生，我的狗不會咬您的，」——郭略大聲地說，看到醫生朝站在門限上的潘萊茲汪有點不安地注視着。郭略的語氣裏露出怒意。他不說：「醫生，」而喊出：「郎中先生，」他是『故意』說的，後來自己宣布，是『為了加以侮辱而說的。』

「什麼事？」——醫生仰起頭，驚訝地釘視郭略，——「他是誰？」——他忽然對阿萊莎說，似乎向他要求解釋。

「我是潘萊茲汪的主人，郎中先生，您不要為我不安，」——郭略又說。

「茲汪麼？」※——醫生反問，不明白潘萊茲汪是什麼。

「他不知道他在什麼地方。再見罷，郎中先生，到西拉庫茲見面。」

※「茲汪」俄文義作「鐘聲。」

「他是誰？誰？誰？」——醫生突然大發脾氣。

「他是這裏的學生，大夫，他是一個玩皮孩子，您不必注意，」——阿萊莎皺着眉頭，迅快地說，——『郭略，您不要作聲！』——他對克拉騷脫金喊，——「不要注意，大夫，」

——他已經帶點不耐煩的樣子重複着這句話。

「揍他，揍他，應該揍一頓！」——不知爲什麼原因盛怒的醫生跺起脚來了。

「您知道，郎中先生，我這裏有潘萊茲汪，也許會咬人的！」——郭略顫聲說，臉色發白，目光閃爍，——『Ici，潘萊茲汪，』

「郭略，假使您再說出一句話，我要和您從此斷絕關係！」——阿萊莎威嚴地喊。

「郎中先生，整個世界上祇有一個人可以命令尼古拉，克拉騷脫金，那就是這個人，（郭略指着阿萊莎；）我服從他，再見罷！」

他離開站立的地方，迅快地走進屋內。潘萊茲汪也隨他跑了進去。醫生又站了五秒鐘功夫，像木呆似的望着阿萊莎，後來忽然唾了一口痰，迅速走到馬車前面去，反復地大聲叫喊：『這個，這個，這個，我不知道這是什麼！』上尉跑過去扶他坐上馬車。阿萊莎跟着郭略走進屋內。郭略已經站在伊留莎牀傍。伊留莎提住他的手，呼喚父親。過了一分鐘，上尉也回來了。

「爸爸，爸爸，你到這裏來……我們……」伊留莎異常興奮地喃語着，但是顯然無力繼續說下去，突然把兩隻瘦瘦的小手朝前一拋，儘可能地緊緊的一下子抱住他們兩人，郭略和爸爸，把他們聯絡在一起，自己偎緊在他們身邊。上尉忽然全身搖動，無聲地嗚咽着，郭略的嘴唇和下顎戰慄着。

「爸爸，爸爸！我眞可憐你，爸爸！」——伊留莎悲苦地呻吟着。

第十一册　伊凡·费道洛维奇

第一章　在格魯申卡家裏

阿萊莎到教堂的廣場上商人的寡婦莫洛作瓦的房子裏去見格魯申卡。她一清早就打發費娜到他那着，堅請他來一趟。阿萊莎問起費娜，纔知道小姐從昨天起就露出特別的極大的驚慌。米卡被捕後的兩個月內，阿萊莎時常到莫洛作瓦的房子裏去，有時由於自己的衝動，有時受了米卡的委托。米卡被捕後的三天，格魯申卡病得很利害，躺了幾乎有五個禮拜。五個禮拜內有一個禮拜躺在那裏，失了知覺。她的臉色大變，又瘦又黃，雖然已經差不多有兩個星期可以出門了。但是據阿萊莎的眼光看來，她的臉似乎更能引動人。他走進去的時候，愛看她的眼色，她的眼神裏似乎樹立了堅固的，有理解力的樣子。露出一種精神上的改變。發生了某種不變的，恬靜的，無可挽回的，馴善的決斷心。額上眉間發現不大的，垂直形的皺紋，給她的可愛的臉添上凝聚在內心的沉鬱的神色。初看起來甚至幾乎是嚴厲的。例如說，以前的輕浮是一點痕跡也沒有留下。阿萊莎覺得奇怪的是雖然所有的不幸加在可憐的女人身上，這女人是一個男子的未婚妻，他幾乎就正當她成爲他的未婚妻的時候，爲了可怕的犯罪而被捕，雖然她以後害了病，雖然往後卽將成立幾乎避免不了的法院的裁決，但是格魯申卡到底沒有喪失以前的，青年的快樂。她以前驕傲的眼睛裏，現在熠爍着一種寧靜的光采，雖然……雖然眼睛偶然還要閃出一些兇惡的火光，當她被以前的，煩擾的念頭所侵襲的時候，——這念頭不但沒有沉寂下去，甚至在她心裏越發增長起來。這個煩擾的目的還是卡德鄰納·伊凡諾夫納：格魯申卡還在臥病牀上的時候，甚至在發譫語時，都提起她。阿萊沙明白她是爲了米卡和她吃醋；爲了囚犯米卡，雖然卡德鄰納·伊凡諾夫納一次也沒有到監牢裏去和他見面，本來她是隨便什麼時候都可以做得到的。這一切在阿萊莎方面變爲一個困難的題目，因爲格魯申卡祇有對他一人將自己的心事透露出來，不斷地和他商量；而他有時完全沒有力量對她說什麼話。

他在煩慮中走進她的寓所裏去。她已回家；半小時以前從米卡那裏回來，從她在棹傍沙發上跳起來迎接他的那種迅速的姿勢上，他斷定她正在不耐煩地等候他。棹上放着紙牌，做完『傻子』的游戲。在屋子另一端的皮沙發上，鋪好牀鋪，瑪克西莫夫穿着晨服和棉織的小帽，斜躺在上面。他顯然有病，身體十分衰弱，雖還甜蜜的微笑着。這個無家可歸的小老頭兒，在兩月以前同格魯申卡從莫克洛葉回來以後，就留在她身邊，從此一步也不離地住在她家裏。他當時和她一塊兒冒雨進城，全身淋得精濕，又喫了驚嚇，坐在沙發上，默默地釘看她，帶着畏葸的，哀懇的微笑。格魯申卡陷入非常的憂愁之中，且已起始發寒熱，在進城裏半小時內，爲了各種忙亂的事情，幾乎忘掉了他，突然不知爲什麼緣故釘看了他一下：他露出可憐而且慌亂的樣子，看着她嘻嘻的笑了一聲。她叫費娜拿點東西給他吃。整整的一天他坐在那裏，幾乎動也不動；天色已黑，關上窗板的時候，費娜問女主人道：

『小姐，難道他宿在這裏麼？』

『是的，給他在長沙發上鋪上牀舖，』——格魯申卡回答。

格魯申卡詳細盤問他，纔知道他果眞現在完全無處棲身，『我的恩人卡爾干諾夫還直對我說，以後不再收留我，還賞了五個盧布，』——『好罷，你就留在這裏罷，』——格魯申卡煩惱地決定，用慈悲的神色朝他微笑了一下。她這一微笑刺進老人的心裏。他的嘴脣抖慄，發出感謝的哭聲。從此以後這個流浪的食客就留在她家裏。甚至在她的病中，他也沒有離開。費娜和她的母親，格魯申卡的廚婦，並沒有驅逐他，繼續給他東西吃，替他在長沙發上鋪牀。以後格魯申卡竟習慣了，從米卡那裏回家以後。（她病剛好就去看他，甚至沒有等到復原，）爲了打破岑寂起見，坐下來和瑪克西莫夫談論各種空洞的事情，免得思想自己的憂愁。這小老頭兒有時也會講點什麼，所以後來他對於她甚至成爲必不可少的人。除阿萊莎以外，格魯申卡幾乎任何人也不接待；阿萊莎也不每天前來，來了以後永遠坐得不久。她的老商人這時已經病得很利害，『要歸天了，』像一般城裏的人們所說的一樣。在米卡的案子審判以後，過了一星期，果眞死了。死前三星期，他感到自己已快完結，把自己的兒子們，媳婦們和孫兒們喚上樓來，吩咐他們不再離開他。從那個時候起，他嚴囑僕人們不放格魯申卡進來，如果上門來，便對她說：「他吩咐您在快樂中永久地生活下去，把他忘掉了罷。」但是格魯申卡幾乎每天打發人去問他的健康。

「好容易來了！」——她喊，把牌一扔，欣悅地和阿萊莎握手，——「瑪克西莫夫儘嚇唬我，說你也許不會來。我眞是需要你！你坐在棹傍；要什麼，要咖啡麼？」

「也好，」——阿萊莎說，在棹傍坐下。——「餓得利害。」

「眞是的；費娜，費娜，拿咖啡來！」格魯申卡喊，——「咖啡早已熬好，等候着你呢。再拿點肉餃來。要熱的。你聽着，阿萊莎，爲了這肉餃今天又鬧得天翻地覆。我給他送到監獄裏去，你信不信，他竟扔還給我，沒有吃。二隻肉餃完全扔到地板上，踏得粉碎。我說：「我留在看守那裏；假使你晚上再不吃，那末你的惡毒的狠心太利害了！」我就這樣走了。你信不信，我們又拌嘴了。一見面，就拌嘴。」

格魯申卡把這一大堆的話一古腦兒帶着慌急的神情說了出來。瑪克西莫夫立刻胆怯地微笑，垂下眼皮。

「這一次爲了什麼事情拌嘴？」——阿萊莎問。

「我完全沒有料到！你想一想，他竟爲了「以前那位」喫醋，意思是說：「你爲什麼養他？你是不是起始養他？」他什麼都要喫醋，隨便什麼都要和我喫醋！在睡覺和吃飯的時候——也是喫醋。上禮拜甚至爲了庫齊瑪喫醋。」

「他不是知道「以前那位」的事情麼？」

「可不是麼。他從開始一直到今天都知道的。今天忽然早晨起身，就罵起來了。他說的什麼話，說出來惟有使人害臊。傻子！我出來的時候，拉基金到他那裏去。也許拉基金會使他安慰麼？你以爲怎麼樣？」——她似乎心神不屬地說。

「那就是他愛你，十分愛你。現在他正是十分惹惱。」

「明天要開審，還能不惹惱麼？我跑去對他商量關於明天的事情。阿萊莎，我一想到明天要出什麼事情，眞是覺得可怕。但是他儘講關於波蘭人的事情！眞是傻子！也許對於瑪克西莫夫，他是不會喫醋的。」

「我的太太也是儘爲了我喫醋的，」——瑪克西莫夫插上這句話。

「爲了你，」——格魯申卡不樂意地笑了，——「爲了你。和誰喫醋呢？」

「和娘姨們。」

「不要嚮罷，瑪克西莫夫，我現在沒有工夫笑，我覺得很生氣。你不要儘釘看肉餃，我不能給你吃，這於你是有害的。燒酒也不能給你喝。我還要來看護他；彷彿我家開設了慈惠院，」——她笑了。

「我是不配享受您的恩惠的，我是低賤的人，」——瑪克西莫夫用含淚的聲音說，——「您不如把您的恩惠佈施給比我還有用些的人們。」

「每人都是有用的，瑪克西莫夫，誰知道誰比誰有用些。阿萊莎呀，但願這波蘭人不存在纔好，你知道他今天也病了。我到他那裏去過。我現在要故意送肉餃給他。我並不想送，但是米卡責備我送給他肉餃，所以現在要故意送去，故意的！費娜拿了一封信進來，就是這樣，又是波蘭人寫來的，又要借錢！」

莫謝洛維奇先生，果真送來了一封極長的，照例十分動人的信，問她借三個盧布。信上附了一張收據，寫着三個月內歸還的話；收據由佛羅勃萊夫司基署名。附着這類收據的這類的信，格魯申卡從她的「前人」那裏收到許多。這事發生在兩星期以前格魯申卡的病復原的時候起。她知道兩個波蘭人在她生病的時候時常來探問她的病況。格魯申卡收到的第一封信是很長的，寫在大頁的信牋上，蓋上一個大家印。這封信意義含混，充滿優美的言辭，格魯申卡祇讀了一半，就扔開，一點也沒有明白什麼意思。她當時也沒有心思看信。隨着第一封信，在第二天上來了第二封信。在這封信上莫謝洛維奇向她借兩千盧布，在短期內歸還。格魯申卡連這封信也置諸不答。以後跑來了整批的信，每天一封，全是那種神色嚴肅，言辭優美的信，但是所借的數目慢慢地低降，降到一百，二十五，十盧布，終於格魯申卡突然接到一封信，在這信裏面兩位波蘭先生向她借一個盧布。還附了兩人共同簽字的收據。格魯申卡當時忽然可憐他們起來，便在薄暮的時候自己跑到他們家去。她發現這兩個波蘭人陷於可怕的貧窮的境況裏，幾乎是一貧如洗，沒有飯吃，沒有紙煙抽，欠了女房東許多房錢。他們在莫克洛葉從米卡那裏贏來的二百盧布很快地消逝了。使格魯申卡驚訝的是兩位波蘭先生遇見她時還是帶着那種傲慢的尊嚴和獨立不羈的樣子，而且極重禮節，說出莊嚴的言辭。格魯申卡惟有哈哈大笑，給了她的『前人』十個盧布。她當時把這事情笑着告訴米卡，而他並不顯出喫醋的樣子。但是從那時起，兩個波蘭人抓住格魯申卡，每天用借錢的信攻擊她，而她也每次總是應酬他們一點。忽然今天米卡竟狠狠地喫起醋來。

『我這傻子，今天到米卡那裏去的時候，也曾灣到他那裏去一下，祇去了一分鐘，因爲我以前的那位，他也病了，』——格魯申卡又起始忙亂而且匆遽地說，——『我一邊笑，一邊對米卡說，我的波蘭人居然想到在絃琴上對我唱出以前的山歌，心想我會受到了感動，而嫁給他。但是米卡竟跳起來大罵……不行，我非把肉餃送給波蘭人去吃，費娜，他們是不是打發那個小姑娘來的？你把三個盧布給她，用紙包好十隻肉餃，送給他們，你呢，阿萊莎，一定對米卡說，我把肉餃送給他們吃。」

「我無論如何不會說的，」——阿萊莎微笑着說。

「你以爲他心裏難過；其實他是故意喫醋，他自己是無所謂的，」——格魯申卡淒慘地說。

「怎麼是故意？」——阿萊莎問。

「你是傻子，阿萊莎。以你的聰明，竟一點也不明白。他生醋勁，我並不生氣；假使不喫醋，那纔使我生氣呢。我就是這樣的人。我決不爲醋勁生氣，我自己的心是殘忍的，我自己還要喫醋。使我生氣的是他並不愛我，現在故意在那裏喫醋。我是瞎眼的，我看不見麼？他現在忽然對我提起卡德隣納來。他說：她的爲人眞好，從莫斯科特地給我請來一個醫生，打算救我，還請來第一等的律師，也是有學問的人。他是愛她的，既然當我的面，瞪着眼睛誇奬她，瞪住他那雙十分無恥的眼睛！他自己在我們面前犯了錯處，所以纏住我，使我先對他有錯，以後就把一切事情推到我一人身上，意思是說：「你在我以前就和波蘭人有事情，所以我也可以同卡德隣納來一手。」事情就是這樣的！他想把一切錯處推到我一個人身上。他故意纏住我，故意這樣，我對你說，祇是我……」

格魯申卡沒有說完她將做什麼，用手帕掩上眼睛，哀哀地嗚咽起來。

「他並不愛卡德隣納•伊凡諾夫納，」——阿萊莎堅決地說。

「唔，愛不愛，我自己立刻會知道的，」——格魯申卡說，嗓音裏帶着威嚇的語調，手帕從眼睛上摘下來。她的臉變了形相。阿萊莎悲苦地看出，她的臉忽然從溫馴的•快樂的，一轉而爲陰鬱的，惡狠的。

「不必再談這些傻事情！」——她忽然說，——「我喚你來並非爲了這件事情。阿萊莎，好人兒，到了明天，明天怎麼辦呢？這是最使我痛苦的事！祇有我一個人受着痛苦！我看着大家，誰也沒有想這件事情，任何人都認這是於自己不相干的事。你究竟想不想這事呢？明天就要開庭了！你對我說一說，他們將怎樣裁判他？這是那個僕人，僕人殺死的，僕人殺死的！天呀！莫非他要替那個僕人受到刑罰，而沒有人替他出頭說話麼？他們一點也沒有驚擾那個僕人，是不是？」

「他受了嚴厲的審詢，」——阿萊莎憂鬱地說，——「但是大家斷定不是他。現在他病得很利害。就從那個時候起病的，就從發了暈厥病起的。他眞的病了，」——阿萊莎補充着說。

「天呀，你最好自己到律師那裏去一趟，當面和他談一談。聽說是從彼得堡化了三千盧布請來的。」

「我們三個人化了三千，我，伊凡哥哥，還有卡德鄰納·伊凡諾夫納；至於那個醫生是她自己化了兩千盧布從莫斯科請來的。費邱郭維奇律師本來要多得些酬勞，但是因爲這案子已經聞名全俄，各種報章雜誌上都在談論，所以費邱郭維奇答應前來大半是爲了名譽起見，因爲這件案子太著名了。我昨天看見過他。」

「怎麼樣？你對他說了麼？」——格魯申卡匆忙地喊。

「他聽了半天，一句話也沒有說。他說他已經取得了確定的意見。但是答應把我的話加以考慮。」

「什麼叫做考慮！唉，他們眞是騙子！他們要陷害他！但是那個醫生，那個醫生她請來做什麼用呢？」

「作爲專家。他們想斷定家兄發了瘋，在瘋狂中殺人，自己並不記得，」——阿萊莎輕聲微笑，——「不過家兄不贊成。」

「假使是他殺死的，那倒是對的！」——格魯申卡喊，——「那時候他是一個瘋子，完全是瘋子，這是我，我這卑劣的女人做的錯事！然而並不是他殺死的，他沒有殺死！大家全以爲他殺死，全城的人都這樣說。甚至那個費娜，連她也供出好像是他殺死的。還在小鋪裏，還有那個官員，還有以前在酒店裏也聽見過！大家，大家全說反對他的話。」

「是的，供詞積了許多，」——阿萊莎陰鬱地說。

「還有那個格里郭里，格里郭里・瓦西里也維奇，堅持着說門敞開着，死命地說他看見的，沒有法子勸他，我自己到他那裏去過，自己同他說過話。他還駡人呢。」

「是的，這也許是對於家兄最利害的一個供詞，」——阿萊莎說。

「至於說到米卡是瘋子一層，那末他現在也眞是這樣，」——格魯申卡忽然用一種特別關慮而且神祕的神色起始說。——「你知道，我早就想對你說這句話！我每天去見他，簡直感到奇怪。你對我說一說，你怎樣看法？他現在起始說的全是些什麼話語？他說呀，說呀，——我可是一點也不明白，我心想他說的是什麼聰明的話，我眞傻，我心想，我弄不明白；但是忽然他對我說起小孩的事情，說的是某一個小孩，」為什麼小孩這般窮？現在我就爲了這小孩要到西比利亞去，我並沒有殺人，但是我應該到西比利亞去！」這是什麼事情？什麼小孩？——我一點也不明白。我一說話，我祇是哭泣，因爲他說得很好，自己哭，所以我也哭，他忽然吻我一下，舉手畫着十字。這是什麼事情，阿萊莎，你對我說，那是什麼小孩？」

「拉基金不知爲什麼緣故忽然常到他那裏去，也許跟這有什麼關係，」——阿萊莎微笑，——「但是……這不是從拉基金方面來的。我昨天沒有見他，今天要去一趟。」

「不，這不是拉基金，這是他的哥哥伊凡·費道洛維奇吵擾他，他去見過他，就是這樣的……」——格魯申卡說，忽然又中斷了。阿萊莎釘着她看，十分驚訝。

「他去過麼？他難道到他那裏去過麼？米卡自己對我說，伊凡一次也沒有去過。」

「唔……唔……我這是怎麼啦！竟嚼了出來！」——格魯申卡不安地喊，忽然滿臉通紅，——「你等着，阿萊莎，你不要響，我既然嚼了出來，也就隨它去，我把實話全說出來好了。他曾見過他兩次，第一次在他當時回來以後，——從莫斯科趕回來以後，我那時還沒有病倒，第二次是一個禮拜以前去的。他吩咐米卡不要對你說起這事，並不是不對你說，是不讓他對任何人說，他是祕密前去的。」

阿萊莎坐在那裏，深深地沉思着，在那裏作什麼考慮。這消息顯然使他驚訝。

「伊凡哥哥沒有同我談過米卡的案子，」——他慢吞吞地說，——「在這兩個月內，他同我很少說話，我去見他，他永遠不滿意我到他那裏去，所以我有三個禮拜沒有前去見他。唔……假使他一星期以前去過……那末……在這一星期內米卡確乎發生了一點變更……」

「有變更的，有變更的！」——格魯申卡迅快地搶上去說，——「他們中間有祕密，他們中間有祕密！米卡自己對我說是祕密，而且你知道是那樣的祕密，使米卡不能安靜下去。以前他是很快樂的，他連現在也是快樂的，但是你知道，他祇要搖一搖頭，在屋內踱步，用右手指搓鬢上的頭髮，我就知道他的心裏有點不安靜了……我就知道了……就這樣他是很快樂的，連今天還是快樂的！」

「那末你說：他惹惱着？」

「他是惹惱着的，同時也極快樂。他惹惱着，祇有一會兒，等了一下便又快樂起來，以後忽然又惹惱了。你知道，阿萊莎，我看着他眞覺得奇怪：不久就要發生這樣的恐怖的事情，而他甚至有時爲了一點小事情哈哈大笑，簡直就像一個小孩。」

「他眞是不讓你對我講關於伊凡的事情麼？就這麼說：不許講麼？」

「就這麼說：你不要講出來。主要的是他很怕你。因爲內中有祕密，他自己說是祕密……阿萊莎，好人兒，你去探聽一下：他們有什麼祕密，再來對我說，」——格魯申卡忽然喊起來，哀懇着，——「你讓我這不幸的人安心一下，讓我知道一知道我自己的可咀咒的運命！我就爲了這件事情喚你來一趟。」

「你以爲這是關於你的事情麼？既然這樣，他不會當你的面前說出這個祕密來的。」

「我不知道。也許他想對我說，但是又不敢說。他預先警告一下。意思是說有一個祕密，至於是什麼祕密，——可是不能說出來。」

「你自己怎樣看法？」

「我怎樣看法？我的末路到了，這就是我的看法。這全是卡嘉，全是她做出來的事。他儘說：「她是如何如何的，」——這麼說來，我便成爲不是如何如何的了。這話他以前就說過，以前就警告我。他想把我拋棄，這就是一切的祕密！他們三人想出了這個辦法，——米卡，卡嘉和伊凡·費道洛維奇。阿萊莎，我早就想問你：一星期以前他忽然對我說伊凡戀着卡嘉，因爲他常到她那裏去。他對我說的是實話麼？你照良心來說，你儘管照實說罷！」

「我不對你撒謊。伊凡並不愛戀卡德鄰納·伊凡諾夫納，我是這樣的看法。」

「我當時也是這樣想！他對我說謊，這不要臉的東西。這就是這樣！他現在對我發醋勁，預備以後把一切事情推到我身上來。但是他是一個傻子，他不會做得巧妙些，他是十分公開的人……但是我要對他來一手，我要對他來一手！他說：「你相信我殺了人，」——他對我說這樣的話，他用這個來責備我！隨他去罷！等一等，在法庭上卡嘉要喫我的苦頭！我要說出一句話來……我一定要在法庭上完全說出來！」

她又哀哀地哭泣了。

「我可以對你堅決聲明，格魯申卡，」——阿萊莎一面立起來，一面說，——「第一、是他愛你，愛你甚於世上的一切，愛你一個人，你應該相信我。我知道的。我一定知道的。第二、我要對你說，我不願意向他探聽他的祕密，但是他今天自己對我說出來，我就要老實告訴他，我答應把話告訴你。我今天就會跑來，告訴你聽。不過……我覺得……這裏面和卡德鄰納，伊凡諾夫納無關，一定是另外一個祕密。一定是這樣的。完全不像關於卡德鄰納·伊凡諾夫納的事情，我這樣想。現在再見罷！」

阿萊沙和她握手。格魯申卡還在那裏哭泣。他看出她不大相信他的安慰的話語，但是她把她的憂愁吐了出來，說出她的話來，她也覺得很好。他必須在這種心情之下離開她，覺得十分惋惜，但是他很忙。他有許多事情要做。

第二章 病足

第一件事是到霍赫拉闊瓦太太家裏去。他忙着前去，預備趕緊辦完事，不要躭誤到米卡那裏去。霍赫拉闊瓦太太已經病了三個星期：她的腿不知爲什麽緣故腫了，她雖然沒有躺在牀上，但是白天穿着漂亮而極配身的睡衣，斜躺在自己的起居室裏的沙發上面。阿萊莎有一次暗自發出無邪的笑容，看到霍赫拉闊瓦太太雖然生病，却打扮得漂亮異常：發現了一些頂髻，綢結，小襯衫等等。他也明白爲什麽這樣，雖然把這念頭從心上驅走，把它當作無聊的事情。在最近的兩月內，青年人潘爾霍金常夾在其他的客人們中間，前來見面。阿萊莎已有四天未去，一進去後，就忙着一直去找麗薩，因爲她有事找他，麗薩昨天就打發小婢到他家去，堅持地請求他立卽去一趟。說是有「極要緊的事情，」這件事情從幾種原因上看來，對於阿萊莎也有興趣。但是在女婢走進去向麗薩通報的時候，霍赫拉闊瓦已經從什麽人那裏知道他來了，趕緊打發人來請他到她那裏去坐「一小會兒。」阿萊莎斟酌了一下，認爲還是先履行母親的要求的好，否則在他坐在麗薩那裏的時候，她會不斷地派人到那裏去催請的。霍赫拉闊瓦太太躺在沙發上，穿着過佳節似的特別衣服，顯然處於過分的神經的興奮的心情之下。她用歡欣的呼聲迎接阿萊莎。

「許多世紀，許多世紀，整整的許多世紀沒有看見您了！大概有整整的一個星期，但是在四天以前您曾來過的，在星期三那天。您來見麗薩的，我相信您打算顛着脚尖，一直到她那裏去，不讓我聽見。親愛的，親愛的阿萊克謝意・費道洛維奇，您知道她是如何地使我不安！但是這以後再說。這固然是重要的事情，但是以後。親愛的阿萊克謝意・費道洛維奇，我把我的麗薩完全托給您。在曹西瑪長老死後，——願上帝安慰他的靈魂！（她畫了十字。）——在他死後，我把您當作僧士看待，雖然您所穿的那套新裝十分可愛。您從那裏找來這樣好的裁縫。但是這不要緊，不是的，這事情以後再說。對不住，我有時喚您阿萊莎，我是老太婆，可以許我這樣稱呼的，」——她嫣然微笑了一下。——「但這也是以後再說。主要的是我不應該忘記主要的事情。請您對我提醒一下，等到我說話說得亂起來，您就說：『但是那個主要的事情呢？』我那裏會知道現在什麼是主要的事情！自從 Lise 向您收回了和您結婚的諾言以來，——那是一個孩子氣的諾言，阿萊克謝意・費道洛維奇，——您自然明白這祇是久坐在椅上的有病的女小孩的游戲般的幻想。現在幸而她已經能走路了。那個新來的醫生，是卡嘉從莫斯科爲那位不幸的令兄請來的，他明天就要……唔，何必提明天的事！我一想到明天的事，就要死去！主要的是由於好奇……一句話，這位醫生昨天到我們這裏來過，給 Ilse 診察……我付了五十盧布的診費。但這並不是那末會事，不是那末會事……您瞧，我現在完全弄亂了。我忙得很。爲什麽忙呢？我不知道。我現在眞是不知道了。在我看來，一切都已攪和成一個亂團。我怕您由于沉悶會一下子跳躍起來，離開我的，我看出您會這樣做。唉，天呀！我們爲什麽坐在這裏，先來一杯咖啡，猶里弗，格拉菲拉，拿咖啡來！」

阿萊涉連忙道謝，並且宣布他喝了咖啡還不久。

「在誰家喝的？」

「在阿格拉菲納・阿歷山大洛夫納那裏。」

「那……那是在這個女人家裏！這是她把大家害了。但是我不知道，聽說她變成了聖人，雖然晚了一點。最好早些，那時候還有用，至於現在有什麽益處呢？不要響，不要響，阿萊克謝意・費道洛維奇，因爲我要對你說太多的話，好像一句也說不出來似的。那椿可怕的案子……我一定要去，我預備好了，人家在椅子上抬我進去，我可以坐在那裏。也有傭人侍候我。您知道，我是證人。我要如何說話，我要如何說話！我不知道，我要如何說話。是不是必須宣誓，對不對？」

「對的。但是我看您不見得能去。」

「我可以坐的；唉，您儘打插！這件案子，這件野蠻的審案，以後大家要到西比利亞去，有些人結婚，這一切都很快，很快地過去，一切都在那裏變換，終於一無所有，大家都成爲老人，朝棺材裏張望。隨它去罷。我累乏了。這是卡嘉，Cette charmante Personne,（可愛的人，）她打破我的一切希望：現在她要追隨您的一位哥哥到西比利亞去，而另一位哥哥將追隨她的後面，住在鄰近的城裏，大家互相磨難。這使我發狂，而主要的是公開的宣傳。彼得堡和莫斯科各報上寫了一百萬遍。您想一想，連我也被他們寫上。他們說我是令兄的『膩友，』我不願意重複說出這種難聽的話。您想一想，您想一想！」

「這是不可能的！在那兒登載的？」

「我立刻給您看。我昨天收到了，——昨天讀到的。登載在彼得堡的『傳言』報上。這張『傳言』報從今年起發行，我很愛聽傳言，因此訂了一份。現在弄到自己頭上來了：這纔曉得傳言是什麼樣的。就在這張上，這個地方，您唸一唸。」

她把一張放在她的枕下的報紙遞給阿萊莎。

她並不見得精神騷亂，却似乎十分沮喪，也許她的頭裏果眞捲成一團。報紙的記載本來是很典型性的，自然應該使她發生十分微妙的影響，但是幸而她也許不會在這時候把精神聚集在一件事情上面，因此過了一分鐘後甚至會忘記那張報紙，完全跳到別的上面去。關於這

個可怕的案案的名聲業已傳遍了全俄一層，阿萊莎早就知道，而且天呀，他在這兩個月內讀到了多少奇怪的新聞和通訊，關於他哥哥的事情，關於卡拉馬助夫一家的事，甚至關於他自已。有一張報上甚至說到他在他哥哥犯罪以後，嚇得進入修道院，隱修起來；另一張報則加以否認，反而登載他和曹西瑪長老打破修道院的鐵箱，『從修道院內逃之夭夭。』這張『傳言』報上的新聞標題是：『向郭托波里郭湟夫司克特訊，（這就是我們的小城的名稱，我許多時候把這名字隱瞞下來，）卡拉馬助夫案詳情。』那段新聞是短短的，沒有直接提起霍赫拉闊瓦太太的名字，總之，一切名字都是隱着的。祇是報告着，現在就要開審，轟動一時的要案的罪犯是退伍的陸軍上尉，爲人性好搗亂，十分懶惰，魚肉鄉民，且喜作偷香竊玉的舉動，對於幾個在孤寂中煩悶着的女太太們發生特別印象。有一個在沉悶中守寡的女太太，雖已有了成人的女兒，但還帶着徐娘的風韻，竟被他迷住，在犯罪發生前兩小時，答應給他三千盧布，叫他立刻和她一同逃到金礦上去。但是這惡徒寧願殺死父親，搶刧他父親的三千塊錢，希望可以逍遙法外，比跟着沉悶的女太太，四十歲的美人跑到西比利亞去好得多。這篇游戲性質的通訊照例以對於弒父的無道德與以前的農奴制度正直的憤慨作結束。阿萊莎好奇地讀完以後，把報紙折好，還給霍赫拉闊瓦太太。

『怎麼不是我呢？』——她又喃聲說。——『這是我，這是我在一小時以前對他提議上金礦，忽然來了「四十歲的美人」的話！難道我是為了這個緣故麼？這是他故意這樣說的！願永恆的裁判官饒恕他那句四十歲的美人的話，我的方面也饒恕他，但是這個……您知道是誰做的事？這是您的好朋友拉基金。」

「也許，」——阿萊莎說，——「雖然我沒有聽見過。」

「是他，是他，不會不是他！我把他趕了出去……您知道這一段歷史麼？」

「我知道您請他不要再上您的門，但是究竟為了什麼，——這個我……至少從您的方面沒有聽說過。」

「如此說來，您是從他那裏聽說過的！他罵我，很罵我麼？」

「他罵您，同時也罵一切人。至於為什麼您拒絕他上門，——他沒有告訴過我，總而言之，我現在很少和他相遇。我們不是朋友。」

「我現在把一切事情宣布出來。沒有法子，我應該承認，因為這中間有一個節目，也許應該責備我。祇有一個小小的，小小的節目，極小的節目，也許沒有它也難說。您瞧，好人兒，（霍赫拉闊瓦太太突然做出一種游戲似的神色，嘴上閃出和藹的，却極神祕的微笑，）您瞧，我有點疑心……您寬恕我，阿萊莎，我待您像母親一般……不，不，相反地，現在我對您像面對我的父親……因為母親是完全不合適的……正好比對曹西瑪長老懺悔，這是極正確的，這是很合適的：我剛纔也曾喚您僧士呢。且說這個可憐的青年人，您的好朋友拉基金，（天呀，我簡直不能對他生氣！我是生氣而且憤恨的，但是沒有那樣利害，）一句話，這個輕浮的青年人忽然好像戀上我了。我是以後，以後纔忽然注意到的，但是在一個月以前，他常到我這裏來，幾乎每天來，雖然以前我們也是相識的。我一點也不知道……忽然有一道光線把我照亮，奇怪得很，我竟開始注意到了。您知道，我在兩個月以前起始招待一個謙遜的，和藹的，正直的青年，彼得·伊里奇·潘爾霍金，他是此地的官員。您自己遇見他許多次。他是一個正直，嚴肅的人，不是麼？他每隔三天來一次，並不是每天來，（即使每天來也不妨，）永遠穿得極整齊，一般講起來，阿萊莎，我是愛青年的，我愛有才能的，謙遜的青年，像您這樣。他具有偉大人物的智識，我一定，一定要替他吹噓的。他是未來的外交家。他在那個可怕的日子上，深夜到我家裏，把我從死裏救了出來。但是您的好友拉基金走進來的時候永遠穿着長統靴，橫放在地毯上面……總而言之，他甚至起始對我有所暗示，忽然有一次，臨走的時候，把我的手握得特別地緊。他剛握我的手，我的腿忽然痛起來了。他以前也在我家裏遇到彼得·伊里奇，您信不信，他總對他咆哮，呼吼，爲了什麼緣因。我看着他們兩人相遇的情形，心裏直笑。忽然我一人坐在那裏，不對，我當時躺在那裏，我忽然一人躺着，米哈意爾，伊凡諾維奇（拉基金）走了進來，送上一首小詩，短短的，講我的病腿，那就是用詩句描寫我的病腿。您聽着，有下面的一句：

「小脚，小脚，

有點發痛……」

還有什麼句子，——我怎麼也記不起來，——我以後再給您看。這是很有趣的，很有趣的。您知道，那不單是講病足，却還有教訓的意味，佳妙的理想，不過我忘記了。一句話，這是可以放入手册裏去的。我自然向他道謝，他顯然引爲榮幸。我還沒有來得及道謝，彼得·伊里奇忽然走了進來，拉基金就皺緊了眉頭。我看出彼得·伊里奇有點妨礙他，因爲拉基金一定有什麼話想在獻詩之後說出，我已經預感到，而彼得·伊里奇竟走了進來。我忽然把這首詩給彼得·伊里奇看，可沒有說是誰做的。但是我深信，我深信，他當時已經猜到，雖然至今還沒有承認，嘴裏還說是沒有猜到；但這是他故意如此。彼得·伊里奇立刻哈哈大笑，批評起來。他說這是一首極壞的詩，某一位神科學生寫的，而且說得十分有勁，說得十分有勁！您的好朋友當時並沒有付諸一笑，忽然完全發瘋了……天呀，我以爲他們會打架的。他說：「這是我寫的。我本來寫着玩玩，因爲我認寫詩是卑劣的事情……不過我的詩是很好的。有人想給你們的普希金立紀念碑，爲了他詠出女人的大腿的詩，但是我的詩是有傾向的。您自己是農奴制度的擁護者；您沒有人道的觀念，您沒有任何現代的，文明的情感，您的腦筋還沒有發展，您是官僚，收受賄賂！」我當時就喊起來，並且求他們不要吵鬧。但是您知道，彼得·伊里奇並不是膽小的角色，忽然扮出極體面的態度：嘲笑地望着他，一面聽着，一面抱歉，說道：「我不知道。我假使知道，便不會說的，我要誇獎的……詩人們全具有惹惱的性質……」一句話，在極體面的態度之下，露出嘲笑的意思。他自己以後對我解釋，這幾句話都是嘲笑，我還以爲他是眞的。我躺在那裏，就像現在在您的面前似的，心裏想：假使我忽然把拉基金趕走，因爲他在我家裏對我的客人這樣不體面地喊嚷，究竟對不對呢？您信不信：我躺在那裏，閉上眼睛，心裏想，這是對呢？還是不對？究竟不能決定，心裏感到痛苦，心跳動着：喊呢？還是不喊呢？一個聲音說：你喊罷，另一個聲音說：不，不要喊！等到另一個聲音剛說出來，我忽然喊了出來，忽然昏暈過去。唔，自然生出鬧哄哄的一陣。我忽然立起來，對拉基金說：我對您宣布出來覺得不好受，但是我不願意再在我的家裏接待您了。就這樣把他趕了出去。唉，阿萊克謝意·費道洛維奇呀！我自己知道我的行爲極壞，我儘說謊，其實我並不生氣他，但是主要的是我忽然覺很這樣子得好，這齣話劇很有趣……您信不信，這齣戲總算是自然的，因爲我竟痛哭了一場，以後又哭了許多天，但是忽然在飯後又忘記了一切。他現在已有兩個星期不到這裏來。我心想：莫非他眞會完全不來麼？這還是昨天的事，忽然到了晚上寄到了這張「傳言」報。我讀了以後，竟嘆出一口噓氣來了。這是誰寫的。這是他寫的？他當時回家以後，坐下來，——就寫了這一篇東西：寄了出去，——人家就登載了。恰巧有兩個星期。但是阿萊莎，我說的不知道是甚麼話，我所說的並不是應該說的話。那是自然而然說出來的。」

「我今天眞想趕到哥哥那裏去。」——阿萊莎喃聲說。

「就是的，就是的！您對我提醒了！我請問您：什麼是精神錯亂？」

「什麼精神錯亂？」——阿萊莎驚訝了。

「司法上的所謂精神錯亂。爲了這精神錯亂，是一切罪都可赦免的。無論您做出什麼事情，——立刻會赦免您的。」

「您講的是什麼事情？」

「就是這樣的：那個卡嘉……她是一個可愛的，可愛的人物，不過我怎麼也不知道她愛誰。她新近坐在我家裏，我一點也探不出來。她現在做出和我泛泛的樣子，一句話，祇問問我的健康，別的沒有什麼，甚至裝出那種神氣，我就對自己說：隨她去罷，願上帝和她同在……不錯，就是那個精神錯亂：那位醫生來了。您知道不知道，醫生來了？您如何能不知道，就是那個會診治瘋子的，本來是您請來的，並不是您，是卡嘉！全是卡嘉做的！您看：一個人坐在那裏，並不發瘋，忽然發生了精神錯亂。他也有記性，也知道做什麼事，但是他的精神錯亂。特米脫里·費道洛維奇一定也是得了精神錯亂的毛病。自從設立了新法院，立刻就弄出所謂精神錯亂來了。這是新式法院的德政。這位醫生到這裏來，盤問我那天晚上的情形，就是關於金礦的事情：意思是說那時候是什麼樣子的？怎麼還不是精神錯亂，既然一來就喊：錢呀，錢呀，三千盧布呀，拿三千盧布來，以後忽然又跑去殺人。他說，我不打算，我並不打算殺人，却又忽然殺了人。就爲了這個會把他赦免的，就因爲他並不想殺，而竟殺了人。」

「但是他並沒有殺人呀，」——阿萊莎多少帶一點堅決的樣子插上去說。不安和不耐煩的心情越來越利害的侵襲到他身上。

「我知道這是那個老頭子格里郭里殺死的……」

「怎麼是格里郭里！」——阿萊莎喊。

「是他，是他，就是格里郭里。特米脫里·費道洛維奇把他打倒。他躺了下來，以後又起來，看見門敞開着，便跑進去，殺死了費道爾·伯夫洛維奇。」

「爲什麼？爲什麼？」

「就因爲得了精神錯亂。特米脫里·費道洛維奇打了他的腦袋，他醒了轉來，得了精神錯亂，跑去殺人。他自己說沒有殺，他也許不記得了。不過您瞧：最好是特米脫里·費道洛維奇殺死，那是最好些。我雖然說是格里郭里，但是實際上是特米脫里．費道洛維奇殺的，一定是他，這樣更好些！並不因爲兒子殺父親是好事，我並不是誇獎，相反地，孩子應該尊重父母，但是假使是他，到底好些，因爲那時您不必哭，因爲他的殺人是自己不記得的，最好說是全部記得，而不知道如何會發生這事。應該讓他們寬恕他。這是合乎人道的，還可以因此看到新式法院的德政。我本來不知道，其實人家已經早就說着。等我昨天一知道，使我十分驚愕，想立刻打發人來請您。以後假使他得了赦免，可以一直從法庭把他帶到我這裏來吃飯，我再去邀請些朋友，我們一同喝酒，恭祝新式法院。我並不當他是危險的，而且當時我將邀請許多賓客，若是他做出什麼事情，儘管可以把他弄出去的。以後他可以在別的城裏充任地方法院的推事，或是別的什麼職位，因爲一個人自己遭受了不幸，會裁判得比別人好些。主要的是誰現在不是精神錯亂呢？您呀，我呀，大家全犯着精神錯亂的毛病，而且有多少的例子：一個人坐在那裏，唱小曲，忽然有什麼不高興，取起手槍，把遇到的隨便什麼人殺死了，但是以後他取得了赦免。這事情我早就讀過，醫生們也能加以證實。您看，我的Lise也得了精神錯亂的毛病，我昨天還爲了她哭了一頓，前天也哭過，今天總猜到她不過是犯了精神錯亂的毛病。唉，Lise甚使我生氣！我想，她完全發瘋了。她喚您來有什麼事情？她喚您來的，還是您自己來找她的？」

「是他來喚我的，我現在就要去見她，」——阿萊莎堅決地立起身來。

「親愛的，親愛的阿萊克謝意・費道洛維奇，也許這纔是最主要的，」——霍赫拉闊瓦太太喊，忽然哭了，——「上帝看見我是誠懇地把Lise信托給您。她瞞着母親喚您來，倒也沒有什麼關係。但是對不住，我可不能把我的女兒那樣輕輕鬆鬆地交托給伊凡・費道洛維奇，雖然我繼續認他是最合乎騎士風度的青年人。您想一想，他忽然跑來見Lise，而我竟一點也不知道。」

「怎麼？什麼事？什麼時候？」——阿萊莎十分驚訝。他不再坐下，站在那裏聽着。

「我對您講，我也許是爲了這事請您進來，因爲我已經不知道爲了什麼請您進來。事情是這樣的？伊凡・費道洛維奇從莫斯科回來以後一共到我家裏來了兩次，第一次來是朋友拜訪的性質，第二次是新近的時候，卡嘉坐在我這裏，他知道她在我這裏，便灣了進來。我自然並不要求他常來拜訪，明知他現在事情很忙，Vous comprenez cette affaire et la mort terrible de vore papa, 您明白，這件案子，還有令尊的可怕的被殺。）但是現在忽然知道他又來過一次，不過沒有到我這裏，却到Lise那裏。這已經有六天了，他來了以後，坐了五分鐘，就走了。過了三天以後我纔從格拉菲拉那裏知道了這件事情。這使我忽然得了絕大的打擊。我立刻把Lise喚來。她一直笑着。她說，他心想您在那裏睡覺，所以灣到我這裏來問您的健康的情形。自然是這樣的，不過Lise,Lise,天呀，她眞是使我生氣！您想一想，忽然有一天夜裏，——那是四天以前，就在您最後一次來過，走後；——忽然夜裏她發作暈厥病，又喊又叫，來了歇司底里病。爲什麼我永遠不發歇司底里病呢？以後第二天又發，第三天又發，到了昨天，到了昨天就發作精神錯亂病。她忽然對我喊：「我恨伊凡・費道洛維奇，我要求您以後不接待他，不許他再上我家的門！」我遇到這樣突如其來的事情竟愣住了，便駁她道：這樣正直的青年，具有這樣的智識，還遭到了這樣的不幸，我那裏還可以不接待他，因爲這一切故事到底是不幸，而不是幸福，不對麼？她聽了我的話，忽然哈哈大笑，笑得您知道眞是可氣。但是我很高興，心想我把她弄得笑出來，現在暈厥病會不再發作，而且我自己也想不接待伊凡・費道洛維奇，因爲他沒有我的允許，私自作奇特的訪問，還想對他要求解釋。今天早晨麗薩忽然醒來，對猶里亞發脾氣，竟擊打她的臉。這未免太奇怪，我對於我的女僕永遠是客客氣氣的。忽然過了一小時以後，她又抱住猶里亞，吻她的脚。她還打發人來對我說，以後不再和我相見，永遠不願到我這裏來，但是等到我自己跑去找她，又跑上來吻我，還哭泣起來，吻完以後，就把我趕出屋外，不發一言，因此我竟一點也弄不清什麼道理。親愛的阿萊克謝意・費道洛維奇，現在我的一切幸福都在您的身上，我的一生的命運自然也在您的掌握之中。我祇是請您到Lise那裏去，向她打聽一切，您是很會這樣做的・以後再請您來對我說・對我母親說・因爲您要明白・要是這樣繼續下去・我要死的，我簡直要死的，不然便要離開這裏。我再也不能了。我本來有耐心・但是我會喪失我的耐心的，那時候……那時候眞是可怕。唉，我的天呀，彼得・伊里奇好容易來了！」——霍赫拉闊瓦太太看見彼得・伊里奇・潘爾霍金走進來，喊了出來，突然滿臉發出光輝。——『您就誤了，您就誤了！請坐，請坐。你說罷，解決我的命運罷。這律師怎麽樣？您往那兒去，阿萊克謝意・費道洛維奇？」

「我去找Lise，」

「啊，是的！您可是不要忘記，不要忘記我請求您的事情。這裏是關係命運，關係命運！」

「自然我不會忘記，祇要有可能……但是我眞是耽誤了，」——阿萊莎喃聲說，連忙往後倒退。

「不行，一定要來的，不要說：「祇要有可能」的話，否則我要死的！」霍赫拉闊瓦太太朝他的後背發喊，但是阿萊莎已經離開屋子了。

第三章　小鬼

他走進麗薩屋內，看見她斜躺在她還不能走路時用來抬她的以前那張沙發上面。她並不起身迎接他，但是銳利的眼神釘牢他。阿萊莎驚訝她在這三天內竟變了，甚至瘦了。她不和他握手。他自己觸着她的柔細的，長長的手指，——那些手指動也不動地放在她的衣裳上面，隨後默默地坐在她的對面。

「我知道您忙着要到監獄裏去，」——麗薩厲聲說，——「母親扣了您兩點鐘，剛纔對您講我和猶里亞的事情。」

「您怎麼會知道的？」——阿萊莎問。

「我偷聽的。您爲什麼釘看我？我想偷聽便去偷聽，沒有什麼壞的地方。我不會請求饒恕的。」

「您有點不痛快的事情麼？」

「相反的，我很快樂。我剛纔又在那裏盤算，已經盤算了三十遍；我拒絕您，不肯做您的妻子是很對的。您不適宜於充當丈夫：我嫁給您以後，忽然交給您一封信，讓您送給我在嫁您以後又愛上的人兒；您就會收下來，替我送出去，還會取到回音。您到了四十歲，還會替我送信的。」

她突然笑了。

「您的心裏有點憤恨，同時也有點坦白，」阿萊莎對她微笑。

「所謂坦白：那就是我對您害臊。不但不害臊，而且還不願意害臊，特別是在您的面前，就是害臊您。阿萊莎，爲什麼我不尊重您呢？我很愛您，但是我不尊重您。如果尊重，便不會和您談話，沒有一點羞恥了。是不是？」

「是的。」

「您相信我不對您害臊麼？」

「不，我不相信。」

麗薩又神經質地笑了；她說得又快，又急。

「我送點糖菓到監獄裏去給特米脫里·費道洛維奇。阿萊莎，您知道，您眞是美極了！我因爲您這樣迅快地允許我不愛您，反而會十分愛您的。」

「您今天喚我來有什麼事情，Lise?」

「我想把我的一個願望告訴您。我願意有人磨折我，娶了我去，以後就磨折我，騙我，拋棄我，到外城去。我不願意成爲有幸福的人！」

「您愛無秩序的生活麼？」

「是的，我希望無秩序。我儘想縱火焚燒房屋。我想像我如何走過去，輕輕兒焚燒，一定要輕輕兒焚燒。人們在那裏救熄，房子還是燒着。我知道，但是一言不發。這眞是笨事！眞是厭悶！」

她厭煩地揮手。

「你過的是闊人的生活，」——阿萊莎輕聲說。

「是不是做窮人好些？」

「好些。」

「這是您的過世的僧士告訴您的一套話語。這是不盡然的。卽使我有錢，大家全貧窮，我可以吃糖菓，喝乳油，而我不能給他們任何人。您不要說，不要說一句話，（她不住地揮手，雖然阿萊莎並沒有張嘴，）您以前已經全對我說過了，我知道得爛熟。眞是厭悶。假使我是窮人，我會殺死什麼人。卽使有錢，也會殺人。——爲什麼坐着！您知道，我很想刈割，刈割裸麥，我嫁給您以後，您成爲一個農夫，眞正的農夫！我們會豢養一匹小馬，您要不要？您認識卡爾干諸夫麼？」

「認識的。」

「他儘跑來跑去，發生幻想。他說：爲什麼過眞正的生活，還不如幻想的好。可以幻想出極快樂的事情，而生活却是異常沉悶的。他不久就要結婚，他已經對我表示過愛情了。您會旋轉陀螺麼？」

「會的。」

「他就像陀螺一樣：把他旋轉一下，放到地上，狠狠地抽，狠狠地抽，用鞭子抽；我嫁給他以後，要一輩子把他像陀螺似的旋轉。您和我坐着，不感得害臊麼？」

「不。」

「您很生氣，因爲我不講神聖的事情。我不願意成爲聖人。犯了極大的罪，到了另一世界上去，將有什麼樣的處置？您大概是確切知道的。」

「上帝會責罰的，」——阿萊莎釘看她。

「我就想這樣。我一到那裏，人家責罰我，我忽然當面對他們大家笑起來了。我眞想焚燒房屋，阿萊莎，焚燒我們的房屋。您老是不相信我麼？」

「爲什麼？甚至有十二歲左右的小孩們，心裏想焚燒什麼東西，竟就焚燒起來。這好比是一種毛病。」

「不對，不對，儘管小孩怎麼樣，但是我講的不是這件事情。」

「您認惡爲善：這是刹那間的一種危機，也許您以前的疾病應該負責。」

「您眞是看不起我！我並不想做好事，我想做壞事，這裏面並沒有什麼疾病。」

「爲什麼做壞事？」

「就爲是一無所留。但願能够一無所留，那纔好呢；您知道，阿萊莎，我有時想做出許多惡事，一切卑劣的行爲，並且要偷偷地，長久地做下去，使大家忽然都知道。大家把我圍住，用手向我指點，但是我還要看望大家。這是極愉快的事。爲什麼這樣愉快，阿萊莎？」

「就是這樣。那是一種需要，想毀碎一些好的東西，或是似您所說的加以焚燒。這也是常有的事。」

「我不但說，我還要做。」

「我相信。」

「我眞是愛您，爲了您說出那句「我相信」的話。您並不是說謊。也許您以爲我故意逗您麼？」

「不，我並不以爲如此……雖然也許也有點這種需要。」

「有一點的。我決不對您撒謊。」——她說着，眼睛裏閃出一種火光。

最使阿萊莎驚愕的是她的嚴肅的態度：現在她的臉上沒有訕笑和玩笑的影子，雖然以前在她的最『嚴肅』的時間內快樂和玩笑是不離開她的。

『有些時間，人們是愛犯罪的，』——阿萊莎凝想地說。

『是的，是的！您說出了我的意思，愛的，大家都愛的，永遠會愛的，並非『在有些時間。』大家好像在什麼時候約定好了說謊，於是就從那時候起大家說起謊來。大家說他們恢惡如仇，而私自又都愛它。』

『您還照舊讀壞書麼？』

『讀的，媽媽讀這類書，藏在枕頭底下，我就偷來看。』

『您這樣摧毀自己，不感到慚愧麼？』

『我願意摧毀自己。此地有一個小孩，他在火車走過的時候，躺在軌道上面。有幸福的人！您聽見，現在令兄被審判，因為他殺死了父親，大家就因為他殺了父親，便愛他了。』

『因為殺了父親而愛他麼？』

『愛他，大家全愛他！大家說是可怕，但是私下裏又極愛。我首先愛。』

『在您的話語裏有許多是實在的，』——阿萊莎輕聲說。

『您居然有這樣的思想！』——麗薩歡欣地尖叫，——『僧士也有這類思想！您不會相信，我是如何地尊重您，阿萊莎，因爲您永遠不說謊話。我來對您講一個可笑的夢：我有時夢見小鬼，在黑夜裏，我持燭坐在屋內，忽然四處都是小鬼，四隻角落裏，和棹子底下全有，還會開門，門外站着一大羣，想進來抓住我。已經走近過來，已經抓住我了。我忽然畫了十字，牠們全懼怕起來，往後退走，但是並不完全走開，站在門傍和角落裏，等候着。我忽然很想出聲駡上帝，起始一駡，牠們忽然又成羣結隊地走到我的面前，十分快樂，又來抓我，我忽然又畫十字，——牠們又後退。眞是快樂，透不過氣來。」

「我也常做這個同樣的夢，」——阿萊莎忽然說。

「眞的麼？」——麗薩驚訝地喊——「您聽着，阿萊莎，您不要笑，這是極重要的：難道兩個不同的人會做一樣的夢麼？」

「一定會的。」

「阿萊莎，我對您說，這是極重要的，」——麗薩帶着極度的驚訝繼續說。——「重要的不是夢的本身，而是您能够見到和我一樣的夢。您永遠不會對我說謊，現在也不要說謊：這是實在的麼？您不笑我麼？」

「實在的。」

麗薩十分驚愕，有半分鐘不作聲。

「阿萊莎，您到我這裏來，常到我這裏來，」——她忽然用哀懇的聲音說。
「我一輩子永遠要到您那裏來的。」——阿萊莎堅定地回答。
「我祇對您一個人說，」——麗薩又開始說，——「我對自己一個人說，還對您說。全個世界祇對您一個人說。對您說比對自己說樂意些。我完全不對您害臊。阿萊莎，爲什麼我完全不對您害臊呢？阿萊莎，聽說猶太人在復活節的時候偷了小孩宰殺，確不確？」
「我不知道。」
「我有一本書，講到什麼地方審判的情形，我讀過的。書上說有一個猶太人把四歲小孩兩隻手上的指頭先割了下來，以後把他釘在牆上，用釘子釘住，釘死了。他以後在法庭上說小孩死得很快，過了四小時就死了。眞是快！他說：呻吟着，一直呻吟着，他却站在那裏，對他欣賞。眞是好！」
「好麼？」
「好的。我有時心想是我自己動手釘他。他懸掛在那裏，呻吟着，而我坐在他的對面，喫蜜汁波羅蜜。我最愛喫蜜汁波羅蜜。您愛麼？」
阿萊莎沉默着，望着她。她的慘黃的臉突然變了形相，眼睛熠着耀。
「您知道，我一讀到這個猶太人的故事，整夜流着眼淚。我幻想着一個嬰孩哭喊呻吟，

（四歲的小孩們是懂事的。）而我老離不開關於蜜汁的念頭。到了早晨我寄一封信給一個人，請他到我這裏來一趟。他來了，我忽然對他講述關於男孩和蜜汁的故事，全都說了，全都說了，還說：「這是很好的。」他忽然笑了起來，說這果眞是好的。他隨後站起身來走了。祇坐了五分鐘。他賤視他，是不是賤視我？您說，您說，阿萊莎，他是不是賤視我？」——她在沙發上挺直身體，眼睛熠耀着。

「請問，」——阿萊莎驚慌地說，——「您自己叫他來的，叫這個人來的麼？」

「我自己。」

「送了一封信給他麼？」

「一封信。」

「就爲是問這件事情，問嬰孩的事情麼？」

「不，並不完全爲這件事情，並不完全。他一進來。我立刻問他這件事情。他回答以後，笑了一下。立起來走了。」

「這個人對待您是很誠實的，」——阿萊莎輕聲說。

「他是賤視我麼？笑麼？」

「不，因爲他自己也許相信蜜汁波羅蜜。他現在也病得很利害，Lise。」

「是的，相信的！」——麗薩的眼睛閃耀了。

「他對任何人也不賤視，」——阿萊莎續說，「——他祇是不相信任何人。既然不相信，自然是賤視。」

「如此說來，也賤視我麼？賤視我麼？」

「也賤視您。」

「這很好，」——麗薩咬着牙齒說，——「他走了出去，笑了一聲，我就感到受賤視也是好的。被切斷手指的小孩是好的，受賤視也是好的……」

他看着阿萊莎的眼睛，發出似乎惡狠和白熱的笑。

「您知道，阿萊莎，您知道，我想……阿萊莎，您救救我罷，」——她忽然從沙發上跳起來，跑到他面前，緊緊地用兩手捧住他。「救救我罷，」——她幾乎呻吟了。「——我對您的一切話，難道我會對世上任何人說麼？我說的是實話，實話，我要自殺，因爲我覺得一切都是可憎厭的。我覺得一切都可憎厭，一切都可憎厭。我不願意生活下去，因爲我覺得一切都可憎厭。阿萊莎，您爲什麼完全不愛我，爲什麼！」——她瘋狂地說。

「不，我愛的！」——阿萊莎熱烈地回答。

「您會不會哭我，會不會？」

「會的。」

「並不因爲我不願意做您的妻子，祇是簡單地哭我，簡單地。」

「我會哭的。」

「謝謝！我祇需要您的眼淚。其餘的一切人們，讓他們懲罰我，用脚踐踏我，大家如此。沒有任何的例外！因爲我不愛任何人。您聽着，我不愛任何人！相反的，我要恨他們！您去罷，阿萊莎，您應該到哥哥那裏去了！」她突然從他身上離開。

「但是您怎麼樣呢？」——阿萊莎幾乎驚懼地說。

「您到哥哥那裏去罷。監獄裏快要關門，快去，這是您的帽子！替我吻米卡，快去，快去！」

她用力推阿萊莎出門。他的眼光裏帶着悲苦的驚疑的神情，忽然在自己的右手裏感到一封信，小小的信，叠得很硬，而且是封好的。他看了一眼，一下子讀到了地址：「伊凡・費道洛維奇・卡拉馬助夫先生收啓。」他迅快地看了麗薩一眼。她的臉幾乎是威嚴的。

「請您轉交一下，一定要轉交的！」——她瘋狂地命令着，全身抖慄。——「今天就送去，立刻！否則我要毒死自己！我喚您就爲了這件事情！」

趕緊把門關上。鐵柵響了一下。阿萊莎把信放在口袋裏，一直走出樓梯，沒有瀏到霍赫拉闊瓦太太那裏去一趟，甚至忘掉了她。至於麗薩在阿萊莎剛走後，立即拔開鐵栓，開了一點兒門，把手指伸入縫隙裏，用力闔上門，緊壓着手指。十秒鐘以後，她纔脫開手，輕輕兒，慢吞吞地走到躺椅那裏，挺直着身體坐下來，起始釘看發黑的指頭，和從指甲裏壓出來的血。她的嘴唇抖索，她很快很快地自行微語道：

「卑劣的女人，卑劣的女人，卑劣的女人，卑劣的女人！」

第四章　讚美詩與祕密

時光業已深晚，（十一月的天是不長的，）阿萊莎纔去叩監獄的門。天色甚至黑了攏來。但是阿萊莎知道他會不加阻礙地被放進去見米卡的。起初，在全部預行偵查終結以後，關於允許米卡和親戚跟另一些人們見面一事，自然須具備各種必要的形式上的手續，但是以後並非形式有所鬆懈，但是至少對於常到米卡那裏去的另一些人，似乎自然而然設定了若干例外。有時甚至到於在指定的屋內可以和米卡單獨會晤的地步。但是這類人很不多：祇有格魯申卡，阿萊莎和拉基金三人。警長米哈意爾．馬卡雷奇對於格魯申卡特別客氣。這老頭兒在莫克洛葉曾對她怒叱了一頓，這事一直記在他的心上。他在弄明白了全部的眞相以後，完全變更了對於她的意見。奇怪的事情是雖然他深信米卡的犯罪，但是自從他被監禁以來，他對他的態度顯得越來越溫和：「也許是好心腸的人，但是由於好酒和不守秩序，這人就完蛋了！」他的心裏，以前的恐怖代以一種憐惜的情感。至於阿萊莎，警長很愛他，早就和他相識，而最近常來訪問罪人的拉基金是警長的小姐們的最親近的朋友，每天在她們家裏鬼混。看守所長是一個善良的老人，雖然是忠於職守的人。拉基金曾在他家裏教過功課。阿萊莎也是看守所長特別的老友，他愛和阿萊莎普遍地談講『一切智慧的事情。』看守所長對於伊凡·費道洛維奇並不是尊敬，甚至極其懼怕，主要的是懼怕他的意見，雖然他自己也是極大的哲學家，自然是『從自己的智慧上』達到的。但是他對於阿萊莎，生出一種莫可征復的同情心。最近的一年內，老人恰巧着手研究僞撰的福音書，時時把自己的印像告訴青年的朋友。以前甚至還到修道院找他，同他和修道司祭們談論上好幾點鐘。一句話，阿萊莎即使到監獄裏來得太晚，他祇要去找看守所長一下，事情永遠可以弄妥當的。此外，獄裏所有的人，一直到最小的獄卒爲止，都和阿萊莎慣熟。米卡在有人叫他的時候，永遠下樓來，到指定會晤的地方去。阿萊莎走進屋內的時候，恰巧和拉基金相遇，他正從米卡那裏離開。他們兩人大聲說話。米卡一面送他，一面不知爲什麼事情笑着，拉基金似乎在那裏喃語。拉基金不愛和阿萊莎相遇，尤其是在最近的時候。如此，幾乎不和他說話，甚至勉强鞠躬爲禮。他現在看見阿萊莎走進來，特別皺緊眉頭，眼睛朝傍邊挪移，似乎完全注意於扣自己的厚暖的，皮領的大衣的鈕子。後來立即着手尋找他的洋傘。

『不要把自己的東西遺落掉了呀，』——他喃聲說，單祇是爲了說一句什麼話出來。

『你也不要忘記別人的什麼東西呀！』——米卡說着玩笑，立刻對於自己的俏皮話哈哈大笑起來。拉基金頓時發急了。

「你可以把這句話介紹給你們卡拉馬助夫家裏的人，你這農奴制度的遺物，不必對我拉基金說！」——他忽然喊，忿恨得混身戰慄。

「你怎麼啦？我祇是說說玩笑罷了！」——米卡喊，——「眞見鬼！他們全是這樣的，」——他對阿萊莎說，朝迅速走出去的拉基金點頭，——「一會兒坐在那裏發笑，很高興，一會兒忽然鬧脾氣了！甚至對你頭也不點一下；你們是不是拌嘴了？你何以來得這樣晚？整個的早晨，我不但等候你，而且渴望你。唔，這不要緊！我們可以補足一下。」

「爲什麼他常來見你？你和他很要好，是不是？」——阿萊莎問，也朝拉基金走出去的門點頭。

「和米哈意爾要好麼？不，並不怎樣。他眞是猪玀！他以爲我是……卑鄙的人。他們對於玩笑也不瞭解，——這是主要的。從來不瞭解玩笑。他們的心靈裏是乾澀，平坦而且乾澀，就像我當時走近監獄，看望獄牆的情形一樣。然而他是聰明的人，聰明的。阿萊克謝意，現在我的頭腦遺失了！」

他坐在長椅上，讓阿萊莎坐在自己身傍。

「是的。明天就要開審。難道你完全不希望麼，哥哥？」——阿萊莎帶着畏葸的情感說。

「你說的是什麼事情？」——米卡似乎狐疑不決地看了他一眼。——「啊，你說的是開審！見鬼！我和你至今儘談些空虛的話，儘講開審的事，却沒有和你講到關於最主要的問題。是的，明天就要開審，不過我說我的頭腦遺失，並不是指開審的事。頭腦並沒有遺失，而是在頭腦裏坐着的東西遺失了。你爲什麼對我看望，臉上露出這種批評的神情？」

「你說的是什麼，米卡？」

「理想，理想！就是這樣！倫理學。倫理學是什麼？」

「倫理學麽？」

「是的，那是不是一種科學？」

「是的，有這門科學的……不過……說實話，我不能對你解釋是什麼科學。」

「拉基金知道的。拉基金知道得很多，這架伙！他不肯做僧士。他預備到彼得堡去。他說，他要加入批評界，不過是正直的流派。他也許可以得點益處，弄好他的職業。他們這些人眞會弄職業！管什麼倫理學不倫理學！我算是完了，阿萊克謝意，我算是完了！我瞧着你，我的心就震慄。卡爾．白納德是誰？」

「卡爾．白納德，」——阿萊莎又驚訝了。

「不，不是卡爾，等一等，我說錯了；是克勞特．白納德。他是誰？是化學家麽？」

「大概是一個學者，」——阿萊莎回答，——「不過說實話，關於他，我也不敢說許多。祇聽說是學者，至於什麼學者，——便不知道了。」

「管他呢，我也不知道，」——米卡駡起來了，——「大概總是一個卑鄙的人，大家全是卑鄙的。但是拉基金是會爬上去的。拉基金可以從門縫裏鑽過去，白納德也是的。啊喲，這些白納德！他們滋生出許多來了！」

「你這是什麼意思？」——阿萊莎堅決地問。

「他打算寫一篇文章，關於我和我的事情，借此在文壇上起始活躍。他就爲了這件事情跑來，親自解釋一切。他想弄出一點傾向來，意思是說：『他不能不殺人，他被環境所害。』他對我這樣解釋。他說他要帶點社會主義的色彩。管他呢！帶色彩就帶色彩，我是一樣的。他不愛伊凡，他恨他，對你也不說好話。我不趕走他：因爲他是聰明的人。但是他的態度十分倨傲。我剛纔對他說：『我們卡拉馬助夫不是卑鄙的人們，却是哲學家，因爲所有眞正的俄國人全是哲學家。你雖會讀書，然而並不是哲學家。你是卑劣的人。』他笑了，惡狠地笑着。我對他說："de ideabus non est disPutandum"※這句俏皮話妙不妙？至少我也加入古典派裏去，」——米卡忽然哈哈大笑。

※關於思想是不辯論的。

「爲什麼你的頭腦遺失？你剛纔說的是什麼話？」——阿萊莎插上去問。

「爲什麼我的頭腦遺失了？唔！照實說……假使以整個而論，——那是可惜上帝，就爲了這個緣故！」

「怎麼可惜上帝？」

「你想一想：在內心裏，神經裏，頭腦裏，那就是在腦子的神經裏……（眞倒楣！）有這樣的小尾巴，神經裏的小尾巴，祇要一抖索……我舉眼望着什麼東西，就是這樣。於是小尾巴就抖索……一抖索就發現了一個形象，不是立刻發現，却等了一會兒，等了一秒鐘，就發現了似乎一個楔機，並不是楔機，——倒楣的楔機，——却是形象，那就是說一樣東西，或是事件，倒楣的！爲什麼我能看，還能想……因爲有那個尾巴，要不是因爲我有靈魂，我就是那類的形象和模型，這全是愚蠢的事情。兄弟，這是米哈意爾昨天對我解釋的，當時我好像被燒炙了似的。阿萊莎，這科學眞是偉大！會出來新人，這我了解……但是到底可惜上帝！」

「就是這樣也很好，」——阿萊莎說。

「那是說可惜上帝麼？那是化學，弟弟，化學！沒有辦法，僧士大人，請您稍爲挪一挪身子，化學來了！拉基金不愛上帝，眞是不愛！這是他們大家最痛恨的地方！但是他們隱瞞着，他們撒謊。他們裝假。我問：「你會把這思想放進批評的部門裏去麼？」——「自然不會放進去的，」——他說着，笑了。——「不過既然這樣，人成爲什麽？」——我問他，——「沒有上帝，也沒有未來的生活麼？如此說來，現在一切都可以被容許，一切都可以做麽？」他說！「你還不知道麽？」他又笑了。他說：「聰明的人是一切都可以做到的，聰明的人會捉蝦，但是你殺了人，陷了進去，在監獄裏發爛！」這話是他對我說的。一個天然的猪玀！我以前會把這類人攆出去，現在却傾聽着。他說出許多有道理的話。還會寫出聰明的東西。他一星期前曾對我讀一篇文章，我當時特地抄寫了三行，等一等，就在這兒。」

米卡匆匆忙忙地從背心口袋裏掏出一張紙來，念道：

「欲解決這問題，須先將自己的個性放在和現實相反的地方。」

「你明白不明白？」

「不，我不明白，」——阿萊莎說。

他好奇地偷看米卡，聽他的說話。

「我也不明白，又含混，又不清楚，却很聰明。他說：「現在大家都這樣寫，因爲環境如此……」他們懼怕環境。這混蛋，他也會寫詩，頌讚霍赫拉闊瓦的小脚，哈，哈，哈！」

「我聽說過的。」

「你聽說過麼？聽過那首詩麼？」

「沒有。」

「我這裏有，讓我念給你聽。你不知道；我沒有對你講過，這裏是整整的一段歷史。他是混蛋！三禮拜以前忽然想來逗我說道：「你為了三千盧布，像傻瓜似的陷了進去，但是我可以撈到十五萬，娶了一個寡婦，到彼得堡去造一所石頭房子。」他對我講他如何追求霍赫拉闊瓦，她在年輕時代就不聰明，四十歲上完全發了瘋。他說：「她是很情感的，我就用這個把她捉住。我娶了以後，把她帶到彼得堡去，發刊一張報。」他的嘴脣上竟流出討厭的，情慾的唾沫，——他的唾沫並非對她流，却對這十五萬流。他每天到我這裏來，對我說：她上鈎呢。臉上十分快樂。但是忽然他被趕了出去；彼得·伊里奇·潘爾霍金佔了上風，眞是好角色！我眞要吻這傻瓜一下，為了她把他趕了出去！當時他到我這裏來，編了這首詩。他說：「我初次塗髒我的手，寫起詩來，為了博取她的歡心，也就是為了做有益的事。我把資本從傻瓜手裏搶了來，以後可以使社會蒙受利益。」所有一切齷齪的事情在他們都可以找到這種社會的辯解的！他說：「我總歸比你的普希金寫得好，因為我能把社會的憂愁裝進滑稽的小詩裏去。」他講普希金的那些話，——我明白。假使他果眞是有才幹的人，却祇描寫女人的小脚，那也是難說的。他對於他的小詩頗為傲視。他們這種人是有自尊心的。他想出了一個題目，——祝我的意中人的病腿早告痊愈，——他眞是滑稽角色。」

「小腿兒微腫，
那是如何佳妙的小腿！
醫生前來診治，
越綁越難看。

我想念的並非小腿，
這由普希金去頌祝：
我想念的是她的頭腦，
怕他不了解時代思想。

本已有多少了解，
但小腿加以妨礙！
但願腿疾早痊，

頭腦得到理解。」

猪玀，簡直是猪玀，但是這壞蛋做得很巧妙！果眞把「社會的成分」裝了進去。在他被驅逐的時候，他眞是十分生氣。簡直咬起牙根來了！」

「他已經報復，」——阿萊莎說，——「他寫了一篇通訊造霍赫拉闊瓦的謠言。」於是阿萊莎匆匆地把在「傳言」報上刊出通訊的事講給他聽。

「這就是他，這就是他做的！」——米卡皺着眉頭加以證實。——「就是他！這類通訊……我是知道的——已經寫了多少卑劣的話語，例如是關於格魯申卡的事情！……還講卡嘉不少話……唔！」

他帶着關切的樣子在屋內踱步。

「哥哥，我不能在這裏留得很久，」——阿萊莎沉默了一會，以後說，——「明天是對於你一個可怕的，偉大的日子：上帝的裁判在你頭上臨到了……我眞奇怪，你走來走去，不講正事，不知道說些什麼……」

「你不必驚訝，」米卡熱烈地搶上去說，——「叫我對於這臭狗有什麼可說的？是不是講那個兇手？你和我已經講得够了。我不願意再論這臭人，臭麗薩魏達的兒子！上帝會殺死他的，你往後瞧罷！你不要作聲！」

他帶着騷亂的心情走到阿萊莎面前，忽然吻他。他的眼睛閃耀着。

「拉基金不會明瞭這個的。」——他起始說，滿身似乎全帶着歡欣，——「至於你，你却全都明白。因此我渴望着的是你。你瞧，我早就想在這裏，在這剝落的牆內，對你表示許多話，但是對於主要的事情却沒有響：時間似乎還沒有到。現在我等候最後的日期，以便對你發抒我的心靈。兄弟，我在最後的兩個月內感到自身裏生出了一個新人。一個新人在我身上復活了！他被關牢在我的心裏，但是假使沒有那聲響雷，他是永遠不會發現的。眞可怕！說到我將來會在二十年內用鐵錘到礦山裏去掘鐵，那並不要緊，我並不怕這個，我現在可怕的是另一件事：我就怕那個復活的人離我而走！就在這邊，礦山裏，地底下，自己的身傍，在同樣的囚犯和兇手的身上，也可以找到人類的心，和他投合起來。因爲在那邊也可以生活，也可以愛和悲哀！可以使囚犯身上的凍凝住的心復活起來，可以用許多年來侍候他，終於將高尚的心靈，慈悲的認識，從黑暗的深淵中拔到光明上，使安琪兒再生，使英雄復活！他們這類人很多，他們有幾百個，我們大家應代他們負責！我在那個時間夢見了『嬰孩，』那是什麼意思？『嬰孩爲什麼這樣窮？』這是在這個時間對我昭示的預言！我要跟『嬰孩』走去。因爲大家應對大家負責。『嬰孩』是一切。我將爲大家而走路，因爲必須有人爲大家而走路。我沒有殺死父親，但是我應該走路。我接受下來！我在這裏纔想到了這個念頭……就在這剝落的牆內。他們是很多的，有幾百個人，在地底裏的，持鐵錘在手。是的，我們將被鎖鍊鎖住，沒有自由，但是到了那個時候，在我們的偉大的憂愁之下，我們重新在快樂中復活，——沒有這快樂，人不能生活下去，上帝也不能存在，因爲上帝給予快樂，這是他的特權，偉大的特權……人應該在祈禱裏溶化！我到了地底下，如果沒有上帝，那如何可以呢？拉基金說：假使人們把上帝從地上驅走，我們可以在地底下把他躲藏起來！罪徒沒有上帝是不可能的，甚至比非罪徒還不可能！那時候我們這些地底下的人將在地層裏對上帝唱悲哀的讚美詩，對具有快樂的上帝唱！上帝和他的快樂萬歲！我愛他！」

米卡說出這些野蠻的話詞的時候，幾乎喘不過氣來。他的臉色慘白，嘴唇抖索，眼裏滾出淚水。

「不，生命是充實的，生命在地底下也有的！」——他又起始說，「阿萊沙，你不會相信，我現在如何想生活下去，就在這剝落的牆內，我心裏產生了對於生存和認識的如何的渴念！拉基金不明白這個，他祇要造房和出租。但是我等候着你。悲哀是什麼？我不怕它，雖然它是無數的。現在我不怕，以前怕的。你知道，我也許在法庭上不願回答問題……我覺得現在我身上有許多力量，我可以克服一切，克服一切的悲哀，祇爲時刻對自己說：『我是存在的！」在千種的磨難裏——我存在着，在苦刑的煎熬中，——我存在着！我被綁在柱子上面，但是我存在着，看得見太陽，即使看不見太陽，也知道它是有的。知道有太陽——那就是整個的生命。阿萊莎，你是我的安琪兒，各種的哲學殺害我，眞是見鬼！伊凡弟……」

「伊凡哥怎麼樣？」——阿萊莎搶上去說，但是米卡沒有聽淸楚。

「你瞧，我以前並沒有過任何的疑惑，一切在我的心裏隱藏着。也許就因爲有我所不知曉的理想在我心裏咆哮着，所以我鬧酒，我打架，我發狂。我的打架就爲是壓服它們，把它們鎭住，壓扁。伊凡弟不是拉基金，他將理想隱藏下去。伊凡弟是獅身人形的怪物（Spninx）。他沉默着，永遠沉默着。但是上帝磨折我。祇有這個磨折我。假使沒有上帝，便怎麼辦呢？假使拉基金說這是人類裏虛假的理想。假使他的話是對的，那便怎麼樣呢？若是沒有上帝，人便成爲地上的主宰，宇宙間的主宰。妙極了！但是如無上帝，還能有善麼？這倒是問題！我又談到這上去了。因爲到了那個時候，人將愛誰呢？對誰感謝？對誰唱讚美詩？拉基金笑着。拉基金說，沒有上帝的時候也可以愛人類。惟有垂鼻涕的愚人才能這樣說，而我是無從了解的。拉基金的生活是很容易的。他今天對我說：『你最好做點擴張人權的運動，或是主張牛肉不得增價，用這種方法，你的施愛於人類，將比哲學較爲簡單，而且接近。』我對他說：『沒有了上帝，你會自行亂增牛肉的價格，祇要這於你合適，而且用一個戈比賺到一個廬布。」他生氣了。因爲道德是什麼？你回答我呀，阿萊克謝意。我有我的道德，而中國人自有他們的道德。這是相對的事情。對不對？不是相對的麼？這眞是狡猾的問題！假使我說，我曾爲了這問題兩夜未睡，你莫笑呀！現在我奇怪的祇是人們在那裏生活着，而一點也不去想它。眞是徒然的活着！伊凡沒有上帝。他有理想。不是和我相同的範疇。但是他沉默着。我以爲他是互助團員。我問過他，——他沉默着。我想在他的泉水裏喝一口水，——他沉默着。祇有一次說了一句話。」

「說什麼？」——阿萊莎連忙湊上去問。

「我對他說：旣然如此，是不是一切都可以容許做的？他皺着眉頭，說道：『我們的父親，費道爾·伯夫洛維奇是一隻小猪，但是他的思想是正確的。』這是他所說的話。祇說了這一句話。這比拉基金純潔些。」

「是的，」——阿萊莎悲苦地承認。——「他什麼時候來見你？」

「這話以後再說，現在有另一件事。我至今差不多一點也沒有對你提起伊凡。就擱到臨了的時候再說。等到我這裏的事情了結，判決之後，我再對你說，全對你說出來。這裏有一件極可怕的事情……你在這件事情上將成爲我的裁判官。現在你不必起始講，現在應該沉默着。你說起明天的事情，開審的事情，你信不信，我一點也不知道。」

「你同那個律師談過麼？」

「律師有什麼！我對他全說了。他是一個溫和的光棍，京城裏的滑頭，白納德。他一點也不相信我。他相信是我殺死的，——這我是看得出來的。我問：『既然如此，您爲什麼跑來替我辯護呢？』這種人眞是該死。又去請醫生來，想證明我是瘋子。我不許！卡德鄰納・伊凡諸夫納打算把『自己的責任』履行到底。眞是費了大勁！（米卡悲苦地笑了。）猫！殘忍的心！她知道我在莫克洛葉曾說過她是一個具有『偉大的忿怒』的女人！有人轉告她。是的，供詞像海沙般增加上去！格里郭里堅持他的主張，格里郭里雖然誠實，她却是一個傻瓜。有許多人所以誠實，就因爲他們是傻瓜。這是拉基金的思想，格里郭里是我的仇敵。有人把他當作仇敵，比當作朋友有利些。我這是指着卡德鄰納・伊凡諸夫納。我眞怕，我眞怕她在法庭上說出借了四千五百以後跪下來叩頭的事情。這樣會使我在法庭上感到慚愧的！我必須設法忍受下去。阿萊莎，你到她那裏去一趟，求她在法庭上不要說出這話來。能不能？眞見鬼，隨它便罷。我可以忍受下來！我並不可惜她。她自己願意的。小偷是該受磨刑的。阿萊克謝意，我要說出我的話來。（他又悲苦地笑了。）不過……格魯申卡，格魯申卡，天呀！她爲什麼現在自己忍受這種苦刑呢？」——他忽然含淚呼喊。——「格魯申卡殺死我。我一想到她，就能殺死我，殺死我！她剛纔到這裏來……」

「她對我講。她今天很生氣着你。」

「我知道。我的性格眞是不好。我吃了醋！她走的時候，我懺悔了，和她接吻。却沒有請求饒恕。」

「爲什麽不請求？」——阿萊涉喊。

米卡幾乎忽然快樂地笑了。

「親愛的小孩，你不要千萬在任何時候向心愛的女人請求饒恕自己的錯處！特別是向心愛的女人，無論你怎樣對她有錯！因爲女人——不知道是什麽玩意，我至少是知道她們的根底的！祇要試一試在她面前承認錯處。意思說：『對不住，我錯了，請你恕我，』那末立刻就會有一陣責備的話像冰雹似的打下來！她無論如何不肯直接了當，隨隨便便地加以饒恕，會把你欺壓得成爲一塊抹布，連從來沒有過的事情都數說了出來，全都掏出來，一點也不忘記，還要加上自己的話，到末後纔饒恕你。這還是她們中間最好的，最好的呢，她會剝削到最後的一層，把一切東西往你的頭上套去。我對你說，她們帶着那種活剝人皮的性子，她們是一律如此的，他們這些安琪兒，沒有她們，我們是活不下去的！我對你公開而且老實地說：每個體面的男人應該怕一個什麽女人。這是我的信念。這不是信念，却是情感。男人應該寬宏大量，這不會汚損男人的面子。甚至不會汚損英雄，不會汚損該撒！但是到底不要請求饒恕，永遠不要，無論如何也不要。你要記住一個規矩：這是你的哥哥米卡，爲女人而喪亡的米卡教你的。不行，我不去請求饒恕，我要對格魯申卡做點對得起她的事情。我崇拜她，阿萊克謝意，我崇拜她！她看不見這一點，她永遠覺得愛情少。她磨折我，用愛情來磨折我。過去是沒有意思的！以前磨折我的惟有魔鬼的曲線，現在我把她的全部的心靈接受到自己的心靈裏去。通過了她，我自己也成爲一個人了！他們能不能許我們結婚？如果不能結婚，我會因喫醋而死。我每天做夢……她對你講我什麼話？」

阿萊莎重複說出格魯申卡剛纔所說的那番話語。米卡詳細聽著，反復地問了幾次，十分感到滿意。

「我喫醋，她並不生氣麼？」——他喊。——「簡直是女人！「我自己也有殘酷的心。」我愛這類殘酷的人，雖然人家爲我喫醋是我所不能忍受的，不能忍受的！我們會時常打架。但是愛是把她愛到無窮的地步。他們許我們結婚麼？罪犯可以結婚麼？這是問題。沒有她，我不能生活下去……」

米卡皺緊眉頭，在屋內踱走。屋內幾乎黑暗了。他突然露出十分焦慮的樣子。

「她說內中有祕密，內中有祕密，是不是？我們三人合謀反對她，連卡嘉也參加在內麼？格魯申卡，不對，這不是如此。你這就算弄錯了，你的愚傻的女人的心腸弄錯了。阿萊涉，事情已到了這個地步！我就把我們的祕密對你宣布了罷。」

他朝四面看望，迅速地貼近站在他面前的阿萊莎，用神祕的態度對他微語，雖然實際上沒有人能够聽見他們的說話：那個看守的老頭兒在角落裏的長凳上打盹，至於守衞的兵士是一句話也達不到他們的耳朵裏去的。

「我對你宣布我們的全部的祕密！」——米卡匆忙地微語。——「我想以後再宣布，因爲沒有你，我還能作什麼決定麼？你對於我是一切。我雖然說伊凡高出我們之上，但你是我的安琪兒。惟有你的決議可以解決一切。也許你就是最高的人，而不是伊凡。你瞧，這裏於良心有關，最高的良心有關，——那是一個重要的祕密，我自己不能加以處置，一直延擱在那裏，由你來解決。現在解決的時間還早，因爲應該等候判決：等到判決一下，你就來解決我的命運。現在你不必作什麼決定。我對你說。你聽着，却不必作什麼決定。你站在那裏，沉默着。我不能全部對你宣布。我祇對你說出那個理想，不講細節，你不要作聲。不提出問題，沒有什麼行動，你同意麼？但是上帝，你的眼睛叫我往那裏安放呀？我怕你的眼睛將說出你的決定來，雖然你沉默着。我眞是怕呀！阿萊莎，你聽着：伊凡弟向我提議逃走。詳細情節我不必說：一切都可以預先弄好，一切可以安排好。你不要作聲，不要決定。同格魯申卡一齊到美國去。我沒有格魯申卡是不能生活的！假使他們不放她到我這裏來便怎樣呢？非犯能結婚麼？伊凡弟說是不能的。沒有格魯申卡叫我怎樣拿着鐵鏈到地底下去？我祇好用這鐵鏈砸破自己的腦瓜！另外的一方面，良心上怎樣呢？那就等於逃避苦難！本來有指示，——把指示拒却了。前面有一條潔淨的道路，——却向左邊轉灣。伊凡說，在美國，在『善意』的情況之下，比在地底下可以多得利益。但是我們的地底下的讚美詩將在何處舉行？美國有什麼！美國又是一陣煩亂！我以爲美國也有許多欺騙的事件。逃避在十字架上被釘的刑罰！阿萊克謝意，我對你說，你一人能够明白，沒有別的人。在別人看來這是愚傻的行爲，讕語，那就是指着我對你所講關於讚美詩的話。人們將說，你發了瘋，或是成爲傻瓜。但是我沒有發瘋，也不是傻瓜。伊凡也明白關於讚美詩的意思，很明白，祇是不回答，沉默着。不相信讚美詩。你不要說，你不要說。我看見你的眼神是怎樣的。你已經決定了！你不要決定，憐惜憐惜我罷。我沒有格魯申卡是不能生活下去的。你等到審判以後罷！』

米卡像瘋子似的說完了這段話。他的兩手扶住阿萊莎的肩膀，貪饞的，浮腫的眼神插進他的眼睛裏去。

『罪犯能結婚麼？』——他用哀懇的聲音，第三次重複這個問題。

阿萊莎異常驚訝地聽着，深深地感到震動。

『你對我說一件事情，』——他說，——『伊凡是不是堅決地主張？究竟誰先想出來的？」

「是他，是他想出來的，他還堅持地主張着！他一直不來見我，一星期以前忽然到這裏來，直接談起這件事情。他堅持地主張着。他不是請求，却是命令。雖然我把所有我的心臟對他翻了出來，像對你似的，並且講起讚美詩的話，他對於我將服從他的主張是毫不疑惑的。他對我講應該如何佈置，把一切消息全搜集到了，但這話以後再說。他想這樣做，甚至到了歐司底里的程度。主要的是金錢。他說，須化一萬塊錢做逃跑的費用，兩萬塊錢到美國去的路費。他說，用一萬塊錢我們可以安排一個極體面的逃跑。」

「他不許你轉告我麼？」——阿萊莎又問。

「他不許我轉告任何人。主要的是不許告訴你：你是無論如何不能告訴的。他一定是怕你成爲我面前的一個良心。你不要對他說，我轉告了你。千萬不要說呀！」

「你是對的，」——阿萊莎決定了，——「在法庭的判決以前是不能加以決定的。審判以後你自己可以決定；那時候你自己將在自己身上獲到一個新人，他會加以決定的。」

「新人，或是白納德，可以照白納德的方式加以決定！好像我自己就是卑賤的白納德！」——米卡悲慘地露牙笑着。

「哥哥，難道你竟，你難道竟完全不希望被宣告無罪麼？」

米卡抽瘋似的高聳雙肩，否定地搖頭。

「阿萊莎，好人兒，你該走了！」——他突然忙起來。——「看守所長在院裏喊嚷，立刻就要走進來了。我們坐得很遲，不合規章。你趕快吻我，吻我，給我畫十字，好人兒，畫明天的十字……」

他們擁抱着接吻。

「伊凡提議逃走，」——米卡忽然說，——「他自己相信是我殺的！」

凄涼的嘲笑在他的唇上壓了出來。

「你問過他：相信不相信的話麼？」——阿萊莎問。

「不，沒有問。我想問，可是不敢問，沒有勇氣。但是我終歸從眼睛上看到的。唔，再見罷！」

又匆匆地吻了一下，阿萊莎已將走出去，卡米突然又喚回他來：

「你站在我的前面，就是這個樣子。」

他又緊緊地用兩手抓住阿萊莎的肩膀。他的臉突然變成慘白，幾乎在黑暗中也看得很清楚。嘴唇歪斜，眼神釘在阿萊莎身上。

「阿萊莎，你對我說出完全的實話，像面對上帝一樣。你相信不相信是我殺死的？你自己究竟相信不相信呢？說完全的實話，不要撒謊！』——他對他瘋狂似的呼喊。

阿萊莎的全身似乎被搖曳了一下。他聽出，似乎有什麼尖銳的東西通過他的心裏。

『得了罷，你是什麼意思，……』——他喃語着，露出張皇失措的神色。

『全部實話，整個實話，不要說謊！』——米卡重複着。

『我一分鐘也不信你是兇手，』——抖顫的聲音突然從阿萊莎的胸內掙脫了出來，他將右手向上舉起，似乎引上帝來做這句話的證人。快樂一下子照耀米卡的整個臉部。

『多謝你！』——他拉長着聲音說，好像在昏暈蘇醒過來以後發出來一聲長嘆。——『現在你使我再生了……你信不信：我至今怕問你，眞是怕問你！好了，你去罷，你去罷！你給我力量，作爲明天之用，願上帝賜福給你！你去罷，你應該愛伊凡！』——米卡的嘴裏插出最後的一句話。

阿萊莎走了出來，淚流滿頰。米卡會疑心到這種程度，他甚至不信任他，不信任阿萊莎到這種程度，——這一切忽然在他面前展開了這不幸的兄長的心靈裏那個充滿了無出路的憂愁和絕望的深淵。這是他以前疑惑到的。深刻的，無窮的同情忽然一下子把他抓住，而且磨折着他。他的被刺穿的心痛得很利害。『你應該愛伊凡！』——他忽然憶起米卡剛纔所說的話來。他現在也是去找伊凡。他在早晨時候就很想見伊凡一下。伊凡的磨折他不亞於米卡。現在，和米卡見面以後，更加利害了。

第五章　不是你！不是你！

他到伊凡家去，必須走過卡德隣納・伊凡諾夫納所住的房子。窗裏有亮光。他突然止步，决定走進去。他已經有一星期以上沒有看見卡德隣納・伊凡諾夫納。但是他現在想到伊凡也許在她家裏。特別是在那個要緊日子的前一天。他按鈴以後，走上有一隻中國式的燈黯淡地照耀着的樓梯上面，看見一個人從樓上走下來，走攏來以後，纔知道是他的兄長。如此說來，他已經從卡德隣納・伊凡諾夫納的家裏走出來了。

「還是你呀，」——伊凡・費道洛維奇厲聲說，——「唔，再見罷。你找她麼？」

「是的。」

「我不勸你進去，她心神十分騷亂，你更加會使她煩惱的。」

「不，不！」——樓上的門一下子開了，有聲音喊出來。——「阿萊克謝意・費道洛維奇，您從他那裏來麼？」

「是的，我到他那裏去過。」

「有話打發您來對我說麼？您進來罷，阿萊莎。您也進來，伊凡・費道洛維奇，一定要回來，一定要回來。您聽着！」

卡嘉的聲音裏露出一點命令的調子，伊凡・費道洛維奇遲頓了一會，決定同阿萊莎重新上樓。

「偷聽呢！」——他惹惱地微語，但是阿萊莎聽到了。

「請許我穿着大氅留一會兒，」——伊凡・費道洛維奇走進大廳的時候說着。——「我不坐下來。我一分鐘以上是不能再留的。」

「請坐，阿萊克謝意・費道洛維奇，」——卡德隣納・伊凡諾夫納說，但是自己還站在那裏。這些日子她的臉貌沒有變動，但是她的深黑的眼睛閃出惡狠的光采。阿萊莎以後記得他覺得她在這時候是特別的美麗。

「他吩咐您轉達什麼話？」

「祇有一句話，」——阿萊莎說，直望她的臉，——「請您憐惜一下，不要在法庭上供出……（他有點不敢啓齒似的，）……你們中間的一切……在你們初次相識的時候……在那個城裏……」

「就是講爲了那筆錢叩頭的事麽！」——她搶上去說，發出一陣苦笑。——「怎麽樣，他是替自己害怕？或是替我害怕？他說讓我憐惜一下，——憐惜誰？他呢？還是我？你說呀，阿萊克謝意·費道洛維奇。」

阿萊莎釘看她，努力想了解她的意思。

「也是您，也是他。」——他輕聲說。

「那就是了，」——她惡狠地說，忽然臉漲紅了。

「您還不知道我，阿萊克謝意·費道洛維奇，」——她威嚴地說，——「連我還不知道自己。也許您在明天審問以後，會想到用脚來踩踢我的。」

「您會作出誠實的供詞來的，」——阿萊莎說，——「需要的就是這點而已。」

「女人時常是不誠實的，」——她咬着牙齒說，——「我在一小時以前還想到我很怕觸着這惡人……像觸着毒蛇……但是不行，他對於我還是一個人。究竟是他殺的麼？是不是他殺的？」——她突然歇司底里地叫喊，迅快地朝着伊凡·費道洛維奇叫喊。

阿萊莎立即明白這個問題她已經對伊凡·費道洛維奇提出過，也許在他來到以後的一分鐘，並非初次，而是幾百次了。而結果是兩人發生了口角。

「我到司米爾加可夫那裏去過……還是你，這祇是你使我相信他是弑父的人。我祇相信了你！」——她繼續對伊凡·費道洛維奇說。伊凡·費道洛維奇似乎勉强發出冷笑。阿萊莎聽到這個「你」字，打了一個寒戰。他疑惑不到這樣的關係。

手。

「但是够了，」——伊凡說。——「我走了。明天再來。」——他立刻回轉身子，從屋內走出，一直走到樓梯上去。卡德隣納·伊凡諾夫納忽然用一種命令的姿勢抓住阿萊莎的兩手。

「您快跟他去！追上他！一分鐘也不要讓他一個人停留在那裏，」——她迅快地微語，——「他是瘋子。您不知他發瘋了麼？他發燒，神經性的發燒！醫生對我說的。你快去，快跑，追上他……」

阿萊莎跳起來，奔過去追趕伊凡·費道洛維奇。他還沒有走五十步遠。

「你有什麼事情？」——他看見阿萊莎追他，突然回轉身來了。——「她吩咐你來追我，因爲我是瘋子。我知道得爛熟，」——他惹惱地補充這句話上去。

「她自然有點誤會，但是他說你有病是對的，」——阿萊莎說，——「我剛纔在他那裏看見你的臉。你的臉色是很有病的，很有病的，伊凡！」

伊凡不停步地走着。阿萊莎跟着他。

「你知道，阿萊克謝意·費道洛維奇，人們是怎樣發瘋的？」——伊凡·費道洛維奇忽然用完全輕輕的，完全不着惱的聲音問，——在這聲音裏突然聽出極坦白的好奇的味道。

「不，我不知道；我以爲有許多不同的瘋狂的種類。」

「在你發瘋的時候，能不能自己在自己身上觀察到呢？」

「我以爲在這種情形之下是不能明白觀察自身的，」——阿萊莎驚異地回答。伊凡沉默了半分鐘。

「假使你想同我說什麽話，請你變換一個題目，」——他忽然說。

「爲了不遺忘，這裏有一封信給你，」——阿萊莎畏葸地說，從口袋裏掏出麗薩的信來，遞給他。他們恰巧走到街燈傍邊。伊凡立刻認識了筆跡。

「這是那個小鬼的信！」——他發出惡狠的笑聲，沒有拆開信封，忽然撕成幾塊，朝風中拋擲，碎塊飛散了出去。

「好像十六歲還沒有到，已經要把自己供獻給人家了！」——他賤蔑地說，又順着大街走向前去。

「把自己供獻是什麽意思？」——阿萊莎喊。

「自然就像那些淫蕩的女人們供獻自己的身體一樣。」

「你怎麽啦，伊凡，你怎麽啦？」——阿萊莎悲苦而且熱烈地辯護起來。——「她是一個嬰孩，你侮辱嬰孩！她有病，她自己十分有病，她也許也要發瘋……我不能不把她的信轉交給你……相反地我想聽一聽您的話……可以救一救她。」

「你不必聽我的說話。她既然是一個嬰孩，我却不能做她的保姆。你不要作聲，阿萊莎。不要繼續下去。我甚至沒有想這件事。」

他們又沉默了一分鐘。

「她現在將整夜向聖母祈禱，求她指示明天法庭應該怎麼辦纔好，」——他忽然又嚴厲而且狠毒地說着。

「你……你講的是米德隣納·伊凡諾夫納？」

「是的。她做米卡的救星？還是做害他的人？她將祈禱，使她的靈魂取得明朗。您瞧，她自己還不知道，還沒有準備好。也把我當作保姆，希望我哄哄她！」

「卡德隣納·伊凡諾夫納是愛你的，哥哥，」——阿萊莎帶着憂愁的情感說。

「也許。不過我並不想要她。」

「她很悲哀。爲什麼你對她說出……有時你說出……那類使她希望的話呢？」——阿萊莎用畏葸的責備的口氣繼續說。——「我知道你給予她這個希望。我這樣說，眞是對不住得很，」——他補充上去。

「我不能隨我的便做去，我不能立刻決裂，對她直說出來。」——伊凡惹惱地說，——「應該等一等，等到對這兇手的判決下來以後。假使我現在和她決裂，明天她爲了對我復仇，會在法庭上陷害這個惡徒，因爲她恨他，並且知道她恨他。這上面全是虛僞，建立在虛僞上的虛僞！現在呢，我還沒有和她決裂，她沒有希望，便不會害這個惡徒，因爲她知道我想把他從災害裏救拔出來。這個可惡的判決什麼時候纔能下來呀！」

「兇手」和「惡徒」的辭句在阿萊莎的心裏發出痛楚的反響。

「她用什麼方法陷害米卡呢？」——他問着，仔細推詳伊凡的話語，——「她能供出什麼話來，可以直接陷害米卡？」

「你還不知道這樣。她的手裏有一個憑據是米卡親筆寫的，數學的公式一般地證明他殺死了費道爾・伯夫洛維奇。」

「這是不會有的！」——阿萊莎喊。

「怎麼不會有？我自己讀到的。」

「這樣的憑據不會有的！」——阿萊莎熱烈地重複說着。——「不會有的，因爲兇手不是他。不是他殺死父親，不是他！」

伊凡・費道洛維奇突然止步。

「那末你以爲誰是兇手？」——他顯然似乎冷冷的問，一種傲慢的聲調甚至在這問話裏發響。

「你自己知道是誰，」——阿萊莎輕聲而且深刻的說。

「誰？你指着關於那個發瘋的白癡的神話，是不是？那個癲癇病人，是不是？司米爾加可夫是不是？」

阿萊莎突然感到全身發戰。

「你自己知道是誰，」——他乏力地掙出這句話來，他喘着氣。

「誰？誰？」——伊凡幾乎兇蠻地喊着。一切的約束突然消失了。

「我祇知道一件事情，」——阿萊莎還是近乎微語似的說，——「殺死父親的不是你。」

「不是你！這是什麼意思？」——伊凡愣住了。

「不是你殺死父親，不是你，」——阿萊莎堅定地重複着。

沉默延長了半分鐘模樣。

「我自己也知道不是我，你說的是什麼胡話？」——伊凡說，發出慘苦的，歪曲的冷笑。他似乎釘看住阿萊莎。兩人又站在街燈傍邊。

「不，伊凡，你自己有幾次對自己說，兇手是你。」

「我什麼時候說的？我在莫斯科……我什麼時候說的？」——伊凡完全張皇失措地喃語

着。

「你已經對自己說了許多次，在這可怕的兩個月內你獨自面對自己的時候，」——阿萊莎照舊輕聲而且明晰地說着，但是他說話時似乎帶着心神不屬的樣子，似乎不是出於自己的意志，而服從着某一種莫可克制的命令。——「你責備自己，並且自行承認兇手就是你自己。然而殺死的不是你，你弄錯了，兇手不是你。你聽我說，不是你！上帝派我對你說這句話。」

兩人全沉默着。這沉默延長了整整的，長長的一分鐘。兩人站在那裏，互相對看。兩人的臉色全是慘白的。伊凡忽然全身抖戰。緊緊地抓住阿萊莎的肩膀。

「你到我家裏去過的！」他用咬牙的微語說，——「夜裏他來的時候，你也在我那裏……你直說出來罷……你看見他了麽，看見了麽？」

「你說的是誰？……說的是米卡麽？」——阿萊莎疑惑問。

「不是他，管這惡徒刁事！」——伊凡瘋狂地喊。——「莫非你知道他到我家裏來麽？你怎麽知道，你說罷。」

「他是誰？我不知道你說的是誰，」——阿萊莎吃驚地喃聲說。

「不，你知道的……否則你怎麽能……你不會不知道的……」

但是忽然他似乎抑止了自己。他站在那裏，好像有所思索。奇怪的冷笑使他的嘴唇變成歪曲的形狀。

「哥哥，」——阿萊莎又用抖戰的聲音說，——「我對你說這話，因爲你會相信我的話的，我知道這個，我可以一輩子對你說這句話：不是你！你聽着，我一輩子會說的。上帝安排我，對你說出這句心靈上的話語。那怕你從這個時候起永遠恨我也不要緊……」

然而伊凡顯然已經完全把握住自己了。

「阿萊克謝意·費道洛維奇，」——他帶着冷冷的微笑說着，——「我不能忍受那些寓言家和癲癇病人。尤其不能忍受上帝的使臣，您是很知道的。從這時候起我和您斷絕關係，大概是永遠斷絕。請你就在這十字路口立刻離開我。您回家去應該走這條路。特別要避免今天到我家去！您聽見沒有？」

他轉過身子，舉起堅定的步伐，逕直走去，絕不回頭。

「哥哥，」——阿萊莎在他後面喊着，——「假使今天你發生什麼事情，最先請你想到我呀！……」

但是伊凡沒有回答。阿萊莎站在十字路口的街燈傍邊，直到伊凡完全在黑暗裏消失時爲止。他這纔轉過身子，慢吞吞地抄着小胡同回家。他和伊凡·費道洛維奇另外住開，住在不同的寓所裏。他們兩人裏誰也不想住在費道爾·伯夫洛維奇的空閒下來的房子裏去。阿萊沙在一個下市民的家庭裏租了一間帶傢俱的屋子。伊凡·費道洛維奇住得離他很遠，在一所闊綽的房子的邊屋裏租下了一個寬敞的，十分華麗的住宅，——這所房子是屬於一個不貧窮的官員的寡妻所有的。祇有一個古老的，完全聾啞的小老太婆在整所的邊屋裏侍候着他。她全身犯着筋骨痛的毛病，晚上六點睡下，早晨六點鐘起身。伊凡·費道洛維奇在這兩個月以內性情十分奇特，很愛完全獨自留在家裏。連他自己住的那一間屋子也由他自己收拾，至於其餘的房間他甚至不大踏到。他走到自己的家門口，已經想拉鈴，忽然止住了。他感到全身發戰，發出兇惡的抖戰。他突然不去拉鈴，唾了一口痰，轉過身來，迅快地又動身走去，走到城市的完全相反的盡頭，離自己的寓所有兩俄里遠，到一個斜斜欲倒的，木頭砌成的，小小的房子裏去。瑪麗亞·孔特拉奇也夫納住在這裏。她就是費道爾·伯夫洛維奇以前的鄰隣，常到他的廚房裏取湯吃，司米爾加可夫曾對她唱歌，奏絃琴。以前的那所房子她出賣了，現在和母親住在像農舍似的屋子裏面。有病的，快將死去的司米爾加可夫，自從費道爾·伯夫洛維奇死後就搬到她們一塊兒居住。現在伊凡·費道洛維奇被一個突襲的，無從克勝的打算所吸引，動身到他那裏去。

第六章　和司米爾加可夫初次相晤

伊凡・費道洛維奇從莫斯科回來，跑去和司米爾加可夫說話，這已是第三次了。在慘劇發生以後，第一次見他，並且和他說話，就在他回來的第一天上，過了兩星期，又去見他一次。但是第二次以後，他停止和司米爾加可夫會晤，所以現在有一個多月沒有見到他，幾乎一點也沒有聽到他。伊凡・費道洛維奇祇在父親死後第五天上，才從莫斯科回來，因此沒有看到他的靈柩：在他回來的前一天，恰巧舉行了殯葬。伊凡・費道洛維奇遲到的原因是阿萊莎不確切知悉他的莫斯科的地址，跑去找卡德隣納・伊凡諾夫納發電報，而她也不知曉確實的住址，便發電給她的姊姊和嬸子，心想伊凡・費道洛維奇一到莫斯科，總會到她們家去的。但是他在到後第四天上纔去。讀到了電報，自然立刻毫不遲延地飛到我們這裏來了。到了這裏以後，他首先遇見阿萊莎。談了一會以後，他很驚訝，阿萊莎對於米卡甚至連疑惑也不疑惑，却一直指出司米爾加可夫爲兇手，這和城裏其他別人的意見完全相反。他以後又見到警長和檢察官，得悉被控和被捕的一切詳細情節，更加對於阿萊莎奇怪起來，把他的意見當作興奮到最後程度的弟兄相愛的情感，和對於米卡的同情心，——伊凡知道阿萊莎是很愛米卡的。順便說兩句話，講明伊凡對於兄長特米脫里・費道洛維奇的情感；他根本不愛他，有時對他感到許多許多的同情，但也就和達到了憎惡程度的極大的賤蔑混雜在一起。他對於米卡，甚至對於他的整個的軀體，感到極度的不愉快。伊凡對於卡德隣納・伊凡諾夫納的愛米卡，大爲忿恨。但是他在回來後第一天就和米卡晤面。這次的會晤不但沒有減輕他對於米卡有罪的信念，却甚至更見增加。他發現他的兄長處於不安和病態的慌擾之中。米卡當時說話很多，但是顯得精神散漫，前後不連貫。他說出很決裂的話，駡司米爾加可夫，但是說得十分矛盾，儘說那三千盧布，是死者向他『偷走』的。『錢是我的，錢是我的，』——米卡反覆地說，——『即使我偷了去，也自有權利。』對於一切反對他的證據，幾乎不加分辯，解釋於自己有利的事實的時候，也很支離破碎，荒誕離奇，——一般地講來，似乎甚至不願在伊凡或任何人面前有所辯白，相反地，竟十分生氣，對於被控告的罪名竟傲然不屑一顧，作暴怒的謾駡，對於格里郭里供出門敞開着的話，惟有發出賤蔑的一笑，說這是『鬼開的門。』對於這樁事實他不能提出任何聯貫的解釋。在第一次會晤的時候，他甚至侮辱了伊凡・費道洛維奇，堅決地說那些自己主張『一切可以被允許』的人們是用不着對他疑惑而且盤問的。一般講來，他這一次同伊凡・費道洛維奇顯出很不親善的態度。和米卡晤面以後，伊凡・費道洛維奇立即去找司米爾加可夫。

他從莫斯科動身，坐在火車裏的時候，就想到司米爾加可夫和他臨走前的晚上最後一次的談話。有許多事情使他不安，有許多事情他覺得可疑。但是伊凡・費道洛維奇同預審推事作供時，暫時沒有講到那次的談話。他要延擱到和司米爾加可夫晤面以後再說。司米爾加可夫當時在市立醫院裏。格爾城司圖勃醫生，和伊凡・費道洛維奇在醫院裏遇到的官醫瓦爾文司基，經伊凡・費道洛維奇堅持地詢問，斷然回答，司米爾加可夫的暈厥病是無可疑惑的，對於他的問話：『他會不會在發生慘劇的那天假裝發病？』甚至十分驚訝。他們對他說，這次的發作甚至和尋常不同，連發了幾天，因此病人的生命尚在根本的危險之中，現在用盡了種種方法，纔能肯定地說，病人還可以活下去，但是也許，（格爾城司圖勃醫生補充上去，）他的理智將有部分的失調，『假使不是一輩子，便需要充分持續的時間。』伊凡・費道洛維奇不耐煩地問他：『如此說來，他現在是不是瘋子？』醫生答稱：『在完全的意義方面還沒有，但是可以看出一點變態的舉動。』伊凡・費道洛維奇決定自己去看一看，他的變態的舉動在那裏。醫院裏立刻讓他進去會晤。司米爾加可夫躺在單間病房的牀上。在他附近還有一隻病牀，由一個衰弱的城裏的下市民佔住。他得了水腫病滿身發腫，顯然明後天就要死去。他是不會妨礙他們的談話的。司米爾加可夫看見了伊凡・費道洛維奇，張開牙齒，露出不信任的神情，在最初的一剎那，似乎甚至膽怯起來。至少伊凡・費道洛維奇的心裏閃出這個念頭。但是這衹是一刹那的功夫，其餘的時間，司米爾加可夫那種鎮靜的樣子幾乎使他爲之驚愕。乍看起來，伊凡·費道洛維奇無疑地相信他的病況是很要緊的：他的身體軟弱，說話遲慢，似乎困難地轉動着舌根；他的臉色又瘦又黃。在二十分鐘的會晤的時間內，他怨訴着頭痛，四肢痠疼。他的太監似的乾癟的臉似乎縮小，鬢髮蓬亂，蜷曲的頭髮往下挺出，衹剩了細柔的縷絲。但是那隻眯細，似乎有所暗示的左眼露出以前的司米爾加可夫來。「同聰明人談話是有趣的，」——伊凡·費道洛維奇立刻憶起來了。他坐在他腳傍的板凳上面。司米爾加可夫在牀上痛苦地移動身體，但不首先開口，却沉默着，而且似乎帶着不很好奇的神情。

「可以同我談一談麼？」——伊凡·費道洛維奇問，——「我不會使你累乏的。」

「可以的，」——司米爾加可夫用微弱的聲音說着。——「您早就來了麼？」——他謙遜地補充着，似乎鼓勵着感到不好意思的訪客。

「今天纔到……看看你們這裏亂七八糟的情形。」

司米爾加可夫嘆氣。

「你嘆什麼氣？你不是知道的了麼？」——伊凡·費道洛維奇直接了當地說出來。

司米爾加可夫神色莊嚴地沉默着。

「怎麼不知道呢？早就十分明顯的了。但是怎麼能知道會變成這樣的？」

「變成怎樣的？你不要支吾呀！你不是預言過，你一爬進地窖裏去，立刻就會發作暈厥病麼？你一直就指出那個地窖。」

「您在審詢的時候已經供出這句話來了麼？」——司米爾加可夫露出安靜的好奇。

伊凡·費道洛維奇忽然生氣了。

「不，還沒有供出，但是一定要供的。你現在應該立刻對我解釋許多問題，你知道！我是不容許你同我鬧玩笑的！」

「我爲什麼鬧玩笑，既然我的唯一的希望就在您身上，像靠上帝似的！」——司米爾加可夫說，還是那樣十分安靜，祇有一分鐘閉上眼睛。

「第一層，」——伊凡·費道洛維奇起始說，——「我知道暈厥病是不能預先知道的。我調査過，你不要推託。日期和時刻決不能預先規定下來。怎麼你當時竟會預先說出日期和時刻，還加上地窖呢？你怎麼會預先知道你發了毛病，一定要落進地窖裏去，假使你不是故意假裝發病？」

「地窖裏是時常要去的，甚至一天去好幾次，」——司米爾加可夫不慌不忙地說，——「一年以前我也是這樣從擱樓上跌下來的。自然暈厥病不能預先指出日期和時刻，但是預感是永遠會有的。」

「但是你預先指出了日期和時刻！」

「關於我的暈厥病，您最好去打聽這裏的醫生：我的病是眞的，還是不眞的？我也不必再對您談這件事情。」

「地窖呢？地窖你怎麼會預先知道的？」

「您竟死咬住那個地窖！我當時一鑽進地窖裏去，心裏又恐怖，又疑惑；因爲我怕我沒有了您，在整個世界裏將得不到任何人的保障。我當時爬進地窖，心想：『它現在就要來了。現在就要發作，會不會陷落進去的？』就爲了這疑惑，忽然有避免不了的一陣痙攣抓住我的喉嚨……我就飛躍了進去。所有這一切事情，還有前次和您的談話，就是頭一天晚上，在大門傍，我把我的恐怖通知您，又講起那個地窖，——這一切我已經詳細報告過格爾城司圖勃醫生和預寀推事尼古拉·帕爾費諸維奇，他們全部記載在筆錄上了。此地的醫生，瓦爾文司基先生在他們大家面前堅決主張，這全出於念慮而起，全出於疑惑着『會不會跌落下去？』而起。當時這病居然就發作了。於是他們記載下來，這一定單單是爲了我的恐怖而發生出來的。」

司米爾加可夫說完後，似乎被累乏所磨折，深深地透了一口呼吸。

「你在供詞裏已經宣布出來了麼？」——帶着發驚訝的伊凡・費道洛維奇問。他本來想用宣布他們中間的談話來嚇他一下，結果是他已經自己全都宣布了出來。

「我怕什麼？讓他們把事實的眞相記載下來就是了，」——司米爾加可夫堅決地說。

「關於我和你在大門傍的談話，你一字不漏地講出了麼？」

「不，並不是一字不漏地講出來。」

「你當時對我誇口，說你會假裝發暈厥病，也講了麼？」

「不，這個也沒有講。」

「現在你對我說，你爲什麼當時打發我到切爾馬士娜去？」

「我怕您到莫斯科去；到切爾馬士娜去到底近些。」

「你胡說，你自己請我動身。你說，您走開罷，離開罪孽遠些。」

「我說這話，單祇由於我對您的友誼，由於我的一番忠心，預感出家裏將發生災禍，因此憐惜您。但是我憐惜自己總比憐惜您爲甚。因此我就說：您應該離開罪孽遠些，爲是使您明白家裏將發生災禍，那末您會留下來保護您的父親。」

「你應該直說出來，傻瓜！」——伊凡・費道洛維奇突然漲紅了臉。

「當時我怎麼能直說呢？我心裏祇生出一些恐怖的念頭，而且您也會生起氣來。自然我怕特米脫里·費道洛維奇鬧出一點亂子，並且把錢拿走，因爲他已經把這錢認爲自己的，而且誰知道結果會殺人的呢。我心想，他單祇偷去放在主人被褥底下用信封裝好的三千盧布，但是竟殺死了。就是您也怎麼能猜到呢？」

「假使你自己說猜不到，那末叫我怎麼能猜到，還留下來呢？你的話何以這樣矛盾？」

——伊凡·費道洛維奇疑慮地說。

「您從我打發您到切爾馬士娜去，而不讓您到莫斯科去，就可以猜到的。」

「那怎麼去猜到呢？」

司米爾加可夫好像很疲乏，又沉默了一分鐘。

「您本可以猜到，我既然勸您不到莫斯科去，而到切爾馬士娜去，那就是我希望您留在這裏近些，因爲莫斯科遠得很，而特米脫里·費道洛維奇知道您離得不遠，便不致于那樣膽壯。況且如果發生了什麼事情，您也能迅快地回來保護我，因爲我自己對您指出格里郭里·瓦西里也維奇有病，還聲明我怕發暈厥病。我又對您解釋那些叩門的記號。憑着這些記號可以走進死者的屋內去，而我已把這些記號通知了特米脫里·費道洛維奇。我以爲您自己當時就可以猜到他一定要做點什麼事情出來，那末您不但不會到切爾馬士娜去，反而要留在家裏。」

「您說話很聯貫。」——伊凡·費道洛維奇想，——「誰然顯得含糊其詞。格爾城司圖勃醫生所說的理智的失調在那裏呢？」

「你和我耍滑頭，你這東西！」——他生氣地喊。

「說實話，我當時心想您已經完全猜到了，」——司米爾加可夫帶着極坦白的神色閃躲着。

「假使猜到，自己會留下來的！」——伊凡·費道洛維奇喊，又漲紅了臉。

「我可是以爲您在猜到了一切以後嚇得纔趕緊動身，祇爲了躲開罪孽，連忙跑到什麼地方去，冀圖脫卸自己的干係。」

「你以爲我是和你一樣的懦徒麼？」

「對不住，我心想您也和我一樣。」

「自然應該可以猜到的，」——伊凡慌擾起來。——「而且我也猜到你的方面會做出一點卑劣的行爲來的……不過你這是胡說，你又是撒謊，」——他忽然想起一件事情，喊了出來。——「你記得，你當時走到馬車前面，對我說：『和聰明的人談話是有趣的。』這末說來，你既然誇奬我，一定喜歡我的，對不對？」

司米爾加可夫又連上嘆了兩口氣。他的臉上似乎露出紅潤。

「如果我喜歡，」——他說，有點喘息的樣子。——「那末單祇是因爲您不到莫斯科去，而答應到切爾馬士娜去。這總歸近些；不過我那幾句話並不是誇獎您，却是責備的意思。您沒有弄清楚這一點。」

「什麼責備的意思？」

「那就是您預先感到將發生災禍，竟會離開親生的父親，不願意保護我們。因爲人家爲這三千盧布會拉我進去，說是我偷的。」

「你這鬼東西！」——伊凡又駡了，——「你等一等；你已經把那些記號，叩門的記號，全都告訴預審推事和檢察官了麼？」

「全都告訴了。」

伊凡・費道洛維奇自己心裏又驚訝了。

「假使我當時想到什麼上去，」——他又說，——「那就是單單地想到你的方面將做出什麼卑劣的舉動來。特米脫里會實行殺人，至於說他會偷錢——我當時是不相信的。……我從你的方面却期待着卑劣的舉動。你自己對我說，你會假裝發作暈厥病，你爲什麼說這個話？」

「純粹由於我的坦白的緣故。我一生從來不故意假裝發作暈厥病，也就爲了在您面前誇一誇大口，纔這樣說的。這祇是傻氣。我當時心裏很敬愛您，所以隨便和您說說罷了。」

「米卡一直說是你殺了人，你偷了東西。」

「他還有別的什麼話可說麼？」——司米爾加可夫露出牙齒，苦苦地一笑。——「在這一些證據之下，能相信他麼？格里郭里・瓦西里也維奇看見門敞開着的，那還有什麼可說。隨他說去罷！他急於要救自已呢……」

他靜靜地沉默了下來，忽然似乎想到什麼，補上去說道：

「還有一層：他想把一切都推到我的身上來，說這是我做的事情，——這話我已經聽見過，——就拿我會假裝發作暈厥病來說罷。假使我當時果眞有意謀殺您的父親，我會預先對您說，我會假裝麼？假使我果眞起意謀殺，那裏有這樣傻子，會預先把扳出自已來的憑據說了出來，還要對親兒子說的？那能這樣呢！這是可能的麼？永遠不會如此！那是永遠不會有的事情！現在沒有人聽見你我兩人的談話，除去上帝以外，但是假使您通知了檢察官和尼古拉・帕爾費諾維奇，那末連他們到了後來也會替我辯護的：因爲這個人既然預先如此坦白，那到底成爲什麼兇手呢？他們是會這樣看的。」

「你聽着，」——伊凡・費道洛維奇從座位上立起來。他被司米爾加可夫提出來的最後的理由所震愕，便想停止談話，——「我並不疑惑你，甚至認爲對你提出控訴是可笑的事……相反地，我很感謝你，因爲你使我得了安慰，現在我要走了，以後再來。再見罷，希望你早日恢復健康。你不需要什麼東西麼？』

『眞是感謝得很。瑪爾法．伊格納奇也夫納沒有忘記我。我需要什麼，她總是竭力幫忙。她照舊是那樣的心善。好人們每天來看望我。』

『再見罷。關於你會裝假的話，我可以不說出來……而且勸你也不必供出來，』——伊凡忽然不知爲什麼緣故這樣說。

『我很明白。您既然不供出來，那末當時我們在大門邊旁的談話，我也不宣布……』

結果是伊凡．費道洛維奇突然走了出來，剛在圍廊上走了十步，忽然感到司米爾加可夫的最後的一句話裏包含着一點侮辱的意思。他已經想回轉去，但是這念頭祇閃現了一下，就說道：『多末愚蠢呀！』——趕緊從醫裏院走了出去。主要的是他感到確乎得了安慰，也就是由於有罪的不是司米爾加可夫，而是他的兄長米卡的那件事實，雖然似乎應該反過來纔對。爲什麼這樣，——他當時不願意加以分析，甚至感到在自己的感覺裏不斷的搜索是可憎厭的事。他想趕緊忘却一點什麼。在以後的幾天內，他已經完全相信米卡的有罪，在他將一切反對米卡的證據予以精細的基本的研究以後。有些供詞是不相干的人們做出來的，但頗足以震撼人們的腦筋，例如費娜和她的母親的供詞，關於潘爾霍金，關於旅館和波羅脫尼闊夫小舖的情形，關於莫克洛葉的證人們，更不必說了。主要的是細節使人煩惱。祕密的「叩門」記號的消息使檢察官與預審推事驚愕的程度，幾和格里郭里所供門敞開着的話相同。格里郭里的妻子，瑪爾法．伊格納奇也夫納，經伊凡．費道洛維奇加以盤問，直接了當地對他聲明，司米爾加可夫在整個夜裏就躺在他們的隔板後面，「離我們的牀不到三步遠，」她自己雖然睡得很結實，但是醒了許多次，聽見他在那裏呻吟：「一直的呻吟，不斷的呻吟。」他又和格爾城司圖勃醫生談話，對他說自己疑惑司米爾加可夫並不像瘋子，祇是身體軟弱罷了。他這話惟有引起老人的微笑。「您知道，他現在特別研究什麼？」——他問伊凡．費道洛維奇——「他在那裏背熟法文字彙，他的枕頭底下放着一本冊子，用俄文字母拚出法國話來，嘻，嘻，嘻！」伊凡．費道洛維奇終於放棄了所有疑惑。他想到兄長特米脫里便不能不帶着憎惡的念頭。到底有一樁事情十分奇怪：那就是阿萊莎繼續堅持主張殺人的不是特米脫里，大概是司米爾加可夫。伊凡永遠感到阿萊莎的意見對於他是高貴的，因此現在顯得十分驚訝。還有覺得奇怪的是阿萊莎並不尋覓機會和他談論米卡，自己永遠不開始說，祇是回答伊凡的問題。這也使伊凡．費道洛維奇深切的注意到。然而那時候他被一樁完全支節的事實所吸引：他從莫斯科回來，頭幾天內就將整個身子，毫無挽回地交託在熱烈的，瘋狂的，對於卡惠郤納．伊凡諾夫納的熱戀上面。在這裏沒有地位開始講伊凡．費道洛維奇這一次新的戀愛，這戀愛以後將影響到他的全部的生活：這本可以當作另一篇小說，另一本說部的題材，然而我不知道什麼時候纔能着手去寫。但是我到底不能還諸緘默的，是當伊凡．費道洛維奇，像我上面所敍述的那樣，夜裏同阿萊莎離開卡德鄰納．伊凡諾夫納，在街上走着的時候，對他說：『我並不想要她，』——那時候完全在那裏撒謊：他瘋狂地愛她，雖然確乎有的時候竟恨她到甚至可以殺死她的地步。這裏有許多原因：她被米卡的事件所震動，把重新回到她那裏去的伊凡．費道洛維奇看作自己的一個救星。她在情感上被欺壓，受了侮辱和冤屈。現在重又出現了以前十分愛她的那個人，——她是深知道他如何愛她的，——而他的智慧和心地她也是永遠看得比自己高。但是態度嚴肅的女郎並沒有將自身完全付諸犧牲，不管卡拉馬助夫如何具有一個愛人的無從約束的願望，和魅惑她的魔力。同時她因爲對米卡變心，而不斷地感覺懺悔，每逢和伊凡發生恐怖的口角的時候，（口角是很多的，）就把這話對他直說出來。他和阿萊莎談話的時候，把這個稱做『虛僞上的虛僞。』自然這裏確乎有多虛僞，這是最使伊凡．費道洛維奇惹惱的地方。……但是這一切以後再說。一句話，他一時幾乎忘却了司米爾加可夫。但是在他第一次會晤以後，過了兩個星期，和以前同樣的奇怪的思想又起始磨折他。他不斷地自行發問：爲什麼他當時在臨行前最後的夜裏，在費道爾．伯夫洛維奇的家裏，像小偷一般，輕輕地走下樓梯，傾聽父親在那裏做什麼事情？以後爲什麼又嫌惡地憶起這情景來，爲什麼第二天早晨忽然那樣地煩惱着，對自己說：「我是卑劣的人！」現在他有一次會想到，爲了所有這些痛苦的念頭，他或許甚至準備忘却卡德鄰納・伊凡諸夫納。這些念頭竟又忽然擁佔着他到如此的地步！他正想的時候，恰巧在街上遇見了阿萊莎。他立刻止住他，突然對他提出下面的問題：

「你記得，那次飯後，特米脫里闖進屋來，揍了父親一頓，我以後在院裏曾對你說，我給自己保留「希望的權利，」——你說一說，你當時曾否想到，我希望父親的死？」

「我想到的，」——阿萊莎輕聲回答。

「這就是這樣的，用不着去猜。你當時是不是想到，我所希望的是「一隻毒蛇吞噬另一隻毒蛇，」那就是希望特米脫里殺死父親，越快越好……而且我自己甚至不辭加以幫忙呢？」

阿萊莎臉色微顯慘白，默默地望看兄長的眼睛。

「你說呀！」——伊凡喊，「——我竭力想知道你當時想的是什麼？我需要知道事實，需要知道事實！」——他沉重地透了一口氣，預先帶着惡意看望阿萊莎。

「請你恕我，我當時也想到這層了，」——阿萊莎微語，立時沉默着，沒有增添任何的「輕鬆的事實。」

「謝謝！」——伊凡說，便扔下阿萊莎，迅速地走上自己的路。從那時候起，阿萊莎覺察到，兄長伊凡似乎起始決然和他離得遠些，甚至似乎不愛他，所以他自己以後也停止到他那裏去了。但是就在他和阿萊莎相遇以後，伊凡·費道洛維奇並不濟到家裏去，忽然又動身到司米爾加可夫那裏去了。

第七章　再訪司米爾加可夫

司米爾加可夫那時候已經從院裏出來。伊凡．費道洛維奇認識他的新寓所：就在那所傾斜的，木頭砌成的小房裏，裏面有兩間農屋，用一間外屋隔住。瑪麗亞．孔特拉奇也夫納和母親住在一間內，司米爾加可夫另外住在一間裏面。誰知道他住在她們家裏是什麽根據：白住呢？還是出租金？以後人家猜想：他以瑪麗亞．孔特拉奇也夫納的未婚夫的資格，住在他們家裏，而且是白住的。母親和女兒都很敬重他，把他看作比她們地位高的人。伊凡．費道洛維奇叩門後走進外屋，依照瑪麗亞．孔特拉奇也夫納的指示，一直向左面司米爾加可夫所住的『白色農屋』裏去。屋子裏有一隻白磁磚砌成的火爐，燒得很熱。牆上糊着湖色的花紙，都已破碎，有許許多多的蟑螂在花紙底下的裂縫裏蠕動着，發出不止歇的微聲。傢具是不值錢的：兩面牆上兩隻長椅，棹傍放着兩把椅子。棹子雖然是普通木製的，但鋪上帶着玫瑰色的圓形的棹毯。兩個小窗上各放着一盆天竺花。角落裏放着神像的龕。棹上放着一隻擦得很亮的，不大的銅水火壺，還有一隻盤子，裏面有兩隻茶杯。但是司米爾加可夫已經喝完了茶，水火壺也熄滅了……他坐在棹傍長凳上，一面看望一本冊子，一面用鋼筆畫着什麽。

附近放着噴水瓶和生鐵的，低矮的臘台，上面插好一根化合製成的臘燭。伊凡·費道洛維奇從司米爾加可夫的臉上立刻斷定，他的病業已完全復原。他穿着花式斑剝的棉晨服，業已穿得很舊，而且破得可觀。鼻上架着眼鏡，是伊凡·費道洛維奇以前沒有看見過的。這個極空虛的事實忽然似乎使伊凡·費道洛維奇增加了兩倍以上的怒氣：「這畜類，還戴眼鏡！」司米爾加可夫慢吞吞的抬頭，隔着眼鏡釘看走進來的人；以後輕輕兒摘下，從長凳上抬起身子，但是似乎不十分恭敬，似乎甚至是懶洋洋的，單祇是為了遵守一種最必要的禮貌，沒有這幾乎是不可能的一點點的禮貌。這一切一刹那間對伊凡閃過，他立刻把握住，覺察了出來，主要的是司米爾加可夫的眼神，十分惡狠的，不愉快的，甚至是傲慢的：「你為什麼又逛來了，當時已經全都談好，為什麼又來了呢？」伊凡·費道洛維奇勉強抑住自己：

「你這裏眞熱，」——他說着，還站在那裏，把大衣的紐扣解開。

「脫了罷，」——司米爾加可夫允許着。

伊凡·費道洛維奇脫下大衣，扔在長凳上，抖顫的手取去一隻椅子，迅快地把牠移近棹傍，坐了下來。司米爾加可夫比他先坐到凳上。

「第一層，我們是不是祇有兩人？」——伊凡·費道洛維奇嚴肅而且匆遽地問，——「沒有人聽得見我們說話麼？」

「沒有人聽得見。您自己看見：有一間外屋。」

「你聽着：我從醫院裏離開你的時候，曾說過假使我不說你擅長假裝發作暈厥病，那末你也不對檢察官宣布我們兩人在大門傍的談話，那是有什麼意思？這究竟應該怎樣解釋？你當時含着什麼用意？你是威嚇我麼？我是和你參加同盟麼？我是怕你麼？」

伊凡·費道洛維奇十分憤恨地說着這些話，顯然故意讓人家知道他看不起一切遁辭和迂迴的手段，而願意揭開最後的一張牌來。司米爾加可夫的眼睛惡狠狠地閃耀，左眼眯緊，他立刻給了回答，固然帶着照例的鎮定和熟慮的樣子，意思是說：「你要打開窗子說亮話，就給你來打開窗子說亮話罷。」

「我當時說這話，所含着的意思，就是您預先知道你的親身的父親將被謀殺，竟聽他犧牲，就爲了不使別人判斷您的情感裏有什麼惡劣的意思，且不使他們想到另外某種事情上去，——所以當時答應不向司法長官宣布。」

司米爾加可夫說這話時，雖然不匆不忙，而且顯然頗能自制，但是在他的嗓音裏竟聽出一點堅定的，決斷的，惡狠的，傲慢地挑戰的意思。他無禮地釘看伊凡·費道洛維奇。伊凡·費道洛維奇一下子甚至眼花了：

「這是什麼意思？你的腦筋健全麼？」

「完全健全的。」

「難道我當時知道會發生殺案麼？」——伊凡·費道洛維奇終於喊了出來，拳頭緊緊地叩擊棹子。——『另外某種事情——是什麼意思？——你說，你這卑劣的人！』

司米爾加可夫沉默着，傲慢的眼神繼續審視伊凡·費道洛維奇。

伊凡·費道洛維奇跳起來，舉起拳頭，用全力叩擊他的肩膀，竟使他搖搖的朝牆上傾側過去。他的整個臉部一下子蒙着眼淚。他一面說：『換打軟弱的人是可恥的，先生，』一面忽然用完全弄髒了的，藍格布的手絹掩上眼睛，輕輕的哭着。過了一分鐘。

「够了！停止了罷！」——伊凡·費道洛維奇終於用命令的口氣說着，又坐到椅上。——「不要使我失去最後的耐性！」

司米爾加可夫把那塊抹布從眼上摘下。他的皺紋的臉上每一道小線表現出剛剛受到的侮辱。

「你這卑劣的人當時竟以爲我想串同特米脫里殺死父親麼？」

「我不知道您當時有什麼念頭，」——司米爾加可夫帶着寃屈說，——「我當時在您走進大門的時候，所以攔住您，就爲是用這問題試探您呀。」

「試探什麼？什麼？」

「就是一樁事實：您是不是願意使您的父親快快地被殺？」

最使伊凡・費道洛維奇生氣的是司米爾加可夫堅不欲放棄的那種堅決的，傲慢的語氣。

「那是你殺死他的！」——他突然喊。

司米爾加可夫賤蔑地冷笑了一聲。

「您自己明明知道這不是我殺死的。我以爲聰明人是不必再講這件事情的了。」

「但是爲什麼，爲什麼你當時發生了疑心我的意思？」

「您也知道，單祇是爲了恐懼。因爲我當時的心情是被恐懼震撼着，所以對於大家都起疑心。我決定也來試探您一下，因爲我心想，假使您也和您的兄長懷着一樣的念頭，那末事情就算完結，我自己也會像蒼蠅一般完結的。」

「你聽着，你兩星期以前說的不是這樣的話。」

「我在醫院裏和您說話，也含着這樣的意思，不過心裏想，不說多餘的話語，您也會明白的。您既是極聰明的人，自己也不願意做直接的談話。」

「你瞧！但是你回答呀，你回答呀，我堅持地要求：究竟是怎麼會事？我當時怎麼能使你的卑劣的心靈發生對於我這樣低卑的疑心？」

「說到殺死一層，——那您是無論如何不能，也不願意的，至於說您願意使別的人殺害，——那您是一定願意的。」

「而且說得那樣安靜，說得那樣的安靜！爲什麼我願意？我願意有什麼根據？」

「怎麼叫做有什麼根據？遺產呢？」——司米爾加可夫惡毒地，甚至似乎報復似地搶上去說，——「您的父親死後你們三弟兄至少可以得到四萬塊錢，也許還多些，但是假使費道爾・伯夫洛維奇娶了那位太太，阿格拉菲納・阿歷山大洛夫納，那末結婚以後她立刻會將全部資本轉移到自己的名下，因爲她並不是愚傻的，所以你們三位弟兄在父親死後恐怕兩個盧布也得不到。那時候離開結婚還有多少遠呢？祇剩一根頭髮罷了。祇要那位小姐用小指頭在他面前招一招，他立刻會伸出舌頭，跟在她的後面，跑到教堂裏去。」

伊凡・費道洛維奇悲哀地抑住自己。

「好極了，」他終於說，——「你瞧我不跳起來，不揍打你，不殺死你。你再說：據你的意思看來，我預定好特米脫里去做這事，冀圖他去做麼？」

「您怎麼能不冀圖呢？他如果殺了人，便會被剝奪去各種貴族的權利，職銜和財產，遣戍到遠方去。那時候父親遺下來他應得的一份財產可以由阿萊克謝意・費道洛維奇和您兩人平分，那時候每人可以得到的不止四萬，卻有六萬。您一定當時冀圖特米脫里・費道洛維奇來實行做的？」

「我還可以忍着你一點！你聽着，你這混蛋：假使我當時冀圖什麼人去實行，自然是冀圖你，並不冀圖特米脫里。我可以賭咒，我甚至預感你的方面會做出點卑劣的行爲來的……那時候……我還記得我的印象！」

「我當時也想，想了一分鐘，您也冀圖我去做的，」——司米爾加可夫張着嘴作出嘲笑的樣子，——「因此您當時在我面前把自己綦露了出來，因爲假使您預感到我的身上來，同時自己又離開這個地方，那末您似乎很像借此來說：你可以殺死父親，我並不加以阻礙。」

「卑劣的人！你竟這樣瞭解麼？」

「這全是由於切爾馬士娜而起的。請您想一想！您想到莫斯科去，您的父親不斷地請您到切爾馬士娜去一趟，您竟加以拒絕，但是祇從我說了一句愚傻的話，您忽然又答應了！您爲什麼當時答應到切爾馬士娜去？您既然不到莫斯科去，却無緣無故地到切爾馬士娜去，祇由於我說了一句話，那末您總是希望我做點什麼事情出來的呀。」

「不是的，我賭咒，不是的！」——伊凡咬緊牙齒喊。

「怎麼不呢？相反地，您既是您的父親的兒子，爲了我當時所說的那幾句話，應該首先把我送到警區裏去，揍我一頓……至少當地打我一記耳光，但是您相反地，一點也不生氣，立刻照我的十分愚傻的話語，友善地確實履行起來，當時就動身走了。這本來是十分荒誕的事，因爲您應該留在那裏，保護您的父親的性命……我怎麼能不下一個斷語呢？」

伊凡皺眉坐在那裏，兩手拘攣般支在膝上。

「可惜當時沒有打你的耳光，」——他苦笑着。——「當時我不能把你送警區：因爲誰能相信我，而且叫我告發什麼，但是耳光是可以打的……可惜我沒有猜到雖然打耳光已被禁止，但是我到底要把你的狗臉打得稀爛。」

司米爾加可夫幾乎愉快地看望着他。

「在普通的情形之下，——他說着，用一種自滿的，學究的口氣，有一次他站在費道爾·伯夫洛維奇的棹傍，和格里郭里·瓦西里也維奇辯論鋼筆的事情，逗他發氣，也是用的那樣口氣，——「在普通的情形之下，打耳光現在確乎被法律所禁止，大家停止揍打。但是在特殊的情形之下，不但是我們這裏，即使在全世界上，即使是最完全的法蘭西共和國，還是繼續揍打，和亞當夏娃的時代一樣，而且永遠不會停止。然而您當時在特殊的情形之下也不敢。」

「你爲什麼學法文字彙？」——伊凡朝放在棹上的練習簿點頭。

「爲什麼我不能學一學，爲了可以增進我的學問，同時心想我將來也許也可以在歐洲的那些快樂的地方住一住。」

「你聽一聽，你這壞蛋，」——伊凡閃耀着眼睛，全身抖戰，——「我不怕你的告發，隨便你怎樣供去好了。假使現在不把你揍死，那末單祇是因爲我疑心你犯了這個罪，要把你送到法院裏去。我還會把你暴露出來的。」

「我以爲您最好沉默着。因爲以我那完全清白無罪，您能告我什麼？誰能相信您？您祇要一開始說，我就全說出來，否則，叫我怎樣爲自己辯護呢？」

「你以爲我現在怕你麼？」

「即使我現在對您所說的話，法院裏不相信，似是在觀衆中間會相信，而使您感到慚愧的。」

「那又是『同聰明人談話是有趣的』那句話的意思麼？」——伊凡咬緊牙齒。

「您說的正對。您會成爲聰明的人。」

伊凡·費道洛維奇立起身來，憤怒得全身抖戰，穿上大衣，再也不回答司米爾加可夫，甚至看也不看他，迅快地從農屋裏出去。晚上的新鮮的空氣使他感到涼爽。天上月光照得亮亮的。恐怖的噩夢般的思念與感觸在他的心靈裏沸騰。「現在就去告發司米爾加可夫麼？但是有什麼可告發的：他到底是沒有罪的。相反地，他可以反控我。眞的，我當時爲什麼到切爾馬士娜去？爲了什麼？爲了什麼？」——伊凡·費道洛維奇問，——「是的，我自然期待着發生什麼事情，他的話是對的。」……他又是第一百次憶起他在父親家中的最後的夜裏，在樓梯上的情景，現在又懷着同樣的悲苦的心情，憶起他甚至像被刺戳了似的，站立在那個地方：「是的，我當時期待這件事情，這是實在的！我希望，我確希望這謀殺的！我究竟希望這謀殺麼？希望麼？……應該殺死司米爾加可夫！……假使我現在不敢殺司米爾加可夫，便不值得生活下去的！……」伊凡·費道洛維奇沒有回家，逕直走到卡德隣納·伊凡諾夫納家裏。他的出現使她驚嚇：他像瘋人一般。他把他和司米爾加可夫談話的情形告訴她，整個兒告訴出來，連小節目也不漏。無論她怎樣勸他，他不能安靜下去，儘在屋內踱步，零零落落地，而且奇怪地說話。他終於坐了下來。手支住棹子，頭撐在兩手上面，說出奇怪的話句：

「如果殺死的不是特米脫里，而是司米爾加可夫，那末我當時自然是和他同謀的，因爲我嗾使他去做這件事情。是不是我嗾使的，——我還不知道。但是假使是他殺死的，而不是特米脫里，那末自然我就是兇手。」

卡德隣納·伊凡諾夫納聽了這句話，默默地立起身來，走到書棹傍邊，打開放在棹上的小盒，掏出一張紙來，放在伊凡面前。這張紙就是以後伊凡·費道洛維奇對阿萊莎宣稱爲特米脫里殺死父親的「數學公式般的證據。」那是米卡醉後寫給卡德隣納·伊凡諾夫納的一封信，就在那天晚上，阿萊莎在卡德隣納·伊凡諾夫納家內目擊格魯申卡侮辱卡德隣納·伊凡諸夫納的情景以後，回到修道院裏去，在田野裏和米卡相遇的那個晚上。當時米卡和阿萊莎分手以後，就跑到格魯申卡那裏去；不知道見到她沒有，但是夜裏竟發現在「京都」酒店裏面，喝了不少的酒。醉後他要了紙筆，塗寫了一張對於自己很重要的文件。這是一封瘋狂的，說話很多，還沒有聯貫的信，也就是「酒醉」的信。好像是一個醉人回家後，起始特別熱烈地對妻子和家裏的什麼人敍講他剛纔如何被人侮辱，他的侮辱者是如何的卑劣的人，但自己相反地是一個極好的人，他一定要給那個卑劣的人一下子，——而這一套話都是長長的，不聯貫的，興奮的，還帶着拳頭擊棹，流着醉淚。酒店裏取出來的紙是質地惡劣，異常污穢的普通的信牋的破塊，反面寫上一篇賬目。顯然這張紙的地位容納不下醉人的嘮嘮叨叨的話。他不但把所有「天地」上空白的地方寫滿，最後的幾行甚至橫寫在已經寫過的字上。那封信內容如下：「運定的卡嘉！明天我就設法弄出錢來，把你的三千還你，從此再見罷，偉大的憤怒的女人！再見罷！我的愛情！我們從此一刀兩斷！明天我將向所有的人弄錢，假使人們面前弄不到，我敢對你起誓，我要到父親那裏去，砸破他的腦袋，從他的枕頭底下取出來，但是必須伊凡離開那裏纔好。我願意被遣戍出去，終要將三千盧布還給你。但是從此告別。我要對你長跪跽首，因爲在你面前的是一個卑劣的人。你恕了我罷。不，最好不必恕：你我都鬆快些！我寧願受徒刑，不願領受你的愛情，因爲我愛別人，今天已深深地認識她了。那末你如何還能饒恕我呢？我要殺死偷我東西的賊！我想離開你們大家，到東方去，不讓任何人知道我。我也要把我遺忘，因爲不但是你一人，連她也是磨折我的人。再見罷！

『再啓者：我寫的是呪咒的話，但是十分崇拜你！我在我的胸脯裏聽得出來。留下了一根絃兒，錚錚的發響。最好將心折成兩斷！我將自殺，而首先總要殺死那條狗。從他那裏搶下三千，扔給你。雖然我在你面前是一個卑劣的人，但決不是狗！你等候着那三千塊錢罷。在那條狗的被褥底下，玫瑰色的絲帶。我不是賊，却要殺死我的賊。卡嘉，你不要賤蔑地望我：特米脫里不是賊，却是殺人的兇首！爲了站住脚跟，不受你的傲人的態度，我殺死父親，害我自己。爲了不愛你。

『三啓者：我吻你的脚，再見罷！

『四啓者：卡嘉，你禱告上帝，使人們能拿出錢來。我可以不致於流血。如弄不出錢，便要流血了！你殺死罷！

『你的奴隸和仇人，卡拉馬助夫。』

伊凡讀了這個『文件』，立卽確信了。如此說來，殺人的是哥哥，而非司米爾加可夫。不是司米爾加可夫，便不是他，伊凡。這封信在他的眼裏突然取得了數學公式般的意義。他對於米卡的是否有罪，再也沒有任何懷疑。此外，伊凡從來沒有懷疑米卡會串同司米爾加可夫殺死的，而且這也和事實不相聯屬。伊凡十分安心。第二天早晨，他憶起司米爾加可夫和他的嘲笑時，惟有露出賤蔑的意思。過了幾天，竟自己奇怪，他怎麼能爲他的疑心感到那樣痛苦的侮辱。他決定不去理會他，而加以忘却。這樣過了一個月。他不再向任何人盤問關於司米爾加可夫的一切，但是有兩次偶然聽到他病得很利害，而且理智不健全。『結果會發瘋的，』——青年的醫生瓦爾文司基有一次講到他。伊凡當時記住了。在這個月的最後一週內，伊凡起始感到自己不很舒服。卡德隣納·伊凡諾夫納請來的醫生在開審以前從莫斯科來到，他會去請他診視一下。就在這時候，他和卡德隣納·伊凡諾夫納的關係尖銳化到了極點。這是兩個互相愛戀着的仇人。卡德隣納·伊凡諾夫納的『回到』米卡身邊，那樣急遽而且強烈的感情的轉變，使伊凡陷入完全狂怒的狀態之下。奇怪的是阿萊莎從米卡那裏到卡德隣納·伊凡諾夫納家裏去的時候，我們曾描寫過最後的一幕戲劇，在這幕戲劇發生之前，整整的一個月內，伊凡並沒有從她那裏聽到對於米卡的犯罪有什麼懷疑的意思，儘管她如何『回到』他身邊去，——那是他最忿恨的一件事情。還要注意的是他感到他的恨米卡一天天地加深，同時也明白他的恨他，並非爲了卡嘉的『回到』他那裏去，却就是因爲他殺死了父親！他完全自己感到，而且意識到這層。雖然如此，他在開審的前十天，曾到米卡那裏去過，對他提出一個逃走的計劃，——這計劃顯然是曾經想了很長久的。在這方面，除去引誘他做這步驟的主要原因以外，還有一個沒有磨平的創瘢，生在他的心裏，爲了司米爾加可夫說了一句閒話，彷彿米卡被控是於伊凡有利的，因爲那時候他和阿萊莎兩人應得的父親身後遺下來的財產的數目將從四萬增至六萬。他決定犧牲他一方面應得的三萬，作爲設法使米卡逃走的費用。當時他從他那裏回來的時候，感到十分憂愁，而且慚愧：他忽然起始覺得，他的希望逃走，不但爲了犧牲三萬塊錢，以磨平他的創瘢，卻爲了別種原因。「是不是因爲我在心靈上是同樣的兇手？」——他問自己。有一種被排除的，卻是燙痛了的東西腐爛他的心靈。主要的是在整整的這一個月內，他的驕傲十分受創，但是這話以後再說。……伊凡・費道洛維奇在和阿萊莎談話以後，已經拉自己的寓所的鈴，忽然又決定到司米爾加可夫那裏去，這時候他服從着一種特別的，在他的胸內突然沸騰起來的憤恨的情感。他忽然憶起卡德隣納・伊凡諾夫納瀾縱當着阿萊莎喊道：「這是你，這祇是你一人使我相信他是兇手！」伊凡憶起這句話，甚至愣住了：他一輩子從來沒使她相信米卡是兇手，相反地，在他從司米爾加可夫那裏回來的時候，當時他還在她面前懷疑起自己來。相反地，這是她，她取出那張「文件」給他看，證明米卡的有罪，忽然她現在喊道：「我自己到司米爾加可夫那裏去過的！」什麼時候去的？伊凡一點也不知道。如此說來，她完全不很相信米卡的有罪！司米爾加可夫會對她說什麼話？他究竟對她說了什麼話？可怕的憤怒在他的心裏熠耀着。他不明白他怎麼能在半小時以前把這句話放過去，不當時就喊出來。他放棄了門鈴，跑到司米爾加可夫那裏去了。「我也許這一次要殺死他，」——他在路上想。

第八章　和司米爾加可夫三次及最後一次的晤面

走到半路上，揚起了和那天清早的時候一樣的，尖利的，乾澀的風，撒下細碎的，濃厚的，乾燥的雪。雪落在地上，並不黏住，風把它起捲，即刻升起了十足的風雪。司米爾加可夫所住的城市的一段上並沒有街燈。伊凡・費道洛維奇在黑暗裏走路，不去理會大風雪，本能地辨認着道路。他頭疼，太陽穴裏劇烈地叩擊着。手腕裏發生拘攣，他感到這裏。離瑪麗亞・孔特拉奇也夫納的小房不遠的地方，伊凡・費道洛維奇忽然遇到一個孤獨的醉人，小身材的農夫，穿着打補釘的外套，歪斜地舉步，口中喃喃有詞，在那裏罵人，忽然停止了辱罵，用嘶啞的醉人的聲音唱起小曲來了：

「溫卡到彼得城去，

我不能再候他了。」

他突然唱完第二行即行中斷，重又罵起人來，以後忽然又拉開嗓音唱歌。伊凡・費道洛維奇在還完全沒有想到他的時候，早就感到十分仇恨他的心思，突然使他悟解到了。他立刻懷着無可抗拒的願望，想舉拳把這農夫捧倒。恰巧在這一刹那的時候，他們並肩相値，農夫的身體搖晃得利害，忽然全身撞到伊凡身上。伊凡瘋狂般推了他一下。農夫跳了出去，像一根木頭似的倒落在凍冰的地上，衹是痛苦地呻吟了一聲：『啊——啊！』——就不響了。伊凡走到他前面。他仰躺着，完全不動，沒有知覺『會凍死的！』——伊凡想着，便到司米爾加可夫家裏去了。

持燭在手，跑出來開門的瑪麗亞·孔特拉奇也夫納還在外屋的時候，就對他微聲報告，保羅·伯夫洛維奇（那就是司米爾加可夫）病得很利害，不但臥牀不起，幾乎好像失了理智，甚至吩咐把茶水收拾出去，不想喝。

『怎麼，他還鬧兇麼？』——伊凡·費道洛維奇粗暴地問。

『那裏，相反地，完全是靜靜的，不過您不要和他談得太久呀……』——瑪麗亞·孔特拉奇也夫納請求。

伊凡·費道洛維奇開門，走進農屋裏去。

像上次一樣地爐火生得旺熱，但是在屋內顯出一點變更：傍邊的一隻長凳搬了出去，在它的位置上發現了一隻假紅木的大舊皮沙發。沙發上面鋪好牀鋪，上面放着十分清潔的枕頭。司米爾加可夫坐在牀上，還穿着那件晨衣。棹子移到沙發前面，所以屋子裏面弄得很

擠。棹上放着一本黃色包紙包着的厚書，但是司米爾加可夫沒有讀，大概坐在那裏，一無所事。他的長長的，沉默的眼光和伊凡・費道洛維奇相遇，對於他的到來顯然不致驚訝。他的臉色變得很利害，又瘦又黃。眼睛陷進去，下面的眼皮發了藍色。

「你眞的有病麼？」——伊凡・費道洛維奇止住了。——「我不久坐在你這裏，甚至大衣也不脫。什麼地方可以坐一坐？」

他從棹子的另一端走過去，把一隻椅子挪近棹子，坐了下來。

「你爲什麼望着我，一聲也不響？我祗有一個問題。我要賭咒，我得不到你的回答，決不走開：卡德隣納・伊凡諾夫納到你這裏來過沒有？」

司米爾加可夫長長地沉默着，依舊輕聲看望伊凡，但是忽然手揮了一下，臉背着他移開了。

「你怎麼啦？」——伊凡問。

「沒有什麼。」

「什麼是沒有什麼？」

「她來過了。這於您有什麼相干？您不必儘纏着問。」

「我不能不問！你說，她什麼時候來的？」

「我卻忘記掉她了，」——司米爾加可夫賤蔑地冷笑了一聲，忽然轉臉向着伊凡，又釘着他，帶着一種瘋狂和怨恨的眼神，和一月以前那次會晤時望着他的眼神一模一樣。

「您好像也有病，臉頰陷了進去，您的臉色太不好了，」——他對伊凡說。

「你不要管我的健康，說人家問你的話。」

「爲什麼您的眼睛發黃，眼白完全是黃的。您心裏感到很痛苦麼？」

他賤蔑地冷笑，忽然完全縱聲笑了出來。

「你聽着，我說過，我得不到你的回答決不走開！」——伊凡十分惹惱地喊。

「您爲什麼儘纏住我？您爲什麼磨折我？」——司米爾加可夫悲哀地說。

「唉，鬼呀！我不管你怎麼樣。你回答了問題，我立刻就走。」

「我沒有什麼可回答你的！」——司米爾加可夫又低下眼皮來了。

「你要相信，我可以使你回答！」

「您爲什麼這樣着急！」——司米爾加可夫突然釘看他，但並不帶着賤蔑，卻幾乎有點憎厭的意思。——「明天是不是法院開審？您不會有什麼事情。您放心好了！您回家去，安安靜靜的躺下睡覺，一點也不要擔憂。」

「我不明白你的意思……明天我怕什麼？」——伊凡·奇怪地說，忽然果眞有一種懼怕像冷氣似的吹進他的心靈裏去。司米爾加可夫的眼睛打量了他一下。

「您不——明——白麼？」——他拉長聲音，帶着責備的意思。——「聰明的人何必高興扮出這樣的喜劇來呢？」

伊凡默默地望他。一種出乎意料之外的口氣，完全沒有見過的傲慢的口氣，這個以前的僕人現在對他說話時做出來的，——眞是非同小可的事情。甚至上次也沒有過這樣的口氣。

「我對您說，您不必懼怕。我決不告發您。沒有佐證。你瞧，手都抖索了。爲什麼您的手會動彈的？您回家去罷。不是您殺死的。」

伊凡抖索了。他憶起阿萊莎來。

「我知道，不是我……」——他喃聲說。

「您——知——道麼？」——司米爾加可夫又搶上去說。

伊凡跳起身來，抓住他的肩膀。

「你全說出來，你這毒蛇！全說出來！」

司米爾加可夫一點也不懼怕。他祇是帶着瘋狂的怨恨的心情看着他：

「這樣說來，就是您殺死的呀，」——他憤恨地向他微語。

伊凡垂坐到椅上，似乎熟慮什麼事情。他惡狠狠地冷笑了一下。

「你還是說那天的話麼？還是講上次的事情麼？」

「上一次您站在我面前，全部明白，您現在也是明白的。」

「我祇明白你是瘋子。」

「一個人不怕煩麼？我們面對面地坐着，爲什麼要互相捉迷藏，演趣劇？您是不是還想把一切全推到我一人身上來。當我的面推來？您殺死了，您就是主犯，我祇是您的從犯而已。我做了您的忠實的李却德，依照您的話把這件事做成了。」

「做成了？莫非是你殺的？」——伊凡發着冷戰。

他的腦子裏似乎有什麼東西震動，他的全身發出細碎的，寒冷的抖顫。司米爾加可夫驚訝地看了他一眼：大概是伊凡的驚懼的出於至誠，終於使他驚愕起來了。

「難道您果眞一點也不知道麼？」——他不信任地喃聲說着，當面發出一陣歪斜的笑。

伊凡一直望着他，他的舌頭似乎被奪去了。

「溫卡到彼得城去，

我不能再候他了。」

那隻歌忽然在他的頭裏作響。

「你知道：我怕你是一個夢，你是一個幻影，坐在我的面前。」——他喃語着。

「除去我你兩人，還有第三個某人以外，並沒有任何幻影呀。這第三個人，他現在無疑地處在我們兩人中間。」

「他是誰？誰在這裏？第三人是誰？」——伊凡·費道洛維奇驚懼地說，向四圍環望，眼睛匆遽地向四面角落裏尋覓什麼人。

「第三人就是上帝，天神，它現在就在我們附近，不過您不必找他，您找不到的。」

「你說你殺人，那是撒謊！」——伊凡瘋狂地呼喊。——「你不是瘋子，便是逗我，像上次一樣。」

司米爾加可夫像上次一樣，完全不露出懼怕的樣子，銳利地注意他。他怎麼也不能克復。他的不信任，他總以爲伊凡「全都知道，」祇是裝腔作勢，「當着他的面，他一切推到他一人身上來。」

「您等一等，」——他終於用軟弱的聲音說，忽然從棹下拖出左脚，把袴管往上擄起。他的脚穿着長統的白襪和拖鞋。司米爾加可夫不慌不忙地摘下吊襪帶，手指深深地伸進襪統裏去。伊凡·費道洛維奇望着他，忽然全身抖戰，發出拘攣性的懼怕。

『瘋子！』——他大喊，迅快地從座位上跳起，往後倒退，背撞在牆上，似乎黏在牆上一般，全身挺起得像一根線。他懷着瘋狂的恐怖，目視司米爾加可夫。司米爾加可夫一點也不爲他的懼怕而感到不安，還在襪子裏面搜索着，似乎努力用手指在裏面抓取什麼東西，還拉出來，終於抓到，拉了出來。伊凡．費道洛維奇看見那是一些紙，或一疊紙。司米爾加可夫拉了出來，放在棹上。

『那不是麼！』——他輕聲說。

『什麼？』——伊凡一面抖顫，一面回答。

『請你瞧罷，』——司米爾加可夫還是輕聲地說。

伊凡走近棹傍，取起那一疊東西，打了開來，但是忽然把手指抽開，好像是接觸到一條憎厭的，可怕的毒蛇。

『您的手指一直在那裏抖索．發戰，』——司米爾加可夫說，自己不匆不忙地打開那張紙，原來包封裏面有三疊一百盧布的，花的綠的鈔票。

『全在這裏，三千盧布，您不去點也可以。您收下來罷，』——他點頭指着銀錢，請伊凡收下來。伊凡垂倒在椅上。他臉白得像一塊手帕。

『你弄這襪子的時候……把我嚇住了……』他說，似乎很奇怪地冷笑了一聲。

『難道說，難道說你至今不知道麼？』——司米爾加可夫又問。

『不，我不知道。我總以爲是特米脫里。哥哥呀！哥哥呀！唉！』——他的兩手突然抓住自己的頭，——『你聽着：是你一人殺的麼？哥哥不在內？還是和哥哥在一起呢？』

『祇是同您在一起；同您在一起殺的，至於特米脫里·費道洛維奇是淸白無辜的。』

『好的，好的……關於我以後再說。爲什麼我老是抖索……一句話也不能說出來。』

『當時您很勇敢，您說：「一切都可被容許的，」但是現在竟這樣懼怕！』——司米爾加可夫驚訝地喃語，——『你要不要喝檸檬水，我就叫他們取來。很可以使人淸爽些。不過這些東西先要遮蓋一下。』

他又點頭指着那一叠鈔票。他想立起來朝門外喊瑪麗亞·孔特拉奇也夫納，讓她做一點檸檬水送來。他一面尋覓什麼東西遮一遮錢，不使她看得見，一面先掏出一塊手帕，但是因爲這塊手帕又是十分汚穢，就從棹上取起一本放在上面的唯一的黃色，厚厚的書。——就是伊凡走進來時看到的那本書，——用來壓在銀錢上面。這本書的名稱是『聖父伊薩克·西林語錄。』伊凡·費道洛維奇機械地讀到了這個題目。

『我不要喝檸檬水，』——他說，——『關於我以後再說。你坐下來說一說：你怎麼樣做了這件事情？你全說呀……』

「您最好脫一脫大衣，否則您會全身流汗的。」

伊凡·費道洛維奇似乎現在纔猜到，脫下大衣，沒有從椅上立起來，就扔到長凳上面。

「你說呀，請你說呀？」

他似乎靜下來了。他帶着信心期待司米爾加可夫現在全都說出來。

「關於如何做成的，是不是？」司米爾加可夫氣嘆。——「用最自然的方式做成的，根據您的話語而……」

「關於我的話以後再說，」伊凡又打斷他，但是已經不像以前那樣地呼喊，堅定地說着話語，似乎十分鎮定。——「你祇要詳細講一講，你怎麼樣做成的？挨着次序全說出來，一點也不要忘記。細節，主要的是細節。我請求你。」

「您動身以後，我當時就掉落進地窖裏去。……」

「發了暈厥病？還是假裝的呢。」

「自然是假裝的。一切都是假裝的。安然從樓梯上下來，一直走到下面，安然躺下，一趟下，立刻叫喊起來。人家抬我出去的時候，我的身體抖戰着。」

「你等一等，一直是這樣，以後，在醫院裏也全是裝假麼？」

「決不是的。第二天早晨，在進醫院以前，一個眞正的劇烈的，多年沒有見過的暈厥病發作了。兩天來完全失了知覺。」

「好的，好的。繼續說下去罷。」

「人家把我放在鋪板上面，我就知道是在隔板後面，因爲瑪爾法·伊格納奇也夫納每遙我生病的時候，永遠把我放在他們自己的房子的隔板後面。他們從我生下來的時候起，永遠對我是很溫和的。夜裏呻吟着，祇是輕聲地呻吟着。一直等候特米脫里·費道洛維奇。」

「等候什麼？等候他到你那裏去麼？」

「爲什麼到我那裏去。等候他到宅裏來，因爲我沒有任何疑心，他在這夜裏就會來的。他沒有了我，得不到任何消息，一定自己會爬牆走進宅裏來，他本來是會爬牆的。爬進以後，就要做點什麼事情出來的。」

「假使不來呢？」

「那時便不會發生什麼事情了。我沒有他是不敢的。」

「好，好……你說得明白些，不要忙。主要的是一點也不要忽略過去！」

「我等候他殺死費道爾·伯夫洛維奇。……這是一定的。因爲我是這樣把他預備好了的……在最近的幾天內……主要的是他已經知悉那些記號。以他的疑心病，和這幾天來積聚的憤激的心情，一定會用這些記號闖進屋去的。這是一定的。我就是這樣希望着的。」

「等一等，」——伊凡插上去說，——「假使他殺死了，他就會自己拿了錢逃走的。你不是應該這樣推想麼？在這以後你還能得到什麼？我看不出什麼。」

「他是永遠不會找到錢的。那是我告訴他，錢放在被褥底下。但這不是實在的。以前錢放在小匣裏，那是對的。以後我勸費道爾・伯夫洛維奇把這包錢移到角落裏神像後面，——世界上惟有我一個人是他信任的，——因爲放在那裏是完全沒有人會猜到的，特別在匆忙地進來的時候。因此這包就放在角落裏面的神像後面。放在被褥底下是很可笑的，至少應該鎖在小匣裏面。這裏大家都相信彷彿錢就是放在被褥底下。一個愚蠢的推想。假使特米脫里・費道洛維奇實行謀死，在找不到什麼以後，他不是匆忙地跑走，懼怕一切聲響，——兇手永遠是如此的，——便是遭了逮捕。那末我永遠可以在第二天上，甚至在當天夜裏，伸手到神像後面，把錢取走，於是一切事情可以推到特米脫里・費道洛維奇身上。我永遠可以作這樣希望的。」

「但是假使他沒有殺，祇是揍一頓，便怎樣？」

「假使沒有殺，我自然不敢取錢，就什麼事情也不會發生的。還有一個打算，那就是把他揍到失了知覺的地步，那時候我也來得及去取，以後可以對費道爾・伯夫洛維奇報告，這是特米脫里・費道洛維奇，毆打以後，把錢偷走的。」

「等一等……我弄糊塗了。如此說來，到底還是特米脫里殺死，而你祇是取了錢，對不對？」

「不，不是他殺死的。我現在還可以對您說，他是兇手。……但是我現在不願意在您面前說謊，因爲……因爲假使您在這以前果眞不明白，並不是在我面前裝假，想把自己的，顯明的罪瞪着眼睛推到我的身上來，那末您總是犯了一切的錯處，因爲您明明知道這個殺案，並且委託我去殺死，而自己是在知道了以後離開此地的。所以我今天晚上當面向您證明，您是這一件案子裏的主要的兇手，我並不是主要的，雖然是我殺死的。您就是那個法律上的正犯！」

「爲什麼，爲什麼我是兇手？唉，我的天呀！」——伊凡終於忍不住，忘記想把關於自己的一切擱到談話後面再說。——「關於那個切爾馬士娜的話麼？你等着，你說一說，爲什麼樣需要我的同意，假使你把到切爾馬士娜去一事看作同意？你現在怎樣加以解釋呢？」

「我既然相信得了您的同意，我就知道您回來以後，假使官廳方面爲了什麼原因，不疑惑特米脫里・費道洛維奇，而疑惑我，或者疑惑我和特米脫里・費道洛維奇同謀，當時您決不致喊嚷出來，相反地，是會替我向別人辯護的。……您在取到遺產以後，將給我獎賞，一輩子給我，因爲您由於我纔取到了遺產，如果一娶了阿格拉費納・阿歷山大洛夫納，您會落得一場空的。」

「啊！你打算以後，一輩子磨折我！」伊凡咬緊牙關。——「假使我當時不離開，反而把你告發，便怎樣呢？」

「當時您能告發些什麼？說我嗾使您到切爾馬士娜去麼？這是愚蠢的事情。並且在我們的談話以後，您不是離開，便是留下。假使您留了下來，便不會出什麼事情，我就知道您不高興有這種事情做出來，於是我也就洗手不做。假使您離開，那末這就是使我相信您不會向法院告發我，對於這三千盧布是肯饒恕我的。您以後也並不能根究我，因爲到了那個時候，我會在法院上全盤說出來，並不說我偷錢或殺人的事情，——這個我是不說的，——却說您自己嗾使我偷錢，殺人，而我沒有答應。因此我當時需要您的同意，就是爲了使您不能逼我，因爲沒有證據在您手裏，而我却永遠有法子逼您，因爲我發現您渴望父親的死，祇要我說出您來，——社會上大家都會相信，而您會一輩子感到慚愧的。」

「我有，我眞是有這個渴望麼？」——伊凡又咬起牙齒來了。

「您一定有的。您的同意當時默默地對我解决了這個問題，」——司米爾加可夫堅决地看了伊凡一眼。他的身體很衰弱，說得又輕又疲乏，但是有一點內在的，隱祕的東西熾燒着他，他顯然懷着某種目的。伊凡預感到這層。

「繼續說下去，」——他對他說，——「繼續說那天夜裏的事情。」

「往下有什麼可說的！我躺在那裏，聽見主人似乎喊了一聲。格里郭里·瓦西里也維奇忽然起牀，走了出去，忽然大喊一聲，以後一切靜寂，成爲黑暗。我躺在那裏等候，心跳得利害，忍不住了。我終於立起身來，走了出去，——看見左面的通花園的窗開着，我便再跨了一步，靜靜的聽他活着沒有，聽見主人踱來踱去，頻頻的嘆氣，這末說來是活着的。我心裏喊了一聲『唉！』便走到窗前，對主人喊：『這是我呀。』他對我說：『來過了，來過了，又跑走了！』那就是說特米脫里·費道洛維奇來過了。——『他把格里郭里殺死了！』——『在那兒？』——我對他微語。——『在那邊角落裏，』——他也發出微語。——我說：『您等一等。』我就跑到角落裏去尋找，就在牆傍撞到那個躺着的格里郭里·瓦西里也維奇。他躺在那裏，混身是血，失了知覺。如此說來，特米脫里·費道洛維奇來過了的話是確實的，立刻有一個念頭鑽進我的腦瓜裏去，我當時決定突然了結這件事情，因爲格里郭里·瓦西里也維奇即使活着，那末既然失了知覺，是一點也不會看見的。祇有一點冒險，那就是瑪爾法·伊格納奇也夫納突然醒來。這是我在當時感到的。這個渴望當時佔據了我的整個身體，使我的呼吸都窄抑起來。我又走到主人的窗前，說道：『她在這裏，她在這裏，阿格拉菲納·阿歷山大洛夫納來了，她要見您。』他全身發抖，像一個嬰孩。——『在那兒？

在那兒？」——一直在那裏喘氣，却還不相信。我說：「她站在那裏，您開門罷！」他從窗裏看了我一眼，又似相信，又似不信，不敢開門，我心想，他一定怕我。說來可笑：我忽然當時想到把表示格魯申卡已經來到的那些記號，就當他的眼前，在窗框上叩擊了出來。他似乎不大相信話語，但是等到我叩出了記號，竟立卽跑出來開門。門開了，我走進來，他站在那裏，身子攔住不放我進來。『她在那兒？她在那兒？』——他一邊望着我，一邊抖索。我心想：既然這樣怕我，——事情不妙！我的兩腿甚至發軟，爲了生怕他不放我進屋，或竟喊嚷了出來：那時候瑪爾法．伊格納奇也夫納跑了過來，或者會生出什麼別的事情來。我當時已經不記得，大概我站在那裏，面色顯得慘白。我對他微語道：『她就在那裏，就在窗外，您怎麼沒有看見？』——『你領她進來，你領她進來！』——我說：『她怕，她怕響聲，躲在樹棵底下。您從書齋裏對她喊一聲就好了。』他跑到窗前，把一支臘燭放在窗上，喊道：『格魯申卡！格魯申卡！你在這裏麼？』他一面喊，一面不敢探身窗外，不敢離開我，由於一種恐怖，因爲他很怕我，不敢離開我。我走近窗前，自己把身體探了出去，說道：『那不是她，那是她在樹棵底下對您發笑，您看見沒有？』他忽然相信了，全身竟抖索不止，他實在愛得她太利害了。他當時也就將整個身子伸出窗外。我立刻取起那個鐵製的鎮紙，您記得不記得，這鎮紙就放在他的棹上，有三磅重，舉起來揮一，就朝他的腦袋的尖角上來了一記。

甚至喊也沒有喊一聲。祇是突然坐了下去 我又來一記，又來了第三記。在第三記上感到把他的腦袋砸破了。他忽然直僵僵地躺下去，臉朝上面，全是血。我檢察一下：我身上有沒有血，有沒有濺了血，把鎮紙擦乾，仍舊放在桌上，走到神像那裏，從信封裏把錢掏出來，把信封扔棄在地板上面，玫瑰色的綢帶也放在附近。我走進園內去，全身發着抖索。一直走到有空洞的蘋菓樹那裏，——那個空洞您是知道的，而我早就看得清楚，在裏面放了抹布和紙張，早就預備下的：把那筆款子用紙包好，以後再用抹布包好，深深地塞了進去。那筆錢竟在那裏面放了兩個多星期，從醫院裏出來以後纔去掏出來的。我回到自己牀上，躺了下去，在恐懼中尋思：『假使格里郭里·瓦西里也維奇完全被殺死，那末倒會發生很壞的情形，假使沒有死，蘇醒了轉來，那就很好，因為他可以做證人，證明特米脫里·費道洛維奇來過的，那末一定是他殺了人，還搶了錢。』我當時由於疑惑和不耐煩的心情起始呻吟，以便快快兒喚醒瑪爾法·伊格納奇也夫納。後來她起牀，先奔到我那裏來，忽然看見格里郭里·瓦西里也維奇不在那裏，便跑了出來，聽見她在花園裏發了一聲叫喊。往下就鬧了一夜，我完全安心了。」

講述者止住了。伊凡一直在死般的沉寂之中聽他的說話，身子動也不動，眼睛直瞪在他的身上。司米爾可加夫講敘的時候，祇是偶然望他一眼，多半朝傍邊斜看。他講完以後顯然自己感到心神的騷亂，深深的喘氣。他的臉上露出汗珠。但是猜不出他所感到的是懺悔不是。

「你等着，」——伊凡一面熟慮着，一面搶上去說，——「門呢？假使他祇給你開門，那末格里郭里怎麼會在你之前看見門敞開着呢？格里郭里不是在你之前看見的麼？」

可以注意的是伊凡用極和平的聲音問着，甚至完全好像用另一種口氣，完全不是惡恨的口氣，假使現在有人開了門，從門限上望他們，一定會斷定他們坐在那裏，和善地談論一種平常的，却是十分有趣的問題。

「關於那扇門，好像格里郭里・瓦西里也維奇看見它敞開着，那是他在那裏做夢呢。」——司米爾加可夫發出彎曲的笑容。——「我對您說，他這人不是人，簡直就是頑固的騾子：他沒有看見，但是他覺得他看見，——便無論如何不能搖動他的了。他造出了這一套，那是你我的幸福，因爲到了後來一定會歸到特米脫里・費道洛維奇的頭上去的。」

「你聽着，」——伊凡・費道洛維奇說，好像又起始忙亂，努力在那裏盤算着。——「你聽着……我還想問你許多話，但是忘掉了……我老是忘記，弄得糊裏糊塗……是的！你祇須對我說一句話：你爲什麼把包封拆開，留在地板上面？爲什麼不一直就帶着包封把款取去……你剛纔講敍的時候，我覺得你提起這個包封來，說得好像就是應該這麼辦似的……爲什麽這樣，——我不能了解……」

「我這樣做，自有一種原因。因爲假使是一個深知內幕，慣悉一切的人，例如像我這樣，預先看見這筆錢，也許自己封在信封裏，親眼看見把信封包牢，題上字，那末這個人假使殺了人，何必在殺完以後，還要拆開信封，而且是那樣匆匆忙忙的，明明早就知道錢一定放在那個信封裏面：相反地，假使我就是偷錢的人，一定會把那信封隨隨便便的塞進口袋裏面，一點也不拆開，趕快帶着跑走。特米脫里·費道洛維奇是另外一會事：他衹是從傳聞中知道這件事情，並沒有看見原物，所以要做得好像從被褥裏取了出來，連忙當時就拆開來，査一査：果眞有沒有錢？包封就當時扔棄在那裏，來不及想到它將成爲一個物證，因爲他是一個不慣熟的小偷，以前從來顯然沒有偷過東西，因爲他是世襲的貴族，如果現在決定偷竊，那好像不是偷竊，衹是取回他自己的財產，因爲他事前曾對全城的人聲明過這層，甚至預先在大家面前誇下大口，說他要跑去，向費道爾·伯夫洛維奇收回自己的所有物。這意思我在審問的時候並沒有向檢察官明白地說出，却似乎用暗示引上去，好像自己並不明白，好像是他自己想出來，而不是我對他提示的樣子，——檢察官爲了我這個暗示甚至唾涎也流出來了。……」

「難道，難道這一切是你當時在當地想出來的麽？」——伊凡·費道洛維奇喊，驚異到心神騷亂的地步。他又驚懼地看了司米爾加可夫一眼。

「怎麼能在這樣忙亂之中全都想出來呢？這都是預先想好的。」

「唔，唔，……那是鬼幫你的忙！」——伊凡·費道洛維奇又喊。——「不，你並不傻，你比我所料想的聰明得多……」

他立起身來，帶着在屋內踱走一下的顯明的意思。他處於異常煩惱之中。但是因爲桌子擋住道路，在牆壁和桌子中間很難走得過去，他祇好轉了一灣，又坐下了。他走不過去的一層也許忽然使他惹惱，所以他幾乎照舊發出瘋怒，突然喊道：

「你聽着，你這不幸的，卑賤的人！難道你不明白，假使我至今沒有殺死你，祇是因爲想留你到明天的法院上去講話麼？上帝看得見，（伊凡向上舉手，）——也許我是有罪的，也許我果眞懷着祕密的願望，希望……父親的死，但是我可以對你賭咒，我並不像你所料想的那樣有罪，也許我並沒有嗾使你。不，不，我並沒有嗾使你！但是一樣的，我要把自己供出來，明天，在法院上供出來，我已經決定了！我要完全說出來，完全說出來。你我兩人一同出首！你在法庭上無論說我什麼話，無論你怎樣作證，——我可以承受下來，不怕你：我自己全可以予以確認！但是你應該在法庭前面直供出來！應該的，應該的，我們一塊兒去！就是這樣辦！」

伊凡用隆重而且有毅力的態度說出這些話來，單從他的閃耀的眼神裏就可以看出事情就是這樣的。

「我看您有病，病得很利害。您的眼睛是完全黃的，」——司米爾加可夫說，但是完全沒有嘲笑的意思，甚至似乎表示惋惜。

「我們一塊兒去！」——伊凡重複着說，——「你不去，——我終歸會獨自供出來的。」

司米爾加可夫沉默着，似乎在那裏凝思。

「一點也不會發生什麼事來的，您不會去的，」——他終於斷然地決定。

「你不瞭解我！」——伊凡喊，帶着責備的口氣。

「您如果一切直認出來，您會感到十分害臊。而且也沒有益處，完全沒有益處，因爲我將直說出來，我從來沒有對您說過這類的話，您不是犯了毛病，（也實在有點像，）便是憐惜您的老兄，犧牲自己，所以扳出我來，因爲您終歸一輩子把我當作一隻蒼蠅，而不當作人的。誰能相信您？您究竟有什麼證據？」

「你聽着，你現在把這些錢拿出來給我看，自然是爲了使我相信的意思。」

司米爾加可夫把伊薩克，西林的書從那叠鈔票上挪開，放在一傍。

「這些錢你帶了走，拿了去罷，」——司米爾加可夫嘆了一口氣。

「自然我要帶走的！但是你既然爲了它殺人，爲什麼要給我呢？」——伊凡帶着絕大的驚異的態度看着他。

「我並不需要這個，」——司米爾加可夫用抖慄的聲音說，還揮搖着手。「我以前有一個念頭，就是帶着這幾個錢到莫斯科，或外國去，起始生產。這是我的一個幻想，特別是因爲「一切都可以被容許的。」這確乎是您教我的，因爲您當時對我說了許多這類的話：因爲既然沒有永恆的上帝，便無所謂道德，也就不必再需要它。這話您說得很對。我的看法是這樣的。」

「你是由於自己的智慧而理解到的麼？」——伊凡作了一聲歪笑。

「由於您的指導。」

「現在你把錢交還，一定信仰上帝了罷？」

「不，不信，」——司米爾加可夫微語。

「那末你爲什麼還呢？」

「算了……不必提了！」——司米爾加可夫又揮起手來。——「您當時一直在那裏說，一切是可以被容許的。但是現在爲什麼自己又這樣驚慌呢？甚至打算去告發自己……不過這是不會有的事情！您不會出頭自己告發的！」——司米爾加可夫又堅決而且確信地决定。

「你往下看得見的！」——伊凡說。

「不會有這事的。您很聰明。您愛錢，這是我知道的，您也愛榮譽，因爲您很驕傲，您過分地愛女人的美貌，愛在安謐的自足之中生活下去，對任何人都不肯低頭，——這是最要緊的一件事情。您決不願在法庭接受這恥辱，傷害您的一輩子。您像費道爾·伯夫洛維奇一樣，在所有他的孩子裏面最像他，和他的心情相同。」

「你不傻，」——伊凡說，似乎吃了驚愕；血襲到他的臉上。——「我以前心想你愚傻。你現在是極嚴肅的！」——他說，似乎忽然用新的態度瞧了司米爾加可夫一眼。

「您由於驕傲纔心想我是愚蠢的。您把錢收了下來罷。」

伊凡把三叠鈔票全都向口袋裏塞進，不用什麼東西包封。

「明天交到法庭上去；」——他說。

「誰也不會相信您，您現在有的是自己的錢，從小匣裏取了出來，就送上去了。」

伊凡從座位上立起來。

「我要對你重複一句，我現在不殺死你，單單是因爲明天我用得着你，你應該記得這層，不要忘記！」

「那有什麼，您殺就是了。現在就殺，」——司米爾加可夫忽然奇怪地說，奇怪地看伊凡。——「您連這也不敢，」——他說着，苦笑了一聲，——「您一點也不敢做的，你這以前的勇敢的人！」

「明天見！」——伊凡喊，想動身走。

「您等一等：再給我看一看。」

伊凡掏出鈔票來，給他看。司米爾加可夫瞧了它十秒鐘。

「唔，你去罷，」——他說着，揮了揮手，——「伊凡・費道洛維奇！」——他忽然朝他後面喊着。

「你有什麼事？」——伊凡一面走，一面回頭。

「告別了罷。」

「明天見！」——伊凡又喊，從農屋裏走了出去。風雪還繼續猖獗着。最初幾步他走得很勇猛，但是忽然似乎起始搖晃了。「這是有點關於體質的，」——他心裏想，冷笑了一聲。彷彿有一種快樂現在躍進他的心靈裏去。他自身裏感到在一種沒有盡休的堅定：近來把他磨折得異常痛楚的他的動搖的心情已告終止！業已取得了決議，「再也不會變更的了，」他欣然想。在這一剎那間他忽然撞到什麼東西上面，幾乎倒下地來。他止了步，辨出自己的脚下横着被他摔倒的那個農人，還躺在那個地方，沒有知覺，而且動也不動。雪已撒滿了他的整個臉部。伊凡忽然抓住他，拉着他。他看見有面房裏有燈光，便走過去，叩擊窗板。一個下市民，房子的所有主，應聲而出。他請他幫忙把農人拖到警區裏去，答應給他三個盧布。下市民穿好衣裳，出來了。我不再詳細描寫伊凡．費道洛維奇如何達到目的，把農人安放在區上，還經過一番手續，由醫生加以診察，而且又不稍吝惜地化些錢，「作為使費。」我要說的是這件事情差不多費去了一小時的功夫。但是伊凡．費道洛維奇感到很滿意。他的思想散漫地工作着：「假使我沒有堅定取了明天應該實行的決議，」——他忽然愉快地想，——「我決不會費去整小時以安排這個農夫，一定從他身傍走過，不管他凍死不凍死……但是我是如何有力量觀察自己呀！」——他心裏想着，同時還帶着極大的愉快：——「他們竟決定我發了瘋！」他走到自已的家的時候，忽然止步，發生了一個突襲而來的問題：「要不要現在就去見檢察官，告發一切！」他解決了問題，又走回到房子裏去：「明天一塊兒！」——他獨自微語，奇怪的是所有的快樂，所有的自滿的心情一刹那間幾乎全都過去了。他走進屋內時，有一種冰冷的感覺忽然觸到他的心上，似乎是回憶，說得正確些，似乎是提醒，在這屋內，有些痛苦的，討厭的東西，現在正存在着，而且以前也存在過。他疲乏地垂坐在沙發上面。老婦人送來水火壺，他沏了茶，但是沒有動一動；把老婦人打發出去，明天再來。他坐在沙發上面，感到頭暈。他感到有病而且乏力。他開始沉睡，但又不安地立起身來，在屋內踱步，以驅走睡魔。他有的時候感到自己在那裏譫語。但不是疾病使他最為注意；他又坐下來，起始開或向周圍環顧，似乎稀看什麼東西。這樣來了幾次。後來他的眼神凝注地落在一個點上。伊凡冷笑了一聲，但是怒氣灌到他的臉上。他許久時候坐在那裏，兩手緊緊地捧住腦袋，眼睛仍舊斜看以前的那個點，朝着靠在對面牆上的沙發斜看。顯然好像有什麼東西使他惹惱，有什麼物件使他不安，磨折着他。

第九章　鬼——伊凡的夢魔

我不是醫生，但是覺得已到了我必須對讀者解釋伊凡・費道洛維奇的病情的時候。我趕在前面，祇能說一件事情：他今天晚上恰巧處於發作腦炎的前夜。這毛病早已完全佔據了他的早就失調的，卻還在頑固抵抗疾病的軀體。我對於醫學根本是外行，同時我猜也許他確乎藉着意志的可怕的努力，暫時能以將病魔驅除，還想加以完全克復。他知道他身體不舒服，但是在這時候，在臨來的，運定的，一生的時間內，在必須當面出現，勇敢而且堅決地說出自己的話，而且『在自己面前表白自己』的時候，他厭惡地不顧生病。他有一次到莫斯科新來的醫生那裏去，——這醫生是卡德鄰納・伊凡諾夫納爲了她的一個理想特地請來的，這件事我已在上面提過。醫生在聽他敘述，且加以檢察以後，斷定他的腦子裏甚至好像近乎失調，對於他懷着厭惡供承出來的一些話語一點也不驚訝。『在您的情況之下幻覺是可能的，』——醫生決定，——『雖然還須加以調査……總而言之，必須起始正正經經地予以治療，不能丟失一分鐘的時間，否則一定很壞。』伊凡・費道洛維奇從他那裏走出來以後，沒有履行他的明智的勸告，不肯躺下來就醫：『我還可以走路，暫時還有力氣，如果倒下來，

——那是另外一件事情，再讓人家隨便去治療罷，」——他決定以後，揮了揮手。他現在坐着，幾乎自行覺得自己發着譫語，還像我以前說的那樣，固執地注視對牆沙發上面的某種東西。在那裏忽然坐着一個人，誰知道是怎樣進來的，因爲伊凡·費道洛維奇從司米爾加可夫那裏回來，進屋以後，他還沒有在屋內。那是一位老爺，或者不如說是俄羅斯的某類的紳士，年紀已經不輕，將近五十歲，深色的，很長且還濃密的頭髮裏灰白髮不見多，尖銳形的鬍鬚剃得短短的。他穿着一件褐色的上衣，顯然是好裁縫裁製的，但已穿得破舊，大概是三年前裁製的，已經完全不合時髦，這類衣裳在富裕的體面社會已有兩年沒有人穿。內衣和像圍巾樣子的長領帶，全和一般漂亮的紳士們一模一樣，但如近看一下，內衣是骯髒的，寬闊的圍巾是很破舊的。客人的那條帶格的褲子穿在身上很好看，但是顏色太鮮豔，似乎太狹窄，現在已經沒有人穿的了。那隻柔軟的白鴨絨帽也是如此，他帶在身邊似乎太不合時令了。一句話，那是在極微薄的經濟收入之下的體面的外貌。這紳士頗像屬於在農奴制度時代還是繁盛的游手好閒的田主的階級。他顯然見過世面和上等社會，曾經有過奧援，也許至今還保持着，但是在過了青年時代的快樂生活以後，再加上農奴制新近被廢除，漸漸的變爲貧窮，似乎變成一個雅緻的食客，在善良的好朋友家裏溜進溜出，人家都當他具有合得來的，闊活的性格，還因爲他總是一個體面人士，甚至在隨便什麼人們面前都可以讓他同桌坐下，自然是叨居末座。這類食客，性格圓滑的紳士們，善於敘講政事，相作賭牌，根本不愛任何的委辦的事件，假使有人囑托他們去做。他們普通是孤獨的，或是獨身漢，或是鰥夫，也許有子女，但是他們的子女永遠在遼遠的什麼地方，某某嬸母處，撫養着，——對於這些嬸母紳士幾乎從來不在體面社會裏提過，似乎對於這種親戚害臊。他們和子女們漸漸的完全隔絕，偶然在命名日的那天和聖誕節上收到些賀信，有時甚至也予作復。這位不速之客的容貌不見得是善良的，却還是圓滑的，而且準備依照當時的情勢，作出一切有禮貌的臉色。他身上沒有錶，但戴着繫在黑色綢帶上的玳瑁眼鏡。右手的中指上套着一隻鑲不貴的猫眼石的厚重的金戒。伊凡・費道洛維奇惡狠地沉默着，不願意開口說話。客人等候着，坐在那裏，正像一個食客，剛從樓上專給他騰出的房間裏走下來，和主人作伴，現在祇好馴順地沉默着，因爲主人正忙着，皺眉想什麼事情；但是他準備作一切客氣的談話，祇要主人開始說話。他的臉忽然似乎露出一種突襲的關慮的樣子。

『你聽着，』——他起始對伊凡・費道洛維奇說，——『請你恕我，我祇要提醒你一聲：你到司米爾加可夫那裏去，是爲了打聽關於卡德隣納・伊凡諾夫納的事情，但是你走的時候，竟一點也沒有打聽出什麼來，一定是忘了……』

『啊，是的！』——伊凡忽然脫口說出來，他的臉爲了焦慮而陰黑下去。——『是的，我忘記了……但是現在是一樣的，一切到明天再說，」——他自行喃語，——「至於你呢，」——他煮惱地對客人說，——「這是我自己應該立刻記憶起來的，因爲使我煩惱不止的就是這件事情！你現在闖了進來，難道我就會相信你，說這是你提醒的，不是我自己記憶起來的麼？」

「你不去相信好了，」——紳士發出和藹的微笑。——「强制信仰算什麼？在信仰裏是任何證據不能幫忙的，特別是物質上的證據。福瑪的相信並非因爲他看見了復活的基督，却因爲以前就想去相信。例如那些巫術者……我很愛他我……你想一想，他們以爲他們對於信仰是有益的，因爲鬼從另一世界裏對他們顯露尖角。他們說：『這就是所謂物質的證據，是以證明另一世界是有的。』另一世界和物質的證據，底下是什麼？即使鬼得了證明，還不知道上帝得到了證明沒有？我想加入理想主義研究會，立在和他們對抗的地位上面，那就是說：『我是現實主義者，而不是物質主義者，哈，哈，哈！……』

「你聽着，」——伊凡·費道洛維奇忽然從桌邊立起，——「我現在好像發譫語……自然在發譫語……你儘管胡說一頓，對於我總是一樣的！你不會使我狂怒得像上次那樣。我祇是有點慚愧……我想在屋內踱步……我有時看不見你，甚至聽不到你的聲音，像上次那樣，但是永遠猜到你亂嚼的是什麼，因爲這是我，我自己在那裏說話，而不是你！我祇是不知道，我上次是不是睡熟，還是醒的時候見到你的？我現在用冷水浸濕手巾，放在頭上，你也許就要逝滅。」

伊凡・費道洛維奇走到角落裏，取起手巾，履行他所說的話，於是頭上放着濕手巾，在屋內踱來踱去。

「我很高興，你我彼此一直用「你」來稱呼，」——客人起始說。

「傻瓜，」——伊凡笑了，——「我還會和你用「您」來稱呼麼？我現在很高興，不過太陽穴裏很痛……腦瓜也痛……請你不必像上次那樣鬧哲學。假使你不能走開，應該聊出一點快樂的話來。你可以談一談人家的閒事，你本來就是食客，可以談一談人家的閒事。爲什麼儘弄些夢魘的話來纏繞！但是我不怕你。我會克制你。不致於送進瘋人院裏去的！」

「食客這個字很妙。是的，我就是這類人。我在地上不是食客，卻是誰呀？我聽你說話，覺得有點奇怪：你彷彿起始有點把我當作眞實的什麼東西，並不單祇當作你的幻想，像上次那樣的堅持着……」

「我一分鐘也不把你當作現實的東西，」——伊凡甚至似乎狂怒地喊了出來。——「你是謊，你是我的病根，你是幻影。我祇是不知道怎樣可以把你根除，我看出在一些時候內我必須受點苦。你是我的幻覺。你是我的化身，但祇是我一方面的化身……我的思想和情感的化身，但祇是最惡劣而且愚蠢的情感。在這方面，你甚至對於我是很有趣的，假使我有功夫和你起膩……」

「等一等，等一等。讓我來戳破你：你剛纔在街燈旁邊，你朝着阿萊莎，大喊：「你是從他那裏知道的！你怎麼會知道他到我這裏來呢？」那末你憶起我來了。如此說來，在一小剎那間你是相信的，你相信我實在有的，」——紳士柔和地笑了。

「是的，這是自然的一個弱點……但是我不能相信你。我不知道，我上次睡着，還是醒着。我也許當時單祇在夢裏見到你，並不是在清醒的時候……」

「你剛纔爲什麼同他，同阿萊莎那樣嚴厲？他是可愛的；我爲了曹西瑪長老，對他犯了錯處。」

「你不許提阿萊莎！你居然敢這樣說，你這僕人！」——伊凡又笑了。

「你一邊罵，一邊笑，——這是好兆。你今天和我比上次客氣得多，我明白爲什麼緣故：那個偉大的決定……」

「對於那個決定不許你提！」——伊凡兇橫地喊着。

「我明白，我明白，c'est noble c'est charmant,（這很正直，這很妙，——譯者註。）你明天要去替哥哥辯護，犧牲自己…… c'est ehevaleresque（這是騎士的派頭，——譯者註。）……」

「不許作聲，我要踢你一脚！」

「一部分說來，我將引爲快樂，因爲你踢了我一脚，我的目的便算達到，那就是說你相信我的現實，對於幻影是不去踢的。玩笑的話且拋在一邊；我是無所謂的，你儘管隨便去駡罷。不過最好能稍稍地客氣一點，甚至同我也應該客氣一點。否則，傻瓜呀，僕人呀，儘是這一套的話！」

「駡你就是駡我自己！」——伊凡又笑了。——「你就是我，就是我自己，不過面貌不同而已。你所說的話就是我心想的……你沒有一點力量對我說新的話語！」

「假使我的思想和你相合，這祇是給我一個榮耀，」——紳士有禮貌而且嚴正地說。

「不過你儘拾取我的壞思想，主要的是愚蠢的思想。你愚蠢而且庸俗。你太愚蠢了。不，我不能容忍你！叫我怎麼辦呢？叫我怎麼辦呢？」——伊凡咬緊着牙齒。

「我的好朋友，我總歸願意做一個紳士，希望人家也這樣待我，」——客人起始說，發作一種純粹食客派的，預先就退讓的，善良的驕傲的派頭。——「我窮，但是……我不說我很誠實，但是……社會上普通認我爲墮落的安琪兒，這已成爲一定不移的原則。我眞是想不到，我怎麽能成爲一個安琪兒。即使曾經做過，也是很久，忘掉是不算罪過的。現在我祇珍重一個體面的人士的名譽，𠸄𠸄胡胡地生活着，努力做有趣的人。我誠懇地愛人，——人家糟塌我的話不知說了多少！我有時搬到您那裏來住，我的生活就好像有點實有其事似的，這是最使我喜歡的。我自己和你一樣，也爲了荒誕的一切而感到痛苦，所以我愛你們的地上的現實。你們這裏一切都畫得淸淸楚楚，這裏有定理，這裏有幾何，而我們則全是些不定方程式！我在這裏行走，幻想。我愛幻想。而且在地上我成爲迷信的人，——請你不要笑我：我最喜歡的就是成爲迷信。我在這裏承受下你們一切的習慣：我愛上商業澡堂，你想也想不到，並且愛和商人和神甫們一塊兒蒸發。我的幻想就是根本，而且無可挽回地化身成一個肥胖的，七舖特重的女商人，並且相信他所說的一切的話。我的理想就是走進教堂，誠心誠意地插上一支臘燭，眞是這樣的。那時候我的痛苦到了盡頭了。我也愛在你們這裏治病：春天天花流行，我跑到育囊院去種苗，——你要知道在那一天我是如何的滿足；給斯拉夫兄弟們捐了十個盧布！……你沒有聽我說話。你知道，你今天有點不很自在的樣子，』——紳士沉默了一會，——『我知道你昨天到那位醫生那裏去過……你的健康怎麼樣。醫生說什麼話？』

『傻瓜！』——伊凡喊。

『你眞聰明。你又駡人了麼？我說這話，並不由於同情，我是隨便說說罷了。請你不必回答。現在傻痲質斯病又流行了……』

『傻瓜，』——伊凡又重複一句。

「你儘說這些話！我去年得了一場僂痲質斯病，至今還記得的。」

「鬼也有僂痲質斯病麼？」

「既然我有時化身爲人，怎麼會沒有呢。我化了身，便須承受它的結果。撒但 Sum et nihil humanum ame alienum puto.※」

「什麼？什麼？撒但 Sum et nihil humanum 這對於我並不愚傻！」

「我很高興，我到底博到你的喜歡了。」

「你這話不是從我那裏得來的，」——伊凡忽然止住，像受了驚愕一般。——「我的腦筋裏從來沒有想到這層，這很奇怪……」

「C'est du nouveau, n'est-ce pas ※※這一次我要誠懇做人，我可以對你解釋一下。你聽好了罷。在睡夢中，特別在發夢魘的時候，由於腸胃的失調，或其他什麼原因，有時候人會做極美術的夢，夢見複雜的，實有的情景，一種事件，甚至整個世界的事件，滯着複雜的情節，意料不到的細節，從您的最高的精神表現一直到襯衫上的最後一粒鈕子，我敢賭咒，這是萊夫．託爾斯泰也寫不出來的。而且做這夢的有時並非文學家，却是最普通的人

※拉丁的諺語：我是人，關於人的一切我並不隔膜。

※※這很新鮮，不是麼？

們，官員們，小品文作者，神甫們……這問題甚至成爲整個的謎：有一位大臣甚至親自對我承認，他的一切好的觀念都是從他睡着的時候得到的。現在就是這樣。我雖然是你的幻覺，但是好比在發夢魘的時候一般，我說的儘是些你至今在腦筋裏還沒有進到的古怪的東西，所以我並不是重複你的思想。我祇是你的夢魘，並沒有別的什麼。」

「你撒謊呢。你的目的就是使我相信你實有其物，而非我的夢魘，而你現在自己又證實你是一個夢。」

「我的好朋友，我今天採取了一個特別方法，我以後再對你解釋。等一等，我說到什麼地方停住的？是的，我當時遭了涼，不過沒有在您那裏，還在那邊……」

「那邊是什麼地方？你說，你是不是要在我家裏住得很久，不能走麼？」——伊凡幾乎絕望地喊了出來。

他停止走路，坐在沙發上面，手肘靠在桌上，兩手揞着腦瓜。他把濕手巾從自己身上摘下，憤憤地把它扔棄：顯然沒有什麼用處。

「你的神經失了常度，」——紳士說，帶着瀟灑自如，漫不經意，却完全和善的神色。——「你生我的氣，甚至是爲了我也能遭涼，但這事是由於極自然的樣式而發生的。我當時忙着赴一個彼得堡的高等的貴夫人的外交宴會。她在大臣們方面頗有勢力，能夠談上話去，

晚禮服，白襯衫，手套等等是必須的。我當時還不知道在什麼地方，爲了走到你們的地上，必得飛過一大段廣闊的空間……自然這祇是一刹那間，但是太陽光線也要走整整的八分鐘，你想想看，我還要穿上晚禮服和做口的背心。鬼靈是不會受凍的，但是在化了身以後，那就兩樣了……一句話，我迎了風飛着，在遼闊的空間，在以太的眞空裏，在穹蒼上面的水中，十分的冰凍……那種冰凍——眞是不能稱爲冰凍，你想想看：零下竟有一百五十度！大家曉得鄉下的姑娘們有一種游戲：在零點下三十度下面叫一個外行舐斧子。頭一下子就凍僵了，受騙的人血淋淋的剝去舌頭上的皮；但這祇是三十度，假使有一百五十度，我想祇要把手指往斧子上面一放，那隻手指就會沒有的，假使……在那地方有斧子的話……」

「在那地方會有斧子麼？」伊凡·費道洛維奇突然冷淡而且憎厭地搶上去說。他用全力抵抗，不去相信他的譫語，不願意根本陷入瘋狂裏去。

「斧子麼？」——客人驚訝地反問。

「是的，斧子在那裏會成爲怎樣的？」——伊凡·費道洛維奇忽然用一種兇蠻的，堅持的，固執的態度喊了起來。

「斧子在遼闊的空間將成爲怎樣的？quelle id'ee※牠假使落得遠些，我以爲牠將起始

※這是如何的念頭呀！

繞着地球飛行，自己也不知道爲了什麼，成爲一個衞星。天文學家們將計算斧子的升降，高德左格將往曆本裏記載，就是這樣子。」

「你眞是愚蠢，你愚蠢得利害！」——伊凡脾氣暴燥地說，——「你撒謊應該撒得聰明些。否則，我不願意再聽下去。你想用現實來克服我，使我相信你是存在着的，但是我不願意相信你存在着！我不能相信！」

「我並不撒謊，全是實話；可惜實話幾乎永遠是不聰明的。我看你在那裏堅決地期待我做點偉大的，也許是美麗的行爲。這很可惜，因爲我祇能做我所能爲力的……」

「不要弄哲學，驢子！」

「弄什麼哲學，既然我的整個的右半段都是痲痺，我在那裏呻吟呼喊。我到各種醫生那裏都去過：他們很會辨認病情，把全部的疾病對你詳細敍講，像數指頭一般，却不會治好疾病。遇到一個性情歡欣的醫學生。他說：『假使您死後，您會完全知道，您是得了什麼病死的！』他們還有一個習氣，就是把病人送到專門家那裏去：意思是說，我們祇是辨認，您可以到某某專門家那裏去，他一定會治愈的。我對你說，以前那種能治百病的醫生完全絕跡了，現在祇有一些專門家，而且大家全在報上大登其廣告。你的鼻子有了病，會把你送到巴黎去：那裏有歐洲的專門家專治鼻子。於是你到了巴黎，他視察你的鼻子，說道：我祇能給你治療右面的鼻孔，因為我不治左面的鼻孔，這不是我的專門，您以後可以到維也納去，那裏有一個特別的專門家可以治好你的左面的鼻孔。有什麼法子？祇好尋覓通俗的治療法，有一位德國醫生勸我在澡塘的蒸架上面用鹽攙在蜜裏徧擦全身。我就上澡塘，單祇是為了多上澡塘去一趟而已。我把全身都弄髒了，但是一點益處也沒有。我懷着絕望給米蘭的馬造伯爵寫信：他寄了一本書和藥水來，願上帝和他同在！但是你想一想看：和甫的麥芽精竟有用了！我偶然買到，喝了一瓶半，一下子就治好，起來跳舞都可以。我決定登報向他「致謝，」動了感激的情感。但是你想想看，當時又出了另一段故事：無論那一個報館都不肯收下來！他們說：「這太為守舊，誰也不會相信的，le diable n'eyiste point※。您最好匿名登報。」——他們勸我。既然匿名，便用不着道什麼「謝」。我和報館的辦事員笑着說：「在現在的世界信仰上帝是守舊，我却是鬼，可以信仰我的。」他們說：「我們很明白。誰會不信鬼的。但到底不能夠，可以危害潮流。做成一個玩笑的形式好不好？」我心想，玩笑是不够聰明的勾當。也就沒有登出來。你信不信，這事甚至留在我的心上。我的最好的情感，例如，感謝的心願，竟單單為了我的社會地位而橫遭禁阻。」

「又鬧出哲學來了！」——伊凡恨恨的咬牙。

※魔鬼是不存在的。

「那能這樣？有時候那能不訴訴苦？我這人已經被人家糟塌够了。你不住地說我愚蠢。一看就知道是青年人。我的好朋友，事情不在於聰明不聰明。我的天性就具有良善和快樂的心，「我也曾寫過各種小喜劇。」你好像根本把我當作頭髮白了的赫萊司達闊夫。※但是我的運命嚴肅得多。以前，由於一種我從來不能加以分析的，加在我身上的任務，我担任了「否定」的角色，但是我心地上是誠懇的良善，完全不擅長否定。「不，你去否定罷。無否定即無批評。如無「批評欄，」還能成爲雜誌麼？沒有批評，便祇有「頌讚。」但是對於生命，單單頌讚是不够的，「頌讚」必須從疑惑的鎔爐裏通過。然而我並不去干預這一切，不是我創造的，不應該歸我負責。於是選好了贖罪的羊，迫使他在批評欄裏寫文章，就取到了生命。我們瞭解這喜劇：例如說，我直率而且簡單地要求自己的毀滅。他們說，不行，你應該生活下去，因爲沒有你便將一無所有。假使地上一切都有條理，便一點事情也不會發生。沒有你，便不會有任何事件發生，而必須有點事件發生才好。我違反自己的本意，從事服務，使世上生出事件。我奉行人家的命令，創造不理智的行動。人們認這一切喜劇是一些嚴肅的東西，即使他們具有一切無可辯駁的智慧。他們的悲劇就在這上面。自然也受痛苦，但是……，到底大家全生活着，現實地，非幻想地生活着；因爲痛苦，就是生命。沒有痛苦，那裏還有

※郭果里喜劇巡按使裏的主角。

什麽愉快；而全將變成無盡休的祈禱典禮：這固然神聖，但是有點沉悶。至於我呢？我受痛苦，但終是沒有生活着。我是不定方程式的X。我是一個生命的幻影，喪失了一切的起始和終結，甚至自己忘却如何稱呼自己。你笑……不，你並不笑，你又生氣了。你永遠生氣，你祇需要智慧，但是我還要對你重複一句，我可以犧牲整個的星空上端的生命，一切的職位和榮譽，祇求能化身爲七鋪特重的女商人的靈魂，給上帝插點臘燭。」

「連你也不信上帝麽？」——伊凡怨恨地冷笑了一聲。

「叫我怎麽對你說，假使你這是正經的……」

「有沒有上帝？」——伊凡又帶着兇蠻的堅持的態度喊着。

「那末你是嚴肅的麽？我的好人，我眞是不知道，你說了偉大的言語。」

「你不知道，但是看見上帝沒有？不，你不是獨立的，你是我，你就是我，別的沒有什麽！你是賤貨，你是我的幻想！」

「那就是說，如果你願意，我和你是一樣的哲學，這是合理的。Je pense, done je suis ※這我很知道，其餘的，圍繞着我的一切，這一切世界，上帝，甚至撒但本身，——這一切對於我是沒有證實的，是不是獨立地存在着，或者祇是我的分出物，我的「自我」的邏輯的發展，這

※法國哲學家笛卡兒的名句：「我思想着，故存在着。」

自我是以前單獨存在着的……一句話，我要趕快停止。因爲你似乎立刻就要跳起來打架。」

「你最說好點故事！」——伊凡痛苦地說。

「有一隻故事，恰巧講我們的題目。這並不是故事，却是一段神話。你責備我沒有信仰：「你看見而不信。」但是我的好朋友，不是我一人如此，我們現在大家都弄糊塗了，這全是由於你們的科學而生的。當時還有分子，五種情感，四樣原素，倒還能勉強聯得上。分子在古代的世界裏也有的。但是我們這裏一知道你們那裏已經發現了『化學分子』和『原形質，』還不知道有什麼東西，——我們這裏當時倒垂了尾巴。簡直弄得糾纏不清起來。主要的是迷信和謠言；我們這裏的謠言和你們那裏一樣的多，甚至還要多些。此外還有告密的舉動，我們那裏也有一個機關，收受某種「消息。」這個野蠻的神話，還是屬於我們的中古時代的，——是我們的，不是你們的中古時代。現在甚至我們那裏沒有人相信這神話，除去七鋪特重的女商人以外，——這又不是你們的，却是我們的女商人。一切你們所有的，——我們也有，我這是爲了友誼的關係對你宣布我們的祕密，雖然這是被禁止的。這神話講的是關於天堂的事情。在你們地上有一個思想家和哲學家，「對於一切都否認，連法律，良心，信仰，」主要的是未來的生命。他死了。他希望一直進入黑暗和死亡裏去，但是有未來的生命立在他的面前。他驚訝而且憤恨了。他說：「這違反我的信念。」他就因此得了刑罰……你瞧，你應該原諒我，我祇是傳達我自己聽到的一切，這祇是一個神話……他被判決在黑暗裏走億萬兆公里的路，（我們那裏現在也改用公里了，）在走完億萬兆公里以後，樂園就可以爲他打開，他得到一切的寬恕……」

「你們的世界裏除了億萬兆公里以外還有什麼苦刑？」——伊凡帶着一種奇怪的活潑的神情插上去說。

「什麼苦刑？唉，你不必再問：以前是各樣都有，現在却越來越有道德了，所謂「良心的譴責，」還有其他一切無聊的話。這也是從你們那裏學來的，因爲「你們的風俗變得軟些。」但是誰佔了優勝，佔優勝的祇是一些無良心的人們，因爲他們既然沒有良心，還有什麼良心的譴責。受痛苦的却是一些還剩有良心和名譽的體面人士。……那些在未預備好的土地上的改革，還是從別種機關上抄襲下來的，——祇能得到一點害處，古代的火比較好些。當時那個被判決走億萬兆公里路的人站了一會，看了看，就躺在道路中間，說道：「我不願意走路，由於原則而不高興走路！」你把一個俄羅斯的文化程度極高的無神派的靈魂和在鯨魚的肚腹裏發了三天三夜悶氣的寓言者約納的靈魂攙和在一起，——就成爲這個躺在道傍的思想家的性格。」

「他躺在什麼東西上面？」

「一定會躺在什麼東西上面的。你不是發笑麼？」

「眞是好漢！」——伊凡喊，還是帶着奇怪的活潑的態度。現在他懷着一種出乎意料之外的好奇心聽了下去。——「怎麼樣？現在還躺着麼？」

「並不是的。他躺了幾乎千年，以後就立起來走了。」

「眞是笨驢！」——伊凡喊，神經質地哈哈大笑，一直似乎在那裏用力盤算什麼事情。——「永遠躺下，或是走億萬兆公里的路，不是一樣的麼？這不是須走一億年麼？」

「甚至還要多些，可惜沒有紙筆，否則可以計算一下。但是他早就走到，從這裏就起始了故事。」

「怎麼走到的！他從那裏得來一億年？」

「你儘想我們現在的大地。現在的大地本身也許重複了一億次。它曾經淪亡，凍僵，破裂，粉碎，化為原子，又是「穹蒼上面的水，」又是慧星，又是太陽，以後又從太陽變成大地，——這發展也許已經重複了無窮的次數，而且老是一個樣子，一點點也不錯。眞是太不體面的沉悶……」

「唔，走到以後，出了什麼事情呢？」

「天堂的門為他打開，他剛進去以後，還沒有過兩秒鐘，——這是照時計計算的，這是照時計計算的，（雖然據我看來，他口袋裏的時計早就應該在路上化爲原子，）——還沒有過兩秒鐘，他就喊，爲了這兩秒鐘，不但値得走億萬兆公里，卻可以走億萬兆的億萬兆公里，還須加上億萬兆倍！總而言之，他唱出了「頌讚」詩，還加些油鹽醬醋上去，所以有些理想方式比較正直點的人們，起初甚至連手也不願和他相握；他一躍而爲保守派，也躍得太快了。這是俄羅斯人的天性。我重複說一句：這是一個神話。用什麼買來的，便用什麼賣出去。這就是我們那裏對於這類問題所抱的見解。」

「我把你捉住了！」——伊凡呼喊，甚至帶着一種孩子氣的歡樂，似乎已經完全記起來了，——「這個億萬兆年的故事——是我自己編出來的，我當時有十七歲，在中學讀書……這個故事我當時編好，講給一個同學聽，他的姓是郭洛夫金，這事情在莫斯科……這段故事是十分特別的，我不會從任何什麼地方引用來的。我幾乎忘記……但是現在無意識地憶起來了，——是我自己起憶起來，不是你敍講的，有好幾千樣事情有時是無意識地記憶起來的，甚至在被綁出去處決的時候也會的……夢裏也會憶起來的。你就是一個夢。你是夢，你是不存在的！」

「從你否認我時那樣熱烈的樣子看來，」——紳士笑了，——「我相信你到底信仰我。」

「一點也不！連百分之一都不信！」

「但是在千分之一上面會相信的，「致病醫病」學派的醫量也許是最強烈的。你應該老實承認你是相信的，一萬分之一的相信……」

「一分鐘也不！」——伊凡憤恨地呼喊。——「但是我很願意相信你！」——他忽然奇怪地補充着說。

「喂！這纔是老實的承認！我是心善的，我可以幫你的忙。你聽着：是我把你捉住了，不是你把我！我故意把你自己已經忘却的故事講給你聽，使你根本不相信我。」

「你在那裏胡說！你的出現的目的就在於使我相信你是存在着的。」

「就是呀。但是游移，不安，信仰和不信仰的奮鬬，——有時這成爲像你這樣有良心的人的一種磨難，簡直到了甯可上吊的地步。我知道你有一點相信我，所以講出這個故事，使你根本不信我。我在信仰與不信仰之間，依着次序領導你，我自有我的目的。這是新的方法。在你完全不信我的時候，你立刻當面對我說，使我相信我不是夢，都是實有其人。我知道你的。到了那個時候我可以達到目的，我的目的是正直的。我祇要將一小粒的信仰扔到你身上，就會長出一棵橡樹，——而且還是那樣的橡樹，你坐在上面，就想充做「曠漠的苦修者和神聖的婦女，」因爲你暗中所需要的就是這個。你將以蝗蟲爲食物，躲到曠野裏去游蕩！」

「那末你是爲了拯救我的靈魂而努力麼，你這混蛋？」

「總應該有一個時候要做點好事。我看你眞會生氣！」

「小丑！你曾經引誘過那些以蝗蟲爲食物，在光裸的沙漠裏祈禱十七年，身上長滿了苔蘚的人們麼？」

「我的好人，我做的就是這種事情。你會忘記整個世界，和許多世界，而黏附在這樣的一個人身上，因爲他是一顆寶貴的鑽石，這樣的一個靈魂有時値得上整個的星座，——我們那裏是另一種數學。勝利是寶貴的！他們中間有些人在發展方面實在不比你低下，雖然你是不會相信的。他們能够同時靜察信仰和不信仰的深淵，弄得有的時候祇要差一根毛髮，這人就會『倒栽跟頭』地飛躍出去，像伶人郭爾布諾夫所說的這樣。」

「怎麼樣？撞了一鼻子的灰走的麼？」

「我的好朋友，」——客人用勁簡的語詞說，——「撞一鼻子的灰，有時總比完全沒有鼻子好，新近有一個有病的侯爵，（大概是專門醫生治療的，）對耶穌會員的神甫懺悔時這樣說。我當時也在場，——那眞是妙透了。他說：『請您還我的鼻子！』他竟叩擊起胸脯來了。」——「我的兒子，」——牧師躲閃着說，——「一切事情都會按照不可測知的天道的運命而履行，偉大的災害有時會引起異常的，却看不見的利益。假使嚴肅的運命使您喪失了鼻子，那末您的利益就是您的一輩子沒有人敢對你說您撞了一鼻子的灰。」——「聖夫，這不是安慰的話！」——失望的人喊，——「相反地，我喜歡一輩子每天撞一鼻子的灰，祇要它能放在我臉上的原來地方！」——「我的兒子，」牧師嘆了一口氣，——「全部的幸福是不能一下子求到的。這是對於天道的一種怨訴，它在這裏也沒有忘掉您。假使您像現在那樣呼喊，您喜歡一輩子撞一鼻子的灰，那末您的願望業已間接履行到了：因爲您喪失了鼻子以後，因此也就似乎是撞了一鼻子的灰」……」

「眞是愚蠢！」——伊凡喊。

「我的好朋友，我祇想逗你笑一笑罷了。但是我敢賭咒，這是眞正的耶穌會員式的詭辯，我敢賭咒，這一切就像我對你所敍述的那樣，一字一字地發生出來。這個事件發生得不久，給我找出不少麻煩。這不幸的青年人回家後當夜用手槍自殺；我寸步不離地留在他面前，直到最後的一瞥……至於那些懺悔用的耶穌會員派的小屋，那眞是我在煩愁的時間內最有趣的解悶方法。還有一件事情，完全最近發生的。有一個諾爾曼女人，二十歲的，金黃髮的女郎，跑到老牧師那裏去。她的美貌，體格，天性，——會使你流出涎沫來的。她俯下身子，朝小洞裏對牧師徽聲說出自己的罪孽。——「怎麼？我的女兒，你怎麼又墮落了？……」

——牧師說，——「噢，聖瑪麗亞，我聽到的是什麼話呀？這一次又不是那一個男人。這會延續到多少長久呢？您怎麼不害臊呢！」——「我的神甫」——女罪人回答，滿臉流着懺悔的淚水；——「Ca lui fait tant de plaisir et amoi si peu de peine※」你把這個回答玩味一下！我當時倒退了一步；這是自然的本身的呼喊，這可以說比純潔的清白還好！我當時赦免了她的罪，就要回轉身去，但是立刻不能不回轉來，因爲我聽到牧師在小洞裏和她約好在晚上相會。他是一個老頭子，像燧石一般的堅硬，竟一下子墮落了下去！自然，顯見是自然得了勢！怎麼？你又背轉你的鼻子？又生氣了麼？我不知道怎樣博到你的歡心……」

「你離開我罷。你在我的腦子裏叩擊得像無從掙脫的夢魘，」——伊凡痛苦地呻吟着，無力地面對自己的幻影，——「我同你感到沉悶，無可忍耐，痛苦異常！我願意付出許多代價，祇要能把你趕出去！」

「我重複一句：你應該減輕你的要求，你不必向我要求「偉大的，美麗的一切，」你就可以看到你我會親密地相處下去的，」——紳士用着重的口氣說，——「你對我生氣，確是因爲我不在紅光中出現，不帶「雷鳴和電閃，」也沒有燒焦了的翅翼，卻扮出那種寒傖的形相。你感到受侮辱，首先是爲了你的審美的觀念，其次是由於驕傲：意思是說，這樣庸俗的

※這能給予他許多快樂，但用去我極少的勞力。

鬼何以能去見如此偉大的人物？你的心裏總歸還有被白林司基所竊笑的浪漫主義的氣息。有什麼法子，青年人。我動身來見你的時候，想開開玩笑，扮成一個退職的將軍，在高加索服務，晚禮服上掛着「獅與太陽」的寶星，但是十分害怕，因爲你會揍我一頓，就因爲我膽敢在禮服上掛「獅與太陽，」至少不掛一顆「北極星，」或「熊星。」你儘說我愚蠢。但是我的天呀，我並沒有和你比量智力的冀圖。梅菲司託佛到浮司脫那裏去，證明自己希望的是惡，而行的祇是善事。※但是這隨他去好了，我是完全相反的。我也許是整個宇宙間唯一的，愛眞理，而且誠懇地希望善事的人。當在十字架上死去的「字」升到天上，懷中帶着被釘死的悔悟的強盜的靈魂的時候，我正在那裏。我聽見小天使們歡聲呼喊，唱出「頌讚」的詩歌，和上級天使們雷聲般的歡呼，使天和整個世界都受了震撼。我可以用神聖的一切的名賭咒，我想加入歌唱隊，和大家同唱「頌讚」詩！已經飛躍出去，已經從胸腑裏掙脫出去……你知道，我是易動情感，且具有藝術的印感的。但是那種常識，——我的天性中最不幸的本質，——却在相當的界限上面把我攔住而我就失去了刹那的機會！我當時心裏想：在我喝出了「頌讚」以後，將得到什麼結果呢？世上的一切會立行消逝，不會發生任何的事件。單祇由於職務的關係，並且照我的社會地位而論，我不能不壓制自己心裏善良的原素，仍舊爲

※哥德的浮司脫。

非作惡。有人將整個的善良的榮譽全行搶去，而留給我的祇是一些惡事。但是我不羨慕藉詐欺以生活的榮譽，我不是好名的。爲什麽世界上一切生物中間祇有我一人注定受所有體面的人士的呪罵，甚至受他的脚踢，就因爲化身以後，我有時不能不承受這樣的結果？我知道內中大有祕密，但是他們無論如何不肯把這祕密對我宣布出來，因爲我在猜到怎麽會事以後，當時也許會唱出「頌讚，」那個必要的負數便將立行消滅，全世界上起始有條理的生活，隨之也就一切完結，甚至報章雜誌，也到了末途，因爲那時候誰還會訂閱呢？我知道，我到底會安靜下去的，我走完了我的億萬兆公里的路，便打聽出這祕密來。但是在發生這一切事情以前，我會做出乖戾的舉動，違反自己的意願，履行我的任務；陷害數千人，以使一人得救。例如說，必須陷害多少靈魂，糟塌多少誠實的名譽，爲了取得一個正義的約伯，爲了他，在古時候他們如何愚弄過我！不，在沒有發現祕密以前，對於我存在着兩種眞理：一種是他們的，我暫時不知曉的，另一種便是我的。還不知道，何種乾淨些……你睡熟了麽？」

「那能呢！」——伊凡惡毒地呻吟着。——「我的天性裏一切愚蠢的東西，早就在我的智力裏經歷過，研磨過，而且像屍體一般予以遺棄的，——你又給我端上來，當作新鮮玩意！」

「又不能使你愉快！我心想用我的文學的敍述拍你的馬屁。這個天上的「頌讚」是不是不算壞？爲什麼又來了海納式的嘲諷的語調，不是麼？」

「不，我從來沒有做過這種奴才！爲什麼我的心靈會生出像你這樣的奴才來呢？」

「我的好朋友，我認識一個美妙的，和藹的俄國少年紳士；青年的思想家，文學和藝術品的極大的愛好者，一篇極有希望的史詩的作者，史詩的題目爲大宗教裁判官……我指的就是他呀！」

「我禁止你提起大宗教裁判官，」——伊凡喊，羞愧得滿臉發紅。

「但是地質學的改革呢？你記得麼？這也是一首史詩！」

「不許響，否則我要殺死你！」

「你要殺死我麼？不，對不住，讓我說了出來。我來到這裏，就爲了使我自己享受這個快樂。我眞是愛我的那些年青，活潑，渴求生命的朋友們的幻想！「那裏有新的人物，」——你在去年春天動身到這裏來的時候，這樣決定着，——「他們打算毀滅一切，從吃人肉做起。他們是愚傻的人！他們不問我一下！據我看來，不必加以毀滅。祇須毀滅人類裏關於上帝的觀念，應該從這上面起始做去！應該從這上面，從這上面起始做去。——你們這些一點也不懂事的盲人呀！既然人類大家否認上帝，（我相信這時代，和地質時代相平行的是會來到的，）那末不必吃人肉，而所有以前的世界觀將自然而然的消滅，主要的是以前的一切道德觀念將悉行消滅而發生一切新的東西。人們將聯合起來，從生命裏取它可以給予的一切，但一定單祇是爲了此地的世界上的幸福和快樂。人由於神的，屬於泰坦的驕傲的精神而顯得偉大，成爲人神。人藉自己的意志與科學的力量，時刻無界限地戰勝自然，也會時刻感到一種極其崇高的愉快，代替一切以前的關於地上的愉快的希望。每人知道他會死去不再復活，於是對於死抱驕傲和安靜的態度，像神一般。他由於驕傲，將瞭解他不必抱怨生命是刹那，而愛他的弟兄，不需任何報酬。愛祇能滿足生命的一刹那，單祇對於它的刹那性的感覺已能增加它的火焰，而以前則消耗在對於身後的永恆的愛的幻夢之中……」還有和這相類的，等等的話。眞是妙透了！」

伊凡坐在那裏，手掩耳朵，目視地上，全身起始抖慄。聲音又繼續下去。

「『我的年青的思想家又想道：現在問題在於這種時代會不會來到？何時可以來到？假使會來到的，那末一切便取到解決，人類的生活可以有最終的安排。但是因爲人類的根深蒂固的愚性，還有一千年都安排不好，所以對於每個在現在已經認識眞理的人，可以許他完全隨意地用新的原則各自建設他的生活。在這意義上，他是「一切可被容許的。」不但如此：假使這個時代甚至永不來到，那末因爲上帝和靈魂不死總是沒有的，所以新人是可以被容許成爲人神的，甚至整個世界上祇有他一個人也可以，自然那時候他戴着新的頭銜，帶着輕鬆的心，在必要的時候，越過以前的奴隸人的一切以前的道德的障礙。法律對於上帝是不存在的！上帝立在什麼地方，——那地方就是神的地位！我站立的所在，立刻就成為第一個位置……一切是可以被容許的，也就算完了！這一切說法很有趣。但是假使你想做點欺騙的行為，似乎何必還需要眞理的核准？我們現代的俄羅斯人就是這個樣子；沒有核准是不敢做欺騙行為的，愛上了眞理到如此的地步……」

客人說着話，顯然被自己的辯才所吸引，越來越提高嗓音，嘲笑地看視主人！但是他沒有說完，伊凡忽然從桌上取起一隻杯子，一揮手就向雄辯家身上扔去。

「Ah mais c'est bete enfin※」——客人喊，從沙發上跳起來，用手指拂去身上的茶漬，——「憶起路德的墨水壺來了！他自己把我當作一個夢，卻用茶杯朝夢扔去！這是女人的行為！我早就疑心，你祇是裝出掩住耳朵的樣子，其實是聽着的……」

然然從院裏傳來堅決的，確定的叩擊窗框的聲音。伊凡・費道洛維奇從沙發上跳起來。

「你聽着，你最好開門罷，」——客人喊，——「這是你的兄弟阿萊莎。他帶來最出乎意料之外的，有趣的消息，我對你說！」

「不許響，騙子，我比你先知道這是阿萊莎。我預感到是他。他自然不會無緣無故地來

※這纔是愚傻呢。

的，自然有「消息！」……」伊凡瘋怒地喊。

「開門呀，給他開呀。外面有大風雪。他是你的兄弟。W-r, Sait-il temps qu'il fait? C'est a ne pas mettre un chien dehors※」

叩門聲繼續下去。伊凡想奔到窗前，但是似乎有什麼東西忽然束縛他的手脚。他用盡力氣掙脫他的鐵鐐，但是不成功。叩窗的聲音越來越多，而且洪響了。鐵鐐終於忽然斷了，伊凡·費道洛維奇從沙發上跳起來。他向四圍粗暴地看了一下。兩支臘燭幾乎熄滅，剛纔扔在他的客人身上的茶杯還放在他前面的桌上，對面的沙發上已經沒有人了。叩擊窗框的聲音雖然繼續堅持地響着，但是並不洪響，像他在夢中所想的那樣，反而是很節制的。

「這不是夢！不，我敢賭咒，這不是夢，這是眞有的！」——伊凡·費道洛維奇喊，奔到窗前，打開小天窗。

「阿萊莎，我已經不許你來的了！」——他對兄弟兇橫地喊，——「祇許說兩句話；你需要什麼？祇許說兩句話，你聽見沒有？」

「一小時以前，司米爾加可夫懸樑自盡了，」——阿萊莎從院裏回答。

「你到台階上面去，我立刻給你開門，」——伊凡說，便跑去給阿萊莎開門。

※你知道不知道，天氣多壞？好主人是不會放狗上街的。

第十章　「這是他說的！」

阿萊莎走進來以後，告訴伊凡・費道洛維奇一小時以前瑪麗亞・孔特拉奇也夫納跑到他的寓所，宣布司米爾加可夫業已自殺。「我走進他屋內去收拾水壺，他懸掛在牆上的鐵釘上面。」阿萊莎問她，「向什麼官廳呈報過沒有？」她回答說沒有呈報過，「却是首先跑到他這裏來，一路上拚命的奔跑。」阿萊莎說她像瘋人一樣，全身抖索，像一張薄紙。阿萊莎和她一塊兒跑到她們的農屋裏去，看見司米爾加可夫還懸掛在那裏。桌上放着一張字條：「由於自己的意志和樂意，消滅自己的命，與他人無涉。」阿萊莎仍舊把字條留在桌上，自己逕直到警長那裏，陳報一切經過，「以後就從那裏到你這兒來，」——阿萊莎結束着，釘看伊凡的臉。他在講的時候，眼睛一直不離開他的身上，似乎對於他的臉色有點驚愕的樣子。

「哥哥，」——他忽然喊。——「你一定病得很利害！你望着我，似乎不明白我說什麼話。」

「你來得正好，」——伊凡似乎凝慮地說，似乎完全沒有聽見阿萊莎的呼喊。——「我知道他上弔了。」

「從誰那裏知道的？」

「不知道從誰那裏。但是我知道的。我知道麼？是的，他對我說過。他剛纔還對我說過……」

伊凡站在屋子中央，老是凝慮地說話，眼睛朝地上看望。

「他是誰？」——阿萊莎問，不由己地向四圍環看了一下。

「他溜走了。」

伊凡舉頭輕笑：

「他怕你，怕你這鴿子。你是『純潔的小天使。』特米脫里稱你小天使。小天使……上級天使們雷聲般的歡呼！上級天使是什麼？也許是整個的星座。也許星座就祇是某種化學分子……有獅與太陽的星座，你知道不知道？」

「哥哥，坐下來！」——阿萊莎驚懼地說，——「看了上帝的分上，你坐到沙發上面。你在那裏發譫語。你躺在枕頭上面。就是這樣。要不要用濕手巾放在頭上？也許會好些的？」

「你把手巾拿來。就在椅子上面。我剛纔扔在這裏的。」

「這裏沒有手巾。你不要慌，我知道手巾放在那裏。那不是麼！」——阿萊莎說，在屋子的另一角落裏，伊凡的梳粧台上找到了一塊清潔，還疊得端正的，沒有用過的手巾。伊凡奇怪地看了手巾一眼；記憶似乎一下子回到他身上來了。

「你等一等，」——他從沙發上立起來，——「我剛纔一小時以前曾從那裏取了這塊手巾，用水弄濕。我把它按在頭上，以後又扔在這裏……怎麼會是乾的？第二塊手巾沒有呢。」

「你曾把這塊手巾按在頭上麼？」——阿莎萊問。

「是的，我還在屋內踱步，一小時以前……爲什麼臘燭燒完了？現在幾點鐘？」

「快十二點了。」

「不，不，不！」——伊凡忽然喊，——「這不是夢！他在這裏來過，他坐在這裏，就在那張沙發上面。你叩窗的時候，我朝他扔擲茶杯……就是這隻茶杯……等一等，我以前是睡熟的，但這個夢不是夢。以前也有這類事的。阿萊莎，我現在常做夢……但是那並不是夢，却是實境：我走路，說話，還看得見……可是睡着。然而他曾坐在這裏，他來過的，就在這張沙發上面……他很愚蠢，阿萊莎，愚蠢得利害，」——伊凡忽然笑了，起始在屋內踱步。

「愚蠢？你說的是誰？哥哥？」——阿萊莎又煩惱地問。

「鬼！他竟上門來訪問我。來過兩次，甚至幾乎有三次。他逗我，說我生氣他祇是一個普通的鬼，而不是燒焦了翅翼，從雷聲和雷閃中出現的撒但。然而他不是撒但，他這是撒謊。他是冒名頂替的架伙。他祇是一個鬼，不值錢的小鬼。他常上澡塘。假使脫去他的衣裳，一定可以找到一條尾巴，長長的，光滑的，像丹麥的狗似的，有一俄尺長，黃櫻色……阿萊莎，你凍濕了，你在雪裏走路。要不要喝茶？什麼？冷的麼？要不要吩咐他們生一下？C'est a ne pas metter un chien dehors……※」

阿萊莎迅快地跑到臉盆那裏，把手巾浸濕，勸伊凡重新坐起來，用濕手巾給他按在頭上。他自己坐在附近。

「你剛纔講起麗薩，有什麼意思？」——伊凡又起始說。（他變成極愛說話的人。）——我喜歡麗薩。我對你說了她幾句壞話。我在那裏撒謊。我是喜歡她的。……我明天爲卡嘉担心，這是我最怕的一件事。爲了未來的生活。明天她拋棄我，用脚踐踏我。她心想我爲了吃醋陷害米卡！是的，她這樣想！不行！明天是十字架，卻不是斷頭台。不，我決不上吊。你知道不知道，我是永遠不會自殺的，阿萊莎！是不是由於卑鄙的心情？我不是懦徒！爲了渴望而生活下去！爲什麼我知道司米爾加可夫上吊？是的，這是「他」對我說的……」

※好主人是不會放狗上街的。

「你深信有人坐在這裏麼？」——阿萊莎問。

「就在角落裏的沙發上面。你可以把他趕走的。你已經把他趕走了：你一出現，他就消滅了。我愛你的臉，阿萊莎。你知道不知道，我愛你的臉？他就是我，阿萊莎，就是我自己。我的低卑的一切，我的卑鄙的一切，賤蔑的一切！是的，我是「浪漫主義者，」他看出來了……雖然這也是毀謗。他很愚傻，但這反使他佔優勢，他狡滑，像野獸般狡滑，他知道用什麼使我發怒。他老逗我，說我不相信他，就藉此使我聽他的說話。他像哄小孩似的騙我。但是他對我說了許多關於我的實話。我決不會對自己這樣說話的。你知道，阿萊莎，你知道，——」——伊凡用極嚴肅，而且好像祕密的態度補充着，——「我很希望他果真就是他，而不是我！」

「他把你磨折苦了！」——阿萊莎說，用哀憐的眼光望着兄長。

「他逗我！你知道，他逗得很巧妙，很巧妙：「良心！什麼是良心！是我自己做成功的。我爲什麼感到磨折？那是由於習慣。由於七千年來全世界人類的習慣。我們祇要去掉這習慣，便成爲神了。」——這是他說的，這是他說的！」

「不是你麼？不是你麼？」——阿萊莎明朗地看着兄長，卻止不住地喊了出來。——「就算是他。你把他扔棄，忘掉了他罷！讓他帶走你現在詛咒的一切，永遠不要再來！」

「是的，但是他是惡毒的。他取笑我。他是胆大妄爲的，阿萊莎，」——伊凡帶着氣惱的抖戰的聲音說，——「但是他毀謗我，說許多毀謗我的話。他當着我的面前造我的謠言。「你要上前去完成你的善行，宣布你殺死了父親，僕人受了你的嗾使把父親殺死。」……

「哥哥，」——阿萊莎搶上去說——；「你應該自加檢點；不是你殺死的。這是不實在的話！」

「這是他說的，他說的，他知道這個。「你想去完成善良的功行，而同時你並不相信這善德，——因此這使你磨折，使你生怒，因此你成爲這樣勇於報復的人。」——這是他對着我批評我，但是他知道他所說的話……」

「這是你說的，不是他說的！」——阿萊莎悲苦地喊出，——「你在病中說的，你在那裏發譫語，磨折你自己！」

「不，他知道他所說的話。他說，你由於驕傲而走上前去。你將站立在那裏，說道：「這是我殺死他的，爲什麼你們嚇得蹲下身子。你們在那裏胡說！我看不起你們的意見，看不起你們的恐懼。」他這是指着我說的。他忽然又說：「你希望人家誇獎你：一個罪犯，一個兇手，而竟有這些寬宏的情感，打算救他的兄長，直認了出來！」阿萊莎，這纔是造謠呢！」——伊凡忽然喊，眼睛閃耀了。——『我不要那些暴徒誇獎我！這是撒謊，阿萊莎，他這是撒謊，我可以對你賭咒！爲了這，我扔茶杯到他身上去。這杯子在他的臉上撞破了。」

「哥哥，你安靜些，不要說了罷！」——阿萊莎懇求他。

「不，他是會磨折人的，他是殘忍的，」——伊凡沒有聽從，繼續說下去。——「我永遠預感到，他爲了什麼事情前來。他說：『即使你由於驕傲而前去告發，但是總還有一線希望，可以證實司米爾加可夫的罪名，把他遣戍出去受徒刑，米卡被宣告無罪，而你祇得了「道德上」的刑罰，——（他說到這裏，竟笑了！）還因此受別人的誇獎。但是司米爾加可夫死了，懸樑自盡了，——現在法庭上有誰相信你一個人的話語？但是你會去的，你會去的。你總歸要去的。你已經決定前去。在這以後，你還要前去，那是爲了什麼？』這真可怕，阿萊莎，我不能忍受這類的問題。誰敢對我提出這類的問題？」

「哥哥，」——阿萊莎搶上去說，恐怖到心悸的地步，但仍希望使伊凡醒悟過來。——「他在我沒有來以前，怎麼能對你說關於司米爾加可夫自殺的事，那時候誰也不會知道這件事，而且任何人也沒有時間去知道它？」

「他說過的，」——伊凡堅定地說，不容攙進任何的疑惑，——「他說的就是這個話。假使你願意知道。他說：『假使你相信道德，那是很好的。莫管人家如何不信，你走上去是爲了你的原則起見。但是你是一隻小猪，和費道爾・伯夫洛維奇一樣。道德對於你算什麼？

假使你的犧牲並不能得到什麼用處，你爲了什麼要出首呢？那是因爲你自己也不知道，爲了什麼要前去出首？你以爲你決定了麼？你還沒有決定！你將整夜坐在那裏，決定你去不去？但是你到底會去，並且知道會去，自己知道無論你怎樣決定，這決定是於你自己無關的。你會去，因爲你不敢不去。爲什麼不敢，——這由你自己去猜，這是給你的一個謎語！」他立起來，走了。你來了，但是他走了。他稱我做懦徒，阿萊莎！Le mot de lenigme※那就是我是懦徒！「這類的鷹是不配在地上翱翔的！」他補充上這句話，這是他補充上去的話！司米爾加可夫也說過這話。應該殺死他！卡嘉看不起我，一個月來我已經看出，麗薩也起始看不起！「你要去，就爲了使人家誇獎你，」——這是一個野蠻的謠言！你也看不起我，阿萊莎。現在我又恨你！還恨那個混蛋，恨那個混蛋！我不願意救這混蛋，讓他在徒刑裏朽爛去好了！他唱起讚美歌來了！明天我要去，站在他們面前，當他們的面向他們唾吐沫！」

他瘋狂地跳起來，扔去頭上的手巾，重又起始在屋內踱步。阿萊莎憶起他剛纔的話來：「我好像睜着眼睛做夢……我走路，說話，看得見，可是睡着了。」現在似乎實現這情景。阿萊莎不肯離開他的身邊。他生出一個念頭，想到醫生那裏去，領他來診治，但是又怕留他哥哥一個人在這裏：沒有別的人可以把他託付。伊凡終於漸漸地完全喪失了知覺。他一直繼

※謎底。

續說話，不停地說話，却說得完全沒有系統。甚至話語也說得不清楚，身子忽然在地上强烈地搖曳了一下。但是阿萊莎恰巧扶住他。伊凡讓阿萊莎把他領到牀傍，阿萊莎胡亂地給他脫了衣裳，服侍他躺下。自己又坐在他傍邊兩點鐘。病人睡得很結實，動也不動一下，靜靜地，平勻地呼吸着。阿萊莎取了枕頭，和衣躺在沙發上面。臨睡的時候，爲米卡和伊凡祈禱。伊凡的病情他起始瞭解：「驕傲的決定的磨刑，深刻的良心！」他不信仰的上帝和他的眞理把還不想服從的心克服了。「是的，」——阿萊莎已經躺在枕上，心裏想着，——「是的，司米爾加可夫一死，便沒有人相信伊凡的供詞；但是他會前去，供出來的！」阿萊莎靜靜的微笑：「上帝將戰勝！」他心想。「他不是在眞理的光明底下升起來，便是……在仇恨中幻滅，對自己和一切人報仇，爲了他替他不信仰的事情服務，」——阿萊莎悲苦地補充上去，又爲伊凡祈禱起來。

第十二册　司法的错误

第一章　運定的日子

在我所敍寫的事件發生後的第二天上，早晨十點鐘，我們的區法院開庭審理特米脫里．卡拉馬助夫案。

我要預先說一說，並且堅持地說一說：我並不認自己具有力量可將法庭上所發生的一切傳達得相當的完滿，且甚至相當的有次序。我總覺得假使全都記憶下來，而且予以相當的解釋，那末需要整冊的書，甚至是巨帙的書。因此請大家不要責備我祇傳達使我本人驚愕，且爲我特別記清的一切。我可以將次要的認作重要的，甚至可以將極顯著，極必要的特點完全忽略過去……然而我看大可不必道歉。我將盡我所能的做去，讀者自己會明白我祇能做我所能做的。

第一，在我們走進法庭的大廳之前，我要提一提這一天使我特別驚異的一切事情。驚異的並不單祇我一人，以後發現出來，原來大家都十分驚異。大家知道這案子引起太多人的注意，大家都不耐煩地等候開庭，我們的社會裏在已經整整的兩個月內，有許多人談論，猜疑，驚嘆，幻想。大家也知道這案子獲得了全俄的名聲，但是到底不能想像到它會使所有的人和每人震撼到如此濃密，如此惹惱的程度，而這不僅是我們這裏的人，且是各處的人，像在這一天的法庭上所發現的那樣。在這一天趕到我們這裏來的人裏不但有從本省的省城裏來的，且有從俄國的其他城裏來的，還有從莫斯科和彼得堡來的。來了一些法律家，甚至來了幾個要人，還有貴夫人，所有的傍聽券全已發盡。甚至在法官坐的桌子後面那塊不尋常的地方也騰了出來給特別體面高貴的男參觀人們坐。在那裏發現了整排的安樂椅，由各種重要的人物佔據着。這種情形是以前我們這裏不許有的。婦女特別的多，——有本城的，有外來的，我想甚至不下於全體觀衆之半。單單從各處聚攏來的法律家多得甚至不知道在那裏將他們安插，因爲所有的傍聽券業已散盡，被人家要光了。我親自看見在大廳的末端，講台後面，臨時，匆忙地設立了一個特別的柵欄，把所有趕來的法律家放了進去，他們甚至認爲可以在那裏站立一下也是榮華的事。爲了多騰些地位出來，他們把椅子從這柵欄裏完全移走，於是聚在裏面的一堆人竟擠成緊壓的一團，肩並肩地一直站在那裏，站着聽完這件「案子」。有些女太太，特別是外城來的，在大廳的樓座上出現，打扮得特別講究，但是大多數的女太太們竟把服飾忘掉了。在她們的臉上可以讀出歇司底里的，貪婪的，甚至病態的好奇。在所有聚在大廳裏的社會人士中間，有一個主要的特點，必須加以注意的，那就是從許多觀察中可以證明出，幾乎全體的婦女，至少是極大多數的人，站在米卡的一邊，主張開釋他。也許主要的是因爲他負有一個會征服女人的心的名聲的緣故。大家知道將有兩個女情敵出現。其中一個，就是卡德隣納・伊凡諾夫納，特別引起大家的注意，講起關於她許多特別的事情，關於她如何熱愛米卡，不管甚至他犯了罪。又講起一些奇怪的故事。特別提到她的驕傲，（她差不多沒有拜訪過我們城裏的任何人家，）她的「貴族的親戚的關係。」有人說她打算請求政府許她伴罪人一塊去遣戍的地方，在地底下的礦洞裏成婚。大家帶着不少的驚慌等待卡德隣納・伊凡諾夫納的情敵，格魯申卡在法庭裏發現。帶着受磨折般的好奇心等候兩個情敵在法庭前相遇，——一個是貴族派的，驕傲的女郎，一個是「藝妓。」但是我們的女太太們對於格魯申卡比對卡德隣納・伊凡諾夫納熟悉多些。這個「陷害費道爾・伯夫洛維奇和他的不幸的兒子的女人，」我們的女太太以前也曾見過，幾乎一齊驚訝，何以父子兩人會對於一個「極普通的，甚至完全不美麗的俄國女市民」戀愛到如此程度。一句話，議論是很多的。我確切地打聽出來，在我們城裏甚至發生了幾樁嚴重的，家庭間的口角，就是爲了米卡。許多女太太爲了對於這件可怕的案子見解的不同，和她們的丈夫們發生熱鬧的口角，自然在這以後所有這些女太太的丈夫們來到法院的大廳的時候，不但對於被告沒有好感，甚至惱怒他。總之，可以肯定地說，所有男性和女性相反，是帶着反對被告的情緒的。看得到一些嚴肅的，皺眉的臉，有些甚至是完全惡狠的，而這大多數是如此。米卡在居留我們城裏的時候已經把內中的許多人當面侮辱過，這也是實在的事。自然，傍聽者中間有些人甚至很快樂，對於米卡的命運根本很冷淡，但對於這椿在審理中的案件却並不如此。大家都注意它的結果，大多數的男子極希望罪人得到懲罰，除去那些法律家以外——他們所珍重的並不是道德的方面，祇是所謂現代法律的方面。使大家騷動的是著名的費邱郭維奇的光臨。他的才能是到處知曉的。他來到外省，辯護大刑事案件也非初次。經他的辯護以後這類的案件永遠是聞名全俄，被大家永久記住。還有幾個笑話關於我們的檢察官和法院首席推事的。大家講我們的檢察官戰慄地期待着和費邱郭維奇相遇。他們是還在彼得堡時，還在他們的職業的開始時的舊仇人。我們的自負極深的伊鮑里脫・基里洛維奇，從彼得堡的時候起，就認自己是被人時常欺侮的，就因爲他的才能未被人相當地珍視過的緣故，現在正聚精會神地注意卡拉馬助夫案，甚至私下裏想藉這案件恢復他的萎謝的運命，但是使他懼怕的惟有費邱郭維奇一人。但是關於看見費邱郭維奇戰慄的議論是不十分對的。我們的檢察官決不屬於在危險面前垂頭喪氣的性格，相反地，是屬於自負心隨着危險增長的程度以俱增的一類人。總之，應該注意的是我們的檢察官性子太暴燥，具有病態的感受性。他時常把自己整個心靈放在某一件案子上，辦得好像他的全部命運和全部財產都繫在這案子的裁決上面似的。司法界內有些人笑他這個樣子，因爲我們的檢察官就靠着這性格甚至博得了多少的名氣，雖非名聞四處，但以他在我們的法院裏那種謙遜的地位而言，這實已是猜想不到的了。大家特別笑他對於心理的僻愛。據我看來，大家都是錯的：我們的檢察官從他的爲人和性格而言，我看，比許多人所想的還要嚴肅得多。但是這個病態的人，從最初所走的路上，還在職業開始的時候起，以後一輩子的生活中，老是這樣不會將自己支持起來的。

至於提到法院的首席推事，祇能說他是有學問的，人道爲懷的，具有辦事經驗和極合乎現代的理想。他自負甚高，但不很關心自己的職業。他的生命的主要目的在於做一個前進的人。他有財產，還有奧援。對於卡拉馬助夫案，以後發現出來，他固然抱着十分起勁的態度，但祇是從普通的意義上說的。他所研究的是現象，它的類別，將它看作我們的社會基礎的產物，看作俄國人性格的特徵等等。他對於案件中個人的性格，它的悲劇，和從被告起所有參加的人們的個性，抱有充分不關心的，抽象的態度，大概也許這是最適宜的。

在法官們沒有出現以前，大廳上已擠滿了人。我們法院裏的大廳是城中最好的，廣闊，高敞，對於配音上是很合適的。法官們位置在一個搭高些的地方，在他們右首預備了一隻桌子，和兩排供陪審官坐的椅子。左面是被告和他的律師的位置。大廳中央，法官位置附近，有一隻放『物證』的桌子。桌上放着費道爾·伯夫洛維奇的染色的白綢寢衣，用以成就假定的兇殺的，運定的銅杵，米卡的襯衫，袖上被血沾污，他的外衣，在後面口袋的地方全是血漬，他當時把一條全行浸濕了血的手帕塞進那個口袋裏去：還找一塊滿染血污，現在已經完全發黃的手帕，米卡爲自殺用，在潘爾霍金家裏裝上了子彈，而在莫克洛葉被脫里芬・鮑里賽奇偷偷兒取走的手槍，還有那個題着字的包封，——就是用來包給格魯申卡預備的三千塊錢的，——和一根緊包封的玫瑰色的細帶，還有其他許多東西，我也不能記清楚了。在距離稍遠些大廳的深處，是傍聽席，但是在欄杆前面放着幾隻椅子，是爲證人們已經作了供詞却被留在大廳的時候坐的。十點鐘的時候法官們列席。三個法官裏一個是首席推事，一個是推事，另一個是名譽鄉區推事。檢察官自然也立卽發現。首席推事是身軀短矮而且強壯的人，比普通中等身材矮些，有五十歲左右，帶着一付發痔疾病人一般的臉，深黑的，帶斑白色的，剪得極短的頭髮，戴着紅綢帶，——不記得是那一種勳章。我覺得，——不僅是我，連大家都覺得，檢察官的臉色很有點慘白，幾乎發綠，爲了什麼緣因，似乎也許在一夜間突然削瘦了下去，因爲我在前天還看見他帶着極自然的神色起始問司法執行吏：陪審官們是否已全行列席？……然而我看這樣繼續下去是不能够的。因爲我沒有聽淸楚。首席推事許多事情，有的不大明白，還有的忘記提起，主要的是因爲我在前面已經說過，如果將所說的，所發生的一切全部記起，我的時間和地位一定是不够的。我祇知道兩方面（律師和檢察官）對於陪審官們提出異議的不很多。這十二位陪審官的組織中我記得有四個是我們城裏的官員，兩個商人，六個我們城裏的農人和下市民。我記得，在我們的社會裏，還在開庭前許多時候就有人帶着多少的驚異詢問，特别是女太太們：『難道這樣精細的，複雜的，心理學的案件可以交給一些官員，甚至農人們作運定的解決麼？這樣的官員，尤其是農人們，明白些什麼？』這四個被選爲陪審官的官員果眞全是小官僚，頭髮都斑白了，——惟有一個人稍爲年輕，——我們的社會上不大有人曉得，靠微薄的薪俸度日，大概有不能在任何地方露面的老妻，還有一大堆兒女，也許甚至是赤脚的，在閒暇的時候總是以到什麼人家打小牌爲消遣，自然永遠沒有讀過一本書籍。兩個商人雖具有威嚴的神色，但是有點沉默並且呆板得奇怪：內中一個剃光了鬍鬚，穿着德國式的服裝，另一個蓄着灰白的鬍鬚，頸上掛着紅綢帶，上面繫着一個勳章。關於下市民和農人是無話可講的。我們城裏的下市民幾和農人一般，甚至也有耕田的。內中兩人也穿着德國式的服裝，也許因爲這個顯得齷齪，而且不雅觀。因此眞會發生一個念頭，例如在我剛剛審看他們的時候，我也生出那個念頭：『這類的人們怎麼能對於這案件發生理解呢？』然而他們臉部引起一種奇怪的顯赫的，幾乎威嚇的印象；它們是嚴肅的，皺緊眉頭的。

首席推事終於宣布審理退職九等文官費道爾·伯夫洛維奇·卡拉馬助夫被殺案，——我不完全記得，他當時是怎樣措詞的。吩咐執行吏將被告帶進來，於是米卡出現了。大廳裏一切寂靜了，蒼蠅都可以聽出來。我不知道對於別人怎樣，米卡的態度對於我引起極不愉快的印象。主要的是他成爲一個可怕的紈袴子，穿着新的，剛裁製好的服裝，我以後知道，他特地爲了這一天到莫斯科去定製一套新裝，向他的舊裁縫定製，因他的衣裳的尺寸還在他那裏保存着。他戴着一雙新的黑漆皮手套，沒穿着漂亮的內衣。他舉起長長的，一俄尺長的步伐走進來，向前面動也不動地直看，用極不露出戰慄的神色坐在自己的位置上。當時那位律師，著名的費邱郭維奇出現了，似乎有一陣被壓抑的轟響在大廳裏飛越過。他是長長的，乾瘦的，一雙長長的，柔細的腿，極長的，慘白的，細細的手指，剃光了鬍鬚的臉，梳得極樸素，十分短的頭髮，柔細的，偶然被嘲笑和微笑弄得灣曲的嘴脣。看樣子他有四十歲，他的臉部可以算是愉快的，假使不是那雙眼睛，本身是不大，也沒有表情的，但是互相排設得稀有地臨近，惟有一條楕圓的鼻子上的細細的軟骨加以間隔。一句話，這面貌含着一種顯著的，鳥一般的樣子，使人爲之驚愕。他穿着晚禮服，帶着白領結。我記得首席推事第一句問米卡的話，關於姓名，職業等。米卡回答得很堅決，但有點出人不意地響亮，甚至使首席推事搖頭，幾乎驚異地看他。以後讀出了一張召喚到庭的人們的名單，就是證人和專家的名單。名單很長。四個證人沒有到：米烏騷夫，——他現在已赴巴黎，但是他的供詞還在預審時就錄過了，——霍赫拉闊瓦太太和田主瑪克西莫夫，——爲了有病未到，——還有司米爾加可夫，——為了猝死，曾有警察方面發給證書。關於司米爾加可夫的死耗引起了大廳裏強烈的騷動和私語。自然，傍聽的群衆裏有許多人還不知道這段突然自殺的事實，但是特別使人為之愕然的是米卡的舉動；剛剛宣布了司米爾加可夫的事情，他忽然從自己的座位上向整個大廳叫喊道：

「狗應該得到狗的死！」

我記得，他的律師如何奔到他身邊去，首席推事如何威嚇要採取嚴厲的處置，如果再發生這類的舉動。米卡一面點頭，却似乎並不懺悔，一面零零落落地好幾次對律師反復地微語道：

「我不啦！我不啦！這是脫口而出的！再也不啦！」

自然，這短短的一段事實使陪審官和傍聽的觀衆發生不利於他的意見。露出了性格，自己把自己介紹出來了。在這樣的印象之下，祕書宣讀了公訴書。

這公訴書十分簡短，但很廣泛。祇敘述一些主要的原因，為何某人被捕，為何原因應該把他交到法庭等等。但是這文件對我引起強烈的印象。祕書讀得明朗，清切，而且音調極響。全部的悲劇似乎重新出現在大家面前，那裏地凸出，那樣地凝聚，燦耀着命定的，無可憐惜的光明。我記得，首席推事在宣讀終了以後如何大聲而且莊嚴地問米卡：

『被告，您承認自己有罪麼？』

米卡忽然從座位上立起：

『在酗酒和荒亂的方面，我承認自己有罪，』——他用那種又是突如其來的，幾乎發狂的聲音喊着，——『在懶惰和淫亂方面是有罪的。在遭了命運打擊的時間，想成爲永遠的，誠實的人，然而對於老人的死，我的仇人和父親的死——是沒有罪的！然而對於搶刦他的財產的一層，——不，不，我是沒有罪的，也不會有罪：因爲特米脫里．卡拉馬助夫是卑鄙的人，却不是賊！』

他喊完了這套話，坐在位置上，顯然全身抖索着，首席推事重又對他發出簡短而含有教訓意味的勸喻，就是祇須回答問題，不必發出枝節的，瘋狂的驚嘆。他隨後不會繼續審判。證人們全體叫過來宣誓，當時一下子全看到他們。但是被告的兄弟們被准許出庭作審，無庸宣誓。經過牧師和首席推事一番叮囑，證人們又被引走，儘可能地將他們安插得離開些。以後他們陸續被傳喚上來。

第二章　危險的證人

我不知道，首席推事是否曾將檢察官方面和律師方面的證人分出兩個團體，並且打算依何種程序召喚他們。大概這一切是有的。我祇知道他們首先召喚檢察官方面的證人。我要重複一句，我不打算敍寫所有審問和一步一步進行的狀況。況且我的敍述一部分將成爲多餘的，因爲在檢察官和律師開始辯論時的演詞裏，所有供詞的全部行程和意義，似乎都引到一個點上，加以鮮明的，特性的說明，這兩種有意味的演詞我至少在許多地方全部記載了下來，以後當加以傳達，此外還有一樁非常的。完全意料不到的突發事件我也記載了下來，——這事件還在法庭的辯論開始以前突然演了出來，對於這案件的可怕而且運定的結局發生了無疑的影響。我祇要指出的是從開庭後最初的幾分鐘內就鮮明地露出這案件上一種祇有大家覺察到的特點來，那就是公訴方面的力量比較辯護方面所擁有的手段特別的大。這使大家一下子得了瞭解，當一些事實在威嚴的法庭上集中而且聚攏來，全部的恐怖和血腥漸漸地暴露到外面來的時候。大家也許還在最初的進行的步驟時起始明白，這甚至是完全無可辯論的事情，這裏面並無疑竇，實際上也不必作任何的辯論，辯論祇是爲了形式，而罪人是有罪的，顯然有罪的。完全有罪的。我甚至以爲那些女太太們，全體一致不耐煩地渴望着這有趣的被告被宣告無罪的，同時也十分相信他的完全有罪。不但如此，我覺得，如果他的有罪不得到如此確切的證實，她們甚至要憤激的，因爲在結局裏罪人被宣告無罪時便不會有這樣深刻的效果了。至於他將被宣告無罪，——希奇的是所有的女太太們，幾乎在最後的一分鐘以前還是根本相信的。『他有罪，但是爲了人道主義？由於現在流行的新的理想，新的情感，他會被宣告無罪的。』就爲了這個，她們總不耐煩地聚到這裏來。男子們最注意的是檢察官和有名的費邱郭維奇的爭鬥。大家奇怪，而且問自己：從這樣絕望的案件上，從這已被吃空的鷄蛋上，即使以費邱郭維奇那樣的才幹，還能做點什麼出來？因此他們帶着興奮的注意一步一步觀察他的偉大的業績。但是費邱郭維奇在終局以前，在演詞以前，對於大家成爲一個謎。有經驗的人們預感到他有一個系統，他已經擬定了什麼計劃，他的前面具有一個目的，不過那是什麼目的——幾乎是不能加以猜度的。他的自信和自恃露在大家的眼前。此外，大家立刻愉快地看出，他在最短的居留在我們城裏的時間內，也許祇有三天功夫，竟能奇怪的把這案件弄得淸淸楚楚，『精細地加以研究。』例如，以後大家愉快地講述，他如何隨時將所有檢察官方面的證人加以『糟塌，』盡可能地把他們弄得迷糊，主要的是沾汚他們的道德的名譽，自然藉此可以沾汚他們的供詞。大家以爲，他儘這樣做，是爲了游戲，爲了某種法律界上的榮譽，表示不忘記任何慣用的律師的方法：因為大家相信，用這類『沾污』的方法不能達到某種巨大的，最後的利益，大概他自己比大家都明白，心裏存着某種理想，某種暫時還藏匿的辯護的利器，在期限來到的時候會忽然把它暴露出來。但是因為他總歸感到自己的力量，暫時在那裏游戲，淘氣一番。例如，在審問格里郭里·瓦西里也維奇，費道爾·伯夫洛維奇的僕人，經他作出關於『通花園的門敞開着』的極重要的供詞的時候，一輪到律師發問，竟抓住不肯放鬆。應該注意的是格里郭里·瓦西里也維奇站立在大廳上面，並不因為法庭的莊嚴，傍聽人數的衆多而露出一點點的驚慌，帶着安靜，且幾乎莊重的態度。他作供詞時十分自信，似乎是同瑪爾法·伊格納奇也夫納私下裏談話一般，衹是稍為恭敬些。把他弄迷糊是不可能的。檢察官起初長久盤問卡拉馬助夫家庭裏的詳細情形的。一幅家庭的圖畫鮮明地露在外面。聽得出，還看得見證人是坦白，而且無偏私心的。他雖然對他的去世的主人的遺念表示極深的尊敬，但聲明主人對待米卡頗不公平，而且『不肯教養兒子。這小孩如果沒有我，會被白虱咬死的，』——他在講米卡的兒童時代的時候，補充着說。『父親在母親遺下來，世襲的財產上，欺瞞兒子也是不應該的。』檢察官問，他有什麼根據，可以證明費道爾·伯夫洛維奇在賬目方面欺瞞兒子，使大家驚訝的是格里郭里·瓦西里也維奇並沒有提出任何基本的證據。但堅持說，他和兒子所算的賬是『不公平』的，他『應該補出幾千盧布來。』我順便聲明，這個問題，——就是費道爾・伯夫洛維奇是否確未付清米卡款項的問題，——檢察官以後曾特別堅決地對可以提出的所有證人提了出來，連阿萊莎和伊凡・費道洛維奇也在其內，但是沒有從任何一個證人那裏取到任何確切的消息。大家全證實這事實，但沒有人能提出一點點明顯的證據。在格里郭里描寫吃飯時特米脫里・費道洛維奇闖進來，揍了父親一頓，還威嚇着要回來殺死他的那幕活劇的時候，——陰鬱的印象在大廳中飛越而過，尤其因爲老僕人敍講的時候十分安靜，沒有多餘的話語，用一種別致的言語，結果顯出十分佳妙的口才。關於米卡當時敲擊他的臉，把他摔倒，而受到的侮辱，他說他並不生氣，早就原恕了。對於去世的司米爾加可夫，他一面畫十字，一面表示他是一個有能幹的小夥子，祇是愚傻，遭受病魔的磨折。此外，他是無神派，他的無神主義是費道爾・伯夫洛維奇和大兒子所教的。但是關於司米爾加可夫誠實的性格，他幾乎予以熱烈的證明，立刻講出來，司米爾加可夫有一次檢到主人遺落下來的銀錢，並沒有藏起來，竟交還給主人，主人因此「賞給他一個金幣，」以後便將一切事情託付給他了。關於通花園的門敞開着一層，他用堅持的態度予以證明。他們盤問他的事情太多，我也不能全都記清楚，後來歸律師發問。律師第一件事情就打聽包封的事情，——就是費道爾・伯夫洛維奇爲了「某一位女太太」將三千盧布包藏在裏面的那個包封。「您自己看見過沒有，——您是這樣多年接近您的主人身邊的人？」格里郭里回答他沒有看見，也沒有從任何人方面聽見關於這筆錢的話，「直到現在大家起始提起它來的時候爲止。」關於包封的問題費邱郭維奇也對證人中可以詢問的一些人提出來，提出得十分堅決，和檢察官提出分產問題來的時候一樣，而從大家那裏取到的也惟有一個回答，就是說沒有人看見包封，雖然有許多人聽到過。律師對於這個問題所持的堅決的神情大家一開始就看出來了。

「現在我能不能對您提出一個問題，假使您容許的話，」——費邱郭維奇忽然完全出人不意地發問，——「從預審上查明出來，您在那天晚上，臨睡以前，曾用一種止痛的油膏，或是所謂煎劑，擦您的發痛的腰部，希望把它治愈，——那樣東西是用什麼合成的？」

格里郭里遲鈍地看了發問者一下，沉默了一會，喃聲說：

「有番紅花在裏面。」

「祇有番紅花麼？您不記得還有什麼東西麼？」

「還有番草。」

「也許還有胡椒麼？」——費邱郭維奇好奇起來。

「也有胡椒。」

「等等的材料，還全浸泡在燒酒裏麼？」

「浸泡在酒精裏。」

大廳裏微微傳出一陣細笑。

「您瞧，甚至浸泡在酒精裏。你擦完了背部，還把瓶裏剩留下的東西，由您的太太唸出僅有她一人知道的虔信的禱詞，就喝了下去，是不是？」

「喝了下去。」

「喝得多不多？說個比方，好不好？有一兩酒鍾麼？」

「有一玻璃杯。」

「甚至有一玻璃杯。也許有一玻璃杯半麼？」

格里郭里不響了。他似乎有點明白。

「一玻璃杯半純粹的酒精，——那眞是很不壞，您以爲怎樣？還可以看得見「天堂的門」做開着，」不但是通花園的門，對不對？」

格里郭里老是不響。大廳裏又傳出一陣細笑。首席推事的身子移動了一下。

「您是不是一定知道，」——費邱郭維奇越加釘追上去——「您看見過花園的門做開着的那個時候，您是不是睡着覺？」

「我立在那裏。」

「這還不能證明您不是睡覺。（大廳裏又發出細笑，）譬如說，在那個時候，假使有人問您什麼話，——例如，今年是那一年？——您能夠回答許多話麼？」

「這個我不知道。」

「那末今年是那一年，基督降生後那一年，您不知道麼？」

格里郭里站在那裏，帶着迷糊的神色釘看自己的磨折者。眞是奇怪的事情顯然好像他果眞不知道今年是那一年。

「但是也許您知道，您的手上有幾隻指頭麼？」

「我是奴才，」——格里郭里忽然洪響而且淸切地說——「旣然官長想取笑我，我也祇好忍受下去。」

這似乎使費邱郭維奇有點愕然，但是首席推事攙了進去，用敎誨的意味提醒律師，應該提出比較合適的問題。費邱郭維奇聽了以後，莊嚴地鞠了一躬，宣布他的發問終止了。自然，在傍聽者和陪審官方面會發生小小的蠕蟲般的疑竇，對於這個人在一定的治療的狀態之下有「看見天堂的門」的可能，而且連今年是基督降生後第幾年都不知道，他的供詞是否屬實？因此律師終算達到了自己的目的。然而在格里郭里退走以前又發生了一段故事。首席推事向被告詢問：關於這個供詞他有沒有話要說？

「除去門以外，他全說的是實話，」——米卡大聲喊，——「關於他替我提去白麪，——我感謝他。他說他原恕了我，」——我感謝他。老人一輩子誠實可靠，忠事我的父親，像七百頭尨犬一樣。」

「被告，您應該選擇您的話語，」——首席推事嚴厲地說。

「我不是尨犬，」——格里郭里也嘰咕起來了。

「那末我是尨犬，我是的！」——米卡喊，——「既然這是侮辱，我來自己承受下去，現在向他請求饒恕：我是野獸，對待他太殘忍了！我對待埃索布也是殘忍的。」

「什麼埃索布？」——首席推事又厲聲問。

「唔，對待俾葉洛……對待父親，對待費道爾．伯夫洛維奇。」

首席推事重又莊重而且更加嚴厲地對米卡說，請他謹愼選擇他的詞語。

「這樣子您是自己危害您的裁判官們對您的意見。」

律師向證人拉基金發問的時候也是弄得十分巧妙。我要說，拉基金是極重要的證人之一，無疑地爲檢察官所看重。原來他全都知道，知道得特別的多，他到一切的人們那裏去過，見到一切，同一切人說話，詳細知道費道爾．伯夫洛維奇和卡拉馬助夫一家人的履歷。誠然，關於三千盧布，包封的事情，他也衹是從米卡方面聽到。但是他詳細描寫米卡在「京都」酒店裏的功績，說出毀損他的一切話語和手勢，還講出司涅基萊夫上尉那段「毛帚」的歷史。關於那個特別的節目，——費道爾·伯夫洛維奇在算清地產的賬目的時候，是不是還欠米卡錢，——甚至拉基金也不能有所指明，祇用些普通的，賤蔑性質的話語搪塞下去：「以卡拉馬助夫一家那樣的糊裏糊塗，是誰也弄不明白，而且不能加以決定的，誰還能辨得清楚，這裏面誰對誰不對，而且誰欠誰呢？」他把現在審理着的犯罪的全部悲劇，描寫成農奴制度的陳舊的習慣，和俄羅斯因缺乏適當的組織陷於無秩序的狀態下的產物。一句話，他被容許發表了一點意見。拉基金先生從這次訟案上首先露臉，被人家所注意。檢察官知道證人在寫一篇關於現代的犯罪問題的論文，送到雜誌上去，所以在下面可以看到的演詞裏，曾從這篇論文中引證出幾點意見來，因此可以證明他是看過這篇論文的。證人所描寫的圖畫弄得陰鬱而且運定，給「公訴」幫了不少的忙。一般地說來，拉基金藉着他的超獨的意思和特別高貴的思路，而發表出來的意見使傍聽的羣衆為之神往。甚至聽得見兩三下突然拍出的掌聲，就在他說到農奴制度和俄羅斯受困於無秩序的情況的時候。但是拉基金到底還是青年人，做了一樁小小的錯事，立刻被律師加以巧妙地利用。他在回答關於格魯申卡的某種問題的時候，為了他感到自己取得了成功，還由於他越躍上去的高超的正直的情感，受了相當的吸引，竟冒失地對於阿格拉菲納·阿歷山大洛夫納道出一些賤蔑的詞句，稱她為「商人薩姆驟諸夫所贍養的情婦。」他以後竟願付極貴的代價以贖回這句話來，因爲費邱郭維奇立刻在這句話上捉住了他。這全是因爲拉基金完全料不到，律師會在這樣短短的時期內把案件弄得這樣熟悉，竟會曉得這樣隱密的細節。

「請問一下，」——在律師輪到提出問題的時候，他含着極客氣的，甚至恭敬的微笑起始說，——「您自然就是那位拉基金先生，他著了一本小冊，題爲圓寂長老曹西瑪的一生，裏面充滿深刻的，宗教的思想，書上還有呈獻給主教的佳妙而且虔信的題詞，我新近曾經愉快地讀了一遍。」

「我寫這個東西，並不想發表……以後他們印了出來，」——拉基金喃聲說，似乎忽然爲了什麼原因而感到困惑，幾乎帶着慚愧。

「這妙極了！以您這樣的思想家，可以而且甚至應該對於一切的社會現象抱十分寬大的態度。您那本有益的小冊，藉了主教保護的力量，得以暢銷，且獲得相當的利益……但是主要的，我想好奇地問您一聲：您剛纔聲明，您和司魯脫洛瓦小姐有極親近的交情，不是麽？」（應該注意的是格魯申卡的姓原來是『司魯脫洛瓦。』我還在訟案的進行中的當天初次曉得的。）

「我不能對我一切認識的朋友負責……我是青年人……誰還能對一切相遇的人全負担責

任呢？」——拉基金的臉完全漲得通紅。

「我明白，我很明白！」——費郎郭維奇喊，好像自己感到慚愧，又好像連忙道歉似的，——「您和其他任何的人一樣，對於和一個年青貌美的婦女相結識感到極有興趣，而這婦女也樂於接待本城的優秀的青年，但是……我祇想探聽一下：我聽說司魏脫洛瓦在兩月以前極想和最小的卡拉馬助夫，阿萊克謝意．費道洛維奇相識，叫您把他帶到她家裏去，還要穿着他當時所穿的修道院的服裝．她答應給您二十五盧布，祇要您能把他帶到她家裏去。後來曉得這件事情就成立在作爲本案根據的那件慘劇發生的那天晚上。您領了阿萊克謝意．卡拉馬助夫到司魏脫洛瓦小姐家裏去，——當時從司魏脫洛瓦手裏領到了二十五盧布的獎賞，這就是我願意向您打聽的事。」

「這是開玩笑……我看不出，爲什麽這件事情會引起您的注意來。我收下這錢爲了鬧闘玩笑……想以後再歸還……」

「如此說來，您確是收下的。但是您至今還沒有交還……或者已經交還了麽？」

「這是無聊極了……」——拉基金喃聲說，——「我不能回答這類問題……我自然要歸還的。」

首席推事起始干涉．然而律師宣言，他已經終止向拉基金先生發問。拉基金先生從台上走下來的時候，多少受了糟塌。由於他的高超正直的話語而得的印象到底遭了摧損，費邱郭維奇目送他下去，似乎對觀衆指着他說道：「你們瞧，你們的正直的控訴者是這樣的！」我記得，這一次在米卡方面還是免不了發生枝節：他爲了拉基金形容格魯申卡時所作出的口氣，感到憤怒，忽然從座位上喊了一聲：「白爾納德。」在問完拉基金以後，首席推事對被告說：他有沒有話要說的時候，米卡響亮地喊道：

「他曾向我這被告借過錢的！他是卑賤的白爾納德和機會主義者，不信上帝，欺哄主教！」

米卡自然又受了一番告誡，爲了他所作辭句的魯莽，但是拉基金先生又蒙到最終的打擊。司湼基萊夫上尉的作證也是遭受逆運，但完全爲了另一原因。他站在那裏，穿着破碎齷齪的衣裳，汚穢的皮靴，不管一切的預防措置，還由「專家」預行檢查，忽然完全喝醉了。對於米卡加在他身上的侮辱的問題，他忽然拒絕回答。

「不必提它了。伊留莎不許。上帝會補償我的。」

「誰不許您說？您指的是那一個人？」

「伊留莎，我的小兒子：『爸爸，爸爸，他如何作踐你呀！』在石頭傍邊說的。現在快要死了……」

上尉忽然嗚咽地哭泣，一倒身匍匐首席推事的脚下。在觀衆的笑聲之下，連忙把他帶下去了。檢察官預備好的印象完全沒有成立。

律師繼續利用一切的手段。他對於案情那樣的熟悉使大家越來越驚奇。例如，脫里芬・鮑里賽奇的供詞本可以引起極强烈的印象，自然對於米卡是極不利的。他幾乎掐着指頭數出，米卡在第一次來到莫克洛葉的時候，就是發生慘劇的前一月，所化去的錢不在三千之下，或是『稍爲少一些。單單在那些吉卜賽女人身上化了不知多少！賞給我們那些帶虱子的農人們，並不是每人五角，起碼是二十五盧布一張的鈔票，少些是不會給的。當時有多少錢從他手裏偷去！那些偷的人，是不會留下收據的。既然他自己都隨隨便便地拋擲，那裏還能捉出賊來呢！我們的鄉下人全是强盜，不肯保留自己的良心的。至於女孩們，那些鄉下的女孩們那纔够瞧呢！她們竟從此發了財，以前是貧窮的，就是這樣。』一句話，他記起了一筆用費，全都引了出來，彷彿開了一筆清賬。因此，關於祇化去了一千五，而將其餘的款子留在鎖盒裏的那個猜測成爲無意義的了。『我自己看見的，看見他手有裏三千盧布，眼睛看得清清楚楚，我們還會不識數麼！』——脫里芬・鮑里賽奇喊，努力想博『官長』的歡心。但是在審問轉到律師方面的時候，他並不想推翻供詞，忽然講起，在被捕的前一月，初次鬧酒的時候，馬大帕莫費意和另一個農人阿基姆在莫克洛葉，外屋的地板上，檢起米卡喝醉酒時遺落下來的一百盧布，交給脫里芬·鮑里賽奇，而他賞給他們每人一個盧布。『這一百盧布您當時還給卡拉馬助夫先生沒有？』脫里芬·鮑里賽奇無論怎樣狡黠，在盤問了鄉下人以後，祇好承認發見一百盧布的事，但是他當時就將原款交還特米脫里·費道洛維奇，『老老實實地交出去，不過他當時自己完全喝醉了酒，不見得會記得的。』因為他在傳喚鄉下人以前到底否認找到一百盧布，所以關於他還款給酒醉的米卡的供詞自然也受了極大的疑惑。因此檢察官方面推出來的一個危險的證人退下來的時候也蒙了嫌疑，名譽上遭到劇烈的汚損。波蘭人方面也出了同樣的事情。他們上堂的時候十分驕傲而且獨立不羈。他們大聲說，第一層，兩人『為王家服務，』米卡對他們提議，想用三千盧布買他們的名譽，他們的手裏是曾經看見過許多錢的。莫謝洛維奇把許許多多的波蘭話放進句子裏去，看見這反能在首席推事和檢察官的眼前抬高他的身份，便提起精神，完全用波蘭話說起話來。但是費邱郭維奇也把他們捉進網裏：無論傳喚上來的脫里芬·鮑里賽奇怎樣狡黠，到底祇好承認他的一付紙牌由佛羅勃萊夫司基加以替換，莫謝洛維奇做莊的時候，儘偷換紙牌。卡爾干諾夫出來作供，加以證實，於是兩個波蘭老爺多少面帶慚色，甚至在觀眾的笑聲之下退走了。

所有那些最危險的證人幾乎全發生了這類的事情。費邱郭維奇對於每個人都加以道德上的汚損，讓他們撞了一鼻子的灰，纔放走他們。那些法律家和專家們惟有欣賞，同時也惟有懷疑，這一切將引到那一種最後的，大的結果，因爲我重複一句，大家全感到公訴方面的無瑕可擊，越來越悲慘地增長起來了。但是從「偉大的魔術家」的自信上看出他是安靜的，因此大家都期待着：「這樣的人」不是會從彼得堡白來一趟的，這人是不會毫無所得而回去的。

第三章　醫生鑑定和胡桃一磅

醫生的鑑定也不很有助於被告。費邱郭維奇自己大概也不很對它生什麼希望，這是以後可以看出來的。這件事情的發生單祇是以卡德隣納・伊凡諾夫納的主張爲根據。她特地從莫斯科請來一位著名的醫生。辯護方面自然決不會爲了這鑑定而失敗，在最好的情事之下也許可以得到一點勝利。但是在一部分上甚至似乎發生了一點滑稽的情形，就是由於醫生方面有點意見不合。這些專門家裏面有外城來的著名大夫，還有我們城裏的醫生格爾城司圖勃，和年輕的醫生瓦爾文司基。最後兩位也列在由檢察官傳喚的普通的證人之列。首先以專家的資格被傳問的是格爾城司圖勃醫生。他年七十歲，頭髮斑白，且已禿露，中等的身材，堅强的體格。我們城裏大家很珍重他，尊敬他。他是一個良心正直的醫生，佳良的，虔信的人，一個「格倫古脫」派，或「莫拉維亞兄弟」教派，——我知道得不大清楚。他住在我們這裏很久，態度特別的威嚴。他爲人慈善，愛人如己，免費醫治窮人和鄉下人，親自造訪他們的住處，留下錢買藥，但是性格固執得像一頭驢子。一個思想坐牢在他的腦袋裏，你要加以推翻是不可能的。順便說一句，城裏大家全都知道這位外來的著名醫生，到這裏來兩三天上，就對於格爾城司圖勃醫生的才幹，說出了幾句十分侮辱的批評。事情是因爲這位莫斯科的醫生雖然收二十五盧布以上的出診費，但是我們城裏有些人竟歡迎他到這裏來的機會，不惜金錢，奔到他那裏去請求診治。在他沒有來以前，這些病人自然是由格爾城司圖勃治療的。於是這位著名的醫生到處十分嚴厲地批評他的治療方法。以後一到病人家裏以後，就甚至直捷了當地問：『唔，誰在這裏弄得這樣糟塌？是格爾城司圖勃麼？哈，哈，哈！』格爾城司圖勃醫生自己全都曉得了。於是這三位醫生魚貫地上堂來作證。格爾城司圖勃大夫直率地聲明，『被告腦力的不正常是自然而然看得出來的。』他當時提出他的意見，我在這裏忽略不提。後來他說這不正常的狀態主要地不但可以從被告以前許多行爲上看到，即使現在，甚至在這個時間內，也可以看出。等到人家請他解釋現在看出些什麼來，這醫生用坦白直率的態度指出，被告在走進大廳時，『具有對於環境不尋常的，奇怪的態度，一直向前走路，像兵士一般，眼睛向前面直瞪，其實他應該朝左邊看，那邊坐着傍聽的女太太們，因爲他是女性的極大的愛好者，應該多多地思想，女太太們現在關於他將說出什麼話來，』——小老頭兒用特別的言語結束着。應該注意的是他說許多俄國話，而且樂意說，但是他的每個句子都帶着德國調子，這永遠不使他感到不好意思，因爲他一輩子犯着一個毛病，就是認自己的俄國話是模範的，『甚至比俄國人還好，』甚至還愛常用俄國的諺語，每次告訴人家，俄國的諺語是世界上所有諺語中最好，最富於表情的。我還要說，他是否由於心神不屬的緣因，在談話中時常忘記極平常的字，他深知道，而忽然不知爲何原因從腦筋裏跳躍出來的字。然而他說德國話的時候也是如此，而且永遠在自己的面前揮搖着手，彷彿想尋覓而且捉獲喪失了的話語，於是誰也不能强迫他在他沒有找到遺失了的語句以前，繼續他已開始的談話。他說被告走進來的時候，應該看望女人，這句話引起了傍聽者中間戲笑的微語。我們這裏的女太太們很愛這小老頭兒，也知道他是一輩子的獨身漢，一個虔信的，貞節的人，把女人看作高尙的，理想的人物。因此他的出乎意外的話語大家看來是異常奇怪的。

莫斯科的醫生在上堂問話時嚴厲而且固執地表示他認被告的腦力狀態是不正常的，「甚至是程度極深的。」他巧妙地說許多關於「精神錯亂」和「瘋狂」的話。他說照所有收集到的證據看來，被告在被捕前的幾天內，無疑地處於病態的精神錯亂狀態之下，假使犯了罪，雖然也有感覺，但幾乎是不由己的，完全沒有力量控制佔據着他的病態的，道德上的刺激。但在精神錯亂以外，醫生還看出了瘋狂，據他說，這可預示到完全瘋狂上去的一條直坦的路。（應該注意的是我用自己的話語傳達醫生的話，至於他自己却用極爲科學的，而且特別的言語加以解釋。）「他的一切行動是和常識和邏輯相反的，」——他繼續說，——「且不說我沒有看見的一切，那就是關於犯罪和所有這個慘劇的一切，即使在前天和我談話的時候，他的眼光也是那樣無可解釋的呆板。在完全不需要的時候，發出意料不到的笑聲。莫明其妙地時常惹惱，一些奇怪的話語，如『白爾納德，』『倫理學』等等『不需要的話。』醫生從下面的情形裏特別指出這瘋狂的狀態。他指出，被告一提起他認爲自己被欺騙的那個三千盧布，就不會不發出某種不尋常的惹惱，而同時關於其他的失敗和受侮辱的事情，却說得而且記憶得充分的輕淡。以後查出來，在以前的時候，每次一提到這三千盧布，他同樣地會弄到幾乎瘋狂的地步，而同時大家可以證明他這人是沒有利慾心，不貪婪的。『至於說到我的科學上的同事的意見，』——莫斯科的醫生在結束他的說話的時候，嘲諷地說，——『被告走到堂上的時候，應該目視女人，而不應向前面瞪看，我祇可以說這樣的意見除具有游戲的性質以外是根本錯誤的：因爲我雖十分贊成被告走進决定他的命運的法庭的大廳的時候，不應該如此呆板地向前瞪視，這確乎可以認爲他在這時間內不正常的心靈狀態的徵象，但同時我可以肯定地說，他應該不朝左邊看女太太們，相反地，應該向右邊看望，尋找他的律師，他的全部希望在於他的幫助，他的全部命運現在都須靠他的保障。』醫生把他的意見堅决地表示出來。最後被傳喚的瓦爾文司基醫生的出人不意的結論給兩位有學問的專家之間的不同的論調增添特別的滑稽的意味。據他的看法，被告在現在和以前都處於完全正常的心神狀態之下，雖然實際上在被捕以前他應該顯出神經質的，異常興奮的神色，但是這也可以由於許多極顯明的原因而發生的：由於醋意，怒氣，不斷的酒醉的狀態等等。但是這種神經質的狀態是不會含有剛纔所說的任何特別的『精神錯亂』在內的。至於說到被告走進大廳的時候應該向左邊或向右邊看望的一層，『據他的鄙見看來，』被告應該在走進大廳的時候向前直視，像他實際上那樣的看法，因為首席推事和法官們一直坐在他的前面，他的命運現在完全握在他們的手中，『所以他向前直視，就是藉此證明在這時候他的腦力狀態是正常的，』——年輕的醫生帶着熱烈的情感結束他的『謙遜』的供詞。

『妙極了，郎中先生！』——米卡從座位上喊，——『就是這樣！』

自然人家把米卡止住了。但是年輕醫生的意見對於法官和傍聽人們具有極決定的影響，因為以後發現，大家全贊成他的話。然而格爾城司圖勃醫生又以證人的資格被傳詢，却忽然完全出人不意地說了於米卡有利的話。他是這城裏的老居民，早就知悉卡拉馬助夫家內的情形，作了幾種對於『公訴』方面有興趣的供詞，忽然似乎在經過一番考慮以後，說道：

『但是這個可憐的青年人本可以取得無從比擬的好的命運，因為他在兒童時代和兒童時代以後都具有極好的心，我是知道的。但是俄國諺語說：「如果一個人有一個腦筋，那是很好，但是如果還有一個聰明的人到他家裏來作客，那便更好，因為那時便有兩個腦筋，不祇一個……」』

『一個腦筋好，兩個更好，』——檢察官不耐煩地補說上去，早就知道老頭兒有說話說得又慢又完長的習慣，不管他的話引起了什麼印象，也不管人家和何久等，相反地，很重視遲鈍的，馬鈴薯一般的，永遠快樂而且自足的德國式的俏皮話。小老頭兒是愛說些俏皮話的。

『是的，我說的就是這句話，』──他固執地說，──『一個腦筋好，兩個腦筋更好。但是另一個有腦筋的人並沒有到他那裏來，而他把自己的腦筋又放出去……怎麼，他放到那裏去？那個字──他把自己的腦筋放到那裏去，我忘記了，』──他繼續說，手在自己的眼前旋轉着，──『啊，是的，Spagiren.』

『游玩麼？』

『是的，游玩，我說的就是這句話。他的腦筋走出去游玩，走到深的地方，把自己喪失了。但是他是一個有情感和感謝心的青年，我很記得他很小的時候，被拋棄在父親的後院裏，他沒有穿鞋子，在地上跑着，小袴上祇有一個紐扣……』

有一種細感的，深刻的音調忽然在這誠實的小老頭兒的嗓音裏聽了出來。費邱郭維奇抖索了一下，似乎有所預感，一下子注意起來了。

『是的，我當時自己還是一個青年人……我……不錯，我當時祇有四十五歲，剛剛來到這裏。我當時很可憐這男孩，自己問自己，爲什麼我不能給他買一磅……是的，一磅什麼？

我忘記叫什麼名字……一磅小孩子們很愛吃的，那叫什麼，——那叫什麼……」——醫生又揮搖起手來。——『牠在樹上長着，有人採下來，送給大家……」

「是蘋菓麼？」

「不，不！一磅，一磅，蘋菓是講究十個一買，不論磅的……不，這東西很多，全是小的，放在嘴裏，軟——拉——拉一響……」

「是胡桃麼？」

『不錯，就是胡桃，我說的就是這個。』——醫生用極安靜的態度證實，似乎完全沒有尋覓話語似的，——『我送給他一磅胡桃，因爲從來還沒有人把一磅胡桃送給一個男孩。我舉起了我的手指，對他說：「小男孩！Cott der Vater,」他笑了，也說：「Cott der Vater,」——「Cott der Sohn.」——他又笑了，又喃語着：「Cott der Sohn.」——「Cott der heilige Geist.」——他又笑了，儘可能地說着：「Cott der heilige Geist.」※我就走了。第三天走過那裏，他自己對我喊：「叔父，Cott der Vater, Cott der Sohn」，單祇忘卻了Cott der heiLige Geist,我對他提醒這句話，我的心裏又開始十分憐惜他。但是他後來被帶走了，我再也看不見他。這事已經過了二十三年，有一天早晨我坐在我的診室

※德語：神父，神子，聖神。

裏，頭髮已經完全白了。忽然走進一個像一朵鮮花似的青年人，我怎麼也不認識他。但是他舉起手指，笑着說：「Gott der Vater, Gott der Sohnund Gott der heilige Geist！我現在回來了，特地來答謝您送我一磅胡桃，因爲當時從來沒有人給我買過一磅胡桃，祇有您一人給我買了一磅胡桃。」於是我憶起了我的幸福的青春時代和沒有鞋穿，在院裏跑的可憐的小孩，我的心翻了轉來。我就說道：「你是一個知恩圖報的青年人，因爲你一輩子憶起了我在你的兒童時代送給你的一磅胡桃。」我抱住他，爲他祝福。我竟哭了。他笑着，笑着，也哭了……因爲俄國人是時常在應該哭的地方發笑的。但是他竟哭了，我看到的。然而現在，唉，眞是可嘆！……」

「我現在也在那裏哭，德國人，現在也在那裏哭，你這聖者！」——米卡忽然從自己的座位上喊。

無論如何，這故事使觀衆引起一點於米卡有利的印象。但是對於米卡有利的主要的印象却出於下面就要講起的卡德隣納·伊凡諾夫納的供詞而引起。一般地講來，在律師方面傳喚的證人起始上堂的時候，命運似乎忽然甚至正經地朝米卡發出微笑，——最有趣的是甚至對於律師方面也是意料不到的。在卡德隣納·伊凡諾夫納之前，阿萊莎先被傳上去。他忽然憶起了一個事實，可以作爲對於公訴方面一個重要節目無利的肯定的證明。

第四章　幸福對米卡微笑

還是甚至對於阿萊莎自己也是完全出於偶然的。他被傳喚上來，並沒有宣誓。我記得從傳詢的第一句話上，各方面就對他異常柔和而且同情。顯然有極好的名譽趕在他的前頭。阿萊莎供（分謙虛而且拘束，但是他的供詞裏明顯地透出對於不幸的兄長的熱烈的同情。他回答着一個問題，把兄長的性格描畫成也許是爆燥的，被情慾所迷惑的人，但同時是正直的，驕傲的，寬容的，在人家有所要求的時候，甚至是準備犧牲的。他承認他的兄長在最近的日子內，為了對於格魯申卡的迷戀，為了和父親吃醋，處於難堪的狀態之下。但是他憤憤地甚至拒絕加以猜度，他的哥哥會為了劫財而殺人，固然他也承認在米卡的腦筋內這三千盧布幾乎變成一個瘋狂，他認為這就是父親用欺騙的方法沒有給够他的遺產，他本來對於錢財並不貪婪，然而一提到這三千盧布，甚至總要發出瘋狂和暴怒。對於兩位「女太太，」（如檢察官所稱的，）那就格魯申卡和卡嘉的爭風喫醋的事情，他作出游移兩可的回答，甚至對於一兩個問題完全不願回答。

「您的老兄至少曾對您說過他想殺死他的父親沒有？」——檢察官問。——「您可以不回答，假使您認爲這是必需的，」——他補上這句話。

「沒有直接說，」——阿萊莎答。

「怎麼？是間接的麼？」

「他有一次對我講他個人仇恨父親，並且怕……怕……在極端的時間內……在感到厭憎的時間內……也許可以殺死他。」

「您聽到以後，相信他的話麼？」

「我怕說出我是相信的。但是我永遠深信有一種高尙的情感永遠會在命定的時間內救他，實際上也就是救了他，因爲不是他殺死我的父親，」——阿萊莎用洪響得使全廳都聽得見的聲音堅定地結束他的話。

檢察官抖索了一下，像一匹戰馬聽到了喇叭的號聲。

「請您相信，我完全信您的見解是十分誠懇的，並不把它另作解釋，或者將它和您愛您的不幸的兄長併爲一談。您對於您的家庭裏演成的整個悲劇具有特別的眼光，是我們從預審上就知道的。我不瞞您，這眼光十分的特別，而且和檢察廳方面所接到的其他各種供詞大相矛盾，因此認爲必須切實地問您：有什麼證據在指導着您的思想，使您最後深信您的老兄並不犯罪，而是別人犯的罪，像您在預審的時候一直指出來似的。」

「在預審的時候我祇是囘答問題罷了，」——阿萊莎輕聲地，安靜地說，——「我並非自己指控司米爾加可夫。」

「但是您到底指着他。」

「我是由於特米脫里哥哥的話語而說出來的。在被傳喚以前有人對我講他被捕時所發生的一切情形，還講他自己當時會指出司米爾加可夫來。我完全相信哥哥是沒有罪的。假使不是他殺死，那末……」

「那末就是司米爾加可夫麼？……爲什麼一定是司米爾加可夫？爲什麼您這樣堅決地相信您的老兄沒有犯罪呢？」

「我不能不相信我的哥哥。我知道他不會對我撒謊的。我從他的臉上看出他不會對我撒謊。」

「祇是從臉上看到的麼？所有您的證據全在這上面麼？」

「我再也沒有證據了。」

「關於司米爾加可夫的犯罪，您也沒有任何一點點別的證明作爲根據，單除去您的老兄的話語和他的臉色，是不是？」

「是的，我沒有別的證據。」

檢察官停止了問詢。阿萊莎的回答使旁聽的羣衆引起極為失望的印象。在開庭以前，我們這裏已經有人談起司米爾加可夫，有人聽到什麼話，還有人指出一點事實來。有人說，阿萊莎在積聚一些對於他的哥哥有利並且可以證明那個僕人有罪的特別的證據，但是——沒有什麼，沒有任何證據，除去一些道德上的信念以外，這信念以他是被告的同胞弟兄的資格上看來是頗爲自然的。

費邱郭維奇起始詢問。關於什麼時候被告對阿萊莎說他仇恨父親，會殺死他，是不是在慘劇前最後一次會晤的時候他聽到了這句話的問題，阿萊莎回答的時候，忽然似乎抖索了一下，似乎現在剛記到，而且考慮到一件什麼事情。

「我現在記得一樁事實，是我自己完全忘却的，當時我不大清楚，現在却……」

阿萊莎顯然現在剛突襲到一個念頭，當時興匆匆地敍講他和米卡最後一次會晤，在晚上，到修道院路上的樹傍，米卡叩擊自己的胸脯，「胸脯的上部，」好幾次對他反復地說，他有方法恢復他的名譽，這方法就在這裏，這地方，在他的胸脯裏……「我當時以爲他叩擊自己胸脯，說是自己的心，」——阿萊莎繼續說，——「說他可以在自己的心裏找到力量，以脫去一個什麼可怕的恥辱，這恥辱正立在他的當前，他甚至對我也不敢承認出來。說老實話，我當時心想他講的是父親，他一想到他要到父親那裏去，做出一些强蠻的行爲，因此由於恥辱而感到振慄，然而他當時似乎指着胸前的一件什麼東西，我記得我的腦筋裏當時曾閃出一個念頭，就是心完全不在胸脯的那個部位，却在下面，而他叩擊得太高，就在頸顊的下面，一直指着這個地方。我當時覺得我的念頭是愚蠢的，他也許當時就是指着那隻鎖盒，裏面縫着一千五百盧布……」

「就是的！」——米卡忽然從座位上喊。——「就是這樣的，阿萊莎，我當時用拳頭叩擊在那上面。」

費邱郭維奇匆忙地跑到他面前，懇求他安靜一下，就在這一刹那間抓住了阿萊莎。阿萊莎自己被回憶所吸引，熱烈地表示他的猜度的意思。「他以爲這恥辱大概在於身上旣帶有一千五百盧布，本可以還給卡德隣納·伊凡諾夫納作爲還他欠她的債務的一半，但是終歸不能決定去還，而想用在別的上面，就是作爲帶走格魯申卡的用費，假使她答應的話……」

「就是這樣，這確乎是這樣，」——阿萊莎帶着突來的興奮喊着，——「我的哥哥當時對我喊，他可以把一半的恥辱（他幾次說出：『一半』的兩個字！）立刻從自己身上除卸下去，而不幸他的性格是那樣的軟弱，竟不會這樣去做；他預先知道他是不能，而且沒有力量去做的！」

「您堅定而且明白地記得他叩擊的就是胸脯的那個部位麼？」——費邱郭維奇貪婪地

問。

「明白而且堅定，因爲我當時就想到心的部位極低，爲什麼他叩擊得那樣高，我當時還覺得我的念頭是愚蠢的……我記得我覺得它是愚蠢的……我的腦筋裏閃出了這個念頭。因此我現在立刻憶起來了。我怎麼會至今忘掉了呢？他說他有方法，但是他不會交還這一千五百盧布，他指的就是這個鎖盒！他在莫克洛葉被捕的時候，曾經叫喊，——我知道這個，有人轉告我，——他認爲一輩子莫大的恥辱的事情，那就是既有方法可以把一半的債務（就是一半！）還給卡德隣納．伊凡諸夫納，使在她面前洗去了罪名，而他到底不能決定還出去，寧可在她的眼前成爲一個小偷，而不願和金錢作別！他眞是爲了這筆債務，而感到痛苦，眞是感到痛苦！」——阿萊莎結束的時候，呼喊起來。

檢察官自然參加進來。他請阿萊莎再描寫一遍，這事是如何發生的，還好幾次堅持地問：被告叩擊胸脯的時候，是否有所指出？也許是簡單地用拳頭擊叩自己的胸脯？

「並不是用拳頭！」——阿萊莎喊，——「就是用指頭指着，指着這個很高的地方……我怎麼會至今完全忘却了呢！」

首席推事問米卡，他對於這個供詞能說什麼話？米卡證實這事就是這樣的，他就是指着在他胸前，就在頸項下面的地方的一千五百盧布，自然這是一個恥辱，——「不能加以否認的恥辱，我一輩子最恥辱的行爲！」——米卡喊。「我能還而不還。寧願在他的眼內成爲一個小偷，却不肯還錢。最重要的恥辱就在於預先知道我不會還錢！阿萊莎說得很對！謝謝你，阿萊莎！」

阿萊莎的傳詢完結了。重要而且顯著的是總算找到一樁事實，總算有一件小小的證據，幾乎祇是對於證據的一點暗示，總還可以稍稍地證明這隻鎖盒是確乎存在着，裏面有一千五百盧布，被告在莫克洛葉預審的時候，宣布這一千五是「我的，」他並不撒謊。阿萊莎很高興；他漲紅着臉，走到給他指出的那個位置上去。他許久還反復地自言自語：「我怎麼會忘記的！我怎麼會忘記的！怎麼現在剛剛忽然記了起來！」

開始傳詢卡德隣納・伊凡諾夫納。她剛出現，大廳裏就傳出一點不尋常的情形。女太太們取起單眼鏡和望遠鏡，男子們移動着身體，有的人從座位上立起，想看得清楚些。以後大家說，她剛走進來，米卡的臉忽然慘白得「像一塊手帕。」她全身穿着玄色的衣裳，十分樸素，幾乎畏葸地走近指給她的那個位置上去。從她的臉上不能猜到她的心神如何的騷亂，但是一種果斷的神氣在她的黑暗，陰鬱的眼神裏閃耀出來。應該注意的是以後許多人說她在這時候的容貌特別的美麗。她輕聲說，說得很清楚，整個大廳都聽得見。她說話的神氣特別的安靜，或者至少努力做成安靜的樣子。首席推事起始謹慎地，特別恭敬地發問，似乎怕觸及「另一根心絃，」尊重偉大的不幸。但是卡德隣納·伊凡諾夫納自己說第一句話的時候，回答人家所提出的問話，就堅定地宣布她是被告已訂過婚的未婚妻，「直到他自己離開我時爲止」……她輕聲補充着說。在人家問她，關於她說米卡將三千盧布匯給她的親戚的那件事的時候，她堅定地說：「我給他這筆錢，並不讓他一直匯出去。我當時預感到，他很需要錢……在那個時候……我給他這三千盧布，以他在一月以內匯寄出去爲條件。以後他何苦爲了這筆債務苦惱自己……」

我不去傳達所有的問題和她的詳細的回答，我祇是傳達她的供詞中一點重要的意思。

「我堅信他永遠會匯出這三千盧布，祇要他能從父親那裏取到款子。」——她繼續回答着問題，——「我永遠相信他的不貪婪和他的誠實……在銀錢方面極高的誠實。他深信可以從父親那裏取到三千盧布。曾經好幾次對我說過。我知道他和父親不和睦。我永遠相信，而且至今還相信，他受了父親的欺侮。我不記得在他的方面對於父親有任何恐嚇的話。至少他當我面前一句話也沒有說，沒有任何恐嚇的話。假使他當時到我這裏來，我立刻會將他爲了斷谷我的那筆不幸的三千塊錢而得來的驚慌安慰一下，但是他不再到我那裏去……而我自己……我處於那種地位……又不能叫他來……我沒有任何權利，爲了這債務對他有所要求，」——她忽然說，她的聲音裏露出一點堅決聲調，——「有一次我自己從他手裏取到一筆債款，比這三千還多些，也收了下來，雖然當時我連預料也不能預料到，什麼時候纔能歸還我的債務……』

在她的語調裏似乎感到一種挑戰的意味。就在這時候，發問轉到費邱郭維奇方面來了。

『這事不在這裏，卻在你們開始認識的時候，是不是？』——費邱郭維奇一下子預行感到一點有利的情形，便謹愼地繞着灣子說。（應該在這裏加一個小註，就是他雖然一部分是卡德隣納·伊凡諾夫納從彼得堡聘請來的，——但到底一點也不知道關於米卡在另外的城裏借給她五千盧布，和『跪地叩頭』的事情，她沒有對他說出這句話，隱瞞起來了！這眞是奇怪。可以帶着深信加以猜度，她自己在最後的一分鐘以前還不知道：是否要在法庭上講出這段故事。她期待着某種的靈感。）

不，我是永遠不能忘卻這時間的！她起始敍講。她全都敍講出來，米卡對阿萊莎敍講過的全部故事。還有『下跪，』這事的起因，她的父親的事情，和她到米卡家裏去的情節，但是沒有用一句話，用單獨的暗示的話，提及米卡如何經過她的姊姊，自己提議『打發卡德隣納·伊凡諾夫納到他家去取錢。』她將這一段寬大地隱瞞下來，竟一點也不害臊地向外宣布，那是她，她當時自己跑到年青的軍官那裏，由於自身的激情，希望……可以向他借錢。這眞是使人震慄。我聽着發冷而且抖慄，滿廳的人全沉住呼吸，捕捉每句話。這裏面含有無前例的一切。卽使以她這樣固執己見的，賤蔑地驕傲的女郎，也幾乎無從希望她作出這樣十分公開的供詞，作這樣的犧牲，這樣的自己宰殺。爲了什麽？爲了什麽？爲了救對她變心，侮辱她的人，爲了能稍稍地幫忙救他，引起於他有利的良好的印象！果眞地，一個少年軍官的形象，——他將最後的五千盧布，（他在世界上所留剩的一切，）交了出來，恭敬地對一個天眞無邪的女郎鞠躬，——這形象很同情而且有吸引力地表露出來，但是……我的心縮緊得痛了！我感到以後會發生謠言的，（以後果眞發生了！）以後全城裏大家帶着惡笑說，她所敍講的故事也許不十分確實，就在那個軍官把女郎放走，『好像祇朝她恭敬鞠躬一下』的那個地方。大家暗示，在這地方有一點事實被『遺漏』了。『如果沒有遺漏，如果全是實事，』——甚至最可尊重的女太太們也說着，——『還不知道：一個女郎做出這樣的行爲，卽使爲了救她的父親，是否是極正當的？』莫非說，以卡德隣納·伊凡諸夫納的那份聰明，那份病態的銳敏的感覺，不會預先感到人家這樣議論麽？一定預先感到，却還決定說了出來！自然，這一切對於實在情形的齷齪的懷疑以後方纔開始，而在最初的一分鐘內大家全都受了震撼。至於法官方面，却帶着所謂崇拜的，甚至慚愧的沉默傾聽卡德隣納·伊凡諸夫納的說話。檢察官對於這題目沒有再行發問。費邱郭維奇深深地向她鞠躬。他露出幾分勝利的神色。他獲到了許多：一個人激於正直的熱情將自己最後五千塊錢交了出來，而以後這個人在夜裏殺死他的父親，搶去三千盧布，——這兩件事是有點不相聯屬。至少，費邱郭維奇現在可以把搶刦的一層撇開。『這案件』忽然加上一種新的光明。傳來了對於米卡有利的，一點同情的氣息。至於他呢……人家講他在卡德隣納·伊凡諾夫納作供的時候一兩次從座位上跳起來，以後又倒在長凳上，兩掌掩住臉龐。在她說完的時候，他忽然將兩手朝他伸展着，用嗚咽的聲音喊道：

『卡嘉，你爲什麼害我！』

於是向整個大廳大聲哭泣了。但是又一下子自行忍住，喊道：

『我現在受判決了！』

以後他似乎釘牢在那個地方，咬緊牙齒，兩手交叉在胸前。卡德隣納·伊凡諾夫納留在大廳裏，坐在給她指定的椅上。她坐在那裏臉色發白，皺緊眉頭。坐在她傍邊的人們講她全身抖索了半天，像發瘧疾似的。格魯申卡上來受傳詢了。

我現在快寫到突然爆發出來，也許確將米卡陷害的那件災難事件。因爲我相信，所有的法律家們以後也說，如果不發生這段情節，罪人是至少可以得到赦恕的。這話以後再說。現在先說兩句關於格魯申卡的事情。

她上堂的時候也全身穿着玄服，肩上罩着美麗的黑色的圍巾。她平正地走路，舉起聽不出聲音的步伐，身子微微地搖曳，像一些肥胖的女人有時那樣的走法。她走近欄杆，釘看着首席推事，一次也不向左右兩面顧視。據我看來，她在這時候很美麗，臉色並不慘白，像女太太們以後所講的那個樣子。她們還說她有一付凝聚的，惡毒的臉。我以爲她是十分的惹惱，難堪地感到那些渴求看熱鬧的傍聽的羣衆將賤蔑而且好奇的眼神掃到她的身上來。她具有驕傲的性格，不能遭受人們的蔑視。她是那類的人，祇要疑惑到有人加以賤視，——會立刻發出憤怒的火燄，和渴想報復的心思。自然還帶着畏葸，和爲了這畏葸而生的內心的慚愧，因此她的談話不免有不平勻的地方，——一會兒忿怒，一會兒賤蔑，而且特別的粗俗，一會兒忽然發出自己責備，自己抱怨的，誠懇的，出於心底裏的樂調。她有時說的話，好像是要飛跳進一個深淵裏去似的：「無論出什麼亂子總是一樣的，我總要說的……」關於和費道爾·伯夫洛維奇相識的一層，她厲聲說：「這全是不相干的事。他纏到我的身上來，我有什麼錯處呢？」以後過了一分鐘又說：「這全是我的錯處，我取笑他們兩人，——既取笑老頭子，又取笑這一位，——把他們兩人弄到這種地步。爲了我發生了一切。」又涉及薩姆騷諾夫。「這於人家有什麼相干？」——她立刻用一種蠻橫的挑戰的態度攻擊起來。——「他是我的恩人，他把我從窮困中取了出來，在我的家庭把我從家裏摔了出來的時候。」首席推事十分客氣地告訴她，應該直接回答問題，不要說得過分的詳細。格魯申卡臉紅了，眼睛閃躍着。

她沒有看見裝銀錢的包封，祇從「兇徒」嘴裏聽說費道爾·伯夫洛維奇有三千盧布的一包錢。「不過這全是愚蠢的事情，我笑得要命，無論如何不會去的。」

「您剛纔說的「兇徒」是誰？」——檢察官問。

「就是那個僕人，司米爾加可夫，把他的主人殺死，昨天自己吊死了。」

人家自然立刻問她：她有什麼根據作出這種堅決的指控，但是連她也沒有任何根據。

「特米脫里·費道洛維奇自己對我說的，相信他就是了。那個女人害了他，就是的，她一人是一切的原因，就是的，」——格魯申卡說，忿恨得似乎混身抖索，惡狠的音調在她的嗓音裏露了出來。

人家向她打聽，她指的是誰。

「就指着那位小姐，那個卡德隣納·伊凡諾夫納。她當時喚我到她家裏去，給我吃巧古立糖，想引誘我。她這人很少眞正的羞恥心，就是這樣……」

首席推事嚴厲地阻止她，請她節制自己的辭句。但是一個發了醋勁的女人的心已經燃燒了，她準備飛躍進深淵裏去……

「莫克洛葉村裏被捕的時候，」——檢察官問，——「大家看見，而且聽見您從另一間屋內跑出來，喊道：「一切是我的錯處，我們一塊兒去受遣戍的徒刑！」如此說來，在這時候您已經相信他是殺父的兇手，不是麼？」

「我不記得當時我的情感是怎樣的，」——格魯申卡回答，——「當時大家喊着他殺死了父親，於是我感到這是我的錯處，他是為了我而殺死的。等到他說他沒有犯罪，我立刻相信他，現在還相信，而且將永遠相信：他不是撒謊的人。」

轉到費邱郭維奇發問。我記得他問起拉基金，和二十五盧布的事情，「為了他把阿萊克謝意．費道洛維奇．卡拉馬助夫領到您那裏來。」

「他取我的錢，有什麼奇怪的，」——格魯申卡帶着賤蔑的惡狠的意思冷笑了一下。——「他常到我這裏來要錢，每個月總要取去三十盧布，全是用到放誕的行為上面：他的吃喝是不用我幫助的。」

「您根據什麼理由對於拉基金先生這樣大量地施捨？」——費邱郭維奇搶上去說，不管首席推事如何作出不耐煩的姿勢。

「他是我的表弟。我的母親和他的母親是嫡親的姊妹。他儘央求我不要對任何人說，為了我感到羞慚。」

這個新的事實對於大家是完全意料不到的，全城裏至今沒有人知道它，連米卡也不知道。有人講拉基金坐在椅上羞慚得滿臉通紅。格魯申卡還在進入大廳以前就知道他的供詞是反對米卡的，所以生起氣來。拉基金先生剛纔的全部的演詞那種正直之氣，對於農奴制度，對於俄國人民的無組織，——所有這一切在公衆的意見裏完全被葬送而且消滅了。費邱郭維奇很滿意：上帝又來了賞賜。大體上，格魯申卡被傳詢得不很長久。她自然也不能說出一點特別新的事情來。她給傍聽的觀衆還留下極不愉快的印象。幾百隻賤蔑的眼睛釘聚在她身上，在她作完了供詞，坐在大廳裏，離卡德隣納·伊凡諾夫納極遠的地方。她被傳詢的全部時間內，米卡一聲也不響，好像變爲僵石似的，眼睛垂視地上。

證人伊凡·費道洛維奇出現了。

第五章　突來的災難

我要說的是他本來應該在阿萊莎以前被傳喚上去。但是執行吏向首席推事報告，證人爲了突如其來的疾病或某種發作出來的暈厥病不能立刻到庭，祇要一見痊愈，便準備在隨便什麼時候趕來作供。這話當時沒有人聽到，以後纔知道。他的出現起初幾乎無人注意到。主要的證人們，特別是兩位情敵的女人已經被傳詢過了。好奇心暫時得了滿足。傍聽的羣衆裏甚至感到了疲乏。必須還要聽幾個證人的供詞。他們大概也不會有什麼特別的事情報告出來，因爲一切都已經報告過了。時間已經晚了。伊凡·費道洛維奇進場得特別的慢，對誰不看一眼，甚至垂下頭，似乎正在皺眉打量什麼事情。他穿得還整齊，但是他的臉使我至少引起病態的印象：在這臉上似乎有點像被土地所觸動，有點像垂死的人的臉。他的眼睛是糢糊的；他舉眼，慢吞吞地朝廳上掃射了一下。阿萊莎忽然從椅上跳起來，呻吟地說：哎喲！我記得這個。但是很少的人注意到這層。

首席推事起始說他是沒有宣過誓的證人，他可以作供或沉默，但是所供的自然應該依照良心等等的話。伊凡·費道洛維奇聽着，糢糊地瞧着他，但是忽然他的臉慢慢地堆成微笑，首席推事驚訝地看他，剛把話說完，他忽然笑了起來。

「還有什麼？」——他大聲問。

一切在大廳裏靜寂了，似乎感到了一點什麼。首席推事不安起來。

「您……也許還不大健康麼？」——他說，眼睛尋覓執行吏。

「您不要着急，大人，我十分健康，可以對您講一點有趣的事情，」——伊凡·費道洛維奇忽然完全安靜而且恭敬地回答。

「您有什麼特別的報告提出來？」——首席推事繼續說，還是帶着不信任的樣子。

伊凡·費道洛維奇垂下頭，遲頓了幾秒鐘，重又抬頭，口吃似的回答：

「不……我沒有。沒有什麼特別的。」

人家對他提出問題。他似乎完全不樂意地回答，說得特別簡單，甚至帶着越來越增長的憎厭，但是到底回答得還頭頭是道。他對於許多事情以不知爲推託。關於父親和特米脫里·費道洛維奇之間的賬目他一點也不知道。「我不注意這類事情」——他說。關於殺死父親的恐嚇的話，他從被告那裏聽到。關於銀錢的包封他從司米爾加可夫那裏聽到。……

「全是一類的話，」——他忽然帶着疲乏的神色打斷他的話。——「我不能對法庭報告任何特別的話。」

「我看您不大健康，我明白您的情感……」——首席推事起始說。

他正想向檢察官和律師兩方面說，請他們在認爲必要時提出問題，忽然伊凡·費道洛維奇用疲乏的聲音請求道：

「請堂上放我走罷，我感到身體很不健康。」

他說完這句話，不等候允許，忽然自己轉身離開大廳。但是走了四步便止住了，似乎忽然思索到一些事情，輕輕兒笑了一下，又回到原來的地方。

「大人，我就像那個鄉下女郎……您知道，她說：「我願意就跳，不願意就不跳。」人家拿着長袍或綢褲，讓她跳過來，預備打扮好了，送到敎堂去結婚。她却說：「我願意就跳，不願意就不跳。」……這是我們民間的一種風俗……」

「您說這話是什麼意思？」——首席推事嚴厲地問。

「瞧這東西，」——伊凡·費道洛維奇忽然掏出了一疊鈔票。——「這是錢……這錢就是放在那個包封裏的，（他點頭指物證的桌子，）爲了這錢把父親殺死的。往那裏放？執行吏先生，請您交上去。」

執行吏抬身收下那疊鈔票，交給首席推事。

「這筆錢怎麼會到您的手裏的？……假使這果眞就是那筆錢？」——首席推事驚異地

說。

「昨天從司米爾加可夫，從那個兇手那裏取到的。在他上吊以前，我到他家裏去過。殺死父親的是他，不是我的哥哥。是他殺死的，我教他殺死的……誰不希望父親死呢？……」

「您的意識清醒着麼？」——首席推事不由得脫口說了出來。

「意識清醒着……而且是卑鄙的意識，和你們一樣，和你們這些……面目一樣！」——他忽然轉身向傍聽的觀衆們說，——「我的父親被人殺死，大家裝成害怕的樣子，」——他帶着憤恨的賤蔑的神色咬牙切齒地說，——「大家互相裝假。儘是撒謊的人們！大家都希望我父親死。一條毒蛇吞噬另一條毒蛇。……假使不出殺父的案件，——大家會大生其氣，惡狠狠地走散開來……一齣好看的戲！『糧食和戲文！』然而我也是够好的！你們有水沒有，讓我喝一點水，看基督的份上！」——他忽然捧自己的頭。

執行吏立刻走到他前面去。阿萊沙忽然跳起來，喊道：「他有病，不要相信他。他生了腦炎！」卡德隣納·伊凡諾夫納迅快地從椅上立起，恐怖得動也不動，望着伊凡·費道洛維奇。米卡立起來，嘴上掛着一種野蠻的，彎曲的微笑，貪婪地看着兄弟，傾聽他的話語。

「你們安心罷，我不是瘋子，我祇是兇手！」——伊凡又開始說，——「向兇手要求巧辯是不成的。」

檢察官顯然帶着騷動的心情俯身向着首席推事。法官們互相忙亂地微語。費邱郭維奇豎起耳朵傾聽。大廳在期待中沉寂了。首席推事忽然似乎醒了過來。

「證人，您的話語不容易瞭解，在這裏是不能成立的。請您儘可能地安靜一下。假使果眞有什麼話要說，……請您再講下去。假使您說的不是譫語……您用什麼來證實您自己的話？」

「就是因爲沒有證人。司米爾加可夫那條狗是不會從另一世界上將供詞寄給你們……裝在信封裏。你們儘想那些信封，有一個就够了。我沒有證人……除去那一個以外，」——他沉鬱地發笑。

「誰是您的證人？」

「大人，那是帶尾巴的，不穿制服的！Le diable n'existe point 不要注意！他是一個無價值的小鬼，」——他說着，忽然停止了笑說得似乎十分機密，——「他一定在這裏什麼地方，就在那隻物證的桌子底下。他不坐在那裏，便坐在什麼地方呢？您要曉得：我對他說過：我不願意沉默，但是他講的是地質學上的改革……眞是蠢透了！你們把這壞蛋釋放了罷……他唱着讚美詩，這是因爲她感到輕鬆！這好比一個醉鬼扯開嗓門，唱『溫卡到彼得堡去，』我甯願拋棄億萬兆年，但求取到兩秒鐘的快樂。你們不知道我！你們眞是愚蠢！你

們把我捉下來，代替他！我跑來總是有點事情的呀……爲什麼一切事情如此的愚蠢！……」

他又慢吞吞地立住，似乎陰鬱地向大廳環望。但是一切都騷動了。阿萊莎想從自己的座位上立起，奔到他面前去，但是執行吏已經拉住伊凡・費道洛維奇的手。

「這是怎麼會事？」——伊凡・費道洛維奇喊，釘看執行吏的臉龐，突然抓住他的肩膀，憤恨地把他擊倒地上。衞兵們趕上前來，把他抓住。他立刻發出瘋狂的尖叫。在人家把他帶出去的那個時間內，他尖叫着，喊出一些不相聯屬的話。

整個法庭起了騷動。我不能挨着次序記住一切，我自己都感到騷亂，不能完全觀察到。我祇知道，以後在一切都已安靜下來，大家明白了怎麼會事，以後，執行吏受到了斥責，雖然他很有理由地對上司解釋，證人一直很健康，在一小時以前他身上感到輕微的不舒適的時候，醫生曾去診察過。他在未走進堂上以前，說話老是有次序的。因此這是無從預見的事。而且他自己也堅持着，一定要出來作證。然而在大家稍爲安靜一下，清醒過來以前，隨着這一幕戲立刻又發生了另一幕戲：卡德隣納・伊凡諾夫納發作了歇司底里病。她大聲尖叫，嗚咽地痛苦，但是不想離開，掙脫着身子，求人家不要把她趕走。她突然對首席推事喊道：

「我還有一個供詞應該說出來，立刻！……立刻！……這張紙，這封信……您拿去唸一唸，快唸，快唸！這封信是這壞蛋寫的，這個人，這個人寫的！」——她指着米卡，——

「是他殺死了他的父親。您立刻看得出來。他寫信給我他要殺他的父親！至於那個病人，那個病人，他發了腦炎！我已經有三天看見他發了腦炎！」

她忘了自己似的喊出這一切話來。執行吏取起她遞給首席推事的那張紙。她倒在椅上，手掩住臉，起始抽瘋似的，無聲響地嗚咽着，全身抖戰，壓止些微的呻吟，生怕人家把她趕出去。她遞上去的那張紙就是米卡從『都城』飯店裏寄給她的一封信，伊凡·費道洛維奇稱它為具有『數學公式般』的重要性的文件。可嘆的是大家也眞是承認它的數學公式性。沒有這封信，米卡也許不會遭受裁判，或者至少不會遭受如此可怕的裁判！我要重複地說，一切詳細情節是難於觀察週到的。這一切我現在還覺得那樣的紊亂。首席推事大概當時就把這新文件通知法官們，檢察官，律師，和陪審官們。我祇記得大家詢問女證人的情形。首席推事溫和地問她：現在她感到安靜了沒有？——卡德隣納·伊凡諾夫納匆忙地喊：

「我準備好了，我準備好了！我完全能夠回答您的問話，」——她說，顯然還十分害怕，或者為了什麼原因，人家不肯聽他的說話。人家請她詳細解釋：這封信具有什麼意義？她在什麼情形之下接到這封信？

「我在犯罪的前一天，接到這封信，他是在再前一天寫的，那就是在發生犯罪的前兩天上，——您瞧，它寫在一張帳單上面！」——她喘着氣叫喊起來，——「他當時恨我，因為他自己做了卑鄙的行爲，追在這賤貨的後面……又因爲他欠我三千盧布……他爲了他的卑鄙的行爲，爲了這三千盧布，感到了侮辱……這三千盧布是這樣的，——我請您，我懇求您聽我的話，還在他殺死父親的三星期以前，他早晨到我家裏來。我知道她需要款項，還知道是做什麼用的——就爲了引誘這賤貨，把她帶走。我當時就知道他對我變心，想拆棄我，所以我自己，我自己把這錢遞給他，自己交了出來，好像是請他代匯給莫斯科的姊姊，——在交出款子的時候，看着他的臉，說他隨便什麼時候匯出去都可以，「那怕過一個月也行。」他怎麼能不明白，他怎麼能不明白，我在那裏當面對他直說：「你需要錢，來和你的賤貨私姘，暗中和我變心。現在我給你這筆錢，我自己交給你。你取去罷，既然你這樣不要臉，竟想收下來！」……我想對於他的爲人如何，取得一個證明。結果怎麼樣呢？他竟收了下來，收下來，並且拿走了，並且把這筆錢在一夜之間，和這賤貨兩人全都用光了……但是他明白，他明白我全都知道。他當時就明白，我交給他這筆錢，祇是試誘他：他會不會這樣的不要臉，收受我的錢？我對他的眼睛直看，他也看我的眼睛，完全明白，完全明白，却居然收了下來，收了下來，取走了！」

「實在的，卡嘉！」——米卡忽然喊，——「我看清你的眼睛，明白你想使我丟臉，但是到底取了你的錢！你們對於卑鄙的人儘管看不起好了，儘管看不起好了。我是罪有應得的！」

「被告，」——首席推事喊，——「再說一句話，——我要吩咐他們把您攆出去。」

「這筆錢使他感到痛苦，」——卡嘉像抽瘋那樣匆遽地繼續說下去，——「他想歸還我，想的，這是實在的，但是他需要錢是爲了這個賤貨。他現在殺死了父親，到底沒有還我錢，却同她一塊兒到鄉下去，就在那裏被捕。他在那裏又用去了從被他殺死的父親那裏偷來的銀錢。在殺死父親的前一天，他給我寫了這封信，喝醉了酒寫的！我當時立即看出，是由於狠怒而寫的，並且知道，一定知道，我不會把這封信拿出來給任何人看，即使他殺了人。否則他是不會寫的！他知道，我不願意對他報仇，陷害他！但是請您讀一下，細心讀一下，請細心些，您可以看出他在信裏一切都描寫了出來，預先全都描寫了出來：如何殺死父親，他的錢在那兒放着。您瞧，請不要忽略過去，信裏有一句話：「我要殺死，祇要伊凡離開這裏。」如此說來，他預先想好如何殺人。」——卡德隣納．伊凡諾夫納用惡毒兇邪的得意樣子在法庭上指陳出來。可見她是如何精細地反復閱讀這封命定的信，研究裏面的每一個字的意義。——「他不喝醉不會給我寫，但是您瞧，信裏面全都預先描寫了出來，和以後他殺人的情形一模一樣，完全是一封計劃書！」

她忙其所以地喊叫着，自然不管一切對於她的後果如何，雖然她也許還在一個月以前就預見到，因爲當時就忿恨得全身抖索，心裏一直地想：『要不要在法庭宣讀呢？』現在好像從山上飛滾了下來。我似乎記得，這封信立刻由祕書朗誦了出來，引起了使人們震撼的印象。堂上問米卡：他是否承認這封信？

『我的，我的！』——米卡喊。——『不喝醉是不會寫的！……我們兩人爲了許多事情互相仇恨，卡嘉，但是我可以賭咒，我可以賭咒，我一面恨你，一面愛你，而你卻不是的！』

他倒在他的座位上，絕望地扭他的雙手。檢察官和律師起始提出對詰的問題，主要的意思是：『什麼原因迫使您剛纔隱瞞這個文件，而先作出完全不同精神和語調的供詞？』

『是的，是的。我剛纔是撒謊，完全撒謊，違反名譽和良心，但是我剛纔想救他，因爲他是那樣的恨我，看不起我！』——卡嘉像瘋子似的喊着。——『他太看不起我，永遠看不起我，您知道，您知道，——他從我當時爲了那筆錢對他下跪的時候起，就看不起我。我看出了這層……我立刻當時就感到這層，但是我許久不相信自己。我多少次在他的眼內讀到：『你到底當時自己到我這裏來的呀。』他不明白，他一點也不明白，我當時爲什麼跑來跑去，他是祇會疑惑到卑鄙的行爲上去的！他以己度人，他心想大家全和他一樣，』——卡嘉憤恨地咬齒，完全露出瘋狂的樣子。——『他所以想娶我，祇是因爲我取到了遺產，就因爲這個，就因爲這個！我永遠疑心是爲了這個！他是一隻野獸！他一輩子相信我會一輩子在他面前發抖，由于羞愧我當時上他那裏去的緣故。他可以永遠爲這件事情而看不起我，因此佔着優勝的地位，——他因爲這個緣故纔想娶我！這就是如此，這就是如此！我試着用我的愛情，用無盡的愛情戰勝他，甚至想忍住他的變心。但是他一點也不明白，一點也不明白。難道他能够明白什麼！他是一個壞蛋！這封信我在第二天晚上纔接到，酒店裏給我送來的，而還在早晨，還在那天的早晨，我竟想原恕他一切，一切，甚至他的變心！」

首席推事和檢察官自然安慰她。我相信他們大家甚至也許自己覺得利用她的瘋狂的狀態，而傾聽這樣的自述是可羞慚的事。我記得，我聽見他們對她說：「我們明白您是如何的痛苦，您要知道，我們是能以感覺到的，」諸如此類的話，——但到底從那個發歇司底里病的瘋狂的女人那裏套出了供詞。她終於異常明顯地描寫，——這樣的明顯甚至在如此興奮的心神狀態之下也會時常刹現的，——伊凡·費道洛維奇如何在這兩月來，爲救「那個混蛋和兇手，」他的老兄而發瘋。

「他自己磨折自己，」——她喊，——「他儘想減輕他的罪，對我直承他自己並不愛父親，也許自己希望他的死。這是一個深刻的，深刻的良心！他用良心磨折自己。他全都對我說了出來，全都說了出來，他到我這裏來，每天和我說話，像和他的唯一的朋友說話一樣。

我有幸地做了他的唯一的朋友！」——她忽然喊，好像挑戰似的，閃耀着眼睛。——『他到司米爾加可夫那裏去過兩次。有一次他跑來找我，說道：殺人的不是他的哥哥，却是司米爾加可夫，（因爲這裏大家散播着司米爾加可夫殺人的謠言，）那末也許錯的是我，因爲司米爾加可夫知道我不愛父親，也許會心想我希望父親的死。我當時掏出這封信，給他看，他這纔完全相信，是他的哥哥殺的。這使他感受了很深的打擊。他對於他的親兄弟成了弑父的人，感到不能忍受！還在一星期以前我看見他爲了這事而生病。在最後的幾天內，他坐在我那裏，說着譫語。我看見他的神志錯亂。他一邊走路，一邊說譫語，有人在路上看見他這種樣子。前天我請外城來的醫生診視他。醫生說他快得腦炎。完全是爲了他，完全是爲了這壞蛋！昨天他聽說司米爾加可夫死了。這一切使他驚愕得發了瘋……這全是爲了這壞蛋，全是爲了救這壞蛋！」

自然，這樣說話，這樣直供出來，一生中惟有一次，——例如，在走上斷頭台，垂死的時間內。但是卡嘉的性格就是如此，也正逢到這樣的時間。這就是那個躁急的卡嘉，當時居然跑到一個青年的色鬼那裏去救她的父親；這就是那個卡嘉，剛纔當着衆人之前，露出驕傲和純潔的樣子，犧牲自己的處女的羞恥，敍講『米卡的正直行爲，』以便稍爲減輕等候着他的命運。現在她也一樣地把自己犧牲，却已爲了另一個人，也許祇在現在的時候，祇在這個時間內，初次感到，而且完全明白這另一個人對於她是如何的珍貴！她爲了替他担憂而犧牲了自已。她忽然想像到他供出殺人的是他，而不是米卡，那就是害了自已，因此她決定犧牲，來救他，救他的名譽。然而她的心裏閃出一個可怕的念頭：她描寫她對他的過去的態度的時候，是否說謊，——這是一個疑問。不，不，她並非有意造謠，在她喊着米卡爲了叩頭而賤視她的時候！她自已相信這事，她自已深信，也許從叩頭的時候起就深信，那個坦白的，當時還崇拜她的米卡在那裏取笑她，看不起她。她祇是由于驕傲心，纔自已戀上他，生出歇司底里性的受裂傷的愛情來。這全是由於一種受傷了的驕傲心而來的。這愛情並不像愛情，而像復仇。也許裂傷的愛情會成爲眞正的愛情，也許卡嘉所希望的就是這個，但是米卡的變心把她侮辱到了心靈的深處，而心靈是不能原恕的。復仇的時間出乎意外地來到了，於是在這被侮辱的女人的胸內痛苦而且長久地積蓄着的一切，一下子又出乎意外地掙脫到外面來了。她變叛了米卡，却也變叛了自已！她剛剛把她的話說完，那個興奮的心情突然中斷，她感到了羞愧。又起始了歇司底里病。她倒了下來，一邊哭，一邊喊。她被抬了出去。在抬她出去的時候，格魯申卡從座位上帶着哭喊奔到米卡面前，甚至來不及阻攔她。

『米卡！』——她大聲喊，——『你的那條蛇把你害了！瞧，她對你們露出自已的本相來了！』——她對法官們喊，恨怒得全身發抖。在首席推事的指揮之下，她被捉住，從大廳裏帶出去。她不肯服從，掙脫身子，奔回米卡面前去。米卡大喊，也奔到她面前去。人家把他按住了。

是的，我們的傍聽的女太太們感到了滿足，因爲這齣戲是很熱鬧的。我以後記得，新來的莫斯科醫生出現了。首席推事似乎還在以前就打發執行吏出去，想法照顧伊凡·費道洛維奇。醫生報告堂上，病人發作了腦炎的危症，必須立刻把他送走。他回答檢察官和律師的問話，證實病人前天曾自己到他那裏去過，他當時已警告過快生出腦炎，但是他不願就醫。「他的腦力完全不健全，自己對我說他醒着的時候看到各種幻影，在街上遇見已死去的一些人們，魔鬼每晚到他家裏訪問，」——醫生結束着他的話。這著名的醫生說出了供詞以後，就退了出去。卡德隣納·伊凡諾夫納呈遞上去的信件放在物證一起。法官們在商議以後決定繼續開審，將兩個意外的供詞（卡德隣納·伊凡諾夫納和伊凡·費道洛維奇的供詞）記載到筆錄上去。

下面開庭的情形我不再敍寫下去。其餘的證人們的供詞也祇是重複和證實以前的話語，雖然各具有顯著的特色。但是我要重複一句，這一切將在下面起始敍述的檢察官的演詞內歸納成一個點。大家都興奮着，大家受了最後的糸變的局面的電擊，帶着濃厚的不耐煩的心情祇希望趕快得到結局，聽兩方面的演詞和判決。費邱郭維奇顯然被卡德隣納·伊凡諾夫納的供詞所震撼。檢察官非常的得意，在證人的口供取完後，宣布休息一小時。終於首席推事宣布重行開庭。在我們的檢察官伊鮑里脫・基里洛維奇起始公訴的演說的時候，大概是下午八點鐘。

第六章　檢察官的演說——性格描寫

伊鮑里脫·基里洛維奇起始公訴的演說的時候，全身發生神經質的抖顫，額上和鬢間冒出病態的冷汗，感到全身先發惡寒，後生暴熱。他自己以後認這篇演說是他的傑作，一生的傑作，他的天鵝歌。在九個月以後，他眞是得了惡性的癆病而死去，因此他眞是有權把自己和唱出最後的歌來的那隻天鵝相比，若是他預感到了自己的末日。他將他的全部的心，和他的腦筋裏所有的一切，全都放在這篇演說裏去，出乎意料之外地證明，在這裏面隱藏着的有國民的情感，也有那些「可詛咒」的問題，至少是以我們的可憐的伊鮑里脫·基里洛維奇能將它們納在一起爲限。主要的是他的話語以誠懇取勝。他誠懇地相信被告的有罪。他的控訴並非是預先定下來的，並非爲了職務。他主張「報復」的時候，確乎懷着「救社會」的一種願望。甚至那些仇恨伊鮑里脫·基里洛維奇的女觀衆都感到從他身上取得了强烈的印象。他起始用斷續的，破裂的聲音說話，以後他的聲音很快地堅定起來，響到了整個大廳裏，一直到說完爲止，剛說完，幾乎要昏暈過去。

「諸位陪審官，」——公訴人起始說，——「本案業已傳遍到全俄地方。似乎有什麼可驚異的，有什麼可特別害怕的？對於我們，尤其對我們？我們是對於這一切業已熟悉的人們！可怕的是這樣陰鬱的案件幾乎對於我們不再是可怕的了！可怕的是這個，可怕的是我們的習慣，而不是這一個人或那一個人單獨的惡行。我們的冷淡的原因在那裏？我們對於這類案件，對於給我們預言出無可欣羨的未來的時代的表象，何以抱不大溫暖的態度？這原因是否在於我們的犬儒主義，在於這個未老先衰的社會裏智識和想像早期的消耗？是否在於我們的道德的原則已連根動搖，或者也許甚至連這個也沒有？我不能解決這些問題，但是它們是極痛苦的，每個人不但應該，而且必須爲它們而受到苦痛。然而我們的剛發軔的，還膽怯的報紙已經對社會有所效勞，因爲我們如不藉報紙，便永不會較完全地知道關於約束不住的強暴和道德的墮落的一切恐怖情形，報紙正不斷地在自己的篇幅上對大衆宣布，且不僅是對到當今皇上所賜頒的新式公開法庭上參觀的一些人們。我們幾乎每天讀到些什麼？時時刻刻所讀到的東西，甚至會使現在這個案件爲之減色，且幾乎成爲極普通的事情。最主要的是從許多俄國的，我們的民族的刑事案件上可以證明它們具有普通的性質，一種在我們身上生了根的普通的災害，它已成爲普遍的罪惡，是難於和它奮鬥的。有一個上等社會的漂亮的青年軍官，剛起始他的生命和職業，就卑鄙地，靜悄悄地，不加任何良心的責備，將一個小官員，他的以前的恩人，還有官員的女僕一併殺死，以便偷竊他所寫的借據，和官員的銀錢，「作爲

我在體面社會上享樂和將來進行自已的職業的費用。」他殺死了兩人，臨走時候，還在兩個死屍的頭底下墊上枕頭。還有一個青年英雄，爲了勇敢領得了十字勳章，在大道上將他的首領和恩人的母親殘殺。在勸同伴們一同下手的時候，竟說，「她愛他如嫡親的兒子，所以會聽從他的一切的勸告，不會加以戒備。」他固然是惡徒，但是我現在已經不敢說他祇是唯一的惡徒。別的人即使不殺人，但是所思所感正和他一樣，心術卑劣得和他一樣。在靜寂中，和他的良心相對峙，也許要問自己：「名譽是什麼？反對流血是不是偏見？」也許會對我叫喊，說我是病態的，歇司底里性的人，在那裏惡意造謠，說謊話，講誇大的話。隨他們去罷！隨他們說去罷！天呀，我眞是首先歡迎這個！你們可以不相信我，把我當作病人，但是總歸要記住我的話語：如果在我的話裏有百分之十的，百分之二十的眞實，——那時候也是很可怕的！你們瞧，諸位，你們瞧，我們的青年人是如何自殺的。毫無漢恩烈特式的問題：「到了那裏是如何的？」連這類問題的影蹤也沒有，好像關於我們的精神和死後期待着我們的一切早就被一筆抹去，被葬埋在沙裏。你們再瞧一瞧我們的荒淫的情形，那些色鬼們。本案中不幸的犧牲者，費道爾・伯夫洛維奇，立在他們前面幾乎成爲天眞無邪的嬰孩。我們大家都知道他，『他生活在我們中間』……是的，我們的和歐洲的前進的學者將來也許會從事研究俄國人犯罪的心理，因爲這題目是値得研究的。但是這種研究會發生在以後的什麼時候，在閒暇的時候，那時候我們現在這時代的悲劇性的混亂狀態將退得比較遠些，可以研究得比像我們這類的人們所能做到的更加聰明而且公正無私些。現在呢，我們不是震駭，便是假裝震駭，一方面自己却欣賞着熱鬧戲文，像一般愛好强烈的，瑰奇的感觸的人們，因爲這些感觸可以撥動我們的犬儒性的，懶惰的閒暇狀態，否則便像小孩一般，用手揮去可怕的幻象，在可怕的幻象過去以前，將頭埋藏在枕頭底下，以便以後立刻在快樂和游戲之中予以忘却。但是我們總應該在什麼時候開始清醒的，沉慮的生活，我們總應該把自己當作社會看待，我們總應該在我們的社會事業內有所理解，或者起始我們的理解。前時代的一個偉大的作家在他的傑作收尾時，把全俄羅斯象徵爲一輛馳向無從知悉的目的方面去的，勇猛的，俄羅斯式的三套馬車，喊道：『唉，三套馬車呀，像鳥兒似的三套馬車呀，誰把你想出來的！』——隨着帶着驕傲的歡欣補充着說，全體的民族對低頭飛馳的三套馬車恭敬地讓路。諸位，這隨他們去罷，隨他們去讓路，恭敬地，或者不恭敬地，但是據我的罪孽的眼光看來，天才的藝術家如此終束他的書，不是出於天真爛漫的樂觀思想的發洩，或者祇是怕當時的檢查官。因爲在他的三套馬車上假使祇套着他的英雄，如騷巴克維奇，諾慈特萊夫和奇奇可夫之流，※那末無論讓誰去充當馬夫，這樣的馬是拉不到任何有意義的地方去的！而這還是以前的馬，和現

※這裏所指的作家是果戈理，三個人名全是他的名著死靈魂中的人物。

在的差得遠，我們的純潔些。……」

伊鮑里脫・基里洛維奇的演詞說到這裏被掌聲所隔斷。這個以俄羅斯的三套馬車作喻的自由主義的意義頗受歡迎。誠然，拍出的祇有兩三下的掌聲，因此首席推事甚至認爲無須對觀衆作「離開法庭」的威嚇，祇是嚴厲地朝拍掌人的方面瞧了一眼。但是伊鮑里脫・基里洛維奇受了獎勵：在這以前，從來沒有人對他拍掌！多少年來，任何人也不願意聽他的說話，忽然有了向全俄發表他的意見的可能！

「這個卡拉馬助夫的家庭，」——他繼續說，——「忽然這樣悲慘地取得了全俄的名聲的，究竟是什麼東西？也許我太誇大，但是我以爲在這個家庭的圖畫裏似乎閃出我們現代智識社會的一些普通的，基本的原素，——那並非所有的原素，却祇具有顯微鏡底下的形式，「像一小滴水中的陽光，」但總是有一點東西顯現的，總是有一點東西發露出來的。你們看這個不幸的，放浪的，淫蕩的老人，這個「一家之主，」那樣悲慘地結束了他的生命。一個世襲的貴族，以貧窮的食客起家，由於偶然的，倉猝的結婚，抓到了一筆不大的資產。他本是一個小騙子，好恭維人的丑角，孕育着並不見得十分軟弱的智力，同時還是一個重利盤剝的人。隨着年代的增進，和資本的遞長，而鼓起他的勇氣。低首下氣和奉承拍馬的性格消滅了，留下的惟有好嘲笑的，惡毒的犬儒主義和色情狂。精神方面的一切業已消磨殆盡，但是對於生命的渴望卻十分強烈。結果是除了色情的娛樂以外，他看不見其他生命的目的。也就是這樣教訓他的兒子們。他沒有一點父親應有的精神上的責任。他笑他們，他把他們放在後院裏教養，因為有人帶走他們而感到快樂。他甚至完全忘記他們。老人的一切道德原則就是apres moi le deluge※這和國民責任的見解相反，完全地，甚至仇視地和社會脫離。「不管整個世界被火燒去，祇要我一個人好就是了。」他感到極好，他十分滿意，他渴望再活上二三十年。他欺騙嫡親的兒子，就用他的錢，他母親的錢，（始終扣住不肯給，）奪他的兒子的情婦。我不願將替被告辯護的責任讓給那位從彼得堡來的多才多藝的律師。我自己要說出實話，我自己也明白他積在他的兒子的心裏的那一堆怒氣。但是夠了，關於這不幸的老人的事情說得夠了，他已經取得了懲罰。但是我們要記得，他是父親，現代的父親之中的一個。我說他甚至是許多現代的父親中的一個，會不會使社會感到侮辱？唉，要知道，現代的父親中許多人祇是不像這個人那樣說出一些無恥的，犬儒式的話，因為他們受了比較良好的教育，而實際上他們的哲學幾乎是和他們相同的。就算我是悲觀主義者，就算我是的。我們已經約定好，你們可以饒恕我。我們預先約好：你們可以不相信我，可以不相信我。我說我的話，你們不必相信。但是你們到底讓我說出我的話來，到底不要忘記我所說的一些話語。現

※「在我死後，隨它陸沉也罷。」——法王路意十五的警語。

在你們看這個老人，這位一家之主的孩子們：內中有一個正在被告席上面對着你們，以後要講到他許多的話。至於別的孩子們，我祇是順便說兩句而已。別的孩子們中間，年長的是屬於現代的青年的典型，受了極好的教育，具有充分強健的智識，對於一切都沒有信仰，否認而排斥世間太多的事物，正和他的父親一樣。我們大家都聽過他的言論，他在我們的社會裏取得友誼的招待。他並不隱瞞他的意見，甚至是相反的，完全相反的，因此這能使我得到勇氣，現在就公開地談一談他的事情，自然講的不是他這個別的人，祇是把他當作卡拉馬助夫的家庭中的一員看待。昨天有一個和本案極有關係的人，一個有病的白癡，在城中邊僻的地方自殺身死。他是費道爾・伯夫洛維奇的僕人，也許是私生子。他姓司米爾加可夫。他流着歇司底里性的眼淚，在預審的時候對我講述，這個年青的卡拉馬助夫，伊凡・費道洛維奇，那種精神放肆的態度使他十分害怕：「據他看來，世上無論什麼事情都可以被容許，不應加以禁止，——他儘教我這一套。」這傻子大概就受了他所教的那段學說的薰染，而完全發瘋，雖然他的暈厥病和家裏爆發出來的可怕的災難自然也能影響到他的智力的失調。然而這個傻子曾說過一句十分有趣的話，這樣的話應該出於比他聰明些的觀察者的口中，因此我纔在這樣提起他來。他對我說：「兒子中間，性格上最像費道爾・伯夫洛維奇的就是伊凡・費道洛維奇！」就在這句話上，我結束對於他的性格描寫，認爲繼續下去是不體面的事。但是我並不願意就下結論，像烏鴉一般向年青的命運呱呱地道出幻滅的言語。我們今天在這大堂上看到，真理的直接的力量還活在他的年青的心內，家庭間同胞的情感尚未被他的無信仰和道德的犬儒主義所掩塞，——這種無信仰和道德的犬儒主義多半是由於遺傳而獲得，不見得是受了真正的思想的痛苦。現在還有一個兒子，他還年輕，他虔信上帝，性格溫馴，和他的哥哥的陰沉而且腐化的世界觀相反。他在尋覓道路，以便附和所謂『人民的理想，』也就是我們的有思想的智識階級的某一團體內用這個聰明的名詞所稱呼的一切。你們瞧，他依附了修道院。他幾乎剃度爲僧。我覺得，他的心裏似乎是無意識地，而且那樣早期地表現出一種畏葸的絕望。我們的可憐的社會裏現在有許多人因爲怕犬儒主義和它的腐化，和這絕望的心理相奮鬥，將一切的罪惡誤認爲歐洲文化之罪，於是投到所謂『家鄉的土地』上去，所謂家鄉的土地的慈母的懷抱裏去，像受了幻象的驚嚇的小孩們一般，並且希望在衰弱的母親的乾癟的胸前安安靜靜的睡一覺，甚至睡一輩子，祇要看不見那些駭嚇他們的恐怖事情。從我的方面，我希望這位善良的，有才能的青年無量的前途，希望他的年青的樂觀和對於人民的理想的志趣，以後不要在道德方面變爲陰黑的神祕主義，在政治方面變爲遲鈍的極端愛國主義，像事實上時常發生的那個樣子。神祕主義和極端愛國主義——這兩種原質對於民族的流毒也許還比被虛僞地了解的，而且不勞而獲的歐洲文化方面早期的腐化爲甚，——而他的長兄就是中了這種腐化的害。」

說到極端愛國主義和神祕主義的時候，又傳出了兩三下掌聲。伊鮑里脫・基里洛維奇的話越拉越遠，顯然於本案無關，而且弄得十分不明顯，但是這個癆病型的，憤激的人是太想發抒出自己的意見，那怕一生內有一次發表的機會也好。以後有人說，他這樣的描寫伊凡・費道洛維奇，甚至是基於一個不漂亮的情感，因爲伊凡曾有一兩次在辯論的時候當衆攻擊過他，伊鮑里脫・基里洛維奇記住了這一層，現在想加以報復，但是我不知道，能不能下這樣的結論。總而言之，這一切祇是一個引子，以後就直接臨近到案子的方面去了。

「現在講到這個現代家庭的父親的第一個兒子，」——伊鮑里脫・基里洛維奇續說，——「他坐在被告席上，他立在你們面前。他的功勳，他的一生，和他的事業，都呈現在我們面前；期限一到，一切翻轉來，一切暴露了。他和他的兄弟們的『歐羅巴化』和『人民的理想』相反，似乎代表直覺的俄羅斯，——噢，不是全部的，全部的俄羅斯，假使是全部的，那纔糟呢！但是我們的母親，俄羅斯是帶着這味道的，聽得出這味道的。他是天眞爛漫的，他處於善與惡的錯綜交織之中。他愛文化和席列，同時他在酒店裏鬧酒，扯去同席飲酒的酒鬼們的鬍鬚。他有時性情佳良，行爲正直，但是祇在我們大家也性情佳良，而且行爲正直的時候。他的胸內甚至洶湧着，——就是洶湧着，——正直的理想，但是以這些理想自然而然地得到，從天上落到他的桌上來為條件，主要的是必須不化錢，白白的得到，他最不愛付出代價，但極愛接受；他在每件事情上都是這樣。喔，祇要將各色各樣的人生的幸福給他，祇要給他，（一定要各色各樣的，便宜些是不能相安的，）特別是一點不要對於他的脾氣加以阻礙，那時他可以證明出來，他的性情和行為都會成為佳良的。他並不貪婪，但是如果你們給他錢，多多的給他，越多越好，你們就會看到他如何寬宏大量，對於儻來之物如何賤蔑，如何在一夜的無止休的鬧酒之中浪擲金錢。但是如果不給他錢，他會顯示出來，在他十分需要錢的時候，他能以弄到它的。然而這一層以後再說，我們將順着次序加以觀察。最後在我們面前是一個不幸的，被遺棄的男孩，『被扔在後院內，沒有鞋穿，』我們的尊貴的，受敬重的同國國民，（可惜是外國的籍貫，）剛纔這樣表示過！我還要重複一遍，——我是不肯把為被告辯護的事情讓給任何人的！我是公訴人，我也是辯護人。是的，我們也是人；我們也能估量童年時代和家庭間的最初印象會對性格發生如何的影響。這個男孩已成為少年，青年的軍官，為了他的暴躁的舉動，和人家決鬥，被遣戍到肥沃的俄羅斯的某一個遼遠的小城裏去。他在那裏服務，也在那裏鬧酒。自然船大吃水也深，他需要金錢，最先是金錢，於是他同他父親在經過了長期的爭論以後，決定以最後的六千盧布作為了結。這款子當時寄給他了。請你們注意，他曾立了一張字據。他寫了一封信，聲明他不再要求其餘的款項，就以這六千塊錢了結他和父親間關於遺產的爭端。當時他和那位性格高尚，智識超越的青年女郎相遇。我不再詳細複述，你們剛纔已經聽見到了。這裏有榮譽，這裏有自我的犧牲，我沒有話可說。一個輕浮，荒蕩，但在正直和高尚的理想之前低頭下心的青年人的形象露着極度的同情的樣子，閃現在我們的面前。但是忽然在這之後，當時在法庭上面，完全出乎意料之外地露出了錢幣的陰面。我還是不敢加以猜度，不去分析內中的原因。但是何以會這樣？——內中總是有原因的。就是這位女太太，臉上流着久藏在裏面的憤恨的眼淚，對我們宣布，那是他。那是他首先看不起她，被了她做了那次不謹慎的，也許是攔阻不住的，但總是高尚的，總是寬容的激情的舉動。就是他，就是這個女郎的未婚夫，首先閃出嘲諷的微笑，這微笑單祇從他一人的臉上發出來是使她受不住的。她知道他已經變心。（他一面變心，一面深信她總歸應該忍受她的一切行動，甚至他的變心。）知道而故意給他三千盧布，並且明白地，十分明白地對他暗示，她給他這錢就作爲對他變心之用。「看你會不會收下來？看你是不是無賴？」——她用裁判官似的，試探的眼神默默地對他說。他望着她，完全了解她的意思，（他曾當你們面前承認他是完全了解的，）無條件地揣起這三千塊錢，兩天的功夫就和他的新寵一塊兒把它化光了！究竟應該相信什麼？是否應該相信最初的傳說，——相信將最後的生活費用交了出來，在善德之前低首下心的那種正直的，高尚的激情的舉動？還是相信錢幣的陰面，那樣惹人討厭的陰黑面？人生普通總是在兩種矛盾之間尋覓居中的眞理；在這件事情上並不見得如此。大概在第一件事情上他誠天懇地正直，而在第二件事情上也是同樣誠懇地低卑。爲什麼？這就是因爲他具有寬闊的，卡拉馬助夫式的性格，——我說話的本意就在乎此，——能以容納各色各樣的矛盾，一下子窺探兩個深淵，一個是在我們頭頂上的深淵，高尙的理想的深淵，一個是在我們脚底下的深淵，極低卑的，醜惡的墮落的深淵。一個青年的觀察者，對於卡拉馬助夫的整個家庭有深刻和接近的考察的拉基金先生，剛纔表示過極精采的一個思想：『墮落的低卑性的感覺對於這類放浪不羈的天性，是和高尙的正直的感覺一樣地必要，』——這是實在的：也就是他們時常而且不斷地需要這種不自然的混合。兩個深淵，諸位，兩個深淵在同一的時候，——沒有這個，他是不幸而且不滿足的，他的生存是不完滿的。他的天性寬大，和我們的母親俄羅斯一樣，無所不容，同一切都能生活下去！諸位陪審官，我要順便說一句：我們現在提到這三千盧布，讓我越到前面來一點。你們想一想，他當時把這筆錢收了下來，而且是怎樣收下來的，經過了那樣的羞辱，經過了最後程度的侮辱而收下來的，——你們想一想，他居然能在當天分出一半，縫在鎖盒裏，整個月內決心將它掛在頸上，不顧一切的誘惑和極度的貧乏！並且在酒店內鬧酒的時候，在他不得不從城裏飛出去，向不知什麼人設法弄出他極需要的銀錢，以便把他的愛人帶走，脫離他的情敵和父親的誘惑的時候，——他竟不敢動一動這個鎖盒。即使單祇爲了不使他的愛人受他所嫉妒的老人誘惑起見，他也應該拆開鎖盒，留在家裏，寸步不離地看守他的愛人，等候那個時間，等她一說：「我是你的。」便立刻和她飛出去，遠離現在這樣的運定的環境。但是不，他並不觸到他的寶物，而他的藉口是什麼呢？他說過，最初的藉口就是在人家對他說：「我是你的，你可以把我帶到隨便什麼地方去」的時候，——他可以有現錢把她帶走。但是根據被告自己的說話，這第一藉口和第二藉口相比，大爲遜色。在我身上懷着這筆錢的時候，——「我是卑鄙的人，却不是賊，」因爲我永遠可以走到被我侮辱的未婚妻面前，把從她那裏騙走的那筆款子的一半交給她，永遠可以對她說：「你瞧，我用去了你的款項的半數，因此證明我是軟弱的、無道德的人，並且如果你願意這樣說，還是一個卑鄙的人，（我說的是被告自己的語氣，）——但是雖然我是卑鄙的人，却並不是賊，因爲假使我是賊，便決不將留剩下來的一半的款項交還給你，一定要和前半一樣，將它吞用」。這是一種對於事實的奇怪的解釋！這個瘋狂的，軟弱的人，不能拒却在如此恥辱之下收受這三千盧布的誘惑，——這個人竟忽然會在自己身上感到如此堅決的氣勇，在頸上掛了一千盧布，而不敢動一動它！這和我們所研究的性格究竟有沒有多少適應的地方？不，我要對你們講眞正的特米脫里·費道洛維奇將作出如何的行動。假使甚至果眞決定把銀錢縫在鎖盒裏面。祇要遇到了第一次的誘懣，——哪怕就是爲了博他的新寵的歡心，在他已經把這筆錢的半數同她兩人化用了以後，——他一定會解開他的鎖盒。從裏面分出，——唔，第一次就算祇分出一百盧布好了，——因爲何必一定要交還一半，那就是一千五百，有一千四百就够了；——因爲這是一樣的，意思是說：「我是卑鄙的人，而不是賊，因爲到底把一千四百繳還了回來，賊是要全部拿走，不會交還的。」後來過了一些時候，他又會解開鎖盒，又會取出第二個的一百塊錢，以後再取一百，再取一百，不到月底便取出了倒數第二的一百：意思是說，我能交還一百，我到底「祇是一個卑鄙的人，而不是賊。化去了二千九百，到底交還了一百，賊是不會還的。」後來，在化去了倒數第二的一百塊錢以後，看了看最後的一百，自已會說：『眞可以不必交還一百塊錢，——就連這個也化去了罷！』我們所知道的，眞正的特米脫里·費道洛維奇是這樣做法的！關於鎖盒的傳說，眞是和現實大相矛盾，那是無從加以想像的。可以設想其他的一切，而無從設想這件事情。但是我們以後再加以論述。」

他順着次序闡明檢察官方面調查到的關於父子間財產爭論，和家庭關係一切詳情，一次連一次的下了判斷，就是根據確定的事實，關於遺產分配的問題，決定誰欺騙誰，誰欠誰，是沒有一點可能的。伊鮑里脫·基里洛維奇在提到在米卡的腦筋裏，成爲一個呆板的念頭的那個三千盧布的時候，講起了醫生的鑑定。

第七章　歷史的觀察

「醫生的鑑定努力對我們證明，被告腦筋錯亂，是一個狂人。我以爲他的腦筋是健全的，而這更壞：假使腦筋果眞錯亂，也許會更加聰明些。至於說他是狂人，我還可以同意，但是祇在一點上，——醫生鑑定時指陳出來的一點上，那就是被告對於這三千盧布的看法，把它認作父親沒有補付給他的款子。也許可以找到一個最見接近的見解，以解釋被告對於這筆錢何以永遠露出瘋狂的態度，將比解釋作他有瘋狂的傾向更爲接近些。我對於那位青年醫生主張被告現在享受着，而且以前也享受完全正常的智力，祇是處於惹惱而且忿怒之中的意見頗爲贊成。事情是因爲被告時常發出狂怒的目的並不在於三千盧布，並不在於這筆款子的本身，却在於內中有引起他的忿怒的特別的原因。這原因就是醋勁！」

伊鮑里脫·基里洛維奇說到這裏，廣泛地展開了被告對於格魯申卡所生運定的熱情的整個的圖畫。他從被告到這「年青的小姐」家裏去「揍她」的時候說起，——伊鮑里脫·基里洛維奇解釋，這用的是他自己的話語，——然而不但沒有揍打，反而留在她的腳下了，——這就是愛情的開端。同時，被告的老父親也對那位小姐垂青，——這是一個奇怪的，運定的巧合，因爲兩顆心忽然在一個時候熠燒了起來，雖然以前兩人也知道，而且遇見過這位小姐，——而這兩顆心竟熠燃起十分抑止不住的，卡拉馬助夫式的熱情來了。現在我們看她自身供認的話。她說：『我同時取笑他們兩人。』是的，她忽然想同時取笑他們兩人；以前並沒有想，但是忽然這個計劃鑽進她的腦筋裏來了，——結果是兩人都在她面前被征服了。這視錢如命的老人，立刻預備下三千盧布，祇是爲了誘她到他家裏來一趟，但是不久甚至弄到祇要她肯成爲他的正式的妻子，便以將他的名字和全部財產放在她的脚下認作莫上的幸福的地步。對於這層，我們有確實的證據。至於說到被告，他的悲劇是顯然的，它擺在我們面前。這位年輕小姐就是這樣『耍着玩兒。』這個奪人魂魄的女郎甚至不肯給不幸的青年人任何的希望，這希望，最後的希望，祇在他跪在他的磨折者的脚下，朝她伸出染着他的父親而兼情敵的血的手來的最後的時間內纔由她表示了出來：他就在這情形之下被捕了。『把我，把我也同他一塊兒遣戍出去了罷，是我把他弄到這個地步的，我最有錯！』——這女人在他被捕的時候自已喊了出來，露出誠懇的懊悔的意思。一個天才的青年，——就是我已經提過的拉基金先生，——着手描寫這個案件時，用簡單而扼要的幾句話決定這個女主人翁的性格：『早期的失望，早期的受騙和墮落，引誘她的未婚夫的變心和遺棄，再加上貧窮，一個誠實的家庭的詛罵，最後是受了一個有錢的老人的保護，而她自已到了現在還把他看作她的恩人。在也許含有許多優良點的青年的心內，從早年的時代起就蓄藏着憤怒，造成了有計算心，好積蓄金錢的性格，造成了好嘲笑和對於社會復仇的性格。」在經過了如此的性格描寫之後，顯然她能同時取笑兩人，單單是爲了游戲，爲了惡狠的游戲。被告在這一個月內，感到愛情的無希望，道德的墮落，對未婚妻變心，佔用人家託付與他的銀錢，這還不算，由于不斷的醋勁，而且還是爲了自己的父親而喫醋，幾乎達到了暴怒和瘋狂的地步！主要的是這個發癡的老人竟蠱惑而且引誘起他的意中人來，——而且用的就是那個三千盧布，就是他認爲母親遺留下來，他責備父親扣留不給的那筆款子。是的，我同意，這是難於忍受的！這是甚至會生出狂病來的。問題不在金錢，而在於用這筆錢，帶着那樣嫌惡的，不要臉的形相，擊碎他的幸福！」

伊鮑里脫．基里洛維奇論到被告的心裏如何漸漸兒產生出弒父的念頭．就事實加以分析。

「起初他祇在酒店裏呼喊，——喊了整整的一個月。他愛生活在衆人面前，並且喜歡將一切事情，甚至將最惡毒，最危險的理想對人家發抒出來，不知爲什麼，立刻要求這些人們立行對他表示完全的同情，瞭解他所焦慮而且驚慌的一切，袒護他，不和他辯駁。否則，我們要生起氣來，將整個飯店都拆散。（隨着講起關於司涅基棻夫上尉的故事。）在這個月看見過被告，聽見說過話的人們終於感到這裏面也許不祇是對於父親的一些呼喊和威嚇，看他威嚇得那樣的瘋狂，也許會變成事實。（檢察官當時描寫修道院內家庭的聚會，和阿萊莎的談話，還有被告做後闖進父親家內施行强暴的胡鬧的一幕。）我不想固執地指陳，」——伊鮑里脫·基里洛維奇繼續說，——「被告在演出了這一幕以前，已經週到而且故意地決定將父親殺死了事。但是這念頭已經有好幾次橫梗在他的面前，他曾經加以詳細的審察，——我們有事實，證人和他自己的供詞來證明。我說實話，諸位陪審官，」——伊鮑里脫·基里洛維奇補充上去說，——「我甚至在今天以前不能決定，被告是否故意犯罪。我深信他的心靈已經屢次熟審到未來的運定的時間，但祇是熟審，祇是在意念中認為可能，還沒有決定何時實行的日期，並且在什麼環境之下予以實行。但是我祇在今天以前不能決定，在魏爾霍夫且瓦小姐今天向法庭呈出那張運定的文件之前。諸位，你們自己聽見她的呼喊：「這是計劃，這是謀殺的計劃！」——這就是她對於這位不幸的被告那封不幸的「醉」信所下的定義。這封信確乎具有計劃和預謀的意義。它是在犯罪前的兩天寫下來的，——因此我們現在確切地知道，在實行這可怕的計謀前的兩晝夜內，被告曾賭咒宣布，假使他明天弄不到錢，便將父親殺死，以便搶去他枕下的錢，『繫着紅綢條的包封，』『祇要伊凡能離開那裏纔好。』你們注意：「祇要伊凡能離開那裏纔好，」——如此說來，一切都已謀劃到，一切的環境都已熟慮到，——而這一切以後竟照所寫的予以實行！預謀和熟慮是一定不移的事，他的犯罪就是爲了謀財，這是寫了出來，而且簽好字的。被告並沒有否認他的簽字。可以說：這是他在醉後寫的。但是這一點也不能有所減輕，反而更見重要，因爲他在醉時寫了清醒時所謀劃的一切。清醒時沒有謀劃，便不會在醉時寫出來。也許可以說：他何必在酒店裏將他的計劃信口亂說出來呢？一個人如果預謀幹出這樣的事，一定會沉默着，放在心內的。這是對的，但是他喊的時候還沒有計劃和預謀，祇有一個願望，立在他的面前，祇是成熟了一個趨向。以後他會喊嚷得少些。在寫這封信的那個晚上，他在『京都』飯店裏喝得稀醉，沉默得和尋常不同，不打球，坐在一傍，不同人說話，祇把此地商家的一個夥計從座位上推了下來，但這幾乎是無意識的，出於好吵嘴的習慣，——他走進酒店裏的時候不這樣是辦不到的。誠然，在定下最後的決意的時候，被告的惱筋裏應該生出一個怕慮，就是他在城裏預先喊嚷出太多的話，在他實行計劃的時候，可以成爲他的有罪的佐證。但是有什麼辦法？既然宣布了出來，便無從收回，但是以前他曾靠了運氣混了過去，現在也可以混過去的。諸位，他所希望的是他自己的幸運的星！我應該承認，他做了許多事情，冀圖避去運定的時間，他用了太多的力量，避免流血的局面。『我明天要向一切人借三千盧布，』——他用一種別致的言語寫着，——『如果借不到錢，祇好流血。』又是在喝醉的時候寫的，又是在清醒的時候照所寫的履行的！」

伊鮑里脫·基里洛維奇說到這裏，從事詳細描寫米卡如何努力弄錢，以圖避免犯罪。他敍出他在薩姆騷諾夫家裏的行動和覓找獵狗的旅行，——一切全有文件作證。「他十分疲乏，遭了嘲笑，捱了飢餓，費去許多時間在這旅行上面，（同時身上還帶着一千五百盧布，——好像是這樣的，好像是這樣的！）心裏懷着爲了留在城內的意中人而生的醋勁，疑惑她要乘他不在那裏的時候跑到費道爾·伯夫洛維奇家裏去，——終於他回到城裏來了。謝天謝地！她竟沒有到費道爾·伯夫洛維奇家裏去。他親自送她到她的保護人薩姆騷諾夫那裏去。（奇怪的是他不和薩姆騷諾夫喫醋。這是這件案子裏十分顯著的心理上的特點！）以後他跑到後院的監視的崗位上去。到了那裏，纔知道司米爾加可夫發了羊癎病，另一個僕人也生病。一切安靜，『暗號』又在他的手裏，——這是多末可引誘人呀！然而他到底還在那裏抵抗。他到受大家尊敬的，此地的臨時住戶霍赫拉闊瓦夫人那裏去。這位女太太早就對於他的命運發生同情，向他提出一個極有益的勸告：就是革除喝酒的習慣，放棄胡鬧的愛情，不再到酒店裏閒蕩，無結果地浪費去青春的力量，而動身到西比利亞的金礦上去。『那邊是對於您的洶湧澎湃的力量，對於您的渴望奇遇的，浪漫的性格的一條出路。』伊鮑里脫·基里洛維奇又描寫談話的結果，和被告忽然接到格魯申卡並沒有在薩姆騷諾夫家裏的消息時的情景，又描寫這個被醋意所磨折的不幸的人一念到她居然欺騙他，現在就到了費道爾·伯夫洛維奇家裏去，傾時如何發生瘋狂的樣子。以後他請大家注意一個偶然的事件具有怎樣的運定的意義：祇要女僕來得及對他說，他的愛人在莫克洛葉，和『以前的，』而且『無可爭論的那個男人』在一起，——便什麼事情也不會有的了。但是她竟嚇得楞住了，起始發誓賭咒，假使被告當時不殺死她，那是因爲他要不顧一切地追他的變心的女人。你們要注意：他無論怎樣氣忿，却還將一隻銅杵帶在身邊。爲什麼要取這隻銅杵，爲什麼不取別的什麼兇器？假使我們在整整的一個月內熟慮着這幅圖畫，有所預備，那末我們的眼前祇要閃過有點像兇器的東西，就會抓起來，當作兇器使用的。至於那一類東西可以當作兇器之用，——我們已經設想了整整的一個月。因此就這樣突如其來地，無從爭辯地把它認作兇器！他在取起這隻運定的銅杵的時候，總不是無意識的，總不是不經意的，他於是到了父親的花園裏去，——一切弄得乾乾淨淨，沒有一個證人，深沉的夜，黑暗和醋勁。他疑惑她在這裏，在他的情敵的懷抱裏，也許這時候還在笑他，——這使他喘不過氣來。這不僅是疑惑，——現在還有什麼疑惑，欺騙是明白而且顯然的事。她就在這裏，就在這間有燈光的屋子裏，就在他的屏風後面，——於是這個不幸的人躡足走近窗傍，恭敬地朝裏面窺看，善心地低首下氣，慎事似的走開，連忙脫離這災害，不使危險而且無道德的事情發生出來，——人家想使我們這樣相信，但是我們知道被告的性格，瞭解他處於何種的心神狀態之下，處於我們從一些事實方面得悉的心神狀態之下，主要的是已經知道了立刻可以開門走進去的暗號！』說到『暗號』一層，伊鮑里脫·基里洛維奇暫時放棄他的公訴的言詞，認爲必須把司米爾加可夫的事情演繹出來，以便將關於司米爾加可夫受嫌疑殺人的一段引子作詳盡的研究，一刀兩斷似地予以了結。他說得十分鑽透，大家都明白，他雖然對於這個嫌疑表示賤蔑，但到底是認爲十分重要的。

第八章　對於司米爾加可夫的研究

『第一，這種嫌疑的可能性是從那裏來的？』——伊鮑里脫・基里洛維奇先從這個問題上起始說。首先喊出司米爾加可夫殺人的是被告自己，他在被捕的時候曾喊出這句話來。但是他從首先呼喊出來的時候，一直到法庭開審的時候爲止，沒有提出一個事實，以證實他的控訴，——不但沒有事實，甚至連和人們的意見相適應的對於某種事實的暗示都沒有。祇有三個人證實這控訴：被告的兩個兄弟和司魏脫洛瓦小姐。被告的二弟到了今天，在病中，發作着無疑的瘋狂和腦炎的時候，纔把這嫌疑的事實宣布了出來，以前，整個的兩個月內，我們根本知道，他完全贊同他的老兄有罪的見解，甚至不去尋找理由，以爲辯駁。這層，我們以後再特別加以研究。被告的三弟剛纔自己對我們宣布，他沒有任何事實，可以證明司米爾加可夫犯罪的意思，但這祇是從被告自己的話裏，『從他的臉色上，』加以判斷。是的，這個驚人的證據剛纔從他的兄弟嘴裏說出了兩次。司脫魏洛瓦甚至也許作了更加驚人的表示：『被告對你們說什麼話，你們相信他好了，他不是撒謊的人。』這三個對於被告的命運十分關切的人方面所供的對於司米爾加可夫的事實上的證據，如此而已。然而對於司米爾加可夫的指控到底流行起來，以前有人贊成，現在也還贊成，——能相信麼？能予以想像麼？」

伊鮑里脫・基里洛維奇認爲必須將去世的司米爾加可夫的性格稍稍予以描畫，——「他是在暴發病態的瘋狂的時候停止了他的生命。」他說他是智識薄弱的人，受了一點撑糊的學問，但被那些他的智識理解不到的哲學思想弄得糊糊塗塗，還對於一些責任和義務的現代學說懷了驚疑，——這學說是他在實生活裏從去世的主人，也許還是他的父親費道爾・伯夫洛維奇的不規則的生活上學來的，至於學理方面則從他主人的次子伊凡・費道洛維奇和他所作的各種奇怪的哲學談話裏得來。伊凡・費道洛維奇很樂意作這種消遣，——大概是由於祇悶，或由於找不到最好的適用的嘲笑的需要。他自己對我講述他在主人家裏最後幾天的精神狀態，——伊鮑里脫・基里洛維奇解釋着，——但是別人也作出同樣的證詞。那是被告本人，他的兄弟，甚至是僕人格里郭里，全是些應該認識他很清楚的人。此外，司米爾加可夫爲量厥病所苦，「膽小得像一隻母鷄。」「他對我下跪，吻我的脚，」——被告自己告訴我們，那時候他還沒有感到他這種聲明對於自身多少有點不利。——「他是一隻有暈厥病的母鷄，」——他用他的特別的言語形容他。被告自己供出，他把他選作自己的代理人，把他恐嚇得祇好答應做他的偵探和傳達者。他充任家庭裏的間諜，欺騙他的主人，把他存在着一包鈔票的事情告訴被告，還說出如何闖進主人屋內的暗號。他怎麼能不告訴呢？「他會殺死的，我一直看出他會殺死我的，」——他在預審的時候說，甚至在我們面前都混身發戰，雖然嚇唬他的磨折者自己早已被拘捕起來，不能跑來懲罰他。「他每分鐘疑惑我。我自己處於恐怖和戰慄的狀態之中，爲了壓止他的怒氣，祇好連忙把所有的祕密全告訴他，使他看出我在他面前是如何的忠實，便可以讓我活下去了。」這是他親口說的話，我記錄下來，記住了。——「他有時朝我一喊，我當時就在他面前跪下來了。」這個不幸的人本來是天性十分誠實的青年，因此獲得了主人的信任，——主人在他交還遺落的銀錢的一件事情上面看出他的誠實來了。因此他的心裏不免感到萬分的懊悔，因爲他背叛他尊作恩人的父親。根據有經驗的精神病醫生的證明，爲暈厥病所苦的人們永遠具有不斷的，自然是病態的自行譴責的傾向。他們時常爲了在什麼人面前，爲了什麼事情『犯了錯處，』而感到痛苦，爲良心的煎迫所苦，甚至並沒有任何理由，加以誇大，甚至自己對自己想出各種的錯處和罪名。而現在這樣的人果眞爲了恐懼，又爲了受人家的恐嚇。而犯了罪，做了錯事。此外，他深深地預感到，從堆在他面前的情勢方面看來，會發生一點不妙的情形來的。費道爾・伯夫洛維奇的次子伊凡・費道洛維奇在災禍的發生之前動身到莫斯科去的時候，司米爾加可夫哀求他留住下來，但是由於他的膽怯的習慣，不敢用明顯和絕對的樣式對他表示他的恐懼。他僅限於一點暗示，但是人家沒有瞭解他的暗示。應該注意的是他把伊凡・費道洛維奇看作他的保鏢，似乎是祇要他在家，便可得到保障，不會發生禍事。你們記起特米脫里・卡拉馬助夫的『醉』信裏的詞句：「祇要伊凡一走，我就要殺死老頭子。」如此說來，伊凡・費道洛維奇留在家裏似乎成爲家內靜謐和秩序的保障。現在他走了，司米爾加可夫差不多在小主人走後，過了一小時以後，立即發作了暈厥病。說到這裏，應該提明的是司米爾加可夫被恐怖和一種特別的絕望所苦，在最近的幾天內特別感到自己身上有被暈厥病侵臨的可能，因爲這病以前永遠在他的精神上的興奮和震撼的時間內發作的。發作這病的日子和時刻自然不能猜到，但是每個癲癇病人都能預先感到發作的傾向。醫學上是這樣說法的。伊凡・費道洛維奇剛從院裏坐車動身，司米爾加可夫處於自己的孤獨無助的印象之下，下地窖裏去取食物，在梯上走下去，心想：「我會不會發病？如果現在一發作，便怎麼辦呢？」——就是由於這情緒，由於好疑，由於自己發出來的問題，喉嚨裏發作了拘攣的事件，這是暈厥病的先奏，於是他飛躍到地窖的底裏，喪失了知覺。而現在有人竟想在這極自然偶然上面看出一點疑竇，一點指示，一點暗示，說他是故意裝病：假使是故意的，那末立刻會發生一個問題：爲了什麼？有什麼打算？具有什麼用意？關於醫學方面我不說什麼，人家要說，科學是虛謊的，科學是有錯誤的，醫生不能辨明眞實和虛假，——好罷，好罷，但是請你們回答一個問題：他爲什麼裝假？是不是爲了他預謀殺人，所以用發作出來的暈厥病預先引起人們對他的注意，最先是家裏人的注意？諸位陪審官，你們注意到沒有。在費道爾・伯夫洛維奇的家裏，發生犯罪的那個夜裏，一共有五個人：第一個是費道爾・伯夫洛維洛自己，——他不會自己殺死自己的，這是很明顯的事；第二個是他的僕人格里郭里，但是幾乎把他也殺死了；第三個是女僕瑪爾法・伊格納奇也夫納，但是說她是她們主人的兇手簡直是可羞得很。如此說來，祇剩下兩個人：被告和司米爾加可夫。但是因爲被告力言他沒有殺，那末應該是司米爾加可夫殺的，沒有別條出路，因爲找不到別的任何人，檢不到任何別的兇手來。對於這個不幸的，昨天自殺的白癡所作的那種『狡滑』的，駭人的指控，是從這上面發生出來的呀！單祇是因爲沒有別人可以檢出來而已！祇要對於任何別人，對於第六個某人，有一點嫌疑的影子，我相信連被告自己也會認指控司米爾加可夫爲可羞的事，必定要指出那第六個人來，因爲指司米爾加可夫殺人是完全的荒誕。

『諸位，我們拋開心理學，拋開醫學，甚至拋開邏輯，祇研究事實，祇研究一些事實，我們可以看出事實，對我們說出什麼？假定司米爾加可夫殺死了，然而是怎樣殺死的？一個人殺死的？還是和被告同謀？我們先看第一個事例，那就是說司米爾加可夫一人殺死的。如果殺死了，自然總是爲了什麼，爲了某種利益。但是司米爾加可夫既沒有如被告所有的那些謀殺的理由的一點影子，如仇恨，喫醋等，無疑地祇能爲了錢財而殺人，爲了封得他自己看見他主人裝在信封裏的三千盧布。他既然心中懷著暗殺的意思，還對第三者，——像被告那樣有深刻關切的人，——將關於銀錢和暗號的一切事實告訴出來：那就是包封放在何處，包封上寫些什麼，怎麼包縛的，而主要的，主要的是告訴了可以借着就到主人那裏去的一些『暗號。』他這樣做，是不是就爲了把自己招供出來？或者是爲了尋出一個競爭者，也許他自己都想進去取得那個包封？是的，有人會說，他的告訴出來，乃由於恐怖。那是怎麼會事？一個眼睛也不閃一閃，蓄意作這樣無畏懼的，獸性的行爲，以後且予以實行的人，竟會說出整個世上祇有他一個人知道，祇要他不提起，整個世上便永遠沒有人猜到的消息。不會的，一個人無論怎樣膽怯，祇要起意做這樣的事，決不會對任何人說出這類的話，至少是不會說出關於信封和暗號來的，因爲這等於預先把自己出賣。既然人家一定要求他說出消息來，他可以故意想出些別的什麼，撒一兩句謊，而關於這類的話却瞞住不說！反過來說，我又要重複一下，祇要他不提出關於銀錢的事情，而以後把人殺死，封到了錢財，那末整個地上便永遠沒有人指控他，至少沒有人指控他爲謀財而殺人，因爲除他以外誰也沒有看見過這筆錢，誰也不知道家裏存着這筆款子。即使有人指控他，一定認他是爲了別的什麼理由而殺死的。但是因爲沒有人預先看出他懷有什麼用意，却反而看出他被主人所寵愛，受主人的信任，自然他會最後被嫌疑到，而最受嫌疑的是具有理由，而且自己喊有理由的人，不把這理由隱瞞，而在衆人面前暴露的人，一句話，受嫌疑的就是被害者的兒子特米脫里·費道洛維奇。於是司米爾加可夫殺了人，劫了財，而他的兒子被指控。——這樣子，對於殺人的司米爾加可夫不是有利麼？現在司米爾加可夫在起意殺人以後，竟把關於銀錢，包封和暗號的事情通通告訴特米脫里——這是合邏輯麼？這不是明顯麼？

「司米爾加可夫謀殺的日子到了，他假裝發了暈厥病，跌倒下來，爲了什麼？第一，自然是爲了僕人格里郭里本來打算自行治療的，看見完全沒有人看守房子，也許會延期治療，起來看守。第二，自然是爲了主人自己看見沒有人保護他，深怕兒子進來，並且不隱瞞他的懼怕，因此加深了他的不信任和戒備。最後自然是爲了使人家立刻把發作了暈厥病的司米爾加可夫從他永遠和人家隔離着居住的廚房，（這廚房另有進出的門，）搬到邊房的另一頭，格里郭里的小房裏的板隔後面，離他們兩人的鋪牀三步遠的地方，——自從他犯了暈厥病以來，由於主人和慈悲心腸的瑪爾法．伊格納奇也夫納的吩咐，老早就定下了這個例子。他躺在板隔後面，大概爲了裝病裝得像些，自然要起始呻吟，整夜吵得他們不能安睡，——（據格里郭里和他的妻子所供確係如此，）——而這一切，這一切就爲了從床上起來，跑出去殺死主人方便些！

「有人會說，他所以裝病，也許是爲了使人家把他當作病人，不想到他頭上來，而把關於銀錢和暗號的話告訴被告，也就是爲了讓被告自己去殺人，等到殺完以後，便跑走，把錢拿走，也許還要作出響聲，吵醒證人，那時候司米爾加可夫纔立起身來，走了出去，——唔，出去做什麼？就是走了出去，再把主人殺死一次，再取去已經被取去的銀錢一次。諸位，你們笑麼？我自己也羞於做這樣的假設，但是你們要知道，被告所說的就是這話。他說：在我已經從屋內走出來，把格里郭里摔倒，鬧了亂子以後，他起牀走出去，殺了人，刼了財。我也不必說司米爾加可夫怎麼能預先全都算到，全都未卜先知，像看他的五隻手指一般的淸楚，而且恰恰算到這個惹惱的，瘋狂的兒子跑來以後，單祇是爲了恭恭敬敬地向窗內張望一下，既知道了暗號，却又倒退出去，給司米爾加可夫留下他自己的獵獲品！諸位，我現在正正經經地提出一個問題：司米爾加可夫在什麼時候實行犯罪？請你們指出這個時間來，因爲非此是不能加以指控的。

「也許暈厥病是眞正的。病人忽然醒了轉來，聽見了喊聲，就走出去，——唔，以後怎樣呢？是不是他看了一下，就對自己說，讓我去殺死主人？但是他怎麼會知道裏面所發生的情形，既然他在那時候以前還躺在那裏，失了知覺？諸位，你們知道理想是有界限的。

「是的，精細的人們會說，那是他們兩人同謀，一塊兒殺人分贓，那便怎樣呢？

「是的，這果眞是重要的嫌疑，第一，立刻就有加以證實的極大的罪證。一個殺了人，自行擔負了一切的麻煩，另一個同謀者躺在一傍，假裝發暈厥病，——就是爲了預先引起大家的疑惑，使主人和格里郭黎里慌。有趣的是這兩個同謀者基於何種理由纔想出這樣的瘋狂的計劃？但是也許司米爾加可夫方面並沒有積極的幫助，而惟有所謂被動的，受苦的同謀。也許受了驚嚇的司米爾加可夫祇答應對於謀殺不加抗拒，因爲預感到人家會指控他縱容謀殺主人，不呼喊，不抗拒——所以預先請求特米脫里·卡拉馬助夫允許他假裝。發作了暈厥病，躺在那裏，『你隨便去殺人罷，這於我不相干。』假使果眞如此，那末因爲暈厥病一發，一定會使家內發生慌亂，特米脫里·卡拉馬助夫既然預先感到這一層，是無論如何不會同意這計劃的。……我可以讓步，就算他能同意；但是其結果總歸是一樣的，特米脫里·卡拉馬助夫總歸是兇手，直接的兇手，由他起意殺人，而司米爾加可夫祇是被動的參加者，甚至還不是參加者，而祇是由於恐怖，且違背了自己的意旨，加以縱容而已。法庭是一定會加以分別處理的。但是我們見到了什麼？被告剛一被捕，就一下子把一切推到司米爾加可夫一人身上。並不指出他和自己同謀，却指出他一個人來，說這是他一個人做的事，他殺人越貨，他一手做成的事！這算是什麼同謀，既然兩人立刻互相指控，——這是永遠不會有的。你們應該注意，這對於卡拉馬助夫極冒險的事：他是主謀，而司米爾加可夫不是的，他祇是從犯，躺在隔板後面，放縱他去做。而現在他竟將一切推在躺倒的人的身上。那個躺着的人一生氣，單單爲了自衞，便會立刻宣布眞正的事實。他要說：兩人都參預其事，不過我沒有殺人，祇是加以准許和放縱，由於恐怖的緣故。司米爾加可夫會明白，法庭將立行辨清他的犯罪的程度，因此可以希望他即使須受懲罰，一定將比打算把一切推到他身上來的主犯所得的刑罰輕得多。到了那個時候，他不由得就要直供出來了。然而我們並沒有看見這情形。司米爾加可夫並沒有露出同謀的話，雖然兇手曾堅決地把他指控出來，一直指出他是唯一的兇手。不但如此：司米爾加可夫在預審的時候反而宣布，他自己把關於銀錢的包封和暗號的事情告訴被告，還說沒有他，被告將毫無所知。假使他果真同謀犯罪，他會不會在預審的時候這樣輕易地把這話說出，說他是自己告訴被告的？相反地，他也將一味狡黠，他一定要將事實曲解，並且估低它的價值。但他並沒有曲解，也沒有估低。惟有無罪的人，不怕人家指控他同謀的，纔能這樣做。現在他為了暈厥病和爆發出來的那個災禍，發作了病態的憂鬱症，竟於昨天懸樑自殺。自殺的時候，留下了用特別的文體寫下來的一張紙條：『我的自殺出於自己的意志，是自甘情願的，與任何人無涉。』他應該在紙條上添上一句：兇手是我，不是卡拉馬助夫。但是他並沒有添上。對於一件事情他的良心敢做，而對於另一件事情反而不敢麼？

『剛纔有三千盧布繳到法庭上來，——就是那筆裝在信封裏的錢，——那隻信封還在物證的桌上放着，——說是昨天從司米爾加可夫手裏收到的。』但是諸位陪審官，你們要記住剛纔那幅悲慘的圖畫。詳細情形我不再複述，但是讓我來下兩三個註解，選其中最不重要的，

——也就因爲不重要，所以不是每人想得到，而且是容易忽略的。第一，還是那套話：司米爾加可夫由於良心的譴責，昨天把錢繳回，而自己懸樑自盡。（因爲沒有良心的譴責，他是不會繳出錢來的。）自然他在昨天晚上纔初次對伊凡·卡拉馬助夫直承他的犯罪，照伊凡·卡拉馬助夫自己所宣布的話，否則他爲什麼至今還沉默着？他既然直承了出來，那末爲什麼，（我還要重複一下，）在他臨死的那張字條裏沒有向我們宣布出全部的事實，既然明知明天就將對無辜的被告開庭審詢？光是銀錢不能算做證據。例如說，我和在這大廳裏的兩個人，在一星期以前，完全偶然曉得一樁事實，那就是伊凡·費道洛維奇·卡拉馬助夫曾將兩張五千票面的庫券，一共一萬盧布，寄到省城裏去兌換。我說這話的意思是錢在一個時期內是大家會有的，繳出三千盧布，不能一定證明它就是那筆錢就是從那個抽屜或信封裏取來的錢。伊凡·費道洛維奇在昨天從眞正的兇手那裏接到了那樣重要的消息，竟抱了安謐的態度。但是爲什麼他不立刻告發呢？爲什麼他延擱到早晨呢？我以爲我有權猜到是爲了什麼原因：一星期來他的健康失調，曾對醫生和他的親近的人們直承他看見鬼影，遇到亡故的人們，他當時已處於發作腦炎的前夜，而今天果眞發作了。他突然聽到司米爾加可夫自殺的消息，立刻作了如下的見解：「人已經死去，可以推到他身上去，而將兄長援救。我有現成的錢，祇要拿出一疊來，說這是司米爾加可夫臨死時交給我的就好了。」你們會說，固然指的是死者，但總是不光明的事。撒謊總是不光明的，即使是爲了救兄長也一樣。但是假使他的撒謊是無意識的，假使他自已想像的就是這個樣子，因爲他由於僕人的暴卒的消息已完全喪失了理智，你們剛纔看見過那幅圖畫，看見過這人處於何種狀態之下。他站在那裏說話，但是他的理性在那裏？在這腦炎病人的供認以後出現了一個文件，被告給魏爾霍夫且瓦小姐的信，是他在犯罪的前兩天所寫，預先說出了犯罪的詳細計劃。我們做什麽還去尋另一個計劃和它的編製者呢？那是一模一樣，照着計劃實行的，而實行的人就是它的編製者，決非別人。是的，諸位陪審官，「竟照所寫的那樣實行了！」他並沒有恭敬而且畏葸地從父親屋子的窗戶那裏跑開，既然深信他的愛人就在屋內。不，這是荒誕不經的話。他走了進來，——把事情了結了。他大概剛一看見他所忿恨的情敵，就熾燒着怒意，在氣惱中殺了他，他也許是一下子，一揮手，用銅杵殺的。殺了之後，經過詳細的搜查，纔相信她不在那裏，却還不忘記將手伸進枕頭底下，取出裝銀錢的信封，它的撕碎了的包紙現在和其他物證一同放在桌上。我說這話的意思是使你們注意到據我看來極具特徵的一樁事實。假使他是有經驗的兇手，意在劫財的兇手，——他會不會將包封紙放在地板上，像在屍首附近所發現的那個樣子呢？假使這是司米爾加可夫爲了劫財而殺的，——他一定會把包封帶在身邊，不必費一番麻煩，在屍首前面拆開來，因爲他早就知道包封裏是錢，——那是當他面前裝進去，且加以包封的，——假使他將包封完全帶走，那就誰也不會知道是否將財刦去？我問你們，諸位陪審官，司米爾加可夫會不會這樣做，他會不會將包封留在地板上面？一個處於瘋狂中，不能有所思考的兇手是會這樣做的。這兇手不是賊，在這以前從來沒有偷過東西，而現在把這錢從牀上搶了出來，並不像一個偷東西的賊，却祇是向偷東西的賊那裏取回自己的東西——因爲特米脫里・卡拉馬助夫對於這三千塊錢確乎具有這般觀念，這觀念使他達到了癡狂的程度。他現在擲到了他以前從來沒有看見過的包封，就撕開包紙，以便證明裏面有沒有錢，以後就把錢朝口袋一揣，跑了出去，甚至忘記他在地板上留下對於自己極大的物證，就是那張撕碎了的包紙。因爲那是卡拉馬助夫，不是司米爾加可夫，所以沒有想到，沒有考慮到。其實他也那裏還能管到這些！他跑了出去，他聽到追他的僕人的呼喊，僕人抓住他，阻攔他，但受了銅杵的打擊，倒了下來。被告由於憐惜的情感跳下來看他。他忽然告訴我們他當時跳下來是出於憐惜，由於一種同情心，爲的是看一看能不能幫他忙。請問，在這時間內是不是可以表露這樣的同情？不是，他所以跳下來，就爲了弄明白一下：他的罪行的唯一的證人是否還活在人世？一切別的情感，一切別的理由是不自然的！你們要注意，他在格里郭里身上十分努力，用手帕擦拭他的頭，在明白了他已經死去以後，纔像失了神智似的，滿身被血所沾汚，又跑到他的情人的家裏去，——他怎麼能不想到滿身染血，立刻會被人家發覺的？但是被告自己告訴我們，他甚至沒有注意他身上染着血。這是可以想到的，還是可能的，在這時候犯罪的人永遠是如此的。一方面是魔鬼的計算心，另一方面是思考力不够。但是在這時候他祇想，她在那裏。他必須趕快知道她在那裏，因此他跑到她的寓所裏面，纔曉得一個對於他自己突如其來的，極大的消息：她同她的「前人，」「無可爭論的人」到莫克洛葉去了！

第九章　各式的心理——飛躍的三套馬車——檢察官演詞的終結

伊鮑里脫·基里洛維奇在演詞裏顯然選擇了嚴格的歷史的敘寫方法，——所有神經質的演說家都極愛用這個方式，他們故意尋找嚴格地設定下的範圍，以抑止自己的，不耐煩的狂熱。他說到這裏以後，對於這「前人」和「無可爭論的人」特別多提幾句，表示出幾個特別有趣的念頭。本來醋勁極大的卡拉馬助夫忽然一下子在「前人」和「無可爭論的人」之前似乎掉落下來，無影無蹤地消滅了。最奇怪的是他以前幾乎完全沒有注意着在一個突如其來的情敵身上所遇到的對於自身的新危險。他老以為這還離得很遠，卡拉馬助夫是永遠靠着現在的時間以生存的。他大概甚至認他是虛構的東西。在他的痛苦的心裏一下子明白了，這女人所以把這個新的情敵隱瞞起來，多方欺哄他，也許是因為這個新來的情敵對於她並非幻想，也非虛構，却是她一生的希望，——他在一下子明白了以後，頓時安靜了下來。「諸位陪審官，我不能對於被告的心靈裏這種突襲來的性格加以緘默。初看一下，被告似乎怎樣也不會表現出這樣的性格，而現在忽然對於眞理，尊重婦女，承認她有愛情的權利等等，發現了堅決的需要。——而且在什麼時候，就在他爲了她殺死他的父親的時候！實在的，在這時候，流出來的血已經在那裏呼喊出復仇的話，因爲他既然把自己的心靈和自己的地上的命運葬送了，便不由得應該同時感到，而且問自己：「他對於她，對於這個他愛得甚於自己的心靈的生物，現在還有什麼價值，他怎麼還能和這個「前人，」這個「無可爭論的人」相比，他已經心裏感到懺悔，回到他曾經陷害過的女人那裏，懷着新的愛情，誠實的提議，和對於再生的，幸福的生活的誓約。而不幸的他，現在還能給她點什麼？還能向她作什麼提議？」卡拉馬助夫瞭解了一切，明白他的犯罪給他關閉一切的道路，他祇是一個受了死刑判決的囚犯，而不是應該生活下去的人！這念頭把他壓倒，把他消滅。他一下子選擇了一個瘋狂的計劃。依照卡拉馬助夫的性格，他不能不把這計劃認爲是從他的可怕的地位裏一條唯一的，運定的出路。這出路就是自殺。他跑去贖取抵押給官員潘爾霍金的手槍，一邊在路上從口袋裏掏出所有的錢，爲了這筆錢竟使他父親的血沾汚了他的手。唉！錢是他現在最需要的；卡拉馬助夫可以死去，卡拉馬助夫可以自殺，但總要記得這個的！要知道，他是詩人，他從兩頭燃燒他的生命，像點燒蠟燭一般。「我要到他面前去，我要到他面前去，——我要在那裏高張盛宴，從來未有過的盛宴，讓人們永遠記住，永遠講不完。在野蠻的呼喊，吉卜賽人瘋狂的歌舞之中，我要舉起酒杯，慶祝我所深愛的女子，祝她享受新的幸福，以後，——當時在她的脚下，砸碎我的腦子，了結我的一生。她以後將憶起米卡．卡拉馬助夫．看出米卡如何的愛她，會憐惜起米卡來的！」這裏有許多外表的虛飾，浪漫的瘋勁和野蠻的卡拉馬助夫式的無抑止的情感，——此外還有一些什麼別的，在心靈裏呼喊出，在腦筋裏不斷地叩擊出，毒害着他的心的什麼別的東西，那就是良心：那就是良心的裁判，良心的可怕的譴責！但是手槍將了結一切，手槍是唯一的出路，別的出路是沒有的。——但是死後呢？我不知道卡拉馬助夫在那時候曾否想過，「死後將怎樣？」的問題。且也不知道，卡拉馬助夫能否照漢恩烈的樣子想到死後的情形。諸位陪審官，他們有他們的漢恩烈，而我們眼前祇有卡拉馬助夫！」

伊鮑里脫．基里洛維奇展開了米卡如何預備旅行的詳細的圖畫，在潘爾霍金家裏，在小鋪內，和馬夫談話的情節。他引出了許許多多經證人們確認的話語，言詞和姿勢。這幅圖畫使聽衆的信念發生了可怕的印象。主要的是各種事實的總和發生了印象。這瘋狂的，亂竄的，不再珍惜自身的人的有罪無可抗拒地露了出來。「他不必再珍惜自己，」——伊鮑里脫．基里洛維奇說，——「他幾乎有兩三次完全承認出來，幾乎下了暗示，祇是沒有明言而已。（底下引出幾個證人的供詞。）他甚至在路上對車夫說：「你知道不知道，你載着的是一個兇手！」但是他到底沒有說完：應該先到莫克洛葉村去，做完他的文章。但是不幸的人所期待着的是什麼？原來他到了莫克洛葉的最初幾分鐘內就看出，而且完全了解，他的「無可爭論」的情敵也許並不見得無可爭論，人家並不希望，不想接受他的祝賀。諸位陪審官，你們已經從審訊中知道了一切事實。卡拉馬助夫無可爭辯地佔了他的情敵的上風，他的心靈裏起始了完全新的變化，是所有他的心靈曾經經歷過，知將來還要經歷過的一切裏面最可怕的變化！「諸位陪審官，我們可以肯定地承認，」——伊鮑里脫．基里洛維奇喊，——「遭了汚辱的天性和罪惡的心會自行復仇，比任何人世間的制裁圓滿！不但如此：法庭的制裁和人世間的刑罰甚至會減輕天然的懲罰，在這個時間內甚至對於罪人的心靈是必要的，可以把它從絕望中救拔出來，因爲我不能自己設想到，卡拉馬助夫感到如何的恐怖，如何的道德上的痛苦，當他知道了她愛他，她爲了他拒絕她的「前人」和「無可爭論的人，」她召喚他一塊兒度更新的生命，允許給他幸福。而還是在什麼時候？還是在一切對於他全已完結的時候，在一切都不可能的時候！我還要順便作一個對於我們十分重要的聲明，以解釋被告當時所處地位的眞相。這個女人，他的愛情，在最後的一分鐘以前，甚至在被捕的一剎那以前，對於他還成爲無可接近的，劇烈地願望着，却無從達到的人物。但是爲什麼，爲什麼他當時不就自殺，爲什麼他放棄已經決定了的意思，甚至忘却他的手槍在那裏放着？那就是這個熱烈的對於愛情的饑渴，和立刻在當時就可解除這饑渴的希望，攔阻了他。在狂飲的時候，他附貼到她的愛人的身上，她和他一同喝酒，她的豔麗的容貌在他看來，比任何時候都見得妖媚。他一步也不離開她，欣賞着她，在她面前消失了自己。這種熱情的饑渴甚至一下子不僅能把他對於被捕的恐怖壓平下去，且可抑制他的良心上的譴責。一剎那間！祇是一剎那間！我設想罪人當時的心情，正對於完全把他壓抑下去的幾種原素不加分辯地，奴性地服從。第一是泥醉的狀態，喧嘩吵鬧，舞蹈時的踏步聲，歌唱的尖響，還有她，她，喝了酒臉漲得通紅，一面唱，一面跳，醉眼矇矓地向他含笑！第二，是一個使他鼓勵的，遼遠的幻想，覺得運定的結局還離得很遠，至少不近，——也許明天早晨纔會來把他捕去。如此說來，還有幾小時，還是很多的，太多的！在幾小時內可以想出許多辦法。我設想他當時的情形有點像一個罪犯被領到斷頭臺上處死刑：還須走一條長長的街，而且是一步步地，從幾千的民衆面前走過，以後再折到另一條街，在另一條街的末端纔是那個可怕的廣場！我總覺得，被判處死刑的人在行列起始的時候，坐在可恥的馬車上面，確乎會感到還有一個無盡的生命立在他的面前。房屋往後倒退，馬車一直向前走，——但還不要緊，離開第二條街的轉灣處還遠得很，他還在那裏精神抖擻地左右顧盼，朝好幾千帶着冷淡的好奇心釘視他的人們看望，還覺得他是和他們一樣的人。現在轉灣到另一條街上去了。還不要緊，不要緊，還有整整的一條街。無論走過多少房屋，他總是想：『還剩下許多房屋呢。』這樣子一直到走完爲止，一直到廣場爲止。卡拉馬助夫當時也是這個情形。他心想：「他們來不及的，他們還要尋找，還有時間去想出祇槧的計劃，而現在，現在，——現在她是如何的美麗！」他的心裏感到模糊和恐怖，但是他還來得及把那筆錢的半數留下來，藏在什麼地方，——否則，我不能解釋，他剛從父親的枕下取來的三千盧布的一半會消滅到什麼地方去的。他到莫克洛葉去，已非初次，他已經在那裏鬧了兩晝夜的酒。這所老舊的大木房有許多堆屋和圍廊，是他所知道的。我總猜想一部分的錢在那時候就隱匿了，而且一定在這所房子裏，在被捕前不久的時候，放在地板的裂縫裏，在某個角落裏，屋頂下面。——爲了什麼？怎麼爲了什麼？災禍自然會立刻發生的，他還沒有想到怎樣去對付它，他沒有功夫，他的頭裏發響，他的心附在她的身上，但是錢呢——錢在任何的情形之下是必要的！人有了錢，到處可以做人。也許你們覺得這時候作這樣計算是不自然的麼？但是他自己也說過，在一個月以前，在一個對於他也是十分驚惶而運定的時間，他將三千盧布分出了一半，縫在一個鎖盒裏，自然這話是不實在的，我們立刻就可加以證明，然而這樣的念頭是卡拉馬助夫熟悉的。他考慮過的。不但如此，在他以後對檢察官說，他將一千五百盧布分出來，放在鎖盒裏的時候，（其實並沒有此事，）也許就在這刹那間想出了這個鎖盒的話，因爲他在兩小時以前就把一半的錢藏在莫克洛葉的什麼地方，以備明天早晨，作不時之需，祇爲了不要保存在身邊，這是由於突然得來的興會而來的。諸位陪審官，你們要記得，有兩個深淵，卡拉馬助夫會看到兩個深淵，而且兩個深淵一下子看到！我們在那所房子裏尋覓到，却沒有找到。也許這筆錢還在那裏，却也許二天就失蹤了，現在還在被告那裏。總而言之，他在她的身邊被捕，正當他跪在她面前，她躺在牀上，他的兩手伸向她，他在那時候忘懷了一切，竟沒有聽見捕捉他的人們如何走近前來。他的腦筋裏來不及準備回答的話。連他和他的腦筋都一塊兒出其不意地被捉住了。

『諸位陪審官，他現在立在裁判官前，立在決定他的命運的人們面前。有的時候，在履行職務的時候，我們自己會在人面前感到害怕，替人們害怕！這就在那個時間，當一個犯人在看見一切都已失敗，但還在那裏奮鬥，還打算和你們奮鬥的時候，我們看到了他的獸性的恐怖。這就在那個時間，當一切的自衞的本能突然在他身上發作了出來，他爲了拯救自己，用疑問的，悲哀的，透澈的眼光看望你們，捕捉你們，研究你們，注意你們的臉龐，你們的思想，等候你們從那一方面打擊下去，在搖撼着的腦筋裏閃電似的創出幾千種計劃，但到底怕說話，怕說錯了話！人類心靈裏低卑的一個時間，它的苦難的歷練，獸性的拯救自己的渴望——那是如何的可怕，甚至有時會引起預審推事的震慄，使他生出對於罪犯的同情心，這一切是我們目覩的。他起初受了震撼，在恐怖中漏出幾個大有關礙的字來：『血呀！罪有應得呀！』但是他很快就自行忍住。怎麼說法，如何回答，——這一切在他方面毫無準備，但祇準備好了滿口的否認：「我對於父親的死並沒有犯罪！」暫時祇有一塊圍牆，在圍牆後面也許還可以築起一座柵寨。他對於最初幾句有關礙的呼喊，爲預先堵住我們的發問起見，連忙解釋，說他祇承認致僕人格里郭里於死的罪。「我對於這人的血是有罪的，但是諸位，誰殺死父親的？誰殺死的？如果不是我，誰能殺死他呢？」你們聽着：他反來問我們，反來問特地跑來對他提出同樣問題的我們。你們有沒有注意到這句預先說出的「如果不是我」的話，有沒有注意到那種獸性的狡滑，那種童稚的態度，那種卡拉馬助夫式的不耐煩的心情？不是我殺的，你們不應該疑惑是我殺的：「我想殺，諸位，我想殺，」——他連忙承認，（他是太忙了，太忙了！）「但是我到底沒有犯罪，不是我殺的！」他說他想殺，是對我們的謙步。他的意思是說，你們自己看見，我是如何的誠懇，你們很快就可以相信不是我殺死的。罪人在遇到這類情形的時候，有時會變得十分輕浮，而且輕信的。到了這裏，預審的法官們好像完全不經意似的，突然對他提出一個極坦白的問題：「是不是司米爾加可夫殺死的？」恰巧發生了我們所期待的情形：他十分生氣，因爲人家超越到他的前面，出其不意地把他捉住，正當他還沒有準備好，還沒有選擇好，還沒有捕捉到引出司米爾加可夫來較爲妥當些的機會。由於他的本性，他立刻趨向極端，自己起始對我們努力說明，司米爾加可夫不會殺人，沒有殺人的能力。但是你們不要相信他，這祇是他的狡滑的手段：他沒有對司米爾加可夫斷念，相反的，他還要把他抬出來，因爲不把他抬出來便抬不出別的人來，不過他想在另一時間內去做，因爲現在這事弄壞了。他也許在明天，或者甚至過幾天以後再把他抬出來，選好一個機會，以便自行對我們喊：『你們瞧呀，我自己否認司米爾加可夫，還比你們起勁，你們自己應該記得。但是現在我相信：這是他殺的，不會不是他殺的！』在他陷入陰沉的，惹惱的否認裏的時候，一種不耐煩和惱怒的心情迫使他作出極不熟練的，極不可信的解釋：他說，他如何朝父親的窗內看望，如何恭恭敬敬地離開那個窗子。主要的是他還不知道週圍的情勢是怎樣的，蘇醒轉來的格里郭里的供詞的程度如何。我們着手搜查他的身體。搜查使他發怒，卻也使他高興：三千盧布沒有全數找到，祇找到了一千五百。自然祇是在這個忿怒的沉默和否認的時候，關於鎖盒的念頭纔初次鑽進他的腦瓜裏去。無疑地，他自己感到他所虛構的一切是如何的不可靠，因此他努力，十分努力，要把這弄得可信些，可杜撰成一部完整的，可信的小說。預審的法官們遇到這類情形時的第一件事，最主要的任務就是不使他有所準備，突如其來地加以襲擊，使罪犯無意中將他的隱密的念頭，洩露得十分愚蠢，虛誕而且矛盾。祇能用一種方法使罪犯開口，那就是突然地，而且似乎不留神地告訴他一樁新的事實，一樁意義重要，而他至今未能預料到，且無論如何不能覺察到的情節。這事實就在我們手頭，早就在我們手頭預備好了：那就是僕人格里郭里醒過來以後所供被告從敞開的門裏跑出來的話。他完全忘却了這扇門。他竟忘却格里郭里會看見這扇門，竟沒有料到這層。發生了極大的效果。他跳起身來，忽然對我們喊：『這是司米爾加可夫殺死的，這是司米爾加可夫！』因此他的祕密的，基本的念頭，在極不可信的形式裏洩漏了出來，因爲司米爾加可夫的殺人祇能在他把格里郭里摔倒在地，並且逃走以後。我們告訴他，格里郭里在倒地以前就看見房門敞開，走出臥室的時候，還聽見司米爾加可夫在隔板後面呻吟，——卡拉馬助夫十分感到沮喪。我的同事，可尊敬的，聰明的尼古拉·帕爾費諸維奇以後對我說，在這時候他起始可憐他至於垂淚。就在這時候，爲糾正這事情起見，連忙把所謂鎖盒的事情告訴我們：就是這個樣子，你們聽去好了！諸位陪審官們，我已經向你們表示過我的意見，何以我認一個月以前把錢裝在鎖盒裏的那套話不但荒誕，而且是極不可信的虛構，祇是在這種情形下纔能找到的。即使想賭着東道，去尋找一些不可信的故事，——也不能想出比這再壞些的來。主要的是永遠可以用一些瑣節將得意非凡的故事家加以攻擊，搗成粉碎，那些瑣節是永遠會在現實界裏豐富地發現，永遠會被那些不幸的，不由已的杜撰家當作似乎完全無意義，且無用的小玩意，而加以忽視，甚至永遠不想到。是的，他們在這時候顧不到這些，他們的腦筋祇在那裏創造偉大的整個的東西，——而你們膽敢向他們提出這類瑣碎的東西！但是就在這個上面他們被他捉住！人家問被告：縫鎖盒的材料是從那裏取來的？誰給您縫的？——我們已縫的。——但是那塊布從那裏取來的？——被告發起氣來，他認這是對於自己可恥辱的瑣節，你們相信不相信，他的氣憤是出於誠懇的，出於誠懇的！他們這類人都是如此的。「那是我從襯衫上撕下來的。」——好極了。如此說來，我們明天就去尋找這件襯衫，上面被撕下來了一塊布條。你們想一想，諸位陪審官們，假使我們果眞找到那件襯衫，（如果眞有這件襯衫存在着，那是可以在他的皮箱或衣櫃內尋到的，）——那便成爲一個事實，一個可觸到的事實，證明他的供詞的正確！但是他不能這樣想。——「我不記得了，也許不是從襯衫上撕下來的，我用女房東的包巾縫的。」——「什麼包巾？」——「我從她那裏取來，就在她那裏散放着，一塊舊布。」——「您記得很清楚麼？」——「不，我不大記得清楚……」他當時那份生氣的樣子，眞是不得了，但是你們想一想：怎麼會不記得呢？在一個人最可怕的時間，例如在被載上大車處刑的時候，他所記清的一定是這些瑣碎的事情。他會忘却一切，但是對於他在路上瞥到的某所樓房的綠色的屋頂，十字架上的烏鴉，却記得淸淸楚楚。他在縫鎖盒的時候，是背着家裏人的，他應該記住，他持針在手的時候，如何感到低卑的痛苦，生怕有人進來撞見；如何在叩門的時候跳起身來，跑到板隔後面去，（他的寓所裏有板隔。）……諸位陪審官，我把這一切，所有這一切詳情，瑣節，告訴你們，是爲了什麼？」——伊鮑里脫·基里洛維奇忽然喊了起來。——「就因爲被告一直到現在時候爲止，還堅持着他的荒誕的話！在這兩個月內，從對於他最運定的那個夜裏起，他一點也沒有解釋，沒有在以前的理想的供詞上增添一樁現實的，可資解釋的事實。他的意思是說這一切全是瑣節，你們相信我的誠實的話好了。我們樂於相信，我們急於相信，卽使相信你的誠實的話也可以。我們莫非是吸人血的胡狼麼？請你們指出一樁對於被告有利的事實，我們是很高興的，——但必須是可觸到的，實在的事實，而不是他的親兄弟從被告的臉色上取得的結論，也不是指出他叩擊胸脯，便一定應該是指着那個鎖盒，而且還在黑暗之中。我們很樂於得到新的事實，我們可以首先放棄我們的指控，我們可以立刻予以放棄。但是現在呢，公道在那裏發出呼聲，我們應該堅持我們的主張，我們不能加以放棄。」伊鮑里脫·基里洛維奇立刻轉入結論上去。他好像得了瘧疾，他大聲疾呼地要求爲所流的血復仇，所流的被兒子『以低卑的刦財的用意』而殺死的父親的血。他堅決地指出悲劇性的，彰明較著的許多事實的總和來。『無論你們從能幹的，有才能的被告律師那裏聽到什麼話語，（伊鮑里脫·基里洛維奇忍不住了，）無論將發出何種巧辯的，動人的言詞，以叩擊你們的感情，——你們總應該記住，在這時候你們立於正義的廟堂之上。你們要記住，你們是我們的眞理的擁護者，神聖的俄羅斯的擁護者，它的基礎，它的家庭，它的神聖的一切的擁護者，是的，你們現在代表俄羅斯，你們的判決不僅將在這間大廳內發出聲音，且將傳往整個俄羅斯，而整個俄羅斯將傾聽你們，視你們爲他們的擁護者和裁判者，將爲了你們的判決而得到鼓勵，或遭逢挫折。你們不要使俄羅斯和它的期待有所失望。我們的運定的三套馬車正向前趨奔，也許將走向滅亡的道路上去。全俄羅斯都在伸手，要求停止這瘋狂的，無理由的賽跑。別的民族暫時還閃避這輛沒命奔馳的三套馬車，也許並非由於尊敬它，像詩人所希望的那樣，却完全由於恐怖。——你們要注意這層。由於恐怖，同時也許由於賤視它，而且閃躲還算好，恐怕一下子竟會停止閃躲，像一堵厚牆似的，站立在奔馳的幻象面前，上前阻止我們這種無法無天的，瘋狂的賽跑，爲了救自己，爲了教育和文化！這類從歐羅巴來的恐慌的聲音我們已經聽到了。這聲音已經起始傳響了。你們不要誘惑他們。你們不要下爲親子殺父罪開脫的判決，以增加他們的日見增長的忿怒！……」

伊鮑里脫．基里洛維奇雖發出十分激越的心情，但終於以說教的意義結束了他的演詞。他的演詞所引起的印象確極強烈。他說完以後，連忙離開大廳，在另一屋內幾乎昏了過去。聽衆沒有拍掌，但正經的人們深致滿意。惟有女太太們不大滿意，但頗喜歡聽他的巧妙的辯才，況且她們並不懼怕後果，却把一切希望放在費邱郭維奇身上。「祇要他一開口，自然會戰敗大家的！」大家瞧望米卡。他在檢察官說話的時候一直默默地坐着，捏緊着手，咬緊着牙齒，低下頭。偶然舉起頭來，傾聽一下。特別在提到格魯申卡的時候。檢察官傳達拉基金議論她的話的時候，他的臉上表現出賤蔑的，惡毒的微笑，他很響亮地說了一句：「白納德！」在伊鮑里脫·基里洛維奇敍述他如何在莫克洛葉審問他，磨難他的時候，米卡舉頭傾聽，帶着十二分的好奇心。在一段話上，他似乎竟想跳起來，喊一聲，但到底勉強抑住自己，祇是賤蔑地聳了聳肩膀，關於演詞的末段，就是關於檢察官在莫克洛葉審問罪犯的時候所作的一些勞績，我們的社會裏後來曾加以議論，還笑伊鮑里脫·基里洛維奇，意思是說：「這人到底忍不住不誇一誇他的能幹呢。」

以後暫停開審，休息了很短的時候，有一刻鐘，至多二十分鐘。傍聽的羣衆裏面傳出一陣談話聲和喊聲。我記下了一些來：

「一個嚴肅的演詞！」——在一堆人中有一位先生皺着眉頭說着。

「加上了許多心理學，」——另一個聲音說。

「這全是事實，無可辯駁的眞理！」

「是的，他是能手。」

「他還算了一筆總賬。」

「他也給我們算了總賬，」——第三個聲音竟追加上去，——「在演詞開端的時候，他說大家全和費道爾·伯夫洛維奇一樣。」

「終結的時候也是如此。他這話是撒謊呢。」

「而且有些含含糊糊的地方。」

「有點感情的衝動。」

「不很公平，不很公平。」

「但到底還巧妙。這人等候了許多時候，方纔說了出來，哈——哈——哈！」

「且看律師怎麼說？」

在另一堆人裏：

「他剛纔把彼得璧的律師挖苦了一句，那又何苦呢？你們不記得他所說叩擊感情的話麼？」

「是的，他這話說得不巧妙。」

「太匆忙了。」

「神經質的人。」

「我們現在笑着，但是被告有什麼感覺呢？」

「是的，米卡怎麼樣呢？」

「且看律師怎樣說法？」

在第三堆人裏：

「有一位女太太，戴着單眼鏡，胖胖的，坐在邊上，這是誰？」

「她是將軍夫人，離了婚，我認識她。」

「怪不得她戴着單眼鏡。」

「一個下流女人。」

「不，她是一個瀟灑的女性。」

「在她傍邊隔兩個座位，坐着一個金髮女人，比較美麗些。」

「他們當時在莫克洛葉很巧妙地把他捉住了。」

「巧妙是很巧妙。他也敍講了出來。他在此地每個人家裏講了許多遍。」

「現在竟忍不住了。一種自負心。」

「他是受了冤屈的人。」

「也是好惱氣的人。修辭太多，句子長得利害。」

「儘嚇人，儘嚇人。您記得關於三套馬車的話麽？『那邊是漢恩烈，而我們那裏暫時還是卡拉馬助夫！』他的話說得很巧妙。」

「他這是拍自由主義的馬屁。他怕他們！」

「他還怕律師。」

「費邱郭維奇先生現在要說什麼話呢？」

「無論他說什麼話，不會把我們這些鄉下人說服的？」

「您以爲如此麼？」

在第四堆人裏：

「他那一段關於三套馬車的話說得很好，就是關於民族的那套話。」

「這是很對的，你記得他說別的民族不能等待的那句話麼？」

「怎麼樣呢？」

「上星期在英國議會中有一位議員爲了虛無黨問題起立質問外部：是不是應該對於野蠻民族，實行干涉，加以開化。伊鮑里說指的就是他，我知道是指着他。他在上星期講過這件事情。」

「還不是呆鳥們容易做到的事。」

「什麼呆鳥？爲什麼不是容易做到的？」

「我們要把克郎士達特封鎖，不把糧食輸運給他們。他們從那裏去取呢？」

「不能向美國去取麼？他們現在已經從美國去取了。」

「這是胡說。」

但是鈴響了，大家全奔到座位上去。費邱郭維奇走上了講台。

第十章　律師的演詞——兩頭的木棍

著名的演說家第一句話剛傳響的時候，一切都靜寂了。整個大廳的人全釘看着他。他起始說的時候十分直率而且隨便，帶着確信的態度，但沒有一點驕矜的神色。他毫不賣弄施展辯才，也不用感憤的音調，或含着情感的話語。他像在同情的人們的親昵的圈裏說話一樣。他的嗓音美妙，洪響，而且悅耳，他的嗓音內似乎甚至聽出一點誠懇的，坦白的味道。但是大家立刻明白，這演說家是會忽然升到眞摯的感憤的音調上去的，並且『用不可知的力量叩擊人們的心胸。』他的言語也許要比伊鮑里脫·基里洛維奇所說的更不合規則，但是他不用冗長的句子，甚至還說得正確些。有一樁事情爲女太太們所不喜：他似乎一直彎着背，尤其在開始說話的時候最爲利害，並不是鞠躬，却似乎想將身子飛向聽者們的面前去，似乎將長長的背部的一半彎了轉來，在他的細長的背部的中央裝設了彈簧，使它可以折成直角形。他起始說得不大聯貫，似乎沒有系統，把事實零段地加以把捉，結果成爲一個整體。他的演說可分成兩部：前半部是對於公訴部分的批評和辯駁，有時帶着惡毒和諷刺的聲調。說到後半部，他似乎忽然改變了語調，甚至連說話的態度也變了，一下子升到感憤的語氣上去。大廳上的人似乎正等候着這個，欣悅得震慄了。他一直就講正文，起始說他雖在彼得堡經營律師的業務，但到俄國各城來爲被告辯護已非初次，他所辯護的總是那類他自已深信他們無罪，或預先感到如此的人們。「在這件案子裏也是如此，」——他解釋着。——「從最先的報紙的通訊上我就看出一點於被告有利的，使我十分驚愕的東西。總而言之，最先使我注意到的是某種法律上的事實，它在司法的實例中雖數見不鮮，但我覺得從來沒有像這個案件那樣圓滿，而且具有特色。這事實我應該在我說完話的時候，終結的時候加以提出，但是我要一開始先把我的意思表示出來，因爲我有一個弱點，就是一直講到正題上去，不將效果隱瞞一下，也不予印象以若干的經濟。這也許在我的方面是毫無計算，但是誠懇的。我的意見，我的原則如下：有許多事實固然於被告不利，但同時沒有一樁事實可以經得住批評，假使予以個別的，單獨的研究。我越往下注意報紙的記載，和各項傳聞，便對於我的意見越加確信。忽然我從被告的親屬方面接到了替他辯護的邀請。我立刻到這裏來，到了這裏以後，取得了根本的確信。我現在着手辯護這個案件，就是爲了將這可怕的事實的總和加以擊破，證明每個單獨的控訴的事實是如何地無從證實，而且荒誕不經。」

律師這樣開始，忽然宣布道：

「諸位陪審官，我在這裏是新人。一切的印象放到我的身上來，不帶一點成見。性格暴燥，放浪不羈的被告並沒有在事前侮辱過我，像也許對於住在這城裏的幾百個人那樣，——就爲了這原因有許多人預先對他懷有成見。自然我也承認，此地社會上道德感覺是興奮得頗合理的：被告的脾氣本來十分暴燥而且放浪不羈。但是此地的社會仍舊接待他，甚至在才幹卓越的公訴人的家庭裏，他也受到了優渥的招待。（他說出這句話來的時候，觀衆裏發出兩三下笑聲，雖然趕快壓下去，但是大家都聽到了。我們大家都知道檢察官接待米卡，並非出於自願，單單是因爲檢察官夫人不知爲何原因當他是極有趣的人。她是一位極有道德的，可尊敬的夫人，但好發幻想，性格執拗，喜歡在某種情事之下，特別在瑣碎的情節上和他的丈夫反對。不過米卡不常到他們家裏去。）我敢說，（律師繼續講下去，）以我的對手那樣具有獨立的腦筋和正直的性格，尚且會對於我的不幸的顧客存一些錯誤的成見。這是很自然的，因爲這個不幸的人所作所爲是太值得人家對他懷抱成見了。受了侮辱的，道德上的，以及審美的情感有時是殘酷的。在檢察官的才氣橫溢的演詞裏，自然對於被告的性格和行爲有嚴格的分析，對於案件也抱着嚴格的，批評的態度，而主要的是在解釋案件要點時表露出心理的細巧處來，一個人如對於被告本人的態度具有多少故意的，惡毒的成見，是不會鑽到這樣深處的。處於如此情形之下，有些東西會比最兇狠的，惡意的態度還要壞些，還要有害些。例如，我們着迷於一種藝術的游戲，發生了藝術創作的需要，創製小說的需要，尤其是在上帝賦與我們豐富的心理研究的才能的時候。我在彼得堡臨動身到這裏以前，有人警告我，——就是沒有警告，我自已也知道，——我在這裏將遇到一個深刻精細的心理學家爲自已的對手，這對手的性格，早就博得我們的年代不久的法律界裏一些特別的名譽。心理學雖然是深刻的東西，但到底像一根兩頭的木棍。（觀衆裏發笑。）請你們恕我作這庸俗的比喩；我不是會巧辯的能手。現在我從檢察官的演說裏，隨便取出一段來作爲例子。被告深夜時在園中越牆，用銅杵把拉住他的腿的僕人摔倒。以後立刻跳回園中，在被摔倒的人面前張羅了整整的五分鐘，努力猜測：他是否已將他殺死？檢察官怎麼也不肯相信被告所供的話是實在的，不相信他的跳下來看格里郭里是出於憐惜的心腸。『在這種時候，不見得會有如此的情感作用。這是不自然的。他所以跳下來，就爲了想弄明白：他的暴行的唯一的證人是否尙活在人世，或已被殺死。他這種行動給可證明，他確已做了暴行，因爲決不會爲了別的理由，別的動機或情感而跳進花園裏去的。』這就是心理學。現在就把這心理學拿來，從另一方面施用到案件上面去，結果是大不相同。兇手跳下牆來，是出於警戒的意思，想弄明白證人是否活着，而同時根據檢察官自已的證明，竟把一個極大的物證遺留在被他殺死的父親的書房裏面，那就是被撕破的包封，上面註明內有三千盧布。『祇要把這包封拿走，全世界上便沒有人會知道有包封的存在，裏面還有錢，那筆錢一定是被告刼走的。』這是檢察官自已的話語。現在瞧呀，對於一樁事情他不存戒備，慌張而且懼怕，匆忙地跑走，把物證遺留在地板上面，過了兩分鐘以後，打死了另一個人，却立刻發生了極無心肝的，極有計算的戒備的情感。卽使是這樣的，卽使是這樣的：心理的細巧處就在於在這種環境之下，我像高加索的兇鷹一般，殺人不眨眼，而在以後的一分鐘內，我又膽怯畏葸，像猥屑的鼴鼠。既然我這樣殺人不眨眼，具有殘忍的計算心，殺人以後，還要跳下來，看證人活着沒有，那末爲什麼還要在我的新的犧牲物的傍邊張羅五分鐘之久，也許因此會弄些新的證人出來？爲什麼要用手帕擦去被摔倒的人的頭上的血，手帕因此被血弄汚，以後使它成爲反對我的特證？我們既然具有這樣用的計算心，和硬心腸，不會跳下來，用原來的銅杵再朝僕人的頭上擊打一下，索性把他完全殺死，以便把證人消滅以後，卸去心上的一切顧念，不是更好麼？再說，我跳下來，是爲了查明證人是不是還活着，而當時就在道上遺留下另一個證人，就是那根銅杵，是我從兩個女人手裏搶了過來，以後她們兩人永遠會辨認出這銅杵是自己的東西，因此證明是我從她們那裏搶來的。而且他並非將銅杵遺落在路傍，也非由於心神的散漫，手足措亂而掉落下來。不是的，我們是將我們的武器扔棄的，因爲牠被發現在離格里郭里被摔倒處的十五步以外。請問：我們這樣做是爲了什麼？我們這樣做，因爲我們殺了一個人，殺了老僕而感到痛苦，因爲我們在惱恨中，懷着詛咒，將作爲殺人武器的銅杵扔棄，否則是不會這樣的，爲什麼要將它揮棄出去呢？假使會因爲殺了人而感到痛苦和憐惜，那末自然因爲他並未殺死父親。殺了父親，是決不會由於憐惜的情感而跳到另一個被他打倒的人身傍去的，那時便有另一種情感，那時便顧不到憐惜，祇顧到自救，自然是這樣的。那時候，我要重複一句，反而將完全擊破他的腦袋，不會和他張羅了五分鐘之久。憐惜和善良的情感所以得了位置，就因爲他的良心是純潔的。因此，這又是另一種心理。諸位陪審官們，我現在故意自行援用心理學，爲的是明白地指出從這裏面可以演繹出任何什麼玩意來。一切都在於它落在何人的手裏。心理學甚至可以使最嚴肅的人們做出浪漫的行爲，而這是完全不由己的。我說的是過分的心理，我說的是濫用心理學的方法。」

觀衆裏又傳出贊成的笑聲，全是爲了檢察官而發的。我不來詳細引出律師的演說的全部，祇擇出主要的幾段來。

第十一章　沒有金錢——沒有刦財

律師的演說中有一段居然使大家發生驚愕，——那就是完全否認這運定的三千盧布的存在。因此就沒有搶刦的可能。

「諸位陪審官，」——律師起始說，——「在這個案子裏有一種特色最使一切剛來的，沒有成見的人覺得驚愕，那就是控訴刦財的部分，而同時完全不能在事實上指出：所刦的是什麼？人家說，所刦的是錢，就是那個三千盧布，——但是誰也不知道，這筆錢是否實際上存在着。你們想一想：第一，我們怎麼知道有三千盧布存在着，誰看見的？祇有僕人司米爾加可夫一個人看見過，而且指出這錢是放在包封裏，還註上幾行字。他在災難發生以前，就把這消息通知被告和他的兄弟伊凡．費道洛維奇，也曾通知過司魏脫洛瓦小姐。但是這三個人自己並沒有看見過這筆錢，看見過的又祇是司米爾加可夫一人。這裏自然而然發生一個問題：假使果眞有這筆錢，司米爾加可夫果眞看到，那末他最後一次在什麼時候看到的？如果主人把這筆錢從床上取走，又放在小箱裏，沒有對他說，便怎樣呢？你們要注意，據司米爾加可夫所講的話，錢放在牀上被褥底下；被告應該從被褥底下抽出來，但是牀鋪一點也沒有弄皺，對於這層，筆錄裏記載得十分詳細。被告怎麼會完全一點也不把牀鋪弄皺，再加上他的弄污了血的手，怎麼竟沒有弄髒特地鋪上的乾淨，的柔細的牀單？有人會說：地板上那張包封怎麼講呢？關於這包封，我們要談一下。我剛纔甚至有點感覺驚訝：才能超越的檢察官在提到包封以後，忽然自行聲明，——諸位聽清楚，他是自行聲明的，——就在他提出人家疑惑司米爾加可夫殺人的荒誕的時候說道：『假使沒有這包封，不留在地板上當作一個物證，假使劫財的人帶了走，那末全世界裏沒有人會知道有這個包封，包封裏面有錢，因此那錢是被告搶去的。』檢察官甚至自行承認，單祇這一塊破碎的，帶着小註的紙，成為控告被告劫財的根據，『否則沒有人會知道劫去了錢，也許不知道有錢存在着。』難道單祇有一塊破紙留在地板上就能算做裏面會放過銀錢，而且這銀錢已被劫去的證據麼？有人要回答：『這是司米爾加可夫看見包封裏有錢的。』但是他在什麼時候，最末一次在什麼時候看見。我現在要問的就是這句話。我同司米爾加可夫談過，他對我說，他在災禍發生的前兩天，看見過這筆錢！但是為什麼我不能猜想以下的那樁事實，那就是費道爾•伯夫洛維奇獨自關在屋內，不耐煩地，歇斯底里地期待着他的愛人的來到，忽然由於無事可做，而想到把包封取出，拆了開來：『光是包封，也許不會相信，如果把三十張花花綠綠的鈔票疊成一堆，給她看，她也許會發生深刻的印象，流出唾沫來的，」——於是他拆開信封，掏出銀錢，用主人的有權勢的手將信封扔在地板上面，自然不會懼怕任何的物證。諸位陪審官，請問，還有比這猜想，比這事實可能的麼？為什麼不可能呢？假使和這相仿的情形可以發生，那末對於刦財的控訴的部分便自然消滅：既沒有錢，自然不會有刦財的事。如果那個包封留在地板上，可作為裏面有錢的證據，為什麼我不能提出相反的說法，就說包封所以落在地板上，那是因為裏面已經沒有錢，那筆錢已由他的主人預先取了出來呢？『是的，照這樣說法，這筆錢在費道爾，伯夫洛維奇自己從包封裏取了出來以後，既然家裏施行搜查的時候並沒有發現，那末究竟到那裏去了？」第一，在他的箱子裏發現了一部分錢，第二，他在早晨時候，甚至還在頭一天，就可以把錢取出來，另行加以處置，付給別人，寄出去，或者變更自己的主意，根本改變他的行動的計劃，甚至完全認為無須預行報告司米爾加可夫。祇要這種猜想的可能是存在的，又怎麼能如此堅決，如此確定地指被告的殺人是為了謀財，而且確乎有搶刦的情事發生呢？我們這樣便進入小說的領域。既然肯定地說某種物件被刦去，那末指出這東西來，或者至少確切證明牠是存在着的。但是竟沒有一個人看到牠。新近在彼得堡，有一個青年人，祇有十八歲，還幾乎是小孩，作小販的營生，在青天白晝之下持斧闖進一個兌換莊裏去，用不尋常的，典型的，大膽的態度殺死了老闆，搶走一千五百盧布。五小時以後他被捕，從他身上抄出全部款項，除去他已經用去了十五盧布以外。此外，店裏的夥計於兇殺後回到店裏，不但將被搶去的款數通知警察，且說出這筆款子是什麼樣的錢，有多少張花綠的鈔票，多少張藍色，多小張紅色的，多少個金幣，是什麼樣的，而在被捕的兇手身上發現的恰巧就是這樣的錢和金幣，跟着兇手就完全坦白地承認他殺人，且將銀錢取走。諸位陪審官，我認爲這個纔是物證！在這裏我知道，我看見，而且觸到這筆錢，不能說沒有錢，而且以前也沒有的。至於本案是不是這樣的？要知道這事與一個人的生死，一個人的命運有關。人家要說，『他在那天夜裏鬧酒，亂化金錢，他身上發現了一千五百盧布，——他是從那裏取來的？』但是也就因爲發現的祇有一千五百，至於另外一半無論如何也找不到，發現不出，這樣可以證明這筆錢並不是那筆錢，完全沒有裝在任何的包封裏面。預審的時候曾經嚴密地計算過時間，證明被告從女僕那裏跑到官員潘爾霍金那裏去的時候，並沒有瀏到家裏去，也沒有瀏到任何別的地方去，以後永遠在人面前，所以不會從三千盧布裏分出一半來，藏在城裏。就是那個盤算成爲檢察官猜測錢藏在莫克洛葉村中的地板縫裏的原因。諸位，是不是藏在烏道爾夫堡城的地窖裏面？※祇要這一個猜測，就是藏在莫克洛葉的猜測，一被打消。——對於刦財的控訴卽將飛散空中，因爲那時候這一千五百盧布究竟在那裏，究竟到那裏去了呢？既然證明出來，被告

※烏道爾夫堡城的祕密——安娜·拉德克里夫所著的小說。

沒有濟到任何地方去，那末這筆錢出於那一種奇蹟竟會消滅無蹤？我們竟準備用這樣的小說害一個人的生命！有人說：『他到底解釋不出，在他身上發現的一千五百盧布是從那裏取來的；而且大家都知道在這夜裏以前他並沒有錢。』但是誰知道呢？然而被告却明晰而且堅定的供出錢從何處得來。諸位陪審官，要知道，比這供詞可信，且和被告的性格和心靈相適應的，是永遠不會有，而且不能有的。檢察官喜歡他自己的小說：一個意志軟弱的人，決定蒙着恥辱取他的未婚妻給他的錢，是不會分出一半來，縫成鎖盒的，即使果眞縫了，也會在每兩天內拆開來，一百一百地用去，在一個月內把它全數化光。你們要記得，這一切全不容人作任何反駁的口氣說出來的。假使這事情並不如此發生的，便怎樣呢？創造了一部小說，內中完全是另一個人物，便怎樣呢？事情就因爲我們創造了另一個人物！有人也許要駁：『有證人可以證明他在莫克洛葉村裏把在災禍發生以前的一個月從魏爾霍夫且瓦小姐那裏取來的三千盧布完全用光，像用去一個戈比那樣的隨便，因此是不會分出一半來的？』但是那些證人是誰呀？這類證人可靠的程度已在法庭上發現了。一塊薄麵包握在別人手裏永遠會看得大些。而況這些證人裏面沒有人數過這筆錢，祇是靠着眼睛加以估量罷了。證人瑪克西莫夫也曾供過，被告手裏有兩萬塊錢。諸位，你們瞧，這就是兩頭的心理，祇要你們許我適用另一頭，再看一看結果是否一樣。

「災禍發生前的一個月，魏爾霍夫且瓦小姐交給被告三千盧布，請他郵匯出去，但是問題是在如此恥辱，如此低卑的情形之下交付出去，像剛纔宣布的那樣，是否有理？在魏爾霍夫且瓦小姐對於這問題最初的供詞裏並不如此，完全不如此；在第二供詞裏，我們祇聽到狠毒，復仇的呼喊，久蓄的憤懣的呼喊。祇從女證人曾在最初的供詞裏供得不正確一層便給予我們下一個結論的權利，這結論就是第二供詞也會不正確。檢察官「不願意，也不敢」（照他的話，）觸及這段浪漫史。隨它去罷，我也不去觸及它，但祇想說，假使像可尊敬的魏爾霍夫且瓦小姐那樣心地純潔，道德高超的人，像這樣的人也會忽然在法庭上一下子改變最初的供詞，懷着陷害被告的直接的用意，那末她的這個供詞做得顯然既非無偏無倚，也非冷靜。難道我們沒有權利斷定復仇的女人會言過其實麼？是的，她交給他錢時隨之而生的恥辱是過分地誇張的。相反地，這錢交託出來，是還可以收受的，尤其我們的被告那樣輕浮的人爲然。他當時希望從他的父親那裏很快地領到賬上欠他的三千盧布。這是輕浮的，但就是由於輕浮的緣故，他深信父親會付給他這筆錢，他也曾領到它，因此永遠可以把魏爾霍夫且瓦小姐交付給他的錢從郵局裏匯寄出去，了清他的債務。但是檢察官無論如何不願意承認，他會在當天從取到的錢裏分出一半，縫成鎖囊。『他的性格不對，不會有這樣的情感。』但是他自己喊着，卡拉馬助夫的天性廣闊，他自己喊着卡拉馬助夫可以窺察到兩個極端的深淵。卡拉馬助夫就具有這種兩方面的・兩個深淵中間的天性。他在發生阻攔不住的酗酒的需要的時候，如有什麼東西從另一方面將他打擊，他會頓時止住的。這另一方面就是愛情，——就是在那時候像火藥一般熾燒出來的新的愛情。爲了這愛情，他需要金錢，比和他的愛人一起鬧酒還需要得多。她一向他說：「我是你的，我不要費道爾・伯夫洛維奇，」他就要拉住她，把她帶走，——到那時候他必須有錢纔可以把她帶走。這比酗酒還重要。卡拉馬助夫不明瞭這一點麼？他一定爲了這件事情感到心痛，爲了這件事情煩惱——那末他把錢分了出來，藏匿起來，以備萬一的需要，還有什麼不可能呢？但是時間一天天地過去，費道爾・伯夫洛維奇不肯把三千盧布交給被告，反而聽說他要把這筆款子用來引誘他的情人。他想道：「假使費道爾・伯夫洛維奇不肯付款，我在卡德鄰納・伊凡諾夫納面前將成爲一個小偷。」於是他發生了一個念頭，就是他要走到魏爾霍夫且瓦小姐面前，把他繼續懷在鎖盒內的三千盧布交了出來，對她說：「我是卑鄙的人，但不是賊。」這纔是他所以把一千五百盧布寶藏着，決不會拆開鎖盒，一百一百地化出去的兩重的原因。你們爲什麼不承認被告具有正直的情感？不對，他是有正直的情感的，也許是不正確的，也許是時常有錯誤的，然而這情感是有的，而且到了熱情的地步，他能加以證明出來。但是事情複雜起來了，喫醋的痛苦達到了高度，在被告的發炎的腦子裏越來越痛苦地畫出還是那樣的，照舊的兩個問題。「我一還給卡德鄰納・伊凡諾夫納：「我拿什麼錢來把格魯申卡帶走呢？」他在這一個月內儘發狂，暴飲，在酒店裏鬧事，也許就因爲他自己感到悲苦，沒有力量忍受下去。這兩個問題尖銳化到了使他絕望的地步。最後一次他打發小兄弟代他向父親索取這六千盧布，沒有等到回答，竟自己闖了進來，結果是當着證人們面前揍了老人一頓。在這以後已經不能向任何人取到款項，挨了打的父親是不肯給錢的。就在那天晚上他叩擊自己的胸脯，就是胸脯的上部，放着鎖盒的地方，還對兄弟賭誓，他有方法不做卑鄙的人，但是他到底要成爲卑鄙的人，因爲預感到他不會利用那個方法，他的心靈的力量不够，性格不够。爲什麼檢察官方面不相信阿萊克謝意・費道洛維奇那樣純潔，誠懇，不裝假，可信靠的供詞呢？爲什麼反而使我相信錢藏在板縫裏，是道爾夫的堡城裏的地窖內呢？在那天晚上，被告和兄弟談話以後，寫了一封運定的信，而這封信成爲被告劫財的最主要的，最大的證據！「我要向所有的人借錢，人們不肯借，便殺死父親，從牀褥底下，把放在繫着玫瑰色綢帶的包封裏的錢取走，祇要伊凡離開這裏就好，」——整個謀殺的計劃，他一定要這樣做的。「就是照所寫的實行了！」——檢察官喊着。但是第一層，這是醉後煩惱中所寫的信；第二層，他所講關於信封裏的錢，還是根據司米爾加可夫的話，因爲他自己沒有看見包封，第三層，寫是寫出來了，但是否照所寫的實行，用什麼來證明呢？被告是不是從枕頭底下將包封取出來的？找到錢沒有？究竟這錢存在不存在？

被告是不是跑去搶錢的，你們要記住這一層！他不顧一切地跑去，並不是去刦財，卻祇想知道她在那裏，這把他壓服住的女人到那裏去了？他並非按照計劃，按照他所寫的話實行，那就是說這裏面沒有計劃好的刦財的情形，卻是突然地，偶然地，懷着瘋狂的醋意，而跑了出去？人家要說：『是的，他跑去殺了人，到底把錢刦走了。』但是他究竟殺了沒有？對於刦財的控告我應該帶着忿然的態度予以否認：如不能確切指出什麼東西被人刦去，便不能控告人家搶刦。這是一定不移的公式！但是他到底殺了沒有，沒有刦財而殺了人沒有？已經取得證明麼？不會也是小說麼？」

第十二章　也沒有殺

「諸位陪審官，這裏和一個人的生命有關，應該出以審慎。我們聽說，檢察官方面自己也承認，他在最後一天以前，今天開審的日子以前，對於指被告完全故意殺人一層，抱着遲疑不決的態度，一直到今天那封運定的，『酒醉』的信呈遞給法庭以前，還是游移不決。「完全依照所寫的樣子實行了！」但是我還要重複一句：他跑出去是尋她的，到她那裏，單祇是去打聽她在那兒？這是無容置辯的事實。假使她在家，他不會跑到任何地方去，却將留在她身邊，不會履行信裏約定的話。他跑出去是突然的，出於不意的，對於那封『酒醉』的信也許當時完全不記得。有人會說：『他抓取了一根銅杵，』——你們應該記得，如何從這一根銅杵上面引伸出整篇的心理學來，爲什麼他會認這銅杵作兇器，把它當作兇器一般的抓起來，等等的話。我的腦子裏立刻生出一個極尋常的念頭：假使這銅杵不放在面前，並不在架上，——被告是從架上抓取的，——而放在櫥櫃內，那時候它便不會落在被告的眼裏，他一定不帶兇器，空着兩手，跑了出去，那時候也許不會殺死任何人。我如何能斷定銅杵是預謀殺人的證據呢？不錯，但是他在酒店裏喊嚷着要殺死父親，而兩天以前，寫那封酒醉的信的那天晚上，他十分安靜，在酒店裏衹和一個商店夥計吵了一下嘴，『因爲卡拉馬助夫是不會不吵嘴的。』我要置答的是假使他有意謀殺，還要按照計劃，按照所寫的辦法實行，那末一定不會和夥計吵嘴，也許不會進入酒店，因爲一個人的心靈在計劃做出這事的時候，需要靜寂和休息，尋覓一個隱密的處所，不使人家看見他，聽見他：『儘可能地把我遺忘了罷，』不過這並非由於計算，卻是從本能！發出來的。諸位陪審官，心理學是兩頭的，我們也會瞭解心理學。至於整整的一個月以來在酒店裏一切呼喊的話，那些小孩們，還有從酒店裏走出來，互相拌嘴的醉鬼們有多少次數喊過：『我要殺死你』的話，而實際上並沒有殺。那封運定的信——不也是醉後的惹氣，不也和從酒店裏出來的人呼喊『我要殺死你們大家』的話一樣麼？爲什麼不是這樣，爲什麼不會這樣？爲什麼這封信是運定的，反過來說，爲什麼不是可笑的？就因爲發見了被殺死的父親的屍首，因爲有一個證人看見被告在園內持着武器逃跑，而且自己被他摔倒，因此就是照所寫的計劃實行了一切，因此這封信不是可笑的，卻是運定的。謝天謝地，我們達到了一個極點：『既然在花園裏，那末就是他殺的』一切全包括在『既然在那裏，一定就是他』的兩個句子裏面。全部控訴的要點全建築在——『既然在那裏，一定就是他』的上面。假使他雖在那裏，而並不是他，便怎樣呢？我同意，事實的總和，事實的偶合實在是十分雄辯的。但是你們不妨將這些事實作個別的觀察，不管牠們的聯繫如何。

例如說，被告所供他從父親的窗子那裏跑走的話，為什麼檢察官無論如何也不肯承認它的眞實呢？你們甚至會記到，檢察官竟說出一些諷刺的話，說兇手的心裏忽然發出尊敬的，「虔誠」的情感來了。假使果眞發生了類似的情形，雖非尊敬的情感，卻是虔誠的情感，便怎樣呢？「大概母親在那時候替我祈禱，」——被告在預審時這樣供出他剛弄清楚司魏脫洛瓦沒有在父親家裏，便立刻跑走了。「但是他隔着窗子是不會弄清楚的，」——檢察官會對我們這樣反駁。為什麼不會呢？窗子是被告做了暗號以後纔開的。費道爾．伯夫洛維奇會說出一句什麼話來，會迸出一個什麼呼喊的聲音來——使被告忽然得到了司魏脫洛瓦沒有在那裏的證明。為什麼我們一定要照我們所想像的，照我們打算去想像的，加以猜測呢？事實上會發現幾千樁事情為最精細的小說家所觀察不到的。「是的，但是格里郭里看見門開着，因此被告一定曾經進入屋內，因此是他殺死的。」諸位陪審官，關於這門的事情……你們要知道，關於門開着的話，祇有一個人可以證明，而這人當時自己也處於那個情形之下……好罷，就算門開着，就算被告矢口不認，基於一種自衛的情感而撒了謊，——這種情感在他的地位上本來是可以令人了解的，——就算他闖進屋內，到屋裏去過，——那有什麼，為什麼祇要去過，就一定會殺死的麼？他可以闖進去，到各屋跑走一遭，他可以推搡父親，甚至可以打父親，但是一弄清楚司魏脫洛瓦不在家，便跑了出去，因為她不在那裏，又因為他沒有殺死父親，跑了出去，而感到欣悅。他所以從圍牆上跳下來，到被他在性急時擊倒的格里郭里面前，就因爲他能以發出一個純潔的情感，一個同情和憐憫的情感，因爲他從殺死父親的誘惑之中脫離了。因爲他自已感到純潔的心胸和爲了沒有殺死父親而得來的快樂。檢察官用十分巧辯的樣子對我們描寫被告在莫克洛葉村時的可怕的心情，因爲正當愛情重新對他展開，招喚他進入新的生命裏去的時候，他已經不能再愛，因爲在他的後面有他的父親的染着血的屍首，而在屍首後面便是死刑。檢察官到底承認愛情，並且用心理學的方法加以解釋：「酒醉的狀態。罪人被帶去處死刑，還有許多期待的時間，」等等的話。但是檢察官先生，您是不是創造了另一個人，這是我要問的？被告是不是那樣的粗暴，那樣的沒有心腸，還能在那個時候想着愛情和在法庭上如何狡黠的事情，假使他的身上果眞負着父親的血？不，不，不！假使父親的屍首放在他的後面，祇要發現她愛他，招喚他，投與他新的幸福。——我敢賭誓，他當時一定會感到雙重的三重的自殺的需要，一定會自殺的！他不致於忘記他的手槍放在何處！我知道被告：檢察官所舉出的野蠻的呆笨的殘忍和他的性格不相適應。他會自殺，還是一定的；他所以不自殺，就因爲「母親爲他禱告，」他的心對於父親的被殺是十分坦白的。他在那天夜裏深深地感到痛苦，一直在莫克洛葉爲被擊倒的老人格里郭里發愁，禱告上帝，希望老人從速醒過來，但願他的打擊不是致命的，因此免受刑罰。爲什麼不能接受對於事件的這樣的解釋？我們有什麼堅定的證據，證明被告說謊？有人立刻要說，父親的屍首怎麼辦呢？他跑了出去，他沒有殺死，那末是誰殺死的？

「我重複一句，檢察官的全部邏輯都在這上面：不是他，是誰殺的？沒有人可以放在他的位置上面。諸位陪審官，是不是這樣？是不是果眞完全無人可放？我們聽見檢察官把那天夜裏在這所房子裏到過的一切的人們屈指數過，發見了五個人。內中三個人完全沒有關係：那就是被殺的人自已，老人格里郭里和他的妻子。剩下被告和司米爾加可夫。檢察官因此戲劇性地呼喊出，被告之所以指出司米爾加可夫，因爲他不能指出別人來，祇要有第六個人，甚至第六個人的影子，那末被告爲了感到慚愧，自已立刻會放棄對於司米爾加可夫的控訴，而指出第六個人來。但是諸位陪審官，我何以不能作出完全相反的結論。有兩個人站在那裏：被告和司米爾加可夫，——爲什麼我不能說，你們所以指控我的受委託人，單祇是因爲沒有人可指控的緣故？所以沒有人可指控，祇是因爲你們懷着先入之見，預先把司米爾加可夫從任何的嫌疑中擯斥出來。是的，指出司米爾加可夫來的祇是被告自已，他的兩個兄弟和司魏脫洛瓦幾個人。但是在指出的人們中間還有別的什麼人：那就是社會模糊地流行着一個問題，某種疑惑，聽得見一些不淸楚的謠言，感到有某種期待存在着。還有些事實的對照是極特徵的，雖然說實話是含糊不淸的：首先是恰巧在災禍發生的那天發作了暈厥病，檢察官不知爲什麼緣故必須辯護而且主張發作的羊癲病是真的。隨後是司米爾加可夫突然在開庭的前一夜自殺。隨後是被告的二弟今天在法庭上突如其來的供詞，他在這以前深信他哥哥的有罪，忽然取了錢出來，也宣布司米爾加可夫是兇手！我和法庭和檢察官一樣，深信伊凡·卡拉馬助夫有病，並且發着寒熱，他的供詞也許確乎是在譫語中計劃着的一個兇狠的嘗試，就是想搭救兄長，將罪名推到死人身上。但是司米爾加可夫的名字到底說了出來，又似乎聽得出一些神祕的意味。諸位，這裏面似乎有點沒有說盡，沒有了結。也許還會說盡的。對於這層，暫且拋下，以後再說。法庭剛纔決定繼續開審，但是現下在期待中我要對於檢察官那樣精細而且有才幹地描畫下的去世的司米爾加可夫的性格說出一點意見。我一面固對於天才深致驚異，而一面却對於性格描畫的實質未敢完全贊同。我到司米爾加可夫那裏去過，我見過他，和他談過話，他給我引起完全異樣的印象。他的健康很衰弱，這是實在的，但在性格和心地方面，——那他決非衰弱的人，像檢察官所斷定的那樣。我尤其在他身上找不出膽怯的性質，檢察官對我們特徵地描寫着的那種膽怯的性質。他身上並沒有坦白的心情。相反地，我發見隱藏在天眞裏面的可怕的不信任和能以瞑察許多事情的腦筋。檢察官把他當作懦弱的人未免太爲簡單。他對我引起完全確定的印象：我離開他的時候深信這人是根本惡狠的，過分虛榮的，復仇心盛的，妒忌心極重的。我收集了一些消息：他最恨自己的出身，對它發生慚愧的念頭，咬着牙齒記住，「他是臭麗薩魏達養出來的。」他對於他童年時代的恩人，格里郭里和他的妻子，抱不恭敬的態度。他咒罵俄羅斯，笑它。他幻想到法國去，變成法國人。他以前時常談論着，說他沒有錢做這件事情。我覺得，他除自己以外不愛任何人，把自己尊敬得奇怪的高。他在好的衣裳上，清潔的硬胸上，和刷得乾淨的皮靴上，看出文化來，他認自己是費道爾·伯夫洛維奇的私生子，（對於這層有事實爲憑，）把自己的地位和他的主人的嫡子們相比，而生出怨恨的心來。他們有一切，而他毫無所有，他們有一切的權利和遺產，而他祇是一個廚子。他告訴我，他自己同費道爾·伯夫洛維奇一塊兒把錢包封起來。這筆款子的用途自然是他所忿恨的，而况他如有了這些錢，便可以起始締造他的職業。再加上他看見三千盧布都是花花綠綠，異常鮮艷奪目。（我故意問過他這件事情。）你們永遠不要一下子把一筆大款給有妒忌心的，自私的人看見。他第一次看見在一個人的手裏有這許多的鈔票。花綠的鈔票的印象會病態地影響到他的想像裏去，但是還沒有立即引到後果。才氣四溢的檢察官特別精細地對他們描寫關於猜疑司米爾加可夫殺人的可能性的正反面！他要假裝發作暈厥病，具有什麼用意？是的，但是他可以完全不裝假，暈厥病會完全自然而然地發作，但也會完全自然而然地停止，病人是會醒轉來的。自然不會完全治愈，但總有時候會醒轉來，這是暈厥病常見的事。檢察官要問：司米爾加可夫在什麼時候行兇？但是指出時間來是極容易的。他可以醒轉來。從沉熟的夢裏醒轉來，（因爲他祇是睡熟而已：在發作暈厥病以後，永遠會沉沉地睡熟的，）正當老格里郭里在園牆傍抓住被告的脚拚命喊：「弒父的人！」的時候。在沉寂和黑暗中，這不尋常的呼聲會將司米爾加可夫喊醒，因爲他在那時候也許睡得不很熟；也許在一小時以前自然而然的醒了轉來。他從牀上起來，幾乎會無意識地，毫無用意地走到外面去看看，出了什麼事情。他的腦筋充滿了病態的昏沉，還沒有思考的力量，但是他已經到了花園裏面，走到有亮光的窗戶那裏。主人一看見他，自然很高興，把這可怕的消息告訴他。思考力立刻在他的頭裏燃燒起來。他從受了驚嚇的主人那裏打聽出一切的細節。漸漸地，在他的失調的，病弱的腦筋裏生出一個可怕的誘人的，具有無可辯駁的邏輯的念頭：殺人後，把三千塊錢取走，以後將一切推到小主人身上。不指控小主人將指控何人，既然一切的見證都可以證明他到那裏去過？對於金錢的貪婪會隨着可以不受懲罰的念頭一同抓住他的心靈。這類突襲來的，無可抗拒的激情會時常遇着機會發作出來，尤其對於一分鐘以前還不知道想動手殺人的那些兇手們是會發作的！司米爾加可夫會走到主人的屋裏，履行他的計劃。用什麼武器？——就用他在花園裏舉起來的隨便的一塊石頭。但是爲了什麼？具有什麼用意？要知道三千塊錢是一生的職業的開端。是的！我不自相矛盾：錢也許是存在着的。甚至也許祇有司米爾加可夫一個人知道錢的所在，放在主人屋裏什麼地方。「但是裝錢的包封呢？地板上撕碎的包封呢？」剛纔檢察官在講到這包封的時候，曾表示十分精細的意見，說生賊纔會把包封留在地板上面，而卡拉馬助夫就是這樣的人。至於司米爾加可夫是決不肯把這樣的物證留下來的。諸位陪審官，我剛纔聽着的時候，忽然感到我聽見了十分熟悉的話。你們想一想，就是這個意見，對於卡拉馬助夫如何處置包封的猜測，我在兩天以前從司米爾加可夫那裏聽見過，他甚至使我十分驚愕：我當時覺得他在那裏作出虛僞的天眞爛漫的樣子，把話預先說了出來，把這意見暗示給我，使我自己演繹出同樣的意見來。他似乎在那裏對我諷示，是不是他也將這意見諷示給偵查的官吏？是不是他給多才多藝的檢察官一個暗示？有人會說：格里郭里的老妻怎樣呢？她曾聽見病人在他身傍呻吟了一夜。是的，她是聽見的。但這意見十分靠不住。我認識一位女太太，哀苦地訴怨，有一條狗整夜在院裏把她叫醒，使她不得安睡。但是這可憐的小狗明明在整夜裏祇吠叫了兩三聲。這是很自然的。一個人睡在那裏，忽然聽見呻吟聲，醒了轉來，因爲把她吵醒而感到惱恨，但是一瞥眼間重又睡熟了。兩小時以後又起了呻吟，又醒了，又睡着了；以後又來了一次呻吟，又過了兩小時，一夜之間一共祇有三次。到了早晨，睡覺的人起來怨訴，有人整夜的呻吟，不斷地把他吵醒。他大概是這樣覺得的。在每兩小時中間的時間他睡熟了，不記得，祇記得睡醒的幾分鐘，所以他以爲整夜將他吵醒。檢察官會喊；但是爲什麽，司米爾加可夫爲什麽不在臨終遺言上直認出來呢？「何以他的良心會鼓動他做這一件事情，而不做另一件事情？」但是要知道：良心就是懺悔，自殺的人也許沒有懺悔，祇有絕望。懺悔和絕望是兩樁完全不同的事情。絕望是惡毒的，不易馴順的，自殺的人在實行自殺的那個時間內會加倍仇恨他一輩子羨慕的人。諸位陪審官，你們應該愼防司法的錯誤！我剛纔對你們提出和形容出的一切有什麼不實在的？你們能找出我的敍述裏的錯誤麼？你們能發現它的不可能和荒誕麼？在我的猜測裏那怕有一點可能的影子，那怕有一點眞實的影子，——你們應該慢下判決。難道在這裏面祇有一點影子麼？我用神聖的一切的名賭誓，我十分相信我剛纔對你們提出來的關於殺案的解釋。主要地，主要地，使我感到不安，而且憤怒的還是那個念頭，就是檢察官推在被告身上的許多的事實沒有一個是多少正確，而且無可辯駁的，這不幸的人單祇是由於這些事實的總和而遭了滅亡。是的，這總和非常的可怕；這血，這在手指上流着的血，染血的襯衫，黑暗的夜，「弑父的人！」的狂喊聲，一面喊，一面被砸破了腦袋，倒下地來的老人，再加上許多短句，供詞，手勢，呼喊，——這一切會發生許多的影響，能使信念偏向過來，但是諸位陪審官，你們的信念，你們的信念會不會受偏向呢？你們要記得，你們具有約束和裁決的無限的權力。但是權力越強，它的使用越可怕！我一點也不肯放棄我剛纔說過的話，但隨它去罷，就這樣罷，就算我暫時可以贊成檢察官方面認定被告確曾殺死他的父親的話。這祇是一個假設，我要重複一句，我一點也不疑惑他的無罪，但是就算是如此，假定我的被告確是犯了殺父的罪，但是請你們聽一聽我的話語，如果我可以承認這樣的假設。我在心上橫梗着一點東西，想對你們表示出來，因爲我預感到你們的心裏和腦筋裏正發生着極大的奮鬥。……諸位陪審官，我所說關於你們的心和腦筋的話，請你們恕我。我願意眞實，而且誠懇到底。讓我們大家都誠懇起來……」

說到這裏，一陣十分强烈的拍掌打斷了律師的話。他的最後的話確乎說得帶着誠懇的調子，使大家感到也許他果眞有什麼話要說，他現在要說出來的話是極重要的。但是首席推事聽到拍掌的聲音以後，大聲恐嚇要下令把大家「驅逐」出去，如果再重複「這類的事件。」大家全靜下去了，費邱郭維奇起始用一種新穎的，深刻的聲音，完全不是以前所說的那種聲音，說了下去。

第十三章　思想的姦取者

「諸位陪審官，陷害我的受委託人的不僅是許多事實的總和」——他宣布着，——「不，陷害我的受委託人的，實際上祇有一樁事實，那就是他的老父親的屍首！如果這是一個普通的殺案，爲了事實的渺小，無從證實和虛誕，——如將各事實加以個別地，而非綜合地審查，——你們會拒卻這控訴，至少對於祇憑對他所懷的成見而陷害一個人的命運，是要懷疑一下的，——可嘆的是人家對他所懷的成見是罪有應得的。然而這不是普通的命案，而是弑父案！這會使人發生深刻的印象，深刻到甚至使控訴的各項事實的無價值和無從證明，都會變成不很無價值，不很沒有證明，而這甚至在毫無成見的腦筋裏是如此的。對於這樣的被告如何能宣判無罪呢？既然殺了人，怎能不受懲罰，——這是每個人在自己心裏幾乎不由己地，本能地感到的。是的，殺死父親是可怕的事情。所流的是生我出來，愛我的人的血，這人爲了我不惜自己的生命，從小時候起把我的疾病當作自己的疾病，一輩子爲我的幸福喫苦，以我的快樂，我的成功爲他的生命的根據。殺死這樣的父親，——那是無從加以意想的！諸位陪審官，父親，眞正的父親是什麼？這是如何偉大的一個名字？在這名稱裏含有如何偉大的理想？我們剛纔曾部分地指出，眞正的父親是什麼，應該是什麼？我們現在所審理的，在我們的心靈裏煎熬着的這個案件內的父親，去世的費道爾·伯夫洛維奇·卡拉馬助夫，與我們心裏所想的對於父親的見解一點不合。這是不幸。是的，有些父親實在是不幸。我們現在將這不幸作接近些的觀察，——諸位陪審官，爲了即將採取的裁決的重要性，這無所用其懼怕。我們現在尤其不應懼怕，在某一種理想之前畏縮，像小孩子或膽小的女人。照多才多藝的檢察官的幸福的說法。但是我的可尊敬的對手，（還在我說出我的第一句話以前就是對手。）我的對手在他的激烈的演詞中曾數次喊出：『不，我不讓任何人爲被告辯護，我不能將辯護的事情讓給從彼得堡來的律師，——我是檢察官，我也是辯護士。』這是他好幾次喊出的話，但是竟忘却提起，如果可怕的被告在整整的二十三年以來，單祇爲了一鎊胡桃而生出如此感恩圖報的心思，——這一鎊胡桃是從他嬰孩時代在父親家內唯一的賜與愛撫的人那裏取到的，——那末反過來，這樣的人在這二十三年以來不會不記得，他如何赤着雙足，在父親的後院裏亂跑，『沒有鞋穿，小袴上祇有一個紐扣，』照仁慈愛人的格爾城司圖勃醫生的說法。諸位陪審官，我們爲什麼要對於這『不幸』作接近的觀察，重複大家已經知道的一切？我的受委託人在回到父親那裏來以後，所受到的是什麼？爲什麼要把我的受委託人描寫成無感覺的，自私的怪物？他不能控制自己，他的性格暴燥，野蠻，我們現在爲了這裁判他。但是誰對於他的命運有過錯呢？以他那樣良好的氣質，那樣感恩的，敏覺的心，而取得了如此離奇的教育，究竟誰應負其責任？有人教過他理性沒有？對於科學有否相當的研究？在童年時代有人愛過他沒有？我的受委託人是在上帝的保護之下長大的，正和野獸一般。在多年的離別之後，他也許很想見一見他的父親，也許曾有一千次，在像隔着夢裏一般，憶起他的兒童時代的時候，努力驅除他在兒童時代所夢見的可憎厭的幻象，在整個心靈裏渴望擁抱他的父親，且加以寬恕。但是怎樣呢？他遇到了一些無禮的訕笑，種種的猜疑，和金錢的爭辯；他祇是每天聽到一些在「喝白蘭地酒」的時候，說出的無聊的談話和生活原則，又看見他的父親竟用他的，做兒子的錢，奪去兒子的情婦，——諸位陪審官，這是如何的可憎和殘忍，而這老人竟對大家怨訴他兒子如何的不孝和殘忍，在社會中糟塌他，妨害他，造他的謠言，收買他的借據，預備把他放進監獄裏去！諸位陪審官，像我的受委託人那般外表上忍心的粗暴的，無控制力的人時常懷着十分溫柔的心腸，祇是不表示出來罷了。你們不要笑，不要笑我的理想！多才多藝的檢察官剛纔無憐憫地笑我的受委託人，說他愛席列，愛「美麗高尚的一切。」我處在他的地位上，處在檢察官的地位上，是不會笑的！是的，這類人的天性，——讓我來替這類不大能被人了解，且被了解得不公平的天性辯護一下罷，——這類人的天性時常渴求溫柔，美麗和合理的一切，似乎與自己，自己的倔強和殘忍相反，——無意識地渴求着，正是渴求着。他們是熱情的，外表上殘忍的，能發出深刻的愛，例如對於女人的愛，而且一定是精神上的，高尚的愛。請你們還是不要笑：我這類天性時常是這樣的。他們單祇不能隱藏他們的熱情，有時是很粗暴的熱情，——使人家驚愕的就是這一點，人家注意到的也就是這一點，但是人的內心却看不見。相反地，他們的熱情會很快地枯竭的，但是在正直高超的人的身傍，這個外表上粗暴而且殘忍的人搜尋他的重生，尋覓改過自新的可能的徑途！做一個高尚誠實的人，——『高尚良善的人，』無論這句話是如何的受人嘲笑！我剛纔說我不敢觸及我的受委託人和魏爾霍夫且瓦小姐間的浪漫史。但是半句話是可以說的：我們剛纔聽到的不是供詞，却祇是一個瘋狂而想報復的女人的呼喊，不應該由她來責備人家的變心，因爲她自己也變了心！假使她有時間想一想，便不會作出這樣的證詞！你們不要相信他，我的受委託人決非如她所稱的『混蛋！』人類的愛者走上十字架的時候，曾說過以下的話：『我是良善的牧人。良善的牧人願將自己的心靈爲羊羣獻交出去，使一隻羊也不喪亡。』我們也不應該使人類的心靈喪亡！我剛纔問：父親是什麽，並曾喊過，父親是偉大的名字，寶貴的名稱。但是諸位陪審官，對於名字應該誠懇地予以施用，稱呼物件應該用牠自己的名字，自己的名稱：像被害的老人卡拉馬助夫那樣的父親不能，且不配稱做父親。對一個不值得愛的父親盡孝道是沒有道理的，是不可能的。不能從沒有愛情中造出愛情，惟有上帝才能從無中創造。『父們，不要觸怒你們的孩子們，』——使徒從充滿愛燄的心裏寫着。我現在引出這句神聖的話並非爲了我的受委託人，却是爲了所有的父親們而憶起來的。誰給予我教訓父親們的權力？沒有人。但我以人和國民的資格提出請求—— Vivos voco!※我們存着許多惡意，我們做許多壞事，說許多壞話。因此我們要捕捉共同聯絡的合適的機會，以便互相對說好話。我也是如此：乘我在位時，我應該利用我的時機。這個講壇依着最高的權力賜與我們不是無來由的，——整個俄羅斯都傾聽我們。我說這話並非單祇爲了這裏的父親，我現在對世上所有的父親大聲呼喊：『父們，不要觸怒你們的孩子們！』是的，我們自己應該先履行基督的訓教，纔能管教我們的孩子們！否則我們不是我們的孩子的父親，却是他們的仇敵，我們自己把他們做成了仇敵。『你用什麼尺寸衡量，人家也會用同樣的尺寸衡量你，』——這話不是我說的，那是福音書給我們的教訓：應該用人家量你的尺寸去量人。如果孩子們用我們所量的尺寸量我們，我們怎麼能責備他們呢？新近在芬蘭有一個姑娘，在人家充當女僕。人家疑惑她私生小孩。起始暗中偵察她，在擱樓上角落裏磚塊後面發現了一隻誰也不知道的箱子，打了開來，從裏面掏出一個新生的，被她弄死的嬰孩屍體，還在那隻箱子裏，發現了她以前生產下來，產後就被她殺死的嬰孩的兩個骨骸。她當時全供認了。諸位

※「召喚活人」的意思。

陪審官。她是不是她的孩子們的母親。是的，她生了他們出來。但她是不是他們的母親？我們中間誰敢在她身上加上母親的神聖的名字。我們應該勇敢。諸位陪審官，我們甚至應該膽大，在現在的時候我們甚至應該如此，不要懼怕一些話語和理想，像那般莫斯科的商家女人，連聽到幾個字的聲音都要怕的。相反地，我們要證明近年來的進步也關涉到我們自身的發展，我們要直接了當地說：光是生出來還不是父親，生出來而履行他的責任的纔是父親。父親這個名詞自然還有別種意義，別種解釋，主張我的父親雖然是混蛋，雖然是孩子們的惡徒，但到底還成爲我的父親，祇是因爲他生了我出來。但是這意義具有神祕性，爲我的智識所不易了解，而祇能用信仰予以接受，或者說得正確些，是靠了信仰，好比許多別的事情，我並不了解，但是宗教命令我們去信仰它。在如此情形之下，祇能讓它留在實生活的領域以外。至於在實生活的領域以內，——它不但具有它的權利，且自行給我們加上極大的責任，——在這領域內，假使我們願意成爲人道的，成爲基督徒，我們應該，而且必須單祇按照經過理智和經驗證實，且從分析的洪爐裏通過的信念以實行一切，一句話，必須做出有理性的行動，而不能像在夢中和囈語中那樣的瘋狂，爲了不使人類蒙受危險，不磨折人類，不害人類。這纔是眞正的基督教的事業，不是神祕的，卻是合乎理性的，眞正愛人的事業！……」

說到這裏，在大廳的許多角落裏發出强烈的掌聲，但是費邱郭維奇竟揮着手，似乎懇求大家不要打斷話頭，讓他說完。一切立刻靜寂起來。演說家續說下去：

『諸位陪審官，你們以爲我們的孩子們，在成爲靑年，起始懂得思考的時候，會避免思想這類問題麽？不，他們不會的，我們也不必將不可能的限制加在他們的身上！一個沒有價值的父親的樣色，特別在和別個年歲相同的孩子們的有價値的父親相比較的時候，自然而然會引出這靑年一些痛苦的疑問。對於這些疑問，人家用公事的調子問答他：「他生了你出來，你就是他的血，因此你應該愛他。」靑年不免尋思起來：「難道他生我的時候愛過我麽？」——他問着，越來越驚訝起來，——「難道是爲我而生我的麽？他在那個時刻，在也許是被酒刺激起來的狂熱的時刻，他不知道我，甚至不知道我的性別，祇傳給我好酒的癖性——這就是他的德行……爲什麽我應該愛他，單祇爲了他生下我來，但以後一輩子不愛我。」你們也許覺得這些問題是粗暴的，殘忍的，但不必向靑年人要求不可能的約束：「你把自然從門內趕出，它會從窗戶裏飛進來的。」主要的是我們不必懼怕那些話語，應該按照理性和人道的囑咐，以解決問題，而不應循從神祕的見解。怎樣解決呢？應該這樣辦：讓兒子站立在父親面前，明明白白地問他：「父親，請你告訴我：我爲什麽應該愛你？父親，請你拿出我應該愛你的證據來！」——如果這位父親有力量，且能以回答他，對他提出證明，——那就是眞正的，正常的家庭，不僅祇建築在神祕的偏見上面，而具有理性的，負責的，嚴格的人道主義的根據。反過來，如果父親不能證明出來，——這個家庭立刻進入了末路。他不成其爲父親，而兒子取得了他的自由和權利，以後可以認父親是陌生的，甚至是仇敵。諸位陪審官，我們的講壇應該成爲眞理和健全的理想的學校！」

演說家的話被一陣抑止不住的，近乎瘋狂的掌聲所阻斷。固然，並非廳上全體的人拍掌，但到底有半數的人拍掌。父親們和母親們全拍起掌來。從女太太們坐着的樓上發生尖叫和呼喊。手帕揮搖起來。首席推事拚命搖鈴。他顯然爲了傍聽席上的行動感到惹惱，但是又不敢像剛纔所威嚇的那樣，下令驅逐衆人。連坐在後面特別的座位上的大員們，禮服上掛着寶星的老人們都拍起掌來，並向演說家揮搖手帕。等到喧鬧的聲音靜寂下去以後，首席推事祇好仍以從前那句嚴厲的，「下驅逐令」的恐嚇詞爲滿足。得意洋洋，精神驕亂的費邱郭維奇又起始繼續他的演說：

「諸位陪審官，你們記得在那個可怕的黑夜裏，——這黑夜的情形今天議論得很多，——一個兒子越牆闖進他父親的屋內，面對着生出他來的仇人和侮辱者。我應該用全力主張，——他在那時候跑進去並非爲了金錢：說他刦財，未免離奇，我早已敍講過了。他闖進去並不想殺他；如果他預先有了這企謀，至少會預先備下一個兇器，至於那個銅杵是他本能地抓起，自己不知道爲了什麼緣故，即使他用暗號欺哄父親，即使他闖進屋內，——我已經說過，我一分鐘也不信這段神話，但是隨它去罷，就是如此，讓我們作一分鐘功夫的假設！諸位陪審官，我可以用神聖的一切的名賭咒，如果他不是他的父親，祇是一個不相干的情敵，那末在跑遍各屋，弄淸楚這女人並不在屋內以後，他一定要迅速離開，不加任何危害到他的情敵身上，或者打他一記，推他一下，也就完了，因爲他顧不到他，他沒有時間，他必須知道她在那裏。但是父親，父親，——單祇是父親的樣子做成了一切，這父親從他小的時候起就恨他，成爲他的仇敵，而現在則變爲醜怪的情敵！仇恨的情感自然而然地，無從控制地抓住了他，沒有考慮的餘地：一下子一切全升了起來！這是瘋狂的衝動，但也是自然的衝動，無節制地，無意識地，爲永恆的法則施其報復，自然界裏的一切都是如此的。然而兇手並沒有殺人，——我可以肯定地說，我可以大聲疾呼，——不，他祇是揮了揮銅杵，他處於憎厭的憤怒之中，並不願意殺人，也不知道會殺人。他的手裏如果沒有握着那個選定的銅杵，也許他祇是捧打他的父親一頓，不會殺他的。他跑走的時候，不知道被他捧倒的老人是否被殺死。這樣的殺案不是謀殺。這樣的殺案不是逆倫的殺父案。不，殺死這樣的父親並不能稱爲逆倫的殺父案。這樣的殺案所以被列入逆倫的殺父案，祇是由於偏見的緣故。然而事實上究竟有沒有殺，這是我要從我的心靈的深處，向你們重新呼籲一下的！諸位陪審官，我們現在給他定了罪，他會對自己說：『這些人對於我的命運，教育，學問，沒有做出一點事情來。他們不會使我成爲好人，他們不會使我成爲一個人。這些人不給我東西吃，不給我水喝，不到靈獄裏來探望我，現在他們把我發配出去做苦工。現在我的債償清了，我現在不欠他們的債，永遠不欠任何人的債。他們惡狠，我也惡狠。他們殘忍，我也殘忍。」他將要說這樣的話，諸位陪審官！我敢賭咒：你們的控訴祇能使他感到輕鬆，使他的良心釋去重負，他將詛咒他所流的血，而不加以惋惜。你們隨着在他身上戕害了還能做成一個人的可能性，因爲他將一輩子成爲惡狠而且盲目的人。你們要不要將他痛加懲罰，使用無從加以想像到的可怕的刑罰，同時又使他的靈魂得到拯救和復生。如果是的，你們可以用慈悲手段把他鎮服下來！你們會看到，你們會聽到，他的心靈將如何的震慄。他將喊道：『叫我如何消受這恩惠，這許多愛情，我是不配的呀。』我知道，我知道這心，這野蠻的，但是正直的心。它會在你們的勞績之前低首膜拜，它渴求偉大的愛的行爲，它會永恆地熾燒着，復生着。有些心靈由於本性的狹窄而責備全世界的人，但是你們用慈悲鎮壓這心靈，給予它愛情，它便將詛咒它的工作，因爲它裏面有許多善良的胚胎，心靈擴展了，將看出上帝是慈悲的，人們是善良公正的。懺悔和他應盡的無數的責任使他駭怕，使他感到壓迫。那時候他不會說：『我的債償清了，』而將說：『我應對衆人負責，我比所有的人都無價值。』他會流出懺悔和濃厚的悲哀的感動的眼淚，喊道：『人們比我好，因爲他們不想害我，却想救我！』是的，你們做這種事情是很容易的，這種慈善的行爲，因爲既然缺乏和眞實相似的一切物證，你們說出：「是的，他是犯罪的，」那句話，未免會感到困難。釋放十個有罪的人，比懲罰一個無罪的人好些。你們聽見沒有？你們聽見上世紀我們的光榮的歷史裏這種偉大的語聲沒有？以我這樣卑賤不足道的人還用得着對你們提醒，俄羅斯的法庭不祇職司刑罰，且志在拯救溺亡的人麼？別的國家裏儘是文字和刑罰，我們這裏却有精神和意義，使毀滅的人得救和重生。果眞如此，俄羅斯和它的法庭果眞如此，它就將勇邁直前。你們不必用瘋狂的，使別的民族嫌惡地退避三舍的三套馬車嚇唬我們！並非瘋狂的三套馬車，却是華麗的俄羅斯式的輕車，隆重而且安靜地行抵目的地。我的受委託人的命運握在你們的手裏，我們的俄羅斯的眞理的命運也握在你們手裏。你們可以拯救它，你們可以保護它，你們可以證明，有人看守着它，它處於可靠的人們的手裏。

第十四章　農人們立定脚跟

費邱郭維奇說完了。這一次爆發出來的聽衆們的歡欣像暴風雨似的無可抗拒，也不能加以壓止：女人們，還有許多男人都哭泣起來，兩位大員流淚。首席推事祗好馴服，甚至遲了半天才搖鈴：「對這樣子的熱誠橫加干涉等於冒犯聖體一般，」——我們的女太太們以後喊了起來。演說家自己也誠懇地感動。我們的伊鮑里脫·基里洛維奇竟在這時候立起來重新抗辯。大家懷着仇恨看着他：「怎麼？這是什麼意思？他還敢抗辯麼？」——女太太們嘮叨着。但是即使全世界的女太太們都嘮叨起來，且由檢察官夫人，伊鮑里脫·基里洛維奇的太太領導，那時候也不會攔住他的。他臉色慘白，驚慌得身體抖索；他最初所說的話，最初的幾個句子，甚至無從索解。他喘氣，說不出話來，纏錯了。但是不久就恢復過來。我祇從他的第二篇演詞裏引出幾句話來。

「……人家責備我杜撰小說。然則律師的話不是小說裏的小說麼？所缺少的惟有詩句而已。費道爾·伯夫洛維奇一面靜候愛人的光臨，一面撕碎包封，扔在地板上面。甚至引出他在這種奇怪的情事下所說的話。難道還不是史詩麼？他掏出錢來的憑據在那裏？誰聽見他所說的話？」駭愚的白癡司米爾加可夫，變成爲撒旦式的英雄，爲了他的私生子的地位而對社會復仇。——難道這不是帶着撒旦的味道的史詩麼？至於那個闖進父親屋內，殺死他，而同時又不殺死的兒子，那甚至不是一部小說，不是一首史詩，却是做出一些自己也無從解決的謎語來的獅身人首像。既然殺死，便是殺死，怎樣會殺死了，又沒有殺死，——誰會了解呢？他又宣告，我們的講壇是眞理和健全理想的講壇，現在從這「健全理想」的講壇上懷着誓言發出一個理論：就是說稱殺死父親爲逆倫的弒父案祇是一個成見。但是如果說弒父祇是一個成見，每個嬰孩必須盤問他的父親：「父親，爲什麼我應該愛你？」——那末我們將成爲什麼樣的人？社會的基礎何在？家庭的地位何在？如此，弒父案祇成爲莫斯科商家女人們嘴裏的「妖怪。」俄國法院的任務和未來裏極珍貴，極神聖的盟約將取得歪曲的，輕浮的形式，但求達到目的，達到將無從釋免的加以釋免的目的。律師喊：你們可以用慈悲把他鎮壓，這是罪人求之不得的，明天就可以看到他將如何地被鎮壓！律師要求宣布被告無罪，不是太謙虛了罷？爲什麼不要求設立紀念弒父者的獎學金，以使他對於後代和青年的一代的功勳永垂不朽呢？可以將福音書和宗教修正一下：這全是神祕主義，惟有我們才是眞正的基督教，經過理智和健全理想分析過的。於是基督的僞相樹立在我們的面前。「你用什麼尺寸衡量，人家也會用同樣的尺寸衡量你，」律師這樣喊着，立刻就下結論，說基督教訓世人應用人家衡量你的尺寸衡量人家，——這話是從眞理和健全理想的講壇上發出來的！他祇在講演的前一天，朝福音書上看了一下，以便眩耀他對於這部古怪的著作的見解，它在必要的時候，會有點用處，得到一些效果的！但是基督恰巧吩咐我們不要這樣做，切戒不要這樣做，因爲惟有罪惡的世界總會這樣做，我們却應該寬恕一切，把另一隻臉頰送上去，不得用我們的侮辱者衡量我們的尺寸加以衡量。我們的上帝教訓我們的就是這個，並沒有教訓我們，禁止孩子們殺死父親是一個偏見。我們不應該在眞理和健全理想的講壇上面修正上帝的福音書。律師竟稱他爲『被釘在十字架上的人類的愛者，』這正和全體正教的俄羅斯人相反，他們向他呼喊道：『你是我們的上帝！』……

首席推事當時攙進去，把這說話說得過火的人制住，請他不要過分誇大，仍保持相當的範圍，總之是一般首席推事遇到這類情事時通常應說的一套話語。傍聽席的人也不安起來。羣衆開始移動，甚至有發出憤懣的喊聲來的。費邱郭維奇竟沒有加以反駁，祇是升到台上，手扶着心，用生氣的語聲，說出幾句充滿正直之氣的話語。他不過微微地，嘲笑地講起『小說』和『心理』的話，在一個地方順口說道：『宙彼得，（Jupiter）你發怒，所以你無理，』——這句話引起觀衆們許多讚美的笑聲，因爲伊鮑里脫·基里洛維奇完全不像宙彼得。對於責備他允許青年的一輩殺死父親的話，費邱郭維奇帶着深刻的威嚴的態度說他不想加以辯駁。關於『基督的僞相』和他不肯尊基督爲上帝，祇稱他是被釘在十字架上的人類的愛者，『與正教的教義相違背，且不應在眞理和健全理想的講壇上表示出來，』一套的話，——費邸郭維奇說這是一種『諷示，』又說他動身到這裏來的時候，至少盼望這裏的講壇『對於危害我本身做國民和忠實臣民的名譽』的一切責備的話是有保障的……但是他說到這些話的時候，首席推事也把他制止，他祇好鞠了躬，結束他的答詞，觀衆間隨來了一陣普遍的•讚美的語聲。據我們的女太太們的意見，伊鮑里脫•基里洛維奇『被壓扁得永遠翻不轉身來了。』

隨後請被告發言。米卡立了起來，但是說了不多的話。他在身體上和精神上都十分疲乏。他早晨在法院裏出現時那種獨立不羈和剛毅有力的樣子幾乎消滅了。他在這一天似乎體會到一點經驗，使他學會，而且悟到他以前不明白的一些很重要的東西。他的聲音軟弱下去，他不再像剛纔似的喊嚷。他的話語裏聽得出一點新的，馴順的，被征服了的，甘於運命的東西。

『我有什麼話可說的，諸位陪審官！我受裁判的時間到了。我聽見上帝的手在我的身上。一個荒蕩的人臨到了末路！但是我要對你們說，像在上帝前懺悔似的：「我對於父親的血是沒有罪的！」我最後一次重複着：「不是我殺死的！我固然過的是荒蕩的生活，但極愛善德。我時時刻刻努力改過自新，但所過的生活像野獸一般。我很感謝檢察官，他說了許多關於我的，連我也不知道的話，但他說我殺死了父親，那是不實在的。他弄錯了！我也感謝律師，聽他的說話，使我不由得哭泣起來。但說我殺死了父親。那是不實在的。就是假設也是不應該的！你們不必信醫生們的話，我具有健全的腦筋，不過我的心靈裏十分難受。你們如能有兔我，如能釋放我，——我將爲你們祈禱。我要努力成爲一個好人，我可以起誓，在上帝面前起誓。你們如定下刑罰，——我將舉起佩劍，加以損斷，損斷以後，再吻那碎片！請你們宥兔我，不要把我的上帝奪去。我知道我自己：我要反抗的！諸位，我的心靈是如何的痛苦……請你們宥兔我罷！」

他幾乎倒在他的座位上面。他的聲音斷了，最後的一句勉强說了出來。隨後，衆官們着手提出一些問題，請求兩造發表結束的意見。我不再詳細敘寫下去。陪審官們終於起身離座，退出去開會議。首席推事很疲乏，因此對他們說了幾句很軟弱的臨別贈言：『你們應該表示公正無私的精神，不要中律師的巧辯的話語的暗示。你們應該加以衡量，你們應該記得你們身上負着極大的責任，」等等的話。陪審官們退出以後，法庭宣告休息。可以立起來走一走，交換積蓄着的印象，在食堂裏吃點東西。時間已經很晚，已經半夜一點鐘，然而沒有人肯散走。大家的心情都十分緊張，顧不到休息。大家沉住心等候着。但不是所有的人都能沉下心去的。女太太們僅祇露出歇司底里性的不耐煩的心情，但是心裏是很安靜的：「總歸免不了宣告無罪。」她們大家準備着那個普遍地發露熱誠的戲劇性的時間。說實話，男性的觀衆中間也有許多人深信宣告無罪是避免不了的。有些人們喜悅，另一些人們皺眉，還有些人們則顯得沮喪：他們不願意聽到無罪的宣告！費邱郭維奇自己也深信他的成功。他被大家包圍，接受衆人的祝賀，許多人對他說出奉承的話。

據以後傳述，他在一堆人裏道：「有無形的牽線將律師和陪審官們聯絡起來。這牽線已經結上，在演說的時候就感到了。我感到它，它是存在着的。這件案子對於我們是極有把握的，你們放心罷。」

「我們的鄉下人們現在要說出什麼話來呢？」——一個身體肥胖，臉上長滿雀斑，皺着眉頭的人，他是近城的田主，一面走到一堆談話的人們前面，一面說着上面的話。

「並不全是鄉下人。裏面有四個官員。」

「是的，有官員的，」——鄉區自治會委員說，同時走近了過來。

「您認識那扎里也夫．博羅霍爾．伊凡諾維奇麼？就是那個陪審官，身佩勳章的商人？」

「怎麼樣？」

「他是有腦筋的人。」

「他老是不說話。」

「說話倒是不說話，這樣更好。他用不着彼得堡來的人敎訓他。他自己就會敎訓彼得堡整城的。他有十二個小孩，你們想一想！」

「眞的不會宣告無罪麼？」——一個年長的官員在一堆人羣裏喊。

「一定會宣告無罪的，」——發出一個堅決的聲音。

「不閙臉他的罪是可羞可恥的事！」——官員喊，——「即使是他殺的，但是那個父親，那個父親是何等樣的人呀！而且他當時處於瘋狂的心情之下……他眞是祇要將銅杵一揮，那一個當時就倒下地了。把那個僕人拉在一起，有點不大對。這簡直是可笑的把戲。我要是當了律師，會老實說：他殺死了，但是沒有罪，滾你們的蛋罷！」

「他是這樣做的，祇是沒有說出『滾你們的蛋罷』的話。」

「不，米哈意爾·謝米南奇，他差不多說過的，」——第三個聲音插了進去。

「諸位，你們要知道，有一個女伶掐斷了她的情人的髮妻的喉嚨，在四旬齋的時候被宣告無罪了。」

「但是她並沒有掐死她。」

「一樣的，一樣的，起始掐她。」

「他所講關於孩子們的話是怎樣的？說得眞妙！」

「妙極了。」

「關於神祕的話，關於神祕的話是怎樣說的？」

「您不必講那神祕的一切，」——另外一個人喊，——「您替伊鳳里臆想一想，理解他往後的命運！檢察官夫人明天會爲了米卡把他的眼睛抓破的。」

「她在這裏麼？」

「她在 裏麼？她要是在這裏，會在這裏抓的。她坐在家裏 ，牙齒痛呢 。哈，哈，哈！」

「哈，哈，哈！」

在第三堆人裏。

「米卡也許要被宣告無罪。」

「弄得不好，他明天要把「京都」飯店完全拆掉，喝十天的酒。」

「眞是鬼！」

「鬼就是鬼，沒有鬼是不成的。他不在這裏，便在那裏呢？」

「諸位，果然還是巧辯。但總不能用銅杵砸碎么貂的腦袋呀。否則我們將弄到什麼地步？」

「馬車，馬車，您記得麼？」

「是的，大車一變而爲馬車。」

「明天再由馬車變爲大車，「在必要的範圍以內，在必要的範圍以內。」……」

「出來了一羣狡滑的人。我們俄羅斯究竟有沒有眞理？是不是完全沒有？」

但是鈴聲響了。陪審官們會議了整整一小時，不多不少。傍聽的羣衆剛坐下來，便降臨了深深的沉默。我現在還記得陪審官們如何走進大廳裏來。到底來了！我不願意把各項問題依次加以複述，我也忘記了。我祇記住對於主席推事第一個主要問題的答覆，這問題是：「有無預謀財殺人情事？」（原文却不記淸了。）大家都屏住呼吸。首席陪審官，就是比大家年輕的那個官員，在全廳的人衆死般的靜寂之下，洪響而且明朗地宣告說：

「是的，犯罪成立的！」

以後按着項目列舉各種犯罪的行爲，竟沒有絲毫使罪狀減輕的地方。這眞是誰也沒有料到，對於減罪一層至少是幾乎大家都相信的。大廳裏的靜寂沒有被打破，大家似乎全像石頭似的大叫起來，——希望定罪，和希望宣告無罪的人數不是一樣。但這祇是最先的幾分鐘內的事情。以後發生了可怕的騷亂的情景。男性的傍聽羣衆內有許多人十分滿意，有的人甚至搓着手，不隱瞞他的欣悅。不滿意的人們似乎顯出沮喪的神色，聳肩，微訝，但似乎還沒有理解清楚。至於我們的女太太們，天呵，眞不知道成爲怎樣的！我以爲她們要造反。她們起初好像不相信她們的耳朵。忽然全廳上發出一片喊聲：「這是怎麼會事？這成爲什麼玩意？」她們從座位上跳起來。她們確乎覺得這一切立刻會再予以變更和修正的。米卡突然在這時候立了起來，兩手向前伸展，用一種悽慘的呼號的聲音喊道：

「我用上帝和他的可怕的裁判的名發誓，我對於父親的血沒有犯罪！卡嘉，我現在饒恕你！兄弟們，朋友們，請你們垂憐另一個女人！」

他沒有說完，出聲痛哭起來，用了一種不是自己的，新的，出乎意料之外的，不知道忽然從那裏發現出來的聲音。從樓上傍聽席最後的角落裏傳出尖利的，女人的呼喊：那是格魯申卡。她剛纔央求一個人，所以人家在法庭辯論起始前又把她放了進來。米卡被領到了。延期明天再宣告判決，滿廳的人忙亂地立了起來。我不再等候，也不去聽大家的說話。祇記得在門前台階上有幾個喊聲。

「有二十年鐵礦裏做苦工的可能。」

「不會少的。」

「是的，我們的農人們立定了腳跟。」

「把我們的米卡解決了！」

尾聲

第一章　救米卡的計劃

法庭審判米卡後的第五天上，很早時候，上午九點鐘光景，阿萊莎到卡德隣納．伊凡諾夫納家裏去，以便最後講定某種於他們兩人極重要的事情，此外，還有一樁受委託的事情須和他相商。她就坐在曾經接待格魯申卡的那間屋內，和他談話。伊凡．費道洛維奇躺在並排的另一間屋內，發着寒熱，神志昏迷。卡德隣納．伊凡諾夫納在法庭上鬧了那齣戲以後，立刻吩咐把發病而且喪失知覺的伊凡．費道洛維奇抬到自己家中，不顧社會以後一切免不了的私話和責備。和她同住的兩個女戚，有一個在法庭上出了把戲以後，立刻回返莫斯科，另一個留在那裏。即使她們兩個都離開，卡德隣納．伊凡諾夫納也不會改變她的決意，仍舊會侍候病人，日夜看守他。瓦爾文司基和格爾城司圖勃醫治他。莫斯科來的醫生當時回返莫斯科，拒絕預先說出關於病況的可能結果的意見。那兩位醫生雖然鼓勵着卡德隣納．伊凡諾夫納和阿萊莎，但是顯然他們還不能說出堅決的希望的話來。阿萊莎每天兩次前來看望得病的兄長。但是這一次他有特別的，極麻煩的事情，他預感到他難於啓齒講出這件事情，而况他很忙：他今天早晨還有另一件無可延擱的事情待辦，在另外一個地方，必須忙着去辦。進門已經談論了十分鐘。卡德隣納・伊凡諾夫納臉色慘白，十分累乏，同時處於特別的，病態的興奮之中：她預感到阿萊莎現在到她這裏來爲了什麼事情。

「關於他的决心您不必顧慮，」——她用堅决的，固執的態度對阿萊莎說，——「無論如何，他終歸要走到這條出路上去的：他應該逃走！這個不幸的，有名譽和良心的英雄，——不是特米脫里・費道洛維奇，却是躺在這門裏，爲了兄長犧牲自己的那個，（卡德隣納用閃爍的眼神補上這句話，）——他早就把全部偷逃的計劃告訴了我。您知道，他已經接洽一切的手續。……我已經告訴您一點了……這事大概將發生在流配到西比利亞去的時候，第三區段上面。離這還遠得很呢。伊凡・費道洛維奇已經到第二區段長官那裏去過。單祇不知道誰是流戍隊的領隊長。也許明天我可以把詳細計劃書拿出來給您看，那是伊凡・費道洛維奇在開庭的前一天留給我，以作萬一之用的……就是那一次，您記得麼？您在晚上遇到我們在那裏口角：他已經走下樓梯，我一看見，又把他喚回來，——您記得麼？您知道，我們當時爲了什麼纔發生口角的？」

「不，我不知道，」——阿萊莎說。

「自然他當時瞞着你：那就是爲了那個逃跑的計劃。他在三天以前就對我披露了主要的一切計劃，——當時我們起始發生口角，從那時候起吵了三天的嘴。我們吵嘴的原因是如此的：當他對我宣布，在定罪時特米脫里·費道洛維奇可以同那個女人一塊兒逃往外國去，我忽然生起氣來，——我不能對您說爲了什麼，自己也不知道爲了什麼……自然我當時是爲了那個女人，爲了那個女人而生氣的，爲了她也要和特米脫里一塊兒逃亡國外！」——卡德隣納·伊凡諾夫納忽然喊起來，發怒得嘴唇都抖索了。「伊凡·費道洛維奇一看見我爲了這女人而生氣，立刻想到我是爲了特米脫里和她吃醋，因爲我還繼續愛着特米脫里。這是第一次的口角。我不願意作什麼解釋，也不能請求饒恕；使我感到難受的是這樣的人竟會疑惑我仍舊愛着那一位……而這正當我自己早就老實告訴他，我不愛特米脫里，祇愛他一個人的時候！我單是爲了恨這女人，才生他的氣。過了三天，就在您到我家裏來的那個晚上，他把封好的一隻信封拿來，交給我收下，讓我在他生了什麼事情的時候，立刻拆開來看。唉，我已經預感到他要生病！他對我說，信封裏有關於逃跑的詳細計劃，假使他身死，或得了危險的病，祇有我一人可救米卡。他當時還把錢留給我，差不多有一萬，——這就是檢察官不知從什麼人方面打聽出他派人去兌換現鈔，在演詞中提出來的那筆錢。使我突然十分驚訝的是伊凡·費道洛維奇一面爲我喫醋，還深信我愛着米卡，一面仍舊不放棄救他的兄長的思想，而把救他的這件事全都托付給我，唉，這眞是犧牲！這樣的自我犧牲您是無從全部了解的，阿萊克謝意·費道洛維奇！我想跑到他的脚下，對他膜拜，但是忽然一想到他祇會把這當作我爲了有人救米卡而發出的喜悅，（他一定會這樣想的，）我爲了在他的方面竟能生出這般不公平的念頭，不由得十分的惹惱，不但沒有吻他的脚，反而又對他吵鬧起來！我眞是不幸的人！我的性格就是如此的，——我這可怕的，不幸的性格！您可以看到：我會弄得使他拋棄我，和另外一個女人輕鬆地生活下去，像特米脫里一樣，但是到了那個時候……不，那時候我是不能忍受下去，我要自殺的！在您走進來的時候，我一面喚您，一面吩咐他回來，他同您兩人一走進來，他忽然朝我射來一個怨恨，輕蔑的眼光，頓時使我冒上一陣怒氣。您記得麼？我忽然對他喊：這是他，這是他一人使我相信特米脫里是兇手！我故意造謠，爲了再傷害他一下，他永遠沒有對我說過他的哥哥是兇手，反而是我自己對他這樣說的。唉，一切的原因全是由於我的瘋狂！法院裏的那幕可詛咒的戲劇，那是我，那是我給他預備下的！他想對我證明他是正直的，儘管我愛他的哥哥，他到底不會爲了報復和嫉妒而陷害他。因此他就在法庭上出現了……我是一切的原因，我一個人應該負責！」

卡德隣納還從來沒有對阿萊莎作過這類自承的話。他感到她現在處於無可忍耐的悲哀的心境內，她的驕傲的心正苦痛地壓碎它的驕傲，在悲哀的征襲中垂落下來。阿萊莎還知道使她現在如此感到苦痛的一個可怕的原因，無論她在米卡受了判决以後的這些日子裏如何努力對他隱瞞着。不知爲什麼原因，他更會感到十分痛苦，假使她竟决定將自己的地位降抑得如此低卑，現在會自己和他談起這原因來。她爲了她在法庭上的『背叛』而悲哀着。阿萊莎預感到良心會牽引她在他面前，在阿萊莎面前認錯，帶着眼淚，呼號，歇司底里病，和身體朝地板上猛擲等等的毛病。他很怕這時間，很願意憐宥這痛苦的女人。因此，他帶來的委託的事情更加覺得難於開口。他又提起米卡來了。

『不要緊，不要緊，您不必替他擔心！』——卡德隣納重又固執而且嚴厲地起始說，——『這一切對於他就是一分鐘的事情，我知道他，我十分知道他的心。您可以放心，他會答應逃走的。主要的，這不是現在。他還有時間去決定。到了那個時候，伊凡·費道洛維奇病好了，自己會進行一切，所以我可以不必做什麼事情。您不要着急，他會答應逃走的。他已經答應了：難道他會離開這女人麼？人家不會放她到遣配的地方去，那末他不逃走便怎樣呢？主要的，他是怕您，怕您從道德的方面不贊成逃走的計劃，但是您應該寬宏大量地許他去做，如果您的批准是如此的必要，』——卡德隣納惡毒地補上了這句話。

她沉默着，嘲笑了一下。

『他在那裏講什麼讚美詩，』——她又起始說，——『又講什麼他應該背負上十字架，又講什麼責任，我記得，當時伊凡·費道洛維奇對我講了許多許多。您知道他是如何的講法的！』——卡德隣納忽然帶着抑止不住的情感喊了起來，——『您要知道，他在講起這不幸的人的時候，他是如何的愛他，同時也許如何的恨他！我呢？我當時帶着驕傲的訕笑聽他的敘講和他的眼淚！禽獸！我眞是禽獸！我使他得了這腦炎的病！至於那個受判決的人，——難道他會準備受苦麼？」——卡德隣納惹惱地說，——「這樣的人能受苦麼？像他這樣的人是永遠不會受苦的！」

有一種怨恨和嫌惡的輕蔑的情感在這幾句話裏發響。其實是她背叛了他。「也許是因爲她感到自己對他做了錯事，因此有時不免恨他，」——阿萊莎心裏想。他希望這祇是「偶然」的。在卡德隣納的最後的話語裏，他聽到了挑戰的意思，但是沒有去接受。

「我今天喚您來，希望您答應我勸他一下。據您的意思看來，逃走是否也是不名譽的，不光明的，或者是所謂……不合基督的教義，是不是？」——卡德隣納更加帶着挑戰的意味說着。

「不，沒有什麼。我會對他說出一切的話來……」——阿萊莎喃語着，——「他今天叫您到他那裏去，」——他忽然從嘴邊迸出這句話來，堅決地望着她的眼睛。她全身抖戰，身子在沙發上微微地倒退，離他遠些。

「我麼？……難道這是可能的麼？」——她喃語着，臉色慘白。

「這是可能，而且應該的！」——阿萊莎堅決地說，神色活潑起來。——「他很需要您，尤其在現在的時候。如果沒有必要，我不會起始說這件事情，使您無端受到痛苦。他有病，他像瘋子一般，他儘要求見您。他還請您前去和他和解，他祇要您能去一下，在門限前面露身一下。從那天起他的身上發生了許多事情。他明白，他在您面前做了無其數的錯事。他希望的不是您的饒恕：『我是不能被饒恕的，』——他自己說。他祇希望您在門限上露身一下……』

『那太突然了……』——卡德鄰納喃語着，——『這幾天我預感到您會爲了這件事情到這裏來的……我早知道他會來喚我……這是不可能的！』

『即使是不可能，也請您做一下。您初次爲了侮辱您而驚愕，一生中初次，他以前從沒有這樣完滿地理解到。他說：假使他拒絕到我這裏來，我「現在會一輩子成爲不幸的人。」您聽着：定了二十年徒刑的犯人還預備做一個有幸福的人，——難道這不可憐麼？您想一想：您將前去造訪一個沒有罪而喪亡的人，』——阿萊莎的嘴裏迸出含有挑戰意味的話來。——『他的手是清潔的，他的手上沒有血！爲了他的無數的未來的悲哀，您現在去見他一面罷！您應該前去，送他到黑暗裏去……祇要站立在門限上就够了……您應該，你應該這樣做，』——阿萊莎結束着他的話，用無比的力氣着重地說出『應該』的兩個字來。

『應該……但是……不能，』卡德鄰納似乎呻吟着，——『他會瞧我……我不能。』

「你們的眼睛是應該相遇的。假使您現在不決定，您以後一輩子怎樣生活下去呢？」

「不如一輩子悲哀着。」

「您應該去，您應該去，」阿萊莎又毫不憐憫地重複着。

「但是爲什麼今天，爲什麼現在？……我不能離開病人……」

「一分鐘是可以的，這祇有一分鐘。如果您不去，今天夜裏他會得腦炎病的。我不會說謊話，你可憐可憐罷！」

「您可憐可憐我罷，」——卡德鄰納悽惻地責備着，哭了。

「這末說來，您會去的，」——阿萊莎看見了她的眼淚以後，堅決地說，——「我去對他說，您立刻就去。」

「不，您無論如何不要說，」——卡德鄰納驚懼地喊。——「我可以去，但是您不要先說，因爲我去是可以去，也許不進去……我還不知道……」

她的嗓音斷了。她困難地呼吸着。阿萊莎立起來走了。

「我會和什麼人遇見麼？」——她忽然輕輕地說，臉上又發慘白色。

「所以必須現在就去，便和什麼人也遇不見了。一個人也沒有，我說的是實話。我們要等候您，」——他堅決地結束他的話，從屋內出去了。

第二章　剎那間虛謊成爲眞實

他忙着到米卡現在住着的醫院裏去。法庭判決後第二天，他得了神經性的瘧疾，被送到市立醫院獄囚科裏去。醫官瓦爾文司基，根據阿萊莎和其他許多人（如霍赫拉闊瓦，麗薩等）的請求，沒有把米卡放在和獄囚們在一起，卻單獨地放開，就在司米爾加可夫以前住過的那間小房裏。在走廊的盡頭立着一個崗卒，窗子是裝上鐵欄杆的，所以瓦爾文司基對於他的不很合法的縱容舉動頗爲安心，但他是一個善心的，慈悲的青年，他明白像米卡這樣的人忽然跨進殺人犯和騙徒的夥伴裏是如何的痛苦，必須先有習慣才行。至於親友的會晤，在醫生，看守所長，甚至警長方面，都曾加以非正式的允許。但是這幾天祇有阿萊莎和格魯申卡來見米卡。拉基金有兩次冀闖和他相見；但是米卡堅持地請求瓦爾文司基不要放他進來。

阿萊莎進去的時候，他正坐在牀上，穿着病院的睡衣，有點發燒，手巾用水和醋浸濕，包在頭上。他用一種不決定的眼光看着走進來的阿萊莎，但是他的眼神裏總是閃出一點驚懼的樣色。

總之，他從開庭審判以來就十分沉鬱。有時有半小時沉默着，好像在那裏緊張而且痛苦地熟慮一件事情，忘卻了在他傍邊坐着的人。假使從沉鬱中醒轉來而起始說話，那末說得永遠突如其來，而且一定說的不是他實際上需要說的話。有時悲哀地望着他的兄弟。他和格魯申卡在一起，似乎比和阿萊莎在一起感到輕鬆些。他差不多和她不說什麼話，祇要她一進來，他的臉上蒙上了快樂的光輝。阿萊莎默默地坐在牀上，他的身傍，這一次他驚慌地等候着阿萊莎，但又不敢問一句話。他認卡嘉的答應來到這裏是無意義的事，同時又感到她如不來，也有點完全不可能。阿萊莎明白他的情感。

『有人說，』——米卡慌忙地說，——『脫里芬·鮑里賽奇把整個的客店搗成碎片；掘起地板，撤開木塊，把園廊完全拆除——一直尋覓藏物，尋找那個一千五百盧布，就是檢察官說我藏起來的那筆錢。聽說他一回家，立刻就要起把戲來了。這壞蛋眞是活該！此地的一個看守昨天對我講；他從那裏來。』

『你聽着，』——阿萊莎說，——『她會來的。但是我不知道在什麼時候，也許今天，也許過一半天，我不知道，但是她會來的，她會來的，這是一定的。』——米卡抖索了一下，想說出什麼話，但是沒有說。這消息對他發生了可怕的印象。顯然他極想知道談話詳情，但是此刻又怕發問：卡嘉方面如有什麼殘忍和輕蔑的話，在此刻對於他眞和刀戳一樣。

『她還說過，讓我一定要對於偷跑一層想法安慰你的良心。伊凡如果到那時候還不痊愈，會親自着手辦理的。」

「這件事情你已經對我說過了，」——米卡沉鬱地說。

「你已經轉告給格魯申卡聽了罷，」——阿萊莎說。

「是的。」——米卡承認，——「她今天早晨不會來的，」——他畏葸地望着兄弟，——「她晚上才來。我昨天一對她說卡嘉在那裏謀劃，她沒有作聲，但是嘴唇發歪。她祇微語道：『讓她去做罷！』她明白這是重要的。我不敢再往下試誘。她大概現在明白，她愛的不是我，而是伊凡。」

「是這樣麼？」——阿萊莎脫口說了出來。

「也許不是這樣。不過她今天早晨不會來的，」米卡又忙着說，——「我請她替我辦一件事情……你聽着，伊凡弟弟將超越我們大家之上。他應該生活，而不是我們。他會痊愈的。」

「你知道，卡嘉雖然爲他担心，但並不疑惑，他會痊愈的，」——阿萊莎說。

「那末她深信他要死的。她由於恐懼，相信他會痊愈。」

「伊凡弟弟體格强壯。我也很希望他痊愈，」——阿萊莎驚惶地說。

「是的，他會痊愈的。但是她相信要死去。她有許多憂愁」……兩人沉默了一會。有一點很重要的事情磨折着米卡。

「阿萊莎我很愛格魯申卡，」——他忽然用抖戰的，充滿眼淚的聲音說着。

「她不會得到伴你前去的允許，」——阿萊莎立刻插上去說。

「我還要對你說一句話，」——米卡用一種忽然十分發響的聲音續說下去，——「假使在路上，或者到了那裏，有人打我，我決不服從，我要殺人，以後人家就要槍斃我。這是二十年的功夫呀！在這裏人家已經起始對我用「你」的稱呼。那些看守們對我稱呼「你」。我昨天整夜躺在那裏，審判着自己：我沒有準備！沒有力量去接受！我想唱「讚美詩，」但是對於看守們的「你」的稱呼卻不能忍受！為了格魯申卡，我可以忍受一切。……除去挨打不算……但是人家不許她到那裏去。」

阿萊莎靜靜地微笑了一下。

「你聽我乾脆地說一下，」——他說，——「我把我對於這件事情的意思對你講一下。你知道我不會對你撒謊的。你還沒有準備，這樣的十字架不是給你預備的。不但如此：你這樣沒有準備的人並不需要殉難者的十字架。假使你殺死了父親，而還拒絕背負十字架，我會感到惋惜。但是你沒有罪，這樣的十字架對於你是太重了。你想借着磨難使你復生為另一個人，據我看來，你祇要永遠，一輩子，無論到那裏去，都能記住這另一個人，——你也就夠了。即使你不能接受十字架的大磨難，其結果祇是使你感到你自身負有更大的責任，而這本來的，一輩子不斷的感觸，可以幫助你的復生，也許比你到那裏去還多些。因爲到了那裏，你將不能忍受下去，發生怨艾，也許果眞會說：「我償淸了債務了。」律師在這件事情上面說了實話。這樣累重的負擔不是每人能以勝任的，對於有些人是不可能的……這是我的意思，假使你需要它。假使爲了你的偷逃使別人如軍官和兵卒等負責，我會「不許」你偷逃的。」——阿萊莎微笑了，——「但是他們說，（那位區段官自己對伊凡說的，）祇要做得巧妙，不致於有極大的處罰，很容易彌縫過去。自然，賄賂是不名譽的事，即使在這件事情上也是如此，不過我無論如何不能加以判斷，就是因爲假使伊凡和卡嘉委託我代你進行這件事情，我知道，我也會去行賄賂的。我應該對你說實在的話。你自己如何處置，我不能加以裁判。但是你要知道，我永遠不會責備你。而且也眞是奇怪，對於這件事情我怎能做你的裁判官呢？現在我好像全部研究到了。」

「但是我要責備自己！」——米卡喊。——「我要逃走，這個沒有你也已經決定了：米卡・卡拉馬助夫還會不逃走麼？但是我將自行譴責，我將一世爲我的罪行祈禱！耶穌會員們總是這樣說的，不對麼？我們現在那樣做，不是麼？」

「是的，」——阿萊莎靜靜地微笑了。

「我愛你，爲了你永遠說出完全的實話，一點也不隱藏！」——米卡喊，喜悅地笑了。——「我捉住那個成爲耶穌會員的阿萊莎了！爲了這，應該痛快地吻你一下。現在你聽着其餘的話，我要把其餘的一半的心靈揭給你看。以下是我想到而且決定下的：假使我能逃走，身邊甚至帶着錢和護照，甚至逃到美國，那末還有一個念頭給我鼓勵，便是我的逃走，並非尋快樂，找幸福，但確是去受另一種徒刑，也許和這徒刑一樣的壞！老實說，那是一樣的壞，阿萊莎！我現在已經十分痛恨美國。即使格魯申卡和我在一塊兒，但是你看一看她：她是美國女人麼？她是一個俄羅斯人，骨子裏的俄羅斯人，她會想念她的祖國，而我將在每小時內看到她爲我而煩悶，爲我而取起這樣的十字架。但是她有什麼錯呢？至於我，難道能忍受住那些下流人物麼？固然他們也許全都比我好也難說。我現在已經恨起美國來了！雖然他們一個一個在機器方面具有無限的能力，那纔不管呢！他們不是和我們一樣的，他們具有和我不相同的心靈！我愛俄羅斯，我愛俄羅斯的上帝，雖然我自己是卑鄙的人！我在那裏會悶死的！」——他喊着，眼睛突然閃耀了。他的聲音抖索着，淚水流下來了。

「以下就是我決定下來的主意，阿萊莎，你聽着！」——他又起始說，壓下他的驚慌，——「我同格魯申卡一到那裏，——立刻起始耕地，做工，和野熊們在一起，找一塊遼遠的，幽靜的地方。那裏也可以找到一個離得遠遠的處所的呀！聽說那邊還有紅種人，在地平線的邊上，在最後的莫奇干人種（Mohicans）所住的地方。我和格魯申卡兩人立刻開始學習文法。做工和學文法，這樣的幹上三年。在這三年內我們學會了英文，和英國人一樣。剛學會，——便離開美國。我們要以美國人的資格，跑回俄羅斯來。你不要着急，我們決不會回到這小城裏來。我們要藏得遠些，往北方或南方去。到了那時我的容貌變了，她在美國也會變的，醫生會給我裝上一付假鬍鬚，他們本來全是能幹的機械師。或者我可以弄瞎一隻眼睛，蓄起一俄尺長的鬍鬚，灰色的鬍鬚，（我會因爲想念俄羅斯而使鬍鬚變成灰色，）——人家也許不會認清，即使認了出來，就讓他流配了出去好了。命運如此，終歸是一樣的！我們回到這裏以後，也要住在一個幽僻的處所，耕田爲生，我將一輩子扮作一個美國人。我們究竟可以在家鄉的土地上死去。這就是我的計劃，一定不移的計劃。你贊成麼？」

「我贊成，」——阿萊莎說，不願反對他。

米卡沉默了一會，忽然說道：

「在法庭上他們眞是弄得精密！精密透了！」

「即使不精密，也要判你的罪，」——阿萊莎說，嘆了一口氣。

「是的，這裏的人們很討厭我！隨他們去罷！不過我十分感到難受！」——米卡悲哀地呻吟着，兩人又沉默了一會。

「阿萊莎，你現在把我宰了罷！」——他忽然喊，——「你說，她現在究竟來不來呢？她說什麼話？怎麼說的？」

「她說她要來，但是我不知道是不是今天。她是很困難的，」——阿萊莎畏葸地看了哥哥一眼。

「那怎麼會不困難！自然是困難的！阿萊莎，我會爲了這件事情發瘋的。格魯申卡老是看我。她明白的。上帝，願你使我馴服下來。我要求的是什麼？我竟要求卡嘉！我能理解到我要求的是什麼？那是卡拉馬助夫式的，剛愎的，不乾淨的性格！不，我不善於受苦。我是卑鄙的人，就是這句話！」

「她來了！」——阿萊莎喊。

卡嘉忽然在門限上發現。她一下子止步，用慌亂的眼神注視米卡。米卡迅快地立起來，他的臉部表示出驚懼的神色，他臉色慘白，但是畏葸的，懇求的微笑立刻在他的嘴唇上閃過，他忽然阻攔不住似的將兩手伸向卡嘉。她一看見以後，迅速地奔到他的面前。她抓住他的手，幾乎用強力把他按坐在牀上，自己也坐在傍邊，一直不放他的手，緊緊地，拘攣般握住。兩人有好幾次搶着說出什麼話來，但是每次都停頓住，又默默地，用凝聚的，似乎釘牢的眼神，帶着奇怪的微笑，對看着。這樣過了兩分鐘。

「你饒恕了沒有？」——米卡終於喃聲地說，當時就轉身向着阿萊莎，做出喜悅得變成彎曲的臉色，對他喊道：

「你聽着，我問的是什麼話，你聽着。」

「我所以愛你，就因爲你的心是寬宏的！」——卡嘉的嘴裏忽然迸出這句話來。——

「你不需要我的饒恕，我却需要你的饒恕。你饒恕不饒恕是一樣的，——你將一輩子成爲我心靈內的一個傷痕，我也將在你的心靈裏成爲同樣的傷痕，——這是應該的……」

她停住不說話，透了一口氣。

「我到這裏來爲了什麼事情？」——她又瘋狂地，匆遽地起始說，——「爲了擁抱你的脚，捏緊你的手，捏得痛痛的，你記得不記得，就像在莫斯科時那樣捏你，——還要對你說，你是我的上帝，我的喜歡，對你說，我瘋狂地愛你，」——她似乎痛苦地呻吟了一聲，突然貪饞地把嘴唇緊貼在他的手上。眼淚從他的眼裏滾下來。阿萊莎站在那裏一言不發，感到慚悚；他怎樣也料不到他所看見到的那種情景。

「愛情是過去了，米卡！」——卡嘉又起始說，——「但是過去的一切對於我是感到十分的珍貴。這是你應該永遠記住了。現在，在一分鐘內，讓可以成就的成就了罷。」——她帶着歪曲的微笑喃語着，又快樂地看着他的眼睛。——「你現在愛另一個人，我也愛另一個人。但是我到底會永遠愛你，你也永遠愛我，你知道不知道？你聽着，你應該愛我，一輩子愛我！」——她喊着，聲音裏帶着近乎威嚇的抖慄。

「我要愛……你知道，卡嘉，」——米卡開口說，說完每個字，便透一口氣，——「你知道，我在五天以前，那個晚上是愛你的……當你倒下地來，人家把你抬出去的時候……一輩子愛你！以後永遠如此，永遠如此……」

他們兩人互相對說着一些無意義的，瘋狂的，也許甚至不眞實的話語，但是在這時候一切都成爲眞實，他們兩人都在暗中相信自己的話。

「卡嘉，」——米卡忽然喊，——「你相信是我殺的麼？我知道你現在不相信，但在那個時候……說口供的時候……難道，難道你相信麼？」

「在那時候也不相信！永遠不相信！我恨你，忽然使自己相信，就在那一刹那間……說口供的時候……使自己相信……等到說完了口供，立刻又不相信了。你要知道這一點。我忘却我是來懲罰自己的！」——她忽然用完全新穎的表情說着，完全不像剛纔說出的愛情的呢喃。

「你是很痛苦的，婦人！」——米卡完全抑止不住地脫口說了出來。

「你放我走，」——她微語，——「我還要來。現在我感到痛苦！……」

她想從座位上立來，但是忽然大聲喊了一下，往後倒退。格魯申卡突然完全靜靜地走進屋內。誰也料不到她會來的。卡嘉匆遽地朝門那裏跨了一步，但是在和格魯申卡擁面的時候，忽然止步，臉白得像鉛粉一樣，輕聲而且近乎耳語似的對她說道：

「請您饒恕我罷！」

格魯申卡釘看了她一眼，等候一忽兒，用惡毒的，浸透了怨毒的聲音回答道：

「你我兩人都是惡毒的！兩人都是惡毒的。你我何必饒恕呢？祇要你能救他，我將一輩子爲你祈禱。」

「你不願意饒恕麼？」——米卡對格魯申卡喊，帶着瘋狂的責備的意思。

「你放心罷，我會把他給你救出來的！」——卡嘉迅快地喃語，從屋內跑出去了。

「你不能不饒恕她，在她自己對你說『請你饒恕』的話以後，」——米卡又悲痛地喊嚷了。

「米卡，你不應該責備她，你沒有權利！」——阿萊莎用熱烈的語氣對他的兄弟喊。

「她的驕傲的嘴在那裏說話，而不是那顆心，」——格魯申卡用一種嫌惡的神色說着。

「——她救了你，——我將饒恕一切。……」

她不響了，似乎把什麼東西壓在心胸裏似的。她還不能醒轉來。以後才曉得，她走進來是完全偶然，並沒有一點疑惑，不期待遇到她所遇見的一切。

「阿萊莎，你快追上去！」——米卡匆遽地對兄弟說，——「你對她說——我不知道說什麼……不要讓她這樣走！」

他在醫院的圍牆外追到了她。她走得很快，她很忙，但是阿萊莎剛追到她，她趕緊對他說：

「不行，我在這女人面前不能懲罰自己！我對她說『您饒恕我罷。』因為我願意懲罰自己，到盡頭的地方。她沒有饒恕……為了這，我倒愛她！」——卡嘉用變樣的聲音說，她的眼睛閃出無望的怨毒的樣子。

「哥哥完全沒有料到，」——阿萊莎喃語着，——「他深信她不會來的……」

「那是不必疑惑的。我們且把這事拋開了罷。」——她說，——「我現在不能同您一塊兒去參加葬禮。我已經派人送花，放在棺前。他們好像還有錢。如果必要的話，您可以對他們說，將來我永遠不會把他們撇下不管的。……現在請您離開我，離開我罷。您已經誤了時候。晚禱的鐘聲已經響起來了……請您離開我罷！」

第三章　伊留莎的殯葬——石傍的演詞

他眞是去遲了。大家等候着他，甚至決定不再候他，就把那口鋪滿鮮花的，美麗的小棺抬到教堂裏去。那是可憐的男孩伊留莎的棺材。他在米卡的判決下來後的第三天上死去。阿萊莎還在大門外的時候就有伊留莎的一羣同學向他歡呼。他們不耐煩地等候他，看見他來了，十分高興。他們一共聚了十二個人，大家都在肩上背着書包。「爸爸要哭的，你們常來看看他呀，」——伊留莎臨死時囑咐他們，他們記住了。爲首的是郭略·克拉騷脫金。

「您來了！卡拉馬助夫！我眞喜歡！」——他喊着，向阿萊莎伸手。——「這裏眞可怕。看着眞是難受。司遑基萊夫沒有喝醉，我們確乎知道他今天一點酒也沒有喝，但似乎喝醉了。……我永遠很剛勇，但是這究竟太可怕了。卡拉馬助夫，我不來久擱您，在您走進去以前，我祇有一個問題要對您提出來。」

「什麼事，郭略？」——阿萊莎止步。

「您的老兄有罪沒有罪？是他殺死父親，還是那個僕人殺的？您怎麼說，就怎麼算。我有四晝夜爲了這件事情想得睡不着。」

「殺人的是僕人，我的哥哥沒有罪，」——阿萊莎回答。

「我也是如此說！」——男孩司莫洛夫忽然喊。

「那末他將爲眞理犧牲？」——郭略喊，——「他是有幸福的！他雖然犧牲，但他有幸福的！我準備羨慕他！」

「您這是什麼意思？那怎麼可以呢？爲了什麼？」——阿萊莎驚訝地喊着。

「假使我在什麼時候能爲眞理犧牲，那才好呢，」——郭略熱烈地說。

「但是不能爲了這件事情，不能受這樣的恥辱，這樣的可怕的情景！」——阿萊莎說。

「自然……我願意爲全人類而死。至於恥辱一層，那是一樣的：我們的姓名是會消滅的。我很尊重您的老兄。」

「我也是的！」——一個小孩從人羣裏突然而且完全出乎意料之外地喊了出來。他就是那個曾經宣布他知道脫羅邑爲何人所建造的小孩。他一喊出來，就像當時一樣，滿臉通紅，像一朵牡丹，一直紅到耳根。

阿萊莎走進屋裏去。伊留莎交叉着兩手，閤上眼睛，躺在用白緣飾包住的湖色的棺內。他的削瘦的臉龐完全沒有變，奇怪的是屍身幾乎沒有一點味道。臉部的表情是嚴肅的，似乎沉鬱。交叉着的兩手特別的好看，好像大理石刻成一般。他手裏放着花，而且整個棺材內全鋪滿鮮花，是麗莎，霍赫拉闊瓦天剛亮的時候送來的。卡德鄰納·伊凡諾夫納也送了花來。阿萊莎開門的時候，上尉在抖索的手裏握着一把花，又將它撒在他鍾愛的小孩身上。他朝走進來的阿萊莎溜了一眼，而且也不想看任何人，甚至沒有看他的哭泣的，發瘋的妻子，他的「媽媽。」她時時努力舉起她的病腿，逼近地瞧望死去的小孩。小孩們把尼娜連椅子一塊兒舉起來，放在棺材傍邊。她坐在那裏，頭貼着棺材，大概也在那裏輕聲地哭泣。司潤基萊夫的臉具有活潑的，但似乎慌亂，同時又殘忍的神色。在他的手勢裏，他的迸出來的話語裏有點癡鼠的樣子。「老人，親愛的老人！」——他瞧着伊留莎，不時地呼喊。他還在伊留莎活着的時候，就有親暱地對他說：「老人，親愛的老人。」的習慣。

「爸爸，也給我一點花，從他的手取出來。就是那朵白花。你給我呀，」——發狂的「媽媽」一面哭，一面懇求。不是她很喜歡伊留莎手裏的那朵小白玫瑰。便是她想從他手內取起一朵花，以作紀念。她全身伸展着，舉手想取花。

「我不能給任何人，什麽也不能給！」——司潤基萊夫忍心地喊，——「這是他的花，不是你的。全是他的，沒有你的！」

「爸爸，給媽媽一朵花罷！」——尼娜忽然抬起了被眼淚浸濕的臉。

「我一點也不能給，尤其不能給她！她不愛他。她奪去了他的小砲，他便送給她，」

——上尉一憶起伊留莎如何把小砲讓給母親的情形，忽然出聲痛哭。可憐的瘋子用手掩臉，輕聲哭泣起來。小孩們看見父親不肯將棺材放手，而抬出去的時間已到，忽然把棺材緊緊地圍住，起始舉起來。

「我不願意把他葬在教堂的院裏！」——司湼基萊夫忽然喊，——「我要把他葬在石頭傍邊，我們的石頭傍邊！伊留莎這樣吩咐過的。我不讓抬！」

他以前，整整的三天中儘說要葬在石頭傍邊。但是阿萊莎，克拉騷脫金，女房東，女房東的姊妹，還有男孩們，全加以阻攔。

「他想出了這樣的主意，在不聖潔的石頭傍邊下葬，好像葬弔死鬼似的，」——女房東老太婆嚴厲地說。——「教堂的院子的土地上全是十字架。有人為他祈禱。歌聲從教堂中傳出，教堂執事明晰而且文雅地誦經，每次會傳到那裏去，和在他的墳上讀經一般……」

上尉揮手說道：「隨便你們抬到那裏去罷！」小孩們舉起棺材，從母親身傍走過，在她面前停了一會，把棺材低放下來，讓她能和伊留莎告別一下。她在這三天內祇能遠遠裏看到，現在忽然如此逼近地看到了這個親愛的臉龐，她忽然全身抖戰，起始在棺材上面，歇司底里地前後搖幌她的灰白的頭。

「媽媽，你畫十字，祝福他，吻他，」——尼娜對她喊。但是母親像自動機器似的，一直搖撼着她的腦袋，臉出於濃重的憂愁，顯出歪斜的形相。她忽然舉拳叩擊自己的胸脯。棺材抬過去了。尼娜最後一次將嘴唇貼在死去的兄弟的嘴上，在棺材抬到她身傍的時候。阿萊莎走出屋外，央求女房東照顧留在家裏的人們，但是她竟不讓他說完，就說道：

「這是一定的，我要留在他們身傍，我們也是基督徒呀。」老太婆一面說，一面哭了。到教堂的路並不遠，不過三百步。那是一個明朗，靜肅的日子。有點冰凍，並不利害。教堂的鐘聲還在傳響着。司湼基萊夫忙亂而且慌張地在棺後跑着，穿着短短的，破舊的，幾乎是夏季的大氅，頭上未戴帽子，一隻寬緣的，柔軟的舊帽握在手內。他處於某種無從解決的煩惱之中，一會兒忽然伸手扶棺材的頭部，但祇是妨礙那些抬棺的人，一會兒從傍邊跑着，尋找可以插一插身子的地方。一朵花落在雪地上，他連忙跑去檢起來，似乎這朵花的喪失將發生極大的關係似的。

「但是那塊麵包呢？那塊麵包竟忘記了，」——他忽然十分驚懼地喊着。小孩們立刻提醒他，那塊麵包他剛纔已經取起，放在口袋裏面。他一下子把它從口袋裏取了出來，驗明以後，方纔安心了。

「伊留莎囑咐過的，伊留莎囑咐過的，」——他立刻對阿萊莎解釋，——「他在夜裏躺着，我坐在附近，忽然說：爸爸，在我的小棺材下葬的時候，你在墳上放些麵包塊，好使竟鵲們飛來，我一聽見牠們飛來，因爲不是孤另另地躺着，而會感到快樂的。」

「這很好，」——阿萊莎說，——「應該時常送點去。」

「每天送，每天送！」——上尉喃語着，似乎活潑了一些。

終於走進教堂，把棺材放在它的中央。小孩們全體把它團團圍住，規規矩矩地一直站到禮拜的終結。這教堂形式古舊，十分貧窮，有許多神像前面完全沒有緣飾，但是在這類教堂裏似乎祈禱得好些。在舉行晚禱的時候，司涅基萊夫似乎靜了一點，雖然有時總要透露出那種無意識的，似乎茫無頭緒的煩慮起來：他一會兒走到棺材前面，把覆罩和花圈整理一下，一會兒在臘台上的一根臘燭落下來的時候，忽然跑過去重新插好，而且弄了許多時候。以後他安心了，馴順地站在棺材的頭前，帶着遲鈍而且煩慮的，又似乎疑惑的臉色。讀完使徒書以後，他忽然對站在他身邊的阿萊莎附耳微語，使徒書誦讀得不大對，但是沒有將他的意旨解釋出來。在唱小天使頌詩時，他跟着唱了幾句，但是沒有唱完，就跪下來，額角撞在教堂的石板上面，躺了許久許久。終於舉行葬儀，分發臘燭。發狂似的父親又忙亂起來，但是感動人的闔棺前的歌聲將他的心靈驚醒而且震撼了。他似乎忽然全身緊縮，起始迅速而且急遽地嗚咽，起初壓着嗓音，後來竟放聲飲泣。在告別和闔棺的時候，他兩手捧住棺材，似乎不讓人家把伊留莎蓋起來，起始貪婪地，不斷地吻他的死孩的嘴。大家勸住他，把他拉離小台階，他忽然匆遽地伸出手來，把幾朵花從棺材裏搶走。他望着這幾朵花，似乎有一個新的念頭襲到他的腦筋裏去，使他似乎一下子忘却了主要的事情。他漸漸地似乎落進沉鬱裏去。在人家舉起棺材，抬到墳上去的時候，他再也不加抵抗。墳在教堂傍邊院內不遠的地方。那是一所很闊綽的墳，由卡德鄰納·伊凡諾夫納付款。在照例的儀式舉行了以後，管墳人把棺材放了下去。司涅基萊夫手着握着幾朵花，朝敞開的墳穴俯身灣下去。小孩們嚇得連忙抓住他的大衣，拉開他。但是他似乎不能好生明白人們在那裏做什麼事情。在埋墳的時候，他忽然煩惱地指着倒下去的泥土，甚至起始說什麼話，但是誰也不能辨清楚。他自己也忽然靜了下去。有人提醒他，應該把麵包塊撒上去，他當時十分慌亂，抓起麵包塊，起始將牠弄碎，一塊塊朝墳上亂扔：『飛來罷，鳥兒，飛來罷，喜鵲兒！』——他關切地喃語着。小孩中有人對他說，他手裏握着花，弄碎麵包塊未免不大方便，暫時可以把花交給別人拿一拿。但是他不肯給，甚至忽然爲自己的花朵擔憂，生怕有人要從他手中奪去，當時看了墳墓一下，在驗明一切都已辦妥，麵包塊業已撒完以後，忽然出人不意地，甚至完全安靜地回轉身去，走回家去了。他的步伐越來越急，越來越快，他忙得利害，幾乎跑走。小孩們和阿萊涉不離開他的身傍。

『花兒送給媽媽，花兒送給媽媽！媽媽受了寃屈啦！』——他忽然起始呼喊。有人朝他喊，讓他戴上帽子，現在很冷，但是他一聽到後，似乎有了氣，把帽子朝雪上一扔，起始說：「我不要帽子，我不要帽子！」小孩司莫洛夫檢了起來，拿了帽子，跟在他後面走着。小孩們齊聲哭了，郭略和發現脫羅邑的小孩哭得最利害。司莫洛夫持着上尉的帽兒在手裏，雖然也哭得很傷心，但還來得及一面跑，一面抓起一小塊在雪徑上發紅的磚頭，朝飛得很快的一群喜鵲擲擊。自然沒有擊中，繼續一面哭，一面跑。司湟基萊夫半路上突然停步，站了半分鐘，似乎受了什麽驚愕，向教堂那邊回轉身去，拔步跑回被大家遺棄的小墳上去。小孩們一下子追到他面前，從四面八方抓住他，然後他好像遭人襲擊一般，乏力地落在雪裏，一面哭喊，一面抖動身體，起始喊出：「老頭兒，伊留沙，親愛的老人！」阿萊莎和郭略扶起他來，竭力勸慰他：

「上尉，算了罷！有勇氣的人是應該有耐性的，」——郭略喃聲說。

「您會把花兒弄壞的，」——阿萊莎說，——「但是『媽媽』正等候着，剛纔您不肯把花兒從伊留沙手裏拿來給她，她坐在那裏哭呢。伊留沙的小牀還放在那裏……」

「是的，是的，到媽媽那裏去，」——司湟基萊夫忽然又憶起來了，——「小牀會收拾走的！小牀會收拾走的！」——他追加這句話，似乎怕眞的被人家收拾走，跑起來，又跑回家去了，路並不遠，大家同時跑到。司湟基萊夫迅速地開門，對剛纔和她忍心地相罵的妻子喊道：

「媽媽，親愛的，伊留莎給到你花來了，你這病腿呀！」——他喊着，一面將一把花遞給她，——那花在他剛纔倒在雪裏抖動的時候便弄得揉皺，而且受凍了。但是在這一刹那間，他在伊留莎的小牀前的角落裏，看見了伊留莎的小靴，兩隻並排放着，是女房東剛收拾好的。那是一雙破舊的發栗色的，堅硬的，打上補釘的小皮靴。他一看見，便舉起手來，奔到那雙小皮靴那裏，跪下來，抓住一隻皮靴，嘴唇貼在上面，起始貪婪地吻它，喊着：「老頭兒，伊留莎，親愛的老頭兒，你的脚在那裏？」

「你把他抬到那裏去了？你把他抬到那裏去了？」——瘋子用凄慘的聲音喊着。尼娜當時就哭了。郭略從屋內跑出來，小孩們跟他走出去。阿萊莎也跟在他們後面出去了。

「讓他們哭個够罷，」——他對郭略說，——「這自然無從加以安慰。我們等候一分鐘，就回來。」

「是的，這不能，這眞可怕，」——郭略說，——「您知道，卡拉馬助夫，」——他忽然放低聲音，不讓任何人聽見，——「我很發愁，假使可以使他復活，我願意拋棄世上的一切！」

「唉，我也是如此，」——阿萊莎說。

「卡拉馬助夫，您以爲怎樣？今天晚上我們到這裏來不來？他會喝起酒來。的」

「也許會喝酒的。單祇我們兩個人來，就够了。我們可以同他們坐上一點鐘，同母親和尼娜。假使我們大家一下子全來，我們又會使他們全都記憶起來的，」——阿萊莎說。

「現在女房東在那裏鋪桌子，——大概是追悼宴，神甫會來的。我們應該回到那裏去麼，卡拉馬助夫？」

「一定的，」——阿萊莎說。

『這眞是奇怪，卡拉馬助夫，這樣的憂愁，忽然煎些餅來吃，我們的宗教方面眞是太不自然了！」

『他們那裏還有鮭魚。」——發見脫羅邑的那個男孩忽然大聲說。

「卡爾達曹夫，我正正經經地請求您不要再把您的愚蠢的話攙進去，尤其在人家沒有和您說話，甚至不願意知道有您這個人在世上的時候！」——郭略惹惱地朝他喊。男孩的臉漲得通紅，但是一句也不敢回答。當時大家輕輕地在小徑上走着，司莫洛夫忽然喊道：

「這就是伊留莎的那塊石頭，想把他葬埋在下面。」

大家默默地站立在大石傍邊。阿萊莎看望了一下，當時司湼慕萊夫講伊留莎如何擁抱着父親，一面哭，一面喊，「爸爸，爸爸，他如何地欺侮你呀！」的整幅的圖畫，一下子進入他的回憶裏去了。有什麼東西似乎在他的心靈裏震慄。他帶着嚴肅正經的神色，向伊留莎的同學們的和愛光明的臉上掃射了一下，忽然對他們說道：

「諸位，我要在這裏，就在這個地方對你們說幾句話。」

小孩們圍住他，立刻將凝視和期待的眼神釘到他的身上。

「諸位，我們快要分離了。我現在暫時還須照顧兩個哥哥，內中一個快流配出去，另一個病得就要死去。但是我不久便將離開此地，也許長久地離開。諸位；我們快要分離了。現在讓我們在伊留莎的石頭傍邊，互相約定，第一，永不忘却伊留莎，第二，永不互相遺忘。以後我們一生中無論出什麼事，即使以後有二十年不見面，——我們總要記住，我們如何殯葬一個可憐的男孩，他曾在橋頭被我們扔過石頭，你們記得麼？而以後我們大家又如何愛起他來。他是可愛的小孩，善良，勇敢的小孩，感到父親的名譽上所受的悲苦的侮辱，因此起了反叛。第一，我們要一輩子記住他。即使以後我們忙於從事重要的事務，達到榮耀的境界，或陷入某種偉大的不幸，——你們總歸永遠不要忘記，我們在這裏是如何的好，我們大家被一個良好的情感所聯結，——這情感在我們愛可憐的小孩的時候，會使我們成爲也許比實在的我們還好些的人。我的小鴿們，——請你們許我稱呼你們爲小鴿子們，因爲你們全很像牠們，很像那些美麗的青鳥，現在，在我看着你們善良的，可愛的臉龐的時候，——我的

可愛的小孩們，也許你們不會了解我對你們所說的話，因爲我說的話時常不很容易了解，但是你們到底應該記住，以後總會贊成我的話語。你們要知道，一個好的回憶，特別是兒童時代，從父母的家庭裏取來的回憶，是人生最高尙，最強烈，最健康，最有益的東西。人們對你們講許如關於你們的教育的話，但是從孩童時代保存下來的美麗的，神聖的回憶也許是最好的回憶。如果人能將許多這類的回憶帶到生命裏來，他便一輩子得了救。甚至假若祇有一個好的回憶留在我們的心裏，也許在什麼時候它能成爲拯救我們的一個手段。也許我們以後甚至會成爲惡人，甚至沒有力量抵拒惡劣的行爲，嘲笑人們所流的眼淚，取笑那些像郭略剛纖那樣喊出：「我要爲所有的人們受苦」的話的人們，——也許我們要惡毒地嘲弄這些人。但是無論如何，無論我們怎樣惡狠，祇要一憶到我們如何殯葬伊留沙，在最近的幾天內我們如何愛他，我們如何一塊兒親密地在這塊石頭傍邊談話，那末我們中間最殘忍的，最好嘲笑的人，假使我們後來成爲這樣的人，總歸不敢在內心裏對於他在這時間內成爲如何善良的人的一層加以嘲笑的！不但如此，也許這一個回憶會阻止他做出極大的惡事，使他沉思一下，說道：「是的，當時我是好的，勇敢的，誠實的。」即使他自行嘲笑，這並不要緊，人時常取笑善人和好人；這祇是由於思想的淺薄而來；但是我要告訴你們，諸位，他祇要笑一下，立刻會從心中說出：「不，我嘲笑人家是很壞的，因爲這是不能取笑的呀？」

「這一定是如此的，卡拉馬助夫，我明白您，卡拉馬助夫！」——郭略喊，眼睛閃爍了一下。小孩們驚慌起來，也想喊出什麼話，但是忍住了，和藹地釘看着這位演說家。

「我說這話是假定我們將來做了壞人，」——阿萊莎繼續說，——「但是爲什麼我們要成爲壞人，諸位，不對麼？第一，我們最先應該成爲善人，誠實的人，以後永遠不應該互相遺忘。這話我又要重複一下。諸位，我要對你們發誓，我不會忘記你們中間任何的人；現在望着我的每個臉龐，我要記住，那怕過了三十年以後。郭略剛纔對卡爾達曹夫說，我們似乎不願意知道：『世上有沒有他這個人？』難道我會忘記，世上曾有卡爾達曹夫這個人，他現在不會像那次發見脫羅岜的時候那樣的臉紅，却張開着可愛的，善良的，快樂的眼睛，望着我。諸位，可愛的諸位，我們大家應該寬宏而且勇敢，像伊留莎一樣；聰明，勇敢，而且寬宏，像郭略一樣，（他將來長大的時候，會更加聰明些，）我們還要像卡爾達曹夫一樣的怕羞，聰明，而且可愛。我又何必說他們兩人。諸位，從此以後你們大家對於我是可愛的，我會把你們大家保存在我的心裏，我請求你們也把我保存在你們的心裏。誰把我們聯結在這善良的情感之中，使我們現在永遠一輩子記起它，而且樂意加以憶起的？不是那個伊留莎是誰！不是那個好小孩，親愛的小孩，一輩子對於我們珍貴的小孩是誰！我們永遠不要忘記他，對於他的永恆的，良好的紀念，從此以後，將永遠留在我們的心裏！」

「是的，是的，永遠的，永遠的，」——所有的小孩們全用響亮的嗓音，露出和藹的臉色，喊了起來。

「我們要記住他的臉，他的衣裳，他的可憐的小靴，他的小棺，他的不幸的，有罪的父親，我們要記住他爲了他如何獨自勇敢地反抗整班的人！」

「我們要記住！我們要記住！」——男孩們又喊起來。——「他是勇敢的，他是好人！」

「我眞是愛他！」——郭略喊。

「小孩們，親愛的小孩們，你們不要懼怕生命！在你做了一點好事，眞實的事的時候，生命是如何的好！」

「是的，是的，」——小孩們歡欣地說着。

「卡拉馬助夫，我們愛您！」——一個聲音，好像是卡爾達曹夫的聲音壓抑不住地喊了出來。

「我們愛您，我們愛您，」——大家搶着說。有許多人的眼睛裏露出晶瑩的淚水。

「卡拉馬助夫萬歲！」——郭略歡欣地宣告。

「對於死夫的男孩作永恆的記念！」——阿萊涉又帶着情感地說着。

「永恆的記念！」——小孩們重又搶着說。

「卡拉馬助夫！」郭略喊，——「宗教說，我們大家會從死裏復活，互相見面，一切人和伊留莎都可見到，這是實在的麼？」

「我們一定會復活的，我們會快樂地相見，互相喜喜歡歡地敍講過去的一切，」——阿萊莎半笑半歡欣地回答。

「這眞是好呀！」——郭略脫口說了出來。

「現在我們結束我們的談話，前去赴他的追悼宴。你們不要爲了有煎餅吃而憤激。這是古代的，永久的習慣，這裏面是很好的，」——阿萊莎笑了。——「我們去罷！現在我們手攙手地向前走去。」

「永遠如此，一輩子手攙手！卡拉馬助夫萬歲！」——郭略又歡欣地喊着，所有的小孩們也搶着喊了出來。

（完）

一九四七年十月初版

平裝本四册一部定價國幣一百二十元